长 篇 小 说

乔 家 大 院

第 二 部

朱秀海 著

中国青年出版社

目录

小　引

列位看官：还记得《乔家大院》吗？十一年前，本书第一部和同名电视剧曾经风靡海内外，晋商翘楚、山西乔家第三代掌门人乔致庸怀抱以商救国的梦想、行大义于天下的故事及其与两位女子的缠绵悱恻的爱情打动了无数读者与观众的心。无论通都大邑，还是穷乡僻壤，上至达官显贵，下至贩夫走卒，罕有不知乔致庸者之名之事者；乃至于使外国人亦知中国古代不但有巨商，且有商道；并进而由彼人解释三十余年来中国迈进商品社会步伐如此之速，成就如此之大，皆有前缘。多年过去，至今仍有无数读者和观众关心乔致庸之后乔家后来还有没有更加警动人心、催人泪下的故事？本书和据本书拍摄的长篇电视剧《诚忠堂》回应了这一期待。

有《双调·碧玉萧》一曲为证：

回坐春城。

遗恨宁无凭。

梦里峥嵘，醒处总难鸣。

心随新剧转平。

飞红看又满庭。

一曲成。

意绪还难靖。

行，依旧似痴如病。

（双调·碧玉萧）

词曰：

花甲余生，谁复弄哀声。

再续前情。

狂士一时兴。

风来冰解柳青。

蛮窗外绿水盈。

飞絮轻。

慢撚宫商动。

听，又是晋商魂证。

第一章

一九一一年十月十日，汉口江汉关前一条大街上，商铺林立，游人如织，十分繁华热闹。一辆马车行来，被人群堵在了路上。车中二十七岁的乔映霁还在酣睡。长随小栓用力拍打他，喊道："东家！醒醒！"映霁猛醒过来。小栓道："你做梦都没忘记的大汉口到了！"

映霁一跳下车，四外看去，大喜道："真是到了？大汉口，九省通衢，名不虚传，果然繁华！"回看身后一家西洋风格的大酒店，又望前方："前面是江汉关，下面应当就是长江。李白诗云：'黄鹤楼中吹玉笛，江城五月落梅花。'所以这座酒店，起名梅花大酒店。这名字风雅！不走了，住这儿了！"小栓道："不行，过了江就是武昌，还是住到自家票号里去，好吃好喝还有人侍候！"

映霁就回头对车夫拱手道："肖大哥，让你从广州一路把我送到这里，真是辛苦。俄就不客套了。回广州见了十三行街的老老少少，替乔映霁一并谢过。小栓，愣着干什么，快卸行李呀！"小栓站着不动，道："要能说出非住不可的理由，我就听你的！"映霁道："住自家票号里太拘束，想痛痛快快在武汉三镇逛一逛就办不到，这算不算个理由？"小栓想了想道："倒也算个理由。住酒店可以，但不能甩开我乱跑。去广州接你时景清东家和潘大掌柜说了，让小栓一步不离地盯住你，直到平安抵家。出一点儿岔子，要扒小栓我的皮呢！"

映霁吹一声口哨，道："快卸行李！完了咱们先高高兴兴在大汉口逛三天，有好吃好玩的，咱们先吃先玩！"小栓高兴地叫一声："好咧！"便动手卸行李。映霁目光忽然转向武昌方向。小栓心头一惊，眼神就盯紧了上去。映霁转身走进酒店大门。小栓松了一口气，提行李跟进去。酒店大堂里人头攒动，有中国人，更多的是外国人，小栓暗暗吃惊。映霁吩咐道："快去登记住店。"小栓放下行李走向服务台。映霁转身溜出去，向一老者打听过江怎么走。老者打量他道："一看就知客官是外地人。前面就是江汉关,那里有过江的轮渡。"映霁谢过老人家,转身欲走。小栓忽然一跳窜到他面前,挡住去路。

映霁拿扇子扇风,做出看风景的样子道:"让你登记住店,怎么跑出来了? "映霁让小栓回去,道:"俄站在这儿看会儿风景行不行? "小栓道:"我不放心! "映霁气愤道:"俄一个大活人,你是东家俄是东家……俄要生气了! "小栓:"你就是学陕西人学话我也不能让你跑了! 快回酒店。"映霁道:"我就是出来透口气儿! 对了,现如今咱们大德通武昌分号的大掌柜是谁? "小栓道:"姓王,王宗禹。"映霁:"没听说过。这个王宗禹怎么当的大掌柜, 汉口这么繁华的地方, 居然没有替乔家买下一处生意,譬如说这梅花大酒店要是咱家的,我还用得着等住店,一等半天? "小栓忽然道:"住不成了!"映霁惊问:"怎么了?"小栓道:"人家说了,今天巡捕衙门刚来过人,说这阵子武汉三镇革命党要起事,还说湖南的革命党也要到汉口来掺和,所有住店的客人都要本地人作保。"映霁惊喜,一把抓住他问:"刚才的话真的假的? "小栓道:"当然是听伙计说的,我怎么知道真假! "映霁又下意识地回望武昌方向。小栓道:"进去呀! "映霁道:"不是住不成了吗? 这也奇了,大清一十三省,居然还有俄乔映霁住不进去的酒店。你再去问问,告诉他们俄是谁! "小栓笑道:"东家,靠着小栓的三寸不烂之舌,店咱还是住下了。人家一听说你是山西祁县乔家堡的大东家,就说不要保人,房子也是最上等的,说是啥卜里习习习——"映霁道:"甭结巴了,Presidential-suite,总统套间,是不是? "小栓道:"对,就是这个卜里习啥子,说得像进了天堂,我都没见过! "映霁长出了一口气,目光仍在武昌方向,悠然道:"我也没见过,但既然人家抬举,咱就住一回。多少银子一天? "小栓道:"自家的铺子不住,偏住这店,你还心疼银子! "映霁道:"银子嘛就是钱,钱就是花的,花钱就是做生意……都不花钱我们这些商人都得饿死。哎,你得先去看看这个总统套间,甭光听好听的,万一让人家蒙了,咱瞎花一堆银子,就成了冤大头了。不对呀,既然知道俄来了,他们的大掌柜怎么不亲自出门迎客,你是不是没说清楚,告诉他们,是山西祁县乔家堡乔家大德通的东家,乔映霁到了——"小栓站着不动,盯着他……映霁呵斥着问:"怎么了? 从你到了广州,就像一块热糖瓜子一样粘着俄。这都到了大汉口,也不让我站这儿凉快一会儿呀? 去告诉他们大掌柜,说乔映霁到了,让他出来迎接,不然这店我还不住了! "小栓还是不动。

映霁道:"去呀!"小栓突然低声问映霁:"你是不是革命党? "映霁一怔,大笑道:

"我,乔映霁,货通天下汇通天下的乔家大德通的东家,我是革命党?你这脑袋刚刚让门挤了?快去办事!"小栓问:"你还没回答呢!"映霁道:"胡说什么,这革命党能是胡说的吗?让人听了要砍头的。俄当然不是!"小栓道:"可有人在山西传谣言,说你在广州投降了孙文革命党——"映霁大叫一声:"哎哟!"小栓被吓住了,道:"怎么了!""行李!咱们的行李呢?你把行李丢在酒店大堂里了!我行李里可有要紧的东西,丢了就坏了菜了——"小栓上当,转身就往酒店里跑。映霁迅速离开,消逝在街道人群中。

没走多远他就进入了一条僻静小街,贴墙站住。一个高个子男人急急追进来。映霁迅速出手,将他脸朝下摁倒在地下。男人痛得"哎呀哎呀"大叫。映霁低声喝道:"什么人!怎么一直盯着我!"被摁倒的人还在哎呀哎呀地叫唤。映霁道:"消息够灵通的,本大爷刚到汉口就被你们盯上了!说,谁派你来的!"被摁倒的人努力抬头看他一眼道:"你说什么?疼死我了!快放手——"映霁这下看清了,吃一惊道:"你是洋人?"被摁倒的人道:"放手!"映霁松开手让他站起。男人道:"好大的力气!我这胳膊快给你弄折了!"映霁前后警觉地一望,见没有别人,立即打断他的话道:"你到底是什么来路,为什么刚才一直在后面盯着我!"男人道:"你先回答我的话,你是不是姓乔——"映霁心说好哇,官府这会儿连洋人都雇上了,道:"我不姓乔,你跟错人了!"男人神情诧异起来,道:"怎么会呢?刚刚你的长随小栓在酒店里登记,我亲耳听他告诉侍应生说你是……明白了,又是冒名顶替!我可真够倒霉的,来到中国三个月,冒称乔映霁骗吃骗喝的碰上十好几个,乔映霁名头就这么大?谁都拿他混吃混喝?怎么走遍中国到处都是你这种人!"映霁看他气愤走远,大喝道:"站住!"男人回头看他,就问道:"你还要干什么?不是还想打劫吧?你们中国人,个个都会中国功夫,就当我真怕你们!老子今天火了,刚才是没防备。来,这会儿咱们一对一,谁怕谁呀!"

他摆出拳击的架势,跳着过来。映霁盯着他看,突然开口道:"你是俄罗斯人?"男人吃一惊:"你怎么知道?"映霁:"拉斯普汀?"男人更吃惊了,结巴着道:"你……你是谁?"映霁一点点笑起来。拉斯普汀大叫着道:"你甭想再骗我……想让我相信你是乔映霁,没门儿!"映霁不说话,仍笑。拉斯普汀道:"你……莫非可能也许……真是乔家大德通的东家乔映霁?"映霁终于忍不住,放声大笑。拉斯普汀大叫道:"别笑,我不会上当的!"映霁道:"万一我是呢?"拉斯普汀盯着他,突然道:"你怎么知道我姓拉斯普汀!"映霁道:"你长得太像你爷爷。我在家里见过你爷爷和我爷爷当年在恰克图茶货市场照的相片。你和你爷爷一个模子里扣出来似的!"拉斯普汀道:"你以为这样我就会信你的鬼话?据我所知,乔家大东家乔映霁这会儿正在广州十三行街学生意,都去了八年了,怎么会冷不丁跑到汉口,你骗鬼呢!"映霁欲擒故纵,转身就走。拉斯普汀盯着他走,口中喊道:"走吧!你就是骗不了我!现如今眼面前儿在咱们中国骗子可是乌泱乌泱的!你认出我是拉斯普汀也没用!我爷爷当年和好多中国大茶商做过生意,和乔家致庸老先生做的生意最大,相与也做得最久,他们俩的照片全中国都有,你认出我是他的孙子一点儿都不奇怪!"映霁站住,回头看他,有顷走回来猛地将他抱起,大喜道:"你小子真是小拉斯普汀?"拉斯普汀道:"我当然是拉斯普汀,可我不信你就是乔映霁!"乔映霁转身再走。

拉斯普汀喊:"哎,哎,怎么又走了?"映霁越走越快。拉斯普汀喊:"你果然不是乔映霁,你装都装不像!你要真是乔映霁,见了乔家的老相与,能这样甩手就走?乔家有这样的规矩吗?你就不想知道我从俄罗斯走了数万里来到咱们中国,三个月了,一直想见乔映霁要做什么?"映霁站住,回头道:"你说什么?你们拉斯普汀家还想继续和乔家做生意?"拉斯普汀道:"当然!像当年乔家老东家和我爷爷常说的那样,天大的生意!"映霁转身走回用尽全身力气摇晃他,大声道:"你真是小拉斯普汀?"拉斯普汀道:"假了包换!可是你……真是乔映霁?"映霁道:"我要真是呢!"拉斯普汀盯着他看,摇头道:"不,你就是乔映霁,我们拉斯普汀家和你们也没什么生意可做了!"映霁诧异道:"为啥?这些年我们可是再没有听说过拉斯普汀家的消息!这些年你们家怎么着了?"拉斯普汀摇着头道:"我爷爷死后,我们家的生意就衰落了。中间的曲折一言难说。可我现在又长大了,想继续爷爷的事业,和中国最大的茶商做天下最大的茶叶生意,但我来到中国,到你们山西一打听,乔家已经不做茶叶生意了!"映霁悄然变色,脱口道:"胡说!不能!"拉斯普汀好像比他还要惊讶,一把将映霁推了个趔趄,紧张道:"不不不,你不是乔映霁!你要是他,这么大的事情怎么会不知道!告诉你吧,我亲自到山西乔家堡见过乔家的人,他们亲口告诉我乔家不做茶叶生意了。原因很简单,眼下做这门生意赚不到银子了!"

映霁一把抓住他,拉起他就走。拉斯普汀着急道:"干什么干什么?拉我去哪儿?"映霁道:"咱们这就回酒店,立马问问我们乔家的人怎么回事儿!"拉斯普汀道:"你真的是乔映霁?"映霁大叫道:"我当然是!你呢?真是老拉斯普汀先生的孙子?"拉斯普汀掏出护照来给映霁看一眼马上又收了回去，"怎么样？货真价实，假了包赔的拉斯普汀！"映霁上前抱住他胡乱亲吻起来："好家伙，真是你！其实头一眼就认出了你，就是不敢相信！你小子长得比小时候可是丑多了！小时候我们俩见过，我爷爷那年最后一次去恰克图贩茶，带上我，我九岁，你八岁，赶上大雪天，我们俩打雪仗，你还掉冰窟窿里去了！没想到今天能在大汉口和你相见！我就叫你小拉吧！"又道，"好了小拉，你到了中国，你是客，我是主，今天我得请你客！"拉斯普汀高兴起来："太好了！我就是喜欢中国人请我客，在哪里，什么时候？"映霁把自己要去做什么全忘了，道："什么时候，当然就是今天，就是这会儿呀。走走走，回酒店，我们开瓶好酒，好好地叙叙旧，商量商量怎么重新开始做天下最大的茶货生意！"又问他怎么到了汉口。拉斯普汀道："因为你们乔家不做茶业生意了，我打听到汉口是中国最大的茶业市场，就来了！到了汉口才知道，最大的茶业市场在上海，我都买好了船票，明天就要去上海了，没想到今天在这里碰上了你。"映霁道："你要再这么说话我要生气了啊！你哪儿也不要去，最大的茶业市场就站在你面前！走走走，我请你客你还不麻利点儿跟我走！"拉起拉斯普汀就走。

拉斯普汀跟跄地跟他走，边走边道："你要真是映霁，我求之不得，当然愿意跟你一起走万里茶路，像我们俩的爷爷一样，将天下最大的茶叶生意从中国的武夷山直做到俄罗斯，做到法兰西……可我还是不相信你就是乔映霁！"映霁站住道："故意气我是不是？想让我揍你一顿？算了，这顿饭我不请了！"说着转身走。拉斯普汀喊："怎么又走了？想让我相信你是乔映霁也不难，只要今天你能帮我在汉口做成一桩大生意，我就信了你！"边喊边撵上去。

二人吵着闹着已经步出了小街。小栓正在这里左顾右盼，一眼看见映霁，麻溜儿地跑上来抓住他，大声道："可找到你了！可找到你了！一声不吭就跑了，吓死我了！汉口这么大，你要是让拍花的给拍了——"忽然看到后面紧追上来的拉斯普汀，急忙上前护住映霁，焦急道："他是谁，要干什么？"映霁生气了，要将他扯开。拉斯普汀已经追上来。小栓再次挡在映霁面前大喊："你是谁？还是个洋人！大汉口真是什么人都有啊，连洋人都学会拍花了！"映霁用力将他扯开，对拉斯普汀道："你刚才说什么？我要能帮你做成一桩大生意，你就相信我是乔映霁？"拉斯普汀点头。映霁道："你这小子今天还挠着我的痒痒了。别的事咱不是行家，就这做生意——"说着那眼睛就朝四外乱瞅，一边还在跟拉斯普汀说话，"你想要我帮你什么生意？"拉斯普汀道:"来汉口三天了,喜欢上了这地方,你能不能不让我花一分银子,帮我盘下一座酒店,梅花大酒店那种档次就行!"小栓大叫道:"东家,别听他的——"映霁盯着拉斯普汀,大笑。拉斯普汀道:"你笑啥?"映霁道:"我笑啥都跟你没有相干。哎,你怎么知道我能在汉口这个地方,不让你花一分银子就能帮你盘下一座酒店?"拉斯普汀笑道:"这个我不想说,不过说了也无妨。如今乔家在中国,就像洛克菲勒家族在美国,巴林家族在英国,执中国商界和金融界的牛耳,你如果真是乔映霁,以今天乔家在中国商界的地位和影响,就能不花一分钱帮我办成这件事,要是不能——"映霁一把抓住拉斯普汀就走。拉斯普汀嚷嚷起来:"哎——哎,去哪儿?"映霁道:"梅花大酒店呀!你不是要盘下它吗?"拉斯普汀道:"我真没银子!"映霁道:"不要你的银子!"拉斯普汀低声道:"听说这个酒店是武汉最有权势的人,湖广总督瑞澂的小舅子开的,其实真正的老板就是瑞澂本人!"映霁吃了一惊,差点儿没站住,道:"没想到是他家。"一边就松开了拉斯普汀的手。拉斯普汀失望道:"难住你了吗?告诉你,牛不是这么吹的。"映霁又把他的手抓住道:"既然吹了,那还得去试。但我有个条件。"拉斯普汀紧张起来道:"啥……啥条件呀?"映霁一指小栓,又指自己道:"我们俩刚到汉口,还饿着呢。刚才我本想请你吃饭,现在你要我帮你做事,这顿饭得你请!"拉斯普汀道:"让我想想……这么着吧,你是商人,我也是。你出价,我就可以还价。你真是乔映霁,不花银子就帮我把酒店盘下来,这顿饭就是我的,盘不下来,饭钱自付。"映霁道:"万一我们俩是拆白党,吃完了打死也没钱,你怎么办?"拉斯普汀道:"那也好办。我一口咬定你就是乔映霁,让饭店的人过江去武昌乔家大德通票号喊人过来认领他们东家。不管你是不是乔映霁,乔家都会付账的。"映霁笑道:"你可真够狠的。吃人不吐骨头。咱们走!"

他拉起拉斯普汀向梅花大酒店走。小栓大叫道:"东家!"映霁回头道:"怎么了?"小栓道:"算了,走吧。"映霁也不理论,拉起拉斯普汀急急往回走。小栓松一口气,跟着走回去。

人群熙攘的江汉关码头上,正有一对刚刚下船的兄弟走出来。二人朝前方望去。望实高兴道:"大哥,终于到汉口了。前面就有一家小客栈,我们先住下来,回头我去找一条回山西的便船,能不花钱从汉江走到襄阳府,再从那里上岸,走陆路回太原府,能省老大一笔盘缠呢。"被他称作大哥的崔望百朝前方人群中望了一眼,忽然低低叫了一声:"快看那是谁!"望实道:"是谁?"望百切齿,一字一顿道:"乔映霁!"

望实看他一眼,心说真是乔映霁? 望百一把抓住他道:"快走,他刚刚进了前面那家大酒店! 要真是他,我们还不走了!"说着扯起望实就急急往前赶去。

此时在梅花大酒店的西餐厅雅间里,映霁和拉斯普汀已经坐下,小栓身后站立。映霁喊道:"侍应生,拿菜单!"拉斯普汀道:"等等! 还是先谈生意吧!"映霁道:"先吃饭!"拉斯普汀道:"先谈生意!"映霁久久看着眼前这个俄罗斯人,道:"不好打交道啊!"拉斯普汀道:"你也不是个好打交道的中国生意人!"映霁想了想,对侍应生大声道:"请你们东家!"侍应生吃了一惊,结巴道:"先生,您说要请请请谁?"映霁道:"我说过了,请你们东家!"侍应生道:"先生,这个……请请请报您的尊姓大名。"映霁道:"刚才登记住店时不是报过了吗! 山西祁县乔家堡,乔家大德通东家乔映霁。啊,还要告诉你们东家,我要替这位俄罗斯国来的拉斯普汀东家盘下这座酒店。听明白了快去!"侍应生惊得不结巴了,道:"什么? 盘下这座酒店?"映霁道:"不行吗?"侍应生转身风一样跑出去。小栓道:"这怎么回事儿,又不吃饭了?"映霁道:"谁说不吃饭? 是有人想要我的好看,先说事儿再吃饭。"小栓嘟哝道:"我看吃不好。万一事情谈不拢,人家这么好的酒店,咬死了给多少银子也不卖,这小子是不会请这顿饭的! 还是这个稳当!"说话间竟把随身带的干粮拿出来,口中唤着:"小二,来杯热水!"没人答应。小栓生气道:"这什么酒店呀,小二——"映霁一把夺下他的干粮道:"别丢我人成不成! 干粮外头路边上吃去! 再说人家这是大酒店,跑堂的叫作侍应生,不叫店小二,以后学着点儿!"忽然又生气了道,"怎么回事,还没有来人见我!"转过头又想起一件事,看小栓道:"问你一件事,咱们乔家,不做茶货生意了?"小栓一惊,要回答,一群巡捕闯进来,不容分说,将三人铐上。拉斯普汀和小栓大叫:"干啥干啥?"

映霁却不惊慌,横眉立目,正色道:"怎么回事!"酒店二掌柜带着侍应生对巡捕头目道:"就是这三个,其中这一个,谎称是山西乔家大德通的东家乔映霁,刚刚登记要住总统套间,这会儿又说要见我们东家,盘下酒店!"巡捕头目道:"带走!"众巡捕拉起三人要走。拉斯普汀看映霁,大声叫屈道:"哎呀妈呀,你真是个骗子! 我上当了! 别抓我,我是老外!"巡捕头目道:"统统带走!"

映霁不走,大叫:"等等! 我就是乔映霁!"众巡捕和酒店二掌柜等人哈哈大笑。映霁气愤道:"你们让假的乔东家骗多了,真的来了也不敢信! 我问你们,你们东家是不是姓钮祜禄,名字富善,他还有个小名叫和尚,三年前从北京八大胡同里娶的小妾名叫小冬宝。他姐姐嫁给当今湖广总督瑞澂时穷得连头面都配不起,到我们北京大德通票号去当乾隆皇上御赐的宝刀——"二掌柜脸色早变了，大叫一声打断他的话："爷！不要再说了！各位爷，小的有眼不识泰山，各位请回！乔东家，得罪了，小的这就去请我们东家！"

梅花大酒店外，望百带望实从人群中走来，隔着街面死死地朝酒店里望。望实道："大哥，你真看清楚了？"望百忽然挤过人群，直朝店门里闯。两名门卫上前呵斥道："站住！干什么的！"望百坚持要闯进去，大声嚷："找人的，你管得着吗？"两门卫对视一眼，用力将望百抬起，从台阶上扔下去。望百"扑通"一声被摔在台阶下，半天没爬起来，望实上前将他扶起，望百还要挣扎着朝酒店大门里闯，大骂道："你们店大欺客，这是做的什么生意！我一定要进去！"望实死死抱住他，颤抖道："哥，不要，你不是乔映霁，进不去的！"望百回头一抹嘴角的血，冷冷道："兄弟，我们走！"二人跟跟跄跄地走到街对面的店铺前站住。望百回看酒店大门，又看望实，问道："望实，还有多少银子？"望实警惕了："你要干啥？"望百道："听说汉口这地方，什么都有卖的，我想买枪！"望实下意识捂紧身上的银包，害怕道："你你你要买啥？"望百道："我本想回到山西，干掉乔家，为我爹、你爹，为我们崔家报了血海深仇，可老天今天在这里给了我机会，崔望百今儿要是错过了，哪知道以后还会不会再有！汉口号称九省通衢，你看这街面上，到处是天南海北来的人，我要是冷不丁一枪把他打死，没有人会想到是我们干的！现而今乔映霁是乔家的顶梁之柱，让他不明不白地死在这里，乔家那些人就会在家里反起来，不等我们动手，这个如今在山西和全国号称第一的商业帝国就完了，我们家的大仇就报了！"望实张大嘴巴半天没合拢道："哥，你原先可不是这么跟我说的！你去上海学生意时对我说，你要到那洋人最多、生意做得最厉害的地方，把洋人经商的本事全学过来，再回到山西商界，用手段把乔家打败，让乔映霁死无葬身之地。你没说过今天在这里用暗杀的办法对付他！"

望百已经听不见他的话了，道："要不是因为乔家，我爹崔鸣九当年就不会因为一桩高粱霸盘之争死在山西大牢，你爹鸣十也不会在后来与乔家的商战中不明不白地被人暗杀，我们家也不会像今天一样败落。不要再说了，拿银子出来！"望实更紧地抱住银包，不得已道："你要多少？我们还要盘缠回山西呢！"望百一把将银包夺过来，打开数里面的散碎银子，失望道："这点银子怎么买得到枪？……就是这样，我也要去碰碰运气！"他朝前面一间店铺走去。望实无奈跟过去。

梅花大酒店的西餐厅雅间里，酒店东家富善已经匆匆带二掌柜走进来，对映霁连连拱手道:"映霁兄,多年不见,不知道你大驾光临,得罪了!富善这里赔罪!"映霁站着不动,道:"原来是财主来了!乔映霁从广州学生意归来,路过汉口,没想到这么巧,住进了你这酒店,还让你的人当贼拿了下来!"富善连连作揖赔礼道:"得罪得罪,我都听说了,这帮孙子肉眼凡胎,哪里认得了你这尊真佛爷,等会儿我请饭赔罪——"映霁道:"我来介绍,这位是我刚在汉口碰上的朋友,我们乔家老少三代的相与和世交,俄罗斯大茶商拉斯普汀先生。"回头又对小拉道:"这位也是我的朋友,钮祜禄·富善先生,听说过和珅吗?当年富可敌国,银子比皇上家都多,他们是一家。"拉斯普汀和富善拱手施礼道:"见过富善东家,久闻大名。"富善对他却没有对映霁热情,虚应道:"啊,你坐你坐。上好茶,最好的茶!哎哟,刚才我还说要请饭赔罪,这还喝什么茶!乔东家,这是西餐厅,西餐有什么吃头,走走走,咱们去中餐厅,乔东家难得来一趟汉口,我要请你吃本地最有特色的名菜,清蒸武昌鱼、网衣鳜鱼、黄州豆腐、荷包丸子、蒸白肉、烧三合、三鲜酥肉、散烩八宝、黄焖甲鱼、红烧野鸭、母子大会——"小栓来了精神,大叫一声:"等等!说我上次路过汉口,这里还有一宗好东西,叫作热干面,好吃!"富善大笑着道:"热干面是下里巴人吃的东西。映霁兄要是有兴趣,咱们也可以从外面叫进来一尝……好了好了,乔东家请移驾。"

映霁笑看拉斯普汀道:"怎么样?咱们客随主便?"拉斯普汀道:"等等。刚才这位富善东家说了这么多名菜,那这一顿饭,得多少银子?"富善用瞧不起的眼光看他,嗔怪道:"拉先生多虑了,一顿便饭,富善还是请得起的。乔东家请!"拉斯普汀道:"不用我花钱,对不对?哎,有没有好酒?"富善道:"乔东家不喝酒。请!"拉斯普汀道:"可是我喝呀!"映霁道:"行,让富善先生拿酒给你喝,管够!"众人簇拥着映霁走出去。拉斯普汀跟在后面,快乐起来。

入夜,梅花大酒店中餐厅雅间里,一行人杯盘狼藉。映霁、富善和拉斯普汀都有了酒。富善再为映霁斟酒,举起酒杯对大家道:"来来来,乔东家,这是洋酒,葡萄做的,跟喝水一样,不是咱们中国产的烈性白酒,再饮一杯,咱们就进入正题。"映霁还是有了一点儿醉意,道:"不行,老富,今儿我上你当了,这葡萄酒好像也醉人呢。小栓拿药来!"小栓进门,拿来了药丸子。映霁匆匆服下去。拉斯普汀醒来问:"什么药?"映霁不愿多说,只淡淡道:"解酒的药。"又问,"正题?什么正题?"小栓将药拿走。拉斯普汀重新趴在桌上呼呼大睡。富善吓了一跳,放下酒杯道:"乔东家不是忘了吧,是你白天说的,要盘下富善的酒店?"映霁想起来了,笑道:"对不起,我把这档子事忘了……怎么老富,你这酒店位置这么好,说日进斗金一点儿都不夸张,我白天下车,头一眼就相中了它,恨不能当时就能盘下来坐地收银子。你不会真昏了头,要把它盘出去吧?"富善小声认真道:"我可是真的!"映霁看他,酒一点点醒过来,大笑道:"开什么玩笑!不可能!富善偷看一眼拉斯普汀,更小声了,道:"不是这小子想盘下酒店吧?是你要盘下这座酒店,对不对?你要盘,我就给!"映霁摇摇头又笑,道:"不,真是这小子要盘这座酒店,可他现而今手头没有一分银子。这样的生意你也愿意?"富善笑道:"他没银子我不怕,你乔东家帮他说合,你就是保人,我只当是把酒店盘给你。全大清一十三省,我只认你,别的人不认。"映霁酒完全醒了,深深地看他,突然问道:"当真想卖?富善点头。"为啥?"富善回避他的目光道:"不为什么,就是想卖。"映霁道:"不对。这么好的产业要出手,不可能没有原因。"富善一笑:"乔东家是明白人,怎么还要富善细说?"映霁忽然警觉道:"你是说——"富善什么也没说。映霁忽然笑起来道:"丑话说到前头,我也没有银子。"富善笑道:"我不怕。我说过只认乔东家。只要你写一个指头宽的纸条,说你把这酒店盘下了,我这会儿就把酒店交给你,抬腿就走。这里的一切就全姓乔了。""你就不怕我荒了你的银子?""你就是告诉我乔家现如今一两银子也没有,我也不怕。""那又是为什么?"富善道:"乔家在武汉三镇可以没有银子,在山西也可以没有银子,甚至北京的大德通大德恒两家票号也可以没有银子,但只要乔家葆有今天这样的商誉,无论我走到哪里,都能拿到我的银子。对了,乔东家一言九鼎,吐口唾沫都能砸个大坑,说过要盘我的酒店,绝对不会反悔。对吗?"

映霁心想这事儿快弄成真的了,道:"可我还是不明白——"富善笑道:"乔东家,我说过了,我就是想卖酒店。不但酒店要卖,我在武汉三镇的所有产业都要出手。因为我和你不一样,我是满洲人。"映霁笑容已落,深深看他,欲说还休。忽然,他听到一种声音,隐隐约约在远处爆响。富善霍然站起,面色大变。映霁嗖的一声站起,看着富善大叫:"老富,什么声音!"富善已经慌了,无奈道:"枪声!武昌那边出事了!怎么能这么快,我的酒店,我的当铺,我的田地房产,都还没脱手呢!"他大叫起来,一转眼就跑了出去,不见了。

枪声更加稠密起来。小栓忽然奔进来看映霁,大叫:"东家——"映霁大吼道:"外头怎么啦?"小栓道:"东家不好了!有人说,革命党在武昌动手了!"映霁大叫:"动手了?怎么搞的,我居然把大事给忘了!都是这个拉斯普汀,今儿白天我一到汉口就想过江……怎么你也不提醒我？"小栓道："东家,不会吧,你你你……我害怕!"映霁大叫道："快走!"拉起小栓就往外跑。小栓霎时变色,叫："东家,你先给小栓说清楚,你不会真是——"映霁道："啥也不要说了,快跟我过江!"小栓还在问："过江? 为啥? 这个时候还过啥江啊! 都打起来了!"映霁不答,两人一路奔出酒店。

梅花大酒店对面街边,望百和望实坐在地下啃干粮,喝凉水,目光一直盯着酒店大门。武昌方向的激烈枪声也惊动了他们。二人朝那边望去,对面酒店大门忽然大开,映霁和小栓匆匆跑出,向江汉关奔去。望百一眼瞅见他们,一把扯起望实大吼："别吃了! 快走! 望实看望百道："哥,哪里去!"望百道："乔映霁哪里去,我们就哪里去!"望实不走,道："哥,咱可是没买到枪。听说乔映霁小时候学过形意拳,赤手空拳我们对付不了他!"望百道："对付不了也不能丢了这个机会!"他拉起望实就走,忽然又回头望了一眼。原来拉斯普汀从酒店大门里奔出,大喊："乔东家,你怎么走了! 我现在相信你就是乔映霁了……我们还没有商量怎么重开茶路,做天大的生意呢!"看着他大喊大叫地追向江汉关,望百皱眉道："这又是谁?"望实吃惊道："是个洋人!"望百道："不管他,快走!"两人跟在拉斯普汀背后奔向江汉关。

深夜的江汉关码头,一艘轮渡正驶向江心。映霁和小栓挤过乘客,挤向船头,盯着枪声大作、子弹横飞的对岸。船上人惊慌失措,乱成一团。一个商人打扮的男人大叫快停船,我要回去!一个抱孩子的女人哭求道："不要停船,我家男人还在对岸呢!"小栓道："东家,那边打起来了,我们不要过去!"映霁回头埋怨他道："都是你,白天不让我过江,结果让一个俄罗斯人盯上了我……富善灌我酒时你也不挡着,明知道我有天大的事! 真误了大事,我拿你是问!"小栓又结巴了,道："东家,你你你这就是无理占三分了,我又不是你肚里的虫,怎么知道你背着我要干啥? 不说我也猜出来了,从广州回山西,不走水路走旱路,非要在汉口停下,一到汉口你就一门心思想甩掉我,原来你是想过江和革命党勾连!"映霁一把捂住他的嘴:"少胡说!"

江汉关码头上,又一艘轮渡靠岸。此时已没有多少乘客。小拉斯普汀被几名乘客裹挟着上船。望百和望实也随另一波乘客上船。船马上就开了。望实道："哥,乔映霁这会儿过江干啥?"望百想了想道："你在山西就一点儿也没听说乔映霁在广州投降革命党的事?"望实大吃一惊道："乔映霁是革命党?"望百道："我不相信他是,可他真是就好了!"

武昌江边的鹦鹉街街头,距离武昌起义的中心区域已经很近了,枪声在这里显得更加真切、密集、响亮。无数男女正在携家带口逃离。映霁、小栓逆着逃难的人流奔来,忽然摸出一个纸条,凑近灯光,看上面的地址。小栓问:"你要干啥?"映霁不理他,拦住一个正在逃难的男人大声问道:"先生,鹦鹉街百花巷七十三号怎么找?"男人瞪他一眼,也不回答,匆匆忙忙地带家人跑走。映霁吃惊道:"这人怎么了?"马上他又拦住另一个男人道:"这位大哥,我找鹦鹉街百花巷七十三号,怎么走?"这男人也用惊奇和不屑的目光瞪了他一眼,丢下一句话:"有病吧你!也不看什么时候了!"就匆匆离去。

映霁站住回头看,此时街上已跑得不剩下一个人。小栓一直在左顾右盼,叫:"东家,我们快走!街上没有人了!我好害怕!你到底要去找谁?"映霁忽然回头,借助远处的火光看身后的门牌叫起来:"哎呀,这就是鹦鹉街百花巷七十三号!"他朝黑乎乎的楼房里看一眼,抬手去打门。小栓急忙上前去拦住他道:"东家你你你等会儿,都到了这时候了,有话你你你得对小栓说清楚!"映霁问:"啥事要说清楚,你疯了吧你?不要捣乱!"小栓道:"不是我我我疯了,是东家家家疯了,你你你……你看这是啥地方?"映霁道:"啥地方,我要找的地方!"他又去打门。小栓再次坚持拦住他道:"东家,你错错错了!别觉得小栓不识字,认不出出出来!这上头几个字,我我我还是认得的!"映霁回头认真看面前这幢楼上的匾额,吃一惊:"梨花院?啥?这是座青楼?"小栓道:"小栓真没想到,东家在广州学生意,竟然还好上了这一口!乔家可是有家规祖训,但凡是乔家子孙,任何人不得嫖娼!再说了,你就是想这么干,也看看这是啥时候!"

映霁道:"住口,你胡说啥!"他想了想,摇头,重新掏出纸条看一遍,再看面前的青楼,肯定道:"没错,就是它!"他使劲拍打大门,半天没听到响应,生气道:"这啥地方呀,孙先生交代的啥联络人,让我到一座青楼里找革命同志,简直胡闹!"武昌城内的枪声越来越激烈。小栓大惊失色:"东家,你你你说啥,你真是革命党啊!"映霁没好气,继续大力打门。

青楼大门内,二十出头的莲花来到大门后,拔枪在手,对众女兵道:"排阵!"众女兵拿出绳子和麻袋,做好了准备。莲花上前,用一只手麻利地打开门闩。门"哗啦"一声开启,众女兵上前,不容分说将映霁和小栓扯进门,摁倒在地,七手八脚捆个结实,又塞上嘴,装进麻袋,扎上口。映霁和小栓大力挣扎,嘴里发出"呜呜"的声音。莲花喝道:"抬走!"众女兵将两只麻袋用力抬走。莲花身后的巧姑回手将大门闩上。莲花道:"走!"二人追上去。青楼后门就是长江边,莲花带众女兵将装映霁和小栓的麻袋拖上小船。巧姑看莲花道:"怎么处置?"莲花道:"这些天我们要等的人不会到这会儿才来,一定是路上出了事。这两个是清妖奸细,来打探虚实的。沉江!"众女兵点头,将船划向江心。麻袋里的映霁奋力挣扎,把堵在口里的东西吐掉,大口喘气。他已经听到船桨划水的声音,吃一惊,叫小栓道:"她们要干啥?"小栓也在另一条麻袋里吐掉了嘴里的东西,哭腔道:"东家,她们要把我们沉江!"映霁奋力挣扎起来,大声道:"什么人,快放了我们!"

小栓也在挣扎,叫:"快放了我们!你们抓错了,我们是好人!好人哪!"此时小船已到江心。莲花回头看巧姑:"他们喊什么?"巧姑道:"好像是山西话,说他们冤枉,是好人!"莲花道:"好人怎么会半夜三更到梨花院来敲门!我们的同志已在武昌起事,到处都是枪声,这个时候不会还有人来逛窑子!准是清妖的奸细!动手!"众女兵动手拖装小栓的麻袋。小栓大惊失色叫道:"东家快救我!我听出来了,他们是革命党,快告诉他们呀,你也是革命党,别让他们把我扔下去!"映霁大叫:"慢着!你们什么人!一句话不问就动手把人扔江里去,什么道理!我是广州来的!快住手!"

众女兵立马住手看莲花。莲花走向装映霁的麻袋问:"他说什么?"巧姑低声道:"他说是广州来的!"莲花想了想道:"打开!"众女兵忙将麻袋打开。映霁费力地将脑袋冒出来,吃力地看着莲花大喘气。莲花道:"你刚才说什么?你是广州来的?"映霁大力点头道:"对对,我是广州同盟会派来的信使,你们弄错了!"众人吃一惊一起朝莲花看去。莲花道:"广州什么会?"映霁道:"同盟会!孙中山先生的中国同盟会广州总部!"莲花道:"你说谎!"对身边众女兵道:"他骗我们!先把这一个扔下去!"众女兵又去扎映霁麻袋的口,拖他到船舷边去。映霁大叫道:"等等!你们干什么?——想起来了!住手!"众女兵看莲花,莲花示意,众女兵将麻袋再次打开。映霁二次探头出来,大喘着道:"你们是不是要我说接头暗号!"莲花也不说话,也不动,只是严厉地看着他。映霁大声嘟哝起来:"暗号……暗号……是什么来着?瞧我这记性,一急还想不起来了!小栓,你记不记得接头暗号?都是你闹的,连这么要命的事情都忘掉了,暗号暗号,你知道了快说,别让他们把我们扔江里去!"小栓在麻袋里气愤急了,大叫:"你连你是革命党都没告诉小栓,还问我啥接头暗号!当了革命党还是个笨革命党,连接头暗号你都能忘了!"巧姑抬眼看莲花,莲花怒从中起,道:"唱双簧呢,扔下去!"众女兵用力按下映霁的脑袋,重新扎住麻袋口。映霁急嚷:"停!想起来了!驱除鞑虏——"莲花呵斥道:"再说一遍!"映霁用尽力气大喊:"驱除鞑虏——"众女兵把头转向莲花,一起看她。

莲花不动声色道:"下一句知道吗?"映霁大叫道:"下一句我知道,但我不能说!应当你们答!""莲花一定让你说呢?"映霁大惊道:"不!我不能!万一你们不是革命党,就坏了大事!"莲花道:"就不怕我把你扔江里喂鱼吗?"映霁大声冷笑道:"原来你们不是革命党!我找错地方了!你们是清妖的人,这就没啥说的了!要革命总是会流血,既然被抓到了,你们要扔就扔吧!革命万岁!"小栓大叫道:"东家,你怎么糊涂了!快说下一句,你不想活了,小栓还想呢,小栓还没娶上个媳妇呢!不要犯你的牛脾气,把小栓也坑了!"众女兵看莲花眼色,莲花故意道:"扔!"众女兵冲上前抓住映霁。映霁大义凛然道:"等等。你们听着,我是革命党,可他不是,他只是我家的伙计!你们要沉江就沉我一个!不要连累他!"小栓忙大叫道:"对,各位女英雄,我真跟他不是一伙的,他是东家,我是伙计,可我们自小儿一块儿长大,都是潘大掌柜和景清东家要他去广州学生意,在那里让革命党给他灌了迷魂汤……他还是初犯,你们能饶了我,就连他也饶了,不饶就连我一块儿沉了江吧!我回去也没法交代……死就死了,跟着东家死我愿意!"映霁感动地大叫:"栓子,好样的!没想到你还这么义气,不过你不要糊涂,咱们不能一起死,两个人中间,总得留一个活着回去报信儿!"

众女兵看着莲花。莲花向船舱摆头示意。大家七手八脚把两人拖进船舱。莲花让人把映霁、小栓从麻袋里弄出来,却没有松绑,看着映霁道:"什么人派你来的?信在哪里?"映霁警惕道:"你还没有回答我的接头暗号,不能告诉你!"莲花道:"恢复中华!"映霁道:"平均地权!"莲花接着道:"创立民国!"映霁心中大喜,大叫:"原来没错,你们真是自己同志!快放了我们!"莲花回看小栓道:"之前他说你白天就到了,是不是?"映霁道:"对的。我中午就到了,都是他让我无法脱身,后来又碰上一个外国人,喝起了大酒,就忘了大事,其实没忘,就是觉得不会那么快,没想到——"莲花回头抄起一根鞭子。映霁吃惊道:"你你你要干啥?"莲花道:"广州方面来电,说有一名信使出发来汉,我们算着你十天前就该到了,原来你今天才到,到了也没有马上过江,待在江那边喝大酒,为了你我们好几个同志都被清兵抓去了!"旁边一名女兵道:"先打他一顿鞭子!"映霁大叫:"别打!自己人!"莲花挥起鞭子就打。映霁大怒道:"什么人呀你就打我!"巧姑上前夺下莲花的鞭子道:"还是让他说正事!"莲花道:"鞭子先寄放在我这儿,信在哪里?"映霁道:"在我身上!衣领里面!"莲花道:"拢船上岸！准备马车！"

黑夜的武昌在一条临江街道上，全城枪声激烈，火光四起，亮如白昼。一辆马车急匆匆飞驰过空旷的街道。火光映亮了车中的莲花、巧姑和映霁。前方一条烈火熊熊的大街立即映进了映霁的眼帘，他霍然站起道："那是啥地方？怎么烧起来了？"莲花回头厉声道："坐下！巧姑！"巧姑拔出枪指向映霁。映霁看莲花道："我说这位同志，你这么年轻漂亮，又这么干练冷静，一定是个老革命家，咱不这么凶行不行？你人这么好看，一凶就不好看了！"莲花变色，回头掏出枪指向他，冷冷道："你给我坐下！"映霁笑容收起坐下去，目光马上回到了那条熊熊燃烧的大街上，忽然他醒悟大叫道："这是长江边上，这里是武昌，不好，前面不会是天下闻名的武汉商街樱花街吧！"

莲花不回头也不回答，面无表情。马车正在快速地驰向这条深夜的武昌著名商街。樱花街上枪声大作，火光冲天。众多难民在奔跑、哭喊。难民背后，大批乱兵正在砸开店铺疯狂抢劫。一家金店前，一名老板模样的男人正拼命和一名乱兵撕扯，想夺回他手中的包袱。老板大声叫着："你们不能啊，还有没有王法了！""砰"的一声枪响，老板应声倒下去。乱兵从死者手中扯过包袱，打开数里面的金银饰物，得意地吹一声口哨，将包袱缠在腰里，又冲进隔壁店铺去抢。整个商街上一片哭喊声，声震天地。

望百和望实出现在街头，两人停下脚步。望实大惊道："哥，难道这里就是天下闻名的武昌商街樱花街？快看，他们在干啥！"望百不答，目光忽然盯住远处急驰过来的马车。车里坐着的正是映霁、莲花和巧姑。映霁用吃惊的目光望着街道两边商铺内正在抢劫的乱兵和被焚烧的店铺和票号，站起来悲愤大叫："怎么回事儿？他们在干啥？——停车！"车夫用询问的眼神看莲花。莲花喊："别停！快点过去！"车夫打马，马车跑得更快了。映霁回头对她怒目而视："快停车！他们在抢劫商铺和票号！不能让他们这么干！快去阻止他们！"莲花再次回看巧姑。巧姑拔枪顶住映霁道："坐下！"莲花对车夫道："再快点！"马车更快地驰过大火焚烧的街道。映霁朝樱花街上看去，看到了这个夜晚革命给武昌这座商业城市带来的浩劫——到处是在抢劫的乱兵，到处是因抢劫而被乱兵杀死的尸体和鲜血，一座座商铺、票号在燃烧；一面票号的招牌在烈火中坍落下来……映霁忽然瞪大了眼睛，原来街头牌坊上现出了"樱花街"三个大字。映霁大叫起来："樱花街！真是樱花街，天下闻名的武昌商街樱花街，正在遭到抢劫……怎么能这样！革命不是抢劫，一定要阻止他们！"

马车继续朝前驰去,过了牌坊,驰向黑暗的远方。望百望着远去的马车,朝望实大喊:"他在车上!他在车上!他真有可能做了革命党!"一名乱兵忽然出现,拿枪对着他们喊:"别动!"二人吓了一跳,不觉往后退去。乱兵将他们逼到墙边上,吆喝着:"把银子拿出来!"望实下意识地抱紧银包,看着望百,回头惊恐道:"你要干什么?你要干什么!"乱兵怒喝:"看不出我想干什么?打劫!"望实懦弱道:"我们没有银子!"乱兵砰地冲他们头顶放了一枪。望实"扑通"一声吓坐在地上。乱兵上前去抢他怀中的银包。望百忽冲上前,叫:"兵爷,等等,我有话说——"乱兵猛地将枪口对准他,望百道:"咱们商量一下行不行?我们给你银子,但我们也从你那里买件东西!"乱兵笑道:"你要拿银子来大爷这儿买件东西?"望百道:"对,我们给你银子,你把手中的枪给我!"乱兵一把夺过望实怀里的银包,大笑着道:"明白了!看今儿日子好,也想趁火打劫,是不是?——要枪?不成!"他转身要走,望百对望实使个眼色,二人从后面上去将乱兵扑倒,望百夺枪在手。乱兵惶恐道:"你们要干什么?"望百拿枪逼着他狠狠道:"我想杀了你!把银子留下,快滚!"乱兵丢下刚抢到的银包和怀里的银子,连滚带爬,仓皇逃走。

望百的目光却盯上了丢在地下的银子。望实将自己的银包捡起来,拴回身上,转身看望百的眼神,害怕道:"你要干什么?"望百道:"把银子捡起来!"望实道:"不,这不是我们的!"望百道:"现在它们是我们的了!快捡!"说着急急地蹲下去,将银子悉数捡起来,塞进怀里,望实不得已也跟着他捡起银子来。二人捡完银子站起,望百又看前方正被抢劫的商铺。望实又害怕了,道:"哥,你还要干什么?"望百道:"没想到乱世发财这么容易,快走!"望实看着他举枪向前面商铺走去,紧张道:"哥,你不要这么干!"望百已经快步走进一间商铺。正在抢劫的乱兵一见二人举枪进来,登时轰然而散。大火已在这家商铺里烧起来。望百的目光投向地下,那里也散落着大块的银子。他捡起一块银子,揣起来,目光又盯上了另一块银子。望实惊骇,大叫:"哥,你这是抢劫呀!"望百不管他,动作麻利地将一锭锭银子捡起来。

第二章

　　武昌首义临时总指挥所院门外，一辆马车急急驰来。车还未停稳莲花就对巧姑喝令："让他下车！"巧姑用枪指向映霁命令道："下来！"此时映霁的脸仍在回望樱花街冲天的火光，大叫不止："快阻止他们火烧樱花街，一定要阻止！"莲花一把将他扯下马车。映霁晃了几晃，借助时起的火光，回头愤怒地看这张在夜色中显得年轻和冷酷的脸，再次回头朝远方正在燃烧的樱花街望去，嘴里还在嚷嚷。巧姑厉声对映霁道："看什么，快进去！"映霁回看她和莲花，恨恨道："我再说一遍，你们现在已经知道了我的身份，不能这样对待我！"莲花用更大的声音命令："快走！"映霁不愿再和她们说什么，转身大步走进院门。

　　武昌首义革命军总指挥张振武正在指挥部指挥起义，看完映霁带来的同盟会密信，回头目光炯炯地盯着映霁道："你叫乔在中？"映霁回应道："对。"张振武道："我知道这是化名，不过不管你真名叫什么，我都要告诉你，你从广州同盟会带来的这封信已经过时了！"映霁一惊道："过时了？"张振武问他道："你一个月前就从广州启程了？"映霁道："对，一个月零三天前。"张振武道："怎么走这么久？"映霁道："经过汉口，我选择了走旱路，没走西江水路！"张振武点头道："看样子你不清楚这封信的内容！"映霁点头道："是。"张振武道："现在告诉你也没什么了。在这封写于一个月前的信里，广州同志要求武汉方面的同志尽快起事。今晚上你都看到了，武昌已经首义！"映霁激动道："是的，我看到了！"张振武道："既是自己同志我就不瞒你了。"他回身走向一面武汉地图，上面已经插满了五色小旗，"我们的力量，两标新军，一个炮营，一个辎重营，一个工兵营，已经攻占了湖广总督府。湖广总督瑞澂爬墙逃走，目前去向不明！"映霁又惊又喜道："势如破竹，太好了！"

　　此时一名军官在院子里匆忙下马，用最快速度跑进厅堂，敬礼道："报告大帅！"张振武命令："说！"军官接着道："军队开始攻击新军第八镇营区，张彪那个老贼据险顽抗,坚决不投降,我们的人硬是用手把大炮推上了中和门和蛇山山顶。我来向大帅请求开炮!"张振武着急道:"请示什么?不投降就让他灭亡,开炮!"军官道:"第八镇营区后面就是长江,江面上停着西方列强的军舰,万一炮弹打高了——"张振武断然道:"打高就打高,长江是中国的内河,不是列强的洗澡盆。开炮!"军官啪一个立正:"是!"举手敬礼转身飞奔出去。

张振武回头看了一眼映霁道:"我们接着谈——"又一名军官一直骑马进来,敬礼道:"报告大帅,总督府打下来后,奉你的令带人去,找到了外间传说的银库!"张振武急急道:"怎么样?"军官道:"一两银子也没有!"张振武脱口而出:"不可能!原来听说,那间银库里至少藏有二百万两银子!"军官道:"我们抓到了管账先生,他说半月前瑞澂就听到了风声,早早把银子弄出去了!"张振武急切道:"弄到哪儿去了,问他了吗?""管账先生说,银子不外乎去到了两个地方!""哪两个地方?问清楚马上追回来!"军官道:"一个地方是外国在汉口的银行,另一个地方是武昌城内的各大票号!"

映霁怦然心动,想起一件大事来。这时只见张振武正在自言自语:"外国银行有军舰保护,我们一时半会儿动不得,可武昌城里的各家票号,那是中国人开的——"炮声就在这里响起,惊天动地,连绵不绝。房间里地面和屋顶都在颤动,灰土纷纷下落。张振武和映霁还有骑在马上的军官及莲花一动不动听着这炮声。有顷,张振武急急走向窗前,朝外面望去。从这里,众人看见了炮弹落在前方炸起的团团火光。

炮击一直在持续,遮天蔽日,惊天动地。军官还在原地等待。张振武忽然回头看他,挥手道:"去吧,这事等下再议!"军官答应一声,举手敬礼,调转马头离去。炮声就在这时忽然停息了,突然出现的寂静让这个世界瞬间显出了空旷。张振武回头,大声命令一名军官快去看看炮声怎么停了!军官答应,急步跑出去。炮声忽然又响起来,比方才更响亮,更强大。炮声中,一直站在他们身后的莲花突然开口:"为什么要等下再议?等不得!"张振武回头。莲花道:"没有银子怎么革命,大帅,我请求马上带人去武昌城中各家票号,把瑞澂的赃银搜出来!"映霁一惊,回头。张振武看莲花,生气道:"你说什么?我听不清楚!"莲花更大声音道:"大帅,我说银子,我请求现在就带人去各家票号搜查!"映霁激动地大叫:"大帅,不能!"炮声再次停息。张振武又走回窗前,朝外面张望,远处传来士兵的欢呼声、枪声。刚才那名军官忽然又一次飞马驰来,禀报道:"报大帅!新军第八镇营房拿下来了,张彪老贼跑了!武昌城全在我们手里了!"张振武激动地看他一眼道:"好!"他匆忙到地图前看一眼,回头道:"传令全军各部,天亮前一鼓作气拿下汉阳,然后集中兵力进攻汉口!拿下汉口,武汉三镇就全在我们手里了!"军官口中应"是",举手敬礼,策马驰去。

张振武忽然回头看映霁一眼,惊奇道:"你怎么还没走?"映霁一怔。张振武道:"想起来了,你是广州方面来的同志!啊,刚才说了,广州方面的信来迟了,武昌已经首义,天亮后我们要宣布成立中华民国武昌革命军政府,通电全国响应!"映霁拱手振奋道:"祝贺大帅!乔在中也是同盟会员,入会时发过誓,要为建立民国牺牲一切,这会儿我该做点什么?"张振武道:"目前战线正推向汉江,天亮后就可能占领汉阳,移向汉口。只是清政府一定不会善罢甘休,汉口和北京之间有电报线,我断定清政府这会儿就知道消息了,他们一定会倚仗北洋新军,南下反扑!"映霁道:"这么说来,下一步革命军的任务就是保卫大武汉,守住武昌首义的成果!"张振武认真看他一眼道:"你说得很对!只有保住大武汉,才能为全国各地同志赢得时间,造成各省相继起事的局面,让风雨飘摇的大清王朝迅速垮塌!"映霁道:"为了武昌革命的成功,我请求大帅批准我上战场去冲锋陷阵!为革命成功我不惜一死!"张振武与他简单地握了一下手道:"谢谢你,你有这样的决心很好!来人!"一名军官跑进来。张振武看他道:"马上送这位同志上前线!"军官答应:"是!"看一眼映霁:"跟我走!"映霁要跟他走,莲花叫一声:"等等!"映霁和军官愣了一下,一起把目光投向她。

张振武此时已和一名参谋军官激烈地讨论起什么。莲花快速走过去道:"大帅,不能让这个人走!"张振武看她道:"你说什么?"莲花道:"他有可能是清妖派来的奸细!"张振武一惊,勃然变色,扭过头看映霁。大声道:"什么?"映霁大惊失色,那件事又浮上心来,快步走过去道:"大帅——"张振武、莲花和军官一起严厉看他。张振武道:"你还有什么事?"映霁激动道:"天大的事!刚才光顾得为武昌首义的胜利高兴,差点儿就忘了!"张振武皱眉道:"讲!"映霁道:"刚刚有人向你提议,为找到湖广总督瑞澂搜刮的银子,马上带兵去搜查武昌城中所有票号——"张振武道:"现在我们讨论的就是这件事!"映霁大声道:"大帅,不能!"张振武声音也大起来:"为什么不能?"映霁看一眼莲花又道:"除了这件事,乔在中还有一件大事要向大帅报告!就在我和这位同志一起来这里的路上,天下闻名的武昌樱花街正被乱兵抢劫,一片大火!"张振武生气道:"樱花街?你在说什么!"映霁道:"樱花街是武昌城的商业中心,全国票号业三大重镇之一,不能毁掉它!我以未来中国的名义请求大帅马上下令,派出兵马,阻止这场抢劫,一定要保住樱花街!"

张振武看他一眼,脸已经就黑了,愤怒地来回踱步,忽然回头对军官道:"你刚才说保卫大武汉,要多少军队?"军官道:"大帅,估计朝廷能在短时间动员起二十万大军前来反扑,全是北洋新军,训练有素,洋枪洋炮,不是绿营。我们只有一小部分新军,更多的是民军,至少需要五十万军队才能对付他们!要买枪买弹,还要买大炮,抓紧训练,才能作战!"张振武怒道:"我也知道要买枪买炮!我们派去和英、法、俄、日、美驻汉领事馆接触的人回来了没有,有什么消息?"军官道:"有两个人传回了消息,但是——"张振武急切道:"直截了当地说!"军官道:"英国人、法国人、俄国人回了话,大约是他们要在这场革命中保持中立。日本人没表态,他们在观望。美国人那边也没有回话。"张振武愤慨道:"中立,当然会中立!但我最关心的一是能不能卖给我们军火;二是他们在武汉的银行能不能给我们借款!"军官道:"英国人的回答有代表性。他们说,革命党与朝廷胜负尚未分明,他们就是同情革命,也要观望!"张振武气愤道:"那就是说,他们不准备借款给我们,更不打算卖给我们军火?"军官道:"军火的事日本人那边有松动,但是借款,没有人答应,人家认为我们没有担保!"张振武道:"怎么没有担保,革命一旦成功,我以中华民国政府的田赋和盐税来担保!"军官道:"但是人家说——"张振武止住他道:"不要说了!"回头盯着映霁,缓声道:"乔同志,你是广州来的,刚才我们讨论的事情你都听到了!现在看来,革命军迅速拿下武汉三镇只是时间问题,真正的问题是占领武汉后如何阻止朝廷大军反扑!你不要上前线了,我有一个更重要的任务交给你!为了马上就要到来的大武汉保卫战,我们需要立即扩充军队,购买军火,但仅靠我们的力量做不到!就今明两天,我就需要十万银子向军火贩子购买枪支弹药!我以天亮后就要成立的武昌革命军政府的名义,请你星夜赶回广州,到香港联络滞留海外的中山先生,报告武昌革命,请他迅速将他在海外募集到的资金汇回国内,帮助我们扩军备战,保卫大武汉!他本人也要迅速回国,主持大事!"

映霁略一沉吟,还没开口。莲花抢先道:"不行!"张振武回头看她,生气道:"怎么不行?"莲花道:"一是远水救不了近火,二是我们不能信任这个人——"张振武生气地打断她的话道:"我也知道远水救不了近火,可我现在能怎么办?"莲花激烈道:"就地取财!武汉三镇有众多外国银行,还有所有中国最有名的票号的分号,他们全都敌视革命,是我们的敌人!"张振武盯着她道:"你是要我用别的办法为革命筹集军费？"莲花道："大帅！无论外国银行，还是中国票号，银窖里藏的都是中国银子！用中国银子进行中国革命，没什么不可以！何况瑞澂的二百万两赃银，就在武昌的票号里，我们不过把民脂民膏拿回来救中国！"见张振武沉默不语，映霁脱口急道："不能！"张振武道："你说什么？"映霁面色已变，大声道："有件事我想问一句，现在武昌樱花街上大批乱兵抢商行，抢票号、钱庄，不是你或者革命军哪位首领的意思吧？"张振武震怒呵斥道："你在说什么！"转身要走，忽然又站住，盯着映霁信誓旦旦道："我怎么会纵兵去抢劫武昌最繁华的商街！我是革命党，不是李自成进北京！但万一无路可走，我说不定真会用一切办法去筹措经费！因为对于我和所有革命党来说，再没有比革命成功更重要的事情了！"莲花道："大帅，别说了！我现在就能猜到瑞澂的银子藏在哪家票号，只要大帅有令，莲花这就带队伍去把赃银起回来！他们要是不答应，我就一股脑地把票号的银子全借回来，支援革命！"映霁目眦尽裂，大声叫道："不！绝对不能这么干！我不允许！"张振武回头惊诧地看他，怒不可遏道："你不允许？为什么！"映霁镇定道："大帅，对于革命成功后的中国，武昌商街上的票号太重要了！你们现在抢了这些票号，会把中国复兴的希望彻底葬送！"莲花愤怒地看张振武道："大帅，我刚才说了，他是清妖派来的奸细，不要听他的！"映霁一时怒起，对莲花大叫道："你不要胡说！"

张振武已经变色，看莲花道，声音又大起来："你凭什么认为他是清妖的奸细！"莲花道："第一，为什么我们等了这么久，才等到这么一个广州方面的信使？过去不是这样的，最多半个月，信使就到了，这次他却在路上走了一个月零三天；第二，晚了也罢了，为什么他偏偏直到起义枪声打响后才送来这么一封大可怀疑没有任何用处的信？大帅，他到底是谁？是不是广州方面一个多月前派出的那位信使？我非常怀疑！"映霁用难以置信的目光看着她，吃惊道："你你你……你在胡说！"张振武脸色越来越难看："莲花，讲下去！"莲花道："大帅，我怀疑广州方面来的同志路上出了岔子，信使被调了包，这个人不是那个人，他就是一个朝廷奸细，趁着今晚革命党在武昌起事混进我们队伍里来刺探情报！"映霁无奈大叫："不，我不是！"张振武深深看映霁，冲动地命令道："抓起来！"几名卫兵上前将映霁抓住。莲花喝道："带走毙了！"众人推映霁离开。映霁大力挣扎，回看张振武，大声道："大帅错了！我有话说——"莲花道："大帅，非常时期，这个人已经到过我们这里，不能再留下来！"张振武想了想道："不，关起来！"众人将映霁推搡出去，关进旁边一个空房间里，门立即从外面被锁上。映霁扑到窗口前大叫:"大帅,错了!我不是奸细!"停了停又想起了另一件事,大声喊叫:"杀了我没关系,可是不能抢劫票号!一定不能抢劫票号!"

莲花已经回到张振武身边,看着焦虑地走来走去的总指挥,大声道:"大帅,我再次以革命的名义请求,不能把这个人留下来!"张振武忽然回头看她,大声愤怒道:"不!枪毙人着什么急?"回头看身边的军官:"他在喊什么?"军官道:"他还在喊不能抢劫票号!"张振武道:"人都要死了,还想着票号,为什么?"军官摇头。张振武道:"去见他!"说着转身走出去。莲花和军官相视一眼,跟出。

那个小得可怜的空房间里,映霁仍在大叫。随着房门忽然被打开,张振武走进来,让身后跟进来的众人退出。莲花不动。张振武看了一眼她道:"你也出去!"莲花不情愿地离开,并关上了房门。张振武严厉看映霁,突然开口道:"你到底是什么人!"映霁愤然道:"我是什么人大帅已经知道了!"张振武道:"我不知道!"映霁道:"广州同盟会总部特别信使乔在中!"张振武道:"呃,好吧!就当你的话是真的……刚才你告诉我,不能抢劫武昌城里的票号,那会毁了中国复兴的希望……你说到了中国复兴……什么原因让你把票号和中国复兴扯到了一起!说!"映霁努力让自己恢复镇静,道:"请问大帅今天为什么要发动这一场革命?"

张振武勃然大怒道:"你居然敢问我这个!凭这话我就敢断定你是朝廷奸细!连为什么革命都不明白,你怎么会是革命党?"映霁坚持道:"请大帅回答我的问题!"张振武大喊起来:"当然是为了救中国!这还要问吗?"映霁沉痛道:"鸦片战争以来,中国在与西方列强的战争中屡战屡败,到了今天,国将不国,中华民族到了生死存亡之秋。请问大帅,这样一个中国,怎么救?"张振武盯着他道:"怎么救你都不知道,还说你参加了中国同盟会!同盟会纲领上都写着呢,如今天下皆知,驱除鞑虏,恢复中华,建立民国,平均地权!"映霁问:"然后呢?"张振武大怒道:"什么然后?你到底想说什么?"映霁道:"我说同盟会纲领上写的这些目标实现之后!"张振武激烈道:"同盟会纲领写的目标这会儿还没实现呢!我现在想不到更远的事情!"映霁坚定道:"错!既然同盟会革命的终极目标是为了救中国,大帅又是武昌起义的领袖之一,就应当从打响第一枪开始,想到革命成功后如何救中国!"外面的炮声又激烈起来,他们的对话被迫中断。有顷,炮声稍息,张振武回头看映霁,不悦道:"今天咱们说的是保卫大武汉,没有军费,这件大事就做不了,做不了武昌首义就要失败!你说的事和这个有干系吗!"这时映霁注意到门外的莲花和军官一直专注地听着屋里的谈话,连巧姑从门外走过来欲对莲花说些什么,也被她挥手赶走。他回头看着张振武,继续说下去:"不是有干系,是大有干系!鸦片战争以后西方列强大举侵入中国,如今沿海城市,已是外国洋行和银行的天下,中国商行和中国票号在那里只是小配角,可以说如今的中国,沿海大城市的金融命脉和商业命脉早就不在国人手中!大武汉不一样,号称九省通衢,是中国内地最活跃最繁华的经济重镇,虽然外国银行和商行的势力也很大,几乎二分天下有其一,但中国商行和中国票号毕竟在这里占有另外二分之一天下。可以说,今日中国人自己拥有的金融力量,除了北京和太原府,最大的一块就在武昌城!"张振武道:"你这番高论和我们今天说的事情还是不相干!据我所知,国内所有大票号都在武昌城设立分号,因为这里是湖广总督衙门所在,票号设在这里而不是汉口,是他们以为设在这里更安全。可是这些票号全看朝廷和当地官员的眼色行事,统统敌视革命。我也想找他们借银子,但我知道,他们是不会借的——"映霁打断他道:"不,大帅,大清王朝朝不保夕,天下人都知道民国的诞生将无可阻挡。这虽然不意味着他们会主动支持革命,但至少不会拒绝革命,他们只会在一种情况下拒绝革命!""一种情况?什么情况?""像今晚发生在武昌樱花街上的事情!大帅,不要忘了它们就是中国自己的金融力量和商业力量!如果民国成立后中国没有自己独立的金融力量和商业力量,那就仍会是外国金融力量和商业力量的一统天下。没有金融独立就不会有民族工商业的独立,没有中国未来的工业化,没有中国经济的独立,最后是没有中国的政治独立!大帅,经济不是虚的,经济是天下万万百姓每日每时的衣食住行,经济灭亡一个民族就会灭亡,中国人失去了经济命脉,就只能任人宰割,成为西方列强的盘中餐,俎上肉!即使改了民国,中华民族仍会灭亡,还谈得上什么中华的复兴!"张振武听进去了,但仍然不服道:"照你这么说,保住武昌樱花街上的中国票号,就能保住未来民国的金融、经济和政治的独立?武昌城中大大小小的中国票号,真就这么要紧?"映霁叹口气道:"我刚才讲了,武昌是中国金融业三大重镇之一,这些票号在未来中华复兴的历史进程中占有格外重要的地位!我知道现在大帅迫切需要银子,大帅的话同样有道理,如果革命党不能迅速组成一支浩浩荡荡的大军保卫大武汉,革命仍会失败,那同样没有中国的未来和复兴。所以,我还认为这些中国票号应当在关键时刻支持革命!"张振武急道:"这话我爱听,可是那些票商不像你这么想!"映霁看着他,冲动道:"大帅眼下急需多少银子,我来解决!"张振武怔了一下,一字一顿道:"你来解决?开什么玩笑!"

映雾道:"我不开玩笑,但这是有条件的!"张振武道:"你真能帮我解决这件事?你要明白,我要的银子可不是几十两上百两,哪怕革命军占领武汉三镇只要三天,我也要十万两银子应付战场上的开销!拿下武汉三镇后我马上还要至少一百万两银子购买军火,训练军队,准备和清军大决战!当然,这期间我会想办法,再派能干的人秘密去汉口的英、美、法、日、俄几国银行商议借款!但我知道,看不到革命胜利的希望,他们是不会痛快答应借银子的!革命军一定会在武汉保卫战取得最后胜利前经历一段极为困难的局面!我想最短我们也要在武汉支撑一个月,各省才会响应我们的起义,清王朝才会灭亡。这样算来,我至少需要三百万两银子!"映雾想了想,点头道:"是得这么多!"张振武道:"原来你没有被吓住"又道:"咱们长话短说,我再问你一次,你说可以帮我从票号借到银子,是真的?"映雾点头,不说话。张振武急道:"你刚才说有条件?什么条件?""我帮大帅去借这三天战场上急需的十万两银子,大帅立即下令在武昌全城制止抢劫商街和票号,派军队直接到樱花街制止抢劫!"张振武用难以置信的目光看他道:"不,我还是不能相信你!告诉我,你怎么去给我弄到这十万两银子!"映雾道:"我和武昌一家票号很熟,我现在就想去试试,帮大帅借十万两银子!"张振武道:"告诉我这是哪家票号?你和他们什么关系?这种时候,武昌城中打起了大仗,不管什么交情,票号都是不会借银子的!"映雾道:"这个大帅请不要管。你让人跟我走,票号愿意借,一切好说,如果不成,那就对不起,我带人去抢!"张振武大声道:"什么,你这会儿也说要抢了?"映雾道:"是的!只抢一家,总比放纵乱兵抢遍武昌城里所有票号损失要小!抢了这一家能救武昌所有票号,保住中华复兴的希望,值!"

张振武深深看他,突然被眼前的这个青年吸引和感动了,信任道:"乔在中同志,事情紧急,我只能相信你!我这个人不是完人,刚才冲动了!总之什么也甭说了,你去给这家票号的掌柜说,我们是借,一旦革命成功,中华民国政府将负责归还借款,加上利息,我签字负责!——再说一遍,今晚上我要是得不到十万两银子,就只能用别的手段得到它!"映雾道:"明白!"

张振武回头开门招呼莲花:"你进来!"莲花进门:"大帅——"张振武道:"莲花同志,我命令你马上带上你的队伍,跟这位乔同志去一家票号借银子。一定要保护好乔同志!"莲花已经听到了他们的对话,回答一个"是"字,突然回头用一种敌意的目光看映雾,厉声道:"走!"映雾往外走,又回看张振武。张振武道:"放心!你就是借不到银子,我也不会任由乱兵抢劫了大武汉!——来人!"一直跟在他身边的军官走进来。张振武道:"马上派兵去樱花街,逮捕所有乱兵和抢匪,格杀勿论!同时在武昌全城贴出告示,凡有趁乱抢劫的,就地正法!"军官回答:"是!"映霁高兴了,看一眼莲花道:"我们走!"率先走了出去。莲花回看张振武,低声道:"发现他是清妖奸细,怎么办?"张振武道:"枪毙!"莲花举手敬礼,跑步跟出。

一小时后,武昌鹦鹉街百花巷七十三号大门外,巧姑持枪警惕地守着映霁。又有两名女兵将小栓从大门里推出来。小栓一眼看见映霁就扑了过来,抱住他痛哭道:"还以为见不着你了!刚才他们把我一个人关在黑屋子里——"映霁笑话小栓:"一个大小伙子哭什么!快走!"回头见莲花已经带大队人马从院子里走出来。小栓麻溜儿地擦干眼泪,听着四外阵阵激烈的枪声和从头顶飞过的曳光弹,又看身后的队伍,惊诧道:"这又是去哪里?不是要抓我去打仗吧,我害怕!"莲花看着这主仆二人,突然走上来对映霁道:"我丑话说到前头,我不相信你!如果今晚上这件事只是你想要的花招,指望着半路上逃走,子弹可比你的腿跑得快!"映霁笑容落下,道:"莲花队长,你怎么会这么想!我不会逃走!"莲花回头喊:"来人盯住他们!想跑就开枪!"巧姑带两女兵冲过来,枪口瞄向映霁和小栓。莲花回头看队伍道:"出发!"映霁郁闷地看莲花一眼,想说什么也没有再说,只是喊小栓走!众人像押犯人一样押着二人向前走去。小栓哭腔低声道:"真的不是去打仗?"映霁心烦起来,道:"不是!"队伍很快又在一个枪声稀疏的十字街头停下来,莲花看映霁道:"快说,往哪里走?"映霁想了想才道:"帅府街216号,乔家大德通票号!"莲花一怔,认真看了他一眼,神态里掠过一丝惊诧,道:"乔家大德通?"映霁道:"对!"小栓心中吃惊,看映霁一眼,低声道:"东东东家,你要干啥?"映霁不答。莲花又是一惊,回头再看映霁一眼,映霁意识到什么,故意责备小栓道:"啥东家,你在外头这么乱叫就算了,现在是在自己队伍里,要叫同志!快走!再说我也不是东家!"莲花一步回到二人面前,盯着映霁目光中一时间全是冰冷的月色,道:"等等!"映霁和小栓一起看她。莲花道:"你到底是什么人!"映霁强硬道:"我是什么人这会儿还重要吗,眼下的当务之急是为大帅借银子!"小栓又是一惊道:"啥?借银子?"映霁不理他。莲花手中枪一下指向映霁道:"刚才他叫你东家,你是什么东家?哪里的东家?"映霁笑道:"我刚才说了,我什么东家也不是!我怕从广州来武汉的路上出事,让他喊我东家,这小子一路上倒说顺溜嘴了!"小栓知道闯祸了,连连点头道:"是是,小栓说顺溜嘴了!"

不远处突然枪声大作。映霁着急起来道:"快走!"莲花道:"等等!再问你一句!你和乔家大德通票号什么关系?"小栓着急地看映霁,示意他不要说漏了!映霁坦然道:"没关系!"莲花猛地将枪口直指他的脸道:"没关系你怎么敢说能去那里借到银子!"映霁道:"借到借不到,不是还没去吗?"小栓忽然叫道:"东……大少爷——"映霁暗中掐他一把,小栓疼得"哎呀"叫一声,知道自己又说漏了。不过这一会儿枪声又响起来了。莲花回头发现巧姑在看她,可这时她忽然又不想问什么了,大声对映霁和小栓道:"前头带路!跑步!"映霁拉起小栓跑起来。莲花的心里如同火焰在燃烧,对巧姑道:"跟上他们!盯住了,绝对不要让他跑了!"巧姑答应:"是!"带众人持枪快步追上去。趁着跑在队伍前面的机会,小栓低声埋怨映霁:"东家你疯了!"映霁小声道:"再叫我东家我收拾你!"小栓脚下一软被绊倒,映霁一把将他拉起来,原来地下躺着一具死尸,不远又是一个。两个人紧张起来,带着后面的队伍朝前大跑。过了一箭之地,小栓才缓过气来,看映霁低声道:"吓死我了……他们是革命党,你不会真带他们去咱家票号吧!"映霁制止他道:"嘀咕什么!这事跟你没相干,跟着跑就行!"小栓道:"你甭忘了,乔家票号是银股加身股,股份制,大掌柜做生意上的主,你一个东家只有到了四年头上分红利的份儿。你去替革命党借银子,他们根本还不了,还没保人,不管是这里的王大掌柜还是祁县总号的潘大掌柜都不会借给你!去也白去!"映霁不理他,皱起眉头继续向前紧跑。小栓又道:"白天牛都让你吹死了,什么只要写一条指头宽的纸条,就能借到多少多少银子,这会儿怎么不写张纸条——"映霁道:"住嘴!这会儿都在打仗,哪家票号也不会半夜三更开门做生意!只能从我们家票号借!"小栓道:"别家票号不会开门做生意,咱们家就会开?"映霁被小栓提醒,道:"也是!"小栓更害怕了:"要是这样,他们不会——"映霁忽然站住,朝前面看去。

莲花带队伍赶上来,看他道:"怎么不走了?"映霁望了她一眼道:"到了!"莲花朝前面大门下的大德通招牌看一眼,皱眉道:"银子怎么借?"映霁沉思一下果断回头道:"大门关着呢,咱们走后门!"小栓大吃一惊,看他,要说什么又被映霁暗中止住。莲花又看映霁道:"再说一遍,甭想跟我耍花招,我这枪里头可压着火呢!"映霁终于爆发了,针锋相对大声道:"莲花同志,我抗议!你要是敢再这样对待我,今天这笔银子我就不借了!"莲花猛将枪口指向他,冷冷道:"那好,我先问清楚了你是谁,然后我就一枪毙了你,再用这把枪去这家票号里借!我说得到就做得到!"映霁不为所动,道:"你不用威胁我,把枪拿开!告诉你,你要是这么去借,那不是借,是抢!"他不等莲花再说下去,转身顺票号旁边的小巷子朝院后面疾步赶过去。莲花大喝道:"站住!我要开枪了!"映霁脚下并不停步,边走边道:"我说过了,走后门进去!"小栓着急地追上去,低声道:"你不要乱来!你到底想怎么着?"映霁肚里生气,不说话,继续走。莲花挥手,队伍迅速跑步跟上去。小栓一直跟着映霁在前面跑,这时最后看他道:"刚才小栓可是说过了,走哪个门这里的王大掌柜也不会借给你银子!"映霁只是生气,脚下快走。小栓忽然打了一个冷战道:"哎,你不会是想带他们硬抢吧?小栓可是要提醒你一句,乔家有家规,你要敢带外人抢自家票号,不但东家当不成,还会把你看成是反叛,拿回去点天灯!"映霁就在这时站住了,回看身后的莲花和队伍。莲花大步赶上来斥责道:"怎么了你!啊!"映霁侧身一把捂住自己的鼻子,道:"到了!"

众人一时间都嗅到了一股异味。巧姑先道:"好臭!"众人迅速捂住了鼻子,站那儿不动了。映霁道:"对不起大家了,这里有个茅厕,都忍得点儿,跟我来吧!"莲花再次上前枪口一指映霁:"不对!你刚才说要走后门——"映霁瞄她一眼道:"这就是后门。"他迅速走进茅厕,从左至右,从下至上一块块地数票号后墙上的砖,突然用脚蹬了一下,墙面登时活动,现出一个可以爬进去的洞。他旋即回头看大家道:"都跟我来!"转身就要爬进去。莲花一步上前拦住,警惕道:"停!"映霁怒道:"你又要干什么?"莲花道:"第一件事,不要想着可以这样逃跑!"映霁怒道:"我没有!"莲花道:"第二件事,你必须回答我一句话,你到底是谁,你不会是……乔映霁吧?"映霁略一惊,上下打量她道:"你也知道乔映霁?"巧姑注意地看一眼莲花。月光下莲花脸色发白,一字一字道:"回答我的话!"映霁道:"我不是!"莲花不相信道:"真的不是?"映霁道:"真的不是!"他听到了莲花激烈的被压抑的喘息,迅速改变话题:"啊,各位听好了,从这里进去就是乔家大德通后院。进去左拐,过两个月亮门,前面就是银库。打开锁大家可以进去搬银子!一定要小心,最好不要惊动了他们!"巧姑和众人等一起看着莲花。小栓一时大急,对映霁道:"你你你——"映霁一把捂住他的嘴,喝道:"噤声!"小栓不敢喊了。莲花迅速让自己冷静下来,看映霁道:"这里是票号,今晚上全武昌城都是枪声,不会连个上夜的人也没有!——你想把我们带进一个陷阱么?"映霁一不做二不休,对小栓道:"我们先进去!"小栓惊慌躲闪回避道:"我不去——"莲花再次阻止了映霁,指巧姑和另一女兵道:"你们先进去!"两人会意,对视一眼道:

"走!"一闪身钻了过去。大家紧盯着洞口,焦虑的等候,这一瞬真是长过百年呐。

有顷,墙内传来拍巴掌的声音。映霁看莲花一眼。莲花松一口气,用枪口一指映霁道:"现在你进去!"映霁二话没说,弯腰钻进去。莲花马上示意两名女兵跟在映霁后面爬进去。自己紧随其后。不知道是谁推搡了一把小栓。小栓胆小道:"我不……我不……"但还是被人塞了进去。

乔家大德通票号武昌分号后院的银库门前,莲花等人簇拥着映霁、小栓走来。映霁从身上掏出一只手电筒,照亮银库门上的大锁。小栓吃一惊道:"你这又是啥洋玩意儿!"映霁道:"手电筒,美国人爱迪生刚发明的!少废话,把锁打开!"小栓哆嗦一下,身体往后躲拒绝道:"不要让我干,我不干!"映霁一把将他扯到一边去,把手电筒递给身边的巧姑,两手用力去拧那把看起来无比坚固的大锁,锁头居然被拧开了。莲花还在惊讶他的气力之大,门已经被推开。映霁大手一挥,众人拥进去。映霁拿回手电筒,朝四面照去,居然发现所有银架上都空空荡荡,着实吃了一惊。大家同样吃惊,面面相觑。莲花变色,看映霁道:"怎么回事?这里并没有银子!"巧姑忽然在他们身后发现了银子,道:"这里有!"映霁急照过去,果然在一个角落里看到了银子,快步走过去道:"怎么才这么一点?"莲花看他道:"这一点是多少?"映霁道:"最多十万两!快动手!"莲花对众人道:"动手!"大家一拥而上取银子,分别装进带进来的布袋里。

这个夜晚异常漫长。票号前院的大掌柜室里,三位掌柜和众伙计聚集在一起。大掌柜王宗禹今年三十五岁,少年老成,已经做了这家分号多年的领军人物。此时连他也沉不住气了,走来走去,听着外面的枪炮声和爆炸声,神情极是焦急。忽见一个伙计跑进来嚷嚷道:"大掌柜不好了!"王宗禹斥责道:"怎么了?乱兵打到到大门外了?"伙计道:"不是,是后面………后面有动静!"王宗禹大惊道:"胡说!不是有上夜的人吗?"伙计道:"上夜的人都不见了。银库那边……"王宗禹一把抓起桌上的大刀道:"不好!只顾防革命军,忘了防贼,快走!"众人纷纷抄起家伙,跟他跑出去。

银库里的映霁这时仍在用手电筒四处查看,生气道:"这个王宗禹怎么做的大掌柜……怎么只有这一点儿银子!"莲花怀疑地看着他道:"到底还有没有?"映霁道:"再找找,武昌大德通分号,银库里不能只有这么点银子!"小栓一下子冲过来道:"东家,有人!"外面响起了脚步声和呐喊声:"有贼!抓贼呀——"莲花严厉地看映霁一眼。映霁道:"看什么,快走!"众人背起装银锭子的布袋拥出银库。小栓还在迟疑,映霁回看他一眼道："还不快跑,等着被抓住点天灯呀!"小栓生气道："都是你害我,小栓清清白白的一个人,现在跳到黄河里——"映霁不等他说完就跑出去,小栓也只能跟着跑出去。众人一起拥到后墙那个大洞前。莲花一边低声催促众女兵依次背布袋钻出,喊:"快!快!"一边回头对巧姑使了一个眼色。巧姑会意,暗中盯住映霁和小栓。王宗禹已经带众伙计举火把呐喊着追过来,大声嚷嚷:"抓贼呀,贼在这里呢!别让贼跑了!"映霁、小栓和莲花回头一起看过去,火把同时映亮了他们的脸。王宗禹大叫:"贼在那里,快上去,把他们拿下!"众人响应:"啊——抓贼——"小栓急叫:"东家怎么办!让他们抓到了我就活不了了——"莲花朝天砰地开了一枪,吓得拥上来的票号伙计们立马趴在地下。二掌柜大叫:"大掌柜,这些贼有枪!"王宗禹也趴到了地下,喊道:"不要怕,我们人多,上去抓住他们!"众人又爬起来,佯装着朝前冲。墙洞前女兵已经过完,映霁一把揪住莲花,把她推过墙洞,自己顺势夺过她手中枪。莲花吃了一惊,看映霁回头朝冲过来的票号伙计头上就是一枪,"哧溜"一声就从洞口钻过去,回手一把也把小栓拉了出去。莲花一把从映霁手中夺回自己的手枪,重新指向映霁的脸,命令道:"走!"映霁长长地吐出一口气,恨恨看她一眼,摇一下头,对小栓道:"走!"他再次从莲花激愤的神情和目光中发现了难以抑制的敌意,这是他很难理解的。莲花以一步之遥的距离紧紧跟着他快走。此时对她来说,旧的猜疑已经不算什么,一个新的意念已经让她变成了被燃烧的复仇激情和渴望充满的女人。

墙洞从外面"砰"一声关上时,王宗禹率领众人冲过来,一时间都停下了脚步。一个高个子伙计看王宗禹,大声道:"大掌柜,我看到一个人!"另一个矮个伙计也道:"我也看到一个!"王宗禹道:"你看到了谁?"矮个伙计道:"小栓!"他身边一个身穿长衣的伙计反驳道:"不可能!听说小栓去广州接东家了!怎么会在这里?"王宗禹看一眼被重新关上的暗门,忽然叫道:"都别吵了,快把这里堵死,不能让贼再从这儿进来!"矮个伙计瞪眼道:"大掌柜,贼怎么知道这里……不是贼!"王宗禹大声叱斥道:"怎么不是贼,就是贼!快堵上!二掌柜在哪里?"二掌柜从后面挤上来。王宗禹道:"快带人去看银库"三掌柜已从银库那边跑来,跌了一跤爬起来大叫:"大掌柜,大事不好,银库里十万两银子全不见了!"王宗禹变色:"真的不见了?"三掌柜哭腔道:"真的!"众人看着王宗禹,一时间都吓得面如土色。二掌柜道:"大掌柜,贼走得不远,出去追吧!"王宗禹大声道:"说什么呢!外面兵荒马乱的,追出去万一撞上乱兵,我们还活不活了?快把后墙这里堵死,回头守住大门,不让乱兵和贼再进来!"众人仍像被定身法定在那里一样站着不动。王宗禹急道："怎么不动！快去！"众人轰然散开。

王宗禹、二掌柜、三掌柜匆匆走回大掌柜室。王宗禹一把将门关严,回头看着二人："你们看见什么了？"二掌柜、三掌柜支吾起来。王宗禹点头："真的是他？不会错？"两人点头。二掌柜道："不是东家,谁会知道后墙上的暗门,连我都不知道！"三掌柜道："我也不知道！对了大掌柜,怎么会这样？"三个人一时间都说不出话来。还是王宗禹迅速清醒过来, 对二人道："前头有人从山西来,说据传东家在广州入了革命党,我还不信！没想到今晚上他就带着革命党到了咱这里！还有小栓,这小子更可恶,不劝东家,反倒入了伙⋯⋯最想不到的是东家竟会带革命党抢自家票号的银子！"二掌柜也清醒了一点儿道："大掌柜,十万两银子可不是小数目,怎么办？"三掌柜也道："瞒是瞒不住的！"王宗禹道："当然瞒不住,也瞒不得,再说也不能瞒！听好了,天一亮你们俩带人在家守铺子,我过江去汉口给家里发电报,把事情禀明大掌柜！"三掌柜道："好！这样我们三个就没有干系了！"王宗禹道："什么没干系,你们怎么还不明白,铺子里丢十万两银子是小事儿,东家成了革命党才是塌天的大事儿！"二掌柜道："对对！朝廷知道了,乔家可是要满门抄斩的！到时候我们也得受牵连,我的天哪,东家这祸是闯大了！"三掌柜气愤道："东家是不是昏了头了？啊,都说景明大爷娶的太太有疯病,那病还会遗传,东家不会是遗传了太太的疯病？"王宗禹道："打住！事情没闹清楚前啥都不要说,今晚上的事情不能透出去一星半点儿！还有一件事也要马上去做！明天天亮后,你们打发人出去,把东家跟小栓找回来！"二掌柜和大掌柜精神起来了,连连道："对对！眼下这时候救东家就是救乔家,救我们大伙儿！"

武昌鹦鹉街百花巷七十三号一房间内,莲花、巧姑带众女兵将映霁和小栓押进来。映霁看莲花道："莲花同志,你不该再把我们带到这里来,我要去指挥部见大帅,交割银子！"莲花声音已开始发颤："银子的事就不用麻烦你了,关起来！"映霁抗议道："不,我一定要去见他,他答应过我的,只要我能帮他借到十万两银子,他就下令在全武昌制止抢劫！"莲花一下将枪顶上映霁脑门儿,仇人似的盯住他。两人仇人似的对视了一秒钟,莲花忽然又放下了枪,回头用凶狠的语气对巧姑说道："把他们俩锁起来,等我处理完银子的事回来再说！"见巧姑没有马上动作,又补了一句,"照我说的做！"说完转身就走。巧姑对众女兵使一个眼色,旋即随她离开。众女兵相继跟出，从外面把门锁上。映霁扑上去打门，怒声大喊："你们干什么，放我们出去！我真有大事！"小栓冲上前摇晃那门，喊："放我们出去！"但是任凭两人叫喊，门外人也无人理他们。

小栓回头责怪道："东家，都怪你！"映霁大发雷霆道："别吵！"一边就用力卸那扇门！可那门竟是新式机械装备，根本卸不掉。回头见小栓正在看他，起急道："怎么了你？"小栓道："我……"映霁道："有话你就说，有屁就放！"小栓也生气了："东家，小栓现在想知道你到底是谁？她们为什么这样对你？"映霁怒不可遏道："你在说什么！"小栓道："刚开始她也要枪毙你，但那是因为她怀疑你是朝廷奸细，这又是怎么着了？东家，我们完了，这女人恨你，她要杀你，还要把小栓捎上！"映霁冷静下来思前想后，过了一会儿又摇头。小栓道："想到因为啥了吗？"映霁大吼道："我要是知道就好了！我今天和她是头一次见面！"他又愤怒地摇晃起那门来，大喊："开门！放我出去，我要去见大帅！大帅答应过的，我要去见他！"

樱花街上，夜似乎也燃烧起来。大批革命军从两端拥过来，堵住街道。一名军官宣布："所有抢匪一律抓起来，带到江边枪毙！"士兵们冲进店铺去抓正在抢劫的乱兵。一家店铺里，几个散兵被抓到，凄厉地大叫："干什么干什么？不要挡我们的财路！"士兵们不容分说将他们捆住双手带出来。整条街道上乱成一片，吆喝声、打骂声不绝于耳。

忽然两个身影从一家商铺里跑出，原来不是别人，正是望百、望实兄弟。望实回头朝街道上望一眼，叫苦道："哥，不好了，快跑！"望百道："大兵堵在街口，怎么跑？"望实还要说什么，两名士兵忽然出现在他们面前，举枪瞄准道："不许动！举起手来！"望百、望实互相瞅一眼，站住不敢动弹，将手举过头顶。一名士兵上前，把望百手里大枪夺走。望实这时大叫道："错了，我们不是抢匪！我们冤枉！"一名军官随后跟进来，三下两下扯开望百、望实的衣襟，大银子哗啦啦滚落了一地。军官挥手道："人赃俱在，带走！"众士兵应了一声，将二人五花大绑，不由分说带走。望实边走看望百，忘情大叫道："哥，都是你害了我！也害了你自己！"望百大怒："别嚎了！住嘴！"望实不管不顾，仍然大叫不止："我不想死！"望百翻脸道："你不想死也怪不得我！就是死了也要记住，这回又是乔家的人把我们引到死路上来的，到了九泉之下我也恨他们！"望实不喊了，他被望百眼神的疯狂吓住了。

黎明时分，莲花才带巧姑和几名女兵匆匆赶回鹦鹉街百花巷七十三号，在关押映霁、小栓的房间站住,此时映霁仍在摇晃那门,高声大喊。莲花对巧姑道:"开门!"巧姑麻利地掏出钥匙,门被打开,莲花带众人冲进去。映霁定睛看着莲花,激动地大叫:"莲花同志,你们太过分了!为什么把我关起来!我严重抗议!你耽误了我的大事!"边说边要往外冲。说时迟那时快,莲花再次突然用枪顶上了他的脑门儿,映霁的喊声戛然而止,他再次被惊呆了!莲花并不回头,对身后的巧姑道:"都出去!把那一个带走!"巧姑会意,和众女兵一起扯起小栓出门。小栓哪肯从命,一边挣扎一边大叫:"干啥干啥?东家!大少爷,救救我!她们要杀我了!我不想死!"但他的嘴马上被捂住。众女兵将他拖出,门"砰"一声重新被关上。映霁和莲花瞬间处在黑暗中,只能看到愤怒的眼睛盯着愤怒的眼睛。映霁这时听到了莲花剧烈的喘息,心中一动,叫道:"你要干什么!"莲花一字一顿道:"快说,你到底是谁?"映霁道:"中国同盟会员、革命党人,乔在中!"莲花道:"那不是你的真名!"映霁努力让自己平静下来,冷笑道:"我本来想告诉你我是谁,可你用枪顶着我的脑门儿,就不能了!"莲花牙关咯咯直响,泪光开始闪烁,用微微发颤的声音道:"我知道你是谁!你是乔映霁!"映霁心中又是一惊,不动声色道:"你认错人了!我不是!"莲花的牙关响得更厉害了,道:"你不想承认?不想承认你也是乔映霁!"映霁越发平静道:"莲花同志,从你第一眼看见我,我就不对你的脾气,是不是?开始你把我当成朝廷奸细,差点让张大帅把我杀了,这会儿又用一支枪顶住我的脑门儿,我不明白今天怎么这样倒霉,不过现在我明白了!"他马上听到莲花一边切齿一边道:"你明白了什么?"映霁道:"明白你错了,你可能从一开始就把我认作了另一个人了。可我不是他!"莲花手中枪在一点点加力,将映霁的脑袋顶到后墙上,道:"不要想骗我了!乔映霁,没想到你也有今天!我要杀了你!"映霁一时大急道:"等等!再说一遍,你错了!我不是乔映霁,我压根儿就不是乔家人!"莲花已经不听他说下来了,咬牙切齿道:"你们乔家人骗过天下多少人!害死了多少相信你们的人!你不是乔映霁,怎么知道乔家大德通武昌票号的后墙上有个暗门,怎么知道票号银库在什么位置,怎么会知道——"映霁急道:"原来是因为这个!我现在就告诉你!我是山西人,家父曾在乔家大德通武昌分号做过伙计,小时候我跟他一起住在票号里,当然知道票号后墙上的暗门和银库在哪里。凭这个就认为我是乔家东家乔映霁,你抬举我了!"莲花道:"可刚才那个人,你的长随,叫你东家,你不是乔映霁,谁是乔映霁!"映霁冷笑一声。莲花更怒了,道:"你死到临头,还在笑……你笑什么?""我笑你对乔映霁一无所知!""什么?"映霁道:"乔映霁是富可敌国的乔家大东家,在中国商界如雷贯耳,多少人为了讨一口饭吃,到处冒充他。为了完成广州同盟会的使命,我就不能冒充自己是乔家人吗?"莲花忽然犹豫起来:"你真的不是乔映霁?"映霁趁她一瞬间的走神迅速出手,将她的枪夺过来,回头将枪口指向她的脑门儿。莲花大惊失色道:"你!"映霁一步步将她逼到对面墙上,发狠道:"现在轮到我审你了!你又是谁,为什么怀疑我是乔映霁,一心要杀死他!说!"莲花做出视死如归的表情,不说话。映霁道:"本人不是乔映霁!今晚上我在武昌首义总指挥部对张大帅说可以去乔家借银子,其实是一句谎话!我这么做只想达到一个目的,即便牺牲了乔家一家票号,也要保住全武昌的票号!可能就是这件事让你误解了!现在你一定相信我不是了。可以把你要杀乔映霁的原因讲出来了吧!"莲花原本一直微闭着眼睛,突然回手夺过他手中的枪,重新顶上映霁的脑门儿。映霁故意赞叹道:"一个女孩子有这样的身手,佩服!"莲花不接受这样的赞许:"少废话!刚才说你不是乔映霁,那你到底是谁?"映霁这次突然出手将她擒住,夺枪在手,对准莲花的后脑,信誓旦旦道:"无论我是谁,你都休想用这种办法知道!我没工夫跟你纠缠,我要到樱花街去,亲眼看到大帅有没有履行承诺!"外面枪声又起。映霁一把将莲花推开,转身开门冲出,回手上锁。莲花用尽全身气力在里面摇动大门,同时大喊:"快放我出去!巧姑快来!抓住他!"

另一间房子里,巧姑和几名女兵也审小栓。对于小栓的回答,巧姑也颇感意外,道:"你说什么,他不是乔映霁?"小栓道:"他是什么乔映霁?他连乔家堡在哪儿都不知道!他就是一个冒充乔映霁到处骗吃骗喝的大骗子!"映霁突然持枪破门而入,枪口指向众女兵:"放了他!"众女兵一时傻了,站着不敢动。映霁看小栓一眼道:"还不快走!"小栓急忙使蛮力挣脱,随映霁冲出小楼,急急如漏网之鱼,那一通猛跳啊。

武昌街头已是清晨。映霁和小栓一路拼命跑来,回头发现并没有追兵,这才站住大喘不止。映霁动手解开拴住小栓两手的绳子,小栓伤心起来,放声大哭。映霁阻止他道:"哎哎打住,像个娘们儿似的,哭啥!"小栓一边抹眼泪一边道:"东家,可算逃出来了,到这会儿我还不敢相信我的小命还在!"他忽然又听到了身后有脚步,一把抓在映霁叫道:"快跑!"映霁抓住他道:"快跑?你要去哪里?"小栓想起什么来了,道:"哎呦喂!东家,有件事小栓没告诉你,我们这会儿在武昌有票号也难回了!都是你,夜里带他们去咱家票号抢银子,你我好像都让王大掌柜他们看见了!"映霁吃一惊道:"胡说!"小栓瞪眼道:"就是看见了嘛!开始我不明白,他们怎么没追出来,后来明白了，他们一定是看见带人去抢票号的是东家和我，才没有追出来！"

映霁也吃了一惊，笑道："真要是这样，可就坏了菜了！都怪你，当初也不拦我，让我糊里糊涂抢了自家票号，还让人瞅见了，家里知道了我还能活吗？我让人点了天灯，你也跑不掉！"小栓气得直叫："你你你这时候了还说这个！我怎么没拦你？事到如今，你也麻了爪不知道该咋办了吧？事儿全是你一个人干的，赖不着我！以后不管到啥时候，我都是这句话！"映霁笑道："事到如今我还真没主意了！咱们俩合伙将乔家的天捅个大窟窿，以后我就是再想当乔家的东家也不能了！哎，干脆我们铁了心入革命党，上前线打仗，将来革命成功，我们就是大功臣！怎么样？"小栓又慌了，大叫道："不，我可不去！我被你扯到这事里来肠子都悔青了，这是造反，让朝廷逮着要千刀万剐，我还想多活几天呢！"映霁回头朝大火燃烧的方向看一眼，正色道："光顾得说话，把大事忘了！走哇！"小栓又喊："你又要去哪？"映霁头也不回道："樱花街！武昌最大的商街，全国最大的票号除了大德通都有分号在那里呢！快走！"小栓道："不！我不去！"映霁已经跑远，小栓无奈，也跟着跑起来。

鹦鹉街百花巷七十三号，莲花正看着巧姑，生气道："你说什么？不要追了，你问过他的长随，那个人真不是乔映霁！"巧姑点头道是。莲花道："为什么我觉得他就是——"她没有再说下去。

武昌樱花街头，大火仍在星星点点燃烧，但抢劫已被制止。众革命军押着被逮捕的乱兵和抢匪走出街口，迤逦向江边走去。映霁和小栓跑来，停在街口朝他们望去。小栓大叫道："东家，抢匪和乱兵，都被抓到了！"映霁道："太好了！张大帅果然没有食言，虽然晚了点，但樱花街还是被保住了大半！乔家十万两银子保住了半条樱花街，值！"小栓想的仍然是正在被押走的乱兵和抢匪，问："东家，这些人抓到了会怎么样！"映霁恨道："能怎么样？张大帅说了，全部枪毙！"小栓哆嗦了一下道："我的天哪，真要枪毙！"映霁已经不关心这些人了，回头道："快走，我们去指挥部见张大帅，我要上战场！"小栓又被吓了一跳，道："不，我不去！我不掺和你们革命党的事儿！"映霁一把抓住他道："你现在已经掺和进来了，啥事儿都有你，不掺和也跑不掉了，快跟我走！"他拉起小栓不由分说就走。小栓拼命挣扎，哀求道："不不，东家，我跟你们革命党真没什么瓜葛，都是因为你，你把小栓害了！"他哪里能逃得掉，生生被映霁拉着快跑起来。

小拉斯普汀就在这时也出现在樱花街头，一眼望见映霁，俄罗斯人兴奋地大叫起来："哎，乔东家！映霁子！不要跑！我是小拉！你这一夜让我好找——"边喊边追上去。被押解的乱兵和抢匪队伍中，望实忽然听见了他的叫喊，回头望去，捅了一下望百道："哥，乔映霁——"望百朝他示意的方向看去，突然冲动起来，要冲出队伍去追赶映霁。身边押解的新军士兵见了，抡起枪托打下去，嘴里嚷嚷："你还不老实——"望百倒地，嘴角流出血来，忽然又被人拖起，回到队伍里继续朝前走，再回头已经看不到映霁，仇恨和绝望突然让他哈哈大笑起来。望实惊恐大叫："哥，你疯了——"望百目光仍然盯着映霁、小栓和小拉斯普汀奔去的方向，疯子一样自语道："我不能死！我不想死！他还活着呢！我要活着，一定要活着——""砰"的一声，他背上又结结实实地挨了一枪托！望百倒下去又挣扎着爬起来，步履蹒跚地随着队伍朝前走，仍然不忘回头朝映霁离去的方向望去。

映霁拖着小栓跑进了一条小街。小栓仍在挣扎，大声哀求道："不，我不跟你走！我不当革命党！"映霁突然站住，生气了，道："行，随你的便！不过我可告诉你，你赶上了好时候却不参加革命，以后会后悔的。我一个人走！"小栓看着他走，又清醒了，大叫："哎，哎，你哪里去！你也不能走！我得跟着你，弄丢了你我也回不去，等等我——"又追了上去。小拉斯普汀就在这时出现了，兴奋地大喊："乔东家，不要走！我是小拉！你让我找了一夜，我们还没谈好我们的生意呢——"他迎面向映霁和小栓跑过来。映霁吃惊地站住，道："这小子怎么也在这里，他来得可不是时候，我就要上前线打仗，这会儿可没工夫跟他谈生意！小栓，快替我挡住他！"一把将小栓推向小拉斯普汀，转身就跑。小拉斯普汀和小栓撞在一起，两个人相互搂住。小拉斯普汀兴奋道："可找到你们了！"小栓道："是我！"小拉斯普汀再看映霁，已经不见，懊恼对小栓道："哎，你们东家呢？"小栓回头望一眼道："刚才还在这里呢，一转眼就不见了！不好，我上他当了！"小拉斯普汀急急道："快找！"两人又成了一伙，跑进映霁消失的那条小巷子。

不巧他们就在这条小巷子里遇上了大德通武昌分号的二掌柜，后者正带着一干伙计寻寻觅觅地行走。一个伙计朝前看一眼，大叫道："小栓！"二掌柜也看见了和小拉斯普汀在一起的小栓，急道："抓住他！找到他就找到了东家！"众人跑过来，不容分说抓住小栓。小栓大叫："哎，哎，放开我，你们是谁？"小拉斯普汀仍在四外张望，口中念念有词："乔东家跑哪儿去了？又让他跑了？说要跟我做天大的生意，转眼就不算数了，还说乔家诚信第一，什么诚信！"二掌柜只看着小栓，道："我们是谁？你认不出来我们了？"小栓认出了他们，心里害怕，含混不清道："你是武昌分号的二掌柜，干什么干什么？放开我，让我走！"众人架起他来就走。小栓挣扎着大叫："我不能跟你们走！东家不见了！"众人回看二掌柜。二掌柜道："真的？"小栓道："是真的！放开我，我要去找东家！"二掌柜道："放放你不能，告诉我们东家在哪里？大家一起去找！"众人附和："对，找到东家才能放你！"小栓回望映雯跑走的方向，大声叫苦："我哪知道他这会儿又跑哪儿去了？……对，我知道，一定又上革命党造反的总指挥部找张大帅去了，你们知道那地界在哪儿吗？哎对了，咱们先说好，昨晚上抢咱家票号的事，跟小栓可没有相干，都是东家逼的——"二掌柜一把捂住他的嘴，又对他使眼色道："少胡说你！又不知道哪里找东家了？大家抓住他，我们还是先把他带回去交给大掌柜再说找东家的事！"众人架起小栓就走。

小栓大哭起来，道："不行，你们不能带我走，我得去找东家——"小拉斯普汀忽然冲过来抓住二掌柜道："哎，哎，你们不能带他走，他要跟我去找乔东家！"小栓趁机挣脱，一路狂奔，转眼就没了人影。二掌柜大悔道："快抓住他！"众人不理小拉斯普汀，一路追过去，却遍寻不见小栓的身影。二掌柜回看跟上来的小拉斯普汀，气愤极了："你什么人哪，不是你，小栓就跑不了，小栓跑不了我们就能找到东家，你坏了我们的大事！"小拉斯普汀忽然清醒了，歉意道："对不起对不起！你们也在找乔东家？我也找他，咱们一起去找，好不好？"二掌柜拉起自己的人快步跑走。小拉斯普汀喊："你们怎么这么走了？你们不是乔家的人吗？乔家的人怎么能这样对待相与？哎，我还要和你们东家做天大的生意呢！"他要追上去，已经晚了。

这天清晨，武昌首义总指挥部内，张振武正同一军官讲话："总共十万两银子，一定给我支撑三天！"军官道："三天后怎么办？""三天后再说！"军官举手敬礼走出，一军官又骑马进来，直冲到张振武面前。张振武气不打一处来，大叫道："你能不能不骑马进来！又吓了我一跳！"军官急忙下马敬礼："启禀大帅，我军已成功推过汉水，进入汉阳，正向汉口方向推进！"张振武心情大好，看地图道："太好了！前线战况如何？"军官道："战况空前激烈，听道瑞澂逃到了汉口，聚集汉口的清兵向我军反扑，仗打得不顺利，前线总指挥说需要增援！"张振武眉头一皱，回看身边的参谋军官："马上集合武昌城里所有队伍上前线！我也要上去！一鼓作气，再衰三竭，一定不能给清兵留下喘息之机！"参谋军官道："是！"转身离去。

一名卫兵就跑过来将手枪及皮带递给张振武，帮他匆匆武装起来。映雯被一名士兵引领进来，叫："大帅！"张振武看到他，眼睛一亮："啊，是你！"走上前使劲和映霁握了两下手，大声道："谢谢乔同志帮革命军弄到了十万两银子，解了燃眉之急！等到革命胜利，你也是首义成功的大功臣！"映霁看他："大帅这是要——"张振武道："前方兵力吃紧，我要带武昌城中所有义军上前线增援！"映霁道："大帅，你履行了你的承诺，樱花街虽然被毁了一半，但是还有半条街被保住了，更重要的是，我一路行走，发现抢劫在全城都被制止了！"张振武叹口气道："是嘛！"映霁点头道："为了这件事，我代表未来的中国感谢你！"张振武道："你现在打算怎么办？"映霁道："我要跟你上前线！"张振武道："好！"回头对一名军官道："马上带乔同志上前线！另外告诉前线总指挥，我在武昌城中将队伍集合起来就带他们上去！"军官行礼道："是！"又看映霁："请！"映霁向张振武也敬了一个军礼，道："大帅，战场见！"张振武道："战场见！"看着映霁随军官离去，马上对卫兵道："拉马，我们走！"卫兵转身从一房间里拉出马来。

指挥部大门外一队革命军正在集合，映霁随军官跑出，加入队伍。军官上马道："走！"队伍立即跑起步上了大街。小栓顺街边跑来，看见映霁大叫："东家！别跑，我来了！"映霁瞅见他很高兴，一把抓住他道："你到底来了！是不是明白遇上千载难逢的好机会了？打赢这一仗，你就成了大英雄，快跟我们走！"队伍加快速度跑起来。小栓一边跟着跑一边低声道："哎，我想出办法来了！咱们这会儿趁乱回票号，见了王大掌柜，告诉他昨天你那么干是被革命党绑了票，为了活命儿迫不得已——"映霁道："你想让我开革命的小差！冲这一条，我就可以枪毙你！走吧，别跟着我了！"一把将小栓推出队伍。小栓又气又急，几步追上去，又结巴起来道："你你你还真是哑巴吃秤砣铁铁铁了心了！老东家儿孙满堂，单挑了你接掌家事，他真是走了眼了！"映霁看他，笑道："别说我爷爷行不行！他怎么比得了我？他知道地球吗？知道哥伦布发现新大陆、麦哲伦环球航行吗？知道从那时起世界就开始成为了一个大市场，中国早就是这个全球大市场的一部分了！他不知道！汇通天下货通天下，他那个天下就是个中国，我知道的是世界大市场！没时间跟你废话，你不革命，就别跟着我，自便吧！"一边说一边跟着队伍快跑。小栓被落下，大叫道："想甩掉我，不能！"又追上去。

莲花带着众女兵迎面跑过来。巧姑朝身边的队伍一指道："莲花姐快看——"莲花一眼瞅见了映霁和小栓，怔住了。巧姑道："他们不但没逃走，还加入了咱们的队伍里，这是上了前线！"莲花皱眉道："如果是这样，我们见了大帅，也要求上前线！"

长江江岸上，大批革命军排开站立。一队队抢匪和乱兵被带上来，被众革命军轮番开枪击毙，一批批尸体倒在江岸下，有的直接倒向江中。此况惨烈，江水为之赤红。又一批抢匪和乱兵被带上来，其中就有望百和望实。一名负责行刑的军官对他们大喊："都站好了！把脸转过来！不要动！"众人站住，回头望着前面行刑的队伍。望实吓得腿也不听话了，哭腔道："哥，我不想死在这个地方！"望百咬紧牙关不说话。军官大声道："准备！举枪——"行刑的士兵把枪举起。军官喊："瞄准——"众士兵瞄准。望百的目光绝望地朝前方江岸下望去，歇斯底里大喊："大帅救我！你们不能杀我！我是革命党乔映霁——大帅救我！我是乔映霁——"行刑的军官和士兵惊住了，顺他那疯狂的眼神朝江岸下方望。果然看到江岸下街道上，张振武率一干随从纵马驰来。望百的喊声也惊动了他。张振武勒马停住，朝江岸上行刑和被行刑的队伍望过去。行刑的军官急忙下令："停下！"行刑的士兵把枪放下，军官已经跑下江岸，举手向张振武敬礼："报大帅，武昌新军炮兵营管带何世昌奉大帅之令，对抢劫武昌商街的乱兵和抢匪执行死刑，请大帅训示！"

张振武纵马上了江岸，走到望百面前，也不下马，只是看着这个刚才冲他大喊大叫的人。望百终于不喊了，虽不认识眼前人，却与他疯狂对视。张振武半晌才开口道："你是谁？"望百不说话。张振武道："怎么不说话？我认识你吗？"望百道："不认识。"张振武道："那你认识我？"望百道："不认识。"张振武道："不认识你刚才喊什么？你怎么知道我是张振武？"望百喜出望外，心想原来真是张大帅，我运气好，蒙对了人！张振武脸色突变，纵马欲行。望百大叫："大帅留步，乔映霁有话说！"张振武又驻马，回头看他。望百继续疯狂大叫："大帅快不要让他们杀了乔映霁！"张振武吃惊道："你是乔映霁？名字这么熟！"望百道："乔映霁，山西祁县乔家大德通的东家！我的名字天下皆知！"张振武道："这么说你不是抢匪？他们搞错了？"军官从一旁站出来道："禀大帅，他和他的这个兄弟，人赃俱获，不冤枉！"张振武看望百道："是这样？"望百浑身颤抖起来，大叫道："不，他们搞错了！乔映霁和我的兄弟不是抢匪，是被乱兵裹挟了！不过这件事已经不再重要！"张振武道："那什么重要？"望百道："大帅昨天夜里在武昌起事，把大清朝的天捅了个大窟窿，眼下虽然侥幸得手，但汉阳、汉口还没拿下。朝廷一定不会善罢甘休。你今天让乔映霁不死，明天我就能帮你赢得这场豪赌！"张振武不动声色，策马前行几步，忽然对行刑的军官道："把他带下去！"然后纵马走下江岸。军官将望百从被行刑的队伍中拉出来，望实惊恐地大叫："还有我！"军官看一眼望百，又把望实扯出来，对二人命令道："跟我走！"一边带望百、望实往下走，一边又回头对行刑的士兵大声喊："继续——"士兵们重新举枪，噼里啪啦地开枪。留下的乱兵和抢匪被击中，一个个地倒下去。望实忽然叫了一声，昏倒在地。望百费尽全身力气才将他拉起来，大声道："兄弟，跟哥在一起，胆大一点儿，没有人杀得了咱们！"望实醒来，吃力地站住，走了一步又停下。望百道："你怎么啦？"此时望实面无人色，用尽力气道："可你不是乔映霁！你对他撒谎，等会儿我们还是个死！"

江岸边一家刚刚被抢劫过的商店里，几名士兵将望百和望实二人押进来。张振武与望百对视了一会儿，突然开口："你到底是谁？"望百望着他，目光沉静，却不说话。一边的军官呵斥道："大帅问你话呢，快说——"张振武举手制止他，走到望百道："你刚才说你是山西祁县大德通的东家乔映霁——"望百突然肆无忌惮地大笑起来。张振武脸色急变，道："笑什么？"望百道："大帅，我不是乔映霁。刚才那么喊是死到临头，我灵机一动，想看看这个名字能不能救我，没想到它真救了我的命！"张振武哼一声转身就走，头也不回，一边从牙缝里挤出了几个字："拉出去！枪毙！"望百立马大叫："大帅！"张振武又站住了。望百道："虽然我不是乔映霁，可我是他的同乡，当年两家有通家之谊。最重要的还不是这个——"张振武道："那是什么？""最重要的事情鄙人刚才讲了，大帅和大帅的同党把大清朝的天捅了个大窟窿，朝廷一定不会善罢甘休。你今天放了崔望百不死，我就能帮你赢得这场豪赌！"

张振武不语。身边的军官轻蔑道："大帅甭听他的，听他这话不是疯子就是骗子！"望百急道："大帅！若是在下告诉你，本人参与抢劫武昌商街，是想用这样的办法投奔革命党，出一策帮大帅平天下，立大功，大帅信吗？"张振武终于回头，道："你到底是什么人？想干什么？"望百激动道："自古英雄不论出处，商朝名相傅说是盖房子打墙的，齐国名相管仲是个俘虏，楚国名相孙叔敖边贩鱼盐出身，至于秦国名相百里奚，居然是秦穆公从市场上用五张羊皮换回来的。这些大贤、智者，都帮助主人成就了大业。大帅为何一定要知道在下是什么人！大帅想知道也不难。现在崔望百就可以告诉大帅！"张振武忍不住大吼一声："快说！"望百道："在下晋商后人，刚刚在大上海学了一身的商战本领，生不逢时，赶上了革命时代！既然如今造反已成天下大势，顺之者昌逆之者亡，在下也就不能不顺应时势，投降革命，以图大用！"张振武道："我一生最讨厌巧舌如簧的人！告诉我你对革命有何大用？说不出来，我还是要让人以抢劫商街的罪名枪毙你！"望百道："大帅应当问我对大帅和大帅的同党有何大用！大帅和大帅的同党如果只想成功于一时，现在已经做到了，你们领导了武昌革命，打响了推翻大清王朝的第一枪，不管革命是不是能成功，都一定会名垂青史。好了，我的话讲完了，现在大帅可以让人枪毙我了！"张振武深深地看他，有顷道："你还有话，枪毙你并不急！说下去！"望百道："那在下就还有一句话。大帅和大帅的同党若想成大功，建大业，为天下立心，为生民立命，为往圣继绝学，为万世开太平，就不但不能杀我，还要像秦穆公当年待百里奚，刘玄德三顾茅庐对待诸葛孔明一样待我，请我出山辅佐大帅纵横天下，成一世之雄！"张振武忍无可忍，大声道："拉出去毙了！"众人响亮地回应一声，拖起望百、望实就走。

望百大叫："慢！大帅，为什么！"张振武道："本人投身革命以来，见到的江湖骗子太多，你不过又是一个！这样的骗子加抢匪，中国越少越好！"望百依旧做镇定态，道："大帅还没有开口向崔望百问计，怎么知道在下就是江湖骗子！"张振武看着他，一字字道："我最后给你一次机会。现在说吧，我让你活着对革命有什么用处！"望百道："武汉地处华中，号称九省通衢，一旦为革命军所有，无论是南下、北上还是东征西讨，都能迅速将革命火焰燃向全国，形成当年太平天国与朝廷二分天下的局面！"张振武眉头不觉一动，不语。望百接着道："朝廷鉴于太平天国的前车之鉴，绝不会置武昌革命于不顾，必会在最短时间发兵南下，收复武汉三镇，这是大清朝挽狂澜于既倒、扶大厦于将倾的最后机会。武汉面临着一场大血战！"张振武依旧不语，但他的神情表示他听进去了。望百看在眼里，接着道："在下不才，从小也饱读诗书，一部二十三史，说到底就是古往今来天下英雄逐鹿中原的战争史。在下是商人，研读历史当然用商人的眼光。别人以为战场上拼的是枪炮人马，在下认为拼的只有银子！胜利的天平倾向于谁，不是看谁拥有多少人马，而是看谁拥有更多的银子！眼下大清百尺之虫，死而不僵，万一趁革命军立足未稳，天下还在犹豫观望，倾一国之力来战，大帅和大帅的同党手中没有银子，大势去矣！"张振武被说中了心病，勃然怒起，喝道："你知道吗？我现在就可以因为你这些动摇军心的话枪毙你！"望百无所畏惧道："枪毙崔望百容易，可那时就没有人替大帅挽回大局了！"

张振武让内心平静，回头道："你有什么办法能帮本党挽回大局？"望百道："大帅和大帅的同党目前最缺的就是银子，此时此刻，只要在下画一策，马上就能让大帅弄到全武汉的银子。一旦得到这些银子，大帅就能迅速招募一支大军，购买枪弹，以武汉三镇为依托，占据险要，与朝廷大军大战百日。崔望百夜观天象，见朝廷和革命党的胜负不过在百日之内。百日之内朝廷不胜，人心一变，革命军就有了成功的机会！"张振武深深看着望百，迟疑了一分钟才道："你叫什么名字？""崔望百！""说吧，你那一策是什么？"望百看他身后的随从。张振武挥一下手道："出去！"众随从退出去，门从外面关上。张振武看望百道："现在只有你我了。说吧！"望百道："我们山西人习惯于将所有事情都看成生意。望百当然可为大帅画这一策，但我能得到什么？"张振武变色道："保住你的命！不要忘了，你现在仍是一名抢匪！"望百哑然一笑道："崔望百自幼胸怀天下之志，如不能遂我平生之愿，命在我心中并不贵重，在下以为，有些事情比命更为值钱！虽然如此，今天在下却只求大帅答应我一件事！"张振武道："什么？"望百道："准许我追随大帅，在你身边做一名谋士，如同汉刘邦身边的张良，明太祖身边的刘伯温，言听计从，运筹帷幄之中，决胜千里之外，将来革命告成，大帅成为开国功臣，图画凌烟阁，崔望百与有荣焉。"张振武转身欲走又回头，愤然作色道："革命初起，胜负难判，缺的就是人才，我不过是革命党一分子，你真要追随，那就追随革命！若是真能画一策帮革命军解决军费，就为革命立了大功，民国成立后自然位列上卿。但要是和别人一样，只会道空话大话，就不必讲了！"望百看他要走，急道："大帅留步！当今中华物尽财穷，民不聊生，武汉三镇虽号称华中第一商埠，人口数百万，但有银子的并不多。这几年革命风潮大起，就连达官显贵，都不敢把银子放在家里，听说连湖广总督瑞澂也未雨绸缪，将多年搜刮的银子全部存进了一家票号！""哪家票号？""乔家大德通武昌分号！"张振武看他，不语。望百切齿道："武汉三镇有票商一百二十七家，其中山西票号七十九家，这些票号无一例外集中开在武昌，因为这里是湖广总督衙门所在，各路新军驻扎之处，票号存的是达官显贵有钱人的银子，集中开在这里，是要借官府和朝廷驻军的威势得到保护。官府和票号心照不宣。但这恰恰是天要助革命党和大帅成功！"张振武道："讲下去！"望百道："虽然武汉三镇还没完全拿下，但武昌已在大帅手中，今天夜里大帅就派人将武昌所有票号查明地址，破门而入，把银子一扫而空，岂不是一夜间得到了全武汉的银子？"张振武心中大震，不觉久久地盯着他看，目光凌厉："原来你出的是这么个主意。可有人不久前刚刚告我一句话，今天毁了武昌城中的中国票号，就断送了未来中华复兴的希望！"望百警觉起来道："说这话的人是谁？""他是谁不重要，重要的是他的话有没有道理！"张振武回答。望百道："说出此话的一定是票号中人！我现在就想到了一个,昨夜他也在武昌出现过,我不认为他会无缘无故地出现!"张振武急道:"你在说谁?"望百道:"就是我在生死之际冒名顶替的人,山西祁县大德通的东家乔映霁!"张振武吃了一惊。望百看他道:"莫非大帅认识此人?"张振武道:"不认识!"望百道:"大帅,无论是谁说出了刚才的话,都没有替大帅和大帅的同党考虑。我且问他一句话,如果今天革命失败,大帅和革命党的目标不能实现,哪里还会有中华的复兴!"张振武被他这句话说动了心,激烈地走动起来,又忽然回头,道:"但我们是革命军,不能只要银子,不要人心。只要我今天夜里洗劫了武汉票号,明天三镇商家和百姓就会揭竿而起,那时不用朝廷派来大军,革命就完了。"——他突然话题一转——"你刚才说你认识乔映霁,当真?"望百道:"当然!"张振武道:"昨晚上你确实看到他就在武昌?"望百道:"千真万确!"张振武决然道:"你跟我走!"望百愣一下道:"上前线?"张振武看着他道:"害怕了?"望百不得不做出无畏的样子大声道:"望百谢大帅慧眼识珠,让望百实现追随当世英雄的梦想。大帅是崔望百的恩人,请受崔望百一拜!"说着单膝一跪,拱手过顶。张振武忙叱止他道:"快起来!既然参加了革命,我们就是同志,不要搞封建王朝那一套!"他不待望百站起就转身开门走了出去。望百爬起来,没有立即跟上去,从背后用阴鸷的目光看张振武的背影,心里这才松了一口气。很快他又重新抖擞起精神,带望实大步走出去。

第三章

    武昌首义发生的第二天清晨,位于山西祁县县城的大德通总号里,大掌柜潘为严正神情焦急地站着,明显是在等待什么。他的长随留根跑进来道:"大大大掌柜,武昌电报!"潘为严一把抢过电报,对一直立在身边的二掌柜道:"到底来电报了,快把电报本子取出来,看说了啥!"二掌柜把一个小柜子打开,从中取出一个小匣子,开锁取出自制的译报本,对着报文翻译道:"武昌发生革命。革命党抢走票银十万两——"他的手抖起来,抬头看一眼潘为严。潘为严严厉道:"翻!"二掌柜继续看那电报,忽然抬头。潘为严道:"怎么了?"二掌柜道:"难以置信!"潘为严道:"说!"二掌柜道:"东家出现在武昌,是他带小栓引领革命党去抢了咱家票号的银库!"潘为严道:"胡说!王大掌柜看错人了?"二掌柜又迅速查看了一番电报和译报本,抬头道:"没错!"潘为严伫立不动,眉头拧成了一个疙瘩。二掌柜道:"大大大掌柜,怎么会出这样的事! 东家他……这可怎么办!"潘为严如同自语道:"该来的终究还是来了! 看起来那件事也是真的了!"二掌柜看他道:"哪件事?"潘为严并没有回答,盯着他道:"第一件事,你马上打电报给北京大德恒的高瑞大掌柜,包头复字号的马荀大掌柜,要他们星夜赶回来商议大事!"二掌柜道:"知道了!"潘为严道:"第二件事,天下要大乱,密电北京大德通分号李德龄大掌柜,悄悄准备车马,把银子火速运回山西! 知会全国各省的乔家票号,缩摊子,埋银子,散人口,不行就撤庄! 要做得滴水不漏,让外界什么也看不出来!"二掌柜颤声道:"大掌柜圣明!"潘为严又道:"第三件事,发密电给大德通、大德恒所有分号,并悄悄知会票号业所有相与,不准东家再以他自己的名义兑出一两银子!"二掌柜迟疑道:"这个——"潘为严道:"照我说的去做!"二掌柜答应道:"是!"他要走,又回头看潘为严。潘为严道:"最要紧的是第四件事,马上回电报给武昌王大掌柜,用一切办法找到东家,就是捆,也要把东家火速捆回山西!"二掌柜道:"是! 大掌柜刚才说那件事是真的了,是不是说那个传言,东家成了革命党？"潘为严道："记住！第一，东家不是革命党！第二，他就是想做革命党，我们也不能让他做成了！"二掌柜明白了，点头道："大掌柜，这是大事，要不要知会乔家堡？"潘为严沉吟有顷道："我们都是外姓人，这么大的事变，当然要告诉。这件事你不要管，快去办我要你办的大事！"二掌柜嘴里应着并没有走。潘为严看他道："你怎么了？"二掌柜道："大掌柜若把事情告诉了乔家人，又会平地起一场大风波！"潘为严不说话。二掌柜这才跑出去。潘为严又喊："来人，备马，回乔家堡！"

祁县县城离乔家堡只有三十里。半天工夫这个消息就被潘为严带进了乔家。厚德厅内，乔家二十七叔乔景清和乔家的众本家沸反连天，嚷嚷成一片。一个长者道："怎么能这样？他居然成了反叛！"另一位道："这可是死罪，要是朝廷知道了——"前面一位不容他说完又道："我的股银怎么办？"……潘为严稳坐在客位，闭眼不发一语。突然间映霁从弟映震跳上一张椅子，大叫道："安静，我有话说！"众人安静下来，仰头看他。映震道："我们这些人招谁惹谁了，人在家中坐，祸从天上来……刚才大家都说了，我听了大概有三条——"映霁从弟映霙喊："哪三条呀？"映震道："第一条，映霁子竟然私通革命党，带那些打家劫舍的反贼抢自家票号，真是大逆不道！二十七叔，按照乔家族规，是必要将他拿回来点天灯——"众兄弟一片哗然；"对，吃里扒外，老规矩是拿回来点天灯！"映霙站起来道："少安毋躁，少安毋躁，子曰——"映震不理他，自己抢着说下去："第二条，票号里被抢走的银子，是公中财产，大家有份，事情出在武昌分号，潘大掌柜应当代我们向那里的大掌柜勒赔，不能让大家吃亏！"映霙大声道："慢！更打紧的事情你们并没有想到！"映震怒："你怎么又不拽文了？给我住嘴！"映霙转转眼珠道："诗云：青青子衿，悠悠我心，但为君故，沉吟至今……我干吗要住嘴！二十七叔，那个祸害投了革命党，就是反贼，朝廷知道了，乔家满门抄斩，亿万家当都是别人的，你们还在吵乎十万两银子怎么追回来！可笑！太可笑！"众人反应过来，面面相觑，嚷嚷道："对对，这才是大事！""真会被朝廷砍头吗？""二十七叔，快让人去村头上瞅着，别等官兵来了，我们跑都来不及！"

外面就响起了"咚咚"的脚步声。映霙脸色急变，大喊道："官兵到了，快跑！"众人立即炸了窝似的往外跑，在门口挤成一团。好不容易挤出去的人忽然又站住——门外原来是管家小顺跑过来。映震大叫道："顺子，是你，吓我们一跳！"映霙大声叱斥道："你瞎跑啥，我们还当是官兵来抄家呢？"小顺像他爷爷长顺一样有点儿结巴道："景清东家呢？不不不好了，景明二太太的病又犯了，在后头闹呢，脱光了衣裳往外头跑，女人们拉不住——"景清忽然从门里挤出来，生气道："这种事还跑这里来告我！快让女人们拉住她，锁到她自个儿房子里去！"小顺结巴道："知知知知道了！"转身又跑走。

众人回到厚德厅内，映震重新跳到椅子上喊："别吵！别吵！"迅速扫一眼景清道："二十七叔，现如今你是长辈，怎么着你总该说句话吧！"众人随声附和："对对对，景清为我们主持公道！"景清道："事到如今，我没有主意！"边说边回头寻找潘为严，道："潘大掌柜，我父亲致庸老爷子过世时把家事交给映霁，后来是您和北京高大掌柜、包头马大掌柜做主，让他去广州学生意，现在闹出了这么大的事，怎么办，高、马两大掌柜都不在，您得先给我们一个话！"映霁道："诗云：习习谷风，以阴以雨，黾勉同心，不宜有怒。虽然君子不怒，但事情都是你们三个让他去广州学生意才闹出来的，潘大掌柜必须给我们一个交代！"潘为严一直闭着的眼睛睁开一下又闭上。映震这下找到了目标，跳下椅子走过来道："哎，我说潘大掌柜，映霁子要出这样的事，你是不是早就知道？事到如今，你不给我们这些本家一个说法，那是过不了关的！"潘为严终于了睁开眼睛，目光扫过众人。厚德厅内的族人向来有点儿惧他，立刻不嚷嚷了。潘为严道："怎么都不嚷嚷了？嚷嚷啊！"景清清清嗓子道："啊，潘大掌柜，大家也就是着急，说话没轻没重，您多包涵，可今天这件事真的非比寻常——"潘为严却道："列位，这件事情要说重也重，说轻也没什么。不过是武昌分号大掌柜王宗禹发回了一封电报，事情真假未知，你们就这么嚷嚷起来，当了真了！"众人又面面相觑，没一个能拿主意的，就一起看映震和映霁。映震和映霁见所有人都看着他们又大叫道："怎么真假未知，万一是真的呢？"

潘为严训斥道："万一不是呢？一个多月前我打发小栓去广州接东家，特别给他画了路线图，照这条路走，东家根本不可能出现在武昌城！"映震喊起来了："可电报上说他眼下就在武昌！"潘为严环顾在场的人道："退一万步说，即便事情是真的，万一事出有因，譬如说东家是被革命党刀架在脖子逼迫着干的呢？乔家如今树大招风，不但天下的相与想着我们，朝廷和各级官府想着我们，就连土匪、拆白党和革命党全想着我们。各位爷怎么就凭一封电报，非得认定东家做了革命党，带人在武昌抢了自家票号不可？"众人听了都道："哎，这话有道理！"映震不服气地道："且慢！潘大掌柜，你这话不能服众，我前些日子就听说他在广州投降了孙文革命党！眼下我们一定要想万一是真的怎么办！"潘为严"啪"的一掌拍在桌上，站起来严厉道："各位爷,我早就说过,东家在广州投降革命党的谣言是商场上的对手散播出来的!我问你们,东家成了革命党对你们有什么好处!景清东家,我还有事,不陪了!"景清急忙上来圆场道:"哎呀潘大掌柜不要走!要紧的是该怎么办,您要帮我们拿主意!"潘为严平静了一点儿道:"第一件事,东家不是革命党!有人一定会问我为什么?我告诉你们,因为他是乔映霁,山西祁县大德通的东家!"映震脱口而出道:"这好像没道理吧!"潘为严道:"当今中国,谁不知道乔家和朝廷的关系!自庚子年八国联军打进北京,慈禧太后西逃,致庸老东家拿出三十万两银子助太后平安逃到西安府,以后乔家几乎就成了朝廷的乔家。乔家和大清朝一损俱损,一荣俱荣。说东家成了革命党有人信吗?你信吗?"映震固执道:"可武昌的事情怎么解释——"潘为严道:"只有一种可能,东家让革命党绑了票!"众人你瞅瞅我,我瞅瞅你,面面相觑。景清道:"哎呀这可不好了,万一他们一直把映霁弄在手里,不停地勒索银子——"潘为严果断道:"当今之计,第一件大事就是救东家,其他的都等东家脱险后再说,这件事我已经打电报给武昌了!另一件事,马上打电报给北京和包头,让高大掌柜、马大掌柜火速赶回祁县议事!"景清咳了一声道:"还是潘大掌柜!刚才我都有点儿扛不住了。来人——"映震上前阻止道:"等等!潘大掌柜是外人,乔家的大事,我们要自己做主!"众本家一时间都看着他。映震又道:"刚才潘大掌柜说映霁子是被革命党绑了票,被逼无奈,可就是这样,他也是革命党了,朝廷要是追究,乔家满门抄斩是躲不过去的!"众人听了又大声嚷嚷着:"对对对!是这个道理呀!"连族人中的长者也惊慌起来,嚷嚷:"这可怎么办呀!这可——"映震继续火上浇油:"眼下走遍天下,但凡是个三尺高的孩子,都相信乔家藏有富可敌国的银子!只要传出去一点儿风声,不说朝廷,就是山西官府、三班衙役、地痞流氓,都会觉得时候到了,他们都想要乔家的银子!那时我们还有命吗……这件事你们想过没有!"众人更惊慌了。景清更是哆嗦了起来,道:"你吓死我了。快说,你有什么主意?"映震道:"马上做两件事!头一件,打电报给武昌分号大掌柜王宗禹,让他戴罪立功,用一切办法找到映霁子,火速捆回来送官!"大伙又吃一惊道:"什么什么?捆回来送官?"映震道:"乔家到了这个时候,错一步就大家一起完蛋!与其让别人逮住他砍头,连累大家一块儿死,不如我们大义灭亲!大清律有一条,家人犯罪,首告可以免罪!"映霁接口道:"对!诗云:慨当以慷,忧思难忘。何以解忧?唯有杜康……这样做了,有人想对乔家趁火打劫就没借口了,我们的人头也就保住了!"

映震又道:"还不够!第二件事!今天来的全是各门各户当家的爷们儿,咱们赶紧推举出一个人接管家事,以后就是映霁的事儿犯了,朝廷和官府追究,咱们也可以理直气壮说,八年前他去广州时就不是东家了,那时乔家就将他秘密除了籍,他在外头做什么都和我们无干了!"众人一起看景清,景清半推半就道:"八年前映霁去广州时,是把家事交给了我,大家真要推举我接掌家事,我也只好勉为其难!"映震看他道:"二十七叔你想多了!谁都知道映霁子走后,乔家生意上的大事交代给了潘、高、马三位大掌柜,你就是管管大院子里头的事罢了。取代映霁子的人一定要能服众!你不行!"景清立时有些撑不住,生气道:"那好,我自作多情了,你们看吧,我不管了!可是我真要不管,你们谁管得了,谁愿意管?有人吗?没有人愿意干吧?我就说嘛!"映震道:"有!""谁?""我!乔家从贵发公推着小车走西口开始,几代人拼下这份家业不容易,如果实在没人愿接这副担子,大家不反对,我就——"映霁忽然大叫:"等等!闹了半天,你的狐狸尾巴到底冒出来了!子曰:八佾舞于庭,是可忍也,孰不可忍也!大家听好了,映震要接管家事,我首先不答应!要说接管家事,从长门顺下来,我还排在你前头呢!"映震大怒道:"生意上的事你懂多少?你在家里连个媳妇都管不好!"映霁道:"我是不行,可我不会违背祖训,瞒着族中人跑外头去喝花酒,捧戏子,抽鸦片!"映震怒起,冲上去抓住他:"我什么时候跑外头去喝花酒捧戏子了,不拿出证据,跟你没完!"映霁并不畏惧,叫道:"君子动口不动手,古人云,君子死而冠不免……别以为我怕你!"两个人一时大力斯扯起来,又喊又叫。

众本家也有上前劝架的,也有拉偏架的,大家乱成一团,都在喊:"轮到我们了!轮到我们了!"景清完全没有办法了,跺脚大叫道:"都放手!别打架行不行?成什么样子了!"但他的话没人听,因此他干脆不管了,一个人竟然抱着头蹲到一边去,少顷又站起来看着潘为严道:"潘大掌柜,您快说句话,怎么办呀!"潘为严一直稳坐泰山,这时忽然站起,大喝道:"都别吵了,我有话说!"厅堂里一下子安静下来,众人都回头看他。

潘为严叹口气道:"我是外姓人,本不该多言,但我和乔家到底是多年的东掌关系,在乔家生意里不但有银股还有身股。所以,当着你们大家,我要说句话!说完我就走,任你们一家子闹去!"景清乞求道:"潘大掌柜,您是有资格说话的,您可不能走,您一走我更镇不住了。"众老者也上前劝道:"潘大掌柜老成持重,您的话是金玉良言,说吧!"潘为严目光扫过众人,落到映震、映霁身上:"你们要闹,就关着大门在家里闹,不要吵出去,那样不等事情搞清楚,想毁掉乔家的人就会先杀进来!"他说完转身就走。景清叹口气道:"哎,您还真走了!"潘为严头也不回地走出门去。众人回头一看,映震、映霁又打成了一团。映震扯开嗓子道:"不行,这件事今天还是要说清楚!"映霁也不甘示弱:"硕鼠硕鼠,无食我黍!你就是我们乔家的硕鼠,想趁火打劫,我不答应!"

乔家大门外,潘为严带留根匆匆走来。小顺跟上来担心道:"大掌柜,您不能走!您走了他们今天真能把乔家给闹反了天!这个家就完了!"潘为严想了想,一把拉住他,回头望一眼没人,急道:"快找个地方,我有话说!"小顺悄声道:"我们去老东家的房子!"他让潘为严走在前面,自己和留根跟在后面,一路走向乔致庸原来的书房。小顺上前把门打开,回头躬身道:"大掌柜请!"潘为严对留根道:"你在外面盯着。"留根点头留下。潘为严扯起小顺走进去,环顾四周,忽然黯然神伤。小顺心情也难过起来,道:"东家走后,这间屋子可是有些年头没人进来过了。"潘为严并不答话,来到乔致庸遗像前,恭恭敬敬地上了三炷香,后退鞠躬行礼,说道:"东家保佑乔家。天下要大变。无论是映霁东家,还是潘为严,天下百姓,都遇上大坎了!"小顺默默地看他。潘为严继续对着乔致庸遗像:"原来以为我来了能镇得住,现在看来靠我一个人还不成,要替您保住乔家,还得去搬兵!"小顺不解。潘为严回头道:"研墨,我要写信。"小顺点头,跑去研墨。潘为严端端正正地在书桌前坐下,稍加思索,便动手写信。

乔家大院内一静室里,映震已将映霁扯进来,"砰"的一声关上门,插上门闩。映霁道:"干吗干吗——"映震竖起食指嘘了一下,低声道:"别吵!我问你脑子是不是进水了?我们俩闹啥?"映霁道:"子曰——"映震急道:"别拽文成不成!"映霁道:"成。可我怎么能不闹!本来嘛,按房头该轮到了我们,还轮不到你呢!"映震道:"你这是啥话?接管这么大家业,能按房头吗?当年致庸老祖宗让映霁子接管家事,也不是按房头,再说你觉得你行吗?"映霁生气道:"我是不行,可你行吗?"映震道:"谁说我不行?我平时就是讨厌家里管事的这些人,不想理他们,真要是让我管事——"映霁打断道:"你要这么说我就走了!"映震拉住他沉吟片刻道:"开个价吧,怎么才能不跟我作对!"映霁抢白他道:"什么我开价,我还想让你开价呢!"映震怒道:"这样我们就没法谈了!"映霁亦怒:"不谈就不谈!"边说边转身要走。映震道:"站住!你是真傻还是假傻!今天我们好不容易碰上了一个千载难逢的机会,你还要跟我斗!让我当不成乔家的掌门人,对你有什么好处?"

映霁白了他一眼道:"我要是也拿这话问你呢?"映震道:"你怎么就是个榆木疙瘩脑子呢?只要还是映霁子一手遮天,我们这些人,白白守着大堆的银子干着急花不着,这回老天开眼,假的都要把它当真的!"映霁道:"你也觉得不一定是真的?"映震道:"我是说要趁着眼下事情不分明,他人不在家,一把将大权夺回来,那就是把致庸老爷子留下来的金山夺回来了!你还要跟我打架,是你傻还是我傻?"映霁道:"你不傻,可也甭想把我当傻子!"映震气极道:"行行,我不跟你说了!这个乔家的新掌门,我非做不可!"映霁不甘示弱道:"那我就非让你做不成!"

景清突然带众人闯过来,在门外拍打房门大声喊道:"映震,映霁,你们出来,你们两个人在里头嘀咕什么,我们也要知道!"众人跟着嚷嚷:"对!要商量大家一块儿商量!"映震猛地拉开门冲出来,用劲推开大家,不管不顾地朝外走,映霁也跟在后面走了出来。大伙见了,又轰隆隆地跟着走回厚德厅去。

乔致庸书房里,潘为严将信封好,看着小顺道:"不让任何人知道。你亲自送到榆次何家去,交给江雪瑛老东家!十万火急!"小顺道:"知道了大掌柜!我马上走!"不一会儿潘为严和留根已经在乔家大院门外目送小顺纵马疾驰而去。留根看着潘为严那张紧绷的脸,试探地问:"大掌柜,我们走吗?"潘为严道:"我们不走,等请的人来到!"

此时厚德厅内,映震和映霁仍旧虎视眈眈地对峙着,互不相让,众人谁也不说话。映震忽然抬头看一眼映霁和大家,叹口气道:"各位,我们总不能一直这么僵着。今天乔家的爷们儿都在这里,我们各人表态,相互推举,谁得的推举多,谁就来做乔家的新东家!"映霁开口:"子曰:克己复礼,天下归仁焉……我反对!就是一定要换人接管家事,也还是要按房头轮着来,现在轮到我们了!"映震高声怒道:"你要是这么胡搅蛮缠,这事三天都完不了!"映霁气愤道:"完不了就完不了,三天完不了五天,咱们耗着!"景清忽然站起道:"你们吃不吃饭?你们不吃我还要吃呢!"旁边一位老者也道:"先吃饭,吃完饭了再商议!"映震大叫:"不,事情没个结果,谁也不能离开!吃饭的事好办,让大伙房把饭弄到这里来吃!吃完了接着谈,今天一定要谈出个结果!"映霁道:"大家听好了,有人想凭着人多势力众,胁迫二十七叔和我们,自己做乔家的新东家,他做不到!孟子曰:民不畏死,奈何以死惧之!走,我们大伙房里吃去!"一伙人应声随他走出厚德厅。映震霁无奈,也看自己的人,狠狠道:"走,我们也去吃!吃了再回来!"剩余的人悻悻然跟他走出去。

此时千里之外的汉阳前线,革命军和清军的激战正在展开。在战线的一翼,莲花带领众女兵趴在战壕里,一边面对冲击过来的清军猛烈射击,一边回头对自己人大喊:"别慌张!瞄准了再打!今天让他们都见阎王去!"她忽然止住了,瞥见一队革命军正从侧翼向冲击中的清军包抄过去。巧姑大叫道:"看,是他!"莲花也看见了正紧随一面革命军的军旗,领先向清兵冲杀过去的映霁!莲花一时竟看呆了。一发子弹打过来,她来不及趴下,就直落在了她面前的土中。莲花怒起,伏下身子向子弹飞来的方向继续射击,目光同时没有忘记去寻觅左侧战场上英勇冲锋的映霁。在阵地左翼的一面小山包上,映霁边冲锋边射击,同时还在情绪激昂地呼喊同伴:"冲啊!同志们,勇敢向前!消灭清妖!"小栓趴在一条被攻下的战壕里,一边躲避子弹一边气恼地大喊:"东家,你回来!你不想活了!"映霁继续冒着弹雨冲锋,小栓也顺着他脚下的堑壕跟着跑。忽然他发现映霁率领这一队革命军已冲进敌阵,同清军展开了白刃战。映霁手持一支长枪,在敌众中左冲右杀,如入无人之境。小栓在战壕里吓得大叫:"东家,你不要命了!"一个没死的清军发现了他,凶狠地持枪向他杀过来。小栓惨叫一声:"妈呀——"抱头就跑。

阵地的另一侧,莲花将一切都看在眼里。巧姑不觉看她一眼。莲花道:"看什么!我们也杀出去!姐妹们,冲啊!"众女兵个个奋勇,随她杀出战壕,冲向敌群,从另一侧形成了对山包上敌人的冲击。山包另一侧,映霁身边的旗手忽然中弹倒下。映霁抄起军旗重新举起,回头发现清军正用一挺机枪从山包顶部向下面射击。映霁情急之中,大声对身边的革命军大喊:"快跟我冲上去,消灭他们!"边说边高举军旗,不顾一切地率先向山包顶端冲去。革命军被他的士气鼓舞,高声呐喊着冲向山包高处。在冲锋的路上,映霁身边不断有人被机枪子弹打倒,映霁什么也听不到了,他心里想到的仅仅是冲上去!远处,小栓终于在一段断壕里停下来,喘着粗气,目光往回寻找,一眼就在前方山坡上看到了映霁。此刻映霁的身边,革命军将士正像秋风扫落叶般被清军的机枪纷纷打倒在地。小栓撕心裂肺地痛哭起来,大声责骂道:"东家,你这是找死——"忽然间他也忘了危险,飞一般地顺战壕奔回到战场上去,要冲到映霁身边保卫他!

由于映霁这一路革命军吸引了清军的全部注意力,莲花率领众女兵从另一侧的冲锋就没有被发现。巧姑一边冲锋一边朝山坡另一侧一指,对莲花道:"队长快看——"莲花回头看去,只见高举军旗的映霁,仍在敌军弹雨中率领最后的革命军冲向山包顶端,他那视死如归的英雄气概一瞬间内突然打动了她的心。莲花勃然变色,声音颤抖道:"快,跟我从后面包抄上去!"众女兵闻听丝毫不敢怠慢,跟随着她从侧后冲向山包顶端清军阵地。

山包顶端敌人的机枪手仍在射击。莲花无所畏惧地率领众女兵从他们身后杀过来,乱枪齐射。敌机枪手还没有反应过来就被击毙了,残敌逃走。巧姑冲进阵地,缴获了机枪,回头兴奋道:"队长,敌人阵地拿下来了!"莲花急切地朝山坡下看去,只见映霁也高举军旗率革命军冲了上来。莲花转身就走。巧姑道:"莲花姐!"莲花也不回头道:"撤!"巧姑虽感意外,但也只好对众人道:"撤!"女兵队伍刚刚随她们离开,映霁就率领革命军冲上来,用力将军旗插上敌阵地,和身后的人们大声欢呼跳跃起来。众人一边欢呼一边将映霁抬起来抛向天空,胜利的呐喊声响彻九霄。小栓也跑了上来,拉扯映霁大声道:"东家快走!"映霁诧异道:"你干什么?走开!"小栓朝前方一指道:"看,清军又打上来了!"映霁吃了一惊大喊道:"同志们卧倒,准备战斗!"众人回头看去,果然又见清军大队反扑过来。

小栓叫了一声:"哎呀妈呀!"一头钻进壕底。映霁就地趴下,举枪射击,突然又回头大喊:"小栓!"小栓头朝下屁股朝上趴着,道:"东家,我在这里!"映霁大叫:"快来帮我上子弹!"小栓哆嗦道:"我不……我就是跟着你……也不干革命党!"映霁一把将他扯过来,将空枪和子弹箱推给他,大叫:"快上子弹!清兵又冲上来了!"小栓笨手笨脚地帮枪里压子弹递给他,嘴里不觉也在激动地大喊:"我不干!都是你逼的!我不是革命党!"映霁接过他递过来的枪,一边射击一边喊:"你不干也不行了,你已经是了,你都帮我压过子弹!要是革命失败,我让人家抓住了砍头,就说实话,你也是革命党!"小栓肠子都悔青了,痛苦大叫:"哎呀你怎么是这人了!我不干了!"他转身要跑,被映霁伸手揪住。小栓大喊:"放开我!"映霁咧嘴笑道:"晚了!清兵冲过来了,他们打死我也不会留下你!快点帮我把敌人打下去!"小栓大声叫苦道:"这什么事儿呀,你害了我!"但还是干起来。

一侧战壕里,带着女兵走下去的莲花也看到了重新发起反击的清军。巧姑道:"怎么办?"莲花拔枪看众人道:"就地卧倒,射击!"众女兵就地依托堑壕卧倒,向正从下面冲上来的清军展开激烈射击。山包顶部,一名士兵对映霁大喊:"清妖冲上来了!怎么办!"映霁嗓音嘶哑地叫喊:"上刺刀!把他们压下去!"一名军官高喊道:"对,同志们,上刺刀!"众革命军上刺刀,冲出战壕。映霁身先士卒,大叫一声:"冲啊——"

率先挺起刺刀杀向敌阵。众革命军也不甘示弱呐喊着冲下去。残酷的白刃战开始，映霁一枪刺死一名清兵，回头又扑向另一名清军。小栓趴在他们身后堑壕沿上朝前看去，惊恐地大叫道："东家，你回来！你要死了！"映霁迅速回头怒视他一眼喝道："别喊！快过来把敌人打退下去！"一清兵趁机向他刺来。映霁迅速躲开，不得已枪也丢了，他就势和清兵搂抱在一起，滚在地下厮打起来。小栓大叫一声，忘了一切，跳出战壕冲过来，半道上捡起一杆枪，像使棒子一样照着清兵头上就是一下子，只这一下子就把清兵打死了！

莲花已经率女兵队从翼侧杀上来，看着仍在和革命军混战的清军，皱眉道："姐妹们，上刺刀，冲过去！"众女兵迅速上刺刀，呐喊着随她冲杀过来。清军阵脚大乱，漫山遍野溃逃下去。革命军再次跳起来欢呼，枪声大作，帽子扔向空中："敌人又被打退了！敌人又被打退了！"映霁回头一把将小栓抱起大叫："小栓，好样的！你也革命了！"

小栓大叫："不！"他急忙跑回战壕里躲起来。映霁不再理他，继续和将士们一起欢呼。忽然他在人群里望见了莲花，怔了一下，悄悄躲进了后面的战壕。小栓看在眼里，道："咋了？"映霁道："碰到冤家了，别动，别让她再看见我们！"小栓不齿道："你还有怕的人了！"映霁道："这个真没想到，乔映霁天不怕地不怕，就怕上了她！"莲花此时的心情复杂而激烈，看巧姑道："不行！我还是要去找他，当面问个明白，他到底是谁！"巧姑道："姐，我觉得他不是！刚才他在战场上的表现你都看到了，乔映霁怎么会——"莲花已经推开她，继续朝前走去。巧姑只好跟着她走。一直盯着莲花的小栓急忙在堑壕看映霁一眼道："不好，她来了！"映霁一回头也望见了正走过来的莲花，急忙藏在一具清兵尸体下面，小栓见状也脸朝下拱进一具尸体下。莲花和巧姑走来，四处寻觅却不见了映霁，两个人对视。巧姑诧异道："怪了，刚才还看见他们！"莲花道："前面去找！"说着便一路找过去。

映霁从尸体下探出头，望着莲花和巧姑走远，不觉皱起了眉头。小栓探头出来，大口喘着粗气："东家，她们过去了！"映霁怒从中起，自语道："这还真成了事儿了！我乔映霁什么时候还得罪下人来了！不行，我干脆找她问问去！"小栓一把抱住映霁道："不能！都好几回了，她都要一枪崩了你，你自己送上门，不是找着挨枪子儿嘛！我死也不让你去！"映霁不得已又停下来。莲花带巧姑一路找下去，不见映霁，却见一名军官纵马赶来，看见她，急匆匆地下马喊道："莲花！莲花队长，快到指挥部，大帅找你！"莲花看一眼巧姑道："快走！"

革命军前线总指挥部帐篷内，张振武正在看一份军报。望百和望实一旁侍立，莲花匆匆走进来："大帅，我来了！"张振武将军报放下，眉头紧锁道："前面怎么样了？"莲花道："清军的第十一次进攻又被我们打退了！"张振武道："介绍一下。他叫崔望百，山西人。"莲花和望百互视一眼，点头。张振武道："把你叫到这里来，是要问一件重要的事。"莲花道："什么事？"张振武道："昨晚上你和广州来的乔同志去武昌一家票号借银子，是哪家票号？"莲花道："山西祁县乔家堡大德通武昌分号。"张振武看望百道："果然是他。"莲花疑惑道："怎么了大帅？"张振武道："崔望百同志说他认识大德通票号的东家乔映霁！"

莲花暗自吃了一惊，看望百道："你认识乔映霁？"望百点头。张振武道："他还怀疑昨天带你们去乔家票号借银子的人就是乔映霁！"莲花内心突然激动了，但她还是努力保持了平静，过一会儿才道："是吗？"张振武道："我知道这个人，他现在就在战场上！"莲花看一眼望百又看张振武道："大帅要找他？"张振武道："对！"莲花看望百道："你跟我走！"望百一惊道："去哪里？"莲花道："战场！"望百有些意外了，道："他真在战场上？"莲花一直在抑制内心大起的风雨，道："我只知道昨天夜里带我去乔家票号借银子的人现在战场上。你不是说你认识乔映霁吗？万一他是，你一去就认出来了，莫非你在骗我们？"

张振武严厉地回看望百一眼道："怎么回事？"莲花也在看望百，不客气道："不敢上战场？"望百支吾起来，看莲花道："不，是我……没枪！"莲花想也没想，从身上拔出一把枪道："我有两把，这一把给你，还有子弹！"张振武对望百的口吻已经变了："我命令你马上和她一起去，寻找乔映霁，我现在非常想见到这个人！"望实站在一旁吃惊地看着望百。望百突然麻利地接过枪和子弹，回看望实道："你留在这里，好好服侍大帅！"望实点头。

莲花对望百严厉道："走！"望百又看张振武道："大帅急着要见乔映霁，不是为了——"张振武突然用不容拖延的语气大声道："快去找！"看着望百随莲花离去，张振武接着看军报，又生气地丢下来，激烈地走来走去，自言自语："银子，还是银子！到处都要银子，可是我并没有银子……没有！"

莲花走后，映霁和小栓一直背靠着战壕眯着眼睛休息，映霁道："这会儿要是有点儿吃的就好了，对了，要是这会儿有人送来乔家八大碗，我能一个人把它们吃光！"小栓正在左顾右盼，突然回头悄悄道："东家，趁这会儿朝廷的兵退了，咱们快走！"映霁并不睁眼："哪儿去？"小栓急道："还真铁了心当革命党了，知道不知道你在这里碰上仇人了！她马上会再找回来，哎呀我的老天，真要在这儿把你打死了，我回去怎么说！"映霁道："你就这么说，山西祁县乔家堡乔家大德通的东家乔映霁，在武昌首义的战场上，杀敌而死！"小栓一眼瞧见莲花带望百沿着战壕走过来，大惧道："哎，说曹操曹操到，她又来了！快跑！"映霁还不睁眼，道："谁又来了！"小栓叫起来："除了她还能有谁？还带了人来！"映霁慌了，看了一眼走上来的莲花道："这也奇怪了，为什么非要跟我过不去！——快藏起来！"两人再次装成死人，脸朝下趴下。小栓道："要是万一躲不过去——"映霁道："记住！万一躲不过去，打死了也不能说我是乔映霁！"小栓不解："为什么？"映霁道："我要是知道就好了！"

望百带莲花沿战壕走过来，一眼就看见了映霁，远远地就站住。莲花顺着他的目光，也看到了拱着屁股趴在战壕里的映霁，回头问望百道："是他？"望百目光中猛然现出一股极深的恨意，一字字道："就是他！"莲花又看他道："你可看清楚了，他真是山西祁县乔家堡大德通的东家乔映霁？"望百怒道："扒了皮认骨头，他也是乔映霁！"莲花仍不放心，"再问一遍，你真的认识你说的这个人？"望百的语气里不觉现出了更深的恶意，道："我们岂止是认识——"他没有把后面的话说出来，因为莲花的目光已经转向映霁，仇恨的火焰腾腾地在心中燃烧起来。她回头招呼跟在后面的巧姑和女兵道："跟我来！"见望百站着不动，又看他问："你不想一起过去？"望百道："我认识他，他不一定认识我。不，他一定不认识我。我还是不过去的好。"莲花从一开始就对这个人充满了厌恶和不信任，此时也不再理他，带领巧姑和众女兵向前走，一直走到映霁和小栓所在的战壕上方。

小栓已经瞥见了她，低声惊叫道："东家——"莲花此时也大叫一声："乔映霁！"映霁不得已抬头看看莲花，又看站在四周的女兵手中黑洞洞的枪口，慢慢爬起，笑道："原来是你们！又要干什么？"激动不已的莲花举起枪逼他道："跟我走！"映霁变色道："我说过了，我不是乔映霁！"莲花越来越难以抑制内心的激动了："今天你是不是乔映霁，都得跟我走！"映霁心中忽然起了大火："我要是不走呢？""不走不行，是大帅在请你！""哪个大帅？武昌前线现在有好多大帅！"莲花一字字道："张振武张大帅！"映霁松一口气道："是他……有什么事吗？"莲花道："大帅要见你，当然有大事！走！"映霁已经不那么担心了，道："好吧，我跟你走！——不，大帅要见的是乔映霁,还是我?说清楚了我才能走!"怒火在烤炙莲花的心,她咬牙道:"大帅要见的人是你!"映霁回头看小栓。小栓哭腔道:"东家,你躲过了初一,还是躲不过十五!"映霁故意逗他:"躲不过就不躲。你留在这里替我守阵地,等一会儿记着给我收尸!"莲花斜了他一眼道:"他一块儿走!"说着巧姑等一众女兵已经把枪口一齐指向小栓。小栓不觉举起双手,哭道:"你们干什么?我可不是——"他没说完话就被人扯出了战壕,莲花和众女兵像押解犯人一样押着他们二人离开。立在不远处的望百见此,忽然快步离开。

总指挥部帐篷内,望百率先走进来,看张振武道:"大帅,来了!"张振武回头看他:"乔映霁?"望百道:"对。但在大帅见他之前,望百有几句话要说!"他匆匆走上前,对张振武耳语。张振武一惊,喝道:"你怀疑他是朝廷派来的奸细?为什么?"望百又对他匆匆耳语一通。张振武目光凛厉起来。帐篷外响起脚步声,只听莲花喊道:"报告!"望百急忙退到张振武身后站定。张振武颜色已变,大声道:"进来!"帐篷外面,莲花看一眼小栓,对巧姑和众女兵道:"你们看好了他!"回头用枪一指映霁道:"进去!"映霁看她,不觉又摇了摇头,和她一前一后走进帐篷内。映霁看到张振武大为高兴,道:"大帅!"张振武面无表情看着莲花道:"你出去!"莲花不情愿地走了出去,一步一回头。

帐篷内,映霁看张振武道:"大帅,我们又见面了!"张振武道:"我只是没想到,广州同盟会派来的信使,居然是汇通天下货通天下的乔家大德通的东家!我该称你为同志呢,还是称你为乔东家?"映霁心中一惊,坦然笑道:"乔映霁并没打算对大帅隐瞒身份,当初那么做只是要遵守中国同盟会的章程。既然大帅知道了,无论叫同志还是叫别的,对乔映霁都没有区别!"张振武瞥了一眼映霁道:"真的没区别?"映霁道:"至少现在没有,眼下我是汉阳前线一名革命军战士!"张振武道:"但有人提出了这样的疑问,为什么一个和朝廷、皇亲国戚、达官显贵有着巨大利益关联的中国最大票号的东家,会成为不遗余力推翻大清王朝的革命党!"映霁笑容敛去,严肃道:"有人对我以今天的身份出现在汉阳前线表示怀疑?"张振武道:"我这个人喜欢坦率地交谈。他们怀疑像你这样一个人不可能支持革命。如果怀疑是合理的,你的身份就值得警惕!"映霁大笑起来道:"大帅,这太荒唐了!"

一直站在张振武身后的望百突然开口说道:"可你有什么证据,能够排除这种怀疑!"映霁看他一眼诧异道:"请问这位是——"张振武道:"我新请的高参。姓崔,山西人。据他说祖上也是晋商,和乔家有通家之好。"映霁并不知道眼前的这个人跟他有什么恩怨,他是一个十分坦荡的人,对任何人都没有恶意,于是给了望百一个点头和微笑,继而问道:"请问崔高参大名? 祖上山西哪里? 开过什么字号,和乔家真的做过相与? "望百并不领情,冷冷道:"都是往事了。请回答大帅的话,有人怀疑你不可能是革命党,那你昨天晚上不惜从自家票号里抢出十万两银子,也要打进革命队伍,赢得大帅信任,到底想干什么? "映霁笑容落去,道:"崔先生,你的问题非常不友好,等于把乔映霁直接放在一个受审判的位置上! 我抗议,并且拒绝回答! "张振武生气地看一眼望百道:"还是我来问吧。乔映霁同志,我现在请你解释,什么原因让你站到了革命阵营里来! "映霁恢复笑容道:"大帅的问题就提得比较友好。第一,为了中华民族的存亡继绝;第二,为了乔家的未来! "——没等话说完,望百就冷笑起来道:"前面一个回答,你唱唱高调也就罢了! 后面说什么为了乔家的未来,这话把所有人都当成了傻瓜! 谁都知道,朝廷把乔家当成最信得过的商家,把大德通当成最信得过的票号,不但将在全国搜刮的民脂民膏都放进乔家票号,就连代朝廷征收田赋、向西方列强办理庚子赔款这样的事也交给乔家。乔家每年光从后一桩生意中就能得到一千多万两银子! 你的话怎么能让人信服! "映霁正眼看他,作色道:"这话怎么就不能让人信服! 天下人都知道,乔家五代人经商的宗旨不是为了一家一己的衣食温饱,而是为了实现另外两个目标——"张振武急切道:"哪两个目标? "映霁道:"以商救国,以商救民。为此我爷爷才九死一生,实现了汇通天下货通天下,也让乔家赢得了包括皇亲国戚在内的天下人的信服。崔先生,你说得对,朝廷一直把乔家大德通当成最信得过的票号,但这不是乔家的过错,也不是乔家的初衷。另外有句话你说得更离谱了,乔家不是和朝廷一损俱损一荣俱荣,是和中国人一损俱损一荣俱荣。中国如果亡了国,还有什么乔家! "

帐篷内一时鸦雀无声。张振武肯定地点了点头,首先鼓掌,望百不情愿却也只好跟着鼓了下掌。映霁的话发自内心,却也高屋建瓴,滴水不漏。

战场外一片芦苇荡边,巧姑正押着小栓走来。莲花跟过来命令道:"站住! "小栓四下望望,大为紧张道:"你你你们到底想干什么? 这什么地方? 我不想死! "莲花看一眼巧姑,巧姑会意道:"想活就说实话! "小栓大叫道:"你们不能这么干,我要是死在这里,没有一个人会知道——"莲花呵斥道:"这里没人,喊了别人也听不到! "小栓扑通一声跪下道:"哎呀我的姑奶奶,饶了我吧,你们到底想知道啥? "巧姑看莲花。莲花别过脸去，心里百感交集，此时她更不愿意让任何人看出自己内心的激动，只道："叫他起来！"巧姑看小栓，训斥道："你起来！还是个男人，骨头这么软！"说着一把将小栓扯起来。莲花终于回头看小栓道："他真是乔映霁？"小栓又不说话了。巧姑枪口一指他的脑袋道："说不说？"小栓急忙大声道："说！"莲花道："他就是乔映霁，对不对？"小栓道："我……我为什么要告诉你？"莲花"啪"一声推子弹上膛，回首瞄准小栓。小栓不管不顾地大叫起来："你你你们不带这么不讲理的！我早看出来了，你一直想杀他！到底跟他什么仇什么怨？全中国的女人都把他当财神爷捧着，就你一个女人一心要杀他！这里头的事儿我一点儿也不明白！"莲花不说话，咬住嘴唇，手指一点点在扳机上发力。小栓又哆嗦起来，大声道："不！我告诉你还不成？他是货真价实的乔映霁！这你满意了吧？"他"扑通"一下瘫下去哭起来。莲花把枪收起，克制住自己的情绪，转身往回走。小栓不哭了，重新紧张起来，警觉地看着离去的莲花，一边喘气一边问巧姑："她她她这是干什么去？……不，你不能去杀他，不能杀了我的东家！"莲花忽然站住，半晌没回头，任凭冷风吹拂自己的脸，让自己的心冷静下来。突然她又回头道："你真是他家的伙计？"小栓大叫道："我是他的长随！"

莲花道："从今天起你自由了，你想参加革命军，就上前线去打仗，不想就快走，别再跟着他做奴才！"她转身看巧姑："走吧！"小栓看她们走得远一点，胆又壮了，喊："哎，你说不让我做奴才我就不做了？什么奴才，我是伙计！我爹娘都没了，不做伙计我连一个吃饭的地方都没有！我还是不能让你杀了他！我们不但是东家和伙计，我们俩还是小时候的伙伴，让你杀了他，也是我小栓无能！"他急急爬起来，跟在莲花、巧姑身后跑回去。

指挥部帐篷内，张振武和映霁的谈话仍在继续。张振武道："现在我明白你昨晚上为什么带我们的人去自家票号弄银子了！你讲的道理我认可。可现在我有更要紧的事情和你商量！"映霁道："什么事？"张振武拿过那份军报递给他道："看看这个！"映霁接过去仔细看起来。张振武焦急踱步，边走边道："武汉外国银行团正式拒绝贷款给我们。仍在汉口负隅顽抗的清军听到消息，士气复涨，拼命向我们反扑！再这样下去，不等我们把武汉三镇拿下来，朝廷大军就到了，武昌首义就要失败！"映霁将军报放下，激动道："大帅，武汉首义是中国复兴的希望，失败了中国革命就完了！"张振武道："可是我需要银子！有人早上向我动议，为了革命成功，今天夜里突发大兵，将武昌城中所有票号的银子全部收缴充作军费！可是——"映霁立马截断了他的话道:"大帅现在告诉我,你需要多少银子?"张振武盯着他道:"有确实情报,湖广总督瑞澂半月前将他搜刮的两百万两银子存进了武昌票号,第一选择可能就是你们大德通武昌分号。如果你能把这笔赃银取出来用于革命,我就能训练出二十万军队,购买武器弹药,以排山倒海之势压倒当面战场上的清军,控制武汉三镇,然后挟大胜之势,迎击朝廷大军!"

映霁道:"大帅的消息如果属实,我可以答应,虽然这和乔家对待客户的宗旨不符。但如果不属实,我也要想一切办法从乔家票号里借出两百万两银子支援革命!"张振武兴奋道:"太好了映霁同志,我代表革命,代表——"映霁思忖了一下道:"两百万两银子是不是就能解决一切?如果还不够,我还可以再想办法。但是,我求大帅重申一件事!"张振武道:"只要映霁同志能帮助我解决军费,其他一切都好商量。说吧!"映霁看了看天色道:"我马上出发到武昌弄这笔银子,但大帅一定要重申,即使军费依旧吃紧,仍然会用一切办法保护武昌城中的中国票号!革命一定要票号做出牺牲,就牺牲乔家大德通,不要再伤及别家!"

莲花提枪站在帐篷外面,她一直在听映霁激昂慷慨的话语,不觉动容。小栓远远地跟过来,警惕地盯着她和巧姑,又不敢太靠近,他也下了决心,只要映霁在,他就是不走!

帐篷里,张振武走过去紧紧拥抱映霁,两个革命战友的心紧紧地贴在一起。张振武道:"映霁同志,我答应你的要求!可是今天太晚了,明天一大早你再过江!——莲花!"莲花闻声立马走进来,大声道:"大帅!"张振武道:"从现在起,撤销你别的任务,带你的人专门负责保护乔映霁同志!明天一大早随他过江,去乔家票号借银子!"莲花大声道:"是!"张振武又道:"记住,现在保护乔映霁同志就是保护革命!不能让他的人身安全出一点儿差错!"莲花用犀利的目光飞快地盯了映霁一眼,回道:"是!"说完转身往外走,无意中瞥见了张振武身后望百那张目光阴鸷的脸,一股寒意袭上心来,她悄然心惊。

映霁跟在莲花身后走出指挥帐篷,这一夜在武昌战场上的经历将被他铭记。莲花回头一眼就盯上了他,这一眼充满了复杂的情感——既有强大的恨,又有使命带给她的责任和约束。映霁心里却只剩下了一件大事,他出神地望向武昌,大声道:"莲花同志,我现在就想过江!"莲花一惊又警觉起来:"不行!夜间没有船过江,必须等到明天!"映霁道:"我们可以找一条小划子过去!"莲花勃然怒起,几步走向他,低声切齿道:"乔映霁,别以为大帅刚才说了那些话,你就能对我发号施令!大帅把你交给我保护,是要你从现在起一行一动听我指挥。不然,我不能保证你的安全!"映霁深深看着她,他仍然不明白她为什么这样对他。莲花接着手中枪一指,凶巴巴道:"跟我们走!那边有一所房子,今晚上你们去那里待着!"回头又看巧姑:"把那个也带上!"巧姑回头命令小栓:"走!"

小栓急急走回到映霁身边,看着映霁哭道:"还是要把我们关起来!"映霁想了想,也无奈,被这么一队女兵押着向前方走过去。在不远处的一座独立家屋前,巧姑麻利地把锁打开,对映霁和小栓严厉道:"进去!"小栓看着映霁。映霁没有说话就直接走了进去。小栓站着不动,满腹狐疑地看着身后的莲花和巧姑。巧姑又把枪指向他道:"进不进去?"小栓赌气道:"进去!"他不得已也跟了进去,门随即就被关上,从外面上了锁。映霁听到莲花在外面对巧姑道:"你今晚上带全队守在这里!不要跑了他们!我去安排明天的事情!"巧姑道:"是!——他们会跑?"莲花道:"万一呢?执行命令!"巧姑道:"是!"她当即示意众女兵散开,将独立家屋团团包围起来。莲花这才放心地离开。

小栓回看映霁叹气道:"又把我们关起来了,咋办!"映霁已经躺到床上去。小栓着急道:"哎呦喂,你怎么睡了!东家,那个叫莲花的女人刚才差点崩了我!"映霁却道:"瞎说!"小栓道:"真的,不过后来她又改主意了!"映霁笑道:"你就编吧!"小栓大叫道:"真的,小栓什么时候说过瞎话!"映霁道:"你的瞎话还少?不是对人家这里的女孩子想入非非,惹祸了吧?"小栓叫苦道:"天地良心,我没有!是因为你,她拿着枪逼问我,你到底是不是——"映霁收敛笑容道:"我是不是乔映霁?"小栓不好意思地点了一下头,道:"我本来打死也不说的……是她们拿着枪把我逼到一片苇子棵里,要枪毙我。我要是死在那里,可是冤无头债无主,我嘴一秃噜,就没把住门儿!"映霁道:"没把住就没把住。睡觉,明天一大早还要过江呢!"小栓跟着他睡,忽然又坐起道:"坏了!我看这个动静,哪是借银子,这是绑票,咱要是不给,他们一准撕票!东家,咱们还是三十六计,走为上计!"映霁睁开的眼睛又闭上,道:"瞅瞅外头多少人,走不了。睡吧!"小栓又嚷嚷道:"哎呀你怎么不着急,我都急死了!"夜色已晚,映霁嘟哝道:"闭嘴,我都困死了,要睡觉!"小栓见他说着说着就睡着了,也只好不说话了。

入更时分,这间房屋外面,莲花又走了过来。巧姑迎上去看她:"姐,你回来了。"

莲花道："人怎么样了？"巧姑道："刚才他们俩一直在里面嘀咕什么，这会儿没动静了。"莲花警觉道："他们嘀咕什么？"巧姑道："听得不是很真，只听到一个字，走！"莲花皱眉头道："他们想逃？"巧姑用力点头。莲花道："真是这样，他就骗了大帅，有人猜测他是朝廷奸细就是对的！"巧姑吃惊道："姐，乔映霁真会是朝廷奸细？"莲花目光严厉而激动。巧姑又道："那怎么办？"莲花开口道："开枪！"说完不等巧姑再问，再次转身离开。巧姑看她走远，将子弹上膛，走去对包围房屋的女兵道："都听好了，有人逃走，果断开枪！"大家应道："是！"

总指挥部的帐篷旁边，是望百和望实的野战帐篷。帐篷内，望百正在给手枪上子弹，一颗颗十分用力。望实惊恐地看他道："哥，你要干啥？这里到处都是人，枪一响，大帅明天就得不到银子，我们也会被枪毙的！"望百哪里听得进去，他掀开门帘就走了出去。望实无奈，也只好胆战心惊地跟出去。

这个夜晚莲花就在独立家屋远处一棵大树底下坐着，和衣假寐。忽然听到脚步声，立即睁眼拔枪在手。星光下只见望百两兄弟正向这边走来。她试图重新闭眼，不料心中一惊，站起，闪身躲在树后。望百和望实望见独立家屋站住了，望实对望百道："大哥，你不能——"望百道："一不做二不休。"径直向独立家屋走过去。望实再次跟上。树后的莲花也悄悄睁大眼睛，警惕地跟上去。

没等望百和望实来到独立家屋前，巧姑就带人迎上来，挺枪不卑不亢道："队长不在。什么事？什么人？口令！"望百道："崔高参！莲花队长在哪里？我们要见乔映霁！"巧姑问道："有大帅手谕吗？"望百道："我是高参，有随时见任何人的权利！"巧姑道："你们必须等一下，我要派人请示队长。"望百严厉道："你敢拦我？耽误了军机大事，你这颗脑袋还要不要？快开门！"巧姑想了想道："好吧，可以让你们进去，但不能带枪！还有，我同时向队长报告！"望百嗓门更大了，道："你敢下我们的枪？放肆！我是崔高参！"巧姑道："除非有大帅手令，或者通过我们队长，否则谁也不准带枪进去！"

望百猛将枪口指向巧姑，道："快打开门，让我们进去！"望实道："哥，不要——"巧姑轻蔑道："崔高参，你过分了！你到底想干什么？"望百命令道："望实，缴她的枪！"莲花忽然从后面现身，大声道："怎么回事！"巧姑急道："莲花姐——"望百和望实一起回头，看见莲花，望百脸色急变。莲花看望百道："崔高参，把枪放下。有话好好说！"望实扯了扯望百衣袖，望百不情愿地放了手中枪。巧姑大声道："报告队长，崔高参要带枪闯进去见乔映霁！"莲花看望百和望实道："你们可以带枪进去,但我陪你们一起进去！"望百沉着脸道："这就没必要了。军机大事,我没有权利让你知道！"莲花不甘示弱："除非有大帅手令,我没权力让任何人包括崔高参单独接近乔映霁！"望百色厉内荏,做歇斯底里状道："这是军机大事,误了大事你要负责的！"莲花机警道："不让我陪你们进去也可以,两位不但要把枪留下,还要让我的人搜一下身上有没有暗藏的武器！"望百大吼大嚷起来："什么? 还要搜我的身?"莲花朝部下点一下头,一队女兵突然持枪将两人包围起来。望实看着望百,底气不足道："大哥——"望百突然转身,推开林立的枪口往外走,回头发飙道："我要禀报大帅! 你一个小小的女兵队长,敢这样对待一位高参! 望实,我们走！"莲花摆手让众女兵闪开路,看着二人匆匆离去。巧姑道："姐,这两个人到底想干什么?"莲花道："继续警戒！"巧姑答应："是！"

小栓一直趴在独立家屋内窗子上看外面的动静,这时回头对映霁道："哎哟喂,刚才那两人差点没进来杀你,你还真睡得着！"映霁突然睁开眼睛坐起来道："她为什么要杀我? 他们又为什么要杀我? 天下人为什么都要杀乔映霁? 我不明白,这没道理！"他大睁着眼睛望着屋顶,忽然又向后倒下睡去。小栓这一惊不小,呆在那里自言自语："我的天,你是醒着,还是说梦话呢！"映霁已经打起了呼噜。

此时打道回府的望百和望实走进野战帐篷。望实气不打一处来,一把揪住望百问道："今晚上你到底想干啥? 你差点送了我俩的命！"望百一下推开他,满眼怒火。望实又拼命冲上来,一边用力揪住他一边怒道："我跟你拼了！ 你不要命了,我还要命呢！ 你想进去杀了他！"望百拼命挣扎推开他道："说得没错！ 她们只要让我进去,一关门我就开枪！"

望实愤恨道："枪一响外头的女兵们就会冲进来,那时你我就死定了！"望百道："不! 那时乔映霁已经死了,别人能听到的就是我们怎么说了！"望实不依不饶道："你打死了他,明天张大帅就得不到那两百万两银子了！"望百道："得不到两百万两银子就好了,乔映霁死了,他就得照我说的办,去洗劫全武昌的票号！""可你怎么解释乔映霁的死?""太好解释了!他答应明天过江给大帅弄银子,其实是想金蝉脱壳！"望实迷惑地看他："啥叫金蝉脱壳！"望百道："乔映霁怎么会成为革命党! 打死了我也不信! 我会对大帅说,乔家人就是这样,满口为天下人谋利,骨子里却是为自己谋天下大利! 乔映霁发现被我看透了心,要对我下手,被我先开了枪！——我还要告诉大帅,他要再不动手,全武昌票号的银子都会被乔映霁用缓兵之计转移出去,那时再想洗劫票号,一两银子他也得不到!"望实愣愣地问:"现在怎么办?"望百道:"一计不成,再生一计,我一定要杀了他。不然这里就没有我的立足之地!"

独立家屋近处一条战壕内,莲花背靠壕壁躺着,似睡非睡。巧姑无声地走过来,在她身边坐下,看一眼她道:"姐,他真是乔映霁?"莲花并不答话。巧姑又道:"姐要是想报仇,今晚上机会千载难逢。"莲花内心忽然燃起大火,颤声道:"你说什么?"巧姑道:"乔映霁的长随一晚上都在嘀咕什么,他们要是在商量怎么逃走,我们何不给他们机会,然后姐就在背后开枪!"莲花还是不说话,但在她的眼神里,瞬间爆炸般地燃烧起的火焰已经化成了熊熊燃烧的大火。

——这是临江渡口的房屋在燃烧!几名山匪将一位白发苍苍的摆渡老人拖到临时架起的绞架前去。老人拼了命地在挣扎,用目光寻找着自己的孙女,歇斯底里地大喊:"阿莲——我的孩子——你在哪里——"匪首刘小七站在绞架旁哈哈大笑,一边对众匪道:"吊起来!渡口给他烧掉,看这老东西还等不等乔家的茶队!"两名山匪从燃烧的院子里架出了哭泣的十六岁的莲花。莲花自小与爷爷相依为命,爷爷是她在人间唯一的亲人。莲花大声哭叫道:"爷爷——"绞架前的摆渡老人猛然回头,用凄厉的声音大叫道:"阿莲——"莲花拼命挣扎着扑向爷爷,一把抱住老人。老人甩开众匪,紧紧抱住她大声道:"孩子,不要听他们的!乔家茶队会回来的!乔家人不会忘记我们的……"刘小七走过来看一眼莲花,道:"这小丫头漂亮!带走!把老东西给吊起来烧死!"众匪乱嚷嚷起来:"吊起来!"熊熊大火中,莲花被拉走,众匪把摆渡老人吊起来。莲花大声喊叫:"爷爷——"可是她的喊声被江风吹走了,她昏了过去。刘小七坏笑着道:"带走,弄到武昌府窑子里去,卖个好价钱!"

……从那团大火中回过神来,莲花浑身仍在打战。往事历历仍在目,她黯然拔枪,将子弹上膛。眼里涌动着明亮的泪光,复仇的火焰在烤炙着她的心。巧姑见了,亦随她拔枪,两个人一同向独立家屋走去。独立家屋前,女兵们见莲花大步走来,自动闪开。巧姑掏出钥匙打开锁。屋里的大铺上,映霁还在浑然不觉地大睡。小栓透过门缝朝外看一眼,立马魂飞魄散,连滚带爬地钻到床下去,一边哭腔喊道:"东家醒醒!撕票的来了!""咣当"一声门开。巧姑闪在一旁,回头看着莲花。此刻所有的女兵都凝神望着莲花,看他对着床上的映霁举起手中枪。屋子内外一片寂静,只有大铺上映霁的呼噜声声声响亮。床下的小栓紧紧地闭上了眼睛,等着该发生的事情发生。这一刻时间也似乎凝固了。莲花的手指在枪机上慢慢用力。眼中被烈焰燃烧的泪光越来越明亮,含在那里随时会火苗般洒落下来。突然,映霁从大铺上翻身坐起,用迷蒙的梦一般的眼光迅速地看了一眼面前的莲花。

下面的一瞬令巧姑非常吃惊:睡梦中的映霁和莲花四目相视。莲花拿枪的手开始颤抖。映霁平静地发问:"你是谁?"一种遥远的记忆在莲花心中像越冬的种子一样苏醒了,并且深深惊动了她的心,她的手指在扳机上停住。突然,映霁又仰头向后倒去,继续呼呼大睡。床下的小栓突然感觉到了哪儿出了问题,他一直等待的那一声嘹亮的枪声并没有响起,也不会再响起,于是重新睁大了眼睛向外面看去。莲花已经放弃了朝映霁开枪,转身走去。她走得那么快,几乎要跑起来。巧姑急急跟过去,在前方一棵大榕树下看到了停在那里的莲花。东方天际线下出现了第一抹红晕。莲花的身子如同风中之苇,在嗦嗦打战,她的脸庞如此年轻和苍白,呈现出一种难以形容的痛苦和美丽。这个莲花,几乎让巧姑认不出来了!两个人就这么站着,半晌巧姑才说出话来:"姐,乔映霁刚才是怎么了?"莲花眼里的泪光又闪烁起来,一动不动地望着朝霞初现的东方,突然她迅速在脸上抹了一把,道:"天亮了,集合队伍,准备过江!"

第四章

独立家屋前大树下,巧姑将女兵队集合在一起,向莲花报告:"队伍集合完毕!"莲花命令道:"把他们带出来。"巧姑回头示意两个女兵开门,将映霁和小栓带出独立家屋。映霁和莲花对视,居然不觉一笑,道:"啊,这一觉睡得好香。可以走了吗?"莲花心中又是一动,只对巧姑道:"走!"映霁已经习惯了她对自己的态度,跟着队伍走起来。

总指挥部帐篷内,张振武正透过篷窗望着这支队伍离开。望百上前一步道:"乔映霁此去,再也不会回来了!"张振武回头看他,诧异道:"你说什么?"望百道:"昨晚上我试图去见乔映霁,探讨从乔家票号拿到瑞澂两百万两银子的事,被莲花队长的人阻拦——"张振武打断他道:"这件事我已经知道了。我不想责备你,但你刚才的话什么意思!"望百道:"大帅以为乔映霁此去真能帮大帅借到银子?"张振武道:"你还是认为不可能?"望百道:"不是不可能,是绝对不可能!难以置信!"张振武生气道:"理由!"望百道:"望百祖上也是商人,商人古往今来锱铢必较,舍命不舍财,两百万两银子即便对乔家来说也不是小数目!"张振武大声道:"但今天不一样了,乔映霁也是革命党!"望百道:"属下坚决不相信乔映霁会是革命党,不过即使他是革命党,也无法给大帅弄到银子!有件事大帅肯定不知道,所以就被他蒙到了鼓里!"

张振武更生气了,问:"什么事?"望百道:"乔家的店规!以乔家店规论,乔映霁答应帮大帅弄到瑞澂的两百万两银子,这件事根本就做不到,乔映霁骗了大帅!"张振武摇头道:"你这个人怎么会有这么多猜疑?——解释你刚才的话!"望百道:"乔家票号自乔致庸包头订立店规以来就是大掌柜和各地分号掌柜做主经营,放款给谁,不放给谁,东家说了不算,即便乔映霁去借,只要不能保证本钱和利息的安全,总号和分号大掌柜也是不会借的!"张振武勃然变色道:"你这是在说乔映霁故意骗我。他为什么要这样做?"望百道:"只有一种解释。我以前说过我的怀疑,但大帅不信!"张振武看着他,良久不语。望百看出他的心已经被自己说动了,继续火上浇油:"属下从一开始就怀疑,不,认定乔映霁是一名朝廷奸细,当初在广州打进革命党,后来作为广州方面的信使来到武汉,趁武昌首义之机打进革命军队伍,一直都是在替朝廷刺探情报。如他对武汉战场我军虚实洞若观火,一定会利用今天大帅给他的机会一走了之,向朝廷告密!"张振武痛斥他道:"不是革命党他也只是一个商人,凭什么他非要做朝廷的奸细!"望百道:"大帅错了,乔映霁不是一般的商人,他是天下最大的商人,为朝廷保住天下,乔家能得到的是天下大利!"张振武盯着他问:"什么是天下大利?"望百见大帅动容不禁答道:"大帅,属下这会儿没时间细说,快做决断吧!大帅若信得过望百,我们两兄弟愿立即跟踪乔映霁过江,在他没有逃离前动手,为革命除掉这一心腹大患!"

张振武犹豫起来。一名军官奔进来匆匆报告:"启禀大帅,军报!"张振武接过来一目十行看下去,抬头看望百道:"朝廷撤了瑞澂的职,令陆军大臣荫昌赶赴湖北节制各路军马,又令海军提督率长江水师开往武汉江面,要从水陆两路对我军实施围剿!"望百趁机大声道:"大帅,这种时候再让乔映霁密报了我军虚实——"张振武举手制止他继续说下去,道:"好吧,带上你兄弟,跟上乔映霁,发现有异动马上逮捕,押回来见我!"望百一惊,急道:"不,请大帅授予我临机处置之权!万一乔映霁要跑——"张振武道:"没有确凿证据前我不能凭空认定他就是奸细,即便有异动也要活着逮回来,我要亲自审问!"望百咄咄逼人道:"大帅这么做,还因为他是乔映霁?"张振武斩钉截铁道:"是!对这样一位全国闻名的大商家,不能没有审判,就随便击杀!"望百见他态度坚定迅速改口道:"属下遵命!请大帅给属下一纸手札密令,万一执行任务时受阻,可以靠它得到帮助!"张振武匆匆写一个字条,交给望百并语重心长道:"重复一遍,如有异常,逮捕乔映霁,我要亲自审问!"望百拱手道:"属下遵命!"

汉江码头上,一艘小火轮已经启行。已在舱里坐定的小栓心中不安,悄悄扯起映霁出舱走上船头。莲花与巧姑对视一眼,持枪跟上。小栓看她们过来,欲言又止。莲花干脆一路走过来,对映霁怒目而视道:"我要丑话先说。大帅命令我们保护你的生命安全,但你试图逃跑时除外!"映霁深深看她,突然道:"莲花队长,昨天夜里我看见你站在我床前,要对我开枪!为什么后来没有动手?"巧姑、小栓悄然变色,盯着莲花。莲花的心又动了,却努力自持,并不说话。映霁等了一会儿,忽然笑道:"哈哈!果然那件事发生在梦里,不是真的!啊,我是想说,你不该一直像今天这样对待自己的同志! 不管以前你以什么原因错恨乔映霁,今天我和你一样都身负着重大使命! "说着又转脸对小栓和巧姑道:"你们去吧,我有事跟莲花队长商量。"小栓不走,担心地看着自己的主人。映霁再次用命令的口吻道:"让你走你就走,没有人能吃了我! "莲花也示意巧姑离开,二人不得已走开,但走得并不远。莲花回头看映霁道:"你有什么话,说吧! "映霁神情严肃起来,道:"去武昌借银子,怎么个借法,我们现在必须商量一下! ""商量什么? ""这是两百万两银子,很大的一个数目,我现在还不知道瑞澂的银子是不是存进了乔家,但不管是不是,这笔银子都要到手! 但这样一大笔银子是不那么好弄的,除非——"莲花心中陡然起了警惕,用特别严厉和失望的目光盯着他道:"原来你今天不能为大帅借到银子! 你对大帅撒了谎! "映霁道:"不,我是说,要想弄到这笔银子,我们之间必须配合! ""怎么配合? "映霁压低声音道:"昨天夜里我想了个主意,可又觉得不一定能成! ""什么主意? ""苦肉计! "莲花皱着眉头看他,他想知道映霁葫芦里卖的到底是什么药。映霁看出她不相信自己,解释道:"我说苦肉计,不是说让你们把我像昨晚上那样关起来,然后传一张纸条给武昌乔家的票号,说你们把乔家的东家绑了,拿两百万两银子才能赎命。要是我们没抢过乔家票号,这一招儿还行,但有过一回了,就不行了! "莲花突然开口:"为什么不行? "映霁道:"那天夜里我带你们抢自家票号,撤退时让人认出来了,乔映霁已经成了乔家的叛逆! 再行苦肉计他们也会置之不理! "莲花变色道:"说来说去,你无论如何都不能帮大帅弄到银子了! "映霁急道:"我不是这个意思! 我是说,你和你的人必须听我安排,见机行事! "莲花道:"只要能弄到银子,我们可以听你的! 但要是发现你对我们耍花招——"她又将枪拔了出来。映霁笑容顿落,不再和她说下去。

汉江码头上,望百和望实随着众乘客上了一条刚刚靠岸的轮渡。望实看望百道:"大哥,你让我把行李悄悄带上,什么意思? 我们不回去了! "望百不说话。望实道:"你不是铁了心投降革命党,乘风而上,平步青云吗? "望百低声道:"不一样了。朝廷发了大兵,很快到武汉,革命党完了! "望实"哎哟"一声道:"那我们快回山西,远离这是非之地! 不然你我投降过革命党,被人认出来,脑袋要搬家! "望百气愤起来道:"原以为他们真能成大功,义旗一举,天下响应,这都五天了,没有一省革命党接着起事,荫昌却要统率二十万大军赶来武汉将他们剿灭! "望实越来越害怕,道:"大哥别说了,咱们快跑! "望百道:"知道昨晚上我为什么要带你去杀乔映霁? "望实道:"你告诉过我了,一是报仇,二是张大帅得不到瑞澂的两百万两银子,就得照你的计谋洗劫武昌的票号!"望百道:"然后呢?"望实道:"你就为革命党里立了大功!"望百道:"错。革命党洗劫了全武昌的票号,武汉三镇的百姓就会揭竿而起。朝廷大军不到,革命党就被武汉的百姓消灭了!我就为朝廷立了大功!"望实大惊道:"大哥,你刚刚招降了革命党,怎么能——"

他没能再说下去,因为此时小拉斯普汀忽然走过来,一巴掌拍在望百肩头。望百吃惊看他道:"你是谁?要干什么?"边说边将小拉斯普汀的手从肩上推开。小拉斯普汀嘻嘻笑道:"两位,别想瞒我,你们是要过江去找乔映霁!"望百和望实对望一眼,愣了一下,脸色急变,强作镇静道:"你你你是个外国人,什么乔映霁?你说啥呢!"小拉斯普汀再次固执地将手放在他肩头。望百越发不安了,怒道:"你这个洋人莫名其妙,你到底要干吗?"小拉斯普汀仍旧"嘻嘻"笑道:"我不干吗,就想跟着你们,你们走到哪儿,我就跟到哪儿!"望百心中吃惊,他不知道这个洋人能听懂中国话,更不知道他刚才都听到了什么,忽然他害怕起来,急着摆脱小拉斯普汀,急急道:"你干吗缠着我们?我们认识吗?快走开!"小拉斯普汀根本不想走开,道:"我不认识你们,但我们都认识山西祁县乔家堡大德通的乔东家。刚才听你们的意思,也是在找他,那太好了,我们一起去找!我都听出来了,你们知道他去了什么地方!"望百绝望地看一眼望实,二人要走却被小拉斯普汀死死缠住,不得脱身,好不烦恼。

武昌大德通分号大掌柜室里,风尘仆仆的王宗禹提起茶壶,倒了一碗,一饮而尽,叫道:"渴死我了!"三掌柜焦急地看他问:"大掌柜去汉口,和家里的电报通了?"王宗禹边喝水边点头。"潘大掌柜怎么说?""潘大掌柜说,用一切办法找到东家,绑也要火速绑回山西!还有一件事,不许东家从铺子里兑银子!"二掌柜道:"没提那十万两银子?""没有!果然和我想的一样,多少银子也没有找回东家要紧!今天你们又出去找东家了?"二掌柜道:"我让三掌柜在家看铺子,带人出去找了半晌,腿都跑细了——"王宗禹坐下思索起来,忽然笑一下道:"其实不用找,东家自个儿会回来的!"三掌柜大惊道:"啥?东家还会带着革命党来抢银子?"王宗禹道:"我在汉口听到一个传言,虽说是传言,但细想起来,说不定是真的!"二人急道:"什么传言?"王宗禹看他们道:"汉口到处都在传说,外国银行团拒绝借银子给革命党做军费!革命党快撑不住了!朝廷兵马这些天也来劲儿了,一个汉阳,两边打了好几天,革命军也没拿下来!"

三掌柜做老成状,道:"打仗打的是银子!这么说来,革命党要完!"二掌柜心中一惊，提高嗓门道："我的天！大掌柜，你刚才说东家自己会回来，原来说的是银子！"王宗禹又不愿意再说下去了，道："事情还没发生，咱就不要瞎琢磨了！还是快安排人，照潘大掌柜电报上说的，都到大街上去找东家，带上绳子！再看见他，一哄而上，抓住他不管死活先捆起来，弄回铺子里安排马车，一刻不停押回祁县！然后我们就撤号！"二掌柜道："对对，乔家从武昌撤了号，革命党就是想要银子，哪儿找我们去！大掌柜跑了一天也累了，你在家歇着，我和三掌柜再带人都出去找东家！"

票号斜对面一条僻静的小街上，映霁、莲花带小栓及队伍停下来。这里家家户户门窗紧闭，街上空无一人。小栓看着街对面票号里拥出一批人，手里提着家伙绳索，在大门前分成两拨离开，回头看映霁道："东家，找你去了！"映霁思忖道："这样事情反而简单了！小栓跟我走！"莲花一步上前持枪拦住："站住！干什么？"映霁生气地看她道："你要干什么？"莲花道："是我在问你！"映霁道："我在船上就说了，今天要见机行事，总之一定要弄到银子，最少也要找出一个弄到银子的办法！"莲花道："现在你想出什么办法了？"映霁道："刚才你都看见了，铺子里的人为了找我都出去了，里面可能只剩下王大掌柜和不多的人。我一路都在想，今天好说肯定不行，只能来硬的。我带小栓直闯进去，跟王大掌柜谈判，晓以大义，不行就强迫他就范！"莲花用极不信任的目光盯着他，问："只有这样一个办法了？"映霁却不想和她讨论，只对小栓道："进去以后要见机行事！"莲花突然回头对巧姑和众女兵发令："包围票号！——给我盯紧了，有人想逃走马上开枪！"巧姑和众女兵答应一声："明白！"迅速奔出小街，包围了票号，转瞬巧姑已经跑回来，对莲花道："报告队长，部署完毕！"

莲花回看映霁道："你可以去了！——不要打金蝉脱壳的主意！"映霁生气地看她一眼，拔枪对小栓道："走！"小栓畏缩道："不！东家，这不还要抢吗？我不去！"映霁瞪眼道："你害怕了？害怕当什么革命党！"小栓跟他急："你打住！我可没想当革命党，都是吃你的挂落儿！"映霁一把揪住他道："快走！"莲花道："等等！我带人跟你一起进去！"映霁想了想道："也好！进去了我们要一唱一和，说不定大事能成。走！"莲花回头看一眼巧姑和几名女兵。众人点头。映霁扯起小栓走出街口，莲花带巧姑等人跟上。转眼来到票号大门外，莲花示意大家躲到大门两侧去。映霁快步上前使劲打门，声音响亮。票号大掌柜室里，王宗禹听到了，把一把枪上膛，交给正在倒茶的伙计，道："快去看看！带上家伙！"伙计放下茶壶跑出去，拉开大门上的外视孔向外边探望，忽然被吓了一跳，大叫道："东家——"他什么也没想就急急打开了大门。映霁持枪冲入,众人一起上前将伙计手中枪下掉,黑乎乎的枪口顶住脑袋。映霁对小栓命令:"关门!"小栓抖抖嗦嗦道:"我不干!"巧姑回手把大门关上,又上了门闩。伙计筛起糠来,颤声道:"东家饶命!"映霁看他道:"大掌柜在吗?"伙计道:"在……"映霁道:"铺子里还有多少人?"伙计道:"就剩我们两个……不,还有一个害病的厨子,正躺着打摆子。"映霁道:"带我进去!"伙计道:"知道了!"众人随伙计向大掌柜室扑去。

大掌柜室内,王宗禹眼珠转来转去,正在想事情。映霁带众人拥进院子里,莲花示意众女兵持枪警戒。映霁一把推开屋门,带莲花、巧姑、小栓闯进来。王宗禹大叫一声道:"东家——"映霁看他道:"你就是王大掌柜?"王宗禹激动道:"我就是王宗禹!"映霁回头看莲花道:"我想先一个人跟王大掌柜谈谈,你们出去守门!"莲花站着不动,分明没有要出去的意思。映霁不干了,道:"你不出去,我没法跟王大掌柜谈大事!"莲花不情愿地看他一眼,转身跟出,接着巧姑、小栓也跟出来,门马上从里面关上。巧姑和众人看着莲花。莲花道:"注意听他们说什么!"众人贴近门窗侧耳细听。小栓和伙计则被押到对面墙根前蹲下。

室内映霁已经回头看王宗禹道:"王大掌柜,我们见过?"王宗禹忽然快步奔过来,压低声音道:"是,东家,我当年在总号跑街,多次见过东家!东家是怎么回来的?你骗了他们,想用这个办法离开他们?太好了!"映霁看他,厉声道:"什么太好了?一点儿也不好!"王宗禹继续低声道:"我算准了你会自个儿跑回来。我们马上想办法脱身。潘大掌柜今天还打电报要我们马上保护你回祁县老家!"映霁把枪往桌面上一拍,故意回头朝门外望一眼,大声道:"什么回祁县,我是代表革命军来跟你谈判的!"

王宗禹有些吃惊,马上就明白过来,声音也高了:"哎呀东家,你可不要开玩笑,你怎么会是革命党?你不是!"映霁"啪"地拍案大声训斥道:"王大掌柜,不要做戏了!我前几天夜里带人抢走你银库里十万两银子,你一定打电报给潘大掌柜了!刚才我亲眼看见,你把铺子里所有人都放出去满城找我,是不是要把我捆回来送回祁县发落!"

王宗禹被他弄得有点儿糊涂了,连忙解释道:"哎呀东家,不是这样的!"映霁忽然又低声道:"告诉我,湖广总督瑞澂的两百万两银子,是不是在你铺子里?"王宗禹忽然吃了一惊,心里又渐渐明白起来,问:"啥呀东家?两百万两银子?我不明白!"映霁再次拍案道:"不要装糊涂!今天把它交出来,我们善罢甘休,不然,我就带革命军先抄了你这个铺子,接着再洗劫全武昌的票号,一家也不留!"王宗禹认真盯着他看,忽然声音也大起来:"东家,瑞澂的银子一直存在他小舅子富善开的票号里!别的事我不知道,这件事我知道!"映霁又拍案道:"不管谁的银子,都先拿出来,两百万两,多了不要!"王宗禹心中完全安定了,大声道:"东家,你逼我也不行!东家也得按规矩来!"映霁喊:"你就不怕我带人在你铺子里挖地三尺?万一找出银子来,你就是反革命,我以革命的名义毙了你!"

门忽然被推开,莲花带巧姑和众女兵闯进来。映霁和王宗禹一同回头望着莲花。莲花大声怒道:"你们两个不要再演双簧了!乔映霁,今天你到底能不能弄到银子!"王宗禹张张嘴要说什么,映霁抢先答道:"不能!"莲花厉声道:"果然是个骗子!——来人,拉出去!"巧姑带女兵冲上前抓住映霁。映霁回头看王宗禹,大叫:"王大掌柜救我!"王宗禹急忙上前道:"各位等等!谁说不能弄出两百万两银子?能!"众人包括映霁都吃惊地看着他。莲花道:"你说什么?能?"

王宗禹道:"这位军爷,不,小姐,我不知道该怎么称呼你……东家既然答应帮你们弄到银子,他就能做到。不过,今天马上拿到不成!"莲花道:"为什么?"王宗禹道:"很简单。你们在武昌起事好几天了,就是有银子我们也不会存在票号里。原先是有十万两银子,可你们那天夜里就拿走了!"莲花道:"你打算怎么帮我们弄到这笔银子?"王宗禹看映霁道:"两百万两银子不是小数,东家,照店规你要借也得照规矩来!"映霁哈哈大笑起来。莲花、巧姑都吃惊地看他。映霁:"王大掌柜,都到这种时候了,你不会还想着做生意吧!"王宗禹认真道:"怎么样都是生意,不然我可不敢答应东家!"映霁看莲花道:"莲花同志,是现在就枪毙我和他,革命军得不到银子,还是照他说的做,让张大帅得到这笔银子?你来定!"莲花只看着王宗禹,道:"我不关心你怎么和他做这笔生意,关心的是什么时候拿到银子!"王宗禹道:"最多三天!头一天,我要打电报向总号禀报,说服大掌柜答应借这笔银子;第二天,我要做合约,双方讨价还价;第三天——"莲花果断打断了他道:"打住!你和他都听好了,我只能代表汉阳前线革命军总指挥部答应一天时间。明天这时候还得不到银子,我就枪毙你们东家,回头再枪毙你!带走!"众女兵要押着映霁往外走,映霁急回头和王宗禹对视,大叫道:"王大掌柜,你都看见了,我的命在他们手里呢!——还有,你不拿银子,他们会发大兵抢劫武昌所有票号!"巧姑推搡他一把道:"快走!"

王宗禹的眼珠滴溜溜转起来,忽然叫一声道:"等等!"众人一起回头看他。王宗禹对莲花道:"你们可以带走东家,但把院子里那个人留下!"莲花道:"谁?"王宗禹答道："小栓，东家的长随！"莲花不解地问："为什么？"王宗禹道："你给的时间这么急，我这边就是赶紧把合约和银子都准备好，也要个人过江去知会！"莲花想了想，对巧姑道："把那个留下！"巧姑点头。大伙一起押着映霁走出去，把小栓放了。

票号大门对面，方才映霁、莲花带队伍出现的小街上，小拉斯普汀和望百、望实兄弟也相跟着走过来。望百和望实再次站住回望小拉斯普汀道："你不能再跟着我们！别以为你是外国人，我们就不敢对你怎么样！"小拉斯普汀有恃无恐道："我就是外国人，你们敢怎么样？别说你们中国的小老百姓，就是你们的皇上、太后，也不敢对我怎样！"望实突然拔枪出来顶住他的胸口。小拉斯普汀并不惊慌，也从腰里拔出一支枪顶住他，嘻嘻笑道："想对我不客气？告诉你们，我也有枪！"忽然间三人同时朝街对面大德通票号大门外望去，望百的脸马上变了颜色。他们看见了，莲花和她带的一队女兵正押着映霁走出来，顺大道朝武昌码头方向奔去。小拉斯普汀忘情大叫："乔映霁，是他——"望百一心只想摆脱小拉斯普汀，趁机对望实迅速使一个眼色，兄弟俩转身原路跑走。小拉斯普汀回头大叫："哎，怎么跑了？知道你们是他的仇人，要杀他，见他身边有人保驾，又躲了！小子们，我得跟着你们，不能让你们对他下了手！等中国革命成了，我还要和他做天大的生意呢！"他不追映霁，反而去追望百和望实。

另一伙人却在这时又走进了票号大门。二掌柜让众人下去歇息，急急走进大掌柜室，看王宗禹吃惊道："刚才从铺子里出去了一伙人，有一个怎么像是东家？"王宗禹回头厉声道："关大门！把小栓捆起来！"众人这才发现小栓，上前将他撂倒。小栓叫道："王大掌柜，你要干什么——"王宗禹道："扎扎实实地上绳子！扔长江里去喂鱼！"小栓惊恐大叫："王大掌柜，你不能这么干！我冤枉！"王宗禹道："你不冤枉，你是他的长随，不好好保护他，让他落到革命党手里，自己也成了革命党，把乔家票号也扯进去，扔长江里都便宜你了！扔！"众人示意，将捆成一团的小栓抬起就走。小栓大声求饶道："等等，我有话说！"众人一起看王宗禹。王宗禹道："说吧！"小栓大声道："我不是革命党，我留在那边是被逼无奈！"王宗禹大叫："强词夺理！扔！"众人不等话音落地又走。小栓大哭道："别扔！都是我不好！我不冤枉！"众人又停下来看王宗禹。王宗禹只看小栓道："知道不冤枉了？"小栓大叫："知道了！"王宗禹道："不想让扔长江里面去？"小栓叫："不想！我想活着，我连个媳妇还没娶呢！"王宗禹道："想活着也行，要答应我一件事！"小栓大叫："八件事都答应！"

王宗禹示意众人放下他，解开绳子，挥手又让大家出去，只留下二掌柜、小栓和他三个人。小栓看王宗禹，忽然"扑哧"一笑。王宗禹道："你笑什么？"小栓道："王大掌柜花言巧语，让他们把小栓留下来，一定是想让小栓帮王大掌柜救东家出来！"王宗禹道："你要是不能，留下你就没用了，还得要扔长江里去！"小栓又怕起来，大叫："不！我能！可是怎么救？你银库里根本就没银子，你就是去借，这会儿武汉三镇兵荒马乱，哪家票号会借现银给你！我还就奇了怪了，你方才连我也没蒙住，东家怎么就被你蒙住了！"王宗禹又恼了，道："小子，你敢小瞧我。告诉你，不出这院子，我就能拿出两百万两银子！"小栓大惊："原来你这院子里就有——"没说完就被王宗禹捂住了嘴巴。小栓摇头，嘴里发出呜呜的声音。王宗禹不松手道："不会把风透出去吧？"小栓更激烈地摇头。王宗禹放开手，盯着他。小栓真有点儿怕他了，小心笑道："王大掌柜，我服了你了，你连东家都蒙了，将来一定了不得。说吧，要小栓做什么？"王宗禹想了想，回头道："好好睡一觉，明天早早地爬起来见我，那时候我就告诉你，怎么救东家！"小栓笑道："王大掌柜，我还是不相信你这个院里埋着两百万两银子，不过我这会儿怕你，就当你有吧。行，我去睡觉，哎，还不行，我还饿着呢！"王宗禹看二掌柜道："带这小子去吃饭！"

很快二掌柜又走进了大掌柜室，看着一脸沉思的王宗禹，发愁道："大掌柜，真要答应给他们两百万两银子呀，虽说是瑞澂的银子，但我们是和他做生意，在瑞澂那里是赃银，在我们这里就不是了，明摆着是肉包子打狗——"王宗禹道："我也不想答应，可明天我们不拿出这两百万，就不能让东家离开革命党！"二掌柜提醒他道："大掌柜，东家有可能骗了你！万一他真是革命党——"王宗禹道："什么万一，他就是！今天他和那个女革命党一唱一和，跟我玩苦肉计！"二掌柜道："既然都看出来了……再说潘大掌柜有令，不准再让东家从铺子里兑银子！"王宗禹道："我在想另外一件事。这些革命党手里其实没钱，可都五天了，他们居然没有去抢全武昌的票号，你不觉得奇怪吗？"二掌柜醒悟道："说不定和东家带人从我们铺子里抢走的那十万两银子有干系！"王宗禹道："东家现在答应拿两百万两给革命党，说不定是在做一件大事！""什么大事？"二掌柜急急问道。王宗禹看他，目光明亮，道："救全武昌的票号！"二掌柜不解："那和我们什么相干？"王宗禹道："我刚才也这么想。可是，这或许就是乔家和别的商家的大不同！是东家和别的革命党的大不同！"二掌柜又迷惑了，道："大不同？"王宗禹道："别的革命党只想推翻大清，东家想到的不只是这个！

东家明白革命完了中国人还得吃饭！保住武昌票号就保住了中国三分之一的金融资本,东家比战场上那些冲冲杀杀的革命党看得远多了！"二掌柜忽然有点儿明白了,道:"大掌柜,我又想发感慨了。我是后来进乔家票号的,先前听人说老东家乔致庸为天下人可以牺牲一家一己的利益,都不敢相信。天下哪有这样的商家,但是看今天的情景——"王宗禹只在想自己的心事,道:"万一我们又遇上一位老东家那样的东家,就有福了,乔家将来不得了！我们要帮东家做成这件大事,这不是乔家的事,是天下大事。两百万两银子要借,你去把文书准备好！"二掌柜疑惑道:"真要东家像个普通相与一样立文书借银子？"王宗禹道:"是他要用乔家的银子支援革命,不是我们。""东家不会不高兴吧？""他要是不高兴就是我看走眼了他。利息要算清楚！今天做好文书,明天一大早让小栓过江送给东家,当着那些革命党的面签字画押！完了还是不能马上付银子。还要革命党答应一个条件,说潘大掌柜要东家回去正式签一份合约,革命党得答应保护东家平安离开武汉！"二掌柜道:"都明白了。怪不得人说大掌柜厉害,将来乔家总号的大掌柜一定是你！"王宗禹道:"这话说远了,天下就要大变,将来我们这些人怎么样,还要走着瞧呢！"二掌柜看他一眼道:"我去办事了！"王宗禹点头。

　　并没有等到第二天,当天晚上一份映雾向乔家大德通票号借银子的合约就摆在了汉阳前线革命军总指挥部帐篷里。张振武看望百道:"你怎么看？"望百道:"大帅,我坚决不相信,这是缓兵之计！"张振武回头看着莲花,道:"莲花同志,我现在很痛苦地问你一句,你觉得乔映雾真有可能是朝廷奸细吗？乔家和朝廷同枝连体,只要大清不倒,凭着和朝廷的关系,他们一直会源源不绝地得到巨大利益,这样的人有什么理由一定要革命？"莲花的心突突大跳起来,半晌才道:"莲花也不相信乔映雾会做革命党,但是乔家票号确实答应今天拿出两百万两银子给我们做军费！"张振武又看她道:"你也没发现他想借机逃走？"莲花迟疑了一瞬间道:"这个……没发现！"张振武道:"乔映雾这会儿在哪里？"莲花道:"昨天回来后我们就把他保护起来了！"张振武道:"最重要的是银子！有了银子,我马上就会有一支大军！"莲花道:"大帅,我们去了！"张振武点头,看着莲花离去,沉吟有顷,忽然回头看望百道:"把我昨天写给你的手札还给我！我还是不能无缘无故地判定一个同志是朝廷奸细！"望百心中一动,撒谎道:"大帅,那东西被我弄丢了！"张振武诧异道:"丢了？"望百道:"大帅,乔映雾昨天没有叛逃,不能证明他并不想叛逃,是他没遇到机会——"他没有说完,一名军官又闯进来道:"大帅,军情急报!"张振武接过军报,看完激动道:"又出了大事!荫昌向前线调来了七十门大炮,只等炮弹从保定军火大营运到前线,就会投入战斗!"他和望百以及军官对视,军官的神情不觉惊惶起来。张振武越来越激动,大声对二人道:"我们不能阻止这些大炮,但可以阻止炮弹运到汉口!你们中间有没有谁认识负责运输这批炮弹的蒋祚彬同志?他现在是朝廷陆军部的军衡司司长,老同盟会员!有没有?"望百暗暗吃惊,摇头。军官也摇头。张振武失望道:"你们去吧。莲花回来!"莲花很快又转身走进来。张振武大声道:"你去问乔映霁,他认不认识朝廷陆军部军衡司司长蒋祚彬!如果认识马上请到这里来!"莲花点头,转身跑出去。张振武看望百道:"你们兄弟歇着去吧,仗会越打越大,以后就没时间休息了!"望百不情愿道:"是!"他对望实示意,兄弟二人一步三回头地离开。帐篷内,张振武又激动地走动起来。

战场边独立家屋内,映霁面对莲花,不觉微笑,念念有词道:"蒋祚彬,字雨岩,湖北应城人氏,光绪三十一年官费留学日本东京,加入了同盟会,光绪三十三年毕业回国任保定速成学校教习,两年后调任陆军部军衡司。你说的是他?"莲花吃惊道:"你认识?"映霁道:"三年前我们在香港时相遇,一见如故!"莲花道:"跟我走,大帅要见你!"二人急急走进总指挥部帐篷,张振武听完映霁的话,大喜道:"太好了!映霁同志,如果你能马上赶到保定府知会蒋祚彬同志,阻止炮弹运到前线,就为保卫武汉立下了大功!我们就能在这里和他们相持下去,等待天下大变!"映霁激动道:"大帅,明天我让大德通武昌分号兑出那笔银子,然后北上保定府,联络蒋祚彬,阻止炮弹南下!没想到我还有机会完成这样的任务,我一定不辱使命!"张振武道:"那我们就说定了!还有一件大事!"映霁道:"大帅请讲!"

张振武道:"从武昌首义第一天起,我们就在等待各地同志响应,今天已经得到八个省的回音,他们都将在近日起事。但有一个重要省份,一直没回音,它就是山西!"映霁大为惊喜道:"山西也有我们的同志?"张振武指着作战地图道:"你快来看!山西距离北京那么近,一旦起事,京畿为之震动,就能直接动摇大清的统治根基。还有,眼下对我们保卫大武汉威胁最大的就是这条芦汉铁路,一旦山西起事,派一支偏师出娘子关,在石家庄一带将它截断,就切断了朝廷对武汉清军的全部增援,我军乘势反攻,革命就会在武汉,在整个南方胜利!"映霁回头看张振武,激动道:"明白了大帅!我请求作为武汉革命军政府的特使,赴保定完成任务后携密信返回山西,策动太原起义,兵出娘子关,截断芦汉路,解武汉之围!"张振武道:"映霁同志,我们坐下来好好商议一下!"窗外,一直在偷听的望百和望实对视一眼,他们也被这个秘密使命惊住了。

很快张振武就陪映霁走了出来。映霁道:"大帅,我还有个请求,今天夜里是我留在战场上参加战斗的最后机会,因此我想到战壕里和同志们一起度过!"张振武看一眼一直等候在帐篷外的莲花道:"满足映霁同志的这个愿望,你们和他一起回到战场上去!"莲花答应一声,看映霁道:"走吧!"另一间野战帐篷内,望百、望实走进来。望实看望百道:"哥,怎么办?"望百走来走去,激动道:"我就是不信他真是革命党!革命党的大事一定会毁在这个人手里,那时候他们才知道此人的厉害!"望实道:"你又不想改换门庭了?"望百道:"让他活着,明天张大帅也许真能拿到那两百万两银子;得到了银子,大帅就会更信任他,真的派他北上保定府,乔映霁就能顺顺溜溜地从这里逃走,去朝廷告密,革命党就完了,他就挽救了风雨飘摇的大清王朝!他会趁机向朝廷讨价还价,索要一个天大的蛋糕!乔映霁比他爷爷更厉害!阻止他,一定要阻止,哪怕同归于尽,也不能让乔致庸的子孙得到这份大蛋糕!"说着拔枪就朝外走。望实急忙拉住他道:"什么蛋糕……你不能蛮干!"望百推开他走出去,望实无奈,只好提枪跟出。

深夜的战场上空星光闪耀,一条战壕内,映霁正独自酣睡。莲花匆匆走来看他一眼,对巧姑道:"严密监视!天亮以前,绝对不能让他出任何意外!"巧姑看她一眼道:"知道了!姐,巧姑有句话要说——""你要说什么?""过了明天,乔映霁就要离开战场了!"莲花心情复杂起来说道:"那又怎么样?明天的事办完后乔映霁离开,是为了解武汉之围!个人的私仇要报,可它和革命胜利比起来——"她忽然听到了动静,回头看去,一把拉巧姑在战壕内蹲下。巧姑盯着走过来的望百和望实道:"是他们!"莲花道:"盯住了!"巧姑点头,二人拔枪,做好了战斗准备。

望百和望实顺战壕走来。望百突然站住了,他望见了就在眼前不远处沉睡的映霁。枪声仍不时响起,映霁却睡得很香很沉,嘴角上微现一丝笑容。望百怒从中起,举枪瞄准。莲花猛地从藏身处站起,发现望百又收了枪,拔出一把匕首,悄悄向映霁走去。巧姑低声道:"姐,他为什么也要杀他?"莲花突然急急走过。望实听到动静,回头望见她,大惊,要喊时已被快步上前的巧姑一枪顶住后心,哑在那儿。望百已经走近了沉睡的映霁,要动手却又止住了,因为映霁这时又翻了一个身过去,继续睡。

望百再次将匕首举起,一支枪从后面蓦然顶住了他的后脑。望百停在那里。就在这时战场上枪声大起。映霁一跳醒来,将身边大枪抓在手中,大叫道:"敌人上来了!打!"一时间,众多革命军士兵被惊醒,跃起,伏上战位,噼里啪啦打起枪来。望百趁机回头抱住莲花,二人跌入一个弹坑。莲花枪口再次面对面顶上望百前额。望百手中匕首落地,道:"又是你!"莲花道:"你刚才在干什么?"望百道:"杀了他!大帅派他去保定府联络同志,这是给了他逃到朝廷告密的机会!"莲花道:"就是这样,你也不能对他下手!"望百道:"你真的相信他明天能为大帅拿回两百万两银子?"莲花道:"我信不信不重要。是这笔银子重要,比乔映霁的命、比你我的命都重要!"望百乘机推开她站起道:"也许我错了,但我确实相信,明天一旦让他活着离开,革命就完了!"莲花跟着爬起来,并没有放松对他的戒备,道:"大帅已将他交给我,他真是朝廷奸细,明天想耍花招逃跑,我知道怎么对付!"望百道:"我相信你,但是我担心——"莲花打断他:"你不用担心,明天拿不到银子,他一定会试图逃走,我会在第一时间将他的脑袋打开花!你可以走了!"

望百无奈地回视了一眼不远处的望实,后者离开巧姑,急急随他离去。巧姑走过来,看莲花道:"姐,我不相信这两个人,要说有奸细,我觉得他们才是!"莲花的心被她唤醒,回头看远去的望百、望实,却没有再说什么。

清晨的阳光再次照亮总指挥部帐篷时,映霁已经在那张票号合约上完成了签字画押,看小栓道:"好了,文书我签了,中午王大掌柜可以付银子了吧?"小栓道:"东家,还不行。"张振武吃惊,笑容顿落。映霁看小栓道:"怎么还不行?"小栓道:"东家,王大掌柜说,银子可以给,但还有一件条件。潘大掌柜昨天又从家里打电报给他,要东家马上回山西祁县总号签一份正式合约。东家不离开武汉,这银子不能付!"张振武和映霁对视,心中都陡然一亮。映霁道:"我请求大帅——"张振武看望百、望实和莲花道:"你们都出去!"望百不动。张振武又重复了一遍:"出去!"望百不情愿地随望实、莲花、小栓走出。张振武回看映霁,激动道:"映霁同志,我充分相信你对革命的忠诚!说吧,你要我怎么做,做什么,今天我们才能拿到银子!"映霁道:"答应他们的要求,让我离开武汉,借机北上保定府,联络蒋祚彬同志!完了马上返回山西,联络同志,策动起事!"张振武猛地上前用力拥抱住他摇晃道:"好!我马上写信给蒋祚彬同志和山西的同志!"他坐下来很快就写好了两封密信,分别交给映霁,沉沉道:"这两封信一封给蒋祚彬同志,一封给山西同志。它们关系到武汉之围能不能得解,革命能不能走向全国胜利!你一定要把它们藏妥当了!"映霁将两封信在身上藏好道:"大帅放心,只要乔映霁活着,一定完成任务!"张振武再次和他拥抱,道:"我等着你成功归来!莲花!"莲花马上走进来:"大帅!"张振武道:"带你的队伍保护映霁同志过江取银子,然后由你一个人负责保护他突破封锁线,到汉口城外刘家庙火车站登上北去保定府的火车!"莲花看映霁道:"是!——走吧!"映霁和莲花一同走出帐篷,小栓迎上去道:"东家,怎么样了?"映霁笑道:"大帅答应了,拿到银子我今天就跟你们回山西!"小栓又结巴起来道:"真真真的?你你你不会骗我们吧?"映霁道:"你现在就走,让王大掌柜准备好银子和车马,我们到了,一手交银子一手交人,完了咱就走!"小栓答应一声跑步离开。莲花对巧姑道:"我们也走!"队伍立即集合,走动起来。

看着这支队伍远去,望百回头又闯进了总指挥部帐篷。张振武严厉地盯着他问:"你怎么也不喊一声,就这样进来了?"望百激动道:"大帅,两百万两银子并不能证实他对革命忠诚!如果向朝廷告密能让他得到更大利益,区区这一点银子对乔映霁算得了什么!"张振武诧异道:"但没有这两百万两银子革命立马就要失败!"望百道:"乔家自从乔致庸实现了汇通天下货通天下的梦想,几十年间,银子堆积如山。乔映霁做的可不是两百万两银子的生意——"张振武举手打断他的话道:"不要再说了!你会乱了我的心!"望百道:"不,我一定要说,为了革命,大帅一定要三思!"张振武不回头,激动道:"好吧,你可以跟他走,盯着他的一举一动,但是没有确凿证据,你什么也不能做!我不允许!你的正式使命是在暗中保护他,必要时出手帮助他完成使命!——再说一遍,即便发现他有危害革命的行为,也只能抓回来交给我处置!"望百道:"大帅圣明!"说完转身离去。

第五章

武昌大德通分号里，小栓将一茶壶水全灌进了肚子，抹抹嘴，忽然发现屋子里所有人都在看他，吃惊道："怎么啦？"王宗禹道："刚才的话有半点儿不实，你就死定了！"小栓道："没有！"王宗禹环视众人，掷地有声道："好，大家按计行事！"小栓道："等等，要是交了银子东家变卦不跟我们走怎么办？"王宗禹不说话。

武昌码头上，望百正带望实下船。小拉斯普汀迎面走过来，一眼瞅见他们，情不自禁大喊："哎，又碰上你们了，等等我！"望百一把拉住望实道："快跑！"两兄弟急忙往江岸上跑去。小拉斯普汀道："敢跟我赛跑，不知道我是赛跑的行家！"撩开长腿就追上去，嘴里还在喊，"别走！我也是乔家的相与，咱们一起去找乔东家——"江岸上，望百急带着望实藏起来，看着小拉斯普汀跑过去。望实发现望百脸色不对，道："哥，你怎么啦？"望百郁闷道："今天的事情不对。没出手就让个鬼给缠上了！"望实道："你脸色都变了！哥，还说你天不怕地不怕，你怕洋人！"望百愤愤道："老子自信搞得定所有中国人，可是洋鬼子不是人，是鬼！咱们不去大德通分号了，直奔汉口城外刘家庙火车站。乔映霁交了银子就会出城到那里上车，我们提前埋伏，他一到我就开枪，今天一定打死他！"

武昌大德通票号大门外，院门大开。门外停着一辆长行马车。映霁、莲花、巧姑带众女兵走过来，莲花一个眼色，众女兵马上散开将票号包围起来。王宗禹带小栓赶出，看映霁道："东家，这怎么回事？要是抢，还是没有银子！还有，你今天不跟我们走也没银子！"莲花厉声道："只要有银子，乔映霁可以跟你们走！"王宗禹松一口气，从容道："里面谈。"看着映霁、莲花、巧姑走进去。映霁问："银子在哪儿？"王宗禹指了指银库方向。众人一路不拐弯，直接进了银库，映霁让王宗禹打开银箱。里面空空如也。莲花勃然色变，回望映霁和王宗禹。映霁怒道："怎么回事！"莲花拔出手枪，对巧姑道："把所有人都抓起来！"王宗禹道："等等！这就是两百万两银子！"说着就从银箱中取出几张银票,"各位请看,这上面盖着大德通票号武昌分号的大印,又盖着我、二掌柜、三掌柜的私印,走遍天下,都能换到银子!"莲花不为所动,道:"眼下武昌所有票号都关门撤号,哪里还能换到银子!"

王宗禹道:"莲花队长,以我大德通的商誉,这些银票不但可以在中国境内任何一家票号取银子,还可以在武汉三镇任何一家外国银行取银子!不信可以立马让人带银票去试试!"映霁看莲花道:"他讲的恐怕是真情!"莲花道:"不能取怎么样!"王宗禹道:"拿走王宗禹的人头!"莲花看巧姑道:"马上带上王大掌柜和这些银票,到武昌英国花旗银行兑银子,要是他的话有假——"巧姑答应一声看王宗禹道:"走!"王宗禹将银票揣在怀里,回看一眼映霁,道:"东家,我们是有合约的,你不要辜负了大家!"映霁知道他在说什么,道:"王大掌柜放心,我说过要跟你走,银子到了一定会走!"他看着王宗禹同巧姑等人走出。莲花回看映霁,道:"乔映霁,把你的枪交出来!"映霁看她一眼,一句话不说就将手枪交给了她,然后坐下去安静喝茶。

一个时辰过去,映霁等着焦急,看身后的自鸣钟,就在这时巧姑带王宗禹走进来。映霁一跳站起,大叫道:"你们到底回来了!这么久!"王宗禹满头大汗,看莲花道:"事情办妥了,花旗银行的詹姆斯行长真给面儿,他说,也就是乔家大德通,换一家票号,这时候开银票,他是不收的!"莲花问巧姑道:"银子在哪里?"巧姑道:"还在花旗银行,王大掌柜担心乔东家拿走银子不随他们回山西,留了一手,他和詹姆斯行长约定,只有乔东家和他离开武汉,让二掌柜回去做见证,对方才发给银子!"莲花拔枪回头对准映霁道:"乔映霁,还是让人给说准了,你们东家掌柜的,还有外国人,联合在一起,要耍花招,你今天走不了了!"巧姑道:"姐,你误会了!这件事我已经带王大掌柜回去禀报了大帅,大帅说,他信得过詹姆斯行长,让你和乔东家马上出城!"莲花看王宗禹道:"果然是这样?"王宗禹道:"不错!"巧姑又拿出张振武的手令给莲花看,莲花把枪收起,看映霁说道:"如果是这样,乔映霁,你准备一下,我们这就上路,送走了你,我要看着银子进入军政府的银库!"王宗禹一惊急道:"不,东家跟我们走就行了,不用麻烦你们!"莲花道:"不行,大帅要我亲自送他到刘家庙火车站!乔映霁,你还没有离开武汉,这之前必须照我的吩咐去做!"王宗禹道:"东家,怎么坐火车回山西——"映霁道:"这是我的主意。火车快,我们走芦汉路到石家庄,能早半个月到山西!"王宗禹想了想道:"倒也是。小栓,快给东家换身衣裳!"小栓去拿衣服,莲花也对身后的女兵吩咐:"把人看住了,我不回来,任何人不能离开!"众女兵答应:"是!"莲花回头示意巧姑,二人转身走出去。王宗禹缓一口气,交代二掌柜和三掌柜道:"这里已经没生意了,我和小栓陪东家先走,你们马上关门撤号,除了看房子的,都回山西。"二掌柜和三掌柜答道:"知道。"

很快莲花和映霁就坐进了门外的长行马车。莲花扮成一位富商太太,映霁回归本色扮成一名商人,巧姑扮成了侍女。马车立即快走起来。王宗禹和小栓各自上马,跟在车后。车中,映霁意外地看了一眼打扮得花枝招展的莲花,不由赞叹道:"你打扮起来这么漂亮!"莲花依旧冷若冰霜,道:"你我的身份是一对夫妻。你是北方人,不会说本地话,过卡子时不要开口,我和巧姑来应付!"映霁想说什么又止住了,不再看他。众女兵立在原地,看着马车走远。

夕阳西下,武昌城外,落霞满江。马车正在乘摆渡船过江,映霁和莲花并肩站立,巧姑侍立身后,望着对岸码头卡子上的清兵,道:"前面有清兵的卡子!"莲花和映霁目光警惕起来。码头上,大批清兵看见来了船,堵住卡子,如临大敌。身穿七品官服的金甬卖力对众清兵吆喝:"给爷把眼睛瞪大一点,这地方是武昌革命党潜逃的必经之路!有乱党嫌疑马上捆了。大帅有令,宁可错杀一千,不能漏过一个!"一边吆喝,目光已经盯上正在靠岸的摆渡船,不觉走向卡子上去。两名兵目明显瞧不起他,在后面悄声议论。一个用嘴努一努金甬道:"什么来头?"另一个道:"开始听说他姓金,还以为是凤子龙孙,一打听不过是个汉人,穷书生,侥幸考中了一个进士,到东北什么鸟不拉屎的地方当了一任知县,好像是贪墨,被拿进大牢,用了不少赃银才保住脑袋,以候补知县的名分发往军前效力!都派到这个地方守卡子了,还能是什么有来头的人!"两人嗤嗤窃笑。金甬在前面大喊:"船靠岸了!给本官看仔细了,不要跑了乱党!"摆渡船靠岸。映霁马车驶上码头。清兵一起上前盘问:"站住!搜查!什么人?"映霁看莲花,不说话。莲花开口和清兵说武汉土话。金甬听不懂,看长随金保道:"能听懂她说什么吗?"金保道:"一点点。"金甬道:"快去听听!"金保挤上前去。车中,映霁看窗外的王宗禹,也在低声询问:"她说什么?"王宗禹道:"她说你是武汉本地的大客商,她是你太太,要他们让路!"

一个清兵探头到车里,查看映霁和莲花。映霁顺手塞给他一块碎银子。清兵攥进手心,大喊道:"过去吧!"莲花厌恶地看一眼映霁,对车夫道:"走!"马车朝前走动。金甬忽然大叫一声:"停!"马车被迫停下。清兵急忙上前道:"大人,查过了,他们是武汉本地商家,因为城里闹乱党逃出来的!"金甬看金保一眼。金保不懂装懂,跟着瞎点头。金甬盯着映霁,突然开口道:"你是谁?"映霁回看莲花,莲花看巧姑一眼,巧姑急对金甬说武汉话:"这是我们家老爷,叫蔡桂华,这一位是太太!"金甬蛮横道:"我不要你替他说,让他自己说!"莲花拦住道:"我丈夫嗓子眼里长疔疮,他怎么说!"金甬神情一变,大声道:"他是乱党,拿下!"众清兵持枪拥上来。莲花急急和巧姑交换了一个眼色,二人迅速拔出枪,对着清兵开了一枪,大叫:"让开!"巧姑对车夫大叫:"快走!"金甬连连后退,拔出枪,无奈不会摆弄,大叫:"快拦住马车!抓住乱党!"前方卡子上的横木"啪"一声落下,将马车拦下。清兵迅速包围上来。莲花飞快看映霁一眼急切道:"我们掩护你,快冲出去!"王宗禹和小栓飞马赶上来,对映霁道:"东家快走!"

映霁坐着不动,突然对众人道:"镇静!"一行人都很惊讶。映霁看着追上来的金甬,抬手招呼他:"这位官爷,你过来!"金甬让金保向前。金保乍着胆子走了两步停下看映霁道:"你……你要干什么?"映霁道:"我让他过来!"金甬道:"不!你下车,不然我就让他们开枪!"

映霁道:"你不是想让我自己开口,告诉你我是谁吗?你过来我告诉你!"金保和众清兵都看金甬。金甬令身边的清兵帮他手枪子弹上膛,大喊道:"来,保护本官,一起上!"众清兵簇拥着他一步步上前。

莲花、巧姑、王宗禹和小栓紧张地盯着映霁和金甬。映霁从身上摸出一个腰牌,从车窗里递出去。金甬远远站住,用手枪瞄向他问道:"那是什么?不是炸弹吧!"映霁道:"是炸弹就扔出去了!你看看,认不认识这东西!"金甬后退一步对金保道:"拿过来!"金保大胆走来,一把从映霁手中夺走腰牌,双手捧给金甬。金甬接过去反复查看,嘟哝道:"这是什么?"映霁问道:"没见过?"金甬抬头道:"没有!"他一把将腰牌扔在地上,"别想拿个东西就能蒙骗本官!"映霁道:"快捡起来,不然你就犯了欺君之罪!"金甬惊道:"什么罪?"他边说边捡起来,重新念上面的篆文:"乾清门出入……"忽地他就变了脸色,大叫:"乾清门出入,这是出入紫禁城的腰牌!你什么人!"

映霁道:"山西人,乔映霁!"金甬失色,脱口而出:"你,乔映霁?"映霁道:"怎么,口音不像?"金甬大叫:"不!"忽然他整个人都变了,腰弓下去,脸上渐渐现出谄媚的神态,难以置信道:"你……是山西乔家大德通的东家乔映霁?"映霁点头。"哎呀乔东家……不不不,这怎么可能,武汉正在打仗,乔东家怎么会来到这里!本官不信!"一瞬间他的脸色又变了,道:"你到底是谁,敢冒称山西乔家的大东家!这样的骗子本官没见过,可听说过!你以为你这样就能从老爷我这里蒙混过关?来人,抓起来!我要亲自审问!"

众清兵又朝前拥来。王宗禹、小栓急忙上前护住马车。小栓持枪大叫:"别过来,想抓我们东家,先杀了我!"映霁大声冷笑。金甬声色俱厉道:"全给我拿下!动手!"王宗禹忽然举手道:"等等!这位爷,我们东家那块腰牌,是慈禧太后老佛爷当年发给乔家老东家致庸老先生的,允许他随时进出乾清门,这个你不认,那么我这个大德通武昌分号大掌柜,可以随时出入湖广总督瑞澂瑞大帅衙门的腰牌,自然你也不信了?"

金甬再次大惊道:"什什么么?你是大德通武昌分号的大掌柜?什么名字!"王宗禹正色:"王宗禹!"金甬回头看金保一眼问:"乔家大德通武昌分号的大掌柜叫什么?"金保道:"好像……好像叫这个名字!"王宗禹啪一声将手中腰牌扔过去。金甬自己匆匆从地下捡起,拿在手上看过抬起头脸色又变了。映霁大笑起来。王宗禹和小栓跟着大笑。

金甬脸上又现出谄媚和惶恐交织的神情,试图赔笑又做不到,尴尬道:"哎呀你真是乔东家,我真是……肉眼凡胎,看不清真佛,这才应了一句话呢,不打不相识……金甬被发配到这里来守卡子,没想到头一天第一个盘查到的就是您老人家!"他回头招呼众清兵放下武器:"快把枪放下!"映霁轻松大笑问道:"怎么称呼?"金甬忙道:"金甬。光绪二十四年戊戌科进士,辽东道凤南县知县,任满候补,现由大帅举荐到军前效力——"停顿了一下又道:"下官听说,乔家和朝廷同体连枝,不唯是当年慈禧太后老佛爷,连现今掌管朝廷内外一切事务的总理大臣奕劻庆王爷,都跟乔家交厚——"

映霁看他道:"金大人打算就这样拦住我的车马,一直说下去吗?"王宗禹反应很快,道:"东家,我们还要赶火车呢,晚了就赶不上了!"映霁吩咐:"拿我的名帖给金大人。金大人,后会有期!"小栓从车后取出一份名帖,交给金保。金保转身捧给金甬。金甬如获至宝,来回看名帖道:"哎呀真是乔东家,没有错的,我真是碰见——"

拦在马车前的横木打开。莲花对车夫使一个眼色,马车隆隆驶过卡子。王宗禹眼急手快,从金保手中夺过两副腰牌,飞马跟车而去。金甬回望马车驰远,意犹未尽道:"哎,哎,怎么就这样让他走了!"金保道:"爷,他到底是谁!"金甬道:"今天是什么日子呀,老子头一天在军前当差,就遇上了财神爷!"金保不解:"财神爷?"金甬道:

"他不是财神爷,可比财神爷还有钱!还不只是有钱……这么好的机会……"他眼珠一转,目光发亮,大叫道:"整队!追上去!"金保一惊跟着大叫:"追上去?"金甬两眼放光道:"对,快追!"他也不管卡子的事了,匆匆整齐队伍,带着跑步追上去。

前方奔驰的马车上,莲花、巧姑听见声音,回望追上来的金甬和清兵,相视一眼,再次拔出枪来。巧姑道:"姐,他们追上来了!"王宗禹、小栓也看映霁道:"东家,怎么办?"巧姑对莲花道:"姐,你保护乔东家走,我下车断后!"映霁想了想,阻止她们道:"不要!"莲花急道:"怎么不要?你那些把戏蒙不了人家!你们快走,我和巧姑一起留下!"一边就对巧姑道:"我们下车!"边说边要和巧姑一起跳车。映霁猛然出手拦住二人道:"不要!这样跳下去你们会摔断脖子的!——停车!"马车停下来。莲花回头将枪口逼住他道:"乔映霁,你要叛变投降?"巧姑也把枪口指向王宗禹和小栓。映霁将莲花枪口推开道:"他们人多,又有枪,你们俩对付不了他们!回头坐好,我来应付!"他迅速从身上掏出张振武写给蒋祚彬和山西的密信,撕碎吞到肚里去。莲花吃惊道:"你吞下了什么?"映霁道:"大帅的密信!"莲花、巧姑相视一眼,松了一口气。这当儿金甬已带清兵追上来。映霁从容看他道:"金大人这又是怎么了?"金甬上气不接下气,谄媚道:"乔东家不要误会!虽然这里不是武昌城,可也到处都有革命党活动。金甬今天要亲自护送乔东家上火车离开!"映霁飞快地看莲花一眼,回头释然道:"如此劳动金大人,这不合适——"金甬连连道:"不不不,能在汉口前线和乔东家相遇,是金甬和乔东家有缘分。乔东家是庆王府的座上客,说句俗不可耐的话,将来金甬还多有仰仗的地方呢!"回头看一眼众清兵训斥道:"愣着干什么?前头开路,后面警卫,保护乔东家前往刘家庙火车站!"

众清兵轰然响应:"喳!"马车于是在清兵的前呼后拥中又走动起来。金甬跟在车旁步行,一边继续和映霁套近乎。映霁道:"金大人,虽然我们第一次见面,可是你面善,我们好像在哪儿见过!"金甬感动道:"哎呀这就好了,本官和乔东家就不生分了!哈哈!"映霁又道:"承金大人盛情,您这里有用得着乔映霁的地方——"金甬马上站住,欲言又止道:"乔东家,这里不是说话的地方。"映霁干脆让马车停下道:"金大人,我这个人心里搁不住事儿,你有事就马上说!乔映霁最喜欢的就是交接天下朋友!"金甬道:"不不不,还是走,走走!"马车和人又走动起来。映霁道:"金大人一定是没什么事要乔映霁效力,那就是我多心了——"金甬立马又站住,马车再次跟着停下。金甬道:"既然乔东家和金某人一见如故,又把话说到了这里,金某就不客气了！"

映霁笑道："金大人，我掐着点儿赶火车，一到车站，怕我们就是想套近乎也没机会了！"金甬大叫道："哎！我还是说吧！可这话怎么说呢？现而今像本官这种人，空有一腔才学，报国无门，庆王爷现而今是皇族内阁总理大臣，他是个清廉的，这没什么说，可他手下那些人就少不了银子了。金某出身寒微，做官呢两袖清风，银子自然是没有，所以……所以……""金大人有几年没补上实缺了？"映霁问。金甬道："八年了。人都是要吃饭的，要不是没银子走门子补缺，我还会到军前效力，积累个军功谋个实缺嘛！"映霁道："明白了。像金大人这种人才，朝廷不用真是可惜了！"他冲马夫打了个响指，马车和人又走动起来。

金甬看车中的莲花，也奉承起来，道："哎哟，这位一定是夫人了，真是如花似玉……不对，我仿佛听说，乔家有祖训，不准纳妾，她一定不是如夫人，而是正经主子夫人。乔夫人，金甬这厢有礼了！"莲花一眼也不看她，神情冷若冰霜。金甬看出她的不悦，知道说错话了，忙不迭道："金甬造次，明白了，哈哈，哈哈，夫人是当地口音，一定是乔东家在这里的……啊，乔东家，这没什么……如今风气开化……"映霁将错就错，故意打哈哈道："这个……哈哈哈哈……"莲花在车中用枪口暗中朝映霁的腰眼一顶，映霁不觉大叫一声："啊！"金甬在车下面紧张起来，道："哎，怎么了怎么了？"

映霁忍痛道："没什么。你刚才说什么？接着说！"金甬又看莲花，眼里要喷出欲火来，道："金某是说，如今世道开化，年轻人都自由恋爱了，是不是明媒正娶，有没有名分谁还在意，只要不入家门，外面娶了外面住，也不算是违背祖训！"巧姑看一眼莲花。莲花忽然开口道："刘家庙火车站到了！"

已经黄昏时分，刘家庙火车站上，金甬带众清兵簇拥着映霁的马车直接上了月台才停下。下车前映霁暗中抓了一下莲花的手。莲花反感地用力一把推开。映霁低声严肃道："你干什么？送佛送到西天，不要忘了你现在的身份！"他先下了马车，回手接住莲花的手，扶她下车。莲花并不看他，但这次没有拒绝。巧姑随之下车，守在莲花左右。映霁扶莲花的手挽住自己的臂弯，走向待发的火车。金甬急急忙忙地跑着，虚张声势地对众清兵大叫："快快，保护乔东家上车！"

望百、望实藏身月台上一小屋后，两支枪同时瞄上了人群中的映霁。望实放下枪道："哥，真没想到，乔映霁一出城就投奔了清兵，连那个女兵队长莲花也被他带过来了,你没机会了!"望百的手指在扳机上用力,但准星圈里的映霁又一直在走动。望实一把拉下他的枪口。望百大吼:"你干啥?"望实道:"这么多清兵都在保护他,枪一响,你我就死定了!"望百不管不顾,重新举起手中枪。月台上,映霁携莲花走向火车车门。金甬带金保及众清兵继续跟在后面,嘴里吵吵着:"保护好保护好,不要让革命党对乔东家下手!"忽然他下意识地回头,一眼就望见了不远处的望百,大叫道:"乔东家快上车,有乱党!"众清兵大叫:"在哪里?"金甬一指道:"在那边!快把火车站封锁起来,抓住乱党!"金保随着大叫:"快!封锁车站,抓乱党啊!"众清兵随他奔去。小栓、王宗禹忙对映霁低声道:"东家快上车!"映霁仍然抓住莲花的手,带她走向车门。莲花站住了,低声道:"你要是再不放开我,我就——"映霁低声道:"耐心一点,戏要演下去,周围全是敌人,我们不能就这样分别!"莲花道:"你要怎么分别?"映霁道:"至少要拥抱一下,你是很新派的人!"莲花用力甩开他的手道:"休想!"映霁一眼瞅见金甬回头,猛上前抱住她,就要做吻别状,一边又对王宗禹、小栓道:"快带行李上车!"二人会意,匆匆带行李上车。莲花在映霁怀里用力挣扎,低声愤怒道:"快放开我!"映霁越发用力抱紧她,亲吻起来。巧姑一旁紧紧保护着他们,看一眼又急忙闪开。莲花愤怒地躲闪着映霁的唇,试图推开,却发现映霁力气之大,她竟然做不到。金甬忽然又匆匆走过来,看着二人羡慕道:"哎呦喂,这就要分手了吗?太太不跟乔东家一起回山西吗?"莲花背过身去不理他。映霁这才放开了莲花,回头对金甬拱手道:"谢金大人一路上护送,后会有期!"莲花突然转身离开,奔向马车。巧姑跟随过去。金甬看她们二人,又看映霁,做过来人状,道:"乔东家,原来如夫人不跟你一起回山西……太可惜了,诗云:出其东门,有女有云。虽曰如云,匪我思存。漂亮的女人天下难寻,不过不好哄——"映霁做解脱状,笑道:"不好哄就不哄了。金大人,再会!"火车鸣笛。金甬不舍,大声道:"其实金某还有许多话想跟乔东家说,要是您很快能见到庆王爷——"映霁道:"金大人放心!"金甬恨不能给他跪下,道:"那就拜托了!"金保跑过来道:"爷,抓住了两名刺客!"金甬大惊道:"果然有乱党,押出去毙了!——乔东家,有件事要禀告您,刚才就在这里,下官看见有人向您打黑枪,及时察觉,现在两人已经抓到,乔东家要不要认一眼?"火车已经启动。映霁一脚踏上车门踏板,回头道:"金大人,乔映霁在武汉没有仇人,一定抓错了,放了他们好了!后会有期!"金甬对他拱手,道:"后会有期!本官的身家性命,都在乔东家身上了!"火车越来越快,车门关闭。映霁仍在车窗内对金甬招手。月台上,金甬眼泪汪汪,跑步追车,频频给车内的映霁作揖:"乔东家,不要忘了下官的小事儿——"

火车出站了。月台上,莲花和巧姑登上马车。莲花对车夫道:"快走,回去还要花旗银行取银子!"巧姑道:"姐,银子其实取回去了!王大掌柜所以要这么说,是担心乔东家不走!"莲花松了一口气道:"原来是这样……怎么回事!"她看到金保带清兵押着望百、望实向这边走来,急道:"停!"马车停,莲花带巧姑匆匆下车。望百一眼看到莲花,灵机一动,大叫道:"莲花小姐救我!"金甬一惊,抬头看莲花,立马现出一副笑脸,道:"原来您还没走——"莲花冷着脸道:"怎么回事?你们抓错了,他们不是乱党!"金甬不高兴了,道:"这两个人在车站上对乔东家打黑枪,亏本官发现得早,不然乔东家就悬了!"莲花斩钉截铁道:"不,大人错了!他们是我暗中安排过来保护我丈夫上火车的!"金甬不服道:"我亲眼看见他们对乔东家瞄准,难道本官的眼花了?"莲花一眼也不看望百和望实,道:"他们确实是我安排的人,大人快放了他们!"金甬失望道:"这可是大水淹了龙王庙。松绑!"看金保等人为望百、望实松了绑,对莲花拱手说道:"乔……太太,既然抓错了,本官就把他们交给你好了。为了护送乔东家,我把长江上的卡子都丢了不守,我得回去了!再会!"回头对金保和众清兵道:"回去!"

莲花望着金甬等人远去,回头拔枪,对望百严厉道:"上马车!"望百心惊道:"你要干什么?"莲花道:"他刚才的话是真的?"望百道:"不错!""为什么?"望百道:"是大帅!要我们兄弟赶过来杀了他!"

莲花惊讶道:"这怎么可能!有什么凭据!"望百从身上掏出张振武当初给他写的那张手机密令。他故意把手令拿在手里,不让莲花接过去看,并且遮盖了日期。莲花问:"这是什么?"望百大声道:"大帅的手令!"莲花胡乱看了一眼,抬头道:"不对,上面写的是让你们把乔映霁抓回去!"望百匆匆收回手令藏好,道:"虽然手令上是这么写的,可大帅刚刚得到密报,乔映霁确是朝廷奸细,所以才让我们兄弟急急赶到这里来把他抓回去,不然就果断击杀!望百兄弟无能,让乔映霁上了车!"莲花心中愈发大惊:"现在怎么办?"望百气恼道:"都是这帮该死的清兵……不能就这么结束,一定要在乔映霁逃到京城前解决掉他!"望实这时开口道:"刚才我看了这里的列车时刻表,两个时辰后还有一趟火车北上京城!"望百阴险道:"莲花队长,大帅临行时还交代,如果到了这里你还和他在一起,就让我们传令给你,由我们三人负责抓捕乔映霁,不行就一起击杀他!"莲花对他的话生出了更大的怀疑,道:"这些话也写在手令上？"望百不耐烦道："没有。我们走时战场上发生激烈战斗，大帅要亲上前线，走前回头交代了这么一句，让我们口头向你传令！"莲花道："即使是真的，我们乘下班火车撵过去，也追不上他了！"望实又道："追得上。刚才那趟车今天夜间在信阳车站停车半个时辰，下班车正好赶到。"望百道："太好了，到时我们悄悄下车，上他的车，在车上动手，绝对不能放他去京城告密！"

莲花沉思起来，过了一会儿，才回头道："我还是不相信事情是真的。何况大帅手令上并没有这样的话！"望百着急起来道："但大帅确实要我向你传达他的密令！啊，我还认为，为了保卫革命，就是没有大帅的手令，我们也有权对乔映霁临机处置！"莲花看着他们，心情已经变了，回看巧姑一眼道："你马上回去禀报大帅，我和他们一起走！"

天黑后三人上了又一列火车。趁着莲花在座位上假寐，望实把望百悄悄拉到两节车厢的连接处，埋怨道："你把事情搞砸了，假传张大帅的密令，什么可以随时击杀乔映霁，大帅没这么授权给你！巧姑已经回去，无论事成与否我们都回不去了。我不明白，你为什么要带上她？"望百道："我们回得去！"望实道："回不去！"望百道："假如乔映霁是去北京城向朝廷告密，我们拿到了真凭实据，就证明我崔望百是对的！那时再一举击杀了他，怎么就回不去！带上这个女人正是为了让她给我们做个见证，必要时还可以借刀杀人！"前方一列火车上，映霁也在车中闭目养神，但他并没有睡意。车厢卫生间里，王宗禹关上门，回头一把揪住小栓，把他逼到蹲坑上去。小栓挣扎道："干吗干吗？"王宗禹道："你是东家的长随，整天跟他穿一条裤子。说吧！"小栓道："说什么？什么同穿一条裤子？东家的裤子我穿得着吗我！"王宗禹发狠道："他说坐火车快，还说要从石家庄下火车，走娘子关回山西，这话你也信？"小栓也不相信，道："我不敢说！可他的话要是真的，才是大白天见了鬼呢！"王宗禹放开他道："我也这么想！东家铁了心做革命党，战场上连命都可以不要，忽然间就改邪归正，乖乖地跟我们回山西，等着让乔家人和潘大掌柜修理他，只要长着脑子，谁信？"小栓吓了一跳问："你是说东家又把我们卖了？他想干啥？"王宗禹道："就是这个我还不明白！又不能去问他，问他也不会说。哎，你听不听我的？"小栓道："你是分号大掌柜，我是伙计，听你一回！"王宗禹道："你是东家的长随，他拉屎都是你擦屁股，怎么会跟我一心！"小栓道："呸！那是小时候的事儿！小时候我们俩一起长大，在野地里拉屎，我替他擦，他还替我擦呢。什么他拉屎都是我擦，眼下我就是想擦，他还不让呢！"

王宗禹笑道："行，你不听我的，也不能不听潘大掌柜的！潘大掌柜几次来电给我们下了死令，要我们把他平平安安弄回祁县，哪怕是捆——"小栓道："真要捆？"王宗禹道："看样子要捆！"小栓道："捆就捆，啥时候动手？"王宗禹道："前面就是信阳府，咱们一不做二不休，把他弄下车捆起来改走老路回山西！吓住你了？"小栓道："没有。我在想，他可是形意拳戴二闾老师傅的关门弟子，就怕捆不住他！"

王宗禹道："我让你带的绳子呢？"小栓掀开上衣，露出缠在腰间的一圈圈绳子，龇牙一笑。王宗禹道："剩下的事我来办。火车一停，咱就下手。"小栓道："就咱们俩，干不了这样的大事？怎么，你打电报给信阳分号的任大掌柜了？"王宗禹不说话。小栓道："行，有他们我就放心了。看出来了，你这脑袋瓜，跟东家有一拼！"王宗禹吐口唾沫在手心，和小栓击掌为誓。

深夜的信阳府火车站，冷风习习。火车鸣笛进站，缓缓停下。车门打开，乘客下车。映霁睁开眼问："哎呀，到信阳府了吧？"一群票号伙计突然拥上来。王宗禹和领头的对了一下眼神，众人一拥而上，把映霁摁住。映霁大叫道："干啥干啥？"王宗禹从怀里掏出一个瓶子，手巾捂住瓶口，迅速地将里面的液体洇在毛巾上，回头一把捂住映霁的鼻子和嘴。映霁挣扎了一阵，身子软下来。小栓吃惊道："王大掌柜，什么东西呀！"王宗禹看小栓道："绳子！"小栓急忙从腰间将绳子扯出来。众人七手八脚将映霁捆上。王宗禹道："拴紧了啊！"小栓道："我用的是死扣，除非这绳子不结实，不然准跑不了他！"王宗禹道："扔下去！"一名列车员正从另一节车厢开门走过来，猛然看见他们，吓了一跳，急忙往回跑。众人将车窗打开，胡乱把映霁扔下去。

列车下面恰巧是个斜坡，映霁滚进坡底的苇丛里。王宗禹和小栓带众人跑下来。四下寻找。小栓吃惊道："东家呢？"众人嚷嚷道："没有！"王宗禹慌了，道："快找！"众人滑下斜坡，在沟底苇丛中乱找。苇丛中，映霁呼吸到新鲜空气，苏醒过来，忽然觉得身上动弹不得，使劲一挣，绳子绷断。王宗禹和小栓带众人找过来。映霁急忙躲开。王宗禹看见断掉的绳子，叫道："绳子！"小栓看见绳子道："东家跑了！"王宗禹道："你怎么拴的？还说拴紧了！快找！东家跑不远的！"众人散开四下继续寻找。

此时映霁在列车下方手扣着车底盘，身子紧紧附在上面。王宗禹和小栓打手电筒到处照，照到车下时，映霁的身子更紧地贴上去。他听到王宗禹在叫："没有！前面去找！"众人脚步山响地跑到前面去。映霁翻身落地离开，从车窗翻回车厢。刚才那名列车员又回来了，一眼看见他，语无伦次道："你你你——"映霁示意他不要喊，忽见旁边另一道铁轨上，一列火车鸣笛启行。映霁一把抓住列车员问："它要去哪里？"列车员道："北——北京城。"映霁想了一想，又麻利地翻车窗跳出。列车员惊魂未定，正要走，王宗禹和小栓带人跑上来。小栓手里提着断掉的绳子。列车员站住还在发抖。王宗禹看他道："你怎么了？"列车员的手下意识地朝已经开行的火车一指。王宗禹大喊道："东家上了那趟火车，追！"那列火车越来越快。王宗禹翻身从车窗爬下来，小栓也敏捷地跟着爬了下去。两人眼睁睁地看着这列开行的火车疾驰出站。王宗禹道："东家就在这趟火车上，我们把他跟丢了，出了事谁也跑不了干系！"他回头看身后的火车，一咬牙道："还上这趟车！"小栓哭腔道："上去也撵不上了！"王宗禹道："撵不上也要撵！——我还有一件事问你呢！昨天上车后，东家是不是背我们找列车员打听到保定府的时间！"小栓道："对！"王宗禹笑道："知道他要去哪里了！上车！"两人正要转身上车，忽然又站住了。

身边铁轨上，一趟南来的火车轰隆隆驰过来停下。火车车门打开，望百、望实带着莲花下车，左顾右盼。小栓盯上莲花，叫："是她！"王宗禹的目光也盯上了莲花，目光严峻起来。小栓又看望百和望实道："还有他们！"王宗禹问："这两个人是谁？"小栓道："一个是张大帅的高参，另一个是他兄弟！也是山西人！姓崔！"王宗禹眉头皱起道："崔？"小栓道："怎么了？"王宗禹没有说下去。两人看到望百正在月台上向列车员打听什么，列车员手指王宗禹和小栓身后的火车。三个人便急急向这趟火车赶过来。王宗禹忽然回头看小栓道："他们认识你吧？"小栓点头。王宗禹道："快躲起来，别让他们看见！"小栓紧张起来问："为什么？"王宗禹道："我也得躲起来，那个莲花队长也认识我！说不定他们也知道东家要去哪里！"小栓道："哎呀，他们不是来追杀东家的吧？在战场上这三个人一直都想杀了东家！"王宗禹大惊道："为什么？"小栓道："我哪里知道东家都干过什么破事啊！"二人飞快地从车窗爬上车，取过行李离开，回头看望百、望实、莲花已经上车，火车这时已经启动。

深夜，一路疾驰的火车上，望百对望实道："车上人都睡熟了，分头去找！你那边走，我和莲花队长这边走！"莲花一言不发。三人分头行动向两边车厢寻找。莲花跟着望百走进了一车节厢，小栓发现了，拼命把头埋进王宗禹怀里。莲花忽然望见了王宗禹映现在车窗玻璃上的脸，心中一动，目光迅速移开，继续跟在望百身后往前走。小栓的脸深埋在王宗禹裤裆里，低声道："让我说准了，他们在找东家！"王宗禹回头看一眼正在走出这节车厢的望百和莲花,对小栓道:"我被她发现了,换地方。"二人提起行李急急离开。车门洞里,刚才那个列车员走过来,望百心中一动,示意莲花,两头堵住,不让人发现。列车员吓得变了脸色:"你你们干什么?"望百道:"打听一个人!"列车员道:"车上人这么多——"望百道:"认识刚从身后车厢里离开的那两个人?"列车员不听他说完就急忙点头。望百道:"他们是跟一个人一起上来的,那人穿洋装,二十七八岁,怎么不见?"列车员道:"他……早下车了!"望百看莲花,二人吃了一惊。列车员反倒来了兴趣,道:"他是谁?这么多人都在找他——"望百拔枪顶住他的脑门道:"快说他在哪里下的车,去了哪里?"列车员哆嗦道:"车到信阳府时上来一伙人,要捆他走,他就逃了,爬上一趟去北京城的火车!"望百不觉变色,急急与莲花对视一眼。莲花心情大变,看列车员,厉声道:"你要是撒谎,就甭想活了!"列车员连忙道:"不敢!再说这事跟我也不相干——"莲花又道:"不对,他一定还在这趟车上!不然跟他的两个人怎么没有一起走?"

列车员道:"这也正是我看不懂的地方。车到了信阳府,就是这两个人和一帮人上车把他捆起来扔下去的,没想到还是让他跑了!我看得真真的!"望百把枪放下,对列车员道:"走吧!你什么都没看见,也没听见!"列车员哆哆嗦嗦离开,一步三回头。望百咬牙看莲花道:"他真去了北京城!现在你怀疑他是朝廷奸细了吧!"莲花恨道:"我们追到北京城去,杀了他!"望实已经走回来,看着二人道:"真是那样,追到北京城也晚了!"莲花道:"不晚!他是乔家大德通的东家,到了北京一定住到大德通分号去,我们赶在他去朝廷告密前,在大德通分号击杀他!"

望百道:"你和我想到一块儿去了!我们现在就筹划一下!"望实道:"哥,有件事我不明白!"望百问:"什么?"望实道:"车上这两个乔家人,为什么也要捆他!"莲花道:"这有什么难猜的,乔家人听说他做了革命党,一定吓坏了,拼了命也要捆他回去!"望百脱口而出道:"所以他们不是乔映霁,当不了中国一等一的大商家!"莲花道:"怎么解释?"望百又不说了,反道:"我怎么觉得你早就认识他?"莲花嗒然无语,半晌才道:"我当然知道他,中国人还有不知道他的?"望百道:"其实中国人真正知道他的人并不多!包括乔家这两个要捆他回家的自己人!"莲花道:"我不明白——"望百道:"商人和商人是不一样的,尤其是乔致庸和乔映霁这样的商人,他们知道什么是天下最大的生意!"莲花继续用不解的目光望他。望百道:"不要这样看着我!乔家现在被称为天下义商第一,可是我知道,什么汇通天下货通天下,全是大伪,以商救国以商救民更是大伪,乔致庸通茶路、开票号、花银子帮助李鸿章买兵舰是大伪,庚子国变时送银子助慈禧西逃也是大伪,归根到底,这些事都让乔家暴得大名。大名之后是天下大利,现在乔家终于成了天下第一晋商,富可敌国。所以——莲花打断他,激烈道:"所以这次你一开始就断定,乔映霁投降革命也是大伪,他铁定了是朝廷奸细,不惜用尽一切办法刺探革命党虚实,回头助朝廷扑灭革命烈火!"望百道:"正是!"莲花问:"可我还是不知道他铁了心做朝廷奸细对乔家有什么样的好处!"望百看她,沉沉道:"什么好处?我听说乔映霁在广州学生意八年,有四年时间专门研究中国票号和西方现代银行之间的不同!"望实插话道:"你怎么说起了这个?这和今天的事什么相干?"望百道:"干系太大了!等武昌革命因为乔映霁的密报而被扑灭,乔映霁就成了大清的功臣、恩人,朝廷论功行赏,他就能运用乔家的巨大财力和在天下的商誉人脉,从朝廷手里得到特许,将大德通票号改制成中国最大的银行!"莲花盯着他不放,半晌又问:"那又怎么样?"

望百道:"中国票号迟早要进行现代银行改制,不然在西方金融势力的强势进入下,中国金融业就要灭亡。乔映霁到时可让朝廷下诏,先下手为强,将乔家票号改制成——算了,今天我不想说这个,总之到时候乔家就可以垄断中国的金融和经济命脉,甚至左右中国的政治。乔映霁这个人如果不笨,他自己就会变为中华的主人!"莲花恨道:"那是不可能的,大清一定会亡,革命一定要胜利,革命胜利后就是民国,谁也挡不住这股历史的潮流!"她转身走回车厢,找个位置坐下来。

在这趟车的煤水车中,王宗禹又将那名倒霉的列车员捂着嘴推进来。小栓三下两下用那根断了的绳子勒住列车员的脖子。列车员挣扎道:"别……好汉,我家里还有八十岁的——"王宗禹道:"快说!他们刚才跟你说了啥?"列车员看他们道:"没……你们的事跟我不相干,他们说什么,我也不知道!"王宗禹对小栓道:"他不想活了!"小栓用力勒绳子。列车员叫道:"我说!他们问我,他哪儿去了,我不愿说,他们要杀我,我只好告诉他们,他上了奔京城的火车!"小栓急看王宗禹道:"他们真是追杀他来了!"王宗禹看列车员问:"是吗?"列车员道:"我怎么知道!"王宗禹道:"你还是想死,你家里没有八十岁的老母!"列车员道:"是是是,我说!我听见了,他们在一起说你们东家是朝廷奸细,要追到北京城杀了他!我以家里八十岁的老母发誓——"王宗禹道:"别发誓,要是出去告诉那三个人我们藏在这里,你还是活不了。知道我是谁?"列车员试探着问:"好汉是谁?"小栓道:"他是谁?说出来吓死你!他就是隔空百尺取你人头的燕子李三！"列车员变色道："三爷饶命！"王宗禹道："放了他！"小栓丢开手，看着列车员跳走，回看着王宗禹，急道："快想办法，不然东家就没命了！"王宗禹道："我不是在想吗？"小栓道："你可快点儿，晚了东家就完了，两个姓崔的我不知道，可那个女的，在战场上我见识过她的枪法，那叫百步穿杨，要打你的眼睛，绝打不到鼻子！"王宗禹道："这样，我们就藏在车上，一路上盯住他们，到京城就好办了，我们那里有人，他们下车我们也下，我一直盯着他们，你麻溜儿地跑到铺子里找李大掌柜，让他保护东家！东家到了京城，一定先去那里！"小栓打一个寒战道："万一救不了呢！我是他的长随！又不是他的保镖——"王宗禹打他的脑袋，训斥道："你这小子吃里扒外！救东家就是救乔家，救我们自己，救中国人！"小栓道："不明白！"宗禹道："那你就是一头猪！"

第二天清晨，保定府车站上，映霁从刚刚停住的一列火车上走下月台。一队新军士兵忽然跑步过来，对着对面的火车执行警戒。一队军乐手也赶到一字排开，瞬间鼓乐齐鸣。车门打开，身穿将官服的蒋祚彬在卫队保护下走下了车。映霁眼睛一亮，大叫道："蒋祚彬！蒋将军——"卫队长挥了一下手，众卫兵拥上来，数枪并举，将映霁包围。蒋祚彬被惊动，回头认出了映霁来，大叫："乔——"映霁跟着大叫："对，是我！乔映霁！"蒋祚彬示意士兵退后，两人在月台上紧紧拥抱，激动不已，关切相望。蒋祚彬道："你不是在广州吗？怎么到了保定府？"映霁对他耳语道："我从武汉前线来。"蒋祚彬机警地看四周一眼道："专程来找我？"映霁用力点点头。蒋祚彬一把拉住他的手道："上车！"两人登上早就等在月台上的豪华马车。卫队长带卫兵前后左右保护。蒋祚彬道："回大营！"这队人马前呼后拥离开月台，奔驰出站。

这时又有一趟火车停下。望百朝车窗外一望，望见了蒋祚彬的马车和车上的映霁，吃惊回头道："这什么地方？"一名乘客道："保定府啊！"莲花急看望百道："你错了！他没有叛变！马车上的人是蒋祚彬，我认识。这怎么解释？"望实看望百。望百恨恨地望着马车上的蒋祚彬和映霁，大叫道："快下车！"他先下了车。莲花和望实跟着下车走上月台。莲花再次拦住他道："你还没回答我呢，他在保定府下了车，没有去北京城告密！他没有叛变革命！"望百道："不见得！我现在觉得这里面有更大的阴谋！总之我们应当马上去见蒋将军，告诉他乔映霁是奸细，一定要除掉他！黄包车！"一辆黄包车拉过来。望百和望实上车，莲花跟着上车。望百看车夫道："保定军火大营，知道吗？"车夫点头："知道！"望百道："快走！"

这辆黄包车跑起来时，小栓还在煤水车上呼呼大睡。王宗禹一把将他提溜起来，喊道："起来起来！下车！"小栓一下醒过神来，朝远方只一眼就望见了望百、莲花、望实乘坐的黄包车，大惊道："他们在这里下了车！"王宗禹道："一定是东家在这里下了车！快跳车！"两人一身煤黑跳下车去。

清军保定军火大营里，蒋祚彬关上门，和映霁再次拥抱。映霁环视他的官署道："蒋将军这里好气派！"蒋祚彬笑着向他伸出手来。映霁道："什么？"蒋祚彬道："你不是从汉口前线来吗？难道张大帅没有信让你带来！"映霁道："啊，临行时张大帅是给了我一封信，出城时过卡子，怕出意外，我把它吃了！"蒋祚彬眉头一皱，笑容已经减了七分。映霁道："虽然吃了，但内容我都背下来了！"蒋祚彬道："张大帅说什么？"映霁道："荫昌刚刚向汉口前线调去七十门大炮，但没有炮弹，已经电促朝廷下令从你这里运送大批炮弹。如果蒋将军不能阻止这批炮弹到达汉口，武汉革命军将在数天内失败！"蒋祚彬道："朝廷要我向汉口前线运送炮弹的电文已到，目前这批炮弹正准备装车！"映霁道："将军一定要设法阻止，挽救革命！"蒋祚彬道："阻止炮弹南下我做不到，但可以用别的办法——"映霁要问什么办法，门外响起了脚步声，卫队长进来大声道："报告！"蒋祚大声问："什么事？"卫队长道："有三个人，自称来自汉口前线，十万火急，要见将军！"映霁一惊，盯着蒋祚彬。蒋祚彬道："带进来！"卫队长答应一声，转身跑出去。

蒋祚彬就回头看了映霁一眼，冷冷道："映霁同志离开汉口时，知道张大帅还派了别人吗？"映霁摇头。门外脚步声再起，门开，卫队长带莲花和望百、望实兄弟走进来。映霁一惊，脱口道："莲花队长！望百同志，望实，你们怎么来了！"望百对蒋祚彬拱一下手道："您一定就是蒋祚彬将军了？"蒋祚彬道："正是在下！"望百大声道："武汉革命军政府汉口前线总指挥张大帅帐前高级参议崔望百奉命来见将军，有大事相告！"

蒋祚彬看卫队长道："外面警戒，没我的命令任何人不得进来！"卫队长道："是！"转身离去从外面把门关上。蒋祚彬定睛看着莲花和望实问道："这位是莲花同志，我们认识，这一位不认识，他是你的随员？"望百大声道："是！"莲花大声道："蒋将军好，一别又是好几年！我现在张大帅帐前做女兵队长！"蒋祚彬点头，看着望百道："三位千里迢迢到我这里，有何要事？"

望百掏出张振武手令道："将军，这里有张大帅的手札密令，请过目！"蒋祚彬接过手令飞快地看了一遍，猛回头看映霁，目光就严峻起来。映霁悚然一惊。蒋祚彬大声道："来人！"卫队长带人推门冲进来。蒋祚彬指映霁道："抓起来！"卫队长带人将映霁抓住。映霁大叫："将军，为什么！"蒋祚彬道："你有背叛革命的嫌疑，张大帅密令他们前来逮捕你，回汉口前线接受审判！"映霁大叫："将军错了！乔映霁没有背叛革命！"他又回看望百和莲花道："这是怎么回事儿！"望百冷笑道："乔大东家，你做了什么事情自己还不清楚吗？"又回头看蒋祚彬道："启禀将军，张大帅临行时对于如何处置这个朝廷奸细还有秘密口令！如果不方便押回武汉，可以请将军协助，就地处决！"映霁一时真是百口莫辩，大声叫道："崔望百，这不可能！"蒋祚彬看莲花道："莲花同志，这是真的？"莲花向前一步道："将军，不，至少他刚刚讲的张大帅的这个口令，我不知道！"望百气急败坏起来，大声道："莲花同志，你怎么这样说话！大帅的口令当然只能对我一个人讲，你不在场，当然不会知道！"莲花看着蒋祚彬，坚持道："大帅手札上只有逮捕乔映霁回汉口前线接受审问，没有就地处决的意思，这次离开武汉后他也没有像某些人怀疑的那样直奔北京城向朝廷告密，而是按照大帅的托付到了你这里履行使命。所以，我认为乔映霁是不是朝廷奸细是存疑的，不能杀！"

蒋祚彬凝望着她，突然道："莲花，告诉我，武昌起义以来，你是不是天天和大帅在一起？"莲花道："是！"望百大声道："将军，不要听她的——"蒋祚彬不理他，继续问道："你有没有感觉到，大帅曾经怀疑过乔映霁对革命的忠诚！"望百大叫道："有过！"莲花道："是有过，但后来证明错了，这种怀疑就消失了！"望百大叫："将军，我抗议！你不要听她的话！大帅这次是让我来执行这次使命，她只是助手！"

映霁突然开口道："将军，我要讲话！"望百突然上前给了他一巴掌。映霁勃然大怒道："你居然敢打人——"他奋力挣扎，要冲向望百。众卫兵立即将枪口顶住他。望百脸上现出冷笑轻蔑道："乔映霁，好汉做事好汉当！不要再抵赖了！就是死也要像个男人！"

映霁道："崔望百，说实话我根本不知道你是谁，为什么三番五次一定要置我于死地！你到底是谁？"望百心中突然焦躁起来，看蒋祚彬道："将军，他对汉口我军虚实知道得太多了，留下他太危险，快拉出去执行，不要再等了！"莲花道："将军！我反对！"望百疯一样大叫起来，道："将军，为了革命成功，你不能心存妇人之仁！"

蒋祚彬猛然举手，道："不要吵了！把乔映霁带出去，关起来！"卫队长示意众卫兵将映霁推出。映霁回头大叫："将军，错了！乔映霁不是朝廷奸细！"但还是被推了出去。蒋祚彬又道："三位也暂时请出去歇息！"卫队长道："请吧！"望百不依不饶，大叫："将军，杀了他！"莲花也在大叫："将军，不能！"蒋祚彬突然道："等等！崔望百留下，其余两个带走！"

莲花和望实被卫兵们带出去。望百看一眼蒋祚彬。蒋祚彬不回头道："告诉我，张大帅是怎么查明乔映霁是朝廷奸细的，有什么证据？"望百一时语塞，但迅速反应了过来道："张大帅怎么查明的在下不能知道，那是大帅的秘密！"蒋祚彬忽然回头直视他，目光咄咄逼人，生硬道："那你告诉我，乔映霁为什么要做朝廷奸细？"这话不想正中望百下怀，望百矜持道："将军不如问我，一旦乔映霁做了朝廷奸细，为大清力挽狂澜，能得到什么！"蒋祚彬盯着他看："乔家能得到什么？"望百胸有成竹道："一家银行。很可能是中国唯一一家拥有中央银行职权的发钞银行。发钞银行将军懂吗？乔家一旦成了这样一家银行，如果我是乔映霁，就一下子印出十万亿钞票，同时让朝廷下令天下不准再有银子流通，只能使用乔家的钞票做买卖，那会怎么样？"蒋祚彬问道："会怎么样？"望百道："乔家就拥有了全中国的银子！成了比美国的洛克菲勒、摩根，欧洲的罗斯柴尔德家族更富有的人！"

蒋祚彬突然激动起来，喊："来人！"卫队长进来道："将军！"蒋祚彬命令道："把他也带出去，关起来！"望百非常吃惊，大声叫唤道："将军，为什么？我是张大帅的信使！你不能这样对我！"卫队长厉声道："走！"蒋祚彬心中一团怒火，走来走去。卫队长带走望百后马上又推门进来，看他道："时间快到了！这些人怎么办？"蒋祚彬道："没时间和他们啰唆了，全部拉出去，枪毙！"只他这一句话，映霁、望百、望实、莲花很快就被众卫兵推上了大营内的刑场。望实腿都软了，惊恐万状声嘶力竭大喊："你们要干啥？不要枪毙我！"望百也在大叫："蒋大帅，我是武汉方面的密使，你不能枪毙我！"莲花面不改色地看映霁一眼，映霁突然哈哈大笑起来，大声道："崔望百，没想到你也会和我一起死……死就死了，叫唤什么！"望百大叫："你住口！你这个朝廷奸细，和你这样的人一起死我不服！"映霁继续大笑不止，脸上却没有笑容，此时的他心中百感交集。

一队行刑者跑过来，迅速列队。卫队长命令道："举枪！瞄准——"蒋祚彬带两贴身侍卫匆匆走来。卫队长跑过去请示道："将军——"蒋祚彬道："告诉他们，行刑前每个人可以留下一句话，完了就开枪！"卫队长回头对映霁等人传达蒋祚彬的话。映霁仰天大笑,道:"我先说!蒋将军,蒋大帅,记得今年四月二十七日下午五时三十分,你我都已经准备好了,要和同志们一起参加黄花岗起义,但在最后我们分别被安排了另外的任务,所以才活了下来,参加起义的七十二名同志全死了。今天能为武昌革命死在你这里,乔映霁得其所哉,开枪吧,我的话说完了!"莲花回头吃惊地看他,内心的情感悄然为之改变。卫队长看崔望百道:"轮到你了!"望百大叫:"蒋将军,我抗议,你这是滥杀革命人士。不过为了保卫革命,和乔映霁一起死,崔望百死而无憾!"卫队长又看望实道:"你说!"望实对着望百流泪,歇斯底里大叫:"都是你,非要投奔革命党找死,把我也连累了,我们崔家要绝后了!"卫队长用眼扫视莲花道:"你!"莲花平静道:"蒋将军,我死后,请你转告中山先生,把我和恩人埋在一起!"映霁看她一眼,莲花这一刻表情中的视死如归再一次惊动了他的心。

卫队长向蒋祚彬跑回去,蒋祚彬道:"开枪!"枪声响起。行刑墙前,望实瘫倒在地。映霁、望百、莲花闭上了眼睛。枪声止,三人眼睛重新睁开。蒋祚彬道:"全都带回去!"说完转身离去。

第六章

　　黄昏来临。蒋祚彬仍在官署内走来走去。卫队长频频看怀表催促道:"将军,再不上车就——"蒋祚彬突然做出了决定:"带他们上火车,一起参加北京暴动!"卫队长吃一惊。蒋祚彬道:"派人盯住他们,发现哪个人有异动,立即枪毙!"卫队长道:"是!"

　　一个侍卫匆匆地跑进来道:"又抓住了两个!"蒋祚彬大叫:"审了吗?"侍卫道:"审了,一个是乔家武昌大德通票号的大掌柜,一个是乔映霁的长随!说是从武昌一路跟过来,半路上跟丢了,爬火车撵上来的!刚才想趁乱溜进大营——"蒋祚彬道:"他们想干什么!"侍卫道:"这两个人说的话属下也不是很明白,他们一会儿说他们花了两百万两银子从武汉革命军那里赎出了他们的东家,要捆了他回山西交差,没想到被乔映霁骗到了保定府,一会儿又说他们东家两头受气,这边铁心做革命党,被人猜疑,那边犯了家规,回去要被点天灯。对了,还从一个人那搜出了一份乔家大德通武昌分号借银子给武汉革命军的合约。"蒋祚彬道:"快拿来我看!"侍卫将映霁和王宗禹签的合同取出呈上。蒋祚彬看了一遍,吃惊道:"原来他们能支撑到现在,是乔东家为他们拿出银子做军费!"看卫队长道:"把这两个也带上,一起去北京!"

　　当天后半夜,繁华的北京前门火车站上,蒋祚彬已经带着自己的队伍下了火车。众人押着映霁、莲花、望百兄弟并王宗禹、小栓一路轰隆隆走出车站。映霁认出了这是北京,看蒋祚彬道:"将军,这不是北京吗?我们要去哪里?干什么?"蒋祚彬并不回答。队伍很快进入到前门大街一客栈内,蒋祚彬对卫队长下令:"封锁客栈,严密警戒!"卫队长答应一声跑出去。蒋祚彬带映霁等人走进客栈房间,回头道:"现在我们已经到了,可以告诉你们我要干什么了。刚才乔东家问这里是什么地方,起义军总指挥部!映霁同志,张大帅让你来保定府交办的大事,我已经让人去办了。现在我们要做另一件大事!"映霁激动道:"谢将军!你让乔映霁不辱使命!——什么大事?"蒋祚彬二目炯炯盯着他道:"这段时间南方的同志干得风生水起,先有黄花岗起义,七十二烈士壮烈牺牲,接着是武昌起义,让大清天下动摇。我们北方的同志至今还没有制造出任何响动,我深感羞愧!这些日子里我联络了一些朋友,今天夜里,就要带他们在北京城发动一场革命!"望百脱口而出:"北京城里?今天夜里?"蒋祚彬盯着他道:"此刻这些朋友应当已经聚集在北京,马上就会来这里汇合,到了预定时刻,我们突然发起暴动,袭击紫禁城,把宣统皇上和隆裕太后控制在手里,迫使他们颁布诏书,投降革命,一举扭转天下大局,为恢复中华立一大功!"映霁喜出望外道:"真的?"蒋祚彬大声道:"当然是真的!是同盟会员的举手!"映霁率先举手,莲花紧跟着举手。望百迟疑了一下,轻轻碰一下望实,两兄弟同时举起手来。蒋祚彬诧异道:"你们二位也是同盟会员?"望百信口开河道:"我们当然是!张大帅可以为我们作证!"蒋祚彬道:"都是同盟会员就好说了,入会时大家都宣过誓,不成功即成仁!"映霁激动道:"蒋将军,你是说今晚我们要直接袭击紫禁城?"两个志同道合的人此时互相用兴奋的目光激烈对视。蒋祚彬道:"你也怀疑我成功机会不大,这个计划过于异想天开?"映霁热烈道:"不,我是说,北京城戒备森严,紫禁城更是皇家禁地,真要做成大事,不但要有足够多的兵力——"蒋祚彬断然道:"不要说了!先有广川黄花岗起义,后有武昌起义,朝廷仰仗的北洋新军大部南下,京城空虚,正好给了我们机会。至于能不能成功,蒋祚彬心里只有革命,成败在所不计!怎么样,都愿意跟我一起成就这场大功勋吗?"映霁慷慨道:"只要将军下了决心,成功与否乔映霁都要参与!"蒋祚彬又看望百和望实:"你们呢?"望实紧张地看望百一眼。望百当即表态:"我们当然要参与,当仁不让!"蒋祚彬看莲花道:"你是一位女同志——"莲花沉沉道:"将军,莲花来自汉口前线,没想到这次有机会参与北京暴动,莲花一定参加!"卫队长安排了警戒后又匆匆跑回来,蒋祚彬回看他一眼道:"很好!请四位就在这里休息,等会儿各路英雄到了,给他们配武器,一起出击!"卫队长答应,看蒋祚彬大步流星地走出,对众人道:"各位,行动之前你们必须在这里待着,不准走出房间!"望百吃惊道:"为什么你们要把我们关起来?"卫队长并不回答,转身走出,门"砰"一声被关上,外面响起上锁的声音。望实透过锁孔朝外面看,发现有人持枪守在走廊里。他胆战心惊回看望百,害怕道:"怎么回事?他们把我们锁在这里了!"望百飞快地瞥一眼映霁和莲花,发现二人神情平静,像是什么也没发生,回头对望实喝道:"安静!"忽然,卫队长又开锁推门,将小栓和王宗禹推进来,门马上又关上并且加了锁。

小栓看到映霁叫了一声:"东家,这是什么地方?"映霁也道:"安静!"

隔壁一间供总指挥临时起居的房间里,蒋祚彬看手表,生气地看卫队长道:"时间已到!说好了到这里聚齐,可怎么除了我们,别处一路也没到。马上派人联络!"卫队长迅速跑出去。映霁听到了脚步声,焦急看表,忽然站起。王宗禹道:"东家要干啥?"映霁走过去用力打门喊道:"开门,我要见将军!"门外卫兵开锁看他道:"你要干什么?"映霁道:"我有要事见将军,十万火急!"莲花、望百兄弟、小栓、王宗禹都看映霁,几乎一起跟着站起来。卫兵厉声对映霁道:"不行。将军有令,要见你时,他会传令的!"映霁生气道:"我真有大事,一定要见将军!"卫兵依旧道:"大事也不成!"映霁一把推开他往门外走,道:"此事关系到起义的成败,你不能拦我!"众卫兵一起拥上来,抓住他。映霁手上就加了力,推开众人往外走,不容分说道:"我一定要见将军!"又大喊:"蒋将军,我有要事见你——"望百在背后哈哈大笑,一把推开面前卫兵走出房间大叫:"我也要见将军!"莲花忽然想到了什么,急忙冲出房间喊道:"我也要见蒋将军!"卫兵对三人一边拦截一面吆喝道:"快回去,不然开枪了!"映霁面对眼前的卫兵道:"事关革命成功,我一定要见蒋将军!"望百道:"我也要见!"一名卫兵急对另一个道:"快去禀报将军!"蒋祚彬忽然出现在门前,看他们道:"你们要干什么?进来吧!"

三人拥进蒋祚彬房间,小栓、王宗禹和望实却被拦回去。卫兵关门。蒋祚彬此时心急如焚,不耐烦地看映霁道:"说,什么大事?"映霁道:"将军,我刚才一直在想你的暴动计划,觉得其中有许多不甚周密之处!"蒋祚彬悄然大怒:"什么地方不周密?"映霁道:"我只问一件事,将军如何能保证义军在极短时间内攻进紫禁城?如果不能在半个时辰打进去,城内各路军马就会赶到,城外丰台大营也会在两个时辰后赶来增援,我不知道今夜秘密进城的义军有多少,但我相信兵力一定不会太多,太多了就会被五城兵马司的巡城军马发现——"蒋祚彬不客气地打断他道:"我这个计划的核心在于突袭紫禁城,兵在精而不在多。一旦我们在紫禁城得手,控制了太后和皇上,北京城里有多少清军又能奈我何!"映霁道:"我知道将军错在哪里了!将军从一开始想的都是得手后怎么样,没有考虑如果不能迅速得手会怎么样!"

蒋祚彬道:"本人确信直到现在,除了几路义军首领没人知道此事。一旦各路义军进城,对紫禁城发起突袭,得手是一定的。然后我们杀进内宫,把太后和皇上控制在手里,关闭紫禁城,城内有多少清军都没有用了!"映霁道:"将军!武昌首义爆发,天下震动,紫禁城里那一对孤儿寡母早就成了惊弓之鸟,万一他们在将军不知道的时候秘密加强了紫禁城防卫,强度超出预料,怎么办?"蒋祚彬心中大动,开始意识到事情的严重性,深深地看映霁道:"乔东家,你是在说,起义一定会失败?"

映霁道:"不!"蒋祚彬已经不想听他讲了,猛地转向望百,用一种愤怒的声音道:"你呢,你又有什么大事?"望百一指映霁道:"我的大事就是他!刚才乔映霁的话我听到了,原来他所说的大事就是阻止将军起事!他现在被将军控制在手里,无法脱身向朝廷告密,居然想到了这种阴招!将军,乔映霁危言耸听。汉口前线张大帅判断没错,他确实不折不扣是一名朝廷奸细!"映霁不觉怒火中烧,冲过去时,被卫兵拦住,仍大叫道:"崔望百,不要血口喷人!乔映霁不但不想阻止将军起义,恰恰相反——"突然他甩开身边卫兵,对蒋祚彬附耳激烈说了一通话。蒋祚彬吃惊道:"你小时候多次随你爷爷出入过紫禁城?愿意亲率敢死队,走你知道的秘密夹道,杀进内宫?"映霁掏出了那个可以出入紫禁城的腰牌道:"大帅,你看!我有这个腰牌,可以赚开那个秘密夹道!将军这时亲率另一路义军,吸引紫禁城守军主力,我们就有了机会!"

蒋祚彬接过腰牌看了一眼,心情就骤然激动起来。望百大叫:"将军,不!"蒋祚彬回头大叫:"为什么?""将军怎么还不明白!乔映霁是朝廷奸细,现被将军控制,迫切想从这里逃走!什么能赚开秘密夹道进入紫禁城……将军让他这样走,岂止是放虎归山,简直就是自杀!"蒋祚彬猛回头盯着映霁,一字字问道:"乔东家,他说得对吗?"

映霁道:"将军如果信不过我,我还有一个办法。我率义军攻打紫禁城,你带一路义军赚开秘密夹道突袭内宫,如何?"蒋祚彬盯着映霁,良久,突然开口道:"乔东家,我想问你一个问题。你这种人为什么要革命?"映霁措手不及,一时哑然,忽然他反应过来了,答道:"将军,在广州时中山先生也问过我这个问题,我告诉过他,我有两个理由要参加革命,推翻大清!"望百拍巴掌道:"乔映霁,连我也想听听你的两个理由!"

映霁严肃道:"第一,我在广州十三行街学了八年生意,其间也走出过国门,见识了这个世界。我深深认为中国今天所以要革命,是因为中国必须革命!"蒋祚彬问:"为什么?"映霁道:"因为从鸦片战争时期开始,人类就进入了一个世界大市场时代,中国却还停留在重农抑商的小农经济时代,中国人已经落后西方三个世纪了！"蒋祚彬心有所动，又道："讲你的第二个理由！"

　　映霁道："我的第二个理由是，中国今天所以要革命，是因为中国不能再有革命！"蒋祚彬脸色陡变："什么？你反对革命？"望百急忙大叫："将军，乔映霁终于说出了他的心里话！"蒋祚彬目光只盯着映霁，激烈道："乔东家，说出你的道理，说不出来，或者不能说服我，我只能认为你是个怀着不良意图混进中国同盟会的反革命！"映霁感慨道："本人所以会成为革命的'反对派'，是因为鸦片战争以来，中国经历了太多的革命，尤其是太平天国革命，从金田起义到清军收复天京，这场革命在大江南北延续十四年，死亡人数高达七千万，一个外国人甚至说死了一亿六千万中国人！"蒋祚彬愈发激烈道："可我们不是太平天国，孙先生也不是洪秀全！没有这场革命，中国就会亡！为救中国死多少人都在所不惜！"映霁也用更大的声音道："但我同时也认为没有今天这场革命，就无法阻止另一场太平天国式的革命！所以我这个天下人都认为不会革命的人，骨子里反对任何革命的人，才早早地加入了同盟会！"蒋祚彬大叫："我不明白——"映霁道："没有一场推翻清王朝的革命，中国就要亡，但是怎样亡？每一个中国人都不愿意中国亡，那时候任何一个陈胜吴广类的人物登高一呼，中国就会爆发第二次太平天国革命！中国人再次起来自相残杀，中国不亡才是怪事呢！"蒋祚彬努力让自己平静，道："你又怎么能保证，今天这场革命不会带来又一场太平天国式的革命？"

　　映霁道："因为我们这些人是革命党。我们参加同盟会，投身革命，今天这场革命就会在推翻旧王朝后得到控制。如果我们干得好，民国建立后立即开始一个用一切办法发展经济的时代，全力解决天下人的温饱问题，不但可以避免新的太平天国革命，还会引领中国走上复兴之路！将军，将来我们有太多大事要做！就我而论，我要从改造中国票号始实现中国金融体制的大变革，用金融的现代化推动中国的工业化，再以工业化的力量变整个中国为全球最大的商品生产地，以中国商品进入世界大市场！当年西人用商战打败了我们，届时我们以其人之道还治其人之身，用商战进攻他们，占领他们的市场，从他们那里大批获得利润，直到最后取得全胜！将军，那时就是我们梦想的国富民强的一天，中华民族重新回到她历史上最光荣的地位。那时候也才可以说，今天我们这些人投身革命甚至为它牺牲，是值得的，而且做对了！"

　　蒋祚彬已被感动，嘴上仍道："可有人说，乔家大德通现在几乎就是朝廷的银库,一旦你去通风报信,毁掉革命,朝廷就会给乔家一份最大的奖赏!"映霁不解道:"什么奖赏?"蒋祚彬道:"一家具有中央银行性质的发钞银行!一旦事情成真,乔家将能够用纸印的货币换取全中国的银子,成为中国的罗斯柴尔德家族!"映霁沉默。蒋祚彬又激烈道:"相反,大清被推翻,乔家就再也不能靠着朝廷得天下之利,更得不到这样一家可以囊括天下银子的银行。乔东家,这对你来说不是一桩赔大钱的买卖吗?"映霁终于明白他在说什么了,道:"将军错了!第一,即使我真做了朝廷奸细,也得不到你说的那份奖赏!"望百急道:"为什么?将军,别听他巧舌如簧!"映霁只看蒋祚彬道:"如果今天这场革命失败,中国一定会发生第二次太平天国式的革命并且灭亡。乔家得不到那份奖赏,还会在革命中玉石俱焚!"他的话再一次深深震动了蒋祚彬,还有一个人也被深深地震动了,这个人就是莲花。这时莲花又听到映霁一字一顿道:"第二,相反这场革命成功了,乔家反倒能得到更大的一份奖赏!"蒋祚彬急道:"什么奖赏?"映霁道:"中山先生当面对我讲过,革命一旦成功,推翻大清,创立民国,首先会废除鸦片战争以来中华和列强签订的不平等条约,它们绝大部分都是商约,中国商人就能平等地和西方列强竞争,就有了机会!我会率先将乔家大德通、大德恒两家票号改制成现代银行,和众多同仁一起参与到中国的工业化改造。中国地大物博,人口众多,实现工业化的结果就是生产力的大爆发,是大爆发后生产力的商品化,它会带来巨大的商品总量!作为中国商人的领军人物、晋商的领军人物,乔家会携带空前巨大的中国商品进军世界大市场,让整个世界充满了中国制造,乔家的银行也会随之进军世界大市场,实现我的梦想,汇通全球货通全球。在条件公平的时候,我也不会排除去竞争具有中国中央银行性质的发钞银行。但那时不会只有乔家一家拥有这样的实力,中国金融业只有乔家一家是不够的,到时中国会涌现出许多的洛克菲勒、摩根和罗斯柴尔德商业金融帝国,我自信乔家会成为其中的一个。将军,中华复兴,乔家成了中国的洛克菲勒、摩根和罗斯柴尔德商业金融帝国,还有比这更大的奖赏吗?"

蒋祚彬盯着他,一时心潮澎湃,激动无比。映霁的这一番话让他突然面前这个年轻人有了全新认识。他果断道:"映霁同志,你的紫禁城进攻计划,我同意了!"一旁的望百气急败坏起来,喊:"将军,你不能,我们都受骗了,不要听他的!"蒋祚彬不再理他,只对映霁说话:"我会将正面攻击紫禁城的任务交给一位义军领袖,和你一起亲领一支义军偷袭紫禁城,就这么定了!把枪还给他们各位,准备战斗!"刹那间远处传来一声枪响。蒋祚彬忙令："什么声音？快去查看！"

拂晓的正阳门枪声大作，大队清军疯狂拥出，奔向前门大街。一清军管带大声嚷嚷道："快抓乱党！"客栈总指挥房间内，卫队长急奔进来道："报将军——"蒋祚彬道："什么情况！""起义的事情暴露了，朝廷下令封锁九城，出动全城兵马赶往这里缉拿我们！""各路义军在哪里？""将军，我们受骗了，没有义军，一路都没有！"映霁等人吃惊地看着蒋祚彬。蒋祚彬大怒道："这帮土匪骗了我！"一名卫兵这时又奔进来，慌张道："将军，朝廷兵马进街了！"蒋祚彬回头看一眼映霁："快走！"映霁道："枪！"卫兵把枪一支支发给映霁和莲花、望百、望实、王宗禹、小栓。小栓害怕道："王大掌柜，我这辈子还没玩过这玩意儿呢！"王宗禹道："别喊，有这一回你就成老手了！"外面枪声更加密集，蒋祚彬带映霁等冲出门去。小栓像提一只烧鸡一样提着枪跟着跑出。

客栈大门外，大队清军已经赶到。清军管带大喊："就是这里，包围它！冲进去！"客栈院内，蒋祚彬的卫兵们伏在大门和院墙后，和外面的清军激烈驳火。一名卫兵中弹倒下。其他人仍在着力射击，并不退缩。蒋祚彬带映霁等人冲出来。卫队长看一眼道："前面出不去了！"蒋祚彬当机立断："走后门！"马上带众人向后门冲去。众卫兵且战且走，退到客栈里。众清军一哄而上，将大门推倒，拥进客栈，双方乱枪齐发，走在最后的几名卫兵中弹牺牲，清兵也纷纷倒下。清兵管带冲进院内来，一清兵禀报："大人，人从后门走了！"清兵管带道："追！"

拂晓时分，前门大街后一条胡同里，蒋祚彬、卫队长带映霁等人及卫兵且战且行。大批清军追进来射击，枪声激烈。映霁和众卫兵一起，向追兵射击，表现英勇。莲花边奔走边暗中盯紧映霁。小栓扑上来抱住映霁，低声道："东家快走！"莲花眼疾手快，迅速将枪对映霁一指道："乔映霁，你要是敢逃走——"映霁并不理会，只对小栓激情大叫："你走开！要革命就一定会死人，今天死的就是我！"他甩开小栓，继续战斗。清军被迫卧倒，就地射击。小栓还要去保护映霁，被王宗禹一把扯过来，二人伏在地下。王宗禹道："没想到你这小子到了时候还不怕死了！"小栓道："东家死了，我还活得了吗！"蒋祚彬回头看映霁，见他极为英勇，佩服道："乔东家好样的！弟兄们，冲呀！"众人重新跃起，乱枪齐放，继续向前冲击。一直盯着映霁的莲花也松一口气，跟了上来。

前后胡同口枪声忽然大响。蒋祚彬脸色忽然一变。卫队长道："大哥，我们被堵住了！"蒋祚彬回头看众人,慷慨激昂道:"弟兄们,我们被堵死在这条胡同里了! 映霁同志说得对,如果革命一定要有人牺牲,今天就是我,老子今天死在这里了! 我掩护,你们想办法突围! "他伏地频频射击。对面清军弹雨飞来,蒋祚彬身边最后几名卫兵接连中弹倒地。蒋祚彬大怒,举枪跃起,对前面的清兵高喊道:"老子今天跟你们拼了——"卫队长猛扑上去,用身子挡住他道:"不要——"一发子弹打来,击中他的胸膛,鲜血四溅,卫队长倒在蒋祚彬怀中。蒋祚彬大叫道:"五弟,五弟——"卫队长已经闭上眼睛。蒋祚彬心痛如割,将他放下,眦裂发指,大叫道:"老子不活了!打!"捡起卫队长的枪,双枪并持,猛地站起向对面的清军开火。伏在地下的小栓叫道:"不好了,蒋将军疯了! "映霁大叫:"快拦住他——"只见一旁的王宗禹冒着弹雨突然跃起扑向蒋祚彬,将他扑倒在地下。一排子弹恰在这时打来,从他们头顶掠过。映霁边开枪边扑上来,对蒋祚彬大叫:"将军,你不能——"蒋祚彬血红着眼睛冲他大喊:"映霁同志,是我做事太荒唐,过于相信结拜的哥们儿弟兄和土匪队伍……不说了,我们都太年轻,今天大家都走不了,就在这里一起为革命牺牲! "映霁激动道:"为了革命,为了未来的中国,我们把血洒在这里! 小栓,把你的枪给我! "小栓大叫:"干吗? "映霁道:"我枪没子弹了! "小栓把枪交给他:"我怎么办? "映霁朝清军开了一枪,笑看蒋祚彬道:"将军,我们两支枪,给他们来个背靠背,最后关头到了,万一他们没打死我,你就朝我这儿开一枪! "说话间指了指脑门儿。蒋祚彬大笑道:"好! 万一他们没打死我,你也朝我这儿开一枪! "映霁道:"一言为定! "两人击掌,一起笑道:"成交! "又一拨弹雨飞来,将蒋祚彬身边最后一名卫兵打死。蒋祚彬怒起,双枪连发,对清军射击,只一会子弹就打空了。他迅速捡起卫兵的枪继续射击。他的心中现在就是一团怒火。

一直伏身在尸体中间的望百这时抬起头来,举起枪瞄向映霁。一支枪口突然杵向他的脑门。望百急道:"望实快动手! "莲花左手又出一支枪指向望实。望百道:"再不处决他,一会儿朝廷兵马过来,他就如愿以偿,逃到那边去了! "莲花道:"有我在,他逃不了! "望百道:"万一呢? "莲花道:"没有万一! "望百道:"你怎么那么自信! 刚才他是没机会! 等会儿我们全被抓住,他就会把真实身份说出来! 我们的命就没了! 他还是他,乔家大东家! "莲花忽然从身上扯出一根拉火绳。望实大叫:"你身上绑了炸药? "莲花道:"不然我一个女孩子,怎么敢跟你们一起出入虎穴! "望百听了,脸色顿时变得煞白。

小栓和王宗禹伏身在映霁和蒋祚彬身后。小栓吓得直哭，又看王宗禹，气愤道："你怎么一点儿也不着急呀，我们出不去了，东家和蒋将军正商量相互朝对方脑门儿上开枪呢！我真不想死呀，我连个媳妇——"王宗禹道："你死得了死不了我不知道，可是我知道自个儿不会死！"小栓抹一把鼻涕眼泪道："吹牛吧你！哎，咱们说服东家投降吧，然后乔家上下一起使银子……当初老东家和太平军刘黑七勾连，慈禧老佛爷把他关进天牢，都说是个死，可后来还是得救了！……哎呀不行！东家那个脾气，大话都吹出去了，宁死也不会投降！"

王宗禹道："不让他投降，咱们也走得了！"小栓道："扎上翅膀带他飞出去呀？"王宗禹道："回头！"小栓抬头，在火光中，忽然看见身后一个招牌，念出声来："大德通。"大叫道："哎呀！"王宗禹一把捂住他的嘴道："别喊！快告诉东家，到了自家地盘了，走不走？"小栓甩开他的手喜出望外道："有暗道？"王宗禹道："你问多了！"小栓匆匆爬向映霁和蒋祚彬。

天麻麻亮时，北京西河沿乔家大德通北京分号后院里，大掌柜李德龄正带着一帮伙计急急忙忙往几辆满载的马车上放柴草。外面的枪声仍一阵阵响起。李德龄催促道："快！快点！"一名伙计正从柴草垛上抽一捆柴草，忽然大叫一声跑回来道："大掌柜，有鬼！"王宗禹第一个从柴草垛下的暗道口爬上来。李德龄大惊失色道："你你你……谁？"王宗禹道："李大掌柜，连我也认不出来了？"李德龄越发惊悚道："王大掌柜，怎么是你——"王宗禹回头从暗道里将映霁拉上来。李德龄的眼睛瞪得更大更圆了，叫："东东东东家！"映霁拱手道："李大掌柜，久违了！"李德龄道："东家，你演的哪一出呀，你不是在广州，怎么——"映霁道："什么也甭问，快把人接出来！"李德龄急忙招呼身后的伙计道："快去！"映霁回手将蒋祚彬从暗道里拉出来。李德龄看到蒋祚彬，又吃了一惊道："东家，这一位——"映霁道："我说了你这会儿什么也甭问，快把人接出来！"

李德龄找到一个空房间，把映霁拉进来，关上门道："东家，我只问一句话，你可得给我交个底。听说你在武昌成了革命党，有没有？"映霁看他，不说话。李德龄叹气道："你不说话，那就是了。再问一句，革命党这回是不是要成功？"映霁还是不说话。李德龄点头道："好了，东家，我清楚了。今晚上前门打得那么厉害，也跟你和他们有干系对吧？快说，让李德龄干什么？"映霁道："我让你干什么？赶紧想办法，送这些人出城！"

李德龄直嘬牙花子,嘴里在念叨:"好吧好吧。送出城送出城,街道上全是朝廷兵马,怎么送得出去?"忽然他在门前站住,回头看一眼映霁。映霁笑道:"李大掌柜,你是我们乔家大掌柜中的小诸葛,想出主意来了?你送不出去也行,我们就在你这儿住下!"李德龄道:"东家方才问我一大早干什么,告诉你,祁县总号潘大掌柜前些天打来电报,用暗语告诉我说天下要大乱,赶紧把银子运回山西。这不我们正往银车上装银箱,打算天一亮就走呢!"映霁道:"外头到处都是兵,你这时候就是拉车柴火出门,别人也会怀疑!怎么出得了城?"李德龄道:"你还没告我呢,你们革命党这回能不能成事?"映霁侧耳听外面的枪声,越来越近,道:"能不能我都是革命党了!再不想办法,就来不及了!"李德龄道:"其实我觉得这回你们有可能成事!""什么意思?""人说一叶落知天下秋。你知道这些天,都是谁朝咱们铺子里大箱大箱送银子?""谁?"李德龄道:"各位铁帽子王爷。最多的是庆王爷!"

映霁道:"庆亲王奕劻?他不是朝廷的内阁总理大臣吗?"李德龄道:"不,已经让太后给撸了,现在是袁世凯做总理大臣!"映霁皱眉头道:"那又怎么样?"李德龄道:"东家你怎么像个外行啊!就连庆王爷都不敢把银子放自个儿家里,要放到咱们铺子里来,这不是说,连他也觉得你们这回有可能成事嘛!"映霁大喜道:"明白了!你这银车出得去崇文门!因为车上拉的是庆王爷的银子!"李德龄不愿意痛快地将真情讲出来,道:"啊,总而言之,我是这里的大掌柜,得为相与交托给我的银子负责,所以……东家,我真帮不了你们!"映霁一把抓住他道:"你帮得了!"

李德龄道:"帮不了!"映霁道:"帮不了也得帮!"李德龄看着他竟笑了起来,摇头道:"东家,我服了老东家了。看出来了,别的地方你是不是像他老人家我不知道,可这胆儿大,任性,动不动就和革命党纠合在一块儿,一闹就能把人头闹掉,倒是像!"枪声在外面不远处忽然猛烈起来。映霁着急道:"李大掌柜太啰唆了!想出办法了没有?"李德龄道:"东家急什么?为了这批银子出城,我从庆王爷那里讨到了一纸关防,出得了崇文门。小贵子,过来!"一个小伙计跑过来。李德龄对他耳语几句。小贵子一怔,看一眼映霁,心领神会地点一下头跑走。李德龄回看映霁道:"东家,没事了,喝茶去!"

映霁一惊,笑道:"什么咱就喝茶去,我要跟他们走!"李德龄一把抓住他的手用力一捏道:"那你可走不了!潘大掌柜前几天打电报给武昌的王大掌柜,要他找到你,不管三七二十一捆住送回祁县,这会儿我要是放跑了你,潘大掌柜那里怎么交代！"他扯着映霁的手就往外走。映霁不再挣扎，忽然又在门口站住道："不走就不走，万一有人认出了我是革命党，你完了，咱这铺子也完了！"李德龄脸色一变道："东家，刚才有人在前门认出了你？"映霁点头。李德龄道："哎呀我的天，那你还是得走！不，我要亲自送你们出城，然后我们一起回山西！说好了，你不能跑！"映霁笑道："行，我不跑！"李德龄还是没有松开他的手，拉着他走出去。

大德通票号外面有名的北京商街上，大队官兵拥进来，"扑扑通通"地沿街砸门，一边乱喊："开门！搜查乱党！"一家家铺子门板倒地，清兵拥进去抢劫。大德通票号大门外，一群官兵也在砸门。一边的大车门忽然打开，李德龄带王宗禹、小栓等人灯笼火把引马车拥出。众清兵都怔住，回头看清兵小校。小校挥手，众清兵拥上来拦住马车乱问道："哎，干什么的？"众人站住，回头看李德龄。李德龄上前将一个出入庆王府的腰牌掏出来给小校看，道："总爷，认得这个吗？"小校接过腰牌看去，吓了一跳。李德龄又举起一张关防道："这个总爷也要看吗？"清兵小校凑上前瞅一眼，借助火光看到了崇文门关防几个字，下面是大红色的庆王官印，急忙大声命令众清兵道："快闪开！——您请！"李德龄对众人道："走！"马车又隆隆地走动起来。李德龄忽然又道："停！"马车又停下来。众人不解地看他。李德龄走回去看那清兵小校说道："这位总爷，车上是庆王爷的银子，我们这么出门不方便，你得派兵护送我们出城！"小校为难道："这个……这么麻烦！"李德龄塞一块大银子在他手里。小校立即眉开眼笑道："来人，护送庆王爷银车出崇文门！"

天大亮时，这几辆银车已经出了北京城，停在丰台火车站外路口。映霁、蒋祚彬等人出了银箱，感激地看映霁道："映霁同志，多有得罪。不是你，我们大家都出不了北京城了！"映霁道："将军想回保定府恐怕不能了，你有什么打算？"蒋祚彬道："还是要回保定府，朝廷办事的效率我是深知的，眼下他们不一定就知道领导北京暴动的人是我。再说我还要回去关照那批炮弹！乔东家，就此分手！"莲花忽然持枪出现在映霁面前："他必须跟我们一起走！"众人吓了一跳。蒋祚彬道："莲花同志，你——"莲花只看映霁道："你的身份目前还没有分明，既然有大帅的手令，你担任革命军密使去山西的资格就自动丧失了。我以大帅的名义要求你和我们一起回汉口，听候发落！"望实急看望百一眼。望百不动，静观事态发展。蒋祚彬道："莲花同志，乔东家从昨天到今天的表现大家都看到了，你们不能再怀疑他！"莲花道："将军错了！如果他不是朝廷奸细，更应当跟我们一起回去！"

一时间众人皆把目光投向映霁。映霁遗憾地朝山西方向一望,走向李德龄道:"李大掌柜,革命尚未成功,我这个革命党还要回汉阳前线。你们自己回吧!"小栓上前拦住,大叫道:"不,你不能再跟他们走了!"见李德龄和王宗禹都不作声,小栓一下就急了,又叫:"两位大掌柜,快抓住东家,不能再让他回汉口!"王宗禹道:"东家,我们是有合约的,你从大德通武昌分号借走两百万两银子,说好了要跟我们回山西。你是东家,不能不守诚信!"说着就拦在了映霁面前。映霁看好说走不脱,突然对站在一边的蒋祚彬使个眼色道:"还不快走!"蒋祚彬会意,二人转身飞快地向车站奔去。莲花拔枪大喊:"乔映霁站住——"望百急叫:"快追上去!"望实一把没拉住他,也跟着追了上去。小栓跳起脚来,看王宗禹、李德龄道:"东家跑了,快追!你们怎么不动!"王宗禹道:"李大掌柜——"李德龄道:"这不干我事,我另有大事呢!"王宗禹跺脚看小栓道:"我们快追!"两人也追了过去。

李德龄看着他们离开,叹一口气说道:"小贵子,你们拉银车回山西!快走!"名叫小贵子的伙计道:"大掌柜,你也不跟我们一起回山西了?"李德龄道:"北京的事情还不明朗,我改主意了!"小贵子道:"大掌柜,我不明白!这些都是空车!"李德龄反问道:"谁说是空车!走,快走!"小贵子一下明白了,示意众车夫赶车走,回头望一眼车站方向。李德龄道:"这时候全山西都知道他是革命党,他不回去反倒做对了!"小贵子笑道:"大掌柜,庆王爷的银子还在城里呢,您还得安排车马拉它们回山西。对不对?"李德龄道:"瞧这生意做的!快走!"小贵子扶他上马,看他驰回京城方向,挥手带银车离去。

丰台火车站内,一列货车已经轰隆隆开行。望实将望百拉上一节车厢。映霁、蒋祚彬、莲花、小栓和王宗禹爬上了另一车车厢。望实对望百道:"我们还跟着他们干什么?快逃吧,我们回不去了!""怎么回不去?""你假传张大帅密令,回去就露馅了!""杀了乔映霁,我就回得去!"望实道:"你是不见棺材不落泪!"望百道:"我见什么棺材?我要让乔映霁见棺材!天下大变,好风凭借力,送我上青云,我一定要借这股风飞黄腾达!"

保定府车站内,一列货车缓缓进站。一节车厢内,映霁、蒋祚彬等人专注地望着车站里的景象。小栓道:"今天怎么了,这么安静,一个旅客也没有!"蒋祚彬脸色急变。王宗禹朝前方一望,大叫道:"快看,官兵!"众人一起望去,只见车站内到处都埋藏着官兵,枪口指向这趟正在进站的货车。蒋祚彬看映霁道:"我们还是没有快过电报！"映霁道："怎么办？"一种声音忽然惊动了蒋祚彬,他猛回头朝身后一条轨道上望去。一趟重载的火车正从这条铁轨上缓慢启行。蒋祚彬低声道："认出来了！它就是往汉口前线运炮弹的专列！快上那趟车！"货车还没停稳,他已冲下车,向炮弹专列奔去。映霁、小栓、王宗禹紧随其后跳下车跟过去。莲花见了,又将枪拔出,上子弹,跳下车追过去。另一节车厢内,望实大叫："哥——"望百道："快下车！"弟兄俩跳车,也向炮弹车冲过去。一名埋伏在这里的清军管带看到了下车奔跑的蒋祚彬,大喊："就是他,蒋祚彬,开枪！"众清兵噼里啪啦开枪。蒋祚彬带众人躲避弹雨,时而卧倒,时而爬起,冲向开得越来越快的炮弹车。小栓和王宗禹先上了车,这时一颗子弹击中蒋祚彬左臂,鲜血溅到映霁脸上。映霁大叫："将军,你负伤了！"蒋祚彬坚持道："帮我一把！"映霁冒着密集如雨的子弹冲上前,扶起蒋祚彬,冲向炮弹车,一步跨上去,带蒋祚彬钻进车厢。蒋祚彬又惊又喜,看映霁道："乔东家,没想到你还有一手！"映霁从自己身上撕下一根布条,帮蒋祚彬裹伤,笑道："会的不会的,好多手呢！咬牙扛住！"映霁用力扎紧伤处,蒋祚彬痛得大叫。这时间,望百、望实、莲花上了另一节炮弹车。列车在激烈的枪声中冲出保定府车站。车厢中。映霁帮蒋祚彬包扎完毕,又用力撬开一只炮弹箱,取出一枚炮弹,打开,倒出一堆沙子。蒋祚彬道："同志们干得漂亮,这就放心了！"映霁道："他们已经发现你上了这趟车,一定会在石家庄车站张开大网抓你！怎么办？"蒋祚彬道："北京暴动失败,全国都会通缉我,我跟你们一起去汉口！虽然伤了一只胳膊,但这只好手还能打枪！"映霁笑道："太好了。我们在前面小火车站换车！"

炮弹车很快驶进到一个山区小火车站,还没停下,映霁就扶蒋祚彬下车。一辆旅客列车开过来停在另一条轨道上,车上不多的几名乘客下车。映霁和蒋祚彬及众人上车。映霁低声道："大家分散到各车厢里坐,免得聚在一起成为目标！"望百看一眼莲花,发现她并没有听映霁的,跟着映霁就进了车厢。望百也和望实跟进了这节车厢。王宗禹看一眼小栓,也进了同一节车厢。客车很快又在野外铁轨上疾驰起来。两车厢连接处暗影中,望百忽然举起了枪,瞄准车厢内眯眼睡去的映霁。望实上前阻止,他低声害怕道："你干啥？车上都是人！"望百道："人多才好动手！"一支枪口立马杵在他脑后,望百一惊,身子不动,低声道："又是你！"望实回身。莲花迅速将另一支枪口指向他。望实也将一支枪口指向莲花。望百趁机回头,将枪口直杵到莲花脸上。兄弟俩一前一后将莲花裹挟到车厢门后。三个人仍然相互用枪指着对方。望百先放下了枪,无奈道:"好吧,我们谈谈!"莲花道:"再说一遍,照大帅的密令把他押回汉口前线之前,谁也不能对他动手!"望百道:"正是这件事我不明白,为什么你一直要保护一个朝廷奸细?不是你,我们早就把他毙了!"莲花道:"这也正是我想知道的!大帅手令上并没准许你对他动手!如果不是知道你们俩肩负使命,我怀疑有别的原因!"望百被说中了心病,佯怒道:"胡说!我们跟乔映霁没有私仇,杀他完全是为了保卫革命!万一他在途中逃跑了怎么办?"莲花道:"我说过了,有我在,他逃不了的!"三人都把枪放下来,莲花要离开,望百道:"等等!你刚才说什么?怀疑有别的原因,什么意思?"莲花道:"你们山西人生下来就是商人,口心不一,我知道你们和他到底是什么关系!"望百道:"你这话听起来就有故事了,但好像跟我们说不着!因为我们兄弟现在不是商人,只是大帅的密使,为了防止他找机会逃走,我一定会尽快在路上杀了他!"

莲花一字字道:"有过了北京暴动,你还认为他是朝廷奸细?"望百道:"北京暴动说明不了什么,因为我们一直盯着他,他才无法脱身。而且,他以为那样做就能消除对他的怀疑!"莲花直视他半晌,忽然不想再和他说下去了,道:"再说一遍,只要有我在,就不会答应任何人在路上杀了他!"望百道:"我也必须再说一遍,我和望宇确实得到了大帅的密令,允许我们对他临机处置!"莲花道:"这话你不用说了!"不等望百再开口,她就要离开。望百仍不甘心,道:"等一等,我还有话说——"莲花回头。望百眼中现出恶毒的光芒。莲花道:"有什么话直说!"望百道:"恕我直言,我现在觉得你正在做一件和革命背道而驰的事,你在保护一个朝廷奸细!我怀疑你对乔映霁有了一种超越同志关系的特殊感情!"莲花忽然色变,激烈道:"胡说!"望百更加恶毒了,冷笑道:"你的反应表明,你被我说中了!也难怪,一个女孩子,青春年华,鲜花乍放,本应当和一位如意郎君结成百年之好,琴瑟合鸣,乐享天伦,却和我们这些人生不得意铤而走险的男人为伍,出生入死!敢问莲花同志有过怎样的奇遇,才会让你这样一个如花似玉的女孩子成了职业革命党,连命也可以不要?"莲花道:"我没什么奇遇!就是有,也跟你说不着!"她又要走。望百道:"现在说得着了,因为你在妨碍我执行大帅的密令!"莲花不听又要走。

望百开始行诈道:"一个像你这样的女孩子出于革命之外的原因热心保护一个男人,只可能出于一种原因。"莲花站住,不回头,心中激动,听他说下去。望百道:"这个男人又年轻,又英俊,又风流,又倜傥,又有才学,又洋派,又会招女人喜欢,最重要的是他是当今中国最大商家的东家……但我的消息是残酷的，乔映霁订过亲了！"莲花不觉回头，神情大变，脱口而出道："这个我早就知道！"话一出口她就知道自己失言了，转身又走。

望百却听出了弦外之音，叫道："站住！能不能告诉我，你怎么知道乔映霁订亲？你和他最近才认识！"莲花努力让自己平静，回头，脸上现出鄙夷和冷淡的表情，道："他的长随告诉我的。这个解释你满意吗？"望百哑然，心机一动又道："不！要是这样，他就骗了你！"莲花不禁上当，急道："他骗我？骗了我什么？"望百故意盯着她的眼睛，恶毒道："乔映霁幼时订了一门亲，对方是他母亲娘家的一位表妹，但这位小姐九岁时就早夭了。以后乔映霁一直没有再订亲，更没有娶妻！"莲花一时心潮翻涌，几乎难以自持，匆匆离去。

望实一旁听得目瞪口呆，看望百道："大哥，你跟她说这些干什么？这扯得到一块儿吗？啊，据我这些天暗处观察，她不但没有爱上乔映霁，相反，我觉得她比我们还想杀了他！"望百吃惊地看他，问："真的？"望实点头。望百恢复了阴鸷的表情道："若是这样，我就更不明白了！"

莲花回到车厢内坐下来，瞥一眼不远处睡着的映霁，目光转向车窗。她眼中那两团火焰又被燃烧起来，化作临江渡口前的熊熊大火。大火中，几名土匪再一次将她的爷爷、她在世上唯一的亲人架到那个草草搭起的绞架上去，套上了绳套。匪首刘小七仍在大笑大叫："吊起来！把渡口给他烧掉，看他还等不等乔家的茶货！"两名土匪又架起哭泣的十六岁的莲花拖走，她的耳边又响起了爷爷的叫喊："阿莲，不要听信他们的话，乔家商队会回来的！乔家人不会忘记我们的……"她闭了一下眼睛又睁开。刘小七的叫喊又响起来："把老东西吊起来！"熊熊大火中，莲花再次看到众匪把爷爷吊了起来。莲花惨声大叫道："爷爷——"刘小七看她道："带走，送到武昌的窑子里去，卖个好价钱！"

两车厢连接处，莲花走了又回来，隐身在黑暗中，回头望着车厢座位上的映霁。刘小七的叫喊再次化成了连绵不绝的回声，在她耳边响亮着："送到窑子里去……送到窑子里去……"她的整个生命都在燃烧，不顾一切地举起枪，瞄准了映霁，手指快速在扳机上用力。她身后那扇车门的玻璃后面，望实吃了一惊，要喊，又被望百止住。望百脸上一时间现出了各种复杂的表情：惊讶、疑惑、快慰……然后是阴冷的笑意。

车厢内，小栓恰在这时睁开了惺忪的睡眼，恍惚间看见一个人正要向映霁射击,大叫一声扑向映霁道:"不要——"枪声响亮。一粒子弹擦着映霁的耳朵击中车窗。莲花随即从黑暗处消失。车厢内大乱,旅客惊慌逃散,拥挤成一团,无数人在喊:"有人打劫火车!有人打劫火车啦!"蒋祚彬拔枪站起,被映霁一把按住。蒋祚彬看映霁。映霁压抑着内心的怒火,道:"别动,事情过去了。我看到刺客了!"蒋祚彬问:"他是谁,你认识?"王宗禹也扑过来保卫映霁,急道:"东家,你没事吧?"

映霁越来越生气道:"没事儿。我有什么事儿!"小栓冲向车厢连接处,和旅客挤在一起,挤不过去,喊道:"我知道是谁干的!一定是他们!"莲花忽然从众旅客中挤出,不动声色地坐回到原来的座位上。王宗禹一惊,想到了什么,急拉小栓在映霁身边坐下,前后左右护着他。乘警也跑过来,看映霁和蒋祚彬道:"刚才谁打枪?看清楚了没有?劫匪在哪里?"映霁一指身后车窗上的弹孔,道:"走了!瞧这里,开了一枪,没来得及打劫,人就乱了,就一个人,跳车跑了!"乘警分明不信,看他道:"你亲眼看见的?"映霁道:"亲眼看见,看得真真儿的!"乘警道:"没出事吧?"映霁道:"没有。"乘警道:"那就好那就好。"蒋祚彬、王宗禹、小栓吃惊地看着映霁。不远处座位上的莲花却一直没有睁开眼睛。

夜深人静,映霁走进两车厢连接处,消失在暗影里。莲花一惊,不觉站起来走过去寻找。映霁一下将她连人带枪按在车门后。莲花道:"是你?干什么?"映霁道:"你不是第一次对我开枪了,刚才差一点就打死了我!到底为什么?"莲花心情激烈,不说话。映霁道:"离开北京时我还感激你呢,你却在火车上打我的黑枪!"莲花道:"我没有!你看错人了!"映霁:"我要是不知道你是谁,这会儿你就死定了!"莲花道:"乔映霁,我警告你,快放开我,不然我就——"映霁并没有放开她,道:"这次我还可以原谅你,不过要警告你,再有一次,我就不客气了!"

他愤然松开莲花,走回车厢。莲花大喘起来,要离开,望百兄弟从另一节车厢车门后突然现身。莲花警觉道:"是你们?"望百竟轻声地鼓起掌来。莲花要走,厉声道:"闪开!"望百道:"乔映霁刚才问得多好,他离开北京时都要感谢你了,可你突然对他打起了黑枪!"莲花道:"我没有!"望百道:"莲花队长,原来你拦着不让我们兄弟动手,是要把他留给自己!"莲花不语。望百道:"要是这样,就是我把你看走眼了……我这个人可是好奇得很,能不能告诉我为啥?别说和我的理由一样!"莲花怒视他们,不说话。望百阴阳怪气道:"那我就猜了,一定和大帅的密令没关系,你和他另有别的事情需要用子弹解决!"莲花突然将他推开走过去。望百再次将她拦住道:"我现在明白了,真正和他有私仇的是你!"莲花只是道:"闪开!"望百道:"如果是这样,我们之间就不会有误会了。我们可以携手在回到汉口前让他消失!"莲花心中又警惕起来,道:"你想怎么办?"望百道:"马上就到这趟车的终点站郑州车站,我们三人分工,等旅客下车,你直接走过去对乔映霁开枪,剩下那几个我们对付。"莲花欲擒故纵道:"蒋将军呢,也不留下?"望百道:"蒋将军本来和此事无关,但现在他成了知情人,就不能留下了。他一定不会想到我们会杀他灭口,因此一定想不到反抗。我们三个人三支枪同时开火,他们是没有机会的!"莲花冷笑道:"现在我终于清楚了,你们和乔映霁也有私仇,所以才假传张大帅密令,必置乔映霁于死地!"望百知道自己失言急忙分辩道:"我现在说没有你也不会信了,那就算有吧,这样解释可以吗?"莲花道:"闪开,让我回去!"望百道:"不能。你还没回答我的话呢!"莲花道:"回答什么?"望百道:"是不是愿意和我们结成同盟,在郑州车站对乔映霁动手!"莲花道:"我又改主意了!我和乔映霁是有私仇,但我更是一名同盟会员,我还是要把他带回汉口交给大帅发落!"

望百勃然变色,失望道:"你……"望实道:"大哥,我们的底牌都让她知道了,不能放她走!"莲花从自己身上摸出那根导火索,道:"想和我同归于尽吗?"望百急道:"闪开,让莲花队长走!莲花同志,不要忘了,你知道了我们的底细,我们也知道了你的底细!"莲花推开望实大步离开。望实道:"她不会——"望百不说话。兄弟二人看着莲花走回车厢坐下。望百脱口而出道:"坏了!"

过了一会儿,在列车另一端车门后,王宗禹将小栓扯过来,逼住他问道:"说吧,你都看见了什么?"小栓支吾道:"我我我我——"王宗禹大急道:"说呀!"小栓道:"真不敢相信她也想要东家的命!"王宗禹忽然明白了,道:"原先以为他们三个是两拨,没想到是一拨!"小栓道:"怎么办?"王宗禹道:"跟着东家走了这一趟,把正经大事都忘了,潘大掌柜还让我们捆上东家回山西哪!"小栓道:"哎呀,真的,这才是咱们正经要做的!快带他逃走!可是怎么捆?"王宗禹道:"绳子还在吗?"小栓道:"在!不会摔坏了他的胳膊腿吧!"王宗禹道:"摔坏了也是东家!"小栓道:"对,摔坏了带回去也能交差,看他还当不当革命党!"

很快小栓就带映霁走到这里来。映霁道:"王大掌柜什么事,人呢?"王宗禹从后面窜出来,趁他没反应过来就将一块毛巾重新捂上映霁鼻口。映霁奋力挣扎了几下手脚就没劲儿了。王宗禹催促道:"快上呀!"小栓上去抱住映霁。映霁已经昏过去。

小栓松口气道:"我说是什么招呢,还是老办法!"王宗禹道:"快动手!"小栓急忙解下腰间的绳子将映霁拴上。王宗禹又用剩余的绳子将映霁手脚紧在一起。小栓笑道:"这不是四马倒攒蹄吗?"王宗禹道:"下车窗,扔下去。"小栓打开门上车窗,两人将昏迷的映霁抬起来。小栓道:"车开得这么快,真扔?"王宗禹猛回头看见望百、望实正急急走过来,道:"快扔,他们来了!"两人松手,将映霁丢下去,随后相继跳车。望百、望实提枪冲过来,看着被打开的车窗。望实道:"坏了,逃走了!"望百不容分说,就要爬车窗跳车。望实拉住他道:"你干什么?"望百推开他不由分说跳下去。望实一咬牙,也跟着跳了下去。

火车下面王宗禹和小栓沿铁轨向后面寻找映霁,火车从他们身边飞驰而过。小栓小声喊道:"东家!东家!"王宗禹道:"你喊什么,这时候他什么也听不见!"小栓道:"我们害死他了!"王宗禹道:"是死是活,找到了再说!"两人就地找不到,朝后面跑过去。快速驰过的列车带起的凉风让映霁迅速清醒过来,环顾四周迅速明白了自己的处境,使尽浑身力气挣断绳子,刚缓了一口气,一趟货车就鸣着笛呼啸而驰来。映霁目光骤亮。车隆隆驰近时他猛地从草丛中蹿出,一个箭步抓住了车厢,用力拉开门闪身进去。这时候望百兄弟跑了过来,看着火车,望百也要朝上冲,被望实一把拉住。望百大叫道:"你干啥?"望实也跟着大叫:"哥,我们回山西,别跟着他们了!"火车最后一节车厢转眼飞驰过去。望百大怒,回头对望实大吼:"都是你!坏了我的大事!"望实道:"算了吧!这些天我跟着你,从武昌到保定府,从保定府到北京城,现在落到这种地方,你天天都想杀乔映霁,就是杀不了!乔映霁你是杀不了的,这是命!"望百一巴掌打在他脸上。望实捂着被打疼的脸,转身跑走。望百几步追上去,抓住他道:"给我站住!"望实一把将望百推倒,和他疯狂厮打在一起,用尽力气踢他,流泪大叫:"我再不跟着你了!你是个窝囊废,是个疯子!只要你杀不了他,一回去就会被抓住枪毙,你才是内奸!"望实这番话让望百冷冷大笑起来。

望实道:"你还笑!我们完了!你杀不了乔映霁,梁子却结下了,只要他回到山西,没有哪家商号会收留我们!回去也没活路了,都是你!"望百止住笑声,看他道:"你走吧!"望实不走,看着他道:"你呢……你打算怎么办?"望百道:"你说得都对,我就是现在和你回山西,乔映霁也放不过我的!"望实转身要走又回头说道:"你不回去?那你还能去哪儿?"又一趟南下的列车在远处呼啸而来。望百转身离开望实,向新开过来的火车迎过去。望实大叫:"你……又要干什么?"望百道:"知道陪乔映霁走这一趟,我有啥长进吗?"望实道:"你……还有长进?"望百道:"别人没看明白,我可是明白了,乔映霁真是个铁了心的革命党,不是朝廷奸细!"望实道:"人家本来就不是!"望百大笑,向开过来的火车迎上去。望实再次冲过来抓住他,道:"不,还是跟我回山西,我们再想办法!"望百甩开他,大叫道:"闪开!乔映霁不是朝廷奸细,他把机会留给了我!我只要回到汉口前线,向荫昌禀报一番,为他出一谋划一策,革命党就完了!我就成了大清朝的最大的功臣,会踏着革命党人的尸骨平步青云!一旦如愿,回头就灭了乔家,让乔映霁死无葬身之地!"火车开过来,望百纵身爬上火车。望实情急之下,也只好跟上去。

第七章

火车在奔驰。车厢内一片漆黑。映霁在身上乱摸,摸出了那支手电筒。打开开关,被映亮的竟是一只被打开的炮弹箱,旁边是那枚被倒空了沙子的弹筒。映霁喜出望外:天哪,这是那趟从保定府开往汉口的炮弹车!突然间一支枪口顶上他的脑门。手电筒光迅即映亮了站在他面前的莲花。映霁大惊,情不自禁道:"是你!"莲花激烈道:"乔映霁,不是我亲眼看见有人把你从车上扔下去,现在就枪毙了你!"蒋祚彬忽然从身后现身,他们的身后是小栓和王宗禹,三人上前猛地将莲花的枪打掉。莲花被死死抓住,用力挣扎,但无济于事。映霁从地下捡起莲花的枪,与她冷冷对视。莲花道:"乔映霁,开枪吧,杀了我!"映霁凝视着她,又看了看蒋祚彬,凡祚点头,对小栓、王宗禹道:"放了她!"小栓和王宗禹不想放开莲花,又看他。映霁怒道:"我让你们放开她!"

小栓和王宗禹虽然放开了莲花,却仍旧寸步不离。莲花和映霁四目相对,眼中现出仇敌般的寒意。忽然映霁做出了一个大家都很意外的举动,忽然将手中枪递还给莲花。莲花一惊,看他。小栓一步上前拦住道:"东家,不要,就是她夜里差点打死你!"映霁呵斥道:"闪开!"他执意将枪还给莲花。莲花并不马上接枪,看映霁道:"为什么?"映霁道:"拿走你的枪!"小栓还在喊:"不要!"莲花一把夺走自己的枪,回手重新指向映霁道:"不许动!"众人大惊。小栓、王宗禹两支枪同时指向莲花。王宗禹叫道:"莲花队长,不要开枪!开枪谁也活不了!"映霁平静地看莲花道:"我没有动!"莲花激动道:"还给我枪也不行。我还是要把你押回汉口交给张大帅!"映霁不再理她,回头看蒋祚彬道:"蒋将军,没想到你们也上了这趟车!"蒋祚彬道:"我认出了这趟车,看到你先上了车,就跟上来了!"莲花突然把枪收回,转身离开,走得远远的,背对着众人在车厢另一端坐下。小栓和王宗禹这才放心收枪。映霁回头盯着莲花,久久沉默不语。

王宗禹低声道:"东家,你们过去是不是认识?"映霁摇头。小栓道:"不认识她凭什么这样对你?不是你这几天对人家做了啥吧?"映霁道:"胡说!"回头看一眼蒋祚彬,叹道:"真没想到,这两个小子连乙醚也会用了!"蒋祚彬坐下去,笑道:"好了,都过去了,好好睡一觉,到了汉口就没时间睡了。乔东家,连我都看出来了,他们两个是真心想带你回山西,好在用的量不大,你转眼就醒过来了!"映霁直躺下去,道:"醒不过来就坏了!不然让这俩小子一闹,我就是不被那丫头打死,也会被看成是朝廷奸细,半道上畏罪逃走,一世英名就毁了!"蒋祚彬大笑。映霁却不笑,他又远远地看了一眼莲花,心中五味杂陈。莲花意识到了他的目光,却仍然背对着大家,并不回头。

豫鄂两省交界处的山野里,武胜关旁边,隐藏着一个小火车站。天早就放亮了,炮弹车进站加水,蒋祚彬突然站起,用力将车厢铁门打开。映霁吃惊地站起来道:"将军——"莲花也不觉站起,警觉地看着他们。蒋祚彬道:"乔东家,我要下车!到了汉口前线,请禀告张大帅,蒋祚彬已经为保卫大武汉尽力了!"映霁道:"将军当初说要跟我们一起去汉口参加战斗的!""我的主意变了!我要再回北方!""眼下你在全中国名声大震,到处贴着捉拿你的告示!"蒋祚彬心意已决,打断映霁道:"可是到了汉口前线,见到张大帅,我会觉得羞愧,我不能这样去见他!"映霁道:"将军……"蒋祚彬又道:"别担心。前天他们亲眼看见我上了南去的炮弹车,一定认为我去了汉口,不会想到我半道上又折回了北方。北京暴动没有成功,我不服!我要回去重整旗鼓,组织二次暴动!总之将来革命成功,我不能让南方同志当面对我说,事情都是我们做的,北方同志一件大事也没做成!"

映霁突然被感动,他们两人紧紧拥抱、分开。蒋祚彬快步向莲花走去,拿出一封信交给她道:"莲花同志,我刚刚写了一封信,回到汉口前线,你将它交给张振武同志。有过这几天的交往,我有权利也有义务向他说明,任何人都没有理由怀疑乔映霁同志对中国革命的忠诚!"莲花接过信,点点头,用眼神向他说再见。在车厢门前,蒋祚彬又对映霁附耳低语:"万一乔东家有事进北京城,我告诉你一个联络地点,你可以自己或者派人去那里找我!"下面的声音就听不见了。映霁点头。莲花严厉地看着蒋祚彬离开映霁,拱手大声道:"乔东家保重,各位,后会有期!"他跳下车,众人也纷纷下车,大家一起目送他离开。

一辆货车正在驰进车站。车上的望实回头对望百道:"快看,是他们——"望百望见炮弹车旁月台上送蒋祚彬离开的映霁等人兴奋道:"天助我也!这样我们就会在他们之前到达汉口!"火车没有停就隆隆地驰过了小站,飞奔向前。

入夜,炮弹车又在群山中奔驰起来。王宗禹和小栓睡熟了。映霁站起走向车厢另一端。莲花拔枪在手,目光炯炯地看着他。映霁道:"我以革命的名义请求和你谈谈,行不行?"莲花道:"什么事?"映霁道:"现在没有别人,有些事情我需要知道。我们过去认识吗?"莲花道:"不!""那你一而再再而三地要杀我!为什么?"莲花不说话,暗夜中映霁看不到她目光中再次起了大火。"或者是我们乔家和你——这不可能——和你们家的什么人有过旧怨新仇,可看起来你身上一点生意人家的痕迹也没有。这我就真不明白了!要不,就是你坚决认为我这个人不可能铁了心革命——"莲花突然不想谈下去了,打断他道:"你说完了吗?"映霁严肃道:"我们之间要是有什么误会,还是赶在回汉口前说清楚为好。不然可能没时间了,我要马上回山西策动太原起义!"

莲花道:"你可以走了!"映霁道:"为什么不想和我谈谈?"莲花越来越愤怒:"我说你可以走了。走!"映霁失望至极,转身离开,忽然下意识地回头看她一眼。炮弹车正从一座车站驰过,站台上的灯火蓦然映亮了莲花眼中巨大的愤怒和满满的泪水,这一幕场面让映霁格外心惊。

这一夜莲花一个人孤零零坐着。眼睛溢满了泪水,她不愿意回忆,但回忆却纷至沓来,连同那一支一直没有忘怀的、七岁的她那年在临江渡口送别九岁的映霁时唱的故乡情歌:

> 有情哥哥请放心,锣鼓一锤已定音。
> 我如园中芭蕉树,年年换叶不换心。
>
> 从此日日想我郎,好比春蚕想嫩桑。
> 春蚕想桑日子短,我想情哥日子长。

汉口城外的刘家庙火车站上,炮弹车鸣笛进站。清军的炮阵地就设在站外。金甫大声叫道:"炮弹车到底等来了!快集合,卸炮弹!"众清兵急忙跑过来集合。金甫朝身后官道上望一眼,吃了一惊想道:荫昌大帅的旗号!怎么他亲自来了!见一回大帅不容易,巴结的机会到了!急喊:"列队,跟我去迎接大帅!"众清兵列队,跟着他迎上前去。

炮弹车尚未在车站上停稳,车厢门就被莲花拉开了一条缝。众人朝外面看去。小栓大叫:"东家快看,那两个是谁?"莲花惊道:"崔望百,是他们兄弟俩!"站前官道上起了一阵烟尘,清军大帅荫昌纵马带重兵赶来。几名清兵押着被捆绑的望百、望实跟在马后紧跑。望实边跑边生气地看望百大叫道:"大哥,这就是你说的好事!"望百亦大叫道:"急啥?等逮到朝廷要犯,他们才知道我是谁呢!"金甬忽然从站内急急奔来,拦住荫昌马头,匍匐见礼道:"卑职金甬,给大帅磕头!"荫昌满面怒容,并不下马,举起马鞭子要抽他,恶声道:"你是谁,敢拦本帅的马头!"金甬急道:"大帅息怒,卑职候补知县金甬,暂时管带炮队,见大帅驾到,赶来迎接!"荫昌轻蔑道:"原来你是炮队管带!快起来,马上带人包围炮弹车!车上有反贼,别让他们跑了!"金甬匆匆爬起,他一头雾水,回头大声命令众清兵道:"大帅有令,包围炮弹车!"荫昌手中鞭子一挥,跟随他的清兵也拥向了车站内停下来的炮弹车。看押望百、望实的清兵小校看荫昌道:"大帅,这两个怎么办?"荫昌气不打一处来道:"带他们过去!要是谎报军情,不用报我,就地正法!"望实大叫:"哥,要我们的人头呢!"望百的目光已经投向站内的炮弹车,大叫道:"住口!"清军小校推搡着跟着众清兵奔进车站。

炮弹车上,莲花回头拉开另一侧车厢门,看映霁、小栓、王宗禹道:"还不快走!"小栓望见大批清兵赶来,惊叫道:"哎呀我的娘呀,快跑!"四人迅速下车。莲花观察四周,回头枪口一指映霁等三人道:"从现在起听我的命令,要是有一个开小差,我就开枪!"小栓道:"哎呀我的姑奶奶,你又来了!"映霁看他和王宗禹道:"她是本地人,道儿熟,我们跟她走!"三人跟着莲花向车站外逃去。车站内,望百被众清兵推上站台,朝远处看,立马大喊:"他们跑了!在那里!快禀报大帅,追呀!"众清兵朝站外山野里望去。荫昌纵马跃上站台,对众清兵喝道:"快追!"车站内清兵呐喊着追出车站。望百目光又投向炮弹车,大声道:"大帅快让人搬炮弹去试射!全被人做了手脚,打不响的!"荫昌回头一眼瞅见金甬道:"照他说的做!他要是谎报军情,立即砍头!"望百大声道:"小人说错了,甘愿被砍头!"金甬急唤金保:"大帅有令,抬炮弹去试射!快!"荫昌道:"把他们俩也带过去,要是炮弹打得响,把他们绑炮口上,给我一并轰出去。"金甬大声应道:"喳!带走!"众清兵推望百兄弟走。望百回头张望追击映霁的清兵,还在大叫:"大帅,不要让反贼跑了!他真是乔映霁!"金保照嘴上给他一巴掌道:"快走!"望百的嘴唇流血,喊不出来,被众清兵推搡着走向炮弹车。

出了车站就是一片山野。莲花带映霁、小栓和王宗禹奔跑。前面出现一条大江挡住去路。清兵漫山遍野追,呐喊声一片:"抓反贼呀!别让他们跑了——"小栓大喊:"哎呀我可不会水!我要死了!"莲花四下寻觅,忽然瞥见荷花荡中藏着一条小船,奔下去三下两下解开缆绳,执篙站定大声道:"上船!"映霁一阵惊喜,急带小栓和王宗禹上船。莲花一篙点在岸上,小船箭一般驶向江心。说时迟那是快,众清兵一下涌过来,站在岸边朝已到中流的小船放枪。莲花一手持篙,操纵小船驶向对岸,一手开枪还击。映霁对她展现出的身手越来越吃惊和佩服。莲花训斥道:"看什么,快开枪!"映霁等三人醒过神来,拔枪趴在船边向清兵还击。小栓回头朝对岸望去,叫道:"不好,对岸也有人!"莲花回头,果见一队清兵从侧面江堤上赶来。映霁急看莲花:"怎么办?""顺着这条江下去就能入汉江,冲出清军包围!"她把小船重新撑向中流,顺激流而下。拥到河两岸的清兵越来越多,江心激流中的小船上一时弹如雨下。小船中,映霁等人趴在船舷下躲避子弹。莲花也伏下身子把舵,小船箭一般离去。

这时刘家庙火车站外清兵炮阵地上,几名清兵已经将炮弹装填完毕,金甬两手指堵上耳朵,喊:"开炮!"一清兵手拿火绳点燃炮捻。众人害怕地看着炮捻哧哧燃尽,炮弹却一点儿动静都没有。金甬大惊失色,要冲过去又不敢,大声喊:"怎么搞的怎么搞的?"荫昌纵马带众侍从返回,下马急问:"怎么回事?"

金甬回道:"禀大帅,是颗哑炮!"荫昌命令:"再试一发!"金甬应道:"喳!"马上对身边的清兵下令:"大帅有令,再打一发!"众清兵小心翼翼地卸下哑弹,换了一发炮弹重新装填,转眼又做好了发射准备。金甬回头看荫昌。荫昌喊:"开炮!"清兵又拿火绳点燃了炮捻。炮捻哧哧燃尽,只听"嘭"的一声巨响,炮弹在炮管里炸膛,没有打出去,几名清兵反倒被炸飞起来。

金甬"扑通"一声趴下去,半晌才想起来,猛地上前将荫昌扑倒。荫昌大怒,一把将他推开,爬起来怒道:"把所有炮弹拆开,里头的东西倒出来,看都装了什么!"被众清兵押在一旁的望百哈哈大笑,大叫:"大帅,不要倒了,有火药也没多少,都是沙子,所有炮弹都打不出去!"荫昌看他一眼,更加愤怒了,对金甬呵斥道:"快!"金甬急对众清兵下令。众人拆开炮弹,从里面将一筒筒沙子倒出来。金甬傻了一样看荫昌道:"大帅,真是的全是沙子!"荫昌猛回头怒看望百一眼,对清兵小校道:"把这个人带上!回大营!"小校答应一声:"喳!"转身对望百喝道:"走!"荫昌刚要上马,金甬想到什么，大叫："大帅留步！"一边就急急从身上掏出一个早已写好的呈子，跪下，双手高举过顶。荫昌正在气头上，大声问道："这是什么？"金甬现出一副可怜相，大声道："卑职金甬，一直在军前效力，看在跟随大帅出生入死的份上，请大帅奏报皇上和太后，战后给卑职一个四等小县——"荫昌一把夺过呈子，三下两下撕碎，一脚踢翻金甬，骂道："眼下什么时候，大清就要完了！你还想着做官，不是军务在身，我就打你三百鞭子，然后枭首示众！"金甬倒在地上，看荫昌上马，带随从离去。金保上前将他扶起道："爷，大帅这么大的火气！"金甬摇头，给自己圆场道："这你就不知道了，但凡是当了大官，火气就大！我只是个七品，所以脾气就不够大！"金保道："爷，你的脾气有时候也够大的！"金甬道："是吗？那不好，不好不好，那得改！不过有了这一回，大帅总算认得我了！"

汉口前线清军大帅营帐里，荫昌坐下，看着望百被人带进来，挥了挥手。众随从退出。荫昌用轻蔑的目光看望百——他从心底瞧不起这类人——道："还知道什么，全说出来！"望百并不怕他，示意自己身上还捆着绳子。荫昌皱了下眉头道："松绑！"一名亲兵从侧旁走过来为望百松绑。望百又看一下荫昌道："没有座位！"荫昌强忍怒火道："看座！"亲兵给望百搬来一个小马扎。望百将就坐下，仍不满意，道："我渴了，没有茶！"荫昌勃然大怒道："拉出去砍了！"众亲兵上前抓住望百，带他往外走。望百叫道："杀了崔望百，大清就完了！崔望百是能救大清的最后一个人！"

荫昌示意众亲兵又将他带回。望百还是沉默。荫昌道："给他茶！"一名亲兵提过茶壶，对众亲兵使一个眼色。几个人上来揪紧望百，将茶壶嘴塞进望百嘴里猛灌一通。望百鼻子、嘴里一起往外喷水，一阵大喘。荫昌摆手，众亲兵放开他。荫昌问："茶喝够了吗？"望百大喘道："够了！大清如此对待天下英才，焉能不亡！"荫昌怒道："掌他的嘴！"众亲兵上前，啪啪打望百的嘴。望百被打得鼻子、嘴出血。荫昌道："本帅日理万机，你却在此做戏，本帅焉能容你，拉出去砍了，提人头来见！"众亲兵大啸："喳！"望百大骇，喊："大帅错了，我出一策就能救大清！杀我大清一定完！"边喊边看荫昌，见对方并没有放过他的意思，"扑通"一声跪下道："大帅，不要杀我！"

荫昌却不看他，道："如今天下人都觉得大清不可救，你何等样人，敢说出一策就能救大清？"望百膝行上前，抱住荫昌的腿大叫："天下人都错了，崔望百以为大清可救！"荫昌道："说出你的道理！"望百道："武昌首义，不，革命党在武昌造反那天夜里，我就在他们那边——"荫昌一惊回头："什么？"望百道："大帅不要误会，崔望百是说,因为一些特殊原因,小人进了革命党大营,刺探到了他们的机密——"荫昌一把将他扯起道:"你撒谎,你这种人我认得,就你这种长相,一看就是革命党!"望百道:"大帅若一直这么对待崔望百,在下就是不想做革命党也会去的!大帅,崔望百是发现革命党不能成功才从他们那边逃出来的!我确实有一策,能救大清!"荫昌丢开他道:"简单点儿,别啰唆!"望百道:"但崔望百想知道,如果我真能出一策救大清,朝廷拿什么和我交易!"

荫昌忍无可忍道:"拉出去!"望百叫:"不!我只是想知道,朝廷拿什么赏我!"荫昌道:"本帅这会儿不砍你的人头,就是赏了你!说不说?不说拉出去!"望百道:"我说!小人只问大帅一句话,当今朝廷和革命党在汉口打仗,打的是什么?"

荫昌又被激怒,道:"你还在戏耍本帅!打的当然是兵,是枪炮弹药,可是今天他们给我送来的是一火车打不响的炮弹!"望百叫:"大帅错了,打仗打的是银子!"荫昌开始对他刮目相看了,道:"说下去!"望百道:"革命党所以能在汉口城下和大帅大打,是有人做了他们的金主!"荫昌问:"谁做了革命党的金主?"望百道:"这个不急,现在要紧的是大帅想不想以秋风扫落叶之势拿下武汉三镇,救大清不亡?"荫昌又恼了:"你到底要说什么!"望百道:"大帅一直在汉口城下和革命军对垒,你来我往,胶着不下,崔望百现在给大帅献一策,换回自己的人头,只是这笔生意做得太亏了!"荫昌脸色立变。

望百道:"大帅不要误会,就是亏,这笔生意还得做,不然崔望百就没了人头!崔望百的这一策是——"荫昌道:"什么!"望百道:"大帅现在就改变战术,正面改为佯攻,牵制革命军主力,秘密集结重兵,乘今夜月黑风高,偷偷渡江,突袭武昌城,毁掉城中所有票号,缴获所有银子。如果大帅行了崔望百这一策,革命党在汉口城下一天也撑不下去!"荫昌心中为之一动。望百摸不清他的心思,有点儿慌张道:"大帅不要误会,革命党的底细我都知道,现在他们将全部兵力集中在汉口城下,武昌就是个空城。大帅若是照计而行,可以一战抄了革命党老巢!"荫昌大叫:"不!你刚才的真正意思,是要我抢劫武昌所有票号!"

望百一下就叫起来:"大帅圣明!大帅一下就听出小人真正要讲的话!当今中国三分之一的银子在武昌各家票号,大帅拿下它们就拿走了全武昌的银子!小人刚才说过,仗打的是银子!大帅夺走这些银子,革命党还靠什么跟朝廷打仗!只要大帅占领了武昌,抄了所有票号,革命党军心自乱,大帅可以不战而胜。这一策,兵法上就叫釜底抽薪！"

荫昌忽然回头，大声道："将他留下。命令各路兵马大帅即刻到本帅大营议事！"众亲兵应道："喳！"一名亲兵看望百道："跟我走！"望百随亲兵走至帐门前，又回头道："大帅！"荫昌沉思片刻回头看他。望百道："大帅方才问这些天是谁做了武汉革命党的金主——"荫昌道："啊，是的，此人可恶，动摇大清天下的就是他。谁？"望百不说话。荫昌道："这次你又想做什么交易？"望百道："崔望百请大帅答应，抓到此人，砍他的头，抄他的家，将一半家产赏给崔望百！"荫昌凝视他道："你还没说出他是谁呢？"望百道："大帅也还没说答应不答应呢！"荫昌道："就算答应了，说！"望百道："我还是不能说，我说了，大帅会立马反悔！"荫昌怒道："本帅堂堂大清陆军大臣，皇室贵胄，还会对你这样的奴才出尔反尔？"望百道："有大帅这句话我就敢说了，崔某要大帅杀掉这个人也是为了救大清。不然，就是大帅在武汉三镇大获全胜，革命党也有可能在全国死灰复燃，甚至祸及京城！"荫昌道："你在胡说什么！"望百道："此人的名字天下尽知，就连大帅、京城的各位铁帽子王爷，都和他有生意上的来往，就连皇上和太后——"一名亲兵忽然走进来，施礼奏报："禀大帅，各位大帅到了！"荫昌道："让他们进来！"他看了望百一眼，憎恶道："拖出去！"

两亲兵欲上前。望百害怕道："不，大帅，我说！他也是我们山西人，号称天下晋商第一，山西祁县乔家堡大德通的东家，乔映霁！"荫昌眉头一耸道："乔映霁？怎么可能！"望百道："崔望百原来也不敢相信他会投降革命党，就连他一笔拿出两百万两银子给革命党做军费，崔望百也认为他是为了骗取信任，帮助朝廷刺探情报。可是今天，崔望百不能信了，乔映霁确是天下第一铁了心的革命党！"一个亲兵又跑进来提醒道："大帅——"荫昌生气道："让他们在外头等一会儿！"看一眼望百又道："说下去！乔映霁居然拿出了两百万两银子——"望百急道："他不但干了这个，还北上保定府，勾连陆军部军衡司司长蒋祚彬，给大帅运来了一车打不响的废弹！"荫昌听了他的话不觉来回走动起来，少顷猛回头道："你刚才说不杀这个人，本帅就是在武汉大获全胜，也还是救不了大清？"望百道："崔望百离开革命党大营前，偷听到反贼首领张振武对乔映霁下过一道密令，让他去过保定府之后立马赶回山西，策动革命党起事，兵出娘子关，截断芦汉铁路，断绝汉口前线朝廷大军的补给和兵源，然后联合北方革命党，袭击京城，拿下皇宫，控制太后和皇上，挟天子而令天下的朝廷大军投降——"

荫昌大叫道:"不要说了!乔映霁现在哪里?"望百道:"刚才就在炮弹车上,可惜逃了。"荫昌气极:"你刚才怎么不说?还是为了和本帅做生意?"望百道:"这个……大帅,不出意外,此时他已见到张振武,今明两天,就有可能肩负使命,返回山西!"荫昌大道:"杀了他!"望百道:"这也正是崔望百想做的事!"荫昌道:"什么?你能为本帅,不,为朝廷去做成这件事?"望百扑通一声跪下道:"奴才崔望百,世代忠良,为了大清江山千秋万代,愿冒死去半道上劫杀乔映霁!"荫昌怀疑地看他:"这又是一桩你想和本帅做的交易?"望百抬头,毫不掩饰内心的贪婪:"天下的荣华富贵崔望百都想要!但知道不能,崔望百只想要乔家一半家产,以此做准备金创建一家银行,请朝廷允许我代行中央银行职权,向全国发钞!"荫昌道:"这都是以后的事,我管不着!现在本帅问你,在半道上击杀乔映霁,你要本帅做些什么?"望百道:"要办大事,人不要多,却要精,给我们弟兄两匹快马,再派四名大内高手。"荫昌看身边一亲兵道:"给他!"亲兵点头。望百又道:"还要请大帅写一封密信给新任山西巡抚陆钟琦,交崔望百带回山西。等崔某在半道上杀了乔映霁,马上回山西请陆大人发兵抄灭乔家!"荫昌道:"好吧!下去!"望百道:"谢大帅!"他趴下恭恭敬敬地磕一个头,爬起,随亲兵离去。

荫昌这才看着身后那名亲兵道:"让他们进来!传令各部,厉兵秣马,今夜子时行动!"亲兵道:"喳!"荫昌道:"慢。还有,给山西巡抚陆钟琦发一封密电,让他即刻在山西全境查拿革命党,就地正法,宁可错杀一千,也不要漏掉一个!尤其是乔映霁,一定要拿到!"亲兵提醒荫昌道:"这个人满口大言,大帅也信?"荫昌道:"我可以不信他的话,可万一事情是真的,革命党派乔映霁或者别人回山西策动起了革命,兵发娘子关,截断芦汉路,大事去矣!啊,还要发密电给摄政王,增兵北京城,防止革命党再次密谋袭击紫禁城!"亲兵道:"喳!"他跑出去。荫昌思索片刻提笔写信。

汉口前线革命军总指挥部帐篷内,张振武正在看蒋祚彬的信,映霁、莲花在一旁站立。张振武读信毕,上前和映霁紧紧拥抱,激动道:"映霁同志,蒋大帅的信我看了,你和他一起率领同志阻止了保定府来的这一车炮弹,挽救了革命……崔望百主动投敌,是个败类,我后悔当时相信了他,给了他那份手令,差点误了大事!"映霁道:"大帅,事情都过去了,现在我想知道的是,革命还需要我做什么?"张振武道:"映霁同志,你还真不能休息。十万火急。现在你去睡觉,明天一早就赶回山西!"映霁道:"大帅,不用,既然事情这么急,我今天就可以走!"张振武目光冷峻起来,严肃道："武昌首义以来，江南已有八省响应起义，宣布独立，就连陕西、河南、直隶、京城，都有我们的同志在行动，唯独山西一点儿信息也没有！我刚刚得到情报，虽然你和蒋祚彬同志破坏了清军的一车炮弹，可是新的一车炮弹后天就能到达，不快点截断芦汉路，武汉革命军仍然可能失败！"映雾道："上次大帅交给我的密信被我情急之下吃进了肚里，大帅再写一封密信给我。另外还要多告诉我一个到山西后的联络点，以防万一！"张振武想了想道："万一第一个接头地点有变，你可以直接去山西太原府新军大营里找一个人！"映雾问："谁？"张振武道："山西新军，第四十三协，第八十六标标统，阎锡山！"

映雾喜不自禁道："阎标统？他也是革命党？"张振武道："阎同志光绪三十一年在日本加入同盟会，虽然回国后做的事情不多，但当初他确实对中山先生保证过，只要我们在南方起事，他就将在山西率军响应。山西地近京畿，他一旦兵出娘子关，不但可以控制芦汉铁路，帮助南方同志成功，还能直接威胁北京城，动摇清王朝的根本之地！"映雾兴奋道："大帅快去写信，我去准备，马上走！"张振武点头，看映雾大步走出，坐下写信。莲花走出去又走进来，情绪激动，突然开口道："大帅真要把回山西策动革命的大事交给乔映雾？"张振武不抬头道："什么也不要说了！我不会允许任何人对乔映雾再有任何怀疑！蒋祚彬同志在信中说，我们革命党的每一个人，都应当像珍惜自己眼珠一样珍惜乔同志，他在当今中国都是不可多得的经济人才，有理想，有资产，革命后可以有大用于天下！可以让他进来了！"莲花要走又回头，欲言又止。张振武已经写好信，封了口，抬头吃惊地看她道："你怎么了？"莲花无言，突然转身走了出去。

距帐篷不远处那口苇塘边，映雾急看小栓和王宗禹道："让你们两个快去准备，我们马上走！怎么不动弹？"二人不动。小栓结巴道："东东家，你还要接着当革命党？""革命还没有成功，我当然要接着当！"小栓急了道："不，你不能！……王大掌柜怎么不说话？快挡住他！革命党赢不了，再跟着他们干，东家真的就完了！"

王宗禹眼珠转了转忽然道："东家，这次回山西咱不坐火车了行不行？"映雾问："什么意思？"王宗禹道："我是这么想的，朝廷反正已经知道东家是革命党了，崔望百兄弟投降去了朝廷大营，一定把什么都说了，这会儿不管东家干不干，你这个革命党都跑不了了，既然是这样——"映雾戳了小栓一指头，笑道："还是王大掌柜明白。行，你说怎么走？"王宗禹低声道："咱们走当年老东家开辟的万里茶路，虽然绕远了一点,可是安全!除了贩茶的山西客商,没人知道!"映霁想了想,笑道:"好吧,听你的!小栓,拉马!"王宗禹着急地看了眼小栓,眨眼,小栓若有所悟,点头跑走。

夕阳西下的光景,革命军总指挥部帐篷前,映霁带小栓和王宗禹上了马,回头对张振武拱手告别道:"大帅,革命胜利见!"张振武还礼道:"一路顺风,马到功成!"莲花看着映霁带小栓和王宗禹纵马驰走,心潮难平。张振武久久望映霁等三人远去,回头注视她的神情,悚然一惊。莲花急忙避开他的注视。张振武想起什么来了道:"你刚才好像有话要说……你要说什么?"前线方向忽然枪声大作。张振武急起来道:"又打起来了,我要上去!"莲花脱口而出:"大帅!"张振武停下脚步回头,突然发现莲花目光湿润,急道:"怎么了你?"莲花道:"大帅让乔映霁这样走,不但策动太原起义的任务有可能无法完成,还会害死他!"张振武脸色一变道:"莲花!"莲花勇敢地回头和他对视,道:"大帅,刚才我一直在犹豫,现在我不想这样了!我要跟上去保护他,让他平安回到山西,早日策动太原起义,兵发娘子关,解武汉之围!"张振武道:"这些天连我这个粗心的人都看出来了,你对乔映霁……我不想猜测自己的同志……告诉我,那和私情无关!"莲花迅速平静下来,严肃道:"大帅,我和乔映霁之间没有不可以报告你的事情!莲花只是觉得大帅让乔映霁回山西策动起义时忘了一个人!"张振武猛醒道:"崔望百?"莲花点头:"崔望百已经投降清军,他知道所有的事情,包括大帅今天一定会派乔映霁回山西策动起义!"张振武焦急起来道:"坏了!你,马上带人把乔同志追回来!"莲花越来越镇静和理智道:"不!策动山西革命,截断芦汉路,是解武汉之围的最后一策!再说现在追也来不及了,我们根本不知道他会走哪条路回山西!"张振武大为激动:"一定要保护乔映霁同志!一定要保护他!保护他就是保护山西的同志,保护武汉革命!莲花同志,你刚才要求带人去山西?"

莲花道:"是!"张振武道:"可是你并不知道他走哪条路回山西!"莲花道:"大帅,我知道他可能走的一条路,如果在这条路上我还是没有追上他,就直奔山西!毕竟策动山西起义才是根本大计!"张振武道:"好吧!但保护乔映霁同志的生命也同样重要!我马上再写一封信让你带给阎锡山同志,你的身份是我派往山西的另一位密使!啊,完成这件大事后你还有一项使命!"莲花见他目光严峻,一颗心又悬起来。张振武沉沉道:"你要将乔映霁同志带回武汉。革命的路不会平坦,队伍里有他这样一个人对我们真的非常重要!你最好能快马加鞭,赶在乔映霁同志之前进入山西,挽救武汉革命的同时,保护乔映霁同志免入虎口!"莲花这时完全恢复了职业革命家的平静与干练,答道:"是。莲花一定不辱使命!"她目送张振武走回帐篷,自己立即去准备。

黄昏时分,一条山野大道上,映霁刚带小栓和王宗禹纵马驰过,望百就带望实及四名大内侍卫策马奔来。望实朝前方一指道:"大哥,乔映霁!"望百道:"冤家路窄,在这里就遇上了,追!"他打马向前,众人紧紧跟随。稍顷,莲花也带着巧姑纵马驰来。巧姑看前方道:"姐,看!崔望百,前面一定是乔东家!"莲花当机立断道:"我们不能直接去山西了,跟着他们!"巧姑悄悄地看她一眼。莲花已纵马急驰上去。巧姑打马跟上。走在最前面的映霁带小栓、王宗禹此时已来到十字路口,听着后方马蹄声,他瞥一眼身边的树林子道:"咱们躲一躲!"说着就带二人离开大道驰进林中藏起来。望百、望实带四名大内侍卫纵马驰来,停下观望,忽然冷笑。名叫达海的大内侍卫首领道:"人跟丢了,你还笑什么?"望百道:"没丢,就在这周围的林子里!"达海道:"这么大林子,怎么找?"望百想了想道:"不用找,我们回去?"众人吃惊地看他。望百道:"他们就在林子里看着我们,快回去!"他最先调转马头往回驰走。众人不得已随他而去。有顷,映霁、小栓、王宗禹从林中驰出,小栓松了一口气道:"东家,崔望百见追不上我们,走了!"王宗禹却道:"不,东家,我们还是换条路走。"映霁道:"好吧!"三人打马离开大路,消失在一条山间小路上。

山野大道上,莲花和巧姑听到前方马蹄声响,急忙藏在路边林中,看着望百带众人驰回,停在林子外面,望实等人又看望百,望百再次调转马头。大内侍卫首领达海不解:"崔先生,你这是——"望百道:"回去!"众叫起来:"回去!"望百道:"不要多问!跟着我就是!他们已被我们骗过去了,但也成了惊弓之鸟,不会走原路了,我知道在哪里能等到他!"达海道:"崔先生,天下路这么多,你怎么就能知道人家走哪一条?"望百厉声道:"我说过这个你们不要管,听我的就是。走!"众人无奈,只好随他驰马回驰而去。莲花和巧姑在林中交换了一下目光道:"跟上崔望百!"二人纵马跟出去。

这个黄昏,山西新任巡抚陆钟琦正在太原府自己的衙门里嗑着牙花子看一份电报。其子光熙一旁看着他。陆钟琦道:"当初摄政王简选我做这个山西巡抚,我就说不能来,眼下的官不能当,可是挡不住你们撺掇,说山西地近京畿,革命党不敢在这里起事。现在知道厉害了吧?他们连北京城都敢起事!"说着看了一眼光熙,将电报递过去,"你也看看。都说你比我聪明,这下麻烦来了,还是天大的麻烦!山西也有革命党！"光熙接过电报看了一遍，吃惊道："荫昌大帅的电报怎么写得不明不白？说山西有革命党，又不说是谁。后面更荒唐，居然说乔映霁是革命党，正在回山西策动暴动！"陆钟琦道："他要为父设下天罗地网，等乔映霁一入境就拿下正法，还要查抄乔家家产，充作朝廷军费呢！"光熙道："这位荫昌大帅疯了，居然连乔映霁这样的人也猜疑！爹怎么想？"陆钟琦道："我能怎么想！荫昌身在汉口前线，他那里来的消息，不一定就是假的！而今眼目下，遍观国中，哪一个不是革命党。如果我不是朝廷命官，世代食大清的俸禄，也想做个革命党哩！"光熙听着脸色都变了。

陆钟琦道："既然到任了，这个山西巡抚不当也不成了，但也要有个当的办法！"光熙道："爹在说什么？"陆钟琦道："乔家是巨商、义商、深仁厚德，天下知名，就连当初的老太后，西逃路上都受到过乔家的恩典，现在只凭荫昌一封电报，我就出动大兵抄了乔家，设下罗网逮捕乔映霁……我就是不想在山西当这个巡抚了，我会惹翻山西一省的人！眼下到处都在革命，万一大清靠不住……我还想不做这个官了，回老家筑三间山房，吟诗作画，平安度过我的晚年哩！"光熙道："爹，这件事就这样算了？"陆钟琦道："糊涂！荫昌大帅的密电，怎么能算了？"光熙嗫嚅道："那……"陆钟琦道："这是公事。公事就要公办，等因奉此。巡抚衙门下面有太原府，太原府下面有祁县。将事情一级级交办下去，出了岔子，拿他们是问！"说着看了一眼光熙道："都说你聪明，还不明白？你聪明什么！"光熙点头道："爹这么办，太原府、祁县也会这么办！这样抓不到乔映霁，顶多抄了乔家！"陆钟琦道："乔家也不能抄！"光熙看他。陆钟琦道："怎么抄？你知道乔家的银子是谁的你就抄？万一是庆王爷和各位王公大臣的呢？是皇上和太后的呢？你敢抄吗？"光熙道："可要是下面的人不长眼，真抄了，怎么办？"陆钟琦道："抄了好哇，他们去抄就不是本官的事，王爷们怪罪下来，顶多说我一个办事不力，将我撤了，我正好回老家读书！快去，就这么办了！"

光熙不走，道："爹，眼下是非常时期。就是皇上小，太后和摄政王眼里也是揉不得沙子的！"陆钟琦道："什么揉不得沙子？电报是荫昌打来的，并不是朝廷下旨！荫昌要是有真凭实据，为什么不打电报让朝廷下旨给我？他算什么！"光熙道："儿子想荫昌一定不是不想，他是担心庆王爷放在乔家的银子——"陆钟琦打断他道："别说了！你有什么万全之策，既能让朝廷挑不出我的错儿，又不让我得罪荫昌，还能不得罪乔家……是不得罪各位王爷和天下人？"光熙想了想道："这样好不好，爹的办法照行，儿子另带一支兵马，悄悄在山西各地张网，一旦乔东家回山西，立即将他秘密带来见父亲！"现在轮到陆钟琦看光熙了。光熙道："放心，爹不发话，儿子不会为难乔东家，但万一他真是革命党，回来策动山西起事，事情就大了。爹现在是山西巡抚，守土有责！"

陆钟琦道："我明白了。先抓到他，软禁起来，好吃好喝侍候着，再等天下的消息。朝廷完了呢，我这个官自然做不成，但也没有得罪山西人；要是革命党完了呢——"光熙道："也放了他，因为他什么事也没干成。这样既保住了乔家，也保住了庆王爷在乔家票号的银子，父亲也保住了自己的好官声！"陆钟琦道："你没说完。万一事情败露，朝廷一定要乔映霁的人头，我随时可以送出去，保住我们父子的脑袋！"光熙不说话了。陆钟琦沉吟有顷道："就这么办。这就是人家总说你比爹聪明的原因了。"光熙躬身退出。

深夜时分，距离太原府四十公里的祁县县衙内，知县曾有志披着一件衣服，刚刚在书房灯下看完一份公文。一旁侍立的王师爷小心问道："老父台，什么事体，知府衙门这么半夜三更地给老父台送来公文？"曾有志道："你看看就知道了！"王师爷看了公文，大惊道："乔映霁是革命党？知府大人奉巡抚大人之命，要老父台带县境内所有绿营兵马去抄家？"曾有志点头。王师爷道："奇怪！这么大的事该由知府大人，不，巡抚大人亲自带兵马赶来，人不知鬼不觉，突然包围乔家堡，将乔家上下一网打尽，然后挖地三尺，将家产全部抄没。还有乔家在全国的票号，包头的买卖，也要一起动手。怎么会这样一级级传递公文，让老父台去办这等惊天大案！"曾有志道："你不明白？""不明白。""我明白。他们都不想弄脏自己的手，就不怕弄脏我一个小小七品县令的手。""大人……""乔家五世经商，天下人都蒙受他们的恩惠。你是本地人，说不定也得到过他们家的好处。觉得这件事本县办不得，是吗？"王师爷想了想道："不但老父台办不得，知府大人也办不得，就连巡抚大人也办不得。"曾有志道："乔家的银子，说不定就是朝廷的银子，庆王爷的银子，皇上和太后的银子。出一点儿差错，不说这顶官帽，就是脑袋——"王师爷摇头道："不全为这个。"曾有志道："还有什么？怕乔家和全祁县的百姓造反，他们受了乔家的好处，破上命和本县打一仗？"王师爷道："也不是。"曾有志道："那为什么？"王师爷道："老父台，已经没有乔家了。"

曾有志哑然，忽然一笑道："老王，你这个玩笑就开大了。乔家富甲天下，昨天还好好的，今天怎么就没有了？"王师爷道："真没有了。让人收走了，它现在姓何不姓乔了！"曾有志道："这倒有点儿意思了。坐坐坐，好好说说，要是真没了乔家，本县也就用不着担惊受怕带兵去抄它了。这可是个天大的好消息！"

王师爷仍然躬身站立道："说起来就话长了。老父台来祁县的日子不短，一定知道乔家老东家乔致庸和他的表妹江雪瑛的那段往事。"曾有志道："知道，不是有个叫朱秀海的落魄文人，都把这事写成书了。这种人真没品，把人家的私情写成书卖出去换银子。"王师爷道："这个落魄文人是我的朋友。"曾有志道："哎呀，那我得罪了。"王师爷道："咱不说他，咱说江雪瑛。就是她，因为乔致庸给太平军大帅刘黑七收尸的事，先将乔致庸送进天牢，后来又出银子救了他，但有一条，乔家从那时就是她的了。"曾有志忽然拍案道："你是说，江雪瑛把乔家收走了？"王师爷道："对！"

曾有志道："哎呀，真是个奇女子，王师爷，马上点齐城内外绿营全部军马，集合衙门差役，带上兵器和枷锁戒具，咱们连夜出发，直奔乔家堡！"王师爷大惊道："干什么太爷？"曾有志道："去抄乔家呀！"王师爷忽然明白了，道："是！"他转身要走，又回头："太爷，不急吧？天明再走，这半夜三更的，谁都恋着热被窝，反正也是假的，何必让大家睡不好觉。"曾有志道："也行，咱们天亮再出发。"他打了个哈欠。

还是这个深夜，汉口前线，荫昌立于长江边上，看着大批清军跑步集结。金甬也带着炮队拖大炮赶来。一清军将领跑来，也不客气，气愤道："大帅，说好了半夜子时过江袭击武昌城，这都过了一个时辰，怎么还不动手？"荫昌怒气大作道："我也想半夜子时动手，可是锣齐鼓不齐，各部兵马都不到位，我怎么动？"将领道："谁敢违抗大帅的军令！"一亲兵抢上来道："冯国璋冯大帅！"荫昌叱斥道："住口！"将领明白了，道："原来是他！冯大帅是袁世凯的人，老袁不亲自下令，他是不会发兵的！"荫昌对亲兵道："什么也不要说了，再去看看别处，有到位的没有！"又一名亲兵跑过来道："大帅！"荫昌道："冯大帅这回又怎么说？"亲兵道："启禀大帅，冯大帅说，这么重大的军事行动，他不能只听大帅一人的，再说他的队伍还要准备，他不能打无准备之仗！"荫昌大叫："混账！"正好金甬跑过来施礼，大声道："启禀大帅，炮队到！大炮是不是马上渡江，请大帅定夺！"荫昌气不打一处来，看着他发作道："你知道大清为什么要亡吗？朝廷无人，摄政王昏庸，错用袁世凯做了内阁总理大臣，冯国璋就不听我的了！"金甬吓了一跳道："有道是将在外君命有所不受，大帅刚才的话从何说起？"荫昌道："从何说起，从何说起……我告诉你从何说起。这个冯国璋，他这一夜也没睡，坐等老袁的电报！老袁不发话让他随我过江袭击武昌城，他到了天亮也是不会动的！"忽然他认出了金甬,定睛看他道:"你不就是那个上前线巴结前程的候补知县吗?"

金甬喜出往外道:"是卑职! 大人认出卑职来了。""叫什么?""卑职金甬!""旗人?"金甬含糊道:"这个……"荫昌道:"不要说了,你虽然姓金,但不是旗人。金甬,以后不要在这里巴结了,天下就要大变,你最好马上去巴结袁世凯!"金甬唰地变了脸色。刚才离开的清军将领又跑回来道:"大帅,除了冯大帅,别的兵马都到了,动手吧!"荫昌道:"收兵回营!"将领不相信自己的耳朵:"收兵?""不收兵还等什么? 没有冯大帅的新军,别的队伍都是乌合之众!"将领回头高喊:"大帅有令,收兵回营!"众清军听了,纷纷转身回走。荫昌怒冲冲上马,带亲兵们离去。金甬不明白,仍在后面跟着喊:"哎,哎,大帅,袁大总理为什么不下令让冯大帅随您出征?"荫昌已经驰远。金甬好半天才拍了一下脑袋自语道:"糊涂! 现而今朝廷只给袁世凯一个内阁总理大臣的空名,不把全国兵权抓到手里,老袁怎么肯为大清效命!"又想了想,忽然开了窍,大声道:"大清的天下怕是真要变了!"金保一旁听见急问:"爷,你说什么?"

金甬一直弯着的腰一点点直起来道:"老子不跟他们干了! 像我金甬,进士及第,满腹文章,世事洞明,人情练达,居然被他们视如泥沙。大清朝这样亏待英才,就该亡!"忽然他盯上金保道:"上回咱们打点一包金子,让人拿上乔映霁的名帖到京城走庆王府的门子,人走了没有?"金保道:"说是天亮就走!"金甬道:"拦住他,把金子夺回来!"金保诧异:"夺回来?"金甬的手已经背起来,道:"什么这王爷那王爷,就连太后和皇上,马上都一钱不值了! 金甬眼里哪里还有他们!"金保被唬了一跳道:"爷,说什么呢,唬死我了!"金甬道:"蠢! 等袁世凯拿到了全国的兵权,皇上和太后,还有那帮饭桶王爷,又算什么? 以后这大清的天下,一定是袁家的!"金保道:"怎么会——"金甬道:"怎么不会! 袁世凯一旦抓到全国兵权,皇上太后就是一对无依无靠的孤儿寡母,那帮皇亲国戚就立马会树倒猢狲散!"金保还在瞪着眼问:"革命党呢? 他们也要夺大清的天下哩!"

金甬哼一声道:"革命党? 就凭眼前这点子乌合之众,哪里会是老袁的对手。老袁从小站练兵开始,天下新军将领都出自他门下,一旦掌握兵权,收拾这帮孙子,还不是秋风扫落叶,稀里哗啦的事!"金保道:"那下面不就是老袁做皇帝了?"金甬道:"差不离,不过还要看! 哎,让你干什么,还不快去!"金保急忙跑走。

转眼又是一个清晨。山西榆次何家,年迈的江雪瑛读完一封密信,回头看胡管家和儿子何春道:"快备车,马上去乔家!把三星镖局的阎承业师傅和他的人一块儿请去,就说事情紧急,正晌午前,一定要赶到!"何春道:"娘,天还没亮呢——"江雪瑛道:"少啰唆,快去!"又道:"我要是没猜错,就在此时此刻,祁县的县太爷和王师父已经带着他那队绿营和衙役出城门了!"

这天午后,乔家堡乔家厚德厅内,众本家仍然坐着,都不说话。景清看他们道:"这都多少天了,天天这么耗着,你们觉得有意思吗?"没人说话。景清道:"哎,映震和映霙哪儿去了?你们看见了吗?"一年轻人答:"他们出去尿尿,二十七叔也要管吗?"景清没话了。

映霙其实又被映震拉进了一个跨院的空房间。后者瞪着眼看他道:"咱们俩这样僵持下去,谁也得不到好处。这样好了,我们俩共同接掌家事!"映霙一时怔住,看他道:"共同?"映震道:"我们俩都是乔家大院的掌门人,乔家大德通、大德恒票号和包头复字号产业的共同东家!等事情成了真,乔家的产业你一半,我一半!"映震道:"真的我就答应!"大门外传来激烈的打门声。二人一惊,对视一眼,急忙跑出去。

在乔家大门外打门的是何家的人马。从一辆新式西洋厢式马车里,江雪瑛被她的贴身老妈子张妈和明珠搀扶着下了车,何春和胡管家及三星镖局掌门阎承业等一干镖师持刀枪环立,气势汹汹。看众伙计用力打门却没有人来开门,江雪瑛大声道:"大白天关着大门,眼见不是在商量什么好事!再不开,给我砸!"何春上前劝道:"娘,咱这是到了亲戚家,没有这样的!"江雪瑛道:"什么亲戚家,这里的产业是我的!没听我说吗,给我砸开这门!"众人不敢违抗,嘭嘭啪啪用力砸起来。乔家厚德厅内众人听着这打门声,大乱起来,都嚷嚷道:"怎么回事,谁呀?是不是官兵到了!"一青年道:"哎呀我的妈呀,快跑吧!"映震、映霙冲进来,也在喊:"怎么回事怎么回事?"景清道:"官兵到了!快跑!"映霙叫了一声:"哎呀我的妈呀!"转身要跑。小顺一溜烟儿跑进来喊道:"东家!东家!何家江老东家来了!"

景清一怔,说道:"原来是她!我还以为是官兵来抄家呢!她来干啥?顺子,快去开大门!"映震拦住道:"不,等等!有件大事,我和映霙已经商量好了——"乔家大门外,众人又打了一阵子门,还是没见人来开门,江雪瑛更生气了,道:"真不把土地爷当神仙啊,这个家人都死绝了?把门给我砸开!"何春又拦阻道:"娘,不要!"胡管家忽然回头道:"东家,潘大掌柜到!"江雪瑛回头,果见潘为严带留根跳下马,向她走过来。江雪瑛道:"潘大掌柜,您来晚了!"潘为严拱手道:"潘为严见过江老东家。怎么,他们不开门?"江雪瑛道:"衙门里的人快到了?"潘为严道:"离村子只有三里路了!"他亲自上前打门,喊:"快开门,我是潘为严!官兵抄家来了!"

厚德厅内,景清正在和映震、映霙争吵。景清道:"啥?你们俩共同接掌家事?不行!从来没有过这样的事!我们都不答应!"众人分成几拨嚷嚷道:"我们答应!""我们不答应!"映霙的一个只有十六岁的从弟映雯飞跑进来,对景清叫道:"二十七叔,潘大掌柜在外头喊,说官兵来抄家了!"景清一把抓住他,变了颜色:"官兵真来了?"映雯点头,映霙大喊一声道:"官兵来了,快跑!"众人惊慌,一起往外拥,挤在门前,乱成一团。映震大声道:"往哪儿跑呀,官兵这会儿一定把前后门都堵上了,出门就是个死!"众人回头问:"那怎么办?""是福不是祸,是祸躲不过!官兵来了咱们也不怕!头一条,映霙子干了什么跟咱们没有相干,问起来就给他来个一问三不知!二一条,咱们已经公推出了新东家,就是我和映霙。映霙子早就出籍了,和乔家没相干!"一时就有人附和:"对对对,他不是乔家的人了,在外头犯事和家里人没相干!"一位老者道:"你们傻呀,万一人家是借这个由头来抄乔家的呢?"众人又慌乱起来道:"对对!这可怎么办!"映震又大叫一声道:"小顺!管家在哪里?"众人回头看,都道:"小顺怎么不见了!我们这些东家都在,他先跑了?"映震对映雯道:"小顺不在,你快出去看看是不是官兵真来了!这也来得太快了!怎么一点信儿也没听到?"映雯转身往外跑,马上又回来。映震大叫:"怎么了,你怎么不去?"映雯道:"潘大掌柜的话你们都不信,我不去!"景清道:"快去,这是二十七叔让你去的!"映雯这才跑出去。乔家大门后面,小顺跑过来,从门缝里朝外看一眼,匆匆打开大门。江雪瑛并没有马上进去,回头看阎承业道:"阎师傅,今天我要收回乔家,您都安排好了吗?"阎承业道:"照老东家吩咐,都安排了!"江雪瑛道:"他们气坏我了!大门也不给我开!剩下的人全跟我进去!"

众人举起刀枪,随她轰隆隆往里面走。何春要阻拦,被江雪瑛一把抓住道:"还不搀着你娘进去!"何春无奈,扶着她朝院门里走。潘为严盯了小顺一眼。小顺会意,二人跟着往里面走。转眼江雪瑛就带人拥进了厚德厅。景清急忙上前迎接道:"哎哟,是表姑,您老人家怎么——"江雪瑛看一眼挡在面前的映震、映霙等人道:"闪开!"众人被她的话震慑,不自觉地闪开。有人忙将椅子为她摆好。江雪瑛正面盘腿坐下,回望众人一遍,一拍桌子:"来人!"胡管家上来应道:"东家!"江雪瑛道:"我刚才吩咐把咱们的人分开,前门后门都堵上,一个人也不让他们出去,事情办了吗?"

胡管家应道："办好了！"乔家众人大惊，有人想往外溜。江雪瑛又是一声断喝："哪里去！回来！"要走的人不敢不听，又站住。大家面面相觑，越来越慌张。江雪瑛道："景清，我问你，这个家眼下还是你在管吗？"景清急道："是，表姑，眼下还是景清管着家——"江雪瑛又拍了一下桌子，道："知道我为什么来？"

景清慌忙答道："不……不知道。""我兴师问罪来了！"景清不知如何是好，只道："表姑——"江雪瑛道："装糊涂！我听说你们这些人，背地里悄悄地做手段把映霁子害了，埋到八尺深的坑里，这会儿你们正自个儿当家，商量着分银子钱，是不是？"众人都吓得失色，面面相看。景清赔笑道："表姑，您这话说的……这可是从哪儿说起？"江雪瑛道："从哪儿说起，就从这儿！你们天天聚在这里干啥？"说着就哭起来，边道："哎呀我苦命的映霁子呀……"忽然又止住了哭声，发难道："被你们埋哪儿去了，快说！"

景清叫屈道："哎呀表姑，真是没有影儿的事儿，我们怎么会对映霁……再说他就没从广州回到祁县来——"江雪瑛道："茶！我来了，茶也没有一口吗？啊，我要好茶，今年的武夷山高山云雾茶！"景清醒过神来急忙骂下人道："小顺在哪里？都是死人吗？老太太来了，还不快卜好茶！"又回斗，"哎呀表姑，您要喝今年的新茶是有的，可是武夷山的高山云雾茶就没有——"一老妈子急急送上茶来。江雪瑛喝了一口，"扑"地吐在地下，瞪眼发怒道："这是啥茶？糊弄我吗？不知道我是谁？啊，你们说映霁子没让你们害死，那就马上给我交出来！"

景清完全没有辙了，回看映震和映霙。映震上前道："表姑奶奶，要说我是晚辈，有些话不该当着您老人家面说。可您今天来到乔家，动刀动枪，兴师问罪，还要我们交出映霁子，我还真不明白，别说没有这些事，就是有，也是乔家的事，您一个老人家，又是亲戚，您管得是不是太宽了——"江雪瑛打断他的话问道："你是谁？"景清道："他是二十八门的映震！"江雪瑛道："他们一家子，每天也都在乔家大伙房里吃饭？"景清一怔道："是。"江雪瑛道："从今天起，他们不能吃了！"映震脑瓜子"嗡"的一声响，脸色刷白，大叫道："为什么？"江雪瑛又看景清道："他们家也住在这个院子里？"景清道："是住在这个院子里。"江雪瑛又道："从今天起他们也不能住了，爱住哪儿住哪儿！"映震不觉哑然，看大家，大叫道："什么？您要把我们一家子赶出大院，凭什么！"江雪瑛半天才从裤腰里摸出一张旧文契，慢慢腾腾地展开，"啪"一声拍在桌上，道："就凭这个！"何春又要上前阻拦："娘，您不能——"江雪瑛训斥道："一边去！

没你的事！"

映震此时完全笑不出来了，他看着景清，又看着文契道："那是什么？"景清已飞快地看了一眼文契，变了脸色。映震要拿文契来看，江雪瑛一把扯回去道："胡管家在哪里？"胡管家上前道："东家。"江雪瑛道："把这文契给他们说说！"胡管家应道："是！"他拿过文契，看着乔家众人道："各位，这张文契是同治四年你们乔家的老东家和我们东家立下的，当时为了救致庸老东家出天牢，我们东家出了三百万两银子买下了乔家的所有产业，包括生意，铺面，还有这座大院子和里面的所有家伙。除了你们身上的衣裳，这里的一草一木，一针一线，全是何家的！"厚德厅外，潘为严听了，转身要走。小顺道："潘大掌柜，您怎么走了？"潘为严越走越快。

此刻厚德厅内一片死寂。映震脸色苍白，看江雪瑛大声道："不，您不能就这样把乔家夺走，我们不答应！"江雪瑛闭上眼睛又睁开，看胡管家道："老胡，我累了，赶紧让人收拾房子，我要睡一会儿！"胡管家问："东家的意思——"江雪瑛道："这是我的产业，我的房子，一桌一凳，一杯一盏，就连女人的头面，这条几上的帽筒，院子里一家家的私房银子，全是我的。我在榆次住腻歪了，以后要长长久久地住这儿！"胡管家又问："可是东家，乔家的人可怎么办？"江雪瑛道："赶出去。啊，赶出去的时候要一个个地查看，全给我净身出户。要是让哪个人夹带出去一两银子，我就扣你的工钱银子。快去办，我要睡了！"

何春又上前劝阻："娘，到底是亲戚——"江雪瑛猛地睁眼叱斥道："你糊涂！谁跟他们是亲戚！当年他们的爷爷，就是乔致庸那个老东西，害苦了我江雪瑛，让你娘我这一辈子，闺女不是闺女，媳妇不是媳妇，娘也不是个娘……让我从十九岁守寡到今天，我恨死他们一家子人了，我跟他们有仇！"何春看众人，小声道："娘，您和致庸表舅那点子事这会儿天下人都知道了，您就不要到哪里都学说一遍了。您这会儿是让乔家的亲戚净身出户，他们可住到哪儿去呀？这也太难为亲戚了！"

江雪瑛道："他们的爷爷难为我江雪瑛的时候，下手更狠！你都不知道，那才是不管我江雪瑛的死活呀——"一边就大哭起来。何春道："娘娘娘，您又来了。我是说，天越来越冷，您这个时候赶他们出去，总不能让他们露宿在野地里吧？"江雪瑛不哭了，道："那我就发一回善心。啊，我跟乔致庸好的时候，常来，这乔家大院子后头有个大牲口棚，就把那里借给他们住一宿！不过就是一宿，明天我还要拴牲口呢！"她看胡管家，大叫道："还不把他们赶出去，我不想看见他们！"说完马上又闭上了眼睛。

胡管家看一眼景清，也不说话。景清脸色大变，冲乔家众人大声道："哎呦喂，你们怎么愣着！快跪下来求表姑奶奶！"映霁看着景清，不相信道："二十七叔，这乔家就真是何家的了？"景清大叫："可不是真的！文契上就这么写的！"映霁道："事情都过去这么些年了呀——"江雪瑛睁开眼颤悠悠道："过去多少年，也是我江雪瑛可怜乔家，没早点儿让你们净身出户！这会儿世道不好，我的心冷了，不想让你们白白占着我的产业吃香喝辣的了！当初你们家老爷子哭着喊着把乔家产业和这院子卖给我时说得好好的，我想什么时候收就什么时候收，无论过多少年，这里一砖一瓦都是我的！"

映霁听了不觉跪下，他身后众人也跟着跪下。众人一起大声哀求道："姑奶奶，您就高抬贵手！您这么办，我们就无家可归了！"忽然间他们又不叫了，因为都听到了江雪瑛的呼噜声，大伙一时都傻了一样互相看着，又看景清。景清瞪眼对最后站着不跪的映震大声怒斥道："你这个害人精！事情都是你起的头，今天你把大家都害了，还不快跪下来求她！"映震身边的人也在拉他。映震不得已"扑通"一声跪下来。

乔家大门外，潘为严快步走来，看一眼跟出来的小顺，急道："快出村看看，官兵到什么地方了？"小顺答应一声，匆匆跑走。潘为严回头看一眼乔家大门，自语道："东家保佑，但愿乔家能平安渡过这一劫！"

厚德厅内，江雪瑛的呼噜声又响亮了。大家的哀求声停下来，都看着景清。景清道："喊哪，大家一起喊，声音大一点儿！"众人刚刚停下声息，这时又胡乱磕头，大声央告道："表姑奶奶，您高抬贵手，给我们一条生路吧！离开这院子，我们家家老小都得饿死……"江雪瑛的眼睛悄然睁开，众人又停下叫喊，一起看她。江雪瑛的目光像一道闪光般盯上映震，看胡管家道："这个人怎么还不走？"映震惶惑起来。何春急忙跪下磕头道："娘，儿子求您，您不能这么做，您这会儿把乔家一百多口子全从院子里撵出去，他们怎么活！"江雪瑛道："他们怎么活，有你什么事儿，给我起来！"何春道："娘不答应，儿子就不起！"江雪瑛怒道："你这个糊涂虫！行，愿意跪就跪着！胡管家！"胡管家急道："东家！"江雪瑛道："春官倒是提醒了我。这么办，明天起你让人在门外头垒几口大锅，当年我表哥乔致庸一见村外道路上有灾民，就支大锅熬粥，咱照着办，总不能让乔家的人饿死是吧。还是他当年立的规矩，一天两顿，粥要稠，筷子插进去要立得住，不要舍不得下米，弄得清汤寡水的，让人家说我江雪瑛今天成了山西第一抠!"

何春急忙扯了景清一把。景清磕头道:"表姑,您老人家消消气,给我们一个话儿,您要我们怎么做,才能不让我们今天就净身出户?"江雪瑛厉声道:"说破了大天,今天你们也得给我出去。阎师傅在哪里?"阎承业急忙进门上前拱手道:"江老东家!"江雪瑛道:"我们何家和三星镖局可是老交情。今天我老婆子把你们请来,是要替我把外人都赶出去,然后您就关大门,带人上墙,帮我看好它,一草一木都不能给我看丢了,不然我可不给镖银!"阎承业答应一声看景清道:"乔东家,阎承业吃的就是这口饭,不要难为我们。各位请吧!"

景清一时大急,匆匆爬到江雪瑛面前,大叫道:"表姑,您快说个话,怎么样您才能饶过我们?"江雪瑛呼噜声又响起来了。景清更着急了,又去跪求何春和胡管家,大声道:"表弟,胡管家,求求你们了,你们不替我们一家百十口子人求求表姑奶奶,我们今天就得流落街头。你们不会看着我们无家可归吧?"江雪瑛忽然又睁开眼,生气地看何春和胡管家,发作道:"我一个老婆子,没人疼没人爱,年轻时爱上一个人又被他骗了,我活到了八九十岁,好日子没过过一天,这会儿耳根子想清净一会儿都不能吗?——怎么这些人还没走?统统给我赶走!"何春和胡管家无奈,叹气,对景清示意。景清看着乔家众人,气不打一处来,大喊道:"没出息的,都站起来走!"众人不得已匆匆爬起来离开。

离了厚德厅,景清急急忙忙将几个老年本家和映震、映霁带进外书房,喊一声:"关门!"映霁关上门。景清暴跳如雷道:"都是你们闹的,说什么要换掉映霁,自己做东家,这下好了,把几十年前的陈年旧账都勾起来了!"映震大叫道:"我不服!不能就这样让她把乔家占了,我要到县衙门里告官!"景清道:"你告什么官?她现有文契在手里!当年我父亲你爷爷为给太平军刘黑七收尸的事被朝廷关进天牢,太后老佛爷设好了套儿敲诈乔家的银子,为了救老爷子不得已变卖乔家所有产业,这件事全山西都知道!"映震道:"您老人家在这儿跳有什么用!总得想点办法吧?"景清道:"你能想出啥办法?要是把事情闹大了,假的就变成了真的!"

映霁问:"没听明白,什么假的真的?"景清道:"你们只要把事情闹出这个院子,就江家表姑那个脾气,今天这事就成了真的!"映霁道:"二十七叔,您说什么?老太太不是真的?那就好了!那就好了!"景清道:"什么好了!不好!都看明白了吗,她今天是为一个人来的!"映霁道:"谁?"景清道:"谁你还不明白?一定是有人对她通了风报了信！"映震生气道："这人是谁！我饶不了他！"景清道："我知道是谁，但我不能说！我不想这会儿就被老太太撵出去，明天去喝她大锅熬的粥！还有，我还得央告这个人替我们去说合，求老太太别把事情做真了！"映震道："我还是不知道他是谁！"景清气极，大叫道："他是谁这会儿都不关紧了，关紧的是咱们不能让老太太把咱们撵出去！"映震道："都这时候了，您还有什么主意？"

景清道："我当然有个主意，但你们要听我的！别捣乱！"映震道："那也要看是个啥主意！"景清一拍台案道："映震，你要是想被老太太撵出去，这会儿就走，不要连累大家！"又回头看众人道："大家都听我说，快回去，一家子一家子把老人女人孩子全喊出来，给我跪到院子里去！她不答应让我们留在这个家里，大家就一起跪着！"映霁道："她一直不开口，我们就一直跪下去？"景清道："对！一天不开口跪一天，十天不开口跪十天！就用这个办法！死活不能离开这个院子！——怎么还不明白，一走出这个门说不定就真回不来了！"众人面面相视。景清道："快去呀，等她让镖局的人一家家往外撵你们出去呀？"众人要走，映霁又回头道："那那您呢？您怎么不走？"

景清道："你们快去，照我说的做，我要去求一个人，让他去劝老太太，问她一句话，她想要怎么着，才肯把乔家产业给我们留下来！"映震道："您去求谁？事情是秃子头上的苍蝇，明摆着的？她要把这份产业留给映霁子！"景清道："真是这样你也得忍！快走，我也要走了！"映震道："您到底要去找谁？"景清大叫道："我说过不能告诉你，你们已把事情办坏了！快走，把你们的女人孩子弄出来跪着去！"映震道："我知道您要去找谁，潘为严！他这个人会和那老太太合起伙来把我们都装进去……我们这些天白忙乎了！"景清大叫："人在屋檐下，不能不低头。留有青山在，不怕没柴烧，这些老话你都忘了？"一老家本家劝道："各位爷们儿，景清的话对！事情到这种地步，只有先过这道坎再说！快走！"众人轰隆隆跟他走出。映霁也只好跟着走，映震最后一个恨恨地走出来。

第八章

　　从乔家大院各个小院里，走出了一家家的老人、女人、孩子，他们都在厚德厅外的空地上跪下来。人越来越多。一个老人也带自家的孩子走来，跪下，大声道："大家喊起来呀！"众人被提醒，哭喊起来："表姑奶奶，您高抬贵手，给我们一条生路吧！离开这院子，我们家家老小都得饿死……"

　　厚德厅内，胡管家指挥丫鬟、老妈子将一张软榻抬进来，对江雪瑛悄声道："东家，后面住的地方拾掇好了，您慢点儿。"回头又对众人叮嘱："小心点儿，把老东家抬进去。"何春急急跑进来。江雪瑛看他一眼道："怎么了？"何春大声道："娘，您不能这样，他们一家子全出来外头跪着了！您这么待亲戚——"外面的哭喊声阵阵传来。江雪瑛听了听，上了榻，忽然大声对胡管家道："我真困哪！"胡管家招呼众人："走！"众人将江雪瑛抬起，往外走。何春跟着往外走嘴里一直在讲："娘，娘，您就让他们一家人这么跪着吗？都是女人老人孩子——"江雪瑛道："等等。"众人停下来，都看着她。江雪瑛想了想又道："走！"众人抬她继续走。何春大叫道："娘，您怎么走了——"江雪瑛已经被抬了出去。何春一个人在厚德厅内站着，听着外面阵阵哭喊，突然喊一声："阎师傅！"阎承业走进来道："少东家！"何春激动道："不能都听我娘的，外面天这么冷，不能把他们全都赶出去！"阎承业道："少东家有什么吩咐？"何春道："替我出去告诉景清表哥，大家先请回去，今天我做主，不会把大家撵出去的！"阎承业道："阎承业有句不知深浅的话——"何春道："你说！"阎承业道："少东家以为老东家这么做，真是想让乔家倾家荡产，一百多口子流落街头？"何春抬头看他。阎承业道："所以我说，少东家还是别管。当然，我也不会真把他们都撵出去！"何春道："那……就让他们这样在外头跪着，跪一天？"阎承业不说话。何春想到了什么，叹口气说道："罢了，就算我没说。"

　　乔家外书房里，景清听着外面一阵阵的哭喊，走来走去。映雯跑进来。景清急问：

140

"老太太那边怎么样了?快说话呀!"映雯道:"老太太在当年老东家的屋子里安置睡下了,打的呼噜山响。"景清抱住脑袋叫道:"哎呀我的娘哪! 这一招又不灵了! ……当年老爷子在世时都斗不过她,今天我算是碰上难缠的了!"猛然回头大喊:"顺子!"小顺几乎立马冲进来道:"东家!"景清气不打一处来说道:"我还是什么东家! 解铃还须系铃人,今天这一场乱子能不能收场,怎么收场……快带我去见一个人!"小顺道:"谁?"景清道:"潘大掌柜! 他刚才不是来了吗?"小顺不说话了。景清心急如焚,抬腿就往外走,小顺站着不动,想了想又跟了上去。

乔家外客厅内,潘为严看着小顺带景清匆匆走进来,坐着不动。景清扑通一声当面对他跪下,泪如雨下道:"潘大掌柜,救救我们!"潘为严上前去扶他道:"快起来! 这使不得!"景清道:"不,今天您不答应救我们,我就不起!"潘为严道:"您还是快起来! 有事说事——"他硬生生将景清拉起。景清道:"快告诉我,我们做什么,怎么做,她才会饶过我们!"潘为严默默看他,有顷才道:"景清东家,其实您知道该做什么,怎么做。"景清道:"我不知道!"潘为严道:"东家要是这么说,我就不好往下说了!"

景清还是落泪,有顷叹道:"潘大掌柜,您是明白人,我知道老太太是为谁来的,映霁一天不回乔家大院,老太太一天不把乔家大院交到他手上,这事就没完! 这样好不好,我代乔家一百多口子一本家爷们儿给您磕头,求您快想办法,打电报也好,再派可靠的人去接也好,赶紧帮我们把映霁从武昌城弄回来!"他又要跪下去,潘为严一把拉住他。两个人对视,景清两只眼都是泪啊! 潘为严道:"东家明白船弯在哪里就好。将东家接回来这件事,我答应您了!"景清到底还是"扑通"一声跪下去磕了个响头。潘为严再次急急将他扶起。

乔家堡外的乡道上,曾有志和王师爷正带着一大早出城的绿营兵和衙役们歇息。曾有志坐在轿子里,伸出脑袋来看日头,对王师爷道:"老王,怎么样了,这日头都偏西了,大家伙儿也歇够了吧? 乔家堡还有多远?"王师爷也看日头道:"老父台,前面二里路就是乔家堡,一眨眼就到!"曾有志道:"那咱们行动着?"王师爷应道:"听太爷的。"回头招呼众人道:"太爷有令,行动着!"众人懒洋洋地站起,曾有志大轿跟着起,向前慢腾腾地走。

乔家院子里,映震、映霁及一干老弱妇孺仍然跪着,喊声却已稀落。映霁道:"都甭喊了,找个女人进去打听一下,老太太醒了没有? 老这么跪着我可受不了!"映震站起,对映霁和众人道:"我不跪了,我要去县衙首告,乔家出了反叛!"映霁一把拉住他道："你疯了！不行！"映震道："怎么不行！"映霙道："你想进大牢你自个儿进去，别连累我们！你把映霁子告了，县官又拿不到他，还不是把我们抓进去搪塞上官！万一皇上和太后震怒，下旨将乔家满门抄斩，杀不了映霁子，倒是要砍你我的头！"众人一起道："对对！快跪下！"

这时就见小顺从大门外飞跑过来。映震心烦，大声训斥道："小顺，你越来越没规矩，在主家爷们儿面前不站住，乱跑！"小顺站住道："各位大爷，官兵来抄家的到了！"众人乱作一团道："哎呀真的假的？"映霙一把拉住小顺道："你胡说！早上就说官兵到了，结果来的是江老太太，这会儿又说有官兵，不是唬人吧？"小顺大叫道："快放开，我要进去禀报！"他奋力挣脱拔腿跑走。众人哗然，都道："天哪！快跑吧！"映霙抓住映震，劈脸给他一巴掌道："都是你这个乌鸦嘴，你一直要告官，好，现在不用去了，县太爷自个儿来了！"他女人上前拉他道："还不快跑！"映霙跟着女人跑走。映震女人也过来了，道："快跑吧！"映震不服气，但也只能跟着跑了。

乔家二门内大屋里，江雪瑛已经起来了，端正坐着，由已经年迈的侍女明珠侍候描眉。张妈跑进来道："老太太，出事了！"江雪瑛好像没听见道："这边画得不好，是不是嫌我老了，不该画得俏了？擦掉重来，我要时兴的，就那上海出的香烟盒子上的美女，画成那样的！"张妈见老太太没反应，道："真出事了，大队官兵来抄家了！"明珠一怔，看江雪瑛。江雪瑛道："这个县太爷也太磨蹭了，这会儿才到！明珠，画呀！"明珠只好接着为她画眉。江雪瑛看张妈道："出去告诉阎师傅，官兵来了，不要拦着！"张妈道："这个……"江雪瑛道："照我说的办！"张妈要走又回头，道："老太太，景清东家和潘大掌柜都在外头等您老人家出去拿大主意呢！"江雪瑛道："没见我眉毛没画好吗？让他们等！"明珠看张妈，苦笑一下，张妈离去。

乔家大门外，曾有志带众绿营兵和衙役赶到。曾有志下了轿子，对绿营管带道："前后门全堵上！既是来抄家，就要像个抄的样子！"绿营管带喊："太爷有令，把乔家前后门堵上，一个也不要跑出去！"众绿营兵分开跑走。有顷，绿营管带跑回来对曾有志禀报："太爷，前后门全堵上了！"曾有志道："那好，去打门！"几名绿营兵上前，大力砸门。大门内，一镖局徒弟看着阎承业道："师傅，咋办？"阎承业道："你们在这里守住，我去禀报江老东家！"他匆匆跑走。

厚德厅内，此刻景清已经急得团团乱转，看潘为严道："老太太怎么还不出来？潘大掌柜您可快拿个主意呀！"潘为严只坐着，不说话。景清转身要走，潘为严一把拉住他道："东家,您走不得!"里面大屋里,明珠终于帮江雪瑛画了一个时兴的香烟盒上的美女眉毛。张妈又跑进来,哆嗦道："东东东家,官兵把前后门都堵上了!"江雪瑛对着镜子左看右看,道："今天画得比昨天好,以后就这么画!"张妈又道："老太太——"江雪瑛道："慌什么? 还有乔致庸当年把我扔到半道上事大? 那时候我都没死,大风大浪全过来了,这会儿还有什么大事!"张妈道："景清东家和潘大掌柜在外头急得不得了——"江雪瑛道："景清就是景清,什么东家,这会儿我才是东家!"张妈不敢说话了。江雪瑛道："扶我走!"张妈、明珠扶她在外面一片打门声中走出来,走出二门,进了厚德厅。景清急忙上前半跪哭道："姑奶奶,您可出来了! 不得了了! 官兵堵住了前后门,一个人也跑不出去了!"江雪瑛和潘为严交换了一下目光,回头道："扶我坐下。"张妈、明珠扶她盘腿坐下。江雪瑛道："烟袋!"明珠急忙又递上烟袋。江雪瑛又道："点上烟,让我抽一口,长点儿精神!"景清急道："哎呀我的老太太,这个家都快要被抄了,一百多口子人头要保不住了——"

江雪瑛瞥他一眼道："那跟我什么相干? 你们乔家人,从乔致庸那老东西开始,就净干伤天害理的事,当年害得我——"何春及胡管家匆匆走进来。何春道："娘,祁县的太爷带兵来了!"江雪瑛道："那又怎么样?"何春道："娘还不知道呢,他们是来抄家的!"江雪瑛问:"抄谁家?"何春说道："当然是来抄乔家,马上就要把大门砸开了!"

江雪瑛道:"那门不好砸的,当年乔致庸修这大院子,没有好木料做大门,是我把存放多年的老榆木板给了他,八寸厚呢,除非用大炮轰,不然他们砸不开!"景清道："哎呀姑奶奶,您扯远了,人家是来抄家的!"江雪瑛道："我知道是抄家的,我刚才问了,抄谁家?"景清道："抄我们家!"江雪瑛道："抄你们家跟我什么相干?"众人一惊,相视无语。阎承业走进来了道："老东家——"江雪瑛道："不要说了,开大门让他们进来。我好好的老榆木门,别让他们真给砸坏了!"

景清大叫道："老太太,您要开大门?"江雪瑛道："来的都是客,干吗不开大门?"阎承业拱手应道："是,我听老东家的!"他大步走出去。景清转身溜走。江雪瑛看何春道："扶着我,咱们也出去看看!"又看了一眼潘为严道："潘大掌柜,您不跟着?"潘为严道："是,我陪老太太去。"众人随江雪瑛往外走。到了门前,江雪瑛又站住了,回头看小顺道："你们刚才说来的是哪路兵马?"潘为严代小顺回答:"是祁县县太爷带的祁县绿营和衙役!"

江雪瑛忽然叫起来道："哎哟,早上吃的不舒服,我闹肚子了! 我要上茅房!"何春吓一跳说道:"娘,您真的假的,这个时候,您可不要——"江雪瑛瞪他一眼道:"闪开!明珠,张妈,快扶我上茅房!"张妈、明珠急上前扶她离去。胡管家看何春一眼。何春忽然醒悟,也随江雪瑛离去。

潘为严看众人走远,长出一口气。小顺看着他说道:"大掌柜——"潘为严若有所思道:"老太太年轻时就了不得,活到了这会儿,成了精了!"外面继续传来绿营兵打门的声音。小顺问:"大掌柜,景清东家躲了,江老太太也躲了,怎么办?"潘为严道:"我们这些外人先去应付!"小顺跟他大步走向大门。

此时阎承业正在大门后指挥众徒弟开大门。大门一开,曾有志带绿营兵拥进来。潘为严带小顺恰好这时来到。就听曾有志虚张声势道:"动手,抓住所有的人,别漏了网!"众绿营兵上前抓住潘为严、小顺、阎承业及镖局众人。阎承业道:"干什么干什么,我们是镖局的!"潘为严也大声道:"放开,我是潘为严!不是乔家人!"众人看他,又看曾有志。王师爷迅速和潘为严对视,回头看曾有志道:"大人,错了,他们都不是乔家人!"曾有志故意地提高声音道:"是不是,先抓住再说!"众绿营兵抓住潘为严、阎承业及小顺等人不放,嚷嚷着要往里走。

乔家后院马棚里,映震跑了进来,扒开铡好的马草就要往里钻。映霓已经在里面了,一把将他推出去。映震道:"你——"映霓道:"别处去,这里躲不下你了!"景清跑进来,直往马槽下面藏。映震跟着挤进去。景清怒喝道:"挤什么!平常没有事你的胆子比天大,这会儿怎么筛糠了?"映震哆嗦道:"都是你,要是早去首告,不至于落到这个地步!完了,前后门都堵上了,又是刀又是枪,今天躲不掉一个死了!"

乔家大门内,被官兵抓住的潘为严还在愤怒地跟衙门里的人交涉,大叫:"放开我!放开!我是潘为严!"王师爷做吃惊状道:"哎呀,这不是潘大掌柜吗,怎么您也在这里?"回头看一眼曾有志道:"太爷,这位是乔家大德通的潘为严潘大掌柜,我们是来乔家抄家的,抓了外人了!"曾有志心领神会道:"啊,这位就是大德通的潘大掌柜。鄙人到任不久,还无缘和潘大掌柜见面,你确定他就是潘大掌柜?"王师爷道:"我确定!"曾有志道:"真是潘大掌柜那就是外人,放开!"众官兵放开潘为严。小顺跟着叫:"我也不是乔家人!"曾有志看潘为严:"这位也不是?"潘为严道:"他也不是!他是我的长随!"曾有志不假思索道:"放了放了!怎么全抓错了?"潘为严道:"太爷,这位阎师傅和他的徒弟,都是被榆次何家江老东家雇来看家护院的,也都不是乔家人!"曾有志故意板起脸来道:"怎么,这些人也不是?你敢用身家性命担保?"潘为严拱手道:"潘为严愿以一身六十四口的性命担保!"曾有志看王师爷道:"记住他这话,万一出了事拿他是问。——把这些人也放了!"众人放开阎承业和他的徒弟们及小顺。曾有志看绿营管带道:"进里面去搜,乔家人不会全畏罪潜逃了吧?"绿营管带挥手,绿营兵轰轰然随着曾有志朝里面走动起来。

潘为严忽然举手道:"慢!"曾有志又站住,回头看他。潘为严道:"请问太爷,今天这样兴师动众,是何道理?"曾有志道:"啊,原来潘大掌柜不知本县干什么来了。本县告诉你也无妨。今天本县奉山西巡抚衙门和太原府之命,前来捉拿反贼乔映霁,抄没乔家家产。潘大掌柜既是外人,请马上离开!"潘为严看小顺道:"那我们走!不干我们的事!"王师爷一把拦住他,看曾有志道:"太爷,潘大掌柜不能走!"曾有志装糊涂道:"他怎么不能走?"王师爷道:"潘大掌柜虽说是个外人,可对乔家的家产和生意上的事知道得一清二楚,让他走了,乔家有多少家私,就没人知道了!"潘为严急忙拱手道:"不不,不对。王师爷有所不知,潘为严已经不是乔家的大掌柜了!"

曾有志又做吃惊状道:"潘大掌柜何出此言?"潘为严道:"有件大事太爷还不知道,就眼下这个时候,乔家的家产、生意,连同这所大宅子,都不姓乔,改姓何了!""姓何了?怎么一档子事?"潘为严道:"太爷要是愿意听,请到里面去,商民跟太爷学说一通。太爷要是还不相信,商民还可以陪太爷一起进去见见何家的江老东家!"

曾有志想了想,恍然大悟道:"哎呀,想起来了。我听过一个传说,当年为了救乔家老东家乔致庸,榆次何家的江老东家出了三百万两银子买乔家的家产和生意,包括这座老宅。怎么着,过了这么些年,江老太太突然想起把它收回去了?"潘为严叹了一口气。王师爷道:"潘大掌柜,您可是说说这里头的底细原情呀!"潘为严道:"我说什么?今天连你们都到了!要是江老东家不早把乔家收走,这会儿你们来抄家,不就成了逆产了嘛!"王师爷道:"明白了,江老东家早就知道乔映霁投降了革命党?"潘为严道:"这个潘某就不好猜了。这么说吧,何家也是山西巨商,生意遍布大清各省,乔家的东家在外头做了什么,江老东家不会听不到一点风声!"一时众人都不说话了。

曾有志看王师爷道:"若是这样,事情就不同了!既然这里不是乔家了,我们就撤兵回去,给太原府上呈子,将情况说明。你觉得呢?"王师爷说道:"太爷圣明。不过太爷还不能就这么走,太爷还是应当见一见江老东家!"曾有志道:"有理!潘大掌柜,本县恐怕还要亲眼看看江老东家当年和乔家签的文契,查明真伪,那样我才好向上司交差是不是？"潘为严说道："太爷请！"小顺站着不动，看他们走，暗暗松一口气。

半个时辰过后，好歹把曾有志带着的这批官兵送走的潘为严带着小顺赶回了厚德厅。江雪瑛问："走了？"潘为严道："走了！"江雪瑛不说话，神情严峻。潘为严趴下就给她磕头道："潘为严代故去的致庸老东家给您老人家磕头！"江雪瑛道："快把潘大掌柜扶起来！老潘，您这会儿磕头还早一点儿！"潘为严吃惊地看她一眼道："江老东家是说，官兵还会回来？"江雪瑛道："不。我听说您下了令让人无论死活都要把映霁弄回山西？"潘为严道："是！东家说不定正在回山西的路上！"江雪瑛道："映霁子这会儿不能回山西。山西官府一定张好网等着他呢！"潘为严失声道："哎呀——"江雪瑛道："马上派人去迎住他，不要让他过了风陵渡！眼下天下大乱，只要不回山西，他在哪里都是安全的！"潘为严道："是的是的，我马上——"江雪瑛道："等等！"潘为严回头。江雪瑛道："要是革命党成不了气候，下回山西官府对乔家就不会这么客气了！这些天我暂时留在这里替你们撑场面，乔家银库里要是还藏着什么，夜里赶紧倒腾出去！"潘为严信服地望着她道："知道了，潘为严马上去办！"

江雪瑛道："我还有话说！虽然让您派人去拦住映霁，可这会儿我倒真想让他快点儿回来。我这个老婆子能为乔家做的事就这些了，再往下走会怎么样，我心里没底！今天这个县官还是个讲理的，万一碰上一个蛮不讲理趁火打劫的，我也挡不住！"潘为严想了想道："老东家说得极是！我们这些外人，在东家回来前，只能尽人事听天命！"他带小顺急急出去安排。

江雪瑛回头看乔致庸遗像，眼里涌出两粒泪花，哽咽着道："你这个老东西，看你把我害的，我老都老了，还要帮你这个害了我一辈子的坏人照顾你的子孙！我哪辈子欠了你这么多债，快死了也不得个安生！"遗像上的乔致庸不说话，只是微笑着望她。江雪瑛又破涕为笑说道："你死了，我活着，我就有机会天天骂你了！以后到了阴曹地府，我们见了面，还要论论曲直，这一辈子，是你欠我的，还是我欠你的！"

乔家大院原乔致庸书房内，潘为严走进来，神情严峻，回头对小顺道："江老东家深谋远虑，今天夜里，神不知鬼不觉，把她说的那件事办了！"小顺道："景清东家那里怎么说？"潘为严道："事情要做得机密，不要让他知道！"小顺道："可是东家不在，他就是东家！"潘为严道："他现在不是了，现在是江老东家当家！"小顺一拍脑袋道："我这猪脑子！知道了！"他转身要走又回头："大掌柜——"潘为严道："我也要离开几天。总之东家不回来，我也回不来！"小顺醒悟："大掌柜自己要去风陵渡迎住东家?"潘为严道:"江老东家说得没错,官府现而今已在山西地界里为东家张下了大网,我不亲自去,怎么能放心!有人要问,就说我得了伤寒,回老家吃药去了!"小顺点头。潘为严打开门,喊:"留根,备马,咱们走!"

这天深夜,一路北上的映霁、王宗禹、小栓正在大山深处一堆篝火旁露宿。王宗禹捧着一本书夜读。映霁看他道:"王大掌柜,明天我们就能到临江茶山了吧?"王宗禹不抬头道:"东家,明天我们不走临江茶山。"映霁吃惊:"为什么?"王宗禹不说话,目光只盯着书。映霁道:"八年了,我没有再走过乔家茶路,开头还以为是景物变了,现在明白了,这条路压根儿不是我们乔家的万里茶路!"王宗禹的心还在书上,顺嘴回道:"这条路好走。再说我和小栓也放心!"映霁坐下来道:"不是为了别的吧?啊对了小栓,上次在汉口,那个不速之客,俄罗斯国大茶商拉斯普汀的后人小拉斯普汀告诉我,他到过山西,说乔家不贩茶了。我问你有没有这事,你嘴里像噙个热茄子似的,含含糊糊。王大掌柜刚才又说咱们明天不走临江茶山,你们说,这到底是怎么回事?"王宗禹这时和旁边已经睡下的小栓互视了一眼,不言语。映霁又道:"我去广州学生意期间,家里真把茶货生意停了?"二人还是不说话。映霁道:"你们也可以不说,但我这次一定要走临江茶山!我要亲眼看看茶山还在不在,乔家还做不做茶货生意!"王宗禹、小栓同时抬头,大惊,叫:"东家,不要!"映霁道:"为什么?担心到了那里还会有人劫杀我?"小栓看王宗禹。王宗禹不说话。小栓突然开口:"万一呢?"映霁道:"睡你的觉。对了我又想起了一件事。我们一定要走临江茶山!"小栓又睁开了眼睛,把话岔开道:"哎呀,王大掌柜,睡在这野地里我害怕……山里不会有野物吧?"

王宗禹的目光终于离开了书,道:"听说有豹子!"小栓一下跳起来:"真的假的?"王宗禹笑,继续看书。小栓道:"我可是胆小,你要是一路上老这么吓唬我,不到山西,我的胆就让你给吓破了,你得背我回去!"映霁一把将王宗禹手中的书夺走,凑向篝火,道:"一路上你一直在看这个东西,有那么好看吗!不会是《肉蒲团》吧?"王宗禹要把那书夺回去,被映霁闪开。王宗禹道:"东家,还给我,正看到热闹的地方。"映霁念书名:"《罗斯柴尔德家族银行史》"。他吃惊地看王宗禹,心中一动,将书还给王宗禹,做不在意的样子道:"哎,怎么看这种书?"王宗禹急忙接过去含糊道:"啊,没书看,瞎看。"他继续低头读下去。

映霁坐着,冷不丁开口道:"罗斯柴尔德家族银行发迹于西历十九世纪初年,创始人叫……梅耶·罗斯柴尔德。他和他的五个儿子被人称为'罗氏五虎',先后在德、英、法、奥、意开设银行。现如今是西方最大的家族银行集团之一,对国际贸易和世界经济有着重大影响。"

王宗禹已经悄悄抬头,只看他不说话。映霁道:"王大掌柜怎么不说话?银行是外国人办的,中国只有票号,不好好琢磨自家的事,倒去琢磨人家,你这心是不是用错了地方?"

王宗禹看他,笑。映霁道:"笑什么?"王宗禹道:"东家,我想问一句话,东家别生气。"映霁道:"你问一句话,我干吗生气?"

王宗禹道:"东家在广州待了八年,时间不算短,能不能告诉我,都学了什么生意?"映霁道:"这个嘛……不是吹牛,但凡是和洋人相关的生意,都学了一点儿。哎,本来是我审你,怎么变成你审我了?"王宗禹笑,又道:"那外国银行怎么做生意,东家也学了点儿?"映霁点头。王宗禹笑一笑,不再说话,继续看书。映霁道:"哎哎,接着说话,你还没回我话呢。"

王宗禹又抬头,道:"是东家不让王宗禹说了,不是王宗禹不想说。"映霁道:"行。我说。我在广州八年,外国银行的生意,我专门学过四年。"王宗禹激动起来:"哎呀东家!我就说嘛,从在武昌第一次见到你,我就想问……可惜没机会。东家既然在广州外国银行学过生意,今天就不该问王宗禹为什么读这样的书!"映霁笑道:"说你的理由!"

王宗禹又笑了。"东家都在外国银行学了四年,你是行家,王宗禹就不要班门弄斧了!"映霁道:"不行,一定得说!"王宗禹道:"那我真说了。王宗禹所以要读这样的书,是觉得,中国票号业已经没前途了,进行现代银行改制才是它唯一的前途。"映霁深深看他一眼,有顷才道:"何以见得?往下说!"王宗禹笑道:"没了。"映霁道:"胡说!"王宗禹道:"东家在天下第一通商口岸的广州,去外国银行学了四年,啥也不说,我这野路子读点儿写外国银行的书,您倒要说什么……那不是在关公门前耍大刀吗!"映霁认真看他道:"你刚才说了一句很要命的话,这句话就像一粒子弹,一下击中了我的心脏!你说什么来着?"王宗禹笑道:"我说啥了,我自个儿都忘了!"映霁道:"中国票号业没有了前途,不进行银行改制将死路一条。如若不然呢?"

王宗禹笑道:"如若不然,以后就没有中国票号业了!"映霁欲擒故纵:"胡说,会有这么严重?"王宗禹认真起来:"我没胡说!前些年别人这么说,我心里还不服,不只是不服,还觉得说这话的人真没出息,对中国票号业没信心,既是这样你甭干这一行得了。可这些年干下来,尤其是潘大掌柜把我放在武昌这个大码头上,当了几年分号大掌柜,耳目所见,我不得不承认这话没错。当然了,心里头非常不是滋味。"

映霁已经站起来,眼望远方:"说下去!"王宗禹也激动了,道:"东家,就说票号,这东西虽然不是老东家发明的,可真正做到汇通天下货通天下,乔家却有大功于中国。没有票号业中国金融业和商业就不会有今天的繁荣,朝廷每年会少收多少商税,无数人就找不到饭吃!乔家和票号的渊源太深了,中国没有了票号,首先乔家就过不去这道坎!我们今天可是中国第一大票商,多少人靠着乔家票号吃饭!我怎么愿意认可不搞银行改制,票号就要完这种事!"映霁激烈道:"可你现在确实是这么想的!"王宗禹站起来:"你是东家,当然不一定靠票号吃饭。可我从小在票号学徒,现在靠票号谋生,没有票号一家人就得饿死。不过话又说过来,今天的中国确实不是老东家在票号业大展宏图时的中国了。我有一句不知深浅的话,刚才已经说了,现在再说一遍,中国金融业再不改革,就算东家这次在武昌保住了全部票号,中国的票号业也会完。我这会儿还记得东家说过的话呢!"

映霁笑一下,道:"你还倒打了一耙,你记得我什么话?"王宗禹道:"中国票号完了,中国独立的金融业就完了,没有独立的金融业,中国也就没有经济的独立和政治的独立,往小了说我们这些人没饭吃,往大了说中国就要灭亡!"映霁表情又严肃起来,道:"在你看来,为什么会这样?原因在哪里?"王宗禹道:"东家在广州学了这些年生意,原因嘛一定比我看得更清楚。中国票号业之所以在和外国银行的竞争中节节败退,一是小,二是散,三是经营管理理念落伍。不知道我说的对不对?"映霁道:"小,散,这个大家都承认,可你说经营管理理念落伍,许多人恐怕不认这个账。毕竟当年票号创立,我爷爷他们那一代人的理念和为票号立的规矩,至今还被人称道。譬如股份制,和今天外国银行好像没有很大差别。从时间上说,恐怕比有的西方国家银行实行股份制还早。"

王宗禹道:"东家,我将外国银行和中国票号经营管理的不同归结为三条,你想听吗?"映霁心中大喜,表面不动声色:"讲!""头一条,外国银行的资本来源是公开募股。中国票号到了今天,仍然是东家与掌柜、伙计合股,不对外开放,这就造成它的小和散是必然的,制度上的;第二条,外国银行实行的是责任有限制,中国票号责任无限,赔多少都是票号的,就这一条,让许多本可以参与金融业投资的人不敢进来，这是造成中国票号实力弱小无法和外人竞争的原因之一。"映霁道："第三条！"

王宗禹道："外国银行对客户实行的是抵押放款，中国票号实行的是信用放款。前者投资风险低，几乎没有风险，后者一遇到坏账就没法收拾，只能磕头了账。这些年天灾人祸，列强入侵，流民起义，百姓穷苦日甚一日，不守约的事情越来越多，信用放款造成票号破产的几率越来越高。再这么下去，我认为将来很可能没人再敢经营票号。"映霁沉吟起来。王宗禹看他道："东家不要以为我是危言耸听。东家说得对，保住票号就保住了中国的金融独立。但是保住中国金融独立，光把票号保住还不成，再说就是要保，也要有一个办法。那就是要把票号做大做强，不然，保不住。"映霁回头看他："怎么做大做强？"

王宗禹道："对票号进行现代银行改制。把外国银行的优势、长处全吸取过来。第一条，打破陈规，向社会公开募股，所有人都可以成为新银行的股东。第二条，公开向社会上所有潜在的股东宣布，新银行实行责任有限制，就是生意做赔了，也不会让他倾家荡产。第三条，抵押放款！"映霁盯着他看。王宗禹道："东家，我真想多说一句，对票号不是要保，而是要破！只有将全中国分散到数千家票号的投资汇拢到一起，在中国创立几家实力雄厚、足以与外国银行抗衡的大银行，就像美国的摩根财团、欧洲各国的罗斯柴尔德家族银行，中国才能保住金融独立、经济独立和政治独立，完成工业化改造，最后实现你说的民族复兴。"

映霁心中大动，不觉道："原来你也想到了用金融的现代化推动中国的工业化？我都想夸你了！"王宗禹笑道："都是我刚从这本书上看到的。你知道仅仅一个罗斯柴尔德家族银行，就在推动世界工业化和经济发展中做了多少事吗？开发苏伊士运河和马六甲海峡，资助欧洲各国建设铁路，开发世界各地的石油矿藏，都有它的资金参与。可以说它直接参与、支撑了欧洲的工业革命和工业化进程。这个家族本身也在这个过程中兴盛发展起来，成为世界上最大的金融财团之一！"

映霁看他道："你也认为中国需要一场工业革命？"王宗禹道："没有工业革命，就没有中国的工业化，在世界已经变成一个大商品市场的时代，只有灭亡！"映霁一下将他抱起来，举起又放开："好你个王宗禹！原来我们的理念基本一致！现在回头说我们怎么创建你说的大银行！"王宗禹大声兴奋道："东家你是真的吗？但愿是真的！是真的就好了！那我就没有错看你！以乔家现在的财力和商誉，完全有条件照西方现代银行制度创立中国第一家现代晋商大银行。这么做有一个最大好处，就是你可以在别的银行没有得到国家支持的前提下率先取得发钞权，统一全中国的货币！""统一全中国的货币？""对！东家不要以为中国有统一的货币，没有。过去是有的，就是银子，自从中国有了票号，现银在大宗交易中退居幕后。中国今天的主要货币是银票！"映霁大声道："说下去！"王宗禹道："像眼下，仅武昌一地就有一百多家票号的总号或分号，每家都有自己的银票，等于各自发行自己的货币，仅仅在流通领域就为当地的商业活动和经济发展设置了巨大障碍。反观西方列强，没有一个国家不是通过中央银行或者有信誉的民间大银行统一发钞，在全国流通，进行商业和经济活动！这也正是进行现代银行改制的好处之一！它还有一个好处——"映霁急起来，道："说！"王宗禹道："如果乔家将来的大银行成了国家发钞银行，为推动中国的工业化进程，还能以国家或者乔家自己预期的收入为保证金发行债券，扩充工业化投资的资本规模，这在现代经济学上叫作赤字经济！"映霁深深看他。王宗禹又道："东家，对中国票号业进行银行改制，不是只有你我两个人看到是件必须做的大事。我们要快，慢了就被别人抢了先！"映霁笑道："你刚才还说，当今中国票商中间没有谁比得上乔家的财力和信誉，我们不做，没有谁敢领这个风气之先！"

王宗禹道："东家错了！要是论起来，眼下中国票号中谁最有资格率先完成银行改制，当然首推乔家。但我们不做，那些财力没我们雄厚的票号也有可能先做。最可怕的是，他们没有我们这样的财力和信誉，就会拉大旗做虎皮，联合外国资本一起做，大家都这样做，将来就还是外国人掌控中国的银行业，中国还是会失去金融独立！"

映霁沉思起来，有顷又回头："目前国内票号业执牛耳的晋商票号中间，哪几家最有资格创建你说的这种现代化大银行？"王宗禹兴奋大叫："东家，我知道了，你已经在想这件事了！我不担心乔家票号没有未来了！"映霁道："你没回我的话！"王宗禹道："我说过最有资格的首推我们大德通！晋中的几家大票号其实也有机会。"映霁道："譬如说——"王宗禹道："东家，这件事让我想一想行吗？"映霁道："行，现在就想，要认真地想，想好了我们接着谈！"

这一夜很快就过去了。清晨，崇山峻岭间一条细若游蛇的山道上，映霁纵马驰向前方。王宗禹带小栓从后面急追上去，大叫："东家，真不能走这条路！快停下！"映霁勒马停下问："怎么了！是临江的路断了，临江茶山飞了，还是有吃人的豹子在前面等着我呢？"王宗禹道："东家，豹子是没有，可是有土匪，占山为王，截断了茶路。

我们有可能过不去！"

映霁皱眉道："怎么会出土匪？临江一带几十年了都没出过土匪了！"忽然变了脸色道："快说茶山怎么样了！"王宗禹说不出话来。映霁又道："是不是临江茶山毁了！没有茶山了！"王宗禹不得已道："东家，这不是一句话能说清楚的！"映霁拨马又走。小栓纵马上前拦住，叫："东家，真的不要！"映霁大叫起来："我在广州这几年，他们在家里都做了什么！乔家不做茶货生意，别人家也不会做，万里茶路上的百姓怎么活？临江茶山没了，这里的十几万茶农怎么活！他们可是因为乔家在这里做茶才从外地迁过来的！我明白了，为什么临江会出土匪！都是因为你们！"小栓大声道："东家不要发火行不行？王大掌柜不让你走这条路，不全是因为临江出了土匪！"映霁瞪眼道："有人在临江镇等着要我的人头呢？"小栓道："万一呢？"映霁不听这话，打马更走。小栓看着王宗禹叫苦："王大掌柜，怎么办呀？"王宗禹也叫起来："能怎么办，追上去！"二人无奈，纵马追上去。

中午时分，他们已经在临江镇外仅有的一家野店前下了马。映霁怅然朝镇内望去，发现偌大的一个镇子，昔日繁华的痕迹犹在，但已经完全荒芜，到处房倒屋塌，大街上长着深草。映霁脸色剧变，看王宗禹和小栓，不相信这就是临江镇。王宗禹小栓也不说话。店主赶出来招呼道："哎呀三位可是稀罕，我小店半个月都没开张了，你们怎么还记得这里有条路，里面请！"

映霁随便看他一眼道："你这儿还有什么里面外面，就在外面坐吧，这里上上下下都看得清楚！"店主道："也是。不瞒客官，店里没什么好东西招待三位，就是刚打了一只豹子，有豹子肉，挺稀罕的，要不要尝一口？"小栓吓一跳，坐下又站起道："哎呀东家，真有豹子！快走！"映霁生气地看他一眼，坐着不动，看店主道："我不喜欢吃豹子肉，有别的吗？"店主道："再就是烙大饼，还有点儿过年没舍得吃的腊肉。可惜没酒！"映霁道："你们就穷成了这样，家酿的米酒也没有？"店主道："没有。自打山西乔家老东家故去，他那个不争气的孙子当家，废弃茶山，也不走这里去武夷山贩茶，临江就废了，土匪也上了山……你们知道我们这里有土匪吗？"小栓抢着道："当然知道！"映霁生气地看他道："我都不知道你还知道了？"又看店主道："真有土匪？"店主对身后的小伙计眨了一眼，看小伙计离去，他且不去收拾饭菜，反倒坐下了，道："啊，这话说来就长了。我长话短说吧，不但有土匪，这土匪还大有来历呢！"

映霁越来越生气了："他还大有来历？说给我听！"店主道："说出来客官不要被

吓住！他就是当年和乔家老东家据说有八拜之交、老东家在北京城为了给他收尸差点让太后老佛爷砍了脑袋的太平军大帅刘黑七的儿子，刘小七！"映霁这下吃惊不小："刘小七？"店主道："他爹让太后砍头那会儿他还小，三十年后这小子又成了另一个刘黑七，和他爹一样，倒也不祸害妇女，但自从占了翠峰山，也是打家劫舍，遮断商路，没有他不干的！"映霁点头道："明白了。所以我走了几天，也没在这条商路上看到一个商队，一条当年熙熙攘攘的茶路，让刘小七闹了个路断人绝！"店主将凳子靠得更近了道："哎呀客家，可不是咋的！要说这小子还有一条坏处，嗜酒，鼻子又特灵，从山上大寨到镇上只有几里路，过去这里还有人家的时候，不管哪家酿了米酒，他一抽鼻子就能闻见，马上带兵杀下来。所以，小的这里就是有酒，也不敢拿出来给客人用！"

王宗禹一直不安地看店主，这时又频频对映霁使眼色。映霁越来越郁闷，只看店主，道："你碰到好做的生意了，我这人生来就不能喝酒。你店里有什么，快点拿出来好了！"店主对不能继续说下去有点失望，讪讪站起，下意识看后山一眼，转身进店。

映霁站立，再望死掉的镇子，满腔怒火。"到了这里你们能说了吧，临江茶山，万里茶路，到底发生了啥？"王宗禹道："东家，我觉得哪里不对，不要在这里吃东西了，快走！"映霁看他："为啥？"王宗禹道："镇里镇外太安静了！"小栓惊慌起来道："对，像个坟场！"王宗禹又道："还有这个店主好奇怪，刚才他说山上有土匪，杀人越货，他怎么还敢在这里开店！"

映霁猛回头看他。小栓已经叫起来："东家，这里不会是梁山泊孙二娘开的黑店吧！"王宗禹道："东家，万一是刘小七在这里放的眼线——"映霁大悟，急道："快走！"三人急急上马，驰向镇内长街。店主跑出来，一眼望见他们驰远，急叫："哎，哎，怎么走了？别走哇！"忽然他将指头塞进嘴里，发出一声长长的呼哨。

野店后面马棚里，有几个被捆得结结实实的人醒过来。他们不是别人，竟是赶在映霁等三人之前来到临江的望百、望实及四名大内侍卫。昨天他们中了店主的蒙汗药，这个时候店主的一声呼哨却让他们睁开了眼。大内侍卫首领达海用力，身上的绳索崩断，他随手从靴筒里拔出尖刀，挑断众人身上的绳子。一名大内侍卫还不明白，看他道："大哥，我们怎么了？"达海道："来到这鸟不拉屎的地方，让人麻翻了！"众侍卫嚷嚷起来："就在这么个野店里？"达海道："可不是这么个野店里！"众人都拔出刀来道:"快出去,杀了这帮孙子!"望百在一旁大叫:"等等!"众回头气愤地看他。达海道:"姓崔的,你到底带我们到了什么地方,差一点送了我们的命!"众侍卫也道:"对,你要带我们杀谁?差点害了我们大家!"望百却打断大家道:"别吵,听,什么声音?"众人侧耳听去,外面传来一阵阵呐喊声。达海看望百,望百道:"知道怎么回事了,乔映霁到了!土匪正抓他呢!我们快走,见机行事!"见众大内侍卫不动,望百厉声道:"怎么回事儿,快走!"达海道:"还要带我们去哪里?"望百怒道:"出去,杀乔映霁!"众侍卫道:"不,我们先血洗了这黑店!"望百大叫:"不行!我不允许,你们要听我的!"众侍卫还要说什么,忽然噤声,回头。只见方才露过一次面的野店小伙计伸头进来。一名大内侍卫一把将他采进来。小伙计叫:"别……我的脖子要断了!"达海道:"昨晚上就是他把我们骗进来的,宰了他!"那名大内侍卫的手在野店小伙计脖子上一点点用力。小伙计挣扎叫道:"别杀我!"望百急上前,厉声道:"快,放开他!"大内侍卫不服地看他:"为什么?"望百道:"先不要问,放开!"大内侍卫不情愿地放开。望百示意望实:"门口盯着去!"

望实走到门口盯着门外。望百一把揪住野店小伙计道:"说吧,外面怎么了?"小伙计道:"好汉别杀我!刚才又来了客人,没等我们下手,他们就跑了!""这个人长什么样?多大年纪?"野店小伙计上下看他,想起了什么道:"啊,就是你昨晚上提起过的那个人!"望百一把丢开他,对众人道:"果然是乔映霁到了,我没猜错,快走!"达海大内尖刀立时逼上小伙计的咽喉,道:"我们的家伙呢?"小伙计手指旁边草筐。望百望实和大内侍卫上前找回自己的枪。望百两步窜到门前,又回头道:"各位听好了,在大帅面前你们是大内侍卫,可现是我奉大帅之命追杀朝廷要犯,不管你们对我有多少不满,都要听我指挥!不然——"一大内侍卫欲说什么,被达海拦住。望百又道:"走!"带望实率先冲出。三名大内侍卫气愤地看达海。达海道:"这会儿先忍忍,然后见机行事,不然回去无法见大帅!"三人跟他冲出马棚。

临江镇外是一座年久失修的木桥。刘小七已经率领众匪赶到。店主跑来,拱手道:"大哥!"刘小七道:"人呢?"店主朝河流上游一指:"那边跑了!"刘小七又道:"真有银子?"店主道:"看样子有!"刘小七下令:"追!"众匪随他向上游追去。身后的山林中,望百、望实及众大内侍卫赶到。望实回头道:"哥,刘小七往上游去了!"望百看着下面的桥:"不对,这里不该有桥!"达海看他道:"为什么?"望百道:"这会儿我不想说。各位,乔映霁没从这座桥过江,一定是奔另一个地方去了!追!"一名大内侍卫忍不住道:"你真知道你要杀的那个人去哪里了?"望百大怒道:"我当然知道!因为我和他一样熟悉这条路!我们抄近路!快走!"众人忍住愤愤,随他离开。身后一声枪响,子弹从望百耳边擦过去。望百回头大叫:"有人打我的黑枪!"众人大惊,朝山林中回望,莲花、巧姑已纵马隐去。过了一会儿,二人重新现身,顺着河流眺望山野。巧姑眼尖,道:"姐,他们顺着河往上游走了!"莲花道:"跟上去!"

夕阳西下。黄昏的临江渡口一片金色波光。映霁带王宗禹、小栓骑马匆匆驰出山林,涉过浅滩。映霁站住,目光盯住前方大河湾中一片乌黑色的废墟,脸色骤变。小栓回望向山林,高兴道:"东家,我们把刘小七甩掉了!"映霁翻身下马,走向废墟。被大火烧过的房子只剩下了黑色的骨架,东倒西歪,但渡口的模样尤其是那根高高的桅杆还在。他的心情沉痛。小栓上前问:"这什么地方?"映霁道:"临江渡口,乔家万里茶路上许多渡口中的一个。我来过。"小栓一惊颇感意外。映霁又道:"那一年我九岁。"

王宗禹回顾四野,上前道:"东家,天要黑了,这里不安全,我们还是快走!"映霁道:"不,在这里打铺,今晚我要住在这儿。"小栓吃惊道:"住这儿?这儿怎么住呀?再说山里还有豹子!"映霁完全没有听到他的话一样,他已经完全沉浸在往昔的回忆中了。

很快废墟前就燃烧起了一堆篝火。火上吊着水壶。王宗禹和小栓饿急了,就着开水吃起了干粮。映霁一口也不动面前摆放的干粮,忽然道:"说吧,当初谁做的决定?为什么不让我知道!还有这个渡口,居然成了这个样子,怎么回事儿?"小栓看王宗禹一眼。王宗禹不说话,只是吃喝。

映霁又道:"为什么不说话?茶路断了,渡口被废弃是可以想象的,我不生气,可是伤心。乔家停止贩茶,废弃临江茶山,这样的大事,总号是要集合各分号大掌柜公议的。你是武昌分号大掌柜,当然也是参与了的,是吗?"王宗禹仍不接茬。映霁大叫道:"说呀!"

王宗禹抬头,仿佛方才全没听见似的,道:"啊,东家是在问我啊。这件事我确实不知道,那时我还不是武昌分号的大掌柜。不过即便我是,也会同意!"映霁勃然怒道:"为啥?"王宗禹看他道:"乔家从潘大掌柜开始,全国各地分号的大掌柜,还有景清东家,都知道临山茶山和万里茶路对乔家、对茶路上的万千百姓意味着什么——"映霁激愤道:"你们不知道!你们要是知道就不会这么干了!"王宗禹又不说话了。映霁道："说呀！"

王宗禹道："东家想听我就说说！咸丰元年，太平军金田起事，不出几年截断长江，天下茶路不通。山西各大茶商、武夷山的茶农、沿途茶路上的百姓都没了活路，是致庸老东家躬行以商救国、以商救民的大道理，冒死重开万里茶路，这条从武夷山到恰克图的茶路才得以疏通，乔家也从一个二等茶商一跃成为天下闻名的一等大茶商。老东家还不满足，为了让更多人有饭吃，又把种茶技术从江南移植到这里，开辟了临江茶区，十年经营，使这里成了乔家茶货的主要出产之地——"映霁没让他说下去，紧接着道："那时这里每年都产茶货上百万担，乔家茶货出口扩大了三倍！眼前这片荒山，那时养活了十几万百姓！这些你们都知道，可为啥——"王宗禹道："东家，事情得从咸丰十年英法联军打进北京火烧了圆明园说起。那场乱子的结果之一就是朝廷答应外国茶商可以直接进入中国内地贩茶，先是陆路，后来是海运，外国人不走万里茶路，直接从武夷山和江南收购茶货走海路出洋。自那时起，乔家走万里茶路贩茶就不赚银子了！"映霁道："这里面的原因我知道，外国茶商根据和朝廷的条约，只缴中国茶商一半的税。可即便是这样，我爷爷在世时，万里茶路也没断绝，临江茶山也还在！爷爷说过，即便外国茶商交税只有我们一半多，但我们是地主，自己又有茶山，有本钱和他们抗争。至少我爷爷在世时乔家一直在经营茶货生意，就是不赚银子，但至少可以持平！"

小栓小声嘟哝了一句，映霁听到了，回头看他道："你说啥？"小栓道："我说……那时好些事老东家没让你知道！"映霁生气地看他，不相信道："我十七岁就帮爷爷管家，怎么可能不让我知道！"王宗禹道："东家不要生气。从咸丰十年到光绪二十六年，整整三十年，乔家茶路一直不赚钱，但可以持平。但后来发生了一件事，老东家确实交代过各位大掌柜，不让你知道。"映霁更加生气了道："什么事？"

王宗禹道："光绪二十六年，八国联军打进北京，两宫西狩，走到山西还是老东家借了三十万银子给慈禧太后老佛爷，才让她和皇上逃到西安府。这以后朝廷和八国议和，割地赔款，天下稍安，朝廷和各地封疆大吏痛定思痛，要振作，搞新政救国，于是办洋务，建铁路，修工厂，开矿山，练新军，一时热火朝天——"映霁不解道："难道这些事办错了？为了这些事，爷爷在世时可是没少给朝廷贡献银子！"王宗禹道："办洋务是要花钱的，又是遍地开花，钱又不能自个儿生出来！"映霁听出他话中有话，沉默地看他。小栓又忍不住插嘴道："这个连我都知道，朝廷下旨，在田赋之外加商税、盐税，不够又在天下每一条大小商路上设厘卡。"王宗禹接上去道："万里茶路从启程处开始，十里一卡，五里一捐，正税之外要交附加，附加外还有附加，税外还有捐……有一年我随大掌柜到武夷山贩茶，还没进长江，就被他们罚得只剩下裤衩了。大掌柜当时就说这条茶路走不得了。"

映霁内心极为痛苦，坐下了又站起。王宗禹跟着站起道："老东家去世后东家正式接管家事，很快被三位大掌柜送到广州去学生意。其实那年我还是陪我师傅最后走了一趟万里茶路。更惨。"映霁回头："怎么惨？再惨还能惨过今天的临江茶山，惨过这个渡口？看这个样子，就知道这里发生过什么，它是被烧毁的……当初每年乔家的茶货都要经过这里，无论从江南运回多少茶货，五万担，十万担，二十万担，都从这里过！那是个什么景象！乔家，首先是我，对不起这里的摆渡老汉，他还有一位孙女，我对不起他们一老一小，渡口就是他们的家，茶路没有了，他们就不能再靠这个渡口过日子了。我九岁来过这里，那时多好，这会儿我都不知道他们到哪里去了，怎么活？是不是还在人间！"小栓看王宗禹。王宗禹坐下去，低头继续吃东西。

渡口后方山林中，望百带着望实及众大内侍卫赶到，朝渡口方向望去，道："他果然逃到了这里！"回头看众大内侍卫道："跟我摸下去，杀了他！"众人看达海，后者却一言不发，也不动。望百生气道："你们怎么了？"

达海看他道："崔先生，我们都是乾清门带刀侍卫，即便在皇上和太后跟前，也是有些脸面的。这些天不幸被大帅差遣，随你来追杀一个叫乔映霁的人。君命在身，我们虽然忍饥挨饿，但也只能听令行事。不过这样的日子我们不想过下去了，你刚才说的事情我们来办，你和你兄弟不要再参与！"望百惊讶："你说什么，你们要自己下去杀掉乔映霁？"达海道："对，这样做是为了事情完了离开你！"望百想了想道："好！但你们必须保证杀掉他，如果不能——"一名大内侍卫要说什么，被达海挡住，又看望百道："你小看我们了！只要我们弟兄想杀一个人，他一定逃不过今天。"接着对众侍卫道："走！"

莲花和巧姑就隐蔽在他们身后不远的地方。巧姑望着往山下行动的大内侍卫，急道："姐，怎么办？"莲花道："你盯着崔家兄弟，我跟着他们！"巧姑点头，忽然又一惊道："他们回来了！"莲花朝下面看去，果然发现众大内侍卫又走了回来。二人闪身躲藏，同时听着望百和他们的对话。"你们……怎么回事！"望百问达海。达海道："崔先生，我们可以下去杀人，但有件事你必须对我们说清楚！"望百道："什么事？"达海道：

"你必须告诉我们乔映霁是谁,到底犯了什么大罪,必须得死。我们弟兄都是当世豪杰,不杀无名之辈,更不杀无罪之人!"

望百心中已大怒,道:"此人可不是无名之辈,更不是无罪之人,你们已经知道他叫乔映霁,但一定不知道他就是山西祁县乔家堡大德通票号的东家乔映霁!"一名大内侍卫吃惊地叫起来:"北京有个大德通,也是他家的?"望百道:"不错!"众大内侍卫悄然回头看达海,低声议论起来。望百厉声道:"你们怎么了?"达海看了看众人。众人点头,收起武器。望实吃惊地看着望百,叫起来:"哥——"望百脸色大变急道:"你们到底怎么了?"

达海道:"原来我们这几天要追杀的人,竟是名闻天下的义商乔映霁!且不说我们在北京都是乔家的相与,仅凭乔家五代人二百年间做的善事义举,天下人谁不感戴他们的恩德。你现在说他有罪,要我们去杀他,这件事我们不能干!我们走了!"

望百突然出枪瞄向众人道:"给我站住!你们不能走!"达海回手迅速出枪,指住他的脑门道:"把枪收起来,不然我让你——"望实急上前夺下望百手中枪道:"哥,不要——"达海收枪,率众人急急离开。望百气急败坏,又害怕,低声喊:"不,荫昌大帅饶不了你们的!你们这是违抗军令,回去后会军法从事的!"一名大内侍卫忽然冲回来,出枪逼住望百,冷笑道:"小子,你还真以为我们在乎荫昌那个老东西?看在皇上和太后面上,我们给他一点儿面子,可他居然不知道斤两,把我们这种人支给你差遣,真是亵渎了老子们一世的清名!再敢嚷一句,老子就让你活不成!"望百吃惊极了,见众大内侍卫人人回头,神情可怖,边后退边急叫道:"不,不,你们这是造反!我放不过你们的!"达海再次看一眼那名逼住望百的大内侍卫,道:"杀他不值得,走吧!"众人不再理望百,转身离去,很快就消逝在山野里了。

望百还要喊叫,被望实一把捂住嘴道:"哥,别喊了,惹恼了他们,这些人真能杀了我们!"见众大内侍卫已走远,望百又气壮起来,低声发狠道:"让他们走!就是他们走了,今晚上我也要杀乔映霁!决不能让他活着回山西!"又回头一把抓住望实道:"快跟我下去,杀乔映霁!——怎么了,你不会也怕了吧?"望实忽然回头望了一眼。望百道:"你看什么?"望实道:"大哥还记得白天在临江镇,有人从山林中朝你打黑枪?离开武汉后,一路上我就觉得咱们背后有人!有句话叫'螳螂捕蝉,黄雀在后'!"望百哆嗦起来道:"胡说!""我没有!"望百努力让自己镇静:"你想多了,白天打黑枪的是临江的山匪!快跟我下山!"他抓住望实的手不放,匆匆往山下走。莲花和巧姑闪身出来。巧姑道："姐,崔望百为什么铁了心要杀乔东家? 我不明白! "莲花道："我知道为什么! ""为什么? ""他们是崔家的后人,当年因为包头高粱霸盘的事,和乔家结下了冤仇! "巧姑吃惊地看她一眼道："姐,乔家的事你都知道? "莲花不愿多谈,道："爷爷告诉我的,小的时候,爷爷把乔家的许多事情当成故事说给我听,为的是——"巧姑接上去道："为的是你有一天嫁到乔家,不会对这户人家的事情一无所知! "莲花不再说话,目光越过山林投向山下大河湾中的渡口废墟,两眼全是汹涌的感情。

巧姑又看她道："姐,这里就是临江渡口? "看莲花点头又道："他为什么大路不走,偏偏要到这里来? "莲花越来越激动道："看着马,我跟着他们下去! "她不等巧姑再说,已提枪跟下山去。

夜已经深了,渡口废墟前地铺上,映霁看着前方的残垣断壁,心情越来越沉痛道："不只是这里的祖孙俩,过去几十年间,茶路上所有渡口的百姓都靠每年替乔家摆渡一次茶货过一年的生活。我乔映霁对不起临江茶山和万里茶路上千千万万的百姓和相与! 乔家废弃了茶货生意,等于是置他们于死地! 是杀人! "边说边看王宗禹,见后者还是不说话,又接着道,"最后一趟去武夷山贩茶怎么样,你怎么不说了? "

王宗禹道："茶路完全不通了。茶货刚出大清江就被收厘金卡子的全部罚没了,先罚盘缠银子,再拿茶货抵厘金,后来茶货全部罚光还不够,我和师傅被投入当地的监牢,差一点儿死在里头,靠一个相与急报百里外江西南昌分号掌柜带银子来赎人,才活着出来。东家,确实不是几位大掌柜和景清东家想放弃万里茶路,是确实走不通了! "

映霁道："可临江茶山呢? 这是我们自己的茶山,又在江北,为什么也要放弃? ""东家一定不知道,早在老东家在世时,临江茶山就成了官府勒索税金的重地。这里本是荒僻之处,三府十八县谁都不管,自从乔家把这里建成茶区,每年有上千万银子的买卖,三府十八县全把这里看成自己的地盘,小小一块飞地,居然开了二十一家收税衙门,一斤茶叶从生产到运出要过二十一道卡子,就是皇上自己来做,都做不起! ""可我爷爷在世时茶山还在,我从没自他口中听说因为赋税重就撑不下去,这如何解释! "王宗禹道："东家,恕我直言,那是因为老东家救过太后老佛爷的驾,官府还要给面子,老东家去世后就不一样了! "映霁怒不可遏道："怎么不一样了? 是因为我当家吗？"王宗禹不再说话。映霁站起大步向渡口废墟走过去。小栓要跟过去，被王宗禹止住，二人看着映霁走进废墟。

渡口后面山林边缘，一直对映霁瞄准的望百手中枪落下来。望实忽然又朝身后看了一眼，惊讶道："哥——"望百气恼道："又怎么了？"望实道："后面真的有声音！"望百道："胡说！"一阵风过把树叶吹得沙沙响。望实松口气道："原来是风。"望百生气道："没事儿不要老吓自己！"忽然，他回头看到映霁又从废墟里走出来，立即重新举起了手中枪。望实心中发虚，下意识地又回头望一眼，这次他望见了一个黑影子一闪，马上低声大叫道："哥，有人！"望百急回头看去，莲花比他快一步闪身，手中枪砰地开火，望百手腕中弹，枪落在地上。望实手疾眼快拾起枪，冲着莲花消失的方向就是一枪。树枝子一阵乱摇过后，莲花已经不见。

枪声嘹亮，久久在山间和山下的大河湾子里回响。渡口废墟前，映霁拔枪站起。小栓大叫道："有刺客！东家快走吧！"扑上去抱住映霁，被映霁愤怒推开，将子弹上膛，冲着后面茫茫山林就是一枪。子弹打在望百身边树干上，"啪"的一声响。望百心绪大乱，急叫："望实快走！"望实搀起望百就走。莲花闪身出，再次举枪瞄准，发现目标已经失去。渡口废墟前，王宗禹、小栓两人一前一后紧紧抱住映霁。映霁愤怒大叫："闪开，你们干什么！"王宗禹道："东家快走，这里住不得了！要是刚才那一枪打中你，事儿就大了！"映霁怒冲冲道："我不走，我就要留在这里！"他用力将两人甩开，回头冲着方才响枪的山林又连开数枪。枪声连绵回响不绝。山林中，望实正背着望百急行，望百更加紧张了，叫道："快走，他们追上来了！追上来了！"望实生气道："别喊！你平常胆子那么大，这会儿怎么又熊了！是乔映霁在打枪，离我们远着呢！"望百道："我说的不是他！是另一个，这个人一直从武汉跟到这里保护乔映霁，你快点儿，他追上来了！"望实恨恨看他一眼，也无奈，背着他更快地跑起来。莲花追到这里，也被映霁连绵的枪响惊住了，停下回望渡口，眼里一点点涌出了泪光。

枪声终于散去。渡口废墟前，夜又重新呈现为无边无际的沉寂。小栓、王宗禹仍旧一前一后用身子护住映霁。映霁看二人道："没事了，可以放开我了吧？"二人仍然执拗地抱着他不松手。映霁道："你们是用心去感觉，刚才要杀我的人已让我给吓跑了！"他望着小栓："我说过不走就不会走，打铺去吧！"小栓看着王宗禹，王宗禹不说话。小栓无奈，去马上卸下铺盖，在篝火前打铺。王宗禹在旁边等，等小栓帮映霁打好铺，才将自己的被窝紧贴着映霁的被窝铺下去。小栓在另一侧铺下自己的被窝。

映霁生气地看着他们。王宗禹道："东家坚持不走,就只能这么睡。留下来我们不能不听东家的,但怎么睡东家要听我们的!"映霁在自己铺位上坐下,枪放在枕边,没好气道："行。我听你们的!"王宗禹又看小栓道："今晚上我们俩不要睡了,抱着枪坐一夜,守着东家。"小栓道："哎呀那我可扛不住。要不这样,你前半夜,我后半夜。我得先睡一会儿,这会儿我就有点熬不住了!"王宗禹道："你保证后半夜不会睡过去?"小栓道："你说什么呢,我小栓也是走南闯北的人……放心,后半夜归我!"王宗禹道:"那好,你先睡吧。"小栓麻利地钻进被窝。王宗禹又从自己行李里取出那本书,凑到篝火边看,回头对映霁道:"东家,你也早点歇着吧。"忽然又抬头:"东家告诉我,为什么想起到这里来睡一夜?"

映霁不理他,忽然站起,转身对着后面的山林大声呼喊起来:"哎——哎——哎——"这长长的一声喊立即重新在山间引起了回响。王宗禹和小栓一下子全跳起来道:"东家,怎么了?"映霁大声道:"乔映霁生在人间,自信还没有对不起过什么人,可到了临江,有人要杀我,我不觉得冤枉!"林子边缘,巧姑拉马走过来和莲花在一起,问莲花道:"姐,他在喊什么?"莲花眼中满是泪水,心中波涛汹涌,听映霁继续大喊:"前面林子里的人,你今晚要是来杀我的,就开枪吧。我保证站在这里,把胸腔张开,一动不动!来呀,开枪呀!我对不起临江的乡亲们,对不起渡口的那对祖孙,我也对不起我的爷爷!开枪吧!"他的喊声再次引起了连绵回声:"开枪呀!——开枪呀!——开枪呀!——"小栓再次冲上去抱住他大叫:"东家,你疯了!——"王宗禹也紧张地守在映霁身后大叫:"东家不要喊了,你这么喊真能喊出人来!"映霁大声痛哭道:"喊出人来好哇!这会儿我特想让被乔家辜负了的临江的相与,还有原先住在这里的摆渡老人和他的孙女听见我的话!乔家对不起你们!事情不是我乔映霁做的,但我是乔家的当家人,该承担责任的人就是我——"他的叫喊再次在山河间引起了长久的回响:"就是我!——是我!——我!——"小栓、王宗禹一前一后紧紧护住他,惊恐万分。在火光的映照下,涌满映霁眼里的泪光几乎要溢出来了。

山下林子边缘,莲花的眼泪也要流下来了!映霁仍在叫喊:"临江的相与,还有原先住在这里的摆渡老人和他的孙女,你们一定要听见我今天的话!乔家对不起你们!但是事情马上就不一样了!"巧姑闻听急道:"姐,乔映霁说,事情马上就不一样了!"映霁的声音继续传过来:"你们会问我为什么不一样了!不一样是因为中国革命就要成功,那些阻断万里茶路、毁掉临江渡口的力量不存在了!革命成功后我第一件要做的事就是重开万里茶路,重建临江茶山,让这里重现往日的繁华!我还要恢复这个渡口,让这里每年继续走过乔家的茶队!乡亲们,记住我的话吧!"山河间再次响起连绵的回声:"记住我的话吧!——我的话吧!——话吧!——"莲花的身子忽然摇晃了一下。巧姑叫道:"姐——"她注意到了莲花又站稳了,将手中枪举起来,指向山下渡口废墟前篝火旁的映霁,但是这一次她眼中的泪光妨碍了她,她的手也在颤抖。巧姑叫道:"姐,不要……太远了,打不中的!"莲花坚持不让泪水洒落下来,道:"他这个时候说这个还有什么用……他害死了爷爷……害死了阿莲……害死了多少人……"巧姑急上前挡住她的枪口道:"姐,你忘了,我们的使命是保护他!"良久,莲花手中枪才落下来,回头看巧姑,这一刻的她,满面是泪。巧姑抱住她道:"姐,你回到家了,心里有委屈,你要哭就哭吧!"莲花抱住她,无声地恸哭起来。

第九章

深夜,临江渡口废墟前篝火旁,一切都恢复了平静。映霁已经睡下。王宗禹仍坐在篝火旁看书。小栓一边睡着,呼噜打得山响。王宗禹掏出怀表看一眼,拍小栓道:"哎,醒醒,下半夜了,你起来盯着,我睡一会儿。"小栓迷迷糊糊地坐起,从王宗禹手中接过枪。王宗禹在篝火上加了几块干柴,才钻进被窝里睡去。小栓又是揉鼻子又是咳嗽清嗓子,不久就打起瞌睡,坐着睡着了。

映霁忽然爬起,盘腿危坐,目光直直地盯着前方的废墟。目光表明他在等待什么,但显然什么也没有等到。他站起来,走过去,从马袱里找到一瓶烈酒,只迟疑了一瞬,就打开了,大口大口喝下去。酒一入口,他的目光、神态就开始发生变化,目光变得明亮,面色潮红。他无声地笑起来,因为他终于等到了他要的那段回忆——

一个冬日的拂晓,大雪纷飞。山西乔家堡乔家大院大门前张灯结彩,一副年节将至的喜庆气氛。只见小栓的父亲长栓从大门里跑出来,喊道:"谁看见东家了?怎么不见东家了?"小顺的父亲长顺也带一群伙计跑出来,叫道:"怎么了怎么了?"长栓道:"今天是大年二十四,各分号大掌柜回乔家吃年饭的日子,里头让我盯着东家,我盯了一夜,这才刚睡一会儿,人就不见了!"小栓的母亲翠儿也跑出来道:"哎,哎,当家的,看没看见孙少爷?"长栓吃惊道:"孙少爷也不见了?"翠儿道:"刚才还在被窝里,转眼就没人了!"长栓想了想,蹲下去就哇哇大哭起来。翠儿道:"哎,哎,你怎么啦?"长栓道:"跟了他一辈子,今儿丢大人了!这是头一回,他离开乔家大院,还带走了孙少爷,没让长栓跟着!去哪里,有什么心事,也不让长栓知道!"他哭得悲痛欲绝,任谁说也不行。

大年二十九的黄昏,年迈的乔致庸带着九岁的映霁来到了临江渡口前的山顶。漫山遍野全是厚厚的积雪。乔致庸立马山顶最高处,拍拍怀中睡熟的映霁,道:"醒醒,醒醒,我们到了!"映霁醒过来,看一眼爷爷,发现他的胡子眉毛都结了冰,正从行囊里取出一支老式单筒望远镜，朝山下望去，马上就居高临下望见了下面的大河湾子和渡口。渡口前是一根高高的旗杆，上面飘着一面旗帜，上面的字很大，他认出来了：乔家万里茶路临江渡口。码头前是一条宽大的用于摆渡茶货的船，此刻它静静地停在水面上。码头前是一所小院。雪后初晴，夕阳明亮的光芒照着屋顶的白雪，一缕炊烟正从屋顶一角直直升上冬日傍晚明朗的天空。屋门外面贴着大红的新春联，和白雪红日相映，分外夺目。映霁迷惑地看一眼爷爷。老人的神情一直是忧郁的。但是看过眼前的一切，心情明显快乐起来。映霁伸手去夺乔致庸手中的望远镜，道："爷爷，我也要看。"乔致庸将望远镜交给他。映霁用望远镜看下去，不但看到了渡口、摆渡船、桅杆和桅杆上的旗帜、屋顶上的炊烟、大门上的春联，还一下就看到了挂在这家窗户外面的一块肉。乔致庸问他道："你看见什么了？"映霁道："他们家也在过年。贴了大红的春联，窗户外头挂着肉。"乔致庸道："你连他们家过年的肉都看见了？"映霁道："爷爷，我们走了几天了？"乔致庸用苍老的声音道："大年二十四早上偷跑出来的，今天是二十九，六天。"映霁问："爷爷，这是什么地方？"乔致庸道："就是爷爷要带你来的地方。""这地方离我们家有多远？""快一千里了吧。差不多一千里。""这么远哪。为啥要到这儿来？""为啥，你长大了就知道了。""爷爷，今年没有三十，晚上就该过年了，咱们回不到家了！""没关系，爷爷年轻的时候常在商路上过年。看够了没有？看够了咱们走！"映霁一惊道："爷爷，咱们大老远跑到这里，看一眼就走？那我们干吗来呀？"乔致庸已经拨转了马头，答道："干吗来……干吗来……你这小脑瓜想的事情还不少呢！我告诉你干吗来。今年是大年二十九，明天是初一，爷爷想知道万里茶路上这样一户人家是不是也在过年……你都看见了，渡口还在，人也在，正在生火做年饭，门上新贴了春联，窗外头挂上了过年的肉。一户人家这个年月还能快快乐乐地过年，是不是挺好的？"

映霁大人似的点头答道："对，是挺好。——不对！"乔致庸笑道："怎么又不对了？"映霁道："爷爷来时说是看你的老朋友，到了这里又不下去，你不是看不上你的老朋友了吗？"乔致庸道："爷爷没白来。爷爷就是想来看看大年二十九我老朋友家的屋顶上有没有冒烟。爷爷看到了，就像见到老朋友一样。再说人家过年，咱们去打扰，不好，还是走吧。"映霁手中的望远镜忽然停住，大叫道："爷爷，有个小女孩！"

临江渡口前的茅屋门外，七岁的莲花穿着过年的新棉袄跑出来，抬头望见了后山上的马和人，叫道："爷爷！有人来了，有人要过河！快出来摆船！"摆渡老人拎挈着两手跑出来,喊道:"都大年二十九了,谁还会打这里过河……"抬头看见了后山顶上的人和马,刹那间想到了什么,大喜过望,高声喊道:"乔老东家! 是不是乔老东家! 真是你——"他踏着深雪,向后山上跌跌撞撞地奔过来。

后山顶上,已经调转马头要走的乔致庸听见声音,又回头朝下面望去。爷孙两人望见渡口前的雪地上,那一老一小正一前一后向他们踏雪飞奔过来。摆渡老人仍在大声喊:"乔老东家别走——我知道是您——"映霁兴奋道:"爷爷,人家跑过来了!"乔致庸神情豁然开朗,高兴道:"咱们走不了了!"映霁道:"在这儿过年? 我喜欢!"乔致庸道:"那好,咱们下去!"他回转马头,带映霁驰下山去。

转瞬间这对客人就被迎进了渡口茅屋小院。摆渡老人热情地招呼乔致庸和映霁进门,喜不自胜:"真没想到乔老东家今天能来! 我刚才一边做饭一边在想……不过是您今年到临江时来看我顺嘴说过一句,说不定会来跟我们爷儿俩一起过年……要是您来就好了……真像做梦似的……"边说边又蹲下去看映霁道:"这就是孙少爷吧,跟故世的二少爷小时候一个模样!"乔致庸道:"是他。映霁,快叫爷爷,摆渡爷爷!"映霁看着摆渡老人,张张嘴没叫出来。摆渡老人并不在意,道:"孙少爷头一回来,看这一身的冰雪,路上准是受了不少苦。阿莲,快拿笤帚来!"映霁回头看站在门外的阿莲,发现阿莲也在好奇地看着他。听到爷爷呼喊,阿莲迅速答应一声,风一样地跑走,又风一样跑回来,将一把扫床的笤帚递给摆渡老人,眼睛一时也没有离开映霁。映霁的目光也一直没有离开过这个漂亮的山里小姑娘。摆渡老人帮乔致庸和映霁上上下下扫雪,热情招呼这一对远道而来的祖孙进屋:"外面太冷了,屋里头生着火呢,快到炭盆子这里来暖和暖和!"又吆喝孙女,"再拿些炭来,今天是除夕,咱们家来了贵客,火要生得旺旺的!"一直望着阿莲的映霁不觉对她一笑,一直很拘谨的阿莲像是在等待这一笑似的,也嫣然一笑,大声答应道:"哎!"回头看一眼映霁,像是在说:"我是为你拿炭去了!"转眼,她就抱着大块的木炭进门。她的面庞、笑容、眼神、身影和拖在背后的长长两条辫子,把映霁看得眼都花了。

天黑下来了,爷孙俩很快就入了席。乔致庸坐在上首客位,面前摆满了过年的菜。转眼摆渡老人又端了一个热气腾腾的火锅上席,大说大笑道:"乔老东家,荒山野岭里可没有什么好吃的,委屈你和孙少爷了……来来来,我来斟酒!"他将一坛没拆封的土酒抱起,开了坛,倒满两只大碗,看了一眼映霁,笑道:"对了,还有孙少爷呢,咱也是男人,来来来,你也喝一碗!"他又拿过一只大碗,要斟酒,被乔致庸拦住。

乔致庸道:"老兄弟,使不得,他还是个孩子呢。咱们喝。"映霁仍在看阿莲,他发现阿莲也正趴在门边看他呢,回头抗议道:"爷爷,我能喝!"乔致庸道:"傻小子,你能喝啥?等会儿还像小时候那样,我拿筷子蘸一点儿让你咂咂,你就算过年了!"映霁大叫:"不!我长大了,我都九岁了!"摆渡老人大笑道:"说得好,我们都九岁了,大人了,可以上席喝酒了!"

乔致庸坚决地拦住道:"不,真不能让他喝!"摆渡老人道:"真不能喝?"乔致庸认真道:"不能!来来来,我们喝!"摆渡老人看出了一点儿什么,端起酒碗,回头道:"阿莲,孙少爷不能喝酒,先给他盛碗热汤,多放肉,喝了暖和身子!"阿莲忽然出现在门口,大声答应道:"哎!"摆渡老人回头看乔致庸道:"乔老东家,什么叫诚信?什么叫一诺千金,今天我又见识了!不知道为什么,我一直都觉得,你既然说了,就一定会来!可我又担心你的身子骨,想着你最好不要来,这么远的路,这么大的雪,我们爷儿俩什么样的人,怎么当得起您——"乔致庸道:"老朋友,你这是什么话,当年不是你从山匪的马队里救了我,我这把老骨头早丢在土里了。再说你误会了,我和映霁不是专门为春天那句话来的,我们是去别处,顺道路过,忽然想起来了,哎呀,我说过要来跟你们一家一起过年,就来了!"映霁大叫道:"不对!"

摆渡老人看他道:"孙少爷,怎么不对?"映霁道:"爷爷一辈子诚信经商,今天说假话。我们大年二十四出发,就是专门到这里来的!"摆渡老人笑得合不拢嘴,又感动,道:"老东家你瞧……你都不知道你来了我有多高兴!我也老了,说句高攀的话,我这辈子觉得自个儿做的最了不起的事就是结交了你这位大商家,大善人,你居然把我这么个人也当成人,冒这么大雪来看我是不是能过得去年……什么都不说了,喝酒!"乔致庸拦住他道:"老哥,等等,不是这样的,映霁这小子把我的老底都说漏了……我所以真来了,一是春天和你有约,二是和你一样,我也老了。"摆渡老人道:"你不老!"乔致庸道:"老了就是老了。人一老就没出息了……打进了腊月,我就在想,这个年怎么过?想来想去想到了你这里……不,我又说假话了,根本不是想来想去,头一个就想到你这儿来。我想,我春天可是夸下海口了,那就得来看看你老哥,你和你的小孙女在这荒山野岭里守着这个渡口是不是扛得过去这个冬天……总之人老了就念旧,想念年轻时的朋友……"

摆渡老人抹一把眼泪哽咽道:"不说了,喝酒!"乔致庸:"你让我说完,我真老了,一喝酒就说不成了……映霁,这会儿家里人还不知道怎么反了天地找我们呢!"他主动举起酒碗,看摆渡老汉道:"来来来,不管他们,看到你们爷儿俩过得好,我就放心了,再说……我真的喜欢今年在这里跟老兄弟你们一家过个年。你看我这身子骨,自从我那个最小的儿子犯家规吃鸦片烟死掉后,我就不成了,怕是活不了几年了,茶路也不能走,就是再想来看你一眼也恐怕……罢了,说到最后都是泪。就是一句话,想你了,来了! 不说了,喝酒! "

两个老人举碗,砰地碰响,四目相视,泪光闪烁,同时叫:"干! "却都没干,两个人都笑了。乔致庸道:"还能真像年轻时那样一口干了? "摆渡老人道:"不行就两口,再不行就三口! "乔致庸道:"四口吧。"摆渡老人道:"行,四口。"两人再次对饮。映霁觉得无聊,又回头朝门外望。原来是阿莲站在那里,朝他招手。映霁问:"干啥? "阿莲小声道:"你来! "映霁笑起来,回头瞅一眼,发现两位老人不再注意他,悄悄跑走。

门外,映霁看阿莲道:"干吗? "阿莲站住看他,脸忽然红了。映霁道:"怎么了你? "阿莲道:"不怎么。"映霁道:"你脸红了! "阿莲问:"你叫啥名字? "映霁道:"乔映霁。你呢? "阿莲道:"山西祁县乔家堡那个乔家? "映霁答道:"嗯哪。"阿莲道:"听说你们家有个大院子。"映霁道:"嗯哪。你呢,叫什么? "阿莲道:"阿莲呀。刚刚爷爷喊我,你没听见? "映霁道:"听见了,可是想听你亲口告诉我。"阿莲咬住嘴唇看他,抿嘴笑了。

映霁又问:"怎么了? "阿莲道:"你爷爷小时候帮你订的娃娃亲,死了? "映霁道:"你怎么知道的? "阿莲道:"爷爷听你们家今年贩茶的人路过说的。"映霁:"啊。"阿莲道:"这会儿又说好了媳妇儿了吧? "映霁道:"才没有呢。我不要。"阿莲一抿嘴又笑了,问:"干吗不要? 等着娶谁呢? "映霁道:"谁我都不要,烦! "阿莲又笑了,道:"走吧! "

她大方地拉起映霁的手,走进厨房,盛了一大碗热气腾腾的汤送到映霁面前来,看着他道:"尝尝吧。"映霁道:"这是啥? "阿莲道:"爷爷让我给你喝热汤,这是肉汤,里面放着好些肉呢。喝,喝了就不冷了! "映霁喝了一口,不想被烫了一下。阿莲笑一下,又关心又责备道:"烫着了吗? 这么大人了,也不知道先吹吹。"

映霁不服气道:"我多大的人? 在家里四个老妈子服侍我,谁见过这么烫的汤。"阿莲忙道:"那我来帮你吹吹。"她小心地帮映霁吹汤,抬头道:"好了,尝尝吧,回头告诉我好不好喝。"映霁这回小心尝一口,点头笑道:"好喝! "阿莲道:"我炖的! "映霁道:"你还会炖这么好喝的汤? "阿莲道:"怎么这么说话,我什么都会干! "

映霁又喝一口汤,问:"你几岁了?"阿莲道:"问这个干吗?你又不会娶我做媳妇儿!"这回是映霁笑起来。阿莲问:"笑啥?"映霁不笑了,道:"啊,我猜你和我一般大!"阿莲不觉叫起来道:"没有,我七岁!"映霁开心地笑起来。

阿莲忽然冲他眨一下眼。映霁道:"怎么啦?"阿莲道:"来。"映霁问:"干什么?"但他并没有拒绝这个小姑娘,她将他拉到灶台前去。阿莲回头关上门,用一种既亲切又责备的态度看他道:"你不是想喝酒吗?"映霁高兴道:"你这里有酒?"阿莲悄悄从灶台下搬出一坛酒,给他斟了一小碗,盯着他道:"敢喝吗?"映霁道:"你敢我就敢。"阿莲举起来就喝了一口,笑着看他。映霁尝了一口,被辣得吐到地下,道:"呸,什么酒呀,难喝。"

阿莲生气道:"你怎么了,这是我们这里最好的酒了。你爷爷和我爷爷喝的也是这个。"映霁又尝了一口,伸长脖子咽下去,辣得涌出泪花。阿莲从案上切下一块熟肉道:"来,吃点肉,这是我爷爷在山上打的傻狍子,可香呢。"映霁大口大口嚼起狍子肉来。阿莲道:"香吧!"映霁道:"不香,我饿了。"阿莲笑道:"呸!喝酒!"映霁道:"你怎么不喝?"阿莲道:"我是女孩子,女孩子喝酒不好。你是男人。"映霁不觉来了精神,又喝了一口。两个孩子对看着笑起来,笑声越来越大,越来越响亮。这个除夕之夜,他们心中的快乐是那么多,而且越来越多。

此时正房内,乔致庸和摆渡老人都喝了不少。摆渡老人又要斟酒,被乔致庸拦住道:"老哥,真不能喝了。我醉了。"摆渡老人道:"哪里就醉了。不能喝也要斟满,咱们聊一个晚上,边聊边喝。"乔致庸道:"怎么不见这俩孩子呀?映霁!映霁!"摆渡老人道:"他们在厨房呢,放心,饿不着孙少爷,我这孙女别看人小,可会照顾人呢!"乔致庸看着他道:"是吗?"摆渡老人道:"可不是咋的。也是可怜,那年流行瘟疫,爹娘死在一天里头,我这个孤老头子,无儿无女,把才三个月的她抱回来,养到今天,转眼就七岁了,百伶百俐,可得人心疼了,不像捡来的,倒像我的亲孙女……哎,老东家,我想说句话!"

乔致庸不看他道:"你说。"摆渡老人道:"你有心事。"乔致庸抬起头道:"啊,没有,没有,喝酒,喝酒。"摆渡老人道:"不对。外人想着乔老东家,一辈子北到大漠南到海,西到蛮荒东到极边之地,汇通天下货通天下,靠你的恩德活着的人不下几十万,连死去的太后都敬着你,你这辈子该是心满意足了,可今天我头一眼看见你,就觉得不是的。你还是有心事,说不定今天就是因为有这心事才千里迢迢地到了我这里。"

乔致庸端起酒碗又放下,道:"老哥,你猜对了。"他站起来走到窗前,朝外面看去。摆渡老人跟着站起,看他。乔致庸走回去坐下,双手捂住脸。摆渡老人忽然听到了断断续续的哭声,又急又惊,手足无措道:"乔老东家,乔老东家,怎么了! 你怎么了!"乔致庸又不哭了,把眼泪擦干,平静道:"啊,我失态了,这会儿好了。"摆渡老人伤心地看他,关切地问:"到底是怎么了? 啊,是不是我不该问。你那么大东家,要是遇上难处,一定是比天还大,跟我说也是没用的。"

乔致庸叹口气道:"老哥,你错了,我这么大老远跑来,顶风冒雪走了六天六夜,就是想找一个别人想不到的地方,一个想不到的人,吐一吐我一肚子的冤屈。"摆渡老人道:"啥? 你老人家何等样的人,你也会有······一肚子的冤屈?"乔致庸道:"头一个,你刚才说我一辈子做成了多少多少大事······原先我也觉得一辈子没白活。可是这些年,我才明白,我一辈子什么都没有做成! 我白活了一辈子!"他又哭起来。

屋外,阿莲扯着映霁跑过来,趴在窗台上,用手指捅破新窗棂纸,朝里面望。两人听着乔致庸的哭声,阿莲回头看映霁道:"你爷爷怎么了?"映霁见惯不怪道:"他老了,这两年老这样。"两个孩子又朝里面望。屋里,摆渡老人又上前劝慰道:"乔老东家,我没听明白,你到底觉得······什么事让你这么伤心······说出来会好受点儿!"乔致庸抬起眼睛看他,这是一双阅尽人生满是泪水的眼,他说道:"你真想听?"摆渡老人道:"我······"乔致庸用手背擦拭泪水道:"那我告诉你。你知道我一辈子为什么要这么辛苦,北到大漠南到海,西到蛮荒东到极边之地,汇通天下货通天下,那是我年轻时就明白了一件事!"摆渡老人急问:"什么事?"

乔致庸道:"大中华,我们的国,从鸦片战争那会儿战败,眼看着就要亡。一是西方列强,坚船利炮,挡不住;二是朝廷和各地官府、土豪劣绅,兼并土地,小民百姓活不成,成了流民,他们干啥去? 为了活命,造反! 太平天国的刘黑七,先是上老鸦山当土匪,后来投降太平军,那一场大乱,截断大江南北的茶路,害得多少人家破人亡。太平天国闹了十几年,怎么样? 中国人死了七千万,有人说死了一个多亿,一个多亿的人! 他们都是谁的亲人? 有没有年迈的父母,有没有妻子儿女? 这里边会有多少眼泪? 就那么死了! 为啥? 有人说是因为土地,中国地少人多,一到土地供养不了人口的时候,就要大乱,死一大批人,白骨露于野,千里无鸡鸣。人少了,土地又能养活活着的人口了,中国才能太平——"

摆渡老人道:"仔细想想,真是这么回事!"乔致庸道:"不对!像我们山西,同样人口众多,土地贫瘠,打的粮食养不活人口,但是自明末以降,走西口,北上大漠,西上葱岭,做生意,许多人成了巨富,一个大商家就能养活很多人。你再看外国,一个英格兰,几个小岛,可他们商业立国,居然国富兵强,把我泱泱中华都打败……我当年不避万死,重开茶路,投身票号,在商界里搞股份制改革,想的全是要走经商之路救国救民,中国不靠土地也能养活更多的人,不让活不下去的人革命,造反,一死就是一个多亿的人!我原来以为我成功了,我多了不起呀,我乔致庸这个那个……可这会儿我快死了,看到的却是另一码子事!中国还是要亡!我没有救得了中国!"说到最后,他又呜呜地哭起来。

摆渡老人上前劝道:"老东家别这么伤心。不是这样的!让我说几句……我呀,一个山里的摆渡老汉,百无一用的人,天底下最敬重的人就是您,可还是要说一句会得罪你的话——"乔致庸抬头道:"你说,你说,你不会得罪我!"

摆渡老人道:"那我就说了,你甭生气……我是想说,您生意做得再大,北到大漠南到海,可说到底还是一个大商家,你又不是皇上和太后,我看这几年,连他们也不把江山社稷看得那么顶真了,谁要就割一块土地给人家。你一个大商家,做生意把自己的日子过好,能照顾到的人——茶路上的,商路上的,票号的人——你都照顾得很好,就是积了大德了!你是个人,又不是神,要是这个国咱救不了——"乔致庸激动地打断他的话道:"不,你这话我不乐意听!这个国要是救不了,乔家就是挣的银子再多,你我也是亡国奴!——咱不说这个了,我还有心事呢,就连我那一个家,我也没操持好!"

这次他不哭了,长久呆坐着,沉默下来,一时空气仿佛也凝结了。摆渡老人听出了弦外之音,问道:"都说乔家富可敌国,老东家怎么说连你那个家也没有——"乔致庸抬起头道:"我的心事是映霁!这孩子聪明,灵透,心正,后一点最要紧。将来我老了,家事就是他一肩承担,别的孩子不成。可我最担心的也是他。说句让你笑话的话,就是因为担心他,我都老成这样了,还是不敢死!"说完自己大口喝起酒来。

窗外的映霁看一眼阿莲道:"他们说什么呢,没意思,我们回去!"阿莲道:"不,我想听嘛!"这次是映霁主动拉起了她的手道:"走嘛!"阿莲学着他的样儿道:"走嘛,走吧!"两人高高兴兴地往厨房里走。映霁看着满院子的雪道:"哎,咱们打雪仗吧?"阿莲道:"好哇!我要是手重了,你可不准哭!"映霁回嘴道:"我是男孩子,才不会哭呢！"两个孩子嘻嘻哈哈跑到院地里去,打起雪仗来。阿莲一个雪团打在映霁脸上。映霁不笑了,捂住眼睛。阿莲急忙跑过去道:"快让我给你吹吹！"她热心地踮起脚尖帮映霁吹眼睛上的雪。映霁忽然大人似的亲了她一下。阿莲羞了,生气道:"你……坏！"转身就要跑走。可转眼间她又嘻嘻哈哈地回头,朝映霁扔起雪团来。映霁松口气,两个人重新叫喊着玩起来,高兴得不亦乐乎。

乔致庸和摆渡老人不知何时已经走出来,在正房门前站着,看两个孩子忘情地游戏,心也跟着快乐起来。乔致庸感叹:"这两个孩子,好像有缘！"摆渡老人道:"老东家,外面冷,还是进去,喝酒喝酒。"二人转回去,乔致庸不时回头看着外面雪地里的两个孩子。摆渡老人心头一动,下意识地看他一眼,又回头看两个孩子,若有所思起来。两个孩子还在外面快乐地打雪仗,笑声和叫声在院子里回响,无论如何,这一刻他们是无忧无虑的。

夜色渐重,笼罩着小院。厨房里微弱的烛光影影绰绰,映霁和阿莲又回到了这里,映霁看着面前空空的酒碗,愣愣地发呆。阿莲道:"你白天都喝了一碗了,不能再喝了。"映霁却不说话,只看着她。阿莲重新抱起酒坛子无奈道:"真拿你没办法,再喝一点儿,只能再喝一点儿——"她用心地给映霁斟酒。映霁伸手过来将坛子底抬高,酒不觉又斟满了一碗。阿莲放下酒坛道:"你这人！你爷爷说你不能喝酒,你还逞能。要是喝醉了——"映霁大声道:"我喝不醉。要不你瞧？"他已经喝起来。阿莲皱眉看他,顺手把大碗里的肉端过来放在他面前。

正房里的酒话仍在继续。摆渡老人看着乔致庸道:"乔老东家,你刚才那话说的……孙少爷我都看到了,一看就是个好的,将来像你一样扛起乔家的大事,你有什么可担心的？"他又举起酒碗道:"来来来,接着喝！"乔致庸默默饮了一口,又放下了,目光朝外面望去。摆渡老人看他,也沉吟下来。

乔致庸道:"我今天喝酒了,还是说了吧。我担心的是将来不会有一个女人真心实意留在身边照顾他这一辈子！"摆渡老人吃一惊道:"这话怎么说的！乔家什么样的人家,俗话说的有个金镢头,不缺个柳木把！"乔致庸道:"缺是不会缺,但那是什么样的柳木把啊。我们这样的人家,只要我一开口,媒人立马会踏破门槛,又是门当户对,富家小姐,娇生惯养,从小几个老妈子侍候着,怎么会知道疼人、照顾人！指靠这样的女人照顾一个病人,而且是一辈子,她们做不到,也不会做！"摆渡老人再吃一惊道:"乔老东家,谁是病人？"乔致庸:"是我做错了,当初不该为他爹,就是过世的老二景明,娶了杨家的姑娘,什么亲上结亲,没打听清楚就娶进来,生下映霁,可你知道她后来成了什么样子?"摆渡老人急问:"什么样子?"乔致庸道:"年轻轻的就犯起了一种病,一犯病就忘了自己是谁,在什么地方,要做什么。天南海北的名医都看过,治不好,就连西医,也从北京、天津请来过,说这病遗传,他们叫作精神分裂,中医叫癔症,其实就是疯,全都束手无策。"摆渡老人道:"这可不好。不过……和孙少爷什么相干?"乔致庸道:"不相干就好了。我打听了,我这儿媳妇的娘家,也有一个姑姑像她,结果,他的儿子长到二十几岁,开始出现和他娘一样的病状。时时犯了病,就把自己是谁、置身何处都忘了。娶了个媳妇也不管他,扔下他自个儿打麻将,下大雪男人在野地里躺一晚,死了。西医说,这病会遗传!"

摆渡老人的手一抖,酒碗不觉落地。乔致庸凝望着他。摆渡老人自知失态,深深叹一口气道:"癔症我知道……老东家,这种病不一定的,前面村子里也出过一个这样的,可他家里兄弟姐妹包括孩子,都好好的。我们这里的大夫说能治!乔致庸道:"哎哟,真的吗?快告诉我,大夫叫什么?"摆渡老人道:"大夫不是什么有名的,就是乡下大夫,不过去年死了。"

乔致庸沉默下来,忽然站起来道:"酒也够了,好久没有像今年这样过个除夕了……想说的话全说出来了……心里的憋屈就像好了大半……我和映霁明天一大早就走,想早点睡!"摆渡老人道:"也好,老东家和孙少爷住的地方都安置好了,我去请孙少爷!"他转身走出去。

很快乔家祖孙俩就被安置到厢房里睡下了。阿莲手提灯笼,陪爷爷从厢房门里退出来,又回头多看了一眼,发现映霁已在爷爷身边睡着。摆渡老人轻轻掩上门道:"走吧,别吵了他们。"祖孙俩走几步,阿莲忽然开口道:"爷爷,什么是癔症?"摆渡老人吃了一惊,匆匆将她拉进正房,看阿莲道:"阿莲,你听到什么了?"阿莲看着他,不说话。

摆渡老人道:"孙少爷也听见我们讲的话了?"阿莲道:"没有。刚才我让他在厨房里喝汤,出来看看你们,就听见了。"摆渡老人松一口气道:"这就好,不然,他这一辈子,从这么小,就不会再快乐了。"他坐下来,一滴滴落泪。阿莲眼泪也跟着流出来了,问:"爷爷,怎么了?你别这样——"摆渡老人叹道:"真没想到,一个人为天下人做了那么多好事,居然是这么个结果!"阿莲看他问:"爷爷在说谁?"摆渡老人擦拭眼泪站起来道:"快跟爷爷去收拾,完了也去睡一会儿,天亮就是大年初一,他们要走了。"阿莲一惊道:"什么?映霁要走?"摆渡老人道:"是啊。这里哪是他们待的地方。走吧,走了好。"阿莲不快乐了,沉默地和爷爷一起收拾残席。忽然她一眼眼看爷爷,发现老人此时也有了心事,道:"爷爷——"摆渡老人像是没听到,继续做事。

阿莲道:"乔家到底出啥事了?刚才我都听见映霁的爷爷哭了。"摆渡老人不回答,过一会儿突然俯身将她搂过来,看着她道:"阿莲,都是爷爷不好,一直带你留在这个渡口上。这些年乔家和山西各大茶商走咱们这个渡口贩茶,爷爷积攒了一点了银子,我们搬到镇子上过也饿不死了。不行我们就搬过去,阿莲也不会留在这里跟着爷爷受苦了。"阿莲看着他突然道:"阿莲知道爷爷为啥要留在这里。"摆渡老人问:"为啥?"阿莲道:"我都知道。乔家的茶货年年从咱这儿走,是映霁的爷爷要报爷爷当年救他的大恩。爷爷带阿莲留在这里,也是要替这里的乡亲们留住乔家,留住这条茶路。只要能保住茶路,大家就都有饭吃。"

摆渡老人道:"说得对。其实乔家可以不要这个渡口。为了留下这个渡口,乔家老东家坚持不让他们家管事的在临江镇外面的河上修桥。"阿莲道:"爷爷老了,你都撑不动船了。干吗不告诉映霁的爷爷,说您不想留在这儿了。那我们就能早几年搬到镇上去住。"

摆渡老人看着她道:"孩子,你还小,可爷爷得把你当成大人了。你瞧,乔老东家今天来了。知道他为什么不在家里热热和和过年,这么远跑到咱们家里来过这个除夕?"阿莲摇头。摆渡老人道:"我知道。"阿莲看他问道:"爷爷,是啥?"摆渡老人道:"爷爷就不说了,长大了你们就懂了。这些年爷爷一直守着这个渡口不走,就是为了——"阿莲道:"为映霁的爷爷?"摆渡老人点头道:"想让他到死的时候都相信他还是救了我们。等他不在了,爷爷就带你走。不,那时候也不能离开,只要乔家茶路还从这里过,就不能离开。渡口虽小,可没有它,万里茶路就断了,多少人就没饭吃了。"阿莲似乎懂了,像个小大人一样轻轻点头,继续麻利地收拾起碗碟来。摆渡老人又落泪自语道:"可孙少爷的事……他可怎么办呀。今儿我也看出来了,孙少爷就是他的命啊,就是到死那一天,为这件事他也合不上眼!——阿莲!"阿莲吓一跳:"爷爷——"摆渡老人道:"爷爷有件事想问你。今天你和他待了一天,喜欢孙少爷吗?"阿莲羞涩起来,道:"喜欢。"摆渡老人冲动道:"你长大了,比方说长到十六岁,该出嫁了,爷爷把你嫁到乔家去,给孙少爷做媳妇儿,你愿意吗?"阿莲忽然落泪。摆渡老人紧紧抱住她道:"阿莲不愿意?不愿意就算了,就当爷爷没说。"阿莲叫道:"不是的,爷爷。阿莲要是嫁到乔家,留下爷爷一个人怎么办?"摆渡老人笑了,道:"这个阿莲别担心,阿莲长大了,爷爷就不在了。"

阿莲伸手去捂他的嘴。摆渡老人马上改口道:"哦,爷爷说错话了,阿莲长大了,嫁到乔家去,爷爷就一块儿过去,好不好?只是刚才你都听见了,孙少爷的娘害了一种病,孙少爷长大后也许会犯一样的病,也许不会。万一犯了,就会迷了本性……要是那样,阿莲也愿意一辈子心疼他,不离不弃地守着他吗?"阿莲用大人一般沉思的目光望着爷爷。忽然水汪汪的大眼睛扑簌簌落下了泪珠。她不看摆渡老人,道:"爷爷是要阿莲嫁过去,替爷爷和乔家茶路上的人们报乔家的恩吗?要是为这个,阿莲愿意!"摆渡老人紧紧将他抱在怀里大声道:"阿莲聪明!阿莲一下子就明白爷爷的心了!可是……不,爷爷不能这么做。爷爷刚才胡说呢,这太委屈我们阿莲了!"阿莲大声道:"不!"摆渡老人看她,听她道:"将来映霁长大了,真犯了那种病,没人照顾他,他不是太可怜了吗?"

摆渡老人无限深情地望着他,突然站起,道:"孙少爷要是没这种病,我们这样的人家,配不上人家;孙少爷有了这种病,他就配不上我们家阿莲了!不说这事儿了。快收拾,天不亮还要起来开门放大炮仗过年呢!"阿莲咬着嘴唇不动,默默盯着他。摆渡老人不再看她,自己动手收拾残席。阿莲愣了一会儿,手脚也跟着忙乱起来。

夜更深了。在厨房里收拾完了,阿莲躲在门后,忽然望见爷爷陪着映霁的爷爷从厢房里走出,两人激动地边说边走出了院子,走向了摆渡用的小码头。阿莲咬住嘴唇,忽然拉开了门,一溜烟儿跑向了映霁住的厢房,透过门缝望进去。映霁正在沉睡。她一点点推开门,蹑手蹑脚走进去,盘腿坐在映霁身边,用亲人一般的目光望着他。忽然,她听到了门外的脚步声,急忙溜下床跑出去。摆渡老人打开正房门进来,吃惊道:"阿莲!怎么还没去睡?"阿莲望着爷爷手中的一个东西,认出那是一块玉佩。摆渡老人蹲下来,喜不自胜地看她道:"阿莲,快来瞧,见过这么好的东西吗?"阿莲摇头,忽然打起战来。摆渡老人道:"乔老东家老了,睡不着,我陪他出去走几步。这是他从身上解下的玉佩,说来时没带值钱的东西,就这个玉佩是从新疆走商路带回来的,有一对,一只赏给了孙少爷,见了你他很喜欢,就把这一只赏给你,算是新年的贺礼。高兴不高兴?"

阿莲眼睛发亮,却没有伸手去接玉佩。摆渡老人将玉佩塞进她手中道:"拿去吧,早点睡,明天还要早起呢!"阿莲站着不走,紧张地咬住嘴唇,看着摆渡老人。老人回头看她问："你怎么了,快去睡觉!"阿莲两行热泪就流了下来,颤声道:"爷爷,是不是从这会儿起,我就是乔家的人了!"摆渡老人一惊道:"哎,不是的……刚才爷爷喝多了,听乔老东家讲自己的伤心事,对你多说了那么一句……你还小呢,等你长大了,该出嫁的时候,爷爷会帮你找一门好人家的!"阿莲抬起泪眼道:"爷爷,可我都……都喜欢上映霁了,怎么办?"摆渡老人看着她,有顷,蹲下来笑道:"那好,等你长大到十六岁,他们家要是还记得这事,真让人来下聘,咱就当真。要是不来,咱就别当真,好不好?去睡吧!"阿莲转身拉开门飞奔而出。摆渡老人站着看她跑过院子,跑进自己住的房间,砰一声关上了屋门。

这一夜注定了不会平静。下半夜的光景,一直在厢房里睡熟的映霁忽然坐起,下床,拉开门走上门外的雪地,然后一路向院子前面的摆渡码头走去。对面厢房里。阿莲已经上床,一个人坐着想心事,忽然被外面的响声惊动,透过窗子朝外面一望,大吃一惊,急忙下床开门飞奔而去。摆渡码头上,因为过年的缘故,一只大红灯笼高挂在桅杆上,照亮着这里白茫茫的雪地。映霁继续盲人一样朝前走,两米开外就是大河。阿莲赤脚跑过来挡住了去路。映霁走不过去,怔怔地看着他,眼里全是陌生,问:"你是谁?"阿莲害怕起来:"你不认识我了?"映霁道:"不认识。"阿莲道:"也不记得这是什么地方?"映霁点头又摇头。阿莲更害怕了,提高声音道:"你是乔映霁,我是阿莲。"映霁道:"阿莲是谁?"阿莲道:"就是我。跟我回去,这里太冷,雪下面有冰,一不小心会滑到水里淹死的。"映霁站着不走,道:"我为什么要跟你走?你是我们家什么人?"阿莲道:"快跟我走!"映霁道:"我不认识你,你不是我们家人,干吗跟你走?"阿莲的眼泪快急出来了:"我……我……"心一横道:"我是你没长大的媳妇儿!"映霁看着她,忽然笑了,道:"你是我媳妇儿?我媳妇儿已经过世了,我这会儿没媳妇儿!"阿莲道:"可从今晚上起又有了,你媳妇儿就是我,我叫阿莲。等我长到十六,你长到十八,我们就能成亲了!"映霁又笑了一下道:"真的?这是什么地方?你是谁……你说是我媳妇,就当是真的吧……你要带我去哪里?"阿莲道:"回去,这里太滑,掉到水里要死人的!"映霁这次主动伸出手,被阿莲牵着,盲人一样随她走回去。

乔致庸和摆渡老人已经找过来了。厢房门外,阿莲和爷爷一同看着乔致庸抱起映霁走进厢房,重新把门关上。摆渡老人这时才回看阿莲道:"哪里找到他的?"阿莲道:"码头上。爷爷——"摆渡老人道:"怎么?"阿莲眼泪落下来,情不自禁地扑向老人怀中,道:"他真有病!"摆渡老人紧紧抱住她,良久才说:"孩子,刚才老东家说了,那件事不算数。他不能明知道孙子有病,还要别人家的孩子嫁过去。他宁愿让孙少爷一辈子独身!"阿莲大叫一声道:"不!"转身跑回自己住的厢房去,用力关上了门。

清晨终于来临。渡口小院外面,摆渡老人和阿莲站在一起,望着乔致庸和映霁上马离去。阿莲扑在爷爷怀里,眼里满是泪花。乔致庸和映霁的马向后山上飞奔,很快就走出了一箭之地。阿莲忽然回头,大声道:"乔映霁,你要记住我——"她还要喊,又止住了,欢喜大叫道:"爷爷,他们又回来了!"摆渡老人抬头,果见乔致庸拨转马头飞驰回来,飞身下马,又将映霁抱下马。摆渡老人急道:"老东家——"乔致庸看着映霁道:"这孩子说,他和你的小孙女还有句话没说!"阿莲泪水迷蒙地朝映霁看去,见他径直朝自己走过来,向她伸出了自己的手。阿莲脸红了,半晌才伸出手去。映霁拉着她的手走到一边。两个老人平静地看着,并不干涉。有一会儿阿莲只看着映霁。映霁不好意思道:"哎,问你一件事。昨天是不是让我喝了酒?"阿莲道:"不是我让你喝,是你自个儿要喝。"映霁想了一会儿道:"那也不该让我喝。我一喝酒就会——"他没有说下去。

阿莲咬着嘴唇不说话,突然道:"你啥事儿也没有。你好好的!"映霁一下就快乐起来,看她道:"真的?太好了。我没事儿了,走了。"阿莲看着他转身走,突然喊道:"哎——"映霁跑回到乔致庸身边道:"爷爷,咱走吧!"阿莲咬住嘴唇看着爷孙俩重新上马,马快跑起来,很快就奔上了后山山顶。她忽然向他们奔跑过去,在雪地上摔倒又爬起,大声道:"映霁,对不起,我不知道,你以后可不要再喝酒了——"摆渡老人追过来将她抱起。两个人望着乔致庸和映霁的马消逝在莽莽雪原中。阿莲哭起来。摆渡老人道:"孩子,你怎么了?"阿莲从她怀里挣脱,急道:"爷爷,快去告诉映霁的爷爷,不要让他喝酒!只要不喝酒,他就不会犯那种病了!快赶上去呀!"摆渡老人吃惊道:"你是怎么知道的?""映霁刚刚告诉我的!""不早说!咱们又没有马,撵不上他们了!不怕的,回头遇上乔家贩茶的掌柜和伙计,会把你的话传给老东家的!"阿莲仍在遥望,泪水在流淌。小小年纪的她忽然放声唱起临江当地的情歌来——

有情哥哥请放心,锣鼓一锤已定音。
我如园中芭蕉树,年年换叶不换心。

从此日日想我郎,好比春蚕想嫩桑。

春蚕想桑日子短，我想情哥日子长。

临江渡口废墟旁的山林间，巧姑倚在树边睡熟了。在一种无字的歌咏一般的和声伴唱下，这支终生难忘的情歌回荡起来，宏大、嘹亮，充满了天地，催人泪下。莲花满眼是泪，她站起来，像个飘忽不定的影子一样走出山林，走向渡口，走进废墟——自己当年的家。

她的心在燃烧，血在流淌。在一堆旧物中，她熟悉地找到了那块玉佩，用力抓在掌心，一时又热泪盈眶起来。而在渡口废墟前的篝火旁，一直僵身危坐的映霁也忽然站了起来，走进了废墟。听到脚步声的莲花回头，发现映霁出现在距她不远的身后。一时怔住了，手哆嗦起来，下意识去摸枪。映霁脸上现出惊讶的神情，情不自禁道："是你！"映霁的神情在变化，由吃惊悄悄变为喜悦，又变为热烈，口中断续道："我听到了响声，原来真的是你！"莲花心中大动，颤声道："乔映霁，我是谁？你又是谁？"映霁眼里忽然现出迷茫的神情："我是谁，我是乔映霁……你是……我的脑子这会儿又不好使了，这该死的头疼……快告诉我，你就是她，我曾经在这里见过她，她已经长大了！"莲花忽然明白他又在病中，转身就走。

映霁在后面喊道："为什么你要走？不要走！"突然又用欣喜的声音道："想起来了，她叫阿莲……你是她，你就是她……不对，你是另外一个人……我最近好像见过你……哎呀我的天，那是个除夕，我在这个地方做了一个好长好长的梦！你是另外一个人，你不是她！"莲花心中极端失望又忍不住回头看他道："乔映霁，你还记得……阿莲？"映霁答道："当然记得，不只是记得，只要是在梦中，我就会想起她！"夜风吹来，莲花的激动一点点消失，道："你只有在梦中才记得她？"映霁点头道："是的……请原谅……所以我才要到这里住一晚……他们都不知道我给自己带了酒……你是阿莲吗？你不是，你是另一个人……"莲花的心完全变冷了道："你还记得她什么？"

映霁道："我记得好多事情……那个晚上，阿莲告诉我，我死了那个娃娃亲的媳妇，又有媳妇儿了！"莲花的心又大动起来道："她有没有告诉过你，你的媳妇是谁？"映霁道："没有。但我的心知道，就是她！"莲花痛苦道："既是这样，为什么到了十六岁，你没来娶她？"映霁浑浑噩噩地看着他，张口说不出话来。莲花再次认真盯住他看，不觉又伤心问道："你真的……真的只能在梦里想起她？"映霁诚恳道："是，我只有在梦中才能想起她……可就是在梦里,我也知道,那只是梦,不是真的!"

莲花忽然拔出枪来,指向他的脸。映霁惊道:"怎么?你要打死我?……为啥?"莲花道:"你知道不知道,你害死了她!"眼泪说着就落下来,又道:"你只要早来一年,不,一天,阿莲和爷爷就不会遭遇刘小七的毒手!爷爷本可以离开,可他至死也要留在这里,说他这么做是要替乔家守住渡口,这样才能让大家相信乔家不会失信,还会重走茶路!可你们失信了!……不,我现在还给你说这些干什么!"她转身要走,映霁却一步上前抓住了枪口,顶上自己脑门道:"要是那样,你干吗不开枪!你是阿莲,你开枪啊!为你和你的爷爷报仇!反正不是真的……开枪呀,快!"莲花看出他在梦中,泪花再次滴落,夺下枪来匆忙离开。映霁失望道:"怎么又走了?为什么不开枪?你只有开枪,我才会醒过来!"又大声道:"求你别走!趁着是在梦里,告诉我阿莲这会儿在哪里?你究竟是不是她!"莲花冲出废墟,越走越快。映霁跟出去,看着她的身影又喊:"你一定要走,也要听我一句话……我知道这是一场梦,可也只有在梦里,我才知道自己从没有忘记过她……虽然你不是她,可我真愿意相信你就是她,我们又见面了……可你到底是谁?为什么在梦里总没有人告诉我她在哪里?她要是活着,我在哪里能找到她?告诉我呀!我想她!"他的声音在群山间回响起来:"我想她——想她——她——"已经遁入山林的莲花听到了这回声,浑身颤抖。她不愿意回头,但还是回头过去。巧姑从她身后出现,道:"姐……"莲花避开她的目光,道:"你刚才……一直跟着我?都看见了?"巧姑不说话。莲花道:"我以为他长大了,病就会好,可他没有——"巨大的痛苦让她难以自持,不觉用手扶住身边一棵树,再次回头向渡口望出去。

渡口废墟外篝火旁,王宗禹忽然醒来,一把扯起小栓,大声道:"东家在哪里?"小栓噌地跳起,低头看见那个空酒瓶,嚷道:"哪来的酒瓶?……坏了,他喝酒了!王大掌柜,你怎么给他酒喝,他是不能喝酒的!"王宗禹道:"胡说啥!快去找东家!"两人向废墟奔去。东方已经发白。映霁也在废墟内慢慢苏醒过来,猛回头看到匆匆奔进来的王宗禹、小栓,叫道:"我做了一个梦!我真的梦见了她!刚才她来过了,就在这里,她活着,而且长大了!"小栓恐惧地大叫:"东家——"映霁的目光已经投向山林,道:"天亮了,我们走吧!"说完不等二人回答,就走出了废墟。王宗禹拉一把小栓,二人急急跟出。

清晨的山林中,阳光透过叶丛明亮地照下来。莲花、巧姑居高临下地看着映霁带王宗禹和小栓上马离开渡口废墟远去。巧姑道："姐,他们走了!"莲花已完全平静,道："我们也走!"巧姑道："崔望百兄弟怎么办?"莲花并不说话,目光仍在纵马驰走的映雾等人身上。巧姑走过去解开马缰,拉马过来。莲花这时才望着另一个方向道:"崔望百兄弟一直追到这里,没有得手,他走了,他们也一定会追到山西去的!"巧姑道:"姐,乔东家没有忘记你,他旧地重游就是为了你,昨晚上他都把你认出来了,是你不愿意和他相认!"莲花道:"他没有认出我,再说我们重任在肩。和革命成败、中国存亡相比,我和他的事又算得了什么!我只是没想到他病得比我想象中更重,到山西策动起义的事不能全交给他了。我们走!"巧姑不再说话,二人上马,循小路驰离。莲花再一次勒马,深情回望着大河湾下的渡口废墟,又突然开口道:"说什么常在梦中回到这里,一醒就忘了个干净……谁知道他是不是在骗我!"巧姑看她道:"姐,不像!乔东家是有病!他其实很可怜!"莲花已经不再听她说什么了,打马快走。巧姑不再说这件事,纵马跟上去。

晨光也映亮了临江镇外的一片山林。望百躺在这里,茫然地望着天空。望实道:"哥,你怎么不说话?我们怎么办?"望百道:"我在想我的命。为什么生在乔家的不是我。不生在乔家也罢,为什么将我生在崔家。生在崔家也罢了,为什么这几天有多少机会,我都灭不了他。这是不是天意?"望实大叫道:"哥,你总是这么想才让我害怕!你要杀乔映霁,都走火入了魔!"望百用力坐起抓住望实大叫道:"你说得不对!上天将我生在崔家,一定大有深意!老天不让我得手,是不想借我的手用这样的手段杀死乔映霁!他们不喜欢让乔映霁这样死,今天就死!乔映霁能生在乔家,就不是凡人,我要是以一个凡人的力量杀不了他,就必须换个办法!"望实不愿意听下去,大声道:"你现在最需要的是回山西养伤,不然化了脓会死人!"望百忽然想起了什么道:"我怎么忘了,荫昌大帅有一封信要我带给山西巡抚陆钟琦……我们快回山西,乔映霁是要回山西策动造反,我的机会还在!"他忽然不再说话,倾耳听下面山道上响起的马蹄声,用令人惊异的力量站起来,一只手提着枪冲下去,拦住正从官道上奔驰过来的两人两马,砰地开了一枪。

马上的人被唬了一跳问道:"干什么干什么?"望百道:"天下大乱了,打劫!刘黑七不认识吗?马留下来,你们走!"两名骑马人下了马,丢下马缰撒腿就跑。望百哈哈大笑,翻身上马,对望实道:"上马!"望实心中虽不悦,却也不得已上了另一匹马,随他向山西方向驰去。

第十章

几天后的一个清晨,王宗禹、小栓立在黄河风陵渡南岸码头上,看着一只茶货箱杂在众多货箱中被扛伕抬上渡船。小栓刚要抬脚跟着上船,王宗禹一把拉住他道:"你是东家的长随,很多人认识你。你下班船过去,我在风陵渡大德通分号等你!"边说边走上船去。渡船很快渡过黄河,靠上了北岸关前码头。乘客离船上岸,排队过关。这时就见关门监督急急跑下来,将一张乔映霁的画像交给守关小校,吩咐道:"看仔细了,发现了马上带走!"没有人注意到那只茶货箱正从船上卸下,从货物关口出关。

此刻潘为严正坐在关门内一座茶楼最高处,一边喝茶一边注视着出关的行人。一个伙计忽然跑进来,对大德通风陵渡分号大掌柜马德昌耳语。马德昌急对潘为严低声传了几句话。潘为严想了想道:"不要动,坐着喝茶!"马德昌醒悟道:"只要大掌柜不动,关墙上官府盯着大掌柜的人就不会想到东家已经入了山西境!"说话间那只茶货箱已经进了风陵渡镇内一家商号后院。王宗禹、小栓将货箱打开,被捆成一团的映霁睁开眼,吐出嘴里的茶叶沫,气愤道:"王大掌柜,你是第三回用你那玩意儿把我弄翻了捆起来,你还干顺手了你!下回能不能换点别的办法?快放我出来!"王宗禹道:"还不能!东家你看啊,从这里到祁县,一千零十里,走近路一千里都不到。咱们日夜不停,只换牲口不换车,两天准到家!"他不等映霁答应,回看一眼小栓道:"快抬东家上车!"两人从箱子里将映霁抬出,放进一辆早已雇好的马车。映霁大叫道:"不行,我有大事!不能回祁县!"王宗禹只对小栓说话:"还不快走!"小栓赶着马车就出了院子。

两天后的黄昏时分,这辆马车已经到了山西中部太谷城东门外的官道上。太谷城中,两榜进士杨景度家后门大开,穿一身长行衣的杨依依跑出来麻利地爬上马车,拿起鞭子打马就走。她的丫头喜凤和李妈跑出来,李妈叫道:"小姐,小姐,车夫还没来呢！"依依哪里肯等，马车已经飞奔而去。喜凤道："哎呀我的天，这乱子可大了！"李妈哆嗦道："不行，我得禀告大爷，不然他能吃了我们！"二人急急关门跑回去。依依的马车转眼就出了太谷城，上了官道，前面就是三岔路口，恰巧小栓也赶车飞驰过来。车上的映霁大叫道："停！"小栓并没有停下来，只回头看他。映霁道："走错路了，你走的是去太谷的官道，不是去太原府！"王宗禹道："我们就是要回祁县，不是去太原府！小栓，不要等！"映霁大力挣扎，怒道："不，快停车！王大掌柜，我去太原府有天大的事，耽搁了就是对革命犯罪！怎么还不停下！你们有没有脑子，官兵这会儿一定在乔家堡等着我呢？快调头！"王宗禹看了小栓一眼道："还甭说，东家的话有道理！停车！"小栓停车，回头就见一辆马车疯一样冲过来，大叫道："哎，怎么回事儿，快停车你！"说时迟那时快，依依的马车已经冲过来，两车"砰"地撞到一起，依依"咕咚"一声摔下车。映霁看见了，大叫："不好！怎么搞的你，净顾着说话把人家马车撞了，快救人！"小栓边跳车下来边喊："谁撞谁呀，咱的车就没动！"他看一眼地下的依依，发作道："你怎么赶的车，要不是我躲得快，连我也给你撞坏了！——怎么是个女的？"王宗禹也下了车去扶依依。依依并没有摔坏，爬起身边往后退边开始叫喊："哎，哎，干什么？你们别过来！把我的车撞坏了，耽误了我的大事，得赔我！"喊着就真一半假一半地抹起了眼泪，忽然一眼就从指缝里瞅见了映霁，不觉一惊，又多看了一眼，也不哭了。

映霁此时也看见了姑娘。依依的月容花貌让他心中一震，不觉大动。忽然他大声喊起来："小栓快看看，把人家姑娘撞坏了没有！王大掌柜，快看人家的车还能不能走？姑娘，你没受伤吧？"王宗禹走过去看依依的车，发现是辆旧车，摇晃了一下，一只车轮垮下来。这时就从太谷城方向传来了喊声："依依，停车——！快追上去，把她抓回来——"依依脸色大变，心一横自己先爬上了映霁的马车，叫道："快走！他们追上来了！快走呀！"映霁看她道："姑娘你是谁？怎么自个儿赶马车跑出来？追你的人又是谁？"依依浑身哆嗦大叫大嚷道："你就甭问了！快赶车走！我哥哥追来了，他穷得不行了，非要把我卖到烟花巷去！你们不救我，我就跳井死了！"她作势往车下跳。映霁顺水推舟道："王大掌柜，快救人哪，再耽搁就来不及了！"王宗禹听远处越来越近的喊声和车马声，看一眼依依，也不觉大叫道："姑娘，你的话都是真的？"依依拼命点头哭道："快，你们救不救我！不救我这会儿就自杀！"说着就从身上拔出一把剪刀，对准自己胸口。映霁见状真急了，大叫："不要！愣着干什么！快走！"小栓上车，一把夺过剪刀对依依道："你想去哪里？"依依道："我没爹没娘，只有一个姑妈在榆次，只有她疼我！"映霁道："快走，去榆次！王大掌柜，上车！"王宗禹犹豫了一下，但还是上了车。小栓赶紧把马车调头，急急驶上去太原府的官道。

夕阳西下，榆次巨商王家的内宅里，依依一进门就扑进了王老太太怀里，撒娇大哭道："姑妈，我不能嫁给太谷西关康家那个秀才大少爷，他得了痨病，快死了……还有他那个大酒糟鼻子，我见了就想吐，这要是嫁过去，光是天天看他的鼻子，我就活不了！"王老太太道："你这个疯丫头，捣什么鬼？你还真有能耐，把个乔家的东家乔映霁一并拐到我这儿来了！你哥哥打发的人可是来过，问你跑这儿没有，你让我怎么说？"依依扭股糖似的缠着她道："姑妈你说啥？是乔映霁撞了我的车，他不送我来谁送我来！"忽然又抬头担心地叫道："姑妈你没让他走吧？"

王老太太道："我没让谁走了？你一个待嫁的小姐，他一个鳏居的男人，男女授受不亲，今天的事说出去就不好听了，我不打发他走还留下他呀！"依依变色大叫道："哎呀姑妈，你快把他追回来呀！""我干吗把他追回来？""你去不去呀，你不去我自个儿去！"王老太太一把抓紧她道："你是有婆家的人，这事传出去杨家的名声就完了，你也完了！"依依道："完就完，我愿意！"王老太太道："你愿意也不成，你哥哥不答应！他这个娘家侄子我可惹不起，哎哟喂，中了一个进士就了不起了，礼数比天上的星星还多，要是我帮了你，他能带人把我这屋顶给掀了！"依依大哭不止，边哭边从指缝里看王老太太道："姑妈，我没有爹娘，你就是依依的亲娘，你不帮依依，依依就自杀！"她又把那把剪刀掏了出来。王老太太拼命夺走剪刀道："疯了你！没看出来，小丫头片子眼光不浅呢。我没让他走！"

依依破涕为笑道："哎呀太好了！姑妈——"王老太太道："住口！我留下他可不是为了你！"依依道："那为了谁？"王老太太道："我还没去见他呢。你一个黄花闺女，今天发了疯，和他坐一辆车来我家，我得把底细原情问个明白，将来你哥哥打上门来，我能一五一十跟他说清楚。对了，为了你和杨家的名声，我还得要他写字据，保证出了门不把今天的事说出来，一辈子烂在肚里！"依依又叫起来："干吗一辈子烂在肚里——"王老太太道："他要是一出门就把事情吵乎出去了，你还嫁人吗？"依依道："当然要嫁！"王老太太道："你跟乔映霁坐一辆车，荒村野地里跑了一天，说出去外头知道了，谁还要你！"依依道："有人要！"王老太太道："谁？"依依道："他！"王老太太道："他可是山西祁县乔家堡大德通的东家，有人说光他们家的银子就能堆成一座山……上有皇上太后,下有全国的巨商豪富,别处不论,就咱晋中祁、太、平三县加上榆次这些大商家,哪一家不挖窟窿打洞想和乔家攀亲,轮得到你一个穷读书人家的疯丫头?"依依道:"那也事在人为!"

王老太太道:"哎呀,你们不会已经做了啥吧——"依依羞红脸道:"姑妈,你说啥呢! 我是那种人嘛! 我是说,乔映霁是革命党,我也是!"王老太太道:"原来你还知道他是革命党? 告诉你,山西官府正满世界抓他呢! 正因为这个,我才不能让他走! 我都安置好了,乔映霁来到我们家的事,一点儿风声也不能透出去!"她忽然又一指头戳在依依脑门上,爱恨交加道:"还有你,老实跟我待着,哪儿也不能去!"依依大叫:"姑妈,你到底把他怎么样了?"王老太太道:"我把他怎么样了? 他就是个丧门星,我把他锁后院里了,革命党一日不灭,就甭想从我家里逃出去!"依依吃了一惊道:"啥?你把他锁起来了? 还要锁到朝廷灭了革命党!"王老太太道:"对! 万一他出门被官府拿住,回头说是从我们家出去的,我好好的一个清白商家,就跳到黄河也洗不清了!"依依气愤道:"姑妈,你大门不出二门不迈,哪里知道全中国都在革命,武昌那边已经革命了,山西也快了,万一革命成了功呢?"王老太太道:"革命成了功好哇!我坐这儿等着! 革命成功那一天,你早点儿来报信,我把他放了! 但只是革命一天不成功,我就不放他!"依依又作势哭起来。王老太太大喝一声道:"给我听好了,最多等到明天天亮你哥哥就会打上门来,到时候你要乖乖跟他走,要哭跟他哭去! 你哥哥来家前你和乔映霁不能再见面! 就是日后有人问,也只能说从来不认识,没见过!"

依依止住哭声道:"姑妈,你不能这样! 我来时在马车上问过他,他是从武昌回来的。这次回山西一定有大事,你把他关起来就害了他,不,是害了革命!"说着转身就往外跑。王老太太大叫:"来人,拦住她!"贴身丫头要去追依依,又被她暗中一把拉住,嘴里仍然在喊:"拦住她呀!"贴身丫头看一眼她,都站住不动了。

王家后院一座闲着没人住的房子里,映霁正用力从里面拍打屋门,怒声道:"快放我出去! 你们怎么这样!"门外响起开锁的声音,依依忽然闪身进来,回手重新将门闩上,回头二目炯炯地看着映霁。映霁吃一惊,高兴道:"是你……你怎么来了? 太好了,快放我出去,我有大事!"依依一直不说话,热辣辣的目光也一直不离开他的脸。映霁心头大急,上前拉扯她道:"哎呀快闪开,我真的要马上出去!"依依忽然双手捂住眼睛,"啊啊"地哭起来。

映霁大惊,道:"怎么啦你?"依依继续大哭,一边还从手指缝里看着他的反应。映霁道:"说话呀你,急死我了!"依依不哭了,看他道:"你走不了了!"映霁大急道:"啥我走不了了,拆了这房子我也要走!"依依道:"我姑妈说,要把你关到朝廷灭了革命党那天,才放你出去呢!"映霁眼里现出火光,道:"说啥呢她!革命党怎么会被灭,革命党马上就要胜利!朝廷灭不了革命党!""灭不了她也不放你出去,除非……除非你娶了我!"映霁又是大吃一惊,道:"娶你?这话从何说起?"依依看他,又要做委屈状,道:"你就这么不喜欢我?我长得丑?"映霁看她,摇头道:"你不丑。"依依高兴起来道:"有你这么夸人的吗?"映霁道:"啊,对不起,我这么说好了。乔映霁长这么大,走南闯北,见过的世面不少,可是像你这样一见面就能让人怦然心动……啊,不说了,依依好姑娘,我真有要命的大事,必须马上走!"

依依不依不饶道:"想从这里跑到太原府,和你的同党会面,在山西起事,对不对?"映霁神情陡变,盯着她一字字道:"不是!""你不用瞒我,因为……我也是革命党!"映霁大为意外:"你……怎么可能?"依依道:"你以为我是谁?虽然我哥哥顽固,不让我接触新文化,可是邹容的《革命军》,陈天华的《猛回头》《警世钟》,我都是偷偷读过的!"映霁更吃惊了:"你读过邹容的《革命军》?""对,自打读过这本书,我就懂得了,中国妇女天生都是革命党,所以我也是!"

映霁笑起来了,道:"告诉我,为什么中国妇女天生都是革命党?"依依认真道:"这是读了新书我才明白的。旧礼教加在女人身上的全是枷锁,三纲五常,三从四德,多着呢,只有革命,打碎枷锁,妇女才能走出家门享有和男人一样的权利,成为新女性!"映霁不觉鼓掌道:"讲得好!既是这样,你我就是同志!同志,我真有大事,你无论如何今天夜里都得帮我逃出这座宅子!"依依看他道:"行,但你也得答应我一件事!"映霁大喜过望道:"好的,别说一件——"依依马上打断他道:"两件!"映霁兴奋的心情低落下去,道:"那你就一件一件说!"

依依道:"第一件,你带我去参加革命!"映霁道:"这个坚决不能。革命是要掉脑袋的!""我不怕!""你不怕也不成!""为什么?""第一你是个女的,第二你还不是革命党!"依依叫起来:"原来你们革命党说一套做一套,什么男女平等!我不是革命党,你原先也不是!"映霁说不出反驳的理由了,道:"第二件!"依依脸色悄然大红,道:"第二件,革命成功了,你得娶我!"映霁默默看她,不说话。依依不好意思起来,道:"干吗这么看着人家!我姑妈说了,答应了这两件事,就放你走!"映霁认真看她道："为什么革命成功了我要娶你？"依依道："因为……我姑妈说了,我今天都跟你在一个车里……不,是荒村野地里待了一整天,你不娶我,我就嫁不出去了!"映霁脱口而出:"胡说!"依依道："那你就是答应了!"映霁想了想道:"只有这一个理由不行,要是还能说出别的理由——"依依立马道:"有! 你是革命党,我也是。你要是娶了我,你们乔家就有两个革命党,我这个革命党会拿出命来帮你这个革命党!"

映霁开始对她刮目相看,问:"你这个革命党怎么帮我这个革命党？"依依道:"譬如说你们乔家是个封建大家族,院子里也一定有被压迫的女人,我去了就能帮助你解放她们,让她们也成为革命党!"映霁不说话了,看她。依依叫起来:"怎么了? 你答应了吧!"映霁道:"不!因为革命还没有成功!"依依看出来了,眼里涌出泪花道:"原来……你是在心疼我,你害怕自己会牺牲在革命成功前头!"映霁还是不说话。依依扑上来抱住他道:"乔映霁,不管你是不是答应,我都是你的人,你要是牺牲了,我就为你守寡!"她低头一口咬伤了自己的手指,拿给映霁看。

映霁一下子就被深深感动了,喃喃道:"依依……我怎么觉得,几辈子前就认识你了,我们就像是一家子的骨肉亲人! ——不过我还是什么都不能答应你!"依依上前捂住他的嘴道:"不,你答应了,答应了就不能反悔!"她像男人一样吐一口吐沫在掌心道:"来,咱们击掌,成交!"映霁笑道:"做生意呀!"依依道:"你不是个商人吗? 你才做了几天革命党! 不敢击掌,就是骗我!"映霁深深看她,吐一口吐沫在手心,伸出去。二人击掌,然后幸福地拥抱在一起。依依突然亲了一下映霁,道:"我现在就送你出后门!"

深夜,榆次王家后门外高蓝的天穹上,星光点点。莲花和巧姑顺着小街纵马驰来。莲花停下马四下望了一遍道:"巧姑,我们这是走到哪里来了? 这儿不是太原府?"巧姑道:"我觉得也不像!"莲花道:"山西我们不熟,本想早点到太原,没想到走错了路!"巧姑忽然看一眼前方道:"姐,有人出来了,去问问道!"两人打马向前。王家后门外,依依随映霁牵马走出。映霁要上马,依依扑上去和他吻别,两人一时依依不舍。莲花、巧姑勒马站住,定睛看去。映霁和依依也听到了马蹄声,回头朝莲花和巧姑望去。王家后门上的灯笼光照亮了这两张恋人难分难舍的脸。巧姑大惊失色看一眼莲花道:"姐!"莲花道:"怎么是他!"巧姑道:"就是他!原来他道儿熟,走得比我们还快! 居然没有去太原府!"莲花一时心潮翻涌,怒不可遏,驱马向前,一鞭子抽在映霁脸上。挨了打的映霁这一惊不小,回头看去,莲花和巧姑已经冲出小街,消失在黑暗中。依依紧紧抱住映霁大惊失色道："怎么回事？她们是谁？"映霁也不搭话，放开依依翻身上马，疾驰而去。依依久久望着三人消逝的方向，那个打了映霁一鞭子后纵马而去的女人和她的马、马上的饰物，随她而去的另外一名马上女侠一闪而过时飘起的黑色披风，忽然清晰地在她眼前回闪起来。

她很快就被带回到了王家内宅里。王老太太对众丫鬟老妈子道："把后门关严，谁把今天这件事说出去我割谁的舌头！"忽然她又惊叫一声道："坏了！光顾着乔映霁这一头，忘了跟他来的两个人了！快放了他们！"一名老妈子答应，急急走出去。被抓回来的依依进门后扑进老太太怀里大声啜泣起来。王老太太喊一声："来人！把她绑起来！"依依大惊于色道："姑妈你要干什么！"王老太太道："明天一大早你哥哥来了，我好把你交给他。到时我就告诉他，你一个人来的，一来我就把你绑上了！你谁也没见过！"看众人不动又命令道："愣着干什么，绑哪！"依依大叫："不要！"众人拥上来，把她绑到后面房子里去。

榆次城外官道上，黎明前的黑暗笼罩了一切。一串马蹄声响过，莲花和巧姑疾驰过来勒马停下。巧姑看莲花道："武汉前线十万火急，他带着大帅的使命回到山西，居然不去太原府，倒跑到这个地方……姐，这是背叛！"莲花内心悲愤交加，道："不要说他了！没有乔映霁还有我们！走！"巧姑忽听到后面响起了马蹄声，叫道："姐——"两人驱马躲进路边林中，映霁已纵马追了上来。巧姑悄声道："乔映霁！"莲花看着映霁驰马过去，道："跟着他！"巧姑不解："为什么？"莲花咬牙道："要是他背叛革命，今天就死定了！"巧姑道："乔映霁真会背叛革命？"莲花道："他现在完全脱离了革命队伍，会不会背叛，我们怎么知道！"二人纵马驰出林子，向前追去。

天边亮起鱼肚白时，映霁已经到了太原城南城门外。他下马上前用力打门。一名老军人打着灯笼从城门洞走过来，嘟哝道："什么人哪，开城门的时辰没到哪！"门外传来映霁的声音："是我。乔家大德通的人！"老军吃了一惊，开锁下门闩，一块银子立马从门缝里塞进来。老军人接过去，打灯笼照了一下映霁的脸道："你是——"映霁道："乔家大德通伙计，急着进城给大掌柜抓药！"老军道："进来吧进来吧。"边说边将城门开得更大一点，映霁拉马进门，又飞身上马驰去。老军掂掂手中银子分量，嘴里喃喃道："乔家的乔家的……"城门再次被强行推开，莲花和巧姑拉马进来。老军失声道："你们是谁？"巧姑枪口猛地顶上他的脸颊道："要命就不要喊！"老军哆嗦一下后退。莲花和巧姑已经上马飞驰而走。老军回头思忖："今天怎么回事呀，真要革命了？"身后又有两个人进了城门。老军大惊道："你们又是谁？"望百看望实一眼道："动手！"老军急急后退一步道："进城就进城，还在干啥？"他转身跑走，望百对望实道："快走！"

离这道城门一箭之地就是太原府商街。商街中最大的一家票号就是乔家大德通太原分号。此是乔家分号后院客房内，一只灯笼前导，大掌柜何德诚匆匆走进来。年老的乔家大德恒票号大掌柜高瑞已披衣起床。何大掌柜歉意道："高大掌柜，真对不起，您老人家昨天半夜才从北京总号回到太原府，这会儿又把您吵醒。"高瑞道："老了，睡不了这么多觉了。有事？"何大掌柜将一封电报交给高瑞道："潘大掌柜刚让人从祁县总号用直通电报机打来的！"高瑞道："我眼花，替我看看，说啥？"何大掌柜道："东家已经回到山西，没回祁县，东家失踪了！"高瑞大惊，怔一下道："失踪？潘大掌柜这会儿在哪里？"何大掌柜道："潘大掌柜前几天亲到风陵渡迎接东家，这会儿正往家赶呢！他担心东家被官府秘密抓住藏到什么地方去了！"高瑞沉吟一下，回头道："没有。东家要是被官府抓到了，山西官府上上下下都有我们的人，消息一准早透了出来。现在音信皆无，说明了啥？"何大掌柜即刻醒悟："哎呀，那就是说官府还没有抓到他。东家这会儿说不定——"高瑞道："就在这里，太原府！"何大掌柜吓了一跳道："东家到了太原府？"高瑞道："我不能马上回祁县了，留下来和你们一起找东家！中国可以革命，但东家不能再和山西的革命党搅和在一起，革命党万一失败，乔家就完了！"

何大掌柜磕巴道："高大大大掌柜，东家到了太原府这件事，您老人家是怎么猜到的？"高瑞看他道："东家回山西干啥来了？"何大掌柜道："我的天，他不会是回来策动起义吧？"高瑞道："不是不会，是一定会！别的地方可以革命，山西不能！别人可以在山西革命，东家不能！要马上把他找回来！"何大掌柜又磕巴起来道："为为为为什么？"高瑞道："山西地处京畿，山西动摇，大清的江山社稷就会摇晃！山西是我们的家，乔家的根本，东家在山西革命，革谁的命！"何大掌柜大叫道："明白了！大掌柜快说怎么办！"高瑞道："天一亮你就把铺子里的人都派出去，不动声色，悄悄查访！我估摸着东家不外乎去商街、庙宇、兵营，还有这几年太原城中新办的洋学堂……来到山西他第一件必做的事就是和同党会合，一定会去这些地方！"何大掌柜道："大掌柜圣明！"高瑞道："还有一个更要紧地方，你要派最妥当的人去打探！""什么……地方？""你一心做生意，就没听说有人怀疑新军山西混成协第二标标统阎锡山也是革命党？"何大掌柜一时惊得脸色急变，大叫道："阎锡山也也也是革命党！"高瑞一把捂住他的嘴，半晌才松开。何大掌柜好半天才缓过气儿来道："怎么可能？阎锡山是我们山西人，他爹阎书堂早年也做过点小生意，不成功，生个儿子倒成了人物！"高瑞道："据说阎锡山为人持重，虽然年轻，城府却极深，我也不愿意相信他也会革命，但你还是要派人去打听，东家有没有去到那里！"

何大掌柜终于明白了，拍手道："我的天，我知道了，太原真要革命，首先就是这些当兵的，他们不乱是乱不起来的。要是这样，还有一个地方也要打发人去！"高瑞道："什么地方？"何大掌柜道："山西新军在太原府共有两个标，除了阎锡山的第二标，还有个第一标，标统黄国梁，万一是革命党，东家说不定也会找到他那里去！"高瑞点头道："不管是不是，明儿这两个地方你都派妥当的人去！"何大掌柜道："这个容易，这两标新军的军饷，朝廷一向通过我们票号划拨，我们的人和他们的粮台熟。"高瑞又道："我们俩也不能在家等，天一明你我也带人出去找。"何大掌柜道："好的！找到了怎么办？"高瑞道："布袋子套头，毛巾塞嘴，捆起来，一刻也不要停，拉回祁县，交给潘大掌柜关进地窖里去！革命什么时候结束，什么时候放他出来！"

太阳一竿子高时，望实扶着望百终于找到了山西巡抚衙门。二人抬头看衙门大门上方的匾额，望百生气地问："这太原城又不大，可为了找巡抚衙门我们居然绕了半座城！快去擂鼓鸣冤！"望实吃惊道："擂鼓鸣冤？"望百不理他，自己上前，用一只胳膊擂起登闻鼓，大喊道："草民冤枉！青天大老爷，替草民做主哇！"转眼衙门大门就被打开了，几个衙役冲出来将他抓住，推到大堂上去。陆钟琦吃惊地看着望百道："什么？你是汉口前线荫昌大帅的信使？"望百趾高气扬道："回大帅，正是！"陆钟琦道："我不是什么大帅，我就是个巡抚，不管军事，只管民政！"忽然又道，"不对吧，你说自己是信使，为什么刚才却在外头大喊大叫，说你冤枉！"望百冷笑道："大帅是天下闻名的清官，我在外头喊冤枉，大帅果然马上就让我进来了，我要说是信使，您反而会不急了！"站在一边的光熙吃惊地看了一眼望百。陆钟琦倒是被望百奉承得有点儿飘飘然道："信在哪里？他有什么要紧的事不能在电报里说，打发你千里迢迢从汉口前线跑到山西来？"望百从身上掏出荫昌的信双手奉上："大帅请过目！"陆钟琦接信拆开匆匆看一遍，回手交给光熙。光熙也草草地看一遍，抬头看父亲，欲言又止。陆钟琦看望百，神情已变，道："这么说，你也是为乔映霁的事而来？"望百道："回大帅，是！"陆钟琦道："你来早了，据我所知，乔映霁眼下还没有过风陵渡！"望百一惊叫道："大帅错了！小人算过他的行程,乔映霁不但过了风陵渡,现而今应当进了太原府！"光熙脱口而出："胡说！"

望百回看光熙道："这位就是传说中的人中龙凤陆大公子了！小人失敬。小人的证据是,小人兄弟在乔映霁之前过了风陵渡,并没有马上离开,我也想在那里等乔映霁,但我只看到前来迎接乔映霁的乔家大掌柜,暗中陪他在风陵渡等候了两天,发现潘为严没有等到乔映霁就离开了！"光熙从一开始就不喜欢他,鄙夷道："这算什么证据！"望百冷笑道："陆公子难道不明白？乔映霁不能平安入山西,潘为严是不会离开风陵渡的！"光熙脸色微变,看陆钟琦一眼。陆钟琦凝视望百兄弟,忽然回头大叫："来人！"几名亲兵冲进来。陆钟琦道："把这两个假冒信使、谎报军情的贼人拿下,关进死牢,没有本官口谕,任何人不得相见！"

众亲兵上前抓住望百、望实,叫道："走！"望实惊恐万丈,回看望百,大叫道："哥,怎么回事儿！"望百神情一变,怒道："大帅,您不能这样！我们不是骗子——"众亲兵哪里让他们说下去,早将二人拖出去。光熙震惊地看陆钟琦,就要开口。陆钟琦止住他道："你这会儿什么也甭说！"光熙不说话了。陆钟琦道："第一,这个人不是骗子;第二,乔映霁已经入了山西境,是真的！"光熙道："儿子失察！现在怎么办？"陆钟琦背手沉吟不语。光熙又道："爹仍然不认为乔映霁是革命党？"陆钟琦回头生气道："你抓到他了?有铁证?"光熙语塞："可是——"陆钟琦道："我认为他是不是革命有何用！荫昌前面已经来过一封电报了,这人又带来了他的信,我不明白,他为什么不让朝廷下旨给我？就凭他的电报和信……我不能！"光熙道："天下人都知道朝廷里那些人的银子只存到乔家票号里去。乔映霁成了革命党,乔家票号就要被抄没归公,他们的银子就不好说了！爹担心自己抄了乔家,就得罪了他们！"陆钟琦看他一眼道："你小看你爹了！庚子国乱后,朝廷痛定思痛,成立大清银行,可那只是个空架子,从皇上太后王公大臣到各地督抚,还是只相信乔家。乔家票号现在差不多成了大清财政的根基,我敢动摇这个根基？连这个根基都动摇了,天下人谁敢相信大清王朝还能撑下去？天下人心一动,革命党振臂一呼,大清就完了！"光熙道："可是爹,乔映霁确实有可能是革命党。"陆钟琦道："乔映霁不过是个商人,有几两银子,如果山西没有革命党,或者山西虽有革命党但没有军队,又能成什么气候？"光熙大悟道："爹圣明！"陆钟琦道："能在山西起事的只有两个人,都装在我心里呢！只要他们不是革命党,山西就不会乱;万一他们是革命党,即便乔映霁不来,也会起事！"

光熙心中不得不叹服，道："爹想好怎么办了吗？先把阎锡山抓起来！不行黄国梁一起抓？"陆钟琦道："对这两个人，我要先礼后兵。天快要亮了，我们父子带上卫队，到阎锡山军营里去劳军！"光熙惊道："劳军？""今天大危若累卵，得兵心者才能得天下。只要能得阎锡山之心，何愁乔映霁回山西鼓动革命？万一阎锡山不识抬举，我也不会束手就擒！"光熙道："爹明说是去劳军，其实是当面刺探阎锡山之志，警告他不要轻举妄为！"陆钟琦道："若能感动阎锡山，控制了他，黄国梁就不算什么了。这两个人被我们控制住，就是有十个乔映霁回山西，也翻不起大浪了！"

清晨的太原城内人影零落。莲花和巧姑拉马藏身街角，看着映霁牵马走进一家客栈。巧姑回看莲花道："他为什么要进客栈？"莲花道："去找一家客栈把马寄存下来！"巧姑又问："姐，我们到了太原府，为什么不直接去见阎锡山？"莲花不说话，显然一直在激烈思考着什么。巧姑醒悟道："巧姑明白了，万一乔映霁真是朝廷奸细，他进了太原府，会先去官府告密，那样山西的同志就完了！"莲花道："记住我的话，一旦发现他有可能进官府告密，立即击杀他！我们中间只要有一个人能活下来，就带上大帅的信去联络阎锡山同志，这是命令！"巧姑点点，迅速拉马走向另一家客栈。

很快映霁就出了客栈，一路前行，来到晋祠街志新书局门外，警觉地回头一望。紧紧跟踪过来的莲花和巧姑急忙躲起来。映霁叩门。门轻轻开一条缝。映霁悄声道："驱逐鞑虏！"一个男声回答："恢复中华！"门开了，映霁闪身进入。莲花、巧姑露脸看着书局。巧姑道："姐，他不是奸细。"莲花依旧不说话，忽然回头，巧姑也随着回过头去，只见身后大街上，大批仪仗簇拥着一顶大轿地动山摇地行来。莲花的目光骤然警觉起来。对面书局内，映霁在一片黑暗中与男人见面，低声道："我从汉口前线来，今天就要见到阎锡山同志！"男人显然有些迟疑。映霁着急道："十万火急，事关武汉革命的成败！"男人终于答应道："好吧，我去试试！"忽然他被大街上鼓乐喧阗的声音所惊动，扯开窗帘一角，两人向外面望去。映霁问道："什么人，这么大的派头！"男人道："新来的山西巡抚陆钟琦，前面开道的是他的公子陆光熙！"映霁道："原来是他！"男人问："你了解此人？"映霁道："啊，他是现今摄政王、皇上的亲爹载沣的老师，做过江苏布政使，有过很好的官声。"男人道："巡抚大人这么早出行有点儿奇怪。你留下等，我马上走！"说完不等映霁回答就打开门，闪身走出。对面街角，莲花和巧姑马上看到了，对视一眼。莲花道："你跟上去，看他去哪儿？我留下盯着乔映霁！"巧姑点头，尾随书局男人而去。

这个清晨，太原府阎锡山兵营正门大开，鼓乐齐鸣。陆钟琦的大轿及仪仗正浩浩荡荡地走进去。高瑞何大掌柜带伙计蒿子被赶到街边站立，拼命朝兵营里张望。书局男人这时也挤过来，站在他们身边。待陆钟琦的大队人马全部进入兵营，门前的卫兵立马将挡马放回去，重新关闭营门。高瑞看一眼何大掌柜道："我们的人进去了吗？"何大掌柜道："这个时候恐怕进不去！"高瑞皱眉。书局男人已经快步向营门外走去，刚才被拦在营门外的人们也跟着拥过去。高瑞道："走，我们也过去！"何大掌柜、蒿子跟他一起走上前去，被营门外的卫兵上前拦住，冲他们嚷嚷道："干什么干什么！走开！"只听书局男人道："军爷，我是志新书局的老张，阎将军要几本旧书，我给他送来了！"一名卫兵道："不行，巡抚大人大驾光临，将军忙着迎接，闲杂人等一律不能进去！"书局男人道："我不一样，我是阎将军表舅的二大爷，我家小舅子和他二姨家的三小子是连襟，向来我进去都不用通报的，随到随见！"众百姓也跟着嚷嚷成一片："我们也要进去！""我要进去看我儿子！""我男人在里面，家里过不下去了，我找他要钱来了！"……一名军官走过来，"砰"地冲天开一枪，大叫道："不行就是不行！把他们都轰走！"一群士兵冲过来，用大枪驱赶众人。高瑞和何大掌柜等也跟着退回到街边房檐下去。

一直等到将近正午，营门才重新打开。鼓乐再起，仪仗前引，光熙带卫队保护陆钟琦大轿出营。街边所有人都伸长脖子往前望。何大掌柜对高瑞道："巡抚大人出来了！"王宗禹和小栓从人群后寻寻觅觅走来。小栓一眼瞅见前面的巧姑，吃惊道："王大掌柜！"王宗禹道："我也看见了，她怎么会到这里？"小栓道："哎呦喂，她们是不是回山西路上一直盯着我们、朝东家开黑枪的人？"王宗禹道："胡说！快看！高大掌柜，何大掌柜，他们怎么也在这里？"小栓道："见不见？"王宗禹道："我们都把东家跟丢了，见了他们说啥？快藏起来，盯上前面那个女的，说不定就能找到东家！"两人迅速藏起。前面屋檐下，高瑞看陆钟琦的大轿走远，对何大掌柜道："我们的人可以进去了！"何大掌柜点头，对身后一名伙计点头。发现书局男人已经急急向营门前挤过去，巧姑要跟上去，担心被别人注意，又停下来，不错眼珠地盯着书局男人。在她身后屋角后面，王宗禹和小栓也在不错眼珠地盯着她。营门前，众卫兵再次拦住了拥过去的百姓，一边要关闭大门。等了半天的百姓们嚷嚷起来。一女人道："老总，快放我进去，我男人在里头！我都等了半天了！"一个男人也道："我也要进去，我儿子在里头当兵吃粮，我有急事，他娘要死了！"书局男人也挤上去道："老总，我这会儿可以见将军了吧,我真是他的亲戚!"一名高级军官忽然带领大队士兵抬一挺马克沁重机枪走出来,后面的士兵都抬着沙包。守大门的军官吓了一跳,回头看他道:"长长长官,怎么了?"高级军官也不答话,一副很凶的样子。只见众士兵将沙包在营门前堆成临时阵地,架上重机枪,一名机枪手趴上去准备射击。军官跃上沙包,砰地开一枪,大声道:"都听好了,将军有令,为防止乱党进入兵营挑拨离间,鼓动革命,此刻起全营戒严!任何人靠近大营,格杀勿论!"枪声响亮。众百姓被唬得发一声喊,潮水般退下来,四散逃走。书局男人不甘心,边后退边生气地对推搡他的士兵叫道:"走就走,别推行不行!"街边屋檐下,巧姑看着他转身离开,急忙跟上去。藏身后面屋角的王宗禹对小栓使个眼色,小栓会意,两人跟着她就走。何大掌柜回头看见了王宗禹,一惊说道:"我是不是眼花了,我看见了一个人!"高瑞也道:"王宗禹?"何大掌柜点头:"还有小栓!这些天他们俩不是一直跟着东家吗?怎么在这里?"高瑞灵机一动道:"让人跟上去,也许能找到东家!"何大掌柜急对蒿子耳语一句,蒿子点头,匆匆跟上去。

　　山西巡抚衙门内,光熙陪父亲走进花厅,接过父亲的顶戴、朝珠、朝服,递给亲兵,挥手让他们离去。陆钟琦一迭声叫:"茶!渴死我了!阎锡山今天让我们爷俩儿喝的什么东西!就是北京南城拉洋车的喝的高碎!呸!标志自己清廉,功夫都做到了这个上头!"一丫鬟送上茶来,陆钟琦一杯杯痛饮起来。光熙示意丫鬟退下,看着父亲,欲言又止。陆钟琦道:"你觉得我今天话说得太不硬气,不像他的上司,更不像个主宰一省官民生死的大员?"光熙道:"儿子是觉得,爹不该在他面前示弱!"陆钟琦看他道:"我示弱了?"光熙道:"爹一见他,就说现在大清二十三省都在闹革命,阎标统若是有革命之心,您也不会感到诧异,毕竟看起来这是天下大势!"陆钟琦道:"我说错了吗?"光熙道:"爹是一方督抚,话说得却像是个革命党!爹接下来又说,您今天去见他,不是以巡抚的身份,而是以一名在动乱年月对一方百姓生死负有责任的读书人的身份和他谈!"陆钟琦道:"你以为我现在不是这样个人吗?"光熙道:"爹最不该说,如果阎标统真像传言中讲的是革命党,想在山西策动起事,您不会阻拦,只求他把日子告诉您,让爹能带着家眷离开太原府……爹等于公开对他说您不会动用太原府八千绿营阻止他率领山西新军叛变,这件事要是传到朝廷里去——"陆钟琦举手打断他道:"后来发生了什么?本官刚出了他的营门,他就在兵营内外宣布戒严,声明即刻起不让任何人进他的大营,他自己也从今天起卧床养疴,三个月内一个客人也不见！我那些话真长了他的气焰？"光熙道："这样说又没有，倒像是吓坏了他，告诉他朝廷和爹已经在怀疑他有革命党嫌疑，他后来那么做只是为了避嫌！"

陆钟琦终于坐下道："阎锡山这个人没你想的那么简单。天下人都知道山西一乱，大清江山不保，可他偏偏不像南方革命党希望的那样匆匆起事，东出娘子关截断芦汉路，让大清朝轰然倒掉！"光熙又不懂了："爹，他这是……"陆钟琦看他道："爹大半生阅人无数，人是不同的，阎锡山即便真是革命党，他也是阎锡山。他今天已经用语言和行动对我和朝廷表了忠心，至少在大清倒台前，我们要是做得好，他还是有可能在山西保持中立的。也许只是个姿态，但对稳定山西非常重要，不，太重要了。山西不乱，大清的江山暂时就稳得住！"光熙仍有疑虑，道："爹，山西新军两个标，阎锡山是二标，还有一个黄国梁呢，他是一标标统，这个人曾公开表示同情革命党！"陆钟琦道："你如果是革命党，会公开表示同情革命党吗？"光熙明白了，道："黄国梁不是革命党！"

陆钟琦道："你马上去做两件事。一是派人暗中盯死阎锡山，但凡有人进他的兵营，出了营门马上拿住审问，要切断他和革命党的所有联络！""是！爹还是不相信他！""这个时候我谁也不信！二是悄悄知会山西将军诺敏，让太原城中的八千绿营厉兵秣马，随时准备应付大变。还有城外的军火库，没有我的手谕，不准将一枪一弹发放给新军！"光熙道："好的！"要走又回头，"爹，黄国梁那边真的什么也不做？"陆钟琦道："他虽然不是革命党。但也要派人盯住，看他近来和什么人交往，可疑的全抓回来关进死牢！"光熙道："是！"陆钟琦又道："别急着走，你还要马上去安排一件大事！"光熙回头看他道："爹，您老人家还有什么大事？"陆钟琦道："秘密安排两辆车，一旦有变，能带我们一家十几口马上逃出山西！"光熙心中大震，半晌才道："爹今天在阎锡山那里说一旦他在太原起事，您什么也不做，马上带家眷离开的话也是真的？"

陆钟琦道："大厦将倾，一木难支。大清一定要亡，岂是我们父子挡得住的！记住，只要革命党在太原府起事，我们马上离开。我就是不能替朝廷守住山西，可至少不会让山西人流太多的血！"光熙终于全明白了，道："儿子去安排！"忽然他看见了父亲流出的泪水，自己也流泪了，匆匆走出。

志新书局对面的客来茶馆里，莲花坐在窗口前，注意地向街那边看。书局男人匆匆走回来，回头看一眼身后才开门进去。巧姑一闪身进了茶馆，在莲花身边坐下，

对莲花耳语一番。莲花皱眉。巧姑问:"乔东家一直没有出门?"莲花点头。巧姑道:
"现在可以断定乔东家不会背叛革命,我们不要这样盯着他了!"莲花把话岔开道:
"你还有什么消息?"巧姑道:"山西巡抚陆钟琦刚走,阎锡山就宣布戒严,不准任何
人出入大营,他自己三个月内也不见一个客人!"莲花不语,眉头皱得更紧。茶馆外
面,王宗禹和小栓已经看见了茶馆里的莲花和巧姑。小栓对王宗禹道:"果然她也来
了!"王宗禹顺着莲花的目光望向街对面的志新书局,醒悟道:"我知道东家藏哪里
了!"小栓叫一声:"哪里?"王宗禹对他示意。小栓道:"太好了,我们闯进去找!"王
宗禹朝后面一努嘴道:"有尾巴!"急拉小栓藏起来。蒿子从后面寻寻觅觅地跑来。王宗
禹一把将他抓过去,按在地下道:"蒿子,好小子,是你!"

蒿子看着他道:"王大掌柜,真的是你!"王宗禹捂他的嘴道:"别喊!跟在我们后
面干啥?"蒿子大喘气道:"先告诉我,东家在哪里?"小栓道:"我们怎么知道?"蒿子
笑道:"原来你们也在找东家?找到了吗?"王宗禹道:"没有!"蒿子道:"不会!"王宗
禹道:"来了就听我的,不要声张!"蒿子高兴道:"行,我当然听王大掌柜的!"

志新书局内,映霁焦急地走来走去,突然回头道:"我不等了!我要公开身份,
直闯他的军营!"书局男人道:"有句话我也许不该问……您到底是谁?"映霁道:
"同志,事情紧急,多耽搁一天都有可能让革命失败!我不想瞒你,我是乔映霁!"书
局男人道:"已经猜到了,既是乔东家,我倒有个办法,能让阎锡山为你大开营门!
我们走!"映霁道:"太好了。"书局男人道:"前门有人盯梢,我们走后门。"二人悄
悄循后门走出去。

黄昏时分,街对面茶馆里,莲花忽然站起。巧姑看她:"怎么了?"莲花道:"乔映霁
走了!"巧姑大惊。莲花道:"我们快回客栈准备,今晚上直闯阎锡山的大营!"她扔下
茶钱在桌上,巧姑看她一眼,随她往外走。茶馆外面,小栓一眼看到她们二人离开,
一惊道:"她们走了!"王宗禹也看到了,道:"不好!"他当机立断道:"蒿子留在这里盯
着,我和小栓跟上去!"蒿子叫起来:"我不……我害怕!"王宗禹不理他,拉着小栓就
走。小栓道:"她们一定是去别处找东家了!"王宗禹也不答话。蒿子留在原地,跺脚
道:"哎,你们把我一个人丢在这儿算怎么回事呀?你们——"王宗禹和小栓越走越
远,转过一条街角不见了。

夜幕低垂,山西新军一标标统黄国梁兵营内,黄国梁望着伪装了一番走进来的
映霁道:"真没想到乔东家真成了革命党!我黄国梁虽不是同盟会员,但为了救中

国,命也可以不要!现在我就带你直闯阎锡山的大营,他不开门我就打进去!"说着一把挽起映霁道:"走!"又停下道:"不行,你得换身打扮!委屈你了!"不多一会儿,一队军马就出了营门,浩浩荡荡走向阎锡山的军营。

消息很快传进了乔家大德通太原分号的大掌柜室。高瑞、何大掌柜看着蒿子道:"东家扮成黄国梁的卫兵跟黄将军闯进了阎锡山的大营?你亲眼看到的?"蒿子点头道:"嗯哪。王大掌柜要我留在那家书局外头盯着,不一会儿,就看见来了一队兵,东家化了妆坐在马上,跟着黄国梁的队伍走过去。那会儿蒿子的心都快要跳出来了,想喊又不能,就悄悄跟过去,一直跟到阎锡山的大营外面——"何大掌柜狠狠道:"看错了杀你的头!"蒿子道:"师傅,我一眼不错地盯着东家,怎么会错!"何大掌柜看着高瑞,道:"不好!"外面传来打门声。高瑞道:"谁又回来了?快开门去!"一名伙计引王宗禹和小栓慌慌张张走进来。二人见到高瑞,惶恐道:"高大掌柜!"高瑞道:"来人,都捆起来!"小栓"扑通"一声跪下,大叫道:"高大掌柜,捆我不忙,快去救东家!"高瑞道:"东家怎么了?"王宗禹也给高瑞跪下道:"师傅,我们俩刚才看见东家跟随黄国梁进了阎锡山的大营!"高瑞道:"这个我已经知道了!还有呢?"小栓道:"王大掌柜快说呀,就别瞒着了!"王宗禹道:"有两个女革命党一直跟着东家,从武汉跟到太原城,刚才看东家进了阎标统的大营,她们也悄没声混进去了!"何大掌柜大声道:"那又怎么样?"高瑞道:"对,那又怎么样!"小栓急了大声嚷嚷道:"高大掌柜,您老人家还问那又怎么样?这两个人是来杀东家的,一路上朝东家开黑枪,幸好有小栓,他们才没得手,不然这会儿都没有东家了!"高瑞看王宗禹道:"真的?东家不是革命党吗?为什么革命党还要追杀他?"王宗禹道:"我也想不明白,正想着呢!"高瑞和何大掌柜紧张对视,又回头看小栓:"你刚才说她们和东家一起进了阎锡山的大营,会怎么样?"小栓叫道:"哎呀高大掌柜,您怎么还不明白呀!东家是革命党,可是革命党那边一直怀疑他是朝廷奸细,这回他让人家撺掇着回到山西勾连革命党,搞太原起义,然后——"王宗禹道:"然后兵发娘子关,截断芦汉路,解汉口之围!"小栓又道:"可白天我们都看见了,山西巡抚去了阎锡山那里一趟他就吓尿了,不想当革命党了,什么三个月不见一个客人……这会儿东家自投罗网进了他的大营,又是阎锡山又是女革命党,他还活得了吗?他不鼓动阎锡山造反,革命党一定会杀了他,要是他鼓动阎锡山造反,阎锡山只要想升官发财,一条绳子把他和黄将军两个人捆翻送到巡抚衙门请赏,东家还是要立马人头落地!"

何大掌柜道:"你这小子,平日说话都结巴,今个儿怎么也会一口气说这么长的话了!"高瑞看王宗禹道:"你也这么想的?"王宗禹道:"师傅,徒弟斗胆说句话,东家不会有事的,至少眼下不会!"小栓大叫:"你你你个王大掌柜,你这话说得太大胆,怎怎怎么就不会有事?"王宗禹道:"如果阎标统是革命党,东家自然不会有事;阎标统不是革命党,东家不是乔家的东家,人头难保,但他是乔家的东家!"

高瑞道:"何大掌柜和王宗禹留下,你们都出去!"众人吃惊,相视着退出来。王宗禹急忙关门。高瑞看何大掌柜急切道:"就今天夜里,都不要睡了,把你这银库里所有的银子,账房里的账簿、票据,一切值钱的东西,连同做生意用不着的人手,一刻也不要拖延,统统弄出城,还不能让人知道!"何大掌柜大惊失色道:"为……为啥?"高瑞道:"我们现在啥地方?"何大掌柜道:"太原府最大的商街呀!"高瑞道:"乱兵一起,这条最大的商街首当其冲!这会儿动手都怕是晚了!"何大掌柜道:"您说他们会起事?我的天哪!大掌柜您圣明!真要是这样……不晚,我有办法!"高瑞问:"什么办法?"何大掌柜道:"什么办法这会儿就不对大掌柜说了,我这就办去!这一夜恐怕睡不了了!"他匆匆跑走。

高瑞回头看王宗禹道:"你聪明,告诉我,事到如今,怎么才能救东家?"王宗禹道:"恐怕得准备银子!"高瑞道:"这个我想到了,东家自投罗网进了阎锡山兵营,等于是肉票自己进了土匪的大寨,没有大银子怕是脱不了身!"王宗禹道:"师傅,东家进了阎锡山的大营不会有事,我们也不会为救他花银子,但他会为另外两件事花银子!"高瑞道:"哪两件?"王宗禹道:"一是策动革命,二是保护太原商街和票号!"高瑞盯着他看道:"这样两件事怎样能扯在一起?"王宗禹道:"师傅,徒弟想到这个,是因为东家在武汉就是这么干的!他为了刚才我说的同样的两件事先后拿出两百一十万两银子给革命党做了军费!"高瑞沉吟起来,忽然感叹:"都投身革命党了还能想到救票号,这也难得,可他为了啥?"王宗禹道:"这个一言难尽,东家说是为了新的中国!"高瑞点头道:"我有点明白了,他从小就是个有大志向的,不然老东家就不会选他接掌乔家!"王宗禹道:"可是师傅,山西不是武昌。乔家名声在外,要是有人趁机拿他一把,狮子大开口——"高瑞忽然想到了一件事,急叫:"来人!"何大掌柜风一样推开门冲进来道:"大掌柜!"高瑞道:"差点忘了大事。我们不能只想到自己。赶快打发人去太原商街各票号、各商家递口信,就说太原府马上会发生革命,银子货物想保住的,赶快出城!"何大掌柜道:"这么做太原全城的商街今晚上不就大乱了吗?"高瑞道:"天下已经乱了!快去!"何大掌柜欲走又回头:"太原商街一动,官府马上会得到消息。官兵不动,山西票号和商人就能逃过一场大难;官兵出动,山西票号和商业就完了!"高瑞想了想道:"官兵没那么快!另外这位巡抚大人和我有旧。我这就写信给他,明白告诉他今晚上山西一批票号和商家要出城,让他开城门放行!"何大掌柜还是不放心:"这么做好是好,可万一弄砸了——"高瑞道:"砸了也不过是玉石俱焚,但不冒这个险,革命一起,就一定会玉石俱焚!想想武昌樱花街发生的事,不能让这样的事在太原府商街重演!"何大掌柜终于下了决心,道:"好吧,大掌柜快写信,我去知会商街上的相与!"

阎锡山兵营一间会客厅里,黄国梁和映霁坐着等待。阎锡山的营中幕僚长吴秉仁突然带着大队人马持枪冲进来,对映霁道:"不准动!"映霁一惊站起。黄国梁大怒道:"老吴,什么意思?"吴秉仁道:"对不起了黄将军,我们将军有令,逮捕这个乱党!把他抓起来,带走!"众卫兵上前,用枪顶住映霁大喊:"走!"映霁临危不乱道:"吴先生,我已经声明了我的身份,阎将军怎么这样!"吴秉仁看他道:"好一个冒充的乔东家!乔家大东家什么样人,他要是也成了革命党,天下还有谁不是!"他回看黄国梁道:"黄将军,您让这个人骗了!来人,把这个冒充革命党的假乔映霁带走!"众卫兵用枪逼着映霁往外走。映霁大笑起来,回看黄国梁:"将军,我宁愿不相信他们是故意的!乔映霁个人的生死不算什么!但是汉口前线战局万分吃紧,你一定要说服阎将军迅速起事!"黄国梁道:"乔东家放心!您先跟他们走,我就不信老阎会连我也抓起来,我要闯到他的卧房里去,问他到底想走哪条路!"他看着映霁被众卫兵押出去,还没回头,又有几支枪口齐齐地指向了他。黄国梁大声冷笑道:"老吴,这也是老阎的意思?"吴秉仁道:"将军息怒,为了将军的身家性命,阎将军请将军先到一个地方歇息!"说话时一名卫兵已经上前麻利地下掉了黄国梁的枪。黄国梁道:"见识了!老阎果然老辣。白天陆钟琦来过一趟,他害怕了!好,等到天亮,让他拿上乔东家从武汉带来的密信,把我们两个押去领赏去好了!——卑鄙!"几名卫兵大喊:"走!"将他推出门去。吴秉仁回头对卫队长道:"快去把老黄的卫队拿下!"卫队长道:"已经动手了!"外面果然枪声大作。两人转身冲了出去。

深夜,山西巡抚衙门里,陆钟琦在看一封信,见光熙手拿一封电报匆匆走进来,神情惊慌,不悦道:"什么事?"光熙道:"回爹话,朝廷密电,陕西乱党起事,占领西安,宣布独立,兵发黄河,声言要渡河东上,攻打山西!"陆钟琦放下手中信道:"白天离开阎锡山的兵营，我想啊想，想到刚才，才想明白他为什么直到今天还没在山西起事——"光熙急道："为什么？"陆钟琦道："他在等。山西人都是商人，阎锡山也是，他在等一个稳赚不赔的时机！"光熙醒悟道："等周边省在山西之前宣布起事！"陆钟琦道："一个陕西太少了，他还会再等到两至三个，多了更好！"光熙道："爹是说即便陕西已经起事，阎锡山近期也不会暴动？"陆钟琦点头。光熙高兴道："太好了！爹，还有一件好事，朝廷密电上要爹即刻发兵赶往河东，沿黄河一线设防，阻止陕西乱党过河东上，逼近京畿。这是个调虎离山的机会！"陆钟琦沉思道："你是说，我应当以这件事为由头，把阎锡山的人马调往河东设防！"光熙道："不只是阎锡山，爹应当把太原府两标新军全都调离太原府！"陆钟琦略一沉思，道："马上让人将朝廷密电抄送黄国梁和阎锡山，要他们明天准备一天，后天启程！"光熙道："是不是太急了！"陆钟琦道："那就两天。还有件事。乔家北京大德恒总号的大掌柜高瑞，刚才送来一封信，让我今晚上秘密传令，子夜时分悄悄打开城门，让太原商街的票号和商家银车出城！这些人想在大乱前拉着银子逃出太原府没什么不好！据说太原府票号的总资本占全国的三分之一，不让他们拉走留给谁？留给万一起事的革命党？"光熙道："爹答应他了？"陆钟琦道："就全国而论，革命党只是一小撮，没有银子，他们就没法鼓动那些大兵起事！"光熙道："明白了！儿子去办！"说着他转身离开。

半夜子时已到。大批银车赶过来，堵在太原城南城门洞前。一干票号掌柜、伙计在鼓噪："快开城门，我们要出城！"一队守城绿营兵拦住他们道："干啥干啥？三更半夜的出啥城？不行，回去！"一匹快马驰来，大声对绿营兵道："巡抚大人有令，今晚太原城八座城门全部打开，任由各色人等出入！——开城门！"城门随即被打开，大批银车拥出，车轮的滚动声惊醒了整座龙城。

第十一章

后半夜光景,王宗禹、小栓也被推进了阎锡山兵营的禁闭室,二人跌倒在地上。众士兵锁门离去。映霁大声道:"怎么是你们?"小栓上前抱住映霁大哭道:"东家,我不顾生死救您来了,没想到让他们抓住了!"映霁道:"哭什么!这别哭!是兵营,戒备森严,你们怎么进来的?"王宗禹道:"高大掌柜让我们俩来找一个叫马小三的粮台,打听东家的消息,要是能见到您,就传他的话,请东家无论如何马上离开!您在这里太危险了!"映霁高兴道:"原来高大掌柜在太原府,太好了!他是个智多星,有他在我就不担心乔家在太原府的生意了!刚才我听说今夜太原府城门大开,放票号和商家银车出城,这件事是不是他做的?"王宗禹道:"是!"映霁道:"太好了!这我就更放心了。行了,你们马上出去,这里不是你们待的地方!"小栓道:"东家,他们抓住了我们,就不会让我们出去的!还有您,您不走,我们也不走!"映霁道:"不行!我的事情没完,怎么能走!你们不一样,能走快走!"

王宗禹换一个话题问道:"东家,我不明白,阎标统不是革命党吗?他怎么这么对待你?"映霁沉吟有顷才道:"我要是明白就好了!"小栓叫道:"哎呀东家不好,阎锡山一定是叛变了,今晚上把你抓起来,天一亮送进巡抚衙门请赏,你死定了!"映霁沉思不语。小栓道:"要不就是他害怕了,为了保住自己的脑袋,杀人灭口,天不亮把东家和黄将军拉出去,'咔嚓'一声砍了——"映霁忽然开口道:"我知道为什么了?都因为我是乔映霁!汉口前线的张振武张大帅并不多疑,但相当长时间一直怀疑我是朝廷奸细,不可能投身革命。阎锡山有可能也是这样想的!"王宗禹道:"东家,这么说就更危险了!"映霁马上又否定了自己的判断,大声道:"他可以怀疑我不会加入革命党,但我带来了张大帅的密信,他不应当怀疑这封信的真实性!太原起事刻不容缓,他不能再迟疑不决了!"说着又走过去,大力打门,大叫:"我是乔映霁!放我出去,我要见阎将军!有天大的事!"王宗禹忽然想了起来道:"东家,我跟您说件事。

莲花队长和巧姑也在太原府！"映霁吃了一惊道："她们现在哪里？"

莲花和巧姑此时就在兵营内阎锡山卧室窗外。莲花低声对巧姑道："警戒！"巧姑点头。莲花越窗入室，一眼瞅见前面一个穿中式服装的男人背影，开口道："阎锡山同志，我是莲花！"中式服装的男人不回头。莲花又道："如果您没有背叛革命，必须马上起义；如果您想背叛革命，也必须马上起义！"中式服装的男人仍不回头，却开了口："为什么？"莲花道："因为乔映霁和黄国梁都知道您是革命党，只要他们俩有一个落到陆钟琦手里，您就完了！"男人回头道："怎么，莲花同志今晚上就想逼我起事！"莲花大惊，脱口而出："您……不是阎锡山同志！"阎锡山卧室外，吴秉仁已率大队卫兵冲过来。巧姑喊："姐，快走！我们上当了！"有人一把从背后捂住了她的嘴。吴秉仁大声命令："冲进去，抓刺客！"众卫兵翻窗进入，抓住莲花。

还是方才那间会客厅里，一名副官走进来，看吴秉仁道："吴先生，关起来了！"吴秉仁道："知道吗？又出了一件事。巡抚衙门送来了圣旨，要太原城内两标新军明天准备，后天启程，前往黄河东岸设防！"副官一惊道："有人要调虎离山？将军怎么想的？"吴秉仁道："将军百计千方自保，陆大人还是信不过他，现在又有了朝廷旨意，我们在太原府就更待不住了。不听就是抗旨，听了会虎落平阳！"卫队长忽然跑进来道："报吴先生！黄国梁又吵又闹，砸东西，要见将军，不然就让我们枪毙他！"

吴秉仁刚要说什么，电话铃响起。吴秉仁拿起听筒，突然一个立正道："将军！"众人肃立。吴秉仁接电话，一路点头道："是！是！是！我去和黄、乔谈判！明白！明白！"他放下听筒，马上对副官和卫队长道："请黄将军！带乔映霁！"禁闭室的门很快被打开了，卫队长走进来看映霁道："乔映霁，跟我走！"映霁道："是将军请我？"卫队长只道："走！"映霁往外走，小栓却猛扑上来抱住了他的腿，大哭道："东家不要去，他们要杀人灭口了！"映霁回头看他和王宗禹，庄重道："真是这样，乔映霁也义不容辞！我要是死了，你们回去告诉家里人，乔映霁为救国而死，快哉快哉！"卫兵上来将小栓扯开。映霁仰天大笑着走了出去。小栓扑到门上哭腔喊道："东家放心，小栓一定会告诉家里，给你弄一个金丝楠木的好棺材。您这个人虽说活着的时候糊涂，可我们俩从小一块儿长大，你都死了，我不能让他们再糊弄你，放心吧！"门被重新锁上。小栓匍匐在地，大哭不止。

会客厅里，吴秉仁看着卫队长带人将黄国梁和映霁带进来，也不客气，道："两位受惊了！刚才那么做，其实也是在保护两位！长话短说，将军刚刚接到巡抚衙门传来的朝廷旨意,要我们两标山西新军全部移防河东,明天准备,后天启程。将军让属下禀报黄将军并知会乔东家——附带说一句,乔东家的身份被查实了——我们将军说,这是陆钟琦的调虎离山加釜底抽薪之计!"映霁打断他道:"等等!我现在只想问一件事,阎将军是不是已下决心起事?"吴秉仁只跟黄国梁一人说话,并不理他:"将军知道,我们两标新军都没有武器,所有枪弹被锁在城外军火库里,军火库又由绿营掌管。还有,即便是这座兵营里,同盟会员也没多少,要弟兄们起事,那就是让他们造反——"

黄国梁讥讽道:"阎将军多虑了,我认为没有枪弹不是问题。朝廷让我们移防河东,恰恰给了我们起事的机会!"吴秉仁道:"将军的意思是——"黄国梁道:"巡抚大人严令我们明天准备,后天移兵河东,我们正好借机从城外军火库取得枪弹,发动起义!"吴秉仁道:"军火库在城外,两标军马出城,城中绿营把城门一关,再想打进来就难了!"黄国梁道:"我们可以留人在城里,里应外合拿下一座城门,杀回城里,先集中解决山西将军诺敏的绿营兵,攻占巡抚衙门,这两处拿下,就可以控制太原城!"吴秉仁忽然回头看一眼映霁,道:"这些事情都不难办,让将军为难的是一样东西!"映霁心中一动,道:"是不是银子?"吴秉仁道:"将军矢志革命,并不想借此机会升官发财,但手下弟兄不是革命党,打仗是要死人的。卖命卖命,没有银子,谁会卖命!"黄国梁生气道:"难道没有银子,你们标统就不革命了?"吴秉仁做出此事与他无关他只是代人达意的架势,不说话。映霁看他问:"将军想要多少银子?"

吴秉仁道:"将军一两银子也不要,要银子的是下面的弟兄们!近来全山西都在传说乔东家在武汉为支持革命一笔拿出两百万两银子。鄙人想为了支持山西革命,乔东家不会在意多花一点儿的!"映霁道:"多花的这一点儿是多少?"吴秉仁道:"一百万两。加上两百万一十万两,就是三百万一十万两。零头算了,就三百万两!"黄国梁忍无可忍道:"老吴,我也知道让弟兄们打仗要花银子,但你们也不能狮子大开口!"映霁略一沉吟,抬头道:"吴先生,我答应了。但这是有条件的!"吴秉仁道:"乔东家为革命仗义疏财,兄弟佩服!请讲!"映霁道:"第一个条件,必须按照刚才你代表阎锡山同志和黄将军商定的方案,迅速起义,控制太原府,宣布山西独立,同时立即兵发娘子关,控制芦汉路,解汉口之围!"吴秉仁不说话。映霁道:"第二个条件,严格约束部属,不得趁乱抢劫,更不得焚烧太原府商街,尤其是不得抢劫票号!还有,这么一大笔银子我不会一笔付清,起事前一小时付一半,剩下的一半,必须等刚才这两件大事照约定执行,没有差错,我才会付给你们!"吴秉仁脸色一变,道:"乔东家,有句话不是将军的意思,是鄙人的意思——"映霁道:"吴先生请讲!"吴秉仁道:"不但将军不要乔东家的银子,就是下面的弟兄们也可以不要,他们要银子,总归是有办法的。事实上——"黄国梁打断他道:"如果放纵乱兵抢劫太原商街的山西票号,你们可以得到更多,是这个意思吗?"吴秉仁又不说话了,但表情说明他指的就是这个。映霁道:"吴先生,如果那样,阎标统率领的就不是革命军,而是祸国殃民的强盗!"吴秉仁突然不耐烦起来,道:"乔东家,多说无益。你的全部条件就是方才讲的那两件事?"映霁道:"对!还有,我们双方要为此事签一份文书!"吴秉仁道:"乔东家还打算将来让我们将军还你银子吗?"映霁道:"银子可以不还,但是责任必须履行。不然,白纸黑字,阎将军就在天下革命党人面前失去了诚信!"吴秉仁又恼起来,道:"乔东家,再说一遍,我们可以不要银子。天下一乱,当兵的自有拿到银子的办法,既不用跟谁商量,也不用签什么文书!"映霁也不退让,道:"你们真要那么做也成,我要说的话方才已经说过了!我不相信阎锡山同志会让人认为他的队伍不是革命党而是盗匪!"吴秉仁转身离开,走进一侧的电话间打电话。黄国梁看着映霁赞道:"乔东家,好样的!签了文书,阎锡山仍然可以不革命,但那样他就会失信于天下!"吴秉仁很快就走了出来,看映霁道:"乔东家的条件将军全部同意!两位,下面谈起事计划吧!"映霁坚定道:"不,吴先生还没有告诉乔映霁,阎将军答不答应签一纸文书呢!"吴秉仁变色道:"将军说了,不管有没有你的银子,都要我马上和黄将军一起讨论如何起事!黄将军,我们将军的想法是这样的——"映霁不容他说下去,道:"吴先生,作为武汉军政府的特使,我必须通过你再次提醒阎将军,不只是要计划太原起事,还要计划起事成功后立即出兵娘子关,截断芦汉路,解汉口之围!革命在今天这个时刻赋予了阎将军重大的历史责任,他不能逃避,也不应当逃避!"吴秉仁回头大喊:"来人,把他带下去!"

两名卫兵冲进来,扯住映霁往外推。映霁大叫:"等等!我要最后跟黄将军说句话!黄将军,乔映霁今天不能见到阎标统,请你代我向他传达武汉革命军政府和张大帅的请求!山西同志必须马上起义,出兵娘子关,截断芦汉路!这件事刻不容缓,不然革命失败!"黄国梁大声道:"黄某记住了!乔东家还有什么话要说?"映霁道:"有!太原票号是中国金融业鼎足三立的一只足,只有保住中国票号,未来中国才有希望!"吴秉仁大叫着道:"还不带走!"两卫兵将映霁推走。黄国梁气愤道:"老吴,你们在搞什么！乔东家是武汉张大帅的特使，你们不能这样待他！"吴秉仁道："黄将军不要误会。鄙人这样做，正是为了太原起义能够如期举行！"

两个人坐下讨论起事计划，这边卫兵已将映霁带回禁闭室。小栓惊喜道："东家你回来了？他们没有杀你太好了！那就不用再准备楠木棺材了！"卫队长转眼就让卫兵抬一张书桌进来，上面放着文房四宝。小栓又急了道："不是让你死前再给家里写封绝命书吧？"王宗禹看出了些端倪，道："你少胡说！"映霁看卫队长道："原来还是要银子！阎将军答应在这张文书签字了？"卫队长道："答应不答应，也要看乔东家怎么写！"王宗禹惊道："东家，他们要多少银子？"映霁道："三百万两。"王宗禹大叫："东家不要写，太过分了！"卫队长回头看卫兵道："将这个人拉出去毙了！"卫兵们冲上前抓住王宗禹。映霁道："慢，我写！"

转瞬之间，卫队长就拿着一式两份合约回到了会客室，看吴秉仁道："他写了！"吴秉仁接过来看了又看，道："没想到他还真写了，还加了私印！"卫队长道："只是……"吴秉仁和黄国梁都看他。"只是乔映霁还说，他一个人签字不算数，将军也要在上面签字才能生效！"吴秉仁皱眉头说道："他还说了啥？"卫队长道："将军签字后，他要带上文书去太原大德通票号，找大掌柜商议借银子的事！"

吴秉仁断然道："做这件事别人可以去，他不能！"黄国梁看不下去道："老吴，你们是怕他答应了不兑现，留下他做人质？让乔东家留下，谁去帮你们弄这么一大笔银子！"吴秉仁道："不是你们，是我们。"回看卫队长道："把夜里抓的那两个乔家人放了，让他们回去帮我们弄银子！"卫队长答应一声，回到禁闭室里，发现映霁正对王宗禹、小栓耳语，大声道："你们嘀咕什么？有话大声说！"王宗禹不理他，只看映霁道："明白了东家。"映霁回看卫队长道："我告诉他们，见不到银子你们是不会放我出去的。你来一定是要放他们出去，我刚才告诉他回去了怎么弄银子。没有银子，我和阎将军的合约就无法履行，不是吗？"卫队长生气地看王宗禹和小栓道："你们两个走！"小栓大叫："不，我不走！要死要活我都和东家在一起！"映霁感动道："小栓，好样的！但你还是要走！"卫队长道："带走！"小栓道："东家，我还是先回去给你准备一口楠木棺材吧，我看你早晚还是活不成！"他哭起来，和王宗禹一起被卫兵们押走。

映霁一个人留在禁闭室内，目光炯炯，不能入睡。门忽然又被打开，两名卫兵将莲花和巧姑推进来。映霁一惊道："是你们！"莲花看他一眼，不说话，带巧姑走到一边去背身立。映霁大声激动地对正在锁门的卫兵道："你们可以这样对待我,但不能这样对待她们! 她们是武昌首义的功臣,一直在汉口前线浴血奋战! 我能证明她们是真正的自己人!"卫兵哪里会理他,锁上门扬长而去。映霁还要喊,莲花突然回头道："不要喊了! 这时候他是不会放我们出去的!"映霁看她,摇头道："张大帅把我派往山西,马上又把你们派过来,一路跟踪到了山西! 原来我还是不受信任的!"莲花终于回头用刀锋一样犀利的目光直视他道："你真觉得你值得被信任吗? 汉口前线局面危若累卵,你离开武汉后没有直奔山西,却绕了一段长长的路去了哪里,又为了什么?"映霁道:"这就对了,离开武汉后你们一直都跟在我身边! 还有,昨天夜里在榆次王家后门给了我一鞭子的人也是你!"莲花道:"如果你真像自己对张大帅表白的那样,可以为革命抛弃一切,入山西境后就不会将大帅托付的大事置之脑后,不是直奔太原府,而是半夜三更跑到榆次去和一个不三不四的女人吊膀子!"映霁勃然变色。巧姑道:"巧姑也看见了! 刚才你都承认了,莲花姐在榆次王家后门打了你一鞭子!"莲花道:"巧姑不要说了,回到山西他要做什么是他自己的事! 乔东家,我只问你一件事,你可以在武汉拿出两百万两银子支援革命,回到山西却为什么不愿意再拿出一两银子支援阎标统起事,这个怎么解释! 太原起义同样需要银子,你故意设台阶,签文书,或者真像某个人说的那样,你想革命成功后拿这个要挟民国政府,为乔家得到天大的利益?"

映霁大惊道:"不是这样的! 这些话都是谁告诉你的? 你见到了阎标统? 你过去就认识他?"巧姑抢上来道:"他们当年在日本就认识!"映霁又是一惊看莲花道:"你还到过日本?"

巧姑道:"莲花姐何止到过日本,她跟随自己的恩人还到过欧洲和美洲!"莲花叱止她道:"你住口!"映霁看莲花,点头道:"我明白了,阎锡山终于敢相信我是革命党,竟是因为你见过了他!"巧姑看莲花一眼,发现她不再说话。映霁急道:"要是这样我就更不明白了,既然你们相识,为什么他还要把你们和我一起关到这里来!"莲花坦然道:"这没什么不好理解。阎锡山还没有起事,我们和你的身份都不便公开,他选择把我们一起关起来也有可能真是为了保护我们!"

映霁道:"如果是这样我当然可以理解,但我认为——"莲花打断他道:"天不早了,在阎锡山同志领导太原起义以前,你和我什么也不需要认为。我们累了,要休息!"说着巧姑已经拉过两把椅子,让莲花和自己坐下休息,两人不再理睬映霁。映雾此刻纵是有再多的疑问想问莲花,也不能开口了。他跟着坐下来,目光一直温存地注视着她们,但后来还是闭上了。

山西巡抚衙门里,陆钟琦依然没睡,他走来走去,神情异常焦灼。光熙捧一封呈文匆匆走进来道:"爹,阎锡山的呈文到了!"陆钟琦一眼也不看道:"说什么?"光熙道:"阎锡山说,接到爹的密令,他虽然抱病在身,但王命不可违,值此天下分崩民心瓦解之日,正是孤臣孽子挺身而出,报效朝廷之时。他决心率领本标军马,于明天出城,领取武器,做好准备,后天启程,前往河东!"陆钟琦一动不动地站着出神,忽然两串泪水落下来。光熙吃惊道:"爹!"陆钟琦擦去泪水道:"一篇鬼话,居然骗出了老夫的眼泪!老夫在想,如果这是真的该有多好!""爹认为阎锡山在撒谎?""当然撒谎。对了,他怎么解释今天夜里在自己兵营里软禁黄国梁这件事?""呈文上说,黄国梁夜闯他的大营,他为了防备万一,匆忙中才将此人及其卫队缴械软禁,细察后方知黄国梁没有异图,打算坐谈一夜,天亮后放黄回营。""移兵河东的事情,他也和黄谈了?"光熙目光兴奋,道:"阎锡山说,经过他晓以大义,黄国梁打算天亮回营,明天率先移兵城外,后天两标军马一起启程!"陆钟琦不为其所动道:"你觉得这都是真的?"光熙嗫嚅起来:"爹,这个……"陆钟琦道:"再次传令山西将军诺敏,城内八千绿营日夜严加戒备!你要亲自过问此事,明天天亮起严密监视阎黄两部的一举一动!发现他们没有按时出城,立即动手,将他们全体缴械!"光熙道:"阎锡山已经答应和黄国梁一起移兵河东,这样做会不会反而激起兵变?"陆钟琦道:"如果一定会有兵变,无论我做什么不做什么都会有;如果没有,我在太原城中做什么事都不会激起兵变!去办吧!"光熙要走,又回头道:"儿子差点忘了,阎锡山说,为了早日移防,希望爹明天一早就能下令城外军火库,给移兵出城的两标新军发放枪弹!"

陆钟琦沉吟良久道:"好。但必须在他们全部出城之后。这件事你也要亲自掌控。人不出城,城外军火库宁可炸毁,也不能让他们得到一枪一弹!他们一旦出城,马上关闭所有城门,再不许一兵一卒进入!还有,把车马准备好,城里枪声一起,我们一家人就走!"光熙面色苍白道:"局面真有那么危险?"陆钟琦突然发火,厉声道:"你知道什么!照我说的去做!明天一大早起,家里人全坐到马车上,人不离车,马不卸鞍,吃饭睡觉,都在车上!"光熙答应一声,快步走出。

王宗禹、小栓回到乔家大德通票号太原分号,已经是四更时分。大掌柜室里,小栓用大瓢喝水,一边喝一边还呜咽了一声。何大掌柜走来走去怒看高瑞道:"真是疯了！三百万两！当年慈禧太后老佛爷把老东家关在天牢里,要他的命,出价也不过八百万两,他一开口,就答应给这帮强盗三百万两！"小栓"扑通"一声跪下大喊:"高大掌柜,何大掌柜,东家现在等于成了他们的肉票！不管多少银子,都要救东家！"何大掌柜看高瑞道:"我见过债主,可没见过这样的债主,乔家完了,完了完了完了！"高瑞打断他道:"你这会儿还能拿出多少银子？"何大掌柜道:"我没银子！今晚上全让银车拉走了！"高瑞笑道:"我还不知道你？"何大掌柜道:"最多……打死我,也就一百万两！"高瑞回看王宗禹问:"明天半夜子时前就要交割？"王宗禹点头,道:"不过东家有个条件,拿不到阎锡山签字的文书,一两银子也不付。"高瑞看何大掌柜道:"明天半夜子时前,你要拿出一百五十万两银子！"何大掌柜无奈,道:"我哪儿弄去呀,如果他们要银票——"王宗禹道:"我和小栓出来的时候,人家特别交代,只要锃锃响的现银！"何大掌柜哼哼起来道:"哎呀我的牙疼得——"小栓道:"何大掌柜您可不要这样,这都啥时候了！秀才遇上兵有理讲不清,恼了他们真能一枪把东家给崩了,再回来抢了太原府商街！"

何大掌柜又看高瑞,担心道:"这一百五十万两银子不会是开头吧？要是就这么多,我还能想想办法！"王宗禹道:"两位前辈,你们想想,乔家的东家什么时候会不守诚信？我看三百万两一两也不能少！"高瑞沉吟。王宗禹又道:"高大掌柜,有没有这三百万两银子,山西一准都要革命！有了说不定就真能保住太原商街和山西票号。现在连我都想通了,革就革吧,早点革反而好！"何大掌柜大叫:"怎么好？你当三百万两银子是好挣的？我在乔家干了一辈子,也没有——"高瑞打断他道:"潘大掌柜已经回到祁县,你们不是有直通电报机吗？快给他打电报,问他怎么办！"有了电报机真是快,很快潘为严就在祁县大德通总号的大掌柜室里看到了这份十万火急的来电。二掌柜和三掌柜紧张地看着潘为严,吓得说不出话来。潘为严断然道:"回电高大掌柜,三百万两银子可以给,我们一手交银,他们一手交人！"二掌柜道:"真给？"潘为严道:"不管用什么办法都要把东家救出来！乔家是他的,垮了也是他的,但是人,一定要救！"三掌柜还在想银子的事,喃喃道:"东家的娘是个疯子,东家不会也疯了！"潘为严道:"你们两个,一个发电报,一个准备马车,我也要去太原府！"

太原府大德通分号里,高瑞看到回电,松一口气,对小栓、王宗禹道:"你们还得回兵营里去,照潘大掌柜的话跟他们谈,银子可以给,但我们要求一手交银,一手交人！不然没有银子！"小栓叫起来:"哎呀我可不去了,万一他们生了气,不要银子了,一枪把东家和我们俩崩了咋办？我连个媳妇——"高瑞打断他道："阎锡山不见银子，是不会崩了东家和你们的！但是见到银子后会不会，就不知道了！"小栓又叫："哎呀，连您老人家都这么说，小栓更不敢去了！"王宗禹拉小栓道："还不快走！"小栓跺脚道："东家，小栓为了你连命也豁出去了！"两人走出了门，高瑞回看何大掌柜，道："光有银子还不成，恐怕还要多准备几手！"何大掌柜忽然明白了，道："我有办法！——蒿子！"蒿子马上风一样跑进来。何大掌柜看他道："我一直让你花钱养几个闲人，现在怎么样了！"蒿子笑道："东家现被一帮大兵关在兵营里。猜到想让他们干啥了？"高瑞道："事情办得好，我一人给他们一千两银子！"蒿子失声叫："这么多！"高瑞道："救东家就是救乔家，救我们自己！事情要机密，不到最后关头，不要告诉他们去救谁！"蒿子道："这个我懂！"

天就要亮了，阎锡山兵营内，映霁已经醒过来，看莲花道："莲花同志……"莲花睁眼道："你干什么，这会影响别人休息的！"映霁道："直到此刻，我这个武汉革命军的密使居然没能见到阎锡山本人，只有你见到了他！"莲花打断他道："我也没见到他，我见到的只是他的替身！"映霁道："你和张大帅都能证明他是革命党，但我无法理解直到此刻他为什么不愿意见我们中任何一个人！""乔映霁，你想说什么？""我想说人是会变的！"莲花道："你怀疑大敌当前他脚踏两只船！"映霁道："如果起义无法举行，他此刻仍然可以脸色一变，将我们、黄将军送给山西巡抚！我这样怀疑他一点儿道理也没有吗？"莲花道："你可以这么怀疑一个同志，但在我看来，他就是想变节也没有机会了！他本该在抓到我们的第一时间将我们送给山西巡抚，但他却选择了把我们关在自己的大营里！不要以为你的银子在他下决心方面起到了最关键的作用！山西富甲天下，富商大贾有的是，阎锡山想要银子，随时可以得到！"

映霁看她，突然换了一个话题道："莲花同志，你今晚上问了我一个问题，为什么离开武汉后会绕道去了一个地方？你就是因为这个对我生出了新的不信任。想知道答案吗？"巧姑睁开眼睛与莲花对视。莲花悄然心动，却不说话。映霁道："你不回答也没有关系，可我愿意告诉你。那个地方叫临江——"巧姑忍不住开口道："临江我们知道，你们乔家和临江、那个渡口的渊源我们也知道，你不用讲！"映霁诧异道："你们知道？你们是怎么知道的？"莲花急忙接过话头道："我们一路跟着你到了那里，当然就知道了！"巧姑知道失言，不说话了。

映霁吃惊道："你们果然一直在跟踪我！知道我就不细说了。所以会选择走那条路，一是走这条路可以甩开追杀我的人；二是我想亲眼看看临江茶山是不是还在；三是这么多年了，我一直想再去看一下那个渡口。"莲花把头扭开去，她的心突然又剧痛起来。"事先我不知道在我八年前去广州学生意后，因为各种原因，临江茶山已经被荒废，乔家从武夷山到恰克图的万里茶路也断绝了，曾经让十几万人过上小康日子的临江镇又变成了一座死城！"他边说边站住了，痛苦让眼里蒙上了薄薄一层水光，"我还特别想说一件事，当年临江渡口住着祖孙两个人，他们一直靠每年两季摆渡乔家和山西各大茶商的茶货过日子。九岁那年除夕，我曾经随爷爷到过那里，还住了一夜，认识了渡口上那个七岁的小姑娘……以后每年总有一天，我会回到一个和渡口小姑娘相会的梦里……因为茶路断绝，渡口成了一片废墟，可那天晚上我还是回到了了梦里，看到了我九岁时认识的小姑娘，她叫阿莲，已经长大了，而且——"他突然回看莲花的眼睛，道："那个人非常像你！"

巧姑变了脸色，飞快扫一眼莲花。莲花方才不觉回头看他，这时又猛地背开了他的目光，大声道："你的想象力太丰富了！我们这次奉大帅之命一路随你来山西，是为了暗中保护你！但我和巧姑从没有到过你说的那个渡口，和它也没有任何关系！你今天这篇无聊的谈话可以结束了！"说完了，她立即重新背身坐下。只有巧姑在近处真切地感觉到她浑身的战栗。映霁显然极为失望，黯然神伤道："那我明白了，那天夜里我在渡口看到的不是你，它只是个梦！"他重新坐下，闭上眼睛。巧姑也跟着在莲花身边坐下，这时才发现映霁正在无声地流泪，她的心突然被深深触动。

天大亮了。太原府南城门大开，很多人站在城门洞前，看着黄国梁率领本部军马开出城去。两名清兵急忙关闭城门。站在城头上的陆光熙转身跑下城头，上车急道："快回去！"马车一路疾驰，进了山西巡抚衙门，光熙一路小跑到了花厅，看陆钟琦道："爹，黄国梁全标出城！"陆钟琦道："你看清了？"光熙道："他连新娶的太太也让马车拉着出了城，辎重车也出去了，看样子知道他们会在河东长期驻防！——儿子亲眼所见！"陆钟琦道："阎锡山呢？"光熙道："阎锡山那边来人说，阎标统的疝气又犯了，骑不了马，下午要是能走，就全标出城！"陆钟琦道："黄国梁来人要求在城外领取弹药。你觉得我们应该答应他吗？"光熙道："阎锡山的人马还没出城，我觉得他也没有疝气。他就是想看一看，黄国梁兵马出城后爹是不是会如约发给他们枪弹！下面的话儿子不敢说——"陆钟琦道："阎锡山会因为我不发放武器给黄国梁，悍然率兵在本城起事？他不怕本官在城内掌控的八千绿营吗？"光熙道："自从爹带儿子去阎锡山兵营劳军,阎锡山就成了惊弓之鸟。这两天爹让山西将军诺敏动员绿营,全城戒严,更强化了紧张气氛。万一阎锡山判断错了,和黄国梁里应外合,儿子担心局面不可收拾!"陆钟琦道:"你真的认为我应当给黄国梁部发放枪弹?"光熙道:"这样做当然有危险,但至少能表明爹的心迹,让阎锡山平静。如果他还没下决心造反,就有可能照着原先的承诺率本标人马移防河东!"陆钟琦迟疑半晌才慢慢回头道:"我今儿感觉特别不好,可是你也有道理。爹一向信奉两句话:宁可鬼负人,不可人负鬼!我不辜负这些鬼,可他们若辜负了我,山西就完了,我们一家老小也完了!"光熙道:"爹,就是阎、黄真要反,但只要想法子把他们哄出城,咱把城门一关,靠城中八千绿营守着,照样能控制太原府,守住了太原府,就稳住了山西大局!儿子觉得,他们这次不能在太原城中起事,以后就不会起事了!"

陆钟琦道:"那就赌一把!下令城外军火库,发部分枪弹给黄部!无论如何,先让阎锡山部出城最要紧!"光熙松口气道:"爹圣明!"转身快步走出。

阎锡山的禁闭室里,巧姑突然回头开口:"乔映霁——"映霁和莲花同时睁开眼睛。这时就听巧姑道:"乔东家是不是还记得九岁那年除夕在临江渡口认识的小姑娘的名字?"映霁心中似有雷声隆隆滚讨,不觉激动答道:"当然。她叫阿莲!"巧姑又道:"这个叫阿莲的小姑娘要是活着,今年多大了?"映霁道:"她比我小两岁,今年应当二十五岁了!"巧姑再道:"你不要问我怎么知道阿莲,就告诉我,那年除夕你和她之间发生了什么事?"莲花急叫:"巧姑,住口!"映霁吃惊地看二人,又看巧姑道:"巧姑妹子,非常惊讶你会问我刚才这些话,虽然不知道其中的缘故,但我愿意回答。十八年了,我一直都在为这件事苦恼。那个除夕之夜……不,我能记得全是白天的事,可这些年我梦见的却都是夜里的事——"莲花浑身颤抖,几乎无法自持,但她不愿意回头,让他看见了自己的泪眼。巧姑紧追不舍道:"白天怎么样?夜里又怎么样?"映霁心里越来越惊讶,急道:"白天我们在一起吃饭,喝酒,打雪仗……"——巧姑发现他的目光中渐渐现出了茫然——"至于夜里……我只模糊地记得她牵着我的手,把我从一个遍地冰雪的地方领回到屋里……好像还发生了一件要紧的事,但是什么事,我却怎么也想不起来了!"巧姑悄然作色道:"是真的想不起来,还是故意的?"

映霁心中不悦,大声道:"巧姑妹子,你不会像他们一样怀疑我做人的品格吧!"巧姑急看莲花一眼。莲花浑身的战栗越来越猛烈,坚持不让自己回头。巧姑又看映霁,大胆追问:"再问你一句话,最后一句。"莲花突然感觉到了巨大不安,大声道:

"不要吵,说这些干什么!"巧姑道:"不,姐,你不要管!现在我们被关在这里,不说些闲话就太无聊了!乔东家,你是不是还记得有一个女子,七岁就和你有过婚约?以后她一直都在你第一次见她的地方等着你,一直等到十六岁,你却没有去娶她!"映霁心中惊雷阵阵,大声道:"巧姑妹子,你在说啥?没有!我不记得有过这样的婚约!还有这样的事?这话你从哪里听到的?"巧姑不甘心道:"真的没有?还是不记得了?"映霁想了想,认真道:"不是没有,是绝对不可能有!"巧姑不觉回看一眼莲花,脸上现出失望的表情。莲花努力控制住自己的情绪,突然开了口:"不可能什么意思?你是不是想说,因为两家出身门第不同,就是有这样的婚约,也是不可能被履行的!"

"错了!我说不可能,是说乔家一诺千金,天下知名,守信对我们比性命还要紧!如果有这件事,就是我忘了,爷爷、我病中的母亲、乔家的掌柜和伙计们也会记得。但从来没有人说起过这件事,那就是说,这件事是不可能有的!"映霁的话说得这么斩钉截铁,巧姑回视莲花,发现她一时语塞,接下去竟什么话也说不出来了。倒是映霁被这个话题深深震惊,仍旧喃喃问道:"怎么会有这样的传言!……乔家树大招风,我这么大了没有成亲,外面常常会起一些离奇的谣言。你们这谣言又是在哪里听到的?"巧姑看莲花,注意到她嘴唇颤抖。莲花突然开口道:"乔映霁,万一世上至今还活着一个和你有过婚约,却被你辜负了的女子呢?"映霁深深地看着她道:"我说过了,这不可能!我以我个人的名誉担保没有这样一件事!""万一有呢?"映霁瞬间放松下来,脸上现出轻松,盯着她道:"莲花同志,我无法回答一个假设的问题……要是真有这样一个女子,我辜负了她的终身,为什么至今她都没有找到乔家去理论?我是乔家的长门长孙,是承重孙,现在已经接掌了家事,要娶的太太是这个家的长门长媳,承重媳妇……这么说吧,在我们家,无论将来我订亲还是娶妻,都是惊天动地的大事!真有这么一桩婚约,家里早闹得天翻地覆,可是从小到大,没任何人告诉我有这么一桩婚约!这谣言太荒唐,不值得一驳,我自己都不相信,奉劝二位也不要相信!"他回头坐下去,重新闭上眼睛。巧姑绝望道:"要是……要是你过去不知道,现在知道了,真有这么个女子,你还愿意娶她吗?"映霁睁开眼睛,正色道:"再说一遍,没有这么个女子!如果有,爷爷去世前一定会让我知道……啊,当然我现在也有了自己的心上人!这件事就不要再说了!"

巧姑还要说什么,被莲花暗中止住,此刻她心中那一点刚刚被重新唤醒的希望之火已彻底熄灭,愤然背过脸去,闭目不再说话。巧姑心犹不甘,频频看她,又看映霁道："乔映霁，你有了心上人，她叫什么名字？"映霁坦然道："就是昨天夜里你们在榆次王家后门看到的那位小姐，她叫依依。这个名字出自《诗经》：'昔我往矣，杨柳依依。今我来思，雨雪霏霏。'《诗经》上还说：'出其东门，有女如云。虽曰如云，匪我思存。'天下人都知道，我们乔家有祖训，不准纳妾！任凭弱水三千，我只取一瓢饮！今生今世，我只有依依！"巧姑还要说什么，回头看着莲花，发现她已泪流满面。

白天很快过去，天黑下来时，禁闭的门又被打开，吴秉仁带卫兵用力将王宗禹和小栓推进来，二人倒在地下。映霁怒视吴秉仁道："这是怎么回事？"忽然明白了过来，拉起王宗禹和小栓道："银子的事怎么样了？"王宗禹道："回东家，高大掌柜说，事情既是东家要办，当然得办，但是第一，票号的银子不是东家的，所以这次东家还是要和铺子里签借贷文书。"吴秉仁打断他们道："乔东家，你们演什么双簧？你是东家，乔家的银子还不都是你的，还要签借贷文书？"映霁正色看他道："吴先生，这里面的事情你不懂。王大掌柜接着说！"王宗禹道："高大掌柜说，东家说的两条，他都赞成，但要加上一条！"映霁眉毛一耸。小栓抢上来道："第一笔银子交割时，双方一手交钱，一手交人！"王宗禹纠正他道："高大掌柜是说，我们交他们一半银子，他们放东家跟我们走！"吴秉仁道："要是我们不答应呢？"王宗禹回头道："两位大掌柜说了，这是生意，不答应生意就不做！"

莲花、巧姑早已站起，盯着面前正在发生的事情。吴秉仁发恶声道："生意就不做，说得轻巧，万一我们的弟兄们不愿意呢？"王宗禹看映霁，欲说还休。吴秉仁道："怎么不说话了？问你呢！"映霁突然开口道："不行，这一条我不答应！"小栓急道："你又疯了，为什么不答应！"映霁回看吴秉仁，道："吴先生，请转告阎标统，我可以留在你们这里，直到合约履行完毕！"回头又看王宗禹和小栓，道："回去告诉两位大掌柜，事情没办完之前我不会跟你们回去！"王宗禹吞吞吐吐道："要是那样……我回去就不好回话了！"吴秉仁道："不好回什么话？""潘大掌柜、高大掌柜恐怕不会让太原分号付这笔银子！"吴秉仁神情骤变，回看映霁道："乔东家，如果是这样，许多事就不是吴某能左右的了！"映霁想了想，猛回头看小栓和王宗禹道："你们出去，我有事跟吴先生商量！"吴秉仁示意身边卫兵带二人出门。小栓边走边喊："东家，你可不要糊涂！"门关上。吴秉仁看映霁道："乔东家有话可以讲了！"

映霁道："为了拿到银子，更为了太原革命成功，请将军答应我们家两位大掌柜的一切要求！"吴秉仁道："不用禀告将军，我现在就可以答复你，不行！"映霁毫不退缩道:"吴先生,我和阎将军是签过合约的!人而无信,不知其可!"吴秉仁道:"我想知道,你们付了第一笔银子,我们放乔东家离开,你一走了之,我们到哪里去讨另外的一半银子!"映霁勃然变色道:"凭吴先生这句话,我断定你不是山西人,更不是中国商界人士。山西人和中国商界人士从不会对我这个乔家的大东家说出这样的话!"吴秉仁忽然想起了什么,道:"如果乔东家一定坚持,我可以收回刚才的话。现在本人最关心的是第一笔银子什么时候到,因为距离太原起事的时间已经不多了!"映霁不觉大喜道:"原来将军已经下决心起事了!"吴秉仁却不激动,道:"但是,如果起事前拿不到银子,这第一枪能不能打响,连将军也不知道!"映霁笑容渐渐落去,盯着他的眼睛,一字字道:"半夜子时前一个时辰,一百五十万两银子一定会解到,我自己就是离开了将军的大营,也不会离开太原府!"吴秉仁冷冷一笑道:"乔东家要当面欺人吗?你可以走,为什么不走?"映霁严肃道:"我是武汉军政府的密使,没有亲眼看到太原革命成功,将军兵出娘子关,截断芦汉路,解武汉之围,没有看到太原商街上的票号和商家得到保护,我怎么会走!"吴秉仁不说话。映霁又道:"还有件事。阎标统一定要在合约上签字,而且我还要拿到这份合约。不然,杀乔映霁可以,想得到银子?不能!"吴秉仁忽然没有心思谈下去了,道:"距离半夜子时还有三个时辰,我出去和你的人约好交割银子的地点,到时候我交将军签字的合约,他们交银子。如果事情是假的,就没有山西革命,没有兵发娘子关,没有保护太原商街和山西票号。还有,我为乔东家的命担忧!"说完带上卫兵就走。映霁追上一步道:"吴先生等等!银子会有的,一定要保住太原商街,夜里我要求亲到那里去监督合约的执行!"门在他面前哗啦啦锁上。映霁回头,正和莲花的目光撞在一起。只有这一次,莲花的目光没有马上移开。映霁看她,欣喜道:"莲花同志,互相祝贺一下,虽然艰难,但我们的目标就要达到了!"莲花脸上仍旧冷冷,道:"不要以为全因为你的银子!陕西发生革命,宣布独立,他现在起事,至少不再有西顾之忧了!"映霁有点醒悟,道:"原来阎锡山是在等待时机,我以前误解他了!"莲花道:"你的目标也达到了!今天你第二次拿出银子支援革命,保护了你一心要保护的太原商街和山西票号。我现在怀疑你当初投身革命,大半就是为了这个!"笑容再次从映霁脸上落去,他看了她很久才道:"这句话你或许说对了。保住中国不多的金融资产,当然是我参加革命的目标之一,但不是全部!三百万两银子并不是小数目,但若能用它保住中国三分之一的金融资产,乔映霁这笔生意没有亏,我赚大发了!"

子夜时分,阎锡山大营里,吴秉仁匆匆走回来,马上打电话,毕恭毕敬道:"报大帅!一百五十万两银子,全部交割……是!一定等城外黄国梁打响……全部部署完毕……城门那边黄国梁安排了人,不用我们管!"放下电话后他飞快地看一眼墙上的挂钟,时针距离子夜零时还差一刻钟。枪声就在这时爆豆般从远处响起。一名军官跑进来道:"报吴先生,黄国梁部已从南城门进城!"吴秉仁再次拿起听筒禀报:"黄国梁率部从南城门打进城里来了!我们怎么办?"电话那头一个浑浊的声音回答:"我们的人等一等再出动!派快马去见黄国梁,传我的命令,让他率部攻打山西将军诺敏的八千绿营!"刚刚放下听筒,又一名军官跑进来喊:"报告!山西将军诺敏的八千绿营,聋子放炮仗,散了!"吴秉仁大叫:"散了?""不战而溃,拉家带口,正从大营四散出北门逃出太原府!"吴秉仁发起怔来。军官看他:"吴先生,我们——"吴秉仁喃喃自语:"大清真是要灭亡!这是天意,谁也挡不住!"他重新拿起了听筒报告,激动道:"将军,诺敏的八千绿营不战自溃!"电话那一端的声音突然沉默下去,马上又响亮起来:"消息属实?"吴秉仁大声冲军官喊叫:"消息是真的?军官大叫:"属下以人头担保!"吴秉仁对电话大声回话:"属下以人头担保!"电话里的声音果决起来,道:"立即出击,攻打山西巡抚衙门!"吴秉仁啪一个立正,大声道:"是!——陆大人怎么处置?"电话里的声音道:"陆钟琦一家要跑,不要拦着,还要暗中保护,让他们平安离开山西!"吴秉仁回答一声:"是!"他放下电话,回头发现军官在看他,问:"你怎么了?""乔映霁怎么办?"军官问。吴秉仁突然火起来道:"什么怎么办?不能放他走!他还欠我们银子呢!"

太原城中的激烈枪声也传进了禁闭室。映霁猛回头大喜道:"莲花同志,开始了!"莲花和巧姑情不自禁地拥抱在一起。映霁激动道:"莲花同志,太原起事已经开始,我要离开,就此分手,以后恐怕就没机会见面了。离别之前,有件事我一定要知道,你一直以来对我那么深的敌意原因是什么,我想听到解释!"巧姑紧张地看莲花。莲花忽然生起气来,道:"乔映霁,现在什么时候,你还在想这种事情?我要是不愿意回答呢?"映霁道:"正是因为到了这个时刻,我们随时都可能为革命死去,我才请求你回答,因为这对我十分重要!"莲花看他,有顷突然开口:"这很简单。和不少人一样,我也怀疑你这样的人进入革命党是不可理解的,你是朝廷奸细!"映霁道:"这话原来我信,现在不信了。一个人一直想杀掉另一个人,而且杀人的人是一个女人——"枪声再次响起来,他说不下去了。

　　莲花听着枪声,警觉地朝外面望一眼,愤然走过去打门,喊:"放我们出去,我们也要参加起义!"并没有人回答。莲花回头,发现映霁仍旧目不转睛地盯着自己。莲花生气了,道:"你要干什么?"映霁道:"莲花同志,有一句话我一直想说出来,但又怕冒犯你!"莲花道:"那就不要说!"映霁道:"不说又忍不住。我现在越来越怀疑你就是当年我在临江渡口认识的小姑娘。她叫阿莲,不就是莲花吗!告诉我,你是她吗?如果是她,自武汉相识以来你对我的所作所为,就能得到解释了!"巧姑心中大跳,急回头再看莲花。莲花却只有冷冷一笑:"乔东家,你看今天的我,想想当年临江渡口的小姑娘,有可能是同一个人吗?"映霁定睛看她良久,失望道:"不,你和她完全不是一类人。一看你就是都市中长大的、在国外读过洋书的新女性……再说口音也不像,除非在离开渡口后发生了不可思议的事情!"

　　禁闭室门外突然响起脚步声。莲花、映霁回头,没来得及做出任何反应,"咚"的一声门上锁被砸开了,一群蒙面人冲进来。映霁大喊:"什么人?"蒿子一把拉下面上的黑纱叫道:"东家快走!"映霁并不认识他,道:"你是谁?"蒿子道:"小的是高大掌柜派来的,这些都是我请来的英雄,这会儿兵营空了,我们走!""原来你们——"蒿子急起来,回头对众蒙面人招手,众人拥上前将映霁架起,不容分说就朝外走。映霁挣扎道:"放下我!我不能这么走!我和阎标统还有大事没完!"来人哪里听他的,匆匆将他抬走,越过一处被扒开的围墙,塞上等在那里的马车。王宗禹道:"小栓快走!"小栓赶车就走。映霁大叫:"不,我不能走!快停车!"马车已经飞驰而去。

　　禁闭室里,巧姑看莲花道:"姐,我们怎么办?"莲花道:"出去参加太原府起义!"卫队长忽然带人冲进来,看室内没了映霁,大惊道:"怎么回事?人呢?"又回头大喊:"来人,有人劫走了犯人!"莲花上前道:"把武器还给我们!"卫队长还要说什么,莲花已经出手下掉他身上和手中的两支枪。莲花将一支枪交给巧姑道:"走!"二人出门。卫队长回头大叫道:"来人!他们下了我的枪!快去报告吴先生!"一名卫兵这时才跑进来,又跟随他跑出去。

第十二章

　　太原商街，每一座房子都在燃烧。乱兵在抢劫。一辆马车飞驰而来。被捆住的映霁探头出窗，看着燃烧的商街，悲愤大叫道："怎么会这样！他们答应过我要保住太原商街的！数百年的心血，十几代人的经营，就这样给毁了！快停车，我要下车！"赶车的小栓看一眼王宗禹。王宗禹道："看啥，快带东家离开这里！"马车以更快的速度飞驰，映霁的眼里充血，牙关"咯咯"作响。

　　从商街的另一端，莲花和巧姑闪身走出。巧姑一眼望见了飞驰而来的马车和车上的映霁，叫道："姐，乔映霁！他要逃走！"莲花对准马车开了一枪。子弹"啪"一声打在车辕上。小栓吓了一跳，"哧溜"一声就从车上滑下去。莲花又开了第二枪。巧姑失色，道："姐，你会打死他的！"莲花怒道："他是张大帅的密使，任务还没完成，就想离开太原？不能！"说着又开了一枪。急驰的马车上，映霁用力一挣，身上的绳索崩断，他冒着飞来的子弹爬出车厢，抓住马缰让马车停下。王宗禹和小栓都已经不见。莲花带着巧姑冲出，枪口指向映霁命令道："下车！跟我们走！"映霁情绪激动，大叫道："刚才冲我开枪的是你们？你们要干啥？"莲花道："你的使命并没有完成，跟我们一起去阎锡山的起义总部，监督他的行为！"

　　映霁一时心情大变，高兴道："好，虽说差点被你们打死，可今天没有你们，我还真被他们捆回祁县老家了！上车！"莲花和巧姑两人刚要上车，一队新军士兵冲过来将马车团团围住，喊道："不准动！"吴秉仁从后面走出，看三人道："原来你们在这里！全部抓起来带回去！"映霁怒不可遏，大叫："吴先生，我们是武汉军政府的密使，你们不能继续拘禁我们！快带我们去见阎标统，我有大事见他！"吴秉仁道："总指挥正在前线率军攻打巡抚衙门，哪有工夫见你们！——带走！"卫队长上前从莲花巧姑手里夺回自己的枪。众士兵吆吆喝喝将三人押走。卫队长对吴秉仁说道："吴先生，不是您当机立断，就让他们跑了！"吴秉仁道："错了，他们不会跑！""为什么？"吴秉仁不想跟他说这件事了，只道："对这三个人要严加看管！还有那两个女人，她们是武汉来的，不能让她们看到的东西太多！"两人边说边大步跟上前方的队伍。王宗禹、小栓这才从街边的废墟里爬出来，看着这队大兵远走。小栓哭起来。王宗禹生气道："哭什么你！"小栓道："今年大年初一我给东家算过一卦，说他有血光之灾，算得真准，看样子我还是得给他准备楠木棺材！"王宗禹呸了一口道："胡说啥！我们快出城禀告高大掌柜想别的办法救东家！"两人重新赶上马车驰走。

这个夜晚，满城的枪声也惊动了被关在太原府大牢里的望百和望石。望实和众罪犯都嚷嚷了起来："枪打得这么凶，不会是兵变了吧？""兵变了就好了！我们打破狱门逃出去！"唯独望百一个人闭目而睡。望实回头摇他喊道："哥，外头都打起来了！快醒醒！"望百的眼睛划然睁开，大声自语道："革命了！"众罪犯回头看他："什么意思？"望百大叫："革命党在山西起事了！山西要变天了！乡亲们，我们快一起冲出去！太原府到处都是银子，我们快去拿啊！"众人大声响应。望百一把拉住望实道："快走！"望实问："去哪里？"望百道："去巡抚衙门，找姓陆的算账！"回头就对罪犯们道："你们知不知道哪里银子最多？"一名罪犯道："当然是太原商街！还有山西官银号！"望百大叫："错了，山西官银号没有银子了！太原商街银子再多，也没有山西巡抚衙门的银子多！去晚了就被别人抢了！"罪犯们受他的蛊惑，一起大喊："对，我们去抢山西巡抚衙门！完了再去抢太原商街和山西官银号！"他们吆喝着冲过去，用力撞击狱门。那门居然被撞开了，罪犯们潮水般涌出去。狱门外，望实拉住望百道："哥，不能这么干！"望百用力将他推开，恨道："不能怎么干！我崔望百不远千里回到山西，打定主意要出一策帮他陆钟琦救天下，可这个大清的命官居然首鼠两端，将你我投进死牢……陆钟琦，你也有今天！"望实还要说什么，已被望百扯着跟众罪犯一起冲上了大街。

山西巡抚衙门里，光熙听着越来越激烈的枪声，看一眼坐着不动的陆钟琦，大急道："爹，你说句呀！"一名管家跑进来，着急地对光熙耳语了几句。光熙又道："爹，是您让儿子早早地准备了车马，山西的一根草也不带，一有动静马上全家离开山西，这会子阎锡山的兵快打到巡抚衙门了，再不走就晚了！"陆钟琦只是垂泪，这时听他喃喃自语道："八千绿营，说散就散了，他们可都是八旗的子孙，吃的是朝廷的铁杆庄稼，以前阎锡山、黄国梁不敢动，就是因为他们！这才听到一声枪响，他们就散了！还有那个山西将军诺敏，皇亲国戚，原来昨天就跑了！大清就这么亡了，后世都是要笑话的,至少得有几个忠臣孽子与国同死吧!”

一名亲兵忽然从光熙身边跑过去,光熙一把抓住他,叱斥道:“什么规矩!”亲兵道:“大少爷,外头有大批乱兵正赶过来!你听听他们的脚步声!”光熙手一松,亲兵跑走。光熙大叫:“爹,你是怎么想的!”陆钟琦反而坐下,流泪大叫:“我还不走了!让他们杀了我吧!我就不信,来山西不到一个月,我一个人也没得罪,靠自己的俸禄养家,一文银子也没用过山西人的,他们凭什么就要杀了我和我的一家!”外面已经响起了闷雷般的脚步声。一个老妈子跑进来,扑倒在地,大哭道:“不好了大人,他们进来了!”陆钟琦、光熙抬头一看,望百带望实和大批罪犯手带各种武器已经拥了进来。光熙一眼认出了望百,吃惊道:“是你——”望百看陆钟琦和光熙,大笑道:“陆大人,陆公子,你们姑息革命党,逮捕崔望百,以为这样就会天下太平,没想到人算不如天算,报应到了!”他看了众人一眼道:“乡亲们,他就是陆钟琦,山西巡抚,杀了他,抢他家的银子!官府在全山西搜刮的银子,都在他们家呢!”众罪犯响应,大喊:“杀了狗官,抢银子呀!”冲上去乱刀将陆钟琦、光熙捅倒在地,老妈子也被杀死。一名丫鬟跑进来,看了一眼,大叫一声,转身就跑。望百又对众人道:“银子都在内宅呢,杀了他们的家眷,抢银子去呀!”众罪犯随他跟随丫鬟拥进内宅。倒在地下流血喘气的陆钟琦看着将死的光熙,流泪道:“没想到……”光熙爬向后门朝内宅张望,流泪喘息道:“爹,我娘,我媳妇,还有您孙子孙女,都在车上,让他们杀死了!”他用手抓过一把刀,重重扎进自己胸口。陆钟琦用力爬起,面向东方叩头道:“皇上,太后,没想到陆钟琦一家成了为大清死节的孤臣孽子——”话没说完,望实已将望百拉回来,大声劝道:“哥,我们不要造孽!”望百手里已经有了一把枪,回见将死的陆钟琦,道:“你还活着!”冲他砰地就是一枪。陆钟琦睁着眼睛死去。望百这才回头看望实道:“什么造孽!这就是个弱肉强食的世道,你得了机会,不杀他,他就会杀了你!”他提着冒烟的枪奔回去。望实无奈地跟上。

清晨的太原府,新军起义已经结束,阎锡山的临时督军前,一面孙中山为民国设计的五色旗高高飘扬。望百带望实顺大街走来,远远站住,目光投向戒备森严的督军府大门。望实走过来拉住他道:“哥,快走!你都杀了人,太原府不能待了,快回祁县!”望百忽然道:“说什么呢,我不会走的!”望实道:“你又想干什么?”望百道:“大清真是完了,什么铁打的江山,太原城中八千绿营,居然不战自溃,让阎锡山竖子成名!”望实道:“那又怎么样?跟你我什么干系,我们还是我们!”望百道:“错!天下正在大变,我真正的机会到了!"望实大惊道:"你又在做梦了!"望百道:"过去我一直觉得山西人里面没有大英雄,昨天这一夜阎锡山让我开了眼,了不起!有心胸!有胆气!他居然敢凭一支军马,就在山西这块京畿近地起事!要知道太原府不是武汉,阎锡山在山西起事,对朝廷就是膏肓之疾,北京必派大军来围剿!"望实惊诧道:"什么?阎锡山要大祸临头?"望百道:"是不是大祸临头,那也要看他身边有没有张良、陈平一类的谋士为他拨云见日!若是我为他出一谋划一策,阎锡山即便丢了山西,仍可以凭太原起事的功业一举成为中国军政两界的新星,将来雄居北方,问鼎九五,都是难说的!"望实道:"哥,你就别说你的韬略了,没有一回是成功的,好几次都差点让你我掉了脑袋!"望百道:"当年韩信也受过胯下之辱,胯下什么地方?就是裤裆,从人家裤裆下面钻过去,受人耻笑,可他有一天遇上明主,立马拜将称王!"望实道:"韩信的戏我看过,他最后的结果可不好,让吕后给哄进咸阳的钟室,寸斩而死!"望百喝了一声:"呔!不要说丧气话。只要能让我成功,为王为寇,何足道哉!走!趁着阎锡山事业草创,我带你直闯进去见他!"

望实大声道:"不要!"望百却已大步走向督军府门前台阶。众守卫转眼将他拿下。一名军官问:"干啥的?"望百大声道:"督军大人请来的!快让我进去见他!"军官问他:"你什么人?"望百道:"张良,诸葛武侯!"军官道:"张良知道,诸葛武侯是谁?"望百道:"没看过书,也没看过戏?诸葛武侯就是刘备三顾茅庐才请出来的诸葛亮!"军官道:"今早上已经来了十六个诸葛亮了。先站这儿,我去禀报吴总参议!"望百喊了一声:"等等!吴总参议是谁?"军官大声道:"吴总参议都不知道,还说是督军大人请来的,又是个骗子,扔出去!"众人答应,抓住望百。望百大声抗议道:"停!本人确是你们督军大人请来的!……想起来了,吴秉仁,原来是督军营中的幕僚长,说对了吧?"军官示意众人将他放下,道:"算你说对了,等着,我去通报!"

望百转眼被引进了督军府总参议室,和吴秉仁相见。望百大咧咧道:"你就是吴总参议了?"吴秉仁不屑地看着他问:"你是谁?"望百道:"可惜本人想见的不是你,是督军大人!"吴秉仁故意道:"不告诉我你是谁,要做什么,本总参议怎么为你通报?"望百道:"吴总参议这么说话就好听多了。在下山西祁县崔望百,世代经商,却也读书,不说满腹经纶,算无遗策,但今天也敢在您老先生面前夸上一句海口!"吴秉仁心中已经大怒,却忍着。望百越发骄横,大声道:"如今督军大人在太原府策动起义,杀了山西巡抚一家十几口,控制全城,通电全国,宣布山西独立,不但捅了一个天大的窟窿,也为自己和追随他的人包括吴总参议引来了塌天大祸!"

吴秉仁忍无可忍道:"什么塌天大祸?"望百道:"山西京畿近地,阎督军率革命军占领山西,随时可以东出娘子关,威逼芦汉路,摇动天下。总参议认为朝廷容得下这一心腹大患吗?"吴秉仁不说话。望百继续道:"朝廷可以置武汉之乱于不顾,但绝对不会对革命党控制山西置之不理。不出某之所料,十日内朝廷必发明诏,倾一国之兵剿平山西!吴总参议想一想,以督军一军之力,挡得住吗?如果不能,督军和吴总参议将置身何处?这不是塌天大祸,又是什么?"吴秉仁被他这番话说得心中大动,表面却不动声色,道:"以你之见,督军该怎么办,才能化险为夷?"望百道:"督军不到,崔望百不说。"吴秉仁切齿恨道:"难道本总参议不堪与你对话?"望百道:"非也。此事体大,说是天机不可泄露,也不为过。"吴秉仁突然回头大声道:"来人!"几名卫兵持枪冲进来。吴秉仁道:"督军府成立三天,骗子已来了一群,这是又一个,拉出去毙了!"众人答应一声,抓住望百道:"走!"望百陡然变色,大叫大嚷道:"你们不能这样!"回头急看吴秉仁,道:"吴总参议,我说!我说还不行吗?"吴秉仁让众人放开望百,挥了挥手,众人离去,看望百道:"说你的天机吧!"望百不得已道:"天机就是,此刻督军可做两件事,反必败为必胜,将以此为本钱,做北方之主,与列强争雄,问鼎天下!"吴秉仁不以为然道:"别说这路大话,说你的两件事!"

望百道:"第一件,山西乃天下富商聚集之地,既然督军大致控制了山西,山西的银子尽可为我所有。督军应抓住千载难逢之机,用一切手段网罗金银,招兵买马。俗话说有钱能使鬼推磨。有了银子,天下人都可为督军效命,督军将来就有了问鼎中原的本钱!"吴秉仁道:"第二件!"望百道:"督军以一支孤军,在山西起义,已经为革命党立下大功,若这时再派一支军马,东出娘子关,威逼芦汉路,截断朝廷和武汉战场的联络,在革命党人中得分就更多。即便将来山西仍为朝廷大兵所有,督军仍可凭借到手的银子和在革命党人中的威望退出太原,等待革命党在全国大胜,回头收复太原,占据山西为根本之地,然后数路分兵,威逼京津,问鼎中原,抗衡天下豪杰,成一代之雄!"

吴秉仁已被他说动,久久凝视着他,突然怒道:"你刚刚还在说朝廷十日内定会派大军剿灭山西,现在又要督军派出一支兵马东出娘子关,这不是混说吗!"望百大叫道:"不!这恰恰是败军取胜之计!兵出娘子关并不是要督军真的拿下它,要的是造成声势,震动天下,只要这个目的的达到,督军完全可以半途将兵马召回,在朝廷大军入山西前全军退出太原府,撤往晋北晋南山区,等待天下大变!"吴秉仁大喝一声:"来人!"众卫兵又冲进来。吴秉仁道:"这个疯子满嘴胡说八道,扔出去!"众侍卫答应,再次将望百抬起往外走。望百大惊道:"我不是疯子!你为什么——"突然他醒悟了,大喊:"我错了!不该把这些话说给你听!有你在督军身边,是不会让我见到督军的!既生瑜何生亮!吴总参议,你要记住我帮了你!"众卫兵已不由分说将他抬出。吴秉仁想了想,急急走出。

督军府门外高高的台阶上,军官看众卫兵道:"扔下去!"众人用力将望百摔下去。只听"扑通"一声,望百重重摔在下面台阶上,大叫一声,昏死过去。望实扑过来,伏地大哭,摇晃望百道:"哥,我开头就不让你进去!"望百被他哭醒,缓缓睁开眼,道:"别动!"望实惊恐地看他,道:"怎么了?"望百咬牙道:"腿折了!去弄一辆马车,载我走!"他忽然又仰天哈哈大笑起来。望实被吓得回头,道:"哥,你真疯了!"望百大声道:"这个吴总参议少算计,他不该把我扔出来,应当让人杀了我!"说着看了一眼望实急道:"不要马车了,快背我走!说不定他现在就想起来了!"望实听了,急急背起他跑走。

吴秉仁转眼就走了出来,看卫兵道:"刚才那个人呢?"众人道:"走了!"吴秉仁懊恼地往回走,一位幕僚忽然迎上来,对他说了一些什么。吴秉仁生气道:"抢了太原商街,就弄到那么一点儿银子?"幕僚道:"总参议,不少了!一百多万两呢!"两人身后响起了一声呐喊:"报告!"吴秉仁看幕僚道:"你快走!"幕僚匆匆离开。吴秉仁回头看去,是一名军官,道:"什么事?"军官道:"被关在大营里的乔映霁和那两个武汉来的密使,吵着要见督军!"吴秉仁道:"哎呀,忘了还有一笔大银子!带他们来见我!"映霁、莲花、巧姑很快被带进了督军府气派的会客厅,三人等了很久,吴秉仁才被一帮参谋军官簇拥着走进来。映霁站起道:"吴先生,你到底出来了!阎将军何在?"一参谋军官纠正道:"乔东家,阎将军做了山西督军,是大帅了,吴幕僚长也不是吴先生了,他现在是督军府的总参议!"映霁道:"恭喜总参议。不过乔映霁,还有这两位武汉来的同志有大事要马上见到督军!"

吴秉仁挥手让参谋军官离去,回头道:"乔东家,见督军的事可以等一等!我请你来,是有件大事要和乔东家谈。太原起义已经成功,当初你许诺的三百万两银子的一半,应当兑现了!"映霁道:"吴总参议,今天乔映霁来见督军,本是为了另一件大事,但你既然提到了银子,我也正好问您!我们之间有过合约,可是乱兵昨晚上还是烧了太原商街,将那里的票号和商家掳掠一空!"吴秉仁不悦道:"原来乔东家是来兴师问罪的! 太原起事之夜,城内失去秩序,督军虽然下令弹压,但无济于事! 难道因为这个,乔东家就不打算兑现剩余的一百五十万两银子了吗?"映霁冷冷道:"吴总参议! 乔映霁当初答应出银子给山西革命军做军费,条件之一就是督军必须用一切办法保住太原商街,可这一条你们并没有执行。我有确凿的人证物证,可以说明太原府商街的事情跟督军府的人大有干系!"吴秉仁怒道:"乔东家,眼下太原城中有许多谣言,你刚才说的就是其中之一! 督军已经下令严查,造谣者一律枪毙! 原来你这里就是源头! 来人!"众卫兵"呼啦"一下拥进来,枪口指向映霁。映霁亦怒,大声道:"吴总参议,你到底想干什么?"

吴秉仁道:"不按合约兑现剩余的一百五十万两银子,本总参议只好禀报督军,继续请乔东家回大营里委屈几天!"映霁道:"吴总参议一定不知道乔映霁的脾气,就是杀了乔映霁,你也甭想拿到银子!"吴秉仁完全不为所动,道:"本总参议不会杀你,但是万一押解你回大营的路上,士兵的枪不小心走了火——"映霁没听完就大声冷笑起来,道:"吴总参议,你今天这样对待乔映霁,我不相信是督军的本意!"吴秉仁看了他一会儿,忽然笑一下道:"乔东家一定想不到,有人刚刚给我出过一个主意。现在整个太原府,包括你们祁、太、平三县,号称晋商大本营,家家富可敌国,有趣的是它们离太原府不远,本总参议只要一声令下,派兵去收缴商家的银子,包括你们乔家都是跑不掉的! 你以为我是不是应该听从这个主意?"

映霁听了继续大笑,轻蔑道:"吴总参议,给你出主意的一定是个坏人。我真希望你这么干!"吴秉仁怒气勃然而起,大声道:"你在说什么?""我在说你只要做了这一件事,全山西的百姓都会揭竿而起,不用朝廷派大兵来剿杀,你这督军府里的所有人都将死无葬身之地!"吴秉仁大叫起来:"乔映霁,别跟我耍你的东家脾气,乔家财大气粗,别人都怕你,宠着你,我们这些兵爷的可不吃你这一套!"回头对众卫兵道:"乔映霁诅咒革命,拉出去毙了!"

众卫兵上前抓住映霁。一直站在旁边不作一声的莲花突然一步上前拦住,厉声道:"慢着!"众人看吴秉仁,吴的目光转向莲花,大声道:"你怎么敢——"莲花道:"吴总参议一定忘了,乔映霁除了是乔家的东家,还是武汉军政府的密使,你没有权利枪毙他!"吴秉仁大叫:"你叫什么……对了,你叫莲花,据说也是武汉方面的密使……我们先不谈乔映霁了,先说你,今天和你的随从到这里又为了什么?"莲花义正词严道："面见阎锡山同志，督促他立即履行当初对中山先生的承诺，一旦在山西起事，马上兵发娘子关，截断芦汉路！我强调一句，此事刻不容缓！拖延一天、一个时辰，都有可能让革命功败垂成，他会成为历史的罪人！"吴秉仁恶狠狠道："原来你是为这件事来的！我明白了，你们和乔映霁到这里来的目的不一样！"马上吩咐众卫兵道："把乔映霁带下去！"映霁大叫："等等！我也不能走！"吴秉仁大怒道："乔东家，我们的账留着以后再算，现在我要先应付这两位汉口的密使！"映霁道："我不走也是因为这件事。我也是武汉派来的密使！还有，当初那张三百万两银子的合约上也有这一条，而且是最重要的一条！太原起事成功，督军必须马上兵发娘子关！"

　　吴秉仁道："可我们没银子做军费，督军就是想，也办不到！"映霁怒不可遏，大喊："我前面已经付了一百五十万两银子，后面你们又抢劫了太原商街！究竟要多少银子，才肯兵发娘子关？"吴秉仁道："坦率地告诉你，据我们抓到的乱兵讲，太原起事当夜他们其实没得到多少银子。因为头天晚上该死的山西巡抚陆钟琦就心血来潮，大开城门，放太原商街上的商家和票号拉银子出了城！"映霁听了，哈哈大笑，不无揶揄道："原来是这样啊！"吴秉仁这次彻底被激怒了，道："乔映霁，你的银子没有损失，就高兴成这样？不要忘了，你欠我们一百五十万两银子，这笔账还没清呢！"映霁止住笑正色道："现在就请你去禀报阎督军，只要他马上兵发娘子关，这笔银子我今天就付！"吴秉仁换了一副脸色道："早这么说，不就好办了！放开乔东家！"众士兵放开映霁。映霁又道："银子可以付，但我还有一个条件！"吴秉仁要走又回头，讥讽道："乔东家，你们生意人在每件事上都要讨价还价吗？你还有啥条件？"映霁一字字道："我要亲眼看见革命军到达娘子关，才会付这笔银子！"吴秉仁再次变色道："要是这样，银子你不用付了。乔家堡在哪里我们知道，可以自己去取！"映霁也大声道："你们去取好了，现在就去，只要能取到银子！"吴秉仁仇敌一样直视着他，映霁毫不退让，与他四目对视，眼睛里似要喷出火来。吴秉仁忽然回头，对众人道："把他们请出去！"众士兵再次将枪口逼上映霁、莲花、巧姑。莲花道："吴总参议，我抗议你们这样对待我们！你又要干什么？"吴秉仁尽可能平静地看着她道："本总参议要立即面见督军！只有督军开口，我才能回答你们，是不是马上兵发娘子关！"

　　太原城外聚贤庄一座民宅内，高瑞带王宗禹、何大掌柜、小栓刚刚把风尘仆仆的潘为严迎进来。潘为严进门就问："事情怎么样了？东家在哪里？"高瑞看何大掌柜和王宗禹，两个人急急向潘为严讲了发生的一切，最后说到那笔待付的银子。潘为严走来走去，何大掌柜道："潘大掌柜，这笔银子我们不能再付了！"潘为严忽然站住了，道："不行，一定要付！"何大掌柜慌了神道："真要付，我这太原府分号的流水银子可就——"潘为严道："我当初让你留一笔现银在太原府，就是为了到节骨眼上用它救东家的命！"转眼他已经做出了决断，看高瑞道："高大掌柜，事不宜迟，我带何大掌柜、宗禹、小栓进城交银子救东家，您带人车在城门里等着，无论如何这次也要让他离开革命党！"高瑞点头，看着他一口水没喝又带何大掌柜、王宗禹、小栓出门，回头对身边伙计道："准备车马，我们也要进城，接应潘大掌柜！"

黄昏时分，在映霁和莲花坚持下，一支队伍终于出城，兵发娘子关。映霁、莲花、巧姑分别站在城门洞内街道边上，和众多百姓一样观看黄国梁率军东征。黄国梁骑马走在前头，一名军官带头喊口号："兵发娘子关！截断芦汉路！革命成功！"士兵们也跟着高呼。映霁激动了，道："好！"莲花却偷偷拉一把巧姑，二人悄悄离去。潘为严这时正带着何大掌柜、王宗禹、小栓走过来。映霁回头看他们道："银子都付了？"潘为严点头。小栓看着出城的队伍道："东家梦想成真了，全是银子的功劳啊！"在他们身后的一条胡同里，莲花和巧姑拉马走出来。巧姑看莲花道："姐，阎锡山兵发娘子关，武汉革命军有救了！我们可以回汉口复命了！"莲花点头，要走又不觉朝城门洞方向望了一眼。巧姑忽然想起什么来，道："姐，我们还不能这么走，来前大帅说，事成后最好把乔映霁也带回去，说他对革命还有大用！"莲花一怔，道："对，他也必须跟我们一起走！"忽然又叫了一声，"快躲起来！"两人急忙藏起。原来黄国梁部已经出城，深深沉浸在兴奋中的映霁正随潘为严、何大掌柜、王宗禹、小栓一行人沿胡同走过来。说时迟那时快，此时高瑞也带人赶着两辆马车从另一出口进了胡同。映霁一惊，刚说了一句："你们要干啥？"潘为严道已经下令："上！"众人一起扑上前，绳子套脖子，毛巾捂嘴，将映霁按倒在地。映霁没来得及说一句话又昏迷过去，被人捆起来抬上马车。潘为严道："快出城！"众人分别上车，马车立即隆隆地驶了出去。莲花、巧姑现身看着马车走远，巧姑吃惊道："姐，他们把乔东家绑走了！怎么办？我们追上去把他夺回来！"莲花道："城里不行！我们到城外再动手！"二人飞身上马，驰出胡同。

天色渐暗，太原城外的官道上，乔家的两辆马车正在急驰。王宗禹第一个发现映霁已经醒过来，关切地问："东家，您醒了！"小栓也过回头看映霁。映霁道："王大掌柜，你身上还有多少那东西，再这么对付我，一定会把我弄死！"王宗禹道："东家恕罪，实在没办法！"映霁又道："两位大掌柜在哪里？快告诉他们，放开我，我愿意跟你们回去！"王宗禹吃惊道："东家，话是真的？"映霁道："当然是真的！革命已经结束了！"小栓道："他真的假的？"王宗禹心中一动道："停车！"前面的马车停下。后面的也跟着停下，潘为严、高瑞下车跑过来，着急地问："怎么了怎么了？"映霁看二人道："两位大掌柜，让他们给我松开。我跟你们回去！"潘为严、高瑞对视，回头道："东家，这是真的？"映霁道："难道还要我再说一遍吗？"潘为严看高瑞。高瑞急道："快帮东家松开！"

王宗禹、小栓急忙帮映霁松开绳子。映霁下车活动了一下身子，重新上车，喊一声道："快上车，走哇！"高瑞、潘为严大喜过望，对众人道："快，听东家的，都上车！"众人分别上了两辆马车。潘为严示意小栓、王宗禹仍然坐上第一辆车，分坐在映霁两侧。潘为严与高瑞回到后一辆车上。马车飞奔起来，高瑞看潘为严道："东家这是怎么啦？"潘为严感动道："您是智多星！他要是真的，乔家就有救了！""就怕他反悔！""人到了我们手里，反不反悔都由不得他！我真不明白，也真想明白，他到底是为了啥？"高瑞想了想道："东家自小是我们看着长大的，虽然年轻，可不是个没主意的人，当初破上命投降革命党，一定有他的理由，今天突然不干了，要回家，也一定有他的道理！"潘为严道："有道理就好了，不然就是千方百计留住了人，留不住心也白搭！"高瑞笑道："留住人也行，留住人，再赶紧给他娶个媳妇，媳妇再生个孩子，他的心还能跑到哪里去！"潘为严道："您不回来，这一阵子我的心都慌了，您回来了我就踏实了。老东家不在了，我们和马大掌柜都老了，乔家不能再没有他了！"

莲花和巧姑已经顺着官道追上来。巧姑向前望一眼，道："姐，乔家的马车！已经入了去祁县的官道！"莲花道："他要回乔家堡！"巧姑道："我们截住他，要他跟我们走！"二人打马向前急驰。前面马车上，一直眯着眼睛想事情的映霁忽然叫了一声："停车！"小栓看他一眼道："怎么了东家？您可不能反悔啊！"映霁道："不是反悔，我想到了一件事！"王宗禹也问："什么事？"映霁道："我还不能跟你们回去，我是武汉革命军的密使，现在使命完成，应当回武汉复命。我不革命了，但至少要向张大帅告个别，才能回来做我想做的大事！"小栓急叫："这可不行，您去了武汉，不回来怎么办？"映霁急道："我一定得回去！不然别人又以为我背叛了革命！停车！"三人已经听到马蹄声，回头看一眼，只见莲花、巧姑飞马赶上来，与马车并辔而驰。映霁大叫："莲花同志！"莲花拔枪指向小栓，眼睛却看着映霁。巧姑急看莲花："姐，没有人绑他！"莲花怒从心头起，道："乔映霁，你骗了我们……"疾恶如仇的她忽然不愿意再说下去了,回头看巧姑道:"我们走!"率先打马飞驰而去。巧姑跟着驰走。小栓看不明白道:"东家,怎么回事?"映霁在马车上站起来,急叫道:"快停车!她们误会了!"小栓好不容易才把急驰的马车停下。映霁一步跨下车。王宗禹跟着下车拉住他道:"东家,你不能走!"映霁道:"我必须追上去解释一下,不然我就完了!"潘为严、高瑞从后面赶过来,一起围住映霁问道:"东家,你不能走!"小栓喊道:"哎,不行就还绑起来!"映霁大恨:"你们干什么?快放开我!"潘为严道:"东家,你再走就伤了大家的心了!回家吧!"众人一起大叫:"东家,回家吧!"映霁回头再看莲花和巧姑,已经不见,冷静下来道:"算了,误会就误会吧。我跟你们回去!"众人让开看他重新上车。王宗禹踢了小栓一脚催促道:"还不快走!"两辆马车重新飞奔起来。王宗禹想到了什么,对小栓耳语着。小栓惊道:"真的?"王宗禹道:"今天进城时两位大掌柜商量好的!"小栓道:"这就好了!"他把车赶得更快了。

薄暮时分,在通往晋南的一条官道上,急驰中的莲花又勒马停下。巧姑驻马回视道:"姐——"莲花道:"我们这么回去,大帅要是问他为什么没有一起回去,我该怎么回?"巧姑道:"那有什么不好回的!你就说,他这么样一个大商家,本来就不该投身革命,现在玩够了,不想革命了,回去当他的东家去了!"莲花道:"你有没有想过,他在武汉和太原拿银子支援起义,可只是为了保护乔家的生意和票号?"巧姑道:"不只是保护乔家的生意和票号,我觉得他真心想保护的是天下的生意和票号!"莲花道:"就是这样,我们也必须最后见他一面,让他亲口解释一下,革命尚未成功,为什么要在这个时刻背叛革命!"巧姑道:"我听姐的!"二人纵马回驰。

乔家堡外,小栓赶车过来,没有进村,就停了下来。映霁不解道:"这不到家了吗,怎么不走了?"小栓看王宗禹,二人不说话。映霁问:"你们搞什么鬼?"后面一辆马车已经赶上来,跟着停下。潘为严、高瑞急急走来。映霁问二人:"两位大掌柜,又怎么回事儿了?"潘为严道:"东家,有件事情没告诉您。您现在不能进村。太原府是革命了,但你们的人还没有占领山西。就祁县这么近的地方,县太爷还为朝廷守着呢。您这个革命党都出了名了,前些日子他们一直派兵在村外头盯着,要随时抓您进大狱。"高瑞也道:"潘大掌柜给东家安排了一个地方,冬暖夏凉,东家先去那里躲几天,好在家里有江老东家撑着呢!"映霁想了想道:"原来是这样。两位大掌柜打算送我去哪儿?"潘为严对王宗禹交代:"你和小栓送东家过去,我和高大掌柜回乔家堡见江老东家,下面怎么着,得听她老人家的!"映霁回头上车,又看潘为严高瑞道:"什么地方啊,说也不能说吗?"王宗禹道:"东家走吧,到地方就知道了。"一边催促小栓:"快走!"潘为严和高瑞看着车走远,悄悄松了一口气。

转眼莲花、巧姑就来到了他们刚刚离开的地方。二人勒马。巧姑看一眼村头的石碑道:"乔家堡!姐,乔映霁一定进村了!怎么办?"莲花朝村里望一眼,突然朝天空连开了三枪。枪声嘹亮,在天穹下回响连绵。莲花道:"走!"二人原路驰走。映霁的马车正行走在前方官道上,听到枪声,映霁立即明白是怎么回事,大叫:"停车!"小栓连忙停车,不情愿道:"东家——"映霁一步下车道:"快把马卸下来一匹!"王宗禹已经猜出发生的事情,急拦阻道:"东家,您不能——"映霁道:"她们走了又回来,一定还有大事要说!"一边又催小栓快卸马。小栓看王宗禹。王宗禹略一思索,果断道:"听东家的!"小栓道:"万一东家又跑了,回头怎么向两位大掌柜交代?"映霁已经自己动手卸下一匹马,匆匆上马要走。小栓上前拉住马缰道:"东家,你不是不做革命党了吗?"远处又是三声枪响。映霁大叫道:"不!这会儿我还是革命党!"从小栓手中一把扯过马缰,就朝枪响的方向驰去。小栓看王宗禹道:"坏了,东家跑了!"王宗禹道:"不!今天东家和往时不一样,他既然决心回来,就不一定会再走。我们快追!"两人将另外两匹马卸下来,跨上马背,匆匆追上去。

乔家厚德厅里,潘为严、高瑞刚刚见到江雪瑛。三人紧张地回头,朝枪响的方向眺望。江雪瑛道:"两位大掌柜,这是怎么了?谁打枪?"高瑞急看小顺道:"快出去看看,马上回来禀报!"小顺跑走,一出门就见乔家偌大一个院子里又乱起来。众人听到枪声,纷纷拥出,大呼小叫。映震带头大喊:"怎么回事儿?"映霙道:"村外有人打枪!"景清已经慌了神,跑过来战战兢兢问:"不是说太原府革命了吗?怎么还有人打枪!"映震大叫:"我明白!朝廷还没输,革命党没赢。堂堂大清国,怎么能说败就败了!"映霙道:"你扯太远了,这跟大清亡不亡什么相干?"映震道:"大清不亡,朝廷和山西官府就还会来乔家堡捉拿映霁子!我们还是会陪着他遭殃!"众人嚷嚷:"说得对!"映霙一惊道:"是不是映霁子回来了?"映震被他提醒,叫道:"说得对!一准是映霁子回来了,他把前几天撤走的官兵又引回来了!"景清大叫道:"哎呀我的天哪,大祸临头了!映雯快出去看看——"回头见映霙、映震及众人四散逃走,又大叫:"哎,哎,你们往哪儿跑!"映震道:"二十七叔,你还不快跑?真是朝廷的兵又杀回来,大家的运气就不会有上次那么好了,现在革命了,白刀子进红刀子出,见一个杀一个,乔家就是灭门之灾!跑一个是一个吧!"映霙也道:"庆父不死,鲁难未已!古人说得好,他就是乔家的庆父！"映震怒道："啥时候了还拽文！"一时间院子里跑得只剩下景清、映雯两个人。景清跳脚道："好，跑！都跑吧！我也跑！反正这个家也不姓乔了，它姓了何，这塌天的大祸，全丢给江家老太太吧！"他要跑，回头见映雯还站着，又气又急道："你怎么还不跑？"映雯道："二十七叔，都走了，真要把这个家都丢给江家老姑奶奶？"景清道："你这孩子怎么这么愚？快回去背着你老娘跑吧！"看他不管不顾地跑走，映雯恨极，匆匆离开。

祁县东观镇通往县城的官道旁，矗立着一座半废弃的火神庙。映霁顺官道追来，在火神庙前拦住莲花和巧姑的马头，大叫道："等等，刚才是你们开枪？"莲花看映霁一眼，心情又变了，策马要走。巧姑不解地看她一眼。映霁再次拦住二人，大叫："你们别走！既然回来了，就一定要把话说清楚！"莲花突然大怒，道："你闪开，让我们走！"巧姑道："姐，为什么——"莲花道："我又后悔了，我们不该回来！"映霁道："快说话，是不是张大帅还有事情要你们交代给我！"巧姑道："张大帅临行时交代，要莲花姐和我完成使命后把你带回去——"莲花急阻止道："巧姑住口！乔映霁，你可以不革命，但不要在我们面前演戏！你从武昌首义第一天就投机革命，现在不想再装下去了，这很好，我们没什么可谈的了！闪开让我们走！"映霁激动道："原来张大帅临行前交代你们使命完成后带我回去？这是真的？为啥？他还有什么事情需要乔映霁去做，快说给我听！"莲花道："巧姑记错了！临行前张大帅没向我们交代过你什么。我们所以要回来，只是想当面问你一句，太原起义刚刚完成，山西新军刚刚兵发娘子关，你怎么就突然不革命了？直到现在你还是张大帅的信使，理应随我们一起回武汉复命！乔映霁，你就要这样和革命告别了吗？"映霁内心突然沉重下来，道："如果你们为这件事而来，我可以回答你们其中的原因！"巧姑道："革命尚没成功，汉口还在打仗，你不觉得这是对革命的背叛吗？"映霁道："既然巧姑也说到这个，乔映霁现在就有必要请二位回汉口代本人禀告大帅，乔映霁今天没有，以后也不会背叛革命！我所以选择这个日子回归乔家堡，原因有两个。第一，山西新军兵发娘子关之日，就是革命成功之时！恐怕你们回不到汉口，阎督军的这一行动就已震动天下，扭转了汉口战局，促使革命在全国急剧取得成功！"莲花惊讶地看他，道："你居然认为——"映霁继续道："乔映霁认为革命成功之日，理应是革命结束之时！既然革命就要成功，乔映霁再留下来就没价值了，我选择离开是因为接下来有更要紧的大事需要我去做！"莲花激愤道："第一革命并没有成功，前线还在流血；第二我不明白究竟有什么了不起的大事可以让你现在就离开革命！当然，你要是意在说假话搪塞我们那就不要再说了！"映霁道："莲花同志，我十分尊重你对革命的忠诚，但我们是不同的。这也就是我想请二位代我向张大帅禀明的另一条理由。革命对你和张大帅可能是一生的事业，但是对我却是一时的事业！""什么？革命对你只是一时的事业？""所谓一时的事业，是说民国创立后我会远离政治，回乔家堡，像我的祖父乔致庸老先生一样，以我们乔家人的方式继续拯救中国！"莲花道："乔映霁，我佩服你总能把自己做任何事情的动机讲得那么动听！不过你不要再说了，我们道不同不相为谋，闪开让我们走！"映霁道："不管你今天对乔映霁有什么样的误解，我还是要请你代我向张大帅进一言！"巧姑道："你都不革命了，还要向张大帅进言？这太虚伪了！"映霁道："第一句话，虽然我决定此刻离开革命，但我的心仍然始终和大帅、和汉口前线的战友们在一起！第二句话最重要，一定要讲给大帅听！抓住山西革命、阎督军截断芦汉路之机，集结江南各省的革命军，在汉口对朝廷大军展开决战，一举奠定南方胜局，然后联合各省，兴兵北伐，革命就能在短时间内取得全国性胜利！"

巧姑看莲花，气愤道："姐，他铁了心不会跟我们走了！"莲花只看映霁，道："这恐怕会是我们今生的最后一次见面！代我向你的心上人致意，祝你们琴瑟合鸣，白头偕老。苏格拉底死前说过几句话，今天我要作为我的赠言送给你！""莲花同志——""我去死，你们去活，谁的去路好，只有天知道！回去做你的大东家吧，谋划怎么在革命成功后用乔家的财力谋天下之利吧，我们回战场上继续流血！但愿我们今生不会再见！巧姑，走！"她倔强地撞开映霁的马头，纵马驰行。巧姑也从另一侧打马跟了上去。

映霁大叫："不，再等一等！"莲花道："你还有什么事？"映霁道："我还有几句话一定要问你。""快说！""你是不是阿莲？"莲花心头一颤，不回答，催马欲行。映霁再次拦住她的马头道："你不愿回答这个，就回答我，为什么你和巧姑知道那么多关于她的事！还有，如果你不是阿莲，为什么三番五次要杀死我，你究竟和我有什么样的深仇大恨？"莲花大怒道："我现在就给你一个解释，也是最后的解释。我认错仇人了！"映霁一怔，立即摇头道："我还有第二句话。你们怎么知道九岁时我在临江渡口认识一位叫阿莲的小姑娘？这件事是我的秘密，照理说你们不应当知道此事！"巧姑紧张地看一眼莲花。莲花道："非常容易解释。是你告诉我们的！"映霁一时想不起来自己是什么时候告诉了她这件事，只好道："也许你是对的，但我的感觉是你们在我说到她之前就对这件事非常熟悉……对了,还有那个谣言,说我和她有过婚约,怎么解释?"巧姑又看莲花,只听莲花道:"这也没什么不好解释,因为……因为你说的这个叫阿莲的小姑娘还活着!"映霁大叫起来:"阿莲还活着!快告诉我她在哪里?临江渡口遭到洗劫后她怎么活下去的?是她亲口告诉你们,和我有过婚约?"巧姑第三次担心地看莲花,大声提醒道:"姐,下雨了,该走了!"雨果然大下起来。映霁大声道:"不,说不清楚,我不会让你们走的!"莲花道:"乔映霁,你的问题太多了,我们说她活着,并不是说我们认识她。她的事情我们是听说的!至于你们之间有婚约的事也是听说的,有没有我们不知道!闪开,让我们走!"映霁仍然拦住他们的马头,坚持道:"不,等等!我求你们了,一定要告诉我她在哪里,怎么活下来的,我到哪里才能找到她!"

这次巧姑抢先道:"姐,我告诉他!阿莲的爷爷被土匪吊死后,她没有死——"莲花大叫:"住口!"映霁急道:"不!巧姑妹子快说,阿莲的事情我什么都想知道!她到底是怎么活下来的,眼下人在哪里?"莲花抢在前面答道:"她是怎么活下来的和你一个乔家的大东家什么相干!再说我们也不知道!""那就请告诉我她在哪里?我要去找她!"见莲花不答,又看巧姑,乞求道:"巧姑小妹,你一定知道,快告诉我!"莲花再次截断他的话道:"她不知道,我知道!但我不想告诉你!""为什么?"莲花怒道:"你怎么知道阿莲现在想让你去见她?她的今天和你还有什么相干!"映霁伤心道:"怎么没有相干?她爷爷的死,她后来的遭遇,都和乔家相干!还有,你们说,不,是你们听说的,我和她有过婚约,这是天大的事,我必须知道这是不是真的!"巧姑脱口而出:"当然——"莲花猛回头直直看着她,怒火盈眸,道:"你知道什么!不知道的事情不要说!"回头对乔映霁道:"真的怎么样?假的又怎样?十八年都过去了,你不是当年的你,她也不是当年那个七岁的小姑娘了!何况你已经有了心上人,一回到乔家堡就要去娶她了!什么'出其东门,有女如云。虽曰如云,匪我思存',这不是你说过的话吗?"映霁大声道:"你还是不明白我的话!如果当年在我不知情的时候阿莲和我确实存有婚约,我就不能再娶依依。乔家诚信立家,一诺千金,即便我和她分隔多年,没有感情,但我仍会履行先人的承诺,娶她为妻!"巧姑激动地看了莲花一眼,回头道:"乔东家这话当真?"映霁道:"怎么不当真?当真!"莲花伤心道:"要是你知道爷爷死后阿莲遭遇过什么,你还会娶她?"巧姑变色大叫:"姐,不要说!"

莲花道:"不,我一定要说!阿莲被刘小七从临江渡口掳走,交给人贩子卖进你去过的武昌鹦鹉街百花巷七十三号,那是一座青楼,名字叫梨花院……有过这种遭遇,你还会娶她吗?"映霁内心震动,如同惊雷。莲花道:"你犹豫了!没有勇气了!既如此你为什么还要过问阿莲的遭遇,今天身在何方!告诉你,她今天活得很好,不再有眼泪,也不再需要任何人的怜悯!能说的话全说完了,闪开,让我们走!"她怒冲冲撞开映霁的马头,带巧姑飞驰而去。映霁猛地清醒过来,大叫:"等等!你们误会我了!阿莲现在哪里,快告诉我!"莲花远远回头,泪流满面,大声道:"她在哪里都跟你没干系!回去娶你的杨依依吧!"

映霁还要再追上去,王宗禹和小栓已经催马赶来,拦住了他的马头。映霁怒不可遏道:"闪开!我要追上她们!"小顺也赶车过来,用车挡住映霁的去路,大叫道:"东家,雨这么大,你会淋病的,快跟我们回去!"映霁望着莲花和巧姑远去的方向,痛心疾首,叫道:"为什么我啥都不知道!为什么在每一个悲惨的故事后面,还会有更悲惨的故事!我不在的这些年里,乔家到底作下了什么孽!"最后他还是被众人拉住马,一步三回头地离去。

乔家大院里,映震、映霙二人带着族人们高举火把,重新聚集在一起。景清看着映霙道:"你胆子够大的,刚才真出去看清楚了,不是官兵来了?"映霙点头。"那刚才的枪到底是谁打的?""不知道!"映震道:"我知道!一定是映霁子的同党打的!"众人又慌了神问道:"说什么呢,映霁子还没到家,就把革命党引回来了?"映震心中一动,顺水推舟道:"对,我刚刚听到消息,映霁子在太原府策动造反,犯下了弥天大罪,现在又要把革命党引回家里来,我们大家不答应!"众人气汹汹道:"对,我们不答应!"一老者道:"你不答应又能怎么样,现在连这个大院子都是江家的了!"映震道:"不!只要我们大家伙一心,想出办法,就能把乔家大院夺回来!"一中年男人道:"映震,会说大话有啥用!怎么夺?"映震道:"啥?我说大话?要是你们听我的,早去县衙门告官,这个大院子加上乔家所有产业就还是我们的!"映霙也道:"映震这回说得对,映霁子真要回来,我们的机会到了!"刚才一位老者道:"不行,他到底是我们一家子骨肉!景清,你还不出来压住,不能这么干!"景清假意出面弹压道:"对,你们不能这么干!你们真这么干,我是不会参加的!"

映震道:"你不参加更好,我们干。天一亮就去告官!"映霙凑上来问:"那以后呢?""什么以后?""把映霁子抓起来,乔家的大院子和产业就能从江老太太那里要回来?"映震道:"这种事情,只要官府给我们撑腰,那也不是很难办到的!天下衙门朝南开,有理无钱难进来。乔家有的是银子,我们多许他银子,乔家兴许就能要回来了！"众人汹汹然道："对，就这么办！"

没有人注意到景清已经一个人溜进了自家小跨院的门洞里。映雯跟过来道："二十七叔，您不能走！他们要到县衙门里告映霁大哥呢！"景清道："甭跟着我！我管不了他们，不管了！"映雯死命抓住他道："不能让他们这么干！他们糊涂，真把映霁大哥抓起来，办成钦犯，这家就得抄，大家都没得好！"景清醒悟道："哎呀，真是的，这该怎么办？不行，我得去见江老太太！"转眼他就进了厚德厅，将事情讲给了江雪瑛听。江雪瑛大惊道："他们真这么说的，明天一大早去告官？"景清点头。"你糊涂了？为什么不拦着？"景清道："我这会儿什么也不是，我能拦得住谁？"江雪瑛看阎承业道："阎师傅，告诉你的人，先把乔家大门和后门全部给我关紧，不管里头想出去的，还是外头想进来的，只要他姓乔，全都给挡住！"阎承业答道："是！"他马上转身离开。一直站在一边的高瑞拍手。景清道："高大掌柜，都什么时候了，您还拍手，啥意思？"高瑞道："啥意思您还不明白？江老东家是说，这个家眼下是她的，住在里边的人不能出去惹事，就是外面的人想回来也不能！"景清恍然道："哎呀表姑，您这是连映霁子也不让进来？"江雪瑛道："你们都说他惹了天大的祸，我干吗让他进来？我不想过自己的清静日子？"景清松口气道："这就好了，这就好了，这样的办法，我怎么就想不出来呢！"江雪瑛故意打了一个哈欠道："把我的话传给大家伙儿听，映霁子我是不让他回来的，你们乔家这些还住在这座宅子里的人想出去告官，随便他们，可我丑话说到前头，出了大门再回来，甭想。我不想让他们吃着我的饭，还带着官兵回来捣我的乱！去吧！"

景清无奈地点头走出去。江雪瑛示意何春关门，回头看着众人。潘为严道："江老东家，我还是觉得不好。万一院子里有人觉得乔家到了穷途末路，为了自个儿啥事都做得出来！"江雪瑛看高瑞道："高大掌柜也这么看？"高瑞点头道："有些人恐怕会想，只有让这个院子大乱，他们才有机会浑水摸鱼！"江雪瑛道："说得对，我要想一想，你们也想一想下面会怎样。还有，映霁的事怎么样了？"潘为严道："小顺回来了，已经安置好了！"江雪瑛想了想道："那就是说，你们到底把他捆回来了。天下事了犹未了，替我想想下一步怎么办？"潘为严看一眼高瑞。高瑞点头。潘为严目光忽然湿润，哽咽道："江老东家，您是知道的，乔家是几代东家、掌柜、伙计千辛万苦打拼出来的！老东家当年九死一生，实现了汇通天下货通天下，乔家才有今天！无论是为了乔家还是为了天下人，这棵大树都不能倒！"江雪瑛道："但是天下将来会是谁的天下，乔家的路怎么走，你们却要合计，我可以替你们挡一时，却不能挡一世！"潘为严回头看高瑞道："这个我们要听东家的。我们都真想知道，东家这次不惜让乔家五百万两银子血本无归，投降革命，他这样做到底有什么道理！"江雪瑛道："是该听他说说。都是那个死去做了鬼也不让我消停的祸害，乔致庸这个老东西，我一想起他就想骂他，嘱咐你们，他死后让映霁去广州学生意。他学的什么生意？学成了革命党！"高瑞一边笑道："江老东家就不要再责备老东家了，我和潘大掌柜刚商议过，天一亮就去见东家，就是他要毁了乔家，也得让我们明白。"江雪瑛道："有人以为我不走是为替映霁守住这份产业，错了，如果他不是个能干的，我就真把乔家收走，交给两位和包头的马大掌柜一并打理。那个害了我江雪瑛一辈子的老东西只有一句话说对了，乔家做到这么大，已经不是乔家人的了，它是天下人的！不能让一个败家子把它毁了！"潘为严、高瑞点头道："天不早了，江老东家早点儿歇着，余下的事明天我们和东家详谈了再议。"江雪瑛打一个哈欠道："你们也早点儿歇着吧。"——忽然又想起了一件事——"不行，还有一件大事。你们有没有想过，革命要是成功不了，映霁就不能回来接掌家事。这事怎么办？"

潘为严与高瑞对视一眼。高瑞道："潘大掌柜，这件事我们俩还真没想过！"潘为严看江雪瑛道："真那样，就得另外物色一个人顶替东家。"江雪瑛道："两位果然明白。这才是最大的事。就这样吧，我也困了！胡管家——"潘为严、高瑞看胡管家进来，扶她走，江雪瑛又站住了，道："等等！"回头看二人道："革命能不能成功，朝廷会不会倒，山西将来是谁的，不会一天半天就能明白。你们俩明天先甭忙乎，既然把映霁子给关起来了，就好好地熬他几天鹰，煞煞他的性子，你们再去不迟！"

高瑞看潘为严，佩服道："江老东家圣明。这事还真急不得。"潘为严也看江雪瑛，说："我们听江老东家的。"江雪瑛这才让胡管家扶着慢慢走出去。潘为严回头看高瑞，忽然热泪盈眶，二人目光一起转向乔致庸遗像。潘为严拱手道："东家，您在天之灵一定要保佑乔家，保佑少东家平安渡过大难，不然，我们真不知道乔家下一步会怎么样！"高瑞一边递过一条毛巾来。潘为严道："您这个人，干啥？"高瑞笑道："兵来将挡，水来土吞，还没到咱哭的时候呢。虽然这几天不去见东家，但可以把王宗禹、小栓轮流叫回来问话，他们一直跟着东家，东家的心思他们大概会明白一点儿！"潘为严一惊道："还是您想得清楚。明天先把宗禹叫回来问问，东家起头当革命党是什么道理，今天又突然不当了，要回家，又是怎么个道理？"

乔家内宅里,张妈、明珠侍候江雪瑛卸妆。江雪瑛看着镜中自己头上的花道:"这花好看,新词儿怎么说的?"张妈道:"时髦。"江雪瑛道:"错了,你的记性比我还差呢。"明珠道:"我想起来了,是个什么……猫打盹。"江雪瑛道:"胡说,不过你这一打岔我还真想起来了,是个外国词儿,摩登。"明珠和张妈都笑,道:"是它,还是老太太圣明。"江雪瑛道:"给我记好了,摩登,不是猫打盹。明天我还戴它。"张妈、明珠笑着答应,道:"我们都听老太太的。"江雪瑛不高兴了:"什么老太太,我年轻着呢,别老跟我弄这些老古董花来戴,外头有那摩登的、年轻人穿的用的,弄回来我也试试。啊,春官怎么还没进来?"张妈道:"天这么晚了,大爷恐怕睡了。"江雪瑛道:"不会睡,我还没睡呢。喊他进来! ——不用了,他来了。"众人回头,果见何春走进来,大声道:"娘!"张妈、明珠见了,悄悄走出去。何春关门,赔笑看江雪瑛道:"娘,怎么了?"江雪瑛道:"有件事别人我不敢托付,交给你办。明天一大早,人不知鬼不觉,马上给我进京!"何春吃一惊道:"进京?这兵荒马乱的!"江雪瑛道:"就是因为兵荒马乱,才要你去。京城那边有点儿风吹草动,立马透个信儿回来!"何春不明白,道:"原来为这个。我们家在京城有大小铺子十几个,有消息他们会传回来的!"江雪瑛道:"这回不一样,去京城只是个说头,真要你去的地方是天津。你去见祁县小家伙人表哥,就是那个做过日本公使回国后跑到天津做寓公的神童水元楚。这个人可是乔家养大的,聪明得不得了,天下大势看得清。你去问问他,将来这天下是谁的,马上传信儿给我!"何春笑道:"娘,这都是为了映霁,是不是?映霁回来了,您把他关起来,还不让我们知道!"江雪瑛道:"胡说!映霁没回来!我也不知道他在哪儿,是死是活!哎呀我的亲人哪!"边说就捂脸哭起来。何春故意逗她,道:"娘,别哭了。不是为了映霁,我才不去天津呢,反正将来谁坐天下我们都得纳粮交税!再说我也放心不下您老人家!"江雪瑛不哭了,道:"你这孩子没出息。谁说跟我们没干系,要是遇上天下大乱,你还做得了生意?放心走吧,你娘不会那么早死的,有人托我的事我还没办完呢!"何春看他一眼,道:"那儿子明天真走?"江雪瑛道:"走!不走我用大棍子撵出去,不给饭吃,饿你!差点儿忘了,天津眼下可是个时髦地方,京城里不敢有的天津都有,碰上那洋花洋草、洋衣洋帽、洋鞋洋袜,不管多摩登,都给我买回来。我也要那什么——新潮一把!"何春笑道:"娘,您连摩登这个词都知道?"江雪瑛道:"你以为你娘已经是个老眼昏花的棺材瓤子了?我才八十九,离一百岁还有十一年呢!走!"何春趴下磕头。江雪瑛道:"起来起来,你干啥?"何春笑着,目光却湿润了,道:"娘,圣人说父母在不远游。娘这么大岁数,让儿子远行,儿子不敢不从,可是儿子走了,娘一定要好好的,不然——"江雪瑛举起拐杖道:"你走不走?我最不喜欢听你说这些话!再告诉你一回,你真不是我生的,你是外头抱回来的,咱没那么亲,我死了你也别那么伤心。站起来走!"何春擦拭泪花,站起来笑道:"娘,这种瞎话您以后甭再说了。我都知道,我就是您跟我致庸表舅生的,您和他当年够新潮的。不过我愿意!"江雪瑛的脸忽然由白变红,大叫道:"气我是不是!当年我要是有那个胆儿……滚,又说好听的话让你娘高兴!"何春笑着离去。江雪瑛一个人站着发呆,回头瞅见乔致庸的遗像,脸色越来越红润,半晌,终于捂着脸笑道:"你这个老东西,当初怎么就没那个心眼儿!你要是有那个心眼儿,我就有那个胆儿!你把我耽误了!"

这个夜晚,雨一直淅淅沥沥地下着。被雨水淋湿的莲花和巧姑拉马进入一座破庙,生起一堆火,等待黎明,雨停下来再走。闪闪烁烁的火光照着莲花一脸的惆怅。巧姑看她心痛道:"姐,为什么你不把真相告诉他?巧姑这次从武汉到太原跟了一路,觉得他不是坏人。看你现在这个样子,我难过!"莲花不语。巧姑又道:"我们现在回去找他,把事情说明白,还来得及!"莲花决绝道:"不!"巧姑又道:"还有,你不该对他说那些事,那不是全部真相,你并没有在武昌鹦鹉街百花巷七十三号做过一天妓女!"

莲花终于开口道:"可我确曾被卖到过那里。我还被人捆着接过一个客!"巧姑急道:"但那个客人是莲花姐的恩人,女扮男妆,不然就不能进入青楼!后来她就是为了救莲花姐和那里的姐妹,才买下了梨花院。她又带你出国读洋学堂,一心要实现一个奇迹,改变一个本来只能做妓女的可怜女子的命运,她做到了,你就是那个时候认识了革命和中山先生。只要把这些事情说清楚,你和乔东家就还有机会——"莲花忽然抬头看她流泪道:"我要是那样做了,把革命放在哪里?又把恩人的遗言放在哪里?恩人为了救中国牺牲,人头挂在家乡县城的十字街头。恩人不在人间,谁来代替她救全中国像我们这样的女人……还有,他这个乔家的大东家已经不革命了,让我像他一样背叛恩人的教诲和托付去做乔家的少奶奶吗?当年他家没有让他知道有这门亲事,后来更没有派人去娶亲,就是说他们从没把那桩婚约当成真的!我和爷爷真傻,一个穷山沟长大的女孩子怎么能嫁入乔家那样的豪门,做顶门立户的长门长孙媳妇?错的不是他和他的爷爷,是我爷爷和我——快烤衣服,雨停了就走!"巧姑半晌才抬起头道:"可我们回去怎么跟张大帅交代?"莲花完全平静了,道:"就把乔映霁的原话告诉他好了!"

第十三章

　　北山下一个地窨子式的下沉庭院里,靠北一排窑洞,三面是两丈高的墙。撤了梯子,没人上得去。这是映霁的圈禁地。太阳落山,周遭景物一片昏暗,映霁像个顽童似的在院地里靠墙倒立。王宗禹蹲在面前看他。映霁问:"老太太就没透个风,说圈到哪一天是个头?"王宗禹故意道:"没有。"小栓也走过来,蹲下看他道:"天黑了,想吃点什么,小栓让人弄去!"映霁道:"我想吃天鹅肉,你弄得到吗?"小栓:"你要真想吃,我就让人弄个网到汾河湾子里给你网去。这也不是大事。"映霁看王宗禹,埋怨道:"王大掌柜,你也不帮我?"王宗禹不说话。小栓悄悄在一旁捂嘴笑。映霁道:"笑什么你!看我倒霉你就高兴!"他不再与他讲话,只看王宗禹道:"说吧,前两天两位大掌柜把你喊回去,都问了些什么?"王宗禹道:"没什么。"映霁道:"不愿说?"王宗禹不得已道:"两位大掌柜把我和小栓轮流叫回去,其实就两句话。"映霁看他。

　　王宗禹道:"头一句,东家为啥要当革命党。第二句,东家为什么又不当革命党了。"映霁想了想,哈哈大笑。小栓道:"东家笑什么?"映霁道:"你们是怎么回答的?"小栓道:"我总共回了两句话。头一句,不革命,不但中国会亡,乔家也会亡!第二句,老东家一辈子只做成一件事,汇通天下货通天下,东家这一辈子,想做得比他还大,汇通全球货通全球!东家,我说得怎么样?"映霁大叫:"小栓,没想到跟了我几天,你还长进了!王大掌柜,你呢?"王宗禹道:"两位大掌柜问我东家为什么不当革命党了,我说不知道!"映霁失望道:"怎么不知道?你连我刚刚写的那个东西都偷看过了!"王宗禹道:"东家,真不是故意的,东家写完了就放在案上,我不经意就看见了。"映霁道:"看了就看了。哎,说吧,看完以后对我回来马上要做的四件事有啥想法?"

　　王宗禹忽然就热情起来,道:"头一件是恢复茶路,重建临江茶山。东家不是只为了让临江茶农和茶路上的相与重新过上温饱的日子吧?"映霁生气地看他一眼道:"当然不是!在广州学生意的时候,我到茶码头上一看,吓了一跳!我们这个茶叶大国,出茶的祖宗,现在却要从日本、印度这样的国家进口精茶,我太生气了! 恢复茶路,重建临江茶山当然是要代乔家给过去的相与们一个交代,但更大的目标是要光复中国的茶业,把生意做大,一直做到海外去!""东家要做的二件大事是改造乔家的生意,像上海的先施公司那样在全国各地开大卖场,还要开辟货源,进口洋货,这也不是小事,真干起来,要用多少人呢!"映霁道:"乔家的生意再像过去包头复字号那么干,局面就太小了,世界已经是个大卖场,我们还不把中国变成一个大卖场,就落伍了!你对上面两件事都没有异议?"王宗禹道:"没有。"映霁道:"那第三件呢?"王宗禹道:"第三件是直接投资,参与中国的工业化,生产中国自己的商品,打进世界市场,这恐怕还早。"映霁迟疑了一下道:"说第四件。"王宗禹道:"第四件事是票号的银行改制。我觉得这才是东家急急忙忙离开革命党回来要干的真正大事。""何以见得? ""因为前面三件事,没有金融资本的支撑,都干不成。对革命后的中国来说,实现金融改制是做一切大事的基础。"映霁道:"说到点子上了。上次我让你好好想,眼下咱们晋商票号中,哪几家有资格改制成现代制度的大银行,你一定想过了! "王宗禹道:"东家还没忘了这件事呢? "

映霁道:"事关天下兴亡,怎么会忘! "王宗禹道:"东家是怎么想的? "映霁道:"就晋商论,我觉得真正有资本基础的首先有两家,一是我们,另一家就是广盛源了。人家可是中国票号的祖宗啊! "小栓一直蹲在一边听着,这时嘀咕了一句道:"广盛源不行了! "映霁吃惊道:"广盛源不行了,从哪儿听到的?胡说! "小栓道:"没胡说!你都走八年了,啥事也不知道。广盛源的两位东家两年前用亲戚换掉先前的大掌柜梁化文,二掌柜跟着辞号,新上任的北京分号侯大掌柜吃里扒外,现在就剩下一个空壳子! 这谁都知道! "映霁看王宗禹道:"你怎么不说话? 告诉我这不是真的! "王宗禹道:"东家,我也不敢信是真的,可是今年早点儿时候,广盛源武昌分号的魏大掌柜找我借过流水银子! "映霁惊道:"广盛源武昌分号也是大号,怎么会找你借流水银子? 一时周转不开,暂时借一点儿应付相与,也是有的。"王宗禹道:"我看不像。私下里我问魏大掌柜,铺子里的流水银子哪去了?魏大掌柜偷偷告诉我,都让北京分号侯大掌柜私下借走,不知道用哪里去了。"

映霁道:"这话我不信,人家的事咱们不便议论。接着说正题。你怎么想的? "王宗禹道:"东家,你想听实话吗? 孟子曰:'如欲平治天下,当今之世,舍我其谁也! '我以为真正有资格进行银行改制的晋商票号,也就我们一家。"映霁道:"这不好。"他沉默起来。王宗禹不再说话。映霁接着道:"接着说接着说,别冷场。你上次好像说过,对中国票号进行现代银行改制,核心的办法有三条,再说一遍!"

王宗禹笑道:"这个容易,都在那本书上写着呢。一公开募股,二责任有限,三抵押放款。"映霁沉吟道:"这些天我一直在想你这三条,有的我能接受,有的不能。"王宗禹道:"东家可以讲得细一点吗?"映霁道:"你那三条,确是现代银行改制的关键,尤其是第一条,公开募股,不但可以,而且非做不可,不这样就不能将全中国的闲散资本集中起来,用聚沙成塔的方式壮大未来中国银行的资本。但是第二条和第三条恐怕就不行。"王宗禹道:"东家,为什么?"映霁道:"这两条会毁掉晋商五百年在全国百姓中建立起来的形象和商誉,不但不会促进中国工业化的进程,还会妨碍它。"王宗禹一时急起来道:"东家,我不明白!什么道理?"映霁道:"道理非常简单,中国有自己的国情。我的想法是,对中国票号业进行现代银行改制时,外国银行章程中好的、和我们水土相服的一定要吸收,不服的恐怕就不行!"王宗禹大急道:"东家——"映霁安慰他道:"少安毋躁,我马上就让你明白。后两条一条是责任有限,也就是说,将来你这家银行经营破产了,人家入股的银子就打了水漂。银行是你在经营,大家信任你才入股,你责任有限就是失信于人。晋商历来讲诚信第一,童叟无欺,这怎么行?"王宗禹不说话了。映霁接着道:"最后一条是抵押放款,这一条更不行,不是不想,是做不到!"王宗禹道:"东家解释一下。"映霁道:"很快就是民国了,中国票号一旦完成银行改制,下面要做什么?"王宗禹道:"当然是像罗斯柴尔德家族银行一样,大量放款给工商业,进行中国的工业化改造,建立中国自己的大工业!"

映霁道:"想法和我完全一致!不管是推翻大清,创立民国,还是革命成功后对票号进行银行改造,都是为了改变国家的发展道路,完成中国的工业化改造。刚才你说过了,银行在这里扮演的角色,就是像罗斯柴尔德家族银行那样进行大量的工商业放款。"王宗禹道:"不错!可是——"映霁止住他道:"听我说完!但是在民国创立后的一个时期,你的放款是不会有抵押的,因为有财富的人很少,有勇气投入中国工业化改造的人更少。那些有志于投身中国工业化的人可能根本没有财富可以抵押。晋商算是有点儿钱,如果我们不投入,谁来投入?所以我认为这时候就是没有抵押也应当放款。没有人去承担风险,中国的工业化就不可能开始!"王宗禹沉吟了一会儿道:"其实也有办法。"映霁惊奇:"有办法?"王宗禹道:"罗斯柴尔德家族银行的办法。将银行放款变成对工业项目的直接投资,直至最后大量控股。这样,在工业化成功后的日子里,银行就可以长期获得利润,一点儿也不吃亏!"映霁看他一眼,道:"办法是好,但需要多方面的制度支持。即便民国创立,短时间内也不会形成完善的制度化环境。他还没有开始做事,你就要控他的股,长久地分他的利,会把人都吓跑的!所以我说,这个抵押放款,不但不会成为中国工业化的推动器,反而会阻碍它!"王宗禹不说话,显然他并不同意映霁的想法。

映霁催促道:"说话!咱们在讨论大事,有什么话畅快说出来,想不通没关系,接着想。"王宗禹忽然笑起来看他道:"东家将来把票号改制成银行,不实行抵押放款,难道还像今天的乔家票号一样,对客户实行信誉放款?"映霁道:"对。只有这样才能赢得更广大的信誉、更多的人心,鼓励更多的人勇敢投入中国工业化进程中去,再造一个全新的、工业化的中华!"王宗禹又不说话了,只看着他沉思。映霁道:"别瞪着眼瞅我。我想好了,在中国实行现代银行改制是件大事业,我们先做起来,坚持公开募股、责任无限、信誉放款这新的三条,就为以后所有的中国银行立了规矩!规矩一立,后起来的也只能照此办理,不然它就不能生存……我坚信不出二十年,所有在华的外国银行都会被实行这三条的中国银行打败。那时不但中国的金融独立保住了,中国的新银行也会发展壮大起来!怎么样,我们一起干?实现了这个目标,我们再把银行开到世界上去!那个时候,我们就真的做成了比我爷爷更大的生意!"

小栓脱口道:"我知道,这叫货通全球汇通全球!"王宗禹看他一眼道:"你还真是长进了!"映霁道:"近朱者赤,近墨者黑嘛!"王宗禹手支着下巴颏不再说话。很明显,他对映霁的理想和热情仍然持有保留态度。

天黑下来了,映霁回到窑洞里吃饭,小栓和王宗禹一旁侍候。映霁又看王宗禹道:"这么熬我的鹰,都给我熬出病来了,把你那本……啊,讲罗斯柴尔德家族及现代银行制度的书借给我看!"王宗禹道:"丢了!"映霁生气道:"怎么丢了?这么有用的书你不小心保管!马上就要和两位大掌柜商量票号改制的事,要用到它,你倒把它丢了!"王宗禹笑道:"东家甭着急,书是丢了,书里写了啥我记得倍儿清!"映霁不相信地看他道:"写了什么?"王宗禹道:"内容分两部分,前面是西方现代银行史,后面才是罗斯柴尔德家族银行史。"映霁道:"先说前面的。"小栓用两手指堵住耳朵道:"你们能不能说点儿别的,一说就是银行,我耳朵都磨出茧子来了!"映霁道:"不听出去。我们说我们的。"

王宗禹道:"东家,西方现代银行一般指西方现代商业银行,以西历一六九四年英格兰银行的建立为标志。这一年是清圣祖康熙三十三年，今年是西历一九一一年，就是今天我们创立了第一家现代商业银行，人家也比我们早了二百二十二年！"小栓道："说什么呢，我们的票号就不是银行？"映霁道："别打岔！票号不是银行！中国票号的祖宗是平遥的广盛源，道光三年创立，西历是一八二三年，晚了一百二十九年呢！"又看王宗禹道，"说呀！"王宗禹道："英格兰银行最早有资本一百二十万英镑，合股经营，开始时业务主要是向政府贷款，支持英法战争，后来主要从事资金存放，利润来源是票据业务、短期贷款和政府债券的流通管理。"小栓道："东家，我真是憋不住。听着和咱们票号也差不离！"映霁道："差太多了！"王宗禹道："除此之外，英格兰银行一开始就是作为英国中央银行存在，同时又具有一般商业银行的职能？"映霁道："中央银行的职能第一就是发钞。但又不只是发钞，它更重要的功能是管理政府债券。"小栓道："什么债券？"映霁道："代替政府发债！"他看着王宗禹道："一个发钞，一个发债，什么是中央银行，说白了就这两条，外加一个给商业银行立规矩，监管它们，自己不经营商业银行业务。有这几条就是中央银行，没这几条就是商业银行。"

王宗禹笑道："东家，您说得比书上还清楚。我正想跟您说这个呢。将来民国了以乔家的实力和商誉，我们应当争取代行中央银行职权，那样一下就能把乔家银行做大！"映霁道："这个以后再说。你刚才说英格兰银行早期也兼具一般商业银行的职能？"王宗禹道："对，虽然是这样，但并不实行无抵押贷款，而且，它也是责任有限！"映霁道："我还是那句话，中国有中国的国情，晋商有晋商的理念，这件事我们不争论。"

王宗禹笑道："咱说中央银行。英格兰银行拥有中央银行的职权太重要了，就因为这个，它发行的钞票早在一八三三年就具有了无限法偿的资格。"小栓又叫起来："无限法偿是啥？我不明白！"王宗禹只看映霁道："一家中央银行在全国银行中具有至高无上的地位，秘密就在于这个无限法偿！东家，这个你明白！我不多说了！"小栓道："他明白我不明白，快说！"王宗禹道："无限法偿，就是指你发行的钞票具有无限的法定支付能力，不论数额大小，也不管你是买卖东西，给伙计发薪水，和相与结账，还是向官府纳税，但凡用得着钱的地方，你给它你发行的钞票，对方都不得拒绝接收。还有一点更重要：一家银行发行的钞票具有无限法偿的地位，它的钞票就成了一个国家的本位币。"小栓又不明白了："本位币？"

映霁道："中国的本位币就是银子。银子就具有无限法偿的能力。做买卖给你银子,你收不收?"小栓道："我巴不得呢!"王宗禹道："别的呢?""别的除非是铜钱,我也收。""在中国铜钱并不是本币,它叫辅币,因为它不是银子,实际购买力随时会随着铜价起落,不具有无限法偿能力,这叫有限法偿。"小栓又道："那咱们的银票呢?"王宗禹看着映霁,笑了。映霁也笑,看他道："你快说到最要命的地方,要是能说得连小栓都明白,将来说服别人就容易了!"小栓叫起来道："东家,什么意思,小栓就这么笨吗?"王宗禹道："小栓,因为我们乔家诚信第一,天下信服,所以我们的银票开出来,虽然是一张纸,在今天的中国差不多也具有无限法偿的能力。知道为啥?"小栓道："当然知道。拿到我们乔家的银票,啥时候去到乔家的票号里都能兑出真金白银!"王宗禹拍手道："东家,他明白了!"小栓道："我明白什么,说的是我们乔家的银票,不是什么本——"映霁道："本位币。"小栓道："对。"

王宗禹道："那我问你,乔家的银票为什么会像中国的本位币也就是银子一样通行中国?"小栓道："我说过了,乔家的银票是真金白银。别人家的银票不行……想起来了,我也说句缠嘴的话,它具备无限法偿的能力!"王宗禹看映霁,二人哈哈大笑。小栓道："笑什么笑什么? 有那么可笑吗?"

王宗禹看映霁道："东家,小栓已经明白了,一家银行有了发钞权,它发行的钞票理论上就有了一国本币的地位,譬如英格兰银行。"小栓一拍大腿,大叫道："哎哟!不得了了! 照你们这么说,要发大财太容易了!"映霁道："怎么容易?"小栓道："怎么不容易! 一家银行有了发钞权,它的钞票又是什么无限法偿,那它啥也别干了,整天印钞票就行了。你用纸印出钞票,可以买天下所有的东西,包括银子。对吗?"王宗禹肯定道："对!"小栓大乐道："那以后咱不做别的生意了,把纸印成钞票发出去,银子换回来! 银行的生意这么好做,连小栓也能当大掌柜了!"映霁回头看王宗禹道："你瞧,他刚刚明白一点儿,又回去了!"小栓道："我回哪儿去了?"映霁只看王宗禹,道:"你还没说我最想听的部分,票号改制的风险。"王宗禹严肃起来,道:"东家真想听?"映霁道:"什么话!"王宗禹道:"那好! 乔家票号改制成现代商业银行首先就有许多风险,万一将来得到中央政府批准成为发钞银行风险尤其大!"小栓道:"怎么大?"

王宗禹盯着映霁道:"先说商业银行的风险。第一个风险就是您不打算责任有限,更不打算抵押放贷,可您的资本却是从全社会募集来的,就我们乔家现在的商誉,只要东家说一句改银行,社会募股,一定会有乌泱乌泱的银子涌进来。首先你没有抵押贷款,你的心胸又那么大,要搞什么工业化,工业化是什么?铁路、矿山,都是天大的投资,中国的事那么难,万一你投资一条铁路失败,放出去的款无法收回,你怎么收场?你一个责任无限,一个信誉放款,就这两条,就能把乔家拖垮!"映霁不为所动:"往下说。"王宗禹又道:"好,我今天一下说完,东家不高兴就当我没说。我认为万一乔家银行将来得到中央政府批准成为发钞银行风险更大!第一,成为发钞银行的首要条件就是你必须有足够多、可以说是天量的准备金,只有这样你的纸币才可能具有无限法偿的能力。准备金是你从全社会募集的,还是那个原因,你不打算责任有限,万一出岔子事情就大了。"映霁点头,听他说下去。王宗禹道:"这还不是最危险的,第二件事才最危险。"映霁急问:"什么?"王宗禹道:"政府!发钞权是中央政府赋予你的,它可以赋予你,也可以收回。它可以让你的钞票成为本位币,也可以随时让它成为废纸,这样你的银行随时都可能破产。"映霁不说话。王宗禹又道:"还有,如果政局不稳,你方唱罢我登场,每个人上台后都想捞一把,就会不断变换发钞银行,用发新钞的手段搜刮民脂民膏,被赋予发钞权的银行为了生存,还不能不沦为强盗的帮凶。"映霁依然不说话。王宗禹再道:"我还没说到发钞银行管理政府债券的职能,这里头的风险同样大。如果政局不稳,朝秦暮楚,城头变幻大王旗,惟上台都要你乔家银行代行中央银行职权发行债券搜刮天下百姓,新官不理旧账,乔家是不是要破产?"忽然他笑起来,道:"东家,我说了这么大的风险,你还打算干吗?"映霁站起来看小栓道:"不吃了,收了吧。"小栓收拾残席,端出去。

映霁闷闷地坐着,忽然看一眼王宗禹道:"怎么不说了?还没说到罗斯柴尔德家族银行怎么成功的呢!"王宗禹道:"简单说还是那三条,公开募股、有限责任、抵押贷款。"映霁道:"它们有时也在欧洲各国扮演中央银行的角色,为什么没破产?"王宗禹道:"他们谨守一个原则,绝对不在政局不稳的国家和地区承担中央银行职能。具体说一是不在这样的国家和地区替当政者发钞,二是不管理它的债券。这样做的好处是既可以避免自家银行破产,又可以避免罗斯柴尔德家族银行集团的信誉破产!"映霁忽然放声大笑。小栓奔进来道:"笑啥笑啥?"王宗禹看映霁道:"我明白了,东家根本就没有离开战场。东家回到家里才要上战场呢!"映霁已经站了起来,道:"有人来了!"回头一看,居然是潘为严和高瑞到了!

映霁又高兴又惊异,上前迎接,急切道:"两位大掌柜怎么这时候来了……一定是革命胜利了!急着带我出去见老太太?是不是!"潘为严一笑不笑地坐下去,拿出一封信道："东家先看看这个！"映霁看信，脸色大变道："朝廷向山西派来了大军？"潘为严和高瑞点头。高瑞也坐了下来，道："真没想到朝廷动作这么快！也难怪，山西离京城太近，从太原府兵发娘子关的革命军真要截断了芦汉路，朝廷的灭亡就在旦夕之间。所以，这回朝廷才急急忙忙派了北洋陆军第六镇镇台吴禄贞充当山西巡抚，率领本镇兵马火速入山西平乱！"

映霁神情阴郁起来，半晌问道："还有什么消息？"潘为严道："兵发娘子关的革命军半道上就撤了！"映霁大惊道："什么，他们没到娘子关？"高瑞点头。映霁努力压住怒火，道："还有什么消息，都说出来！"潘为严道："新任山西督军阎锡山和山西革命军第一师师长黄国梁退出太原府，分南北两路退往雁门关和晋南。有消息说下一步阎锡山还打算撤出晋北，逃往绥远！"映霁一掌击在案上，怒道："这是不战而退！"高瑞道："东家，还有一个消息和汉口战局有关！"映霁道："讲！""朝廷任命袁世凯做内阁总理大臣这些天，他可没闲着，听说已全部接管政府，控制了全国军队。最新传说是他要撤掉汉口清军大帅荫昌，换上自己人做大帅！"映霁道："此人是谁？"高瑞道："人就在汉口前线，新军第一军大帅冯国璋！"

潘为严道："消息恐怕是真的，袁世凯终于把大清国全捏到手心里了，下一步恐怕要真打！东家，要是姓袁的集中全国之兵打武汉，你们的人扛得住吗？"映霁怔在那里，半晌才回头道："这样看来，中国革命真的还有夭折的危险！"潘为严看他道："东家，今天我们俩奉江老东家之命来见您，不是要讨论革命党的成败，而是要商议自己家的大事——乔家怎么办？"映霁心情已变，道："革命不成功，乔家还有什么大事？乔家的事再大也不重要了！"潘为严道："可是江老东家和我们都觉得，乔家的事比天下事都大！"映霁终于回头道："两位大掌柜是前辈，有什么要教导的，请讲！"高瑞道："江老东家让我们来问东家两句话。第一句，革命党不能成功，还是大清的天下，东家和乔家怎么办？第二句，革命成功，天下成了民国的，东家和乔家怎么办？"映霁目不转睛地看着二人，有顷才道："我离开革命党回到家里，下一次打算做四件大事，王大掌柜已经偷着抄给两位前辈看了，再说革命不成功，这些事要办也是办不成的！"

潘为严道："东家，虽然我们看了宗禹抄回去的那个东西，大致上明白了东家当初为什么要革命，现在又为什么要回来，但我们还是想听东家亲口做些解释！我们想，老东家当初把乔家交给东家，东家今天一定不想把它毁了对吧？"高瑞也想说什么，被潘为严止住。映霁久久看二人，沉沉道："我明白，这些话两位大掌柜早就想问映霁了，直到今天才过来，是因为要等外面的消息。现在消息来了，我是该交代明白了！"窑洞外，小栓提一壶开水走过来，要推门被王宗禹挡住。小栓道："怎么了？"王宗禹道："里面在说大事呢，先别进去！"

窑洞内，映霁看两位大掌柜道："两位前辈，这八年映霁在广州，走过林则徐林文忠公虎门销烟的旧址，看到过关天培抵抗英军的炮台，见过十三行街码头上西方各国的千帆万樯，堆积如山的外国商品，回头再看哀鸿遍野、民不聊生的中国，不能不想一件事，我中华号称天朝上国，地大物博，历史悠久，文明灿烂，怎么就会落到如今这种任人宰割、随时可能亡国灭种的地步！开始我和当年的维新人士一样，以为中华败在器物，也就是没有西方列强的坚船利炮；后来又认为败在科技和人才，中国没有出现爱迪生、瓦特这样的人物，但是到了最后，发现这些想法不是不对，但是片面，没有看到中国的败因是我们在一个时代来临时整个国家从理念开始就落后了！从文艺复兴开始，西方就开始进入一个以商立国的时代。上至国王，下至平民，每个人都信奉一个理论：用少量的钱制造出产品，卖出去赚取更多的钱，从而一点一点实现个人和国家的积累和富裕。几个世纪以来，这个看似平常的理论竟然成了他们的基本国策，以至于带动整个西方早早地就进入了一个商品经济的时代，一个人人都是商人的时代。他们的立国之论乍看起来，似乎和我们中国商人以本求利的想法没什么不同，但在中国，重农抑商一直是千古不变的立国之策。士农工商，商为四民之末，虽然爷爷和两位大掌柜，你们那一代人实现了汇通天下货通天下，但实际上商人对中国的进步和富裕做的事情仍然极小。中国长久地停留在农业文明时代。进入商业文明时代的西方却不一样，从十七世纪以来，大规模的商品贸易带来了财富的积累，财富的积累又引发了生产方式的进步，也就是工业革命。"高瑞若有所思道："这个我听人说过。"映霁道："工业革命使生产力无限扩张，生产出更大量的商品，反过来促使西方必须在全世界寻找市场、原料和廉料劳动力的来源地。为了这个他们不惜打响一场以全球所有国家为战场的商战，人类也就从这时进入了一个全球商战的时代！"潘为严道："全球商战的时代……东家是说我们中国从朝廷到百姓都没有跟上这个时代？"映霁道："不是没跟上，是根本不知道世界已经进入这样一个时代。时代的本质就是一个国家要靠自己的商品在全世界占领市场，打败别国商品，赢得最大利润，实现人民和国家的富裕和强大！两位前辈，当外国商品包括鸦片这样的毒品打着商品的旗号进入中国、占领市场、危害人民时，我们做出的反应仅仅是拒绝，但站在外国商品背后的是它的坚船利炮。外国人不惜用坚船利炮轰开了中国的国门，逼迫你签订各种不平等条约，这些条约基本上都是商约。"高瑞沉痛道："是这么回事！"映霁道："随之而来的是什么？不只是山积海屯的洋货，更有西方的洋钱，它的金融力量，大步进入中国占领市场，造成万民失业，国家板荡。列强为了瓜分中国市场，还在中国相互打起来。朝廷扛不住，为了保住自己一家一己的利益，不惜做西方列强的奴才，割地赔款，丧权辱国。到了今天中国人民看清楚了，这个朝廷是不会可惜中国的疆土的，只要他们自己还坐在龙椅上，谁要哪块土地，他就会割给他哪块土地，谁要中国什么权益，他就会让出什么权益！至于中国百姓是死是活，他已经不管，想管也管不了了！"

高瑞道："东家就是因为这个认为中国必须革命，所以成了革命党？"潘为严道："等等，让东家讲，他离开广州时，曾经打算带乔家做出比老东家还要大的事业，实现那什么……汇通全球货通全球！"映霁道："两位大掌柜，在广州这八年里我弄明白了一件事，当所有西方列强用坚船利炮打开中国的国门，把商品倾销进来时，如果我们和他们有平等的商约，他们就同样有义务让中国的商品大举进入他们的市场！"潘为严道："东家要带我们到全世界做生意？"映霁从身边拿过一本书道："两位大掌柜，这本书是英国人写的，书名叫《国富论》，里面的道理就是我刚才讲的那么一点点，用少量的钱制造商品卖出外国去赚更多的钱，如此反复，积累利润直至国富民强。道理虽然一点点，却引发了全世界的商战狂潮。不是我们一定要把中国的商品销到外国市场上去，是我们不这么做，将来无论是乔家还是中国，都没有机会赢得在这个星球上生存的机会了！乔家现在是中国商界尤其是金融界的领袖之一，天下兴亡，匹夫有责，何况我们是乔家！我们一是有责任，二是要有雄心，让自己成为西方的罗斯柴尔德家族、美国的摩根财团、英国的英格兰银行！如果我们一家做不到，那就要联合所有晋商，唤起所有中国商家做这件事！再说一句，乔家在这场大商战中赢不了不是大事，关键是中国必须赢！"

潘为严抑制着激动的心情道："东家，你是怎么想的，我们大致上都明白了。你回来后要做的四件大事，我们也知道了，但是——"映霁道："等等！既然前辈说到这件事，我就先说第一件事！"高瑞道："东家打算，回来后做的第一件事就是重建临江茶山，恢复万里茶路，这是真的？""当然是真的，中国历来是茶叶出口大国，可我却在广州那里亲眼看到她竟然成了茶叶进口国。广州的中国人和外国人要拿银子去买外国人的茶叶,这样的事情我们不能让它继续下去了!"潘为严和高瑞沉默不语。映霁道:"当然到了现在,这已经不是最主要的原因了。那时我还不知道临江和万里茶路上发生的事。两位大掌柜,我真没想到,因为乔家撤出,临江茶山已经完全荒废,镇子成了鬼城,十几万茶农流落他方,连临江渡口也被刘黑七的儿子刘小七烧成了废墟。最让我难过的,是当年那位一直不相信乔家茶路会断绝、一直为乔家守在渡口上的摆渡老人,竟让刘小七吊死。她的孙女阿莲,今天虽然活着,却下落不明!"

潘为严突然开口道:"东家至今还记得摆渡老人家的孙女?"映霁道:"我现在只知道她还活着,爷爷死后被人卖到了武汉,有过悲惨的遭遇,什么遭遇我仍然不知道。两位大掌柜都知道我九岁那年,爷爷千里迢迢带映霁去到了临江渡口,在摆渡老人家过了一个除夕。多少年了,我都不明白爷爷为什么那样做,这次回临江渡口露宿一晚,我才明白了爷爷当时想的是什么!"潘为严道:"老东家想的是什么?"映霁道:"爷爷晚年认为自己的一生是失败的,他那样做是想让我记住:即便救不了天下人,但只要乔家还在,就一定让临江渡口摆渡老人那样的普通茶路人家过年时屋顶上仍然能升起炊烟,门上贴上新春联,窗外挂上过年的腊肉!前几年我们断绝茶货生意错了,必须改回来,爷爷的在天之灵才能安心!"潘为严拦住他道:"东家讲另外三件大事!"映霁道:"另外三件大事里,将大卖场引进乔家生意还要等我去上海实地考察了先施公司以后再说,直接投资参与工业化更要放到以后,马上要着手的只有票号的银行改制这一件大事。和恢复茶货生意相比,它才是真正的天下大事,要马上去做!"高瑞道:"这件大事东家想怎么做呢?乔家单打独斗吗?"映霁道:"不,一定要联合晋商中的各大票商一块儿做,还要照顾中国国情,这件事不容易,但事关国家兴亡,多难都要做!"潘为严迅速看了高瑞一眼。映霁道:"两位前辈,民国创立后一定会出现有利于民族金融资本和民族工商业成长的机会。我们要抓住和利用这个机会,率先布局,率先动手,尽早推动完成晋商和全国金融业的现代银行改制,集中全国资本,全力推动中国的工业化进程,快速发展经济。中国地大物博,资源和劳动力低廉又丰富,实现了现代银行改制,这些先天的优势就能全部发挥,全民族的生产潜力会火山一样爆发,制造出的商品总量将难以估计。大量价廉物美的中国商品长江大河一样进入世界市场,没有一个西方国家会是我们的对手!我们就能用西方人开辟的大商战的手段在大商战的时代击败他们，赢得巨大利润，实现国富兵强。这对于乔家同样有大利，无论是我们还是所有参与其事的中国商家，都会在这个伟大的进程中得到发展壮大。我相信，我刚才说的汇通全球货通全球梦想实现之日，就是中华民族真正实现伟大复兴之时！"

潘为严道："东家说完了？"映霁点头。潘为严看着高瑞，二人沉吟起来。潘为严道："还有一件事，请东家告诉我们，民国到底能给我们什么？"映霁说道："最重要的，也是孙中山先生当面对我许诺过的，废除清政府跟西方列强签订的所有不平等商约，代之以世界各国通行的公平商约，给中国商人和外国商人公平的营商环境！"高瑞道："这么说将来我们在茶路和茶山上向官府交的税，就只和外国茶商一样多了？从武夷山到恰克图，无数的厘卡，都会撤销？临江茶山上，也不会再有三府十八县的税官抽税了？"映霁道："对！这些都是孙文先生当面对我的承诺！"高瑞看潘为严道："真这样，重开茶路，恢复临江茶山，我不反对！"映霁看他道："我爷爷在世时，有段时候临江茶山的事是您在经管，我想将恢复茶路、重开临江茶山的大事托付给您去做，如何？"高瑞道："东家还看得上我这把老骨头，我没什么说的！"他又看潘为严，"潘大掌柜怎么看？"潘为严道："除了刚才说的几件大事，东家还有别的事要我们做吗？"映霁心头一惊道："光顾得说别的，忘了一件眼面前的大事！袁世凯窃夺了国柄，仗恐怕还要大打！两位大掌柜赶紧知会北京商街的所有商铺和票号撤号！我们自己的铺子要更快！这件事刻不容缓！""全撤？""除了房子搬不走，剩下的全撤，一个人、一两银子也不要留！"高瑞插上来道："东家，北京是天子脚下，也会像武昌和太原府那样爆发革命？"映霁道："经历了革命才知道什么是革命！乱兵抢劫、焚烧商街和票号，武昌革命时发生了，太原革命时也发生了，中国票号业三大重镇，北京、武昌、太原，现在只剩下北京，只要袁世凯倒行逆施，阻碍民国创立，北京也一定会发生革命！"潘为严急看高瑞，道："高大掌柜，这件事要马上办！"高瑞道："好的，交给我吧！"映霁道："我写一封信，你们让京城的李大掌柜去找一位叫蒋祚彬的革命党同志，他非常可能是将来革命党在北京起事的大帅，不管能不能起作用，我都要求他尽力保护北京商街和票号！"高瑞道："我也想起一件大事。东家，南方各省宣布独立，票号业受损失不小，各地大掌柜不少带人和银子逃回来了，可还有些人在坚守，是不是都撤回来？"映霁皱眉道："能撤的都撤！只要革命没结束，仗就会打下去！中国没多少银子，每一个铜板都是宝贵的，都要留给民国！"

窑洞门外，小栓一直趴着门缝朝里看，突然呜咽了一声。王宗禹道："你怎么了？"小栓道："王大掌柜，看样子东家不是说梦话，他真要干！这会儿正写信呢！"窑洞内，高瑞接过映霁写好的信道："东家，潘大掌柜，我先走吧。"映霁急道："高大掌柜等一下。我还有件事情要请教两位前辈。"潘为严和高瑞看他。映霁道："八年了，我一直没回来见过我娘，她这会儿病成了什么样子，我想回去看看，可现在不行了，革命又到了生死存亡的关头，乔家堡我也回不去，我想好了，明天我就离开山西回汉口，重新投入战斗！两位前辈，还是那句话，革命必须胜利，而且必须早点儿胜利！"潘为严道："东家，这件事我们就做不了主了。眼下局势不明，江老东家说，你不能离开这个地方，更不能再回武汉上战场！再说东家的大事说完了，我们的大事还没说呢！"映霁心中一动，看二人。潘为严道："万一革命不成功，我说的是万一，东家就不能再继续留在乔家做东家了。有可能像当年的景岱大少爷一样被官府通缉，直到乔家为了自保将东家出籍。江老东家问你，你认为乔家的同辈兄弟中，谁可以替东家掌管家事？"说着就取出一份文书放在映霁面前，道："东家不要介意，江老东家还要你在这份文书上签字画押，声明自今日起自愿被乔家除籍，对你以后做的事情负全责！"窑洞门突然被推开，映霁、潘为严、高瑞吃惊地看着冲进来的小栓。映霁大叫："你干什么！"小栓眼泪一下就流出来，大声道："东家不要签字画押。乔家是你的！你好不容易才活着回来，他们这是想赶你走，夺走乔家！小栓不答应！"潘为严、高瑞二人看着，不说话。映霁大声叱止小栓道："住口！王大掌柜进来，把他弄出去！"王宗禹进门，抱住小栓拖出去。小栓仍在门外哭喊："东家，这个字不能签哪！我和王大掌柜千辛万苦，才把你从武昌救回来，他们却早算计好了，逼你把乔家交出去！我不干！"院子里，王宗禹用力捂住小栓嘴道："别胡说！"一边把小栓拖走。

高瑞回手将窑洞门重新关上。映霁接过文书看了一眼，道："我签！"拿起笔就在文书上签了字，回手交给潘为严道："签了这份文书，我就是个完全自由的人了，现在就想离开，可以吗？"潘为严道："还不能。"映霁道："为什么？我现在已经不是乔家的人了！"高瑞道："东家真要回武汉重上战场？"映霁点头道："是的！我错了，革命原来没那么容易胜利。两位前辈，我的最后托付就是刚才讲的那几件大事，我可能没机会去做了。将来无论是谁接掌乔家，你们都要把我的话讲给他听，让他去做。别的我不多说了，明天一大早就走！"潘为严将文书仔细收起来道："东家，这恐怕不能。文书上有一条，在您没有从乔家弟兄中找到合适的人接替你以前，文书不能生效！"

映霁生气道："你们告诉我谁可以接替我，不是一天两天，而是一辈子，像爷爷当年那样带领乔家往前走，永远不忘以商救国，以商救民的初心！最好能在没有乔映霁时也能实现我的愿望！拜托！"说着他深深地鞠了一个躬。潘为严与高瑞对视，两人一时都激动了。潘为严道："东家，我们都认为只有你自己，用你的眼光，你的心胸，才能挑出最合适的人！"

映霁皱眉沉吟有顷道："有一个人！自小因为我伯父景岱违反爷爷亲自订下的商规，在包头做霸盘生意，被朝廷通缉谋杀，爷爷为了晋商的团结，将他们这一支除籍，他不能再回乔家，爷爷先是暗中资助他在太原府的晋阳书院读书，后来又让他到东西洋留学，最后一站好像是法国，一待就是四年。要是他能回来接替我，一定比我做得还好！"

高瑞道："东家是说景岱东家的大少爷映雪？"映霁道："对！"潘为严道："东家还不知道，映雪大少爷已经从法国回来半年了！"映霁惊讶道："真的？太好了！他在哪里，我马上去见他！"潘为严道："我和映雪少爷打过交道，就怕他不答应！"映霁道："在我们乔家，真正学贯中西的是他不是我。大半个世界都让他跑遍了，心胸和见识应当比我更广！——他住在哪里？"潘为严道："不远，平遥西南十二里桥头村的双林寺。"映霁道："我马上去见他！"潘为严道："几十里路，走到怕是三更天了，天亮吧！"映霁道："三更天正好掏他的热被窝，和他彻夜长谈！说服了他，天一亮我就可以启程了！"潘为严回头开门，大声道："小栓、宗禹，给东家备马！"

天下闻名的双林寺位于平遥县西南六公里的桥头村。映霁带小栓、王宗禹纵马飞奔了两个时辰，下半夜光景才来到寺外。一和尚为他们打开山门，看映霁道："请问施主，这么晚了——"映霁急上前合掌道："师傅，我们是乔家人，来见映雪少爷！"和尚道："阿弥陀佛。施主请进！"都这个钟点了，映雪还没睡，在自己租住的一间禅房里作画。外面传来"砰砰"打门声，映雪手中画笔不止，嘴里应道："来了来了，这么心急，能成什么大事！"他仔细端详新画的梅花，很是得意，终于放下笔走去开门。映霁一步跨进来道："大哥，这么久不开门，屋里不会藏着人吧，是我！"映雪道："算着你昨天就会来，晚了一天，我这卦越来越不灵了！"

映霁惊奇道："说什么呢，你算着我会来？"小栓和王宗禹跟着进屋，带进一阵风。映雪大叫起来："关门关门。佛门清静之地，你们一来，连味儿都不正了，关上门熏我就行了，不要熏了大雄宝殿里的佛祖。"小栓看王宗禹，二人"扑哧"一声笑起来，回手关门,又眨眼睛。映霁上下打量映雩,笑着道:"八年不见,大哥越来越仙风道骨了!"边说着就上前扯映雩的画过来看,又去翻案上的书,脚在走,手在动,嘴里在问:"看的这是什么书呀,怎么医卜星相都有,真打算学成了打卦卖卜、悬壶济世? ——怎么还有洋文的讲义?"映雩一把夺下那本讲义道:"这是法文的,看得懂吗? 放下放下! "映霁又夺回来道:"别小瞧你兄弟行不行? 我还真看懂了,《La Révolution française et La psychologie des révolution》,《革命心理学》,法国人勒朋著。"映雩看他,道:"明白了,到广州去了八年,啥能耐都学了点儿,聪明了。"说着又将讲义夺回来,放到另一边去。映霁道:"干吗? 什么宝贝,我还看不得了?"映雩道:"这不是你应该看的,看了脑瓜子会坏掉,再说你也看不懂。"映霁呸了一声,又抓起一本线装书来:"这又是什么?"映雩又上前抢夺道:"哎呀呀你给我放下。怎么你一到,我这里就像遭了劫。这是我今晚上找出来睡前读的书。"映霁松了手,笑道:"这都后半夜了,你还睡前读的书! 那边是法国人的书,这边是李贺的诗集,这里还有刚画的梅花。哎,这里还有《资治通鉴》呢。你做的什么学问? 看不懂! "

映雩一下将映霁按在椅子上,道:"你给我坐下! 我就知道你一回家我就不得安生了。"回手打开李贺的诗集,道:"早上想起了这里面的一首诗,为你来准备的!"映霁笑道:"装神弄鬼。你真的能掐会算,知道我今晚一定来?"映雩道:"让我把这首诗翻出来……就这首。"映霁夺过书来看,道:"李贺的《致酒行》。呵,你这么大学问还要找出来读? 我都能给你背出来!"映雩鼻子里发出"嗤"的一声,道:"真的?"映霁道:"'零落栖迟一杯酒,主人奉觞客长寿。主父西游困不归,家人折断门前柳。吾闻马周昔作新丰客,天荒地老无人识。空将笺上两行书,直犯龙颜请恩泽。'"映雩说道:"往下走。背不上来了吧?"映霁道:"逗你玩呢! 听着,要紧的是下面四句。'我有迷魂招不得,雄鸡一声天下白。少年心事当拏云,谁念幽寒坐呜呃。'怎么样?"映雩瞪眼看他,一时有些走神。映霁道:"怎么了你?"映雩盯着他道:"就怕你记得住这首诗,特别是后面这四句。"映霁道:"后面四句是李贺一生写得最励志的诗! 当年我还小,是你一句一句教给我的!"映雩瞪眼看他,忽然大声一喝道:"呔!"映霁笑道:"怎么了? 我从小就胆儿小,你不知道?"映雩道:"你都在劫难逃了还要励志?"映霁笑容顿落。映雩道:"吓住你了吗? 吓住就对了!"映霁大笑,道:"哈哈,没吓住!"映雩道:"好了,无事不登三宝殿,有话快说,简单点儿,说完了马上给我——门在那边,走人!"映霁道:"我来都来了,要走可没那么容易!"映雩道:"那就说话! 半夜三更来见我何事?"映霁又胡乱摆弄起他案上的东西来了,道:"你都会打卦问卜了,还算不出来?"映雪又去抢夺,边大叫:"我说过别动我的东西!"一边又冷笑道,"这还用算,你来我这儿当然是——不,我不会说的!我不上你的当!"

映霁望他道:"不行,你一定要说!"映雪道:"我不说,万一不是呢?"映霁道:"能掐会算,露馅了吧?还要装神弄鬼!"一把抓起映雪刚画好的梅花图,笑道:"这张画得不好,撕了吧!"映雪急叫道:"快放下!这是我画得最好的一张画,神品!我这会儿靠它吃饭呢!"映霁道:"小栓,拿去糊你的窗棂子,你那窗棂纸不是透风了吗?"小栓会意,道:"是!东家给我!"映雪一步上前挡住,大叫:"不!"兄弟二人对视良久,映雪无奈,语气忽然软下来道:"行,可我真不想说。你不会真是来劝我接掌家事的吧?"映霁放下那张梅花图,心中暗惊,脸上仍然笑着,道:"大哥,你还真是神仙!既这样就不废话了!小栓、王大掌柜,快帮大爷收拾了走人!"小栓、王宗禹答应一声,就要动手。映雪大叫道:"哎,哎,都给我住手!"他拦了这个又拦那个,回头看映霁道:"什么呀我就跟你回去!我哪儿都不去!"映霁抓住他不放道:"大哥,我进门听你一开口就明白了,所有的事你早都料到了,想过了,既如此,当然得跟我回家!"映雪道:"不,我什么都没料到!撒手,坐下说你来是怎么回事?"映霁并不放开他道:"你先坐下!"映雪不得已坐下了。映霁还是没放开他的手,扯过一把椅子坐在他面前道:"大哥,在我们弟兄中,你最聪明,最有学问,就是没有我参加革命党这档子事,今天也该是你接掌家事!"

映雪出神地看他,并不说话。映霁叫:"哎哎,在听我说话吗?"映雪嘟哝起来,站起来道:"等等,我得再卜一卦,看你未来几年的运势。"小栓惊奇,看王宗禹,王宗禹却只看映雪。映雪道:"你们俩一边挤眉弄眼干啥?大爷有的是学问,他要算就让他算,说不定还算出我交了好运呢!"映雪拿出一只红木雕花的匣子,打开取出蓍草,开始排卦,一时摇头晃脑,念念有词,忽然瞪大眼睛看卦相,脸色都变了。

映霁道:"哎,怎么了?"映雪一把将面前的卦象胡噜乱,收起蓍草道:"这是啥卦,不算了不算了!"映霁拦住他道:"不行,算了就得说!"映雪问:"说啥?"映霁道:"结果。你都给我算了,怎么不说个结果?至少告诉我是哪一卦?"映雪道:"你还是不知道的好!"映霁道:"我一定要知道呢?"映雪定定地看他,有顷才道:"我不说是哪一卦了,只告诉你从卦象上看出了两句话。想听吗?"映霁道:"听!"映雪道:"第一句,无论你这会儿多不情意,将来都还要掌管乔家家事!"映霁皱眉头道:"第二句!"映雪道:"这一句我真不愿意说。"映霁道:"又装神弄鬼。说,无论吉凶祸福,我扛得住!"映雩道:"不能后悔!"映霁不说话。映雩一字一字道:"你会因为掌管乔家家事死无葬身之地,乔家也会因为你家败人亡。"

映霁一时心潮翻涌,却尽可能不动声色。小栓和王宗禹大惊,你看我看你。小栓道:"哎,大爷,你这是什么卦,这不是咒人吗!"映雩喊:"什么也不懂,别插嘴!"映雩还在看映霁,不说话。映雩道:"怎么了? 扛不住了?"他大叫道:"连这么简单的世事都看不透,可惜你读了那么多年书,还出去学了八年生意!"映霁终于开口,沉沉道:"别喊!我扛得住,现在想听的是解释!"映雩来回走动起来,笑道:"解释? 好哇? 俯拾皆是! 哈哈,人怕出名猪怕壮;匹夫无罪,怀璧其罪。老子讲吾所以有大患者,为吾有身,及吾无身,吾有何患?"他突然回头道:"知道你这一生的大患是什么?"映霁道:"什么?""你的大患就是外面传说中富可敌国的乔家,说白了就是传说中乔家银库里那些银子! 要是你连这都不知道,不是我咒你,你距离死无葬身之地已经不远了!"

映霁心中一点点起了逆反,道:"外界传说乔家富可敌国,你还真信? 就是乔家真的富可敌国,我就该死? 乔家的银子不是天下掉下来的,五代人走商路,无数人九死一生……不! 最要紧的爷爷从小就告诉我们,这些银子不是乔家的,是天下人的活命之本!"映雩专注地盯着他看,不说话。映霁又是一笑,坚定道:"再说你算的也不对! 告你一件事,我今天来见你,是因为明天一大早我就要离开山西回汉口前线打仗,一生一世也许都不回来了!"映雩脸色一变道:"什么? 你还要回汉口打什么仗? 说,这不是真的!"映霁道:"千真万确!"这次是映雩惊慌起来,大叫道:"不能!"

映霁道:"为什么? 革命又到了生死存亡的关头,我当然要回去! 还有一条,我是革命党,全山西都知道! 除非革命成功,我就是想回乔家管事也不能! 还告诉你一件事,今晚上我把从乔家脱籍的文书都签了! 所以你说我这辈子命里一定会掌管乔家家事,还会因此死无葬身之地,错了!"映雩目光空茫,口中讷讷道:"不对。"忽然想到了什么,猛回头,目光如炬,道:"兄弟,谁告诉你革命不会成功? 你们的革命已经成功了!"

映霁心中一震,道:"什么?革命已经成功了?"映雩道:"你还算是个革命党,连这个都不知道!"映霁大叫一声,再次一把抓住他道:"快说!"映雩道:"不知道我就不说了!"映霁:"不行!"映雩道:"哎呀我今天怎么这么倒霉!"他看一眼小栓和王宗禹,道："叫两个小子出去！我才说！"映霁看王宗禹、小栓道："你们先出去！"小栓站着不走，王宗禹拉了他一把，二人出门。小栓看王宗禹道："大爷神神叨叨的，还能掌家？东家要是着了他的道儿就坏了。不会出事吧？"王宗禹将窗纸捅了个窟窿，往里瞅，悄声道："别吵，听着！"室内映霁已经松开了映雩，笑道："说吧！把你的道理说出来！"

映雩冷笑道："一瞧你就不是个真革命党！我真不想跟你说，一说就害了你，不如就这么着，让你明天跑回汉口做革命党，虽说是枪林弹雨，倒也死得明白——"映霁打断他道："跑题了，说革命怎么就已经成功了！"映雩道："革命党掌管了大清的半壁江山，袁世凯掌管了剩下的半壁，清王朝不是已经被推翻了吗？"映霁道："胡说！袁世凯是朝廷抬出来扑灭革命的刽子手，是今日革命最大的敌人！"映雩道："他是不是革命党的大敌我现在真不知道，但他却真真切切是朝廷的大敌！"映霁心中隆隆起了惊雷，道："你这也太扯了，难道袁世凯会对朝廷反戈一击，投降革命？"映雩也大叫道："想什么呢你？袁世凯怎么会投降革命，他只会利用革命！孙文大半生只有一句话是对的，天下大势，浩浩汤汤，顺之者昌，逆之者亡。什么是天下大势？让大清朝灭亡就是天下大势！袁世凯眼下正在顺应天下大势，让清王朝灭亡！兄弟，大清眼下就是个名儿了，它已经亡了！"映霁皱眉道："我听着怎么像做梦似的！"映雩道："大清一亡，中国就只剩下两股力量，一是你们革命党，二是袁世凯。如果你们革命党的最大目标就是推翻清王朝，这会儿你还敢说革命没成功？"映霁道："不，你让我想一想，你把我的脑瓜搞乱了……不！这也太胆大了，袁世凯不是同盟会员，不是革命党，他怎么会让革命以这种方式成功？"映雩勃然大怒道："你还是什么都不懂！袁世凯不会让革命以任何方式成功，只会让它以他自己希望的方式为自己所用！"

映霁道："大哥，告诉你一件事，袁世凯已经派出北洋陆军第六镇镇台吴禄贞，率领本镇兵马杀向山西。阎锡山和黄国梁的兵已经分南北两路撤出太原府。山西的天又变了！"映雩道："这件事和大清灭亡有什么相干？袁世凯已经取得了对朝廷里那帮昏庸无能的王爷大臣们的胜利，剩下的只是要在战场上取得对你们革命党的胜利。派大兵来山西剿灭革命军，安定北方，控制芦汉路，他才有可能制造出一种情势，回头做他最后想做的事！"

映霁听进去了，问："他想做什么事？"映雩大叫道："你还糊涂着呢！替你们革命党推翻大清！"映霁心中波澜起伏，道："你这猜测太大胆，有什么根据？你一个人待在这双林寺里，一心只读圣贤书，两耳不闻窗外事，这些事情，怕都是你算出来的！"

映雪从案上取过那本法文讲义《革命心理学》，道："瞧瞧这上面是怎么说的？大哥我在法兰西游学四年，可不是只学会了几句法国话，Bonjour（你好），Champagne（香槟），Merci（谢谢），我还正经跟我的导师研究过法国大革命！这讲义就是我的导师勒朋先生在我做他学生期间写的！你要真看得懂法文，拿去读读，就明白了！"映霁接过，瞅一眼又放下道："不不，这件事太大，你必须现在就告诉我，天下将来是谁的，大清过后会不会是众望所归的民国！""当然是！至少开头一段是！就像法国大革命开始后一段时间一样，你上台我下台，一会儿山岳派，一会儿吉伦特派，一会儿雅各宾派，但到了最后，却是拿破仑做了法国皇帝！"映霁道："什么意思？"映雪道："这次中国革命的结果也一样，最后一定会是袁世凯当皇帝。这话不是我说的，是我的导师勒朋先生亲口告诉我的。我只认定会发生一件事，民国会比今天的大清更坏！"映霁大声争辩道："你这是什么话！民国怎么会比现在的大清还坏？还有，中国革命众望所归的领袖是孙中山先生，如果连你也认定革命胜利后一定是民国，那么谁敢逆民心而动都不行，怎么会让袁世凯做皇帝！不能！"

映雪看他道："今天我讲得太多了，天机不可泄漏……这么着吧，来前你一定以为革命又出现了危机，山西正重新落入朝廷之手，你这个革命党也不能再回乔家管事了，于是他们就想起了我，要你找我回去李代桃僵。你们错了，袁世凯一定会控制山西，将来也一定会击败革命党控制中国，但同时他也会帮助革命党推翻帝制创立民国，做中国的拿破仑。所以，回去吧，你不用再去武汉前线打仗了，打也打不赢袁世凯。不过刚才的话你也要记在心上，民国会比今天的中国更坏，无论谁在执掌乔家家事，都将死无葬身之地，乔家也会家破人亡！"窗外的小栓听到这些话，看王宗禹道："大爷的话吓死我了！"王宗禹道："也把我吓住了！不过别说话，往下听！"

二人又朝屋内望去。只见映霁凝视着映雪，半响才道："大哥，我今晚上来，确实是想告诉你，我已经签了脱籍文书，与乔家不再有关系，明天就回汉口打仗，革命不成功再也不会回来。但我走前必须请你回去执掌家事，签的文书才能生效！"映雪道："那你就不走，留下来，等袁世凯推翻大清成立民国再出来，继续做乔家的东家！""可你刚才告诉我那时不会再有乔家，我也会死无葬身之地！"映雪道："即便是这样，那也是你的命！兄弟，哥可是告诉你，我的卦灵得很呢，我前天居然给寺里的和尚算到他丢的牛犊子到哪里去找——"映霁激烈打断他道："现在说大事，怎么扯到了牛犊子？再说庙里怎么会养牛犊子，瞎扯！"映雪道："这就是你了，自幼出身巨商豪富之家，一不知稼穑，二不知天下人心。眼下天下人穷困至极，一年之中也不见几个人到庙里布施，和尚们也要活下去，养牛犊子有什么稀奇！"映霁心里不悦，脸上的笑容凝固。映雩道："行行，我们不吵架！哈哈，现在我就知道，虽然我把什么都告诉了你，你这辈子还是要做乔家的东家，你就该着为乔家和不是乔家的人受苦，然后……干脆我把《红楼梦》里的一段判词背给你听好了，书里说的这段话太像将来的民国了！听着！"映雩尽量让自己平静，在椅子上坐下，不动声色。映雩念诵道："'为官的，家业凋零；富贵的，金银散尽；有恩的，死里逃生；无情的，分明报应；欠命的，命已还；欠泪的，泪已尽。冤冤相报实非轻，分离聚合皆前定。欲知命短问前生，老来富贵也真侥幸。看破的，遁入空门；痴迷的，枉送了性命。好一似食尽鸟投林，落了片白茫茫大地真干净！'"

他念完了，看一眼映雩道："好了好了，也困了，要睡了。你们走吧走吧！"边说边上床躺下，胡乱拉一床旧被盖在身上，不一会儿就打起呼噜来。映雩生气，上前一把将被窝扯开，道："你不能睡，起来！"映雩睁眼看他，大叫："哎，哎，你怎么还不走！快走！我这会肠子都悔青了，不该对你说这么多！我给自己惹麻烦了！走以后不要再来！对了，你不在家这八年，他们对我可是有一搭没一搭的，弄得我时常靠典当过日子，这阵子我可是欠了不少账，要画画还人家的饭钱！快把这八年欠我的银子还我！"边说边动手从映雩身上扯下值钱的东西，什么玉扳指、戒指一类物什。映雩大叫："等等，别抢！你说啥？这些年他们没照着爷爷的吩咐给你银子？"映雩并不住手，道："给了给了，却不按时，我说过了，有一搭没一搭！"映雩道："我临走时特意交代了二十七叔……罢了，明天走前我会交代潘大掌柜，以后不从家里，直接从柜上给你兑银子！"映雩一眼又瞅见了他随身带的一块玉佩，扯过来抓在手里道："这个也给我！"映雩与他争夺，道："这个不能！""怎么不能？我喜欢！是我的了！"映雩道："这是爷爷最后一次下天山买的，和田羊脂美玉的玉佩，我一直带在身上，别的给你可以，这你给我留下，这是我对爷爷的一个念想！"映雩道："什么念想，我也念想念想行不行？"又看了一眼玉佩道："这应当有一对！那一个呢？"他揣起这一个又去扒映雩身上的衣服，道："脱！脱！衣裳我也要！应当还有一个玉佩！"映雩转眼就被他扒去了外面衣服，大叫道："别扒了，再扒只能光着出去了！"趁映雩不注意，他一把又把玉佩抢回来，藏进怀里。

映雩终于住了手，笑了笑道："走走走，今天咱们的话说完了，这里你以后也不要再来,除了按月给我拿银子,我和你们乔家断亲。以后就是在大街上碰见,脸撞得啪啪响,也不认识!"映霁惊奇道:"这又是为了什么!"映雩道:"乔家就要一败涂地了,你乔映霁将来身首异处,我还跟你扯什么臊。快走,别把晦气传给我!"映霁突然生气了,站着不动,看他。映雩回头又躺下去,转眼鼾声又起。映霁越来越生气,道:"大哥,你还是不能睡,我还有话问你!"映雩重新睁开惺忪的睡眼道:"你烦不烦!"映霁道:"是你的话引出来的!你有什么理由说将来的民国会比今天还要坏,又说乔家一定会一败涂地,我乔映霁铁定了身首异处!你把我的心说得毛毛的,讲不出让我信服的道理我怎么走?我不走了,我跟你一起住这儿了!"映雩不理他,继续睡去,又打呼噜。映霁气愤道:"想这样就把我撵走,太小瞧我了!"他动手扯过映雩的被窝,往里挤他,和映雩并肩睡下去。窗外,小栓回头看王宗禹道:"看样子人家弟兄俩要一起睡了。这庙里挺冷的,咱也找个地方睡吧。"王宗禹道:"天亮前走不了,好吧!"二人离开,找地方去睡觉。

乔家堡外的官道上,一匹快马驰来。不多一时,张妈、明珠就灯笼火把地簇拥着江雪瑛走进了厚德厅。潘为严、高瑞、胡管家已经在那里等待。江雪瑛看大家道:"怎么了?"胡管家道:"老东家,东家让人捎来了急信!"江雪瑛边接信边道:"春官从京城写来的?你们都看过了?"众人点头。江雪瑛道:"我这眼也花了,你们就说说意思吧!"

潘为严道:"江老东家,又出大事了!袁世凯派刺客枪杀了朝廷新任的山西巡抚、新军第六镇镇台吴禄贞!"江雪瑛惊叫一声道:"啥?这个要带朝廷大军来山西杀革命党的新任巡抚,兵马没到就把阎锡山从太原吓跑的人,也是个革命党?"高瑞道:"真是难以想象。少东家信上说,有个叫蒋祚彬的革命党,在石家庄和这个姓吴的暗中商议,要他回师北京,袭击紫禁城,拿下皇上和太后,号令天下清军投降!"江雪瑛激动了,站起来走动,又回头:"有这种事……映霁这混账小子保不定说对了,革命党真能成功!阎锡山这会儿大概也知道了消息!"胡管家道:"东家信上说,阎锡山知道消息后,又不带他的兵逃往绥远了,但还会留在雁门关看看风头,再说回不回太原府!"

高瑞道:"还有一件大事没告诉老东家,今晚上刚到的消息!"江雪瑛问:"还有什么事瞒着我?"潘为严道:"不是要瞒您老人家,是刚刚到。祁县城中水家元楚大少爷写给他父亲水长清老东家一封密信,水老东家不知道出于什么缘故,把信抄了一份,送乔家来了!"江雪瑛道:"我的天!我讨厌水长清这个老东西,老成那个样子仍然臭毛病不改,整天描眉画眼,在家里票戏! 可也不知道他哪辈子积德,养出了元楚这么有出息的儿子。元楚在信上跟他爹说什么?"潘为严低声道:"一个天大的机密。袁世凯派人请他作为自己的代表之一,到扬州和南方革命党谈判去了!"江雪瑛道:"我的天,实实地惊住我了! 袁世凯要和革命党和谈?"高瑞道:"我们也不敢相信,可信中就是这么说的!"江雪瑛道:"怪不得搞得这么鬼鬼祟祟,我打发春官去天津见他,元楚都没透一句消息! 好!"

胡管家不解道:"老东家,您说好?"江雪瑛道:"当然好! 两位大掌柜,马上去个人把消息告诉映霁,他听了,说不定就不会再跑回汉口打仗了!"潘为严感动起来道:"这么说我们说不定可以留住东家!"高瑞也道:"只要袁世凯不想打,这仗就打不起来了,山西又要回到革命党手里,东家为什么还要走?"潘为严喊:"顺子进来!"如此如此,小顺即刻离了乔家堡,驰马飞奔双林寺而来。

天微微亮了,映雪禅房里一片静悄悄。映霁还在映雪床上大睡,忽然被惊动,激灵一下坐起,见映雪搬了张凳子一动不动坐在床前,目不转睛地盯着他看,叫道:"你怎么这样? 深更半夜不睡,装神弄鬼,你会吓死人的!"映雪半晌才开口,道:"什么深更半夜,天就要亮了。我刚才是坐在这儿想,如果我们弟兄不是乔家的子孙,或者当年咱们的高祖爷爷贵发公没有推着小车走西口,乔家何至于如此!"映霁听出了他的弦外之音,佯装不懂道:"什么如此? 你想说啥?"映雪道:"大明王朝最后一任皇帝,明思宗崇祯皇帝吊死在煤山前,亲手杀死自己的两个女儿,说为什么你们要生在帝王家! 乔家不是帝王之家,可在别人眼里,也和帝王之家差不多了,你富可敌国,又赶上天下大变,别人怎么会放过你!"映霁反感道:"大哥,你把我们革命党看成是打进北京的李自成了!"

映雪道:"你不是,孙文可能也不是,但你挡得住全中国千千万万个想做李自成或者连李自成都不想做只想做皇帝的人吗? 兄弟,我说民国后的中国会比今天更坏,是因为我比我的导师更懂得中国。你根本就不用回汉口,汉口那边不会再打大仗了!"

映霁再问:"为什么?"映雪道:"袁世凯还要借重革命党,直到和你们合伙将宣统皇帝赶下台。这之前我相信他会释放和谈的信号给你们革命党! 不,说不定这件事已经在做了! 你们革命党也一定会屁颠屁颠地接招儿。"映霁道:"为什么我们会屁颠屁颠地接招儿?"映雪道:"因为中国已经是袁世凯的了,你们在汉口并没有绝对把握打赢他。在汉口打不赢,别处就不用说了!"映霁道:"照你这么说,我又不懂了,为什么袁世凯不一鼓作气,在汉口灭了革命军,乘胜拿下全中国?"

映雪道:"这话问得好,我也在想。只能是下面的原因:第一,他也觉得没有力量和把握能迅速灭了你们;第二,他不想这样,因为留着你们革命党对他有用。""他要留下我们逼清政府下台?"映雪耸一下肩膀道:"不是下台,是退位,结束大清王朝二百六十八年的历史,自己把龙椅交出来!"

映霁深深看他,过了一会儿才道:"你还是没回答我的问题。"映雪道:"已经回答了,袁世凯先是会借重朝廷的力量逼你们和谈,以迫使皇上退位废除帝制实现民国为媾和的条件,回头再逼皇上退位,最后他会要求革命党对他有所回报。不然就是战争!"映霁急问:"他要什么回报?"映雪道:"中国。他做的一切都会是为了得到大清亡国后的中国!"映霁道:"这不可能,我还是认为,民国的第一任大总统只能是孙中山先生!"映雪道:"如果是这样,下来仍然是战争,而你们革命党并没有胜算!因为袁世凯这时在全国人心目中已经成了中国的拿破仑,民国的真正缔造者是他而不是你们!"映霁愣了一会儿,又问:"然后呢?""然后你们会被迫接受他做民国的统治者,但不是皇帝,只是大总统,同时革命党会像法国大革命时期的国民议会一样,搞一个民主决策的国会,以为这样就能以民主的名义制约大总统的权利,让中国走向真正的民主共和。"映霁道:"你认为不会是这样?"映雪道:"当然不会。读一下我老师的讲义你就明白了。里面有一个结论非常震撼。我认为这是他一生中最重要的、或者说是唯一重要的发现。"映霁道:"什么发现?"

映雪道:"'社会不是哲学、法律、逻辑这些人类知识积累的成果,而是历史的成果。'""什么意思?""法国大革命所以会演化为拿破仑执政,重新回到帝制,不是法国没有共和宪法,没有伏尔泰、卢梭这些民权理论家,但还是走向了内战,因为这时起作用的不是理论,而是历史遗留下来的各种力量,包括习惯性思维。""习惯性思维?""对于法国人民来说,一旦没有皇上,法国马上陷入混乱和内战,于是他们就会认为,一定要有皇上,结果就有了拿破仑!"

映霁再道:"你认为民国后的中国也会像法国一样陷入混乱和内战,于是中国人也会把袁世凯扶上去做新皇上?"映雪点头道:"中国有几千年的封建皇朝历史,而且中国并没有伏尔泰和卢梭。中国倒是有另外一种历史思想和传统,代表人物是刘邦和项羽。我在国外读了那么多洋人的书,回来后才明白,中国人真正要读的还是一部写本国历史的大书。我说的是《资治通鉴》！兄弟，回去好好读读它，看看每次王朝更替，都经历了多少年的混乱和内战，天下才能重新走向太平。而且，毫无例外是旧瓶换新酒，新王朝代替旧王朝，新皇帝取代旧皇帝！"映霁直截了当道："我不要回去读，你现在就能告诉我！"映雩又生气了，道："你的书都读到哪里去了？好，现在就告诉你。秦失其鹿，天下共逐之，从陈胜吴广大泽乡揭竿而起，到楚汉相争刘邦灭项羽建立汉朝，天下一统，那算是快的，用去了十五年；汉失其鹿，魏蜀吴共逐之，三国归晋，用去了一百余年；西晋八王之乱，群雄逐鹿中原，南北朝用去四百多年才有了隋朝的一统天下。而后唐代隋，五代代唐至于大宋一统山河，又用去了多少年？元代宋、明代元、清代明又用去了多少年？今天又到了王朝更替之年，清失其鹿，天下共逐之，又会经过多少年天下才能归于一统！"

映霁道："可你自己刚才还说，袁世凯会主动参与民国的创立，既然如此，天下自然会迅速复归于一统，怎么还会像历次朝代更替那样陷入大乱？"映雩看他道："瞧我没说错吧，你的书读得不通！天子之位可以因诈而得，但是天下可以因诈而得吗？天下只能以德而得。袁世凯将来一定会以诈得国，却做不到天下归心。民国后的中国将会因此四分五裂。清朝到了今日，朝廷虽然黯弱，但天下还只有一个皇上。民国后天下分崩，英雄四起，弱者割据一方，强者逐鹿中原，遍地都是想做皇上的人，大家不打到最后不会甘休。加上列强环伺，对中国各怀瓜分之心，必然会参与国内各方诸侯的战争。你知道这场逐鹿之战要打多少年？又有多少人会尸骨成山，血流成河！"映霁道："这么说还真和乔家有干系了？"映雩大叫道："你说啥？改朝换代不止是皇帝轮流做，明年到我家，更是天下财富易主！届时遍布天下的大小皇上并不是皇上，他们不讲仁义，只是贼寇，无论是为了私利还是为了中原逐鹿，最先要做的就是抢夺天下财富。乔家名声在外，天下尽知，怎么躲得过去？你是乔家的掌门人，怎么可能不死无葬身之地！"

映霁心中一时又起了逆反，故意道："大哥，你看乔家和我还有救吗？"映雩反问："你要我帮你出主意？"映霁道："快说！"映雩道："你现在就回去，明天就让人把乔家的银子全搬出去放到大路口，谁要就送给谁。我觉得连十天都不用，乔家有多少银子都会散尽。然后你再把遍布大清二十三省的商铺、票号，有多少算多少，全顶出去，一时顶不出去就白送，谁要给谁！就连家里那个大院子，也赶紧顶出去，银子散给族中人各过各的日子。趁着朝廷没亡，你要是能让乔家变得一文不名，或许就能保住乔家一家百余口的性命,包括你自己的人头!不,这还不行,你还要带乔家人远走高飞,隐姓埋名,让别人不知道你是乔家后人,他们才不会对你起觊觎之心,认为你还有银子就去砍你的头!怎么样,我这个主意?"窗外,王宗禹和小栓又趴回到窗户上。小栓道:"哎,还在说呢,不会整说了一夜吧?"山门外传来打门声。两个人回头望去。

这次开山门的还是昨晚那个和尚。看到门外拉马站立的小顺,又道:"阿弥陀佛——"小顺急道:"师傅快让我进去,我要见我们东家!"和尚一惊道:"昨晚上来的竟是你们乔家的东家?"小顺道:"对!"小栓和王宗禹已经跑过来见他。小栓问:"你怎么来了?"小顺看到他们高兴起来,擦汗道:"东家在哪里?我有大事,要马上告诉东家!"小栓道:"师傅让他进来!"和尚打开了山门。

映霁租住的禅房内,弟兄俩的谈话还在进行。映霁道:"大哥,你知道这会儿我在想什么?""你在想我大哥太能耐了,居然帮我和乔家想出了这么聪明的主意!"映霁道:"大哥刚才这样说乔家、中国和乔映霁的未来,即便是对的,我也不能听你的!"映雪一怔,笑容落去,道:"为啥?"映霁几乎大喊起来:"第一,我要是这么做,首先对不起的是乔家的先人,他们一代代走商路,受苦受难,尤其是我们的爷爷致庸老人家,九死一生才实现了汇通天下货通天下,成就了今天的乔家!第二,你就是对的,我也不敢苟同,因为你这些话只为乔家一家一己着想,为乔映霁一人一身着想,你忘了爷爷的教导,我们为什么要经商,乔家这些银子不是乔家人自己的,是天下人的!"映雪摇头。映霁继续道:"乔映霁虽比不上祖父的襟怀,可也不敢离他老人家的志向太远。乔家是有些银子,可爷爷早就说过,天下财富归于一人不是上天对你的格外垂青,是它要以一种上天的愿望而不是人的愿望,自然地流动聚积到那些能为天下人生财的人手里。这时这些人就担负了巨大责任!"映雪道:"嗯,说下去,我知道你会说这些话!哼,责任,什么责任!"映霁道:"用这些财富去为天下人生财,不然你就不配占有这些财富,银子会像水一样流到会为天下人生财的人手中!"映雪不说话,只瞪着眼看他。映霁道:"乔家有今天,那是因为我们一直在承担这种责任,只要我们一天不再愿意承担这种责任,它们就会自然地流走。我要是照你说的那样做,就是主动代乔家放弃了责任,我就是死了也无颜到地下见爷爷!因为他这个孙子居然置那些靠乔家活命的人的生死于不顾!"映雪喝道:"打住!你一直在说爷爷,那我也跟你说说爷爷!爷爷一生汇通天下货通天下,可他离世时看到的仍然是国家破碎,人民离散!他救了谁?你这样执迷不悟,将来看到的就不止是国破家亡了,还有你自己的死!"映霁突然对映雪生出了巨大失望,不愿再和他说下去,一把推开他,下床穿鞋。映雪平静地看他道:"你要走了?很好,门在那边!"映霁走过去要开门又忍不住回头,道:"大哥,你一晚上的话我只同意一句,天下又到了改朝换代之时,乔家人可能成为许多人的案上之肉……但是,即便你说得都对,我也不能听你的!"

映雪道:"为什么?"映霁道:"万一袁世凯以诈得国,天下必起纷争,星星之火都可以燎原。何况国门失守,列强经济入侵无孔不入,中华民族的生机正在遍及全球的大商战中一点点窒息。如果连乔家这样的大商家都不愿意承担为天下人生财的责任,中国还能指望谁?几亿人没饭吃的结果必然是所有人都揭竿而起,无论有多少大小皇上和强盗都阻止不了天下大乱!你熟读《资治通鉴》,知道每一次大乱,中国人口必死亡四分之三,是四分之三我的哥哥!列强趁机瓜分中国,我们的父母之邦将永堕无底深渊。世界上没有了中国,当然也不会再有乔家,乔家与其这样灭亡,还不如换一种方式!""什么方式?""我的方式!""你的方式?"映霁道:"对!我也说完了,我们道不同不相为谋。告辞!"

他一把拉开门,大步走出去,和匆匆走过来的小顺差点撞个满怀。映霁正在气头上,大叫:"你怎么也来了?"小顺道:"东家,出大事了!袁世凯刺杀了吴禄贞,朝廷大军又不会来山西了!"映霁大惊道:"你说什么?"小顺道:"还有一件事!"他对映霁附耳。映霁道:"什么?元楚表叔代表袁世凯去扬州和革命党谈判?"小顺道:"东家不要喊!"映霁猛回头看王宗禹和小栓,激动道:"拉马!我们回乔家堡。我不去汉口前线了!"王宗禹急对小栓道:"快拉马去呀!"众人匆匆随映霁离开,没人注意到映雪正从窗户里默默地望着他们。

直到映霁带小栓、王宗禹、小顺纵马奔驰上了通乔家堡的官道,他才忽然想起什么,勒马停下,大笑起来。小栓、王宗禹、小顺吃惊地看着他。映霁道:"我怎么这么笨?快,回去!"小栓道:"回哪儿去?"映霁道:"双林寺!"他调转马头原路驰回。王宗禹、小栓、小顺不知道发生了什么,但还是跟着驰了回去。双林寺外,和尚正在关山门,看他们道:"阿弥陀佛。各位庄主怎么又回来了?"映霁合掌道:"师傅请方便,我还要进去见我大哥!"和尚道:"乔施主走了!"映霁大惊:"走了?"和尚道:"你们刚出山门,乔施主就说此处住不得了,问寺里讨了车马,走了好一阵子了!"映霁一时情急,回看众人道:"快追!"又看和尚道:"请问师傅,我大哥临走时有没有留下什么话?譬如说他要去哪里?"和尚答:"没有。"映霁道:"师傅,我真有大事!"和尚想了想道:"乔施主走前倒是说过一句话!他说乔东家恐怕还是要来,不但本寺住不得,山西他也住不得了,他得逃到京城去!"

映霁大叫一声道:"谢师傅!"回头对小栓、王宗禹、小顺:"奔去京城的官道,他一定没走远!"四人重新上马,飞驰而走。和尚重新关闭山门,忽然吃了一惊,发现映霁又赶着马车回来了,对和尚道:"快快,和尚,打开山门,让我回去!"和尚不解:"乔施主不是走了吗?"映霁道:"你就那么希望我走?我走了就没人租你的房子,交你租金了!让我进去!"和尚打开山门。映霁将一封信递给他道:"等会儿我兄弟还会回来的,你把信交给他,就说刚才打扫禅房找到的,别告诉他我又回来了!"和尚笑道:"阿弥陀佛,出家人不打诳语。"映霁道:"又没让你撒谎,你就别说话,对我兄弟撒谎的人是我,把信交给他就是了。"和尚无奈,看他赶车进了寺院,想了想,把信放在山门外台阶上,回头关闭山门。

映霁带小栓、王宗禹、小顺在官道上急驰了半天,只看到一辆马车在行走。众人追过来越过马车,才发现车上坐着两个不认识的人。映霁勒马停住道:"不对!我又上他当了,走时他就想到我会回来找他,当然也能想到我会顺着奔京城的官道追上来!"小栓看他道:"怎么办?"映霁道:"回家!""回哪个家?""回乔家堡!还能回哪个家?"众人听了相视一眼,随他奔向乔家堡方向。半道上映霁又停下,笑了一下。王宗禹道:"东家……"映霁看他道:"你们说大爷会不会还在双林寺?"众人大惊。映霁又道:"算了,就让他再消停几天吧,我们还是先回去!"众人打马,又随他前驰。

第十四章

    乔家大院一小跨院门洞内,映震、映霙及一干人又在交头接。映震道:"你们说得不对,我问清楚了,映霁子是回来了,可是他又要走了!"众人吃惊:"怎么又要走了?"映雯跑过来,看他们一眼又要跑过去。映霙一把抓他进来道:"干什么你,乱跑!"映雯道:"放开我,我有事情告到里边去呢!"映震道:"啥事?"映雯道:"映霁大哥回来了!"众人一阵骚动。映震道:"胡说,他这个时候还敢回家?"映雯兴冲冲道:"对,马上就要进大门了!"又道,"映霁大哥回来就好了,我们有救了!"说着又跑走。映霙已经变了脸色,看映震道:"哎,他不是回汉口了吗? 怎么又回来了!"映震愤然道:"谁知道怎么回事!这事不好!"众人听了这个消息,一转眼工夫就跑得没人了。映霙恨道:"哎,瞧这些人,一听说映霁子回来都溜了!"映震道:"他们当然要溜,映霁子一回来,江老太太就会把乔家还给他,这些人怎么还会听我们的!"

    映霙道:"那怎么办? 我们就什么也不做,束手待毙?"映震道:"我就是不明白,他这个时候怎么敢进这个家……"忽然抬头道:"要是这会儿有人到县衙门里透个信儿,会怎么样?"映霙大骇道:"哎哟,那太狠了,我们到底是兄弟!"映震道:"这么做不是要害他,是要救他! 潘大掌柜在县衙门里有耳目,会马上传消息回来给他知道! 接下来会怎样?"映霙道:"那他得赶紧跑! 这些天大家都看出江老太太并不是真心要吃掉乔家,映霁子不回来,最后左右就是我们俩,乔家还是我们的!"映震还要说什么,忽然回头,神情大变道:"他回来了!"

    映霁此时已经走进大门,顺院中正道快步走向厚德厅。小栓、王宗禹、小顺、潘为严、高瑞陪他一起走进来。这些人的足音在偌大的院子里引起了回响。每一个门洞和窗户内都露出了窥视的眼睛。映霁毫无察觉一样,昂首阔步一路前行。忽然两旁的院门都打开了,刚才还和映震、映霙混在一起的本家们拥出来,尾随着映霁走,热情地和他打招呼,喊:"映霁,你可回来了!""大哥,你回来就好了! 你没事儿吧?"

映霁不时停下来和众人打招呼："八哥，十三弟，十五弟，十六叔，我回来了！"众人不觉就成了欢呼的一群，簇拥着映霁向厚德厅走去。

厚德厅内，小栓点燃三根香递给映霁。映霁在乔致庸遗像前上香，拜倒在地，不觉哽咽道："爷爷，映霁回来了！映霁不走了！"潘为严和高瑞望着堂上老东家的遗像，目光湿润。众人忽然闪开了一条路。张妈、明珠、胡管家扶着江雪瑛走进来。

映霁急忙站起，回看江雪瑛，笑道："姑奶奶进来了！映霁给姑奶奶请安！"他趴下去磕头。江雪瑛弯腰下去抱住他，放声大哭，边哭边喊："映霁呀，你可回来了！我还以为你死在外头了呢，你原来没死……"众人想起发生过的事，不觉垂下头去。胡管家上前劝道："老东家，表孙少爷回来是大喜事，咱不能这么个哭法，还净说不吉利的！"江雪瑛不高兴了，道："怎么不吉利了？我昨儿夜里还做梦呢，映霁子的脑袋让人给砍了，挂在城头上，那个脑浆子流得，哎呦喂……就那样，他还大睁着眼，咧着嘴对我笑！我就一边哭，一边去摸他的脸，看是不是真的。我对他道，你笑什么？你爷爷当年跟太平军勾连，也没有让人家给砍了头，你倒好，成了乔家头一个让人砍头的男人，呜呜呜——"映霁跪着，仰脸笑道："原来映霁不在的时候，姑奶奶天天夜里都想着映霁的人头是不是让人家给砍了？您老人家摸摸我这脖子，看我这头还在不在上面！"江雪瑛真的用手在映霁脖子上乱摸起来，边摸边道："我是得摸摸，有人说外面现在有一种接头术，砍了还能接上，你这不是接上的吧？我这眼神儿可是真不济了！"众人听了发笑。胡管家对张妈、明珠道："还笑，快扶老东家入座！"张妈、明珠扶江雪瑛坐下，递过大烟袋给她，映霁也跟着站起来，亲自给她点烟。江雪瑛抽了一口旱烟，这才放眼朝众人望去。看到潘为严和高瑞问道："哎，景清在哪里？"一直躲在人后的景清急忙挤上来道："景清来了！"

映霁急忙给景清见礼，又要磕头，道："映霁见过二十七叔！"景清急忙拉住他道："映霁回来了，回来了好，回来了好。"嘴上说着，心只在江雪瑛身上："表姑喊景清，啥事儿？"江雪瑛道："啥事？大事！外头说你们乔家，这个那个，良田千顷，骡马成群，富可敌国，可瞧你们这房子，盖得这么小，我住着憋气。这不，映霁回来了，今天当着你和潘大掌柜、高大掌柜的面，我老太太要说一件事。"景清又磕巴了："啥啥啥事儿？"江雪瑛道："以后乔家家事，一切生意，还是映霁打理。打理得好呢，我就年年回来收租子。我开恩，你们一家子人还可以像过去一样，靠着生意拿月份银子，在大伙房里一天两顿吃喝；打理得不好呢，我就回来把乔家收走，交给我的人打理。这个人到时候是不是还让你们乔家人白吃白喝,我就不知道了!胡管家备车,咱们回家!"景清急看一眼映霁,神情黯然下来。映霁再次趴下磕头道:"谢姑奶奶!姑奶奶,映霁刚回来,您怎么就急着走?"江雪瑛道:"你回来我就明白了,你这是不当革命党了!不当了就还回来替我管这个家,我还留这儿干什么?走了!"边说边往外走,不满道,"他家里养的什么厨子呀,天天让我吃蒜,熏得满院子老鼠都搬了家,跑邻居家喘气去了!我家里还养着黄鸟呢,这些天不知道他们喂不喂,饿死了我都不知道!走!"

张妈、明珠、胡掌柜就扶着她往外走。映霁一直跟出门去,笑着道:"老太太,映霁刚到家,一口热水还没有孝敬您老人家,怎么能让您走?"江雪瑛不理他,走到门外才回头道:"你跟着我干什么?不要你送!给我听好了,从今儿起要给我好好扛长活,年年给我挣银子回来,大年三十给我送一个金元宝去,不然,只要我活着,我就天天说你爷爷的坏话,他坑了我江雪瑛一辈子呀!"她又哭起来,跺脚道,"我真恨他呀!"转眼又不哭了,对胡管家道,"走哇!"看着她们一行人轰隆隆朝大门外走,映霁带众人跟出去,看江雪瑛上了自己的豪华新式车,急忙趴下去磕头,热泪盈眶,大声道:"乔映霁谢姑奶奶替天下人保住了乔家——"乔家众人像是都明白了过来,跟他跪地叩头,纷纷道:"谢姑奶奶——"潘为严盯着何家人簇拥着江雪瑛的马车远去,回看高瑞,感动道:"这老太太真了不起!又聪明,又洒脱!"高瑞目光湿润,道:"何止是了不起,是聪明,太聪明!我们这些人,哪里赶得上!"

直到何家人出了村口,映霁才带众人站起来,大家目光一时又回到他身上。景清道:"映霁,你你你……真不走了?"映霁只点了一下头,并不说话。从这一刻起,他的神情体态又成了乔家的东家,严厉、凝重,不苟言笑。景清心里有事,看大家道:"都散了吧,映霁刚回来,这意思是不会再走了。既是这样,有些事情我就要和他、和两位大掌柜商量了再和大家见面,是不是这样映霁?"映霁道:"是。"众人听了都道:"说得对,映霁回来,我们的心就定了。大家散了吧。"众人散去。

转眼映霁已带潘为严、高瑞、景清进了乔致庸的书房。景清抽动着鼻子道:"老爷子这屋子好久没来人了,这么大霉味!映霁,二十七叔再问你一句,真不走了?"映霁道:"是的!怎么了?"景清一时心慌意乱起来,道:"你不走了,你怎么不走了……我是说……"他忽然大叫道,"你不走了,这个家可怎么办?"映霁不解:"什么怎么办?"景清大声道:"外头说朝廷已经派来兵马,就要到山西。上次你不在家,县太爷就带兵来过,要抄家,你不走乔家就完了!"映霁用平静的目光看他一眼,有顷才道:

"二十七叔,这事我知道! 不过……革命就要胜利了!"景清大惊:"什么什么? 革命要胜利了? 这怎么可能? 我们听到的都不是好消息! 谁告诉你的? 我不信!"小顺忽然闯进来,看众人道:"东东东家,县太爷又带兵来了,都到了村外头了!"众人吃惊。景清大叫道:"啥? 县太爷又带兵来了? 映霁这才回来多大会儿,他们怎么来得这么快! 小顺,趁着他们还没堵住门,赶快带映霁从后门跑!"

映霁看潘为严和高瑞,严肃道:"这怎么回事?"潘为严道:"东家不要着急! 都什么时候了,山西都革命了,县太爷怎么还会带兵来捉东家? 东家先躲一躲,我和高大掌柜出去应付!"映霁点头。潘为严和高瑞快步走出去。景清急道:"映霁,你快躲起来呀!"映霁不动,看他道:"这是我的家,我哪里也不去!"景清更急了,大声道:"你呀,跟你爷爷一个脾气,那年听说洋人要打到山西,全家都走,就他一个人扛着枪对着大门坐下,说,他要保卫自己的家!"映霁心中一动,忽然大叫道:"二十七叔快跑,他们进大门了!"景清上当,转身就跑。小顺吃惊地看映霁道:"东家真不躲躲?"映霁慷慨道:"大哥说得对,革命就要胜利了,我躲什么躲? 好吧,我就躲在这里,等两位大掌柜的消息!"小顺答道:"也好,东家在这里等,小顺下去看看!"他跑着离开。

后院马棚里,映震、映霁、景清又挤到一起来了。映霁看映震道:"你说实话,是不是你干的?"映震道:"我干啥了?""不是你干的,官府怎么这么快,映霁子屁股还没有沾凳子,他们就到了!"景清道:"你们俩竟然干了这个! 太糊涂了! 乔家这要是真被抄了,我们都一起喝西北风去呀!"映震道:"别吵了,我啥也没干! 怎么外面听不到动静了?"

乔家大门外,潘为严和高瑞正对着曾有志拱手施礼,道:"老父台驾到,失迎!"曾有志还礼道:"两位大掌柜,怎么又是你们。乔家就没有个管事的人了?"潘为严看他身后的衙役只有两个,不像抄家的样子,和高瑞对视一眼,暗暗放心,回头道:"老父台远道而来,风尘仆仆,不能老站在风口里说话,请进!"曾有志回头对两衙役道:"你们在这里候着就行了,今天的事情不大,我一个人进去就行! 不要再像上回那样,闹得鸡飞狗跳墙!"小顺在一旁听了,转身一溜烟儿跑去。潘为严和高瑞让开路道:"老父台请!"两人将曾有志请至厚德厅内,潘为严道:"老父台请上坐!"曾有志不坐,举头四顾道:"这就是乔家有名的厚德厅吧? 上次没有机会瞻仰,今天到底看到了。这位就是实现了汇通天下货通天下的乔致庸乔老先生……两位不用客气。怎么,乔东家在吗?"潘为严和高瑞飞快地交换了一下眼神,没有立刻作答。一个上年纪的老妈子送进茶来,看曾有志一眼,忽然失手砸了茶碗。潘为严责备她道:"王妈,你也是老人了,怎么连上茶也不会了?快去换新的!"老妈子答应一声,急忙离去。曾有志坐下又站起,朝窗外望几眼道:"啊,这么大个院子,鸦雀无声。明白了,乔家人一定是误会了,以为本县又来抄家了!"

潘为严脱口而出:"难道老父台今天不是为此事而来?"曾有志道:"你瞧,连你们也误会了。啊,有些事情本县也就不瞒两位了,其实从乔东家回到乔家堡,住进北山的圈禁地,就有人向本县密告了,但本县想了想,就把这事给放下了。"高瑞心中大动道:"老父台为何要对我们东家法外开恩?"曾有志道:"啊,怎么叫法外开恩?眼下山西局势不明,革命党胜利,革命党又失败,朝廷派大军入山西,朝廷领兵大帅又让人给刺杀……说实话,眼下我这个知县是为哪一边守着,心里都不是很明白。说为朝廷守着,山西不是朝廷的了;说为革命党吧,阎锡山的山西督军府也没有给我委任状。我想卸任回江苏老家,这印交给谁呢,还没人接。再说从山西回江苏,要经过好几省,朝廷和革命党的地盘犬牙交错,我怎么走呢?所以想了想,就又留下来了!"

潘为严和高瑞互视一眼,匍匐在地,磕下头去。曾有志急忙上前扶起二人道:"两位大掌柜请起,怎么这个景象?"潘为严目光湿润,道:"老父台原谅商民失态。老父台方才是不是说,即便我们东家真回来了,县衙门也不会派兵捉他,乔家也不会再被抄家了?"曾有志道:"两位大掌柜走南闯北,见惯了大世面,本县刚才这么说了吗?譬如说今天,别看本县只带了两个衙役,那也是在其位谋其政。"潘为严和高瑞又吃了一惊。高瑞道:"老父台的意思商民不懂,难道您老人家还是抓人抄家来了?"曾有志道:"不,上次本人带兵来抄家抓人,因为乔家易主,事情不了了之。今天不一样。"边说边从袖子内掏出一样东西,道:"两位大掌柜看看这个状子,有人把你们东家告了,本县是来查勘案情的!"潘为严和高瑞接过状纸各自看一遍,抬起头,这一惊不小,都道:"怎么会有这种事!"

曾有志道:"两位觉得如何?"高瑞道:"老父台,这位代妹子出首告状的太谷人杨景度,外号杨疯子,商民是听说过的。杨家书香世家,祖上几代人都读书做官,到了他这一代,年纪轻轻中了进士,可是没钱打点吏部,一直在家赋闲,教些学生过日子。他平生最看不起商人,就是家里日用的物品也从不亲自去买。这次居然首告我们东家是革命党,实话说为啥,商民不明白!"潘为严也补充道:"商民也不明白!"

曾有志道:"本县更不明白。但这位杨疯子到底是两榜进士,在朝廷里还是有影响的。他从太谷专程来到祁县,立在大堂上告诉本县,递这张状子前他已修书给摄政王载沣和内阁总理大臣袁世凯,说乔东家是革命党,如果本县不迅速查拿此人,就是革命党的同谋!"他停下来饮一口茶又道:"两位,本县今天跑这么远来乔家堡,就是为这件事。总而言之,本县可以不在意有人向本县告密,说乔东家回到了乔家堡,但我不能不在意这位杨疯子。不管如何,大清还没有亡国,我还是朝廷命官。万一山西将来还是皇上的,我不来查办此案,杨疯子一定跟我没完没了,所以——"

潘为严此时已经平静下来,看他道:"老兄台到了乔家,已经有所斩获,是吧?"曾有志心领神会,道:"是。第一,乔东家的案子本县已开始查办;第二,案情扑朔迷离,要查清尚需时日。"高瑞不放心道:"下一步老父台打算怎么办?"曾有志道:"我要给这位杨疯子一个回话,说本县已开始查办此案,乔映霁畏罪潜逃,不知去向。本县责令衙门里的捕快,暗中查访,一有确实消息,立马缉拿审办!本县这么安排,两位以为如何?"潘为严和高瑞齐声道:"老父台圣明!"

曾有志又道:"本县今日公事已毕,打道回衙,两位不要送!"潘为严道:"不,还是要送!"高瑞已经弯下腰去道:"商民恭送祁县正堂曾大人!"曾有志笑哈哈大步走出厚德厅,潘为严、高瑞一直送出大门外,才停下,看曾有志坐上小轿走远,高瑞才道:"这个县太爷,不错!"潘为严也道:"都说县官没有好人,可这一个,真的不一样!"

杨景度状告乔映霁是革命党的消息早就传遍了太谷,连依依也知道了,倒是杨景度并不知道他闹了多大的乱子,仍手拿一本书,不看,背在身后,在书房里摇头晃脑地走动,背诵书上的诗句:"长太息以掩涕兮,哀民生之多艰;余虽好修姱以鞿羁兮,謇朝谇而夕替;既替余以蕙纕兮,又申之以揽茝;亦余心之所善兮,虽九死其犹未悔……"这时就见依依风一样冲进来,满眼是泪,大叫道:"哥!"杨景度被打扰,却不理她,仍在背书:"亦余心之所善兮,虽九死其犹未悔……"依依一把夺过他手中的书就要撕。杨景度脸色立变,冲上去要抢回来,一边大叫:"你干什么?这是《离骚》!你要我的命吧,撕我的书,不能!"依依抓住书不放,与他相持。杨景度大叫:"你放手!"依依泪眼看他道:"你把他当成革命党告了?"杨景度道:"好没羞!我把谁告了?他是谁?"依依道:"乔映霁!我就要嫁给他,不然我就死!"杨景度道:"很好!你现在就去,我不拦着!你死了,我会写篇祭文。唐宋八大家之首韩愈韩文公就写过一篇《祭十二郎文》,我也要写一篇文章祭你,将来我们俩都会名垂千古!我还要向皇上上折子，求朝廷褒封你为烈女，给你立传，树牌坊，光宗耀祖！"依依又急又恨道："你这么急着让我死，我偏不死！"她松开手中的书，转身就走。杨景度又吃了一惊，大喊道："你去哪里？"依依道："我去祁县见县官自首，说我是革命党，你也是，我们全家都通革命党！"

杨景度气极，大喊："拦住她！她疯了！"李妈和喜凤冲过来，在门前拉住依依。依依挣扎道："你们让我走——"杨景度大叫道："老六，把大门给我锁上，我不开口，谁也不能让她出门！"依依从怀里摸出一把剪刀道："哥，爹娘死得早，我是你拉扯大的，可现在你这么对我，是要我死……你不让我出门见乔映霁，我死给你看！"边说边拿剪刀在脖子上比画。这下杨景度脸都变绿了，几步上前夺下剪刀，对李妈、喜凤道："快把她弄回楼上去，关起来！"看着李妈、喜凤拖依依走，他更愤怒了，大喊道："只要你还在这个家里，就是我说了算！我死也不让你嫁作商人妇，辱没杨家的先人！除非我先死！"他大喘不止，喊不下去了。李妈、喜凤将依依架上绣楼，杨景度又带男仆老六跟上来，从外面一连加上两把大锁，将三人一起锁在里面，恨道："我让你跑！"这才走下去。依依坐回到床上，忽地又站起，回头寻找剪刀。李妈和喜凤大叫："小姐，您要干啥呀？"依依道："让我死！"李妈、喜凤一左一右抱住她，再一次夺下剪刀。杨景度听到声音，走下去走上来，大叫："你死！你死！你死了我马上写文章！"老六看他，要劝两句又不敢。杨景度生气地看他道："还不让媒人去西关康家，让他们早点把日子定了，过来娶人！"老六无奈道："大爷，大门的钥匙您自个儿拿着呢，家里人谁也出不去！"杨景度生气地从裤带上扯下一串钥匙，扔给他，喝道："快去！"老六捡起钥匙跑下去。

依依在门里听得一清二楚，待哥哥走下楼梯，突然回头对李妈跪下了，哭求道："李妈快救依依！我哥说到就能做到，他真把我嫁给西关康家那个快死的病秧子秀才，我一定会死！"喜凤也跟着跪下乞求道："李大娘，您不能让小姐这么嫁过去，我听说，康家大少爷快病死了，你不能让小姐嫁给一个死人！"李妈去扶依依，急道："小姐，我一个下人能怎么办？里里外外的门都锁着，谁又有飞檐走壁的功夫，能进来把小姐救走？"依依道："你没办法，我有……喜凤，去告诉我哥，你娘在家发了绞肠痧，要死了，你得在她闭眼前见她一面！快去！"喜凤道："可是小姐，我娘前阵子的绞肠痧已经好了！"依依道："编个瞎话都不会吗？只要让你出了大门，你就雇辆马车，直奔祁县乔家堡去见乔映霁，我知道他回来了！告诉他，三天内不来救我，我就自杀,我说到做到!"喜凤道:"小姐,我试试!"她走去大力拍门,喊道:"快开门呀,喜凤的娘要死了,我要回去!"

杨景度在书房里听到喊声,往外看了一眼,对出门要走的老六道:"胡说!这些天她一直和依依被关在家里,谁给她透的信儿?假的!"老六失望,转身走开。杨景度重新找一本书来看,着实看不下去,又扔下来。老六偷偷跑上绣楼,对门缝小声道:"小姐,我来透个信儿给你,刚才这法子不灵,大爷不让喜凤回去!"绣楼内,李妈、喜凤看着依依,不知所措。依依咬着指甲想了想,动手写了封信,叠起来送到门后,哭腔对老六道:"六哥,喜凤出不去,只有靠你送个信给他。信送不到,我一定得死。你得想办法救我!"老六在门外低声道:"可是小姐,大爷也不让我出门呀!"忽然想起来了,道:"哎哟,他让我去找媒人——"依依急忙将信从门缝里塞出去。

乔家堡乔致庸书房里,映霁背身站立,正在接受潘为严、高瑞、王宗禹、小栓的盘问。小栓着急道:"东家,你没有把人家杨姑娘怎么样吧?要不他家怎么能对你下这么狠的手!"映霁怒道:"住嘴,胡说什么!"潘为严道:"东家,县太爷的态度很明白,总之革命党一天不垮台,他就不会真来抓你。可是杨家的事情打理不好,对他也是个麻烦。"高瑞也道:"要是这个杨疯子一直告下去,你们革命党又不能很快在山西获胜,朝廷就会逼迫他对你下手。那时候县太爷脸色一变,就不会像今天这么客气了!"潘为严又道:"县太爷临走时讲,最好是我们能想个办法让杨疯子撤诉,朝廷就是追究,他也有话可回。"

映霁还是无话。小栓跺脚道:"东家,急死我了,你说个话有那么难吗?"映霁终于回头开口道:"两位前辈别担心,有办法解决。但解决之前,我先得处理另一件事!"高瑞道:"东家还有什么事?"映霁道:"两位前辈,这件事非常要紧,我一定要问清楚。我爷爷晚年和你们朝夕相处,他有没有讲过曾在临江渡口或者别的什么地方给我订下过一门亲?"

潘为严飞快地看高瑞一眼,回头,却不说话。高瑞也不说话。映霁大疑道:"怎么都不说话?"潘为严故意抬头看高瑞,道:"高大掌柜,这事您听说过吗?"高瑞道:"没有。您呢?"潘为严道:"我也没有。"映霁一时极为失望,突然大步向门外走去。小栓叫:"东家!"又看潘为严、高瑞站着不动,不明就里,也站住了。

映霁当下出了乔致庸书房,就走进了乔家二门。一干老妈子丫鬟瞧见他进了内宅,都躲起来,一边注意地观察着他,脸上现出担心的表情。在杨氏住的大房前,侯妈匆匆走出来,一眼看到映霁,急忙躬身站住,道:"大少爷,您进来了!"映霁站住了,道:"我娘怎么样?"侯妈犹豫道:"这会儿还好。"映霁道:"我能进去吗?"侯妈想了想道:"能。"映霁推门走了进去。

大房内八仙桌一边,杨氏正面坐着,目光呆滞,鬓发凌乱。映霁走进来看着母亲,一时间心如刀绞,轻声叫道:"娘。"杨氏对他视而不见,道:"是映霁?"映霁大喜,道:"娘,是映霁!您能认出人来了?"杨氏道:"我知道你回来了。一直在等你。你果然进来了!"说着眼泪就无声地流下来。映霁跪下去,匍匐在母亲脚下,小声呜咽。杨氏扶他起来,用手抚摸他的脸颊道:"别哭,孩子。趁娘这会儿清醒,有句话要问你!"映霁猛抬头道:"娘,快说!"杨氏道:"娘对不起你爹,对不起你爷爷,对不起乔家。娘有病,不能替他们打理这个家,这会儿你长大了,为什么还不娶亲?"映霁心中大动,脱口而出:"娘——"杨氏又道:"不要再娶我们太谷杨家的姑娘!她们都和我一样,不知道谁会中了头彩,也遗传有娘这样的病!记住娘的话!"映霁示意侯妈离开,回手关门,看着杨氏道:"娘,儿子进来,有件事想问娘!"杨氏道:"快说,我就要——"映霁道:"我爷爷在世时,有没有对您说过,我九岁那年,他曾在外面给我订下了一门亲,那个姑娘当年七岁,名叫阿莲?"杨氏道:"我的儿子死了,你们骗我,说他在广州,为了夺走乔家你们把他害了。你是谁?我不认识你,出去!"映霁大惊道:"娘,您怎么——"杨氏已经站起,疯狂撕扯自己的衣服,大叫道:"出去,不要骗我了!我的儿子死了,你们杀死的!"她忽然看到了映霁,扑上来抓他的脸,大声嚷道:"你就是凶手,还我丈夫!还我儿子!"侯妈听到动静,急带一群丫鬟老妈子推门进来,将杨氏抓住。映霁脸上已被抓出了一道伤,正在流血。杨氏还在大叫:"还我儿子——"侯妈等人将她抬进内室。好一阵子侯妈才走出来,看映霁道:"大少爷,不要紧吧?"映霁眼泪终于流下来,道:"不要紧……这些年一直都是这样?"侯妈眼圈忽然红了。映霁道:"又请什么医生来看过?"侯妈道:"为了太太的病,潘大掌柜、高大掌柜、马大掌柜将山西的、北京的、包头的名医都请来过,还有西医。"映霁道:"都吃过什么药?"侯妈说道:"中药、西药,吃下的这一间屋子也装不下。"映霁道:"就一点儿也不见好?"侯妈强忍泪水不再说话,映霁转身欲走。侯妈看他,忽然叫了一声:"大少爷——"杨氏这时又在内室里疯狂大叫起来:"别让他走!告诉他,我的儿子不会遗传我的病!你们这样说他,是要害死他!我儿子不会的!"映霁浑身不觉一颤,看侯妈道:"我娘在说什么?"侯妈道:"太太……"映霁大叫道:"说呀!"侯妈道:"东家,太太是说,东家您不会……不会遗传她的——"映霁已经转身冲出门去。

时近黄昏,映霁纵马在乔家堡外的野地里狂奔,小栓和王宗禹紧跟其后,小栓大叫:"东家你等等!你这是去哪里?"映霁终于勒马停住。王宗禹、小栓赶上来,吃惊地看见他满脸都是泪水。映霁看王宗禹道:"听说你帮我娘从天津请过英国大夫。他是不是说,这种病一定会遗传给我?"王宗禹这一惊非同小可,道:"东家怎么问这个?"映霁大叫:"快告诉我真情!"王宗禹道:"啊,那位英国大夫詹姆斯说,像太太这样的病,西医也像中医一样,认为遗传是偶发的,患者有可能遗传给后人,也可能不遗传,可能接代遗传,也可能隔代遗传。还有一种情况,不知道为什么遗传就停止了!"映霁回头看他道:"还有这么一说?"小栓飞快地盯了王宗禹一眼,对他使眼色。王宗禹装作看不见道:"是。东家,还有一种说法,无论是西医还是中医,从经验看,都认为这种病只传女不传男!"映霁长久仰望着远方落霞,良久才吐出一口气。王宗禹、小栓跟他打马原路返回,小栓对王宗禹点头感激,王宗禹却只看不见。

进了乔家大门,映霁下马,忽然又想起了一件事情来,对小栓道:"到二门外喊侯妈出来,让她把家里年长的妈妈们都请出来,我有事问他们!"小栓看他一眼,不动。映霁道:"去呀!"小栓答应一声,拉马走。很快侯妈和一群年迈的老妈子就在二门内聚集起来,大家看着阔步走进来的映霁,齐齐躬身道:"东家好。"映霁看她们道:"各位妈妈好。映霁从小是你们带大的。我有一件事不明白,一定要问你们一声。我爷爷去世前,有没有对你们说过,他曾经在别的什么地方给我订下了一门亲?"众老妈子面面相觑,一时都高兴起来。一名嘴快的老妈子道:"东家,你要娶亲了?"又一名接上来:"新娘子是哪里的?"侯妈忽然哭起来。嘴快的老妈子道:"侯妈怎么了你?"侯妈拭泪道:"对不起东家,东家要娶亲,侯妈应当高兴。我流眼泪,是因为太太只要好一点儿,就会想起这件事,说东家早该娶个能在乔家内宅替太太当家的少奶奶了!东家要娶亲了,我真为太太高兴!"映霁失望,也不愿意跟她们细说,只道:"大家辛苦了,散了吧。"转身离开,众人还在叽叽喳喳地议论,那个高兴啊!

回到乔致庸书房里,潘为严、高瑞、王宗禹仍然站着。小栓为映霁倒茶,映霁闷闷不乐,看三人一眼,惊奇道:"两位大掌柜,宗禹,怎么了?"王宗禹道:"东家,这里本来轮不到王宗禹说话,可我还是斗胆说一句,这样做至少有两大好处,一是可以化干戈为玉帛,让东家和杨家小姐有情人终成眷属;二是能给太太一个安慰,她虽在病中,也还是念念不忘东家娶亲的事。东家若是早一点儿娶回了少奶奶回来管家,太太的心事就放下了,她的病是不是就能因此好起来也说不定。这样东家也就在太太跟前尽了大孝了!当然,东家这会儿要是把对杨家小姐的承诺忘了也就算了!"

映霁脱口而出:"不,没有!"小栓立马高兴道:"我就说嘛——"映霁瞪他一眼,小栓不敢说下去了。潘为严道:"东家,这个化干戈为玉帛的主意是高大掌柜想出来的,我和宗禹都认为很好,天下的事情都是这样,当断不断,反受其乱。高大掌柜,既是东家不反对,这件事你就扛起来吧。"高瑞道:"我这人别的能耐没有,可就是给人说亲,说十对成十对。啊,对了,有一件事。东家那天有意让我明年开春去恢复茶路和临江茶山,我的身子骨一年比不上一年,下一步还要搞银行改制,是不是以后大德恒票号我就不管了,从今天起一并交给潘大掌柜,反正到时候也要合在一起!恢复茶路和临江茶山以前,我全力替东家办好杨家这件大事,如何?只是这样潘大掌柜要多受累了!"潘为严道:"世道艰难,说不得受累。大德恒和大德通本来就是一家两块招牌。东家,这样好了,大德恒的大掌柜还是高大掌柜,事情我来料理,有不明白的地方,我请教高大掌柜!"映霁良久才点头道:"好吧,这件事就同意。还有,我既然不走了,联合晋商各大票号进行银行改制的事,也要马上着手准备!"潘为严沉吟了一下道:"这件事我想过了。在东家亲自出马前,我打算先和祁县几大票号的东家们见个面,听听他们的态度!"映霁点头。小栓吃惊:"哎,不是给东家娶媳妇吗,怎么又扯到银行改制上去了!"

高瑞就看着小栓道:"马上把小顺叫过来!"小顺立即进门道:"高大掌柜,我我我在!"高瑞道:"跟你爹一样,结巴是结巴,但是机灵。这会儿就去请个媒人,想办法弄一只雁,明天早早地套车,跟我去太谷杨家求亲!"小顺直嘬牙花子,看映霁道:"别的都好办,雁不好办,这会儿最讲究的人家,也都是弄只鹅抱着去求亲!"高瑞道:"不行!杨疯子什么人,事事认古理,抱一只真雁过去他还不一定搭理我们呢,你要是弄只鹅去糊弄他,门儿都不会让我们进去!"小顺笑道:"行,我这会儿就让人去弄雁去!"

事情办得出奇的顺利。晚饭过后,映霁回到乔致庸书房里,小顺就兴冲冲跑进来禀报:"东家,好大的一只雁,从汾河湾里逮到的!高大掌柜说,事不宜迟,明天一大早他就带我和媒人去太谷求亲!"映霁已经想到了什么,急道:"你马上告诉高大掌柜,求亲的事不忙!"小顺失望道:"东家,你这话是咋说的,这千辛万苦都安排好了,怎么又变卦? 要是给我提亲,我巴不得这会儿就——"映霁道:"还是把高大掌柜请过来,我亲自跟他说!"小顺无奈,转身走出去。高瑞很快进来,笑道:"东家,又怎么啦?"

映霁沉沉道:"高大掌柜,我想在您去求亲前去一趟北京或者天津,问问中西名医,像我这样的情形,能不能娶亲?"高瑞道:"东家,你这是什么话! 不过我明白了,这样,我们发帖子从天津、北京请中西名医过来,让你见一见,但是你不能离开山西,更不能离开乔家!"映霁一惊道:"为什么?"高瑞笑道:"革命还没成功呢! 映霁少爷让人告诉潘大掌柜,这时候让你走还是有危险!"映霁高兴起来道:"我大哥真的没走?"高瑞自觉失言,无语。映霁叫道:"我真笨! 来人! 备马!"小栓跑进来看他道:"东家! 这都天黑了,又去哪儿? 也不让人歇歇!"映霁道:"别抱怨,叫你备马!"小栓跑出去。

这天半夜,双林寺山门再度打开,和尚看着映霁,吃一惊道:"阿弥陀佛。又是乔施主!"映霁合掌道:"半夜惊动佛祖,罪过。还是想见我大哥。"和尚将山门大开,放映霁、小栓、王宗禹三人进门。映雩仍端坐在禅房内画画,这次画的是一位林中高士。听见砰砰的打门声,心头一惊,手中笔竟落在画面上,那块就污染了一块。他生气起来,自恨道:"这日子过不下去了,过不下去了!"一边就走去开了门。映霁一步闯进门来。映雩伸开双臂拦住他道:"站住,不要进来! 你咋又来了,我到底欠了你们啥呀,让你像债主一样天天来找我的麻烦!"

映霁笑道:"不是天天,都好些天没来了!"映雩大叫:"那也不成。我是世外闲人,我这里是佛门清静之地,不是你这种红尘万丈的人来的地方!"映霁看着房间里的景象道:"我也想做世外闲人,看中了你这间禅房,今儿是来看房子的。你不是走了吗? 怎么还没走?"映雩又叫:"我让你逼得差一点儿就走了!"见映霁走进来要坐下,一把将他扯起来,道:"你别坐下! 你一坐下就没完。快说来干啥? 说完马走人!"

映霁做鄙夷状道:"你看看你这个人,还什么学贯中西,能掐会算,都成大仙儿了,怎么这样! 我是你兄弟! 大老远跑来,你一不让坐,二不倒茶,三不给弄口饭吃,撺起我来了!"他还是大模大样地坐下。小栓和王宗禹二人在后面看得直乐。映雩生气道:"你们笑啥?"回头看映霁:"行行行,我惹不起你! 要不你怎么是革命党呢! 壶里有冷茶,要喝自己倒,僧人一天两顿,过午不食,真饿了我那边藏着点儿干粮,自己拿,我谁也不侍候!"映霁做出伤心的样子道:"大哥,小时候你可不这样,你天天背我,抱我,喂我吃,陪我玩,有一回你驮着我去外边看背棍的,让我尿了你一脖子——"映雪道:"得得得,陈谷子烂芝麻,少来这一套。说吧,又干啥来了?只为了扯闲篇,门在那边,走!"映霁站起,正色道:"大哥,我还是来请你回去的!"

映雪道:"快走!这话上回你说过了,别再烦我!"映霁道:"我不打算再当革命党了,要留下来救中国,你一定得回去帮我,我一个人不行——"映雪急忙不放他说下去,道:"打住!你那些事跟我没相干!一个字:走!"映霁神情越来越严肃,道:"不是让你回去做乔家的东家,是让你回去帮我出谋划策。爷爷年轻时能成功,是因为有了一个孙茂才做军师,你比当年的孙茂才厉害多了,你读遍了大半个世界,中西合璧,又没有功名利禄之心!只要你回去,啥条件我都答应!"映雪看他,冷笑一声,脸一黑道:"乔映霁,你把你哥看成啥人了!从你大哥回国那天起,北京、上海、天津、广州这些大码头,什么金陵大学、圣约翰大学、东吴大学、岭南大学,还有美国英国加拿大人合办的齐鲁大学,所有中国最好的大学,都要聘我去做正教习,就是外国人说的一等教授,还有一干维新名流、达官显贵,礼聘我去幕僚,甚至于请我出仕做大官,老子都弃如敝屣——"一眼看到小栓在笑,他愤怒道:"你笑什么?弃如敝屣你懂吗?就是像扔破鞋子一样扔掉,逃之唯恐不快!孙茂才什么人,敢拿他跟我相比!走,再说一遍,门在那边!"映霁不走,反而又坐下了。映雪不再理他,回去画自己的画,但画已经脏了,他生气,揉成一团扔掉。良久,见映霁一直坐着看他,不说话也不走,终于回头,道:"走吧,不要一计不成又生一计,我不会再回乔家的,既然生在乱世,我也没辙,但我不想死得比你还难看!"映霁心中已怒,霍然而起,对小栓、王宗禹道:"咱们走!"

王宗禹不甘心道:"东家,就这么走了?"映霁道:"他以为他清高得像不为五斗米折腰的陶渊明,逃世如同连天下都不要的巢父和许由,但他还是要吃饭,乔家不给他银子,他就清高不下去。我们还得回去帮他挣银子吃饭!"三人欲行。映雪道:"站住!既然你说到这个,我正想给你讲件事呢。你说得对,到今天我还在吃乔家的月份银子,算不得什么清高。你上次走后我已经写了封信,让和尚捎给你,后来你竟没来。"边说边将信拿给映霁。映霁打开信看,脸色一变:"你要和乔家断亲,自谋生路?"

映雪道:"没看明白,最要紧的在下面!"映霁往下看去,又抬头道:"你还要从此隐姓埋名,不认自己是乔家子孙?"映雪道:"还有还有!""也不让我再认你,你也不再认识我!""对,当断不断,反受其乱。与其将来受你们连累而死,不如现在就说清楚,我是我你们是你们,我和你们乔家一刀两断!不是亲人,更不是故旧,从此各过各的日子!"映雪心中忽然难过起来,将信放下,不看他道:"为什么一定要这样?"映霁绝情道:"我回答过了。"映雪又看他问:"你也可以不走,继续留在这里做你的陶渊明,我保证不再来打搅。"映霁斩钉截铁道:"那也不行,只要我留在这里,你不认我,别人也还是会把我当成乔家人!"映雪半晌又道:"映霁错了,不该来逼大哥做我的孙茂才!"映霁不说话,十分冷漠。映雪道:"最后问一句,以后你打算怎么生活?"映霁已经动笔重画一张画,这时直起身子道:"还没想好。随遇而安吧,总能想出办法的。"映雪忽然落泪。映霁看也不看道:"别哭,眼泪也留不住我。那东西做药引子很值钱的。"这一句又将映雪眼里的泪水堵了回去。

映雪道:"行,我走。可既然来了,还是要把来意说给你。你可以听,也可以不听。"映霁继续画画,不说话。映雪道:"元楚表兄今天又来了一封信,给我的,他已经作为袁世凯的代表之一,去扬州和南方革命党和谈了!"映霁还是不说话。映雪又道:"我不会再回汉口前线。但我也不会把乔家的银子搬到马路上任过路人拿走。我要继续走我的路,抓住民国给中国商人的机会,和全中国的商家一起实现梦想!"映霁伏在案上,给新画的一幅画上色。映雪问:"大哥,你在听吗?"映霁道:"我不想听也听了。住在双林寺半年,近朱者赤,佛经也读过了几部,记住了一篇,诵给你听!"映雪看他。

映霁道:"观自在菩萨,行深般若波罗蜜多时。照见五蕴皆空,度一切苦厄。舍利子,色不异空,空不异色,色即是空,空即是色,受想行识,亦复如是。舍利子,是诸法空相,不生不灭,不垢不净,不增不减。是故空中无色,无受想行识,无眼耳鼻舌身意,无色声香味触法,无眼界,乃至无意识界——"

王宗禹不懂他为什么要这样做,看映霁。映霁坚持听下去。映霁继续背诵道:"无无明,亦无无明尽,乃至无老死,亦无老死尽。无苦集灭道,无智亦无得。以无所得故,菩提萨埵,依般若波罗蜜多故,心无挂碍,无挂碍故,无有恐怖,远离颠倒梦想,究竟涅槃。"他终于停了下来。映雪道:"大哥,这是《心经》,还没完呢。"映霁道:"问你呢,什么是涅槃?"映雪道:"照《心经》上讲,依般若波罗蜜多故,心无挂碍,无挂碍故,无有恐怖,远离颠倒梦想,就是涅槃。"映霁道:"你的挂碍太多了,先是乔家一家,然后居然还有天下人。天下人有天下人的般若波罗蜜之道,与你何干!"映雪道:"那什么和我相干?"映霁道:"既然爷爷说过,乔家的银子是天下之财,你就该明白,大乱之世,将银子散给天下人才是大道!我让你把它们搬到马路上任人取走,就是行大道,形式不重要,做了才重要。你以为我在对你胡言乱语吗?"

映霁用心凝视他,内心忽然激动起来,突然趴下磕头。映雩反倒慌了神,嚷嚷道:"哎哎哎,干什么! 快起来! 给我磕什么头? 磕头我也不回去!"小栓和王宗禹上前将映霁扶起。映霁觉得自己的内心又平复了,道:"谢大哥的一番教诲。大哥到底是乔家人,身上流淌的还是爷爷的骨血,胸膛里装的是乔家人的心。没有急难险的大事,万不得已,我不会再来了! 映霁倒是担心大哥,既然你能想到将乔家之财还给天下之人,你的心就还是未能完全出世,你做不到! 王大掌柜、小栓,我们告辞!"他对背身而立的映雩拱手,也不等他回答,转身出门。三人脚步山响地走出去。禅房内,映雩良久才慢慢回头,目光湿润。过了一会儿,他忽然放下笔,急急忙忙收拾起来,大叫道:"和尚! 和尚!"还是那个开关山门的和尚跑进来道:"乔施主——"映雩道:"快来帮我收拾,还要雇车马,天亮就走!"和尚迟疑地看他。映雩急不可耐,大喊道:"快动手呀! 帮帮忙行不行?"和尚道:"这回是真的?"映雩道:"当然是真的! 我是真不能在这里住下去了!"和尚不解道:"双林寺是世外之地,有何住不得?"映雩大叫道:"不是因为他,是因为我自己! 我自己的心有挂碍恐怖,颠倒梦想,居然被他看出来了!"

双林寺山门外,映霁带王宗禹、小栓已经纵马上了去榆次的官道。王宗禹大叫道:"东家,错了!"映霁道:"没错,我就是想去榆次东胡村!"王宗禹和小栓对视一眼,随他继续前驰。天亮前他们才在榆次东胡村何家大门外下马。映霁走去打门。半晌胡管家才带人提着灯笼开门走出来,看到映霁大吃一惊道:"表孙少爷,你怎么这样早——"映霁道:"老太太起来了吗?""起来还没有,恐怕多半醒着,老年人睡得少。""快去通报,我来了!"胡管家道:"太早了,老太太要起床,还要梳洗,试时新的衣裳,表孙少爷先进来,恐怕要等到巳时才能见着。"映霁道:"这会儿才是丑时,你要我等他四个时辰,不行!"胡管家:"那……这个……"映霁已带王宗禹、小栓闯进大门,像小时候一直闯进了何家内宅,站在江雪瑛大房的外间等待。

过了好一阵子,张妈、明珠才簇拥着一头卷发器、一身时新西洋睡衣的江雪瑛走出来。映霁急忙上前见礼,笑道:"给老太太请安! 哎呀老太太,我是不是走错地方了,我这是看见谁了?"江雪瑛道:"你也是广州学生意回来的,算是见过些世面了,瞅见了山西最摩登的老太太,就惊成那样?"映霁道:"姑奶奶,我可不是夸您,就您这个装扮,就是王府里的格格,紫禁城里的隆裕太后,也不敢。呸,我该打嘴,不是不敢,是不会！她们没我们家老姑奶奶这么时尚,不对,摩登！"江雪瑛回头看张妈、明珠道:"你们听听,你们听听,我说我这么穿戴打扮不算啥吧？映霁是见过世面的,他都当面夸我……你这是打哪儿来？怎么我还刚回到家,你就半夜三更撺过来了？家里又作了乱了？摁不住了？快起来！"映霁爬起来道:"姑奶奶小瞧我,那不会。"

江雪瑛挥手让张妈、明珠关门离去,道:"看来你小子不傻,碰到事儿知道来找我。说吧,你们乔家陈谷子烂芝麻,你不知道的,知道也倒腾不清楚,又必须倒腾清楚的,以后都赶这个时辰来。天不亮我才告诉你,天亮了我就不说了！"映霁又笑道:"那为啥？反正都是陈谷子烂芝麻,白天说夜里说还不一样？"江雪瑛道:"我说你傻吧！有些事怎么能白天说呢？像这会儿,就连我贴身的老妈子都不在,就咱们俩,啥不能说？你要是白天来,这些人从早到晚死乞百赖地守着我,有些事能说吗？"映霁笑道:"姑奶奶,还真有一件事,问遍了乔家人都说不知道。昨天夜里我跑了半夜去见我大哥,出了他那个庙门,忽然想到一个人,说不定知道。"江雪瑛道:"我说你小子不傻嘛！你们家那点子事,找我算找到根儿上了！从你奶奶在太原府勾引你爷爷,一两银子卖给你爷爷一只鸳鸯玉环,乔致庸那个傻子上了当,移情别恋,将我江雪瑛扔到半道上,害了我一生一世——"

映霁急道:"打住,这一段我清楚。老太太您是我们乔家的恩人,我爷爷一辈子最对不起的就是您,可是您呢后来也报了仇了,您一张状子把他告到官府,让慈禧太后老佛爷把他打进死牢,差一点儿就回不来——"江雪瑛打断他道:"住嘴,这话我不爱听,后来不还是我出三百万两银子把他赎出来的？不过我也小小地得意了一把,你不是为了银子扔下我娶了那个狐狸精吗？这回我也让你知道知道,我也有银子！"映霁再次急急拦住她的话头道:"老太太老太太,您和我爷爷那点子事儿咱今天不说了行不行？再说我奶奶也不是狐狸精,她晚年你们俩还弄得如胶似漆亲如姐妹呢！哎,我真有要紧的事问您,不然我怎么会一夜不睡,去过双林寺又马不停蹄跑您这儿来,我急着呢我！"江雪瑛不高兴了,道:"哎,你小子这话说的,我是你们家管账先生吗？别人不知道的事为啥我老婆子就一定知道？骂骂你爷爷奶奶怎么着,我就是要天天骂他们,反正他们死了,也不能还嘴,不然我能活这么大岁数吗？好,我就暂且打住,留住下回你来了再骂。你要打听什么事？"

映霁笑容不觉落下,盯着她道:"我九岁那年,爷爷千里迢迢带我去临江渡口,在那里和摆渡老人还有她的孙女过了一个除夕。爷爷回来后,我好像记得他特地到这里见过姑奶奶一面。他老人家有没有对姑奶奶说过啥？"江雪瑛低下头想了一会儿才道："有这么档子事。你这孩子，他说过什么，这么久了我怎么记得住！"映霁急道："有件事他要是说了，您一定记得住！"江雪瑛开始闭眼睛道："你提一提，看我能不能想起来。"映霁叫起来："哎，老太太，您甭一到节骨眼上就打瞌睡，我还没说呢。"江雪瑛眼睛微微睁开一条缝："你说不说呀，天快亮了，天亮前我是要睡一个回笼觉的，不说我就去睡了！"映霁道："别！我爷爷有没有告诉过您，那年除夕在临江渡口，他为我和摆渡老人的孙女，名叫阿莲，订了亲？"江雪瑛深深盯住他，半晌无语，忽然闭眼道："没有！"映霁再问："是没订过亲，还是爷爷压根儿没跟您说过这事？"

　　江雪瑛一点点咧开嘴，眨着眼笑了，道："你爷爷当年在临江渡口还给你订过亲？鬼话！张妈、明珠，进来，我要上茅房！"张妈、明珠推门进来。映霁看她们扶江雪瑛朝外走，心中极度失望，喊了一声："姑奶奶，我走了！"江雪瑛在门前站住，回头道："怎么我一说上茅房，你就要走？"映霁道："没……啥。家里还有大事，回头我还要来请您呢！"他转身就往外走。江雪瑛看着他走出去，喊："哎，二门外头的，传话给胡管家，送表孙少爷！"二门外有人答应一声。

　　江雪瑛又不去茅房里，站在那里不动，目光一点点放亮。张妈、明珠看着他。张妈道："老太太，表孙少爷走了！"江雪瑛答非所问道："是吗？你去送送！"张妈道："老太太已经让外头人送了！"江雪瑛道："我让你也去送送！"张妈无奈，走出去。明珠看一眼江雪瑛，江雪瑛道："在外头都听见了？"明珠不说话。江雪瑛道："你说我那个该死的表哥，他荒唐不荒唐，当年他欺骗了我的感情，把我弄得一辈子姑娘不是姑娘，媳妇不是媳妇——"明珠只是不说话。

　　江雪瑛终于回头看她道："你知道这件事？"明珠摇头。江雪瑛道："你是他们家的老人，跟着他奶奶陆玉菡嫁过去，有些事情应当知道，你摇什么头？"明珠还是不说话。江雪瑛突然落泪。明珠吃一惊道："怎么了老太太？"江雪瑛道："他们乔家的男人，把我江雪瑛害苦了，要不是——"明珠看她一眼，又不说话了。江雪瑛回头看她道："我又开始唠叨，你怎么不拦着我？"张妈走了回来。

　　江雪瑛看她们道："哎，你们刚才在外面都听到了，那件事我是不知道的。我那个表哥，他就是再浑，也不至于干出那种事儿……你们想想，千里迢迢跑去喝人家一顿大酒，就把映霁的亲事订下了，这哪儿跟哪儿呀……张妈，刚才我问了明珠，她是乔家的老人，也说不知道。你自然就更不知道了。这件事嘛就算过去了，咱们谁也没听说过！"她就地转一个圈,回头已经换了一副面孔,高兴道:"看出来没有？我说不知道他讲的事情,映雯居然不难过,好像丢一口气似的,还高兴。这就是说,他有喜欢的人了,来我这里是要去掉心里头最后一块病,他就要娶她心上的人了！"

张妈、明珠互视,都吃惊地笑起来。张妈道:"老太太是活神仙,见多识广,一定是真的。"江雪瑛道:"什么一定,就是真的。我又要破费了,还得送贺礼,哎呀我的银子,我这个心疼的。"看了二人一眼不高兴道,"笑啥？"又打着哈欠,含混道,"这天底下的事,了犹未了,未了已了。扶我去睡。"张妈、明珠扶她走回内室睡下。江雪瑛闭上眼又睁开,开口道:"那丫头要是活着,这会儿也老大不小的了！"

武昌城内,紧靠着鹦鹉街百花巷七十三号,有一座独立的花园洋楼,门牌七十四号,名叫夏楼。一楼会客厅里,已脱去军装换上洋装的莲花正出神地望着墙上一幅女子的画像。女子穿着中式旗袍,英姿飒爽。莲花看得久了,脸上不觉有泪。巧姑走进来看她,心头不觉一惊。莲花迅速擦去泪水,回头道:"你回来了,什么消息？"

巧姑道:"大帅说,南北正在议和,袁世凯答应逼宣统皇上退位,接受同盟会纲领。民国要诞生了！"莲花沉沉道:"民国是要诞生了,可那是袁世凯的民国。"巧姑看她道:"姐,你又在这里想恩人了？"莲花道:"民国要诞生了,革命党人心离散,昨天我见到张大帅,连他也问我,民国诞生后去哪里,做什么？"巧姑默默看她,突然发现她手里握着一只漂亮的玉佩,吃了一惊。莲花下意识地将玉佩藏起来。巧姑道:"别藏了,我都看见了。你在想他！"莲花道:"胡说！"巧姑道:"姐,革命不成功,革命就是我们的家,革命成功,我们俩都无家可归了！"莲花道:"恩人将这座房子留给了我,这里以后就是咱们的家！"巧姑道:"我不是这个意思。"莲花道:"不要说了,这会儿我不想说他！"巧姑坚持要说下去:"革命不成功,乔东家就是回到乔家也得躲起来,我觉得,他这会儿说不定没有娶那个杨依依！"莲花回头看她道:"你要我回头找他,告诉他我们之间有过一个婚约？"巧姑道:"不但有婚约,乔家老爷子还给了你聘礼。就在你手里！"莲花不说话了。巧姑道:"姐,革命结束,巧姑可以说句话了。革命印证了乔东家不但不是坏人,不是朝廷奸细,还是个真诚的革命者,一个言行一致的好人。"莲花道:"可他在太原起事后突然脱离了革命！"巧姑道:"那是有原因的！他比我们、比张大帅更早看清了天下大势,知道山西革命军一旦兵发娘子关,革命就会成功！还有,分手时他当面告诉过我们,说他和我们不一样,革命对他来说只是一时的事业！一旦革命成功,就会远离革命和政治,回去像他爷爷一样走商路,救中国！"

莲花早已心潮起伏,激动道:"怎么可能像他爷爷!当初他要是有一点儿他爷爷的心肠——"她又想起了自己爷爷的惨死,说不下去了。巧姑道:"姐,如果乔东家真的不知道那件事呢?"莲花恨道:"你还真信了他的话!""我可以不信,可万一是真的呢?对了,他还亲口说过,革命成功后要回临江恢复茶路重建茶山!"

莲花忽然回头道:"我们还有钱吗?"巧姑道:"昨天刚当了一个花瓶!"莲花道:"我们去山西见一个人!"巧姑道:"姐,太好了——"莲花道:"不要想错了,我要见的人是杨依依!"巧姑大惊:"为什么?她是你的情敌!"莲花道:"我必须把乔家的聘礼交给她,告诉她,一旦做了乔家的媳妇,就要替我做一件事!"巧姑道:"一生一世不离不弃照顾好乔东家,即使他将来病得像他的母亲也不能离开!"莲花不再说话。巧姑道:"姐在最恨他、要杀他的时候,也从来没忘记爷爷的遗言,姐心里头一直都没有忘记那个婚约!"

莲花大声道:"不!"她的目光又转向墙上恩人的画像,道:"当初恩人带莲花入革命党时说过,婚姻不是一个新女性的归宿,是她的牢笼!恩人为了救中国抛家弃子,洒血刑场,我一个被卖进青楼的苦命乡下丫头,为什么要留恋一个从没有真正爱过我的人!"她毅然回头:"我把这最后一件事也交代了,就自由了。袁世凯得到民国我非常担心!""姐担心什么?""我担心我们浴血苦战,得到的并不是我们想要的民国!"突然她又回到刚才的话题,"汉口不打仗了。我想见大帅,告诉他后马上走,你还愿意陪我去吗?"巧姑道:"是姐从鹦鹉街百花巷七十三号把巧姑救出来的,巧姑一辈子都愿意跟着你!生我们一起生,死一起死!"莲花道:"等我们见了杨依依,把事情告诉她。如果她听完后无怨无悔,还要嫁给他,答应我把照顾乔映霁一生的责任承担下来,我这一辈子也就不欠他什么了。我们姐妹就一起回到中山先生身边去,哪怕是远走天涯,我也情愿!你不要多想,做这件事我不是为了乔映霁,是为了他爷爷和我爷爷两位老人家!"巧姑道:"我去备马,咱们去见大帅!"莲花将玉佩在身上藏好,看她走出去。

当天二人就到了汉口前线革命总指挥部。只见张振武心情郁闷,踱着步道:"刚从扬州传来消息,议和并不顺利!有可能还要打!"莲花振奋道:"好哇,我就愿意一直打下去,将中国的旧势力一次性地打扫干净!"张振武也道:"说得对!中国就像一间老旧不堪的大屋子,这场革命就该彻底将这间屋子打扫干净,不能只换招牌。袁世凯不是我们应当媾和的对象,而是我们当今最大最凶恶的敌人!我赞成打到底,不让袁世凯骗了大清皇室又回头窃取了革命成果！"莲花心态已变,急道:"大帅原来也担心发生这种事情,万一不幸被我们言中,怎么办？"张振武道:"那历史就会发生曲折,袁世凯一旦倒行逆施,中国一定会发生二次革命。""二次革命？""我当然不希望会这样,但是——"莲花道:"明白了。如果是这样,革命就仍然没有结束。大帅是不是又有任务交给莲花？"

张振武点头道:"你这次去山西, 先到雁门头外找阎锡山同志, 将我的话告诉他,同时观察他的态度,但愿他以后不会——"莲花已经明白了他的意思,道:"大帅还写封信,让我带给他,我和巧姑今天就可以出发！"张振武道:"我还想起了一个人！你去了山西,要是能见到他,将我下面的话告诉他。照眼下的情景,袁世凯一定得到民国,中国非常可能会发生二次革命。不管他现在因为什么理由离开革命,那时我们都希望他仍然不改初心, 回到革命阵营里。中国革命仍然需要他和他的乔家！"莲花默然不语。张振武看她道:"你怎么了？不愿意去见乔映霁同志？"莲花道:"不……不是！我去！"

汉口城外的官道上,一辆马车停在那里,就要启程。大清武汉前线领兵大帅荫昌此时脱下官服,轻衣小帽,只带一名家仆,欲行未行,仍在回望汉口城。家仆道:"主子,上车吧！"荫昌自语道:"走了走了,荫昌一生的事业,就此了断！"金甬忽然带金保纵马驰来,大叫道:"大帅慢走！卑职来为大帅送行了！"荫昌回头看一眼金甬主仆,疑惑道:"你们是——"金甬滚鞍下马,匍匐在地道:"卑职金甬,给大帅叩头！大帅此次回京,一路顺风,平安吉祥！"

荫昌有些感动,道:"起来起来。想起来了,你叫金甬,是个到前线立功候补的知县！荫昌已是江湖散人,今天离开汉口,单车就道。当日前呼后拥之众,此时不见一个。更有那等势利小人,为了自己前程,对老夫避之唯恐不及的有之,落井下石的亦有之。有人甚至要把汉口前线不胜之责全推在老夫身上,非要朝廷治罪于我不可。你这个人平时不在老夫心上,倒还能赶来为老夫送行,难得难得。但我不想夸你,却要骂你！"金甬抬头意外问:"大帅何出此言？"荫昌道:"你也是两榜进士,熟读天下文章,可是究竟不通。天下要大变,荫昌一类人以后死无葬身之地,你还来巴结,不识时务！可你还是来了,来了就来了吧,曹雪芹的《红楼梦》结尾有一处地方,名叫急流津觉迷渡口,在那里甄士隐度了有缘之人。今天且把这里当作你的急流津觉迷渡口,老夫给你破一点迷津吧！"金甬心中已惊,磕头道:"卑职愚笨,日后的路怎么走,求大帅教诲！"荫昌道："扔了这里的差事,马上回京。将来的天下必是袁世凯的,你当初不是他举荐的,继续留在这里只有做炮灰的份儿。何况你是文官,读书人,将来处在一帮北洋武夫中间,留下也没有前程。金甬金甬,老夫问你一句话——"金甬抬头看他。荫昌道："改朝换代后,是想退隐山林,渔樵于江渚之上,侣鱼虾而友麋鹿,还是想继续钻营,飞黄腾达?"金甬一时语塞："这个——"荫昌道："明白了。你还不够无耻,不愿明说,这就是你的麻烦！大清灭亡,新朝登场,正是用人之际,你不回京城,扒窟窿凿洞,窥探机会,削尖脑袋见门就进,见机就行,投靠袁世凯一伙,觅得一官半职,然后乘风而上,纵横天下,吞吐风云,留在这里等什么！糊涂！"他边说边上车,对车夫道："走了！"

金保将金甬扶起。望着马车远去,金甬自语道："这才是过来人,一席话说得金甬醍醐灌顶！恩师呀,可也是老贼！这老贼说得对！此处哪里还有爷的前程！"回头对金保道,"我们快回去,收拾这一阵子捞到的金银,走!"金保道："去哪里?"金甬道："北京城！"金保提醒道："那么多朝廷的大炮还在爷的经管之下,就扔下不管了?"金甬道："谁说不管? 上回不是来一人,冒称中间商,其实是革命党,出钱要买老子的大炮?"金保道："可爷那时胆小,一怕他是革命党,二怕他是骗子,三嫌他出钱少,下令把这人关起来,要砍头。"金甬道："马上放出来,你和他谈,我答应卖大炮给他,可我立马就要拿到银子！现银不好带,我要银票！记好了,乔家大德通的银票,别的都不好使！"金保哆嗦了一下道："爷的胆儿是不是忒大了一点儿,朝廷这会儿还没倒呢！"金甬大声咆哮："有的人把国都卖了,我卖几十门大炮算什么！眼今耳目下哪里还有朝廷,只有袁世凯！天下人只认得银子,没有一堆银子怎么回京度日,巴结袁世凯的人！就是抓到了砍头,我也认了！"金保道："知道了！爷疯了！——炮弹也卖?"金甬道："卖,都卖！"金保道："要是这样,咱这回可是能得不少银子呢！"

第十五章

雨下个不停。北京大德通分号里,大掌柜室李德龄读完了信,嗑着牙花子,看风尘仆仆的王宗禹,道:"这件事真是东家让你来办的?"王宗禹点头:"没错。东家那天从榆次何家回到家,就写了这封信交给我,让我马不停蹄赶到太原府坐上火车,一天半就赶到了京城!"李德龄道:"这上面列的中外名医我倒是都熟,但是要说太太的病会不会遗传给东家,就不好说了!"王宗禹吓一跳道:"难道真会遗传?"李德龄道:"你先告诉我,东家这样做为什么?"王宗禹道:"东家怎么想的我怎么知道,不过是猜得到一点儿。如果真会遗传,东家可能就不娶这门亲了!"李德龄一时大急道:"东家抱负那么大,一辈子做的事儿会比老东家还厉害,不娶个少奶奶当家怎么成!"王宗禹笑道:"李大掌柜,您是乔家的刘伯温,您有办法的!"李德龄道:"别给我戴高帽子。就东家信上列的这些中西名医,我不用去问,就知道他们会说啥!"王宗禹笑问:"说啥?"李德龄道:"我们花了银子,他们每人一套说辞,你说会,我说不会,最后东家还是得不到他想要的结论!"

王宗禹想了想,忽然拍手道:"妙!李大掌柜其实已经想好了,快说出来,我们帮东家过了这道坎!"李德龄道:"不,我没想好!"王宗禹道:"您想好了!"李德龄道:"有是有个主意,可是只能天知、地知、你知、我知。"二人相视,哈哈大笑。李德龄也不再说话,动手写信。

两天后映霁就在家里看到了李德龄的信,精神为之一振,看着高瑞道:"高大掌柜,您也看看。王大掌柜辛苦了!"王宗禹也不说话,站在他们身边。高瑞看完信道:"既然所有中西名医都说男性不会遗传,更不会通过男性遗传给孩子,东家的疑虑就不必。小顺套车,请上媒人,咱们走!对了,那只雁没饿死吧?"小顺道:"高大掌柜说什么呢,我就是饿死我自个儿也不敢饿死东家的这只雁!"他转身往外跑。映霁忽然又皱眉大叫一声:"等等!"小顺站住。众人回头看他。映霁道:"再等一天,我看了皇历,明天才是黄道吉日!"高瑞看他,笑道:"东家,您可是新派人物!"映霁也笑了,道:"我这辈子就信这一次!你们去吧!"高瑞带王宗禹和小栓、小顺离开。映霁回头看到书案砚台下面压着一封信,吃惊道:"这是什么?"边说边取过来匆匆看了一遍,勃然大怒道:"小栓!小顺!外面有人给我进来一下!"小栓、小顺、王宗禹三人立马全跑进来,吃惊地看他。映霁生气道:"这封信什么时候到的,为啥没人告我?"三人相视,都很无辜的回头看他。映霁道:"依依几天前就写信来了,你们居然敢把它压下,眼里还有我吗!"众人面面相觑,都不说话。小顺想了想,忽然道:"哎呀东东东家,我想起来了,这封信被人送来那天,东家不在,是潘大掌柜先看到的,后来……后来……"映霁怒道:"什么后来!潘大掌柜竟敢压下我的信!"

王宗禹道:"东家,潘大掌柜并没有压下东家的信,你看,他不是就压在东家的书案上了吗?恐怕是这几天他回总号事儿太忙了,忘了告诉东家。东家这些天老是东奔西跑,自个儿也没看到!"映霁冷静下来,摊开信又看了一遍,皱眉着思考。小栓终于有了说话的机会道:"东家,这封信我也看了,虽说上面的字认不全——"映霁又大叫起来:"啥?我的信你也看了!"

小栓急道:"我不过是怕您着急,替您看了一下,上面的字认不全,可是意思……意思我看懂了!"映霁道:"你还看懂了!你看懂了什么你!"小栓道:"三天内不去救她,她就自杀,这都四天了,恐怕人都死了!东家,甭忙乎了,这媳妇你娶不上了!"映霁急道:"说什么你!你还提醒我了!还不快去备马!"王宗禹道:"东家要干啥?"映霁道:"马上去见依依!我要知道这会儿她是不是还活着!"小顺道:"东家去不得,去了也见不着!"映霁道:"为啥!"小顺道:"小顺在太谷有亲戚,太谷满城都知道这事了。少奶奶的亲哥哥,就是那个杨疯子,把少奶奶锁在绣楼上,吃喝拉撒睡都让人看着,门上加了两把大锁,钥匙拴在自己裤腰带上,还传出话来,但凡是乔家人去了,一概不让进门,还要下人备好大棍子等着,东家自个儿去,准定一阵大棍子抢出去,让您满地找牙!"小栓大叫:"这么说少奶奶还没死!"小顺道:"她就是想死也死不了,家里人一眼也不错地盯着呢!"

映霁想了想,忽然松一口气,笑看小顺道:"你这会儿怎么又不结巴了?行,既然他们不想结这门亲,我还不结了,睡觉!"众人不适应他的情绪这么快转换,都站着不走,彼此互相望着。映霁又急了,催促道:"都给我走,小栓留下,给我打洗脚水去!"三人这才各自转身离去。

当天深夜,两匹快马又出现在太谷城外的官道上。前面马背上的巧姑忽然勒住了马,对莲花道:"姐,前面就是太谷。"莲花勒马看路边的火神庙,认出了这个地方,道:"跑了大半夜,一直没遇上个宿处。进去歇一会儿,马也要喂,天亮后再进城。"巧姑忽然朝前方道上倾听,回头道:"有人来了!"莲花迅速做出反应,道:"快躲起来!"二人刚刚拉马藏身庙后,就见一匹快马向火神庙奔来。马上蒙面黑衣人驻马,从马背上抱下一名女子进庙,随手关闭庙门,打火点燃一支蜡烛,回过头去,被抱着的女人忽然醒了过来,看他道:"你是谁?"黑衣人扯下面上黑纱。女子这一惊不小,大叫:"映霁!"她扑上来紧紧抱住黑衣人,映霁任她搂抱,却一动不动,任她将热吻雨点般打在自己脸上、眼睛上。庙后莲花、巧姑已经惊呆了,巧姑回看一眼莲花,莲花立即对她做出一个噤声的手势!

火神庙里,依依抬头流泪看映霁道:"我就知道你会来救我!你到底还是来了!"又一惊道,"不……你是怎么进到我房里去的?又是怎么从那里把我带到这里来的?我什么都不知道……有人说你会武功,小时候跟三星镖局的戴二间师傅学过——"映霁一把捂住她的嘴道:"我不会武功,我是请了一位会武功的朋友,在你房里下了断魂香,从窗户进去的!"依依重新抱紧他,闭上眼陶醉道:"见到你找就不会死了。快带我走!"映霁用力将他推开一点儿,道:"依依,你冷静一点儿,我有话说!"依依睁开眼吃惊地看他。映霁道:"依依,我今天才看到了你的信,可就是没这封信,我今天夜里也会来见你一面!"依依又感动了,再次扑上来抱住他道:"我知道我知道!乔家人诚信第一,天下知名!你对我有过承诺的,说革命成功就来娶我,还说……我是你长大后见到的最好的女孩子!"映霁心痛如割,说不下去了。依依道:"你怎么了?你回到了依依身边,就是说革命成功了!可是我听说袁世凯要当大总统,你不喜欢?"映霁再次将她推开,狠心道:"依依,今天我来见你,想说的不是这个!"依依警觉起来,盯着映霁道:"你想说啥?你反悔了?不想娶依依了?乔映霁,你要做个负心的人,像你爷爷当年对江雪瑛那样,我就死!"映霁大声道:"不要提我爷爷!依依,当初在榆次你姑妈家,我是答应过娶你,可现在想来,那也太轻率了,也许我根本没有权利——"依依迅速打断他的话:"你说啥?什么权利?你不会真学你爷爷做一个薄情郎,负心汉吧!"映霁声音更大了:"我爷爷不是薄情郎!依依,我今天是想告诉你,我没你想得那么好……干脆直说吧,你知道我母亲吗?"庙会那扇半开的窗户前,巧姑飞快地看一眼莲花,发现莲花的嘴唇已经抖起来。巧姑要开口说句什么,莲花迅速对她瞥了一眼，制止她开口。

庙内，依依不解地看着映霁，道："你母亲……我当然知道！"映霁呻吟一般痛苦道："你知道啥？"依依道："你母亲就是我不出缌麻之亲的堂姑，我们太谷姓杨的都是一家子，因为五代以前她们家走了商路，我们家的先人要读书，才与他们割胞断义……论起来我和你还是表兄妹呢！"映霁避开她火辣辣的目光道："我母亲患有一种病，这种病不知道啥时候就会在后代子孙中遗传！"依依道："原来你是说这个。我知道！"映霁回头看他，吃惊道："你知道？"依依点头道："中医叫做癔病，西医叫啥……精神分裂！"映霁道："犯了这种病，人有时就会忘记自己是谁，置身何处！"依依道："这个我也知道！"映霁道："可你不知道她犯了病有多可怕。会完全变成另一个人……这时候她做出什么事来谁也不知道，她自己更不知道！"依依道："如果不是你说起这件事来，我是不会说的。这种病其实在我们杨家早几代就有了！"映霁大惊失色道："早几代就有了？ 这么说，就连你们家的人也可能遗传有这种病？"依依道："是。可我们家和你母亲娘家割胞断亲三代，没有人再犯过这种病！"映霁心中忽然轻松下来，道："你是说，并不是每一个杨家的人或者杨家的女子生下的后代都可能遗传这种病？""是。我还听老中医讲，癔症有时候是会自愈的。就是这一代人不能，后代人也有可能自愈。像我们家，我和我哥哥，我父亲那一代，我爷爷那一代，三代人无论男女，都没人犯过种病！"

映霁的神色完全变了，开始用热烈的爱恋的目光看她，依依什么都明白了，颤声道："原来今天你是为这个来见我！"映霁道："是！我担心配不上你，将来万一成了我娘今天的样子，会害你一辈子！"他心中忽然一动，大叫一声："哎呀！"依依紧紧地靠上来抱住他，急切道："你怎么了？"映霁道："自从我那个从小订的娃娃亲媳妇死了以后，直到爷爷去世他老人家一直没给我订亲，我现在知道为啥了！ 他也许就因为担心我——"他忽然止住了，不再说下去。依依不依不饶，又问："你在说什么，我又不懂了！"映霁道："没什么。想起了一件和你无干的事。"这次他突然主动抱住了依依，欢喜道："不，事情已经过去了，没有那件事！"依依听得不明不白，急问："什么事？你一定要告诉依依！"映霁道："这件事和你没相干，你不需要知道！"依依还是不答应，道："以后我就是你的人了，你也是我的，我们俩是一个人，你的事，包括你的心事、难事，你的快乐，你的烦恼，我都要知道，因为那也都是依依的！"映霁想了想道："好吧，告诉你也没啥。前些天我听到一件事，说爷爷当初曾在乔家茶路上一个渡口给我订下过一门亲。九岁那年,爷爷还带我千里迢迢去那里过了一个除夕——"

窗外,巧姑急看了一眼莲花,发现她满眼泪水,自己却痴在那里一样,什么也感觉不到了。巧姑急急急低声道:"姐,你在哭?"莲花醒过来一样,道:"胡说!"她下意识地迅速拭去泪花,转身要走。巧姑要跟上去,发现她一转眼又走了回来。

火神庙里,依依和映霁的谈话还在继续。此刻她专注地盯着映霁,催促道:"说下去。后来呢?"映霁道:"我回到乔家,见到病中的母亲,刚巧母亲那一会儿清醒,我问了她和家里所有可能知道这件事的人,还跑到榆次问了江老姑奶奶,他们都说不知道这件事!"依依半晌不语,突然长长吐出一口气,道:"那就是说,没有这件事!是个谣言!"映霁道:"是没有这件事。我马上想到了你!"依依脸红了:"马上想到和我成亲?"映霁道:"是的,这是我一直在盼望的幸福!还有,成亲后我就可以放心地把我母亲和那个家交给你,我有许多大事要办!"依依道:"明白了,你回来后没有马上请人来提亲,原来是心里藏着这么一件事!"映霁皱眉道:"告诉我这件事的人一定是道听途说——"依依忽然大叫道:"不!我还是害怕!"映霁抱紧了她安慰道:"不要怕,我说过了,不是真的!"转眼他又沉默起来。依依忐忑道:"怎么了?"映霁道:"我现在只担心一件事,万一那个除夕,摆渡老人让爷爷喝了那么多酒,爷爷顺嘴开了一个玩笑,对方认真了,女孩子长大后一心等我去娶亲,就坏了。再后来她又落了难,把这件事当成真事讲给别人听——"他大叫一声:"哎呀,一定是这个原因!"窗外,巧姑再次把目光投向莲花,低声道:"姐,他怎么能这么说——"莲花反而更坚忍和镇静了,道:"什么也别说!"火神庙内,依依依旧不愿放过映霁,又道:"后来呢,我想听你讲下去!讲完!"映霁道:"哪里有什么后来?我现在连阿莲在哪里,是不是还活着都不知道……依依,我们快点成亲吧!办完这件大事,我要马上回临江去,重开茶路,再建茶山……我还要重建临江渡口,让乔家的茶货年年继续从那里经过!乔映霁今生今世也许帮不了摆渡老人的孙女了,但我一定要继承爷爷的遗志,帮助茶路和临江茶山的百姓们过上温饱的日子!"窗外巧姑再次急看了莲花一眼,看到莲花眼中重新浮出了明亮的泪光。

火神庙内,映霁再次紧紧拥抱依依,冲着心爱的人道:"依依,万一我遗传了那种病……将来你怎么办?"依依热情地拥抱他,回应问道:"啥怎么办?你是我的亲人,我的命,我的一生一世,我会一直守着你,一步也不离开你!生我们一起生,死我们一起死!真有那一天,哪怕所有的人都离开了你,我也不会,我是留在你身边的最后一个人！""那样你的一生就给我毁了。虽然北京城里所有中西名医都说这种病男性不会遗传，更不会通过男性遗传给子女，可我还是担心！"依依用炽热的心胸温暖映霁，道："亲人，我们俩都到今天了，你还在说这种话？你要依依把心也掏出来吗……啊不，乔家是大善之家，你爷爷一辈子给了天下多少活不下去的人饭吃！你是乔家的子孙，会得到福报，一辈子好好的，不会遗传那种病！"窗外，莲花再也无法支撑，转身欲走，又站住，双泪如注。巧姑怜惜地看着她，伤心道："姐——"莲花终于艰难地吐出了一句话："我们走吧！"她也不解释，就快步直奔前方拴马的小树林。巧姑再想问她，已经来不及了，只好跟上去。

火神庙内，两个恋人还在缠绵。映霁深情地看着依依。依依道："我看出来了，你还有心事。"映霁欲说又止。依依道："这里是太谷有名的火神庙，虽说香火不盛，却极灵验！我知道你担心你和那个摆渡老人的孙女的事是真的……映霁，让我们一起跪下来求火神爷爷保佑她逢凶化吉，遇难呈祥，好好地度过自己的一生，也请火神爷爷保佑我们，有情人终成眷属，一生一世，平安吉祥！"映霁道："依依，万一阿莲还活着……"依依道："你担心她会找到乔家来，要你履行当年的婚约？"映霁道："不！真要有婚约，她应当早就来了，但她没来，可见没有！"依依道："可你还是担心她有一天会找来！"映霁道："真要是那样，我会觉得对不起你，这对你不公平！"依依摇头道："告诉我一句话，就是现在，是爱我，还是爱她？"映霁用炽热的目光看她。依依追逼道："不要犹豫，把心里话说出来。依依受得了！"映霁久久看她道："我怎么会爱她！我和她就是九岁那年除夕见过一面，在她家吃过一顿年饭……我现在全身心地、身上每一个汗毛孔都想张开口喊，我爱你，我只爱依依！"他突然停住了，凝视着眼前的这个可人儿，道："你说过从小你哥哥就教你读书，记不记得有一首汉乐府是怎么说的？它就是我现在的心情！"依依道："我知道这首汉乐府，可我想听你自己背出来！"映霁道："我欲与君相知，长命无绝衰！山无陵，江水为竭，冬雷阵阵，夏雨雪，天地合，乃敢与君绝！"依依再次扑向他的怀抱，眼含泪花道："这就好了，有了你这些话，依依就啥都不怕了！不怕那个渡口的小姑娘，也不怕以后和你在一起会遭遇大风大浪！知道我哥哥为啥死也不让我嫁到你们家去吗？"映霁道："为啥？"依依道："他说，中国就要革命了，乔家那么多银子，我嫁过去不会有好结果！我可能和你一起死无葬身之地！"映霁脸色骤变，紧紧将依依揽在怀里，生怕眼前的人飞走似的，声音低沉道："依依，有一个人也告诉过我，民国后的中国比眼下的中国还要黑暗，不但乔家要一败涂地,我这个乔家的东家更会身首异处……就是这样,你也愿意嫁给我?"依依道:"我愿意!我是个女孩子,天下事哪里管得了?可我管得住我的心,我一见你就知道你是我的,我是你的,我们是一个人,无论生死,是福是祸,就是死无葬身之地,我都要和你在一起!"映霁道:"可我不相信!因为我不认为中国的未来会是那么黑暗!即使他的话是对的,我也不会屈服!我要用乔家和我一生的力量和这黑暗搏斗,去救中国!救了中国,也就救了乔家和我们自己!"庙后林间,巧姑从树上解下马缰,发现莲花立在黑暗中不动,突然伤心起来,道:"姐,我们不能就这样走!这是你和他的最后机会,你走了就再没有机会了!"莲花回头含泪道:"什么也甭说了,快走!"巧姑不动道:"为什么?现在和乔东家有婚约的是你!"莲花道:"你怎么没看出来,他全身心的爱的是她,她也拿出了自己的命去爱他。他在太原府阎锡山大营里没有对我们说谎!"

巧姑流泪道:"姐,我可怜你!你也爱他,也是全身心的!你从七岁就全身心地爱上他了!你们才是一生一世的情人!"莲花果断道:"我们还有大事,怎么能为这种事耽搁在这里。两天内一定赶到雁门关!"她一把夺过马缰,翻身上马。巧姑道:"可是大师也有话要你捎给他!"莲花驱马离开,回头丢下一句话:"现在不是时候!"她策马而走,巧姑只好跟上去。火神庙里正和映霁依偎在一起的依依听到了外面的声音,吃惊道:"外面有人!"映霁侧耳听去,道:"马蹄声!也许是夜行人,已经去远了!"两个人回头尽情亲热起来。

黎明前映霁又将依依送回了杨家。映霁回到乔家,告诉高瑞可以带媒人去杨家求亲了。天黑前高瑞回来了,将结果讲给映霁、潘为严、王宗禹听。潘为严大惊道:"这个杨疯子真疯了,他要一个和她妹子等重的金人做聘礼才肯答应亲事?"高瑞点头道:"我也以为他疯了。可媒人出来就是这么说的!"潘为严看映霁道:"东家,这门亲事不做也罢!"映霁一怔,看了他一眼,不愿意说话了。潘为严道:"我讲一讲其中的道理。南北议和到了今天,已经有了消息,孙中山答应袁世凯,只要清室退位,民国创立,就把南京民国政府临时大总统之位让给他。袁世凯是个武夫,他要是当国,民国万一真像映雩少爷说的那样,天下大乱,乔家名声在外,咱们再大张旗鼓地办婚事,打个等重的金人送去做聘礼,别人会以为乔家真有金山银山呢!不是咱们拿不出这么多金子,是怕树大招风,给乔家惹祸!"映霁看高瑞道:"高大掌柜也这么想?"高瑞道:"东家,我觉得这位杨疯子,不,马上就是您的大舅爷了,再这么称呼不合适，他所以会狮子大开口，说不定就是想乔家不会答应的，那样这门亲事就吹了！"

映霁沉思起来，看潘为严，突然改了话题："潘大掌柜，听说您去了水家、元家、达盛昌邱家？他们对联合起来进行银行改制怎么个意思？"潘为严甚感意外，但还是回答道："东家，天下未定，事情恐怕得慢慢来。我只见过他们三家的大掌柜，投块石头问问路！"映霁点头："他们怎么回话？""四个字，虚与委蛇。三家大掌柜都说要禀报东家，他们做不了主。啊，有一天我在街上遇上了水家的老东家水长清。"映霁笑起来道："水家姑老爷？天下乱成一锅粥，他不会还有心思天天描眉画眼扮角儿票戏吧？"

潘为严笑道："这就是东家不懂水老东家了。他老了脾气也不改，见人就说他只有一个儿子，就是当年的神童，今天袁世凯的议和代表水元楚，小时候跟着娘在乔家念书，念坏了脑子，不回来做生意，却去考状元，说乔家毁了他儿子。这会子他不但不担心，还高兴，说反正他没儿子做生意了，天下大乱，大家都完蛋，乔家也得完，这是报应。他高兴，天天笙歌不绝，从早票到晚。"众人相视，皆无可奈何地笑了。映霁道："您还没说他对您说了什么呢？"潘为严道："那天我和他是意外相遇，他也不问好，斜着眼看我说，你乔家的家底我还不知道？这一阵子都让映霁子送给革命党做军费了，还要开银行？你开得起吗？少来哄我的银子！"映霁沉吟片刻，突然一拍脑袋，看高瑞道："给他！"众人很快明白过来了，小栓大叫道："这弯子拐得，真够陡的！东家是说真给杨家一个等重的金人？"映霁不回答，看王宗禹道："王大掌柜，你怎么不说话？"

王宗禹笑道："两位师傅在这儿，我哪敢呀。"映霁道："我替你撑着，说！"王宗禹看潘为严道："师傅，您要是想让徒弟顺着您说，徒弟就不多这个嘴了，要是让徒弟胡说八道两句，徒弟就讲！"潘为严道："胡说八道你讲什么，这儿说的是大事，胡说八道你就甭说了！"映霁道："哎，两位大掌柜，让他说，真要是胡说八道，咱们把他一顿大棍子打出去就是了！"王宗禹道："那徒弟就说了？"潘为严道："小顺，把大棍子拿来！"王宗禹道："东家，师傅，我倒是觉得，只要杨家敢开这个口，咱就给他！"潘为严大喝一声道："为啥？"王宗禹道："刚才师傅说，映雪大少爷说袁世凯的民国比今天还坏，多少人觊觎乔家的银子，乔家再打一个金人做聘礼，会惊动四方，给东家招来大祸，这话不错！""知道不错，还胡说？"王宗禹看他道："师傅，今天咱们不答应杨家，东家也不娶少奶奶,袁世凯一旦当国,他手下的人就能放过乔家吗?"高瑞点头道:"有点儿道理!往下说!"

王宗禹道:"还有,民国以后,东家马上要进行银行改制,外国银行制度最重要的三条,东家只认可第一条,就是公开募股,股权社会化。眼下中国这么穷,有银子入股银行的人不会很多,还有,一旦中国第一家晋商银行横空出世,各地票号马上会闻风而动,那时候人家更愿意入股哪家银行?"潘为严幡然醒悟道:"你想用这个金人替未来的第一家晋商银行打一个大大的广告?"王宗禹赶忙往后退,道:"师傅,徒弟就是这么一说,您老人家别当真。"映霁鼓起掌来。高瑞道:"潘大掌柜,宗禹这小子让您放到武昌独当一面,这几年还真长进了!"潘为严不说话。映霁道:"潘大掌柜,您总得有个——"潘为严道:"我说啥?连高大掌柜都被这小子说动了!那就闹得更大一点儿!最好把北京、天津的记者也请来!让东家和杨小姐成亲的大照片登上报纸,让全山西、全中国都知道!"映霁大力鼓掌,众人也都跟着鼓掌,王宗禹立马道:"我还是嫩,要办大事,还得我师傅!"

莲花和巧姑从雁门关原路返回,已经是第三天的中午。两人驰马来到一个三岔路口,巧姑看路碑,猛醒道,"姐,又到人谷境了,我们还有一件大事没做呢!"看莲花迟疑,巧姑又道:"姐,你不是还要见杨依依吗?不知道他和乔映霁是不是就要成亲了!你说过的,要是这样,你还有一件事情要让她知道!"莲花仍在犹豫。巧姑道:"乔映霁并不知道他遗传了母亲的病,现在就是个病人!杨依依更不知道!"这句话触动了莲花的心,她拨转马头道:"走,我们奔太谷!"巧姑道:"姐,我没猜错,你一路上还是忘不了他,担心他们成亲后杨依依会抛弃他!要是这样,我们为什么不直奔祁县见乔东家,把一切都对他讲清楚!他是你的,还来得及!"莲花痛苦道:"恩人临刑前我去看过她,她对我说过一段话。为了救中国,总要有人去牺牲……她要我答应她,只要活着,就只能沿着她为我指定的路往前走,不能回头!我现在回乔家去,就是半途而废,背叛了恩人!何况这几天中国发生了那么多大事,张大帅的预言都变成了现实!"巧姑叹息道:"真没想到事情变得这么快,民国政府在南京成立,孙中山先生就任临时大总统,武汉军政府宣布解散,张大帅和另外两位武昌首义的元勋孙武、蒋翊武先生通电下野,他们三个人全被排除在南京政府内阁名单之外。下面一定是袁世凯得到民国!姐,中国真的还会发生二次革命?"莲花道:"如果这次革命只能解决创立民国的问题,平均地权让老百姓有饭吃、废除不平等条约的问题一个也没有解决，就一定会有二次革命。袁世凯是旧势力的代表，他是不会做这些事情的！"巧姑不解道："中山先生怎么会这么容易就上了他的当？为什么？"莲花不回答，只是道："恩人的遗愿还没有完成，我不能离开革命。乔映霁的事今天一定要做个了断！我们走！"巧姑看她，莲花已经催马驰上奔太谷的官道。

太谷城中，媒婆已经在杨家站了一阵子了，小心看着杨景度道："进士老爷，乔家答应明天就把聘礼送来！"杨景度大叫："这不可能！乔家不会答应的！"媒人道："乔家说，聘礼到了，就要订日子了！"杨景度仍在大叫："不，决不！"男仆老六忽然跑进来禀报道："老爷，祁县的知县大老爷送信来了！"杨景度又叫了一声："拿过来！"接过信，不觉念出了声："乔映霁是不是革命党无法查实，就要民国了，就此结案。——混账！我要写信到朝廷里告他！"老六道："老爷，朝廷就要完了，您告不赢的！"杨景度又大叫："那我也不能把依依嫁给乔映霁！"李妈这时匆匆跑进来，道："老爷，门外头来了两个女人，说是小姐的朋友，要见她！"杨景度又冲她大喊起来："不，谁也不能见！"李妈突然低声道："可她们说，小姐见了她们，就不会再要嫁到乔家去了！"

杨景度吃一惊，看她道："啥……啥意思？"李妈低低对他耳语。杨景度吃惊道："乔映霁另有婚约？她们有证据？太好了！把她们喊进来，我见她们，要是真的，就让她们见依依！"李妈答应一声，转眼就引莲花和巧姑走了进来。杨景度也不寒暄，道："请问两位，你们真有证据？"巧姑看莲花，莲花点头。杨景度道："把证据拿出来给我看，不然，我不会信的！"莲花取出那个玉佩，道："这就是当年乔映霁的祖父乔致庸老先生给我的聘礼！"杨景度接过玉佩，仔细地看上面的篆文，认出是一个大大的乔字，抬头道："你真是乔映霁早年聘下的媳妇？"莲花道："是我。"杨景度大喜道："这个乔字我是见过的，乔家的生意，包括茶货上，全是这个字！李妈，带她们去见小姐！依依有救了！"

杨家绣楼的门被打开。依依吃惊地看着李妈带莲花和巧姑走进来，心中一动，吩咐道："关门！"李妈关门，从外面上锁离开。杨家书房里，杨景度走来走去，不时朝绣楼上瞅一眼，喊："老六，上面怎么样了？她们说完了吗？"老六快步跑进来道："还没有。快了！"杨景度又走动起来。绣楼里，借助窗外透进来的阳光，依依吃惊地看着莲花，她刚刚听完莲花对她讲出的话，半晌才开口道："除了这些，还有别的吗？"莲花深深看着依依道："这么说，即使你知道他是个病人，还是要铁了心嫁他？"依依忽然流泪道："现在不是我要不要嫁给他，我这会儿在想，如果没有我，谁还会嫁给她，一辈子不离不弃地照顾他！你吗？"巧姑急看莲花一眼。莲花心中激动，避开依依的目光，决绝道："我不能！除了乔映霁，我还对另一个人有过承诺！"她突然掏出了那个玉佩，道："这是乔家的聘礼，它不应当再属于我了，我把它交给你！"依依一时瞪大眼睛看玉佩，又看她道："原来你就是临江渡口那个小姑娘，你叫阿莲！"莲花快撑不住了，激烈道："快拿去！再耽搁一会儿，我就反悔了！"依依飞快地从她手里将玉佩取走。莲花的泪水瞬间就溢了出来，慢慢将空空的手收回去，脸色苍白，看依依道："好了，我的事情完了。杨小姐接受了乔家的聘礼，就是做出了承诺，你要照顾乔映霁一辈子！"依依飞快地回答道："当然！"一边把玉佩死死地攥在手心里。莲花又道："一生一世，不离不弃！"依依道："你走吧，不要再来，更不要见他！一生一世，除非死，才能把我和他分开！"巧姑焦急地看莲花一眼，责备道："姐，你不能就这样——"依依忽然大声催促起她们道："快走！再不走你们就走不了了！原来你们是为毁掉我和映霁的亲事来的，我虽说年轻，可我的心明镜似的！他不爱你，他爱我，可是你舍不得他，你想用这个法子让我害怕，可你错了，我不怕！不管过去发生过什么，今天正在发生什么，以后还会发生什么，我都会一直拉住映霁的手，勇敢地朝前走，多苦多难，依依扛得住！谁也拆不开我们！"见莲花站着不动，直冲着莲花的面大吼起来："你为什么还不走！除非我死了，不然你不要再来山西，我已经承诺过了，只要我活着，映霁一生一世都会幸福！你走！"

巧姑大叫："姐，她不能这么对你！"莲花努力忍住内心刀割般的痛苦，看依依道："最后一句话。不要告诉他我来过，更不要告诉他玉佩从哪里来！"依依道："我为什么要告诉他？让他知道你和他的事是真的，一辈子为没能履行你们的婚约愧疚？他是我的丈夫，我的亲人，我不会这么做！想用这个办法勒索他，得好处，找我来好了，我会让你满足的！此外再没有话可以讲了！请吧！李妈开门！送客！"门从外面被打开。莲花拱手道："告辞了！"转身就走。巧姑心中不平，大叫："姐，等等！你不是为这个来的！"她回头看依依，厉声道："真正跟乔东家有婚约的是我们，不是你！你有什么权力这样做？"依依毫不畏惧，看她道："我当然有权力。我的权力就是我爱他，他也爱我，不爱她！"这话让莲花又在门前站住了，她不回头，努力不让泪水流下来，欲言又止，最后还是大步走了出去。巧姑急急地跟出。依依努力控制不让眼泪涌出，走过去关门。门突然又被推开了，莲花重新走回来，脸色苍白。

依依诧异道："你……"莲花道："我忘了一件事。你一辈子都要记住,不能让他喝酒,尤其不能喝醉!"依依沉默地看着她。莲花转身跑步离开,不然她会在这个女人面前放声大哭起来的。依依"砰"一声重新把门关上,背靠门站立,眼泪汹涌而出。莲花、巧姑出了杨家,翻身上马,向城外狂奔而去,突然莲花勒马停下,拉马走进树林。巧姑跟上去,看着她,发现她正背着身流泪。

巧姑叫道："姐,不要骗自己了,你不止和他有过婚约,你爱他,过去爱他,现在仍然爱他,那为什么今天不去见他,却要走开? 我们现在就去乔家堡找乔东家!"莲花努力让自己平静下来,道："我不能……"巧姑道："还是因为恩人?"莲花道："我为了恩人,恩人为了谁? 恩人为了中国! 没有恩人就没有莲花,救中国和嫁给乔映霁,莲花只能选择一个!"她又流出泪来。巧姑一时说不出话来。良久,莲花拭泪,上马,回望晋中方向,心意已决,道："走吧,我好了!"她策马驰回官道。巧姑流着泪上马跟上去。两人慢慢地前驰。莲花突然又调转了马头。巧姑吃惊道："姐,哪儿去?"莲花已经平静,道："我们回太谷,找个客栈住下。我想亲眼看他娶了她!"巧姑道："这又是为什么?"莲花不答,已经纵马驰去。忽然前方一串马蹄声响亮,巧姑眼尖,大叫:"乔映霁!"莲花见了,急忙拉马下路,避开顺官道疾驰而来的映霁、小栓和王宗禹。三人很快就过去了,莲花、巧姑看他们远去,巧姑道:"他们这是去哪里?"莲花也不答话。

映霁这次是带小栓、王宗禹赶往双林寺。到了山门外,下马拍打。还是那和尚,将山门打开一条缝,伸出头来看他们三人,吃惊道:"阿弥陀佛。乔东家,又是你!"映霁道:"请师傅行个方便,我还要见我大哥!"和尚道:"走了!"映霁笑道:"不会,骗我呢!"和尚道:"真走了,留下一封信给乔东家!"他还是打开了山门,让映霁等人拉马进寺。三人随和尚进了映霁租住过的禅房,房中空空荡荡,什么也没有留下。映霁看完和尚交给他的信,怅然四顾,心中难过。王宗禹道:"东家,映霁大哥只想过自个儿的日子。人各有志,勉强不来。我们回吧!"映霁大声道:"大哥,我今天不是来逼你回去帮我的。我只是想请你回去喝杯喜酒!"他站了好久,才将信收起,转身离开。

三日后就是喜日子。这天午时,太谷城中,杨家大门外,映霁披红跨马,带着迎亲的队伍浩浩荡荡来到。一时间大轿落地,鼓乐齐鸣,看热闹的人山人海。街边自有一干闲人指指点点道:"乔家真有银子,杨家要一个和依依一样重的金人,眼睛不眨一下就送来了! 都说乔家富可敌国,看来不假!"

杨景度在祠堂内父母牌位前长跪不起,哭道:"爹,娘,给你们丢人了,儿子还是把依依嫁给了乔家,我辱没了祖宗,愧对先人!"李妈跑进来道:"大爷,迎亲的进了大门。大爷快请出去见新姑爷!"杨景度叫道:"我不见!请个亲戚代我应付……啊,还有,那个金人,让依依带回乔家!"李妈吃惊:"大爷,这件事全太谷,不,整个太原府都惊动了,都在估算值多少银子。就连北京的报纸,都登了这件事!"杨景度道:"世人都以为我杨景度贪图乔家的钱财,他们错了!我最恨这些商家,以为有了银子要什么就有什么!我向他们要一个金人,是为了我自己的妹子!天下就要大变,乔家会万劫不复!"李妈脸都白了:"大爷,大喜的日子,不吉利的话是不能说的!"杨景度道:"关门。听好了,这事只能你一个人知道!"李妈关门。杨景度道:"告诉依依,金人是我为她向乔家要的,今天我还当陪嫁让她带到乔家。你也一起陪过去,要让她记好了,那东西不管值多少银子,都不是乔家的,是杨家的,她自己的!万一将来乔映霁和乔家遭了大难,我也死了,就拿它换银子,过自己一辈子的日子!"李妈一时泪眼模糊,道:"大爷——"杨景度不回头道:"走!"

杨家大门外,鞭炮大响,鼓乐齐鸣。众人搀扶依依上轿,李妈一侧低声耳语了一番,盖头下的依依不禁心头一惊。司仪高声唱道:"吉时已到,新人上马,敬乐开道,起轿——"映霁重新跨上高头大马。大轿被抬起。迎亲的大队又山呼海啸般离开了杨家。两个时辰后,乔家堡外面的官道上,莲花和巧姑远远地停下马,望着迎亲大队进村。巧姑目光湿润,道:"姐,乔映霁真的娶了杨依依!"莲花道:"我们可以走了!"这次她的表情异常平静和决绝,调转马头就走。巧姑道:"姐,你来都来了,这里本该是你一辈子的家!"莲花斩钉截铁道:"快走!"巧姑看她驰远,只好跟上去。

乔家大门内外,花团锦簇,鼓乐喧天。胡管家、张妈、明珠等人簇拥着江雪瑛下了马车。景清、潘为严、高瑞急迎出来,拱手施礼,道:"恭喜江老东家。"江雪瑛颤巍巍道:"同喜同喜。两位大掌柜,景清,你们辛苦了。"潘为严、高瑞道:"应当的。"景清上前一步扶住她的手,惊奇道:"姑妈,您老人家怎么也来了,前几天不是说不来了嘛。"江雪瑛不高兴道:"前两天是前两天,这两天我想了想,还是得来。"景清不识相,又道:"那又是为啥?"江雪瑛道:"为啥?我得来看看映霁到底给他自个儿找了个啥样的媳妇,聘礼花了一个等重的金人!气死我了,谁家的丫头这么贵重,我来看一眼,要是不值,不管三七二十一把她一顿棍子轰走,聘礼拿回来!"众人笑。潘为严道:"江老东家,这恐怕不合规矩。聘礼已经送去了,就是新娘子不讨您的喜,您把人家轰走,聘礼人家是不退的。"江雪瑛道:"还有这规矩?要是这样,那就不让她走了,留下给我做使唤丫头,让映霁再娶个好的!"众人边说边走进了大门。江雪瑛忽然又站住,回头看着潘为严、高瑞道:"哎,对了,我来了,映霁拜堂的时候,让我坐哪儿呀?"高瑞道:"您老人家是至亲,又是长辈,德高望重,当然是坐客位的首座!都安排好了!"江雪瑛道:"错了。我问你们,乔家是谁的?"

众人忽然明白了,相互注视一眼,都回头看她。景清疑惑道:"那……姑妈是想坐主位?拜堂的时候,让两位新人给您磕头?"江雪瑛哼哼着道:"你知道我为啥改了主意要来?我想起来了,我才是这个家的主人,不是映霁的表姑奶奶,竟是映霁的亲奶奶,他们拜堂的时候,我不坐主位让他们给我磕头,难道让他们给你们磕头?"众人相视无语。高瑞道:"对对,应当坐主位,让东家两口儿给您老人家磕头。"江雪瑛这才说道:"进去吧。"众人继续簇拥着她走进了改做喜堂的厚德厅,在主位上坐下。

大轿转眼来到乔家门首,鼓乐大起,鞭炮震天。映霁下马,高兴地看着李妈、喜凤扶着依依下轿走出。小顺将一只烧得旺旺的火盆端过来,放在前面。众乡亲挤在两边看热闹,有人喊:"新娘子跨火盆了!"喜凤低声提醒依依道:"小姐,高抬步!"依依一脚迈过去,怎奈脚下不稳,就要踩到火盆沿儿上。映霁看着真切,一步上前架住她,依依两脚平安过了火盆。盖头下的依依向映霁投去了感激的一眼。映霁笑着和她相视,在众人簇拥着走进喜堂,并肩站立在那里,听候相的唱念,准备拜堂。盖头下,依依看一眼江雪瑛,发现她在主位上正襟危坐,俨然一家之主。侯妈忽然扶杨氏走进来,站在江雪瑛面前看着她不走。江雪瑛不自然起来,道:"啊,她是映霁的娘,让她在那边坐下吧。"侯妈扶杨氏走到另一侧主位上坐下,两边悄悄扯住她的手,不让动弹。

这时就听候相高声念诵:"恭维吉日良辰,天地开张。乔家君子,娶妻入堂。鸳鸯对鸳鸯,凤凰对凤凰。百年好合,五世其昌。吉时已到,新郎新娘拜堂!一拜天地!"依依忽然从吉服下伸出一只手,抓住映霁。映霁一惊,看她一眼。喜凤低声提醒道:"小姐快松开,人家会笑话的!"依依反而抓得更紧了。映霁明白了什么,低声道:"别怕,有我呢。"盖头下的依依松一口气。喜凤扶她跪下。映霁刚要跪下,目光一闪,人群后面,发现王宗禹闪身进门,看了他一眼,心中一动,再回头王宗禹已经不见。映霁定了定神,被人按住跪下,和依依磕头成礼,发现依依正从盖头下看着他,低声道:"怎么了?"映霁道:"没……没什么。"候相喊:"兴!"二人被人扶起。候相又唱道:"二拜高堂!"依依拉紧映霁的手跪下去。映霁又回头看了一眼,这次他没有再看到王宗禹,跪下去磕头。傧相三唱:"夫妻对拜!"映霁和依依对拜,依依仍然抓着映霁的手不放。映霁再朝门外一瞅。盖头下的依依一直盯着他的每一个动作。两人再次被人扶起。杨氏忽然清醒过来,看着二人,站起来大叫道:"映霁,这是你为娘娶的媳妇?"众人被她吓了一跳,急忙过去拦她。杨氏又推开众人扑过来,看江雪瑛道:"你怎么坐在这里?我才是她的娘!"江雪瑛天不怕地不怕,这时却讪讪地站起,强词夺理道:"我是她的表姑奶奶,当然——"杨氏一巴掌扇过去,打在江雪瑛脸上,很清脆的一声响,众人惊叫起来。映霁急忙上前抓住她,叫道:"娘,娘,您明白过来了?您不要这样!"杨氏不理江雪瑛,回看依依,脸上现出巨大惊诧,依依见了,急忙丢开映霁的手,扑过去跪在杨氏面前,抱住她道:"姑妈,不,娘,我是依依,我就是映霁给您老人家娶的媳妇!"杨氏忽然发作起来,两手抓住她,满脸惊恐道:"依依!你是依依!"回头就冲着众人大叫:"怎么又娶了杨家的女人!映霁,快把她打出去,不要再娶杨家的人!"江雪瑛刚挨了打,忍气吞声,要走,这时又站起来,看侯妈等人道:"还不快把你们太太请回去!"侯妈和一干老妈子急忙抓住杨氏,扶住离开。杨氏仍在大叫:"不要娶杨家的人!快把她打出去!"映霁回头把依依扶起,发现她两眼是泪。众人纷纷议论。江雪瑛急对傧相道:"礼成,快点!"傧相被提醒,急道:"礼成。送入洞房!"喜凤将一段彩缎拿过来,一端交给映霁,一端塞到依依手中。依依再次悄悄抓住了映霁的手。映霁发觉她在浑身打战,道:"依依,委屈你了,别怕,有我呢!"依依刚强起来道:"不,有你在我身边我就不怕!"映霁心中有事,忽然又回头朝外面瞅了一眼,还是没有看见王宗禹,依依抓紧他的手,含泪颤抖道:"就是有天大的事,你也先把我送进洞房!"映霁点头,拉起彩缎引着依依走出喜堂。众女人簇拥着这一对新人走向洞房。江雪瑛原地站着,看着他们离开。张妈和明珠看她,江雪瑛要走,又回头道:"扶我洞房瞅一眼去!"两人答应,扶起她跟着向洞房走去。

映霁转眼已经走出了洞房,来到二门外,发现王宗禹正朝大门外走,映霁几步赶上,一把抓住他,道:"快说,外头出了什么事!"王宗禹不说。映霁道:"快说话!是不是她们来了?"王宗禹道:"谁来了?东家这会子不在洞房里陪大奶奶——"映霁厉声打断他道:"别装糊涂!武汉方面的!"王宗禹看他,不说话。映霁已经明白了,叫道:"走了多久了?"王宗禹道:"一个时辰了!"映霁回头大叫道:"小栓备马!"王宗禹也叫:"东家,怕是追不上了!"映霁不理他,催促道:"小栓在哪里?快!"洞房内,依依顶着盖头坐床,喜凤和李妈刚在两旁站好,张妈、明珠就扶着江雪瑛走进来了。李妈急忙对依依道:"小姐,榆次何家的表姑奶奶进来了!"依依急忙站起,喜凤扶她跪下。江雪瑛上前道:"起来起来,这孩子,这么大的礼事!"依依道:"依依给表姑奶奶请安!"江雪瑛看她一眼道:"你请什么安!咱是新媳妇,头一天到他们家,人还没认全呢,不用请安。我就是不放心,进来看看你是个什么样⋯⋯好了,起来吧!"众人将依依扶起。依依道:"快给表姑奶奶看座!"喜凤、李妈答应一声,急忙给江雪瑛搬座位。江雪瑛坐下,看依依道:"好了,你也坐下。我刚刚说过了,今天头一天过门,人都没认全,你也犯不着给我看座。映霁跑哪儿去了,也不进来揭盖头,让孩子就这样顶着盖头见我,等会儿看我拿拐棍打他!"众人都笑了。

依依不笑,仍在床前侍立。李妈倒上茶来交给她,依依道:"表姑奶奶请喝茶。"江雪瑛被她的礼数搞得坐不住,站起来道:"罢了罢了,茶我也不喝了,我看也看过了。这个样子我们说话不方便⋯⋯张妈、明珠,扶我走!"张妈、明珠上前扶她出门。江雪瑛回头,发现依依跪下了,道:"依依送姑奶奶。姑奶奶慢走!"

江雪瑛有点儿怜惜她了,问:"哎,你这礼数从哪儿学的,这么多?要是我⋯⋯我当年要是也像你一样嫁到这个家来,头一天过门,才想不起有这么多礼数呢。快扶起来!"李妈、喜凤将依依扶起,江雪瑛又走回一步,上前揭开盖头一角,用手捏依依的脸皮儿道:"啊,表姑奶奶看见了,你是个好的!我放心了,一个等重的金人,值!"说完丢开手,转身就走。张妈、明珠跟出。依依透过盖头看着她们离开,长长地吐出一口气。喜凤道:"小姐,这老太太也厉害了,喜凤刚才差点儿被她吓死!"李妈道:"她就是在咱们全山西,不,全中国都大名鼎鼎的江雪瑛江老东家,当年她和这里老东家的事吵得沸沸扬扬,天下尽知!"依依忽然打断了她的话,对喜凤道:"快出去看看姑爷哪儿去了!"喜凤点头,又看李妈。李妈道:"你去吧,我守着小姐呢。"喜凤跑出去。

乔家大门外,江雪瑛已经上了她的西洋豪华马车。张妈、明珠同她一起坐在车厢里。江雪瑛忽然落泪。明珠问:"东家——"江雪瑛目视着前方,缓声道:"这姑娘比我命好,可也比我命苦。"张妈不解道:"东家,您说什么?"江雪瑛道:"女人为什么要嫁到乔家?嫁到乔家有什么好!走!"马车辘辘前行。

距离乔家堡数十里外的桃花山林中,莲花和巧姑正在喂马。远处马蹄声起。二人抬头看去。巧姑花容失色道:"是他!"只见一身新郎衣妆的映霁纵马顺官道驰来。小栓、王宗禹从后面飞马追赶,大着道:"东家!您快停下——"莲花飞身上马,对巧姑道："快走！"巧姑用乞求的眼神看她道："姐，现在还来得及！"莲花只道："走！"巧姑上马，二人驰往林间一条小路。官道上的映霁终于勒住马缰，失望地朝前方眺望。王宗禹、小栓追上来。王宗禹道："东家，我说过的，来不及！"映霁神情怅怅，无意识往旁边的林间一瞥，恰好望见正在驰离的莲花和巧姑，大叫道："她们在那里！"打马就追了上去，一边大喊："莲花同志，你等等！"巧姑看莲花一眼，莲花不回头，纵马向前狂驰，忽然前面无路可走，不得已拨转马头。映霁已经追了上来。莲花看他心情一变。巧姑闪在一旁，让映霁驰马过来。映霁看莲花，大叫道："莲花同志，真是你！为什么来到了乔家堡，又要一声不吭离开！"莲花道："因为我来得不是时候！"

映霁皱眉道："前不久你已经回了武汉，怎么现在又到了山西，来到了乔家堡？"莲花道："当然是来执行使命，现在事情结束了！"映霁道："我是问你，为什么会来到乔家堡？"巧姑忽然开口："莲花姐带我来乔家堡，是有原因的——"莲花急忙拦住她道："巧姑！"一边又回头看映霁道："我和巧姑二次来到乔家堡，自然也是奉张大帅之命，传一句话给乔东家！只是来得不巧，你正在娶你的意中人！"映霁心惊，大声道："快讲，张大帅有什么话要传给我？这件事情说完，我还有大事问你！"莲花道："大帅说，一旦中国需要二次革命，需要你的帮助，请不要忘了当年加入中国同盟会的初心！"

映霁皱眉，盯着她道："这些天我听到的是另外一些消息。我的表叔水元楚是北方和谈代表，他来信说，虽然袁世凯会在清廷退位后接替中山先生任民国临时大总统，但仍将实行民国临时约法，保留国会，行民主宪政。他认为如此一来，中山先生功成不居，就是中国的华盛顿；袁世凯居大位而行民主政治，避免中国出现法国大革命后流血漂杵的局面，将会成为中国的拿破仑！他们两位都会名垂青史！"莲花道："我认为你这位表叔也太会为袁世凯涂脂抹粉了！"映霁道："可我却认为，张大帅对时局和中国未来的看法太悲观！"莲花心中悄然怒起，道："乔映霁，我已经把大帅的话捎到了，就此告辞。巧姑，我们走！"她拨马就走。映霁拦住路急道："慢！虽然今天是我的大喜之期，但我……但我还是要最后问一句，莲花同志究竟是不是阿莲？"这一刻巧姑急看莲花，她多么盼望后者能够一句话说出埋藏了十八年的真相，可听到的却是另一句话。莲花努力自持道："乔东家今天娶了意中人，居然还能想到阿莲，我是应当替她感激你，还是该为她恨你！莲花有两句话回你，第一，再说一遍，我不是阿莲；第二，告诉你和新婚的少奶奶一个安心的消息，不用惦记阿莲了，阿莲不在人世了！她死了！"一时间映霁和巧姑都用难以置信的目光看着她,映霁勃然变色,几乎大叫起来:"死了? 怎么死的! 在哪里死的? 为什么会死? "莲花用决绝的声音道:"被人贩子卖到武昌鹦鹉街百花巷七十三号梨花院的当天就死了! 因为她不想在烟花巷里活下去! 巧姑,我们走! "说着驱马便走。巧姑什么话也说不出来,跟着她沿林间小路走上官道。映霁一时悲塞胸臆,阿莲已死的事情虽然过去他也想到过,但是今天亲耳听到,他的心仍然像突然受到雷击,有一会儿竟然支撑不住,只知道一动不动地驻马站立,没有意识到莲花和巧姑已经从他身边驰马离去。小栓和王宗禹赶了上来,看映霁眼中猛然涌出了泪花。王宗禹大叫道:"东家,您怎么了? "映霁猛地清醒过来,大哭道:"阿莲死了! 她死了! 我害死了她! "没等王宗禹、小栓反应过来,他再次催马赶了上去,大喊:"莲花同志等等,我还有话说! "

　　莲花、巧姑已经上了官道,回头看映霁追出林子。巧姑看莲花,为她此时脸上现出的坚定强大和决绝的表情所震撼。莲花用严厉的目光看着追上来的映霁,厉声道:"你还有什么话说! "映霁拱手道:"第一句话,两位回到武汉后请禀报张大帅,如果真像他说的那样,未来的中国需要二次革命,乔映霁绝不会忘记当年加入同盟会的初心! 但是——"莲花警惕地看他:"什么? "映霁大声道:"但是我也有一句话请你捎给张大帅! 为了中国,无论是张大帅还有我们所有的中国人,都应当给民国一个机会。不到迫不得已,不应该再有二次革命! "莲花心情已变,恨恨道:"这就是你要对张大帅说的话? "映霁坚定道:"对! "莲花拨马又走。映霁道:"第二句话! 你不想听了吗? 这句话和革命和袁世凯都没干系,只和一个人有干系! "莲花心中一动,又回头看他。映霁道:"莲花同志,巧姑小妹,你们俩一定知道阿莲埋在什么地方。我想请你们回去后到她的坟前替我祭奠她,告诉她一句话! "巧姑急看莲花。莲花艰难道:"一句……什么话? "映霁道:"乔家过去错了,如果能挽回,乔映霁愿意舍弃自己的性命,但是不能了! "巧姑忽然开口:"你怎么知道——"莲花立即打断她道:"你不要说话,听他说完! "映霁泪水又要流出来,道:"我真正要你们对她说的是,乔家不会再犯这种错误了! 不但不会,我还要发誓,用不了半个月,我就会回临江去恢复茶路,重建茶山! "王宗禹和小栓追上了官道,看映霁的脸色,十分吃惊。莲花心中纵是再有万语千言,也只能最后看映霁一眼,喊了一声:"告辞! "带巧姑催马飞驰而去。映霁久久望着二人远去,想起死去的阿莲,眼睛再一次湿润。小栓回头道:"东家,人走远了,回吧,新娘子还等你入洞房呢! "映霁拨转马头驰向乔家堡。小栓、王宗禹跟上去。在他们身后，莲花一直纵马飞奔着，巧姑从后面急追，大喊："姐，等等我！"突然，莲花驻马，走下官道，扑向林间，紧紧抱住一棵树，无声地大哭起来。巧姑下马，紧紧地从背后抱住她，再也忍不住悲伤，和她一起大哭起来。良久，巧姑才抬头道："姐，我全都看见了……其实我觉得——"莲花拭泪道："什么？""我觉得乔映霁刚才的话不一定都是骗我们！"莲花重新恢复了镇静与决绝，道："不要说了，我和他的事情今天真正了结了。从此以后他是他，我是我。我们走！"边说边拉马离开。巧姑也拉着自己的马跟上来。二人上马，巧姑问道："姐，我们去哪里？"

莲花目视远方，心情一时竟有些茫然和凄楚，半晌才道："我们现在不必急着回武汉。我想重回一趟临江，这可能是最后一趟回去了。"巧姑道："乔东家说他不出半个月，就会回临江重建茶山，重开茶路！"莲花摇头道："不是为他！我想最后再回一趟临江，给爷爷上坟，就浮江东下，去南京找中山先生！以后很可能再也不会回到那里了！"巧姑点头。二人向前方纵马驰走。

天完全黑下来了，乔家新房内，喜烛高烧，依依仍然顶着盖头坐在床上，喜凤一旁侍立，不时焦急地朝窗外看一眼。依依道："还不再出去问问，姑爷什么时候进来！"喜凤道："小姐，我都出去问过二遍了。姑父在外面侍候各位亲朋吃酒，马上就进来！"依依想起了一件事，一惊站起道："快出去告诉他们，不要让他喝酒！有人告诉过我，他不能喝酒，尤其不能喝醉！"喜凤吃惊道："姑爷是男人，又是新婚大喜，亲戚朋友相与什么的都来贺喜，他不应酬几杯酒怎么行？喝两杯就喝两杯，哪里就能醉了呢！"依依越发焦躁起来，又不能明说，只是道："不能！这话有人告诉过我，一定有它的道理！快去呀！"喜凤不得已，答应一声走出去。依依坐立不安起来，一时间又趴上窗户朝外面张望。忽然，她听到了脚步声，原来是喜凤将喝得大醉的映霁扶进来。依依一把扯下盖头，上前接住，责备道："哎呀瞧瞧这些人，怎么让他喝成这个样子了！快扶到床上去。"二人扶映霁上床躺下。依依转着圈道："让我想想！对了，外面有人在吗？快让人传一碗醒酒汤进来！"门外有人答应一声。喜凤回头将合欢汤端过来，道："姑爷和小姐还没喝合欢汤呢，都凉了！姑爷刚才也没给小姐揭盖头。喝了合欢汤，早生贵子，多子多福。"映霁忽然折起身子来要吐。依依急忙扶住他，又对喜凤喊："快拿东西接着！"喜凤一时到处乱找，慌道："用啥东西接呀？"依依急道："你手里是什么？"喜凤道："小姐的盖头！"依依道："盖头就盖头，快拿过来！"喜凤道："弄脏了多可惜！"依依道："盖头贵重还是人贵重，快拿过来！"说着一把抓过来，捂在映霁嘴上，心疼道："吐吧！吐出来就好了！"映霁就伏在她手里一口口地呕，却吐不出来。依依又冲喜凤喊："快找引吐的东西！"喜凤跑走又回头道："啥东西引吐呀？"依依道："我哪里知道！他们男人在外头喝酒，问问他们喝醉了拿什么引吐？"

喜凤忽然想起来道："小姐，有一个东西——"依依道："快说！"喜凤道："无论是什么东西，汤汤水水，只要是臭的，让他喝一口，就吐了！"依依道："比方说——"喜凤道："喜凤不能说！"依依道："这时候了还什么不能说，说呀！"喜凤道："我们村有一个老先生，他给醉酒的人下引吐的药，是茅坑的大粪汤！"依依道："呸！"映霁"哇"一声吐出来。依依不恼，反而高兴，紧紧抱住他道："好了，吐了，吐吧，都吐出来！阿弥陀佛！"喜凤急中生智，把个盛子孙饽饽的笆斗倒空，拿过来让映霁对着吐。映霁吐了一阵子，直到没什么可吐了，才闭眼躺回到床上。屋子内臭气熏天。依依和喜凤一扇扇打开窗户，一边在鼻子前扇风，让秽气散出去。

侯妈端一碗汤进来道："少奶奶大喜，少奶奶给东家要的醒酒汤来了！"依依道："谢谢侯妈，喜凤接住。"侯妈道："少奶奶可不要这么说，侯妈是下人，这碗汤做迟了，因为……因为厨子也喝醉了，好歹叫醒一个，半天才做出来！"依依道："谢您了。"侯妈看一眼床上的映霁道："少奶奶这里要是没事儿，侯妈就下去了。"依依点头，看她离去，方回头对喜凤道："来，帮我把姑爷扶起来，我们喂他喝醒酒汤！"说着麻利地脱鞋上床，扶起映霁。喜凤端着汤，一边吹，一边舀一勺送过来。映霁忽然醒了，一把抓住依依的手道："不！你来喂我！"依依的脸一下就红了，低声对喜凤道："你出去！"喜凤看着依依不走。依依道："叫你出去！"喜凤急忙答应一声，放下汤碗退出去，从外面掩上门。侯妈及一干丫头老妈子正趴在窗棂下偷听。喜凤吓了一跳道："你们干啥呢？"众人都笑道："东家大喜，我们听房根呀！"喜凤道："不行不行，我们小姐可胆小了，你们会吓住她的，快走！"众人不走。一名老妈子还道："喜凤姑娘，听听房根怕什么，你也来听！"喜凤道："我才不听呢，羞死人了！都给我走！"侯妈等众人一股劲儿地羞臊她。喜凤待众人离开，仍然捂着脸站一会儿方才走回自己住的耳房。

新房内映霁酒似乎醒了大半，蹒跚着下床，走过去闩上门。依依看他，吃惊地问："你没醉？"映霁几步走回来，一把将她抱起。依依脸色大红，娇嗔道："干什么……"映霁舌根发硬笑道："你是不是……真以为我……喝醉了？其实……平时我就是不喝，真喝起来，他们哪一个……都灌不倒我！你别动，我这就走几步……你看看！"依依害怕道："快把我放下来，你行不行啊？"映霁打了一个酒嗝道："我怎么不行！"坚持抱住依依,一步步走向婚床。烛光下二人贪婪地对视,一时激情四溅。映霁动手为依依解衣,依依挡住了他手道:"你真的没醉?"映霁道:"我说没醉就没醉!"依依相信了,道:"阿弥陀佛!"任由映霁为她解开嫁衣,现出大红的胸衣。映霁扑上去亲吻,依依不觉闭上眼睛,小声呻吟起来,回手帮映霁解衣。这时门突然被打响,二人失色,一起回头望去。映霁怒道:"谁?天塌下来都不要来打扰我们!"门外头传来喜凤的声音道:"姑爷,二门外急传进来的,说是祁县城关水家元楚大少爷又从扬州写快信来了!"映霁一惊道:"元楚……表叔的快信?"喜凤道:"是!"依依也听清了,急看映霁道:"水元楚?就是那个从小在你们家长大、六岁就能背《文心雕龙》的神童?"映霁大叫:"就是他!"他跌跌撞撞地下床,跑去开一条门缝把信接回来,重新闩上门,匆匆凑到喜烛下将信拆开。依依披衣过来同看。映霁一目十行地将信看完,不觉心情大快。依依看他道:"怎么了?"映霁回手再次猛地将她抱起道:"天大的好消息!元楚表叔说,大清皇室接受了南北议和的结果,皇上就要宣布逊位了!两千年的帝制终结,民国诞生了!"依依道:"可有人说接下来是袁世凯做民国的大总统?"映霁道:"中山先生高风亮节,功成不居,为了中华民族不再流血,将民国临时大总统让给了袁世凯,但是民国临时约法、国会、宪政,全都不变!依依,三天,我陪你过三天,然后回门,就开始准备……做我要做的大事!"说着又和依依热吻起来

一时间依依止住他问:"你还没说什么大事呢?"映霁道:"一件是跟高大掌柜一起去临江重建茶山,恢复茶路,还有一件是立即着手进行票号的银行改制!"依依心中一动道:"你又要去临江?"映霁激情四射道:"我还没说完呢。元楚表叔信中说,和谈双方代表还另外议决了许多事项,袁世凯成为临时大总统后,不但要实行同盟会纲领和民国临时约法,孙先生宣布的其他大事也要立即照办实行,其中最要紧的是三件大事!"依依看他认真,急道:"哪三件?"映霁道:"一是废除鸦片战争后和各国签订的所有不平等条约,让中国商人和外商公平经商;二是制订中国工业化的时间表,其中就包括实现金融业现代化,推动中国的工业化和经济发展;三是废除各地厘卡,减轻税负,为全国商人把商路全部打通!"依依笑道:"我觉得这些消息比让你娶了媳妇还高兴。"映霁更紧地抱住她,又是一阵急雨般的亲吻,大声欢喜道:"依依,你还不明白,这就是革命的成果!革命成功,下面就是建设的时代,我们的时代!过去商路不通,天下商人想为建设中国做任何事情都不能!现在好了,中国商人在全中国和全世界的市场上为国争光扬眉吐气的日子到了!"依依深情地看着他,有顷,

突然道："我也要跟你去茶山！"映霁爽快道："中国进入民国，就是进入了新时代。没什么不可以，你要是想去，就跟我一起走！"依依马上道："说定了，不能反悔！"映霁借着酒兴大言："我？反悔？不会！"依依见他高兴，在他怀里撒娇，又道："还有，不准再喝酒！"映霁看着她，激情难耐，亲一下道："只要你不让喝，我就不喝！"回头"扑"一声吹熄了床头的烛火。

第十六章

在以后短暂的一生里,依依一直不会忘记这个奇异的夜晚发生的事情。新婚的激情过去,婚床上波翻浪卷。映霁香甜地睡去,依依自己也伏在心爱的人身边睡着了。不知过了多久,也许只有一个时辰,一直沉睡的映霁忽然坐起来,在新房内剩下的唯一一盏烛光的映照下,他像个盲人,又像个幽灵一般摸索着披衣下床,向前走去,忽然又走了回来,望着深睡中的依依,突然将脸深埋在依依脸上,喃喃开了口:"阿莲,你为什么不醒? 我知道你真的是我的媳妇……那年除夕,我爷爷和你爷爷给我们订了终身,可这件事只有你知道……"他不知道自己落泪了,眼泪就落在了依依脸上。"一转眼你长到了十六岁,我也长大了,不是没有人给我说亲,是爷爷不让……爷爷为什么不让,我那时还小,没有理会,现在想起来,全明白了。他早就为我订了亲,我的太太就是你,他一辈子从没有做过失信于人的事,怎么会另外给我订亲呢……"依依已经醒过来,猛地意识到发生了什么事情,故意闭着眼睛不睁开。"……为什么乔家所有人,连榆次的江家表姑奶奶,都不知道这件事? 今天我也想明白了,爷爷不想让她们知道, 是怕有人阻拦……一旦把这件事说出来, 别人就会说门不当户不对,这个那个,他们不知道爷爷的心……爷爷的心我知你知,你爷爷知,但这样的心事怎能对外人提起? 就是江家表姑奶奶也不成,爷爷怕她那张嘴,会马上把事情吵得天下皆知……"依依浑身紧绷,咬牙闭眼听下去,又听映霁道:"如果爷爷不是突然去世, 他老人家一定不会等到今天……今天是我们的新婚之期……这是你的婚床……你现在真的成了我的妻……她们说你死了? 我怎么会相信……我还活着,我是你的夫,乔家就是你的夫家……临江渡口没有了,你还有我,还有乔家,你那么喜欢我,就是真遭了难也不会忘了我的……你就是真在武昌开枪打死了我,也还是因为你没有忘了我,你恨我,可你也一直在保护我,没有你我早就死在别人枪口下了……这些我都知道……莲花,你就是她……"依依浑身颤抖,难以自持,眼泪眼看着就要溢出来。映霁已经不看她了,他现在看的是远方。"……前些天我在临江渡口看到的女子就是你……我又不是傻子,那里的房子全烧掉了,不是你和我,谁还会记得它,深更半夜走到里面去……我只恨我没有一直牵着你的手,把你扯回来,一直扯回山西,扯回乔家堡,扯进乔家,扯进这间洞房,一时一刻也不丢开……乔映霁心里不是没有你,自从我听说我们可能有过婚约,我心里就相信了,这件事是真的……你瞧,今天夜里我们终于入了洞房……"他一种无比怜爱的神情重新低下头,将依依紧紧地搂在怀里,小鸡啄米式地吻着,为梦中的满足深深感动着。依依泪流满面。一时间她又听映霁看着她道:"阿莲,你哭了,别哭……现在好了,你回到家了,再也不用害怕刘小七那些山匪了,不要害怕武昌鹦鹉街百花巷七十三号的青楼了……从今天起我要把你放到心坎上,疼你,爱你,保护你,一生一世再也不让你受到惊吓……乔家不像人讲的富可敌国,但我一定让你一生衣食无缺,安静,快乐,幸福,直到我们一起白头老去……"依依在她怀里剧烈颤抖起来,仍然不敢睁眼,也不敢说话。

映霁盯着她道:"好吧,睡吧,就是现在,你还在发抖……不要……再也不要了……永远也不要了……你不要醒,这样就很好。老人们都说,只要是亲人,就是在梦中说的话,他们之间也会听到的……你好好地睡吧,一觉睡到天亮。我会一直守着你,不让你再做噩梦,永远不做……"他将依依重新放回去,盖好被子,真的在她身边坐下来,看着她睡。依依的眼泪忽然情不自禁地涌出来。映霁下床,吹灭了房间里最后一支喜烛,因为窗外已经亮了。

三天后的官道上,一辆马车在缓缓行驶。早春的野外阳光万里,空气清新。小顺赶着马车走。车中的映霁和依依依旧身穿婚衣。映霁躺在依依怀中,享受地闭着眼睛。依依要扶他起身。映霁阻止道:"别动,就这么抱着我。"依依道:"今天回门,我哥哥故意躲开不见你,你没生气吧?"映霁道:"怎么会呢?他不出面我反而高兴,我最怕见他这种有大学问的人了,万一他突然跟我拽起文了,我就完了!"依依娇嗔道:"呸!平日里跟我说嘴,什么你们乔家长大的孩子里,水元楚第一,你第二,真牵到磨上就没有驴了!"映霁道:"错了!现在不这样排了,我第一,水元楚第二!"他哈哈大笑。依依道:"人家是状元,凭什么人家第二?"映霁道:"他这个状元一辈子除了在日本做过三年公使,鼓动晋商从英国人手里买回了阳泉煤矿,剩下也就是写了些花拳绣脚的文章,于国于民没有大用,我就不同了,马上就要出手进行银行改制,重开万里茶路,汇通全球货通全球,乔家将来会成为中国的洛克菲勒、摩根、罗斯柴尔德!"

依依忽然道:"快看,雪化完了,桃树和杏树枝上都鼓起花蕾了。"

映霁道:"怎么了,什么事不痛快?"依依道:"你什么时候走?"映霁道:"去哪里?"依依道:"临江茶山呀。不是要去恢复茶路,重建茶山吗?"映霁答道:"很快。但还不会马上走。走前我要先去会会祁县的几位大东家,探探他们的口风,有没有可能答应和乔家一起联合将票号改制成第一家中国晋商银行。"依依不语。映霁道:"怎么又不说话了。"依依道:"你答应过我的,要带我一起走。"

映霁故意岔开话题道:"元楚表叔又来信了,袁世凯和南京民国政府的交接协商很顺利,袁答应到南京就任临时大总统。这样我更不担心了。大清逊位,中国今年正式进入民国,开始用西历纪元,记住,今年是一千九百一十二年。"依依道:"什么事你更不担心了?"映霁道:"袁世凯呀!有人对我说,革命成果落到袁世凯手里,中国仍然需要一场革命!现在袁世凯答应去南京就职,南京是革命党人的大本营。按照民国临时约法,大总统的一切权力都要受国会约束,他要做任何事情都要经过国会批准。那他还有什么?就是个民主宪政的具位总统罢了,中国将进入一个真正的宪政民主时代!"依依还是不说话。

映霁道:"你不快乐,我没做错什么事吧!"依依道:"我没有不快乐。问你一件事,你可不要瞒我。"映霁道:"什么事我会瞒你?"依依道:"我过门那天,拜完天地,把我一个人扔洞房里,跑出去,两三个时辰才回来,去见谁了?是不是有人来过?"映霁心中一动,不动声色,坐起来道:"想起来了,潘大掌柜来了,生意上的事。乔家有规矩,生意上的事女人不能过问。"依依不再说话。映霁看她道:"不相信?"依依道:"真的不是她来了?"映霁一惊道:"谁?"依依又不说话了。映霁也不再说这件事,吹口哨,道:"哎,我跟你说件事。这些天跟你在一起,什么也不想干了,一辈子就想这样。"依依突然道:"你要去临江,还要重开万里茶路,走万里茶路一定要经过武汉,这些地方我也要去。"映霁虚应道:"现在是新时代了,男女平等,你真不怕出了门受苦,我不拦着,巴不得呢。"他不认为在他和阿莲的事情上依依会知道得比他告诉她的更多。依依的脸一红,高兴道:"呸!"可一转眼笑容又落下了,道:"可是娘怎么办?你一走不知道什么时候回来,我要是再走,娘交给谁?还有这个家,进了门才知道有那么多事要我料理。还有——"映霁回头攥紧了她的手,目光里面充满了爱怜和感激,道:"依依,因为我娶了你进门,娘的病忽然间就好了许多,几天都不太犯病了。家里事情又多,你进了门又当媳妇又当家,真要离开,不是我舍不得,是娘舍不得。"依依的目光投向远方,道:"那我就不跟你一起走。等我把家里的事打理出一个头绪,娘的病更好一点儿就去找你。我一定要去武昌城。那里有我一个亲戚。"映霁看她一眼,心里起了一点警惕,道:"你在武昌城里还有亲戚,谁?"依依道:"这你不用知道。要是有机会,你带我去武昌,我一个人去看她。"

马车慢慢前行。映霁忽然开口道:"洞房那天我喝了酒,后来是不是出事了?"依依不动声色道:"什么事?没有!"映霁不相信道:"真的?"依依道:"你甭多想,你就是喝醉了,也不是娘那样的病。你和我哥一样,喝了酒有时候夜游。"映霁还是吃了一惊:"夜游?"依依看他,平静地一笑道:"夜游也是病,可不重,醒了就什么都好了。我哥比你还厉害呢,喝了酒夜里自个儿起来扫院子,天亮了还夸我们家老六,说他变勤快了,这么早就把院子扫了。"映霁心中一阵狂喜,道:"我的天,原来——"依依忽然回头道:"马蹄声!有人追上来了!"果然身后马蹄声响亮。依依看映霁道:"我们的好日子是不是要结束了?"映霁回头,果见王宗禹飞马赶到,大喊:"东家,潘大掌柜要你马上到总号去!"映霁道:"什么事?"王宗禹道:"大事!"

映霁当下就和王宗禹换了马,直奔祁县大德通总号。潘为严、高瑞正在大掌柜室里等,见映霁三步两步奔进来,二人站起道:"东家,北京城李大掌柜来了正式消息!"映霁道:"快讲!"潘为严道:"皇上就要正式退位,诏书是大清最后一位状元张謇起草的,由孙文任临时大总统的中华民国临时参议院通过,但加上了一句:'即由袁世凯以全权组织临时共和政府。'东家,您花了数百万两银子,脑袋别在腰带上参加的革命成功了,统治中国二百六十八年的大清王朝宣告终结。中华民国政府成了全中国的中央政府!"映霁道:"好!"高瑞道:"东家已经知道了?"映霁道:"是。元楚表叔昨天来信说了,二月十二日发表退位诏书,十三日中华民国临时大总统孙文提出辞呈,推荐袁世凯接任。两天后中华民国临时参议院选举袁世凯任临时大总统,议决临时政府设在南京,电请袁前去受职!"潘为严道:"中国的天真变了!做梦一样!我们怎么办?"映霁道:"两位前辈,我们商量过的事情可以动了!"

潘为严道:"东家坐下,说说你有什么最新打算?"映霁道:"我陪高大掌柜先去临江,现在是早春,重建茶山的事情如果顺利,今年还能收一季晚茶!我们走后,请潘大掌柜做两件事,一是召集这一阵子从江南撤号的各分号大掌柜开会议事,事情也有两件,一件是政局一旦稳定,马上回去恢复票号,同时着手准备进行银行改制;另一件事是所有票号马上回头另立一个茶庄,经营茶货!未来我们的茶货生意不是要恢复，更是要做大，大的意思又有两层，一层是量大，另一层是质高，从一开始就做出世界上最好的茶，当然还要价廉，从质、量、价三个方面打败对手，占领世界市场，争取十年内一统天下。这靠一座武夷山和一座临江茶山就不够了，我的想法是在江南产茶的各省，每家分号都着手建一座临江一样的茶山，采用当今世界上最新的制茶工艺，以最先进的市场标准制造出新的乔家精品茶！"潘为严道："事情做起来倒不是太难，只是开办这么多茶山，要投入大量本钱！"映霁道："前期的投入我来解决。请潘大掌柜做另一件事，是在我和高大掌柜去打理临江茶山、恢复茶路的日子里，马上着手推动联合晋商票号进行银行改制。这里面也有两件事要拜托，一是代我和晋商各大票号的东家见面，谈合作；二是和太原分号何大掌柜、北京李大掌柜、天津侯大掌柜、武昌王大掌柜，特别是王大掌柜，就银行改制拿出一个能让各方满意的章程。"

潘为严道："东家要我去说服相与联合进行银行改制，当然我们要先拿出个章程，人家觉得合适才会和我们合作，这时候不该是我去见他们，应当是东家亲自去求见并且说服他们。不然，就现在，空手说白话，不管是我去还是东家出马，都没用。"映霁笑道："前辈说得对！我们要做的是又一件中国开天辟地没人做过的大事，比汇通天下货通天下还要大，说心里话我也没谱，好在有两位前辈在，还有包头的马大掌柜，我就不怕碰得头破血流了！"

潘大掌柜忽然看他道："东家，您说到马大掌柜，我刚刚收到他儿子的信。"映霁看着他和高瑞的神情，不觉笑容落去，道："怎么？马大掌柜不好？"高瑞道："马大掌柜的儿子马小荀给潘大掌柜写信，说他父亲近来吃遍了多位包头大夫和我们请去的山西名医的药，不但没见好，近来又添了半夜咯血的病症，这不是不好吗！"映霁焦急道："这怎么办？虽然这些年包头复字号的红利越来越少，可它到底是乔家的根基。再说我讲过的四件大事中还有一件大事，要等马大掌柜回来交给他办呢！"潘为严道："东家还是没有忘记在全国开新式的大卖场？"映霁振奋道："对！"

高瑞道："当年老东家请二十八岁的马大掌柜做复字号大掌柜，轰动一时，马大掌柜感念老东家的知遇之恩，一辈子对乔家忠心耿耿，任劳任怨，真有点儿诸葛亮《出师表》上写的'鞠躬尽瘁，死而后已'的意思，他要是有个好歹，怎么办？"映霁道："包头的大夫不行，就换北京的、天津的，中国的不成，换西医！包头是个苦寒之地，干脆请他去北京和天津外国人的医院住院，不要怕多花银子！"潘为严道："这个主意好。我马上写信，把东家的意思告诉马大掌柜。东家，我这里还有一件事！王宗禹问我能不能换个地方去当分号大掌柜？"映霁惊奇："什么，宗禹要换地方？"潘为严喊："宗禹，你自己进来说！"王宗禹立即就跑了进来。映霁看他道："你什么意思呀？这回我和高大掌柜一起去临江茶山，完了还要去疏通江南茶路，本想拉着你一起走一趟，你又打起了自己的小算盘……打算去哪里？"

王宗禹笑道："东家，是这样……我过去一直跟着师傅们在北京、太原跑街，后来又到武昌分号当差，从没有到过沿海的大码头。就是您从广州回来，回山西的路上，我听了您的一些话，让我起了这个心！"映霁道："怎么扯上我了？你起了什么心？"王宗禹道："我想求大掌柜让我到天津分号跟侯大掌柜学一阵子生意。"映霁道："你是大掌柜，侯大掌柜也是大掌柜，你就甘心给他当二掌柜？"潘为严道："宗禹的真正想法是到天津的外国银行和洋行当一阵子学徒。"映霁笑容落下，看王宗禹道："原来你想离开乔家，到外国洋行和银行当买办。乔家挣钱少，留不住你了？"王宗禹看潘为严和高瑞，又看映霁，笑道："东家，这就冤枉我了。东家马上就要大力推动晋商票号的银行改制，我要是不赶紧去外国银行和洋行学一学，将来乔家还要我吗？"映霁吃惊地看着他，忽然大叫一声："哎呀！"高瑞道："怎么了？"映霁道："这些天我的心在别处，竟把一件大事给忘了。两位前辈，王大掌柜今天提醒了我！"

潘为严道："东家，什么大事？"映霁道："人才！我们马上就要进行银行改制，将来要做的是汇通全球货通全球的大生意，需要大量懂现代银行经营、和外国人做大生意的人！"潘为严道："所以他才想去外国银行和洋行当学徒，偷师学艺！"映霁道："这是大事，让我想想。王大掌柜，这样行不行，我们现在就请潘大掌柜、高大掌柜从咱们自己票号里挑一批年轻的掌柜和伙计，由你带着，一起去天津找侯大掌柜，让他安排你们都去做外国洋行和银行的学徒！"王宗禹大喜道："东家圣明！我早就有这个念头，可是不敢说！我什么人哪！"映霁看他道："以后这样的主意想出来了马上说！你什么人哪，包头马大掌柜二十八岁就当了复字号的大掌柜，你比他还大了几岁呢！两位大掌柜的意思呢？"潘为严道："我觉得好。凡事预则立，不预则废，办什么大事人才都是第一位的！"映霁又看高瑞。高瑞道："离开北京前我有过这个想法，还跟天津的何大掌柜聊过，他说他可以安排我们的人去，但日子不能太长，太长了人家会发现的！"王宗禹道："时间不会太长，我琢磨着有半年够了！"映霁兴奋道："高大掌柜，咱们晚走几天，说做就做，大德通的人潘大掌柜挑，大德恒的人你挑，还有我们乔家,同辈的兄弟,这次回来见他们都长大了,不能总吃闲饭,该出门去历练了!这件事我自己回去办。然后王大掌柜一总带上他们去天津卫!王大掌柜刚才说有半年就够了,我想这段时间我们联合各票号创立第一家晋商银行的事也该有了眉目,这些人一回来就能接手!好!"人一时都十分兴奋。映霁喊:"小栓,拉马!我们回乔家堡!"众人送映霁出了大德通总号大门,上马飞奔而去,高瑞回头道:"潘大掌柜,想到了什么您?"潘为严不觉感动道:"想到了老东家……他做这些大事的心胸和气魄,太像老东家了!"高瑞也感慨道:"我都老了,以为再也碰不上大事了,没想到,这一下都来了!"王宗禹道:"两位师傅,徒弟能不能泼点儿冷水?"潘为严道:"可以,但不能光泼冷水,要想办法,将这一锅冷水烧热,让它变成一锅滚开的水!"

祁县城西关外一座破落的院子里,瘸了腿的望百正在朝前方一个草人上频频放枪。望实跑出屋看他,大惊失色,冲上来用力夺下他的枪。望百大叫:"你干啥?还给我!今天我要把枪里的子弹打空,一颗也不留!"望实提起枪转回去。望百大叫:"回来!"望实回头道:"你忘了你的腿怎么折的了?刚刚能下地,又不安生了!"望百道:"我知道你有一肚子的牢骚要发泄,今天我能下床了,你说吧!"望实道:"是你让我说的,不要后悔!你一直认为自己是张良在世,孔明复牛,我原本也信了你,以为真能看到你用哪怕是最下三烂的办法让乔家一败涂地,可你一次次面对面用枪都打不死他!你让我跟着你在他面前一次次遭受羞辱和挫败!以后你认命吧,你灭不了他的!"望百道:"兄弟,你以为这些天我躺在床上,只是养伤?"望实道:"我倒愿意你这样,可你不会!你就是腿断了躺在床上动不得,也还会想怎样一枪杀了乔映霁,或者跑到乔家放一把火,将他们的万贯产业烧为灰!你要是能做到,已经去做了!"望百哈哈大笑道:"错了!感谢阎锡山那帮兵把我从督军府台阶上扔下来,现在我瘸了这条腿,再想如过去那样和乔映霁枪口对着枪口决斗也做不到了!别人会以为这对我是坏事,可是《易经》上有句话,叫作否极泰来。崔望百的运气这会儿坏到了极点,不能更坏了,好运气恰恰要到了!你以为我今天把这把枪找出来,对着草人开枪,是还憋着一口气,想用它杀了乔映霁?不!"望实大惊道:"那你想干啥?"

望百道:"兄弟,我想一次把枪里子弹打光,让我自个儿相信以后再也不能用枪打死乔映霁了!但我仍然要打败他,我仍然能行!"望实难以相信,盯着他道:"你……真是这么想的?"望百道:"我想打光子弹,把枪扔掉。不……让我再想想!这样好了,你把我的枪找地方藏起来,切切不要让我知道藏在什么地方。这有两个好处,第一,我没有了枪，就不会老想拿枪对付他，我得用别的办法；第二，毕竟我知道，我的枪还在，我可以仍旧相信我和乔映霁之间的事可以用枪来解决，要是我用尽一生还灭不了乔家，还可以把它找回来，当面对着乔映霁轰一枪，我至少在感觉上仍然处于不败之地！怎么样？愿意帮我把枪藏起来吗？"望实又看了他半晌才道："我还是觉得扔了好！"他顺手将枪"扑通"一声扔进院里一口深井。望百大惊失色，瘸着腿扑上去厮打望实，大叫道："你真把它扔了，我跟你拼命！"望实用力架住他道："大哥，扔了它好！你现在不会再想我这辈子还有退路，你没有退路了！"望百大口喘气，良久又大笑，一边泪流满面。望实又被他吓住了，大声道："你怎么了？"望百道："套车！"望实站着不动道："腿还没全好，又去哪里？"望百道："那帮让我瞧不起的人，真把大清朝干下去了！这些天我一直让你打听乔家的消息，知道为什么？"望实又惊恐起来道："不知道！怎么又说起乔家来了！"望百道："这些天躺在床上，我把自己能想出的灭了乔家的主意翻过来倒过去地掂量，发现只要乔映霁中了其中一招，乔家就完了。今天我要先行一策，去拜访乔家，化敌为友！"望实勃然变色："化敌为友？"望百道："我要去做乔映霁的军师，帮他实现一生的梦想！"望实变色道："你疯了！"望百道："我没有！乔致庸当年能够成就汇通天下货通天下的事业，是他身边有一个孙茂才做谋士。乔映霁的梦想比他爷爷还大，他要实现汇通全球货通全球，让乔家做中国的洛克菲勒、摩根，又听说他近来一直在研究罗斯柴尔德家族。但他身边没人，乔映霁要实现梦想，没有我做不成的！孙茂才当年到乔家，是自己骑着驴，毛遂自荐。我崔望百为何要顾及这张脸，我也要自己打上门去！"

望实大声道："可你并不是孙茂才。你在武昌战场，在保定府，在回山西的路上，几次要杀掉乔映霁，你是他的仇人！如果你今天去见他，求他收留你做孙茂才那样当年张嘴就要三千两银子年薪的军师，他要是答应了，就不是你疯了，是他疯了！"望百道："可我不这么想！他不答应我，才真是疯了！""我不明白！""这会儿你不需要明白。套车，马上走，不然就赶不上趟了，乔映霁很快就要出发去临江恢复茶路、重建茶山了！"

时近中午，乔家书房院内，一个临时搭起的戏台子上，两个晋剧演员正在唱《玉堂春》。映震等一众族人都坐在台前看戏，不时轰然叫喊："好！好！"景清匆匆从一道侧门进来，看映震道："你怎么又把他们领家里来了，太胆大了！"映震眼睛盯着台上的女角，不看他道："别闹，映霁子去祁县总号了，好不容易逮着个机会，让我们乐一会子!"景清道:"他就是不在家,还新娶了媳妇呢!这要传到她耳朵里——"众人嚷嚷道:"二十七叔别吵,我们听不成戏了!"景清不再说话,有人就给他让出中间座位,他半推半就地坐下来听。映震忽然看众人道:"怎么少个人呢!"朝书房内看,想了想笑道:"对,映雯!"他咳了一声,站起走过去。

书房内只有映雯一个人在琅琅读书:"农不出则乏其食,工不出则乏其事,商不出则三宝绝,虞不出则财匮少,财匮少而山泽不辟矣。"外面的阵阵喧闹传来,让他双手捂住了耳朵,继续念道:"此四者,民所衣食之原也。原大则饶,原小则鲜。上则富国,下则富家。贫富之道,莫之夺予。"映震进门,一把将他提起来道:"你狗头上插犄角,装什么羊啊。别人都在听戏,你在这儿念书!跟我出去,那戏文里才有好文章呢!"映雯拼命推开他道:"你们把唱戏的弄家里来,违犯家规我挡不住,可我可以不听!"映震生气道:"你这小子,天生的牛性,你看看我们祁、太、平三县,不说我们这样的大商家,就连那些不算个人家的,只要有几个小钱,家里都盖了戏台,天天唱戏快活。祁县城里的水家,我们是亲戚,家里还养了戏班子呢!哪有我们这样的人家,外头看上去轰轰烈烈,家里人一年到头也听不了几场戏!走走走!今天我还就不让你念书了!"映雯用力推开他的手,正色道:"映震,我是兄弟你是哥,你们做什么,我说不得你们,可你也甭想让我学你们的样儿。你们就是闹得我念不了书,我也不出去听戏!"映震恨道:"罢罢!马上就是《苏三起解》了,你不听我听!"转身又大步流星走出去。

乔家大门外,映霁和小栓下得马来,小顺上前迎接。映霁道:"马上把各房年过十六、不愿意念书、天天在家吃闲饭的我的那些兄弟们,有一个算一个,全给我请到书房院,我有事跟他们说!"小顺看他一眼,站着不动。映霁惊奇道:"怎么了?有话快说!嘴里半句肚里半句,什么时候添的毛病?"小顺笑道:"斗胆问一句,东家打算跟各位少爷说啥事?"映霁道:"我们是商家,家里不养闲人,他们都不小了,这些年我不在家,没人管他们,要不早就都该出去学生意了!"小顺吞吞吐吐道:"这个……恐怕少爷们不答应!"映霁朝大门里走,忽然回头看他,吃惊道:"啥?他们不答应?这是家规,不要他们答应,答不答应都得照办!"小顺还是不走。映霁道:"到底怎么了?"小顺看瞒不住,道:"东家还是自个儿到书房院里瞅一眼去,看您出了门大家都在干啥。"映霁道:"书房院是念书的地方,他们能在里面干啥?"小顺不再说话。一阵风将锣鼓声刮过来。映霁大惊道:"什么声音?有人在家里唱戏?"小顺不敢说话。映霁道:

"二十七叔呢,他不在家?"小顺道:"在。""他不会也在书房院听戏吧?""这个……"映霁转身大步向书房院走了两步,又回头冲小栓喊:"马鞭子!"小栓站着不动。映霁走回来一把扯过他手中的马鞭。小顺飞跑过来拦住他,"扑通"一声跪下,道:"东家——"映霁用力将他扯起,怒道:"你干什么,都民国了,以后不要动不动跪着!——想拦我?"小顺道:"大家都在里头看戏,景清东家也在,他是你的长辈!"映霁看他道:"什么时候开的头?我不在家八年,是不是早这样了?"小顺不敢说话。映霁怒道:"明白了。二十七叔自个儿也喜欢这个!他是长辈,可我还是这个家的当家人呢!"说完,一脚踹开书房院大门闯进去。

戏台前众人大惊,映霎回头看映霁,喊:"还不快走!"大家四散逃走。戏台上的演员也怔住了,停止演唱,进后台收拾包袱欲走。景清恨恨看一眼映震,从侧门溜走。映霁手持马鞭,大步流星走过来,大叫:"都给我站住!不是要听戏吗?刚才的戏不热闹,好戏还没开场呢!"书房院外面,小栓看小顺道:"坏了,这回他真恼了!"小顺道:"怎么办?"小栓道:"往常不是吹牛说你比我能耐大吗?这会儿就想不出办法了?"小顺一拍脑袋说道:"想出来了!快进去请一个人出来!"小栓道:"谁?"小顺道:"大奶奶呀!"小栓猛醒道:"对,快到二门外找一个老妈子进去,把事情告诉大奶奶,今天的事儿看样子小不了!"小顺跑走。

书房院里已经不剩下几个看戏的人。映霁愤怒地拿马鞭子抽打戏台,又用力推,临时搭起的戏台"轰"一声倒地。收拾了包袱的演员匆匆从他身边走过,对他躬身点头。映霁喝道:"站住!"演员们站住。掌班的道:"乔东家,不是我们的错,是府上几位大爷——"映霁道:"这八年里,你们常来?"男女演员对视,不敢回话。映霁道:"每次给你们多少包银?"掌班的胆壮一点儿,说道:"不拘多少,我们这种嘴脸,又不是九岁红,上不了大台面,少爷们赏多少算多少!"映霁大叫:"小顺!"小栓跑进来。映霁道:"怎么是你,小顺呢!"小栓道:"他……"映霁道:"人家靠这个吃饭,告诉小顺,过去多少这次还是多少,打发银子送出去!"掌班的忙作揖道:"谢乔东家赏饭!快走!"映霁道:"等等!"众人站住。映霁狠狠看他们道:"这是我最后一回在这里见到你们。乔家家规你们知道,我们家不兴这个。你们要是再来,就不客气了,我会认为你们非偷即抢,把你们绑起来送官!"男女演员们都变了色,道:"我们再不敢了!"映霁说道:"走!"掌班的带他们匆匆离去,小栓也跟在他们身后走出去,喊:"小顺——"

小顺此时正站在二门外抓耳挠腮。侯妈走出来道:"顺子,啥事儿?"小顺道:"哎呀我的亲妈,出事了,东家在书房院把戏台砸了,景清东家臊得不行,正找绳子要上吊呢!这件事还要闹大,只有求大奶奶出面劝劝东家了!"侯妈道:"知道了,要说这个家也该有个正经人管管了!"她转身跑进二门里去。书房院内,映雯站在窗前望着院里大怒不止的映霁,神情平静。映霁一眼瞅见了他,问:"怎么?这院子里还有人?"说着大步走进书房,惊奇地看映雯问道:"你是谁?"映雯道:"大哥,我是映雯,十七房的!"映霁余怒未消道:"他们都走了,你怎么还在这里!"映雯道:"还没到时辰呢。"映霁不解:"什么没到时辰?戏还没听够?"映雯道:"爷爷立的规矩,还没到时辰下学呢。"映霁吃一惊道:"你是在这里念书?"映雯点头。映霁走过去,拿起桌上的书来看,怒气早平息了大半,看他道:"刚才他们都在外头看戏,你在这里面读书?"映雯点头。

映霁就对他有几分喜欢,问道:"你在读《史记·货殖列传》?"映雯点头。"怎么读这个?"映雯道:"大哥,各位哥哥不读书,把先生也气走了。这里已经没先生管了。小时候听你讲过,当年致庸爷爷说,他就是读了《史记·货殖列传》,才明白了什么是中国人的商道,后来就做成了汇通天下货通天下的大事!"映霁要走又回头:"你也从这里头读出中国人的商道?"映雯摇头道:"不是,这里头的意思有些懂,有些不懂,但文章我差不多能背下来。"映霁又吃一惊道:"我们家这个书房院当年出过神童,还出过状元。元楚表叔六岁就能背《文心雕龙》。你真的能背《史记·货殖列传》?"映雯道:"大哥要我背,我就试试。只怕背不全。从哪起?"映霁越来越兴奋了,道:"哪里开头都成!从头吧。"他干脆坐了下来。映雯开始背书道:"老子曰:'至治之极,邻国相望,鸡狗之声相闻,民各甘其食,美其服,安其俗,乐其业,至老死不相往来。'必用此为务,挽近世涂民耳目,则几无行矣。"

映霁道:"啥意思?"映雯道:"大意是说,老子刚才这段话可以行于古时,近代是行不通的。"映霁道:"为啥?"映雯道:"太史公说,神农以前的事情,他是不知道的,尧舜禹以后,人们的耳目竭力享受声色之乐,口里尝尽各种美味,身体安于闲适,心里羡慕和夸耀的是权势和才干。这样的风气浸染民心很久了,就是再用老子刚才的话去劝导,也不能使他们改变,最好的做法是顺其自然,因势利导,然后是教育,制定规矩,最坏的做法是与民争利。"映霁心中欢喜,点头道:"很好。刚才你说有些地方懂了,有些地方没懂,告诉我,还有哪些地方懂了?"映雯道:"为什么致庸爷爷放着好日子不过,要北到大漠南到海,东到极边西到蛮荒之地去经商,为汇通天下货通天下九死一生？"映霁道："为什么？"映雯道："天下人活不好，就没有一个人可以活得好。中国历来土地不足，农业养活不了人口。山西就是这样，所以山西人从春秋时起就懂得可以靠经商通天下货，生天下财，养天下人。"映霁站起来道："很好，没想到我们家还有一个人在读书。八年了，走进这个大院里，哪里住着谁家我都记不全了，你给我带路，我要一家一家去看，他们究竟过的是什么日子！"映雯迟疑了一下，但还是他走了出去。书房院外面，小顺已经跑回来了，朝院门里看一眼道："出来了出来了！"他转身就要躲开。小栓一把拉住他道："你躲什么？又不是你犯了乔家的规矩！"二人站住，看映霁带着映雯大步走出来，一眼也不看他们，就朝大院深处过去。小栓道："怎么啦，没看见我们俩似的！"小顺朝二门外看一眼道："大奶奶出来了！"小栓回头，果见依依带喜凤、李妈从二门里急急走出来。小顺小栓忙跑过去，小栓道："大奶奶您可出来了！"依依道："大爷在哪里？"二人回头看去，发现已经没有映霁和映雯了。小顺道："刚从书房院砸了戏台出来，一转眼不见了！"依依道："快去找。"小顺答应一声跑去。小栓跑了两步又回头。依依道："你怎么了？还不快去？"小栓道："大奶奶，小栓大着胆子说句话——"依依道："你说！"小栓道："东家的事大奶奶先不要管，这个家是该东家出面管管了！"依依看他，道："你是这么想的？"小栓答应道："嗯！"依依想了想道："我知道了。快去找他！"小栓一溜烟儿地跑走。依依看喜凤和李妈道："我们先进去等着！"三人又回到二门内去。

映雯已带映霁走进了内院，在一个跨院门前站住，问道："谁住这个院？"映雯道："映震。大哥还是别进去了——"话没落音，映霁已经"咣当"一声推开门闯进去。映雯犹豫了一下，还是跟了进去。小栓和小顺一前一后跑来，小顺问小栓："进去了？"小栓点头："我们进不进去？"小顺道："我就不进去了，你进去。"小栓道："我也不进去。在这儿等吧。"映震家的院子里，映霁一下睁大了眼睛。满院子的鸟笼子和鸟，遮蔽了天空。一个穿得极破的男仆跑出来，吓了一跳道："东家，您您您怎么进来了？少爷不答应，您不能进来的！"映霁正在气头上，道："我怎么就不能进来？"男仆道："少爷说过，这地方谁都不让随便进！""为什么？""鸟。少爷前些天刚借了一大笔银子买下一只百灵子，正学舌呢，混了音儿就废了！"映霁看着那些鸟道："都是从哪来的？"男仆道："全是少爷花大价钱买的。东家您还不知道，眼下咱们祁、太、平三县，包括太原府，榆次，南到汾阳府，北到大同府，哪怕是北京城里，但凡见了好鸟，少爷就是把房子当了，千金万金，也要买回来！"映霁强忍怒火道："映震一年到头在家就干这个？"男仆害怕地点一下头。

屋门里忽然有了响动，一个年轻女人走出来看一眼映霁，惊叫一声就往里面跑，连个招呼都不打。映霁皱眉道："她是谁？"男仆道："我们家少奶奶！"映霁道："胡说！映震的媳妇怎么穿成那样？还有你，像个叫花子，你们也是年年生意上有分红，还有月例银子，男人吃饭在大伙房，只有女人在家里开伙，就过成了这样？"男仆低头不作声。映霁道："不会是为了买你说这只百灵子，把他媳妇的衣裳头面都当了吧！"屋里忽然传出一声呜咽。映霁早就怒不可遏，从地下顺手抄起一根棍子，对着鸟笼子一片乱打。映雯上前抱住他大叫道："大哥不要！大哥不要——"刚才那个年轻女人飞一样奔出来，"扑通"一声跪在地下，抱住映霁腿道："大哥别这样，这些鸟是他的命，没了这些鸟，我们都活不成！"说着就伏地大哭起来。映霁丢掉棍子，看女人和男仆道："告诉映震，事情是我干的，要赔他的鸟，让他来找我！"转身带着映雯走出这个跨院。门前小栓急走上前道："东家，您不能——"话没说完，映霁早就大喝一声："闪开！"小栓、小顺下意识地闪开路，让他走过去。

前面又是一所跨院。映霁站住，回看映雯道："这是映霙家，我知道的！家里都有谁？"映雯道："二十八叔和二十八婶去世后，就映霙两口子住。"映霁问："没孩子？"映雯摇头。映霁推开门走进去。映雯这次留在门外。小顺、小栓紧跟了进去。院子里早被映霙改建成了一座大花棚，养满了各式各样的花。映霙两口子这时正躺在厅里一张软榻上抽大烟，吞云吐雾。映霁走进来，看满院子养着各式各样的花，怒道："我算看明白了，我的这些弟兄们，不用出门做生意，自个儿都有自个儿的营生了，那个是养鸟，这个是养花！"他回头抄起一把扫院子的大笤帚，对着这些花就是一顿狂砸。小顺、小栓想上前拦他，又不敢。外面的动静惊动了屋里的两口子。映霙透过窗户朝外看一眼，大惊道："不好，大哥进来了！"他要走，映霙媳妇一把抓住他道："别走，我来应付！"映霙紧张地躺着，一动也不敢动。映霁早一脚踢开门闯进来。映霙媳妇继续躺在榻上点烟泡，然后把烟枪递给映霙。映霙胆壮起来，接连大抽几口。映霁圆睁双目看映霙，不敢相信面前的景象，大叫："映霙！"映霙动一下身子，要坐起，被女人一把按住。映霁叫："映霙，我喊你呢！"映霙女人道："大哥，原来是您！怎么也没人告一声就进来了？快来人，给大哥看座！"映霁只看映霙，怒不可遏："你在干什么！"映霙又看女人。女人道："你兄弟他自幼儿体弱多病，近来又得了风寒，吃多少剂药也不见效，这不，大夫给开了点儿药——"映霁怒极："映霙，我问你话呢！"映霙还是不说话,看女人。映霁女人慢慢坐起,道:"大哥,您兄弟在干什么,您不是都看到了?看见了还要问,您这不是难为他吗?乔家家规六条,其中五条,不纳妾,不赌博,不嫖娼,不虐仆,不酗酒,您弟媳妇我都赞成,谨守不犯,可就是不抽大烟这一条,我想不犯都不成!"

映霁终于看她一眼道:"那为什么!别人都成,为啥你就不成!什么道理!"映霁女人道:"这大哥您恐怕就得可怜您弟媳妇了。我和您兄弟一样,从小身子骨就弱,为了治病,小小年纪家里就让我抽上了大烟,不然我活不到今天,嫁不到你们这据说是金山银山的乔家!您不让自己兄弟抽大烟,死活随他去,那是你们乔家的事,可不让我抽,除非这会儿给我一张休书!"映霁怒极,看映霁大叫:"这是哪家的规矩,你怎么不说话!"映霁看一眼女人,终于有了胆量开口:"大哥,子曰……诗云……我这会儿的学问全忘了!媳妇不是我自个儿要娶的,是当初我爹在世时给我订的亲,嫁过来这几年,我天天要陪她治病,这会儿想不让我抽,除非您把我们两口子从这个家里撵出去!不然就是饭不吃,把屋里东西全当了,也得换药膏子陪她抽!我没法子!"映霁哪里见过这种事情,早就气得七窍生烟,几步上前夺过映霁手中的烟枪,叭一把折断,摔在地下,大叫:"我让你抽!"女人立马回头打开一个匣子,取出一杆新烟枪,看映霁道:"大哥,这里还有十几杆呢,各样的都有,紫檀的、黄花梨的、竹子的,还有洋货,怎么的,要撅我的东西?这可不是你们乔家的,我从家里带来的!你撅得着吗!"映霁转身就走。映霁女人得胜,故意大声喊:"当家的,方才我的烟瘾没过足,给我点烟泡!除非被人赶出去要饭,家里就是剩下一件衣裳,我也得拿去当了抽!"映霁看映霁出门,害怕道:"别说了,你今儿胆子太大了,当面不给他面子,他恼了真能把我们赶出去!"映霁女人冷笑,大声道:"我一个女人家,怕他什么?真敢因为这事把你我赶出去,我就让你立马给我休书。真那样,他自个儿就先坏了乔家的规矩!"跨院门内,映霁听到了这句话,一怔,站住了。室内,映霁大悟,胆壮道:"聪明!乔家六条家规之外,还有一条呢,不准休妻!映霁要是因为这件事休了妻,就是因为他!子曰:唯女子与小人为难养也!原来这句话还有这一层意思!"映霁媳妇这回不愿意了,道:"你又拽文,啥意思,不是骂我吧?"映霁赶紧道:"没有,哪能呢!"两人大乐,抱在一起又跳又叫,回头继续抽起来。

院门前,映霁心中一震,往外走。映雯、小栓、小顺跟在后面。前面又是一个跨院。院门前,映霁站住,三个人惊恐地看着他,很远就停下了,不再跟上来。映霁忽然抬头看大院上方的天空。天空很广阔,空中飞过一串鸽哨,久久回荡。天空下面是这座举世闻名的大院子里重重叠叠的屋顶和院门。每一座院门和屋顶后都住着乔家的人。映霁本欲推门,忽然改了主意,顺着大院的中央甬道朝前方直走,一直走进乔家祠堂里,面对祖宗牌位跪下了。众人跟过去,不觉吓一跳。小顺大叫:"东家,你这是——"映霁道:"少废话!快去找一个大铜盆,灌满水,放到我头上!爷爷把这个家交给我,我把它管成这样,不该给祖宗跪下谢罪吗?快去!"说完他闭上了眼睛。三个看他真动了气,不敢劝,走出祠堂,小顺道:"这可怎么办?东家的脾气,跟当年致庸老东家太像了,他说一声跪,就能跪到天黑,跪一夜,跪到明天早上!"小栓道:"你刚才不是把大奶奶请出来了吗?"小顺道:"大奶奶刚才出来又进去了!没别的办法,我还得去二门外告诉侯妈,让她请大奶奶出来劝劝!"映雯担心道:"你们觉得有用吗?"小栓道:"有用没用也得快去请人,不能这样让他跪着,他不能生大气的,万一气出毛病,就坏了大菜了!"映雯忽然想起来道:"哎,我去请二十七叔来劝劝,怎么样?他是长辈,说不定有用!"小顺道:"现在急病乱投医,不行也得试试,快去!"映雯跑走。小顺跟着跑走。小栓在后面道:"你们快去快回,我在这里守着!"他看二人跑远,自己走回去。映霁不睁眼道:"铜盆呢?水呢?"小栓没力法,只好去办了一个大铜盆,灌满水让他顶在头上。小栓不安道:"您扛得住吗?您这么着到底打算是怎么着啊!"映霁愈怒:"少说话能死了你?这是祠堂!出去!"

这时就听小顺在外面喊了一声:"大奶奶进来了!"喜凤随依依走进来,看映霁,吓了一跳道:"这是怎么着了?"映霁道:"这里是祠堂,喜凤出去。——你怎么来了?"小栓和喜凤走出去。依依道:"我都听说了,能不来吗!"她在映霁身边跪下。映霁道:"走,这里不是你来的地方!"依依道:"怎么不是我来的地方?我是乔家的长门长孙媳妇,到了过年祭祖的时候,我能进来你还进不来呢!"映霁眼睛闭上,不再说话,有顷才道:"都听说了什么?"依依道:"你把书房院里的戏台砸了,把映震、映霙家也砸了,听说还要让映霙给他媳妇写休书,把他们两口子赶出这个大院子!"映霁道:"这个大院子里没有电报线,消息传得比电报还快!"依依道:"你把事情闹得连我都知道了,别人还不知道?这会子一家家都在把平常吃的玩的藏起来,怕你进去查呢!"映霁道:"他们过去闹得还不够,这会儿还像防贼一样提防我进去查?"依依道:"已经这样了,我只是想来问你,打算怎么办?"

映霁道:"什么怎么办?家规败坏到这种地步,首先是我的错,我先罚自己在这里跪三天,给自己立完了规矩,再出去给他们立规矩!乔家六条家规,除了不虐仆、不纳妾,都被他们败坏得差不多了!不赌博,不嫖娼,不酗酒,那也就是不在家里闹就是了,现在就连不抽大烟这一条,也被他们坏了,还有,他们居然公然在书房院里搭戏台听戏!要知道当年爷爷建起这个书房院,为了请到名师教后世子孙读圣贤书,大冬天连着在刘奋熙老先生家门跪了三天,才把人家请来,他们可好,竟把请来的先生气跑……不,就连不虐仆他们也做不到了,映震家里下人们穿得像叫花子,连自个儿女人的衣裳首饰都让他给当了,这么冷的天让媳妇没有大毛的衣裳穿!映囊两口子天天抽大烟,还会不克扣下人们的工钱?"依依道:"我不是问你这些,问你打算怎么办?"映霁激烈道:"照老规矩办!爷爷将这个家交给我,我八年不在家,将它托付给二十七叔,成了现在这个样子,我都没脸跪在这个地方!怪不得圣人说修身齐家治国平天下,不修身就不能齐家,家都齐不了谈什么做天下大事!"依依待了一会儿道:"你是不是不想告诉我你打算怎么办?"

映霁道:"有什么不可以告诉你的?我要照着家规,一个算一个,该关的关,该动家法的就动家法,实在不像话的,让他们脱籍,撵出这个大院子!"依依道:"我认为你做不到。"映霁怒道:"我怎么就做不到?"依依道:"万一你要惩办的人是我们的长辈呢?"映霁猛醒道:"你是说……二十七叔?""二十七叔在太谷城里和东关的杨小翠好,全太谷城都知道,你怎么管?"映霁惊讶地睁大眼睛,怒道:"这竟是真的?"依依不语,有顷才道:"我听说你今天回来,本打算做另外一件事的,对吗?"映霁道:"这你又是怎么知道的?"依依道:"我怎么就不能知道?"映霁想了想道:"你是不是想说什么?"依依道:"他们都是你的兄弟,你八年不在家,他们没人管束,结果成了今天的样子。二十七叔也一样,他如今在这个家里成了长辈,又管了八年的家,同样没有人管束得了他,现在你想统统按家规处置他们,最后的结果将会是你不想看到的!"映霁心中怒气再起,道:"什么结果我不想看到?他们要是真犯下了不能再做乔家子孙的错,我就将他们全赶出这个大院子!"依依道:"你真这么办,这个大院子里一大半人都会马上流落街头!他们什么谋生的能力都没有,只能饿死!"映霁沉吟半晌,忽然叫一声:"好!"依依惊讶地看他道:"什么好?"映霁道:"我正没有主意,自己罚自己在这里跪着祖宗,想让心静一静,看能不能想出主意来。你这个主意好!"依依道:"我可没给你出啥主意!"映霁叫:"来人!"

小栓、小顺马上就跑了进来:"东家!"映霁道:"把二十七叔请进来,我有话说!"

二人跑出去。依依不安地看了映霁一眼。映霁明白她的担心，道："你进去吧。我当初就说，你是那个能在最需要的时候帮我摆脱孤独、想出办法的人！放心，我有主意了！喜凤进来，扶大奶奶进去！"喜凤进了门扶起依依，依依还是不放心，一步三回头地离开。

景清这时正躲在书房院的一间耳室内，不愿离开，一边惊恐地对小栓、小顺道："我不过去，你就说我出门了……不，就说我气喘的老毛病犯了，去东观镇找刘瘸子抓药去了……你们快走，出去了也不要告诉人说我躲在这里！"小顺道："东家在祠堂里顶着大铜盆立等着您老人家呢，您要不去，他万一真恼了，今天不知道还要闹出多大乱子来呢！"景清道："你们走！我就是不去！我……他爱怎么闹就怎么闹，哪怕他把这个家拆了呢！映霁，怎么还有你？快走，你也走！"映霁在门前现身，看他，皱眉道："二十七叔，您是躲不掉的，您不出来今天的事就没个了！"景清越发惊恐，连声道："不，你快走！你们都走！就当没见过我这个人！我没脸去见他，这个家成了这个样子，我是长辈，又管着家，我臊得慌！"

映霁道："二十七叔，那我问您，您不出去，映霁大哥怎么办！"景清道："什么他怎么办？他是乔家的当家人，说句话地动山摇，不是他怎么办，是我怎么办？不行，我的气喘病真犯了。小顺，给我套车，我要去东观镇找刘瘸子治我的老毛病去！"映霁道："您走了还回不回来？"景清看他一眼，变色道："说什么呢，这是我的家，我不回来到哪里去？"映霁道："可是照家规，您在外头养暗门子，辱没先人，败坏乔家门风，您今天不去见映霁大哥认错，万一惹恼了他，他就能把您从乔家除籍！"景清不觉怒起道："胡说，他敢！"映霁道："我要是映霁大哥，就敢！"景清声音抖起来："你这浑小子，我可是你亲叔！"映霁道："当年景岱大爷还是致庸爷爷的亲儿子呢，犯了做霸盘的商规家法，爷爷还不是把他除了籍，您可只是个叔！"

景清大恐："你说什么？这话你是从哪听到的？映霁自己说的？他要把他亲叔从这个大院子里撵出去，让我们一家子流落街头？"映霁道："不是。是映霁这么想。二十七叔，这会儿映霁大哥让小栓和顺子来请您说话，就是说他还没想怎么着您，您要是不去见他，他真恼了，就说不定了。"景清终于低头道："哎呀我的天！都是他们闹的，连我都是他们给教坏的！好，我去见他！杀人不过头点地，不就是杨小翠那点儿事，人非圣贤孰能无过。罢罢罢，这张老脸不要了，我就不信他能杀了我！"说着一巴掌拍在自己脸上，骂道："让你为老不尊！"跺脚出门。门外三人看着他走出书房院。小顺又惊又喜看映雯道："没看出来，你还真了不起！到底是真读书的人，说出来的全是道理！"映雯道："我什么了不起，不但跟致庸爷爷不能比，就是跟映霁大哥，我也比不了！"说完急急离开，小顺、小栓也跟着跑出书房院。

路不远，这边景清已经畏畏缩缩走进了祠堂，看映霁一眼道："我……我来了。"映霁头顶着一铜盆的水，不能回头，道："二十七叔，我没把这个家管好，辜负了爷爷的托付，我有罪，照爷爷当年的规矩，应当自罚！"景清更害怕了，看他一眼，道："映霁，我……我的事你都知道了……我也不瞒你，那个杨小翠，都是映震、映霙他们挑唆我去的，总共只来往了几个月，已经戒了……我有罪，不配站到这个地方，对不起祖宗，你是当家人，就照家规来吧，别管我是不是叔了！"他犹豫了一下，也跟着跪下来。映霁道："您那点儿事我已经听说了，再说您也不再跟杨小翠来往了。刚才让小顺去请您，我并不是要说这个……"景清一惊道："不是说这个？"

映霁道："家里出这么多事，我在想怎么办。古话道家丑不可外扬，除了您是个长辈，其余这些人都是我的兄弟。我是大哥，他们出事首先是我的责任，不能都怪你们！"景清不觉感动，道："映霁，你真是这么想的？他们不好好念书，把戏子招进书房院，这事开头都瞒着我，后来我听说了，气得不行，也管过几回……啥也甭说了，都怪我耳根子软。你回来就好了，这个家是该照你爷爷立的家规清理清理门户了！二十七叔有罪，你要是觉得从我开刀……要是觉得从我开刀别人都不会有话说，那就从我开刀好了！只是……只是不要把你二十七婶和你那没长大的兄弟们撵出去。我没出息流落街头，冻死饿死活该，可是他们——"他说不下去了，哭起来。映霁忙止住他道："二十七叔，我不是这个意思。"景清不哭了，道："不会吧？你砸了戏台，又砸了映震、映霙的家，还要把映霙两口子撵出去，剩下的人，不会都放过去吧？"映霁道："我是这么想的，乔家门户要清理，家规一定要坚守，但是怎么做，却有不同的办法！"景清心中大动，道："你都想出了什么办法？"

映霁道："我们是商家，兄弟们在家里胡闹，是因为他们太闲了。我请您来商量，等会儿您替我出面，把家里我十六岁以上的兄弟全集合在一起，告诉他们，今天就收拾好行李卷，明天一大早全跟我去祁县大德通总号，由潘大掌柜、高大掌柜将他们分成三拨，一拨去包头复字号学生意，一拨等着跟我和高大掌柜去临江重建茶山，恢复茶路，最后还有一拨，是要从这些人中挑几个好的，交给武汉分号王宗禹大掌柜带到天津外国银行和洋行做学徒！"景清已经白了脸色，惊道："什么？你要把他们全赶出这个大院子？"映霁道："二十七叔，不要忘了我们是商家，我十二岁一边读书一边就被爷爷送去走商路了。您替我告诉他们，乔家人不能忘了根本，我们可不是什么官宦人家，我们只是编户草民，照先人们的规矩，男丁十二岁以上，不读书就要去走商路，给师傅倒夜壶开始，到乔家各处的铺子里学生意。四年学徒出师，论德才给他事由儿，能跑街的跑街，能守店的守店，将来积攒了阅历，长了能耐，经评议能当掌柜就当掌柜，不能就当伙计。吃闲饭的人，一个也不能留在这个大院子里了！"

景清自己就站了起来，直嘬牙花子，想了想道："映霁，这么说，你是让我还留下来，接着替你管这个家？"映霁道："对。民国已经立起来了，天变了，我有许多大事要马上去做，这个家还得有一个人管。咱们家丑不外扬，您是长辈，再说经过了这件事，一定不会再像过去了，不然就太丑了，辱没了先人！二十七叔当然可以不听我的，真是那样，就别怪映霁了！"景清膝盖一软又跪下了，对着祖宗牌位磕头："列祖列宗在上，景清再也不敢了！映霁，谢谢你饶过叔这一遭！我这就去集合他们，传你的话！"映霁道："等等，话还没完呢。告诉大伙房，明天早上不开饭了，我带他们起来就走，到祁县总号吃早饭。不愿意跟我走的，就是不想做乔家的子孙，全部撵出这个大院子！"景清脸色立变，愣了一会儿道："可是……映霁和他媳妇怎么办？别人的毛病好治，像映震养鸟，带走他学生意就完了，映霁两口子抽那玩意儿，你真要逼着他把媳妇休了？乔家不准休妻，这也是家规！"映霁道："乔家不准无缘无故休妻。但乔家家规六条，其中一条就是不准吸毒，映霁这个媳妇从娘家就吸，嫁到了乔家坚决不改，带坏了映霁，就是先犯了乔家家规！别说是乔家的媳妇，就是乔家子孙，也要撵出去！"景清犹豫一下道："那……我就这么对他们说？"映霁道："告诉映霁，太原府新设了戒毒所，我们家可以送她媳妇去戒毒，花多少银子都要戒掉它。告诉映霁媳妇，我们并不想让映霁休妻，但她要是戒不了那一口烟，她就是自己不愿意再做乔家的媳妇了。作为当家人，在不准吸毒和坚持家规的事情上，我不会对任何人妥协！"景清点头，又要走，映霁再道，"告诉所有明天要出门学生意的人，出了乔家门就不是少爷了，只是学徒，从给师傅倒夜壶开始做起！"景清要走又回头道："好……哎呀，万一有那就是不去的，怎么办？"映霁顶着铜盘回头看他，道："我还是没有说清楚。也是乔家的规矩，只有男人在外头走商路，家里才供养他们，老人女人孩子才有月份银子。到了年龄不出去，他家里的老人女人孩子月份银子就停了！乔家不给游手好闲的人和他家里人管饭！再说一遍，我们不是皇亲国戚，只是商人，商人不走商路一家老小就没饭吃，天经地义的道理，不难懂！"景清终于回答道："明白了。"

映霁又道："二十七叔不要走，我还有几句话，一并说了吧。我很快要出门打理生意。我走后，家里的事情二门以内有我媳妇打理，您只管二门外的事。最先要做的就是把七岁到十六岁我的那些弟弟妹妹们全圈到书房院里念书。我要托给您的最大事情就是代我把先生请回来。我的要求不高，等我再回来，到书房院看到的不是有人在唱戏，是乔家子弟又能像爷爷在世时那样在琅琅念书！"景清道："好吧好吧，那……我去了！"他走了出去。

一转眼映霁就提着一面铜锣，走遍大院各个角落，用力敲打。众人纷纷跑出来，嚷嚷："啥事儿啥事儿？"映霁道："二十七叔交代，十六岁以上的乔家男人全到书房院集合，有大事！"众人还在嚷嚷："什么大事呀，还要打锣！"一个老人道："还是去看看吧，一定有大事！"映震家院子，映震正在找自己的百灵子，气急败坏，大喊大叫："我的鸟呢？我的鸟呢？映霁子，我跟你拼了！"他顺手抄起一把刀来。衣着单薄的女人扑过来抱住他哭喊："您就不要出去惹祸了，他会把我们全都撵出去的！"映震大怒道："他要是敢，我就跟他白刀子进去红刀子出来！外面干什么？敲什么锣！我的鸟儿，我的心血，全被他毁了！"穿着破烂的男仆跑出去又跑进来，道："爷，映霁少爷在打锣，说是景清东家传话，乔家的男丁都要去书房院集会议事！"映震咆哮道："我不去！我的鸟让他毁了，十万两银子呀，我还欠着债呢！"女人上前死活夺下他手中的刀："还不快去听听，万一是要把咱们撵出去呢？快去求他！"映震跺脚道："我去求他？他不让我好好活，自个儿也甭想！"但他还是走了出去。映霁家里，映霁女人还在抽着大烟。锣声也把她惊动了，对映霁道："快出去看看又怎么了？"映霁飞奔而出又飞奔而入，叫："媳妇不好了！二十七叔让映霁打锣，要大家去书房院议事呢！"女人听了担心道："那你快去看看，我还真想知道他这个掌管家事的大哥能拿出什么新招儿对付我！这一口大烟从娘家抽到这儿，你是我男人都管不了我，他一个大伯子还真想管吗！"映霁早已重新飞跑出去。

书房院内，景清已经站到了一张凳子上，对匆匆集合起来的男人们讲话："……我都说了，这就是他的话，更是家规，我也是很小就出去学生意，给包头的马大掌柜倒夜壶！"众人不等他说完就嚷嚷起来："啥？都得出去学生意？""我可不行，我是平底脚，走不了路！""我的鸡眼还没好呢，也不能去！"……映震用力挤进来对景清道：

"我还没听明白呢,映霁子是不是说,我们中间要是有谁明儿早上不跟他走,大伙房里就不开饭了?"景清道:"不但不开饭,你们家里的女人老人孩子的月供银子也没有了!"映震大声道:"啥?连女人孩子都不让吃饭了?他到底想干什么?"映雯道:"映霁大哥不想干啥,他就是想让大家出去学生意,将来走商路,像个商家的子孙!"映震变脸道:"我要是就不听他的呢?"映霁一边响应道:"对,我们就是不听他的,他能怎么办!"不少人也跟着嚷嚷:"对,法不责众,我们不能听他的,他还能把咱们全撵出去?"景清大恼,喊起来:"映震,映霁,又是你们俩在挑唆!大家都给我听着,当家的说了,今天的事情和祖宗的规矩相干,你们这些人有一个算一个,他不会妥协,坚决不妥协!"映霁悄悄变色道:"怎么?他还真想把我们都撵出去?"

映雯道:"大家听好了,不会都撵出去的!只要照着祖宗规矩,出去学生意,家里人照旧过得好好的!各位哥哥们,我觉得大哥这么做是为我们好!像今天这样,大家书不读,生意不学,将来老大不小,不良不莠,万一哪一天乔家山崩水流,自个儿和一家老小怎么办?"众人听他讲得有理,又嚷嚷起来:"对,要说也真得变变了,该出去学生意了!""我也是这么想的!"……映震一把抓住映雯道:"你这小子,跑这里胡说!什么乔家山崩水流,你咒我们呢!捧他!"景清又在凳子上喊起来:"都别吵了!话我都说到了,明天早上寅时我在这儿等,谁来谁不来,我不会一家一家去催!剩下的事情你们自己掂量!散了!"他率先下了凳子,甩手离去。众人没有马上走,都围上映雯道:"你刚才说什么?乔家还有山崩水流的一天?胡说的吧?"映雯道:"这会儿连皇上都不是皇上了,大清都没有了,你们这样坐吃山空,乔家就没有山崩水流的一天?人说富不过三代,乔家到我们五代了!万一映霁大哥的话应验,我们连给师傅倒夜壶都不会,还想不饿死?"众人一时怔住,忽然有人又嚷嚷起来:"映霁说什么了?"

映雯道:"我也是听小栓他们说的。映霁大哥对映霁大哥说,民国后的中国比大清还坏,乔家会家破人亡,死无葬身之地!"映震第一个大叫:"胡说!映霁是个疯子,读书把脑子读坏了,他的话也能信?"映震附和:"对!"众人已经不听他们的了,悄悄议论。有人看映雯道:"映雯,你明天早上来吗?"映雯大声道:"我当然来!你们呢只要不糊涂,惦记着自己的父母妻小,也会来的!"众人默默,慢慢开始散去。景清这时却又走回来,看映雯道:"还有你的事呢,我差点忘了!告诉你媳妇,明天家里套车,送她去太原府戒掉那口烟。当家的说了,不愿去也得去,不去就先犯了乔家家规,别说媳妇,就是儿子也要撵出去。快回去跟你媳妇掂量着吧!"说完一转身又走掉了。

映霁愣了一会子,忽然抱住头叫起来:"哎呀我的天哪,他真要我休掉这个媳妇呀!"转眼也飞跑了出去。

映震回到家里,怒火满腔。衣着单薄的媳妇已经知道了所有的事,抱住他的腿哭泣道:"你还是答应了吧,你去了,我在家就安心了,要不真把我们两个撵出去,可怎么活呀……再说我已经有了!"映震一惊道:"你有了?"女人道:"都两个月了,你的心思都在鸟上——"映震道:"他不能这样!我也是乔家的子孙,在乔家生意里有铁杆的股份,他不能把我们撵出去!"女人仰起泪脸看他道:"可爷爷也留下过话,说只要有人违犯家规,就不是乔家人了!还有,只要当家的不答应分家,就不能分。不分家我们就啥也没有,只能净身出户!"听她说到这里,映震落下泪来。女人又哭求他道:"为了你的孩子,你这回就忍了吧!"映霁家里也正经历一场大乱。映霁女人听了丈夫的话,发疯般从大烟榻上跳起来,大哭大闹道:"我不活了!我死也不去!……我上吊!映霁你这个没出息的,去告诉他,给我准备棺材!"映霁反倒坐下来了,接着抽她刚烧好的烟泡,又回头看她道:"你要是真上吊,棺材他会准备的,就怕你不是真的!"女人气极,一把从他手里夺回烟枪摔在地下:"我让你抽!我抽不成你也不能抽!我就上吊!我的命好苦哇,我死,我不活了!"映霁还在拽文,又说风凉话:"诗云:维鹊有巢,维鸠居之。之子于归,百两御之。——屋梁太高了,你挂不上去的,把绳子挂到门头上,那儿低!"映霁女人气不过,回头又大喊大叫冲他扑过来:"我跟你拼了!我要你一块儿死!我不活你也甭想活!"映霁抽了几口烟,忽然就有了气力,一巴掌扇在她脸上,大叫:"别闹了!甭以为你死了我就会死!我干吗死!就是去走商路,死不了别人也死不了我!留得青山在不怕没柴烧!再说了,我还要等到他不能理事的那一天呢!我映霁就不信没有出头的日子!"映霁女人捂住脸,大惊道:"什么,他不能理事的一天?你在说啥?"映霁冷笑道:"说啥你不用管!看看他的亲娘现如今啥模样!你怎么不上吊了?上吊去呀!"映霁女人醒过来一样,哇地叫一声扑过来,大叫:"你敢打我!你敢打我了!我让你打我!"她凭着一股蛮力,居然将映霁扑倒在地,骑在他身上抓挠起来。

夜色清朗,乔家大院里的各种声响终于静下来。祠堂里的映霁仍然顶着铜盆里的水跪着。小顺进来低声欢喜道:"东家快起来吧。你真厉害,才半天就把这个大院子里的乱子全平了!"映霁道:"明儿早上有多少人愿意跟我走?"小顺道:"都走,没一个说不走的!""映震?""走!""映霁呢?""也走。""他媳妇呢?""也答应了,明天去太原府戒毒。"映霁长长吐出一口气。小顺回过头,看喜凤陪着依依走进来,忙知趣地走开。映霁心情大好,瞥她一眼道:"来了?"依依道:"听到捷报,来给你贺喜呀!"映霁说:"谈不到,只是小胜。"依依道:"真想跪在这里一夜呀,不想进去了?"映霁道:"就连这小胜也多亏了你。""我可没做啥。""不,你让我突然冷静了下来。我早就说过,和你在一起,我会变得不一样。"依依笑道:"那好,我这么有用,以后你走到哪儿我跟到哪儿。"映霁道:"我巴不得呢。要不是娘病着,我明天就带你一起走——"他突然止住了,因为大门外突然响起"嘭嘭"的打门声。映霁道:"真是一波未平又起一波,小顺快去看看是谁!"小顺跑过去不久又跑回来,道:"东家,大门外头来个疯子!他说他是孙茂才!"映霁一怔,笑起来。小顺也笑,道:"这年头真是怪,走遍全国各地,到处都能碰上冒名顶替东家混吃混喝的,这连孙茂才也都有冒名顶替的了!"依依心中一动,看映霁。映霁醒悟,道:"快开门,把人请进来!"小顺转身要跑,又回头道:"要不请到马棚里,给他一碗热汤喝了让他走?""胡说,请到爷爷头一回接待孙茂才的地方去!"小顺不解,但还是跑了过去。映霁急看小栓道:"来客人了,还不把水盆帮我取下来!"小栓动手取下铜盆,映霁站起,急急走向乔致庸的书房。

革命成功了，中华复兴，
乔家成了中国的洛克菲勒、摩根和罗斯柴尔德商业金融帝国，
还有比这更大的奖赏吗？

天空很广阔，空中飞过一串鸽哨，久久回荡。
天空下面是这座举世闻名的大院子里重重叠叠的屋顶和院门。

渡口还在，人也在，正在生火做年饭，
门上新贴了春联，窗外头挂上了过年的肉。

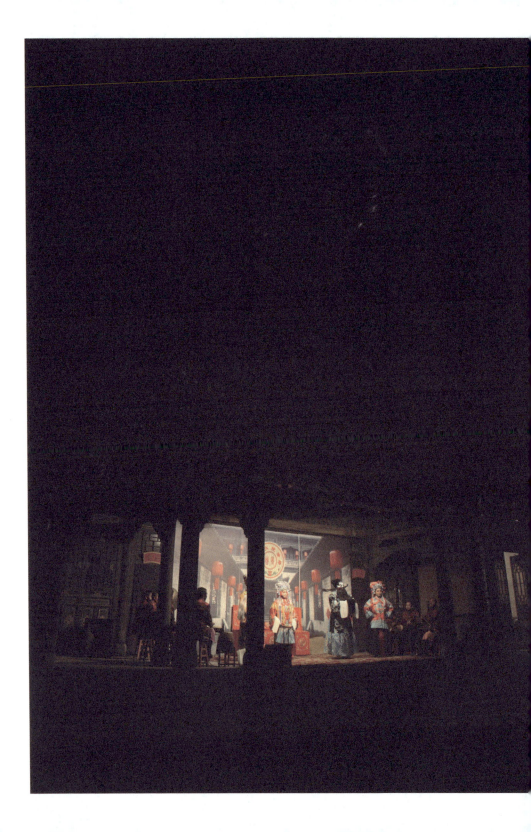

逢年过节，但凡是有个由头能到我们家来，他才不会忘了呢！

生我们一起生，死我们一起死！
真有那一天，哪怕所有的人都离开了你，我也不会，
我是留在你身边的最后一个人！

我如园中芭蕉树，年年换叶不换心。

我要从改造中国票号始实现中国金融体制的大变革，
用金融的现代化推动中国的工业化，
再以工业化的力量变整个中国为全球最大的商品生产地，
以中国商品进入世界大市场！

第十七章

　　望百被小顺引着，一路走进乔致庸的书房。一眼看到他和望实，映霁陡然变色，看望百道："原来是你！"望百甩开望实，让自己站稳，神情倨傲，冷笑道："对，是我，没想到吧？"映霁盯着他看，不说话。望百并不在意，一瘸一拐地走动着，满屋子乱看，一边道："乔东家，当年孙茂才第一次骑驴到乔家，你爷爷致庸老先生也不给客人让座吗？"小栓突然开口："东家，这是老东家的书房，小栓不侍候坏人！"望百哈哈大笑起来。小栓道："你这个坏人，笑什么！你来到乔家，还敢笑！"望百不笑了，仍然不看映霁，道："明白了，当年孙茂才第一次进乔家，也是没有座位的！可我崔望百毕竟不是孙茂才，崔望百今天忘记父辈和乔家的深仇，来到这里，要和乔东家您化干戈为玉帛，还打算出一谋划一策，帮你成就汇通全球货通全球的志向，最重要的是，崔望百要让今天的乔家成为中国的洛克菲勒、摩根、罗斯柴尔德家族！我都说到这里了，你还不愿意赏给崔某人一个座儿吗？"映霁终于开口道："乔映霁今天已经知道你原来是谁，与乔家有什么冤仇，为什么要处心积虑地追杀死我——"望百立即打断他道："等等。崔望百今天能来到你这里，就是说我已经把它们都放下了，往事对我已成过眼烟云。想知道为什么吗？"映霁不说话，只警惕地盯着他。望百道："因为我在武昌府、保定府、北京城乃至于回山西的路上一对一地和你较量过了，发现根本赢不了你，为此还折了一条腿。但是崔望百还是崔望百，你刚从广州学生意回来，我也刚从上海那样的大码头学生意回来，本想投奔一家和乔家实力有一拼的晋商大家，出一谋划一策，将乔家置于万劫不复之地，可回到山西才发现，号称天下最富的晋商中已没有一家能与乔家一争雌雄。无论我投靠谁，将来都会在与乔家的争锋中一败涂地。我不想再演绎家父崔鸣九的失败人生。崔望百今生今世只愿意帮助值得我一展身手的大商家成大功，哪怕它是乔家！怎么样，我讲得够坦率的吧！"

　　映霁突然回头："给崔先生看座！"崔望道："还要上茶！上好茶！"小栓站着不

动。望百又道:"慢! 我听人说过孙茂才第一次到乔家,也是饿着肚子来的。我和他一样,今天没吃饭走了几十里路,好茶可以等会儿再上,还是先给我们弟兄每人一大海碗羊肉氽面,多放辣子,多加羊肉,让我们填饱了肚子再好好叙谈!"映霁马上吩咐小栓:"告诉大伙房,给两位崔先生每人下一大海碗羊肉氽面,多放辣子,多加羊肉!"望百道:"要正宗的原汁羊汤!"小栓怒气冲冲道:"今儿个大伙房没有正宗的羊汤,也没羊肉,只有清水下杂面!"望百再次仰天大笑道:"所有的事情都对上了! 只有这样,我今晚的遭遇才像极了当年的孙茂才! 乔东家,等会儿听我说出一篇孙茂才式的大道理,让你脑洞大开,你就不会觉得我不配自称孙茂才,白吃你一碗羊肉氽面了!"映霁盯着他道:"我现在就想知道崔先生怎么让我脑洞大开!"望百看他道:"我真不想这会儿就说!"映霁深深看他,忽然回头对小栓道:"快去让大伙房下羊肉氽面!"小栓极不情愿地跑了出去。

两大海碗羊肉氽肉很快送到望百望实手里。望百抱着碗吃得狼吞虎咽,大汗淋漓,连最后一口汤也喝尽,又吆喝:"上茶,好茶,酽酽的,不然羊肉不好消化!"映霁看小栓,小栓上前,一把将望百手中碗筷夺走,倒茶过来。望百尝了一口道:"乔东家,现在该说薪水了。当年乔老东家一年给孙茂才三千两银子,现而今时局艰难,我也不多要,一年也是三千两,如何?你放心,马上你就会明白,我没有多要你的银子!"映霁道:"银子不是事儿。崔先生到底要给乔映霁什么指教?"望百看小栓,以半个主人的口吻发号施令:"你出去,这些话是你们听的吗? 望实也出去,今夜我要和乔东家做彻夜长谈!"小栓噘着嘴离开。望实跟着离去。望百又亲手去关门,大模大样在当年乔致庸常坐的太师椅上坐下,喊:"添茶!"映霁笑容顿落。望百道:"乔东家不要不高兴! 听说当年孙茂才在乔家也是颐指气使,就连你爷致庸老东家,高兴了都吆喝来吆喝去的,让你倒个茶算什么!"映霁一把将他从太师椅上扶起来,扯过另一把椅子,正色道:"崔先生,恕我不敬,今天崔先生来访,你是客,我是主,乔家客有客位,主有主位,那个位置就是主位,连我也坐不得的。崔先生请坐客位,乔映霁下面奉陪。"望百变色道:"明白了,那是乔老东家的座位。"映霁点头。望百急忙整衣敛衽,向着那张太师椅深深一揖道:"乔老东家,晚辈崔望百初入潭府,不知这是您老人家的座位,冒犯了,这里跟您行礼、赔罪!"映霁道:"崔先生礼到了,请坐。"望百在客位坐下,映霁一旁站着相陪。望百不觉肃然,起立道:"崔望百原本只听说乔家家教甚严,今日得见,果不虚言。乔东家这么站着,在下也只能起来了。"映霁重新将他按坐下去,道:"崔先生今天是客,理当坐下。乔家虽非大富之家,但赖先人荫佑,一家上下衣食还是有余。崔先生今天来,一定不是为了别的,而是为了天下人的衣食,要帮乔映霁遂了平生之志。请开口吧!"望百不觉对他多了一层敬畏,道:"崔望百本是乔东家的仇人,不料只凭崔望百一席虚言,乔东家就尽弃前嫌,坦诚以待,在下不能不为之动容。啊,在下初来乍到,本想浅尝辄止,但现在改主意了。乔东家,我可以直截了当吗?"映霁开始喜欢他,道:"当然!"望百道:"乔东家从广州学生意归来,据说曾为民国后的乔家想好了马上做的几件大事,以为如此就可以光大乔家商业帝国,实现汇通全球货通全球的梦想?"映霁点头道:"是!"望百哈哈大笑道:"恕我不敬。在崔某看来,乔东家的这几条大计,非但不能使乔家如鲲鹏一样一飞九万里,相反却会让致庸老先生创下的乔家商业帝国一败涂地!"映霁变色道:"崔先生何出此言!乔映霁虽学识浅陋,可是要做这样几件大事,也是经过了深思熟虑的!"望百道:"夜短话长,崔望百先不说乔东家的这几条大计为何在中国行不通,我就先说自己的一策,乔东家只要行我这一策,就能实现自己的梦想,做中国商界的第一人,甚至在世界上成为一家可与洛克菲勒、摩根、罗斯柴尔德媲美的商业金融帝国!那时出现在乔东家眼前的就不再是遍布中国大地的战乱、灾荒、贫穷、瘟疫、死亡,而是全世界的天空、大地、山川、河流、森林、草原,还有海洋,还有人,西印度群岛上的黑种奴隶,南太平洋岛国的红种女人,都会是你乔东家的!"映霁不觉皱了一下眉头,但忍住了,道:"乔映霁愿听其详!"望百道:"乔东家哪里也不用去,马上要做的几件大事全部停止,只去做一件事就够了!"映霁道:"一件什么事?"望百道:"乔东家出外学生意八年,一定不知道现在乔家还有多少银子!"映霁不说话。望百道:"乔东家其实应当回答,因为我现在就是你的孙茂才,是将你带上九万里高空的那一阵抟扶摇而上的飓风!"映霁道:"原来崔先生对庄子的《逍遥游》一文也如此熟悉!"望百大笑道:"听说当年孙茂才就是用庄子《逍遥游》中的一段话,引导乔致庸老东家走出了泥潭,将目光投向了九万里高空。在下虽有孔明之智,却有原宪之贫,今天弃旧投新,怎么可以不事先熟读《逍遥游》!"映霁笑起来道:"崔先生,我可是急着听你那一策呢!"望百道:"乔东家哪里也不要去,马上清点乔家的银子,然后直奔北京城,去见一个人!"映霁一惊道:"谁?""袁世凯!"

映霁笑容急落:"为什么我要去见他!"望百猛回头道:"我且问你,今后谁是中国的主人?"映霁道:"现在已经是民国时代,按照临时约法,中国的主人当然是中国人民!"望百道:"错!大清灭亡,中国进入民国,主人仍然只有一个。原来还以为是孙文,现在看来,孙文一介书生,不足道尔!中国的主人,只能是袁世凯!"映霁道:"袁世凯接任临时大总统后仍然要实行民国临时约法, 国会和全国人民对他拥有监督和罢免权,只是一个具位总统,怎么会成为中国的主人!"望百冷笑:"我不想争辩!崔望百日读报纸,夜观天象,对民国时政有几个判断。如果将来的天下大势不出我之所料,乔东家会照着我的话去做吗?"映霁道:"请崔先生先明示将来的天下大势是什么!"望百道:"第一,袁世凯不会到南京就任民国临时大总统。第二,袁世凯也不会真让自己做临时大总统,他会很快搞掂国会,把后者变成一个选举机器,正式选他做中华民国第一任大总统!"映霁道:"如果真是经过了国会的选举,即便他做了正式的大总统也是合法的,并不值得惊讶!"望百道:"我没说完。第三,袁世凯很快就会利用自己得到的权力,不,更重要的是利用握在手中的军队,在国会内清除异党,在全国剿除革命党人,培植自己的势力,让中国就成为他一个人的!到了这一天,就有崔望百今天不敢说的大事发生!"映霁道:"袁世凯会恢复帝制,让自己黄袍加身?"望百道:"你以为不会?"映霁激烈道:"袁世凯接掌晚清政权后,本可凭一国之力,与革命军展开决战,争夺天下,但他没这么做,反而主导了南北议和,参与推翻帝制,建立民国。如果他继仕民国临时大总统后谨守约法,对外废除不平等条约,对内实行民主政治,大力恢复经济,引导中国走向工业化,就实现了鸦片战争以来多少中国志士仁人流血牺牲要实现的梦想,就是重造中国的伟人。相反若逆历史潮流而动,不但皇帝梦不成,反会身败名裂,遗臭万年。我不明白他为什么不要做中国的华盛顿,反而让自己遗臭万年?"望百道:"非常简单,他不是华盛顿,别人也不会让他做中国的华盛顿!"映霁已经忍无可忍,仍道:"崔先生就直说吧,你要我别的事都不要做,只去清点乔家的银子,然后直奔北京见袁世凯,干什么?"望百道:"读过贾谊的《过秦论》吗?"映霁点头:"当然。""贾谊在《过秦论》的开篇就讲了一段话:'秦孝公据崤函之固,拥雍州之地,君臣固守以窥周室,有席卷天下,包举宇内,囊括四海之意,并吞八荒之心。'今天的袁世凯就是当年的秦孝公,以北京为根本之地,以北洋各军为自己的虎狼之师,见天下无主,即有囊括四海之意,并吞八荒之心。但中国太大,袁世凯要实现他的野心,缺一个东西。"映霁脱口道:"银子!"望百道:"乔东家果然聪明绝顶!袁世凯今天所以要和革命党言和,是因为手中还不曾握有强大到可以让他万无一失的武力。武力是靠银子堆起来的,他想得到银子,有两条路可走,一是增加赋税，搜刮天下。但中国人太穷，拼命搜刮也不一定有多大收获；二是向列强借款，但这要国会同意，在今天革命党占据国会大多数席位的情况下，这条路也不通，何况今日中国，田赋、关税、盐税等等主要税收早被大清抵押给了列强，袁世凯上台后会发现他除了卖国，手中根本没有可以再抵押给列强的东西，人家不会借款给他。这时候他怎么办？"映霁反问："他怎么办？"望百道："乔家千载难逢的机会就在这里，当然，这也是袁世凯的机会！"映霁不说话。望百道："我听说乔东家要做的几件大事中，第一件就是联络各大晋商将山西票号改制成现代银行，公开募股，聚沙成塔，以中国的金融独立推动中国的工业化，以成富国强兵之大事。但是，如果你获得了袁世凯信任，不用联络别人，只要能得到中央政府准许，将自家的两大票号改制成具有发钞和管理政府债券权利的中央银行，同时和袁世凯约定，这样的银行全国只能有一家，别无分号，那会怎么样？"

映霁道："乔家银行印发的每一张纸币都会在中国具有无限法偿的权利。所有的中国票号都将失去独立发行和流通自己银票的机会，只能以乔家的纸币为流通手段！"望百道："乔东家看到的还是最小的一根指头。更大的利源在于这样一家银行可以帮助政府实行赤字财政！"映霁越来越心惊道："赤字财政？"望百道："就是发行各种以政府信誉为担保的债券。""然后呢？""然后，第一你可以随心所欲地发行纸币，将天下的银子圈进乔家的银库，那时即便是外国人到中国做生意，也只能用你乔家银行的钞票，你不再仰他的鼻息，他反过来要仰你的鼻息！除非他再把军舰开来，和中国人打一仗！""第二？""第二，也是最厉害的，就是以政府赤字财政的名义大量发行各种债券，乔家想要多少银子，就发行多少债券。不，应当这么做，乔东家估摸着天下到底还有多少银子，就发行多少债券！""乔家这么做，结果是什么？""袁世凯通过乔家的银行得到他做梦都得不到的银子，可以背靠乔家，实现自己席卷天下，囊括四海的志向，为老袁家开创一个新的王朝！""乔家会有什么好处？"望百二目炯炯道："乔东家可以一举成为中国的洛克菲勒、摩根或者罗斯柴尔德。以后就是袁世凯败了，乔家也已经成了中国唯一的具有世界性影响的大商家。无论谁接着做皇帝或者大总统，都会爬到你的门下，乞求你拿银子支持他登上宝座，你不再是他的臣民或奴仆，他们却成了你的臣民和奴仆！你可以继续从他们的野心中获得利益，左右中国政局，安排你满意的人做皇帝或者大总统。这样一个乔家甚至可以以自己巨大的财力影响世界大局，操纵地球上的和平和战争，你不仅是中国的主人,还是世界的主人,地球的主人!""崔先生告诉我,全中国的商家很多,袁世凯为什么一定会选择乔家去做这种事?""因为在眼下的中国,没有比乔家更有实力和信誉、更能哄骗天下百姓,帮助他得到天下财富的商家!"

映霁猛地走过去,将望百面前的茶杯端起,一下将茶水泼在地下,叫道:"小栓,开门送客!"望百大惊道:"乔映霁,你干什么?"映霁道:"崔先生,你的一大篇高论乔映霁领教了。知道我若是听了你的话,会发生什么事?"望百道:"什么!"映霁一字字道:"首先袁世凯完了,其次民国也完了!乔家也要完!乔家五代人从推小车走西口开始,千辛万苦,多少人在商路上饿死、渴死、冻死,多少人被土匪劫杀,被沙漠活埋,多少寡妇一辈子守在望夫台上,看不见男人回来,母亲等到死那一天都等不到十二岁出门学生意的儿子回家……这才有了今天的乔家。我要是听了你的话,五代人的辛苦,成千上万掌柜伙计的血汗和牺牲,就只成就了一件事,让你说的这个人——至今也不相信袁世凯会是这么个人——乔家变成一个祸国殃民的大贼窝!乔家倒是有可能成为中国的洛克菲勒,可中国几亿人,必将会为活不下去揭竿而起,中国会再起一场太平天国式的革命,外强趁机而入,中国不亡,再无天理!那时我这个乔家的东家,就是点燃这场大火的罪人!"小栓、小顺、望实一起冲进来。望百难以置信道:"乔映霁,你让我走?""门在那边,快请!""将来有一天你会后悔的!""走!"望百道:"我会走的!可是走前要再说一句,我不是没来过,我来过了,试图和解,帮你成大功,是你把崔望百从这条路上推开的!望实,过来扶我走!"望实急赶过来扶他走出去。小栓、小顺跟着出去。映霁心中大怒不已,环顾左右,忽然看见了望百喝过茶的杯子,举起来一把摔个粉碎,大叫:"人为什么要这样!为什么没有一点儿人心!小栓,拉马!"乔家大门外面,望实刚扶望百出门,小顺、小栓就"咣当"一声把大门关上了!望实道:"大哥,我们回家?"望百回看乔家,大声道:"乔家不用我,山西就没有崔望百瞧得起的人家了!我们远走高飞!我就不信,天生一个崔望百,给了他诸葛亮之才、鬼谷子之智,苏秦张仪之舌,就不会再给他一块舞台,让他翻云覆雨,搅动天下,不能名垂千古,我也一定要遗臭万年!"望实扶他上了车,匆匆赶车离开。

后半夜光景,映霁带小栓赶到了祁县大德通总号大门外,嘭嘭打门。二掌柜跑出来开门,吓一跳:"东家,您怎么这个时候——"映霁急问:"两位大掌柜都睡了?"二掌柜点头。映霁已经让自己冷静下来,道:"算了,不用了,没什么大事,我回去了!"潘为严、高瑞已经边系衣服边走进来,吃惊地看着他道:"东家这个时候来了,出事了?"映霁随他走进大掌柜室,笑道:"是出了一件事,但过去了。真不好意思。"潘为严道:"还是坐下说。"三个人坐下来。映霁感叹道:"两位大掌柜,过去我还只以为对晋商票号进行银行改制,有利于外人进逼下保持中国的金融独立,推动中国走向工业化,就没有想过它居然事关民国后中国的治乱生死,十万火急!"潘为严心惊,看他道:"是谁让东家想到了这些?"映霁道:"是谁已经不重要了。重要的是我们必须马上去做,不然我大哥的话成了真,中国就会黑暗天日,再无复兴的一天!连同我们这些人,也将死无葬身之地!"

潘为严道:"东家说到这里,我正好跟东家说件事。眼下祁县四大家,除了我们,水家、元家、达盛昌邱家,都正在做三件事。"映霁一惊道:"什么?"高瑞道:"顶铺子,算银子,埋锭子。""什么意思?"潘为严道:"顶铺子,就是把家里的铺子顶出去,关门歇业;算银子是打发人,把因为你们这场革命从各地撤号回来的掌柜伙计遣散;埋锭子就是把银子都埋起来。"映霁大叫道:"为什么?"高瑞道:"因为他们听到了一个消息。袁世凯当了民国大总统,马上就要到山西抢银子了!"映霁愤然道:"胡说!袁世凯是民国临时大总统,怎么会这么做!"高瑞道:"这两天已经有不少被各家遣散的掌柜伙计,过去挖都挖不到,现找我和潘大掌柜求一碗饭吃。东家,你们革命党推翻了大清朝,别的好处没看到,看到的是百业凋零,天下人失业,不少人的日子马上就过不下去!"映霁皱眉道:"这些人实在活不下去,又实在能干,照爷爷的老规矩,我们留着!"潘为严急叫道:"不能!我们的人也正从各地撤号回来,拿着薪水吃闲饭呢。"映霁马上看二人道:"说定的事马上干,四件大事干不了先干两件。一是联合晋商改制银行的事要快做,二是重开茶路重建茶山的事也要快做。革命可以推翻一个王朝,但不能给大家饭吃。这个问题不解决,真的就会发生二次革命!"二人吓了一跳道:"东家说啥!还要发生革命?"映霁皱眉道:"解决了天下人的温饱就不会,解决不了,甚至还要把天下人最后一点儿活命银子通过见不得的办法都拿走,就一定会有革命。两位大掌柜,虽然乔家给不了天下人温饱,但我们眼下是晋商的一面旗帜,大家都看着我们呢,我们这么做一可以稳定山西商界的大局,二可以引导大家一起去做!"潘为严站起道:"好,明天我再去见水家、元家、达盛昌邱家的大掌柜!"高瑞也道:"东家,重建茶山恢复茶路都要用人,我明天就在失业的相与里招兵买马!"映霁同意:"能做事的都留着,我想,将来仅仅在茶路上,就要增加许多人手呢!"

已经是四更天了,依依、喜凤仍然坐在内室里等候。一阵脚步声响亮,映霁推门进来,吃惊道:"你们怎么还没睡?"依依道:"忽然间你就不见了,我们睡得着吗?"映霁心情大好:"啊,没事儿了。喜风去睡吧。"喜风跑出去端热水进来,依依示意她放下退出。映霁看地下放着一个大箱子,问:"这是什么?"依依道:"你不是要出远门吗?我和喜风把换洗的衣裳鞋袜理了理,包好放里面了,出门的时候再交代小栓几句,你就不会缺这少那了。"映霁笑道:"人娶了媳妇就是好!"依依道:"呸,听说晚上来了一个孙茂才?"映霁不愿意多谈:"假的,走了。"一把将她抱起道:"有什么知心话你快说,趁着我这会儿高兴。"依依脸红了,笑道:"生了一天大气,这会儿怎么又好了?"映霁道:"别提那些让我不高兴的。回来一看到你,我就是再生气,也变高兴了!"说着要去亲她。依依用手挡住他道:"你就是不高兴,我也得让。"映霁道:"那就快说。说完了我得早点睡,明天一大早还得带他们去县城呢。这又是什么?"依依看他身后的那个包袱,道:"别动。这是我包给映霁媳妇的。明天早上她就要被送到太原府戒毒了。"映霁一惊,想起来了:"晚上你去看她了?""我现在是这个家顶门立户的内当家,她是我的妯娌姐妹,我当然要去看看她。"映霁沉默下来,看她。依依道:"别这么看我。这就是我想对你说的事。映霁媳妇答应照你说的办,明天去太原府戒毒,就怕一时半会儿戒不了!"映霁又生气了:"戒不了也要戒。总之这个家里不能有犯家规的人。别说是她,就是你也不成!"依依道:"好。再问一句,明天早上,要是有人没跟你走,你真要把他们都赶出家门?"映霁一怔,想了想道:"当然。不这么做就是害他们!"依依道:"可有人说,现在都民国了,乔家也该民主一点儿。即便有人愿意养花,有人愿意养鸟,打死都不愿意去学生意,你也得让人家有选择的权利!"映霁更不快了,道:"家规是先人订的,为的是后代子孙不走邪路!什么选择的权利,吸大烟的权利也给?那还是乔家吗?"依依笑道:"你瞧,你还是革命党呢!民主是什么?民主就是个人在生活选择上有自由,当然是法律约束下的自由。道理还是你教给我的呢,回到家你又不实行了!"映霁道:"我就是不给他们抽大烟的自由!你是不是也想要那种权利?你想跟他学?"依依道:"跟你这个人就不能好好说话。算了,今天我说多了,洗洗快睡吧!还有一件事,明天早上我也要出门!"映霁一惊道:"你去哪里?"依依道:"我是大嫂,想把映霁媳妇一直送进太原府。在那里安置好了,放心了我才能回来!"映霁道:"你不能去,明天你也不能出门送她。不给她这个脸!"依依不再理他,回头铺床。映霁从背后看她,气悄平,上前将她抱住。依依道:"又怎么了?"映霁深情地看她,笑道;"你说我运气怎么这样好,平白无故在官道上捡到一个又聪明又善良的媳妇!"依依知道他回心转意了,突然红着脸亲了他一下。

翌日一大早,乔家书房院里,十几个年轻男人提着铺盖卷站着,映雯坐在铺盖卷上看书。映震也在,她媳妇和别人家的老人媳妇孩子一样守在自己男人身边。景清揉着眼进门,看大家都在,吃惊道:"哎,你们还真来了!"他一二三四地查起人头来。映震不高兴,大喊:"哎,我们都到了,当家的大哥,大老爷,怎么还没起来?"女人急忙扯他一把,低声道:"还在胡说!"映震越发生气道:"映雯也没到!他敢不来,我就敢不去!"景清生气道:"映震,又是你!映雯没来?马上打发人找他去!告诉你们大家,这个家从现在起又有章法了,我也不会像以前一样放松你们。映雯别看书了,去找映雯,他不来我就真敢打发人捆他来,再不听连他抽大烟的媳妇一块儿撵出去!"映雯将书藏进行李,跑出去。

映雯家小跨院门前,一辆马车驰来停下。依依身穿长行衣,看小顺等人将两个大衣箱放上马车。喜凤将昨晚映雯看到的那个包袱抱过来。李妈陪映雯媳妇走出院门,依依上前扯起她的手道:"包袱里有我给你拾掇的几件衣裳,还有点儿银子,不多,不是没有,是怕多了你又忍不住。天不早了,咱们上车吧。"映雯媳妇忽然回头看一眼。只见映雯自个儿提着铺盖耷拉着脑袋从院门里走出,眼泪忽然涌出。映雯看她一眼道:"行了,你跟大嫂去吧,我是出去学生意,眼下都民国了,天下太平,商路上轻易死不了人的!你甭担心!"女人忽然道:"等等!"映雯回头。女人道:"你是不是嫌弃我了?自从你听大哥说,只要在这个家吸大烟,就不算是乔家的人,心里早作下谱了是不是?这回我要是戒不了,你就顺水推舟休掉我,再娶一个好的?"映雯道:"诗云:'青青子衿,悠悠我心。'我没这么想。你胡说啥呢?"女人道:"你没想就好。告你吧,我这回去保准把大烟戒了,想娶好的,别做那个梦!"映雯道:"'青青子佩,悠悠我思。'我这是去学生意,白天跑街,夜里给师傅倒尿壶,忙得什么似的,哪里还会做梦!"女人道:"那你好好保重自个儿的身子,我戒了烟天天在家盼着你回来呢!"映雯道:"别啰唆了,我走了。"女人望着他走向书房院,眼泪又落下来。依依上前帮她拭泪,道:"好了,我们是商家的女人,男人总是要出去走商路的。"她亲扶女人上车,自己和喜凤也坐上去,对车夫道:"走吧。"书房院里,映雯已经带小栓走进来,景清和众人以及女人孩子都回头看他。映雯看景清道:"有没到的吗?"景清道:"没有。"映雯看大家道:"那好,把自己的行李背上,走吧!"众人吃惊,不动,窃窃私语起来。映震不高兴,道:"什么话不能大声说?他又不是老虎!映雯,怎么走?车在哪里?"映雯看他一眼道："没车。你们过去出门不是马就是车,那是当少爷。现在是出门做学徒,走商路走商路,第一个要学会的就是走。我今天跟你们一起走,三十里路,半天就到!走吧!"说完不等别人再说,转身往外走。众人不得已,各自背起行李,朝院外走。各家的老人女人孩子和自家要走的人作最后告别,女人们哭起来。映震看众人跟着映霁朝外走,瞅一眼自己的铺盖卷,越发生气。女人自己替他背起行李,道:"走吧,人都走了,我去送他!"映震一把将行李扯回来,背到自己肩上,往外走。女人落泪,忽然又笑。一妯娌女人看她道:"映震媳妇,你男人走了,以后千山万水隔着,一年只能回来一个月,当学徒头四年还回不来,你还笑!"女人道:"我想哭,可是一想大哥把他带出去学正经本事,就不哭了。他一个大男人,不能一辈子总窝在家里养百灵子吧!"妯娌女人道:"也是。他欠的债呢?"映震女人低声道:"刚娶进来的大嫂子答应悄悄替他还了!我们大家真有福气,老天保佑当家的大哥娶进来一个菩萨心肠的大嫂!"

祁县大德通总号大门外,潘为严、高瑞、王宗禹提着灯笼等到天黑,映霁才带着乔家一行人来到。众人上前迎接,潘为严道:"东家,怎么走这么久?"映霁道:"三十里路,没吃早饭就走,这会儿到,一个也没落下,不算久!"映震第一个扔掉行李倒在地下,嚷嚷道:"脚打泡了,我走不了了!"又有几个人跟着他倒下。映霁生气道:"你们是来学生意的,这会儿才到大门口,不进去学什么生意!起来!"潘为严也在招呼:"各位爷辛苦了,进来吧!"众人没办法,只好爬起来,唉声叹气地提着行李走进大门。映霁一路引他们进了院子。映震等人又扔掉行李,"哎呀哎呀"地坐下去。映霁马上又回头道:"起来!进了商号大门,你们的身份是学徒。师傅不开口不能坐,更不能躺,只能站着!"众人不得已又站起来。潘为严、高瑞对视,脸上现出赞许。映霁对二人恭敬拱手道:"潘大掌柜、高大掌柜,今天我把乔家适龄的子弟一个不少全带出来了,看在爷爷面子上,我给两位前辈磕头,也别挑也别捡,全收下来吧!将来他们有点儿出息,不会忘了两位的大恩大德!"说着就趴下去磕头。众人大惊。潘为严、高瑞急忙将他扶起来。潘为严故意地:"东家,您这礼太重了。不管怎么说,他们也都是少东家!"高瑞会意,也道:"对对!"映霁刚站起又急忙跪下去。潘为严道:"东家又怎么了,快起来快起来!"他和高瑞又去搀扶映霁。映霁道:"刚才两位大掌柜的话把我吓住了,你们不会是不愿收下我这些兄弟吧?那我只能跪在这儿不起来了!"回头喝令众人:"还不跪下求师傅开恩?"映雯先跪下了,众人跟着跪下。映震虽不情愿,但在映霁逼视下,最后也还是跪下了。映霁又道:"快一起喊,师傅开恩,给我们一碗饭吃吧!"众人参差不齐地喊起来:"师傅开恩,给我们一碗饭吃吧!"潘为严、高瑞感动,先去扶映霁:"东家请起。我和高大掌柜还有话说!"映霁道:"这些人是我带来的,两位大掌柜有话请讲,你们不答应我不能起来!"高瑞道:"既是这样,潘大掌柜就说两句吧!说了东家也好起来!"

潘为严道:"好吧。东家,潘为严得罪了。各位东家、少爷,你们今天既然入了这个门,认了我和高大掌柜是师傅,我们眼里就只有师傅和徒弟,没有东家了。不要小瞧你们今天这一跪,没有这一跪,你们一辈子就只能做乔家的少爷,有了这一跪,你们就是堂堂正正乔家商号里的学徒了!将来学成了就是伙计、掌柜,就是像我、高大掌柜这样的人!你们中一定会有人说,这样的人有什么了不起?没什么了不起,但和那些靠着祖宗混吃等死的,那些靠着官府鱼肉百姓的,打家劫舍祸害天下的人比,我们活得顶天立地,堂堂正正,仰无愧于天地,俯无愧于父母妻子和天下苍生!"映霁带头鼓掌,众人跟着,掌声雷动。潘为严道:"先别拍巴掌,我还没说完呢。下面的就不好听了!我要说的是,有了今天这一跪,你们的苦日子就开了头了!我不敢说你们中每个人都会成才,可是其中有一些人,一定会成才!为什么相信你们?因为你们是乔致庸的子孙!"说到这里,他眼里已经涌出了泪花。众人不觉感动,有人呜咽起来。

高瑞道:"好了,差不多了,东家请起。各位,我不能称你们少爷和东家了,都起来,既然是学徒,都自己拿行李,到后院站着,等着潘大掌柜和我跟东家商议一下怎么分派你们。你们瞧,我现在就不说那个请字了!"王宗禹将映霁扶起,众人还在发怔。潘为严大喝一声道:"起来!还跪着干什么!没有眼色!高大掌柜说过了,后面院子里站着去!"众人如梦方醒一般站起提起行李,向后院走。

将这群人安置到大伙房里等饭吃,映霁才回到大掌柜室,和潘为严、高瑞一起吃饭。王宗禹一边站着侍候。映霁道:"你站在这里干什么?不去吃饭!"王宗禹笑:"东家,不是因为您,是两位师傅在这里,我得站着侍候,这是规矩。"映霁见潘、高没有反应,只好作罢,看二人道:"两位前辈,我这些兄弟都来了,照上回说好的,吃完饭你们就分派他们,明天一早就让人带他们上路!王大掌柜,别的人我不求你,有个叫映雯的兄弟,你带上去天津!"王宗禹笑道:"东家原来说过,带到天津去的人我可以自己挑。"映霁道:"这个你不用挑,他在这一群里头是个好的。"王宗禹道:"那我也是要挑的。"映霁无奈道:"好吧。你挑!两位大掌柜,还是说我们的大事!"潘为严叫一声道："哎呀坏了！昨晚上东家走了，我一夜没睡着，天不亮先去水家候着，没见着他们家刘大掌柜，水长清老东家打发人出来见我，说水老东家今天要见您。约好的是下午，他票完戏，让您后台侍候。可你们这会儿才来到，怎么办？"映霁一跳站起来，大叫："怎么不早说？不吃了，我马上走！"高瑞道："这时候去也晚了，还是坐下吃完饭吧。"映霁笑道："你们不知道我这个姑老爷的脾气，他能让人出来说要见我，那是给了我天大的面子，结果我今天迟到了，这会儿他一准正在家里恼呢，我得赶快去请罪，不然还想和他谈银行改制？"潘为严也不吃了，道："我陪您去。"映霁道："还是我自个儿去。反正我是晚辈，到他那里要打要骂随他便，您去了就不好办了。"潘为严站起又坐下，笑："也是。东家受累。"映霁喊："小栓！拉马快走！"

　　祁县南关水家大院里正在经历一场大乱。老东家水长清正满世界到处砸东西，他刚把书房里一个明代斗彩寿石缠枝牡丹大花瓶摔在地下，又举起拐棍敲碎墙上那四扇清初紫檀嵌螺钿山水人物粉彩玻璃大挂屏。刘大掌柜和一帮伙计惊慌失措，跟在后面央求："东家别砸了！住手吧！那都是银子！"水长清哪里愿意住手，回头又抱起了一个商代古鼎。刘大掌柜冲过来抱住他，腿一软跪下道："东家，别砸这个，上回大少爷回来看过，说这是国宝，全中国也没有几件，您要是把它砸了——"水长清喊道：我就是要砸！都是我挣回来的！我留给你？我就一个儿子，从小让乔家给教坏了！不走正路！我砸了它！"一名伙计忽然跑进来，大喜道："好了好了，东家甭生气了，乔家少东家来了！"水长清做听不清状道："谁来了？"伙计道："乔家少东家映霁，您的内侄孙子来了！"水长清又问："乔致庸的孙子？"伙计道："是！"水长清又大怒："拿大棍子把他从大门口给我打得远远的！都是他们乔家误了我儿子，这会儿商不商农不农，正经人不当，给袁世凯那么坏的人当狗腿子，还去跟洪秀全的人谈和，那都是一帮强匪，能谈出什么好来！"刘大掌柜道："东家，错了，洪秀全早些年间就灭了，这回是孙中山！"水长清道："孙中山谁？是生意人吗？跟我水家什么相干！乔映霁听说还当了革命党，朝廷为什么不把他抓起来砍头？用大棍子把他撵走了吗？"映霁一步从门外走进来，一手架住他手中的拐杖，笑："角儿，我来了！今儿是一出什么戏，后台就开打了？"水长清瞪着眼道："你谁呀你？"映霁趴下行礼："晚辈乔映霁，给姑老爷磕头！"

　　水长清嘻嘻笑着看着众人道："你瞧这个人，他谁呀，又不是我孙子，给我磕头，我捡便宜了！你磕头找错地方了！"映霁道："没有。映霁来晚了，事出有因，前来向角儿赔罪!"水长清道:"什么来晚了?我叫你来了吗?压根儿没这档子事儿对不对!出去!我不认识你是吧?大棍子上来,撵出去就开锣,今儿我要唱《八大锤》,让他们侍候着!"刘大掌柜忙提醒道:"东家错了,《八大锤》是武生戏,您老一直唱旦角儿,崔莺莺啊,杜十娘啊,还有那个啥——"水长清叫起来:"你笨,我票的都是九岁红的戏!都是年轻时他们拦着我,不让我跟九岁红的戏班子跑出这个家,这会儿老了,还跟你们这群蠢东西缠在一起,生个儿子又让乔家给祸害了,我多可怜呀我!怎么还不走!"映霁已经站起,笑道:"姑老爷,我来也来了,头也磕了,罪也赔了,该谈生意了!"水长清立马警觉:"什么生意?什么生意?早上谁见我要请他来了?谁见了?"众人道:"没有,我们都没见!"水长清满意了道:"这就对了。乔家的,你都听见了。是你自个儿打上我的门,搅和了我的戏。"映霁笑道:"就算是的,生意也还是要谈!"水长清道:"谈啥?不就是想把我的票号吞掉,把水家的银子拿走给你乔家开银行?小子,告诉你,头一件,我不上你的当!二一件,算了,二一件不说了!"映霁道:"还是说,说了好开戏!"水长清道:"二一件我马上连票号都不开了,铺子全关张,把银子都埋在这儿下面!让你们找不着!老刘,开戏,我今儿非演《八大锤》不可!"

刘大掌柜为难道:"东家,《八大锤》里真没有旦角儿的戏,您怎么上台?"水长清生气道:"什么没有?《八大锤》里陆文龙没有老婆?岳云、狄雷、何元庆,都没老婆?"刘大掌柜道:"他们有没有老婆不知道,可戏里头没有!"水长清大叫:"我说有就有。我这么好的角儿不上,光他们几个武生有人看吗?就这么办了,让他们快扮了,我演陆文龙的老婆,先上去唱一段《长亭送别》。"刘大掌柜又急了道:"那也对不上。《长亭送别》是《西厢记》,崔莺莺送张生京城赶考!"水长清更火大了,道:"干吗非要崔莺莺送张生,为啥就不能让陆文龙的婆娘送陆文龙?不就是让老头子先上去唱几句过过瘾,然后下场,让他们开打吗?前头加一个小戏帽儿就这么难?怪不得你们发不了财,个个脑子都一盆糨糊,搅和不开,糨住了!"映霁心中电光石火般一闪,把话岔开:"等等,姑老爷,我怎么听说,您老人家要顶铺子,算银子,埋锭子?"

水长清立马回头,道:"我埋不埋锭子跟你什么相干?你打听这个干什么?我把锭子埋在什么地方只会让我孙子知道,连我儿子我都不告诉他!我们水家造什么孽,都是你们让他念什么混账书,迷了心窍。小子,我劝你一句,也不看什么年月,要是乔家还有银子,赶紧回去埋起来,生意甭做了!等着吧,过不了几天,不是洪秀全,就是袁世凯,会来抢啦!——开锣,《八大锤》头一出,《长亭送别》!"他不再管映霁,大步走向戏台院。刘大掌柜将映霁送出大门,拱手赔礼道:"好在是至亲,我们东家什么样乔东家都是知道的!"

映霁道:"刘大掌柜不用客气,姑老爷一辈子都是这样的人,好话他都要想法儿变成得罪人的话说出来。告辞了!"刘大掌柜看他和小栓上马远去,摇头关门走回去。这边映霁皱着眉头,在大街上和小栓并马缓辔而行。小栓看他笑道:"怎么着,碰了一鼻子灰吧?"映霁不答,半晌道:"叫你打听邱家少东家今晚上哪里快活,打听到了吗?"小栓道:"就前面不远的舞厅里。"映霁吃一惊:"祁县也有舞厅?"小栓道:"嘿,不但有,听说还红火得不成呢!"映霁道:"邱家和乔家一样,对子弟管教很严。这是怎么了,连邱家少东家——"小栓道:"东家,听说了一件事,不知是真是假。祁县四大商家,除了我们,家家都在顶铺子,算银子,埋锭子!"映霁怒起:"胡说!带我去见邱家少东家!"小栓已经驻马,道:"东家,到了!"两人下马,映霁道:"你去把人请出来,我不进去!"不大一会儿工夫,邱家少东家邱同就走了出来,上前拱手道:"乔东家好久不见!"映霁站着不动,抽了抽鼻子道:"什么味儿呀?"邱同大笑:"乔东家还是不入红尘,您来了正好,今天所以答应见您,是邱同刚刚听到一桩谣言。"映霁举手制止道:"除了你们达盛昌邱家,水家、元家,加上我们家,都在做三件事!"邱同一愣道:"没有?"映霁道:"我也刚刚听到一桩谣言,说除了我们,水家、元家,连贵府也——"邱同举手大笑道:"不要说了,邱同全明白了!如果今晚你还是来跟我谈那件事,贵号潘大掌柜已经见过我们家马大掌柜了,这是大事,邱同自然不能做主,我得禀告家父,可家父病着,一时半会儿可能——"映霁心情完全坏了,道:"明白了。今晚上来搅扰少东家,我只想说一句话——"

一群舞女忽然从舞厅中涌出,缠住邱同道:"少东家,我们都等急了!"映霁转身欲走,又强迫自己回头拱手道:"少东家太忙,这件事咱们以后再谈。再会。"邱同想了想,推开众舞女走过来,挽住映霁道:"少东家,我们往前走两步。"他携住映霁往前走去,一边道:"正好您今晚上来了,有件事邱同倒要请教。"映霁道:"邱东家已经知道那个传言至少对乔家来说不是真的,如果是真的,我今晚上就不会急着来找您谈银行改制的事了。"邱同道:"我不是说这件事,我说的是另一个传说,说谣言也可以——"映霁心中一亮道:"袁世凯当了民国大总统,会马上来山西抢银子!"邱同站住道:"原来乔东家已经听说了!这会是真的吗?"映霁激动道:"怎么可能!一派胡言!"邱同显然不这样看,道:"乔东家对袁世凯就这么有信心!"映霁道:"我是对民国有信心！莫非少东家连这样的谣言也信？"邱同道："我和家父都不相信。但有句老话说得好，无风不起浪。全中国人都知道山西富甲天下，山西民间传出这样的谣言，我们这种人恐怕不能等闲视之。"映霁不愿再谈下去了，拱手道："领教了，我会好好想一想的。再会。"邱同并没有马上放他离开，却携着他的手继续走了几步，才站住道："我有一言，不知道愿听否？"映霁忽然又有些激动了："请！"邱同道："朝廷退位，民国登场，中国正在大变，我们商家不变也得变，可我们并不是新时代的主角，至少一开始不是。乔东家现在要带领我们祁县四大家进行晋商票号的银行改制，成立中国第一家晋商银行，说好听了这叫领风气之先，说得不好听——"映霁打断他道："少东家认为映霁现在做这件事不合时宜？"邱同道："一点儿也没有这样的意思。毕竟当年令祖致庸老东家也在大乱之年、逆境之下，为天下商人做成了汇通天下货通天下的大事。现在我们只讨论它的可行性。其实大家都看到了，票号一定要改制，不然就会被时代淘汰。中国第一家晋商银行如果能成，达盛昌一定参与。不过——"映霁终于拱手道："不用讲了，少东家想什么我已经明白了。第一你至少没有拒绝，第二大家的顾虑我觉得不是没有一点儿道理。但是——"邱同笑着止住了他道："下面的话不用说了，晋商以天下为己任，多少年来乔家一直在做大家的榜样，不过此一时彼一时，袁世凯到底是谁我们并不知道，当年的慈禧太后说到底还是个女人，袁世凯却是一介武夫，我们不能不慎！"映霁点头道："这些话我会记住的！告辞！"

回到大德通总号，潘为严、高瑞已经看出来了。潘为严道："事情不太顺利？"映霁默然无语。高瑞忽然道："东家今晚上离开以后，我和元家的钱大掌柜见了一面。"映霁一惊回头："元老东家那边有消息了？快说！"高瑞道："钱大掌柜说，他把东家的意思说了以后，元家老东家想了一会儿道：'乔家这件事要想成功，就得把第一家晋商银行办得连袁世凯也不好对它下手！'"映霁心中大震，急道："前辈接着说！"高瑞道："元老东家还说，要实现这个目标，只是我们祁县四大家合办银行还不行，他问东家为什么没想到去联合平遥的广盛源！虽然乔家是票号界的后起之秀，今日名满天下，广盛源日渐衰落，但后者仍是票号业公认的领袖。乔东家真想把大事做成，就该先去找广盛源。乔家大德通和广盛源如今是中国票号界的两面大旗，如果他们联合改制成中国第一家晋商银行，他相信就连袁世凯要对它下手，也是要想一想的！元老东家又说，当年乔家致庸老东家也是先过了广盛源这一关，才成功进入了票号业，最终成就了汇通天下货通天下的！"这一席话让映霁心中如同拨去迷雾见了青天，大叫道："元老东家今年一百零三岁，真是活成了神仙，这件事我竟然没有想到！"忽然回头看潘为严道："潘大掌柜，您马上让人去打听广盛源北京分号的侯大掌柜，什么时候回来，我要见他，据说现在他是广盛源事实上的大掌柜！"潘为严却不兴奋，道："侯大掌柜昨天已经回到了平遥。可是东家，广盛源的事您都听说了吗？"映霁警觉道："前辈都听到了什么？"潘为严道："已经不是过去的广盛源了。老东家去世后，今天的广盛源一言难尽！"映霁道："到底是怎么回事！"高瑞道："两个儿子不和，两个人都是东家，明争暗夺，都想控制票号的人事，打得一塌糊涂。成青崖老掌柜故去后，后起的梁怀文大掌柜大致还能守住规矩，广盛源的局面勉强维持。但一年前出了件事，事情急转直下！"映霁问："什么事？"潘为严道："广盛源两位东家中的一位，违规从号里借银子，被大掌柜梁怀文阻止，惹恼了这一位，另外一位过去一直和这一位打架，这次也为了自己用银子方便，居然和前一位一拍即合，逼迫梁怀文先生辞号，连带着北京分号大掌柜赵邦彦也辞了号，换上一位东家的亲戚，就是现在这位北京分号的侯大掌柜。侯垣当上北京分号大掌柜后，广盛源的百年店规先让他败坏了，吃喝嫖赌外加捧戏子，最要命是号外有号，中饱私囊，只瞒着两位东家。而且此人极难缠，虽是北京分号大掌柜，但因为是东家的至亲，等于也把广盛源总号的家当了，到这会儿一年多了，广盛源总号居然没有大掌柜。广盛源现在人心大乱，每况愈下。这件事其实我想过，这个时候和广盛源联合进行银行改制，恐怕天时地利人和三条一条都不占。"映霁气闷，站起来道，"不容易也得做。潘大掌柜明天就和我一起去平遥，和侯大掌柜见面！"潘为严急道："东家就行了，我还是缓一缓。"映霁笑："前辈为什么不和我一起去？"高瑞道："潘大掌柜不去好，可以给事情留下一个转圜的空间。万一东家和姓侯的谈得不顺利，等我们去了临江，潘大掌柜还可以再和他谈。"映霁点头，喊："王大掌柜！王宗禹！"王宗禹大声答应着跑进来。映霁道："干吗呢你，半天见不到你人！"王宗禹笑道："东家不是让我挑人去天津吗？我挑人去了！"映霁道："我把这事儿给忘了！挑好了吗？"王宗禹道："总算没有白忙活一场。挑好了！"映霁高兴道："我那些兄弟中间，有几个让你满意吧？"王宗禹不说话。映霁道："不会只挑了一个吧？"王宗禹笑道："东家，你是让我挑，不是派给我，几个你就甭问了，反正映雯少爷在里头！"映霁叹气道："那至少还有一个被你看上了！"王宗禹道："东家要的是人才，加上两位师傅帮我挑的，十几口子呢，再多我和天津的侯大掌柜怕应付不过来！"映霁大叫一声道："我也明白了，你眼里揉不了沙子。

啊,明天早早叫小栓套车,你跟我去平遥!"王宗禹想了想道:"好的东家! 映雯少爷一块儿去吗?"映霁道:"你看上了就一起去! 叫他的名字! 映雯,不是少爷,是学徒!"王宗禹笑:"行,映雯,不是少爷! 学徒!"

　　让映霁没想到的是,第二天他们不是在平遥广盛源总号,而是在城西烟花巷一个娼家找到了侯垣。那侯垣并不认识映霁,更不觉得在这里接待映霁有什么不妥,迎出门拱手道:"哎呀你就是乔家少东家! 他们刚才来人说了,让你在广盛源总号久等! 幸会幸会! 我就是侯垣!"见映霁年轻,马上又摆出了一副前辈的架式道:"乔东家请进! 到了这里不要客气!"又喊老鸨子:"还不快把你的人喊出来侍候?"说完先就转身走了回去。老鸨子响亮地答应一声:"女儿们,快出来呀,今儿来的都是又年轻又漂亮的公子哥儿! 各位东家、少爷,快请进!"王宗禹、小栓、映雯哪里见过这个,看映霁,都站着不动。映霁看他们道:"既然来了,就进去吧!"带着王宗禹、映雯随老鸨子往里走。小栓一转身溜回马车上躲起来。龟奴顺手关闭大门。侯垣在花厅里和三人相见,映霁向他介绍王宗禹、映雯:"这位是鄙号武昌分号的王大掌柜,这一位是舍弟。你们俩还不快见过侯大掌柜?"王宗禹拱手道:"晚辈见过侯大掌柜!"映雯却站着不动。侯垣只看王宗禹道:"你就是大德通武昌分号的大掌柜! 这么年轻! 乔家真是人才辈出!"略一寒暄,侯垣即对老鸨子喊道:"我说你是怎么回事儿,真不想发财了? 这么没眼色,今天可是财主踩破你的门儿了,不是老夫今天到了你这里,平日你就是八抬大轿也请不来他们! 快把最好的姑娘请出来,啊,都记在我账上!"老鸨子拍一下巴掌,立马眉开眼笑道:"瞧瞧我这老眼昏花的,小红翠,快把你两个姐妹都喊出来! 哎呦喂,今儿个哪里的祥云,一下子这么多财神爷都到了!"映霁急忙拦住道:"等等! 我们就想借你这一块宝地,会一下侯大掌柜,有几句要紧的话要说。乔家有家规,姑娘们是不敢亵渎的。你也请吧。"他顺手掏出一块银子放下,老鸨子收下银子,有点儿失望,让小丫头上了茶后退去。映霁坐下又站起,重新对侯垣郑重拱手道:"久闻大名,晚辈昨天听说您回到了平遥,今天不揣冒昧,带王大掌柜和舍弟一起来拜见,有一件大事,想同您商议!"侯垣也不客气,道:"坐吧坐吧。想起来了,在京城时乔家北京大德通分号的李大掌柜跟我扯过一耳朵票号改制的事。今儿你专程赶过来见我,也是要说这件事吗?"映霁道:"原来前辈猜到了,那就更好! 晚辈冒昧地问一声,侯大掌柜是怎么想的?"侯垣倒也爽利,道:"乔东家能为这件事专程从祁县赶来平遥,在广盛源等了我大半天,侯垣也就不来虚头巴脑那一套了。侯垣此次回平遥,是要和两位东家见面,他们早想让我正式接任总号大掌柜,我呢宁可继续做北京分号大掌柜,至于总号的大掌柜,倒是无可无不可。现在大生意都在沿海,其次京城,山西已经没有太多的生意了,总号在平遥就是个空架子。在这件事上,别人有些议论,说我拿架子,是想既当总号大掌柜,又要兼北京分号大掌柜,一手遮天。恐怕乔东家还另外听到过一些不好的,那些对我没有影响。这一次呢,我觉得自己等了这么些日子,东家也该想清楚了,就自己做主回来,这会儿还没有见到东家。至于银行改制,也不新鲜了,晋商票号业酝酿多年,没有成功,原因很多。所以我这个人就很惊奇,为什么乔东家仍要做这件事。"映霁想了想道:"晚辈有一事请教,当初晋商票号间进行的那些次银行改制不成功,到底因为什么?"侯垣抽烟,喝茶,大声笑道:"说来也简单。第一嘛是谁来当头儿,谁都怕大鱼吃小鱼,被别人吃掉;二是责任有限,将来谁成了银行的经理人,里面可操作的空间很多。乔东家,我这就要问你一句了,乔家真愿意把银子放到未来的银行里占股,自己被排除在经理人之外?还有,银行和票号的最大不同,是票号做生意,一旦亏了,是你自己做亏的,你怨不着别人。银行不同,别人拿你的银子做生意,得利的是他,亏了算你的,责任有限嘛。"

映霁听进去了,点头道:"前辈接着讲!"侯垣又道:"且不说票号联合创立的银行,会带来多少掌柜的伙计失业,就上面这两条,乔家若能答应,我明天就说服两位东家,和乔家联手成立中国第一家现代晋商银行。怎么样,我说清楚了吗?"映霁与王宗禹对视。王宗禹会意,站起开口道:"这里本没有晚辈说话的份儿。侯大掌柜,恕晚辈冒犯,我觉得您老人家可能对现代银行制度还不是那么清楚——"侯垣听了不大高兴道:"我怎么不清楚!办银行和办票号,有那么大不同吗?"映霁看王宗禹一眼,回头道:"前辈不要见怪,我这阵子一直在学习现代银行知识,老师就是他。现代银行和票号的真正不同并不是前辈说的那两条。"侯垣道:"这小子还是乔东家的老师?那就给你个脸,你说说现代银行和票号到底有多大不同。说得好赏你饭吃,说不好打嘴!"王宗禹笑道:"晚辈抖胆。前辈刚才说的两件事,其实是两种担心,但根据现代银行制度,都是不必要的。票号真正改制成银行,应当实行公开募股,股份是社会化的。管理它的是股东选出来的董事会。这个董事会不但要为出资多的股东负责,同样要为中小股东负责。"他看出侯垣装成不在意的样子,但听得却很认真,看一眼映霁,又道,"另一项制度是董事会和经理人分开。董事会任命经理人,但不能直接参与经营,那是经理人的事。做这样的分割同样是为了保护股东的利益,也就是说——"

侯垣道:"打住。这一条就不成。不是我不成,是东家不干! 你要我们的两位东家把银子投进银行,却在银行里说了不算,一旦亏了还责任有限,万一亏得一两也不剩,他还找不到人扛,那怎么成? 所以我有一句丑话说到前头,改制可以,不管广盛源的股份在将来的银行里占多少,我们的两位东家都得做新银行的董事长,而且任命经理人时说话要算数,此外免谈。"王宗禹绝望地看映霁一眼。映霁看侯垣道:"前辈,我也反对责任有限。但原因和你不同。我们晋商一向以责任无限待人。我想以后改制成功,还得这样做。你把银子投进来,我们作为大股东替你承担经营失败的责任。这样能打消你那两位东家的顾虑吗? "侯垣大笑道:"更不能了。你责任无限,可是经营他一不懂,二管不了,万一别人做赔了,还得他扛,你愿意,他不愿意! 映霁,我叫你名字吧,我算是和你父亲一辈的人了。说句扫你兴的话,连我们广盛源都有这么多顾虑,那些中小票号你就更不用想了。我劝你一句,现而今什么年月,朝廷都完了,民国怎么样谁知道! 这年头有酒就喝,有银子就花,什么银行改制,搞不成的! 说半天的话我也乏了,乔东家和我这样的俗人不同,乔家有家规,这种地方你是不能留下来的。既是这样我就不留了,我送你们出去! "

侯垣已经站起来往外走。映霁等三人被动地跟着走。王宗禹、映雯看映霁,发现他满脸都是失望。老鸨子跑出来喊:"哎哎,各位东家、少爷,怎么就走了呢? "众人也不理她。侯垣一直把映霁送到大门外,就听里面传出一个娇滴滴的女声:"姓侯的,你还进来不进来,让姑奶奶等了这半天! "侯垣浑身上下立马像是被融化了,做娇声道:"哎,我的心肝儿,马上来! "映霁回头对他拱手:"前辈再会! "侯垣虚应一下道:"再会再会! "映霁要走,突然又回头,开口道:"晚辈还有一事请教! "侯垣要走又不能,只得停下看他。映霁道:"前辈要映霁怎么做,广盛源才能答应参与中国第一家晋商银行的改制? "侯大掌柜一时竟精神起来,上下打量映霁,道:"要是这么讲,我倒是想起一件事来了。我们两家,广盛源和乔家,一个是票号祖宗,业界领袖,一个后来居上,誉满天下,我们要是愿意联起手来做生意,用不用银行的招牌,其实就是中国第一家晋商银行了! "

映霁一时心中大动:"对,我怎么就没有想到? 我们两家联合起来,先成立一家银行, 只要照着现代银行制度做强做大,谁做董事长都是为两家打拼, 有什么不可?"王宗禹听了大惊,悄悄在后面拉扯他的衣角。映霁并不理会。侯垣道:"乔东家,你的意思和我的还是不同,我是说,压根儿就不要银行那个虚名儿,两家各自保留自己的招牌,在业务上相互通融扶持,外面知道了我们两家是这一层关系,也和新建一家银行差不多了。"映霁脱口而出:"为什么?"侯垣道:"哎呀我说映霁,你到底还是年轻,你想没想过,乔家要是和广盛源联手做生意,互相担保,哪家的银子不愿意存到我们两家票号来?那不等于你说的什么公开募股、股权社会化?谁当董事长、有限责任还是无限责任之类的麻烦也就没了!你要集中天下财富为中国做大事的目的一样可以实现。"映霁一边深深看他,一边激烈思考起来。侯垣神情显得更加兴奋了,又道:"我这个主意可是这会子才冒出来的,不过我觉得很有意思!你回去想一想。对了,为表示广盛源和乔家合作的诚意,我们两家马上就可以先一起做一笔生意!"映霁道:"前辈想和乔家一起做什么生意?"侯垣一把将他重新拉回到大门内,低声道:"也是一家老相与,合生元。"映霁道:"合生元怎么了?"侯垣的声音更低了:"他们的景况不好,眼下必须找到一家有信誉的票号为它们做担保,不然会被京城的大小债主挤兑关张。啊,他们的大掌柜来找过我,我当然可以做,但乔东家这么大老远来到平遥,上门提要和广盛源合作,我当然得给你一个见面礼。怎么样,就是帮他们担保一下,平息中小散户的恐慌,帮他们稳住局面,一两银子也不用出,半年为期,他们给我们三分的利水!"映霁道:"三分的利水太高了,他们快不行了,我们再收这高的利水就有点儿不厚道。"侯垣大笑道:"乔东家真是乔家的东家,义信利,义字当先。你真要觉得高,我们可以少点儿,他们求之不得呢。"映霁爽快道:"为了表达乔家和广盛源合作的诚意,这桩生意,乔家答应了!"

王宗禹听了急忙拦着,道:"东家,不行!"映霁不悦:"怎么就不行?"王宗禹道:"东家怎么忘了,您是东家,生意上的事潘大掌柜说了才算。合生元在北京,这笔生意能不能做,潘大掌柜还要听北京分号李大掌柜的意思!"映霁这时再看侯垣,发现他脸色陡变,悻悻道:"乔东家要是为难,那我刚才就算没说,再会!"略一拱手,就要转身。映霁忙道:"前辈等等!"侯垣回头。映霁道:"侯大掌柜是第一次提两家合作的事。我不能让前辈失望,回去马上跟潘大掌柜商量,一定会给前辈一个满意的答复。敢问侯大掌柜什么时候回北京?"侯垣脸色缓和过来不少,道:"最少十天,最多一个月。"映霁拱手道:"那好,我保证侯大掌柜回到北京,乔家大德通北京分号的李大掌柜会立即登门拜访!"侯垣掩饰着悄然而起的兴奋,拱手还礼,道:"乔东家爽快,好,侯垣在北京专候!"

第十八章

　　回祁县的路上，天已经黑了，映霁看王宗禹，问他刚才为什么要阻拦他，王宗禹不说话，只要他回去听听潘大掌柜怎么说。进了大德通总号，映霁将事情说了一遍，果然潘为严脸色一下就沉下来。映霁急了，道："我说潘大掌柜，这么好的事情——"潘为严举手制止他说下去，道："东家，我只问一句话，现在天下不宁，商路断绝，票号都没有生意，广盛源碰上这么好的事为什么不自己做，非要拉上乔家一起做？"

　　映霁道："前辈，从小爷爷就教导我，凡人不可察心，只可察行，察心则天下人为盗贼，察行则天下人为圣贤。我们现在想做的事情是打开票号向现代银行改制的大门，钥匙就在广盛源。如果这次一起生意做得好，就能让广盛源看到我们的诚意，也给外界一个两家在合作酝酿银行改制的印象，下一步一起向全社会募股，创立中国第一家晋商银行就不难了！合生元也是老号，他们过不去这个关口，我们帮一把也是应该的！"潘为严把话岔开道："高大掌柜身子骨不是很好，我让他先睡了，自己留下来等您。他让我提醒您，去临江的事要快，不然耽搁了春季种茶，一年的茶事就过去了！东家的意思我都明白，我会办好这件事的。还有一件事，东家昨天带来的人今天都分派上路了。包头是乔家的根本之地，除了映雯少爷，我让乔家的少爷们都去了包头马大掌柜那里！"映霁称赞道："这样好，是该让他们吃点苦头，体会先人们创业的艰难……王大掌柜，你挑的人员名单我看过了，不错，你和天津侯大掌柜要好好地把他们带出来，将来都是新银行要用的人才。对了，映雯可是你从我的兄弟中挑出来的，十八亩地一根苗，一定给我带好！"王宗禹笑道："别人东家放心，映雯少爷嘛，王宗禹照顾不好还有东家呢，将来东家自己带他两年，映雯少爷就成才了！"映霁道："我现在说的是你。万一哪天我不能理事，乔家总是需要一个人顶上去扛着！"王宗禹变色："东家甭吓我！你不会哪天又高兴了去当革命党吧！"映霁不再说话，王宗禹心中已经明白了，却不动声色道："东家放心！"

　　大德通门外,一辆马车停下。喜凤扶依依下车。映霁赶出来迎接,责备道:"你怎么来了?"可所有人都看得出来他其实很高兴。依依道:"我算着日子呢。想着你说不定就这两天走,在太原府安置好了映霁媳妇,就赶过来了!"映霁引依依进了自己住的上房,关切道:"还没吃饭吧?"依依道:"真没有,给我们弄饭,饿死了。"映霁急喊小栓去告诉伙房,给大奶奶她们弄饭吃。依依看映霁,撒娇道:"不嘛,你亲自去伙房安置,我这阵子想吃清淡的。"映霁道:"行,我自个儿去。"他刚跑出去,依依就急看了喜凤一眼,喜凤会意,一转眼就将小栓引了进来。小栓见了依依有点儿发怵,道:"大奶奶,没……没啥事吧?"

　　依依道:"小栓,你喜欢我们喜凤?"小栓慌了,急道:"没有的事儿!谁说的!"依依欲擒故纵道:"喜欢也没啥。我看你们俩倒有夫妻相。只是我还不知道你是谁的人。"小栓一下子明白了,眉开眼笑:"大奶奶,小栓第一是东家的人,第二是大奶奶的人。"依依道:"原来这样,你走吧。"小栓急改口道:"哎呀,错了错了,第一是大奶奶的人,第二才是东家的人。"依依不说话。小栓打了自己一个嘴巴子,道:"呸,我真笨!我谁的人也不是,就是大奶奶一个人的人!"依依道:"我且信了你,交代你一件事,你敢瞒着东家去办吗?"小栓迟疑起来;"这个……"依依道:"走吧!我骗你呢,我没事!"小栓又慌了道:"懂了!我敢!"依依道:"你们去过临江后还要去武汉。我在武昌城里有个亲戚。有件事想让你去办!"小栓踊跃道:"不就是瞒着东家吗?东家其实很好糊弄的——"依依道:"住嘴。你敢糊弄东家,就一定敢糊弄我。"小栓又打了自己一嘴巴,道:"那可不敢。大奶奶,总之事情交给小栓办就是了,一定办好,还不让东家知道。"依依看喜凤:"行,我这里有一封信,信里还有一张银票,我要你把它们交给一个人。"小栓忽然紧张起来:"谁呀?"依依道:"这个人你知道,就是我嫁到乔家那天东家带你们去追的那个女人,名叫阿莲!"小栓脱口而出:"不对,她叫莲花!"马上意识到自己失言,下意识去捂嘴巴。依依道:"就是她。前些天在武汉你一直和东家一起,这次去了一定知道到哪里能找到她,把信和银票交给她。这件事办好了,回来我就跟东家说你和喜凤的亲事!"小栓道:"哎呀大奶奶,那您可是菩萨了,我会办好的。"边说边把信和银票接过来。

　　下半夜光景,王宗禹起来小解,看见大掌柜屋里还有灯光,走过来敲门道:"师傅还没睡?"潘为严道:"是宗禹?进来吧。"王宗禹推门进来看他:"师傅,子时都过了!"潘为严小声道:"关门。我在给李大掌柜写信,明天早上好让带走。你来得正好。"

王宗禹道："师傅遇上难题了。照我说，这生意做不得。"潘为严道："做得做不得，那也要看。"王宗禹笑道："哎呀师傅，以前我在武昌，也听人说侯大掌柜如何如何，还不太信，今儿个东家带我和映雯少爷一起去平遥，侯大掌柜居然在一家行院里见了我们，这才叫百闻不如一见。他还不止是逛窑子，他简直就是把窑子当成了家，把那个叫什么小红翠的雏妓给包下了！一个分号大掌柜，生意又不好，一年赚的薪水是有数的，像他这样大把在窑子里花银子，薪水一定不够用，就得在铺子里挪借，甚至贪污、盗窃，所以先辈们说，人只要有这个毛病，一不能让他入号，二不能和他做相与！"潘为严道："天下大乱，世风日下，人人都有今天没明天似的，他这个人不背着人干，倒也光明磊落……别人逛窑子我们管不了，只要能和广盛源达成合作意向，尽快创建出中国第一家有大影响的晋商银行，让天下的银子有个可靠的去向，东家连做配角的心都有。我们只能往前走。"王宗禹不说话了。潘为严又道："你到了京城，还要等我和高大掌柜帮你挑的人聚齐，才能带他们去天津学生意，这中间怕是要等些时日。这些日子里你听李大掌柜的。知道什么最要紧吗？"王宗禹笑道："当然是查清广盛源目前的经营状况。师傅，我可是有点儿不信，百分之三的利水，还不用真出银子，这生意自己不做，倒要拉上乔家一起做，傻子才这么办呢！"潘为严道："广盛源这些年王小二过年，一年不如一年，说是票号业的领袖，那是大伙儿捧它。乔家信誉天下第一，和我们绑在一起，事情才做得起来，这也不是秘密。我担心的不是这个。"王宗禹看他道："师傅担心的是侯垣会不会有什么事不愿说出来，瞒着我们，挖坑等我们跳！"潘为严沉默起来。王宗禹又道："徒弟问您老人家一句话，您要是觉得多余，就当我没说，不必回答——"潘为严道："我知道你想问银行改制这件事前景如何。"王宗禹笑道："怪不得外头人都说师傅是神仙呢。"潘为严道："尸骨成山，血流成海。"王宗禹慌道："师傅！您吓住我了！"潘为严笑："真吓住了？"王宗禹也笑。潘为严道："虽然我们大家都对这件事充满了疑虑，可东家看样子是铁了心了，而且他是有道理的！乔家又出了一个老东家那样的东家！"王宗禹道："听说昨天有一个自称孙茂才的人毛遂自荐，闯进乔家，为东家出谋划策，一步棋就能让乔家变成中国的洛克菲勒，结果让东家给撵出去了！为什么？"潘为严不回答，却道："这些日子祁县大街上有童谣，你没听到？"王宗禹摇头。潘为严道："听着！'一个圆，一个咸，不要命，只要钱，过了谷雨就开镰！'"王宗禹沉吟，忽然笑道："'一个圆'，说的是袁世凯吧？'一个咸'，是说一个山西人！我不想说他的名字！'不要命，只要钱'，不是说不要命,是要钱不要命!'过了谷雨就开镰',过了谷雨,中国的政局就该稳下来了,就要动手了?"潘为严道:"王朝更替是天下大机,东家比我们更早地看到了这个,所以才会这么急切地要做成这件大事,不然,万一让别人抢了先,照另一个路数做,中国真的就要完了!东家现在是在和他已经看到的那个可怕的前景赛跑,他认为只要他能跑到前头,中国就还有救!"王宗禹已经听明白了,道:"我担心东家来不及!"潘为严道:"这话你听听就算了,我也担心!虽然高大掌柜、包头的马大掌柜和我都老了,乔家的成败存亡和我们都没有太大干系了,但当年老东家对我们三个人有知遇之恩,去世时他老人家将东家和乔家托付给了我们,只要我们三个人还能行,就会一直陪着东家往前走,哪天走不动了,躺倒了,眼一闭也就罢了。义、信、利,说了一辈子,老了老了考验的时候到了!东家赢了,乔家不知道能不能赢,晋商不知道能不能赢,但中国一定能赢;东家败了,也没什么,因为乔家行的是天下大义!"

王宗禹张开嘴又合上。潘为严看他道:"你是不是想说什么?"王宗禹道:"东家要是也像别的晋商大家一样,只担心乔家的银子会给乔家带来大祸,就简单了,其实这些银子还有别的出路。"潘为严看他道:"像别人一样,顶铺子,算银子,埋锭子?"王宗禹笑道:"顶铺子,算银子,但不要埋锭子,把银子悄悄运到天津或上海,入股外国银行,然后全家搬进租界,坐吃利息,乔家不但能躲过大祸,相反等到天下安定,还能卷土重来!"潘为严一时间却走了神,热泪盈眶。王宗禹"扑通"一声跪下,道:"徒弟该死,让您老人家难过了!"潘为严道:"起来。"王宗禹爬起来,扶他坐下。潘为严道:"如果乔家是这样的人家,我们还守着他们干什么?我一辈子跟着老东家,别的没有学会,学会了一件东西,这让我觉得比一辈子做成了多少大事都要紧!"王宗禹大叫:"师傅——"潘为严道:"即便你只是一个商人,也有机会为天下人活一世!有银子是乔家的大福,也是乔家的大祸。怎么样处置这些银子,是把它们看成一家一己的,还是看成天下人的,人和人就是因为这个分出了高下!商人也因为这个分出了高下!"王宗禹再次跪下了,叩头道:"谢师傅教诲,徒弟这会儿才真正明白了东家和师傅的心!"潘为严道:"起来。乔家的存亡和你其实没太大干系。你年轻,聪明,学新东西快。听说外国人在武昌的银行都争着聘你去做买办,时髦,快活,还能大把地赚银子,可你没有从乔家辞号,那就是还有良心。既是这样,就和东家、师傅一起走,成了一起成,败了一定有人牺牲,首当其冲的是东家和我,不会有你什么事。那时没有乔家了,你再去给洋人做买办,挣银子养活一家老小,我不拦着!"王宗禹再次急急跪下,热泪盈眶道:"谢师傅教导,徒弟会牢记到死的!"

这一夜,映霁和依依在上房里也基本没睡。映霁在床上紧紧拥抱依依,用热烈的目光看她,道:"知道你来了我有多高兴吗?"依依道:"知道。就是我来到以前,有个人心里一点儿也没想到我。"映霁笑道:"怎么没想到?一天十二个时辰,每一个时辰都想一次。"依依眼里忽然涌出泪花。映霁道:"这东西可是能做药引子,明天我一走,你要是天天哭,就找个东西接住,不要抛撒了,将来收到一个盆里,送到药铺子换银子。"依依破涕为笑道:"呸!知道我这会儿在想什么?"映霁道:"舍不得我呗。恨不能跟我一起走。"依依杵了他一指头道:"知道我的心就好。我从小不在商家长大,不知道做了商人的媳妇,送男人上路时心里竟是这么苦。这会儿真后悔当初没听我哥哥的话。"映霁道:"你哥哥什么话?"依依道:"为了不让我嫁给你,出嫁前最后一个晚上罚我背了一夜的诗!"映霁大叫:"妙!罚得风雅。让你背什么诗?"依依道:"白居易的《琵琶行》。""这会儿还能背吗?""说什么呢,四岁哥哥就教我背这首诗了。""你哥哥为了不让你嫁给我,这功课也做得太早了!从头背太长,这么着,我提一句,你要是能从中间接着背,我就信了!"

依依一时就来了兴头,道:"提吧!"映霁道:"哪一句都行?"依依道:"自然!"映霁道:"那我可提了啊。'浔阳江头夜送客,枫叶荻花秋瑟瑟。'"依依道:"呸,这就是开头的两句。"映霁又道:"'主人下马客在船,举酒欲饮无管弦。醉不成欢惨将别,别时茫茫江浸月。'"依依接道:"'忽闻水上琵琶声,主人忘归客不发。寻声暗问弹者谁?琵琶声停欲语迟。移船相近邀相见,添酒回灯重开宴。千呼万唤始出来,犹抱琵琶半遮面。'""'别有幽愁暗恨生,此时无声胜有声。'""错了,漏了好几句。"映霁道:"考你呢。'商人重利轻别离,前月浮梁买茶去。'"依依看她:"背呀,怎么了?"映霁道:"不背了,我明天就要去恢复茶山,重开茶路,你要留在家里做商人妇,却背起这首诗,忒没劲,哎,我给你唱个《走西口》吧。"依依痴痴地看他,又扭过头去。映霁道:"怎么了?今天夜里你好像特别伤感。有什么要千叮咛万嘱咐的,一件件说,咱说到天亮。天亮说不完,咱接着说到天黑!"依依"扑哧"一声笑了,道:"头一件,别外头遇上了心里放不下的,把依依和家忘了。"映霁道:"这个没有。第二件!"依依道:"怕是到了武昌城,就什么又都想起来了!"映霁一下被触动了心事,有顷才道:"我已经不做革命党了,那里的人和我就没什么相干了。我这次是因为走茶路不能路过武昌。"依依道:"真的,所有人都不来往了?"映霁道:"尤其是不会再跟还要革命的革命党来往!"

他的心一动,盯着依依。依依也在看他。映霁良久才道:"依依,有件事我一直想告诉你,上次在火神庙里我告诉了你一件事,那个人死了。"依依心中一动道:"谁?阿莲死了?"映霁道:"对,我也是不久前才知道的。""为什么要告诉我?""啊,这个……我觉得应当告诉你。"依依不说话了。映霁有意将目光移开,忽然瞥见她身上带的一块玉佩,拿起来看。依依要夺,映霁高高举起道:"这是什么?"依依道:"什么你不是看见了?"映霁道:"怎么这样眼熟?想起来了,这跟爷爷给我的那只玉佩是一对儿。"依依悄然变色:"你也有一块?"映霁取过身上那块玉佩,将两块玉佩合在一起,道:"瞧,什么叫珠联璧合?它们果真是一对儿!"依依不说话了,一时间内心激浪翻涌。映霁道:"怎么不说了,你这块哪儿来的?"依依想了想道:"前几天在家里帮娘倒腾旧衣橱,翻出来的。娘就赏了我。"映霁道:"真的?"依依一把将玉佩夺回,攥在手心里,道:"什么真的假的,我不明白。"映霁看她一眼,道:"不明白就算了!"重新将依依抱在怀里亲吻。依依腾出一只手,悄悄将自己的玉佩藏起。

虽然如此,第二天天未亮,映霁还是早早就爬了起来,去临江的车马已经安置好了,王宗禹也准备带着映雯背行李上路。映霁走向映雯,帮他整整衣服,笑道:"好好地跟着王大掌柜走,他这会儿是你师傅,叫你往东不要往西,叫你打狗不要撵鸡。一准要学出本事回来!"映雯趴下磕头,眼睛湿润道:"大哥放心,我会的!昨晚上起我都开始给师傅倒夜壶了!"映霁扶他起来道:"这就好。王大掌柜,就此分手,交给你的那批人关系的不只是乔家的未来,还是中国金融业的未来。你要带不出来,就误了天下大事!"王宗禹笑道:"东家放心,王宗禹这会儿也不想说漂亮话,到时候不让你失望就得了!"映霁又道:"你自己也要跟外国人多学几手,我们将来的路长着呢!"王宗禹道:"知道!"送走了他们两个,映霁回头看依依道:"该你们了。看着你们走,我才能放心上路!上车吧!"依依眼里一时又湿了。映霁将她抱上车,低声道:"你可不要哭啊,你一哭我也要哭,两个人的眼泪加起来,值不少银子呢!"依依道:"呸!我的话都记住了?"映霁道:"皇上的话记不住也要记往太太话!再说眼下也没皇上了。喜凤快上车!"马车要走,依依又想起来,看映霁道:"不能喝酒!"映霁点头道:"知道!"依依还不放心,又把小栓喊来:"回来要是我听说东家喝酒了,我们说的事情就没有了!"小栓大叫:"大奶奶,可不能没有!小栓一定看住了东家不让他喝酒!"看着依依的车走远,映霁又回到大伙房里,坐下和阎承业及众徒弟吃饭,大声道:"大家吃饱,今天上了路,山高水远,就没那么多好吃的了!"众人笑着答应。阎承业道："乔东家放心，走镖的人靠吃苦讨饭吃，走长路都惯了。"然后看众人说，"大家快点儿，天不早了，吃完就上路！"映霁一边狼吞虎咽，一边想起小栓来，叫："小栓！小栓哪儿去了，我还有话问他呢！"小栓忽然跑进来，大叫："东家，来了一个打死你都想不到的人！"小拉斯普汀已经大步走进来，看映霁道："乔东家，让我好找！"映霁也不吃了，扑过来抓住他道："是你小子！你居然又找到山西来了！"回头向潘为严、高瑞介绍。高瑞道："东家等等，我都认出来了，简直跟他爷爷一个模子！"小拉看着满桌的饭菜，反客为主道："正吃饭呢？我还饿着呢！"映霁道："吃吃！"小拉坐下就吃起来。映霁看他那个样子，道："你小子不是三天都没吃饭了吧？你来了可是太好了，这两天我还正想着到哪里找你呢。吃饱了跟我们一起上车，咱们去临江！"

这场乱直到去临江的车队驰出祁县商街上了城外的官道才告一段落。小拉斯普汀和映霁、高瑞一起坐最前面的车上，车上插着一面大旗，大旗上绣着一个斗大的"乔"字。小栓一出城就将车赶得飞快。小拉斯普汀本来就是个话痨，这会儿话篓子打开，别人就插不上话了："乔东家，我可是你的恩人！你得谢我！谁也甭打岔！让我说个痛快！你们头一天在武昌城造反，当天夜里我跟着过江，满武昌城找您。哎呀，乌泱乌泱的都是乱兵、抢匪，给我吓得……有这么两兄弟，满世界找您，要在背后打您的黑枪，两回都让我给搅和了，我等于救了您两条命！您乔东家是中国的大商家，您的命值上亿的银子，将来咱要算算，您该在合伙的生意上少算我多少银子！哎，我怎么净说这个，大事还没说呢！"高瑞听了，看映霁道："这小子一嘴京片子，要不是披着一张外国人皮，说他是个北京的胡同串子我都信！"小拉斯普汀又看他道："哎我说高大掌柜，您还说对了，我就是个京片子，小时候爷爷就带我住北京城儿，就在你们皇上住的紫禁城旁边儿，有个西河沿儿，旁边又有个胡同口儿，进门就是个四合院儿，门口蹲着两个大石狮子儿，我小时候最喜欢吃的北京零食就是糖葫芦串儿！"映霁喝道："打住，说你的大事！"小拉斯普汀道："我这里正要说大事，你们一打岔，我就花开两朵各表一枝了。是这么回事，这些日子来您当我在哪儿？""不会一直在武昌城里满大街没头苍蝇一样找我吧？""小瞧我。您离开武昌城，去保定府捣鼓什么炮弹的事儿，我就照着您的话办咱们的大事了！我想办法混上了一条法兰西国的军舰，本想从武汉到上海去，不想这帮混蛋，发现我不是法国人，是俄国人，扣住我不让我上岸，一直把我带到了福州！"映霁大笑。小拉斯普汀道："您笑吧，小心把天一样大的生意笑跑了！"映霁道："好，我不笑。说，你跑到我们中国的福州，捡到中国的宝贝了？"小拉斯普汀道："说捡到宝贝也不错，我联络到一家我们俄罗斯国的海运公司，跟他们说好了，每年运一整船茶叶去欧洲，连意向合同都签了，定金也付了！"映霁果然大喜，将小拉斯普汀抱住道："我的天哪，你还真帮我开辟了海上茶路了！"小拉斯普汀急道："等等，在中国，您这样对我别人是会误会的。这叫好男风！我可是喜欢女人的！"映霁放开他道："呸，你好无耻！你还真有胆量，茶货在哪里呀，你就要运一整船去欧洲！"小拉斯普汀笑道："您就是茶货！是您在武昌城里红口白牙地告诉我，要和我两个做天下最大的茶货生意，不但要恢复武夷山到恰克图的陆上茶路，还要开辟海上茶路，走郑和当年的航道到中东，过苏伊士运河到地中海，沿着几百年前以色列商人常走的从泉州到欧洲的海上丝绸之路的终点，那是意大利的佛罗伦萨，从那里上岸，然后把茶货分卖到欧洲各国去，赚天下最多的银子！你们乔家可是最讲诚信的，到时候您要是给不了我一船茶货，我就……我想想……对了，我就砸你们乔家的招牌，让你们名声扫地！"映霁故意道："你砸我的招牌也没用，今天我和高大掌柜才带人去临江重建茶山，恢复茶路，没有个三年两载，乔家没有茶货卖给你，你的定金今年铁定黄了！"小拉斯普汀看着他笑道："什么我的定金黄了，是你的定金黄了？"映霁一惊道："不好！你小子又干了什么？"小拉斯普汀道："您知道我跟我们俄罗斯国的海运公司合同怎么签的？"映霁大叫："小拉，你不会——"小拉斯普汀道："我干吗不会？我就是以乔家大德通票号合伙人的身份签的，定金是一张白条，说等我找到您，他们就能拿到银子。开始我还不敢相信他们会答应，你们中国这叫空手套白狼吧，可是这些家伙满口答应，居然说中国的商家，换第二家他们都不信，但是乔家的生意，他们签！"说完，看着映霁咧嘴大笑。映霁回头道："高大掌柜，谁知道他那合同上签的是多少银子，要是今年弄不到茶货，咱们就叫这小子给坑了！"高瑞道："那咱们今年就给他弄到茶货！难道还有乔家做不了的生意吗？"小拉斯普汀鼓掌道："太好了，高大掌柜到底是前辈，我就喜欢听这样的话！哎，正事说完了，让我唱一段《苏三起解》吧！"众人还在吃惊，他已经有腔有板地唱起来。

武昌鹦鹉街百花巷七十四号名叫夏楼的花园洋楼一间密室内，换了一身便装的张振武一口气将一杯热茶喝下去，回头看莲花道："武昌首义的几位领袖刚刚开完一天一夜的会，大家让我来见你，想在你离开武昌赴南京见中山先生前再执行一项任务。"莲花道："什么任务？"张振武道："再去一趟山西，给乔东家送一封信！"他把信掏出来放在案上，压低声音道："经过激烈讨论，大家一致认为袁世凯窃夺革命成果后，中国非常可能要进行二次革命！目前南京民国政府一意和袁世凯媾和，不愿意听取我们的意见，但我们自己不能不早做准备，包括政治上的准备，主要是宣传；然后是组织上的，最后也是最重要的是经费。"莲花道："让我带信去见乔映霁，让他为二次革命捐助银子？"张振武道："我是这么想的。现在我们还有点儿经费，只要革命没开始，就不要把他扯进来。你上次回来报告说他对袁世凯当国后的看法与我们不同，反对进行二次革命？"莲花道："从山西起义发生那天起，他就认为中国革命结束了，只想回去做他的商人！"张振武沉吟片刻抬头道："会议给你的任务是去送信，但如果有机会和他深谈，就把我们对时局和中国未来的看法告诉他，让他有个思想准备，一旦二次革命发生，我们仍需要他回归，特别是在经费上为革命提供支持！你像是有话要说？"莲花道："我只是有点儿担心。大帅和各位领袖这么信任他，可万一他是个坚定的二次革命的反对派……再将这么机密的消息告诉他，对我们的同志和将来的革命没有危险吗？"张振武看她道："是不是有危险大家也讨论过，一致认为乔映霁同志值得信赖！"莲花道："那……好吧！我接受任务！"看着她把信收起来，张振武又道："你要回到中山先生身边去，我们也同意了。很快武汉就要被袁世凯亲信冯国璋的军队进驻，我们大家都要分散撤出武汉。你回来向我报告一下情况，就带巧姑走吧。"莲花道："谢大帅！感谢大帅给了我和巧姑参加武昌革命的机会！最后这项任务，我和巧姑今天就出发去完成。"

几天过后，莲花和巧姑就已经到了临江。莲花在镇外勒马停下，目视远方，默然无语。巧姑道："姐，我记得乔东家说过过些日子就会来临江重建茶山，恢复茶路！"莲花道："眼下就是种茶的季节，如果他还没有回到临江，他和乔家就再次对临江茶区的百姓和天下靠乔家茶路活命的人失了信！"巧姑看她道："要是那样，我们怎么办？"莲花道："那我们就没必要去山西了！"巧姑朝前方山路上一望，大叫道："姐，乔家的车马到了！"莲花朝远方望去，果然望见了乔家车队前那杆绣着大大"乔"字的旗帜，心情骤然激动起来道："我们躲开！"

临江还是一座死城。映霁带车队又来到镇边那家野店门外停下。野店掌柜跑出来，大惊，转身要跑，被映霁一把揪住，道"哎，跑什么？不认识我了？"野店掌柜腿一软就要跪下，叫："英雄，误会了！上一回确实对不住，可小人也是没办法，都是被刘小七逼的！"映霁将他提起来站好道："我不是来报仇的。现在你一定知道我是谁了！"

野店掌柜道:"上回小人有眼无珠!后来听说了,你是乔家少东家!"映霁点头道:"知道我为什么又带人回来了?"野店掌柜道:"哎呀乔东家,小人该死,上回不该当刘小七的眼线!你们今天来巧了,刘小七和他的人正好不在山上!"映霁诧异道:"怎么?他让官兵给剿灭了?"野店掌柜道:"哪里呀。临江早就不产茶了,镇子上人都没有,刘小七待在这里不动一动,不得饿死呀。前些天听说他们到临县打劫去了!"映霁笑道:"这是你说的,今晚上刘小七不会再来打劫,你这店我们住了!"野店掌柜大感意外,道:"哎呀这可不敢!您是千金万金的大东家,这里荒山野岭,不是刘小七逼小人在这里给他做眼钱,小人早跑了。这里乔东家就甭住了,你们这些人对付不了他的人马!"映霁道:"那我们也住。你这个店,我包下了!"回头对众人喊:"我跟掌柜的说好了,大家进去!"野店掌柜越发惊慌,央求道:"哎呀这可真不敢……不是不想留你们,万一刘小七回来了,乔东家出了差错,小人就是有八个脑袋……刘小七可不是他爹刘黑七,这小子没念过书,杀人不眨眼,不讲理,整一个黑旋风李逵,见人就杀!"映霁平静道:"这么说吧,我不但要住下,恐怕十天半月,说不定一年两载,还不走了!不但要住下来,我还要写告示贴出去,说乔家人又回来了,临江茶山,万里茶路,又恢复了!"野店掌柜大为激动道:"乔东家不是开玩笑吧?现在茶山都荒了,临江城也死了,人影都见不着一个——"映霁打断他道:"你不是还在吗?你出去告诉离开的人,眼下民国了,开茶山又能赚到银子了。赚银子的生意谁不做?所以乔家又回来了!"野店掌柜瞪眼看他,还是不信。映霁拍拍他笑道:"你一时半会儿不信也没关系,但你这店我是住定了。人要吃饭马要草,你要好好地张罗!"野店掌柜一眼瞅上了小拉斯普汀,又叫:"哎呀,怎么还有个洋鬼子?乔东家背后到底什么来头!我可是怕洋人!"映霁乐了,大声道:"我也怕,可他还非得跟着来!啊,你要是能联络上刘小七,就告他我回来了,不走了,他要是有空儿就请过来,我要见他!"野店掌柜脸色一变:"小人不敢!"映霁脸一沉:"君子无戏言,就这么告诉他!"野店掌柜什么也不说,转身跑走。小拉斯普汀道:"哎,他怎么跑了?"映霁道:"让他走!"二人进了野店,发现店里只有一间草屋,小栓正在收拾,抬头看映霁道:"东家,这里收拾好了,就只有这间屋子还能住人,剩下的都只能将就睡马棚了。"映霁回看小拉斯普汀道:"小拉,这不怪我。我说这地方没有茶山,是个贼窝,你不信,非跟着来,只好跟我一起受委屈!"小拉斯脸色微变,硬撑着道:"乔东家吓唬我!真的假的?我才不相信呢,要是贼窝,您自个儿能来?"小栓道:"东家这回真没吓你,这里真是贼窝!"小拉斯普汀还是不信,大笑道:"说破了大天儿我也不信!您乔东家敢住,小拉就敢住,大不了陪您丢了这颗人头!"映霁对小栓道:"这小子还真没被吓住!这样吧,他到底是客,把这间屋子给他住,我跟你们一起睡马棚!走,看看去!"小栓不甘心道:"给他睡?早知道我就不忙活这半天了!"二人往外走。小拉大叫道:"哎,这儿真给我睡了!"映霁大叫:"对,中国人说话算数!"

夜里,马棚外起了风,映霁还在灯下看映雩送给他的那本《法国大革命史》。众人都在他身边睡熟。高瑞醒来道:"东家,夜深了,还是睡吧。"映霁不动。高瑞坐起来,大声咳嗽,又看他:"什么好书值得东家这么晚不睡?"映霁道:"哪里是什么好书!"高瑞道:"不是好书东家读得废寝忘食?"映霁道:"我说不是好书,是不同意写书的人的结论。他居然说,有时候一个国家发生革命,血流漂杵,尸骨成山,是历史的必然!"高瑞道:"这什么话,难道那些被杀的人就该死?"正说着,小拉斯普汀忽然抱着铺盖卷跑进来,连连说道:"我来了我来了!"映霁笑道:"怎么了?你住的可是这里最好的房间,好比上次我在汉口差点住上的那个什么……Presidential suite,总统套房。"小拉斯普汀叫苦道:"全是跳蚤,再说我一个人睡那儿也害怕,这里不会真是贼窝吧?"映霁道:"万一是呢?"小拉斯普汀大骇:"不带这么吓唬人的!"映霁又笑,道:"想过来和我们一起睡?行,地方大着呢,睡这儿吧。"话没落音,外面已经响起了脚步声。映霁一惊:"什么声音!"众人警醒,马棚门"砰"一声被推倒,一伙蒙面人持刀闯进来,逼住众人。映霁大叫:"什么人?"

刘小七扯下黑纱,现出本来面目,道:"你就是乔映霁?"映霁并不畏惧,冷笑道:"你就是刘小七了?"刘小七道:"果然是乔映霁!"映霁大叫:"阎师傅在哪里!"刘小七哈哈大笑道:"推进来!"众匪将阎承业师徒堵着嘴推进来。众人变色。刘小七对众匪道:"还愣着干什么,全捆起来!"众匪上前,将众人一一捆起来。小栓大叫:"东家,你怎么还不动手!"映霁道:"动什么手?连阎师傅都不是他的对手,我那两下子顶什么用!"他不动,任土匪将自己绑起来。刘小七哈哈大笑。小拉斯普汀变色,叫:"乔东家,真不是玩笑?"小栓道:"啥玩笑,都是真的!他就是这里的匪首刘小七!"小拉斯普汀绝望地看映霁道:"乔东家,这里真是贼窝?"高瑞道:"那还有错,就是贼窝!"他见世面多,并不惊慌,只是用疑问的目光看映霁。这时又听刘小七对众匪叫道:"统统带走!"映霁大叫道:"等等!"刘小七回头看他道:"乔映霁,你要说什么?"映霁道:"请问刘寨主要带我们去哪里?"刘小七冷笑道:"乔东家既然来了,那就请到我的大寨里住些日子好了,本寨主最近不太好过,乔家有的是银子,天下驰名,把你请回去住下,我和弟兄们就好过了! 对不对? ”众匪欢呼:"寨主圣明! 乔映霁快走! ”刘小七又道:"别忘了他带来的车呀马呀,还有银子,都搜一搜,全部带回山寨! ”说完转身欲走。映霁冷冷大笑道:"刘寨主今天要是为了银子来打劫乔映霁,就甭让他们忙活了! ”刘小七回头看他道:"你什么意思? ”映霁道:"没有银子! ”刘小七勃然变色,大叫:"乔家富可敌国,你乔东家今天带这些人路过此地,居然敢说没带银子,骗谁呢! 真没有银子,我就要你的人头! ”映霁笑道:"人头在这儿,随你砍去好了,可真没银子! ”刘小七惊慌起来,对二当家道:"快去搜! ”二当家的急忙带人跑了出去。马棚后黑暗中,莲花带巧姑走来,一眼认出了刘小七。巧姑道:"姐,他是谁? ”莲花颤声道:"刘小七! ”巧姑激动起来:"快动手吧,打死他,给爷爷和你报仇! ”仇人相见,分外眼明,莲花咬紧牙关,和巧姑同时举枪,透过后窗瞄向马棚内的刘小七。忽然她们听到了脚步声,二当家的带众匪奔出了马棚。巧姑拉莲花闪身离开。

马棚内,一转眼二当家的又跑了进来,对刘小七耳语。刘小七一步上前将刀横到映霁脖子上,大怒道:"快说,银子藏在什么地方? ”映霁平静道:"刘寨主,我说实话吧,这趟到临江来,我根本就没带银子! ”刘小七大叫:"不能! 你乔东家带这些人出门,人吃马嚼,怎么能不带银子? ”映霁道:"本人来临江不带银子,全因为刘寨主你在这里。乔家和刘家是世交,刘寨主认我这个世交,乔映霁带银子何用? 刘寨主不认我这个世交,我带银子来又何用? ”刘小七一怔,又叫道:"真没有银子,你就死定了! ”映霁道:"看样子你是不想认我这个世交了! ”刘小七啐一口在地下,咆哮道:"姓乔的,你还有脸提什么世交! 不是我爹当年认识了你爷爷乔致庸,入了他的道儿,居然跟着他南下贩茶,投了太平军,他和我大哥就不会让慈禧太后绑到北京菜市口砍了脑袋! 本大爷也不会生下来就没见过自个儿的亲爹! 我们刘家跟乔家有的只是杀父之仇! ”映霁立马打断他的话道:"令尊刘黑七的死,谁是谁非,眼下不是细论的时候。我现在只想问刘寨主一句,我敢带这些人来这里,在你开的贼窝里住下,为什么? ”刘小七被问住,结巴道:"你你你……你说啥我不懂! ”映霁笑道:"为了见你! ”刘小七刀刃在映霁脖子上用力,道:"你带这么些人来临江,又住在我开的店里,是为了来见我刘小七? 我刘小七是强寇,山匪,无恶不作的江洋大盗! 你乔家的大东家会专程来见我? 为啥? 说不出道理来,你这个肉票我还不绑了,我这会儿就撕票! ”映霁道:"因为我想带乔家回到临江重建茶山,恢复茶路,让当初因为乔家的过错流离失所的十几万百姓重新过上温饱的日子！"他的话义正词严，令包括刘小七在内的所有匪众都吃了一惊，面面相觑。

刘小七马上反应了过来，回头大叫："你们干什么？就凭他一句空话，你们就信了？乔映霁，你刚才说得多好听，你哪里是商人，你就是临江百姓的救星，是佛殿里高坐在莲花宝座上的救苦救难大慈大悲的观音菩萨！可你的话即便是真的，也和本寨主搭不上！"映霁道："怎么搭不上？搭得上！有你在这里做强匪，就没人敢回来开山种茶！"众匪交头接耳起来。刘小七大为慌乱，道："你们都干什么！听他这一句话，你们的心就动了？乔映霁，你果然是乔家的东家，你们乔家人从你爷爷开始就喜欢说大话，我父亲和我大哥就因为你爷爷那几句以商救国以商救民的大话，误入歧途掉了脑袋！说吧，要脑袋，还是要你的银子！"映霁道："我的话还没说完，我为了重建临江茶山，恢复乔家万里茶路，才来到这里见你。不但要见你，还要对你提出要求！"刘小七不觉歇斯底里大叫起来："乔映霁，你不要说了！你的小命现攥在我手心里，不赶快跪在地下求刘爷爷饶你性命，还敢对我提要求！你真是不想活了！"映霁一字字道："刘小七，我对你的要求非常简单：为了临江十几万流离失所的茶农，为了所有靠万里茶路活命的百姓重新过上温饱的日子，请你离开临江！"众匪听了这话，越发交头接耳起来。刘小七大怒道："你们要反吗？"映霁趁热打铁，又道："刘寨主，你要真是一位行侠仗义的大侠，像令尊刘黑七一样有一颗为天下人立命的心，就给我一个机会，让我像我爷爷一样用恢复茶路、建设茶山的办法给无数人带来温饱，不然，他们会继续成为无衣无食的流民，老弱死于沟壑，强壮的像你身后的兄弟一样，为了活命沦为盗贼，祸害一方，最后谁也没有好下场！弟兄们，我的话对不对？"众匪被感动，暗自悲伤，不少人垂下手中的刀枪。刘小七大为心慌，回头给身后小匪一巴掌道："混账！他的话你们还当真了？乔家当年也在临江开过茶山，茶路从武夷山一直通到恰克图，但后来怎么样？只因为他们不能大笔赚银子了，说不管你们就不管了！不跟着我刘小七你们早饿死了！乔映霁，废话少说，我只要银子，不然就动手了！"

映霁道："刘寨主真要银子，也不是不可以商量，但是，你要先答应我的条件！"刘小七道："你死到临头，还有条件？我现在就杀你，不要银子了！"映霁道："如果你答应离开临江，远走高飞，不再留在这里祸害一方，乔映霁答应给你一笔银子，让你一辈子衣食无忧，如何？"刘小七道："乔映霁，你真是财主，就要死了还以为银子能买到一切！不！今儿老子改了性情，我先杀这些人，杀一个问你一句，有没有银子？你要真有种就一直说你没有！我杀完了这些人再杀你！今儿我只要人头，不要银子了！"小拉斯普汀听了大叫："不要杀我！我不是乔家的人，我是乔家的相与！不，我都忘了，我是老外，杀了我你们会有麻烦的！我们驻在贵国的公使，会找你们的皇太后……不，临时大总统派兵来剿杀你们！"

刘小七一时间注意力全部转向他，笑道："你说一口京片子，不仔细瞅老子真不敢认你是个洋鬼子！孙子，你撞到爷爷手里，交大运了！你恐怕不知道，老子是出了名的大盗，什么临时大总统，老子不怕！你们洋人欺负中国人多少年，不说你是洋人老子还能饶你，一说你是老子气还上来了！来人，先将他拉出去砍了！"两匪听了，冲上来抓住小拉斯普汀。小拉大叫："乔东家，快救我！"窗后黑暗中，莲花再次现身，瞄准刘小七，"砰"地开了一枪。刘小七闪身之际，一只胳膊中弹，手中钢刀落地。巧姑枪声再响，将他身边的二当家击毙。一匪大叫："快跑，外面有埋伏！"众匪大乱，转身就跑。阎承业见势，对众徒弟道："动手！"

众人相互解开绳子，捡起地下刀枪，赶出去与要逃走的众匪厮杀。刘小七见势不妙，一手捂住受伤的胳膊，转身跃上前窗。映霁大吼一声，身上的绳索崩断，一脚将窗台上刘小七踢翻在地，反手将其擒住。刘小七奋力挣扎，居然无法动弹，大惊道："乔映霁，没想到你还真有一手！"映霁道："刘寨主，乔映霁会的不会的，好几手呢！来人，把他绑起来！"小栓和小拉赶过来，帮映霁捆绑刘小七。马棚窗后，莲花看一眼巧姑道："我们暴露了，快走！"巧姑随她走两步，又回头："姐，等一等！"莲花回头又朝马棚里望去，只见刘小七看着映霁叫："没想到败在了你手里，刘小七不想活了，快杀了我，让老子的腔子凉快凉快！"阎承业已将抓到的众匪带进来。映霁道："带他们出去，我和刘寨主还有话说！"阎承业带众匪离开，映霁回头看刘小七。刘小七慷慨道："乔映霁，你已经赢了，为什么还不动手？"

映霁看着他道："当年我爷爷和你父亲也曾在乔家刀兵相见，后来却成了心心相印的朋友。我爷爷为了替你父亲收尸，差点死在朝廷的大狱里！刘寨主劫杀临江渡口的摆渡老人，身上有命债，本不想放你，但是……乔家也犯过错，因为茶路和茶山不赚银子，说放弃就放弃，害得多少人流离失所！乔映霁今日不杀刘寨主，不是你不该杀，是我以为你和乔映霁一样，活下来可以为天下人立命，赎我们的罪！给刘寨主松绑！"小拉大叫道："什什么？放开他？"映霁道："放开！"小栓不敢怠慢，动手去解刘小七身上的绳索。刘小七眼中忽然涌出屈辱的泪光，大怒道："停停！乔映霁，老子要是不愿意呢？老子要是一辈子只想做一个土匪呢？"映霁盯着他道："你是一个人，为什么非要这样？你能讲出道理来说服我，我不勉强你！"刘小七道："因为刘小七早就不相信你们这种人！什么为天下人立命，我爹做不到，你爷爷做不到，你也做不到！"映霁道："即使做不到，他们也都试过了！我也要试，试过了做不到才不会觉得遗憾！我们就有理由一辈子为盗为匪，祸害一方！"刘小七久久看他道："明白了，我父亲当年就是被你爷爷用这些话蛊惑了，才走上了不归路！好吧，就算你说服我了。给我松绑，还有银票，让老子走！"

映霁从身上撕下一块布来："离开前先让我帮你把伤口裹一裹。外面拴着我的马，送给你了。这里有一张银票，无论去到哪里的乔家票号，都可取到银子。但不能一次取完，我在上面有交代，一次只能取出够你一年生活的银子。还有，只要你哪天不再守约，这张银票就不会让你再取到银子！刘寨主珍重！"他边说边为刘小七裹伤口，又将一张银票取出，递给刘小七，拱一拱手。刘小七也不客气，将银票塞在身上，拱手还礼道："刘小七也有句话留给乔东家，您要是真能为天下人立命，老子就一辈子不再扯旗造反。如果不能，我们的约定就不作数了！乔东家，后会有期！"说完转身大步走出马棚，一只手解开马缰，翻身上马。映霁看他纵马离开，神情严峻。小拉斯普汀回头兴奋道："真没想到，您今天安排了这么一场好戏！除了阎师傅他们，您还在马棚后面安排了枪手！"映霁猛醒，回头看着高瑞："高大掌柜，枪手是您安排的？"高瑞吃惊道："我还以为东家安排的呢！"映霁急看小栓，小栓也摇头。映霁大叫一声："哎呀！"众人面面相觑，忽然听到了马蹄声，映霁大叫："小栓，拉马！"小栓转眼拉过两匹马来，两人上马，出了野店，顺镇街向前急驰，小拉斯普汀赶出来大叫："别走，我也要去！太好玩了！"他拉过一匹马，跟着赶上去。镇外桥头，刘小七听到后面的马蹄声，急忙拉马躲进山林。莲花巧姑纵马追来，不见刘小七，巧姑恨道："姐，刘小七跑了！真没想到，乔映霁居然放走了刘小七！"莲花道："怪我自己，离这么近居然没有打死他！"巧姑道："我们现在怎么办？"莲花回头听马蹄声，心中一动道："快走！去临江渡口！"两人飞马而去。映霁、小栓、小拉已经追上来，小栓看马蹄印道："东家，她们奔临江渡口去了！"映霁想了想，道："快走！"三人拨马，顺马蹄印而去。刘小七待他们都走远了，才拉马出了山林，狞笑道："我的天，乔映霁好天真，想用一张银票把我变成另一个人，门儿都没有！"说着上马遁去。

山那边又是一条河，刘小七拉马上了渡船，摆渡人看一眼他，哆嗦起来。刘小七道："你怎么了？"摆渡人"扑通"一声跪下道："好汉爷饶命！好汉爷饶命！"刘小七"哼"一声道："认出老子了？"摆渡人道："不，没有！小的不知道好汉是谁！"刘小七笑道："你认出来了！不错，老子就是刘小七，现在孤家寡人，单枪匹马！等我上了岸，你想马上去告官，是不是？"摆渡人面无人色，大声道："刘寨主饶命，小人不敢！"刘小七道："那就跟我走，保你一辈子吃香的喝辣的！"摆渡人更害怕了，大叫："那也不敢，我上有八十岁老母——"刘小七怒道："你是什么样人，也敢看我不起，我这会儿就宰了你！"摆渡人道："刘寨主饶命，你这一刀下去，就不是杀了一条命！我死了不打紧，我娘，我媳妇，还是三个孩子，都活不了，是五条命！"刘小七想了想，忽然收手，回望临江方向，道："这荒山野岭的，你靠摆渡过日子，一天能挣几个大子儿？真不愿意跟我上山落草？"摆渡人哭起来："不是不愿意，实在是不能啊！"刘小七道："那就别在这里等着饿死了。乔家知道不？"摆渡人道："万里茶路的乔家？"刘小七道："对。临江镇来了乔家的少东家，要重建茶山，恢复茶路，正召集茶农回去种茶呢，带上你娘、老婆孩子，去那里吧！"摆渡人问："好汉爷不杀我了？"刘小七道："要说我不该冒险留下你，可是……今天你交好运了！把我送到对岸，我不杀你！"摆渡人将信将疑，将船拢向对岸，刘小七牵马上岸。摆渡人急忙将船撑开。

刘小七上马欲行，想了想又下马，招呼摆渡人："回来！"摆渡人大恐，又在船头跪下："好汉爷饶命！"刘小七道："我说过今天爷的性情改了，摆渡钱还没给你呢！"摆渡人急忙道："那就不必了！您老人家能饶了小人一条命，就积了大德了！"刘小七生气，掏出一块银子扔地下道："老子一辈子吃饭没给过饭钱，住店没给过店钱，今天试着做一回好人，给你摆渡钱你还不要，老子还不给了！"他下马将银子捡起来。摆渡人松一口气。刘小七上马，想了想，还是把银子扔下，纵马离去。摆渡人上岸，将银子捡起，吃惊道："太阳也有从西边出来的时候？不行，我得赶紧的到临江镇走一遭，要是乔家真回来了，我还是回去做茶，那才是老本行呢！"说着急急上船划过河去。

黄昏时分，莲花、巧姑已经进了临江渡口废墟，回头从窗口默望着前方山林中驰马而下的映霁、小栓、小拉，巧姑道："姐，他真来了！"莲花一动不动地站着，不说话。巧姑又道："我明白了，他猜到了！知道是你和我救了他们，才追过来的！"莲花道："我们走！我又不想见他了！"巧姑道："可是大帅——"莲花将那封信掏出，压在一张桌角下，转身从后门走出。巧姑又道："姐，我们就是为了见他才来的！"莲花走几步又站住，不回头道："我改主意了。看了大帅的信他什么都会明白的！巧姑道："姐，你不会是害怕见他吧？"莲花道："胡说！快走！"两人匆匆走出去，上马驰向远方的山林。巧姑回头一望，果见映霁带小栓、小拉进了大河湾中的渡口废墟。莲花忽然道："现在他应当看到大帅的信了！我们走吧！"二人不再停留，纵马驰走。渡口废墟中，映霁刚刚看完了那封信，神情凝重，猛回头望向外面的山林。小栓道："东家怎么了？谁留下的信？这儿怎么会有人——"映霁急打断他道："她们来了，又走了！""谁？"映霁不再说话，快步走出废墟，怅然朝远方山林望去。小栓已经明白了，看他道："要不要追上去呀？"映霁想了想道："不用了！"小拉道："你们说啥呢？把我搞糊涂了。乔东家，您怎么知道这里有封信？谁放进来的？我们到这里要见谁？看样子信里头不会是好消息，您的脸色都变了！把信给我看看，我们就要合伙在中国做大生意了，您的事情我都要知道！"他一把将信夺走，映霁马上又一把夺回来，道："中国人的事，跟你一个洋鬼子什么相干！"他越来越生气，远望山野，突然大喊起来："什么二次革命！我不同意！连中山先生都接受了他！难道你们比孙先生还高明？总得给他时间！不，不是给他时间，是给民国时期，给这个国家时间！"忽然又回头看小栓和小拉，大声道："这里的事要快点做完，我们尽快赶到武汉去！"小栓道："为啥？"映霁沉沉道："一定要阻止他们！中国不能再发生二次革命了！"

　　乔家重新回到临江的消息风一样传遍了四方，不到一个月光景，死去多年的临江镇上，大批原来离去的茶民又都携家带口络绎不绝地回到了镇子上。新修的乔家临江茶庄也焕然一新，随着一串串鞭炮炸响。映霁、高瑞、小拉斯普汀及众多茶农看着众人将一块新匾挂上去。人山人海的茶农们欢呼鼓掌。映霁登上高台，大声道："各位相与，各位乡亲，乔家茶庄今天重新开张，茶山重开，我们大家温饱的日子又回来了！"众人更热烈地拍巴掌，流泪，欢呼，映霁自己也流下了热泪。夜里，映霁请高瑞坐下来，道："高大掌柜，茶山的事儿已经有了眉目，往后要做什么您老人家轻车熟路了，我想明天就走！"高瑞也不言语，只是看着他。映霁道："别这么看我。我这一趟，先到武汉，然后出九江，下江西，走大清江，到武夷山，找爷爷老相与的后人，把万里茶路重新打通。"想了想又道："我说过要做世界上最好的茶，那就要买最好的制茶机器，这件事我已经交代给小拉了，他跟我一起到武汉，就从那里去上海，他保证到了采晚茶的季节，新机器一定能运到临江茶山，让您老人家用得上。"高瑞道："东家，我知道有些事我不该问，可是听说因为袁世凯接任民国临时大总统，你们革命党中有人正在酝酿二次革命。"映霁看他道："前辈放心，说开了也好，我急着到武汉去，要做的第一件大事就是阻止他们，不能再发动一场革命将天下搞乱了！"高瑞又咳嗽起来，吐了一口，痰中有血丝，他急忙把它踩住，掩饰道："东家别担心，这没啥……东家，我都明白了，你去吧，比起开辟茶路，你要做的更是天下大事。告诉你们那些革命党朋友，让老百姓们喘口气儿吧，中国是不能再打仗了。"有人敲门。高瑞喊："进来！"小拉斯普汀推开门道："哎哟，两位都在这里，我正找你们呢！"映霁道："快来！正说你呢，今天准备，明天随我一起去武汉，你从那里去上海，订购国外最新的制茶机器！"小拉进来坐下就夸口，道："没问题，这种事对小拉来说就是小菜一碟儿。"映霁道："我至少要十套，最新最好的！比日本人、印度人用的还要好！你行吗？"小拉斯普汀大叫："说啥呢，十套！没问题！可是乔东家，感情是感情，生意是生意！代理费怎么算？我是要收佣金的！十套最新制精茶的机器，好几十万银子呢。佣金我不要两成，要一成八吧，便宜你！"映霁道："我还就纳闷儿了，你小子这么会算计是不是娘胎里带出来的！你当是跟谁做生意？这样算计会把相与吓跑的！"小拉道："这怎么是算计呢？我要帮您在上海通过外国洋行订购最新制茶机器，收点儿佣金正常，中国人不是有一句话吗，天下没有免费的午餐！"映霁喝一声道："打住！机器不让你买了，再说刚才那句也不是中国话！小栓！"小栓跑进来。映霁道："准备一下，明天启程去武汉，然后去江南各省，最后到上海买机器！"小拉中计，急拦住道："慢！乔东家，生意还是让小拉来做，这样好了，代理费减半！"映霁看着他，良久才道："我明白了，你小子根本就没钱，整个一个空手套白狼。每天跟着我白吃白喝，遇上机会还赚我的银子！"小拉笑笑道："不管我有没有钱，只要我跟您配合，两个人一起做成天下最大的茶货生意，不就达到您的目的了？跟我一起做生意，只要代理费合适，各方面不出岔子，我保您不出两年就把中国茶货卖到全世界！"映霁想了想，把袖子放下来。小拉马上明白了，也把袖子放下，两人在袖筒里相互摸起手指头来，两三个回合后，映霁抓住了小拉斯普汀的手。"成交！""成交！"两人各自抽回手，吐唾沫在手心里，击掌，都大笑起来。

　　天黑前小栓已经做好了明天启程的准备，天黑后给映霁打水进屋，见他一个人站着想心事，问："怎么了？"映霁忽然回头道："你去镇子里找一个五十岁以上的老人，临江生临江长，茶山废弃后才离开，过去的事情全知道！"小栓心里警觉起来，道："东家想打听啥？"映霁道："你甭管，把人找回来就行，要悄悄的，不要声张。"小栓点头离开。映霁站着等，忽然急躁起来，走到大门外去，就见小栓引一位老茶农走过来。映霁站在黑影中等他们走近。小栓看不见映霁，回看老茶农道："站住！刚才交代你的话，记住了？"老茶农道："记住了。"小栓道："跟我学学，我怕你说岔了。"老茶农道："乔东家要问过去的事，不拘什么，只有一件事，不能说真话。"小栓问："哪件事？"老茶农道："致庸老东家那年除夕夜里在临江渡口喝醉了，要和摆渡老汉家结亲的事。"小栓道："东家问到这事，你怎么说？"老茶农道："不知道，没听说。"小栓道："错了。你要说听说过，但这是没影儿的事儿，全是摆渡老汉自己喝醉了瞎吹牛。乔家什么人家，怎么能跟他一个摆渡人的孙女结亲，这也太十三不靠了！"老茶农不说话。小栓道："怎么了你？"老茶农半天才道："可我确实听摆渡老汉说过，不是他们高攀，是乔家高攀！"小栓惊道："乔家高攀？你疯了！"老茶农道："摆渡老汉亲口告诉我的。乔家老东家知道自己到了大限之年，告诉他说，自己最不放心的不是乔家的生意，却是现在这位少东家。乔老东家说，少东家的母亲是一个有疯病的太太，他担心孙子长大也会犯这种病，怕到时候没有一个女人会一辈子守在他身边照顾他。摆渡老汉是为了代茶路和茶山上的人报乔家的大恩，才答应将孙女嫁给乔家的！真不是高攀！"这一席话如同一个炸雷，在映霁头顶炸开。这时又听小栓道："不可能！这事要是真的，后来乔家为什么没来娶？"老茶农道："这就不知道了。按说乔家是不该失信的。摆渡老汉和他的孙女真可怜，他们一直等，摆渡老汉至死都不相信乔家人会失信，不是因为这个，那老汉就不会死！"小栓还要说什么，忽然看见了黑暗中的映霁，脱口道："东家！"老茶农这一刻也看见了映霁，腿一软就要倒下去。映霁急上前扶住，大声道："老人家，说下去，别害怕！"老茶农道："乔东家，我刚才都是胡说呢！"

映霁道："老人家，快把所有的事情都告诉我，我想知道！"老茶农看着小栓。小栓叱斥他道："看我干啥！下面还有啥，你可要想好了说！"老茶农不敢再说下去了。映霁瞪小栓一眼，回头道："老人家不要怕，我真的想知道所有的一切。"老茶农放松了一点儿道："乔东家不要生气，您一定是不知道才要问我……我的话句句都是真的。我们家和他家还沾亲呢。不是为了乔家的婚约和乔家的茶队，摆渡老汉和他孙女莲花是不会一直守在渡口那儿的，老汉至死都不相信乔家真会断了万里茶路，不相信乔家不会来娶他的孙女……可是，后来的事乔东家都知道了……那年刘小七的人在山上活不下去，下山烧了渡口，为着他爹的事，他恨乔家呀，烧了渡口，吊死了摆渡老汉，他就让所有的人绝了等乔家再回来的心……对了，刘小七还抢人，他把我的一个闺女也掳走了,和摆渡老汉的孙女莲花一起卖到武昌,说是有个青楼叫梨花院。不过后来听说,莲花只在那里待了一天,就被一个嫖客买走了!"映霁大惊:"嫖客!"老茶农道:"再后来就不知道了……啊,有人说前些天见她在武汉跟着革命党打仗!"映霁急问:"她不是叫阿莲吗?怎么又叫莲花?"老茶农道:"阿莲,莲花,就是她一个人哪!"映霁什么都明白了,掏出一块银子塞给老茶农道:"谢谢您。银子拿回去安家,好好种茶,日子会好起来的!"老茶农道:"乔东家,高大掌柜已经给大家发了安家银子,这……"映霁道:"拿着吧,告诉大家,乔映霁发誓,大家饥寒交迫卖儿卖女的日子再也不会回来了!"看着老茶农千恩万谢地离开,映霁回头向大门里走。小栓跟在后面,嗫嚅道:"小栓错了,不过我也是好心——"映霁突然回头,看他道:"是不是有人交代过,让你这样做的?"小栓立马变色,道:"没有!小栓自个儿的主意。怕他一个老人家信口开河。东家和大奶奶刚刚成亲,才过了几天情投意合的好日子,不能让人给搅和了!"映霁追问:"人?你说的人是谁?"小栓不敢说下去了。映霁转身又走,小栓悄悄吐一口气,慢慢跟进去。回到住处,映霁"砰"一声关门,一时间所有的往事都涌上了心头。小栓在外面敲门,喊:"东……东家——"映霁道:"去睡觉,明天一大早还要赶路!"小栓不走,道:"刚才这老家伙说的不一定是真的!"但映霁已经听不见他的话了,他躺到床上,又猛然坐起,老茶农的话已经成了连绵不绝的惊雷:"摆渡老汉是为了报乔家的大恩,才答应将孙女嫁给乔家的!真不是高攀!真不是高攀!真不是高攀!……"他心潮激荡,大声自语:"竟是真的!真的!真的!阿莲就是她!"他干脆下了床,一把将屋门打开,朝黑夜中的群山望去。一个心声在群山间回荡起来:"是谁让乔家失了信?是谁让乔家失了信?是谁让乔家失了信?为什么!为什么?为什么?"他知道这是他自己的心声,是他自己在叫喊,眼里溢出愤怒和痛苦的泪水。忽然,从远方的山间,阿莲当年的情歌又清晰地回响起来——

有情哥哥请放心,锣鼓一锤已定音。
我如园中芭蕉树,年年换叶不换心。

从此日日想我郎,好比春蚕想嫩桑。
春蚕想桑日子短,我想情哥日子长。

天亮了。映霁、小栓、小拉启程。高瑞送出去，道："东家还有什么事情要交代？"映霁用马鞭朝镇外那座木桥一指道："把它拆了，将临江渡口照原样建起来，将来茶路还从那里走。"高瑞看他一眼，不说话。映霁道："我知道这没意义，当年那位摆渡老汉人死不能复生，他和他的孙女也不一定再回来了。但是我答应过一个人，不但要回临江重建茶山，还要重建那座渡口。我不想食言。"高瑞道："东家，我知道了。时间不早了，上马吧！"映霁上马，回头拱手道："拜托前辈了。三个月后我就回来，希望看到渡口已经建好了！"高瑞拱手，看着他们飞马离去。

第十九章

　　船到汉口,映霁带小栓、小拉下船登岸,放眼望去,只见三步一岗,五步一哨,诧异道:"这么多当兵的!"一老者旁边走过,匆匆看他一眼低声道:"客官新到武汉吧?南北议和,革命军复员解散,冯国璋的北洋军接管了武汉三镇,已经动手秘密抓捕革命党了!"映霁心中大惊,脱口而出:"抓捕革命党?"老者朝左右看一眼道:"不能跟你说了,这会儿在武汉,连革命两个字都犯忌!满大街都是密探!"看着老人匆匆离去,映霁的脸色大变。小栓看那些兵道:"东家,一见这么多兵我肝儿就颤,快走吧!"映霁回看小拉,拱手道:"就此分手!"小拉拱手还礼,道:"我去上海帮您订制茶的新机器,您下江南疏通茶路。完了我们一起去福州见面,您可不要失约呦!"映霁道:"乔家人怎么会失约!我和小栓在这里待两天,办完事就买船下长江,走茶路,直到武夷山,一路上联络各地的老相与,还要把票号改成茶票庄,安排人专门负责种茶收茶,争取今年年末,就能把你订下来的那条大船装满,让乔家茶货走海路出洋!"小拉大喜道:"一言为定!除了走海路,小拉今年还想和您两个人由武夷山出发,重走万里茶路,直到恰克图呢,怎么样?"映霁笑起来道:"好哇。要是我的大事今年能办完,就和你重走万里茶路,争取头一年合作,我们就打通了陆海两条茶路!"小拉要走又回头道:"只剩一件事没说。我和你现在怎么算?如今我是跟您帮佣,还是合股?"小栓道:"你合什么股?你一分银子本钱都没出过!"小拉笑道:"那我就算是给乔东家帮佣。要是帮佣,我得算成是你们家的一个大掌柜,一年您至少得给我三千两银子,外加红利!"小栓道:"东家别理他!这会儿我觉得这小子根本就没钱,就想拿他爷爷和老东家当年的交情套磁,在我们乔家混饭吃!"小拉道:"这里面没你什么事儿!有钱没钱是我的事,并且也不重要,能不能帮乔东家和我做成天那么大的生意才要紧。再说了,我有没有钱不在这些事情上。生意人干什么的?不是花钱,是抓住一切机会赚钱。连这点道道儿也不懂,怪不得你只能做长随!"小栓不服道:"呸! 我愿意做长随你管得着嘛!"小拉不再理他,回头笑嘻嘻对映霁拱手:"乔东家,到了上海,用到银子,我还得打您的旗号,找大德通上海分号。这事我们也算是说好了?"映霁道:"好吧。祝你一路顺风! 一个月后在福州见! 那里靠海,要是能再建几座新茶山,就地做茶,茶货出海就方便了。对了,我去那里,是想顺便看看你说的那条俄罗斯国的大船在不在!"小拉道:"瞧您说的,好像小拉是个骗子似的! 当然在。一言为定,一个月后福州见!"正说着,一群北洋兵已经持枪围上来。映霁变色道:"干什么你们?"一个北洋兵道:"没看见告示?冯大帅有令,三个人以上,不得在街头聚谈!"映霁怒起:"这什么法令,现在都民国了!"北洋兵喝道:"再不走就抓起来!"小拉急道:"乔东家,我走了!"他急急离开。小栓拉一下映霁道:"东家快走! 好汉不吃眼前亏! 我看见这些兵就肝儿颤!"映霁根恨,和小栓走向过江的轮渡。

主仆二人很快就到了武昌大德通分号,映霁当即打发小栓出门。一直等到天黑,小栓才跑回来,大口大口喝水。映霁急问:"怎么样,快说话!"小栓还在大喘气,道:"怎么样! 吓死了! 原来的武汉民国军政府成了湖北督军府,督军换成了冯国璋,到处都是兵,不是小栓跑得快,就让他们当成革命党嫌疑抓起来了! 这里的人都说眼下的武汉是啥……恐怖!"一直守在旁边的二掌柜急道:"白色恐怖。"映霁心中郁闷,又问:"到别的地方打听过了吗?"小栓道:"还打听呢,人家一听一个外地口音的人问这问那,马上就怕了,以为你是北洋兵的探子呢!"二掌柜替他解释道:"东家,现在市面上都在传说,局势又翻过来了,以后是袁世凯的天下,袁世凯呢,本是大清的人,马上就要为大清报仇,凡是参加武昌首义的,尤其是领头的三武,什么首义元勋,张振武、孙武、蒋翊武,都会被抓住砍头。啊,还有一个女的,叫莲花,姓什么不知道,也在被通缉之列,听说都跑了!"映霁愤然道:"三武是革命元勋,没有他们就没有武昌起义。按照民国约法,就是政见不同,他们也是民国公民,享有非依照法律不得被逮捕的权利。袁世凯还没到南京就任临时大总统呢,他手下的人怎么就敢这么干!"小栓从怀中扯出一张报纸,叫道:"哎呀,忘了一件事,报纸!"

映霁接过来,看上面的通栏消息:"北京谣传将发生兵变,阻止袁氏南下就任临时大总统。"又一惊道:"北京是袁世凯的地盘,兵也是他的,他要是真心实行共和,按照协议到南京接任临时大总统,谁挡得住,怎么会发生兵变? 一定又是谣言! 到底是一股什么样力量,要把中国推向二次革命!"二掌柜、三掌柜互视一眼,大惊。二掌柜道:"东家,中国真的还要二次革命?"映霁知道失言,道:"啊,不会。小栓,跟我走!"

小栓道:"还去哪里? 鹦鹉街百花巷七十三号我去过了,大门锁着,没有人住在里边了,再说周围都是些不三不四的人,弄不好就是北洋兵的探子,守在那里等着抓人呢!"映霁哪里肯听,已经走出去。小栓不得已只能跟出去。两人雇了一辆黄包车坐上去,不一会儿就到了要去的地方。二人下车,映霁径直走向那座熟悉的青楼,小栓急挡住他道:"东家站住,看那边是不是密探? 还是小栓过去,真要有啥,小栓一个人扛着,您在武汉也是名人,北洋兵抓的革命党!"映霁被他说动了心,抬头朝前面看,道:"好,我在这儿等,你过去瞅一眼,楼里有人马上回来告诉我!"旁边的花园洋楼里,莲花和巧姑早在二楼窗内看见了二人,巧姑急道:"乔东家!"莲花拔枪,对着窗外就是一枪。小栓听见枪声,吓一大跳,转身跑回来,大叫道:"东家快走,打起来了!"映霁回头看去,果见一群北洋兵从旁边的梨香院拥过来,冲向响枪的花园洋楼。洋楼内,莲花和巧姑已匆匆下楼,奔向江边小船。北洋兵已经冲过来,莲花急中生智,一把将小船推向江心,迅速越墙躲开。北洋兵赶到江边,看不清小船上有人无人,回头喊:"长官,跑了!"一军官叫:"开枪!"众北洋兵噼里啪啦朝小船开枪,小船早已顺江心激流而下。军官又回头道:"回去搜查,楼上楼下,一处也不要遗漏! 说不定藏着张振武呢!"映霁、小栓趴在小巷对面花丛后,等了一会儿,见北洋兵冲进去又走出来,轰隆隆离去,一切都安静下来,断然对小栓道:"走,进去看看!"小栓胆怯道:"别!说不定里头还埋伏着人呢!"映霁不听,从花丛中钻出,过巷子,进院门,入洋楼。小栓胆战心惊一步三回头地跟在他身后。一楼客厅电灯还亮着,一片狼藉。映霁目光倏然盯住墙上那幅斜挂着的女士画像。小栓问:"谁?"映霁心中一亮道:"想起来了,夏珪女士!"小栓问:"夏什么?"映霁道:"跟你无干。上楼!"他迅速上楼。藏在花园中的巧姑看到一切,对莲花道:"姐,他们进去了!"莲花心中大急,却也动弹不得。映霁带小栓走上二楼。几名北洋兵突然冲出,用枪顶住二人。一军官冷笑道:"没想到还真有自投罗网的!"映霁大声道:"什么人?"军官道:"冯大帅的人! 你们是革命党,带走!"映霁道:"别动! 什么革命党,我们是山西商人,来讨债的!"军官居然认出他来了:"你……是乔东家?"小栓一惊道:"他不是,我才是!"军官只看映霁,脸上迅速现出谄媚的笑容:"乔东家,我也是山西人,我还是祁县人呢! 你是乔家堡的,我是东观镇的!"映霁做惊喜状道:"你东观镇的? 怎么当了兵? 到了这里?"军官道:"甭提了,出门做生意赔了,没脸回去见老娘、媳妇,一跺脚当了兵! 您老人家怎么到了这里!"映霁顺水推舟道:"这就一言难尽了! 这里的主人欠了我一笔债,白天堵不住人，晚上来堵他的门，没想到进来看竟是这个样子。他犯罪了？"军官道："那我们弄错了，本来在旁边青楼里等着抓革命党，没想到这边响了一枪，我们就冲进来了！对不住了乔东家，得罪了！"小栓急上前道："没什么，事情说开了就好了，你姓什么？东观镇很多人姓马，你也姓马？"军官高兴道："我是东观镇柳荫街东头第三家，我父亲马明昌，我叫马有志，现在不叫了，怕辱没祖宗，改叫马得发了！"映霁道："都是祁县人，今日得见也是有缘，这位兄弟，天不早了，乔家在武昌有铺子，有事到那里找他们。咱们回头见！"军官不舍道："回头见！乔东家回到老家，不要对家里人说在这里见到了我！咱们山西人，一等秀才去经商，二等秀才考皇粮，打死不当兵，我怕家里人知道我这样就羞死了！"回头命令道："大家听好，我们一起护送乔东家离开这里！还有，在这家大门上留个记号，他们是乔东家的债主，不是革命党，以后不要乱来！"众士兵齐声应道："知道了！"趁着众士兵簇拥映霁下楼梯。小栓将一封信偷偷塞在墙上那张画像后面。转眼间莲花带巧姑就走回来，从画像后面取出了信，匆匆看了一遍，沉默。巧姑看她道："姐，乔东家留下的？"莲花道："不。她媳妇写给我的。""杨依依？信上说什么？""向我报喜呢，说她怀上了乔映霁的孩子，信里还附上了一张银票。"巧姑看她手中的银票，道："杨依依这是要干什么？"莲花道："她这是告诉我，她已经替我负担起照顾、保护乔映霁的责任。给我这张银票，是怕我生计无着，又想让我远走高飞，不要再打搅她和乔映霁的日子！"巧姑看她，半晌才道："可乔映霁已经知道了这个地方，今天没有见到你，明天一定还会来的！"莲花想了想道："他已经看到了大帅的信，大帅迫切想知道他对二次革命的态度，我们明天想办法代大帅最后见他一面，然后就离开！"

　　第二天早上，映霁坐在铺子里吃饭，忽听问道："小栓呢？怎么不见小栓？"小栓已经跑上来了，道："在呢在呢！"二人草草吃了饭，马上出门，很快又到了鹦鹉街百花巷。小栓忽然道："东家，有探子！"映霁也看见了，小声道："别乱瞅，眼睛盯着前面走！"二人目不斜视，从密探身边走过。巧姑扮成卖鱼的姑娘挎篮迎面走过来，盯小栓一眼。小栓暗中拉映霁一把，二人随巧姑曲折而行，到了江边，巧姑先上了一条渔船，映霁和小栓也无话，跟着上船。巧姑在船尾摇橹，小船离岸，小栓也不进舱，小心走过来和她在一起。巧姑警觉道："你离我远一点，不然会掉下去的。"船舱内，映霁和莲花对视，他已经激动起来，道："阿莲！"莲花心中一动，道："你喊我什么？"映霁道："我喊你阿莲，这次重回临江，我什么都知道了，你就是阿莲！"莲花迅速控制住了自己的情绪,冷冷看他道:"乔东家,如果你是为了寻找死去的阿莲来的,我们今天就没必要见面了!"映霁道:"我当然是为了张大帅那封信来的,但也是为阿莲而来!"莲花转过身去道:"说正事吧,阿莲的事可以放到后面再说。你看了大帅的信,有何打算?"映霁道:"我急着来武汉见你,不,来见大帅,只想对他讲一句话,不过这话我只想和张大帅面谈,今天见了要说的只是我们之间的事!"莲花回头盯着他,有顷才道:"大帅已经离开武汉,临行时授权给我,如果你来了,有什么话说给我听就够了,由我来向他传达!"映霁道:"那太遗憾了。首先我坚决地认为二次革命不该发生,其次更认为它不会发生!""你的道理?""我的道理只有一条,民国刚刚创立,谁当临时大总统并不重要,重要的是民国能给中国带来什么,这个临时大总统能给中国带来什么。无论是临时大总统还是民国,我们都需要给他们时间和机会。坦率地说,我这么急着赶到武汉来,目的只有一个,那就是想当面对张大帅讲出这番话,阻止二次革命的发生!"

莲花悄然怒起,道:"原来你是为阻止二次革命来的!"映霁道:"对!一定要阻止,坚决阻止。不但我要阻止,张大帅,你,我们所有的人都要阻止。清王朝已经被推翻,中国现在需要的是建设,建设,建设!"莲花道:"你已经在武昌城里看到了袁世凯的民国,看到了这个民国正在对革命者实施白色恐怖。昨天夜里不是我鸣枪提醒你,你和你的长随恐怕已经在冯国璋的监狱里了!"映霁道:"我要为这件事谢谢你!但是,即使他们昨天抓了我,今天也会放我出来。不然我就会找律师走上法庭控告他们!袁世凯既然公开承诺他会遵守民国临时约法,就不能乱来。但我也必须指出,中国不可能一步就由一个老大帝国走向民主法制,过渡时期出现各种事情都是可以想象的,这不应当成为二次革命的理由!"莲花心中已经大为失望,道:"乔东家,这就是你和我们的不同吧。我们不认为袁世凯的倒行逆施只发生在武汉,而且他开历史倒车的行为还刚刚开始。你虽然加入过中国同盟会,但你说到底仍然是个商人!"映霁努力控制住情绪,道:"不错,我不是职业革命家,但这不说明我对中国的未来没有自己的看法,更不说明我的看法就不对!张大帅的信我读了,他在信中说袁世凯会很快背叛临时约法。我觉得这等于指控一个临时大总统会背叛自己宣誓效忠的民国,这太过分了!直到今天,袁世凯尽管声称受到生命威胁,但仍没有受这些威胁左右,坚持按照临时国会的要求到南京就职!"莲花不悦道:"乔东家,我还看到一张报纸,上面说为阻止袁世凯南下就职,北京会发生兵变!"映霁道:"这绝对是谣言！袁世凯要是连北京城内的北洋兵都控制不了，他还怎么控制全国的北洋军？北京是袁世凯的根本之地，除非他不想阻止兵变发生，不过这太难以想象了！"莲花道："假如这就是你的态度，显然你也不想再回到我们中间来了，既然铁了心和革命分道扬镳，我们就没必要再说下去了。但在你离开革命的时候，我必须想让你知道一件事！"映霁问："什么？"莲花一字字道："中国的未来必将腥风血雨，你那些商业救国的梦想不过是空中楼阁式的幻想！"

映霁深深看她，猛然就生气了，道："我还正是为了实现你说的这个梦想才急着赶到武汉来的！也正是为了它我才要坚定地阻止二次革命。大帅在信中让我不要忘了革命者的初心，但是革命者的初心是什么？不是让中国再一次血流成河，更不是彻底葬送中华民族复兴的希望。我真正想说的是，其实我和你们一样对袁世凯的民国充满了不信任，但我们也有不同，我认为只有在一种情况下，才有权利进行二次革命！"莲花道："你要我们给袁世凯时间，等袁世凯利用你给他的时间，将国内今天还能组织起来的革命力量蓊除干净，把中国彻底引向黑暗，中华民族就再也没有了机会！你是这个意思吗？"映霁激烈道："袁世凯眼下并没有背叛民国，中国也并不具备进行二次革命的民意和条件，为什么你和张大帅就一定认为必须进行一场革命？我现在就可以断定，今天你们进行这样一场革命打不倒袁世凯，反而让革命的敌人有理由蓊除革命党人，毁掉刚刚建立的民国。如果是这个结果，你们还敢说自己是在救中国吗？"莲花哪里听得下去，道："乔映霁，我们这样争论毫无意义，说一件具体的事情吧。大帅临行前让我问你，你可以不参加二次革命，但如果有一天革命开始，需要你给予经费上的支持，你做得到吗！"映霁沉默。莲花气愤道："你连这最低的一点儿请求也不答应？这对你一个有亿万家财的富豪并不是难事！"映霁道："恰恰在这件事上我不能答应，原因我说过了，我不支持二次革命！只有一种情况除外：如果当初和我们一起为民国的诞生浴血奋斗、牺牲过的同志个人家庭生活遇到困难，需要接济，乔映霁义不容辞！"

莲花回头道："巧姑，拢船上岸，送他们走！"映霁急道："等等，我还有事！"莲花道："如果你还想说阿莲的事，我认为我当初已经说得够清楚了。阿莲死了，有人说我就是阿莲，那是以讹传讹，错了！"映霁深深看她，突然道："我昨晚上在你们住处的客厅里看到一张画像，我认出了她是谁！"莲花一惊，看他道："你想说什么？"映霁道："我在临江听到一个传说，阿莲被卖到了武昌的青楼，当天夜里有一个客人女扮男装进了这家青楼,为她赎了身!"莲花回头对巧姑道:"快点靠岸,让他们走!"映霁看她道:"为什么你不愿跟我谈这件事?如果你不是阿莲,和她经历的那些事情无关——"莲花立马激烈打断他道:"乔映霁,如果我是阿莲,时到今日,你又能怎么样?是的,那幢花园洋楼是恩人留给我们的,可是当她从青楼里把阿莲救出来不久阿莲就死了。你好像什么都知道,只是不知道一件事!"她的声音不觉颤抖起来,"阿莲的恩人也是我和巧姑的恩人,她当天不但救了阿莲还买下了青楼,救了我们所有人!恩人不但救了我们还带我出了国,让我读了洋书,接触到了中山先生,对于我,她既是主人又是母亲,没有她就没有今天的莲花。现在你清楚了吧?我们原先都是些妓女,或者差一点儿成了妓女。这些事你非要知道不可吗?"映霁心中再次雷声阵阵,响彻云霄,他迟疑了一分钟才道:"最后一个问题!你真名叫什么?为什么要使用一个死去的人的名字做自己的名字?"莲花道:"阿莲死时让我发誓,她死后所有的爱恨情仇都不能一笔勾销,只要我还活在世上,就要替她有恩报恩,有仇复仇!"映霁道:"这就是你在武昌起义后一直想杀掉我的原因?"莲花道:"不错,你明白了更好,谈话可以结束了!"映霁道:"等等。以后我还能在哪里找到你们?"莲花道:"我和巧姑留在武汉,是要代表张大帅等你的答复。既然你是这样的态度,我们之间就没必要再联络了。我会把你的回答禀报张大帅的!——请上岸!"映霁回头看去,发现船已靠岸,再看莲花道:"如果莲花同志不是阿莲,那就请你告诉我她埋在哪里?我想去她的坟前吊唁!"莲花道:"阿莲埋在哪里只有恩人知道。对我们这些活着的人来说,她的坟一直就在我们心里!"看着映霁和小栓上岸,巧姑一篙又将小船点开,顺流而去。小栓回看映霁一眼,道:"怎么办?"映霁道:"啥怎么办?快告诉他们,今天买船,明天咱们就启程!"小栓细瞧他的神情,发现居然轻松下来。渔船上,巧姑望着远去的映霁和小栓,叹口气道:"姐,乔东家这次是真要走了!你和他是越来越远了,将来恐怕不会再见面了!"莲花目光中不无失望,道:"该走的总是要走的。我们也该走了!今天我们乘船去上海,见中山先生!"

　　一个月后,沿茶路南下的映霁已经到了南昌大德通分号,刚刚坐定,分号孙大掌柜就跑了进来。映霁看他脸色大变,急道:"怎么了!"大掌柜话都说不成了:"东东东家,北北北京李大掌柜的电报!"映霁匆匆看完电报,立时就像定在了那里,大叫:"混账!"随船南下的武昌分号二掌柜三掌柜都叫起来:"东家怎么了?"映霁道:"北京发生了兵变,西河沿儿的商街全烧了!上百家票号和铺子,都完了!"众人急道:"那我们的生意——"映霁道:"我们的生意还有！那些乱兵听说是乔家的铺子,连同那一条街,都给留下了！"众人念起佛来,都道:"这都是老东家的恩德呀！"映霁又道:"还有更大的消息呢！袁世凯居然因为此事宣布留在北京就职,要求将临时国会迁往北京,南京不再是民国首都了！"众人不懂:"这有什么不同吗?"映霁已没有心情跟他们说下去了,道:"我这会儿心里乱,想静一静！"众人走出,接下来他居然将自己关在屋里一天,狂怒不已,饭送进去又一次次原样端出来。孙大掌柜看小栓道:"听说革命党当初在武昌起事,东家眼都不眨就拿出了两百万两银子,北京就烧了几条商街,我们的生意还在,不至于呀！这都一天了,你还不进去看看?"小栓提着铜壶推门进去,一边给映霁倒水,一边察言观色。映霁忽然道:"把大家都叫进来吧,我有话说！"小栓急忙答应,放下水壶跑出去将众人喊进来。映霁道:"大家都坐吧。我想了一天,决定了,武汉分号的两位掌柜,你们带上我的名帖,替我朝前面走,一站一站,直到武夷山,把江南茶路全部疏通。还要交代给各地票号的人,一家分号负责开辟一座茶山,就地置办茶货、购置新机器制茶的事也必须按章程马上着手去办,一点儿差错也不能出,到时候我要的精品茶货一定要办齐,在这上头花的银子回去一总算账。我和小栓马上去北京！"众人看他坚决,也不敢问。只有小栓道:"北京正闹兵变呢,真的要去！"映霁大怒道:"兵变也要去！快去找船！"见小栓跑出去,映霁道:"大家散了吧,南昌孙大掌柜留下。"众人离开,孙大掌柜看他。映霁低声道:"有一件事不能让更多的人知道。我们走后你想办法悄悄传话给江南各分号的大掌柜,如果有一个自称莲花的女子,或者是她的同伴,名叫巧姑,如果这两个人说出我的名字,到票号里借银子,你就借给她们,记我的账。不过有一条,没我的话,不能一下子借太多！"孙大掌柜问:"不能太多是多少?"映霁道:"她们是两个人,但身后可能有上百人要接济,这些人至少要维持一个小康的日子,一年两千两够了吧?"孙大掌柜道:"够了。"映霁道:"那一次就两千两,不够可以再借,一年内总数不能超过一万两！"孙大掌柜道:"知道了东家！"

不说映霁、小栓当天就上了船,辗转去往北京,且说这个黄昏,北京一家岗哨林立、戒备森严的大院门外,相互扶将着走来两个衣衫褴褛,面有饥色的男人。望百用饥渴的目光望着出入大门的各色人等,问望实道:"我们来几个月了?"望实道:"三个月。能去的地方你都去了,想见的人一个也见不着。这里是民国新立的财政部,能在这里出入的不是新贵就是洋人,要不就是巨商富豪,旧朝的公子王孙,你一个也不认识,我们天天到这里来有啥用?"望百眼睛不离那些出来进去的人,道:"我饿了,就昨天中午你讨了一个窝头,过后我还没吃东西呢!"望实道:"我也饿。盘缠早花光了,要是靠我乞讨在北京养活你,那可不成,我脸皮儿薄!"望百刚要发怒,眼睛忽然瞪大,盯上了一个从黄包车上下来的男人。望实道:"大哥,怎么了?"望百道:"我瞅半天了,到这儿来的人都坐各色小轿车,再不济也会是一辆漂亮的西洋马车,只这个人坐了黄包车来!扶我走近一点儿,听他跟站岗的大兵说啥!"望实虽不愿,但还是扶他凑上前去。马上有两个站岗的大兵过来驱赶道:"要饭的,走远点儿!"望实不得已扶望百转身快走,免得枪托打在身上,望百却仍回头用热烈渴望的目光盯着同样被堵在财政部大门外的男人。男人一直在费力地跟一个军官说什么。军官一直在摇头。最后,挥手让两个兵将他从台阶上赶下来。

望百忽然大笑道:"哈哈,没进去!我认出来了!"望实也认出来了,看男人一脸沮丧从台阶前离开,道:"他叫金甬!是个发配到汉口前线当差的知县。后来听说他卖了大炮跑了!"望百大叫:"快扶我过去!"望实道:"我们就是在前线见过他一面,连认识都算不上——"望百道:"不,今天他和我的遭遇一样,都是被人从这座大门前给撵走的!"望实急扶望百跟过去,哪里跟得上金甬?转了半日,忽然在一家酒馆看到了金甬,一人独坐一桌,正在饮酒,神情郁闷。望百在门外道:"快扶我进去——"望实还在犹豫,望百道:"快点!"望实扶望百走进酒馆,立在金甬面前。金甬举杯欲饮,看他们,吃了一惊,摆手就道:"走!"望百道:"金大人,这才几天,就忘了故人!"金甬不屑地看他们,忽然竟想起来了:"你是崔——"望百大喜道:"金大人还能记起崔望百,难得难得!如今改朝换代,多少人封官加爵,平步青云,金大人为何坐在这样一个地方,一人独饮?"金甬道:"这和你什么相干?"望百道:"金大人不要见怪,崔望百自幼学得看相之术,今日一见,就知金大人穷途末路,当初扔掉差事从武汉跑回北京,投靠新朝,不但没能飞黄腾达,就连一官半职好像也没有谋得到!"金甬被他说中了心事,怒道:"你这人讨厌!金某尽管落魄,但也没有像尊驾你成了这副模样!"望百大笑道:"所以我说,我们是一丘之貉,同样穷途末路,不想办法都只能饿死!"金甬一下就没了食欲,不屑与望百说下去,扔下一块大洋,抬身离去。望百大笑道:"大人慢走!大人走了,崔望百就有吃的了!"他抓起酒壶,将壶中酒大口饮尽,又大模大样坐下,认真吃起菜来。金甬反倒被他惊住了,回头看他。望百道:"金大人莫非想起了什么往事?要和崔望百叙谈叙谈?"金甬道:"我全想起来了,就是你,在汉口前线大言不惭对荫昌大帅夸下海口,说只要你出一谋划一策,就能拯救大清。可你没能救得了大清,连自个儿也成了这副模样! 你是个骗子! "望百冷冷一笑道: "大人错了! 没有救得了大清不是崔望百的错,是荫昌大帅不能用崔望百的那一策。虽然如此,我今天倒是救了大人你! "金甬一惊道: "你说什么? "望百道: "大清就像一个大户人家,虽说败落了,但到底有些家底可以瓜分。据说金大人就趁机分了肥! "金甬回身,砰地关上雅间的门,变色道: "你胡说什么! "

望百道: "金大人何必紧张。一个大户人家倒了,下面的人顺手牵羊卖掉了他家的大炮,换一点儿银子作为自己辛苦的补偿,又是什么大不了的事! 只是金大人不该将这笔银子放在家里,不拿出来生利! "金甬忽然从身后拔出一支枪,顶住望百脑门,道: "你也想敲诈我! "望百并不畏惧,道: "大人把枪放下,崔望百和你同是天涯沦落人,不是对手。就是今天,我出一策不但可以救你,还可以让你在新朝平步青云! "金甬不说话,枪也不放下,他在等待金甬说下去。望百道: "大人现在因为那笔向革命党卖大炮换来的银子受人诟病,回到北京后无论如何钻窟窿觅缝,都得不到一点儿机会,那笔银子不是你的财富,相反早晚会要了大人的命! 既如此大人为何不趋利避害,把它拿出来巴结当今民国大总统袁世凯,用它换取天下最大的一笔银子! "

金甬逼近他低声道: "看来你对本官的谣言知道不少,我告诉你,回京后我并非不想去见袁世凯,只是我一个外放的前朝七品候补知县,没有门径,人家怎么能轻易见我! "望百道: "大人这才低心下首,到各部去见民国的大员,今天你去了财政部,可还是在门口就让人给轰出来了! "金甬又变了颜色: "看来你是被他们派来盯我梢的。说吧,谁是你的指使,他想干什么? 前次我已经让人给了你们一笔银子,难道还不够? "望百自斟了一杯饮下笑道: "原来大人已经让黑道上的人盯上了。若是这样,大人就要更快将那笔银子出手,分毫也不要剩! "金甬叫起来: "永远都甭想! 除非你们拿走我的人头! 全部给你们,我一家子喝西北风啊! "望百另取过一只杯子,为他斟满,道: "大人,我要是不说实话,这会儿向你要一千两银子,你不会给我,可我要两百两你是会给的! 但我不要,因为我不是那个敲诈你的人! 崔望百今天在民国财政部门前盯上你是机缘巧合,也是天意! "金甬见他说得诚恳,撤枪坐下,放松道: "原来你不是……那你是什么人? "望百道: "帮你,同时希望通过帮你来帮我自己的人。大人回到北京,一心想见袁世凯,见不着才想到去见各部大员,这就把自个儿的身价看低了。这些民国的部长，最多不过给你一个小小书吏的差事，以后你一辈子就这样了，不守着那堆银子，你过日子不踏实，守着说不定哪天就会人头落地——"金甬急打断他道："崔先生真能帮我？"望百道："第一，不能自降身价，要找靠身的大树，就认死了那最大的一棵！"金甬道："袁大总统？"望百道："大总统？这个称呼连我听了都不习惯，袁世凯怎么能习惯？"金甬难以置信道："你以为袁世凯将来还想做皇帝？"望百道："袁世凯将来做不做皇帝，不在于他想不想，在于天下有没人拱他，要是有人拱我当皇帝，我还当呢！"金甬又开始轻看他，道："你扯远了。我问你，怎么样我才能见得着袁世凯，靠上这棵大树？"

望百道："你们这些读书人，死脑筋，为什么一定要见袁世凯？袁世凯现在是大总统，炙手可热，见他都是有价格的。谁定的这些价钱？"金甬恍然大悟，半天才道："你是说，我该去走袁世凯身边那些大人物的门子？"望百道："袁世凯总统府的大管家。当然一开始你也见不着，但你可以花银子走走这位项大管家身边人的门子，身边人走不通，你可以走身边人的身边人的门子，总之要不怕花银子，直到有一天，你能见到项大管家本人，将你卖大炮的银子全部送给他，一两也不留，同时还要告诉他，你还握有天下最大的一笔银子，想得到机会全部贡献给袁大总统！"金甬站起，要走又激愤道："你说什么梦话，就是我真把最后一两银子拿出来送给项大管家，他也不一定稀罕。这件事我不是没试过，可是没成！"望百道："但你没有告诉他你手里还另有天下最大的一笔银子！"金甬道："我没有！你到底是谁，又想诈我！"望百道："坐下坐下。大人，我没骗你。山西号称海内最富，众多票号随着革命军兴起，撤号回籍，大批银子埋在地下，要是有人能把这些银子刨出来送给眼下最缺银子的袁世凯，想不平步青云都做不到。天下最大一笔银子就在山西。你现有的银子能买到的只是一个和项大管家见面的机会，如果只想用它在京城里讨个一官半职，那就太不值了！你要向他讨一个去山西做官的差事。这样的差事他当然不会给你，可你要是告诉他去了能为袁大总统弄到全山西的银子，事情就不一定了！"金甬仍是不解："整个中国马上都是袁世凯的了，他怎么会缺银子？我就是花掉自己最后一两银子，还是竹篮打水一场空！"望百大叫道："错！袁大总统不但今天缺银子，明天更缺银子，他缺一笔能帮他买到整个天下做中华大皇帝的银子！"金甬深深看他，摇头道："袁世凯自称拥护共和，现在又做了民国大总统，他会回头开历史倒车做皇帝？"望百大笑道："什么民国大总统，就是个侍候全国老百姓的碎催，怎么能和金銮殿上空出来的龙椅相比！想想吧，朕即天下，千年社稷，万里江山，南面称孤，传之儿孙，世袭罔替，溥天之下莫非王土，率土之滨莫非王臣，三宫六院，七十二妃，死都要一大堆女人陪着，享不尽的荣华富贵，皇帝谁不想做，你不想做?!"金甬突然走回来，对面坐下，招呼小二："上酒！"

半个月后的一个中午，北京前门火车站内，一趟火车停下。莲花和巧姑下车，忽见映霁和小栓从对面一列火车上走下来。莲花急道："快走！"二人迅速混入下车的人群出站。这边站台上，小栓早愣在那里，道："我眼花了吧？"映霁道："到底看到谁了？"小栓道："莲花队长，还有巧姑！"映霁猛地警觉起来，大叫："谁？"小栓吓一跳："怎么了东家？"映霁急问身边的巡道工："请问前面那趟车哪儿开来的？"对方道："上海。"映霁心中大急道："快追！"二人提起简单的行李飞奔出站，哪里还能见得到人？见映霁极为失落，小栓劝解道："恐怕是我看错了？黄包车！"两人上了黄包车，小栓道："西河沿儿乔家大德通票号！"车夫拉车就走，映霁的目光仍在人流中左顾右盼，忽然看到前方两个女子的身影一闪，对车夫急喊："快，跟上去！"黄包车飞跑上去，两个女人回头，却不是莲花、巧姑。黄包车一路跑至西河沿大德通分号。李德龄迎出来，吃惊道："东家你怎么事先也没打个招呼就来了！"映霁道："进去说！"却站住看这条没有被乱兵烧掉的商街。李德龄解释道："老东家显灵，兵变那天夜里，我们逃走的时候亲眼看见乱兵要点房子，可第二天一大早赶回来看，西河沿儿别处的商街全成了灰，就咱们铺子这条街居然还在！全北京城的人都在说，乔家做的好事太多，上天在保佑我们，捎带着也保住了这条街！"映霁仍旧郁闷。李德龄看他道："东家有事进去说！"

两人进了铺子，入了大掌柜室。李德龄知机，掩上门看映霁背身立，久久无言，道："东家，是不是真的有事？"映霁回身道："北京的兵变怎么样了？"李德龄道："早太平了。袁大总统答应不去南京就职，那些大兵就不闹了，回营里去了。东家，我还以为你这阵子已经到了武夷山呢，怎么就——"映霁没有心情做更多解释，只道："武夷山有人去了，我有急事非来北京不可。啊——前辈，我马上就想见一个人！"李德龄道："谁？"映霁道："蒋祚彬！"李德龄叫了一声："哎哟！"映霁盯着他严厉道："别说不知道这个人！当初他带兵在北京起事，失败后还是你帮他和我出了北京城！后来我还写过一封信给高大掌柜寄给你，让你有事联络他！"李德龄不说话。映霁急了，埋怨道："怎么了您？"李德龄道："东家还是先告诉我这么急找蒋大帅干啥？不会又要和他搞在一起,在北京——"映霁立马打断他道:"正好相反!我从江南特意跑到北京来见他,因为他是革命党的中坚!我来的目的只有一件,就是让他告诉我,袁世凯是不是真的要倒行逆施,铲除革命党,毁掉民国,黄袍加身,中国是不是真的会发生二次革命!"李德龄脱口大叫:"天,还要革命?"映霁道:"小声点儿!我也就是担心,不是中国真的又要革命!中国不能再革命了!"李德龄缓一口气道:"东家,你吓住我了!不过……什么二次革命,我在北京也听人说过!"映霁一惊道:"谁?"李德龄道:"一个东家一直让我找的人!"映霁想起来了:"我大哥!映雪?你找到他了?人在哪里?"李德龄道:"东家,咱先不说他,先说蒋大帅。人已经不在北京了,去江南了。"映霁又叫:"去江南了?你怎么知道?"李德龄又含混起来,道:"上回你让高大掌柜捎信到北京,我拿上信按地址就去找这位蒋大帅,正赶上一群乱兵在他住的地方打劫,是个卖估衣的老字号。我就问这些兵怎么敢光天化日下抢铺子,那里掌柜的苦着脸说,就是因为他!"映霁惊道:"因为蒋大帅?"李德龄点头道:"有人要抓他,又不好说,所以这位蒋大帅就躲到江南去了!"

映霁知道这话是真的了,坐下来,满脸失望。忽然他又想起了一个人,跳起来道:"我大哥也说过二次革命的话?见不着蒋将军,我马上去见他!"李德龄直嗑牙花了。映霁道:"又怎么了?"李德龄道:"东家真想见映雪大爷?不见也罢!""这什么话?他怎么了?""映雪大爷住的那个地方,名声不太好听!""什么地方名声不太好听?""八大胡同。"映霁大异道:"他住在八大胡同?怎么可能!"李德龄苦笑道:"我一开头也不相信。可后来自个儿去了一趟,真在那里!"映霁不说话,生气地看他。李德龄道:"东家,这话我真不想说。你肯定想知道映雪大爷住在那里靠什么生活。""他靠什么生活?总不至于——""他和一些下九流的戏子、娼妓、拉皮条的、妓院捞毛的住在一起。我也不怕寒碜了,蒙着脸去请了好几回,每次都被他撵出来,他还说——""说什么?""不是好话,东家真要听?""说呀!""他说东家你不听他的话,乔家已经大难临头,还不知悔改,接下来就是刀光剑影,会死得一人不剩!还说他们那一门当年早已从乔家脱籍,现在他已经不是乔家人了,乔家人谁也不认识,我们送去的银子也被他连包扔了出来!"映霁大叫一声:"快!叫人带路。我这就去见他!"

八大胡同距西河沿并不远,很快映霁、小栓和一伙计就下了车。映霁看伙计道:"就是这儿?"伙计点头。一群妓女就拥上来拉扯映霁:"这位大爷,进来吧,我这里有时兴的洋片儿!"小栓上前赶她们走:"去去去!"妓女们离开,叫:"一看就是山西老抠，一身上下都是醋味儿！你舍不得花银子，老娘还不稀得侍候呢！"映霁已经大怒，看伙计道："快带路！进去！"伙计带他和小栓躲闪着一群群的妓女和嫖客进了一个胡同，左拐右拐，半天才找到映雪住的旧楼。也没有门，伙计直接引映霁、小栓顺楼梯往上爬，爬了几层，小栓站住喘气道："这啥地方呀，黑咕隆咚的，都说八大胡同是名妓待的地方，怎么这样子呀，大爷到底住在哪？"伙计道："最上头。阁楼。"身边一个房间的门突然被推开，一男人从里面摔出来。跟着一个妓女出来冲他大骂："想吃老娘的白食，还想白禽，老娘今儿还饿着呢！滚远点儿！"映霁侧身躲开，看着男人顺楼梯滚下去，身旁那间房门"砰"一声关上。小栓吓得脸都黄了，道："哎呀我的娘，这啥地方呀，还有几层，我都叫这里头的味儿熏晕了！"映霁不说话，继续朝上走。三人终于爬到阁楼上。映霁举拳头大力擂门。映雪正在屋里大睡，被吵醒，叫："谁呀谁呀！"他爬起来开门。映霁一把将他推开闯进去，回手将小栓和伙计堵在门外，一边就撩起衣裳捂住鼻子。映雪醒过来了，红着眼睛大叫："哎，哎，你怎么来了？到这里来干啥？"

　　映霁在这个简陋、零乱、贫民窟式的住处扫了一眼，只见一张单人床上堆着一个破烂被窝，一件红色抹胸露出来半个，床头挂着一件女人衣服，墙上是一张《金瓶梅》春宫图。再看下去，他已经被屋里的味儿熏得要吐，走过去打开窗户，抱起床上的被窝一股脑儿就要扔下去。映雪急上去抱住他叫道："干什么！别扔我的东西！"映霁这才开口大叫："放开，别拉住我！"弟兄俩呼哧呼哧仇人般撕扯在一起，映雪用尽力气才夺回映霁怀里的东西，揭开一口旧板箱放进去，"啪"一声合上箱盖。映霁又看书案，上面是一张没画完的花样子，怒气又起，伸手就要扯起来。映雪又急忙两手护住，叫："别动手！这是我给海棠院的小凤仙画的鞋样子，最时兴的花样，你动手我跟你急！"映霁一把抓住他道："行，我不扯你的鞋样子，可你得跟我走，离开这个狗窝！"

　　映雪用力扒拉开他的手，道："什么呀我就跟你走！你谁呀？我在这里过得好好的！你怎么找这儿来了？我说过了和乔家没丁点儿的干系了！凭什么你来我这里指手画脚？民国临时约法，闯别人的私宅是犯法的！"映霁又走过去，将所有窗户一一打开，回头看他，讥讽道："本以为你学贯中西，聪明绝顶，离开乔家到了北京城，就是不天天住在六国饭店，至少也住个大宅门，丫鬟老妈子侍候着！锦衣玉食就算了，衣裳车马那不该成问题！怎么就到了这步田地，和一群……呸，我真怕说出来脏了我的口！"映雪听了，居然哈哈大笑起来。映霁恨道："你还笑得出来！"映雪平静道："我怎么就笑不出来？我长到这么大，也就是这几个月，才觉得过上了人的日子！被你逼出山西时我还真不知道到京城后是不是得饿死，后来发现居然没有。我告你现在我靠什么活着，你瞧——"他向墙上挂着的两件乐器一指，"这一支是箫，这一把是阮，你恐怕认都不认识。哈哈！眼下就这两件乐器，我在京城说不上特有名，可在这八大胡同，要是我愿意，每晚上都有人请我给京城最当红的女校书伴奏。什么小凤仙、小桂花、小桃红、董横波、顾小宛、李玉京、卞香君、马白门、寇湘兰、陈如是、柳圆圆……前些天柳圆圆的人轻慢了映雪大爷，大爷还不侍候了，现如今我只侍候她们中的三位！"

映霁变色，叫："什么女校书，妓女！"映雪脸上的得意陡然落去，愤然道："妓女怎么着？妓女也是名妓！你有学问吗？历史上名妓的雅称你知道吗？那叫章台人、省差行首、女班姬、花魁、清吟小班，多了去了，就连苏东坡那么大学问，还写过她们呢。'红玉半开菩萨面，丹砂浓点柳枝唇。'他把名妓称为菩萨面、柳枝唇。明代有个叫商景兰的诗人，在诗中称她们'才华直接班姬后，风雅平欺左氏馀'。班姬是谁？就是大史学家班固的妹子班昭，帮助哥哥完成了《汉书》。左氏更有名了，名叫左棻，是汉代写出《二都赋》的左思的妹子——"映霁早就听不下去了，打断他道："够了，别掉书袋子了！小栓你们俩进来！"小栓和伙计推开门闯进来。映霁道："看这里还有什么值当收拾的，替大爷收拾了，带他一起走！"二人答应一声，就要动手。映雪急忙伸开双臂拦住，大急道："住手！别动我的东西！谁动我跟谁急！"回头又对映霁大叫起来，"什么呀我就跟你走，你凭什么闯进我这里来，管我的闲事！"映霁一字字道："凭你是乔家的子孙！乔家丢不起这个人！"映雪也认真起来道："你这是要逼我跟你翻脸！咱们当初已经说清楚了，我离开山西，就和乔家脱离了一切干系。你们是你们，我是我！你们的事情我不管，我的事情你们也管不着！都给我走！"映霁看一眼小栓，道："大爷这些天瘦了，没几斤分量，他走不了，你们就不能架起他走吗？"小栓和伙计会意，上前架起映雪就走。映雪拼命挣扎，躺到地上撒泼打滚，大叫道："放开我！乔映霁，要我走容易，带我的尸首走，活人你是带不走的！"边喊就摸出一把裁纸刀来，横在自个儿脖子上。小栓大惊："东家——"

映霁无奈道："好了，放开他！你们出去！"小栓和伙计再次关门离去。映雪慢腾腾在地板上坐起来，盯着映霁，一笑道："知道怎么回事儿了，碰上难题了，大老远跑到北京,找不到你的同党,想找我问一卦?问什么,说吧!"映霁干脆拉过唯一的一把椅子在他面前坐下,道:"有人告诉我,你说过中国会发生二次革命,真的?"映霁脸一下又白了,急道:"胡说,不是我说的!你就为这个来?"映霁道:"还有人告诉我,袁世凯不会遵守和南京民国临时国会达成的任何一项协议,会背叛民国临时约法,直至背叛民国!"映霁一直盯着他,半晌才道:"这些话你信吗?"映霁慷慨道:"我本来不信,可是前些日子的谣传被证实了,袁世凯没有去南京就任临时大总统,也没有阻止北京兵变。我不说北京兵变就是他操纵的,但至少他利用这场兵变逼迫南京民国国会屈从了他的要求,将国都和国会迁到了北京,还修改成了民国约法,将自己选成了正式大总统!"映霁想了想,站起来,一扇扇关上窗户,道:"你不是为这个来的。"映霁也跟着站起来,道:"我当然不全是为这个来的,但这毕竟是天下大事,如果袁世凯他继续——"映霁拦住他道:"你应当不会主张二次革命。你近来又是重建茶山,疏通茶路,又是在晋商中间推动票号的银行改制……二次革命搞起来,你这些事都做不成。你应当是中国境内那些声称应当给袁世凯政府时间和耐心的人。"映霁被他言中,心中大惊,表面上却不动声色,道:"你甭管我是不是主张二次革命,只告诉我,中国会不会发生二次革命,怎么才能不让它发生,那会毁了中国!"

映霁道:"我床头上有本新书,英文版的,你要是看得懂英文,就读读。里面有些道理,深着呢,读不懂就不说了,读懂了就能回答你的问题。"映霁走向映霁床头,果然找到一本英文书,读出书名:"《共产党宣言》。怎么,卡尔·马克思的书你也读?"映霁道:"你这是什么话!我是个读书人,天下书无所不读,也无书不可读。马克思的书我为什么就不能读?"映霁将书塞进怀里。映霁转身扑过来道:"哎哎,我是说让你在这儿读,不是说让你带走!这书不厚,你一目十行,一会儿就看完了!"映霁笑道:"你刚才可没这么说!哎,为什么要我读这本书?"映霁道:"不为什么。"映霁道:"不说是吧?"映霁道:"说也无妨。你那么大商家的东家,关心中国的未来,就该读读它。我不是你,我读它就是觉得马克思其人其书有趣!"映霁继续追问:"有趣是什么意思?"映霁道:"马克思的书我在欧洲也读过几本,他有一个观点,对我有醍醐灌顶之功!"映霁道:"什么观点?"映霁道:"马克思是黑格尔的学生,可他们的观点正好相反,马克思主张唯物观。他认为,经济基础决定上层建筑。他的历史观更有趣,他认为到目前为止的一切社会历史都是阶级斗争的历史。就在这本书里,第七段。"映霁深深看他,突然什么也不说,转身拉开门就走。映霁也不说话,走到门前,看他带小栓、伙计

384

一路顺楼梯轰隆隆走下去。

已经是暮春天气,北京西山,草深花繁,百鸟啼鸣。蒋祚彬和莲花边走动边说话,巧姑一旁警戒。莲花道:"中山先生说,从现在起,就要对袁世凯背叛民国的可能性保持高度警惕,同时自己的同志要保持联络,随时准备用二次革命打倒袁世凯,保卫民国!"蒋祚彬道:"孙先生还有什么交代?"莲花道:"有一个人,他对袁世凯当政后的民国有幻想。中山先生听说你和他武昌首义时有过一段出生入死的经历,请你有机会接触他一下,做点儿工作,至少不要让他滑到袁世凯营垒里去。"蒋祚彬道:"这个人就这么重要?"莲花道:"因为他有足可以影响当今天下大局的力量,我说的是财富!"蒋祚彬恍然道:"乔家大德通的东家乔映霁!"莲花点头,站住道:"不久前我在武汉和他有过接触,此人一脑袋糊涂意识,对袁政府充满幻想,连二次革命一旦发生给我们一些经费支持都不愿答应。但是中山先生说,一旦这样一个人投向袁世凯的怀抱,中国历史就可能改写!"蒋祚彬道:"那不会……不过中山先生这么想并没有错。乔家富可敌国,袁世凯现在最缺的就是银子。好吧,这件事我来做。乔东家现在何处?"莲花道:"他和我们一样,今天刚到北京。"蒋祚彬道:"回上海禀报中山先生,他交代的事情我会一一落实。为了保卫民国,我一直不会离开北方,隐身的地方一是北京,二是天津。"莲花拱手道:"蒋大帅再会!我们还在北京停留几天,见几位同志,然后就回上海复命,告辞了!"蒋祚彬拱手道:"莲花同志再会!回到上海代问中山先生和各位南方同志好!你离开武汉,不再做张大帅的信使,倒成了孙先生的信使,太重要了,我祝贺你!"他原地不动,看着莲花和巧姑上马驰走,才走向自己的马车离开。

北京城内,乔家大德通分号,自鸣钟已经打过深夜十一点。映霁仍在灯下看那本《共产党宣言》。电灯时明时暗,他喊道:"小栓,还是点灯!"恰巧李德龄提着一盏洋灯进门,把灯放在书案上。映霁看他道:"李大掌柜,怎么劳动你?这灯好亮!你还没睡?"李德龄道:"东家,我老了,睡不着,再说你还没睡,我怎么能睡。这灯是好,却是洋灯。"映霁道:"中国人也要做这样的灯。不说国外,就只是中国自己的市场,想想有多大,就单是这一种洋灯,做起来也能赚大钱!"李德龄感叹:"东家和老东家真是太像了,在哪里都能看到商机!哎,这么晚了不睡,到底是什么书呀?"映霁沉吟,有顷道:"还没看完,一句话说不了。我大哥说得对,这书值得一读。"李德龄坐下来:"那东家对我说说。"映霁道:"这书一开篇就说有一个幽灵,正在欧洲大陆上徘徊,这个幽灵叫共产主义!"李德龄道:"共产主义?什么共产主义?"映霁道:"我一时也说不清楚。照马克思的话说,过去的一切历史都是私有制的历史,共产主义主张在人类社会实现公有制。"李德龄不语。映霁接着道:"最令人震惊的还是这么一句。马克思说,到目前为止的一切社会历史都是阶级斗争的历史。"李德龄问:"阶级斗争?"映霁道:"看了这本书才明白,阶级斗争,就是陈胜吴广揭竿而起,就是不久前的太平天国,还有刚刚发生过的这场革命,已经有人称它做辛亥革命了!"李德龄还是摇头:"不懂。"映霁道:"马克思的人类社会和孔夫子以来中国人的社会理想大不相同。中国人的社会理想是致君尧舜,使民小康,以至于天下大同。就连共和、民主这些词,也是中国的,但是当代中国人用它来表达的意思,却是西方的!"李德龄听不明白,打一个哈欠道:"东家还是早点睡吧,这和咱们做生意挨不着。"映霁将他拉住:"怎么挨不着?挨得着!"李德龄问:"挨得着?"映霁道:"马克思认为,到目前为止的一切社会历史所以都会是阶级斗争的历史,是有原因的。""什么原因?""经济基础决定上层建筑。经济基础不行,建在上面的房子就要塌下来,这就是阶级斗争了。"

李德龄突然来了精神:"哎呀,这我就有点儿懂了。东家曾经跟我说过中国的流民,他们其实都是些没有土地的农民,失业的手艺人。我这一辈子,生下来赶上鸦片战争,后来又是英法联军、八国联军,和日本人打甲午战争。外国人、外国钱、外国货越多,中国人破产的越多,流民也就越多,人人没有饭吃,就造反,前有太平军,后有义和团,就连刚在北京闹过兵变的北洋兵,说到底不都是些流民吗?还有你们革命党,一点儿正经事儿不干,一有风吹草动,就开始作乱。这就是什么姓马的说的阶级斗争吧?"映霁笑道:"李大掌柜,你老人家是个天才!不过你不能这么说革命党。马克思说,革命是阶级斗争的最高形式。"李德龄又听不下去了,站起来道:"东家,可不能革命了,一革命中国就乱,大家都没饭吃,眼皮子底下至少我们自己还没有变成流民,再乱,天下人包括我们自己恐怕就全成了流民了,那中国不就完了!啊,你不会也信了这个……马克思的教吧?"映霁又笑,道:"马克思主义不是教,另外我一下子还不会信它。李大掌柜,你知道我今天读了这本书,最大的收获是什么?"李德龄道:"什么?"

映霁道:"我长长地松了一口气。这次就是见不着蒋大帅,也不用担心马上会发生二次革命了!"李德龄猛地又精神了:"此话怎讲?"映霁道:"就连马克思也说,阶级斗争有不同的阶段和形式,其中有经济斗争、政治斗争和革命,经济斗争是它最初级的阶段和形式，革命只是最后的阶段和手段！"李德龄摇头："不懂。"映霁道："二次革命不会那么快发生的。因为革命之前还有经济斗争和政治斗争两种手段。"李德龄又道："什么意思？"映霁道："我是这么理解的，要避免革命，首先就要让中国所有的流民都有工做，都有饭吃，这就是经济斗争！经济斗争搞好了，连政治斗争都不要，更不用说会有革命了！"李德龄眨着小眼睛道："我们是商家，不是官府，更不是皇上，能做什么？"映霁道："我觉得恰恰不是官府而是我们，能用经济斗争的手段解决中国流民的吃饭问题，阻止中国发生二次革命！"李德龄道："东家，我又要夸你的胸怀和老东家一样了。老东家也是你这样的菩萨心肠。做生意不是做生意，是救天下，听着跟睁眼说瞎话一样，可那是真的！你说吧，我们做什么才能不让你说的二次革命发生？"映霁道："我们做不了所有的事情，但我们可以、也应该加速做好我们能做也应当做的事情。"李德龄想了想道："你在说票号改制银行！"映霁道："这件事可不小，如果我们能起个头，带动全国的票号业迅速向现代银行转型，推动中国进入工业化，会给多少流民带来工作，一家老小都有饭吃。我现在觉得，你、我、每个中国人，都在和随时会发生的二次革命赛跑，只有我们跑到前面去，中国才会不亡！"

李德龄道："东家的话我好像有点儿明白了，不过——"映霁道："这会儿反正睡不着，说说和广盛源合作的事儿吧！"李德龄道："东家，潘大掌柜的信我早就收到了。头一件，他让我悄悄打听广盛源的底细，侯大掌柜为啥那么好的生意不做，非要和我们一起为合生元做担保？这事让人查了，暂时没有结果。"映霁当下就着急起来："怎么还没结果，这都两个多月了！"李德龄："东家别急。既然你到了北京，就多住几天，我这边呢，加紧让他们查，很快会有结果的。"映霁深深看他："李大掌柜不会有什么事瞒着我吧？"李德龄一直在躲避他的目光，这时急忙道："没有！怎么会！"映霁道："上次我在平遥和侯大掌柜见面，临走时他提出和我们合伙为合生元担保，这件事本身倒不算什么，难得的是他后来的提议。"李德龄不说话。映霁又道："侯大掌柜说，只要我们和他们一起做了合生元的生意，天下人就会知道现如今晋商票号业两大领袖绑在一起了，这就和联合进行银行改制一个样！接下去再一起做几宗大生意，让广盛源的东家明白和乔家联合只有好处没有坏处，银行改制的事说不定他们就同意了。那时登高一呼，首先我们祁县的水家、元家和达盛昌邱家就会来参股，我们再公开进行社会募股，多少经营境况不好的中小票号，巴不得有人接盘，他们拿自己的股本参股新银行，自己不经营，坐收红利，赔了也是乔家和广盛源的，何乐而不为？真能这样朝前走，中国第一家晋商银行就成了！"李德龄没接他的话茬儿，迟疑了一会儿道："啊，天太晚了，东家早点儿睡，明天听我回话吧。"映霁亲送李德龄出门，李德龄欲走又回头。映霁看他。李德龄道："算了，不说了。"映霁笑道："还是说吧。"

李德龄道："东家从江西赶到北京，要找蒋大帅，一定是好久没跟他联络过了？"映霁道："当然。"李德龄道："东家在武昌城参加造反时认识那三个领头的，尤其是一个叫张振武的大帅——"映霁急道："怎么了？"李德龄道："我刚刚听了一耳朵，说这几个人，包括孙文、黄兴、国会中原来的革命党头目，其中一个姓宋——"映霁急道："宋教仁先生。怎么啦？"李德龄道："总之一个和袁世凯的人有来往的相与悄悄告我，让我跟你通个气，以后别再跟这些人来往！"映霁一惊："为什么？"李德龄道："袁世凯那里有一个这些人的名单！"映霁大叫："名单？"李德龄道："总之不是好事。我这里还纳闷呢，孙文前不久还被袁大总统任命为全国铁路总监督，宋先生眼下在国会也好着呢。可天下事哪里说得准，既然有谣传，东家就——"见映霁突然神情大变，李德龄又道："哎，也许是假的！"他转身要走，映霁一把抓住了他，恳切道："前辈，以后有这样的消息，必须马上想办法告诉我！"李德龄看他，有点儿害怕了："这个……好的！"映霁松手，看他离去，一时望着夜空，胸中竟激愤难平，汹涌澎湃，难以自已。小栓走过来看他，道："该睡了吧？对了，我们还走不走了？"映霁答非所问，大声道："这就是中国，往哪里走！不是要走，而是要战斗！"

清晨的北京旧城墙外，望百躺着，手在身上摸虱子。望实端一碗水走回来，望百喝一口吐在地下，道："怎么是水？我要的是茶！"望实忍无可忍道："你就将就点儿吧，这是北京城，喝水都要钱。"望百道："我们真的一文钱也没了？真真是山穷水尽了？"望实不答。望百道："老天，老天，崔望百居然也到了秦琼卖马、杨志卖刀的时候，你不公啊！"一旁躺着一群乞丐，一名老乞丐笑着道："秦琼卖马、杨志卖刀，那也得有刀有马可卖，你有吗？"望百道："住口，不要把爷爷看成你们一样的人！"老乞丐回头招呼众乞丐道："别让这样的贵人脏了咱们的地方，把他扔出去！"众乞丐就拥上来，喊："扔护城河里去！"望百怕了，爬起来大叫："别扔，我自己走！"这时就见一辆马车驰来停下，金保扶金甬下车。望百一眼望见二人，大叫道："金大人，我在这里！"金甬走过来，用手帕捂住鼻子道："跟我走！"望百有点儿走不动，道："金大人要崔某人去哪里？从早上到这会儿我还水米没打牙呢！"金甬看他，不屑道："好好好，我们先去吃饭,然后再给你们俩换身衣裳,然后直奔前门火车站!"望百大喜道:"那件事有着落了!"金甬看左右道:"这里不是说话的地方!"他看着金保扶望百上马车,又回头看望实:"你也上来!"望百上了马又要下来,回看傻在车下的乞丐们,拱手大笑道:"诸位,告辞了!说你们不要把爷爷我看成你们这样的人,还不信!土地庙里也有神仙!知道李白吗?"一乞丐道:"李白谁不知道?"望百道:"这个李白写过好多诗,只有两句我喜欢。'仰天大笑出门去,我辈岂是蓬蒿人。'走了!"他大笑着在车上坐下。马车驰走。

入了城门就是一家下等小饭馆。众人进去坐下,小二将几个窝窝头端上来,不屑道:"窝窝头来了!四位,你们真的连一碗汤也不要?"望百变色大叫:"我要吃肉!"金甬道:"没有!给他们来两碗水!水不要钱吧?"金保道:"爷,我也饿着呢!"金甬道:"你不着急,外面等着去。"金保赌气走出。望百道:"金大人,你不会……"金甬从怀里掏出一张纸,道:"我让你看看这个东西,你就不在乎吃上吃不上肉了!"他将那张纸打开,摊在望百面前。望百瞥了一眼,立刻喜泪飞溅,叫:"委任状!盖着中华民国大总统的关防!兹委任金甬一员署理山西省民政厅长……怎么才是一个厅长?不是省长,还是署理!"边喊边就把手中的窝头扔在桌上。金甬急将委任状收起道:"眼下民国二十二省都没有省长,全是一省督军执政,民政厅长听着不是大官,可他就是大清时的布政使,一省的最高民政长官!袁大总统正在统一全国军令政令,民政厅长一到任,就是省长,督军掌管民政的权利就被剥夺了!"

望百道:"真的?"金甬道:"当然!"望百道:"大人,山西可是有一人名叫阎锡山,现任督军,你一个民政厅长还是署理的,怎么可能靠这一纸委任状越过他一头去!"金甬冷笑道:"老崔,这你就不明白眼下的大势了!阎锡山是山西督军,掌管着一省的兵权不假,可他出身不好,是个革命党,现而今民国大总统是袁世凯!我是袁大总统任命的一省署理最高行政长官,督军以后只能管军队的事,不能管民政,况且他这个督军还没经过袁大总统重新任命。听说现在正紧着巴结呢。他怎么能越得过我去!"望百心中大快,笑道:"大人,一个署理,总让人觉得差事是暂时的,随时会有人顶掉似的!我心里不踏实!"金甬不悦道:"袁大总统府的项大管家又不认识我,我也不是他姨太太的小舅子,就因为花了一点儿银子,他就能授给我一个实缺?给个署理我就喜出望外了!再说今天是署理,明天是不是还署理,那也事在人为!"望百大喜道:"说得好!大人,崔望百必须要问你一句,为谋到这个缺花了多少银子?"金甬道:"我也不用瞒你。除了那笔卖大炮的银子我一两不剩,最后连女人的头面衣裳加上京城的房子、地全卖了,这就是今天只能让二位吃窝头喝凉水的缘故!可就是花了这些银子,拿到了委任状,末了我也没能见上袁大总统一面!"望百笑道:"这就是我说的,你那点儿银子也就是买一个山西署理民政厅长,要见袁世凯,得要天一样大的一笔银子!看这个情形,今天大人带我们兄弟去山西上任的火车票钱不会也是借来的吧?"金甬道:"这个我不能告诉你!"望百大笑,看望实道:"还不快吃!吃了马上随大人回山西!大人,到了山西,只要大人对崔某人言听计从,在下保证大人不出一年,就能拿回比今天的花销多几倍、几十倍、几百倍的银子!"金甬道:"我当然想快点儿加倍拿回我的本钱!本官虽然花光最后一两银子拿到了委任状,可项大管家说了,我是不是能做得长,还要看能不能拿到你说的那笔藏在山西、天下独有的中国最大的银子!老子这回信你的话了,袁世凯果然需要大银子!"望百看望实道:"窝头不吃了,昨天还觉得香甜无比,这会儿味同嚼蜡。大人,咱们启程!"三个人站起。金甬在口袋里摸了半天,手突然停住。小二跑进来道:"各位,窝头钱还没给呢!"望百看金甬道:"窝头钱也没了?"金甬道:"口袋穷出一个洞,最后几文钱跑了!"三人大笑。小二回头叫:"掌柜的,碰上吃白食的!"掌柜的带人赶过来:"打出去!"三人被一顿棍杖赶出饭馆。望百边抱头鼠窜边回头大叫:"别打,老子会回来还钱的!你们等着!"

第二十章

　　吴秉仁带一支军乐队立在站台上，冷眼看着火车鸣笛进站停下，回头道："奏乐！"乐队开始奏乐。火车上，金甬透过车窗望出去，道："这是迎接谁，这么大阵仗？"望百忽然醒悟道："大人，迎接你呀！那人我认识，是阎锡山督军府的总参议，现在改叫秘书长了！"金甬就精神抖擞起来，道："这就是做官的好处！阎锡山看样子还识相！下车！"望百道："大人还是自己带金保下去，我们俩这副嘴脸，就不一起下了！"金甬一把扯住他道："不，我们是患难之交，一起下去！"望百回头得意地瞅一眼望实："怎么样，我说过吧，乘风破浪会有时，直挂云帆济沧海！"望实不说话，和金保一起随他们下车。吴秉仁看他们走下车厢，一怔，上前对金甬行军礼，大声道："卑职山西督军府秘书长吴秉仁，奉大帅之命，恭迎金大人莅任山西！"

　　金甬开始摆谱，看吴秉仁道："你就是吴秘书长啊，失敬。阎督军怎么不见？"吴秉仁道："大帅近日旧疾发作，不能行动，故让卑职代他前来迎接金大人！"金甬往前走，又停下，回看吴秉仁道："这会儿是民国了，有两个称呼我要纠正你。第一，督军就是督军，不是大帅，今天的大帅只有一人，就是袁大总统；第二，我也不是大人，叫我金厅长就行了！"吴秉仁受到羞辱，心中大为不快，口中却大声应道："谢金厅长指教！车停在外面，金厅长请！"看金甬大摇大摆走过去，吴秉仁忽然盯上了望百。望百冷笑道："吴总参议，我们也是故人了！"吴秉仁一怔，想起来了，道："恭喜崔先生，巴结上了新任山西署理民政厅长！以后还请崔先生对督军和兄弟多加关照！"望百故作矜持之态道："吴秘书长是阎督军的心腹要人，崔某何等样人，敢和吴秘书长称兄道弟？不过金厅长日后就是山西的布政使，实际上的山西省长，我们两个人怕是要常打交道的，是在下要请吴秘书长诸事方便！"吴秉仁心中大恨，口中却道："好说！"众人在鼓乐声中走了出去。

　　汽车一直将金甬等人送进了山西民政厅官署。金甬下车入门，带望百在各处房间中走动，坐下又站起，回头看望百，不满道："这民国的衙门也太不讲究了！怎么也没个人招呼啊！来人，上茶！"等了半晌，一名杂役才提着一把铜壶进来，摆下几只粗碗，倒茶入碗，然后撂下茶壶就走。金甬大怒道："站住！"杂役回头。金甬道："怎么这么没规矩，刚才本官喊茶，你们磨蹭了半天。这会子到底来了，居然用这样的家伙，也不说一声就走，你连一句请厅长喝茶也不会讲吗？"杂役怔了一怔，道："啊，厅长大人请喝茶！"金甬呷一口茶，"扑"地吐出，怒道："这是茶吗？"杂役并不畏惧，道："大人，就这茶还是小人出去赊的呢。连小人的工钱衙门里也有半年没开了，家里人饿着肚子呢。对了，大人，您喝茶，我还要回去典一处房子，拿钱买小米呢！"说完不等金甬回答，匆匆离去。金甬转圈大叫起来："太不像话了！虽然没了朝廷，民国也是政府，太不把本官看在眼里了！"望百急上前止住道："大人息怒。且不要和下人计较！"金甬想了想，收场坐下，道："老崔，今天本官头一天到任，饭不是饭，茶不是茶，看来在你们山西也不是处处都有银子。首先这个管理全省民政的衙门就缺银子！"见望百不说话，又道，"阎锡山厉害，山西成了他一人的天下。我这个民政厅长到职，他只打发一名秘书长去迎接。这会儿我都进了衙门，他居然不来拜会。还有这个官署里，除了你们弟兄和金保，我竟是孤家寡人！你以为本官这个官该从何处做起，才能得到你说的那笔天下最大的银子？"

望百从容道："虽然大人迫不及待希望从山西拿到银子，但咱们既是官府，不是土匪绑票，就要师出有名。望百在路上早为大人划好了上中下三策。"金甬看他道："不妨先讲下策！"望百道："下策是大人上任伊始，立即在全山西省颁布法令，以各种名目加捐增税！"金甬生气道："我初到山西，就加捐增税？加捐增税就能得到你许给我的那笔天下最大的银子？"望百道："大人不要小瞧这些捐税。逊清末年，全国为筹集银子支应朝廷军费，偿还战争赔款，兴办洋务，在正常田赋加增外，又加增了几十上百种税赋。本人在上海学生意期间，见过外国人的统计，说逊清最后十几年，这些加增的税赋居然是常赋的五倍！达六万万两白银之巨！"金甬听了不为所动道："《道德经》道：'圣人不仁，以百姓为刍狗。'为政不仁，当地方官就是要盘剥老百姓，这个也不算什么，但你必须告诉我现在就能在山西加征的税赋有哪些？"望百从怀中拿出一张清单递过去："大人请看，都在上面了。"金甬看一眼清单道："我眼神不好，你替我读一遍。"望百拿回单子，一眼也不看道："第一类是房税和商税。老百姓只要有房子，就要征税，这个面大，没有人跑得掉！第二类是商税。山西重商，晋中祁、太、平三县,加上榆次、太原,几乎家家经商,加征商税,人人在册,全跑不掉。"金甬开始有兴趣,道:"继续说!"

望百道:"第三类是饭税、水税、衣税。这不是我发明的,晚清时江南各地都兴过这些税。这个征收面更广,只要你是人,就不能不吃饭,不喝水,不穿衣。"金甬急道:"等等,衣食住行全都征了税,难道下面还有第四类?"望百道:"有。这个有点儿不堪。大人真想听?"金甬道:"说说无妨,征不征在我。"望百道:"牛税、羊税、猪税、鸡税、鸭税、鹅税。但凡家里养个家畜家禽,都要交税。另外还有狗税、猫税。要继续扩大税源,还可以加征树税,除了各种果木,还有不结果子的树,全可以加征。最后还有菜税,种白菜有白菜税,种萝卜交萝卜税,还要分得细一些,就是白萝卜税、青萝卜税、胡萝卜税。"金甬不以为然道:"这好像还不是最不堪的。"望百立即接上道:"大人圣明!有的穷人无房无地,既不经商,又无衣穿,既不种菜,也不养鸭,你怎么收他的税?若是天下有人可以不交税,大家都学他的样做乞丐,国家就什么税也收不到。所以,当年某省有个地方,就设了一种税,连叫花子也逃不掉。"金甬哂笑:"这就叫天网恢恢疏而不漏了。只是你还是没说出是什么税。"望百看他道:"粪税。"金甬下意识地捂一下鼻子,看他道:"说呀,怎么不说了?"望百道:"一个人可以只是一个乞丐,衣食住行各样征税都找不到你,但你要了饭还是要吃,吃完了要拉,征你的粪税,铁定了你无话可说!大人,这样天底下就没有不交税的人了!"金甬道:"你这下策,好处是我说不定可以马上见到大批银子。坏处呢?"望百道:"坏处是会民怨沸腾,全体山西人一致对大人口出恶言,联络起来集体抗税。那些所谓的民间人士、社会贤达更会口诛笔伐,这对大人长久留在山西做官,还想去掉署理民政厅长的署理两个字不利。"金甬有点儿泄气,道:"就没有应对之法了?"望百道:"有,大人背后要是有大批军队做后盾,也许能如愿。但这到底是下策,并不能从富甲天下的山西商人,尤其是山西票商那里弄到很多银子。"金甬道:"那就说你的中策!"

望百道:"中策是专门针对大中小各类晋商增加商税,恢复晚清各地设立后被孙文宣布撤销的大小厘卡,针对各种不同货物加征附加税,税种要细化,重点是粮、油、茶、盐、布、药这些老百姓时刻不可缺少的商品。大人,我这中策,看似征税的范围缩小,但因为是直接对货物征税,这些税会自动加在货物上,差不多等于对天下每个要吃要喝要拉的人加税,虽然征税的对象只是商人,却比对升斗小民直接加税能得到更多的银子。"金甬听得入神,这时急道:"坏处呢?"望百道:"山西重商,太原府周边各县,几乎人人皆商。行这一策,仍然会让民怨沸腾,商人造反,商户歇业,商路断绝,征税难以为继。而且如此征税,同样需要强大的军队做后盾。"金甬沉吟下来,面有怒色。望百看他道:"大人怎么了?"

金甬拍案道:"崔先生,你在戏耍本官吗?说来说去,你的中下两策全要本官动用军队强迫催逼。来山西前项大管家给本官交过底,袁大总统当政后给全国二十二省督军中的一半正式颁发了委任状,只对几个人置之不理,其中就有阎锡山,因为此人原是孙文一党。如今山西军队操纵在老阎手里,山西又地近京畿,袁大总统投鼠忌器,眼下并不想对他下手……其余的话我就不说了。如今在阎锡山眼里,我就是袁大总统派来从他手里夺走山西利权的人,恨死了我,必欲置之死地而后快,怎么肯派军队支持我在山西加税!本官以为崔先生真有什么锦囊妙计,原来只会给本官出这种下三滥的主意!如此本官就不留了,二位请别处高就吧!"望百稳坐不动道:"大人息怒。大人若能对崔某人推心置腹,在下就敢对大人讲上中下三策中的上策。"金甬道:"你想从本官这里知道些什么?"望百道:"崔望百在京城时听说,如今被袁大总统派往各省的封疆大吏,手里都有一个名单,上面写有本省所有同盟会员的名字,到任后要求他一个个秘密剪除。大人也是走了大总统府项大管家的门子被大总统派到山西来的大员,手里有这个名单吗?如果有,他们都是谁?"

金甬大怒道:"崔望百,你得寸进尺!第一,没有这张名单;第二,你说起这件事,意欲何为?"望百道:"因为名单上或者有一个人,与望百要说的上策大有干系!"金甬道:"谁?"望百一字字道:"乔映霁。老同盟会员。亲身参加了武昌首义和后来的山西太原起义!"金甬盯着他看,良久突然开口:"可以说你的上策了!"望百道:"上策就是响应山西商人的呼声,顺势而为,做他们做不到却渴望民国官府帮他们做到的大事!"金甬道:"不找这些商人征税,相反却要帮他们做事?"望百道:"正是!"金甬道:"商人还要讲个无利不起早,本官为什么要这么做?"望百道:"为了让他们自己把埋在地下的银子刨出来,送到大人指定的地方去!"金甬道:"崔先生,你在痴人说梦!"望百道:"大人知道晋商一直在呼唤,盼民国政府帮助他们做的大事是什么?"金甬道:"我怎么会知道?我又不是山西人,更不是晋商!"望百道:"统一货币!"金甬道:"想起来了,在京城时就听说过那些晋商票号一直在呼喊进行银行改制,他们认为最大的益处就是能够统一货币,让银子流淌得更快!""大人知道让银子流淌得更快的益处吗?""你小看本官了!"望百拍手道:"太好了!大人既知道让银子流得更快的好处,必懂得统一货币的好处,也就明白乔映霁会成为在票号的银行改制方面最热衷、最迫不及待的人了!"金甬道:"说下去!说完!"望百道:"大人明天就出一张布告,说你来山西要做的第一件大事,就是整顿山西金融,清理重建山西官银号,统一货币,振兴商业,开发实业,利商利民!"金甬道:"乔映霁是当今晋商第一人,你的上策是,从清理逊清留下的山西官银号入手,请君入瓮?"望百大喜道:"大人圣明!望百在上海学生意时,有两年时间是在外国银行做差役,熟悉了他们的各种骗中国人银子的把戏。所有这些本事我都可以用到山西官银号的清理重建上来,包括怎么哄骗包括乔致庸这样的人入股新的山西官银号,最终帮大人得到那笔天下最大的银子!"金甬道:"我马上就让人去查你说的山西官银号!"望百道:"不用查了,大乱过后,那里只剩下一座空房子、一个看房子的差役和二两七钱银子!"金甬笑容陡落,道:"山西官银号原来没有银子,如果是这样,乔映霁怎么会傻到拿自己的银子去为官府填这么大的窟窿!"望百道:"这就是大人不明白的地方了!山西票号林立,缺少统一货币,商人因此怨声载道,做梦都盼着有一种大家都认可的货币在本省乃至全国流通,但每一家又都没有能力做到!大人知道为什么吗?"金甬道:"不知道!""那是因为统一的货币只能由一个拥有充分准备金,又有官府做担保的大银行来发行!壮外国,多是由国家的中央银行统一发钞,但在英国,拥有雄厚准备金的民间银行,像英格兰银行,经过国家批准,也成了发钞银行。"金甬又想起来了,道:"这件事可不容易。眼下就连袁大总统的民国中央政府,也没有独立建立一家国家中央银行的能力。不是不想,是没有发钞必需的准备金。"望百道:"没有准备金的中央银行发了钞也是废纸,无法流通。崔望百听说袁大总统已经准备大举向外国银行团借款,作为准备金交付给中央银行发钞,但受到了国会中国民党议员的反对,这些议员一是害怕袁以此为幌子,借外债扩大军事力量为己所用,二是他们身后站立着江浙财团,后者为了自身的利益,明确反对只有国家的中央银行才有发钞的权利——"

金甬摇头道:"这你就只知其一,不知其二了,议员的反对袁大总统可以置之不理,真正的阻力在于眼下民国貌似统一,实则四分五裂,袁大总统就是想向外国银行团借款,人家也不答应,外国人也怕他们的大笔借债打了水漂!"望百复大喜道:"这就好了。不是一般的好,是太好了!""你什么意思?"望百道:"袁大总统在全中国都做不成的事,大人却有机会在山西替他做到!第一,山西富甲天下,山西商人自己的银子就足够充当统一全国货币的准备金;第二,山西商人不但渴望统一货币,更希望有一个由省府出面组建并承担无限责任的省级中央银行承担统一山西货币的责任。他们还都明白,只有省府出面,才能成功组建这样一个有权威的发钞银行。"

金甬仍然不放心道:"你认为本官这么做,乔映霁真的会自投罗网?"望百道:"大人,望百已经为大人想好了,第一大人要在公告里声明,你是要一切按照现代银行制度来重建山西官银号,首先公开募股,征收发钞必需的准备金,所有今天入股的晋商都和政府一样是股东。第二,大人要屈尊下顾,亲自去拜访乔映霁,请他带头入瓮!"看金甬用怀疑的目光深深看他,望百又道:"大人这样看我,是还不知道乔家。晚清末季,山西总督曾国荃、西征大臣左季高,或者为了赈济灾民,或者为了筹钱西征,都曾经不耻下顾,到乔家堡求见乔映霁的爷爷乔致庸。大人如果能效法前贤,亲自前往乔家堡与乔映霁见面,恳请乔家出于公义,带头慷慨解囊,拿出银子来参股并主导清理重建山西官银号。一旦乔家和唯乔家马首是瞻的山西各大商家入了大人的瓮,大人还愁得不到你要的那笔天下最大的银子吗?"

金甬内心大喜,口中却道:"乔映霁这个人,我在武汉时和他有过一面之缘。本官当时还想走他的门子巴结庆亲王奕劻呢。谁能想到,一转眼沧海桑田,他居然倒成了本官治下的子民了。不过——"望百道:"大人担心乔映霁会识破这场骗局?"金甬不点头也不摇头。望百道:"大人一定要告诉在下,乔映霁端底在不在袁大总统要翦除的革命党名单之上?"金甬反感道:"为什么你一定要知道这个?"望百道:"因为此事关系到大人能不能拿到那笔天下最大的银子!"金甬还是不说话。望百道:"现在晋商就像一群羊,天下一变,都不知道往哪儿走,乔家就是那只头羊。"金甬终于看他道:"我什么也不能告诉你……不过,就当其中有他吧。"望百心中大快,道:"这就好了!大人切记,乔映霁一定要被翦除,但一定要在大人和袁大总统得到乔家和晋商纵横天下五百年积攒的巨大财富之后!"金甬此时心中只有重建山西官银号的事了,道:"你怎么知道本官去求他,他就会入了本官的瓮?乔映霁有病?"望百道:"在下敢为大人划这一策,就是知道乔映霁一定会入瓮!现在在下不想说,等大事告成,大人才会明白乔映霁是不是有病!"金甬又道:"本官不懂,即使乔映霁会入瓮,别的晋商呢?他们不会和乔映霁一样都有病吧?"望百道:"别的晋商不会像乔家一样,为一个自称的义字入瓮,但他们会为一个利字追随乔家入瓮!"金甬终于道:"今天就谈到这里。本官还要想一想。"望百道:"在下可以等大人。但最多不能超过五天。超过五天,在下就不辞而别!"金甬讥讽道:"离开本官,你们兄弟想去哪里高就?"

望百道："回京城再找一位比大人更愿意冒险的人，把大人顶下来，到山西行崔望百三策中的上策！"金甬看他，半晌才道："你在威胁我！为什么你现在比我还要希望你的这一策成功？"望百道："崔望百当然有自己的理由，但我现在不想讲出来！"金甬道："好，你走吧。"望百站起道："再说一遍，五天。"金甬道："不送！"他看着望百走出去，大喊："金保进来！"金保转眼就跑了进来。金甬道："明天就找人去祁县乔家堡打听，乔家大德通的东家乔映霁什么时候回家……啊，还有，告诉崔望百，让他替本官起草上任后的第一号告示，怎么写、写什么他都知道！我明天就要让全体山西人知道，本官莅任山西民政最高长官后做的第一件大事是什么！"话没说完，门忽然被推开，望百瘸着腿又闯了进来。

金甬吃了一惊道："崔先生——"望百看金保道："你出去！"金保看金甬一眼，金甬点头，金保离开。望百道："智者千虑，必有一失。大人，还有一个人，怎么办？"金甬沉沉看他，也想起来了，有顷才道："阎锡山？"望百瞪眼看他，点头。金甬冷笑道："阎锡山还不知道我是谁派来的？他敢挡我的路？除非他想公开和袁大总统叫板，引火烧身，自取灭亡！啊，老崔，其实你的中策和下策也正经不错，等上策成功了，中策和下策我也要施行，本官对袁大总统忠心耿耿，不想漏掉一两山西的银子！"望百道："袁大总统在京城，这里是山西，大人眼下赤手空拳，阎锡山握有重兵，虽然他一直声称拥护和服从袁大总统，但他到底是革命党出身，万一铤而走险，大人费尽心机从山西搜刮的天下最大一笔银子，就会落入他人之手！万一他拿出一部分去贿赂袁大总统——"金甬神情已变，不觉大声道："你有什么主意？"望百道："大人要在山西行政，还要帮袁大总统剿除革命党，手里没有军队不行的！"金甬道："你想让我另外再组建一支军队，公开和阎锡山打擂台？全国舆论怎么办？袁大总统也不会答应！"望百道："大人可在职权范围内，用维持治安的名义扩充山西警察纵队，实际造成山西境内两支军队并存的局面。一是阎锡山无话可说，二是将来即便袁大总统知道了，也只能夸大人会办事！他何尝不想在山西有一支自己的军队！万一哪天他要剿除阎锡山的势力，大人手中这支队伍正好助他一臂之力！大人有了这支队伍，在北京又有袁大总统撑腰，要打就打，要和就和，阎锡山其奈大人何？"金甬看他良久，断然道："本官初到山西，手边没什么得力的人，这件事情也要委托你去筹办。你办得到吗？一件事是重建山西官银号，这件事要大张旗鼓；另一件事是建立警察队伍，要闷声不响！"望百不觉欣喜若狂，拱手躬身到地道："谢大人栽培！大人圣明！崔望百得遇明主,鞍前马后,肝脑涂地,在所不辞!"

北京大德通分号里,映霁在焦急等待。忽然李德龄擦着汗匆匆走回来。映霁急迎上去问:"怎么样了?"李德龄道:"东家,广盛源侯大掌柜不靠谱,那笔生意做不了!"映霁心情陡然恶劣:"怎么了?"李德龄道:"我让人去查这件事的底细,刚刚才给了实话。合生元的事不像侯大掌柜讲的那样,他骗了东家!"映霁道:"他怎么骗了我?"李德龄道:"我先说广盛源。这些年他们生意本来就不好,表面上轰轰烈烈,实际上年年亏损,又爱面子,不肯收缩,还是那么大的排场,那么多分号,养许多人,坐吃山空。其实侯大掌柜接掌北京分号时,广盛源就靠吃相与的存银过日子了!"映霁心中大骇:"吃相与的存银,怎么能这样!广盛源是百年老号——"李德龄看他一眼道:"亏得是百年老号,若是一家小号,早被挤兑了。侯大掌柜上任后发现实情,不去想办法挽救危局,反而破罐子破摔,搞得比过去的场面还大,开的花账还多,在京城他一个人挂名捧的戏子就有七八个,做干爹,买头面,自己又好住八大胡同,给外人的印象是广盛源有花不完的银子。其实哪有银子?这就想出了一个法子!"映霁急问:"什么法子?""用广盛源这个百年老号的名头给撑不住的中小票号做担保,让这些中小票号反过来借银子给他撑自个儿的门面。有他们号里知情人说,侯大掌柜上任两年不到,塌下的窟窿海了去了!"

映霁努力压住火气道:"合生元又是怎么回事?"李德龄道:"合生元当年也是名号,这些年生意一天不如一天,加上江南革命,几家票号被抢,欠相与的银子没法兑付,就去广盛源借银子。侯大掌柜答应为它的欠债担保,回头向合生元借银子填窟窿。开头合生元的人不知是计,知道时已经没办法了,只能两家相互掩饰,支撑着场面别一下子全塌下来!今天我才知道,合生元的老掌柜去年突然身故,竟不是暴病而死,而是自己偷偷喝了砒霜!"映霁道:"这么说侯大掌柜在平遥要我们和广盛源一起为合生元担保,不是一时起意,竟是早就设计好的圈套?"李德龄点头道:"东家,我们千万不能跳进这个坑里去。谁知道合生元和广盛源加在一块儿,这个坑到底有多深。只要我们答应和广盛源合伙做合生元的生意,就是答应了为他们两家票号的欠债担保!东家一定要推动票号改制,也要找可靠的相与,别碰广盛源了!"

映霁气极,来回踱了两步,大叫:"小栓!"小栓跑进来。映霁怒冲冲道:"这几天让你办的事,怎么样了?"小栓道:"哎呀我的爷,李大掌柜都告诉你蒋大帅跑江南去了,你还让我满城乱碰，北京城这么大，找个人跟大海里捞针似的！"李德龄看他一眼，脱口而出："东家还在找蒋大帅？"映霁不理他，沉吟半晌，下决心道："走！"小栓叫苦道："又要出去呀，我腿都跑细了！"映霁道："看戏你不去？"小栓大喜："真的？去！"当下就出去拉马，二人转眼出了票号，直奔前门戏园子。进得门去，只见戏台上一男一女两个角儿正在表演《打渔杀家》，映雩抱着一个包袱立在侧幕后面，一叠声跟着下面的戏迷大叫："好！好！"映霁忽然出现在他身后，一把将他扯到后台楼梯上去。映雩回头看到是他们，叫起来："干什么干什么？你怎么又来了？我说过我们断亲了，不是兄弟！甭来烦我！"映霁笑嘻嘻看他道："听说是没钱交房租，让人从八大胡同给轰出来了？为什么不去找我？"映雩嘴硬道："什么我就让人从八大胡同给轰出来了，是大爷自个儿不想住了！有了更好的地儿了！我这会儿跟上角儿了！管吃管住，一个月八块大洋！"映霁道："还能天天看蹭戏，好自在！"映雩道："放开我，角儿要下场了，我得上去侍候茶水！你甭砸了我的饭碗！"映霁不得已松开，看他跑回后台，递茶壶给一名徐娘半老的角儿。转眼这角儿又上了场，映雩回头看见他们，跑过来急道："哎呀呀，怎么还不走？再不走就砸了我的饭碗了！"映霁抱住膀子站着不走，也不说话。映雩回看一眼台上的角儿，更急了道："说吧，又有什么事？"映霁道："你这里三教九流的人杂，帮我打听个人！"映雩警觉道："我干吗要给你当差？我忙着呢我！"映霁哂笑道："不就是给角儿拎包吗？你忙什么？"映雩道："你知道什么？不止是给角儿拎包，我还是角儿的编剧家，她每一场演完回去，都要照着她说的改剧本呢！这一阵子她为什么这么火，因为我！"映霁道："你还长能耐了，会改剧本了？"映雩转身就走，映霁一把拉住他。映雩恨道："就知道你这种人瞧不起我的职业，还有你们乔家立的家规，不捧戏子什么的，知道吗？人家是艺术家，多少年了，叫人家戏子是歧视！"映霁道："得，我不歧视他们，可我歧视你！"映雩叫："我？"映霁道："从小到大，爷爷花了多少银子让你读书，结果你竟成了这么个人！"映雩道："我成了怎么个人？我这么过挺好的，第一我自食其力，第二我现在是艺术家，比在山西吃你们乔家的施舍好多了。我头一回觉得自己在京城里大小也是个人物了！"

映霁道："谁们乔家？"映雩："你们！"映霁道："把这些年吃乔家的银子吐出来！"映雩道："我没钱。再说小时候也不是我自己要吃你们家，是你们非要送给我饭吃。这笔债你跟我讨不着！"映霁道："说正事。我要打听谁你知道。我听说他也和你一样的毛病，第一喜欢逛八大胡同，第二喜欢听戏。这两个地方现而今你都熟得很，帮我打听一下,我急着见他!"映雪道:"我知道了!原来你这会儿还是革命党?不行不行,你们革命党这会儿完全不吃香了,这种事你甭找我!会给我招祸的,我不掺和你们的事!"映雪道:"有人告诉我他到江南去了,我开头还信了,这几天越想越不对,就他这个人的脾气,是不会躲到南方去的!"映雪道:"那你也见不到他!他不在北京了!"映雪一把揪住他,笑道:"原来你啥都知道!快告我他在哪里?"映雪又急了道:"我说过了不掺和你们的事——"映雪道:"不告诉我就跟我走!"映雪差不多喊起来:"放开我!在这里拉拉扯扯像什么!哎呀,角儿下场了,我要上去递茶壶!"映雪抓住他不放道:"告诉我就让你走!"映雪道:"松开,保证以后不来找我,我就告诉你!"映雪笑道:"行,说吧!要是骗我,我告诉你侍候的那位角儿,说你是乔家的大爷!"映雪一下慌了:"哎,不兴那么干!你这么说人家还敢用我吗!别想着法儿毁我成不成!朝包厢里看,第五个,坐第二排,是谁?"映雪朝包厢看去,映雪趁机跑走。映雪看第五个包厢,里面空空如也。心中大悟,急对小栓道:"快走!"边说转身往身后小楼梯奔下去。楼梯窄,光线暗,他一脚踩空,摔倒滚了下去。小栓大叫:"东家——"跑下去将映雪扶起。映雪疼得连声大叫。小栓道:"摔得重吗?"映雪恨道:"腿都折了!去叫人,抬我上马车!——不,快出门拦住蒋大帅!"一抬头,竟看见蒋祚彬在戏园外上了一辆马车,猛推小栓:"快去!"小栓丢下他跑出去,马车已经不见了,埋怨道:"哪有人哪!"他举手将自家马车喊过来,和车夫一起将映雪抬出去,放进马车。车夫忽然看映雪道:"刚才有一位大爷,留下一封信给东家!"映雪接过信来,看上面的字迹,欲喊又止,催车夫:"快走!"马车回到票号,众人将映雪抬进房内,李德龄急喊大夫给映雪看腿,一边看着他,要说什么急事的样子。映雪道:"啥事儿也不要说,等大夫给我的腿上了绷带!"大夫很快就请来了,给映雪的腿上夹板,缠绷带,用一根绳子在屋梁上吊起来,映雪才对李德龄道:"什么大事儿,说吧!"李德龄拿出一封信道:"潘大掌柜十万火急派人送来的!"映雪接过去,一目十行地看完,又回头细看了一遍,对李德龄道:"你都看过了?"李德龄点头:"潘大掌柜让我也看一看。"映雪喜道:"我这么远从江西赶到北京,就是想尽快促成和广盛源的联合,创建中国第一家晋商银行,这件事已经黄了!和别人联合更是还没有一点儿门径,真没想到,在我们山西老家,天上真掉下来大馅饼了嘛!"李德龄打断他的话道:"东家,潘大掌柜还另写了信给你。"映雪急道:"还不一块儿给我?"从李德龄手中接信去,一惊道:"怎么是两封?"李德龄道:"一封是东家的家信,大奶奶写的。"映雪先看潘为严的信,脸色凝重起来:

"这个姓金的厅长大人,要择日去乔家堡拜访我?"李德龄只看他,不说话。映霁思索有顷,回头急看小栓,道,"快去买火车票,今晚就回山西!"李德龄这时又开口:"潘大掌柜的信东家没看完!"映霁严肃道:"看完了,潘大掌柜嘱咐我不要回山西!啊,前辈是怎么想的?"李德龄道:"山西新政民政厅长,出公告宣布要清理重建山西官银号,将它改制成中国第一家省级发钞银行,统一货币,这可是破天荒的大事!有了山西官银号,我怕山西票商的末日就到了!"映霁道:"我不这么看,不进行银行改制,山西票商的末日也为时不远!"李德龄道:"东家以前说要创立一家完全民营的银行,不是和官府搞在一起!"映霁道:"形式不重要,结果才重要!乔映霁一心想促使中国金融业早日实现现代化,自己做不成,有人登高一呼,通过重建山西官银号的方式搞成,我为什么不支持?前不久中山先生辞任临时大总统,到武昌讲演,说过两句话,非常好。他说,'功不必自我成,名不必自我居!'"李德龄听了,还是不说话。映霁掏出一封信来道:"李大掌柜,这里还有一封信,是写给我的,你也看一眼!"李德龄接过信看了两行就大惊道:"蒋大帅还在北京?"映霁道:"我和他失之交臂,虽然没见上,可是有了这封信我就没白来。他和中山先生应当有最密切的联系,他的话一定就是中山先生的意思!"李德龄道:"这上面要东家对袁世凯背叛民国的事儿保持警惕,如果需要二次革命打倒袁世凯,保卫民国,还要东家出力!"映霁道:"但这封信也给了我另外的信息,二次革命不会发生,从中山先生到党内同志,都还在看!这就是说,我还有机会走另一条路救中国!"

夕阳西下,北京前门火车站内,一列火车就要启行。莲花站在车窗前,看对面站台上,小栓等人正将映霁抬进另一列火车车厢,莲花看巧姑道:"给杨依依的信,交给小栓了?"巧姑点头。莲花不再说话,目光却没有离开对面的火车,不觉开口道:"怎么那样不小心,摔伤了腿!"又道,"杨依依答应一生一世照顾她,却不跟着他出来,让他把腿摔成这样!"忽然她意识到巧姑正在看自己,急转身走进身后包厢。巧姑跟进去,发现她正背身面对另一侧车窗站立,看她一眼才道:"姐,小栓说,乔东家已经嘱咐江南各省乔家票号的大掌柜,你和我随时可以去任何一家乔家票号取银子。但是一次不能超过两千两,一年不能超过一万两。"莲花已经恢复了平静,回头道:"一次两千两,也可以帮我们的同志办一些事情了。"巧姑还要说什么,火车长长鸣了一声笛,车轮滚动起来。

几分钟后,映霁乘坐的列车也驶出了车站。包厢里,平吊着一条腿的映霁又在看依依的信。小栓道:"大奶奶写了什么,东家看了一遍又一遍,怕是都能背出来了!"映霁心中高兴,故意道:"我念给你听听?"小栓急忙捂住耳朵道:"别!万一大奶奶信上说了些我不该听的——"映霁眼睛粘在信上道:"眼红了吧?回头我跟大奶奶商量,给你也娶一个媳妇!"小栓一跳半尺高道:"真的假的?君子一言,驷马难追!"映霁道:"那也得看你自个儿。不像当初,可以随便在丫头里指一个给你,这会儿民国了,人家得愿意才行!"小栓叹气道:"要是这样,我宁肯不要民国,还是大清好!"

火车四更天才到达太原车站。潘为严看众人将映霁抬下车,送进一辆豪华西式马车,才放心跟着上车。马车上了官道,映霁才道:"这马车好眼熟!"见潘为严一脸沉着,并不搭话,映霁又换一张笑脸道:"这么晚了,您老人家怎么自己来了?"潘为严终于开口道:"事情这么大,我能不来吗?山西民政厅的告示,东家读过了?"映霁兴奋道:"读过了。告示是懂行的人写的。上面承诺重建后的山西官银号资本构成官四民六,在山西民间公开募股,照现代银行的规矩经营。若是能成功,山西就领了风气之先,创立了全国第一家具有发钞权的省级中央银行,中国也就先在山西一省内实现了货币统一!"见潘为严不说话,映霁又道,"哎,前辈您怎么不高兴啊?我看了真是觉得天上掉下了馅饼!好事呀!自古以来,中国的事情没有官府支持是办不好的,现在山西省民政厅能出这样的告示,真是太阳从西头出来了,一是新的山西官银号有官的背景;二是允许民间资本占大头,官四民六,民还占着上风——"潘为严突然打断他的话道:"东家,这几天咱们大德通总号的门都让相与们挤破了,都在问东家您是怎么想的?我的回答是不知道!"映霁急道:"哎,怎么说不知道?这样好的事,我们应当明确表态支持!"潘为严道:"这个恐怕急不得!"

映霁笑看他道:"老前辈还是一块儿把话都说出来。"潘为严道:"榆次江老东家今天天不黑就到了乔家堡,让小顺去县城里传话,说只要你不回家,她不睡也不走,坐着等你。"映霁笑着叫道:"想起来了!我沾老太太的光了,这是她的马车!老太太什么事呀?"潘为严道:"还能有什么事?就是这件事!江老东家说,什么重建山西官银号,又是官府玩把戏圈晋商的银子,从你这个乔家的东家开始,所有山西商人谁也不能上套儿!"映霁笑容落下去道:"这倒像老太太的脾气。"潘为严道:"还有一件大事,新来的民政厅长金大人昨天又派专人到了乔家堡,带来了金大人的名帖,打听东家什么时候回山西,最近几天就要来拜访!"映霁奇道:"他要办这么大的事,居然这么急,有点儿不正常!要不他就和我一个脾气,今天号角吹响,明天就想大获全胜！"他遇事都往好处想人，于是又对小栓喊："快点！"小栓打马，马车跑得更快了。

这天夜里，江雪瑛一直盘腿坐在乔家厚德厅里等候映霁，她可以坐着打呼噜，但两家主仆一干人却只能陪着，一个接一个地打哈欠。条几上的座钟当当地敲响凌晨两点，依依再次走过去劝道："姑奶奶，您老人家还是里边歇着，这么睡容易冻着！"江雪瑛一声醒来道："哟，映霁媳妇，是你！我还以为是强盗打进来了呢！谁说我睡着了？你们说，我睡着了吗？我睡着了吗？"众人只好道："没睡着！是我们睡着了！"江雪瑛高兴道："瞧，我有证人了！你们年轻扛不住，不想陪都歇着去，我一个人坐等映霁回来，替你们看住这个家！"景清哈欠连天，抱怨道："姑妈，这都下半夜了，映霁是坐火车回来，这火车开开停停，能有个准点儿吗？不像以往坐马车，说几天就是几天！"江雪瑛道："你这个景清岁数也不小了，怎么见识连我老婆子都赶不上了？马车怎么会有火车快？那火车我是坐过的，它虽说没腿，可是有轮子，跑得快！一拉笛儿，响！什么时候从京城开出来，什么时候到正定，什么时候从哪里拐进山西，到太原府，它是有点儿的！"她忽然叫了一声："哎哟，映霁回来了！"

众人都大惊，朝外面跑，依依尤其激动，但外面只有风吹树叶落地的声音。大家回来看她，发现又睡着了，呼噜山响。依依看张妈、明珠道："快，把老太太抬进去！你们也去睡吧！"众人这才将江雪瑛抬进了二门内大房里睡下，然后各自和衣睡在一边。

天麻麻亮的光景，映霁的马车才进了乔家大门。小顺、小栓等人抬映霁下车，依依已经带喜凤赶出来，不觉大声道："小心点儿！"众人将映霁放进一张软床抬进二门外，一群老妈子接过来抬进去。潘为严回看众人道："东家回到山西的事情，一点儿风声也不能透出去！"众人都道："知道了！"入了睡房，依依、喜凤看映霁自个儿架着拐下床，满面笑容，依依急帮他脱去长衣，责备道："成了这样还嬉皮笑脸！喜凤，快让人送热水，闻闻这一身的味儿，洗了让他好好睡一觉！"映霁一手揽过她来亲了一口道："睡什么觉？天都亮了，老太太不是还在前头等着我吗？"依依一时心都酥了道："你干什么？让丫头看见！"映霁道："看见就看见，我们是两口子，又不是在外头和什么野女人——"喜凤红着脸急急跑出去。依依回头抓住映霁道："说到野女人，我还要审你呢！"映霁道："审我什么！"依依想了想又道："念你一路风尘，腿又摔出了毛病，暂且就不升堂。老姑奶奶被我哄进去睡着了，你还是先洗洗歇会儿，等天亮了再抖擞起精神回她的话！"映霁松一口气道："太好了，我以为回来就要在老太太面前过堂呢,这下也能跟自己的媳妇说说知心话了。"依依故意道:"呸,谁跟你有知心话!"说着蹲下去帮映霁脱去鞋袜。喜凤端水进来放下。依依道:"你去吧。"喜凤知趣,掩门离去。依依帮映霁洗脸。映霁口中念道:"俏冤家,在天涯。偏那里绿杨堪系马。困坐南窗下,数对清风想念他。蛾眉淡了教谁画?瘦岩岩羞带石榴花。"依依脸色登时大红,手也停住了,道:"我一时糊涂,瞎写瞎划,被喜凤装进了信封——"映霁接着背道:"羞看镜中花,憔悴难禁架。提个眉儿,淡了教谁画?最苦魂梦飞,绕天涯。谁信流年鬓有华,红颜自古多薄命,莫怨东当自嗟。无人处盈盈珠泪,偷弹洒琵琶。恨那时错认冤家,说尽了知心话。"

依依双手捂住脸不放开。映霁将她的手扯下来:"哎,怎么了?"依依道:"你还全背下来了?"映霁道:"这两首曲子,头一首是关汉卿的《双调·大德歌》里的一首,后一首就不知道是谁写的了。你自己写的吧?"依依道:"呸,我会写这种东西!后一首是祝允明的《南商调·闺情》,平时还夸口读遍了天下书呢!"话没说完,映霁已将她抱起。依依大急:"你的腿——"映霁道:"依依,以后我外出,常给我寄点儿这种东西,我喜欢。"依依道:"不对吧,遇到好事了?"映霁将她放到床上,自己也凑上去,道:"遇到了天大的好事,又接到了你的信,双喜临门,心里满当当的都是柔情蜜意。为什么说你是我最想娶的媳妇,就因为这个。"依依撒娇道:"因为哪个?"映霁道:"你不是我们商人家长大的女子,你跟别人不同。"依依道:"哪里不同?"映霁道:"你把我问住了,让我想想——"依依突然吻他一下道:"我还是忍不住!要升堂!到了武昌城,又见她没有?"映霁看她,有顷道:"正打算有了空儿跟你细说呢,还是忍不住,女人到底是女人。啊,这次我终于搞明白了,原以为是阿莲的那个人不是她,阿莲真的不在人世了,早在被恩人救出来后就死了。另一个化名莲花的女革命党,屡次三番要杀我,是因为阿莲临死时要她发誓,替自己有恩报恩,有仇报仇。"依依心中波涛汹涌,看着他不说话。映霁又道:"还搞清楚了另一件事,我和死去的阿莲没有婚约,那是谣传,不然乔家是不会失信于她和她爷爷的!"依依忽然不想再说这件事了,吹灯道:"天快亮了,快睡一会儿吧!"两人抱在一起,又亲吻起来。

不一会儿,天就大亮了,映霁早早起来梳洗了,架着拐走到花园里来,果见江雪瑛正在水榭前边走边比画两下。映霁走过来笑看她道:"老太太岁数大了,小心闪了腰!"江雪瑛拿起了弓步,道:"说什么呢,我这会儿可是练着蛤蟆功呢,闪着腰?不会,就连劈叉,老太太这会儿还行呢!要不给你练一个看看?"映霁急忙叫起来:"别!我信！我们家老姑奶奶这辈子连我爷爷都斗败了，别的还在话下？千万别劈叉！"江雪瑛忽然收了势，看他道："哎，对了，我大老远跑到你们家破花园子里干什么来了？你们这花园子一点儿都不好，我要掐一朵像样的花儿戴，瞅了半天，没有！"映霁急从旁边掐一朵晚开的月季，道："老太太，这一朵好看！顶着露水呢！"江雪瑛做思考状，道："别打岔！让我想想，我到底干吗来了？我这会儿一会儿清楚一会儿糊涂……啊，想起来了，上次你去问我一件事，什么临江渡口一个女孩子，和你有过婚约？后来呢，怎么样了？"映霁瞬间变色，道："后来查清楚了，假的。"江雪瑛继续拿弓步道："假的就好……不对，我不是为这事儿来的！我是为全山西的商人来的！什么临江渡口，别想糊弄我，跟我回厚德厅！"她一把拉起映霁要走，映霁大叫："等等！我的腿！"一直站在远处侍候的小栓、小顺走过来，扶他随江雪瑛走回厚德厅去。看张妈、明珠上茶，江雪瑛道："潘大掌柜在哪里？也请进来坐下听听。"潘为严进门谢过，一旁坐下。江雪瑛看他道："你一定把我为啥盯上他的门来告他了，所以他见了我才一点儿也不着急害怕！"潘为严急赔笑道："江老东家，那可没有。您的事情，潘为严不敢！"江雪瑛道："不承认拉倒，我老婆子再说一遍。映霁，咱们晋商什么亏都能吃，什么糊涂事都能做，可他这个什么清理官银号，让咱入股，打乔家起就不能掺和！"

　　映霁有一阵子没有说话。江雪瑛拍案："你哑巴了？说话呀！"映霁还是不说话。江雪瑛看潘为严道："我说这孩子糊涂吧？我不来行吗？我一个老婆子，又不读书，可我的心跟明镜似的，那是个坑，我不跳，你也不能跳，所有的山西人都不跳，让它无疾而终！"映霁忽然开口笑道："姑奶奶，你知道吗？从小长到大，我最佩服的人不是我爷爷，是你！"江雪瑛高兴了："哈哈，这就对了。你爷爷那叫什么？对我那叫一个狠，半道上一句话没有，说不娶我就不娶我了——"张妈急忙拦住："老太太，又拐弯儿了！"江雪瑛叫道："拐就拐，等我说痛快了再拐回来！你爷爷，还有我那大表嫂曹氏，不但半道上合伙把我江雪瑛扔下，还给我设了套，哄我嫁到榆次何家。我那男人是个大烟鬼，我过门没几天他就死了，我这一辈子，都因为一时糊涂，一步跳到坑里，就这么完了！今儿你们一个一个的都给我听好了，什么山西官银号，不但也是个坑，还是个大坑，不见底的坑，我不跳，我们家何春不跳，你们谁都不能跳！"张妈笑道："您甭说，还真拐回来了！"江雪瑛又看映霁道："趁着这会儿老太太脑袋瓜不糊涂，再叮嘱你小子一句，别信那姓金的话！什么统一货币，振兴山西商业，开发实业，全是骗人！潘大掌柜派人给我查查，这个姓金的身边一定有坏人，这坏人还是个能人，说不定就是我们山西人！也不知道这家伙对我们晋商怎么会有那样深的仇，非要一下置我们大家于万劫不复之地不可！扶我起来，走了！"

张妈、明珠扶她站起。潘为严跟着站起，映霁拄拐站着不能动，直叫："姑奶奶，就要上饭了，走也要吃了早饭再走！"江雪瑛往外走，又回头："我不吃你们家的饭，我看见你们家人就生气！这儿还挂着那个老东西的像！外面让他们套车，我这一说走就更想走了！谁也拦不住我！"屋里屋外众人看着张妈、明珠扶她朝外走。江雪瑛走到门前，忽然又回头看映霁道："我的话你都记住了？"映霁虚应道："记是记住了——"江雪瑛道："记住了就照办，走一点儿样我也不依。对了，我还不能走，一句最要紧的话还没说呢！"映霁再次赔笑道："老太太快讲！"江雪瑛生气道："我当然要讲！咱晋中的，太原府的，更有一些人，大老远的从什么欢欢喜喜汾河湾，哭哭啼啼吕梁山，凄凄惨惨晋东南，打死也不去的雁门关，从那些地方跑来见我，非逼着老婆子来见你，他们的意思是再明白不过！乔家眼下在咱们山西这个大骆驼圈里是个头驼，都看着你们呢！你们要是率先在山西官银号入了股，有那一等糊涂的商家就会认为有利可图，一股脑儿地跟风，那就坏了菜了！这是头一句，不能带头，你听见了？"潘为严看一眼映霁。映霁会意，笑道："就算是听见了！"江雪瑛道："就算是听见了也好。我知道我的话不入你的耳，可我还有一句厉害的呢。这一阵子革命党成功了，民国了，你们家有些人就出去说，当初我来这里收你们乔家，是为了等你回来。这会儿你回来了，乔家又是乔家人的了！错了！生意是生意，亲戚是亲戚，前些天我是不想看着你们家一百多口子流落街头，才把乔家重新交给你打理，有人别以为这里的一草一木就不是我何家的了！再说一遍不好听的，这个家里的每一块银子都是我江雪瑛的！我不过是让你替我经管这份产业。别的生意怎么做我不管，可是入股山西官银号，我不答应。你要去做，我就把乔家收走，让你答应了也做不成。走！"她转身又走。

映霁脸色已变，道："姑奶奶留步。映霁有一句话要说！"江雪瑛回头看他。映霁道："要是映霁说，票号不进行银行改制，中国就有可能亡国，您老人家还反对乔家入股山西吗！"江雪瑛道："亡国不亡国，是你们男人的事！我管不着，我也不管！"众人听了，不禁一笑。映霁又道："我再说得具体一点。晋商票号不迅速改革，不快点去推动中国走工业化之路，解决四万万人吃饭的问题，就还会发生革命！那时候中国会完蛋，乔家也会玉石俱焚！"江雪瑛深深看他，忽然狡猾地一笑，道："你吓唬我呢。

我就是不信！"映霁内心极度失望,再道:"老姑奶奶,那我就再问一句。什么样的银行改制,您老人家,还有那些去找您问主意的晋商前辈能接受?"江雪瑛道:"你以为我糊涂了,你刚才的话全不懂? 我也指望中国票号改银行成功,可要是官府出面搞,我坚决不上套! 官府出面搞哪里会有好的! 那是明抢我的银子,我就是不答应! 走了!"映霁急上前一步,差点儿摔倒,幸好站稳了,急道:"等等! 您老人家还是没有告诉映霁,什么样的银行改制您才能接受?"江雪瑛道:"民间的。我们晋商自己的。比方说,我们这些商家共同集资,我、你、水家、元家、达盛昌邱家,都是银行的什么会——"潘为严道:"董事会。"江雪瑛:"对,董事会,我们大家轮流坐庄,今天你是董事长,明年轮到我。共同商量挑选一个人做大掌柜——好像不叫这个名儿!"映霁道:"经理,有的叫总经理。"

江雪瑛上下打量他道:"我越来越不放心你了啊,原来你在这件事情上懂这么多。刚才你问什么样的银行我愿意入股,就是这种银行,东家们都是董事会,董事长轮流坐庄,谁也甭想压谁一头去,再共同挑一个大掌柜来做经理。就说潘大掌柜,他来做经理,我就愿意。就当我们是一个比乔家更大的商家,不是说要货币统一吗? 我们的银票就是统一的货币,官府拿它去统一别人的银票就行了,保证童叟无欺。我的银票,不对,是统一了的货币,你拿去用,保证有银子在银库里等着你,什么时候想换回现银,拉走! 还有一条,也是最要紧的,我们怎么办银行,官府一点儿也不能掺和!"映霁急了,道:"姑奶奶,没有官府出面,晋商是办不成银行的,这过去几十年都试过了。不让官府掺和银行改制,您老人家到底担心的是什么?"江雪瑛道:"你真是糊涂! 我担心什么! 人家是官府,手里有枪,货币统一,我们的银子,一眨眼全都会变成纸!"映霁陡然变色。江雪瑛在众人簇拥下轰隆隆离去。映霁回头看一眼潘为严。一早上都没有说话的潘为严终于开口道:"东家,虽然你不高兴,话我还是想说出来。江老东家没错。她担心的事情也正是我担心的!"

映霁看他道:"前辈现在是怎么想的?"潘为严道:"先前我并不看好东家主动联合广盛源进行银行改制,现在我不反对了! 我也不反对江老东家刚才出的那个主意,银行改制,我们晋商自己搞,至于搞法,她那个各大东家轮流坐庄当董事长,挑一个人做经理的办法,不妨一试!"映霁道:"晋商自己搞银行改制,已经试过多次,没有官府的力量进来,真的搞不成!"潘为严道:"那是以前没有人想出过这么聪明的办法,如果票号改银行的结果仍然能保证股东自己做主,我不相信真有人反对。

但官府掺和进来，大家会马上想到一句话：商不和官斗！"映霁有意缓和了一下情绪，道："过去晋商谨守这一条不成文的禁约，是因为好的时候他是相与，不好的时候他又成了官，商人只有受欺压的份儿！但现在民国了，政府的官不是大清时的官，他们和我们一样是公民，其次他还是公仆，如果他公开承诺一切照现代银行制度重建山西官银号，我看不出这里面有什么不可以合作的障碍！"潘为严目光沉沉望着门外，半天才回头道："东家，我刚才一直在想，天下的好事有很多，为什么大多数不能成功？"映霁一惊道："为什么？"潘为严道："天下的好事不是谁想到这是好事，马上去办就能办成功，那也太容易了。好事只有在一种情形下才能办成功！"映霁问什么情形下才能办成功，潘为严道："天下人都觉得这是好事，该办，才能办成功！人心齐，泰山移。"又道，"刚才东家说民国的官是老百姓的公仆，我觉得这还要看！东家给我点儿时间，至少让我想办法把事情弄得更明白以前，你不要见新来的民政厅长，更不能在乔家堡接待他！再说你的腿也需要养一阵子。还有，江老东家说了一句话，我觉得十分要紧！"映霁看他。潘为严道："到底是谁给姓金的民政厅长出了这个主意？如果能查清这个人的底细，能不能掺和山西官银号的事，恐怕就清楚了！"看到映霁皱眉，潘为严又道："东家，这件事出了，我倒觉得也不是一点儿好处没有。至少能让江老东家这样的晋商大家感受到事情紧迫，我们再联合他们自己搞银行改制，说不定就容易了！"映霁思索良久，终于做出了决断，回头道："那就辛苦前辈了。我的腿确实要养一养。第一件事，把这位金厅长的本意和他身边那个人搞清楚；第二件事，前辈再去和水家、元家、达盛昌邱家的当家人见个面，问问他们，照着我老姑奶奶的办法，大家联合搞一家全部民资民营的现代银行，轮流做董事长，公推一位经理打理生意，这样成不成？"潘为严点头道："好。东家，我走了。"映霁欲言又止。潘为严道："东家还有话说？"映霁想了想道："哦。没有了。"潘为严又道："我有。东家，过去老东家带我们做生意，天下虽然也乱，但至少我们知道大清皇上坐天下这一条是不会变的，现在不到半年就换了两任大总统，这种年月里做生意，还要投入巨大资本，大家迟疑观望都是可以理解的。要做大事，就要有耐心！"映霁终于点头道："前辈的意思我明白了！"他不再说话，看着潘为严匆匆离去，喊："小栓，扶我进去！"回头时，却发现小栓不见了，生气道，"又跑哪儿去了！"

小栓这时正等在二门外，看左右无人，吹了一声口哨，忽然喜凤就走了进来，小栓将一封信偷偷交给她，顺手扯了一把她的手。喜凤回手给他一巴掌，转身跑进了二门。小栓并不生气,反而笑了。喜凤急急跑回去,将信交给依依,一边生气地看着她。依依看完了信,神情放松下来,这才回头看她道:“怎么了?”喜凤道:“信是那个女人写来的?”依依半是自语道:“说银票收到了,但仅此一次,以后和我们乔家再没有干系了。也不要我再写信给她。”喜凤噘嘴。依依笑道:“嘴噘得这么长,能拴头驴了。”喜凤道:“都是大奶奶您,让他去武昌送信时顺嘴说了一句,他就当了真了,这会儿见了人家就不规矩!”依依道:“他怎么你了?”喜凤一时更急了:“没有!就抓了我一下手……我打了他一耳刮子,就跑进来了。大奶奶再见他时告他一声,别让他痴心胡想,就说你又不打算把我嫁给他了!”依依道:“为啥?小栓就那么不好?”喜凤脸红道:“也不是了……你和东家一直在说,民国了,婚姻要自主,谁知道呢,万一我以后碰上更好的呢?”依依笑起来,道:“连婚姻自主都知道了。这么说我还真没理由逼你嫁给他了。行,我把你的话告诉小栓,但是婚姻自主,也不是说人家就不能主动点儿。”喜凤满面通红:“动手动脚就不行!他动一次,我就打他一回!”依依笑着往外走。喜凤喊:“大奶奶哪里去?”依依道:“去见小栓呀。”喜凤急道:“不要!还是我自己说,你一掺和进来,他就更当真了。”依依道:“不全是你的事,我也要见见他,听他说武汉的事。”喜凤这才无话,随依依往外走。到了二门外,依依把小顺喊进来,如此如此说了几句,一转眼小顺就跑了回来,道:“大奶奶,他来了!”小栓磨磨蹭蹭走进来,一眼看见红着脸站在依依身边的喜凤,转身就朝回跑。小顺一把抓住他道:“站住!大奶奶等着你呢!你到底犯什么事儿了?”小栓无奈,给自己一嘴巴子道:“都是你自己作的,活该,要打要杀随便吧!”他低着头随依依、喜凤走进一间空屋子,“扑通”一声跪下道:“大奶奶,小栓来了!”

依依示意小顺走出去,看他道:“你怎么了,快起来!我有话问你呢!喜凤出去看着点儿,不要让人进来。”小栓吃一惊,爬起来,瞥一眼喜凤,看依依道:“大奶奶,你不是——”他高兴起来,一眼一眼地看走出去的喜凤。依依道:“哎,朝我这边看。我在问你话呢!”小栓急回头,低头道:“大奶奶——”依依看他道:“信我看了。她没再说别的?”小栓下意识朝外面看一眼:“大奶奶,其实我都没机会跟她当面说话。”依依惊奇地看他。小栓道:“东家一天到晚盯着我,就是送那封信去都是碰上了机会。”依依想了一会儿道:“我问你一件事,你可要说实话。东家说莲花告诉他,他和阿莲有婚约的事是假的,阿莲早就死了,你觉得他信了吗?”小栓猛抬头笑道:“大奶奶,这回他真信了!自从那天在船上见过那个女革命党,就是莲花,东家像是心里卸掉了一块大石头，整个人精气神儿都不一样了！"依依听了，一时心花怒放，转过身去，不觉泪花晶莹，半晌才平静了一点儿，回过头去，发现小栓还在等着，道："啊，没事儿了，去吧。对了，这些事死了都不能说，要烂到肚里，就当没有过！"小栓道："知道！只要大奶奶不开口，小栓会把它们带到棺材里去的！"依依往外走。小栓又叫："哎，大奶奶——"依依回头："你怎么了？"小栓哼哼叽叽道："大奶奶怎么把那件事忘了，上次打发我送信，你说过的，不能不算数！"依依笑道："明白了。是说你和喜凤的事。小栓，你怎么弄的，人家喜凤不愿意！"小栓急了："哎，她不愿意？大奶奶说把她许配给小栓，她凭什么不愿意？"依依道："喜凤说现在是民国了，婚姻自主，她要自主。"小栓叫道："大奶奶，这可不成！大奶奶什么人，吐口唾沫就在乔家地下砸个坑的人，她说自主就自主了？把大奶奶当什么人了！这不是闪了小栓嘛！"依依笑道："看你自个儿了。你和别人不一样，你是东家的长随，今天见不着她明天见，得不到她的心是你笨。我也帮不上忙！"小栓定了定神道："明白了大奶奶！就是说，只要小栓下功夫，大奶奶就不反对！"依依道："我当然不反对，但也不会强迫！到底是民国了！"小栓自己给自己打气道："有大奶奶这句话小栓就不怕了。大奶奶走着瞧，是我的她就跑不掉，连东家近来都夸小栓不笨！"依依又笑了，道："我可是信了，哪一天喜凤亲口告诉我她答应你了，我就和东家张罗你们俩的喜事儿！去吧！"小栓趴下去磕一个头，欢天喜地道："谢大奶奶！"说完，爬起跑走。依依忽然又掏出了那封信，重新读了一遍，一时泪花盈眶。喜凤走进来，看她道："信上都说啥了，看把大奶奶高兴的！"依依道："我当然高兴！她答应从现在起一生一世再也不见他！还有，一辈子都不告诉他那件事是真的！"喜凤还要问一句，想了想又罢了。

时近深秋，夜晚，太原府山西民政厅官署里，金甬一个人坐着喝闷酒，神色不怡。金保引望百进来，金甬并不抬头，也不让座，道："你给我出的那一策，不灵啊！都过去那么多日子了，鬼都不上门一个，你还坚持用这个办法能圈到晋商的银子？"望百大声道："是！"金甬又道："过去听说晋商厉害，眼里根本看不上官，本官还不信。这会儿我信了！"望百道："大人——"金甬不让他说下去，道："有人告诉我乔映霁已经回到山西，可他就是不理我这个一省最高行政长官。本官这会儿倒坐了蜡，话也说出去了，帖子也送出去了，热脸也贴了人家的冷屁股了，人家不赏脸，直接让我下不来台！这要是在晚清，我做了一省布政使，管你什么富甲天下的巨商，一根索子锁住脖子逮进衙门里来，先打五十大板，看你认不认得我这个官！"望百道："大人，可惜眼下是民国！"金甬道："就因为这个，我恨民国，官不官，民不民，这么下去，那些刁民都要骑在本官脖子上拉屎了！"

望百半天才道："衙门里刚刚来了一道公文，大人正喝酒，我先看了！"金甬正有气无处发泄，怒道："你好大胆！现在连本官的公文，你都敢先拆开了看！"望百道："大人，晋商票号业出大事了！票号业的老祖宗，平遥的广盛源票号，倒号了！"金甬不在意道："那又怎样？"望百道："大人一定不明白广盛源在中国票号业的地位。大人，这是一颗炸弹，一颗惊天雷，天下所有票号的东家都会心惊胆战，白天坐不住，夜里睡不着！"

金甬哼哼道："广盛源我怎么不知道，票号的老祖宗，晋商票号业的最大一面旗帜，但这些年早和乔家的票号不能比了。它倒就倒了，这和我们的事相干吗？"望百道："太相干了！刚才的公文发自京师地方审判厅，是专人专文送达给大人的。上面说，广盛源北京分号大掌柜侯垣在京城勾结合生元票号两任大掌柜，打着为合生元担保的旗号从合生元抽银子填自己的亏空，现在两家票号一同受到挤兑，合生元大掌柜自杀，侯垣和他手下的掌柜伙计纷纷逃回山西，不知去向。债主们联合将两家票号告上了京师地方审判厅，京师地方审判厅报民国司法部，司法部转饬大人，按照票号业责任无限的惯例，在山西查抄变卖两家票号，连同东家的资产，偿还债主！"

金甬听出一点儿意思来了，道："公文在哪里？"望百拿出公文："我给大人带来了！"金甬匆匆读了一遍，突然拍一下案，又沉吟起来。望百明白他的心思，趋前附耳道："按照一般程序，大人接到这份公文，应马上责成山西高等审判厅办理。山西高等审判厅再责成平遥知县具体办理，查抄广盛源总号，逮捕东家，缉没家产，该杀头杀头，该判刑判刑，该赔偿赔偿，然后再由他们逐级上报大人，经大人行文回报京师刑警厅，大人自己并不能直接插手这种案子！"金甬将公文扔到一边道："既是这样，你如此兴奋干什么？"望百道："大人，这件事我们做得好，就能逼出一个人！"金甬看他，冷笑道："你又胡思乱想了吧？乔映霁是大德通的东家，不是广盛源的东家，广盛源倒号和乔家什么相干！"望百道："要是别人，当然不相干，但他是乔映霁。说不定就相干。"金甬道："本官又听不懂你的话了。我要怎么做，才能把乔映霁逼出来见我？"望百道："大人现在是山西一省的最高行政长官，对省内每一个百姓握有生杀之权。大人可以撇开山西高等审判厅直接办理这个案子，就是不撇开，也可以行文饬令他们对广盛源下死手,把它的两位东家、大小掌柜、有点儿家底儿的伙计,总之但凡有点儿牵扯的人,七大姑八大姨,驴尾巴吊棒槌的亲戚,一个不落全网罗到案子里去,往死里整!倾家荡产还不行,还要死人,让他们妻离子散,卖儿卖女,沿街乞讨,家家戴孝,户户哭声!要让所有的晋商都看在眼里,怕在心里,兔死狐悲,物伤其类。我倒是要看看,乔映霁那时还会不会继续藏着不出来接招儿!"金甬的心已经动了,道:"万一他还是不出来呢?"望百道:"那他就不是崔望百心中的乔映霁了!他也就不值得我们下那么大功夫了!"

金甬站起来了,将手中酒一饮而尽,道:"你,马上去草拟饬令山西高等审判厅的公文!"望百道:"喳!望百还要向大人进一言。大人要把功夫下在暗处,不要让山西人察觉您在利用这件事迫使他们上套!"金甬用鄙夷的目光看他道:"本厅长也在官场上混了这么些年,这种事情还要你说!"望百大声道:"喳!小人放肆!"说完,拄着拐一瘸一瘸退出去。

第二十一章

这天早上，看着大夫一圈圈帮自己将腿上的绷带解下来，映霁高兴地看依依道："可把我熬坏了！今儿到底解脱了！"依依让他试着丢下拐走两步，一边还在担心："你可小心点儿！不行不要逞强！"潘为严忽然闯进来，颜色大变道："东家，不好了！"映霁挥手让依依等人离去，看他道："怎么了前辈，别着急，坐下说！"潘为严坐下叹一口气道："北京李大掌柜的电报昨天就到了，我吃了药发汗，不能起床，他们就放了一整天，今天一大早我看了，就赶紧过来了！"映霁亲自倒茶给他喝，道："什么事把前辈惊成这样？"潘为严道："东家，广盛源倒号了！"映霁大叫起来："广盛源倒号了？"潘为严站起来走来走去道："李大掌柜一直阻止我们和广盛源联合做生意是对的，原来侯垣侯大掌柜上次私自离号赶回平遥，并不是要和广盛源的两位东家讨论就任总号大掌柜的事，那时广盛源就撑不住了，合生元更是到了最后关头，找他要自家的银子。侯垣哪里有银子？再说就是有也不会还给合生元，就编了个东家约他谈总号大掌柜的事的借口回到了山西，一是逃债，二是安排后事。果不其然，东家你从北京回祁县的第二天，京城里的相与们就开始挤兑合生元，合生元扛不住，大掌柜当天自杀，死前留下一封信，将他们和广盛源共同做局蒙骗相与造成巨额亏空无法偿还的真相公之于众，立马引起了相与们对广盛源的挤兑，这时才发现侯大掌柜早就逃之夭夭。他一逃，下面的掌柜伙计们也都卷包四散。这才几天工夫，广盛源在各地的分号掌柜、伙计也都纷纷逃离，因为侯垣也将他们的银子借走填窟窿了，不逃也要被抓！"见映霁神情凝重，潘为严又道："李大掌柜电报上还说，北京的债主已把广盛源的两位东家告了，民国司法部已转饬山西民政厅长，查办广盛源，逮捕东家，变卖一切资产偿还债主！"

映霁心中已经急躁起来，忽见小栓一头撞进来道："东家——"映霁大怒道："怎么了你？"小栓大声道："外头大路上到处是兵，还有逃难的？"映霁气不打一处来，大叫："胡说！早就不打仗了，怎么会到处是兵，还有逃难的！"小顺忽然也跑了进来，叫道："东家——"映霁又冲他大叫："什么事？"潘为严也跟着站起。小顺道："平遥广盛源完了，两位东家让平遥的县太爷派兵逮起来了，还有两家家小，老人孩子，还有亲戚，七大姑八大姨，大小掌柜，伙计，他们的家人孩子，都逮起来了。村头头官道上拴得一串串的，正往平遥带呢！到处大哭小叫，看上去真叫人不忍！"映霁回看一眼潘为严，要说什么又说不出来，看小栓大叫："备马！"小栓看一眼他的腿："备马？"映霁转身就往外走，"扑通"一声摔倒在地下。众人上前扶他起来，大叫："东家！"

乔家内宅里，依依这会儿正将一个包袱递给侯妈，道："派个妥当的人，送到太原府戒毒所交给映霁媳妇，天热了，她去的时候还冷，夏天的衣裳带的一定不够。这是我的几件刚做好没有上过身的，我们俩身量差不多，她也许能穿。另外再带去一点儿钱让她零花。"侯妈道："大奶奶真是个活菩萨，替人想得这么周到！想想当初东家在武汉当革命党打仗的时候他们家的男人做的那些事……算了，侯妈又多嘴了！大奶奶要是没别的事儿，侯妈就下去了。"喜凤跑进来道："大奶奶，不得了了，东家骑马出去了！"依依大惊道："胡说！"喜凤道："喜凤没胡说！出大事了，平遥广盛源倒号，他们县的县太爷把两家的东家和大大小小上百口子人全逮起来了！东家听说了，立马就和潘大掌柜骑马出了大门，这会儿怕是出了村了！"依依听了，急急跑出去，爬上乔致庸书房外的屋顶露台，这里是乔家的最高处，朝村外官道上望去。喜凤一指，大叫："大奶奶，在那里！"依依已经望见了，映霁正在官道上纵马狂奔，后面是潘为严、小栓、小顺，一时间脸色发白，道："他的腿还没全好，怎么能骑马！"李妈忽然看一眼她，道："大奶奶怎么了，你的脸色太不好看了，你这会儿有了身子……这里风大，我们扶大奶奶下去！"她和喜凤扶依依下台阶，依依心慌，脚下滑了一下，叫："哎哟！"面色陡变。李妈道："怎么了，小姐？"依依道："快扶我回去，我肚子……肚子疼！"李妈知道不好，看喜凤大声道："快叫人来，把大奶奶抬进去！"喜凤就喊："大奶奶不好了，快来人抬回去！"依依咬着牙道："别大呼小叫的！"说着就晕了过去。一些男女下人带着一张春凳跑过来。李妈到底有些年岁，道："快把大奶奶放到春凳上抬进去！"众人将依依抬上春凳，抬起来匆匆进了卧房。李妈又指挥喜凤和一干老妈子将依依放在床上躺好。依依忽然睁开眼睛，呼出了一口气。喜凤大叫："大奶奶，你醒了？"依依道："我刚才是怎么了？"喜凤道："大奶奶刚才晕过去了！"李妈急道："你少胡说，大奶奶好好的，就是一时虚弱，睡过去了。各位出去了别胡说！"众人答应道:"知道了。"等她们离开,喜凤端过水来:"大奶奶喝口热水吧?"依依二次睁眼:"李妈,你刚才跟她们说什么?"李妈道:"没说什么。我就是不让她们出去了胡说,闹得满城风雨。"依依不说话。李妈道:"自打小姐嫁到乔家,里里外外,上上下下,哪个不说小姐的好。敬老的,爱小的,瞒着姑爷到处施恩,这才几天,长幼有序,尊卑有敬,妯娌有亲。就是太太那儿,病也没有过去犯得勤了。至如今,小姐就是这个院子所有人的主心骨,你可不能病了。"依依忽然道:"快传大夫。"李妈吃了一惊道:"我知道了,这就去!"她匆匆跑出去。喜凤侍候依依喝了些水。依依道:"快扶我下去。"喜凤道:"怎么了?"依依道:"孩子恐怕保不住了。"喜凤道:"哎呀,我害怕!"依依道:"别怕,是我自己闪了身子,谁也不怪。快呀!"喜凤扶她下床,转眼间,一个成形的孩子就落下来。喜凤大哭道:"大奶奶——"依依咬牙道:"这不是哭的时候,快扶我上床!让李妈来收拾——"

平遥商街两旁屋檐下,人山人海。前来查抄广盛源总号的官兵三步一岗,五步一哨,荷枪实弹。一队被抓的人,男的女的,老的少的,主子仆人,都被绳子拴着,在马队的押解下浩浩荡荡沿街走过来。映霁、潘为严、小栓、小顺也站在街边,看着这一支队伍向广盛源总号走去。人们的目光忽然盯上走在最前面的两个老年男子。一男人喊道:"快看,广盛源的两位东家!"众人就问:"哪个是哥,哪个是兄弟?"一老者道:"白头发的是哥,斑白头发的是兄弟。"众人跟着嚷嚷:"还以为广盛源的东家是天上的人,原来长这样儿!"那老者又道:"看,后面就是太太、小姐了。这些女人平日里是不出二门的,连她们也被逮到这里来抛头露面了!"正说着,被押过来的队伍里一个年轻女人忽然疯了,扯头发,抓地下的土往嘴里填,大哭大笑大叫道:"啊,这下好了!你们不关着我了!我到底出了你们家这个死牢了!天皇皇,地皇皇,阎王老子来你们家抓人了!阎王老爷别抓我!我不是他们一家子的,我是被他们家买来的!饶了我的小命吧!"因为她,队伍停下来。几名士兵上来拖起她往前走。女人又对这些兵大叫起来:"不!你们走!我没有藏银子!抄家时什么都给你们了!不要来杀我,饶命吧!"她身边的家人也无言,看着官兵拖着她往前走。女人一路唱着《窦娥冤》走过去:"未开言思往事心中惆怅,禁大娘你容我表叙衷肠。实可恨张驴儿良心昧丧,买羊肚要害婆婆一命亡——"她身边的官兵听不下去,喊道:"捂住嘴别让她唱了!"众人上前捂她的嘴,硬拖着走了过去。映霁身边一男人突然开口道:"真是太惨了!听说家里田产宅子,全查没了。就连女人们的衣裳,除了贴肉的这一身,连根草也不让带出来！广盛源轰轰烈烈一百多年，竟是这个下场！"

潘为严早就红了眼圈，回头看映霁一眼。映霁不看任何人，奋力向前面广盛源总号挤过去。广盛源总号大门前同样人山人海。官兵正从铺子里将所有的掌柜、伙计绑出来，一些执法人员在门窗上贴上封条。被拴着往外走的广盛源二掌柜忽然抬头，看见了人群中的映霁和潘为严，脱口大叫："乔东家！潘大掌柜！你们看看，他们把广盛源弄成什么样子了！"他被官兵拉着走过去，又奋力回头，"扑通"一声冲映霁跪下，大喊道："乔东家快救救我们！都是侯垣和两位东家惹下了大祸！跟我们这些人有什么相干？官府为什么连我们也不放过！已经有人跳河了！我的女人也上吊了！只有您才能救我们了！"几名官兵回头将他拽起，一士兵还从后面给了他一枪托，大叫："走！"广盛源二掌柜跟着队伍走，仍在频频回头，喊："乔东家就是救不了我们，也一定帮着官府抓住侯垣，让他给我们这些冤死的人偿命！"

一时间众围观者都围着看映霁。潘为严低声急道："东家，走吧！"映霁强忍着巨大悲痛，转身挤开众人离去，一路上听看热闹的人们都在议论："侯垣也跑不掉！官府已经发告示缉拿他了！"

晚上映霁赶回乔家大院门外，一下马，腿就撑不住了。小栓急忙上前扶住他："东家，你怎么样了？"映霁咬牙："怎么我这条腿，一步也迈不动了？"潘为严道："东家别着急！小顺，快进去让他们扛门板出来，把东家抬进去！"众人七手八脚用门板将映霁抬起来，小顺道："东家，抬进去吗？"映霁咬牙撑住："不，抬书房里去！"潘为严道："快喊大夫！"一下人道："有个大夫，来了一会儿了，还没走呢！"映霁一惊："谁又病了？"下人又道："禀东家，是大奶奶请来的，大奶奶不好。"映霁忘了自己的腿，折身要起，急道："大奶奶怎么了？"潘为严道："还是先把东家安置下来。快抬上去！"众人将映霁抬进乔致庸书房。小顺留下来问那下人："大奶奶怎么了？"下人道："听里头的人讲，小月了！"小顺道："我的天！"他急急要走，又回头："你糊涂，看女人的大夫，能看东家的腿吗？快套车去县城请骨科大夫！"下人答应了，跑走，小顺急急跑向乔致庸书房。众人七手八脚将映霁安置在床上。

映霁又要起身，生气地看小顺："快说大奶奶怎么不好？不说我就自个儿下去！"潘为严也道："到底是怎么回事，这是能瞒的事情吗？"小顺道："东家……刚才他们说，大奶奶闪了腰，小月了！"映霁大叫一声："什么！怎么会……那些整天陪她的人呢？"忽然看一眼潘为严，让自己平静，然后对小顺："大奶奶一定急着想见我，把我抬进去见她!"小顺看潘为严。潘为严道:"真是应了一句古话:福无双至,祸不单行。照东家吩咐的做吧!"小顺急让小栓另找了一张床,把映霁抬到二门外,里面出来的女人们连床带人接进去。依依吃惊,要折起身子来看他。映霁急得叫道:"你别动!把床垫高,和大床并在一起!"众女人又七手八脚将他的床垫起来,放在依依床边。映霁已经伸出手,去抓依依的手,依依伸手接住。两只手用力握在一起。李妈急看众人,又拉一把喜凤,众人随她匆匆离开。

映霁看着依依。依依眼里闪出泪花,道:"我真没用,让你失望了。五个月了,还是个小子。"映霁道:"说什么话!你自个儿怎么样?"依依道:"大夫说,我躺半个月就好了。"映霁道:"我们还年轻,以后会再有的。"依依含泪点头,又看他:"你呢,平遥去过了?"映霁不说话。依依道:"够惨的?"映霁又点头。依依道:"扛得住吗?"映霁更加用力地攥紧她的手道:"原来你什么都知道了……当时在现场,觉得快扛不住了,这会儿回到家,我躺在这里想一想,下了决心,绝对不会让它在乔家发生!"

依依主动用力握他的手,道:"哎,有件事。"映霁道:"别再是不好的事。今天这一天,我胸口这儿已经满了!"依依道:"从我哥哥答应让我嫁过来那天起,你就把一件事忘了。"映霁哑然。依依道:"你把当初乔家答应我哥哥的聘礼忘了。"映霁心情一变,长长吐出一口气,脸上现出笑意道:"不错,是忘了。"依依道:"假的。你没忘。"映霁又笑:"我就是没忘,也得说忘了。"依依道:"你们男人和女人真不一样。女人嫁给自己心爱的人,就是要命,也会给他们。可你们连心里想着什么,记得什么,也不愿意对女人说实话。"映霁道:"我就是记得,也没法儿说呀。难道你要我在你面前说:'哎,那个金人怎么回事儿? 你们家收下后藏哪儿了? 那么大的银子,不,是金子,可是不太好花出去!'"依依道:"你把我们杨家人看成什么了? 你以为我哥哥真是贪财,要用一个等身重的金人把妹妹卖到乔家?"映霁道:"我没那么说。哎,快说,那东西现在哪儿?"依依看他:"你早就知道。"映霁道:"我不知道。"依依道:"撒谎。那么大个金人,放在大箱子里抬进来,分量可是够重的,你们家去人抬嫁妆,不可能不想里头装的是啥。"映霁道:"我承认我知道那东西在你们家转了一圈又回来了。可那是你的东西,所以我从没想过它是乔家的。"依依更加热烈地看他:"知道我今天说起它是为什么?"映霁道:"怕乔家有一天也撑不住,想让我到时候拿它去顶账!"依依认真道:"错了。"映霁看她。依依道:"告你一件事。出嫁时哥哥让我把那个金人带进乔家时,对李妈说过几句话。"映霁道:"几句什么话?"依依故意不开口。映霁道:

"一定是不好听的话。可要是和乔家有关,我还是想听。他毕竟是个读过很多书的人。在这个世上,我最害怕,也最佩服的就是这些读了许多书、看上去却像是没什么用的秀才了!"

依依道:"你的腿怎么样?你进来了我只顾说我自个儿,就没问你的腿。"映霁道:"别打岔。我的腿没事儿,就是今天不该骑马,来回颠簸了一天,长好的骨头好像又折了。"依依大惊,就要折身起来,被映霁一把摁住。映霁道:"别动别动。我就知道一说实话你又要小题大做。告诉你,马上大夫就到,重新上夹板,绑起来吊几天就没事儿了。"依依仍旧不放心地看着他。映霁道:"说呀。"依依:"说什么?"映霁猛醒,拍脑门道:"甭说了,已经猜到了。你哥哥并不看好乔家的未来。"依依笑道:"你怎么猜到的?"映霁道:"我虽然比不上水元楚,但我从小到大,水元楚当年读过的书我全读过,他没有读过的书我也读了不少。不但你哥哥不看好乔家的未来,就连映雪我大哥也不看好乔家的未来,实际上,眼下许许多多的人都不看好乔家的未来,而他们并不是没有道理的!"依依道:"不就是说改朝换代了,财富要重新分配,乔家一定会遭遇大难,像你,现在我也得算上了,因为我嫁给了你,成了你媳妇,我们都会死无葬身之地!"映霁不想跟她再谈这件事:"啊,依依,你还真信这些屁话?"依依道:"我知道你不信!你不信我就不信!"映霁道:"我们乔家原本也是穷人,贵发公当年推小车走西口,到包头打天下,恐怕根本想不到会有今天的大富。但是有了今天也没那么可怕。如果我做得好,我们就不止能改变乔家和我们自己的命运,还能改变更多人的命运!"依依道:"我还听不懂你的话。但我想告诉你,那个金人就在乔家,真到了扛不住的时候,我也不打算照着哥哥的嘱咐带上它离开。我们是一世的夫妻,生不能同年同月同日,可我愿意和你同年同月同日死。没有了你,我留着它有什么用?这是箱子上的钥匙,以后你愿意拿它做什么,就做什么去好了!"她将一把钥匙放进映霁手心,将手指折起,让映霁攥紧它。映霁眼里浮出感动,笑道:"你瞧,我多聪明,这么好的一个媳妇,一分银子的聘礼也没花,就白娶进来了。钥匙你先替我掌管着,跟你说实话,说不定哪一天,我真要用它!"他把钥匙重新放回依依手心里,又将她的手指收拢。这一夜,两个人再也没说什么。

第二天,映霁的腿又在乔致庸书房里被吊起来。小栓端饭上来。映霁道:"拿下去,不吃!"潘为严走进来。映霁道:"前辈来了,请坐。小栓,给潘大掌柜上茶!"潘为严已经坐下来了,笑道:"东家怎么这么客气?我又不是客人。"看着小栓给潘为严上茶,映霁道:"映霁今天请前辈过来,想说两件事。"潘为严想把话岔开道:"东家的腿怎样了?"映霁道:"我让李大掌柜在京城请教了律师,他们说,广盛源还有救!"

潘为严看他一眼,不动声色道:"广盛源已按民国法律,正式进入破产程序,不好救了!"映霁道:"广盛源一案不是刑事犯罪。当然像侯垣这样的人,监守自盗,警方可以立案追究刑事责任,但广盛源票号因巨额亏空受挤兑破产,只是民事纠纷。我让李大掌柜请律师查了北京地方审判厅的案卷,他们没有要山西官府这样对待广盛源的东家和那么多不相干的人。"潘为严道:"东家,我听到的消息是,新来的民政厅长,不,这会儿又改叫山西巡按使了,是他明白行文要下面这么办的!外头的人都在悄悄传说,姓金的所以下这么重的手,是要杀鸡儆猴!"映霁道:"李大掌柜咨询的律师说,现在如果有人能替广盛源补上窟窿,让债主撤诉,这个案子就不是案子了!"潘为严见躲不过去,终于点破题道:"东家想救广盛源?"映霁道:"广盛源是中国票号业的鼻祖,中国金融独立的一面大旗,真让它倒了,天下人还有什么理由相信中国票号业?人们会不会想包括乔家大德通、大德恒在内都是还没倒的广盛源?流言一起,天下人一起向各家票号挤兑,中国票号业会在一天之内像广盛源一样崩塌,那时中国独立的金融业就真的完了!"

潘为严捻须沉吟道:"加上合生元的债务,东家知道广盛源的窟窿有多大?"映霁不说话。潘为严道:"两千万两。广盛源一千三百万两,合生元七百万两。这还不包括利息。加上利息银子可能要两千两百万两。"映霁道:"李大掌柜在信中说,他算过,如果变卖广盛源两东家的家产、京城和各地在内的二十四处分号、合生元的铺面,加起来可以扣除掉一千万两。"潘为严道:"那也有一千两百万两的亏空。东家愿意一笔拿出这么大一块银子填这个窟窿?还有,你说的那些广盛源的家产、分号、铺面,现在民困财乏,这些东西谁要?我们要吗?连我们这样的商家都不要,别人就是有心他敢出头要吗?你说的那个可以扣除的一千万两,远水解不了近渴,没用的。"

映霁神情郁闷起来。潘为严沉默地坐着,两个人一时都不说话。映霁忽然笑道:"那就先不谈广盛源。我想了几天,觉得应当把高大掌柜、马大掌柜、北京的李大掌柜、天津的侯大掌柜、太原的何大掌柜都请回来,商量入股山西官银号的事。"潘为严心中又是一惊,道:"东家已经下决心了?"映霁道:"我并没有,但是昨天在平遥大街上亲眼看到广盛源被封条封住大门的那一刻,我想到一件事。随着广盛源的倒号,中国票号纵横捭阖的时代过去了,剩下的只是些尾声,必须马上寻求改变。"潘为严道："怎么会是些尾声？至少在中国内地，票号还是商界的主要支撑！"映霁道："这样的日子也要结束了，我估计会非常快，快得超出我们的想象！"潘为严道："东家，我有点儿跟不上，你恐怕要解释一下！"映霁道："广盛源的倒闭，归根到底，是因为什么？"潘为严聚精会神看他。映霁道："真正的原因，最根本的原因是今日中国已不是票号业的时代了。外国金融资本和机构大量涌入中国，中国越来越成为世界大市场一部分，票号这种小而散的金融机构落伍了，中国金融业不自己起来革自己的命，所有的票号有一天都会倒掉！今天倒的是广盛源，明天倒的就是乔家大德通和大德恒！"潘为严还是不说话。映霁又道："我知道这太难了，其间会有多少风险，我们现在根本不知道，但就是这样，我们也得做。不然乔映霁就是罪人！"潘为严还是不语。映霁伤心道："就不说失去金融独立对国家兴亡有多大害处，就说我们自己。一家票号闭号，就要辞退一大堆掌柜、伙计。眼下年头不济，百业萧条，人们保住饭碗不容易。今天饭碗一砸，明天就有人流落街头、卖儿卖女！"

潘为严忽然站起来道："如果东家决心已定，我马上回去打电报请几位大掌柜。只是包头的马大掌柜，病一直不见好，恐怕不一定赶得回来。"映霁道："还有一个人，虽然年轻，但是思想新，不守旧，在银行改制方面有自己的想法。把他也叫回来。"潘为严道："谁？"映霁道："王宗禹。"潘为严犹豫了一下："好吧。东家没有别的事，我走了。"映霁道："前辈还没有告诉我，您老人家对乔家带头入股山西官银号的态度呢！"潘为严道："东家一定要知道，我就说。如果像眼下这种情形，我反对！"映霁悄然变色："为什么？"潘为严道："告辞。"映霁坚持问下去："为什么？"

潘为严道："万一江老东家说对了，什么山西官银号，那是一个想把晋商五百年积攒的银子全部卷走的大坑，怎么办？！"映霁心中大震，道："对了，前辈等一下，不是说要查查给金巡按使出主意的人是谁吗？"潘为严道："我正等消息呢。"说着就走了出去。

映霁看他走远，躺回床上，神情郁闷，想看一本书，拿起来发觉又是那本《共产党宣言》，放下又拿起一本，却是《法国大革命史》，生气，远远地扔出去。喜凤扶着依依走进来，一惊，将书捡起，放回去。映霁担心道："你怎么起来了？"依依回头，小栓把刚才映霁没吃的饭又热好端上来。映霁生气地看一眼道："我不吃，端下去！"小栓看依依，依依示意他将饭菜放下，坐下来，亲自盛饭，看映霁道："你到这会儿了都没吃饭，我也没吃，来陪你吃。"映霁道："我不吃饭是我没胃口，你干吗不吃？"依依道：

"你没胃口我怎么会有胃口?来,吃点儿吧,就算陪我了。今儿不吃,改天说不定就没得吃了。"映霁道:"什么意思你?"依依不说话。映霁看小栓道:"还不过来帮我?"小栓过来扶他坐在床沿儿上。依依看喜凤、小栓:"你们去吧。"二人掩门离去。映霁看依依道:"刚才那话什么意思?"依依道:"没意思。刚才想起了一段《老子》上的话,想背给你听。"映霁笑道:"怎么的,连《老子》也能背了?"依依"呸"了一声道:"我哥哥从四岁就教我背这些经典了。"映霁道:"我听着呢!"依依道:"'吾所以有大患者,为吾有身,及吾无身,吾有何患。故贵以身为天下,若可寄天下。爱以身为天下,若可托天下。'"映霁故意道:"啥意思,说给我听。"依依道:"简单点儿说就是没有了乔家,你就什么烦恼也没有了。我们的日子反而好过了。"映霁听了,不觉心情彻底放空,大笑起来。依依道:"笑什么,不就是一败涂地吗?不就是死无葬身之地吗?古人有言,舍得一身剐,敢把皇帝拉下马。活着真没那么要紧,怎么活着才要紧。张嘴,让我喂你饭。"映霁笑道:"知我者杨依依也。媳妇,你要是个男人就好了!"依依道:"呸!"映霁道:"我说的是实话。你比外头那些男人都厉害得多。"依依不觉得意:"我怎么厉害?"映霁道:"外头那些人患得患失,只有你告诉我,你不怕倾家荡产,不怕一败涂地,不怕死无葬身之地!"依依道:"我还有话你没听出来呢!你不会让你媳妇落到那种下场的。置之死地而后生。赢不了是我们太笨!"

映霁大叫:"我怎么一下子就饿了?我要吃饭!"依依道:"不怕他们在外头看见了?"

映霁道:"我你是夫妻,又不是偷人。我腿不好,你喂我一口饭又怎么了?他们看着就看着,来,喂一口!"依依道:"张大嘴!"映霁胃口大开,张大嘴,让依依喂饭。窗外小栓透过窗纸洞朝里面看,回头对喜凤道:"哎,都喂上了!"喜凤站得远远的,道:"呸,人家两口子吃饭,你看什么!"小栓讪讪地走到她身前去,道:"行,我不看。对了喜凤姐,这阵子老是见不着你。你看小栓这双鞋,都开了口子了,也没人可怜可怜我再给做一双?"喜凤看他脚上的鞋,叫起来:"哎哟,真是我做的鞋!怎么让你穿成了这样!"小栓笑道:"怎么让我穿成了这样!你以为东家真会穿你做的鞋?大奶奶让你给东家做鞋,那就是个幌子,她是可怜小栓,这么大了也没个媳妇,请喜凤姐给做了一双!"喜凤后退一步道:"呸,你少套近乎!我比你还小呢,谁是你姐!"小栓故作惊讶道:"真的!我还以为你比我大两岁呢!"喜凤道:"你胡说什么?凭什么比你大两岁?"小栓道:"当然要大两岁,女大一,不是妻;女大两,黄金长;女大三,抱金砖。你要是比小栓大三岁就更好了!"喜凤扭身就走。小栓腆着脸跟着,又道:"哎,干吗走哇?

见个面多不容易——"喜凤回头将巴掌举起来，道："又想在脸上贴饼子了是不是？"小栓远远站住，道："哎哟我说喜凤姐，不，妹子，你干吗动不动就打人呢？这民国什么都好，就这个男女平等，女人敢扇男人的耳刮子不好。我最恨这个袁世凯了，哪天见了他，我一枪给他崩了，什么民国临时约法，给他废了！"还要说下去，喜凤已经不见了。

数日过后，映霁已经可以下床，拄拐站立。潘为严带高瑞、李德龄、太原府分号何大掌柜鱼贯而入，映霁高兴，拱手道："各位前辈都回来了！太好了！——不对，缺两个人！"潘为严看李德龄道："天津的侯大掌柜有事脱不开身，宗禹怎么没跟你一起回来？"李德龄道："潘大掌柜还问呢。这小子接到信儿以后，从天津给我打电话。——东家，电话这玩意儿比电报还快，过去没试过，这回试了试，正经是新鲜洋玩意儿，我看咱们大德通、大德恒总号和分号之间，也都架上这玩意儿，有了急事拿起话筒就说话，多便利！"何大掌柜："东家问的是王宗禹这小子为啥没跟你一起到，怎么扯到电话上头去了？"李德龄笑道："哎哟，说出溜儿嘴了。东家，我跟宗禹坐的不是一趟车。他接到信儿跟我打电话，说他直接从天津上车，到北京换车，让我先走，他晚不了一个时辰，这样彼此都不会耽误工夫了。你瞧，我又想说电话了，都是电话的功劳！"高瑞道："东家，已经去车到太原府接宗禹了，这会儿差不多也该到了！"

映霁转身对他拱手，恭敬道："高大掌柜，这一阵子听到的全是临江茶山的好消息，您老人家辛苦了！"高瑞道："东家，不辛苦。茶山是当年老东家领着大伙儿开辟出来的，东家上次去又除了刘小七这一害，茶民们都是熟手，规矩都知道，我照旧章办事就了，没什么难的。"说着他就大声咳嗽起来。映霁看他的情形不好，担心道："高大掌柜——"高瑞努力止住咳嗽道："没事儿，我就这样儿。东家，您嘱咐的临江渡口也重新建好了。只是想找个人在那里安家，一时半会儿没找到合适的。那里太偏，合适的不愿意去，愿意去的又不合适——"说着他又更厉害地咳嗽起来。映霁看着潘为严。潘为严道："高大掌柜的身子骨不好，照铺规他本可以回家歇着，每年有六成的薪水可以领，这是老东家当年定的规矩，可他——"高瑞道："哎，老潘，说这些干什么？我不是好好的嘛。好了，东家，人都到了，不差宗禹一个，可以说正事儿了！"说着又咳嗽起来。小顺忽然跑进来道："王大掌柜到了！"众人回头看时，王宗禹已经带映雯闯进来，一边擦汗一边着急道："东家，各位师傅，火车晚点了，我耽误事儿了吗？"众人都看映霁。映霁故作生气状道："你怎么没耽误事儿？你耽误事儿了！"

王宗禹被吓住了，道："真的是火车晚点，不然是耽误不了事儿的！"映霁看潘为严："这小子让这么多师傅和前辈在这儿等他，你是他师傅，说说怎么罚他？"王宗禹叫道："师傅，我真不是有意的！"

潘为严已经看出映霁的意思，道："不是有意的也不行，东家说你耽误事了，不罚不行。可是怎么罚呢？"高瑞也看出映霁的意思，道："好办。让他说乔家到底该不该入股山西官银号，说对了免了他的错，说错了掌嘴！"映霁和众大掌柜都叫："好！"李德龄道："王大掌柜，我们都说过了，轮也轮到你了！不过说什么，怎么说，你可要掂量清楚！"王宗禹半信半疑，笑看映霁和众人道："真的假的？本来我是想先听听。我是晚辈，这么大的事，东家和各位师傅前辈都在，哪里轮得上我说嘴。东家，对不对？"映霁道："不对！要是不想让你说嘴，干吗大老远地把你从天津卫叫回来？"

王宗禹想了想，转圈拱手作揖道："那徒弟向东家和各位师傅、前辈告罪了，我和映雯少爷只能待一个白天，晚上就要坐夜班车回天津，人家洋老板只给了我们一个白天假，明天早上不到银行里点卯，就要开除！"潘为严道："那更好了，你讲完了赶快走！"王宗禹看映霁，还是不说话。映霁道："快说！有什么话小胡同里赶猪直来直去，竹筒子倒豆子稀里哗啦！"王宗禹看着众人，忽然笑道："这事儿没什么好商量的，这是好事，当然要入！"何大掌柜一惊，看大家道："听听这小子的话，说得轻巧，吃根灯草。王大掌柜，你还没闹清楚这是怎么一档子事，就敢开口？"王宗禹笑道："东家一直想推进票号业的银行改制，工夫下了不少，却没什么进展，这会子有这么好一个机会，我们不一把抓住它，趁坡上驴，在山西创造出中国第一家省级发钞兼商业银行，还等什么？"众人吃惊不小，都互相看着。李德龄道："各位，听这小子说什么？一个天大的机会！我们要是不一把抓住它，就吃亏了！"王宗禹看映霁，不再说话。映霁急道："宗禹，接着说呀，说完！"王宗禹笑道："说完了，没了。"

何大掌柜道："你小子就没想过，万一这不是天上掉馅饼，是有人故意给全山西的票商，首先是我们乔家挖的一个坑，你也要东家眼睛一蒙'扑通'一声跳进去？爬不出来怎么办！"王宗禹忽然醒悟："哎呀，我没耽误工夫，我到的时候，各位师傅和大掌柜还没说呢！我闯祸了！"潘为严道："东家请各位大掌柜回来一起商议，特别提到让你也回来说两句儿。我就问你一句话吧，你有什么道理，认为乔家应当带头入股山西官银号？万一它真是个大坑，乔家就成了山西票商界的罪人，别人会以为东家和官府一同谋划，用山西官银号骗相与们的银子！这些你都想过吗？"何大掌柜也道:"要不是知根知底,我都怀疑你这小子是这个姓金的巡按使的人!东家,我先说。我反对。什么清理重建山西官银号,我天天在太原府待着,官场上这一套我门儿清!别看这会儿是民国了,可在老百姓心里,官府就是官府,招牌换了,事情还是那些事情。你们知道吗?听说就是这个姓金的巡按使,在想出这个法儿圈山西人的银子前,有人还给他出过一个中策和一个下策!"众哄然道:"什么中策和下策?难道还有上策不成?"

何大掌柜道:"具体是怎么档子事儿我也只是听了一耳朵,但实在可怕!这个中策,就是针对大中小各类商号增加商税,不但要恢复晚清时期各地设立的大小厘卡,还要对各种不同货物加征附加税,税种细化到每一种商品,重点是老百姓天天不可缺的商品!"李德龄已经叫起来:"哎呀,要是这样,我们的茶货生意又完了,茶路至少要绕开山西。"何大掌柜又道:"眼下百业萧条,要是对所有商品加税,至少得有三分之二的山西商号要倒掉!垮掉一间铺子就有一堆人饿饭,山西马上会饿殍遍野!"潘为严看高瑞道:"这个办法太狠了,会让升斗小民立即吃不起粮,会闹得商路断绝,逼老百姓造反!"高瑞点头,但沉吟不语。王宗禹急道:"何大掌柜往下说,他还有什么下策?"何大掌柜道:"要说下策,我自个儿先得捏住鼻子!真真正正的臭不可闻!"李德龄道:"到底什么呀你就臭不可闻了?"何大掌柜道:"这个我真不屑得说,一说你们也一定会马上捏住自己的鼻子!"王宗禹笑道:"何大掌柜,官府盘剥百姓,无非是横征暴敛,苛捐杂税,总不至于收税收到茅厕里去,把你臭成那样?"何大掌柜大叫:"让你小子说对了,这下策收税,真要收到茅厕里去!"

大家一时都变了脸色。映霁道:"怎么回事,你快说!"何大掌柜:"东家,各位,大家准备好捂住鼻子!"王宗禹做捏鼻子状:"何大掌柜说吧,我准备好了!"何大掌柜道:"据说有个单子,上面罗列的就是这个下策要在山西全省增加的税目。第一类房税,第二类商税,第三类是消费税,包括饭税、水税、衣税。这个征收面就广了,只要你是个人,就不能不吃饭,不喝水,光着腚不穿衣。"李德龄道:"我又忍不住要骂人了,都征到这些东西上头了,不会还有第四类了吧?"王宗禹笑:"一定还有。这些税还都没有臭到要捂住鼻子。"

何大掌柜道:"第四类叫种养植税,其中据说有牛税、羊税、猪税、鸡税、鸭税、鹅税。另外还有狗税、猫税。还有树税。最后是菜税,白菜有白菜税,萝卜交萝卜税,下面就有点胡扯了,说还要分白萝卜税、青萝卜税、胡萝卜税。"映霁忽然冒了一句:

"这好像还不是最不堪的!"众人都望着他。映霁道:"映雯,回来了也不吭一声,大哥还没看见你呢!"映雯道:"大哥,我本不想回来,是我师傅说你让我跟他一起回来的!"映霁与王宗禹对视,心中一动,道:"啊,不错。你刚才说好像还不是最不堪的,你认为那最不堪的是什么?"映雯道:"大哥,各位大掌柜,映雯到了天津,见到了江南的流民,他们说,宣统二年他们那里还收过粪税呢!连叫花子也逃不掉,也要交税。"潘为严看映雯,叹道:"这才真是天网恢恢疏而不漏呢。这够臭了!"他发现王宗禹已经捏住鼻子,众人都望着何大掌柜。高瑞道:"是这种税吗?"何大掌柜也捏住了鼻子,又放开,透一口气道:"不错。映雯少爷,谢谢你,到底没让我说出那两个字!"潘为严看他道:"这是第几类了?"侯大掌柜道:"这是单独一类,第五类,叫环境税。"

众人回头看映雯。映雯心中不觉大怒,半晌才冷冷道:"小栓进来,开窗户!各位前辈,咱们也都出去透透气儿!"王宗禹和映雯上前扶他往外走。李德龄和何大掌柜仍然捏着鼻子。小栓跑进来一扇扇打开窗户,回头看着提茶壶进来的小顺,惊奇道:"他们都怎么了?"小顺道:"别说了,说出来连我都得捏住鼻子!"

乔致庸书房外的露台上,映霁看众人道:"这是有风,不那么臭了。高大掌柜一直没说,前辈,你就在这儿说吧!"高瑞看王宗禹道:"宗禹,你刚才说得那么热闹,到底是怎么想的?潘大掌柜和各位大掌柜的担心你也听到了,说说你的道理!"王宗禹看着映霁笑:"东家,我能不能说点别的?"映霁道:"你想说什么?"王宗禹笑道:"各位前辈,我这次和映雯少爷一起到了天津,混进了外国洋行和银行学生意,你们知道发现了什么?"潘为严道:"少卖关子,说正题!"王宗禹道:"师傅,我说的就是正题。去年年末我跟东家到双林寺两次去见映雪大爷,映雪大爷对东家讲的话我都听见了。那些话表面上看来像是疯话,细想却不是。那时我就在想,怎么样能想个主意,帮助东家为天下人保住乔家的银子。这回去天津,倒是发现了一个办法。"映霁心中一动,道:"什么办法?"王宗禹道:"东家不妨学学沿海各省的票商,把银子全部存进外国银行,或者拿出来入股外国洋行,成为股东。当然这要吃点儿亏,有时候亏吃得还不小,但好处也大。一是银子到了外国人银行里,中国人就没人敢再打它的主意;二是人住进了租界,那里是国中之国,行的外国法律,别说不犯罪,就是犯了罪,只要洋衙门不管,官府也无可奈何。我是说,这样东家就替天下人保住了乔家的财富,也保住了乔家一族人的性命,以后就是等待天下大变了。"潘为严严肃道:"天下大变?什么意思?"王宗禹笑道:"师傅,这四个字也是映雪大爷说的。他说朝代更替,从大乱走向大治,短的十五年,长的四百多年。等到那一天,乱也乱够了,天下又有规矩了,躲在租界里的人就又可以出来做生意,以商救民了!"映霁赫然变色道:"王大掌柜在开玩笑吗?你知道四百年有多长?整个南北朝分裂的时间!"王宗禹道:"东家别生气。映雪大爷没有胡扯,他说的都是中国历史上实有的事儿。民国真应了他的话,群雄并起,四分五裂,谁知道要不要四百年才能重新天下一统!"

映霁没心思再听下去,道:"该吃饭了!吃了饭小顺安排各位大掌柜客房里歇息,后半晌再聚!"众人点头,看映霁拄杖走回房里去,跟着小顺走下去吃饭。饭桌上,李德龄吃了两口就放下了筷子,看王宗禹道:"你小子刚才可真敢说呀,到底打的什么主意?让东家把本钱全收回来,一股脑儿存进外国银行,全家搬进租界里做寓公。你倒是替东家想得挺周到的,可我们这些靠乔家吃饭的人怎么办?两位大掌柜不怕,说实话我和何大掌柜也不怕,可是下面的人呢,像我们北京分号一百多口子人呢,一个人在乔家做事,一家子人都指着他活着,你是打算饿死人吗?"王宗禹只道:"各位师傅,我不是这个意思。"高瑞道:"那你是什么意思?"王宗禹道:"如果东家现在着急的只是保住乔家的银子,我认为存进外国银行或者入股外国洋行确是一条可行的路。至于铺子里这些人,其实也有办法安置。"潘为严脱口而出:"怎么安置?"王宗禹道:"乔家重信义,老人不少,照铺规即使退了号,也有六成的薪水养老,只要乔家有银子,这些人乔家会安置好的。年轻一点儿的也有路走。"高瑞急问:"什么路?你怎么吞吞吐吐的,到了节骨眼上就不说了!"映雯在一旁突然开口道:"我替师傅说吧,他说他可以带大家去外国银行或者洋行做买办!只要乔家在外国银行或洋行入了股,我大哥把这件事当成入股的条件写进合约,年轻些的都可以被安置进去。掌柜的当然不可能再当掌柜的,那就去跑街,挣一份辛苦钱,也能养活一家老小!"

映霁忽然走进来。看他脸色铁青,王宗禹、映雯先站了起来。潘为严道:"东家,你怎么——"映霁大声道:"我知道你们会接着讨论这件事。宗禹,你的话我刚才已经听到了,现在就可以回答,我不能这么办!"王宗禹急道:"东家,我——"映霁怒声道:"你听我说!广盛源倒了,中国金融业就剩下乔家这一面大旗了!我们再入股外国银行、洋行,中国票号就是不战而降,全军覆没!大家纷纷仿效,中国就再没有独立的金融业了,接下来,中国就会亡国!"王宗禹听了,也不说话。映霁怒看他道:"你怎么不说话,我等着你反驳我呢!"王宗禹迟疑了一下才道:"东家说得都对,我没办法反驳你。"

映雯却在一边叫道:"大哥,其实我师傅还有话!我替他说吧!师傅在天津时就对我说,他已经打探明白了,原来他不知道外国银行为什么总有花不完的钱,他们到底有多少资本?现在明白了,其实外国银行和洋行都是拿着中国人入股的银子做本钱,再回头狠挣中国人的银子!中国人这么做虽然保住了自己的银子,可这些中国银子却变成了外国资本,所有的便宜、利润,全让外国人拿走了!中国人越来越穷,外国人越来越有钱,中国人越来越瘦,外国人越来越肥。最后瘦的一方会死掉,中国就亡了!"映霁心中气消了一点儿,看王宗禹道:"真是你说的?"王宗禹道:"是!东家,沿海一带已经有人办起了银行,虽然是中国人的银子,打的却是和外国人合股的招牌。"映霁道:"谁控制银行?"王宗禹道:"当然是外国人,或者是把中国人放在前台,外国人在背后实际操控。"映霁道:"你到了天津卫,开了眼了你啊,是不是打算好了,要去这样的银行干呢?"王宗禹笑容落去,正色道:"东家,话不是这么说的。如果中国亡了,国人都像印度人一样成了亡国奴,为了养家糊口,我去这种银行干,或者去外国洋行做买办,也没什么可责备的地方!你在广州十三行街学过生意,当年十三行垮了,那些大名鼎鼎的商家、唐廷枢、徐润、席正甫,都成了买办,就许写出《盛世危言》,第一个提出商战重于兵战的郑观应也做了买办!"

映霁怒道:"那就是说,你已经打定主意了?"王宗禹不说话,看一眼潘为严。映霁一时怒不可遏,转身就走,脚下踉跄,差点儿摔倒。高瑞急推王宗禹一把道:"还不快去扶住东家!"王宗禹急忙过去扶住映霁。映霁一把将他甩开,看映雯道:"你扶我走,我不要他扶!"众人看着映雯扶映霁出门,回头都用责备的目光看王宗禹。王宗禹却谁也不看,重新坐下吃饭。

午休过后,小栓从门外朝乔致庸书房里瞅,见映霁仍旧一个人拄着杖走来走去,神情激愤。小顺匆匆走来,低声道:"几位大掌柜都等急了,这都什么时候了,还聚不聚了?"小栓道:"要回你自个儿进去回,我可不敢进去!"这时就见映霁忽然在屋内站住,大叫:"来人!"小栓、小顺急忙推门闯进去,道:"东家!都在!都在呢!"映霁陷入在自己的思绪里,道:"都在,谁都在?"小顺急道:"各位大掌柜都在下面候着,东家说后半晌再聚,这都——"映霁像是没听见一样,道:"把王宗禹叫上来!还有映雯!"小顺道答应一声,飞快地跑出去。转眼王宗禹就带映雯随小顺急急走上来,在门前又站住,看小顺道:"真的假的?东家只叫我和映雯少爷两个人?"小顺道:"没错。

东家正生气呢,小心着点儿!"王宗禹略一沉吟,推门进入。映雯也急跟进去。

乔致庸书房内,映霁仍在走来走去,神情激动。王宗禹带映雯站住,看他道:"东家,我来了。"映雯也道:"大哥,我也来了。"映霁忽然站住,回头看王宗禹道:"知道我只把你一个人叫上来为什么?"王宗禹道:"知道。"映雯道:"大哥,还有我呢。"映霁只看王宗禹:"那就说!"王宗禹道:"东家还是把各位大掌柜一起请来,听王宗禹说比较好。"映霁道:"不,你的主意大,我就想先听你一个人的。"王宗禹道:"东家要是下决心力非众议,在乔家堡接待金巡按使,入股官银号,王宗禹不但不反对,还会一直跟东家走下去,以后不管出什么事,哪怕是死,都不会离开!"映霁不觉看他一眼,越发激烈:"我不是要听你的态度。将来乔家和中国的票号都完了,你留下来跟我一起死有什么用?说,该怎么办!"王宗禹道:"天下事就两件,一件是干什么,另一件是怎么办。头一件干什么,东家已经下了决心,剩下的是怎么办。我的想法只有一条,逼山西官府把事情做成真的!"映霁火气又上来了,道:"我就是在想怎么样才能把事情做成真的!不然我为什么坚持入股!我疯了吗?"王宗禹道:"其实简单,就一条。他们必须答应,从头到尾,一切照现代银行章程办,这是唯一的条件,不然就不办。"映霁大叫道:"好!一切照现代银行章程办,外面那些前辈不如你懂,所以我想把你留下来直接参与此事。干脆说吧,我想把你留下来给潘大掌柜做个二掌柜!"王宗禹道:"东家不要!不是我推辞,是我觉得,东家要多留一手!"

映霁心中一动,不觉多看了他一眼。王宗禹道:"一旦真照着现代银行章程重建山西官银号,大批晋商相与肯定会追随乔家入股,无论是官四民六还是官二民八其至官零民十,这个被董事会公选出的董事长一定是你。潘大掌柜是我师傅,老人家对乔家忠心耿耿,在晋商和全国票号界德高望重,选举他出任山西官银号第一任经理顺理成章。"映雯道:"这和留下你帮潘大掌柜有什么冲突?"映雯道:"大哥,映雯听出我师傅的意思来了。"映霁道:"你听出什么意思来了?"映雯道:"乔家带领晋商入股山西官银号是一场豪赌,大哥是乔家东家,晋商领袖,潘大掌柜德高望重,你们陷进去不可避免,但是外面到底还是得留下个人,避免一旦事出意外我们没有机会回头自救!"映霁紧闭的心锁一下子打开,看他道:"你要我把你师傅留在外面?"映雯道:"比方说在天津卫给他单开一个商号,打理乔家和外国洋行的生意,我过去跟他学生意。"映霁看王宗禹:"这也是你的意思?"王宗禹笑道:"我还真没和映雯少爷说起过这事儿,刚才的话全是他自个儿琢磨出来的。但这话没有大错儿,王宗禹确实这么想过!"

映霁想了想,大声道:"小顺,请各位大掌柜!"待众人赶到,映霁道:"两位大掌柜请坐下,李大掌柜、何大掌柜也请坐下。"潘为严道:"东家,天不早了,就不坐了,你有话就说吧!"高瑞、李德龄、何大掌柜都点头。映霁道:"各位前辈,我决定了,明天就请潘大掌柜代我写信回复金巡按使,说乔映霁腿伤已愈,在乔家堡恭候他的大驾!"何大掌柜一惊道:"东家,他想听的恐怕不是这个。包括我们在内,都想知道东家是不是下了决心入股山西官银号!"映霁道:"入不入股要看他答不答应我唯一的条件,愿不愿意把事情做成真的,如果一切按照现代银行制度来办,我就入!"高瑞脱口而出:"好!各位大掌柜,我一直没开口,是因为我觉得还没有听得足够清楚。上午听你们讲了太原府民间的那些谣传,什么金大人要在山西施行他的中策和下策,我一直在想,什么是他的上策,这会儿想明白了,恐怕就是清理重建官银号了!"李德龄道:"哎呀高大掌柜,我们想一块儿去了!"潘为严道:"你不要打岔,让高大掌柜说完!"高瑞道:"有句老话叫在劫难逃。东家要是现在问我支不支持东家入股山西官银号,我还是会说,不支持。但是看眼下的情势,万一那些谣传是真的,乔家不入股山西官银号,不但我们,全山西都有可能遭遇更大的一场浩劫。与其是那样——"映霁忍不住接上他的话道:"与其是让那些谣言成真,不如我们先接住这些招儿,而且,在谈判的过程中,我们要让姓金的澄清,重建官银号就不会再行谣传中的中策和下策,或者根本就没有中策和下策!潘大掌柜还没说话呢!"潘为严道:"东家和高大掌柜既然这么说了,我就不想再说什么了。"映霁道:"各位还有什么高见?"大家都摇头。映霁道:"那这件事就这么定了!潘大掌柜明天就着手去办!我也让家里收拾一下,准备接待金巡按使大驾光临!"

高瑞道:"东家,还有一件大事,不可大意。一旦明天潘大掌柜把信发出去,就在整个晋商票号业投下了一颗大炸弹。别人我倒不十分担心,我担心江老东家!"映霁道:"今天把事情定下来,晚上我就去榆次见她老人家!下面再说一件大事。这件事我也下了决心!"李德龄紧张起来道:"东东东家,你不会是真要救广盛源吧?"映霁道:"正是!为了避免发生一场针对票号业的大规模挤兑风潮,造成中国金融业的突然崩溃,我要救广盛源!李大掌柜,这件事恐怕就要靠你了,宗禹也可以帮你。"李德龄道:"哎呀我的天,东家是不是可以换个人?高大掌柜茶山那边不是都安顿好了吗?他是大德恒的大掌柜,说话有人听,我不行,这么大的事我扛不起来!"高瑞笑一笑道："我的身子板要是还能扛起这么大的事，就轮不到你了！不过东家，这件事你真的想好了？"映霁道："想好了。第一步，通过法律手段获得北京地方审判厅允准，公开宣布接手广盛源，安定所有债主的心，稳住全国票号业的大局；第二步，立即开始清理广盛源和合生元，对它们进行资本和债务重组。我算过了，这次真正要拿出的银子不会超过一千两百万两。我请李大掌柜咨询的两位律师还说，乔家的信誉这么好，只要宣布乔家出面承接债务，恐怕连这个数也不需要拿出来，今天广盛源和合生元的大多数债主并不是非要从票号拿回自己的银子，如果将两家票号欠他们的银子加上利润，一并换成乔家票号的银票，不少人就不会真要我们兑付现银了。眼下兵荒马乱，盗匪猖獗，除了日常开销的一点儿钱，大堆现银谁敢放在家里，那不是招祸吗？"李德龄道："可是……总还是要拿出不少银子的。哎呦！除非东家的本意是在入股山西官银号之外，打着清理广盛源债务的旗号在北京另外创立一家由乔家完全控股的新银行？"众人心中为之一震。映霁道："李大掌柜说对了，最初我的想法只是不能让广盛源这面大旗倒掉，真要干了才想接手广盛源后拿它做什么，后来一想，何不实现我们的初衷，让它和大德通、大德恒联合组建成一家新银行！"

李德龄急道："东家，这个不急啊，这个我还得想一想。我今儿个一天都听得心惊肉跳的！"高瑞拍手道："好主意！我赞成！俗话说狡兔三窟，鸡蛋不能放在同一个篮子里。外边都以为乔家有许多银子，这件事本身就非常危险，我们重建茶山，恢复茶路，是一窟；包头复字号近年来生意不景气，但毕竟还是一窟；票号业是乔家目前最大的生意，它要是不行了乔家就会败下来，可是只入股山西官银号一家，又担心会一头闯进死地出不来，在北京再建一家全民营的、其实是乔家独自控股的银行，然后向社会公开募股，逐渐建成一家真正的现代大银行，无论山西官银号的事成与不成，我们的风险就都分散了！"众人都激动起来。映霁对众人拱手道："各位前辈，各位大掌柜，天下兴亡，匹夫有责，我们比起袁世凯之流，只能算是匹夫，可是我这会儿觉得，天下兴亡，确实和我们成功与否，大有干系！"大家再看他时，眼里居然有了泪光。

天黑下来时，一辆马车停在乔家大门外，映霁要上车，又回头看王宗禹道："王大掌柜，我先走了！我可是把你给择出来了。眼下你只做两件事，一是把我们在天津的那些人给带好，马上就是两家银行，要用的人更多；二就是帮着李大掌柜，接手广盛源的破产清盘程序，再建一家我们自己的银行！"王宗禹道："东家，明白了。东家一走，我也马上和映霁少爷一起奔太原火车站，明天还要到天津的外国银行点卯呢。"映霁欲走，又回头看他道："好好地带映雯。这才几天，他都变得不一样了！还有话说？"王宗禹笑道："有一句话憋在嗓子眼里，可是真要说出来，又有点儿不好意思！"映霁道："你这个人，什么话还不好意思？"王宗禹正色道："东家放心，只要我们这一代中国人还没死绝，只要中国还有一点儿希望，我们谁也不去给洋人做买办，用中国人的银子害中国，让中国死！"映霁一瞬间被深深感动，笑道："这话还不好意思说？罢了，我走了！"王宗禹眼里溢出泪光，望着映霁的马车远远地去了。

路上就纷纷扬扬下起雪来，到榆次时天地已经一片银白。胡管家匆匆打灯笼出门吓一跳："表孙少爷，出什么大事了？怎么这个时候来了！东家刚睡下！"映霁道："闪开，让客人进门呀！"胡管家让映霁进大门，入外书房。张妈、明珠已经扶着江雪瑛走出来。映霁急忙站起笑着行礼道："姑奶奶安好！"江雪瑛瞪眼深深看他。映霁道："怎么了老太太，我这么晚来，你老人家也不说一句话，就这么瞪着眼看着我，我是你抓到的贼吗？"江雪瑛道："你是不是贼，我哪里知道！就像你爷爷，一个偷人心的贼，我恨我当初怎么就没看出来！"映霁忙道："老太太，今天我来见您是有大事儿，咱不说那段陈谷子烂芝麻行不行？"江雪瑛道："你答应入股那什么山西官银号了！"映霁道："知道你老人家不喜欢，所以才急急赶来请罪！"江雪瑛勃然怒起，看胡管家道："你这个老胡，越来越不会做事情了！我老婆子这阵子偏头疼，整夜睡不着，昨晚上吃了一杯春官打京城捎回来的洋酒，气儿也顺了，好不容易睡着，什么人来了，你就把我叫醒！张妈、明珠，扶我进去，我要睡觉！"胡管家听了，一声也不敢言语。映霁"扑通"一声跪下道："姑奶奶等等！"江雪瑛又回头瞅他一眼，愈怒，对胡管家道："这是什么人？深更半夜，何家不留外人！"见胡管家为难，又道："不马上让他走，你就给我走！"说完一眼也不看映霁，由张妈、明珠扶着离去。

映霁看她的背影，大叫："姑奶奶别走，映霁有话说！"江雪瑛还是不停步，走了进去。胡管家道："表孙少爷，你是知道我们老东家脾气的，她说出来的话，我还真不敢——"映霁听了，爬起来大步就朝外走。胡管家追出去道："表孙少爷，真不是要赶您走，要不您就先在大门外头车里睡一会儿，等天亮老太太起来了，气也消了，您再……"映霁已经大步出去，径直走向大门。江雪瑛走出自己住的大房，站住，回看张妈道："出去告诉胡管家，说给那混小子听。他要是敢带乔家入股山西官银号，我就把乔家收回来！去呀！"外面映霁已经大步流星地走到大门前，"哗啦"一声开门，就往外走。胡管家匆匆赶上来道："表孙少爷，你真走哇？"张妈也跟着跑出来，喊："表孙少爷，等等！"映霁抬脚迈出门槛，又站住，并不回头。张妈跑过来道："表孙少爷，老东家说……说……"映霁大声道："老太太说什么了？说呀！"张妈道："老东家就是一时说气话，表孙少爷别记在心里！她说，您要是真那什么入股山西官银号，她就把乔家收回来！"胡管家道："表孙少爷，这院子后头有个马棚，要不您委屈一会儿，赶天亮了再说……"映霁哪里肯听，一步跨出门外，又想到了什么，站住，从腰里解下一把钥匙，回头放进胡管家掌心，道："这是乔家大门的钥匙，把它交给江老东家。小栓，把车上的东西抱过来！"小栓答应一声，从车上抱下一个包袱，走过来递给映霁。映霁又将它放进胡管家怀中，道："告诉江老东家，乔家的房契、地契、各地的铺子，历年做生意的总账，全在这里。我今天把乔家全都还给她，不替她当这个差了！"胡管家这一惊非同小可，道："表孙少爷，您说什么？您怎么能——"映霁道："就这么说，我不侍候了！"他大步走过去上了马车，对小栓道："走！"胡管家抱着包袱紧走几步追上来，看马车走，叫道："表孙少爷，表孙少爷，您不能就这样走了！我可怎么说呀！我这就去回老东家，您等一等！"再回头，马车已经飞驰而去。

何家外书房里，那包袱已经打开，和一把大钥匙并排摆在案上。江雪瑛翻看包袱里的田契、房契、账本，又看那把大钥匙，回望胡管家，怒道："这混小子真就这么走了？他敢给我撂挑子？"胡管家惶恐道："是！表孙少爷还说——"江雪瑛道："你嘴里怎么像噙个热茄子似的，他还说啥？"胡管家道："表孙少爷还说，告诉江老东家，他不侍候了，他把乔家全部还给您老人家！"江雪瑛大叫道："他喊我江老东家？"胡管家道："啊，不，是，江老东家……"江雪瑛一把将包袱推到地下，眼里涌出泪花，喊道："乔家的男人都是啥人哪！江老东家是他这混小子叫的吗？他真是乔致庸的孙子，一点儿也没错！就像那个老东西，害人精！两个人都是天下最犟的犟种！"胡管家、张妈、明珠急忙去捡地下的东西。江雪瑛道："你们干什么？"胡管家道："表孙少爷这会儿还没走远，要是追，还追得上！"江雪瑛忽然打了一个哈欠："追得上怎么着，追不上怎么着！我要睡觉！"胡管家站起，看明珠、张妈搀扶她离去，这才摇摇头，俯身将地下东西一件件捡起来。

天亮时映霁的马车才回到乔家。映霁对小栓道："今天的事不管是谁打死了都不能讲！"小栓道："对谁都不能讲？"映霁道："对！"小栓点头，看他一路走进里边去。卧房内，喜凤正帮依依梳头。门"咣当"一声被推开，依依一惊站起，回看映霁道："你怎么这个时候回来了?"映霁道:"快铺床,我一夜没睡,要好好睡一觉!"喜凤打趣道:"姑爷这些天都没有进来了,怎么不回书房里睡去了?"依依忙道:"多嘴,还不快去打洗脸水。"喜凤匆匆走出。依依回身看映霁,已经躺到床上,道:"出什么事了?"映霁不说话。喜凤打洗脸水进来,他已经打起了呼噜。喜凤看依依。依依道:"让他睡吧。"跟着就在床边坐下来,看着映霁睡。

夕阳西下,映霁还在大睡不起。依依仍在床边坐着,看他。喜凤走进来道:"姑爷这是怎么了?都睡了一整天,还不醒。"依依想起了什么,回头看她道:"哎,问了没有,昨天夜里下那么大雪,他到哪儿去了?"喜凤道:"问了小栓那个坏人,他说姑爷说的,不管什么人,昨天夜里他们去了什么地方,打死了都不能说!"依依道:"走,我去见他!"喜凤道:"姑爷这里怎么办?"依依道:"别担心,看这个样子,他且得睡呢!"二人出了二门,依依在耳房里等了一会儿,喜凤走进来道:"他来了!"只见小栓磨磨蹭蹭进门施礼道:"大奶奶万福!"依依道:"说吧,昨天带他出去了一夜,去哪儿了?见谁了?怎么就不管是谁,打死了都不能说?是不是陪他去了不能说的地方,不说实话,今儿你就甭想活了!"小栓"扑通"一声跪下道:"大奶奶别动气!我我我……你这个喜凤,瞎嚼什么舌头根子!我哪说过这样的话!平时看你还不错,大奶奶还许给了我,人奶奶,那件事儿还算不算?"依依气不打一处来:"什么事儿?"小栓反倒急了:"哎大奶奶,您不能卸了磨就杀驴呀,当初您让我带信去武昌见那个女革命党,可是有过话的,您说过要把喜凤配给小栓的!"喜凤急叫道:"小姐,没有的事儿,我不愿意!"依依看小栓道:"不错,这话我是说过,可这会儿你和东家瞒着我去了什么地方,见了什么人,还不跟我说实话,我那话不算数了!"小栓一时大急,道:"哎!大奶奶想哪儿去了!昨晚上东家带我出去可不是去见那个女革命党。这跟女革命党一点儿干系也没有,你冤枉死东家和小栓了!"依依暗暗松一口气道:"真的?"小栓道:"小栓对天发誓,说了假话老天让小栓一辈子娶不上媳妇!"喜凤要笑又忍住,道:"呸!就你这没出息的样儿,一辈子打光棍活该!"依依道:"喜凤住嘴!既不是这件事,别的事有什么不能对我说的?"小栓道:"可是东家说,这是天大的事,让人知道了可不得了!不但乔家……大奶奶,我真不能说,说了乔家的天立马就得塌下来!"依依心中猛醒,道:"我明白了。东家把乔家还给表姑奶奶了!"小栓大惊,脱口道:"大奶奶怎么知道的?东家对你讲了?哎呀东家,你的嘴都不严,还要小栓打死了都不说!这也太难为小栓了!"依依道:"可我还是想让你亲口再讲一遍!"小栓道:"这个……"依依道："讲不讲？喜凤，咱们进去！"小栓道："不！大奶奶，我讲！反正东家都对您说过了！东家把乔家的钥匙，连同房契、田契，历年生意上的账本，一包袱全还给江老东家了！他说，从今天起不给那老太太当差了！"

依依心中响起惊雷，欲走又回头看小栓道："小栓，你做得对，这件事确实太大，一点儿风声都不能透出去！喜凤，我们进去！"小栓看她和喜凤离去，忽然回过味儿来了，自语："我上了当了！"

第二十二章

映霁终于醒来，已经是两天后的事情了。他睁大眼睛看着窗外照进来的晨晖，听见鸟鸣，非常开心，非常轻松，不自觉地微笑起来。忽然，他看到了趴在床边沉睡的依依，一惊，喊道："哎，哎，怎么睡这儿呀？怎么不床上睡？"依依半晌才完全醒过来，看他道："你醒了？"映霁道："醒了！这一觉睡的，多少天的乏全解了！人重新活过来似的！"依依道："你知道你睡多久了？"映霁道："一天一夜，是不是？"依依道："一天一夜？你整睡了两天两夜！"映霁大惊："不可能！我怎么会一觉睡两天两夜，不吃不喝！"喜凤走进来，笑着道："姑爷吃也吃了，喝也喝了，但是吃完喝完倒头就睡。我们小姐为了给你赶小虫子，两天两宿都没上床！"依依道："喜凤多嘴！"

映霁欢喜道："我真睡了两天两夜！太好了！这么说吧，从我离开广州到武昌参加武昌首义那天起，就好像没有痛痛快快地睡过一觉了。人没有负担，活着真是幸福！哎，我又饿了，有什么吃的？"他边说边下床满屋乱翻，找到一块点心就往嘴里塞。依依一把夺过去，道："这不能吃了！喜凤，让伙房给东家开饭！侍候东家吃了饭，你让他们套车，我带你回一趟娘家！"喜凤答应一声跑出去。映霁道："哎，你要回娘家？我睡了这么久，这会儿心里好轻松，好快活，我陪你出去散散心行不行？你别回娘家了，前天还说你一直没去过晋祠，咱们去趟晋祠玩玩怎么样？"依依道："我哥病了，我得回去看看。"映霁有点儿失落，道："那……哎，要不我陪你回一趟娘家怎么样？"依依道："不要。我想自己带喜凤、李妈回去。"映霁看她坚持，不说话了。

当天中午，乔家的马车到了榆次何家。喜凤扶依依在大门前下车，李妈抱起一个大礼盒跟在后面。张妈已经迎出来了，道："哎呀，这不是乔家的孙少奶奶吗，您怎么来了？"依依道："我嫁到乔家这么久，一直想来看看表姑奶奶，才有了空，就来了。"张妈道："快请进。"依依带喜凤、李妈进了大门，张妈一直将她们引进内客厅里来，回头道："孙少奶奶请坐，来人给孙少奶奶上茶。张妈这就去禀报老东家。"依依道：

"您辛苦。"

　　江雪瑛住的大房里,明珠又在替她对着画报上的图片梳一种时新发式。张妈一旁躬身侍立。江雪瑛问:"她怎么来了?"张妈道:"不知道,人已经进来了。"江雪瑛道:"看我这几天没有动静,自个儿先撑不住了,把媳妇打发过来求情! 我不见!"张妈道:"人家还算是新媳妇呢,第一次登门,您老人家还是见一见。"江雪瑛道:"现而今只要是乔家的人,来了我都害怕!让她走!"张妈看她,不动身。江雪瑛又道:"怎么啦?快出去传话呀,就说我不见她,让她走!"张妈不说话。江雪瑛又道:"你就这么说。你这么一说,她觉得没脸,自个儿就走了! 去吧去吧! 事情没那么难办!"张妈赔笑道:"老东家就是给张妈十个胆儿,张妈也不敢这么说。要不,请大奶奶出去见见?"江雪瑛:"啊,让春官媳妇去见见也好。她们还没正经见过面呢。"张妈笑道:"那张妈去了。"江雪瑛道:"去吧去吧。哎,我说明珠呀,你也不是新手,怎么今儿老太太这个头叫你梳成这样。我出得去门吗?我让你比着这画片上的样式梳,就那么难?怪不得老话说,人笨不是笨一时,是笨一辈子!"明珠不说话。江雪瑛道:"乔家来了人,你也不说话了?"明珠道:"老太太,明珠笨,你就把明珠辞了吧,再找一个好的使唤!"江雪瑛道:"还跟我犟上嘴了! 你以为你老大不小了,家里听说也使唤上了媳妇,不想在我这儿当差了? 没那么便宜! 我老太太这会儿活着,就一件事,招人嫌,让不喜欢我的人不痛快! 你走不了,接着梳! 你怎么还不走?"张妈答应一声,往外走。

　　这边张妈就引了何春媳妇走进内客厅。依依急忙站起。张妈道:"大奶奶,这位就是乔家的孙少奶奶,孙少奶奶,这位就是我们家大奶奶。"依依忙趴下磕头:"依依见过表婶。"何春媳妇一把上前扶起:"哎呀,快起来。可不敢行这样的大礼,在我们家,我是晚辈,我们家老太太才是长辈。张妈,快给孙少奶奶换茶,上点心!"张妈答应,朝外面喊:"进来!"话没落音,一排丫头就托着点心盘子进来,在案上将点心一一摆开。何春媳妇坐下,又亲自站起给依依布茶。依依忙站起来阻止,道:"这可不敢,依依是晚辈,该是依依侍候表婶子。"她坚持夺过茶具,帮何春媳妇布茶,又道:"表婶子快坐下。"何春媳妇欲言又止:"先喝茶,点心是自己家里做的,不是外头铺子里买的,你尝一块。"她一边招待依依,一边频频朝外面看,显得非常不安。

　　江雪瑛大房里,明珠还在帮她梳头。江雪瑛忽然叫了一声:"哎,不对! 我还是得看看去!"明珠看她:"老太太,您这头——"江雪瑛三下五除二将新梳的发型弄乱,站起道:"不梳了不梳了。我那儿媳妇不行,听不得人哭两声,心先就软了! 我得过去

436

听听！扶着我走哇！"明珠扔下手中梳子，扶住她急急往外走，一边道："老太太慢一点儿！"江雪瑛道："慢不得！万一我到晚了，她答应了乔家什么，就坏了菜了！"二人匆匆走了出去。

内客厅里，何春媳妇已经陪依依闷坐了半晌。依依忍不住，终于开口道："表婶，依依今天来，一是想给表姑奶奶请安，二是想说一件事情——"何春媳妇立马紧张，站起道："依依什么也别说。我们家的事一向都是老太太做主，我这个媳妇什么事都不知道，你有事跟我说是没用的。"依依听了，只好又沉默下来。何春媳妇又张罗她喝茶："喝茶吧。张妈，快去大伙房里言一声，给孙少奶奶备饭。"张妈答应一声要走。依依再次站起，道："表婶，饭就不吃了。依依就几句话，说完就走！"何春媳妇又跟着站起来："干吗这么急？从祁县来一趟，也不容易，还是住两天！"依依道："不了表婶，我就说吧，说了表婶代依依回表姑奶奶，也是一样的。"何春媳妇又紧张起来："不，不要！"两个人又坐下，沉默了。

窗户外面，明珠正扶江雪瑛朝里面看。张妈走出来看见她们，吃了一惊。江雪瑛急对她做出一个不要出声的手势。张妈会意。江雪瑛小声道："又打发你干什么去？"张妈低声道："大奶奶打发张妈去给乔家的少奶奶安排饭。"江雪瑛道："谁说要管她饭？"张妈不敢说什么了，站着看她。江雪瑛又朝里头看，忽然生气了，看张妈、明珠道："她们怎么不说话？就这么坐着，想一直坐到天黑不走？"张妈和明珠对视一眼。内客厅里，依依终于忍不住，再次起身道："表婶，依依就一句话——"何春媳妇站起，嘴唇颤抖，忽然叹气道："依依……我真的好没用……要不……要不你就……说吧！不过是不是能回我们家老太太，我不知道！"

那门"哗啦"一声就被推开了。明珠扶着江雪瑛，几步走进来。依依刚要坐下，又急急站起。何春媳妇忙上前扶住江雪瑛，道："娘，您怎么……出来了？"依依欲上前磕头，被江雪瑛先伸出拐杖挡住。依依看她道："表姑奶奶，请让依依给您老人家见礼。"江雪瑛道："别。你们乔家的头，我老太太这种时候可受不起。不是有句话吗？说吧，但我有言在先，你们乔家的钥匙、房契、地契、生意账本，是你男人包成一包交给我的，他说他不侍候了。好哇！我这里等着替我管事、挣口饭吃的人多了去了，他撂挑子了，我正好找别人！别想拿这个要挟老太太！江雪瑛这一辈子什么大风大浪都见过，这一套对付我，不灵！"依依听了，不卑不亢道："您老人家误会了。依依今天不是来替我丈夫再把乔家要回去的！"江雪瑛一惊道："是吗？那你干什么来了？"

依依道："我替我丈夫来送一把钥匙。上回他来把乔家交还给表姑奶奶，没有交全，我这里还替乔家保管着一个箱子，里头是当初乔家给依依的聘礼。依依嫁到乔家当天，我哥哥就把它当作我的嫁妆抬回乔家了。前一阵子我把它还了我丈夫，现在我丈夫要把乔家还给您老人家，这个箱子连同开箱子的钥匙，也应当一并还过来。"她边说边取出了那把钥匙，放在案上，又道："这就是那把钥匙。表姑奶奶，表婶，还了这把钥匙，我和我丈夫就把乔家全交清了。依依走了。"一屋子人全都震惊地望着她。依依又看李妈、喜凤，从容不迫道："好了，事情办完了。我们走吧。表姑奶奶，依依耽搁您老人家梳头了。您多保重，依依这就回去，和我丈夫一起离开乔家！"

江雪瑛道："你给我站住！"依依回头："姑奶奶还有事吗？"江雪瑛道："我只问你一句话。你把这个和你等身重的金人交给了我，和映霁离开乔家，靠什么生活？"依依道："啊，这个依依想过。我丈夫刚从广州学了八年生意回来，又当过革命党，有许多朋友，离开乔家，他无论是回广州十三行街找份差事，还是继续做他的革命党，依依都不想挡他。依依不想瞒您老人家，他前天夜里从您府上交了乔家的钥匙、账本回到家里，一觉睡了两天两夜，整个人像重新活了一回似的。依依这时才明白，没有乔家，他也就没有了负担，没有了烦恼，这一辈子会过得更轻松快活！"江雪瑛急道："他回去做革命党，可以过得轻松快活，你呢？你靠什么生活？"依依笑道："谢表姑奶奶想到依依。依依是贫寒读书人家的女儿，从小也没享过大福大贵，嫁过来也没想过。离开了乔家，依依想跟着我丈夫走，他到哪里我就到哪里，他去广州我就去广州，他去做革命党我也跟着他去，反正有他一口饭就会有依依一口饭。再说依依也有一双手，真要饿死我们俩也不是很容易。表姑奶奶再见，祝您老人家长命百岁，万寿无疆！"说完她抬步就走。

何春媳妇忽然在江雪瑛面前跪下，大声道："娘，不能让孩子就这么走！这样子人家会怎么说咱们何家？您就是再恨致庸表叔，那也是过去的事儿了！您不能收下那个金人，那是乔家给孩子的聘礼，您把那个也收下，外人可怎么说呀，您真要乔家一百多口子流落街头？咱们是亲戚，您这是要赶尽杀绝呀！"江雪瑛大怒，道："你住口！张妈、明珠，给我把这一个请出去！乔家的，你甭走，我还有一句话呢！"依依站住看她。张妈、明珠将大哭不止的何春媳妇架起来扶走。江雪瑛回头看依依道："我就一句话。你听着！回去告诉你男人！甭给我来这一套！别以为从小到大我一直宠着他，他就能在每一件事情上逼我！这次他想干什么，我心里明镜似的，他也明镜似的！为了入股山西官银号，他跑来给我撂挑子，吓唬我！我都快活了一百岁，是让人吓唬大的吗？还有你，把你的聘礼也拿到我面前说事儿，说要让我收下，你以为我不敢！我今儿还收下了，让你满意！好了，现在你求仁得仁，可以走了！你和你男人要是今天就想离开乔家，我不会挡着！走吧！"

张妈、明珠已经走回来，众人一时都看依依。依依不紧不慢，又对江雪瑛施一个礼，带上李妈、喜凤出门。江雪瑛气仍不平，透过窗户看依依向二门外走，大声道："要走早点走，想留下来帮着那帮流氓祸害山西人，除非我老太太死了，这个坎他就是迈不过去！"张妈、明珠忙上前帮她抚摩胸口。张妈道："老太太消消气，别为这件事伤了身子。"江雪瑛满眼泪水道："气死我了！还以为他爷爷那个老东西死了，世上就没人气我了，没想到他还留下这么个孽种孙子，娶了这么个媳妇，合伙来气我！这是替他爷爷报仇来了！我不怕！想拿我的银子入股山西官银号，老太太就是不答应！"虽这么喊，她的眼泪还是滚落下来。

榆次通祁县的官道上，小栓驱车急驰。车中喜凤朝远处望了一眼，大叫："姑爷来了——"依依朝前面望去。果见映霁带小顺纵马迎面赶来。小栓急将马车停在路边。映霁下马，一步上了马车。李妈、喜凤忙下车，让二人单独在一处。车中依依终于扛不住了，扑向映霁，映霁紧紧将她抱在怀里，依依哭起来。映霁激动道："快说！老太太怎么着你了？"依依拭泪，勉力现出笑脸道："没有。我好着呢。"映霁道："真把聘礼也还给她了？"依依点头。映霁大叫："那是你的嫁妆，你怎么还给她？我去找她，帮你要回来！"依依道："不要。我想过了，只要那东西在，我们就不能像今天这么轻松！"映霁深深看她，道："真的不是去找她，帮我把乔家要回来？"依依道："真不是。我干吗帮你把乔家要回来？没有乔家，你就只剩下依依一个人，天地间就我们两个人在一起！映霁大哥和我哥说的那些危险，家破人亡，死无葬身之地，就和我们俩无干了！"映霁冷静下来道："你说的对。不过——"依依看他。映霁道："老太太把你的嫁妆也收下了，她是真打算让我们离开乔家？"依依点头。映霁沉吟有顷道："真是这个结局，我倒没什么，你就要受苦了。要是这会儿就净身出户，晚上的饭钱我都没有，你要跟我一块儿饿着了！"依依拔下头上的一根银簪子，笑道："那你说错了。乔家的东西我不要，可我自个儿还有陪嫁过来的首饰呢。你不是老说，要是没有了乔家，你可以回广州十三行街帮人做生意，还说过想回南方做革命党，这些首饰当了，可以做盘缠，我们今天就走！"映霁又是一番大惊："你说什么？老太太要我们今天就离开乔家？"依依点头："她是这么说了，可话是让我给逼出来的。你不会骂我吧，人家都说妻贤夫祸少，我倒好，帮你火上浇油，这会儿想反悔也不成了！不过你要反悔却还有一个办法！"映霁笑看她道："什么办法？"

依依道："马上过去，告诉老太太，我做的事跟你没相干，你为这事儿把我休了！老太太的气儿说不定就消了，还能把乔家还给你！"映霁的心思已不在这上头了，想了想，忽然笑了："依依，事情这么发展我还真没想到。但真是这样我还就解脱了。我这会儿真有一个地方想去！"依依振奋道："哪里？"映霁道："我不想去广州十三行街，我现在去那里，只能给外国人当买办；我这会儿也不想去做革命党——"依依打断他道："我知道了！你不会说是临江渡口吧？"映霁又惊又喜道："就是它。这次高大掌柜回来，说那里一切都恢复了，就是没个合适的做摆渡人。我们去那里怎么样？今天就悄悄走，等他们知道，我们已经到地方了。那地方风景可美了，一条大河湾子，周围是无边无际的山林，一年四季都有开不败的花儿。将来无论乔家是谁的，新东家一定愿意让我在那里做一个摆渡人，给我们一份口粮，让我们在那里活下去。怎么样？"依依一个"好"字没出口，忽然呕吐起来。映霁大惊："你不会——"依依半天才道："真不是时候，我又有了！"映霁百感交集，将她紧紧抱住，道："又有了好！又有了，我们就是三个人一起离开山西，离开乔家，到临江去。等孩子一落生，他看到的就是青山常在，碧水长流，花开四季，云淡风轻！"他对小栓说了一句什么，小栓让李妈、喜凤上车，马车又飞快地行走起来。

这个消息直到晚上才传到祁县大德通总号。潘为严吃惊地看着惊慌失措的景清，大叫道："东家走了？多久了？"景清道："天擦黑时就走了！"潘为严怒："怎么不让人拦住？"景清道："拦不住！看样子这一回是铁了心了！"潘为严急转身看二掌柜、三掌柜："高大掌柜明天才走，你们马上去个人见他，让他暂时别回临江，明天一大早和我一起去榆次！"回头又对景清道："事情紧急，我也不客气了，你马上派人去追东家两口子，他们就是不回来，也要设法拴住他们的腿，让他们出不了山西！快！"景清和二掌柜、三掌柜答应一声就走，转眼二掌柜和景清又跑回来。

潘为严道："怎么又回来了？"二掌柜道："高大掌柜那里，你刚才让我们俩去一个，三掌柜已经去了！"景清道："潘大掌柜，我们就是去了人，他们两口子就是不回来，怎么办？"潘为严道："那你就告诉他，我有句话要对他讲！十分要紧的话！"景清道："什么话潘大掌柜能告诉我一声吗？"潘为严道："东家让我打听是谁帮姓金的山西巡按使出了上中下三策,有消息了!"景清道:"谁?"潘为严道:"崔望百!"景清问:"崔望百是谁?"潘为严道:"你甭管,东家自己知道!"景清摇着头,但还是转身跑了出去。二掌柜瞪大眼睛看潘为严,道:"大掌柜,我怕死了,天不会真塌下来吧?"潘为严道:"马上替我打电报给京城,请榆次何家的少东家何春回山西,要让他帮东家和我们救乔家!乔家不能就这么败了!"二掌柜道:"好的!我们一定要救乔家,救乔家就是救我们自己!"他要走又回头看潘为严。只见潘为严目光湿润道:"今天的事让我看见了东家的心!东家其实不想要乔家!潘为严其实也不想要!是晋商要乔家,天下人要乔家!"二掌柜张大了嘴合不上,他一下子还理解不了这些话。潘为严又看了他一眼道:"快去!"

第二天一大早,榆次何家二门外,张妈、明珠簇拥着江雪瑛走出来,胡管家急忙上前侍奉。江雪瑛边往外走边生气道:"我出去看看!他们来干什么?这事跟他们什么相干?"胡管家道:"东家,潘大掌柜、高大掌柜在山西晋商界德高望重?这么冷的天让这两个人跪着,我怕——"江雪瑛站住道:"说什么呢!德高望重!德高望重为什么到我家里来?是谁让他们进来的?德高望重为什么不劝阻他往火坑里跳?我还不出去了,这么冷的天,让他们跪着好了,反正不是我请他们来的!一群大男人,为了一件蠢事,欺负我一个老婆子……当年他们东家,乔致庸那个老坏蛋,害了我一辈子,这会子他们老的少的,东家掌柜,又一起来欺负我了,休想!叫下人拿大棍子给我赶出去!"胡管家傻一样站着,机械地点头,看着明珠、张妈又扶江雪瑛气哼哼地走回二门,道:"哎呀,我可怎么办?今儿这事儿我还真管不了了,我躲着去!"

何家大门外,几匹马飞驰过来,打头的何春匆匆下马,扔下缰绳,奔进大门内,一眼瞅见当院跪着的潘为严、高瑞,急过来搀扶,大声道:"潘大掌柜,高大掌柜,两位老前辈你们这是怎么着了?快请起来!这怎么当得起!这可不行!"潘为严道:"少东家,你让我们跪着,江老东家不答应,我们没办法起来!"高瑞道:"潘大掌柜说得对,少东家,这事跟你没有相干——"何春道:"两位还是快请起。何春回来晚了,这会儿就去求见家母,事情不能这么办!我不答应!"潘为严看高瑞,二人不再说话,也不起。何春跺脚道:"好吧,明白了,我这就进去!家母要是还是不答应,何春就回来跟两位前辈一块儿跪着!"他也不等潘、高回答,大步流星地走进内宅。江雪瑛坐在自己住的大房内,二目紧闭,怒火不息,明珠一旁侍立,一声也不敢吭。张妈先跑进来禀道:"老太太,东家回来了!"江雪瑛登时怒目立睁。何春挟风带电跑进来,趴下就磕头,大声道:"娘,儿子求您老人家来了!您就开了恩,把乔家还给映霁!儿子不要乔家,娘也别要,那不是咱的!"

江雪瑛气得发抖,道:"你……你给我说……说什么?乔家当然不是你的!可它是我的!你怎么回来了?谁让你回来的?一定是他们商量好了,打电报催你连夜赶回来的!好哇,能对付我老太太的办法都想出来了,现在把我抱养的儿子也弄回来了!这是想要我老太太的老命啊!给我出去!"何春大惊,抬头:"娘!"江雪瑛道:"住口!从今儿起,我不是你娘!我江雪瑛嫁到何家那一天,是黄花闺女,今天还是!我没做过一天女人,哪里有你这个孩子?出去!"何春变色。江雪瑛又道:"怎么还不走?把你抱来养也不是我的主意,是你爷爷怕何家断了香火,谎称你爹死前在我肚子下了种!快走,我已经把你养大了,不想再养你了!走!"何春磕头站起,一不做二不休道:"娘,你要是这么说话,咱们的母子情分就——"江雪瑛道:"就什么?就断了是不是?从你一落草我把你抱回来,养到今天,也几十岁的人了,能跺跺脚就离开我老婆子了是不是?今天谁想走谁就走,我一个不留!你们是不是还有想走的,赶紧的,都走!"何春重新伏地不起,流泪道:"娘,是儿子错了!娘开恩!娘不要生气!都是春官的错!"江雪瑛忽然闭上眼睛,咬紧牙关,向后倒去。张妈、明珠急忙上前抱住她,大声道:"不好了,老太太背过气去了!"何春急忙爬起,一把推开她们,上前抱住江雪瑛,大叫:"娘!——传大夫!"

何家大门内院地里,胡管家急急跑来,扶潘为严、高瑞道:"两位别再跪着了,我们老太太背过气去了!"潘为严、高瑞互相看了看。潘为严道:"老太太怎么了?"高瑞道:"哎哟,潘大掌柜,我们冒失了!"潘为严后悔道:"是我谋事不周,我都忘了,她今年都九十多岁了!怎么办?"胡管家:"大夫进去一会儿了,这会儿已经没大碍了!"潘为严、高瑞站起,二人对视,潘为严道:"这不好。高大掌柜,我们怎么办?"高瑞道:"这会儿进去也不合适,咱们先回,过几天再来给老太太磕头请罪,任她责罚!"潘为严拱手对胡管家道:"都是潘为严的错!请转告少东家,得罪了,来日再给老太太请罪!告辞!"胡管家顺水推舟道:"我送两位大掌柜。"他一直把潘、高二人送出大门外去。

何家大房里,江雪瑛闭目躺在床上,何春在床前伏地不起,流泪。何春媳妇带张妈、明珠及一干老妈子、丫头在他身后跪成一大片。一个小丫头边跪边打瞌睡,一架自鸣钟当当地敲响了凌晨一点。江雪瑛忽然睁眼,道:"什么时辰了?"何春夫妇及众丫头、老妈大惊复大喜,何春猛爬起来扑过去大叫:"娘,你醒了!"何春媳妇也赶过来,落泪道:"娘,您好歹醒了,吓死我们了!"江雪瑛不高兴道:"哭什么?你们俩刚才干什么来着?"何春现出笑脸道:"儿子刚才在娘床前头跪着呢!"江雪瑛道:"那你还回去跪着。"又看何春媳妇,"还有你,也陪春官跪着。"何春夫妇相视,都松口气,现出笑容,回去跪下。江雪瑛道:"张妈,明珠,扶我起来坐着。"二人急上前扶她坐好。江雪瑛伸了伸懒腰:"哎哟,睡了一个好觉。"众人不觉偷笑。江雪瑛道:"笑什么?告诉你们,刚刚我做了一个梦,梦见了一个人!"张妈凑趣:"老太太梦见了谁?"江雪瑛道:"乔致庸!"众人想笑又不敢笑。江雪瑛道:"怎么了?以为我在说瞎话?我真梦见这个老东西了!我问他,要是你个老东西活着,碰到了我这会儿碰到的事,你怎么办吧你?你不是比我能干,什么大事都扛得过去吗?你教教我!我这会儿给他们逼得,快撑不住了!"众人听了,都不敢言语,只有何春急忙爬过来,哭起来道:"娘,别说了!没人逼您,儿子媳妇也不会再逼您了!娘要是想把乔家收回来,就收回来!什么也没有娘好好的要紧!"江雪瑛道:"你这孩子,我正在说我的梦,高高兴兴的,你怎么又哭了。算了,我不说了,睡觉!"何春媳妇急忙上前侍候,道:"娘,您儿子什么样您老人家还不清楚?别管他,只要娘高兴,就往下说!"何春破涕为笑道:"对,娘,您往下说,儿子想听!"

江雪瑛看张妈和明珠道:"你们也想听!"众人都笑道:"想听!老太太快往下说!"江雪瑛道:"那好,我就往下说。我以为他都死这么些年了,样子该老得不能看了,没想到还那样,一点儿都没变——"众人捂着嘴笑,又不敢笑出声来。江雪瑛道:"你们干什么?我说的不是他年轻时候,是他老得快死的时候那个样儿。他年轻时候……"张妈道:"老太太,乔老东家年轻时候我们都没见过,什么样儿,长得帅吗?"江雪瑛道:"哎呀,他年轻的时候,那可是……哎,你们怎么个意思?想套我的话是吧?他年轻的时候……眼下你们见了他孙子,就是这一阵子老是气我的映霁,都说他长得帅,可他跟他爷爷,那可是差多了!"张妈道:"那是。要不老太太当年也不会迷成那样,就是乔家倾家荡产,拉棍子要饭,也要嫁给他!"

江雪瑛道:"呸,说什么呢?我那时候长得也不丑!我也是祁县城东关有名的大美人,那时候不比这会儿,好女孩儿都不下绣楼,可我们还是有办法出去私会。比方说每年的四月十八,观音菩萨的生日,不知道为什么要在祁县南关的火神庙办庙会,我就趁着这个时候坐车出去,到庙里烧香还愿,路上把车帘子掀开一个角,外面什么人都看得清楚。乔致庸这个时候早早地就……对了,有一句诗,乔致庸年轻时常在我耳边厢念叨,让我想想……对了,一日看尽长安花!"

何春道:"娘,那是唐朝诗人孟郊的诗,春风得意马蹄疾,一朝看尽长安花!"江雪瑛道:"不对,就是一日。别以为我不懂,一朝就是一早上,早上我还没出门呢,还在梳洗打扮的,就是一日!"何春媳妇道:"娘说得对,您儿子说得不对,就是一日看尽长安花!"江雪瑛道:"怎么,你这媳妇笨笨的,也念过诗?"何春媳妇脸红道:"娘,您也太……好歹我们家跟乔家也沾亲带故,当年乔家书房院也教女学生,我也去念过几年,不然哪有缘分嫁得到咱们家来?"江雪瑛道:"看,连你媳妇都说了,我说得对,一日看尽长安花。"张妈道:"老太太,应当是一天看尽祁县的漂亮书生吧?"江雪瑛笑:"嘿,哪有多少书生,都是些商家纨绔子弟。就他好一点儿,上面有大哥经商,本打算让他念书科举,给乔家光耀门庭,他自个儿也喜欢念书,又是亲戚,从小的时候还不知道避讳就常在一起了,长大了就觉得看尽了长安花,也还是他好!"她不说话了,脸上开始现出少女般的羞涩和幸福感。何春媳妇笑看何春,又对张妈使眼色,让她继续问,让老太太高兴。张妈道:"哎,老太太,外头传说,你们俩相好,可是你先起的心,你倒追人家,不是乔家老东家上赶着追你!"江雪瑛不高兴了,道:"谁说的!谁说的!他还不上赶着追我……我都不稀得说他!一年到头,三百六十五天……不过三百六十五天他也见不着我,但是逢年过节,但凡是有个由头能到我们家来,他才不会忘了呢!忙得我一年到头,总想着他下回什么时候来,跟我要的香包给他绣好了没有!"众人都不敢大笑。江雪瑛道:"又笑什么?又笑什么?"张妈道:"老太太,您又说漏嘴了。还说人家一年到头想着你,你不也是天天掐着指头算日子,盼着把你绣的香包送到心上人手里?"江雪瑛脸红道:"呸!我让你们这些人给绕进去了。好了,过去的事儿到此为止,天快亮了?"张妈道:"老太太还没把自个儿的梦说完呢。您刚才梦见了乔老东家,你们俩说了些什么甜言蜜语,讲一讲也让我们一起高兴高兴!"江雪瑛假意生气道:"什么甜言蜜语?他老到快死了,身边还有个老婆管着,见了我还敢说什么甜言蜜语?这就是我恨他的地方,你死都死了,都到了阴曹地府了,又是在梦里,你老婆还管得着你吗?年轻时那些让人心花怒放的话一句也不会说了,骗骗我也好嘛,一句没有!气我!"何春看她又倦了,道:"娘,您一定又想睡个回笼觉了,您还是再睡一会吧!"江雪瑛道:"我是该睡一会了。张妈,明珠,扶我睡下。"二人去扶她。何春媳妇也爬起来帮忙。江雪瑛忽然道:"停!想起来了!"

众人都停下来,看着她。江雪瑛道:"我在梦里问那老家伙,我该怎么办?你们知道他说了什么话?"何春急道:"娘,致庸表舅他说了什么?"江雪瑛轻声道:"我以为他一定会跟我吵,跟我闹,想把乔家要回去,可是没有。他只对我说了八个字,还笑着看我一眼,掉转身儿就走了,好像这事已经跟他没了相干似的!"何春道:"八个什么字?"江雪瑛道:"让我想想……啊,不,是十六个字。"何春道:"又成十六个字了?娘还记得起来吗?"江雪瑛道:"当然记得起来。"何春道:"快说出来!"江雪瑛想了半晌:"又忘了!"

何春失望,看自己媳妇:"快扶老太太睡下。说不定睡一觉,明儿早起就想起来了。"何春媳妇道:"娘,您老人家还是先睡一会儿吧。"江雪瑛道:"不,这回是真想起来了。十六个字,一个不少!"何春紧张得都抖起来了:"娘……"江雪瑛:"'事如可为,不可不为。'几了?"何春道:"八个!"江雪瑛道:"那就还有八个。这八个我不喜欢,再让我想想……'如不可为,亦可不为。'几了?"何春道:"八字!"江雪瑛道:"加起来一共几个!"何春道:"十六个!"江雪瑛道:"那就对了。'事如可为,不可不为。如不可为,亦可不为。'不错!春官替娘想想,什么意思?"何春思忖,大叫道:"娘——"江雪瑛笑看他道:"我当然知道意思,就是想试试你!既然乔致庸这个老东西都不拿乔家上心了,我个外人,为什么还要这么上心?明天让人给他们家两位大掌柜传话,让那老东西的孙子,他叫什么?"何春又吃了一惊,道:"娘,您怎么了,您说的是映霁!"江雪瑛道:"我当然知道他是映霁,但我这会儿就是不想说我知道他叫这个名字!以后一生一世,我也再不想听到这个名字!乔致庸那老东西不让我管他的孙子,我当然可以不管,但我自己的家还是我做主!你们都出去,春官两口子留下!"众人离开,何春关门,回头道:"娘!"何春媳妇扶江雪瑛下床。江雪瑛道:"你从京城回来得好!不回来娘也要打电报让你回来呢!马上安排妥当的人,神不知鬼不觉,把家里的银子全部运出山西境!我估摸着过不了几天,姓金的就会想起这档子事来,等不到山西官银号开张,官府就不会再让银子出山西境了!"

何春大惊:"娘!不会吧?"江雪瑛道:"什么不会,一定会!"何春道:"儿子再问一句,映霁要入股山西官银号,您老人家觉得前景如何?"江雪瑛道:"什么前景?没有前景!除了乔家,还有那些关了生意马上就没法活命的小商家会上他们的套儿,但凡是大商家,没人会上套!大商家不上套,中等商家也不会,映霁会成为孤家寡人!山西官府那个姓金的会失望的!山西商人没那么笨,他骗得了乔家那些糊涂人,但别的山西商人,没有谁会往他的大坑里跳!"何春又问:"乔家会怎么样?"江雪瑛道:"'木秀于林,风必摧之;堆出于岸,水必湍之'枪打的是出头鸟,先烂的是出头的橡子。乔家的事我们管不了,从他那个不知天高地厚的爷爷开始,就喜欢替天下人扛,不管了,随它去吧!"何春道:"有人说乔家会家破人亡,会死无葬身之地——"看江雪瑛不说话,又接着道:"还有人说,如果姓金的重建山西官银号不成,他就会在山西行他的中策和下策。山西无论如何都逃不脱一场浩劫!"江雪瑛道:"你把家里的银子全出了境,到时候我坐上马车就走,我们都走,留个又老又聋的下人看大门,随他在山西行什么策,和我老婆子还有什么干系!"何春想了想又道:"可是娘——"

江雪瑛道:"你还想问出什么来?下面的话我不会说了!天一亮就打发人去传话,告诉乔家的两位大掌柜,他们再来跪着我也不行,我不认他们,只认乔致庸的孙子!让他自个儿来我这院子里头顶铜盆跪三天三夜,替他爷爷还了欠我这一生的恩情债!"何春不懂,看她。江雪瑛道:"你傻看着我干啥?他还不该替他爷爷还这笔债吗?他爷爷把我害成这样——"何春急忙拦住道:"娘,别拐弯,往下说!"江雪瑛声音哽咽起来,道:"我这一辈子,被他们乔家人害得这么苦,他们却不知好歹,以怨报德,眼看着我们两家就要断亲了,他还不该来还欠我的债吗?"何春想了想道:"娘,映霁表面温和,内心倔强,事情没说好,他要是不来呢?"江雪瑛含糊道:"他会来的!哼,他们乔家人,最让我瞧不起的就是——"何春急问:"什么?"江雪瑛生气道:"你非要问得这么清楚吗?张妈,明珠进来,我要睡了!"

何春不等天亮,就让人将消息传到了祁县大德通总号,正巧映霁随着景清赶到。潘为严看二掌柜道:"啊,快陪景清东家外面歇息,上好茶。"掌柜会意道:"景清东家这边请。"景清不得已随他走出去。映霁急看潘为严、高瑞道:"真是崔望百?"二人点头。映霁半天才回头道:"天下还是小!如果是这样,入股官银号的事,我更不能犹豫了!"潘为严道:"金巡按使那边回话了!这个月二十三日到乔家堡登门拜访!"映霁点头道:"好!"潘为严道:"江老东家要东家去何家跪着,替老东家还一生欠她的恩情债!"映霁看高瑞问:"前辈想说什么?"高瑞道:"何家少东家来见我们,说江老东家夜间梦见了老东家,老东家说了十六个字!"映霁心中大动问:"哪十六个字?"潘为严道:"'事如可为,不可不为;如不可为,亦可不为。'"映霁沉默片刻,猛然激动了,道:"两位前辈以为爷爷真会说出这样的话?"高瑞道:"梦是心中想。可我觉得,老东家真有可能说出这些话,但却不是要对江老东家说!"映霁道:"明白了!"高瑞不再说话。

潘为严又道:"东家委托王宗禹草拟的山西官银号章程,他拟好让人送回来了,请东家放目!"映霁接过章程,坐下认真看了几遍,还给潘为严道:"收起来吧!"潘为严问:"东家觉得怎么样?"映霁不说话。高瑞道:"这东西我也看了。姓金的和他身后的崔望百不会答应的!山西官银号到此为止,已经胎死腹中!"映霁仍然坐着不说话。潘为严提醒他道:"东家,我让他们套车了,走吧?"映霁猛回头:"去哪里?"潘为严道:"榆次何家呀!"映霁道:"两位前辈认为我真应当去?"潘为严目光一下湿润了,道:"不。老东家都说了,事不可为,亦可不为!"映霁站起,忽然大笑起来,道:"走!"

中午时分,映霁已经到了何家,大步进门,在院地中跪下。小栓将一只装满水的大铜盆小心地放在他头顶上。映霁回看何春和胡管家道:"表叔,胡管家,你们去吧。我要在这里跪三天三夜呢。"何春瞅了周遭一眼,小声道:"映霁,咱们这样办。我把大门关上,安排人盯着老太太,她要是打发人出来看,你就把这铜盆顶上,要是不来,就放下。连顶三天三宿,天这么冷,人是扛不住的!"映霁道:"我知道了,你们去吧。"两人看他一眼,叹气走开。小栓留在一旁,皱着眉头瞅映霁。映霁道:"你在这儿干什么?大门外马车里头待着去,到了点儿自己弄东西吃,也甭忘了我!"小栓道:"东家,何家这么折腾人,我们不侍候了,把这铜盆摔在地下,咱们走,哪里黄土还不埋人!为啥要受这份罪!"映霁道:"走!"小栓怏怏离去,一步三回头,又道:"东家,你成不成啊!"映霁大声道:"让你走!"小栓不说话了,噘着嘴走出何家大门,马车上待着去了。

何家内宅里,何春匆匆走进来,对江雪瑛跪下。江雪瑛看他:"又怎么了?"何春道:"映霁来了,外边头顶着铜盆跪着呢!"江雪瑛道:"真的?你没跟他们合成一伙糊弄我?明珠,替我瞅一眼去,儿子不是我亲生的,万一他给我报的是谎信儿呢?"明珠瞅她一眼。江雪瑛喝道:"快去!"明珠不得已走出去。江雪瑛看何春一眼:"你怎么着,想陪映霁在这儿跪三天三夜?"何春道:"儿子求娘早点儿开恩,别让孩子一直跪着,天儿这么冷,万一有个好歹——"江雪瑛生气道:"住口!天儿这么冷?天儿冷吗?他是来替他爷爷还我的债,来前一定想好了,怕冷就不会来了!出去传话给他,说好的三天三夜,少一个时辰,他就白跪了!"何春一时急起来,叫:"娘,您老人家不能这样!"江雪瑛道:"我不能哪样?你也是来气我的!甭在我眼前头跪着,出去,院子里跪着去!"何春赌气站起,大步走出去,在院地里跪下来,也让人把一铜盆水顶在头上。

何家大门内,明珠一路走过来,看着映霁。映霁闭着眼睛问:"谁?"明珠小声道:"东家是我。老爷去世前留下遗言打发到这里侍候江老东家的明珠。"映霁道:"是明珠嬷嬷。"明珠道:"江老东家让我出来看看。我进去了,你就歇一会儿,这么跪着人扛不住的。别伤了身子!"映霁道:"谢谢明珠嬷嬷,我扛得住。"明珠道:"东家,明珠进去了。"映霁一直都没睁眼,道:"好的。"明珠走两步又回头,道:"明珠有句话,不知道当说不当说?"映霁道:"您说。"明珠道:"东家别在这里跪着求江老东家了,东家回去吧。"映霁一惊,睁眼看她道:"为什么?"明珠道:"什么事不都有个收场嘛。东家没想过这也是个收场吗?再说江老东家差不多把话都挑明了。"映霁注目看她。明珠看左右无人,低声道:"东家怎么不明白,江老东家不是说了那十六个字?"映霁心中豁然亮起一道闪电,急道:"明珠嬷嬷是说,姑奶奶这么做,原来是要撒把土迷住大伙的眼,帮映霁过了这道大坎?"明珠道:"明珠是下人,不该多嘴。"映霁道:"谢谢明珠嬷嬷,映霁都明白了!"明珠道:"东家一走,明珠就回去禀报江老东家,说东家走了。"映霁沉吟良久才道:"不。"明珠道:"东家为什么不能体谅江老东家的苦心?"映霁道:"天下糜烂到这个地步,就是明知不可为也要为,因为不能不为。不然爷爷在天之灵是放过不映霁的!"明珠落泪道:"明珠知道了,明珠去了。"映霁点头,重新闭上眼睛。

明珠进了江雪瑛的大房,下意识拭一下眼睛,低头站立。江雪瑛看她道:"你怎么了?"明珠不敢抬头,小声道:"没……"江雪瑛道:"还在那里跪着?"明珠道:"回老东家话,是。"江雪瑛问:"你哭了?"明珠急忙再拭一把泪痕道:"没有。"江雪瑛道:"你是乔家的人,乔致庸去世让你到何家侍候我,可怜你们家少东家了。"明珠忽然跪下,呜咽道:"东家,明珠给您老人家磕头,您就高高手放他过去吧!"江雪瑛声音一下就变高了:"还说没哭!明白了,到我家来这么些年,你的心还在乔家。张妈,出去告诉胡管家,让他带上乔家那包袱东西,跟我出去!"张妈和明珠都吃了一惊。张妈道:"东家,您要出去?"江雪瑛自语道:"让人家坑了一辈子,还白白为人家操了一辈子心,老的死了,还留下了小的……罢了,该了结了!"

何家大门内院地下,映霁仍然闭目跪着。小栓手捧暖炉守在他面前,忽见何家众人簇拥江雪瑛远远走过来。小栓一惊,在映霁耳边低声道:"来了来了!"映霁不睁眼道:"谁来了?"小栓道:"老东西来了!"映霁问:"表姑奶奶来了?"小栓道:"哎!"映霁道:"你走!"小栓道:"我干吗走?"映霁道:"叫你走你就走!"小栓不放心地离开。

众人扶着江雪瑛一步步走到映霁面前。映霁仍不睁眼。江雪瑛咳嗽一声,映霁还是不睁眼。江雪瑛道:"我来了,你听不见有人来了吗?"映霁慢声道:"听见有人来了,可没想过是姑奶奶,三天时间还不到呢。"江雪瑛道:"行,你就接着气我。不过日子是我定的,我改主意了,不想让你在我这儿跪三天三夜了!我这地方是什么人想跪就跪的吗?"映霁听了,立马自己取下铜盆,就要站起。江雪瑛喝道:"慢!谁叫你起来的?我话还没说呢,你怎么敢起来!"映霁重新跪好,再次把铜盆顶上,闭上眼睛。江雪瑛道:"胡管家,把乔家的东西还给他!"胡管家急忙上前对映霁道:"孙少爷,快把你们家的东西接过去!"

映霁睁眼看那个包袱,连同乔家大门的钥匙,也放在包袱上面,吃了一惊,抬头看着江雪瑛道:"姑奶奶,什么意思?"江雪瑛道:"把乔家还给你!我又不想要了!"映霁道:"那可不行,这得有个说法。不能今天还给了我,明天一高兴,就要回去了,您老人家就是花钱雇我给您在乔家扛活,也得有个文书,按月给我发薪水!"江雪瑛拿出那张旧文契道:"睁开眼看看这是啥?"映霁睁眼看它:"这是啥?"江雪瑛道:"这就是你爷爷当年和我签的合约,我拿出三百万两银子,将他从朝廷大牢里赎出来,他把乔家的房子、地、生意全部盘给我。这张合约我放了这么些年,这会儿不想再留着它了!"她边说边将旧合约撕得粉碎,顺风撒开。映霁大叫:"姑奶奶!"众人失色。江雪瑛道:"不要喊!乔映霁,今天你来我们家跪了这大半天,虽然不够,但是也罢了,你爷爷祸害了我一辈子,今天你就算把他欠的债还了,江雪瑛和你们乔家自此一笔两清!你走,乔家我也不要了,你也不要再来!从今天起我和你们断亲!张妈,明珠,扶住我,回去!"

何春一旁大叫道:"娘,您说啥?断亲?"映霁不觉爬起,叫道:"姑奶奶——"江雪瑛已经走回去。映霁什么都明白了,重新"扑通"一声跪下,含泪大叫:"姑奶奶,不!江老东家不要走!"江雪瑛浑身一震,站住,却不回头。何春吃惊地看映霁道:"映霁,你喊我娘什么?江老东家?"映霁大声道:"江老东家!多谢了!我爷爷一辈子对不起您,映霁就是死,也替他赎不完这罪孽!您老人家保重!以后虽说我们不再是亲戚了,可是映霁和乔家的子子孙孙都会记得您老人家的恩情!您是我们乔家永世的恩人!映霁给您磕头了!"他用力在地下磕了三个响头,爬起来谁也没看,转身就走。

胡管家在后面喊:"乔东家,你的东西!"小栓从他怀里一把夺起那个包袱,"哼"一声就跑。张妈和明珠搀扶着江雪瑛往内宅走,何春急急地跟上来,江雪瑛脚下忽然跟跄了一步。何春大惊："娘,您怎么了?"江雪瑛站稳,慢慢回头时已经满脸泪痕,急迫道:"套车,我要离开山西!我要回江南,再也不回这伤心之地!快,今天我就要走!"何春道:"知道了,儿子马上去安排!"江雪瑛身子一软,要倒下去。何春急忙上前抱住,大叫:"娘,您可不能这样吓唬儿子呀!这个家咱不要了,儿子这就带娘下江南!山西的事咱不管了!"江雪瑛重新睁开眼,道:"那就……快走!"明珠已经让人抬一张软榻过来,将江雪瑛放上去抬进二门里去。

天色暗下来时,乔家大门内外都亮起了灯。映霁黑着脸下车。景清上前,谄媚道:"映霁,听说了,还是你行,又把乔家从江老太太那里要回来了!真的吗?真的吗?"映霁不理睬他,往大门里走。景清还在问:"哎,哎,是不是真的?不会是假的吧!"见小栓从车上把那个包袱抱下来,景清一把抓住问道:"这是啥?小栓,快说,是不是真的!"小栓看他一眼道:"景清东家,你问这是啥?这是东家今天跪在何家院子里,差点儿没跪死过去,才要回来的乔家的房产、地亩和生意账本!"他边说边哭起来,随映霁走进大门。景清大喜,喊:"真是祖宗有灵!乔家到底又要回来了!我们又是这个大院子的主人了!哎,映霁,这么大的喜事,该请戏班子来唱三天大戏呀,把戏台搭到河滩上去!"他边喊边追进去。当天夜里,潘为严、高瑞也在祁县大德通总号从二掌柜嘴里听到了消息。潘为严问:"你说什么?江老东家说她这次是给乔家一个台阶下?"二掌柜道:"何家的三掌柜是我的表兄,他听他们家人讲的。大掌柜,这什么意思?"潘为严热泪盈眶道:"可是东家不会,也不能顺着这个台阶下来。东家那样做了,将置何家、置江老东家、置乔家于何地!置天下人于何地!"

次日清晨,潘为严、高瑞走进乔家,吃了一惊。映霁正在乔致庸书房里写对联,地下、床上到处摆着他写好的一副副对联。潘为严笑道:"东家怎么有了闲情逸致,自己写起对联来了?"映霁道:"好久不写字了,明天金巡按使要来,我要亲写一副对联欢迎他。"高瑞念对联问:"'破釜沉舟,百二秦关终属楚;卧薪尝胆,三千越甲可吞吴。'东家,这是谁的联?有气势!"映霁指身边那本书道:"写这书的人,山东人蒲松龄。"潘为严拿起书来看,吃惊道:"《聊斋志异》。东家,这是一本谈狐说鬼的书,你眼下还有心情看这种书?"映霁把笔放下,喊:"小顺!"小顺跑进来。映霁盯着刚写完的一副大字对联道:"写了一早晨,就这幅大的好点儿,贴到大门外头去。"小顺道:"好的!——不好!"映霁道:"怎么不好?"小顺道:"没有横批。"映霁道:"对,我再想个横批。"他略一思索,扯过一张裁好的纸,写下了四个大字:"唯诚难欺。"高瑞看潘为严,道:"这个好。天下唯有诚信难欺,这是老东家讲过的话。他老人家一辈子就是靠坚守诚信打败了所有欺诈行世的人。"小顺拎起对联和横批就跑了出去。映霁这才回头看潘为严,笑道:"前辈刚才问我这时候为什么还读《聊斋志异》,那是因为我们以后可能要和鬼打交道了!"潘为严看他道:"东家,有人来报,江老东家举家离开山西,去了江南,可能再不会回来了。还有好多晋商大家,也都举家迁出了山西!"映霁沉吟。潘为严又道:"如果东家想悬崖勒马,一切都来得及!"映霁突然抬头道:"有人认为刚刚结束的辛亥革命仅仅推翻了大清,中国别的什么都没变,可我认为已经变了。我大哥说对了,眼下这个民国对于晋商变得比晚清时代还可怕!我们就像那过了河的卒子,过河前是只能过河,没有退路;过了河仍然没有退路。因为中国没有退路!"高瑞道:"但是过河不过河,还是大有不同!"映霁道:"前辈说得对,过了河小卒子可以当车用,不可以后退,但可以两边躲闪!"他又看那些对联,喊:"小栓!"小栓跑进来,喊:"小栓在!"映霁道:"把这些对联全拿出去,只要这个大院子里有门的地方,都给我贴上!"小栓问:"不年不节的,全贴?"映霁道:"金巡按使就要来了,谈得好,乔家就要入股山西官银号,这还不是节,什么时候是节?"小栓道:"知道了!"他收拾地下对联抱出去。高瑞和潘为严对视一眼,看映霁道:"东家写这副对联欢迎金巡按使,太合适不过!此人听说是两榜进士出身,看得懂的!"景清站在外面敲门。映霁道:"二十七叔,进来,明天的事安排得怎么样了?"

景清道:"哎呀,可把我忙坏了!映霁,金巡按使是头一次来乔家,照他这官职,就是前清的巡抚,至少也是布政使,当年这样的大官我们家来过好几个呢,左季高、曾国荃,接待这样的大官都有先例。吃饭的事我照老规矩都安排了,乔家八大碗,全套一等一的筵席,到太原府请的当年在祁县大德通总号你爷爷接待太后老佛爷时做过御膳的厨子,另外还安排了鼓乐,请了九岁红的戏班子,河滩上搭了戏台,村外头是两丈高的辕门,还有社火——"映霁勃然变色,大叫道:"胡闹!怎么能这么办!这是民国!"景清惊诧道:"哎我说映霁,我是怕把你交办的事情办坏了才这么办的,你不能磨还没卸就杀驴吧?我我我这真是老公公背儿媳妇,出力不讨好,我——"映霁不说话了,有顷放平心绪道:"二十七叔,我近来心情不是很好,可事情不能这么办,民国的官不是大人,是公仆,他来拜访,我清茶一杯招待,赶上饭时,就请到我们家大伙房里去吃。就这么办!"景清不明白他的内心,恨恨看他一眼,转身就走。

数日过后,太原府山西巡按使官署里,金甬走来走去,怒不可遏。望百一旁看他,神情自若。金甬道:"乔映霁好几个月没有回音,突然回函邀请本官莅临乔家堡相见,还写了那样一副对联,尤其是那个横批,不跟当面骂我差不多嘛!崔先生,你和他一样都是山西人,是不是和他商量好了,合起伙来让本官在山西全省百姓面前颜面扫地,然后一起从山西赶走本官?"见望百不说话,金甬又道:"事情全是你撺掇的,你怎么不说话!"望百终于道:"大人说完了?"金甬愈发大怒:"没有!我说了多少次,民国了,不要再叫大人!"望百道:"那就叫长官。长官,乔映霁几个月没有音信,我天天排卦,越算心里越没有底。我在想,也许我太自负,太相信乔家人一定会掉进我为大人设计的坑里了,万一我错了,乔映霁不入大人的彀,崔望百就只能自杀!"金甬道:"你现在也可以自杀。不是有句古话叫做一计不成再生一计吗?前些天我也没想过他真会上钩,也在想要是这一计不成,就行你的中策和下策!有句话说得好,笑骂由他笑骂,好官我自为之!现在不同了,他请了我去,拉着我的手进了他家的厚德厅,给了我那个他拟好的乔家入股山西官银号的合约,让我带回来细看!那东西你看了吗?"望百道:"不但看了,而且觉得,我先前对乔映霁的估计没错,他和他的爷爷乔致庸一样,一定会掉进大人为他挖好的坑里,不,已经掉进去了!"

金甬道:"你说什么?什么掉进去了,当时在乔家我就看了那个合约,觉得我要是答应,山西官银号就不是山西的官银号,它是乔家的官银号、山西晋商的官银号了!"望百拍手道:"大人圣明!"金甬道:"你这又是什么意思?"望百道:"大人这次做出姿态,为了给山西商人一个他们盼望已久的现代化银行,不耻下顾,亲至祁县乔家堡去见乔映霁,让一向标榜以商救国的乔家不得不拿出这么一份合约来要挟大人。大人想想,如果大人不接受合约会发生什么,大人接受合约又会发生什么!"金甬道:"本官这次在乔家受到的羞辱太多,前面是乔映霁,现在是你,我的头又快被你们两个山西人搞晕了,告诉我,你究竟是怎么想的?"望百道:"接受这份合约。当然,还要和他们谈判,一条一条和他们讨价还价,官四民六,尽可能多地争取到官的权益,但有一个底线,一定要接受合约,哪怕比这个还恶劣也要接受,毫不犹豫地接受!"

金甬怒道:"这是一份视山西官府如无物、视本官如无物的合约,接受了这样的合约,本官在全体山西人眼里还算什么?本官堂堂山西巡按使,简直成了山西商人的奴仆!"望百再次拍手大笑,道:"恭喜大人,贺喜大人,如果山西全省百姓真的能把大人看成是晋商的奴仆，大人就赢了！不但在山西赢了，在全国也赢了，不但赢了乔映霁一局，而且赢了全体晋商一局！大人一直要的山西官银号就成了！"金甬久久看他，仍然不放心道："可是他那大门上贴的对联，还有那个横批，什么唯诚难欺，还是让本官如芒在背，这会儿还闹心呢！"望百再道："崔望百又要恭喜大人，贺喜大人了。不年不节，为了迎接大人，乔映霁亲自书写了这么一副对联，还有那样一个横批，与其是想给大人一个下马威，不如说是在说服自己，让自己心里最后的一丝犹豫、担心、猜疑消失！"金甬道："可是这个唯诚难欺，本官还是不舒服！"望百道："晋商以诚信为本，乔家更是晋商界诚信经商的标本和楷模。乔映霁连这句话都写出来了，大人还担心山西官银号不成吗！"金甬想了想道："也对。还有最后一件事，不，一个人——"望百道："阎锡山。乔映霁和阎锡山当年都是革命党。大人担心乔映霁为了投入山西官银号的安全，会和阎锡山勾结，一同对付大人！"金甬道："你认为这不可能？"望百道："不是不可能，是绝对可能。但是大人说过，您才是袁大总统派来的山西巡按使，只要阎锡山不想引火烧身，他就不敢真和乔映霁合成一伙对付大人！"金甬道："你刚才说乔映霁一定会去联络阎锡山，现在又说阎锡山为了自保，不会和他沆瀣一气，这说得通吗？"望百道："大人真以为阎锡山会为了乔映霁的利益，不为了全体晋商的利益不惜和袁大总统翻脸吗？"金甬沉思良久，终于现出笑容："这么说，我们可以高枕无忧了？"望百道："错！不但不能高枕无忧，还要用一切手段盯紧了阎锡山和乔映霁，一旦发现他们在勾结，绝不能等闲视之！"金甬点头："不错。袁大总统要的是乔家和晋商的银子，谁能拿到银子，才是大总统的功臣！老崔，我已经选好了一个人，明天就让他代表本官去和乔家的人开谈判，你我要天天盯着谈判的进程，一定要趁着阎锡山无法插手，早点儿把大事办成。让大总统府的项大管家知道，本官是可以信赖的！"望百悄然变色："大人原来选定的和乔家谈判的人不是我？"金甬道："你是我的刘伯温。你和乔家人有世仇，你和乔映霁本人也有过过节，这我都听人说了。还是在暗处运筹帷幄比较好。"望百怒起，不甘心道："此人是谁？和乔家那些人斗心眼儿，不是谁都——"金甬急拦住他道："此人名叫曾有志，清亡前是祁县知县，当初山西有人要他带兵马去乔家抄家，他尽做表面文章，对乔家有恩。现在民国了，他的知县当不成，回家又没有盘缠，我这里没有人用，把他留下了，就让他代表本官去和乔家谈，至少气氛会比你去谈好。当然，我会交代他寸土必争的！金保，请老曾出来崔先生一见！"

这天深夜,乔家堡外,三匹马飞驰而来,又一起勒马停住。马上两位女子对另一黑衣人道:"就是这里。我们不进去了。"黑衣人道:"莲花同志和巧姑都到了乔家门口,为什么不进去?"巧姑黑暗中看了莲花一眼,只听莲花道:"不为什么。我们把蒋大帅送到了,还要连夜赶回江南,走了!"那蒋祚彬就道:"既如此,谢谢两位了。再会!"莲花看他驰马进村,调转马头要走,忽然又朝村里望去,脸上现出近来常不觉浮出的惆怅,不觉自主道:"不知道他的腿怎么样了,近来有没有再喝醉过酒。"巧姑看她道:"姐要是想见他——"莲花没等她说完,已经打马离开。巧姑紧紧跟了上去。

乔致庸书房里,映霁还在看那本《法国大革命史》,听座钟敲响了十一点,放下书站起来。小栓突然进来道:"东家,有人见你!"黑衣人闪身进来。映霁惊喜道:"蒋大帅,是你!"两人热烈拥抱。蒋祚彬道:"没想到我会来?"映霁看小栓道:"快关门!上好茶!一个人也不要放进来!"小栓答应,跑去关门。映霁回视蒋祚彬道:"太想不到了!可是你来了我真高兴!我刚才还在这里想,这时候要是你能来该多好!快请坐!"两人坐下来,蒋祚彬道:"你这话有点儿意思了,碰到事情了?"小栓提茶壶进来。映霁接过去道:"快去伙房给大帅准备饭!"小栓道:"知道!"蒋祚彬道:"不用!吃过了,有好茶让我吃一盏,咱们说话!"映霁打开茶壶盖子嗅了嗅,道:"这茶正经不错,今年的明前武夷山云雾茶!昨天来了山西巡按使,我都没舍得拿出来招待他,小栓真是长进了,知道你来了得上它!"于是沏出茶来,叫一声:"请!"蒋祚彬品了一口道:"好!说天下第一那是夸张,但是第二第三,跑不掉的!"

映霁把椅子拉近过来凑到他面前,迫不及待道:"快说,怎么突然到了山西,还找到了我家?谁领你来的?你可没来过!在北京让我好找,留下一封信,却不见我!什么意思?"蒋祚彬道:"哎呀,忘说了!我能顺顺当当到你这里,亏了两个人!"映霁心中一惊。蒋祚彬看他道:"你准是猜到了她们是谁!不然我怎么能——"映霁霍然而起:"莲花人在哪里?"蒋祚彬道:"将我送到村头,两个人坚决不进村,走了!"映霁一把将他按住道:"你得等等,我去把她们追回来!"他转身就要出门,想了想又回头从抽屉里取出一把手枪上膛,喊:"小栓,备马!"蒋祚彬也站起道:"我跟你一起去!"转眼三人就纵马出了村,上了官道,小栓道:"东家,这么撵是撵不上的!"映霁被提醒,拔枪冲天连开了三枪。乔家内宅里,依依正在卸妆,听到了枪声,大惊,一把推开窗户朝外面急望,道:"哪里打枪?"忽然想起什么,回手拉开一只抽屉,发现里面是空的,看喜凤,脸色大变道:"枪不见了!他什么时候拿走的?"喜凤道:"小姐怎么忘了,姑爷要带小姐离开山西,走的时候就拿走了,再没有放回来!"依依看喜凤,断然道:"是她!又来了!""怎么办?""快走!"依依说着,大步走出,喜凤紧紧跟随。二人匆匆来到乔致庸书房,小顺迎上前道:"大奶奶!东家跟客人刚刚出门!"依依道:"快套车,我要出去!"小顺道:"东家嘱咐过,大奶奶这会子身上……他不让你坐车!"依依道:"那就备马!"小顺道:"那还是套车吧!听,马蹄声!是东家回来了!"依依坚持道:"套车,不要让他知道,你陪我和喜凤出去!"小顺还在犹豫,依依已经奔下楼梯,躲在暗影中,只见映霁携蒋祚彬匆匆上楼,小栓跟在后面。依依、喜凤待他们进了乔致庸书房,回头又看小顺道:"我说了套车,快走!"

方才听到枪声躲进官道旁一片树林中的莲花和巧姑亲眼看见映霁和蒋祚彬追过来又转回去,拉马走出藏身之处。忽然一辆马车驰来,拦住她们的去路。巧姑拔枪道:"什么人!"依依从车内现身,道:"是不是莲花?"莲花一惊,借助月光认出了她,叫:"杨依依!"依依并不下车,道:"快上车,跟我回去!"莲花道:"巧姑警戒!"巧姑放马走向远处。莲花回看依依道:"你怎么知道我在这里?"依依道:"这是我的家乡。我当然知道你没有走远,只有这片树林子可以让你藏身。你要是不藏在这里,依依就太失望了!"莲花道:"是他……你丈夫让你来的?"依依道:"我丈夫什么也不知道。是我觉得应该请你回去!"莲花道:"我已经把乔映霁一生一世托付给了你,现在对他什么责任也没有,不能再见他,也不想再见他!"依依道:"可你的心并没有忘记他!"莲花道:"不是这样的!"依依道:"我们都是女人,做人要诚实!你不跟我回去,他会一直在心里记挂着你,你也会一直惦记着他。你跟我回去了,大家相见,光明磊落,我才相信你是真把他的一生一世托付给了我!我也才能相信他一生一世只有我一个!"莲花道:"上次在武汉,我已经告诉他,莲花死了,我觉得他已经相信了,心里不再有我这个人了!"依依道:"你真的不了解我丈夫,如果你想让他相信你的话,就跟我回去,让他相信你真的不是他心里从没有忘记过的那个女人,你是另外一个人,并不回避见他!"莲花深深看她,突然心中大痛,道:"你的话不是没有一点儿道理,可你想没想过自己是一个多么自私的女人。为了完全得到丈夫的心,一定要让另一个女人去死……既然你要这样,我可以满足你!巧姑,我们跟她走!"依依看一眼小顺道:"我们走!"小顺调转车头,马车在前,莲花和巧姑在后,向乔家堡方向急驰而去。

乔致庸书房里,映霁和蒋祚彬对面坐,话已经说得很深了。蒋祚彬解释道:"上次在北京我不能见你,是被人盯得太紧,怕见了你给你招祸!"映霁笑道:"也许是担心我变了心,成了什么人对付你这个革命党重要分子的工具!"蒋祚彬咧开嘴笑道:"你这么想也没错!"映霁摇头:"你不是这么想的!不然你不会写给我那封信,今天也不会来了!"又道,"快说正题,为什么来山西?专门来看我的?不能!要不就是……明白了,你和莲花、张大帅、南方的各位辛亥元勋仍然认为中国迫切需要二次革命,你们找我借银子来了!"蒋祚彬道:"错!"映霁道:"怎么,不是?"蒋祚彬道:"我让莲花同志陪我来山西,首先要见的是另一个人!"映霁大悟道:"阎锡山!"书房外,依依引莲花、巧姑来到。依依忽然站住,回看莲花。莲花道:"后悔带我来见他?要是那样,我就不进去!"依依道:"记住,不是依依求你回来的。依依和你回来这件事没有干系。是你想到了一件重要的事,自己要回来见他!"莲花深深看她,不说话。依依又道:"虽然依依嫁给他,没有他依依会死,可你要后悔了,心里舍不得他,想把他夺走,依依这会儿就可以离开!"莲花心中又是一阵剧痛,道:"你这个女人不但自私,而且残忍!你在逼我彻底忘掉他!"依依道:"错了!从当初在武汉一次次要杀他,到后来一次次来山西和他见面,你心里满满地全是我丈夫他一个人!今天依依请你回来,就是要给你们一个机会,要么你留下,我走,要么你走,从此两不相见!你做得到吗?你做不到我就走!"说完两眼是泪,看莲花一眼,转身就要走。莲花一把将她抓住,看她道:"真没想到……你真的愿意离开他?"依依道:"不然又能怎么样?我不想和别的女人争抢我的丈夫!"两人四目相视,莲花突然扛不住了,转身就往前走。巧姑急上前一步道:"姐,你才是这里的女主人,不要再失去一次机会!"莲花道:"让开!"巧姑松开手。依依看着莲花一步步向书房门走,转身离开。喜凤跟过去道:"大奶奶——"依依站住道:"叫小姐!"喜凤道:"小姐,你不能就这样走!"依依从身上摸出一大串钥匙交给她,道:"在这儿等着,要是她跟姑爷一块儿下来了,就把乔家的钥匙交给她,我回去和李妈收拾东西,准备回太谷!"喜凤道:"小姐,你糊涂了,怎么会是我们走?该走的是她,你才是姑爷明媒正娶的太太!"依依已经把钥匙放在她手里,转身离去。

书房内,映霁盯着蒋祚彬,良久才道:"明白了!上次在武汉见到了莲花,她代表张大帅跟我进行了一番长谈。告诉我,你们真要进行二次革命,不然你不会亲自出马,冒着巨大风险到山西来见阎锡山!"蒋祚彬道:"主张进行二次革命的不止是我和张大帅,还有许多重要的本党领袖,原本都不认可二次革命,但看到袁世凯近来的作为,都转变了立场!"映霁想了想道:"那我问一个人,他今天是什么看法?""谁?"映霁一把抓住他的手道:"孙先生!南北媾和,同意袁世凯接替他成为中华民国临时大总统,这些都是孙先生认可的,现在本党内那么多人在酝酿二次革命,他是什么态度?我上次去北京找你,就是想知道他的态度!不是因为山西有事,我当时就想直接奔上海去找他!"蒋祚彬不觉皱眉,站起道:"孙先生并不认可张振武和许多本党同志的判断,因为身边发现有特务跟踪,他近来也不随便到全国各地讲演了!"映霁大惊道:"什么?孙先生身边也发现了特务?什么人想加害孙先生!"蒋祚彬猛回头道:"当然是袁世凯。还会有什么人?但是孙先生目前还不愿意相信。他身边的一批江浙的同志也认为孙先生德高望重,袁世凯就是嫉妒他的名望和影响,也不敢对他下手。"映霁松了一口气。蒋祚彬道:"对于袁世凯今天的表现,孙先生认为还要听其言,观其行,虽然现在有许多不利于袁世凯的说法,但只要没被证实,就要继续给袁世凯以时间。"映霁击掌道:"孙先生英明!"蒋祚彬道:"听说你也是这种想法,但我们也要有另一手准备。"映霁沉浸在自己的快乐中道:"太好了,最重要的是我今天终于听到了孙先生的想法。这就对了,啊,不对,如果不是为了尽快发动二次革命你为什么要来山西见那个人?"书房门外,小顺引莲花,巧姑走过来。众人站住,小顺欲敲门,莲花听到了室内说话的声音,举手低声道:"等等!"书房内,蒋祚彬看映霁一眼,笑了笑道:"你称他为那个人,什么意思?"映霁道:"啊,没什么。你回答我的问题。"蒋祚彬压低声音道:"我是奉孙先生之命来的。孙先生说,阎锡山在武昌革命的关键时刻突然宣布起义,给了大清政府致命一击,为清王朝的灭亡建树了大功。将来一旦需要二次革命,他率领的山西新军仍是一支重要力量。孙先生让我悄悄潜入山西,听一听阎对当今中国时局的看法,还有打算。"映霁笑道:"孙先生不会以为阎锡山会单独发动二次革命吧?"蒋祚彬道:"阎锡山为人渊默持重,城府极深,孙先生不担心这个,却有另外的担心。"映霁道:"他现在是袁世凯政府的山西督军,手里握有重兵。孙先生不担心他率先发动二次革命,就是担心他叛变革命!"蒋祚彬不再说话,却也没有了笑容。

映霁又道:"你见到他了?自从革命成功后当了山西督军,此人就深居简出,轻易见不到的!"蒋祚彬道:"靠莲花同志的帮助,我还是闯进他的督军府里见到了他!想知道阎锡山在干什么吗?"映霁道:"干什么?"蒋祚彬从身上掏出几页纸:"看看这个。"映霁接过来看，一惊："《山西十年发展纲要》，他写的？"蒋祚彬点头道："不但是他写的，这一份还是他亲笔抄送给我的，让我带给孙先生！"映霁道："关于二次革命，此人怎么回答的？"蒋祚彬迟疑良久才道："没有回答，听完了孙先生要我转达的问候，他先说起了这份自己精心编制的《山西十年发展纲要》。这位阎大帅到底是山西人，说起如何建设山西，让它成为民国的模范省，很有感情，非常有心得，口若悬河，看来不是一时半会儿的想法。这样的东西他本可以让下面的人替他誊抄，但不是这样，他自己一字一字抄出来送人，包括孙先生。"映霁转身从身后找出同样的一份，笑道："看看我这里有什么？"蒋祚彬一惊道："你这又是怎么来的？"映霁道："前几天我因为一件非常重要的事，悄悄去了一趟太原府，想问问他对这件大事的态度，可他什么也没讲，只送给了我一份这个东西！"转眼之间，他又变戏法一般从身后拿出了另一份，道："我还有一份呢。这是昨天到访的山西巡按使金甬带来的，说是阎锡山亲手誊抄送给他的，他将这个东西送给我，是要我明白，他邀请乔家入股重建山西官银号，是为了做成阎大帅想做的大事，建设山西！"蒋祚彬心中一动，道："金甬是谁的人？"映霁笑道："袁世凯的！"蒋祚彬道："说不定你对他的看法是对的，阎锡山没那么简单！不管是敌是友，都不知道他要做什么！"

书房外莲花举手敲门。映霁道："谁？进来？"莲花推门进来。映霁大惊道："莲花同志！"蒋祚彬也吃了一惊道："莲花同志，你们又回来了？"莲花一边走进来一边对映霁道："走了一段路，忽然想起来，还有一件事没有对乔东家讲，就回来了！"忽然她回头看到了墙上乔致庸的遗像，不觉动容，道："这就是乔东家的令祖、汇通天下货通天下的义商乔致庸老先生？"映霁道："是！"莲花不让自己内心的悲情涌起，急回头看蒋祚彬道："大帅，你们谈完了吗？"蒋祚彬道："差不多了。莲花同志有话要和乔东家谈？那我回避一下。"莲花硬着心肠道："大帅不需要回避。乔东家，上次你离开之后，我和巧姑到洪山旁边的梅花岭找到了阿莲的坟。"映霁勃然变色。门外喜凤也走过来听。莲花不给映霁开口的机会，急急接下去道："八年了，我们找人把坟修了一下。下次到武汉，你可以去祭奠她了！"门外喜凤激动非常，转身要走，又站住了。映霁深深看着莲花，一时竟说不出话来。莲花忽然回头，勇敢地迎住了他拷问般的目光。映霁的泪忽然落下来，目光急忙避开，道："啊，那谢谢你们。"蒋祚彬吃惊地看了看映霁，又看莲花，不知发生了什么事情。莲花转身欲走，又回头改变话题对蒋祚彬道："大帅，你和乔东家谈过了？他对二次革命的态度没有改变？"蒋祚彬看一眼映霁,道:"我们还没谈到这个问题。"映霁迅速让自己平静下来,回头看莲花,坚定道:"虽然没有谈到这个问题,但我认为中山先生的看法是对的。请两位回去分别禀报孙先生和张大帅,乔映霁救国之心没有变,也永远不会变,但是让我现在就拿银子支持二次革命,不!"莲花的心情陡然改变,怒道:"既是这样,今天不止是我,蒋大帅也不该来!告辞!"她不等映霁和蒋祚彬做出反应,已经转身开门走出。蒋祚彬飞快地看一眼映霁,回头叫道:"莲花同志!"映霁站立不动,良久,大声道:"外面的听着,送客!"小顺、小栓急忙答应一声。乔家大门后,亲眼看着莲花和巧姑上马驰走,喜凤转身就往里面跑。小栓喊:"哎,你跑什么?小心绊倒磕着!"喜凤哪里听得见。二门内卧房里,依依已经穿好了长衣,身边是收拾好的两只嫁妆箱子,随时准备离开。李妈害怕地看着她,哭道:"小姐,我们真要走哇?"喜凤"咣当"一声推门闯进来,上气不接下气道:"小姐,走……走了!"依依看她手里紧紧攥住的那一大串钥匙,身子一软,就要倒下去。李妈大叫一声,扑上去抱住她。依依在她怀里慢慢睁开眼睛看喜凤,问:"她……跟姑爷见面时……说了啥?"喜凤道:"她说……她在武汉找到了阿莲的坟,都修好了,要姑爷下次去上坟!"依依再次眼睛一闭昏过去。李妈、喜凤又大叫起来:"小姐——"

大兵之前,映霁将蒋祚彬送至村外。蒋祚彬回头拱手道:"送君千里,终有一别。我们就在这里说拜拜!各自保重!"映霁眼里涌出泪花,道:"回去见了孙先生,替映霁多多问候!包括张大帅、各位辛亥元勋,如果见到了,都代我致意。乔映霁可能在如何救中国的问题上看法和他们有异,但是这一颗救中国的心,永远都是热的!"蒋祚彬道:"我是不是可以把你的原话告诉孙先生,一旦发现中国需要二次革命,乔东家将会以自己的方式回归战场,毁家纾难,拯救中华?"映霁庄重点头,忽然又道:"莲花同志走了,我听说武汉已没有她的安身之地,她和巧姑会回到哪里去?"蒋祚彬道:"莲花同志已经带着巧姑去了上海,回到了孙先生身边!"映霁长长吐出一口气,拱手道:"大帅保重,后会有期!"他满眼是泪,看蒋祚彬上马驰走,直到消逝在远方不见,仍然不愿意转回村里去。

再次远远地驰离祁县界,莲花和巧姑的马才慢下来。巧姑看莲花道:"姐,说什么武汉的梅花岭上有阿莲的坟,阿莲是谁?你是谁?你昨晚上都对他说了什么?你还让他去上坟,可你还活着!"说着就落下泪来。见莲花不说话,巧姑又道:"为什么你要这样!就是为了让杨依依放心?阿莲没死!阿莲就是你!"莲花忽然回头,两眼泪光道："不是让杨依依安心,是要让他相信我真的已经死了！"巧姑道："姐,我心疼你！"莲花拭泪道："回头在武昌梅花岭上给我自己砌个坟,以后让他去那里上坟！"巧姑道："姐,你到底为什么？"莲花道："不要说了,把乔映霁交给杨依依,我就只是恩人的女儿,只为革命活着了！有革命我就活着,没有革命,就不会有我这个人！走吧！"二人继续纵马向前行去。

第二十三章

望实在暗娼小彩红家找到望百时,后者已喝得烂醉,且心情恶劣,正掐住小彩红喉咙叫喊:"老子今儿心里不痛快! 小心侍候着,不然要你的命!"小彩红喘不过气来,道:"崔大爷松手,你要掐死我了!"望实冲进来,将小彩红一把扯开,道:"出去!"小彩红不情愿地走出去。望实"砰"一声把门关上,怒道:"让我好找,原来你又到这种地方来了! 他们谈得很顺利,乔家拟的那两个东西,一个山西官银号章程,包括董事会章程、监事会章程、准备金制度、营运规条,林林总总,有一百多款呢,看样子乔家是认真的,有能人,下了大功夫;还有一个乔家入股山西官银号的合约,八十多条,权利、义务、监督、核算,一字不改,金巡按使让那个曾知县,都答应了!"望百怒问:"还有什么?"望实道:"金巡按使还让人告诉记者,十天内他和乔映霁要在山西官银号举行盛大的签字仪式! 大哥,为什么会这样? 事情是你为金甬谋划的! 听说将来山西官府派驻山西官银号董事会的代表,也是这个曾知志! 事情继续这样下去,乔映霁就真在山西把第一家现代银行搞成了! 这件事到处上报纸,已经闹得全国皆知! 我怕有一天树大根深,就是姓金的想对它下手也难!"望百道:"我小瞧姓金的了!"望实道:"如今大哥又能怎么样?"望百将面前一杯酒一饮而尽,大叫:"我能做的事情多着呢! 我能成他的事,也能败他的事! 只要我愿意!"

大门外又有两个人下马。一身便服的金甬看金保,金保点头,上前一脚将门踢开。小彩红跑出来道:"哎呀,你们没有王法了,深更半夜地踢老娘的门,我这里可是良善人家——"金保一把将她推开,回头看,金甬已经大步走进去。小彩红跟在后面喊:"哎,哎,你不能硬闯进去,我这可是清清白白的人家……崔先生,有人进去了!"酒室的门已被推开,金甬大步走进来。望实回头大惊:"金……巡按使大人!"望百却不回头。金甬道:"崔先生,本官让你在家等着,随时有事找你,你怎么一声不吭,跑到这里喝酒?"望百缓缓回头冷笑道:"大人和大人的代表整天都在和乔映霁的人开谈判,崔望百闲着也无聊,干吗不出来喝几杯？大人上坐,让老崔向大人敬酒,恭喜大人请君入瓮,就要做实让乔家的银子进山西官银号的大事！"小彩红跟进来看金甬问:"你是……金大人?"金甬憎恶道:"出去!"金保将小彩红一把扯到门外,闭门看她道:"今晚的事儿要是敢说出去,割了你舌头！"小彩红哆嗦道:"不不不敢!这么说姓崔的真真真有来历,不是在老娘跟前吹牛!"金保一把将她推开道:"走!这里不是你站的地方！"小彩红边走边嘀咕:"怎么就不是老娘待的地方？这是老娘的家——"金保拔枪指向她。小彩红叫了一声,转身不见。

这边金甬不回答望百,走过去,将案上一杯冷酒端起,一饮而尽。望百鼓掌道:"这么冷的酒,大人也吃得下去,看来不失本色,好!"金甬道:"老崔,你话里有话!"望百道:"崔望百夸大人呢。大人出身寒微,早年虽然也在那鸟不拉屎的苦寒之地当过一任县令,也和流放差不多少,这些年吃冷酒,喝冷风,看冷眼,今天事业顺遂,眼看着就要借助重建山官银号,为当政者做成一件天大的事,飞黄腾达就在目前,仍然能喝下崔某面前的一杯冷酒,不是不失本色吗?"金甬冷笑道:"'破釜沉舟,百二秦关终属楚;卧薪尝胆,三千越甲可吞吴。'乔映霁是说他在和鬼打交道。你觉得本官现在不是吗?"望百勃然变色。金甬道:"借你这杯冷酒,本官跟你说句掏心窝子的话。自打认识,本官就觉得你冷气森森,鬼气逼人,但是本官不惧。如果人间真有鬼,这鬼又能帮我出谋划策,平定天下,我为何不能善待此鬼?但有一件事,你却没有想到!"望百大叫:"什么?"金甬道:"鬼是上不得殿堂的。一旦到了光天化日之下,要行光明正大之事,鬼就不灵了！这就是我不能用你和乔家开谈判,更不能用你代表本官到山西官银号任职的理由！"望百道:"真没想到,在大人心目中崔望百是一个鬼!哈哈!大人,难为你了！居然对一个鬼言听计从！"金甬道:"金某于落魄之中,得遇崔先生,乃一生幸事。没有崔先生,金某不会谋得山西巡按使一职,更不会想出用重建山西官银号圈尽晋商银子的主意。但是此次本官没有请你出山,原因并不只有方才谈过的那一个！"望百冷笑道:"大人倒是客气,难道大人还有更大的事情交给崔某?"金甬道:"一件比重建山西官银号更要紧的大事,只有崔先生马上替本官去做,才能做好。也只有做好了这件大事,崔先生为乔家和全体晋商设下的这个局才能走活！"望百道:"这崔某倒不明白了,请大人明示!"金甬道:"我的人告诉我,山西近日又有革命党活动,此人名叫蒋祚彬,入境后不但密会了阎督军,还专程赴乔家堡见了乔映霁！"望百大惊:"竟有这种事!此人要干什么?"金甬道:"一个差一点儿袭击皇宫、逼迫太后和皇上下诏退位的革命党首领潜形遁迹来到山西,见两位过去的革命党,他们谈些什么可想而知。但另一个消息是,阎锡山什么话也没有回答他,临行只送给了他一本亲自编写并抄出的《山西十年发展纲要》! 这两件事加起来,给了我们什么样的消息? "

望百酒一点点醒过来,想了想道:"孙文革命党还在,并没有因为民国创立而作鸟兽散。作为一种可怕的政治力量,随时可能带来一场新的革命! 金甬道:"但从阎锡山对客人的话做出的反应看,本官仍然认为革命不会在顷刻之间发生,不管是袁大总统还是我们都还有时间! "望百大叫:"大人还知道些什么,全告诉崔某! "金甬道:"另一个消息就是这个姓蒋的也在乔映霁那里碰了钉子,后者也不认为中国现在就需要再来一场革命。我知道的只有这些,可是乔映霁之心,还是可以猜度的! 乔映霁没有拿他的亿万家私资助另一次革命,却下定破釜沉舟的决心,要和我们创建中国第一家省级中央银行。各项条款虽然对我们不利,但越是这样,越显示出他入股山西官银号是认真的。这说明什么? "望百忽然醒悟:"小人明白了,小人误会大人了! 大人明示,要小人去做的更大的事是什么? "

金甬道:"找银子,买枪弹,招兵买马,以建立警察队伍的名义,搞一支能和阎锡山的正规军一拼的车队! "望百道:"可外界都说阎锡山一直在研究他的《山西十年发展纲要》。"金甬道:"一个人手握重兵,被当今大总统视为异党,处境险恶,不想办法自保,天天研究山西的工业化,见人都要送一本自己手写的《山西十年发展纲要》,你觉得他真的很聪明? "望百猛醒:"大人圣明! 阎锡山欲盖弥彰,反心毕露! "金甬道:"我喜欢唐人罗隐的两句诗:'时来天地皆同力,运去英雄不自由。'在天下大势面前,所有的英雄都是不自由的,袁大总统不自由,阎锡山也不自由,我们更不自由! "望百道:"大人急着把山西警察队伍搞起来,仅仅是为了对付阎锡山? "金甬道:"糊涂! 你就没听说,山西一些巨商大户,正纷纷拉银子出境! 这样的事情都没有料到,还敢自称是当今的诸葛武侯! 这也是我不得不答应乔映霁所有条件的原因! 只有赶紧把山西官银号搞起来,靠着乔家这面大旗破除谣传,让人心企稳,阻止银子外流,等官银号开张,晋钞印出来,大家愿意拉银子来兑换,你为本官出的上中下三策中的上策才能变成银子! "望百道:"大人就不担心有一天乔家一手遮天的山西官银号树大根深,连大人也动不了他们吗? "

金甬道:"这就是我要你去避人耳目,建一支足以对付一切的警察队伍的原因。

说实话,我现在就想下令封锁出境通道,不让一两银子出山西,可我手里没有足够的兵马,轻举妄动反而会造成晋商的大恐慌,让全山西的银子一股脑儿逃出去!山西没有了银子,我怎么行你的上中下三策?能拿山西人怎么办,全杀了吗?杀人我们手里也要有刀,现在我没有!"望百匍匐在地道:"大人圣明!崔某惭愧,大人才是真正的高人!只是这搞警察队伍的事,要花大笔银子!"金甬回头看望实:"你到门外看着去。下面的话我要绝对保证没有第二个人听到!"望实点头,关门走出。金甬让望百附耳过来,道:"我有一个亲戚,当年他父亲和我爷爷有过一些交情,一身武艺,走投无路,最近到山西投奔我,帮我办成了一件大事!"望百惊道:"什么大事?"金甬道:"他替本官抓到了负案在逃的广盛源大掌柜侯垣!"望百大喜:"侯垣抓到了!太好了!"金甬道:"不要声张。为掩人耳目,我让人给他取了假名,关在太原府大牢一间见不着人的死牢里,直到今天还没有谁认出来是他。你今晚上去见他,问他是要银子,还是要命!"望百对金甬已刮目相见,道:"明白了大人!我马上去见侯垣!"

深夜,太原府大牢里,刘小七领望百兄弟大步走来,望百悄悄盯着他看。刘小七忽然站住回头冷冷道:"你认识我?"望百打一个冷战:"不,不认识。"刘小七道:"真不认识?"望百道:"真不认识!"刘小七又看望实:"你也不认识?"望实看望百。望百忙道:"他也不认识。"刘小七道:"可现在我们认识了。我叫王大,记好了!"望百有点儿忌惮他了,道:"知道了知道了,王先生,不,王英雄!"刘小七继续带他们走进死牢,打开囚室门,放望百、望实兄弟走进去。死牢内,侯垣一惊醒来,惶恐抬头。望百冷若冰霜道:"你是侯垣?"侯垣大惊:"不,你们认错人了!"望百道:"想死还是想活?"侯垣愈惊:"小人想活!小人家里还有八十岁老母!"望百道:"你家里还有新娶的十七岁小妾!可她受你的连累,已经和你老娘一起进了平遥县大狱,不是今天死就是明天亡!问你话呢,是要死还是要活?"侯垣听出了弦外之音,道:"请问尊驾是谁?"望百道:"老子是谁,该是你问的吗?"侯垣道:"小人要活!请大人给小人活命!"望百道:"拿出五百万两银子,饶你不死!"侯垣大叫道:"你是谁?我哪里会有五百万两银子!"望百盯着他道:"侯大掌柜,你吃里扒外,监守自盗,把个百年老号搞得关门倒号,多少人因为你家破人亡。就你这样的混蛋,本大人不杀你,只把你交给他们就够了!"侯垣惊恐大叫:"不要把我交给他们!可是,侯垣也没那么多银子!"望百单刀直入道:"你有多少?"侯垣又吞吞吐吐起来。望百转身走。侯垣一把扯住他的裤腿:"不,一百万两!多一两也没有了!"望百又要走。侯垣绝望道:"大人,一百万两也是银子呀,小人全交给你,你放小人一条活路,小人混到今天这个地步,上天无路,入地无门,只求大人开恩给一条活路,让我离开山西,远走高飞,路倒路死,沟倒沟埋,我进不了祖宗的坟地啦!"他哭起来。望百回头道:"三百万两!没有就杀了你!"他又要走。侯垣一把抓住他,央求:"三百万两真没有,只有二百五十万两,杀了小人也没有了!"望百道:"银子在哪里?""就在……就在我身上缝着!"望百对望实示意,刘小七早就一步上前,伸手扯下侯垣身上的旧衣,撕开领子,从中取出两张银票。望百急看望实一眼,二人上前挡住刘小七道:"王大,你要干什么?"刘小七一把将二人推开,大步流星走出。望百欲赶又不敢,道:"哎,你不能这样,我们是奉了金大人之命来取这笔银子的!"刘小七也不回头,越走越远。望百急看望实道:"马上禀报金大人!"二人欲出门,望百下意识回视一眼侯垣,发现后者眼角余光瞥过地下那件被撕去领子的旧衣,心中一动,伸手去捡。侯垣猛扑上去,大叫:"不要拿走我最后一点儿活命的银子!"望百一脚将他踢开,捡起旧衣,撕开上面的一块补丁,藏在里面的银票落地。侯垣扑上来夺银票,被望实抢先捡起,看一眼道:"大哥,两百万两,乔家大德通银票,名字写的不是侯垣!"侯垣大哭大叫:"快还给我!这是我最后一点儿银子,我不要命了!"望百、望实对疯一样扑过来和他们纠缠的侯垣拳打脚踢,走出牢门,急奔金甬官署。侯垣以头撞墙,大声号哭,昏死过去。听到消息,金甬立马把金保喊了进来,拍案大骂:"不是你说的,他父亲是我爷爷的朋友吗?让他生生抢走了二百五十万两银子!"望百献计道:"大人,现在着急的是赶快想办法堵截这个王大,不要让他出境!"金甬回头骂道:"混账!此人飞檐走壁都会,他已经得了手,你还想把他留在山西?万一出不去回来取本官的人头,你们替本官保得住吗?"望百道:"那就这样放了他走?"金甬让自己平静了一些,道:"你到底得了两百万两银子,就拿它去招兵买马,买枪弹,把我要的队伍建起来……不能再出一点儿差错,最多两个月,我就要用它!"望百想问为什么是两个月,看金甬一脸怒容,不敢再开口,带望实退了出去。金甬又骂金保:"还不给我滚!不,你跟他们一起去抓枪把子!盯紧着点儿,别忘了我是在跟鬼打交道!"望百忽然又转回来,看金甬道:"小人有句话憋在心里实在难受。行不行在大人,说不说在我——"金甬道:"说!"

望百道:"大人就是一心想让山西官银号成功,也不能让乔映霁全看出来。适当的时候,也要给他脚下垫一点儿台阶,让他爬!"金甬看他。望百:"乔家所以在全国商界和百姓中有那么高的声望,除了广为人道的诚信二字,还有一样东西更要紧!"金甬道:"传说他们家藏有无法计量的银子!"望百道:"大人圣明。大人可以授意曾知县,提醒乔映霁,如果他能把当初给太太下聘礼的等身重的金人迎进山西官银号银库,这字立马可以签,不然你就还要想一想!"金甬道:"这事我也听说过,不过太难以置信!乔家真有一个和乔映霁太太等身重的金人?"望百恶毒道:"有。大人让曾知县告诉乔映霁,只有这个金人进了山西官银号,所有山西商人才会相信乔家是铁了心入股,并且不打算再从山西官银号撤出来。乔映霁如果不情愿——"金甬打断他道:"不用说了!不过这有点儿损,乔映霁听了,也许会勃然大怒,撕毁文书,退出谈判!"望百道:"乔映霁不会!"金甬盯着他的眼睛道:"还有什么话?"望百道:"小人有一句大人不会高兴的话。和建成山西警察队伍相比,山西官银号什么时候建成没那么急!"金甬深深看他,望百转身离去。金甬若有所悟,自语道:"不错!山西官银号建成之日,才是山西银子大规模离开山西之时,那时我要堵住所有出境通道,没有足够的兵马不行……来人,告诉曾知县,想办法让谈判慢下来!"走出金甬官署,望百对望实道:"你现在去到大街上散播一个谎信儿,就说好多人只知道重建山西官银号是金巡按使做的一个局,却不知道这个局后面还有一个更大的局!"望实看他。望百道:"袁世凯派金甬到山西来,是要借金甬和乔映霁的手,将山西人的银子一网打尽!"望实担心道:"因为一个官银号,全山西早就人心惶惶,这要是说出去,老金的事就做不成了!"望百原形毕露,恨道:"金甬算个什么东西,老子说过,能成他的事,就能败他的事!从今天起,我要给他一点儿颜色瞧瞧,让他明白在山西离了我寸步难行!"

一条大船即将离开襄阳汉水码头。船舱内江雪瑛正在看信。胡管家、何春侍立两旁。江雪瑛脱口道:"不好!我们不能就这样走!快,我要上岸,坐马车回山西!"胡管家道:"老东家,是您要下江南长住,我们这才像搬家似的离开山西,这才刚上船——"江雪瑛道:"什么也甭说了!我们不能只顾自个儿,晋商一损俱损,一荣俱荣。春官快写一封匿名信星夜送到祁县大德通总号,把这个消息告诉潘大掌柜!"何春故意道:"娘已经和乔家断了亲,他们家的事您老人家还要管吗?"江雪瑛道:"谁说我要管乔家的事!大德通的股东不止是乔家,还有那些中小散户,每年靠乔家票号生的那一点儿息糊口。乔家的事我不管,人命关天的事我不管还得了!照我说的去办!还有,联络晋商所有大商家,大家一起不入股,让乔家跳独角舞,山西官银号就得黄!"

数天后,映霁就在祁县大德通总号迎回了风尘仆仆的王宗禹。后者见潘为严、何大掌柜都在,急上前行礼道:"东家,师傅,何大掌柜,我回来了!"映霁道:"你回来得好!本来明天就要签字,但是金巡按使那边又说为了让合约更圆满,签字日子要后延几天,双方都再对合约过细地斟酌一番。我和你师傅让你回来,就是想听你的主意!"王宗禹受宠若惊,笑道:"东家和师傅商量定了就成,我算什么!"潘为严道:"别不识抬举,你把合约过细地看看,有没有漏洞,还有,如何执行合约,本想等签字后再说,现在我觉得可以把它提到前面。东家,这些天我和曾知县谈判,是他提醒我,有几件事我们真得坐下来盘算盘算。"映霁一惊道:"曾知县都说了什么?"潘为严道:"首先是资本金的构成。"映霁道:"资本金又怎么了?"潘为严道:"现在我们暂定重建后的山西官银号本金三百万两,官四民六,民资一百八十万两,照东家的意思,为消除相与们的疑虑,乔家拿大头,占一半,九十万两,剩余的九十万两等待各位相与入股。首先听曾知县的意思,这个资本准备金的到位就有问题。"映霁皱眉道:"当初我和金巡按使谈过,他一口答应的,官府这一块准备金占四,共一百二十万两,主要从每年的田赋收入里拨出。"潘为严道:"就是官府真有这笔银子,也不会在官银号开张那一天入号,得等到年终田赋收齐才能拨付。这几年兵荒马乱,旱灾连着涝灾,今年晋西北基本绝收,田赋能不能按实数征收,难说。"何大掌柜道:"我家就在黄河边上的临县,别处不知道,今年临县肯定绝收,田赋绝对收不上来。整个晋西北都一样。还有晋东南,春天到夏初大旱一百零三天,种子入土根本就没发芽!"映霁道:"不用说了,我都清楚。"王宗禹一直在看那两份待签的文书,看完,抬头细听。潘为严道:"像今年山西这个情况,田赋能收到五成,就一定有人卖儿卖女,这五成又要分成几块,缴付中央政府,支付各级官员的薪水和开销,年终是不是真能拨出一点儿入官银号做准备金,我非常担心。"映霁道:"这件事我想过,最坏的情况是官府顶个虚名,一两银子也不出。"

潘为严道:"曾知县提醒我的第二件事是,万一官银号开张,一时半会儿没有晋商入股,或者听人煽动,一段时间山西商人不但拒绝入股,更不接受官银号发行的晋钞,你这个董事长,我这个经理,怎么办?"映霁道:"金巡按使真正担心的是山西官银号开张那天能到位的准备金就只有乔家的九十万两,不到法定准备金的一半。"潘为严点头。映霁回看一眼王宗禹,道:"你一直在旁边听,怎么想的?"王宗禹笑道:"这件事东家早想过了。有人也许会用准备金的事给乔家垒一个高高的台阶,到那时您和我师傅只有两条路走。"映霁道:"说下去!"王宗禹笑看潘为严。潘为严道:"要不东家把入股官银号的事停下来,要不就再拿九十万两银子出来。"

何大掌柜道:"哎哟,那可坏了,那我们乔家就成独一份了。山西官银号就不是山西官银号,成了乔家的独资银行了!"潘为严道:"成为独资不可怕,怕的是全体晋商相与看到这样情景,都不来入股。所以,曾知县说有人给金巡按使出了一个主意——"映霁道:"什么主意?"潘为严道:"一个馊主意,太不厚道,不但于事无补,而且……我很生气,当场回绝,东家不需要知道!"映霁道:"不,我想知道。"潘为严沉默,有顷道:"今天有人送来一封匿名信,东家要不要看一眼?"映霁接过信匆匆看了一遍,抬头时神情已变,气愤道:"又是谣言!信是哪来的?"潘为严道:"虽然是谣言,却也要提防!"映霁道:"那前辈的意思,山西官银号的事情我们不做了?"潘为严道:"东家不要说气话。毕竟是大事。如果信上的消息不是空穴来风,这件事我还真想劝东家不做!毕竟连老东家也说过,事不可为,亦可不为!"映霁激烈道:"'事不可为,亦可不为。'这话听起来多熟悉!这不是我爷爷的话!从鸦片战争到今天,每到生死存亡的大关节,就能听到人说这样的话!继续这样下去,我们很快就能看到中华的灭亡!"潘为严道:"东家如果下定决心火炕也要跳,曾知县代金巡按使说出的那个主意就还真是个主意!"映霁道:"前辈快讲!"潘为严道:"曾知县说,金巡按使希望,如果一时半会儿没人入股,乔家能将另外的九十万两准备金全扛起来。全山西人都知道东家娶大奶奶时给了杨家一个等身重的金人做聘礼,东家若想给所有晋商吃一个定心丸,不妨将这个金人借出来,作为乔家入股的银子进入官银号银库。这样全山西的相与都会相信乔家入股山西官银号是铁了心的,无论成败都不打算再退出!"

何大掌柜道:"不行!我反对!姓金的太欺负人了!东家,那个金人是照着大奶奶的体重模样打出来的,那可不是普通的金子!谁出的这种馊主意,太缺德,生意归生意,可是那个金人不能当普通的银子入号!"众人一时都看映霁。何大掌柜又道:"我怎么觉得这件事有点儿变味儿了!姓金的提出这种荒唐主意,不是忽然间他又不想办这件大事了吧?明知东家不会答应——"映霁猛然抬头道:"不,这件事可以商量!潘大掌柜,何大掌柜,宗禹,现在我说说我的打算。关于准备金,潘大掌柜可让曾知县转告金巡按使,如果官四民六省府有困难,我愿意将合约改为官三民七。这是一;二,如果山西官银号开张三天一个相与也不上门,乔家愿意拿出银子,补足民股应当占的份额,两百一十万两!"何大掌柜道:"有两百一十万两现银入库,准备金入库量就过了半,就可以按原先议定的三百万两准备金溢发行晋钞四百五十万元。同样按照合约,官府也就可以下令山西全省进入统一使用晋钞的半年过渡期,让所有商家都来兑换晋钞使用。一切顺利的话,半年后晋钞在山西流通起来,官银号就算是运营成功了!"他看了一眼潘为严,"没想到事情想办成也容易!"映霁道:"不,即使山西官银号作为一家新银行成功运营,晋商的老传统也不能丢。如果到时候真的只有乔家的两百一十万两银子入库,我们就只按溢出比例发钞三百一十五万元,晋钞和银子的比价是一元一两。而且要公示,任何时候晋钞和银子都可以自由兑换,今天你拿银子兑出晋钞,明天还可以拿晋钞把银子兑回去!"何大掌柜马上道:"这样好!这样全山西的晋商相与才敢放心大胆地来兑换晋钞,不怕他白花花的银子变成了纸!"见潘为严还是不说话,映霁又道:"至于那个金人,我回去就和内人商量。无论成还是不成,准备金都会按约定到位,我说话算数,而且不想等,潘大掌柜最好今天就去见曾知县,传达我的意思!因为我们可能没有太多时间了!"众人一时想到了什么,哑然。潘为严终于开口道:"好吧,我照东家的意思办就是了!"

当天晚上曾有志就将映霁的态度禀报给了金甬。最吃惊的是望百,大声道:"什么,他答应了?"金甬高兴道:"好!往下说!"曾有志道:"准备金的问题解决了,下面是董事会和监事会组成,这在合约上有明文,按照实际出资分配选举权,如果山西官银号成了乔家独股,董事会会成为乔家一家的董事会。乔东家会成为当然的董事长!"金甬马上道:"这个不行!虽然官三民七,我现在没有银子进入官银号,但不是将来也没有。你再去跟他们谈,我们至少要在董事会里占三。"望百道:"还有那个监事会。既然董事长是乔映霁,监事会主席就该是我们的人!"曾有志道:"这恐怕难!按照合约和一般监事会组成原则,即使是监事会,主席也应当是乔家的人!"金甬道:"难不难不全是乔映霁说了算,你先把这些要求说给他们听。不到谈判破裂,不要让步!"曾有志无奈道:"好吧!"

夜很深了,在太原府大德通分号客房里,映雯铺床,王宗禹却还在看那两份待签的合约。映霁忽然带潘为严、何大掌柜走进来,笑道:"果然还没睡!"王宗禹急抬头看三人道:"东家,师傅,我有话要说!"映霁道:"说吧!"王宗禹道:"刚刚把这两份文书又看了一遍,它们都是我草拟的,可对方一个字都没提出修改。我觉得这不正常!"映霁看潘为严,潘为严道:"哪里就不正常了?"王宗禹道:"我有点儿被弄糊涂了。原来想对方总得讨价还价，争一点儿自己的权益，但是没有！"潘为严回看映霁道："这种疑惑我也有。谈判间歇时和曾知县出来走两步，我随便问过他一句。"映霁道："他怎么说？"潘为严道："他悄悄告诉我，其实现代银行怎么搞，不但他不懂，金巡按使更不懂，而且，金还担心如果提出了太多修改建议，会吓跑东家！"王宗禹一旁叫道："好！"映霁道："什么好？"王宗禹道："他们不懂，又急着把事情办成，就是好！"

映霁道："知道我和你师傅这么晚了，为什么要来？"映雯忽然冒了一句："我知道！"映霁看他："那你说！"映雯道："大哥在想如果入股的只有乔家，山西官银号成了乔家独资的银行好不好？"映霁看潘为严，二人不说话。王宗禹看映雯道："不是不好，是太好，比现在这个章程上讲得还要好！"映霁急问："怎么还要好？"王宗禹看映雯："映雯少爷这一阵子可是大长进了，让他说！他猜出来了！"映雯道："真成了乔家独股银行，又是商业银行，又是发钞银行，将来整个山西都会成为乔家的天下！"一直站在旁边的何大掌柜道："我不明白！"王宗禹道："东家和我师傅一定明白！"映霁看潘为严道："是明白了。我可以发钞，又可以经营商业银行的全套业务，山西又不再允许除了晋钞之外的货币流通，但凡你做生意，都得把银子拿来换我的晋钞——"何大掌柜忽然开了窍，大叫："哎呀我的天！这样我们不做别的生意，只印晋钞就行了！"潘为严看映霁道："东家这恐怕不行。这样就真没有相与敢拿银子来换我们的晋钞了！"映霁想了想道："宗禹，你有什么想法？"王宗禹道："现代银行制度发展到今天，一般发钞银行已经不再允许同时兼做商业银行了。"何大掌柜道："等等，你什么意思？不做商业银行，就是不做生意了？"王宗禹道："何大掌柜这么说也没错！"

众人都看着映霁。映霁下决心道："潘大掌柜，我们主动提出改变山西官银号章程，加一条，山西官银号只做省级发钞银行，不经营商业银行业务！"何大掌柜道："东家，这怎么行？我们拿银子办官银号，结果不做生意，那入股这个官银号干什么？"潘为严想了想，却道："东家真能这样，相与们就放心了，发钞的是我们，货币统一后得好处的是他们！"何大掌柜还在反对，道："这不就把大利让出去了嘛！那么多银子投进去做准备金，一分的利也不挣，我们亏大了！"映霁看众人，笑道："太好了！说实话这些天我一直都觉得哪儿有点儿不对头，不舒服，这才让宗禹回来再看看章程。宗禹，你早就看出来了，故意憋着不说，你够坏的！"王宗禹笑道："这么大的事我怎么敢说……不过东家，章程这一改，那条关于乔家和官府一起用官银号圈尽晋商银行的谣言也就不攻自破了！"何大掌柜仍然不高兴，道："王大掌柜，都是你和映雯少爷那几句话，把我们好好的一条发财之路给断了！"王宗禹道："何大掌柜，可是我高兴！我们东家太了不起了，英格兰银行从一家民营商业银行过渡到纯粹的中央发钞银行，耗时二百七十年。我们山西官银号筹划期间就完成了这个过渡，而且是最大股东自己提出来的。我们的银行一出世，就和英格兰银行这种世界老牌大银行一般高了！"何大掌柜举手制止他往下说，看映雯道："要是开了银行光赚吆喝不赚钱，咱们那些掌柜的伙计喝西北风去呀？"映雯略一沉吟，道："前辈不用担心，切出去的商业银行业务这一块我们另起炉灶。不是还有大德通嘛！官银号一开张，我们就对大德通、大德恒进行商业银行改制，所有的掌柜伙计都不会失业！因为背后有一家省级中央发钞银行在帮我们集合全山西的资本金，我们可以借贷过来做大项目！"映雯道："大项目？"映雯从身上摸出一份阎锡山的《山西建设十年规划》，扔给王宗禹道："你们看看这个东西，制订规划的人并没想过怎么去实现，但在我看来这个规划也不是一无是处，比方说这个纵贯山西南北的同蒲铁路，就是个非常好的大项目。山西东西窄而南北长，我们修一条这样的铁路，全省的经济就活了！各位，有了山西官银号，山西的工业化就有了资本的后盾，山西搞成了工业化，就会给全国做一个榜样，那时候我们的相与们才会明白我们今天做了多大的件事！"

众人鼓掌，映雯忽然举手："大哥，我还有话呢！刚才我也看了官银号的章程，董事会没什么，监事会就有一点儿问题。"映雯道："监事会有什么问题？"映雯道："我说不好，瞎说。你和潘大掌柜、何大掌柜不要骂我。"映雯道："说不好当然要骂你，你还不能骂了！"映雯道："行，那我说了！"王宗禹道："别啰唆，快说！"映雯道："大哥你想啊，乔家将来会实际掌控山西官银号，你又马上要对乔家的票号进行银行改制，改制后的大德通银行是乔家的，那是商业银行，这边山西官银号也是你实际控制，别人难道不会想，你自个儿会不会进行利益输送啊！"映雯一惊，看潘为严。何大掌柜已经叫起来："哎——"映雯已经激动了，看王宗禹道："宗禹，真得谢谢你，映雯这才跟着你几天，这样的事情也会想了！为这个我要奖你！"王宗禹道："哎呀，东家，我可最喜欢听这个了，快说怎么奖我，给我加多少身股？"潘为严道："你少兴头！东家，按照现在的章程，董事长是你，董事会也是我们控制，监事会的主席还是你。映雯少爷的担心是对的！"映雯道："大家有什么想法？"王宗禹道："师傅，我先说？"潘为严道："你说！"王宗禹道："东家，要想把山西官银号搞成一个真正的现代银行，我们还得对自个儿更狠一点儿！现代银行制度其实和西方的三权分立有点像，真正管理起来，一是股东大会，二是董事会，三是监事会。股东大会不长开，董事会执政，监事会必须是反对派。"映霁道："你要我找个对手来做山西官银号的监事会主席。"王宗禹不点头也不摇头。映霁心中一动，看潘为严道："我们主动一点儿，把那一直藏在金巡按使背后，给他出谋划策的人请出来，做山西官银号的监事会主席。怎么样？"潘为严道："不，我反对！"映霁道："为什么？"潘为严道："据说这个崔望百发过誓，他这一生的目标就是——"映霁没有等他继续说下去，道："当初我把他从乔家赶走，是他帮我出的主意不但会毁了乔家，还会毁了中国！但现在不一样了，他是金巡按使的谋士，无论我们是不是把他放在那个位置上，他都是事实上的监事会主席。真放到那个位置上反倒可以用合约条款约束他！再说有了这么一个严厉的监督人，我们也会更严格地约束自己，结果对山西官银号有利，我为什么不能这么做？"何大掌柜道："东家好大气魄！道理是对的，真要是避不开这个坏人，就把他装进笼子里，不要让他在外面捣我们的乱！"潘为严看王宗禹道："你是怎么想的？叫你回来，就是听你说话！"王宗禹道："东家是当世大英雄，不怕任何对手，我只是有点儿小担心，但我不说了，东家说得对，邪不压正，把崔望百放到那个位置上，我们也可以回头监督他，要我们守规矩，他自个儿就要守规矩！"映霁笑道："这件大事就这样定了！"

　　第二天消息就到了金甬这边。望百不说话，脸色极为难看。金甬看他道："你怎么想的？答应还是不答应？"望百道："小人答应不答应不重要，重要的是大人答应不答应！"金甬道："那就是说，你还是愿意做这个监事会主席了？"望百努力绷着，不说话。金甬大笑。望百心动，跟着大笑。金甬忽然又不笑了，道："乔映霁果然不同凡响，三下五除二，就把你给他脚下垒的台阶清除了那叫一个干净。我们还有什么法子，既不会吓跑他，又能让山西官银号不那么快开张？你还有主意吗？"望百道："大人想让山西官银号办成不易，不想让它办成，那就太容易了！"金甬盯着他道："山西官银号一定要办成，你想让本官的心血付之东流？本官只想再拖上两个月，让你操办的警察队伍能够控制全山西的出境孔道！"望百道："这件事小人正要向大人禀报。两个月内招兵买马，购买武器弹药，崔某人就是有三头六臂，也办不到！"金甬勃然怒起："什么，你这会儿才说办不到，你坏了本官的大事！就这几天，雁门关外，吕梁山区，到处有土匪裹挟灾民，占山为王，攻破州县，告急文书一份接一份，可我手里却没有兵马去平息，只能去求阎锡山出兵。此人兵马未出，先要粮草，山西官银号不早点儿开张，我哪有银子应付这些事！"

望百道:"要是这么说,小人倒有一个两全其美的主意！让小人去雁门关外走一趟……大人,咱们干脆出银子招安他们,直接把他们收编成警察得了。这些人要钱不要命,不用操练,就能帮大人封锁全山西的出境孔道,拦住出境的银子！"金甬用不信任的目光盯住他,半晌不语。望百又道:"大人不要以为收编土匪做警察名声不佳。就连当今袁大总统,手下也收编了不少当年的土匪！"金甬想了想道:"这件事本官不知情！事情你可以去办！出了疏漏,让本官担这个骂名,本官是不认账的,到时拿你是问！"望百道:"明白了大人！"金甬道:"走！"望百要走又回头。金甬看他,气不打一处来道:"你还有话说？"望百道:"小人明天就和我兄弟去雁门关,事情办成总要几天。这几天大人再给乔映霁摆一个台阶。"金甬道:"你还要本官摆什么台阶？"望百道:"乔映霁已经提出让他的大掌柜潘为严做官银号的经理,这个副经理,最好是大人的人！"金甬道:"我哪里有人。这个人你也早想好了？"望百道:"其实有一个人合适,但他眼下臭名昭彰,不能用了。"金甬不说话。望百又道:"虽然侯垣不可用,但可以让他推荐一个人。此人一定会对大人感恩戴德,忠心耿耿,平日里也不让他做什么,只要知道山西官银号的实情就够了,等到哪一天大人要收网,这个人就能帮大人做成大事！"金甬道:"这件事不要你做！走吧！"望百还是不走,又道:"还有阎锡山。大人要在山西扩充警察队伍,一定要稳住阎锡山,防止他出手干预。"金甬大怒道:"整饬山西警察队伍是本官的事,他管得着吗？他要是敢为这件事对我出手,袁大总统就正好有了出兵干预的理由！"望百要走又回头:"小人还是想知道大人用谁做山西官银号潘为严经理的副手！"金甬道:"一客不烦二主。曾知县既然能当董事会的官方代表,也能当这个副经理。"望百不觉大怒:"怎么了大人,小人的话一句也入不了大人的心吗？"金甬毫不客气,盯着他道:"其实还有一个人选,但是因为你,我不敢用他！"望百道:"你是说望实,我兄弟？大人担心我们兄弟还不够忠诚于您大人？"金甬道:"不,本官担心的是你！这么安排,本官其实是在保护你！"望百彻底失望,拱手道:"小人谢了！小人去了！"他不等金甬回答,转身一瘸一瘸离去。

雁门关外一座山寨里,寨主王一刀、二当家的和刘小七正在对饮。王一刀冷笑道:"真没想到,刘大侠会被乔映霁这个乳臭未干的小儿弄成了孤家寡人,跑到小可这里入伙。"刘小七看出他不欢迎自己,道:"王寨主,刘小七不是杀不了乔映霁,是我杀了乔映霁,会得罪临江所有茶农,最后一定死无葬身之地！"王一刀又道:"刘大侠既然得了银子,为什么不远走江南,择一处风景秀美之地,隐姓埋名,过自己的舒坦日子,反倒千里迢迢,来到山西苦寒之地,和王一刀一起蹚浑水,弄不好会掉脑袋的!"刘小七笑:"说实话我自己都纳闷,为什么要来投奔你。可我来也来了,人们不是常说一句话吗?好奇害死猫,我就是好奇。"二当家的道:"刘大侠好奇什么?"刘小七道:"好奇一个人。他就是区区一商人,居然敢说能以一己之力救中国!"王一刀还要问下去,刘小七道:"更多的我就不想说了,来,喝酒!"又饮了几碗,刘小七做沉醉状,叫:"醉了醉了。我要睡觉!"王一刀又试探道:"刘大侠再饮一碗!"见刘小七没有反应,示意二当家的和众小匪将他抬起,放进后寨一张床上。一小匪将一桶油淋在刘小七身上。二当家的示意众人出门上锁,回头将一支火把投进去。大火腾的一声燃起,瞬间屋内就成了一片火海,众人只能听到刘小七在房内大叫:"啊——"王一刀道:"都听好了,不是我王一刀不仁,是他自己不慎走了水!"众匪道:"是!"王一刀转身要走,不想刘小七猛地破门而出,浑身是火,一刀杀向王一刀。王一刀中刀,回视刘小七,一句话没说出就已经死去。众匪大乱,大喊:"寨主!"刘小七在地下打滚,将火焰熄灭,一刀逼住二当家的。二当家的"扑通"一声跪下大叫:"刘大侠饶命!"刘小七已被烧得面目狰狞,道:"你们毁了我这张脸,我怎么会饶了你们!我要一刀一个,把你们全杀光!"二当家的急忙招呼众匪:"快过来跪下!"众匪听了,齐齐跪下。二当家的道:"给刘大侠磕头!"众匪磕头。刘小七勉力撑着不让自己倒下去,道:"你们要干什么?"二当家的道:"只要刘大侠饶了我们大家,我们愿奉大侠为寨主!王一刀我们早想杀了他了!"刘小七道:"真的?"二当家的道:"大家快磕头,喊寨主千秋万岁!"众匪随他磕头下去,喊:"寨主千秋万岁!"刘小七不放心道:"你们是真的?"众匪道:"真的!当然是真的!王一刀死了,山寨不能没有寨主!"刘小七大笑道:"好!那我就做你们的寨主。我不是刘小七,我就是王一刀!"众匪大惊,互视,一番大笑。刘小七道:"以后谁要把我的事说出去,他就别想活了!"说完这句话,直挺挺地向后倒去。众匪胆战心惊地站起,围上去,二当家的上前试试刘小七鼻息,摇头,一匪示意他下手。二当家的止住道:"不!留住他!"众匪道:"为什么二当家的不愿做寨主!"二当家的道:"你们看看王一刀,这做寨主的哪一个有好结果!"众匪道:"对,我们让他做寨主,一旦有风吹草动,让他替我们去死!"二当家的道:"抬起来,把后山下住的老草医绑上山,给他治这一身的烧伤!"一匪想起一件事来:"哎,后天官府就来人招安我们!"二当家的笑道:"要是能被招安,不做土匪了,为什么不行?"一匪道:"不知道这一个愿不愿意呢!"二当家的道:"他不愿意也不成,我们愿意!"众匪齐声道："对！抬走！"

映霁从太原府回到乔家堡，已是黄昏。依依道："你可有一阵子没回家了，早上听见喜鹊子叫，就知道你要回来了！"映霁直叫："我饿了，吃饭！"依依叫喜凤跑去传饭，坐在对面看着他吃，映霁一直不说话。晚上和依依上了床，映霁躺着，目光向上，还不说话。依依道："什么事呀，大老远专程跑回来，愁成了这样？"映霁不说话。依依又道："行了，知道我心软，做出这个样子来，谁看得上呢。一定是有什么事回来求我。"映霁忽然变出一副笑脸，将她抱住道："哎呀依依，你怎么这样聪明！"忽然又放开了她，笑容落去，重新躺倒道："罢了，没事了，睡觉！官银号不办了！"依依笑道："说吧，别装神弄鬼了！"映霁道："记不记得我摔折了腿，你为了我摔倒在书房外的台阶上。那天夜里，我们俩并排躺在一起，你对我说的话？那时我觉得事情根本不会发生，现在它发生了。"依依道："原来真要用到那个金人了。"映霁点头。依依躺下来。映霁道："到了时候又舍不得了？"依依道："不是舍不得，我这会儿觉得，那是一个人对我的一片心，是你爱依依的一个证物。"映霁道："那就算了，我们留着它，什么山西官银号，我们不掺和了！"依依坐起又躺下去，眼睛望着床顶。映霁闭上眼睛睡去，小声打起了呼噜。依依生气，坐起来喊："哎，哎！"映霁不醒。依依伸手摇晃他道："哎！这么大的事儿，你怎么睡得着？"映霁醒来，笑："你怎么了？什么大事儿？"依依道："你真的假的？你不把它当回事儿，我不说了。"她赌气躺下去，闭上眼睛。映霁看她一眼，暗笑，重新闭目睡去。依依忽然又坐起来，道："你醒醒！你不在这半个月，家里出了几件事。"映霁的呼噜立马停止，睁眼："什么事？"依依看他道："映霙媳妇从太原戒毒所回来了。"映霁道："嗯，怎么样？"依依道："据她自个儿说是戒了。可是我看……不大像。"映霁悄然不快："什么叫做不大像，难道送她去了戒毒所，她还有机会弄到大烟抽？"依依道："我听说的是啊……她一家子抽大烟，几百万家业都被败光了，她母亲和一个哥哥接连死了，嫂子改嫁，只剩下她父亲一个，还抽。家里剩下一百多亩地，卖得也差不多了。不但自己抽，听说姑娘进了戒毒所，悄悄地买通管事的人，每天将映霙家的接出去，父女两个躲到一个地方抽。"映霁猛地坐起，大怒："这件事映霙知道吗？"依依道："映霙回来了！"映霁又是一惊："怎么回来了，不是去了包头学徒吗？"依依道："回来三个月了，不敢回家，就留在太原，自个儿租房子住，每天和媳妇见一面。这不，映霙媳妇回来，他也跟着回来了！"映霁一撩被子跳下床，道："我找他去！我问问他，他回来包头的马大掌柜发话了没有！别的学徒头四年不是家里死了人是不准回来的！一定是偷跑回来的！还有他媳妇，是不是还在抽，要是这样，我就把他们赶出这个大院子！"依依死死抱住他道："你不能！"映霁道："为什么不能！我是当家人，祖宗有家规，毁了规矩乔家就毁了！二十七叔呢，他怎么不让人传话给我？"依依道："事情怪不得二十七叔，映霙两口子要回来，他能怎么样？这些事又不是该他管的，他当然装看不见了！"映霁愈怒："快撒手，我要出去！"依依放开他道："你等等！我干脆都说了吧！"映霁回头惊奇道："还有啥，都说出来！"依依道："映震也从包头跑回来了！他自己说的，跟马大掌柜的儿子小马掌柜撒了谎，说自个儿的女人病得快死了，小马掌柜就让他回来了！"映霁道："映震媳妇病了？"依依道："病倒没有，映震走时她就有喜了，这都七八个月了！"映霁坐回到床上去，想了想道："不行！我还得去见他们！"依依再次拉住他道："你等等！你这么出去家里马上就要大乱！"映霁道："这两个人的事我要是不管，别的兄弟就会有样学样儿，我的一番苦心白费了不要紧，他们这些人一辈子就毁了！我怎么对得起爷爷和乔家的先人！"依依道："那我问你，你打算怎么办？"映霁道："我去把二十七叔请出来，把家规搬出来，照着上面的规条，一条条比对这两个人的作为，犯了哪一条，就用哪一条罚他！天道好还，富不过三代，乔家已经五代了，可以一败涂地，但不能这样一败涂地！"依依道："那你就真要把他们赶出这个大院子？"映霁道："真要是像你说的，只能这样！"

依依道："映霙两口子抽大烟，一贫如洗，你今天把他们赶出去，明天他们就要流落街头，乞讨为生！"映霁道："那就问他们一句话，抽还是不抽？抽就是死，不抽就可以留下！还有，映霙必须回到包头去学徒，马上走！"依依道："这话我跟映霙媳妇说过，当然不是用这样的语气。"映霁问："结果呢？""映霙媳妇抱着我的腿就哭了，对我说，嫂子，我和你兄弟不是不想戒，我都进了戒毒所，里面的洋大夫说，我这毒瘾深入骨髓，戒不了了！抽也是死，不抽死得更快，再加上我父亲，不吃饭可以，不抽不行，眼看着也活不了几天，你就让我和映霙出去陪他过了最后的日子，让他抽到死拉倒。大哥要是念兄弟情分，让映霙和我过了这道坎，我们两口子下辈子做牛做马报答，一定要把我们赶出家门，那我们也不后悔！"映霁大怒："这么说她还铁了心了！"依依点头："还有映震，回来的头天就在大伙房当着众人的面对二十七叔说，他媳妇马上就要生了，随便怎么处置他，他也不回包头了。不但这会儿不回，媳妇生了也不回，将来也不回。一句话，乔家已经五代经商，到了他这一代，就是死，他也不想再走商道了！这就是他的话！"映霁道："他这么说，也是铁了心了！"依依点头。映霁还要出门。依依再次拦住他道："你就是要见他们，也先好好睡一觉，明天早上醒过来后想想怎么办再出去！"映霁道："我这会儿出去不是见他们，是去见二十七叔！"依依道："夜这么深了，二十七叔害气喘病，早吃了药睡了！除了他，家族里已经没什么说出话来有人听的长辈。再说就是明天你去见了他，也没人替你做决定，最后做决定的还是你自己！"映霁听了，怔了片刻，知道她说得都对，叹口气重新躺回到床上去。

自鸣钟敲响了凌晨一点，依依醒来，看身边的映霁，发现他仍然大睁着眼躺着，道："你一直没睡？"映霁道："你睡吧，不要管我。"依依道："我怎么能不管你？你不好好睡一觉，明天怎么处置映震、映霙的事？"映霁道："我想的不是这个，我想的是那个金人的事。"依依不说话了。映霁道："金巡按使的谈判代表说，现在山西境内关于乔家入股山西官银号有许多谣言。要破除这些谣言，乔家必须做一件象征意义大于实际的事，让相与们明白，我是真的破釜沉舟要入股山西官银号，而且一旦进去就不会再退出！"依依道："为了这个非要将照我的样子打造的等身重的金人送进去？我当初是说过，这个金人嫁过来当天我就带回来了，要用的时候你随时可用，但不是要你这么用！"映霁不言语。依依半晌又道："我大哥早就说过，非常之物必有非常之祸。金人进我们家当天，他一眼都不看，说这个东西存在于世间就是个祸。世上本没有这个金人，大哥为了阻止我们成亲提出要一个金人做聘礼，事后他就后悔了，说自己造了孽。行了，金人你可以带走，但不能这么走！"映霁一时没有反应过来，看她："什么意思？"依依道："什么意思你不用管。总之到时候我让你把它带走就是！睡吧！来，摸摸你儿子，他都会动弹了！"她把映霁的手扯向自己的小腹。映霁的心暖起来，笑道："在哪儿呢，我怎么摸不着？"依依道："真笨！在这里摸摸看！"映霁大喜道："真的，我摸到了！我的儿子！"

翌日清晨，乔家厚德厅里，景清和几位家族的长者很早就到了。映霁道："二十七叔，各位长辈，映震、映霙的事我昨晚上回来后听说了。事情既然出了，我是晚辈，想听听各位的意思，怎么发落他们？"众人都低头不语。映霁道："二十七叔，我不在家时是你管束我这些兄弟，现在出了这样的事，你说我该怎么办？"景清沉默了一阵子，忽然生气道："他们犯了家规，公然宣言不想改悔，你上次那么做已经仁至义尽，这回我看该怎么处置就怎么处置吧！"映霁看其他人道："各位长辈也是这个意思？"众人都无言。映霁道："真的都没什么说了？"众人都道："没有。照规矩办吧！"映霁道:"那好。二十七叔,你跟我一起去见映震、映霙。各位长辈散了吧。"众人听了,都巴不得马上离开。景清一个人不情愿地站着。映霙看他道:"二十七叔是不是还有话说?"景清道:"这句话我实在不想说,可是……刚才你没到的时候,有人说了!"映霙问是什么话,景清道:"有人说,向来没有五代不分家的,四代不分家的只有书上有,三代不分家就少见了。乔家到了我爷爷你曾爷爷那一代,只是第二代,就分了一次家,乔家分成了德星堂、保和堂、厚德厅。从那时到你这一代,四代不分家了。"映霙忽然生气了道:"怎么,有人想分家了?"

景清道:"映霙,你不能用这样的口气说话。我知道你爷爷在世时说过,一根筷子容易折,一把筷子折不断,他用这样的道理嘱咐你,不到过不去的坎坚决不分家。他怕分了家他的子孙里有人会流落街头,但是不分家也有不分家的难处。"映霙道:"不分家他们就不能随心所欲地抽大烟、养鸟,胡作非为,是吗?"景清道:"你这么说话我就不好再说啥了。走吧,我陪你去见映震、映霙,但我丑话说到前头,你是当家人,我不是。你要撵他们出这个大院子,我可以照你的话去做,但我自个儿不会动手!"映霙心中烦躁起来:"为什么?爷爷去世前也交代过你,他自己的子孙中要是有人破坏家规,就不是他的子孙,乔家所有子孙都必须视他为仇雠!"景清不再说话。映霙转身朝外走。依依迎面走来,映霙一惊道:"你怎么出来了?"依依道:"有人告诉我,映霙两口子雇了马车,收拾好了铺盖衣裳,要走了!"映霙大惊道:"你说什么?"一把将她扯开,大步流星地走出去。景清见状,扭头溜走。

映霙家跨院前,一辆马车就要出发。映霙将最后一件行李放到车上,忽然回头,碰了自己媳妇一把,女人回头看一眼,只见映霙带依依大步走过来。女人想了想,急拉映霙一把,匆匆迎过去,在映霙、依依面前跪下去。映霙大叫:"你们干什么?快起来!"映霙看自己的媳妇。映霙媳妇道:"映霙媳妇秦氏和自己没出息的丈夫,给大哥大嫂磕头!我们两口子对不起你们,更对不起乔家的列祖列宗。我们自己知道不该再留在这个大院子里,不想为难大哥大嫂,自己把自己从乔家扫地出门。大哥大嫂也不要阻拦,这样放我们走,大家各便,我们出去,心就自由了,就是死也是自己愿意!来,映霙,最后给大哥大嫂磕个头,感谢大哥大嫂对我们的恩典!"说完就一起磕下头去。映霙一时面色大变,张张嘴说不出话来。依依急看他一眼道:"你怎么了?"映霙抓住胸口,身子摇晃一下。依依忙上前扶住他,大叫:"你怎么了!来人!"映霙两口子已经站起,也不再看他们,上车,那马车就辘辘地出了乔家大门。小栓、小顺跑来,看映霁道:"东家,你怎么了?"映霁一句话没说出,吐出一口血来。依依急叫:"快把东家抬进去!"又有几个男仆跑来,大家七手八脚将映霁抬走。直到把映霁放回到内宅床上去,映霁才说出了话来:"快,追上去!把他们追回来,不能让他们就这样走!"众人看依依。依依道:"你先躺着,别着急,后面的事情我会办的!"映霁闭上眼睛,大口喘气,眼角涌出泪花。依依回身翻箱倒柜,包出一包银子包,想了想又嫌少,拔下自己的首饰放进去,递给喜凤道:"快到二门外交给小顺,让他骑快马赶上去,交给映霁两口子!"喜凤道:"小姐,这是你的嫁妆银子,还有首饰,都不是乔家的东西,凭什么给他们!"依依道:"快去!"喜凤虽不情愿,但还是跑了出去。依依又喊李妈:"快让人喊大夫!"李妈在外面答应,跑进来又跑出去。

映震家的院子里,映震正在喂一只新弄来的黄鸟。映震媳妇风一样跑进来,猛地抱住丈夫,哭道:"不好了,映霁两口子让大哥扫地出门了!你快去见大哥认错,早点儿回包头,我还有两个月就要生产,可不想跟你把孩子生在大街上!呜呜呜呜——"映霁道:"你起来。我不会像映霁两口子那么乖,自己把自己从这个大院子赶走!这份家业是先人留下的,乔致庸是他爷爷,也是我爷爷,想把我从这里撺出去,先得给个说法!"映震媳妇哭道:"你还做梦呢。你不走商路,不守家规,自己一声不吭从包头跑回来,这还罢了,当初还和映霁一起,到县太爷那里告大哥是革命党,要借刀杀人,自己做东家,天下没有不透风的墙,他恐怕早知道了!这会儿你就是为了孩子,也去求一求他,当面服个软,让他放过了我们!快去呀,求你了!"映震心烦,一脚将她踢翻,骂道:"你这败家娘们儿,少在我跟前号丧!我是要去见他的,可是——"衣裳上打了更多补丁的男仆忽然跑进来,道:"东家,景清东家进来了!"

景清已经走进来,映震媳妇急忙躲进内室。景清道:"映震,都这时候了,你还有闲心喂你的鸟儿!"映震不看他,道:"你来干什么?"景清道:"映霁两口子已经被他赶出门了,你们两口子还打算留在这个院子里呀?"映震道:"我为什么走?我又没抽大烟,不过是因为媳妇怀了孩子,快要生了,回来照顾她,这有错儿?"景清道:"有件事我要问你,大清亡国前,映霁还是官府缉拿的革命党,他回家的当天夜里,就有人向县衙密报消息,幸好县太爷明白,没有带兵来拿他。这件事是不是你干的?"映震变色大叫:"胡说!不是我!"景清道:"真的?"映震道:"二十七叔,你这会儿问这话啥意思?我还正想问你呢,借官府的刀杀了映霁子,自己当东家,你和我们一样有嫌疑!那件事是不是你干的?"景清大叫:"胡说,怎么是我!"映震道:"不是你就是映霎,左右不过是你们两个人中的一个!因为我没干!"景清道:"我怎么会干这种事!真不是你那就是映霎!"映震道:"哎,你这会儿来,不是想逼我也学映霎,自个儿拉家带口从这个大院子里扫地出门吧?"景清道:"我可跟你透个信儿,刚才说的事情,映霁还不知道,但他很快就会知道的。我刚听说这会儿在太原府和潘大掌柜谈判山西官银号的人,就是当时的祁县知县曾有志!"映震冷笑:"那又怎么样?谁干的谁害怕,反正我不害怕!想吓唬我,把我撵走,没门儿!"景清自己给自己下台阶:"那好,咱不说这件事了,一定是映霎干的,说不定他怕了,这才带上媳妇走了。他走了好,我们说别的事。"映震却不愿意放过他,道:"怎么又不说那件事了?我还想知道到底是谁去县衙里告的密呢?"景清生气道:"你这个映震,是你上次跟我提起了分家的事,怎么又忘了?"映震一怔,想起来道:"对,上次我是跟你说过分家。爷爷临终前是说过这个家不能分,可也没说万一不得不分家,乔家的家产全是映霁子一个人的。乔家的家产人人有份!"景清道:"这你就甭做梦了!我跟映霁说过分家的事,他不答应!只有一个办法——"映震看他。景清道:"像映霎两口子这样自己离开,事情多了,他就是再不想分家,也不能了!我听说,映霎两口子的马车刚出门,映霁就让自己的媳妇包了一大包银子,让小顺骑快马送过去了!这件事给了我一个提醒,你们都是他的兄弟,只要敢撕破脸跟他来硬的,他为了乔家的脸面,也要供养你们!"映震想了想道:"你这话说得有点儿道理!让我想想!"景清趁热打铁道:"还想什么?趁着映霁吐了血,躺在床上吃药,和你媳妇也套车走。接下来,谁愿走都走,走得这个大院子里只剩下他和他媳妇,那时我就不信,他还能扛着不分家!"

映震道:"不瞒二十七叔,我已经给兄弟们都写了信,这个家一定要快分,不然等映霁子真的上了山西新来的那个狗官的当,将乔家的银子全拿去入股山西官银号,就坏了!这会儿谣言四起,都说这是袁世凯派那狗官给山西人做的一个局,不把山西人的银子全圈进去,他们是不会收手的!我们要赶在前面逼映霁子答应分家!"景清道:"那你们两口子什么时候走?我让人给你们雇马车!"映震立马警觉起来道:"等等!我可以走,但光有马车不行,还要银子。还有,我一个人走,我媳妇得留下来生孩子。这样,万一势头不对,我回来也方便!你答应我就走!"景清道:"这个这个……也好!银子嘛,你媳妇不走,映霁媳妇是不会拿出来的。罢了,我还有几两体己银子,拿给你,让你快走!"映震脸上现出冷笑,看着他急急走出去了。

入更以后,映霁已在外间床上睡熟,喜凤和李妈看依依走向内室一只大箱子,掏出钥匙打开。里面就是那个金人。她用手去抚摸它,就像抚摸一个真实的自己。忽然,她"啪"一声合上箱盖,上锁,回头毅然道:"让小顺他们进来,抬出去吧!"李妈上前护住箱子,流泪叫道:"不能!小姐出阁时大爷反复给李妈交代过,说乔家进入了什么风雨飘摇之秋,这个金人是大爷留给小姐将来逃难用的,不能抬出去!它不是乔家的东西!"依依道:"喜凤,让他们进来!快!"李妈"扑通"一声跪下去:"小姐,你不能——"依依上前扶她,李妈不起,依依也跪下来道:"李妈你怎么不明白,乔家完了,依依的丈夫一定会死无葬身之地,依依怎么还能在这个世上独存?如果把它送出去能救得了天下,也就救了乔家和我们!难道我们要把它留给那些想置乔家于死地的人吗?"她边说边将李妈扶起,回头看喜凤一眼:"还不快去!不,我跟你一起出去,我还有话跟小顺说!"转眼小顺就跟依依走了回来。依依看着喜凤道:"外面看风,不让一个人进来。"喜凤点头走出去。小顺惶恐道:"大奶奶——"依依道:"我改主意了,把这个金人送到哪里,都会引起别人的觊觎之心,趁着它还没有害死什么人,今晚上你就把金匠请到家里来,在银库里头把它化了,铸成一个个平常的金锭子,等东家能起床,回太原府的时候带走!这件事不要让他知道,这是我的东西,不是乔家的,我做主了!"小顺道:"知道了,大奶奶!"依依看着他匆匆离去。

又是一个早晨,小顺伺候映霁吃药,景清心虚地站在一旁。映霁道:"什么,映震也走了?"景清道:"哎。"映霁道:"什么时候?"景清道:"今天早上。"映霁道:"二十七叔事先不知道?"景清道:"我不知道。要是知道了还不拦他?这些人真是的,怪不得圣人说,朽木不可雕也——"映霁良久闭目不语。景清道:"对了,映震走了,可他媳妇没走,他媳妇都七八个月了,要留下生孩子。"映霁道:"他们走了,在外面怎么生活?"景清心中窃喜,故意道:"这就不知道了。爱怎么活就怎么活吧,又不是你撵他们走,都是自己走的!"映霁又道:"还会有人走吗?"景清道:"那我说不好,兴许还有。"映霁道:"二十七叔,告诉我一句话,要是我坚决不分家,你会不会走?"景清像被烫了一样跳起来道:"映霁你说啥呢!我又不是他们,我怎么会走?我在这个大院子生,大院子长,死也要死在这个大院子里。我不会走!"映霁重新闭上眼睛,不再发声。景清看小顺,轻声地:"睡了?"小顺看映霁一眼,点头。景清失望道:"那我走了。"他还是没得到想得到的东西,跺跺脚走出去。映霁重新睁开眼睛道:"小顺,你刚才说有事情跟我说,说吧。"小顺道:"东家,大奶奶不让我告诉你。"映霁道:"那个金人的事?"小顺上前耳语。映霁猛地坐起,变色。小顺一惊:"东家!"映霁重新躺下去。

小顺道:"小顺有句话劝东家,大奶奶说得对,这个金人留在世上是个祸害,还是化了好!"映霁半晌才道:"化了它也一样。只要人有贪心,这个金人就永远在他们心里!"小顺看他。映霁道:"化了就化了吧。扶我起来,让小栓套车,今天就回太原府,带上金人化出的金锭子,大张旗鼓,入山西官银号的银库!"小顺道:"东家的身子怎么样? 大夫说吐血不是小事,至少要将息三个月!"

映霁道:"我哪有时间躺着! 告诉二十七叔,以后我会让大奶奶把我们俩的月份银子分成四份,两份自用,两份按月送给映霙两口子和映震媳妇。你要让他明白,银子不是公中的,是我和大奶奶看兄弟情分给映霙、映震两家的资助。想用这种办法逼我分家,办不到!"

第二十四章

　　傍晚,北京城一家豪华饭店大堂内,映雪带几名艺人走进来。莲花、巧姑陪张振武匆匆现身,三人警觉四顾,莲花急低声对张振武道:"大帅,这里不安全! 快走!"张振武道:"说好了要和国民党要员在这里见面,怎么能爽约?"几名早已埋伏在这里的黑衣人众枪齐发,张振武中弹。莲花大叫:"大帅!"她上前抱住张振武,和巧姑边还击边离开。映雪一屁股跌倒在地,大叫:"杀人了!"大堂内一阵大乱。一艺人扯起映雪就走。巧姑回看莲花急道:"姐,快带大帅走! 巧姑掩护!"映雪逃出去又回头趴在窗户上往大堂里看。一艺人过来拉他道:"映大爷,你不想活了,还不走!"映雪道:"别急,我最喜欢看热闹了,让我看看再走!"艺人撇下他跑掉。大堂内,巧姑守住楼梯口,双枪射击,拦堵黑衣人,掩护莲花将张振武带上二楼楼梯平台,欲跳窗离开。张振武说话已很困难,断续道:"不要管我……快走! 告诉蒋祚彬……和其他同志……快离开北京! 他们动手了,我……是第一个!"莲花流泪道:"大帅,我们要死在一起!"张振武道:"快走……去联络中山先生……告诉他中国……需要二次革命!"他艰难地说完最后一句话,闭目死去。莲花大恸:"大帅……"窗外,映雪盯着他们看,心中大恐:"原来是他!"他掉头就跑,跌倒在地,几发子弹从他身边飞过,他又不敢跑了,爬回来躲在墙根下发抖,一忽儿又乍着胆儿朝大堂内偷觑,发现巧姑仍在楼梯下与众黑衣人枪战,她连中数弹,莲花一眼看见,大叫一声:"巧姑!"她急放下张振武,奔过来架起巧姑上了二楼楼梯,一脚踢开窗户跃出,落地时差点砸在映雪身上。映雪大叫:"哎呦喂!"他慌忙爬走,钻进花丛。身后窗下,巧姑睁开眼看莲花,问:"大帅怎么样了?"莲花悲愤难抑,背起她离开。映雪又大着胆爬回来,透过窗户朝里面看,发现那几名黑衣人正查看死去的张振武。一人道:"死了!"另一人道:"看清楚是不是张振武!"第三人道:"就是他!"映雪的手一下捂在自己嘴上,转瞬又放开,瞠目自语:"果然是张振武!"

夜半时分,映雪失魂落魄,大力拍打北京大德通分号大门。李德龄带人开门,大吃一惊:"是映雪大爷?"映雪道:"什么也甭问,快扶我进去!"众人将他搀进大掌柜室。李德龄道:"快给大爷上热茶!"映雪惊魂未定,回手一把将门关上,哆嗦着嘴唇道:"我不喝茶……快打电报给映霁,就一句话……有人在京城刺杀了张振武!"李德龄道:"大爷说什么,谁是张振武?"映雪大叫:"什么也甭问,快打电报!"电报当晚就到了太原大德通分号,睡熟的映霁被砰砰的打门声惊醒,一骨碌爬起,开门。潘为严带何大掌柜冲进来,回手关门道:"东家快看!北京李大掌柜打来的!"映霁看电报,颜色陡变,失声大叫:"不!这不是真的!"潘为严道:"这个张振武,就是当初在武汉和朝廷大军打仗的张大帅?"映霁点头,走来走去,连声大叫:"张大帅是辛亥革命的元勋,武昌首义的总指挥,谁敢对他下手!"说着就流下泪来。映霁急看何大掌柜:"快让小栓备马,我要去火车站!马上去北京!"潘为严劝阻道:"东家,明天银子就要入官银号银库,还要举行仪式,你和金巡按使都要到的!"映霁道:"告诉金巡按使,所有的事情都要推迟!"潘为严又提醒道:"东家不要忘了当年老东家和刘黑七的事——"映霁心痛难忍,大叫:"张大帅不是刘黑七,他是天下闻名的革命元勋,我不只是要为他收尸,更要弄明白一件事,这件事比官银号开张更要紧!"何大掌柜看潘为严。潘为严道:"东家认为这件事更要紧,那就听东家的!"他和何大掌柜亲送映霁上了火车。火车开动起来,映霁站在包厢窗前,悲愤难耐,一直在说:"谁会刺杀张大帅?为什么要刺杀张大帅?如果真是政治谋杀,谁是主谋?"小栓不知道他在说什么,只听他又说下去:"难道他真是主谋!为什么?难道他不想让中国好?我不明白,更不相信!"小栓终于听明白了,看他,摇头。映霁怒道:"你摇什么头,回答我的话!"小栓道:"东家,小栓虽不是革命党,但还是佩服张大帅!像张大帅这样的人,小栓想他一定不会和人有私仇!"映霁大怒道:"你胡说!你这就是说这件事是政治谋杀!回答我他为什么要这么干!张大帅是说过要搞二次革命,但那是他一开始就不信任袁世凯会遵守民国约法,但现在已经是民国二年,并没有发生二次革命,也就是说他也在看……如果是这样,杀他的人又是出于什么原因,居然对他下了手!"小栓眨巴着眼睛不说话,他哪里跟得上映霁的思路啊。

第二天中午火车到了北京,李德龄带人将他们迎进票号。映霁急问:"事情怎么样了!"李德龄将一张报纸拿出来道:"早上刚出的报纸!上面说,袁大总统对发生的事情非常震惊,已下令京师地方警视厅严查此案,一定要拿到凶手!"映霁夺过报纸，一目十行地看下去。李德龄又道："报纸上还有一条消息，说张大帅的遗体已由内政部负责收敛，运回湖北原籍。湖北省政府奉袁大总统之命，要为张大帅在原籍举行国葬！"映霁一惊道："张大帅的灵柩已经离开北京？"李德龄道："是。这有点儿反常。民国政府处理什么事都拖拖拉拉，唯独这件事办得风快，而且，深得民心！"映霁示意二掌柜、三掌柜出去，回看李德龄道："当天夜里，前辈怎么会在第一时间就得到了张大帅被刺杀的消息？"李德龄不回答。映霁道："一定有人在第一时间就告诉了你，此人是谁？"李德龄道："跑来报信的人不让李德龄告诉东家。我得守信！"映霁深深看他，又问："张大帅为什么事来到了北京？他虽然已经下野，但毕竟是辛亥元勋，影响巨大，只要公开出现，走到哪里都会被一群记者包围！"李德龄道："这个……我们这种人怎么能知道。"映霁又道："他不可能一个人来到北京，和他一起来的是什么人？有没有这些人的消息？"李德龄叫了一声道："东家说的一定是他的同党，这个我没问，报信的人没说，报上好像也没有。"映霁久久看他，突然道："有没有蒋大帅的消息？"李德龄道："有。张大帅被刺杀后，一时坊间有许多谣传，说杀手本来要杀的是蒋大帅，结果杀了张大帅！"映霁听了，怔了一怔，忽然想起一个人来，一把拉开门大喊："小栓，备马！"李德龄道："东家茶也没喝上一口，就要出去？"映霁不回答，已经大步走出。

北京八大胡同内，一伙计带映霁、小栓赶来，看面前的破旧小院，映霁皱眉道："我大哥换地方了，现在住这儿？"伙计点头。小栓道："这不是八大胡同吧？怎么这样？"伙计道："是八大胡同，不过没生意，妓女们都走了，这年头百业萧杀呀！"边说边带路，引映霁、小栓进了小院，手指了指其中一间陋室，站住不敢走。陋室内只有一床一桌一椅，却有一块舞台上用的旧氍毹铺在地下。映雯就仰躺在这块旧氍毹上看一本书。映霁一脚将门踢开走进来。映雯一惊，看他，大叫："哎，哎，干什么，把门踢坏了你赔呀？"映霁不看映雯，只看房内的景象，道："大哥住的这地方，越发干净了啊！连个盛衣裳的柜子也没有？"映雯眼睛继续留在书上，道："你怎么来了？不过来得好！带钱了没有？"映霁道："干什么？"映雯道："赶紧的！让人去胡同口给我弄一碗热腾腾的羊肉氽面，宽宽的汤，多放辣子！"映霁道："不是说跟上了大牌，做了大编剧家，不花乔家一分钱了吗？还要我给你买饭！"映雯道："失业你懂不懂？我失业了，成了无产阶级！我都饿三天没出门了，不舍得一碗面钱就给我出去，别耽搁我看书！"映霁道："真的三天没吃饭？不过看你的景象，差不多！小栓！"小栓立马进门，看映雪："大爷！"映霁道："快去胡同口弄一大碗羊肉氽面！"小栓答应,转身跑出。映霁大喊："宽宽的汤,多放辣子！"他开始吸溜起嘴来。小栓在院内回答："知道！"

映霁在唯一的一张椅子上坐下来,这时才看一眼映雪。映雪这时看完了书的最后一页,将书扔掉,闭上眼睛,平躺在地下,沉默不语。映霁也看着他,半晌不语。两弟兄就这样相对了好大一会儿,映霁才道："你能掐会算的,知道我干什么来了！"映雪道："吃到羊肉氽面以前,你什么也甭问,问我也不会搭理你。"映霁道："我只问两句话。第一句。你怎么会在第一时间就知道了张大帅被刺杀的消息？"映雪不答。映霁又道："第二句。这事是谁做的局,刺客是谁,谁又是背后的主谋？"映雪仍不答。映霁道："最后一句。有谣传刺客最先打算刺杀的是蒋祚彬蒋大帅,后来是误打误撞,杀了张大帅,这就是说,他们事先有可能不知道张大帅来到北京。那就有问题了,张大帅为什么突然到了北京？"映雪忽然急躁起来,朝外面望,叫道："哎,看你们乔家的人办的这叫啥事儿！叫一碗羊肉氽面这么难吗？还是你暗中给他使了眼色,不愿意为我花这一碗面的钱？那你走！让我接着躺在这儿消停,别烦我,我要清静！"

小栓已经吆喝着推门将一碗面端进来："来了来了,羊肉氽肉,宽宽的汤,多放辣子！"映雪以极快的速度爬起来冲过去,抢面过来,放在地下就吃,大叫："呀！烫死我了！"映霁道："慢一点儿！一碗不够,可以再来一碗！"映雪立马回头："可以吗？太好了！快,小栓,再去弄一碗！"小栓看映霁。映霁道："看我干什么！"小栓笑了笑,又跑走。

这顿饭直吃了半个时辰才算完。映雪身边出现了两只空空的大碗,他自个儿也一个跟着一个地打饱嗝,一边重新拾起那本书翻看,道："我饱了,你们走吧。"小栓去拾碗,叫道："我说大爷,你这是什么话！我们东家千里万里地跑你这儿来了——"映霁举手制止,看映雪道："那我真走了？"映雪不说话。映霁站起,对小栓："走！"映雪道："等等！我不能白吃你的面,不想欠乔家的人情！"映霁道："那就回我刚才的话！"映雪道："第一句。我怎么第一时间就知道了消息,这个无可奉告。"

映霁道："怎么就无可奉告,我不是外人,我是你兄弟！"映雪道："早不是了,我是无产阶级,你是资本家。我是叫花子一样的穷人,你是财主！"映霁道："行,第二句。"映雪道："谁做的局,谁是刺客,谁是主谋,你得去问京师地方警视厅！"映霁生气了："行,我去问。第三句,回答我。"映雪道："那更是你们革命党和你们的仇人之间的事,我一个在京城八大胡同讨生活的人怎么能知道？他们会跑来告诉我吗？还是你们的人会跑来告诉我？但有一件事我亲眼所见，可以告诉你！"映霁心中大喜，道："你亲眼所见？你在现场？"映雪大叫："别问这个！我在不在现场都和这件事没有相干！"映霁笑道："行，就算我没问，你说！"映雪道："当天夜里你们的人不只死了张振武一个，还死了一个女的！"映霁大惊："谁？"映雪道："挺年轻的，岁数不大！"映霁一步上前抓住映雪，失声叫道："快说，她是谁？"映雪诧异地看他道："你怎么了？放开！我知道她是谁就好了？我只知道离开酒店时她还没死，另有一个女的将她背出窗户，回头就带走了她。不过后来我知道她死了！"映霁并没有放开他，大叫："你怎么知道的？她真的死了？"映雪不觉跟着他大叫："当然！天不亮京师地方警视厅就在景山找到了埋人的地方，把尸体挖走了！"映霁浑身风一样颤抖起来："人这会儿在什么地方？"映雪道："说是当时就送进京西的焚尸炉焚化了。"映霁又大叫："什么，已经焚化了？总会留下点什么吧！"映雪道："没有，什么都没留下，就连骨灰，听说都撒了！"映霁大啸："他们为什么要这么干？"映雪道："京师地方警视厅认为她可能就是刺客！"映霁复大叫："不可能！"映雪道："怎么就不可能！现在袁大总统严令京师地方警视厅限期拿到刺客。但刺客那么容易拿到吗？拿不到刺客，她当然就是刺客！"映霁松开他，转身就走。映雪冷笑道："你就这么走了？"映霁猛醒，回头道："你刚才说还有一个人，将她带走了？那个人是不是个小姑娘？"映雪道："我怎么知道是不是个小姑娘……好像不是，不过是不是我也没看清！"映霁再次抓住他，大叫道："没错，你就在场！"映雪又一次跟着他大叫："我就是在现场又怎么样？我只看见她们两个岁数都差不多，一个大一点儿，一个小一点儿！放开我！"映霁几乎抖得说不出话来了："告……告诉我！死的是大一点儿的，还是小一点儿的！"映雪大叫："大一点儿小一点儿我怎么看得清？放开我，走吧走吧，回去继续胡闹，把乔家的银子全部拉进山西官银号，让乔家银库变得空空如也，最好不久你也变成我这样，无产阶级，食不果腹，衣不蔽体，三天了，除了你这两碗羊肉氽面什么也没吃过，这样就没人找你的麻烦了！还有一条，不要再掺和革命党的事，就是掺和了也不能让别人知道你还在掺和，包括你们自己的人！不然——"映霁已经放开他，要走又回头，目光严厉道："你还知道些什么？"映雪道："没有人会无缘无故地被人刺杀！蒋祚彬上次从山西回来，我们在丰盛胡同剧场碰上过一回，那天就传出风声，说有刺客在找他，果然一回头他就不见了！可就在这时候，你们的张大帅受什么人之约到了北京，遭遇到了刺客。这里面的事情有那么难猜吗？"映霁急道："那我问你，蒋大帅在哪里？他是不是还在北京？"映雪喊起来了："要是你，满北京城到处都是刺客，都在找你，你还不跑？你傻呀！"

映霁瞪眼看他，有顷又道："有人说，袁世凯手里有一个名单，上面列有所有要翦除的革命党人的名字。这个你听说过吗？"映雪看他一眼又避开："没有。我干吗关心这个？"映霁大叫："你连这个都不关心，那你关心什么？"映雪道："我干吗要关心你们的破事儿？你们这些人，成事不足，败事有余，没有你们中国就够乱的了，加上你们中国会万劫不复……不过也没什么，改朝换代，总是要乱一阵子的，短则十几年，多则四百年！你为什么还不走？不就吃了你两碗面吗！"映霁单刀直入道："我问你一件大事，中国有没有可能爆发二次革命？"映雪道："这就是你现如今心里头窝的最大一块病吧？"映霁道："说不说？"映雪忽然拿过方才那本书，翻到某一页："刚刚在这本书里读到一句话，念给你听！"映霁道："等等，谁的书？"映雪道："德国人写的，卡尔·马克思的信徒，李卜克内西，德文的，你看不懂。"映霁道："书名？"映雪道："《马克思主义原理》。"映霁一把将书夺过来看。映雪又一把夺过去，道："不懂德文，你抢过去干什么？找到了！听着！李卜克内西引用马克思的原话。关于人类历史上革命的发生，马克思是这么说的：'人类社会的所有根本问题，只出现在那些解决问题的条件已经发展成熟之际。'"映霁问："什么意思？"映雪道："二次革命不可能谁想让它发生就发生，也不是谁不想让发生它就不发生。到了它应当发生的时候就会发生！我怎么跟你咬文嚼字起来，照中国这个乱象，岂止是二次革命，五次革命那都是少的，所以我让你赶紧地把乔家的银子拉出去散给穷人，你不听，早晚还不是个家败人亡！"说到最后，他已经大吼起来。

映霁又一把将他手中书抢过来。映雪道："你干什么？这你也要看？"映霁想了想，又把书还给他道："求你件事！"映雪紧张道："什么事？别求我！你的事我不会掺和的，你那里没好事儿！我不会引火烧身的！走，快走！"映霁道："我雇你帮我把这本书翻译过来。也不要每句都译，只要把大概意思译出来就行。我想知道马克思都说了什么！为什么每句话都像是对中国人说的！他简直就像是你这样一个大仙儿，什么都算得出来。但人家可比你厉害多了！"映雪犹豫了一下道："这个也不是不能商量。我这阵子真是穷途末路。你给我多少银子？不过这和你们的事没相干。"映霁道："你想要多少银子？"映雪警觉道："我不会多要你的银子！那样我就不译了！这样吧，照眼下书局的规矩，万字一两，如何？"映霁道："你只要不嫌少，咱们现在就成交！"

他从口袋里摸出一块银锭子放下："这个够了吧？"映雩道："多了！我可没银子找零。"映霁道："不要你找。"映雩道："成交！走吧，别再关心革命党的事，眼下的中国谁杀了谁都不稀奇，继续往山西官银号里拉你的银子吧，我要译这本书了！"他真的坐回到桌子前，开始做译书的准备工作。映霁看他。映雩大喝一声："走！"映霁转身离去。门"砰"的一声重重地关上。

接下来整整一下午，映霁都在票号里坐立不安地等待，神情无比悲怆。小栓小心翼翼道："再不奔火车站，要赶不上了！"映霁回头大怒："别惹我！我说过要走吗？赶不上就不走！还不快出去看看，李大掌柜中午就去了京师地方警视厅，怎么这个钟点儿还不回来？"小栓要出门又站住，大叫："李大掌柜回来了！"李德龄进门，匆匆拭了把汗道："东家，让你久等！"小栓要倒茶给他，他干脆夺过水壶，就着壶嘴一番痛饮，抬头道："东家请回去吧，他们把事情都办完了！"映霁大叫："办完了什么意思？"李德龄从身上取出一张照片："你瞧，是她吗？"映霁接过照片看一眼，目光登时湿润。小栓挤上去看，大惊："是她！"映霁眼泪都下来了，不看李德龄道："说是尸体早就焚化了，骨灰也撒了，撒哪儿了？"李德龄道："警视厅的人说，这个人名叫莲花，是出了名的女革命党，死了也不能把尸首留下，埋在哪里都是祸害，所以焚化了以后，骨灰就撒在京西大山里了，没人知道！"映霁流泪道："不可能没人知道，一定有人知道！"李德龄看他道："想起来了，这个女革命党我也是见过的，当初你们一起跟随蒋大帅，要袭击紫禁城不成，钻地道跑到这里来，还是我把你们藏在银车里送出去的呢！"映霁心中只有哀痛了，道："原来她没有离开张大帅！——那些人真认清了，死的人是她？"李德龄回看小栓道："回山西的票买了没有？"小栓点头。李德龄道："买了还不快请东家去火车站！潘大掌柜在家着急，说金巡按使那边一天打发人催好几回，要东家马上赶回太原府！"小栓看映霁。映霁仍沉浸在痛苦中，道："李大掌柜，没有骨灰，总会留下一点儿遗物，想办法找到遗物……不，我不走了，明天去京西大山里找到帮他们撒骨灰的人！我要找到那个地方，祭一祭她！完了还要就地为她建一座衣冠冢。莲花一定是为了救张大帅死的！她不能就这样死了！"小栓看看李德龄为难。李德龄想了想道："东家最好不要亲自出面。要记住当年老东家帮刘黑七收尸引出的一场大祸。东家树大招风，我们不一样，你先回山西办大事，我们悄悄地去办这件事，等大家都忘了这个人的时候，你再来北京悄悄去祭奠她！"

映霁摇头道："为什么我自己不能亲自去办？她不止是一个女革命党，她还是——"忽然他又换了话题，"和她在一起的那个女孩子呢？警视厅有没有她的消息？"李德龄道："没有。警视厅的人说，她的这个同党带她离开了出事的饭店，天亮前将死去的莲花埋在景山后就出了京城不知去向，他们估计是下江南了，已经发了令，全国通缉呢！"看映霁松一口气，李德龄悄悄对小栓眨一下眼睛，小栓急道："东家该走了，不然真来不及了！"李德龄已经在喊车："送东家去火车站！"外面答应了，李德龄回看映霁，映霁突然道："李大掌柜，我和小栓去看一个人，不会耽搁几分钟，立马就到火车站！小栓，拉马！"

八大胡同映雪住处。映雪正在一盏豆油灯下译书，嘴里念念叨叨："人类社会的所有根本问题，只出现在那些解决问题的条件已经发展成熟之际。""咣当"一声，门又被推开了。映霁闯进来。映雪一边用手护住油灯一边叫："哎！你怎么还没走，这会儿又来干什么？"映霁回头关门道："只问一句话！"映雪道："我跟你的话早说完了！这会儿我都后悔了！我们没话说了！"映霁道："你亲眼在出事的酒店看到了她们，你说死时当时还没断气，她们之间一定说过话。告诉我她们都说了什么！"映雪道："这么久了我怎么记得住……乔映霁，别以为你给了我一锭银子，我就欠了你什么，我答应帮你译书，不是答应做你的包打听！"映霁道："她们两个一个年轻一点儿，一个大一点儿，死的人是不是年龄大一点儿的一个，她叫莲花！"映雪道："我想想……不对，我凭什么替你想，你付银子了吗？"映霁道："你要银子吗？"映雪道："住口！别污辱我！除了银子你还有什么……让我想想，饭店外头那么黑，我怎么看得清楚，你刚才说什么？"映霁道："死去的那个是不是年龄大一点儿，抱着她逃走的是不是小的那一个！"映雪道："不……也许是，不过我哪里看得清？也许是，也许不是！"映霁掏出莲花的照片给他看："死去的是她？"映雪看照片道："唔……有点儿像……不是……拿走，你想让我猜吗？我不猜！谁知道死的是谁！反正死的都是你们革命党！"映霁失望，收回照片，转身开门，大步走出。映雪坐回去译书，又停下来，想："这什么意思呀？"

映霁和小栓果真就直奔前门火车站。李德龄已经到了，一直将映霁送进包厢，要下车又回头。映霁看他道："还有事？"李德龄道："接手广盛源的事，一直要说又一直没机会。"映霁道："怎么了？"李德龄道："有些麻烦。"映霁看他。李德龄道："上次东家跟我说过以后，我回来就办。开头还顺利，京师地方警视厅听说后也很高兴，说这下两家破产票号的债主的银子有着落了。可今天口风又变了！"映霁变色道："怎么变了？"李德龄道："今天我去警视厅，本来是打听东家想知道的事，等的时间长,就顺便找了人问了一句。他说,乔家接手广盛源并且打算和它合开一家民营商业银行,这事他们又说了不算了,财政部要插手!"映霁道:"财政部?"李德龄道:"财政部认为,乔家出面清理广盛源,又和它一起合建一家全部民资民营的银行,影响太大。加上乔家正和山西官府重建山西官银号,将来中国金融界有可能形成一家独大的局面,这事要研究。"看映霁皱眉,李德龄道:"东家,我有个不好的预感,说出来怕乱了东家的心。"映霁道:"前辈经历的事情多,有什么全说出来,不怕。"李德龄道:"你说是不是有人不想让我们把这件大事搞成啊?不过话又说过来了,他们真有这样的想法也不奇怪,如果这家新银行和山西官银号都搞成了,我们真会在全中国金融业界形成一家独大的局面!"映霁道:"那不会的,只会带动全国的晋商、徽商、浙商、粤商、潮商、闽商票号都来进行银行改制,那样整个中国金融业的改制就成功了!这有什么不好!李德龄不说话。映霁道:"前辈一定还有什么话没有说出来。"

李德龄道:"有人前些天悄悄跟我透了一个气儿,说乔家要做这件事也不是不成,甚至还可以把事情做得更大些,明摆着一条光明大道,为什么乔东家你就没有看到!"映霁悄然变色道:"什么路?主动去联络民国财政部的大员?再通过他们和袁大总统搭上线?"李德龄道:"恐怕就是这个意思。那人还说,乔家要真这样做了,袁大总统就不会暗中将这样的好事交给别人去做了!只要想一想,就知道这里面有天下大利!"映霁正色道:"前辈,这个主意早就有人给我出过,被我拒绝了。"李德龄道:"东家为什么要拒绝,有人巴不得呢!据说袁大总统的人最看好的就是我们乔家!"映霁道:"前辈真认为我该这么做吗?"李德龄深深看他,道:"我说实话,这几天我一直在想老东家要是还在世,他会怎么办。"映霁道:"他老人家就是死,也不可能受这样的诱惑。相反,他会在第一时间内想也不想,像我一样,将提议让乔家这么干的人扔出去!"李德龄道:"东家,要是这样,这个银行能不能建起来,就难说了。一定会有别人巴不得去求袁世凯,要接手做这家银行!"映霁道:"我不这么看,眼下除了我们,没有人愿意承接广盛源和合生元的债务,袁大总统也不会让任何人接手建这个银行!前辈久在江湖,道理肯定能想得到。"李德龄点头道:"东家,我刚才就是那么一想,你不要当真。"映霁道:"要真是这样,那还真得当真。"李德龄最后道:"我说多了。下一步究竟怎么走,还是东家您和潘大掌柜定吧。"火车鸣笛,他已经下车,又回头悄声道:"我刚刚听到一个消息,东家这次要找的蒋祚彬蒋大帅,有可能藏在天津法租界。"映霁大惊道:"怎么这个时候才让我知道?"李德龄道:"我怕让东家知道得太早,你就不回山西了。"火车已经走动起来。列车员来关门,将映霁请回到包厢内。映霁久久站立,不发一语。小栓看他道:"东家还是睡一会儿吧。"映霁回头道:"小栓,你愿意代我下一次江南吗?"小栓吓一跳:"干什么?"映霁道:"把巧姑找回来。以前她和莲花相依为命,现在没有了莲花,她无依无靠,我不能不管。"小栓看他,少顷才开口问道:"东家让小栓什么时候走?"映霁道:"回到山西你就走,先到武汉,再去上海、广州!"小栓欲语又止。映霁道:"你想说什么?"小栓道:"我说了东家不能骂我。"映霁道:"你说!"小栓道:"阿莲已经死了,现在莲花也死了,无论在东家心里,她们是不是一个人,都不在了! 武汉、广州我都去过,上海没有,我去了这些地方一准帮东家把巧姑找回来。东家一直觉得这辈子最对不起的人就是阿莲,巧姑是阿莲的人,将来我把她找回来,东家养着她,给她找个好人家嫁了,东家再想起阿莲,就不会那么难过了!"映霁不说话。小栓道:"小栓多嘴了,你要是生气了,就骂我几句吧!"映霁好久才道:"我改主意了,下江南这件事还是等我回去办完大事咱们一起走! 我们先到天津,然后去上海,不行就到广州。听说孙先生近年一直住在这两座城市里,我是该和他直接见一面了!"

映霁没有想到,离开北京时李大掌柜那个消息居然影响了太原本地众多分号大掌柜在入股山西官银号这件事上的信心。首先是太原府分号何大掌柜忍不住对他和潘为严进言道:"北京李大掌柜的话不会是假的,如果民国财政部对乔家真是这么个态度,我们真的还要入股山西官银号吗?"见潘为严不说话,何大掌柜又道:"东家,说实话我不明白,都知道金巡按使是袁世凯的人,万一山西官银号就是个给乔家挖的大坑……啊,今天我话多了。东家,金巡按使那边一直在催,他们知道您回来了。明天怎么回话?"潘为严忽然道:"告诉他们,明天照原先说好的,乔家银子入库,山西官银号揭牌!"映霁道:"等等。乔家银子入库的事最后是怎么定的?"潘为严道:"东家当时说好的,估计官银号开张后不可能会有相与入股,乔家一次性将民股两百一十万两准备金全部垫付,这样官银号开张后就能马上印制晋钞发行。有了晋钞,山西官府才能下令全省进入统一换用晋钞的半年过渡期。这中间若是有相与入股,我们可以让股给他,用他们的银子顶下我们的银子。"映霁沉吟片刻道:"好吧!"何大掌柜仍不甘心,又道:"可是潘大掌柜,东家,有句话我还是不能不说。这么多银子进了山西官银号银库,有可能再也出不来了!"

潘为严断然道:"这件事不要再说了,东家一定都想过了!"映霁道:"只要我一直在做董事长,潘大掌柜做经理,我们首先会严守合约。那上面有明文,山西官银号银库里的准备金一直会保持两百一十万两,同时根据约定,山西官府要根据今年的田赋收入,年底一次性注入官股准备金三十万两,也就是全部官股准备金九十万两的三分之一,同时增印晋钞四十五万元。要是一切顺利,晋钞的发行量越来越扩大,入库的准备金只会增加不会减少。具体到股东,合约上讲明银子是可进可出的。今天我们占民股百分之百,明天有人入股,我们的股银就可以退出。不能保证股东的银子随时进出,山西官银号怎么开得下去?"何大掌柜又看潘为严,见他不说话,就罢了。

山西巡按使官署内,望百引面目全非的刘小七走进来。刘小七进门就趴下给金甬磕头,口称:"小人王一刀,见过大人!"金甬道:"起来!现在民国了,不兴这个了!"刘小七爬起来。金甬看他道:"你真是王一刀?"刘小七急忙再跪下:"大人,小人真是王一刀!"金甬道:"我让你起来说话。王一刀,我问你,你这张脸怎么回事?"刘小七道:"大人还是不要问,小人有难言之隐。"金甬看望百道:"这个人连这点儿事儿都不愿意对本官交心,本官不敢用他,赶出去!"刘小七第三次匆忙跪下道:"大人,小人愿说!是这么回事儿。上次官兵进剿小人的山寨,打了一发炮弹,小人正凑在油锅前吃黄米炸糕,炮弹落在油锅里炸了。小人的脸,就成了这个样子!"金甬一怔,哈哈大笑。望百和一旁的金保也都哈哈大笑起来。刘小七转身就走。望百大叫道:"哎,你怎么走?望实拦住他!"望实拦住刘小七,刘小七怒起,一把居然将望实抓住举起,要往外扔。众人笑声戛然而止。金甬已经看呆,脱口而出:"英雄住手!"刘小七放下望实,回头与金甬对视。金甬道:"好武艺!本官还有一件事要问!"刘小七道:"大人刚才笑话王一刀这张脸,还没为这个道歉呢!"众人愕然,回看金甬。金甬尴尬笑道:"啊,真是年头变了,我堂堂的山西巡按使,跟你开个玩笑都不成了啊!行,就算我道歉了!俗话说,人不可貌相,王一刀果然英雄,可你就是英雄,也要能用你的道理说服本官,让本官相信你能胜任交给你的差事!"刘小七道:"大人,上天将小人弄成这样一副嘴脸,可以说是无颜见天下人了,幸赖大人开恩,将小人和弟兄们招安,此时王一刀只想找个一年三百六十五天不见人的地方替大人当差,混一份口粮终了此生,没想到今天见大人第一面,还是受了戏弄,小人不伺候了!告辞!"金甬急道:"站住!这是衙门!虽然是民国,但还是戒备森严,你以为你顺顺当当地进来,就能顺顺当当地出去吗?"刘小七道:"大人小看小人了,小人想出去可容易得很哪!"他眼露凶光,不觉让金甬打一个寒噤。望百也对此人生出了敬畏,急上前打圆场道:"罢了罢了,王英雄不要使气任性! 难道看不出来,大人看上你了? 回来回来!"他一步上前,低声柔气,将刘小七扯回到金甬面前。

金甬道:"王一刀,你知道我要派你去做什么?"刘小七道:"替大人看管山西官银号银库!"金甬道:"本官要你做什么,怎么做,崔先生告诉你了吗?"刘小七道:"说了。只要大人下令,不让一两银子出官银号的银库!"金甬道:"没有了吗?"刘小七道:"有。山西官银号的银子就是大人的命! 守住那些银子,就是守住大人的命!"金甬勃然变色:"胡说!"望百急忙道:"错了错了,山西官银号的银子就是你的命,不是大人的命,守住那些银子,就守住了你自个儿的命。不然,你就是逃到天涯海角,大人也会通过袁大总统在全国通缉你,抓住你枪毙!"金甬道:"是这样吗?"刘小七道:"就算是吧!"金甬不觉拂袖,不想再看他,道:"走!"望百忽然明白了,对刘小七道:"大人是说,你可以走了!"刘小七走一步又回头,目光中现出疑惑。望百大叫道:"快走! 回去好好睡一觉,明天跟大人一起去山西官银号,以后就住在银库里! 走!"金甬回看门外越走越远的刘小七,道:"这个人让我紧张……土匪就是土匪!"望百道:"世上有一种犬,名叫藏獒,凶猛异常,六亲不认,只认主人。现在大人就是他的主人,他就是大人的猛犬!"金甬迟疑了一会儿才道:"好吧,不过将这样的人留在身边,总是危险。不说这个人了,说明天的挂牌仪式,都准备好了吗?"望百道:"都准备好了! 保证明天大人到场时,鼓乐齐鸣,张灯结彩,热闹非常,轰动全国!"金甬想了想道:"山西官银号入了民股,仍然带一个官字,不要搞得像民间商号开张一样。听我的吩咐! 明天让王一刀从雁门关外带来的土匪全换上警察制服,到官银号外面站着去! 要让乔映霁和全山西的官员老百姓都明白,山西官银号是谁的!"又道,"明天你能保证乔家拉进官银号的银子不是假的吗? 一定要找个人, 对每一块银子都要好好给我上眼,不能让乔映霁蒙骗了本官!"望百道:"这个不用。"金甬道:"怎么不用?"

望百道:"乔家以诚信二字标榜自己,名满天下。别的事情他们可能做,但是拉假银子进山西官银号,他们不会! 坦率地讲,崔某今天为大人设计的一切,全都建立在对乔家自我标榜的诚信二字之上!"金甬道:"那就算了。从雁门关外下来这一帮土匪,真靠得住?"望百道:"靠不住。靠得住的人得靠大人自己豢养!"金甬背身沉吟良久,回头道:"那就让他们做本官的侍卫队,望实做队长,同时还是全山西警察的总队长。金保做我的贴身侍卫,兼副队长和山西警察的副总队长!"望实一惊,急看望百。金甫道："望实兄弟,不要看你哥。这次我不用你哥用你,一是因为你哥还要为本官办别的大事,二是本官在这样的事情上更信任你而不是他! 第三,你哥一直嫌我没有给你一个可以发财的职位。做我的侍卫队长兼山西警察总队长,这个位置可是很容易发财的!"望实又看望百。金甫道："你又看他! 小心他会忌妒你! 哦,眼下就有件事要你去做,知道是什么?"望实道："这个……"望百起急:"哎,怎么连这个也不明白,真笨!"金甫道:"你住口! 望实兄弟已经明白了!"望实心中一动,道:"盯住王一刀,一旦发现他要反咬主人,就逮捕他!"金甫道:"不是逮捕,是一枪结果了他!"望实立正大声道:"是!"望百心中无比愤恨,却也不好表现出来,忽然看金甫道:"大人,取消了民间的鼓乐,明天仪式上就不奏乐了?"金甫道:"怎么不奏乐? 奏军乐! 连夜去人找阎锡山,把他的军乐队借来一用!"望百故意道:"阎督军会借吗?"金甫道:"不但会借,还会送花篮恭贺!"望百心中的恶意在涌动,又道,"要是这样,光军乐队还不够,最好再借几门炮,咱们像袁大总统就任民国大总统时在天安门上鸣炮一样,也鸣炮二十一响,怎么样?"金甫故意装傻道:"这个主意好! 不过不能鸣二十一响,他是大总统,我是山西一省的巡按使,最多鸣十一响,万一消息传到袁大总统耳朵里,他也会明白我金甫是懂规矩的! 就这么办了!"

　　第二天清晨,山西官银号外彩旗招展,人声鼎沸。应邀赶来的宾客、记者站满大门外小广场。潘为严、何大掌柜陪映霁下车,映霁频频向来宾拱手:"各位都来了啊,欢迎欢迎!"众来宾都拱手道:"恭喜乔东家,贺喜乔东家!"潘为严引映霁拾级而上,走上主席台。一来宾道:"大喜的日子,乔东家脸上怎么没有喜色?"又道,"今天不会出岔子吧?"一语未了,众人已经回过头去,原来望实率大队警察跑步过来,大声道:"快,包围现场!"众人惊慌起来,都道:"怎么回事怎么回事? 警察怎么来了?""这么个日子,警察来干什么?"一些来宾就悄悄向包围圈外溜。众警察早就组成了纠察线,拦住他们道:"站住,来了就不准走了!"众人道:"这是什么道理,我们又没犯法!"那些警察就用枪托推搡他们回去,来宾们无奈,只得回去原地站着。主席台上,映霁回看包围现场的警察,对潘为严道:"我怎么不知道会来这么多警察! 你知道吗?"潘为严道:"刚刚知道。"映霁脸上现出不满道:"为什么我不知道?"潘为严并不看他,道:"东家,金巡按使说得对,山西官银号到底带一个官字,虽然官府今天没有准备金入库,但这里毕竟有官府的利益,有警察来会场站哨很好,过去我们花银子都请不来,现在不请就来了!"一旁的何大掌柜忽然开口道:"快看!"映霁、潘为严抬头望去。一支军乐队跑步过来，在主席台下列队站好。映霁皱眉道："这又是怎么回事儿？"潘为严道："军乐队来奏乐。金巡按使从阎督军那里请来的！"炮车也跟着驰来，声如雷鸣。映霁道："怎么还有炮车？"潘为严道："金巡按使说，要鸣炮十一响！"现场众来宾和记者都回头看着炮车停下，众士兵占领阵地，做好鸣炮的准备，神情兴奋。一来宾道："这下热闹了！连大炮都来了！等会儿又是洋炮，又是洋喇叭，今天我们可是来着了！"

金甫跟在炮车后面下车，望百、曾有志、金保陪他朝主席台看去。主席台上，潘为严看映霁一眼道："东家，我们下去迎接！"映霁向下走几步，忽然停下来。何大掌柜看潘为严，二人也只能停下来。金甫一直站着，等待走下来迎接他的映霁，见映霁不再往下走，望百悄悄回看了一眼金甫。金甫想到了什么，摇一下头，自己走上去，映霁此时已经转身回到主席台上，二人在台上见面，映霁忽然大笑，拱手："原来是金大人来了！没想到！"金甫道："乔东家，现在是民国，不是大人，是巡按使！"映霁继续大笑道："巡按使请！"他不等金甫回答，率先转身大步走向主席台中央。望百悄悄看金甫，心生快意。金甫又笑起来，带众人走向主席台中央位置，掏出怀表瞅一眼，只对望百道："时辰差不多了吧？"望百也不看映霁，答道："差不多了。""那就开始吧，还等什么？第一项是什么？挂牌，是吗？"望百道："第一项是宣布仪式开始，然后是挂牌。"金甫道："牌子呢，怎么不抬上来？"望百朝台下打一个招呼，望实带两名警察抬着山西官银号的牌子走上来，道："大人，牌来了！"金甫道："那就开始！谁主持？"望百忽然看一眼映霁。映霁不说话。望百道："要是没人，我就主持吧！各位来宾，各位记者，大家安静！"映霁忽然开口："等等！"

金甫、望百下意识地回头看他。金甫傲慢道："乔东家，你说什么？还要等！不要等了吧？"映霁道："大人，挂牌以后就是迎接银车入库，眼下银车还在路上呢！"金甫生气道："这怎么安排的，难道为了等乔家的银子，本官要站在这里等？"映霁笑道："大人可以请到本号的客房歇息。如果大人公务繁忙，也可以请回衙门里去。山西官银号本日挂牌，按照合约，主持者应当是本号的董事会。大人理应回避。"金甫瞪目，看望百等人："乔东家说什么？"众人都不语，仍是映霁笑脸回答："我说大人公务繁忙，可以不参加本号的挂牌和开张仪式。哎，潘大掌柜，大人要走，代我送大人！"潘为严急回头道："大人请跟我来！"金甫变色，道："乔东家，你是在对我下逐客令吗？"映霁继续和颜悦色道："大人，商民不敢。不过大人留下确实不合适，你要是留下，将来全山西的商人就不敢入股了！"金甫惊讶道："为什么？"映霁道："晋商有个规矩，不和官府做生意！大人若想让官银号开张后日进斗金，不如请到下面喝茶。让潘大掌柜陪您。"金甫想了想，转身跟潘为严离开。望百急叫："大人不要走！"回头对映霁道："乔映霁，大人已经来了，他就不能这样走了！"映霁道："我已经为大人准备好了！小栓，把花篮抬上来！"小栓马上和大德通二掌柜抬花篮上主席台。金甫道："这是什么？"映霁道："大人来了，还送来了花篮，祝贺官银号重新开张。但大人公务繁忙，不能留下，我们鼓掌，恭送大人回辕！"他带头鼓掌，众人跟着鼓起掌来，一时居然掌声雷动。金甫哼一声，不得已一路走下去，急急上车离开。主席台上，望百不得不跟着鼓掌，贴近映霁低声道："你过分了！你要知道，他今天才是山西的主人！"映霁道："哦，崔先生，忘了通知你了，你好像也不在我们邀请的来宾名单之内，你刚才也是随金大人来的。现在大人走了，你也请便吧！"望百心中恨极，又低声道："你要为今天的事情付出代价！"映霁心中越来越高兴，脸上保持着笑容："啊，金大人讲了，这些警察、军乐队，还有炮车，本董事会没请，金大人也没请，让他们快点儿离开，不然到了晌午，本号是不管饭的！"望百怒冲冲往下走，一边看望实道："把你的队伍带走，炮车、军乐队，全走，让他自己唱独角戏好了！"望实听了，对两警察道："成卜招牌！"又叫所有警察吹哨子，大声下令："撤，都撤！"现场外面，潘为严送金甫上车，拱手，大声道："潘为严送金大人！"金甫也不回话，只示意马车匆匆驰走。望百跑过来，生气地站住，恨恨地回望一眼，上马跟上去。主席台上，映霁一直气定神闲，仿佛这一切早在他的安排之内一样。台上台下的宾客惊恐地看着发生的这一切，嚷嚷道："乔东家也太厉害了！说让谁走，谁就得走！""哎，真是民国了，官府和晋商做生意也真能平起平坐了！"连小栓也看着映霁，低声道："东家，还是你厉害！"这一句话提醒了映霁，回头看他道："你一直嫌我埋没了你，没给你一个要紧的差事干，是吗？"小栓马上精神了，道："这都是过去的事儿了，怎么这时候说起来了？"映霁道："眼下有一个要紧的差事，关系到官银号的成败，敢不敢干？"小栓道："什么我敢不敢？只要不掉脑袋，我都敢！"映霁道："说不定要掉脑袋！"小栓道："那我不敢！"映霁道："那你走，惹我生气！"小栓看他，过了一会儿才道："哎，刚才你说的是什么差事，还要掉脑袋？"映霁道："看守山西官银号的银库。金巡按使那边出了一个人，我们也要出一个人，两人各拿一把钥匙，两人一起开锁，银库才能打开！"小栓不语。映霁又道："我还没说完呢！他们那边派来的人，面目狰狞，像个鬼一样，还听说武艺高强，十来条好汉近不了他的身子。怎么样？再想想！"小栓忽然笑起来。映霁道："笑什么？"小栓道："什么掉脑袋，长得跟鬼一样，你吓唬我呢！天底下会有这样的人？我不怕！哎，这个算个什么差事，至少算个分号的二掌柜吧？"映霁道："连三掌柜都不算，最多每年给你加一厘身股！"小栓高兴道："一厘身股也行，有一厘身股我一年就能多拿一百多两银子，要是太太开恩，让我娶了喜凤，我也能买房子置地了！"映霁道："你别光想好事儿，去了以后又后悔，跑回来说你害怕了，不干了！"小栓道："我后悔什么，我这会儿还怕你后悔呢！你话可是说出来了！对了，我离开了你，过几天谁跟你下江南？"映霁道："人有的是。我已经想好一个人了！"

潘为严这时走上台来，看映霁一眼道："东家，人都走了！"映霁："不应当都走，副董事长和副经理应当留下，快去请！还有，我忘了件事，崔望百其实也应当留下，他是监事会主席。"曾有志走上来道："乔东家，我来了！"映霁道："去请崔主席。该来的人全部都要到齐。"曾有志道："不用了。金巡按使说，他又改主意了，监事会主席也先让我代理。"映霁回看他一眼，道："那就不等了，曾副董事长，你来主持！"潘为严将一张纸递给曾有志："曾大人请。"曾有志道："潘大掌柜，不，潘经理，我这会儿还是什么大人，不过是金巡按使和你们大家赏我一碗饭吃……既是乔东家赏脸，我就主持。"他上前一步，向台下望去，喊道："各位来宾，各位记者，山西官银号挂牌仪式开始。第一个程序，请我们的董事长乔映霁先生、经理潘为严先生，为山西官银号挂牌！"现场发出雷鸣般的掌声和喧哗。映霁看潘为严："哎，这个时候应当放鞭炮，还有鼓乐，来了吗？"何大掌柜道："来了来了！"果然一队鼓乐赶过来。映霁高兴道："奏乐！"一时鼓乐齐鸣，鞭炮声炸响。映霁和潘为严抬起山西官银号的招牌，映霁回头看曾有志道："老父台，你也来，你是官方代表，咱们一起把它挂上去！"曾有志走过来，三人一起将招牌挂上。众人欢呼："好！好！好！"完成了这一项仪式，曾有志又回头大声道："现在请山西官银号董事长乔映霁先生讲话，大家欢迎！"台上台下鼓掌。映霁走上前来，大声道："各位贵宾，各位记者朋友，各位相与，乔映霁在这个仪式上要说的话很多，但又不能说太多，归结起来就一句话：山西官银号可能成功，也可能失败，但无论成功和失败，都和别人无关！中国人要让它成功，它就会成功，要让他失败，它就一定失败！有一句话我今天一定要在这里讲出来！晋商不能失败，中国也不能失败！中国已经失败不起了！"掌声雷鸣。许多人眼里涌出了泪花。

山西官银号地下银库门外，刘小七虎坐在一把椅子上，拦住去路。离开了开业仪式现场的金甬半道上又想起了一件事,转眼带着望百、望实及一队贴身侍卫匆匆走进到这里来。刘小七一惊,站起又手道:"大人怎么到这里来了!"金甬看银库道:"把银库门打开!"刘小七迟疑一下,打开银库,让金甬带众人走进去。环顾空荡荡的银库,金甬道:"真没想到,这地方还不小呢!"刘小七看他,并不说话。金甬看望百道:"这个银库,将来能装得下全山西的银子?"望百心中一动,大声道:"能!"金甬看刘小七道:"希望本官下次来,这里面不会再像今天这个样子!"

山西官银号大门外开业仪式现场,曾有志正在大声宣布:"下面,欢迎乔家银车进入山西官银号!"众人再次热烈鼓掌,见何大掌柜引导,小顺等人带银车队出现,进入官银号大门。小栓忽然跑来,对映霁耳语。映霁一惊道:"走!"二人匆匆离开主席台。潘为严看他们一眼,也急跟过去。地下银库里,金甬看着一辆辆银车拉进来,心情大振。望百道:"大人,乔家的银车进来了!"何大掌柜看见他们,急道:"停车!"众人将车停下。映霁、潘为严、小栓匆匆走进来。金保道:"爷,乔东家来了!"金甬冷笑道:"我知道他会来的!"映霁已经走到金甬面前,看他道:"金巡按使,没想到您会在这里!我还以为您回衙门里处理公务了呢!"金甬道:"乔东家,这个就是本官今天的公务!"映霁道:"大人,按照合约,掌管和运营山西官银号的是董事会,大人可以不必插手。"金甬道:"错了!按照合约本官可以不插手,但这毕竟是山西官银号,至少像现在这个环节,本官就一定要过来看看!"映霁冷笑道:"大人怀疑乔家入库的银子有假?"金甬道:"眼下世道浇薄,人心不古,本官要为将来入股和使用晋钞的商民负责,不能不对这些就要入库的准备金进行一番查验!"映霁还要说什么,潘为严上前道:"哦,大人来得正好。大人不来,我们东家也要派商民去请大人呢!"金甬有点儿意外,看映霁道:"是这样吗?"映霁心中一动道:"不是。但是潘经理是对的,我没想到的事情他想到了!"金甬看望百一眼,笑道:"哈哈!乔东家既如此说,你们还站着干什么?查吧!"映霁还要说什么,潘为严再次悄悄挡住他,对何大掌柜道:"全部银箱卸下来,打开请大人查验!"银箱很快全部卸下来摆在地上,小顺将它们一一打开。众人不觉惊呼,原来里面全是黄灿灿的金子。金甬的眼睛都给映花了,回头看望百道:"这什么呀?不是银子!"望百道:"是金子!大人,我知道是怎么回事了!"金甬道:"我也知道了!"他回看映霁道:"这不会就是传说中的那个金人吧?听说令夫人自己做主,将它化成了金锭,是吗?"映霁要上前解释,又被潘为严挡住道:"大人有所不知,事实上没有那个金人。至少东家和东家太太的娘家,不知道有过一个金人,那只是外面的一个谣传！"说完悄悄看一眼映霁，发现他神情平静。金甬不觉失望，看望百一眼，大叫道："怎么会是这样！原来没有一个金人！"映霁道："虽然没有这么一个金人，但既然有了那个传说，大人的人又提出了让这个金人作为准备金第一天入库，映霁自然不好说真的没有。大人，现在我拉来了和传说中的金人等重的金子，算是表达了乔映霁对大人和天下相与的诚信！大人，请查验这批金子的真伪！"

金甬已被这批金子震慑，看望百道："崔先生，你们家做过生意，一定能替本官查验清楚！"望百也没有见过这么些金子，有点儿哆嗦了，上前拿起一块金锭咬一下，又扔到地下听响声，再捡起来，不敢相信是假的，回头道："大人，是真的！"金甬道："一块块地查验，不要让别人当面蒙骗了我们！"望百离开面前的银箱，走向远处的一只，从中再取出一块金锭，重复刚才的动作，回头道："大人，是真的！"金甬还要说什么，潘为严忽然开口道："大人何必这么辛苦？潘为严现是山西官银号的经理，乔家的金子入库，查验真伪的应当是我！这些金子入了库，如果是假的，责任是要由我这个经理来负的！"金甬道："为什么应当是你？你是乔家大德通的大掌柜，难道我不会怀疑你们串通在一起蒙骗本官？"映霁上前道："大人，潘大掌柜就任山西官银号经理之时，按照官银号章程，已经辞去乔家大德通大掌柜一职，乔家和他也清了账，以后他只是山西官银号的经理，和乔家大德通没有丝毫利害关系！"金甬看望百："真是这样？"望百点头。金甬看潘为严道："从现在起，应当叫你潘经理了。潘经理，据说你在山西商界德高望重，我相信你不会和乔东家一起糊弄我，话是你刚才自己说的，这些入库的金子，还有以后入库的所有银子，如果有假，本官只拿你是问！"潘为严点头道："大人，商民明白！"金甬终于放心了，看望实道："我们可以走了！你是山西的警察总队长，由你负责派一队警察一天十二个时辰在这里站岗警卫。所有银车进出，都要经过查验！"何大掌柜等人急看映霁。映霁道："金大人，这一条好像不在合约之内！我抗议！"金甬道："抗议无效，恰恰因为不在合约之内，本官就可以做，也可以不做！但现在本官认为应当这么做！再说一遍，这是山西官银号，什么时候把官字去掉，本官就把警察撤走。不然，他们就必须留在这里！"映霁还要说什么，潘为严忽然开口道："东家，我赞成！"映霁吃惊道："你赞成？"潘为严道："眼下天下不宁，盗贼丛生，有金巡按使的这一队警察保护，我才敢做山西官银号的经理。"映霁生气地道："这件事你并没有和我这个董事长商量！"金甬心理上已经占了上风，道："乔东家，按照合约和官银号章程，你只是董事长，不能插手官银号的经营。

现在董事会已经任命了经理，官银号怎么经营，包括接受不接受警察保护，都该是经理的事，你干涉也是违约！——我的事情完了，可以走了！"望百、望实、金保随他离开，只留下刘小七一人。映霁回视潘为严，后者故意不理他，只大声对何大掌柜等人道："山西官银号，两百一十万两准备金入库！通知印币厂，开始印制晋钞！"

晚上，喧嚣散尽，映霁站在山西官银号董事长室内，心情不佳。潘为严带何大掌柜走进来。映霁道："白天的事，我想听前辈的解释。一家银行门前整天站着警察，谁还敢进来和我们做生意！"潘为严道："啊，东家说到这里，我正好有件事跟你商量。当年老东家请潘为严做乔家大德通的大掌柜，我们有约在先，如果东家既做东家，又做大掌柜，我不过是一个摆设，这样的大掌柜我是不做的。今天也一样，如果我这个山西官银号的经理只是个摆设，东家既要做董事长又要做经理，我只能辞号！"映霁心中大震，深深看他道："前辈，我并没有别的意思，我只是想——"潘为严道："东家什么也不要说了，还是那句话，东家信得过我，我就留下，如果信不过，那就另请高明！"映霁瞬间被激怒，道："潘大掌柜，您是前辈，爷爷去世后乔家的生意，一直靠您、高大掌柜和包头复字号马大掌柜三位支撑，以前你们怎么做生意，映霁没有插过手，但是山西官银号不一样，虽然仍然带着一个官字，但到底是我们乔家创立的第 家银行！我对它的第一个要求就是必须亲民，整天让一队警察在门前站着，我敢说鬼都不会上门！"潘为严掏出一封信放在案上，道："东家，这是我的辞号信，请你收下！"映霁道："前辈，您要是这样，我们就不好说话了！"潘为严道："是东家一定要管官银号的经营，让潘为严不好再做这个经理！"何大掌柜急上前打圆场："东家东家，大掌柜，大家都冷静！话不是这么说的。"一边就顺手扯过潘为严的辞号信，三把两把撕掉，扔进废纸篓里去。潘为严厉声道："老何，你干什么？"映霁已经趁这个机会冷静下来，回头看潘为严："前辈认为我现在该做的是什么？"潘为严道："离开山西。记得东家从京城回来时说过，给官银号挂了牌，你还有大事下江南。为什么不走？"映霁道："前辈，您这就是下逐客令了，好吧，我走。可是——"潘为严道："山西官银号怎么办，自有章程。每隔三个月，我会将经营情况向董事长汇报。"映霁道："我虽然要走，但有几句话还是要说。我以为前辈下面要做的事情很多。虽然乔家入了股，但晋中各大家还没有一家跟上，他们还在观望，尤其是榆次何家。"潘为严并不说话，只等待他离开。映霁转身大步走出。何大掌柜要跟上去，潘为严一把拉住。何大掌柜道："大掌柜！"潘为严道："何大掌柜，东家已经接受我的提议，李德龄大掌柜在北京走不开,暂时由你代行乔家大德通大掌柜。从现在起,你是乔家大德通的代理大掌柜,我是山西官银号的经理,我们各为其主,我不再是你的大掌柜,你也不是我分号的大掌柜,咱们只是相与!"他向何大掌柜拱手。何大掌柜心中大震,流下泪来。原大德通总号二掌柜跑进来,看二人一眼,吃惊道:"两位大掌柜,出什么事了?刚才我看见东家出去,气色不好!"潘为严道:"叫我经理。啊,何大掌柜的事也办完了,你现在是官银号的经理助理,和他也只是相与了,送客!"何大掌柜忽然理解了映霁离开时的心情,平静下来,对潘为严拱手道:"好吧,潘经理,何某告辞!我们后会有期!"潘为严道:"何大掌柜走好,不送!"何大掌柜转身欲走,又回头道:"不行,还有一件大事!"潘为严道:"讲!""东家交代过,晋钞一印出来,乔家首先要拿银子兑出去一百万元,以后乔家大德通、大德恒的银票不用了,改用晋钞!"潘为严不说话。

何大掌柜又要走,突然放低声音道:"潘大掌柜,何镜湖不知道一天之内您和东家间出了什么事,您到底是乔家的大掌柜,大德通说是乔家的,其实是您一生的心血。率先拿银子换晋钞这件事,到底我该不该做,您就一点儿主意也不愿意替我出吗?"潘为严冷冷道:"何大掌柜,你也是老掌柜了,一家票号该怎么经营,趋利避害,保护股东利益,这些你都不会了吗?"何大掌柜心中大悟,点头道:"何镜湖明白了!谢潘经理!"他向潘为严拱手,转身离去。

山西官银号银库前,刘小七虎立在银库前,一脸凶恶,望着走进来的小栓。小栓一步步走来,与他相隔很远站住,两人对视。小栓忽然拼命大喊道:"王一刀,你就是有名的江湖好汉,我也不怕你!"他的声音在这个面积不小的地下空间里四处碰撞,发出惊涛拍岸般的轰鸣和回响:"怕你怕你怕你怕你怕你怕你——"刘小七一动不动,待这一串的回声落尽,才开口道:"你是谁?"小栓道:"我是乔家——不,是潘经理请来看守银库的人。我叫小栓!"他的大喊在这个空间里引起了新的轰鸣和回响:"小栓小栓小栓——"他们就这样一直对视着,虎视眈眈,好像要永远这样子下去了。

这天夜晚,乔家内宅里,已经很显身子的依依在帮映霁往一只大箱里收拾远行的衣物。映霁默默站在窗前,听外面的雨声。依依道:"这次去了,什么时候回来?"映霁道:"长则三月,短则两月,不到你生孩子的日子,我就回来了!"依依道:"还是要下江南?"映霁道:"先去天津,从那里坐船到上海,然后到福州马尾,和小拉斯普汀会合,查看茶货,准备装船走海路运往欧洲。办完这件事我就回来。估计有三个月,官银号能否正常运营、晋钞是不是发得出去,到时候就明朗了。"依依沉默了一会儿又道："你前些天突然去了一趟北京，回来了也没听你说，为什么事去的？"映霁道："生意上的事你也要问吗？"依依不说话了，看着她。映霁放缓语调道："好，我告诉你。李大掌柜在北京接手广盛源，再办一家银行的事，不顺利。"依依不看他了，有顷道："外面都说，你去北京的头一天，有个革命党的大人物被刺杀，这个人你认识？不是又像爷爷当年去京城为刘黑七收尸，你也为他收尸去了吧？"映霁生气道："张大帅是革命元勋，死了要举行国葬的，用得着我去为他收尸？别说这事了，快收拾吧！收拾好了早点儿睡！"依依沉浸在自己的思绪里，道："人都说这一阵子外头风声紧，革命党为避免刺杀都躲进了天津租界，你这次下江南怎么忽然想起了要走天津，不是去找他们吧？"映霁回头看她，故作吃惊道："革命党都躲天津租界去了？你这又是从哪儿知道的消息？"依依道："哦，从映霙媳妇嘴里知道的！"映霁趁机改变话题道："近来又去看她了？"依依心情难过起来，坐下来道："他们两口子并没有走远，就住在太原府，和映霙媳妇的爹在一起。老人家眼看活不过这个冬天了。你知道吗？离开了这个大院子，他们两口子的心性倒是大变了！"映霁道："怎么回事？"依依道："两口子没有银子，把大烟戒掉了！映霙对我说，他和媳妇都很后悔，当初应该听大哥和大嫂的劝告。"映霁不觉高兴起来："真的吗？这太好了！浪子回头金不换！我现在正要用人，映霙其实小时候读书很好的……他怎么样，愿意跟我出去做事吗？"依依道："他倒是愿意，就怕你不答应！"映霁越来越高兴了，道："我怎么会不答应！这样吧，明天路过太原府，我去看看他们，让映霙跟我走！我想在福州长长久久设个茶庄，让一个老诚的掌柜先带带他，要是能行，以后就让他在那里做大掌柜，和小拉斯普汀合作，经营海上的茶货出口。我早就看准了，将来这条海上茶路开通了，距离我实现汇通全球货通全球的梦想就不远了！"依依认真了，道："那我明天跟你一起去，映霙要是还那样，我让他媳妇好好说说他。"映霁心情一瞬间又回去了，长长吐出一口气道："这是我这些天里听到的仅有的一个好消息。天不早了，睡吧。"依依道："你先睡，我收拾好了就睡。"

下半夜时分，映霁忽然醒了。见依依躺着，仍然大睁着眼睛。映霁一惊道："你是睡着了又醒了，还是一直没睡？"依依眼里忽然涌出泪花。映霁道："怎么了？"依依道："哎，在京城被打死的那个女孩子，真的是她？"映霁神情陡变。依依道："我写信问过京城的李大掌柜，他回信说不是。可是我真的很替她担心！"映霁的心已经在打战了，责备道："那你还担心啥？"依依道："如果死的不是她，她真的逃出去了吗？这会儿又在哪儿？我丈夫一定不会忘了她，这次冒死下江南，就是去找她！"映霁心中大惊，坐起来道："你胡思乱想些啥？我告诉过你，她不是阿莲，阿莲死了，她是另外一个人。我去江南和她一点儿关系都没有！"依依忽然抓紧他的手道："啊，你要快点儿回来！我害怕！"映霁道："你怕什么？"依依道："我们杨家这些年嫁出去的女孩子，都怕生产——"映霁又是一惊："为啥！"依依道："不知道为啥，我的一个堂姐，一个堂妹，一个堂姑妈，都是生第一胎时难产死的！"映霁不觉大声道："别胡说！你和她们不一样！"

依依不再说这事了，努力现出笑容，道："到了江南，万一找到她，告诉她，要是没别的地方可去，就到咱们家来。她是不是阿莲，我都会当阿莲待她，一直养着她，养她一辈子！"映霁勉强现出一丝笑意，敷衍她道："你开啥玩笑，我怎么会把她带到咱家来！她和咱什么相干！别想着张大帅死了她没地方可去，她只要活着，其实是有地方去的！"依依道："她能去哪里？真像你说过的那样，回孙先生身边去？万一真的发生了二次革命，她这样的人还是要上战场的！我们，不，是我，不想再让她上战场！"映霁笑道："你这个人真是八里河的里长，管得太宽了。人家是革命党，张大帅死了，她的同伴巧姑也死了，她即使真剩下一个人无家可归，也自然会回到中山先生身边去，她本来就是从孙先生身边派到武昌革命党人那里去的！哎，不对，你怎么会知道这么多她的事？"依依含混道："还不都是从你嘴里知道的？你每次从江南回到家，夜里说梦话，我都记住了呢！"映霁惊骇地看着她，半晌不语。依依拭泪笑道："怎么了？心虚了？别怕，骗你呢，你不说梦话，其实这些事情都是你平时随口对我讲出来的。"映霁暗中松一口气道："你可吓死我了！别的毛病我已经不少了，再添上个说梦话的毛病，那就彻底完了。在你这里，一点儿隐私也没有了！"时钟敲响两点。依依仍旧深情脉脉地看他。映霁上前将她眼角的泪痕擦干，拥抱她道："好了，睡吧。别人的事你就甭想了。天要亮了。"依依终于躺好，闭上眼睛。映霁这才放心睡下。但马上又睁开了眼，他的内心已经被依依刚才的话再次刺痛了。依依则一直闭着眼睛。

但他这些天毕竟太累了，很快又睡熟了。依依却坐起来，深情地看着他，眼泪一滴滴地往下落。映霁忽然睁开眼睛，直直地看她。依依一惊，抹一下泪，认真地看他。映霁的眼神显出他并没有认出是她。依依小声地："映霁！映霁！当家的！我的亲人——"映霁还是没有反应。依依道："你听不见？你又是那个人了……可是有件事，我还是对你说了吧，我真的很担心……万一我也……你怎么办？当年她把你托付给了我,还有这个玉佩……我答应过她,一生一世地保护你,照顾你,不离不弃,一起生一起死,可万一我做不到了……"映霁忽然眨巴了一下眼睛,要说话似的。依依吃一惊道:"你醒了……你没有……我的亲人,你要是听得见,你就记在心里好了……这次下江南,一定要找到她……我真的担心……"映霁的眼睛又悄然闭上。依依一时间惊得张大嘴巴合不上,呆呆地看着他,良久,没有再说下去。等她终于睡着,映霁却慢慢地坐起来,看着她,小心帮她拭去眼角的一滴泪水,突然开口道:"这些都是我原先不知道的……还有这个玉佩……我一直不敢问你是从哪里得到它的……可它已经不可能回到她那里去了……她已经不在人间了……依依,你现在才是我的一切……无论如何,你都不能……"他没有再说下去,因为依依忽然动了一下。映霁一直小心地守护着她,直到她重新安静下来,才再次开口:"你什么事都不会有……也不能有……你是我在世上珍惜的最后一位亲人……我一定会赶在你生孩子前回来! 我发誓! "

映霁夫妇在太原府的住处,是南城外贫民窟中的一间旧房。映霁第二天中午带依依、小顺、喜凤找到这里时,大吃一惊,因为屋内正哭声大作。映霁夫妇披麻戴孝,守着一位死去的老人。听到门响,二人猛然回头。映霁大叫道:"怎么回事儿? "映霁媳妇匆匆爬过来磕头,哭道:"大哥,大嫂,我爹他……昨晚上过世了! "映霁也爬过来,磕头痛哭:"大哥,大嫂……"映霁道:"怎么还没有入殓? "映霁媳妇哭:"没有银子。"依依一惊:"前些天我送来的银子呢? "映霁道:"都还了大烟债了。"映霁果断回头对小顺道:"快打发个人去见何大掌柜,让他打发人来为老人家办理后事! "小顺转身跑走。映霁媳妇拉一把映霁,泣涕道:"还不快给大哥大嫂磕头! 谢大哥大嫂! 我们错了! 呜呜呜! "依依俯身搀扶映霁媳妇。映霁又悲伤又气闷,转身走出去。映霁跟着走出,站在门外听映霁讲话。映霁讲了他的打算后道:"你要是答应,丧事办完直接从这里走,到福州去见小拉斯普汀,等我去那里和你们会合。潘大掌柜已经挑了一个大掌柜去那里,让他先带你开办这家茶庄。你要好好跟他学,另外还要学学海外贸易,这是将来我们乔家的大事业。"映霁哭道:"子曰……谢大哥,我去。"映霁脸上露出笑容道:"盘缠找你大嫂要,我有急事,就不多耽搁了。"映霁道:"大哥一路小心。"映霁对身后的依依和小顺道:"我们去火车站。"映霁趴到地下磕头,哭喊:"大哥,映霁永生永世不忘大哥的恩情! "映霁站住了,不愿回头,有顷,继续大步朝前走。依依看他,发现他眼里早就涌出了泪水。

太原火车站上，一列客车缓缓开动。映霁站在车窗后面向站台上的依依招手。依依也向映霁挥手，含泪看火车驶出车站，方回头掏出一封信道："小顺，出去了把它走信局寄出去。"小顺看上面的收信地址，一惊道："大奶奶在武昌鹦鹉街七十三号还有亲戚？"依依含糊道："一直没见过面，却是至亲。"小顺道："知道了。"依依道："这件事我不想让东家知道。"小顺点头，二人及喜凤这才向车站外走出去。

映霁离开的消息很快报到了金甬官署。金甬惊讶。望百道："马上派人盯着他！"金甬问他为什么，望百回看望实道："你打听到了吗？他这次要去哪里，做什么事，见什么人？"望实道："据说是要走海路下江南，到福建去做海上茶货贸易！"望百道："胡说！没这么简单！从山西去福建，走陆路乔家最熟也最近，为什么偏要走海路！"金甬冷笑道："你认为他要下江南再做革命党？"望百摇头道："乔映霁打算重做革命党，就不会让乔家入股山西官银号了。但他这样的人下江南，就是自己不去找革命党，革命党也会去见他！"金甬道："这个有理！乔映霁走到哪里，就会把乔家的银子带到哪里！"望百道："大人，现在已经是大人的银子了。望实，马上派人如影随形地盯着他，不能让他离开我们的视线。万一他真跟革命党有了接触，马上知会袁大总统在当地的人，让他们动手，一定要将二次革命扑灭在爆发之前！"金甬皱眉道："老崔，你什么意思？通过乔映霁可以帮袁大总统拿到革命党？"望百道："不是可以，是一定！这样大人就又为袁大总统立了大功！"金甬犹豫道："那乔映霁呢？我们现在做任何和乔映霁有关的事都有个投鼠忌器的麻烦了！"望百道："大人圣明，乔映霁眼下还不能死！只有让他活着做我们的人质，将来大人才能利用他将乔家的银子、全山西的银子一网打尽！所以我们必须盯住他，不能让他突然销声匿迹！"金甬道："说得好，望实兄弟，就这么办了！"

映霁的第一站是北京大德通分号。因为天快亮才到，直睡到第二天中午他才醒过来，李德龄早手拿一叠报纸进门道："东家！报纸！全世界都是山西官银号的消息！"映霁一骨碌坐起来，看报纸，不觉兴奋，念出声来："'山西官银号揭牌，中国第一家省级发钞银行开张营业！''山西官府下令以半年为期在全省废止银票流通！'好，我还不知道呢，金巡按使已经下令全省进入统一货币的半年准备期了！"李德龄道："东家，来前你打电报要我办的事，办不成了！"映霁道："想起来了，我要你把我到京的消息传出去，怎么，那些报社的记者没人来？"李德龄道："不是……都在外头呢，里三层外三层，都要就山西官银号的事采访你！"映霁道："好，我马上出去见他们！"李德龄道:"慢。刚才潘大掌柜打电报给我,要我阻止你见记者。"映霁吃惊道:"为啥?"李德龄道:"潘大掌柜说,山西官银号就是一家新的山西官府的发钞银行,办好办不好还不一定,东家最好不要过分渲染它,要提防树大招风!"映霁生气道:"这是什么话?把这件事宣传出去,不但对全国的金融改革有好处,对山西官银号更有好处!而且一旦这件事天下尽知,有人想对它下黑手也就不方便了!这件事一定要搞得树大招风!"李德龄道:"对了,东家,你让我派人买去天津的火车票,买到了,下午两点的车,这都一点了,你得马上去车站才赶得上!"映霁深深看他道:"李大掌柜,你也不想让我请新闻界把山西官银号宣传出去? 让我快点儿离开北京一定也是潘大掌柜的意思!"李德龄道:"东家你甭多心,真的是凑到一块儿了!"映霁道:"我再问你一件事。接手广盛源的事,还是没进展?"李德龄道:"这个……没有。"映霁道:"不会也是潘大掌柜的意思吧?"李德龄道:"东家,你真的想多了。"映霁恳切道:"各位前辈一定要明白我为什么要联合广盛源再建一家真正的商业银行。乔家入股山西官银号,但那是一家发钞银行,不能承担民间商业银行的职能,乔家不马上再建一家商业银行,别的票商怎么会先走这一步! 山西官银号就成了一个摆设,一个只会拿纸印的晋钞换走人家银子的工具,这和我们主导重建山西官银号的初衷是背离的! 新的乔家商业银行一定要建,不建不行,这个出头的椽子我们做定了!"李德龄想了想道:"东家,真正的障碍不在我们这里,我上次说过了。"映霁道:"前辈是说过了,可我也想过,如果民国财政部故意刁难,不允许我们办这样一家银行,根据民国法律,我们可以告他们,利用这件事搞一场天下共知的诉讼,推开中国金融业改制的最后一道铁门!"李德龄道:"人家没说不让我们建一家商业银行,他们只是说这家银行的设立必须经过他们的审核和批准。"映霁皱眉道:"他们要审核什么?"李德龄道:"第一要严格审核东家的资产,证明这些资产是存在的,不是虚构的;第二要严格审核有没有经营商业银行的人才和经验;第三要审核你的注册地、房产、大股东的姓名、身份确实无误,等等。还有,就是让你成立,你也无法正常经营。"映霁真的吃惊了,大声道:"为什么?"李德龄道:"因为民国政府还没有认可哪家银行可以代理中央银行发钞,没有这样一家银行发钞,你的商业银行就没有货币可以进行市场交易。"映霁道:"我们可以用山西官银号的晋钞作为新银行的货币发行。我们的准备金是真实存在的,只要他们查一下就知道,应当给晋钞以无限法偿的资格,在全国流通!"李德龄道:"我跟他们讲了。可他们说,这也要研究,因为眼下山西官银号还只是一家省级政府认可的发钞银行，不是中央政府认可的。晋钞在山西境内流通或许可以，但在境外，譬如在北京，在全国，就要得到他们批准！"映霁气闷道："没有金融业人士出面创设商业银行，他们大声说中国商人保守落后，没有国家民族观念；真有人这么做，他们又设置了这么多道关卡，让中国人自己的现代商业银行无法问世。——我明白了，归根结底，还是因为我们没答应和他们同流合污，是这样吗？"李德龄没有做正面回答，只道："东家，其实他们挡不住我们。我们可以先在山西试着将大德通改制成商业银行，用晋钞取代乔家银票在相与间流通。我有一种预感，乔家誉满天下，这些晋钞很快就会溢出山西境，在全国流通。日积月累，晋钞有一天说不定就会成为全国人民都愿意接受的通货，那时我们不用在北京再开银行，总号设在山西的乔家大德通银行就会自动成为一家全国性商业银行，没有人挡得住，这样反而更好！"映霁大惊，笑起来，拱手道："前辈圣明！哎哟，您怎么不早说，我都快急出病来了！这样，等会儿我一上车，您就打电报给太原何大掌柜，让他着手在山西给大德通换招牌，完成商业银行改制。"李德龄道："东家，这件事恐怕用得着王宗禹，他们在天津外国银行和洋行学生意，已经半年了。"映霁道："行，这事我来办。到了天津，马上让宗禹回山西，协助何大掌柜完成大德通票号的商业银行改制！"

匆匆饭毕，李德龄马上走后门亲送映霁去车站，避开了守在门外的记者。快上火车时他又对映霁说起了另一件事："东家有个消息不好！"映霁吃惊道："还有什么消息不好？"李德龄道："民国以后，内外蒙古就乱了，大小王爷们受外人鼓动，到处宣布独立，驻守当地的清军绿营就地溃散，成了乱兵，四处抢劫。袁世凯政府为了提升自己在国民中的威望，说要发大兵去蒙古平叛。蒙古一乱，说不定会波及到包头！"映霁心中大震。李德龄道："还有一件事，包头复字号马大掌柜已经吃不下多少饭了！"映霁道："我的天，这可怎么好！没有马大掌柜——"李德龄道："所以我有个想法，东家去了江南，可否马上赶回来去一趟包头看望马大掌柜，那里是乔家的根基呀！"映霁心情已变，道："前辈，我知道了！告辞！"他拱一下手，转身上了火车。一回头的工夫，他已经发现身后有两名黑衣人也跟着上了车。

黄昏时分，两辆黄包车已经从火车站将映霁拉到天津大德通分号门外。王宗禹、映雯陪映霁下车。映霁知道因为侯大掌柜疝气长期不好，一个月前潘为严准他回老家养病去了，现在由王宗禹代理这里的大掌柜。映霁怅然道："知道吗？潘大掌柜如今是潘经理了。"王宗禹不接这个话茬儿，只道："东家请！"一行人走向分号大门。映霁再次站住,吃惊地望着面前这座西洋风格的三座漂亮白楼,道:"不对,上次我来,分号不在这里!"王宗禹道:"东家还不知道,我半个月前帮大德通盘下来的。这里是法租界,不归中国人管。怎么样,漂亮吗?"映霁吃惊地看他,道:"你盘下来的?你一个分号大掌柜,还是代理的,没有禀告总号,自己就做主盘下这么一幢洋楼,还在租界里头,这怎么做生意?花多少银子?你也太胆大了!"王宗禹道:"东家先别骂我,先说这楼怎么样?"映霁道:"楼是不错。"王宗禹道:"将来有一天,东家将大德通总号搬这里来做生意,气派不气派?"映霁心中一动,不悦道:"你都开始替我想后路了?"王宗禹笑道:"东家说什么呢,我没有。"映霁道:"那就是也像别人一样,替我想办法往外大把地花银子了!"王宗禹仍在笑,道:"东家先看值不值,再说要不要。说是买下,但留下的是活口,只要东家说一声不要,马上可以退。"

映霁不再说话,大步走进这幢美轮美奂的洋楼,上上下下察看。王宗禹、映雯跟在后面。映霁终于站住,道:"我饿了,有什么吃的?"王宗禹道:"天津狗不理呗。"映霁道:"开饭吧。"他走下去吃饭。王宗禹、映雯侍立。映霁道:"你们俩也坐下。"王宗禹道:"映雯少爷坐下陪东家。我站着就行了。"映雯道:"师傅不坐,映雯不敢坐。"映霁道:"我让你们坐下来好谈事情。"王宗禹、映雯坐下。映霁道:"第一件事,这幢楼我要了,用我自己的银十头,不用票号的银子,这样简单。第二件事,王大掌柜,我让你打听的人打听到了吗?"王宗禹道:"啊,东家,天津离北京太近,租界里住的都是前清的遗老遗少,革命党根本不敢住这儿,你让我打听的那个人没来过。"映霁道:"真没?"王宗禹道:"真没有。"映霁不相信地看着他。王宗禹道:"东家,蒋大帅那么机灵的人,怎么会跑这儿藏着,我听说,包括什么武昌首义三杰中活着的那两位也都跑到南方藏着去了!租界说是安全,可那不是藏他们这路人的地方!"映霁想了想,心里反而轻松了,道:"第三件事,王大掌柜将这里的生意交托给二掌柜,明天启程回山西,帮助何大掌柜把大德通改制成一家商业银行。"

王宗禹不说话。映霁道:"你怎么不说话?"王宗禹道:"知道了东家。"映霁道:"还有,明天走前你先给我买船票,我要带映雯下江南。小栓不能跟着我了,让映雯跟着我做长随,你愿意吗?"映雯道:"不愿意。"王宗禹笑了。映霁道:"别人想跟着我我还不要呢,你这小东西不识抬举!"映雯道:"大哥,做长随映雯不愿意。映雯跟师傅学生意,刚入门,正想多学一点儿本事,你这样把我带走了,我不是前功尽弃嘛!"映霁看王宗禹,两人不禁哈哈大笑起来。映雯看二人,不快道:"笑什么你们!"王宗禹道:"笑你傻! 啥也甭说了! 跟着我这个师傅你能有多大出息? 明天跟着东家这个师傅走!"映雯嘟哝道:"反正小胳膊拧不过大腿。好吧!"映霁沉思起来,有顷道:"宗禹,蒙古那边的事你怎么看?"王宗禹道:"东家,我不看好。蒙古这一乱,从内地到恰克图的茶路,我看玄了!"映霁道:"我这趟下江南,本来还要去福州和小拉斯普汀会合,带上茶货,重走这条陆上万里茶路呢。这还就走不成了?"王宗禹岔开话题道:"马大掌柜二十八岁被老东家点将做了大掌柜,辛劳一生,东家该先去看看他!"映霁心情不快道:"在京时李大掌柜也劝我去包头。你也一样,为什么?"王宗禹笑:"没什么。我就是这么一说。"

映雯忽然开了口:"北京城眼下成了袁世凯的天下,革命党都去了南方,孙中山也在南方,听说已在酝酿二次革命。我师傅和李大掌柜不想让你下江南,是——"王宗禹回头打断了他的话:"胡说什么! 没有! 东家,他在这儿瞎蒙呢!"映霁回头向窗外望一眼,站起来道:"这两个尾巴又盯到这里来了!"王宗禹、映雯随他朝窗外望去。街道对街树影下,两黑衣人的身影一闪即逝。王宗禹看映霁,神情平静道:"东家,不但我们担心东家再入了革命家,他们更担心!"

第二十五章

　　早晨，天津港码头上，一条大船就要启锚。王宗禹看着映霁、映雯入关。两名黑衣人又跟着出现。映霁回头看一眼道："看见了吗？"映雯道："大哥，他们腰里有家伙！"映霁将一把枪塞到他手里："这个给你！"映雯惊道："大哥，我不会打枪！再说咱们上的是英国船，他们不敢动手的！"见黑衣人随他们上船，映霁想一想，忽然大步向他们走过去。映雯大惊，叫道："大哥，你要干什么？"映霁走到黑衣人面前。映雯大步跑过去拦在他面前。映霁一把将他扯开。两黑衣人见状大惊，要走，映霁一步上前拦住二人去路，道："你们是谁？为什么一直盯着我，从山西盯到北京，又盯到天津，现在又盯到船上？要是刺客你们就动手，是密探不用这么辛苦。"两黑衣人并不说话。映霁哈哈一笑道："看出来了，其实你们想知道我的行程。告诉你们，我要先去上海，考察先施公司，看一位名叫马应彪的华侨回国开的大卖场是怎么回事，他怎么就能把各种各样的铺子弄到一个大商场里，让顾客只到一个地方就能买到各种各样的货物，将来乔家也要在全国各地开办这样的大商场；然后我去福州贩茶。啊，我有个提议，你们两个要是愿意，可以做我的长随，我付给你们薪水。这样你们又盯住了我，又帮了我，咱们两全其美。"两黑衣人再相视，其一突然道："不懂你在说什么，让我们走！"映霁一直盯着他们，想了想，闪开。两黑衣人急忙走开。映霁要走回去，忽然在地下看到一张被丢弃的报纸，上面的一则新闻吸引了他。他将报纸捡起来，匆匆看了那则新闻，将报纸塞给映雯道："知道李大掌柜和王宗禹为什么都反对我下江南了！"映雯看报纸，念出上面的新闻："'据传，孙文和一批革命党近期汇聚上海，图谋不轨，当局正严密关注。'大哥，你不是要带我去上海入伙吧？"映霁一把将报纸扯回来，笑道："你说对了，怎么着，现在下船还来得及！"映雯当即就急了，道："为什么大哥！上次是你说的，中国再经不起一场革命了，中国现在需要建设，应当给民国政府时间和机会！"映霁已经不再听他说话了，神情严峻。大船鸣笛启航，驶向大海。

三天后大船才到达上海港。映霁带映雯下船，走上码头，忽然抬头，站住不走，目光直直盯着码头上一个穿戴时尚的女子，此人正向一条刚刚启航的日本客船招手。映雯吃惊道："怎么了大哥？"映霁脱口道："这不可能！"他撇下映雯和行李直奔过去，叫："莲花！"莲花远远看他一眼，转身就走。映霁冲过来大叫："别走，你是不是莲花，我是乔映霁！"莲花跑起来，映霁生气了，大步追过去。就在这时，随着一阵急促的警笛声，从码头外面，大队军警突然奔过来，拥进码头。一警目大喊："封锁码头，搜查每一个行人！"莲花无路可逃，站住，突然反身扑向映霁，低声道："抱住我，带我走！"映霁眼泪都要落下来了，道："你是莲花！"莲花道："吻我！"映霁看一眼冲过来的军警，忽然都明白了，和莲花抱紧，接吻。映雯提着行李跑过来，看他们，愣在那里动弹不得。见大批军警从他们身边跑过去，莲花急道："快走，就这么走！"映霁会意，拥抱着她向封锁圈外走。映雯心中一动，提行李跟上来。到了码头出口处，军警看一眼映霁、莲花，喊："船票！"映霁拿出船票。军警道："怎么就一张？"映霁道："哦，她是我太太！来码头上接我！"映雯故意将手里的行李摔掉在地下，箱子打开，衣物散落一地。更多的乘客拥过来。军警注意力被吸引，不觉将船票还给映霁，喊："走！"映霁抱紧莲花穿过封锁线走出去。映雯急急收拾衣物，提箱子出示船票跟出。

码头外就是一片密集的居民区。映霁拉莲花快跑进来，一眼瞥见前面是个无人的死巷子，二人停下，大口喘息。莲花忽然将手从映霁手中挣脱，二人对视，映霁泪花溢出，激动道："原来你没死！"莲花后退一步离开，目光严厉道："你怎么到了这里？"映霁气喘起来："我怎么到了这里？你说我怎么到了这里！"莲花警觉地看他一眼，转身就跑。映霁喊："哎，你去哪里！外面危险！"他生气，大步追上去。莲花忽然掏出一把枪指向他，警告道："别跟着我！再跟着就开枪！"映霁大为诧异。莲花转身再跑。映霁气愤道："你还开枪，我让你开枪！"他迈开大步追上去。没跑几步，莲花忽然转身跑回来，重新扑进映霁怀抱。映霁抬头向巷子口望去，发现更多的军警赶来拥进了这条巷子。二人急忙躲到路边去。映霁急问："刚才你在码头上送谁上船？"莲花不答。映霁急道："快告诉我，上海军警为什么抓你？你犯了什么事！"莲花还是不答。映霁一把将她的脸扭过来对着自己："告诉我，是不是二次革命开始了？"军警从他们身边拥过去又拥出来。莲花此时只想离开，怒视他道："放开我，让我走！"映霁抓紧她道："回答我的问题，不然不能走！"莲花猛然用力推开他，跑一步又站住道：

"乔映霁,你现在还有什么资格问我这些事?它们跟你有什么相干!"说完转身又走。映霁抬头朝前方看,一惊:"回来!"莲花已经看到巷子口的情形,众军警三步一岗,五步一哨,将这一带严密封锁。映霁突然上前一步,勇敢地将她拥在怀中,道:"什么也甭说,跟我走!"两人再次拥抱着做接吻状向巷子口走过去。两军警马上冲过来用刺刀逼住他们喊:"站住,什么人!"莲花将脸埋在映霁怀中,做害怕状。映霁道:"什么人还看不出来吗?一个男人和一个女人!"军警误会了他的意思,冷笑道:"流莺?"映霁道:"这你们也要管吗?你们要管的事儿也太多了,忙得过来吗?"刚才出现在码头上的警目跑过来,生气地看他们一眼道:"还不快走!捣什么乱!"映霁急带莲花出巷子口,走上一条街道。走了几步,莲花忽然回头,正和警目目光相对。警目看手中一张照片,大惊道:"抓住那个女的!"警笛声响起,众军警向映霁、莲花追来。

映霁大急,扯起莲花一路狂奔。警目带警察在后面追,鸣笛大作。危急时刻,映雯忽然从街边钻出,一眼看见映霁和莲花,大叫道:"大哥!"映霁急喊:"快想办法挡住他们!"映雯会意,突然一个前扑,倒在马路中间,大叫:"哎呀,可摔死我了!"急奔而来的军警相继被他绊倒在地。一辆黄包车忽然驰来。映霁一把拦住,拉莲花上车,对车夫道:"快走!"车夫拉他们进了一条小巷子,才道:"去哪里?"映霁道:"离这儿最近的外国酒店!"黄包车夫答应一声:"好咧!"拉起车穿街越巷,一阵狂奔,早到了闹市区一家外国酒店门前。在他们身后,众军警爬起来,看映雯喊:"追住他!"映雯爬起来撒丫子就跑,转眼窜进一条小巷不见。一直跟在映雯身后的两黑衣人跑出来,其一对警目道:"你们追的人坐黄包车,那边去了!"警目喊:"追!"两黑衣人闪到路边,看众军警朝黄包车驰去的街巷追去。这时,映霁、莲花早由一侍应生带领,走进外国酒店一豪华套间。映霁随手将一块银子塞进侍应生手中。侍应生看一眼莲花,笑一笑点头,离去。莲花走向窗前,居高临下地看下面马路上迅速拥满的警察。映霁道:"放心,这是家英国酒店,他们进不来的!"莲花却道:"他们是进不来,可已经把这里包围了!"映霁回头坐下,看她道:"这恐怕就是天意了。他们进不了,我们出不去。"莲花道:"不行,我一定得走,马上就走!"映霁用力将她扯住,按坐下来道:"不管你有多要紧的事,现在都不能出去!"莲花道:"为什么?我和你还有什么干系?我一定要走!"映霁抓住她不放,道:"告诉我,你和张大帅什么时候去的京城,去那里做什么,后来的事情是怎么回事,什么人刺杀了张大帅?他下野后就是一介平民,为什么有人要杀掉他!"莲花道:"你什么也不要问,我不会回答的!"映霁道:"除了张大帅,死的不是你,另外一个是……巧姑怎么不在你身边了?"莲花眼里猛然闪出泪光,甩开映霁,重新走向窗前看楼下的军警,一边拭去泪花。酒店外。映霁躲躲闪闪从一条巷子口摸过来,朝酒店方向张望。他看到了大批军警,点头自语:"明白了,我找对地方了!"一军警忽然发现了他,大叫:"就是这小子,快抓住他!"映霁转身又跑。

天很快就黑下来,酒店外的军警仍然没有撤离。莲花终于从窗前回身,回避映霁的逼视,道:"你什么也不要问我。要是想找话说,就说说自己怎么到了上海!"映霁生气道:"我怎么到了上海,你应当能够想得到。对了,你还没回答我呢,你今天是送谁上了去日本的大船?"莲花不回答,走过去坐在沙发上闭目小憩。映霁发觉她十分疲惫,走近来关切道:"要是困了,就进里面去睡!"莲花一惊跳起道:"干什么?离我远一点儿!"映霁道:"我说你太困了,进去睡,不放心可以把门拴上!"莲花抖擞精神道:"不,你去那边坐下!我不睡!"映霁后退,在远处的扶椅上坐下,看她道:"不回答我的话可以,不吃饭总不行吧?我去叫两客饭!"莲花忽然拔枪道:"我不出去,你也不能出去!"映霁道:"把你的枪收起来。把我看成什么人了!"莲花道:"你是什么人我怎么知道!乔映霁,不要再骗我们了!自从上次我和蒋大帅离开山西,你就和袁世凯在山西的爪牙合作,重建官银号,搜刮晋商的银子,资助袁世凯倒行逆施。你还正在和袁世凯的财政部勾结,打着清理广盛源票号的名义,密谋合建中国第一家晋商商业银行,以后这家银行会成为袁世凯的中央发钞银行,原来当年崔望百说的事情都成了真!就连你让人在临山重开茶山,恢复万里茶路,也不过是想继续做大乔家的茶货生意,剥削当地茶农,在全世界建起你乔家的茶货贸易帝国!你们乔家一代代不愧是天生的奸商,民国取代大清,多少人抛头颅洒热血,好处全被你们一姓一家得了,你正一步一步实现你的梦想,有一天拿走全中国的银子,做中国的洛克菲勒、摩根和罗斯柴尔德家族!"她话语中显露出的巨大义愤,让映霁心中大怒,道:"这些事情你又是从哪里听到的?"

莲花又回到窗前看外面的军警,失望,回头道:"我从哪里听来的一点儿都不重要,重要的是我不能和你继续待在这里!我得离开!"映霁再次挡住她道:"你不能走,外面太危险了!"莲花道:"为了救中国,多少人都牺牲了,巧姑死了,再死一个莲花算什么!闪开,你这个革命的叛徒兼投机分子,让我走!"映霁道:"不把我想知道的事情告诉我,不会让你走的!"莲花道:"你现在究竟堕落成什么人了?你不会也是袁世凯派到江南剿除革命党的密探、爪牙、刺客吧?"映霁大惊道:"什么密探、爪牙、刺客？你在说什么？"莲花道："别告诉我你不是！革命推翻了大清，多少投机分子见民国落到袁世凯手里，马上如蝇逐臭，背叛中山先生的革命理想，成了革命的敌人和袁世凯翦除革命党人的帮凶。你现在跟袁世凯的人打得火热，又是山西官银号，又是未来的袁氏中央发钞银行，我怎么知道你不是来替袁世凯刺杀孙先生的那个杀手！"映霁心中电光石光般一亮，道："你方才送到船上的人是孙先生！"莲花变色，脱口道："胡说！不是！"

映霁的心深深激动起来，道："我都明白了，张大帅在北京被刺杀，巧姑掩护了你，你成功地回到了孙先生身边！我不明白的是，孙先生是民国的肇造者，袁世凯卑持厚礼聘任的全国铁路总办，今天为什么要逃亡到日本去？"莲花吃惊地看他，道："你还不知道两天前发生的事？"映霁大叫："两天前发生了什么事？"莲花难以置信地看他，突然道："你是从哪儿来的？"映霁道："我从天津，船在海上走了好几天，刚到上海，怎么会知道两天前的事！"莲花随手从身上扯出一张报纸递过来："那你看看这个。这件事到今天余波未了，也不会了！"映霁接过报纸匆匆看下去，变色大叫道："什么？国民党国会领袖宋教仁先生在上海火车站被刺杀？前有张振武在北京被暗杀，这次又是宋教仁先生……快告诉我，凶手找到没有？"莲花道："袁世凯政府正虚张声势要查明凶手，上海警察局正虚张声势地破案，其实凶手不用找，司马昭之心，路人皆知，凶手就是袁世凯！"映霁大叫："这怎么可能！你有什么理由……不，是他有什么理由做这样的事？"莲花道："你难道都没听说，袁世凯正在筹划恢复帝制？"映霁勃然变色："袁世凯要恢复帝制？"莲花道："蒋祚彬也被他囚禁在北京西山，生死不明！这个你也不知道？"映霁大吼："蒋大帅也被袁世凯幽禁在北京西山？"

莲花道："蒋大帅前不久还把你当成自己人，去山西祁县乔家堡看过你！你这会儿连他的生死都不放在心头！还有，武昌首义三杰中的另外两位，孙武先生和蒋翊武先生，全都下落不明！你一定会告诉我，你也不知道……我们确实没什么好谈的了！"映霁道："什么，孙武、蒋翊武也下落不明？"莲花不愿意再和他说下去。映霁努力抑制住内心的波涛，耐心道："你可能不相信，但我确实一直在北京寻找蒋大帅的下落。我听到的消息是他在张大帅被杀后躲到了天津，到了天津又说他到上海来见孙先生。我这才来到上海。我来到上海也是为了见孙先生，同时也是为了你！"莲花猛回头看他一眼，道："为了我？北京到处传说被打死的是我，原来你是找巧姑来了！"映霁又大叫："是要找巧姑，如果事情是真的，我担心她现在无依无靠，无家可归。但我真正想找的是孙先生,找不到我还要去武汉寻找孙武和蒋翊武先生,我不愿意相信死的是你!我要查证这个消息的真伪!"莲花惦记的是楼下的军警,再次走到窗前去,忽然她的心一动,慢慢回头朝映霁看去,就是这一刻,她在他眼里看到了难以抑制的激情和泪花,心中的冰河突然开裂!

　但她仍然不能让自己相信映霁!有顷,她努力克制住内心大起的波澜,回头坐下,回避映霁的目光,道:"不要再说我的事情了。说说你吧。你那个漂亮媳妇给你生了个什么?最好是个儿子,长大了好继承乔家的事业,和你一样走商路,做天下最大的生意,让富可敌国的乔家更富有,即使今天全中国人民都在饥寒交迫,你仍然可以做中国大地上最后一个快乐的人!"映霁也在抑制内心的激烈,有顷才道:"如果你想用这些话嘲笑和羞辱乔映霁,我不计较。另外要告诉你,依依还没生,上次怀的孩子丢了,不过她又怀上了。我不是为了回答这些问题才下江南的!"莲花坚持用讥讽和敌视的口吻和他说话,只有这样她才能继续让内心中那条坚固的冰河不再开裂:"那你就是为了发更大的财来的,是吗?"映霁深深看她,伤心道:"我迫切需要知道张大帅被刺杀的原因,是什么人设的局,什么人下的手,为什么他们要让一个已经下野的武昌首义功臣死?你刚才说袁世凯正在策划恢复帝制,这又是怎么回事?我离开队伍太久了,这些我都想知道!事实上,我并不知道你在上海,我都不知道你还活着,我一来是想见孙先生,二来就是为了找你和巧姑!我想请教孙先生,袁世凯真像外界传说的那样正有计划地翦除革命党人,然后废止民国约法,开历史的倒车,重回家天下那一套吗?刚才我又从你这里听到了新说法,你居然说他要恢复帝制做皇帝,废黜民国,这太不可想象,太荒唐,太难以让人相信了!"莲花又生起气来道:"你是说这件事荒唐,还是说这个消息本身荒唐,难以想象?"映霁激动道:"这两件事同样荒唐,同样难以想象!我在听到你讲出它们的第一刻就不相信,不是真的!"

　莲花心中重新燃起了对映霁的不信任和愤怒:"你不相信袁世凯真敢冒天下之大不韪开历史倒车?"映霁道:"对,即使袁世凯是乱世枭雄,有那个居心,他也不能不明白,全国人民英勇牺牲推翻大清,不是为了再让他接着做皇上!只要他的思维还正常,就不会不知道,那样会让他身败名裂、遗臭万年。更重要的是他不可能不明白这件事根本没有成功的希望!"莲花道:"袁世凯早在大清灭亡前就把朝廷的枪杆子抓到了自己手中,然后又通过阴谋诡计把民国的执政权抓到自己手中,现在又通过爪牙把像你这样富可敌国的商人抓到手中！有你这样的人为他做金主，并且准备在他成功后得到巨大回报，他怎么就没有成功的希望！"映霁怒道："你说什么？我怎么会——"莲花更激烈地打断了他："你怎么不会！眼下天下人都知道，最积极最卖力地在中国金融业推进银行改制的是你，而你所以这样做，就是为了将来能让袁世凯认可你有资格做他最大的金主，准许乔家改制后的银行拥有发钞权，成为事实上的中央银行。你现在已经和他在山西的代理人狼狈为奸，以重建山西官银号为幌子发行晋钞，替袁世凯搜刮晋商了，这不是在为袁世凯恢复帝制、黄袍加身输送银子，又是为什么！"映霁大声制止她道："不要信口开河，没有这样的事！"莲花道："为什么你不让我说完！天下人都知道晋商富甲天下，手中握有中国三分之一的银子，这批银子一旦到了袁世凯手里，他就能组练军队，购买武器，扫除异己，为他恢复帝制铺平道路。袁世凯上台后不是没有想过从别的渠道得到一大笔银子，可是前清的朝廷把中国的权益抵押得太多，能继续押给洋人的东西根本剩不下什么了，就连在全国收取田赋他也做不到，他只能依靠像你这样手中握有天下财富的人！"

映霁不想和她争论下去，大声道："再说一遍，没有这样的事！你告诉我，这些话不是从孙先生那里听到的，孙先生是懂得我的，他一定不会这样无端地猜测乔映霁！"莲花道："那你给我一个解释，为什么你力排众议，不顾几乎全体晋商的反对，执意入股山西官银号，支持袁世凯的爪牙在山西统一货币，让几乎所有山西商人一下都断了经商之路！乔映霁，你是个罪人！在中国商界称雄五百年的晋商，眼看着就要毁在你的手里！"映霁反而越来越冷静，道："你的话没有一点儿是真实的！乔映霁入股山西官银号的初衷和他当初在武昌首义时出银子给革命军做军费保护票号一样，仅仅是为了推动中国金融业走向现代化，集中全国财力开启中国的工业化进程！没有山西官银号，中国票号业也要终结自己的历史，但是没有中国的金融现代化，未来的中国就会全面走向黑暗！"莲花哪里听得进去，气愤道："乔映霁，看来你的观念一点儿也没有变，我们没必要再谈——"映霁猛地对她竖起手指，"嘘"了一声。原来走廊里响起了脚步声。接下去就听到有人猛烈打门。莲花变色道："乔映霁，这就是你说的，他们进不来！"映霁一把扯过莲花，将她塞进储物间，背身立在门前。客房门已经被打开，两黑衣人带几名英国警察及中国警目冲进来。警目在屋里看了一遍，失望道："人呢？"映霁道："我抗议！"两黑衣人不理他，道："不会跑的，刚才还听到有人说话！"映霁哈哈大笑。警目道："笑什么？"映霁拍手道："我为上海警局下这么大力禁娼叫好！她刚刚离开不久，你们快追！"一旁的英国警察听懂了，说汉语道："快追！"众人追出去。映霁急将莲花从储物间中拉出道："这里不能待了，他们还会回来的！"两人闪身出了客房，进入楼层中一管道间藏好。黑暗中莲花问道："这是什么地方？"映霁笑道："别管什么地方，能躲过去就行！啊，我们的谈话还没有结束！"莲花道："是没结束，你刚才对他们说了什么？"映霁道："我说没结束，是说直到今天我仍然认为，革命解决不了中国问题。中国的根本问题是民生！发展经济、解决天下人的温饱才是民国政府和天下人的第一要务！"莲花痛声道："别说了，民国后发生的所有事情都没有擦亮你的眼！张大帅早就说过，中国的根本问题是这间大房子太老了，旧东西太多，不彻底打扫干净，新中国就没办法生长！"映霁忽然又"嘘"了一声，二人回头听外面脚步声响起又消失。莲花说下去道："但当时没有人愿意听他的，到今天才发现错了，袁世凯已经窃夺了国柄！不是我们不想停止革命，是革命的敌人、民国的敌人、中国的敌人，正在用包括暗杀在内的手段逼迫我们明白他正把国家引向何处！"楼道间脚步声又响起来，这次好久才消失。映霁继续道："我不同意你这些话！无论政客怎么折腾，只要国内有和平，他们做不到的事情，怎么知道我们这些人就做不到，怎么就不能相信我们这些搞金融的人，搞经济的人，也有可能将中国引向一条光明之路！鸦片战争后中国的问题是流民问题，上亿的人没有饭吃，一旦我们把经济搞起来，天下再无饥馑，中国人就不会再像太平天国那样揭竿而起，中国也就不再会像今天这样四分五裂！为什么一定相信不进行二次革命，袁世凯就会称帝？万一将中国推向万劫不复的境地，谁承担这个历史责任！是你，我，还是孙先生？"莲花又愤慨道："我们不要再谈了，你连摆在面前的事实都不愿意相信！袁世凯正在翦除革命党。他们已经杀了张大帅，杀了宋教仁先生，囚禁了蒋大帅，今天又逼得孙先生出逃日本！"

映霁难过道："这么说，我这次来上海是见不到孙先生了！即便如此，你刚才的话也还是说服不了我。因为连置身现场的你也无法证实刺杀张大帅的主谋就是袁世凯。还有，既然有了民国法律和法制，我们就该相信它们，等待有关机构让案情水落石出！"莲花恨声道："其实见面时我就该一枪打死你，以免让你成为帮助袁世凯倒行逆施的罪人！"外面响起敲门声。映霁一惊，小声道："谁？"没想到居然是映雯的声音："大哥，是我，他们撤了！"映霁走过去开门，回头对莲花道："快走！"三人小心下楼，离开酒店，上了大街，一辆电车开过来。转眼工夫莲花已经上车，映霁发现时电车已经关门开走。映雯道:"大哥,追上去呀!"映霁站着不动。映雯急道:"就这样让她走了?"映霁忽然道:"这一天搞得太紧张了,我们回酒店!"映雯道:"行李都丢了!"映霁问:"银票在吗?"映雯道:"在腰里呢,再说这里还有咱们的分号,没银子找他们借吧。"映霁道:"咱们先去吃饭,好好睡一觉,明天去先施公司考察,买换洗衣裳,然后坐船去福州!"映雯道:"真不找她了?"映霁沉吟有顷才道:"她好好的,我看见了,还找她干什么?再说找到了她也不会跟我们走!"映雯看他,发现忧虑又上了他的脸。二人一同走回酒店去。

以后的行程就比较轻松了。半个月后他们到了福州马尾港,见到了小拉斯普汀和不久前赶到的映霙。两人及当地茶庄的大掌柜带映霁、映雯走进一座大茶货仓库内,查看存在这里的大批茶货。小拉斯普汀从见到映霁时就开始话痨一般数说自己的功劳:"瞧瞧,这就是我用从上海订制的新机器制作的新的大红袍,我给它起了个名字叫'乔家红'!绿茶只在中国国内有市场,国外基本上是红茶的市场!眼下国际大市场上风行的是日本红茶、锡金红茶,近来缅甸红茶、印度红茶也上来了!为了打开销路,我把咱们'乔家红'拿到上海去让行家们品尝,他们个个都竖起了大拇哥,说 Good! Good! Very nice! It's best!意思是好!好!"

映霁道:"打住!跟你说件事!陆上茶路走不通了,这些茶货全部要走海路。你下定金的那条海船装得下这么多茶货吗?还有,不能叫'乔家红',这些茶货出了中国,就是中国茶,叫'中国红'!"众人齐声叫好。小拉斯普汀变色道:"什么?陆路走不通?明白了,你担心我们俄罗斯又要发生革命,不是社会革命党人,也不是孟什维克,更不是沙皇复辟,是布尔什维克,对不对?我说你不要怕,你们乔家和我们拉斯普汀家是两段茶路,只要中国这一段从武夷山到恰克图没有事,剩下从恰克图穿过西伯利亚到达莫斯科,最后到我们的首都彼得堡就容易了!"映霁道:"怎么容易了你跟我说说?"小拉斯普汀道:"西伯利亚大铁路修通了!茶货只要入了俄境,我就改铁路走。至于布尔什维克革命,我不担心,小拉刚刚接到生意上的合伙人纽曼从彼得堡来的信,说现在的克伦斯基政府控制得住全俄的局面!"映霁听了,半晌才道:"可惜我说的陆路不通,是指从包头经过内外蒙古到达恰克图这一段,不通了!"小拉斯普汀怔了怔道:"原来麻烦还是出在你们中国境内。船没问题,只是你没照着咱们约好的时间来,晚了好几个月。"映霁道:"我这几个月有更要紧的事情做。不说这个,咱们说走海路贩茶。这么多茶货,全部走苏伊士运河入地中海,从法国南部港口土伦入欧洲,你那边的相与,一口气吃得下这么多货吗?"小拉斯普汀想了想道:"这个……恐怕有点儿问题。本来我在这里准备了陆海两条路的茶货,现在只有一条路了。不过我还有办法! 咱们再雇一条船,由福州开往海参崴,从那里入俄国境,将原来走陆路的茶货改走西伯利亚大铁路运往彼得堡!"

映霁大为高兴,将他举起又放下道:"太好了! 不过临时雇船,来得及?"小拉斯普汀夸口道:"有我在你怕什么? 最近刚好有条俄国船要回海参崴,我跟他们船长哥们儿,有面儿,一说准让他们下别人的货,上咱的货!"映霁要他马上去办,小拉斯普汀拉上映霙道:"你马上跟我走!"映霙来的日子不多,形容已经大变,看映霁道:"大哥,我去了!"映霁脸上现出笑容,点头道:"快去! 跟小拉多学点儿!"映霙道:"知道了! 大哥,真没想到外面世界这么大,我都被做生意迷住了!"映霁道:"别忘了我的话,学好了我把这边的事情全交给你,你敢接吗?"映霙道:"那有什么不敢的? 子曰——"忽然他下意识地把嘴捂住。映霁道:"怎么了?"映霙道:"我发过誓,以后不拽文了。"映霁道:"圣人的话,有时一句顶一万句,该说还是要说!"映霙道:"那我就说了,最后一句。子曰:'当仁不让于师! '"映霁道:"光有决心不行,还得成为行家。这样吧,如果事情办得顺当,你就随小拉跟茶船去海参崴,不行在那里再办一家乔家茶庄,就地经销我们的茶货,如何?"映霙大为振奋道:"行! 只要大哥信得过映霙,映霙就是死了,也要把事情办好!"映霁道:"胡说! 不能死,但要把事情办好! 办好了我把海上茶路的业务统统交给你!"映霙两眼放光,道:"大哥,我一定把事情办好!"映霁点头,看他随小拉斯普汀离去。

晚上回到住处,映雯端一盆热水进来,放在映霁脚下,道:"大哥,热水来了,洗脚吧。"映霁正在看账本,不看映雯,问:"跟着你师傅,都学会了什么?"映雯看他,不知道他要说什么。映霁道:"给师傅洗脚学会了没有?"映雯道:"没有。"映霁道:"就因为你是乔家的少爷,你师傅没让你给他洗过脚?"映雯不说话。映霁道:"现在换师傅了,没看师傅正忙着吗?"映雯无奈,蹲下去帮他洗脚。映霙跑了进来,手拿一张电报,道:"大哥! 潘大掌柜电报!"映霁眼睛并不离开账本,道:"不是潘大掌柜,是潘经理! 雇船运茶货去海参崴的事怎么样了?"映霙道:"都办妥了,小拉油嘴滑舌,可是办事很踏实!"映霁道:"那就好好给人家学。准备好跟船去海参崴!"映霙道:"都准备好了。大哥,其实我喜欢冒险,早知道出来会这样,谁还待在家里守着那个大院子!"映霁道:"去地中海的茶船谁跟着?"映霙道:"小拉说海参崴不远,我们一起去到那里,看着茶货上火车,再回来带另一条茶船去欧洲,来得及!"映霁看他一眼:"真来得及?"映霓道:"小拉说来得及!"映霁道:"什么小拉说,我要你说!"映霓道:"啊,我也算过,要是一切顺利,耽误不了的!"映霁认真道:"凡事要自己计算好了,不要听别人说,你有这个心眼儿,就是长进了!电报上说什么?"映霓道:"就一句话,请大哥马上去包头!"映霁神情急变,道:"出什么大事了?"映霓道:"没说。"映霁从映霓手里夺过毛巾,自己三下两下擦干净了脚,穿鞋子站起,道:"快去街面上把能买到的报纸全买回来!"映霓跑出去半天,才把报纸买回来。映霁一目十行地看下去,猛抬头看刚刚走进来的小拉斯普汀道:"我本想跟你们去海参崴的船一起北上天津,但是不行了,我今晚上就得搭快船走!"映霓叫道:"怎么这么急?"映霁道:"看看报纸上都说些什么!"小拉斯普汀看报纸,大声道:"从蒙古退回的散兵和当地土匪十万余人,洗劫了包头城!"映霓大叫;"那我们乔家复字号——"

这时映霁眼里只有小拉斯普汀了,道:"包头复字号是乔家的根基,复字号出大事,乔家的根基就要被动摇,我得马上赶过去!这边走海路贩茶的事全拜托给你们了,映霓我也交给你,第一次走海路贩茶,赚钱不赚钱不重要,重要的是把海上茶路打开!"小拉斯普汀道:"这个小拉明白,不过你就不怕我……"映霁上前盯住他道:"我既然选择和你做相与,就不怕你卷上我的货跑了!你跑了你就完了,以后就再不能和我做天下那么大的生意了!"小拉斯普汀伸出手来,和映霁用力握了握,道:"乔东家,话不是这么说的,你这么相信小拉,是因为知道小拉为了自己的利益,不会卷了你的货跑。再说我身边还有个盯梢的!知道乔东家为什么这么想念我?"映霓意外道:"为什么?"小拉斯普汀道:"想啊!"映霓道:"想不出来!"小拉斯普汀道:"笨!再想想!"众人都看映霓。映霓猛醒,道:"哎哟!你不敢。"小拉斯普汀笑道:"我怎么就不敢?"映霓道:"乔家是中国第一商家,你要是敢卷走乔家的货,全中国的商人都不会跟你做生意!将来我大哥做成了汇通全球货通全球,你藏到哪里都能把你给找到!"小拉斯普汀看映霁道:"这小子不笨!"众人都大笑起来。映霁看映霓:"快收拾,我们马上去码头,逮住哪条船就坐哪条船走!"

王宗禹站在天津港码头上,看着映霁、映霓从一条货船上走下来,急跑上前迎接,笑道:"东家,怎么坐一条煤船回来了?"映霁一脸煤黑,道:"这船快,从福州到天津,中间就没靠过码头。快说,包头的事情怎么样了?马大掌柜什么情况?"王宗禹道:"东家先出去上车。我想先说山西官银号的事。"映霁心中大动:"官银号怎么了?"

王宗禹道："开张一个月了，昨天师傅打电报给我说，没有一宗生意。"

映霁大急道："怎么可能！山西已经进入统一货币的半年准备期，过了这半年不用晋钞做生意就是非法。山西人都不想做生意了？"王宗禹仍然不语。映霁心中烦乱，道："潘经理是老掌柜了，走时我还交代过他，马上去说服晋中各大商家，包括榆次何家的江老姑奶奶，我以乔家的信誉为晋钞担保……他到底做了什么！"王宗禹道："东家离开山西的当天发生了一件大事！"映霁站住道："快说！"王宗禹道："山西民政长金甫让人在山西全省贴出告示，封锁山西出境的全部孔道，任何人都不能带银子出境，除非到官银号兑换成晋钞！"映霁叫道："不好！这样晋商相与们还怎么在境外做生意？眼下晋钞还是山西一省的钞票，并没有在境外流通！这样做会做实那个谣言！"见王宗禹看他，映霁又道："从开始和官府合作重建官银号，就有人说，官府和我要联手用纸印的晋钞卷走全山西的银子！对了，刚才你说什么？怎么又冒出来一个民政长？"王宗禹一笑道："前几天袁大总统下令，各省巡按使改称民政长，金巡按使又成山西民政长了！"映霁当机立断："马上打电报给潘经理，让他代我向金民政长提出抗议，为了山西官银号的成功，绝不能封锁银子出境。这条禁令务必马上撤销，不然官银号会一直没有生意，最后就得垮台！啊，不对呀，封锁山西银子出境的所有孔道，他做得到吗？"王宗禹道："东家还不知道呢。就这几个月里，金民政长已经用收编土匪的办法新编了十一个警备队，四个营的马队。一个队就是一个团，无论是人还是枪都不输于阎锡山的晋军。听说前几天金民政长的太原警备队就向阎锡山的督军府卫队发起挑战，对方居然不敢接招儿！"映霁不敢相信："一下子建这么多警备队是要花银子的，金民政长哪来这么多银子？"王宗禹低声道："羊毛出在羊身上。据说是山西票号业一个犯了事的大掌柜为了活命，将自己吃里扒外贪污的银子吐出来帮了金甫。不过……外界也有传说银子是乔家出的，为了和金甫做成一笔交易！"映霁大惊道："胡说！什么交易？"王宗禹笑了，道："不让山西银子出境，两家才好合伙用纸印的晋钞圈尽山西商人的银子！"

映霁心情沉重，道："我不去包头了，我得马上赶回山西，要这个胡作非为的金民政长收回成命！不然印好的晋钞一张也不会有人来兑换！"王宗禹什么也不说。映霁道："一定还有事没告诉我，快说！"王宗禹道："是还有一件事。东家知不知道都不重要，我就不说了！"映霁道："但凡是和山西官银号相关的事都重要，说！"王宗禹道："可东家不能告诉我师傅，说这个消息是我告诉您的！"映霁道："你先说出来！我是山西官银号的董事长,官银号所有事情我都有权知道!"王宗禹道:"也不是大事。乔家两百一十万银子进入官银号银库后,我师傅实际上并没有印出那么多晋钞!"映霁大怒道:"他印了多少?"王宗禹道:"当时商量好的,乔家两百一十万两入库,官银号按准备金三百万两溢出印钞四百五十万元,但我师傅只让印了一百五十万元!"映霁摇头道:"就是按实际入库的两百一十万两溢出印钞,也该印出三百一十万元。他一开头就对官银号没信心!不向我报告,就敢擅自更改董事会决定的事!他这么做会让所有相与认为我们自己对官银号都没有信心!"他越说越生气,看王宗禹道:"马车在哪里?直接送我去火车站,我这就走!"

王宗禹道:"东家,还有一件事呢。"映霁想起来了,道:"对!行前我让你回山西,和何大掌柜一起把大德通改制成商业银行,先兑回一百万元晋钞作乔家的银票使用,你是不是就没回去?"王宗禹道:"回去了,但何大掌柜对我说,这事不急!"映霁发脾气道:"这些人都怎么了?怎么不急!我们自己入股山西官银号,成了最大的股东,印出了晋钞。自己都不用,别人怎么敢用!以乔家的信誉,我们做生意的规模,一百万晋钞流通到市面上,很快就会带动大家都来使用晋钞。我这么做是要用乔家在山西的影响盘活晋钞!——现在我知道了,官银号要是垮了,晋钞不能流通,罪人首先是我们自己的人!"王宗禹道:"东家误会了。我刚才把话说急了,不是我们大德通不用晋钞,晋钞印出后何大掌柜就兑换回去五十万元,替代大德通的银票,但是一张也没有流通出去!"映霁又吃了一惊,王宗禹急忙解释道:"没有相与接受晋钞。他们宁可要乔家的银票。东家临行时又要何大掌柜以后做生意只能用晋钞,所以何大掌柜说这一个多月不但山西官银号没做成一宗生意,大德通在山西境内也没做成一宗生意!所以何大掌柜才说,既然眼下大德通在山西没生意,改制不改制的意义就不大了!"

映霁道:"这就是说,因为大家抵制晋钞,山西境内所有相与都不和乔家做生意了?我不明白,山西全省已经进入了货币统一的半年准备期,过了这段时间,山西境内只能用晋钞做买卖,难道那时全山西的商业活动都要停止?"王宗禹道:"那不会。"映霁道:"什么不会?"王宗禹道:"大宗的生意可以不做,但人们还是要吃喝拉撒睡,衣食住行,小买卖还是要做的。"映霁道:"不接受晋钞,怎么做?"王宗禹笑道:"已经有人想出办法来了,做大宗生意的都是晋商大家,他们一时半会儿不做生意也扛得住。中小商家不用晋钞,也不让用银票,干脆私下重新使用现银交易。普通百姓家把银子到钱庄偷偷换成铜钱过日子。法不责众，你就是有十一个警备队，也不可能监视到大街小巷每一家每一户。"映霁道："要是这样，所有人就都违犯了省府的法令！"王宗禹又笑了，道："东家，我长见识了！一个只准使用晋钞的法令，就把全体山西人变成了违法者，所有生意都变成了地下交易，这好像不该怪老百姓吧？"映霁沉思道："走吧。"王宗禹道："东家想好了，是去包头，还是回山西？"映霁道："照你的意思，我就是回去也解不开眼下这个死结？"王宗禹道："只要山西官府不撤销那条不准山西银子出境的禁令，山西官银号包括我们乔家大德通在山西的生意就好不起来。"映霁冷静下来，道："走吧，我们上车。"

马车驶进了天津市区，一直沉默的映霁才看王宗禹道："还是说包头吧。难道他们真能把包头那么大一个买卖城付之一炬了？"王宗禹道："东家可不能着急！包头复字号是乔家的根基，也是东家这会儿敢于大刀阔斧经营茶货、进行银行改制的底气！可是——"映霁道："我不急，你慢慢说！"王宗禹道："我长话短说。朝廷一垮台，原本驻守外蒙古各地库伦、乌里雅苏台、科布多的大批清军就没有了粮饷，溃散在草原上，成了一帮帮马匪……后来冒出了一个什么蒙古王爷，其实也是个匪，叫做什么哥伦丹噶里，将几万溃兵纠集在一起，说草原上哪有吃的喝的，咱得南下！这伙人觉得有理，就随他越过大漠，进入内蒙古，和原本驻防在包头城外的清军大帅合谋，一夜之间居然聚合了乱兵十万，将个包头围个水泄不通。哥伦丹噶里将一封降书射进城里，称晋商二百年从蒙古草原骗走了无数银子，现在他要替蒙古人讨回去，城里的商人若不答应，他们就杀进去，像当年成吉思汗西征时一样，屠城！"映雯大叫："屠城！"映霁道："别吵，听王大掌柜往下讲！"

王宗禹道："现在民国都两年了，包头城里民国政府的衙门还没有立起来，一直由商会代为管理。商会会长就是我们乔家复字号的马大掌柜。众人公推马大掌柜出面谈判，马大掌柜抱病出城，对方一开口就要三百万两银子，还要大量面粉、胡麻油，才能从他们手中赎回包头城。马大掌柜为救全城商家百姓，动员大家竭泽而渔，将能拿出的银子、面粉、胡麻油全拿出来，凑齐了交给乱军。乱军当夜还是破城而入，纵兵大掠，连女人的头面、孩子身上的银牌都不放过，带不走的就付之一炬。大火烧了八天八夜，靠一场大雨才熄灭！"

映霁沉默下来。映雯道："后来呢？"王宗禹道："蒙古马匪将包头城洗劫一空后退回草原，朝廷的乱兵一窝蜂地逃回了内地！"他不说话。映霁道："当年那个襟带河朔、货通八省,连接中俄两国商路的包头城没有了?晋商两百年打造的买卖城,如今只剩下一片废墟!"王宗禹点头,沉默。映霁道:"我们的人怎么样?马大掌柜怎么样?"王宗禹道:"复字号只剩下十几间房子,但是人没事儿!马大掌柜不好,乱兵进城那天一下子没缓过来,吐血倒地,现在奄奄一息,听说活不了几天了!"说到这里,他忽然抬头看映霁道:"东家,我有句话……都到这会儿了,其实你去不去关系都不大了!"映霁又惊又怒,看他道:"你说什么?"王宗禹道:"东家恕我直言,这些年乔家的生意并不好。东家去了包头,一定会有人要东家牵头重建包头城,可我们真的有这个实力吗?"

映霁心情沉痛,道:"就是没这个实力我也要去啊!做不了什么我也还要去!为了看看我们的人,为了马大掌柜我也得去。至少我得去看一看当年先人们开创的基业最后是个什么景象……还有,就是做不了什么了,我至少也要自个儿去把马大掌柜和我们的人全接回山西!到了这个时候,我要是不去,还有个人心嘛!"马车停下。原来大德通天津分号到了。映霁道:"王大掌柜,把生意给二掌柜交代一下,跟我去包头,马上走!"王宗禹看他一眼道:"好吧!"

因为京包铁路还没有全线贯通,这次他们去包头仍然是乘马。一路餐风饮露跑了十几天,三个人才在一天黄昏远远望见经过洗劫和焚烧后的只剩下断壁残垣的包头城。马荀之子小马掌柜带二掌柜守在城门洞外,迎上去扑倒在马下,含泪大喊:"东家,真是您来了!我是马悦,我爹是马荀!"映霁急忙扶起他来:"原来是小马掌柜!怎么知道我们会来?"小马掌柜道:"北京李大掌柜打电报过来,说东家要来。我爹天天让我带人在城门口等,今天又等了一天,太阳落山了才回去看我爹怎么样了!是我爹刚才突然醒过来说,算日子东家今天该到,让我还出来守着,我不信,带人刚跑出来,东家就到了!"王宗禹惊道:"小马掌柜,北京和包头的电报线还通着呢!"小马掌柜道:"原来不知道还通不通,试了试,才知道还通着呢!"映霁道:"快说,马大掌柜怎么样了?"小马掌柜哭泣道:"恐怕撑不到天明了!"映霁大急:"快带我去看他!"众人急急随他走进城去,通过一片断墙残壁,找到了乔家复字号剩余的十几间房子。小马掌柜带映霁匆匆走进一个亮着灯的房间,就见马荀躺在病榻上,奄奄一息。见有人来,两名伙计吃一惊叫:"东家!您来了!"他们急忙退后,掩面跑出去。小马掌柜扑上病榻,流泪大叫:"爹,您睁睁眼吧,东家来了!"马荀仍旧昏迷不醒。小马掌柜痛哭不起。映霁泣不成声道:"马大掌柜,马大掌柜,我是乔映霁,我看您来了!"马荀仍然没有反应。小马掌柜大哭道："爹，您怎么不睁睁眼？大夫！大夫在哪里？快请大夫！"二掌柜走进来回道："大夫下午也走了！"小马掌柜大急道："他怎么走了？他走了怎么办！他是包头城里最好的大夫，也是最后一位大夫！"映雯伸出手试马荀的鼻息，安慰他道："别急，我们等！等不到我，马大掌柜是不会走的！"

这时屋子外头，乔家各号的掌柜和伙计都从各自住的地方拥来，团团围住了王宗禹和映雯，一时间都在叫喊同样的话，悲喜交加："东家接我们来了！""东家真要接我们回山西老家了吗？"……王宗禹示意众人噤声，又朝屋里指了指，道："大家都小声点儿，东家在里面呢！"一伙计道："王大掌柜快给我们个实信儿，东家是不是要接我们回家？"众人道："对对对，快告诉我们！"王宗禹道："大家安静，东家就是来善后的。大家先回去等着，东家这会儿不见大家，天明一定见！不要在这里等了！"一名掌柜道："不，我们不走！我们要亲眼看到东家再走！王大掌柜，东家真要带我们回山西，复字号怎么办？乔家不要复字号了？不要包头了？"他身边一名掌柜反驳道："刘大掌柜，你说什么！包头城都没有了，哪里还有复字号！能活着回山西老家我就大谢皇天了！这里我是一天也不想待了！我们跟东家回去！"众人附和道："对对，兵荒马乱的年月，能留下活命回山西就不错了！"那刘大掌柜和众人吵起来："你们在说什么！没有了包头复字号，你家里是有房子还是有地？没房没地，家里又没有一窖银子让你开销，一家老小等着饿死呀！"众人听了，都沉默下来。有人哽咽了一声。王宗禹心中一动，道："各位，我想代东家问大家一句话！"众人都回头看他。刘大掌柜道："大家安静！王大掌柜要问什么？"王宗禹道："包头城都成了这样子了，大家就是留下来，还能做生意吗？还有生意可做吗？"

刘大掌柜道："瞧王大掌柜这话说的！包头城眼下是不能做生意了，能走的都走了，不能走的也走了，兵荒马乱，谁不想讨个活命！可话又说回来，当初乔家贵发公推着小车来包头做生意的时候，这里还没有一座城哩，那时候更难！我说只要动脑子，办法总是有的！"众人一时又吵吵起来："什么办法什么办法？""你有什么办法？"刚才和他争吵的掌柜道："刘大掌柜，你说得好轻巧！这时候哪能跟贵发公那时候比！那时候好歹天下平安，没有战乱，眼下我们银子没有，票号被烧毁，十八家店一家不剩，不是马大掌柜提前埋了点儿高粱米，这会儿每人每天一碗高粱米粥都没得喝，这时候你还说做生意，不是骗鬼嘛！"又一掌柜道："安掌柜这话对！刘大掌柜，别说你不想回，哪个人想回？回去了肯定失业，乔家就是仁义，我们也没有个不做生意了还死啃着人家的道理！可留下来怎么办？做什么？包头烧成这样，找一块囫囵银子都没有，你做生意给人打白条呀！再说眼下谁还有心在这里做生意，谁还相信谁真有实力做得起生意！不回去另想办法，我们咋办？"王宗禹道："等等！各位先甭管这里能不能做生意，我只问一件事，这里真的还有生意做？"刘大掌柜道："王大掌柜你这话说的！我们晋商先辈怎么说的，只要有麻雀落的地方，就有生意！只要有人的地方，吃喝拉撒睡，哪一宗不是大生意！虽然世道乱，可是真说起来，这内外蒙古地方的人口并没少，过去他们要吃要喝，现在还是要吃要喝！"想了想又道："包头毁了，多少人家的日子都受影响，我们没吃没喝，他们也没吃没喝，要是老东家活着，他一定会说这其实是又一个巨大商机！"王宗禹心中大喜，又问："城里真没别的商家了吗？达盛昌走了吗？"众人道："邱少东家还没走，但听说今晚上就走！"王宗禹道："啊，各位，这些事情我都听到了，今晚上就转告东家。大家散了吧！"众人叹气，慢慢散去了。映霁低声道："师傅，你挺厉害的，几句话就让人心安定下来了，这个我还得跟你学！"王宗禹道："跟我学什么，你现在的师傅是东家！好了，我们进去看看吧！"

二人走进屋里去，马荀仍然昏迷不醒。映霁一直守在他卧榻边。小马掌柜道："东家，我爹一时半会儿怕是醒不了，夜这么深了，您走了这么远的路，还是先去吃点东西歇着。要是他老人家缓不过来——"映霁道："今晚上我哪儿也不去，就在这里守着马大掌柜！"小马掌柜抽泣："东家，我爹怕是缓不过来了！"映霁道："就是这样，我也要和你一起送马大掌柜最后一程！"马荀喉咙里忽然响了一声。小马掌柜大叫："爹！"果见马荀缓缓睁开了眼睛。映霁急扑上去，喊道："马大掌柜，我是映霁！我是映霁，我看您老人家来了！"马荀看他，半天才认出来，断续道："东家……真是你……"映霁道："马大掌柜，是我！"马荀想努力现出笑容，眼里却溢出了泪光，道："你果然来了……我就知道……你别的时候不来……这个时候一定来！我还是等到你了……"映霁道："前辈有什么话要给映霁说，请讲！"马荀道："马荀无能……没有替老东家和东家守住乔家的根本之地……包头复字号……乔家五代人的心血……连同包头城被人一把火给毁了……可是东家……"他大咳起来。映霁道："前辈慢慢讲，不要着急，映霁听着呢！"马荀道："我刚才听见他们都在外面说……你是来带他们回山西去的……东家不要走！"映霁心中一震："不要走？"马荀断续道："包头就是遭了劫也还是块宝地……北通大漠，南通中原，西通西域，东通京津，只要守在这里，就有大生意可做……东家明天真带他们走了，乔家就走了……乔家走了，所有的晋商都会离开……包头城就真毁了……变成一片废墟……不久就会风沙埋掉……过上两百年,谁也不会知道这里曾是中国北方最大的买卖城……"他再次大声咳起来。小马掌柜帮他上前拍打。映霁等他重新睁开眼睛,急问:"前辈快告诉映霁,我该做什么? 怎么做? "马荀道:"这几天我一直在想……要是老东家还在世……他一定会带马荀留下来……别人可以走,乔家不可以……办法就总会有的……复字号不会死……包头城不会死——"

他的话就在这里突然止住。小马掌柜大叫:"爹——"映霁认真看去,马荀已经亡故,大叫一声,眼泪就下来了:"马大掌柜,您老人家怎么这样! 您把话说完再走! "小马掌柜"扑通"一声跪下,大放悲声:"爹,儿子在这里给您磕头,儿子送爹了——"映霁也俯身跪下,磕头在地,大声道:"马大掌柜,映霁代乔家上下五代人给您老人家磕头,感谢您这一辈子为天下人做的事情! 您刚才的话,映霁记下了! "他也伏地痛哭起来。王宗禹、映雯上前搀扶二人。映霁边哭边回头道:"马大掌柜故去了,小马掌柜是孝子,我也是,我们两个要留下守灵,你们快出去安排丧事! "两人答应,急忙跑出去。

虽然诸事不便,但在映霁坚持下,王宗禹带人跑遍了全城,还是找到了一口棺材和全套寿衣,让马大掌柜体面地入了敛,第三天,映霁带王宗禹、映雯和复字号全体掌柜的伙计一起送小马掌柜扶柩还乡,映霁及众人都身带重孝。到了城门洞外,小马掌柜趴下磕头道:"东家,我和父亲走了,把复字号这些人和包头城留给东家了,东家要受苦了! "映霁道:"小马掌柜放心走吧! 我已经打电报给潘经理和何大掌柜,还有我们家管事的二十七叔,待你们回到山西,一起为马大掌柜好好办一场丧事。包头的事情你不用担心。丧事完了你还得回来,我这里少不了你! "小马掌柜一惊道:"东家别把我爹临终时那几句话记在心里,乔家没有责任替别人重建包头城,再说我们也没有这样的力量……马悦代父亲叩谢东家,东家把父亲的丧事安排得这么周到,马家世世代代都不会忘了东家的大恩。丧事办完,东家要是还在这里,马悦马上回来陪东家善后,然后一起回山西! "映霁将他扶起道:"走吧,让我站在这里看着马大掌柜还乡! "王宗禹示意车夫赶柩车前行。小马掌柜边走边回头喊道:"东家,回吧! "映霁却一直原地站着,泪水盈眶,望着马车走远。

王宗禹道:"东家,我们回吧! 马大掌柜已经远了! "映雯忽然大声道:"大哥快看,那边是什么? "众人朝远处的古商道望去,只见一道长长的烟尘,朝这里卷来。二掌柜大惊道:"东家快走,怕是马匪又回来了!"映霁怒起,道:"他们回来得好!大家快回去抄家伙,跟这帮畜生拼了!"王宗禹急对映雯道:"快带东家走!"二人一边一个,架起映霁就朝城门洞内走。映霁怒不可遏,大喊大叫:"干啥?放下我!"二人一直将他架回了复字号。映霁越来越怒,用力将他们甩开,大叫道:"干什么?放开我,我的枪在哪里?"王宗禹道:"东家还是快躲躲,万一真是马匪回来,就不好办了!"二掌柜转眼就满脸大汗跑过来,叫道:"东家!错了!错了!"映霁道:"什么错了?"二掌柜道:"不是马匪,是前些天离开包头的相与们又回来了!"映霁大惊:"为啥?"二掌柜道:"他们说,是因为他们听说你到了包头城!"王宗禹急看二掌柜:"有多少人?"二掌柜道:"几千口子呢!"王宗禹道:"东家快出去迎一下!说不定是好消息!"映霁已经听到门外隆隆的脚步声,心中大动,迈步赶出去。

大批返回的人此时已经汇集在复字号大门外。达盛昌少东家邱同也在其中,正对众人喊:"相与们,我们喊起来!乔东家!乔东家!乔东家!"众人随他大喊:"乔东家!乔东家!乔东家!"映霁带王宗禹、映雯随二掌柜急步走出,一眼看见邱同,快步走上来,拱手道:"原来少东家也在包头!"邱同拱手道:"我爷爷来不了,我还能不来嘛!"映霁震惊地看着面前的人们,大声问:"这些相与,都是怎么回事?"众人还在喊:"乔东家!乔东家!乔东家!"邱同道:"大家听说您到了包头,半路上自发赶回来的!"这时就有一掌柜模样的人上前,大声道:"乔东家,我们都走到半路上了,听说您要来包头城,就回来了!"映霁大声道:"各位相与,你们已经回了,为什么还要回来!"邱同回头大声道:"大家说,我们为什么回来?"

掌柜模样的人大声道:"我代大家回答!大家说,乔东家一定不会让包头城就这样毁了!我们这些人代代靠包头城吃饭,回到山西老家也是饿死!各位相与,乔东家出来见大家了,大家安静,我们听乔东家给我们讲几句!"现场登时安静下来。映霁不觉感动,看邱同道:"乔映霁何德何能,敢在这么多前辈和相与面前讲话!"那掌柜听了大叫道:"乔东家,您就别客气了!包头已让他们毁了,成千上万人无家可归,我们怎么办?复字号是包头商圈的大旗,过去有马大掌柜替我们大伙儿扛着,现在就靠您了!您今天说一句包头有救,我们就不走了,您说包头没救,我们大家就散了回山西!路倒路死,沟倒沟埋!"众人中有人就呜咽起来,响应道:"对,乔东家说句话!我们就等您这一句了!乔东家,救救包头,救救大家伙吧!"邱同看映霁道:"乔东家,这时候您就不用客气了!达盛昌也是包头的老号,可现在只有乔家才是包头商圈的领袖！不是我达盛昌邱家不想扛这面大旗，是我做不到！古人言当仁不让，您不要辜负了大家呀！"这时众人又大声喊："乔东家不要让大家失望！"映霁看王宗禹一眼。王宗禹上前附耳道："东家不要冲动，有些事需要商量。"映霁哪里听得进去，回头大声道："各位前辈，各位相与，大家这么抬举我，抬举乔家，映霁感谢不尽！在这里给大家作揖了！大家的心意映霁已经懂了，三个字，救包头！乔映霁答应了！"众人马上热烈鼓掌、欢呼："太好了！包头有救了！"又有人哭起来。王宗禹大惊，低声道："东家！"映霁不理他："各位相与，听我说完！包头一定要救，这是一句话。我还有一句话，救包头毕竟不是一件小事，我要和复字号的人商量一下，然后去请教各位前辈和相与，看这件事该怎么办！有句古话说得好，人心齐，泰山移！大家先请回去，好不好？"

这话让刚才那位掌柜模样的男人失望，上前一步大叫道："不好！乔东家，大家都知道，乔家眼下富可敌国，重建包头城无非是大把将银子投进来，现在包头城做不成生意，不过是没银子，这个我们觉得乔家能够帮到我们，也应当帮到我们！要是你爷爷致庸老东家在，他一定会挺身而出，慷慨解囊，救包头，救大家！大家说对不对？"众人响应："对！对！对！乔东家快救我们！乔东家！乔东家！乔东家！"王宗禹再次急看映霁，摇头。映霁仍是不理，只看大家，大声道："各位前辈，各位相与，请安静！大家的想法我知道了，可是我得说实话，让乔家一家拿出银子重建包头城，这个确实办不到！没有这个力量！但是既然大家信得过乔家，我也绝不会什么事情都不做，让包头城毁在我手里！大家还是先回去！"

刚才那掌柜就冲动起来，大声道："不，我们不回去！乔映霁，你是个什么东西！你高爷爷乔贵发当初推小车来包头，不是我高爷爷看他可怜，让他住在我们家大车店里，借给他本钱让他和别人合伙卖豆腐，他怎么会有了第一桶金？眼下乔家成了巨商大贾，大家有难要靠着你们了，你却在这里推三阻四，对得起包头城中帮过你家先人的相与吗？对得起包头这块地方吗？各位乡亲，各位相与，我算看出来了，这个年轻人靠不住，他一心只想巴结山西的民政长，把晋商的银子全卷到山西官银号去，和袁世凯的狗腿子分肥，重建包头这种有风险的事，他才不会干的！我们想错他了，包头城没救了，大家该走还是走吧，有亲投亲，有友靠友，没亲没友，就带着一家老小回山西老家等死！"说完他率先推开众人走出去。现场不少人附和道："走吧，乔家靠不住，不是他爷爷的时候了！"说着便开始离开。

映霁皱眉,欲开口,被王宗禹从后面拉了一下,又止住了。邱同也看了映霁一眼,拱手讥讽道:"乔东家,看来我和大家今天是自作多情了!"说完举步离开。映霁想拉住他,再次被王宗禹阻止。映霁回头看他,愤怒道:"你——"王宗禹却大声道:"邱少东家慢走,我们东家不送了!"邱同不回头地走掉了。

待众人散尽,映霁转身回到复字号,一把将门推开,怒不可遏。王宗禹倒水过来,被他一把推开道:"我不喝水!干什么阻挡我,这种时候,哪怕给相与们几句鼓励的话也是好的!你知道不知道,刚刚有人告诉我,包头城遭劫后,每天都死人,有的是一家人一起死,刚刚又死了一家五口!"王宗禹回头关门。映霁怒道:"干吗关门?把门打开!"二掌柜重新打开门,又被王宗禹关上。映霁大叫:"王宗禹,你到底想干什么?"王宗禹道:"王宗禹不想干什么,只想关上门问东家一句话。东家是不是真想救包头城?"映霁道:"我当然想救!包头是我乔家五代人流下血汗的地方,先人们这会儿都在天上看着我呢,我不能让包头城就这样毁了!"王宗禹道:"那我再问一句。东家想过没有,重建包头城要花多少银子?"映霁一时语塞,有顷道:"我就是拿不出那么多银子重建整个包头城,但我至少——"王宗禹立即打断他道:"至少不行!看今天这个阵仗,大家都觉得乔家有银子,既然要救包头,东家就得拿出天量的一笔银了山来,一是重建包头,二是无偿地贷给各位相与,让他们能重新开始做生意!这个东家做得到吗?"

映霁终于摇头道:"不但我做不到,眼下全中国的商人谁也做不到!那怎么办?眼睁睁地看着包头城被风沙掩埋,看着这些相与家家流离失所,户户饥寒交迫,路倒路死,沟倒沟埋?!"王宗禹再将那碗水端过来道:"东家喝了这碗水再说事!"映霁夺过水碗放下,又怒:"我这会儿心里像着了火,你让我喝水,我不喝!"王宗禹道:"你喝了我就说我的办法!"映霁看他,将碗中水一饮而尽,心里果然安静了许多,坐下来,看着王宗禹。王宗禹看二掌柜道:"快告诉大家准备好,今晚上等全城的人都睡下,跟着东家悄悄出城,回山西!"二掌柜大惊,看着映霁。王宗禹不看映霁,答道:"对,赶快去准备,夜里神不知鬼不觉地走!"映霁大怒,拍案:"停!"王宗禹、二掌柜、映霁一时都回头看他。映霁不看任何人道:"你们走,我一个人留下!"王宗禹道:"东家救不了包头城,一个人留下干什么?"映霁道:"我和那些不想走、走不了、打算和包头城生死与共的乡亲们一起坐在这里,天天看着这座当年的买卖城一天天被沙尘吞没,把我自己也埋在这个地方!"

王宗禹看看映雯:"东家不走了,你走不走啊?"映雯道:"大哥不走,我也不走!"王宗禹又看二掌柜:"东家不走,映雯少爷留下陪他,这我就放心了,快告诉大家,准备好,今晚上我们走!"映霁道:"不!他们可以走,你不行,你也得跟我一起留下!"王宗禹笑道:"东家,那可不成,我是天津分号的大掌柜,你留下可以,我得回天津做我的生意去!"映霁心中一动,看二掌柜道:"好吧,照王大掌柜的话去做!"二掌柜面色苍白:"东家,真的要走?"映霁道:"救不了这么多相与,留下来干什么?走了好!"二掌柜惊慌失措,出门时被绊了一个跟斗,爬起来又走。映霁亲手将门关上,回头看王宗禹,二人一时都没有说话。映雯道:"大哥,师傅,不能这样!你们这样干,包头城真就没有翻身的日子了!"映霁、王宗禹仍在互视,不说话。映雯发飙道:"什么以商救国,义利信,汇通天下货通天下,先天下之忧而忧,后天下之乐而乐,全是假的!大哥,师傅,我对你们很失望!"说着就蹲下去大哭起来。映霁看王宗禹道:"你劝劝他!"一边说一边自己走了出去。映雯忽然不哭了,站起来,端起身边的水碗喝水,喝不下去,"啪"一声将碗摔在地下,恨恨道:"要是这样,这商路走下去还有什么意思!乔映雯宁可做一辈子穷书生,也不做这种说一套做一套,挂羊头卖狗肉的商人!"说完不理王宗禹,一溜烟儿跑出去。

虽然要走,但是每天晚上每人的一碗粥还是要喝。映霁看王宗禹:"映雯呢,怎么不来喝粥?"王宗禹道:"睡觉了,我喊过,他说不吃。"映霁道:"不吃就饿着。对了,大家都收拾好了吗?"他看二掌柜。二掌柜道:"这个……东家……有个不好的事情!"映霁道:"包头城都没了,还有什么比这个更不好的?"二掌柜道:"不知道谁把东家今天半夜子时要带复字号所有人离开的信儿透出去了,这会子全城都知道我们要撤,东关汇四方的宋掌柜带了上千的人,堵住了城南门我们的必经之路,说要向东家讨个说法!"映霁飞快地和王宗禹对视一眼,道:"还有呢?"二掌柜道:"没有了!东家,我们人少,他们人多,万一撕扯起来,我怕我们出不了城!"

映霁想了想道:"达盛昌邱家的少东家走了没有?"二掌柜道:"还没有……可也快了。听说东家要带复字号的人撤号,达盛昌人心浮动,邱少东家就是不想走也办不到了!"映霁摆手让他走,二掌柜道:"东家,我们半夜子时还走吗?"映霁道:"只要我没说不走,就让大家准备好!"二掌柜道:"好吧。"但他还是不走。映霁道:"你怎么了?"二掌柜落泪又拭泪道:"没什么,我就是有点儿伤心。对了东家,我让大家带上家伙吧,以防万一。"映霁想了想:"行。你觉得带上好就带上。"看二掌柜走出去,映霁关门,看王宗禹笑道:"行了,势造得差不多了,把你的主意说出来吧!"王宗禹继续喝粥,道:"啊,我没主意!"映霁道:"胡说!"

王宗禹道:"真没胡说。只要他们坚持要乔家一家把重建包头城的事扛起来,我就没主意!"映霁深深看他,心中大动:"你的意思是现在应当让所有相与知道,救包头,救大家,是每个人自己的事,所有人的事?"王宗禹道:"首先东家自己得转过这个弯子,不能以为乔家有银子,就能包打天下!这是一。"映霁道:"说二!"王宗禹道:"二我还没有想好。"映霁道:"没想好也说,我和你一起想。"王宗禹道:"我觉得眼下重建包头城,首先要做的不是盖房子、修铺面、修城墙,那都不是第一位的。"映霁道:"什么是第一位的?"王宗禹道:"包头是个买卖城,没有买卖包头城就没了价值。第一位的是先把生意做起来!"映霁变色道:"全城商家都没有银子,怎么把生意重新做起来!"王宗禹道:"只要大家齐心,有办法!"映霁道:"说!"王宗禹道:"我刚才说还没想好的就是这事。东家,咱说远一点儿,古人做生意,一开始也没有银子,生意是怎么做的?"映霁道:"你扯哪儿去了!这跟今天的事挨得着吗?"王宗禹道:"挨得着!"

映霁道:"最早古人应当是以物易物,不但用不着银子,连后来出现的贝壳币也用不着!"王宗禹道:"后来为什么用得着呢?"映霁道:"当然是因为生意的规模大了,相互间还要有信誉,银子就出现了。"王宗禹道:"可是后来,为什么又不用银子了呢?"映霁道:"你说的是票号。票号不用银子,用银票,还是因为彼此之间有信誉。"王宗禹道:"东家说到了货币的本质。无论是银子,还是银票,都一样,既不能吃,也不能用,在背后支撑它的还是信誉。"他望着映霁,不再说下去。映霁大悟:"你是说——"王宗禹道:"在包头恢复生意并不难,只要一家有信誉的商家出头,答应以它的信誉为所有商家做的生意担保,大家又认可这家商家的担保,包头的生意就能马上恢复!"映霁道:"你这样做,倒是不让乔家一家扛起重建包头城的责任了,但你会让乔家为包头城中所有相与做的生意担保,这份责任比重建包头城还大得多!"王宗禹笑道:"东家,我就是想到了这里,脑瓜里卡壳了,不知道下面该怎么办。但是我想,继续琢磨下去,说不定会有办法!"

映霁道:"睡觉。我睡下去想事情,总比坐着灵!不过你不能睡,你坐着想,最好半夜子时前能想出个办法来!半夜子时想不出办法,我们还得走!"王宗禹忽然大叫:"我这会儿就想起了一个办法!"映霁:"快说!"王宗禹道:"乔家一家不能替所有相与做生意担保,两家怎么样?"映霁道:"你说让乔家和达盛昌邱家加在一起?"

王宗禹点头又摇头："这也不成。达盛昌邱家不一定会答应。"映霁道："就是达盛昌邱家答应，我们两家加起来，也扛不起这么大的责任。"王宗禹道："那我就没主意了。"闷了半日，他又看映霁道："东家，要是到半夜子时我们俩还想不出主意来，真走？"映霁叹气道："不是真走，是只能走。一辈子不再回这块伤心之地！"王宗禹道："东家睡吧，我走了！"

王宗禹走回和映雯同住的隔壁房间，发现映雯还没睡，看他道："你怎么没睡，半夜子时还要上路呢！"映雯道："师傅，你和我大哥刚才商量的事情我在门外头听见了！"王宗禹道："你连听墙根儿也学会了？听到就听到了吧。"他上床欲睡。映雯笑道："师傅，万一我替你们想出主意来了呢？"王宗禹不在意道："你替我们想出了什么主意？"映雯道："你和大哥说的责任，我们和达盛昌两家扛不起来，大家一起扛啊！"王宗禹道："说什么昏话？大家一起怎么扛？我们和达盛昌也还罢了，那些中小商家，眼下一贫如洗，根本没有信誉，你怎么让他为自己、还为别人做担保？"映雯道："那就不能想出个办法，让大家一起为自己、也为别人做这个担保吗？"王宗禹不回答，上床睡下。映雯也上了床睡下去。王宗禹眼睛陡然睁开，一把扯开被子，跳下炕，披衣冲出门去。他走后，映霁也一直在黑暗中睁大眼睛想事情。突然一跳下炕，披衣开门往外冲。两个人就在门外相遇。映霁大叫："我想出主意来了！"王宗禹道："我也想出主意来了！"映霁道："说！"王宗禹道："东家先说！"映霁道："我们在山西办官银号不成功，在北京开商业银行毫无进展，可是在这里，我们可以办一家影子银行！"王宗禹道："东家，我们想到了同一个主意！""快进屋，我们好好商量一下！"二人匆匆进了屋。映霁一把将王宗禹按坐下去道："说！"王宗禹激动道："东家，办一家影子银行，一切按照现代商业银行的章程办事，让所有人共同为自己、也为大家扛起诚信经商的责任！"

映霁道："在包头经商，一边是内地，一边是蒙古草原，商家就是中介。对于内地和草民牧民来说，他们两家归根结底是以货易货，用不着银子！"王宗禹道："用得着银子的是商家自己，后来的银票也只是在商家之间中转，结账！"映霁道："这回在包头办影子银行，还是我说过的三条：社会募股，责任无限，信用放款。"王宗禹道："我还是坚持我的三条：社会募股，责任有限，抵押放款！"映霁道："你脑瓜子清醒一点儿好不好？这是包头，大家手里空空如也，既没有银子，也没有货物，拿什么抵押贷款，根本做不到的事情你扯什么闲篇儿？责任有限这一条大家也不会答应，只有责任无限,大家才有可能答应入股!"王宗禹咧开嘴,无声地笑。映霁道:"笑什么?"王宗禹道:"东家忘了,这只是家影子银行!虽然社会募股,银行和责任都是大家的,但归根到底还是因为大家信任乔家,才会入股!"映霁道:"这就更需要责任无限。还有,说是影子银行,但一旦运作起来,就不是影子银行了,它就自动变化为一家真实的商业银行,说不定会成为中国第一家成功的晋商商业银行!"王宗禹激动道:"东家一定没想到,你会在包头意外地成功创建出晋商第一家民间商业银行!"映霁急喊:"来人!"二掌柜立马推门闯进来:"东家!"映霁看他道:"马上拿我的名帖,到达盛昌见邱家少东家,说我这就去拜访他!"二掌柜道:"这什么时辰了,邱家少东家说不定睡了!"映霁道:"不会,这个时候他睡不着。算了,映雯备马,我直接去闯!"二掌柜道:"那我——"王宗禹道:"二掌柜马上去城南门,告诉堵在那里的相与,公推出几个有声望的,赶到达盛昌去!"二掌柜道:"可我怎么说,去达盛昌干什么?"映霁道:"你告诉他们,乔家也可以不走,但不走要有一个不走的说法!请他们公推出代表到达盛昌去,就是要商量出一个说法!"二掌柜高兴道:"东家,我们又不走了?太好了,我马上去!"王宗禹道:"等等!不是不走,要是商量不出个不走的办法,东家还是要带我们走!"二掌柜点头。映霁道:"找个人带我们去达盛昌!"二掌柜道:"知道了!来人!"

第二十六章

　　达盛昌邱家仅剩的一处大房子里,邱同走来走去,心情大坏。钱大掌柜看一眼地下摆满的行李,对他道:"少东家,都准备好了,我们是天亮走,还是现在就上路?"邱同道:"大家现在就想走?"钱大掌柜道:"都睡不着,说既然连乔家都要走,我们还留下干什么,都想这会儿就上路!"邱同不甘心道:"乔家要走的消息到底真不是真的?"钱大掌柜道:"是真的,他们半夜子时走。"邱同道:"那我们等乔家出城后再走!"钱大掌柜道:"东家,为什么?"邱同道:"将来一定会有人为晋商放弃包头城承担骂名,我们先走,乔家就不是第一个出城的大商家,达盛昌就会承担骂名。我不愿意辱没祖宗!"钱大掌柜明白了,点头道:"那我派人盯着。乔家人一出城,就回来禀报少东家!"等他转身离开,邱同回头给墙上邱天骏的遗像上香,跪下:"高爷爷在上,不肖子孙邱同给高爷爷磕头了!后人无德无能,守不住包头城,只能从这里撤离!邱同真心不想走,可是时势逼人,邱同没有办法呀!"钱大掌柜忽然又跑回来道:"少东家,来客人了!"邱同站起,回头道:"我们都要走了,谁也不见!"钱大掌柜道:"乔东家!"邱同冷笑道:"这个时候他为什么还要来?一定是为推卸责任而来,这样一番虚辞谁要听他!告诉他邱同不见!"

　　映霁已带王宗禹、映雯闯进来,拱手道:"少东家,乔映霁有礼!"邱同不回头:"乔东家,今天晚上我没有心情跟任何人扯闲篇儿。快说,来达盛昌何事!"映霁道:"乔映霁这么晚来当然有大事!"邱同激烈道:"乔东家都准备带复字号的人半夜子时出城回山西了,还有什么大事要和邱同见面!"映霁做吃惊状,道:"少东家,谁说乔映霁半夜子时要带乔家复字号撤出包头城?"邱同大惊,终于回头看他:"你说什么?乔家不走?"映霁道:"乔映霁这么晚了还来打扰,就是想和少东家商量出一个不走的办法!"

　　邱同用警惕的目光盯着他道:"我这人喜欢有话直说。包头城到了今天这步田地,乔东家已经说过不愿救,救不了,就不要再徒费唇舌了吧!"映霁笑道:"少东家如此直率,映霁喜欢。那我就开门见山了!拯救包头城是乔家的责任,也是达盛昌的责任,但是无论乔家一家,还是和达盛昌联手,都承担不起这份责任。"邱同道:"我希望这些话不会成为乔家放弃包头的借口!"映霁道:"作为乔家的后人,映霁想的是如何才能把责任变成恢复包头城的行动!"邱同心中一动,道:"这邱同就要听一听了!"映霁道:"如果连我们两家联合起来都承担不了这份责任,别的相与就更不能了。但是如果我们能让包头城内所有相与都意识到自己应当为包头城做点儿什么,同时行动,大家就能一起扛起这份责任!"

邱同心中大震,要说的话没出唇,外面已经响起了吵嚷声。他急看一眼钱大掌柜:"快出去看看!"钱大掌柜跑出去,转眼跑进来道:"是乔东家在南城门外请来的全城相与们公推的代表,要进来和您、和乔东家商量如何恢复包头城!"邱同飞快地看一眼映霁。映霁重重点头。邱同刚对钱大掌柜道一声:"快请!"那位白天在复字号门前大声对乔家表示失望的宋掌柜已带全城十几位商家走进来。邱同急招呼众人坐下,又回头道:"乔东家有什么主意快讲。我相信所有人都不想放弃包头城,如果能想出办法,达盛昌邱家先就不会走!"宋掌柜也道:"对!包头城已经死了,再怎么样也不会比现在更坏了,只要能让它起死回生,什么主意乔东家可以讲!"众人一起附和道:"对,乔东家说吧,我们来就是听您的主意的!"映霁看时机差不多了,拱手道:"大家这么讲话我心里就踏实了,说实话也非常感动,非常温暖,这证实了爷爷在世时常讲的一句话,我们晋商一到关键时刻,生死存亡的时刻,总是抱团,扛得住!既然大家信任,我就讲了!我和我们大德通天津分号的王大掌柜认为,有个办法可以救包头,当然也能救乔家!这个办法是我们在今天的包头创建一家银行!"

众人听了大惊,面面相觑。宋掌柜已经叫起来:"你说什么!创建银行?眼下包头被抢得精光,我不说别家,就说我自个儿,家里一两银子也没有,吃饭都靠向相与们借小米!创建银行,莫不是乔家复字号还有银子借贷给大家?要是这样,我赞成!"映霁道:"宋掌柜误会了!乔家复字号为了救包头向马匪拿出了最后一两银子,复字号也没有银子。要是有银子,那倒好办了!"众人嚷嚷起来:"乔家复字号也没有银子,怎么办银行?"邱同也道:"乔东家,你刚才一说要办银行,我的心就热了。只要有了银子,无论是银行、票号,都行,把银子贷给各位相与,包头的生意马上恢复!生意一恢复银子马上就能回笼,包头就活过来了,三年五年,还会成为原来的模样!可你现在又说没有银子……我不明白，没银子怎么建银行？难道要我们大家一起建一家影子银行？"映霁鼓掌道："少东家说对了！我要跟大家讲的就是这个，我们何不就建一家影子银行？"众人从没有听说过影子银行，又嚷嚷起来。宋掌柜再次大叫道："乔东家不会是开玩笑吧？影子银行是个什么东西，你给大家讲讲清楚！"众人道："对，乔东家讲讲清楚！"映霁示意众人安静："各位前辈，各位相与，包头到了今日地步，映霁但凡可以用银子救包头，一定会当仁不让，我坦率地告诉大家，即便是乔家再加上达盛昌邱家，我们两家也不可能靠自己的银子重建包头城。可是尽管没银子，我们却有比银子更值钱的东西！"邱同的心已经热起来，道："乔东家说的是诚信，是我们晋商之间的信誉！"映霁道："少东家说得好！诚信，我们晋商之间的信誉比银子更贵重、更值钱。我先问各位一句话：大家有没有愿望拿出自己的诚信、自己的信誉，入股参与建立这家银行，让它变成我们大家全体入股的银行？"众人又面面相觑起来，议论："这股怎么入呀？"邱同道："乔东家，你一定想好了，就把你的意思详细讲一讲，大家就明白了！"映霁道："少东家已经明白了！"邱同道："我有点儿明白了，但还有好些地方不明白。"映霁道："少东家哪些地方不明白？"邱同道："比方说，以诚信入股，就是说，大家暂时没银子，可以不拿银子入股，记账就行了，是不是这样？"映霁道："对，记账就行。不，大家既然以诚信入股，甚至连记账都可以不必！"众人又嚷嚷道："连记账都不必？那这账怎么算？"王宗禹插上话来："各位前辈，晚辈替我们东家解释两句。说实话建立影子银行这件事，只是东家的一个设想，可能成，也可能不成，关键是要看大家对他的态度。所以叫影子银行，就是说它在它就在，说它不在它也可以随时不在。还有一条，你要认为它值得信任，值得存在，真心拿出自己的信誉入股，这家银行对你来说就不是影子银行，它就是一家实实在在的银行，你自己就是股东。但你要是不真想拿自己的信誉入股，对你来说这家银行就不存在！"

众人一时沉默下来，都在琢磨他这番话。宋掌柜忽然大叫："王大掌柜！我问你一句，我如果认定这家银行是值得信任的，而且认定了我是股东，就可以从这家银行里贷款做生意了？"映霁道："宋掌柜，我来回答你。只要你认为这家银行存在，而且认定自己是股东，当然有在这家银行贷款的优先权！"邱同听了急道："等等！既然是一家银行，不是票号，当然会有社会募股，会有大股东，会成立董事会，最后所有的事情都交给董事会处理。大家可以诚信认股，参与银行的运作。这些我都明白了，可是说到最后，大家还是从这家银行拿不到银子，怎么做生意？做不成生意，这就成游戏了！"众人都道："对,对,关键还是要有银子！"

王宗禹道："各位前辈,我问大家一句话,自从我们晋商发明票号,这么些年里,我们真用现银做过多少大宗生意？今天来到这里的都是大商家,哪一家做大宗生意用的不是银票！"众人道："这话对！"宋掌柜道："我是股东,当然可以贷款,虽然是影子银行,拿出来的只是一张银行的单据,实际上却具有真正银行票据的作用,它就是银子！不过乔东家,你们乔家和达盛昌两家要做这家银行的大股东,你和邱家少东家做银行的正副董事长,我们才敢对它有信心！"众人道："对,乔东家,把大旗扛起来！"映霁看邱同,笑道："少东家,怎么样？"邱同回看他道："有乔东家扛大旗,我没问题！要是觉得这件事可成,眼下在这儿的各位就是银行的股东,我达盛昌当仁不让,甘愿追随乔家复字号,做银行的第二大股东。各位,我看我们也不要再议论了,这件事就算是成了！现在我们鼓掌,公推乔东家做银行的董事长！"众人热烈鼓掌,喊："乔东家！乔东家！乔东家！"映霁热血沸腾,示意众人平静,道："既然大家都同意建立这家银行,我们就给这家新银行起个名号。大家说叫什么好？"宋掌柜道："我先说,就叫包头晋商银行！怎么样？"邱同道："乔东家,银行是新东西,过去晋商前辈搞了好久都没有搞成,没想到第一家真正的晋商银行会出现在包头！随着这家银行出现,我们晋商也就进入了新的历史。我提议叫做包头新晋商银行,大家以为如何！"众人都看映霁。映霁道："好,新晋商银行,就是说从今天起我们都是新晋商了,我们进入了新时代,赞成的举手！"他先举手。众人齐刷刷举起手来。映霁道："请放下。这就算是通过了。各位快回去告诉全城的相与,就说我们大家都不走了,都留下来背靠包头新晋商银行这棵大树,把生意恢复起来,三五年内,让包头城重现旧日的繁华！"众人热烈鼓掌,不少人眼里溢出欢乐的泪花。邱同又提醒大家道："各位,我提议明天一大早,都到复字号进行入股登记。然后开股东大会,选举董事会,一两天内就让新银行运作起来！"众人齐声叫："好！"

凌晨两点,映霁才带众人回到复字号住处。映霁依然沉浸在兴奋里,道："太好了,没想到这么容易就做成了大事！快去睡觉,明天一早还要起来进行股权登记呢！"王宗禹提醒道："东家,要是明天来的人没有你想象的那么多,也不要吃惊。"映霁道："什么意思？"王宗禹道："刚才离开达盛昌时听有人议论,说乔东家的主意好是好,可有一件事他没说到,也许是没想到。蒙古马匪走了,是因为包头被他们抢光了,他们能走就还能来！包头的生意一旦恢复,蒙古马匪又杀回来怎么办？"映霁笑容落去,沉思有顷,点头道:"人家说得对,这件事我还真没好好想过。确是一大隐忧。你有什么好主意,能帮大家伙除了这个心魔?"王宗禹苦笑道:"别的都好说,就这个我没主意。蒙古马匪连民国政府的账都不买,更不会听我们摆布!"映霁想了想没有主意,道:"还是先睡觉,也许明天就能想出主意来了!不然就还得放弃包头!"

第二天早上,复字号残余的最大一间房子里,上百名包头商人挤得满满堂堂。包头新晋商银行成立大会已经开了一阵子了。大家望着台上的映霁和邱同,热情鼓掌。邱同示意大家安静,道:"刚才新晋商银行第一次股东代表大会,公推乔东家和今天在场的十三位先生加上鄙人为董事会成员。第一次董事会刚刚结束,公推乔映霁先生为董事长,鄙人担任副董事长。现在予以宣布。"众热烈鼓掌。邱同又道:"各位,我还有一句话。由于家父身体不好,鄙人不能一直留在包头履行副董事长的职责,刚才恳请董事长同意,由达盛昌钱大掌柜代行职权,请大家谅解。"众人见映霁鼓掌,也随之鼓掌。邱同道:"现在请董事长讲话,大家欢迎!"众人再次鼓掌,气氛重新热烈起来。

映霁站起道:"谢谢各位前辈、各位相与抬爱,让乔映霁做了新晋商银行的第一任董事长。按照章程,我有提议任命经理并请董事会批准的义务。在刚才的第一次董事会上,我提议由乔家大德通票号武昌分号的王宗禹大掌柜暂时代理银行的首任经理,已经得到了董事会成员的批准。大家鼓掌!"众人又鼓起掌来。王宗禹吃了一惊,站起道:"东家,这事你没跟我商量!"映霁笑道:"我跟你商量什么!现在我向大家介绍新晋商银行的首任经理王宗禹先生。为什么要请他来做我们的首任经理,我只说一件事大家就明白了。自前年冬天我从广州回山西,一直想在山西和全国进行票号的银行改制。我所以敢这样做,最大的原因就是我身边有这位王经理,他是目前我知道的晋商票号界对现代银行运作最有研究、最有发言权的行家。大家鼓掌!"众人不但鼓掌,还叫起好来。王宗禹急道:"东家,真的不成,不能这样!"映霁不理他,示意掌声停止,继续讲话:"啊,今天的会开得非常好,但时间也不短了,要是在太平时节,怎么着我也要请大家吃顿饭,眼下不同,说实话复字号的高粱米也不多,管不起这么多人饭。好在新晋商银行已经成立,下面大家就可以向它贷款,八仙过海,各显神通,做自己的生意!我们晋商前辈,历来不怕艰难,什么样的苦我们都能吃,什么样的生意我们都能做!大家就当包头这里还是当初的一片荒原,筚路蓝缕也要将它重新恢复起来!先人们都在天上看着呢,我们不能让他们失望大家说对不对?"众人轰然响应："说得对！一定不能让他们失望！"

映霁又道："还有一件事，我本来不想说，说了可能让大家扫兴！但是想想人生在世，既然行路，一定会有障碍出现，高山大河，沙漠戈壁，躲不过去的！我要说的是昨天夜里我从王大掌柜，不，王经理那里听到的一句话。有位相与昨晚上说，建立新晋商银行，恢复包头城，什么都好，就是我忘了刚刚从包头离去的蒙古马匪！万一他们再回来怎么办！各位，我想问一句，是不是你们也有这份担心？"众人议论起来，宋掌柜大声道："要说没有，那不是实话，可这件事大家也想过了，与其被吓死，不如被打死！蒙古马匪也好，乱兵也好，何年何月没有？不能因为他们就什么也不做了！那我们这些晋商后人也太没志气，太没出息了！"映霁听了带头鼓掌，众人也跟着鼓掌。映霁大声道："宋掌柜说得好！宋掌柜，说实话，你刚才这些话没说出来前，连我自己都担心我们什么坎都过了，却有可能过不了这道坎儿。听了你的话，乔映霁心就放下了！其实你刚才这些话，也就是我今天想对大家说的！我只补充一句。乡亲们，我们确实不知道蒙古马匪会不会再杀回来，他们真要杀回来，我们也确实挡不住！大家都知道中国刚发生了革命，民国政府大局未稳，眼下在包头，内外蒙古，正遭逢乱世，有些事情我们商人确实管不了，但刚才宋掌柜说了，蒙古马匪也好，乱兵也好，无代无之，不能因为怕了他们，晋商就不做生意了！我不相信四万万中国人会让中国一直沉沦下去，不让它沉沦的办法只有一个，就是每个中国公民做好自己的事。用一句山西土话来讲，是我们不能听喇喇蛄叫就不种地了！"看有的人沉默下来，宋掌柜抬头大声道："哎，怎么了？听了董事长的话有谁怕了吗？董事长不过说出了事实！晋商走商路，哪一条不是险路，我们在商路上生，在商路上死！死都不怕还怕马匪吗？董事长说得对，天下总有一天会太平，我敢打赌，到了那时候，晋商还在，蒙古马匪一定不在了！"掌声又热烈起来。映霁止住大家的掌声道："最后我再说一句，只要生意恢复起来，我们就有钱重建包头城，买枪炮子弹，把自己武装起来，不让马匪再欺负我们！"众人再次热烈鼓掌，不少人热泪盈眶。

当天下午，映霁带王宗禹、映雯出城送邱同回山西。邱同拱手道："乔东家再会，祝乔东家在包头一帆风顺。邱同告辞！"映霁还礼，亲手扶蹬，送他上马。邱同驰行了几步，又勒马回头，下马。映霁笑道："少东家还有话说！"邱同道："重建包头城刚刚开始，邱同就要离开，实在惭愧，在下所以不能留下，主要是家父病情日见不好，可能过不去今年，邱同不敢不在床前尽孝。其次……乔东家一定能体谅邱同的难处。达盛昌如今比不得乔家,有些事乔家可以特立独行,达盛昌却不敢和晋商各大家分道扬镳。"映霁知道他在说什么,道:"这个映霁明白,少东家不必挂怀。"邱同道:"啊,虽然我不在,但是该交代的都交代给了钱大掌柜,但凡乔东家要在包头做的事情,他都会代表我一力支持。"映霁道:"感谢。"邱同又道:"邱同还有一句话要说。不要在意达盛昌在山西做了什么,其实你在家乡做的每件事邱同都赞成,不过父亲还在,邱同不能自作主张。"映霁再次拱手道:"谢少东家讲了这些话。映霁听了,再也不会觉得自己在晋商中是个异类了! 保重! 再会!"邱同道:"再会!"他再次上马驰走。映霁久久站立,看邱家人马驰远。映雯道:"大哥,邱少东家走远了,回去吧。"映霁转身要走,王宗禹回望一声,叫道:"东家快看!"映霁又回头,果见邱同又纵马飞驰回来。映霁一直皱着的眉头忽然开朗,快步迎上去。

邱同在映霁面前下马,道:"忘了一件大事! 其实也不是忘,是在犹豫讲不讲!"映霁道:"少东家一定要讲!"邱同道:"我听说乔东家打算很快打发人回山西,把纸张、油墨和印刷机拉到包头来印制新晋商银行的票据,是吗?"映霁道:"是!"邱同道:"眼下山西的情势,我担心乔东家做的任何事都会被人盯上,即使是要拉纸张、油墨和印刷机这样的小事,也不会顺利! 这是其一。"映霁道:"我也有这个担心!"邱同道:"如果三个月内不能把票据做出来,刚刚聚拢起来的人心就会散掉。"映霁道:"那不会。三个月光小米就要吃掉不少,不少相与家眼看就要断顿,都等着拿到新晋商银行的票据把生意恢复起来呢!"邱同看他道:"乔东家在包头做的事瞒不住人,此事应当已经传到山西。万一事情不顺,乔东家打算怎么办?"映霁道:"真让少东家说着了。少东家一定为映霁想到了办法!"邱同道:"乔东家和山西官府合作重建山西官银号,生意是不是有点儿不顺? 到目前好像印出的晋钞一张也没有流通出去?"映霁点头,心中大动。邱同道:"我还听说,山西民政长金甬至今没有对山西百姓行他的中策和下策,就是因为他想看看山西官银号究竟怎么样。但眼下局势很危险,如果晋钞继续难以流通,金甬就有可能依靠他新建的警察大队,对山西商家和百姓行他的中策和下策!"映霁道:"少东家真正想说的是什么?"邱同道:"晋钞的背后就是乔家。是乔家出了两百一十万两准备金,才使晋钞变成了银子的等价物。本来根据乔家的商誉,大家会像接受乔家银票一样接受晋钞,现在大家不接受,乔东家想过是什么原因吗?"映霁默默看他,并不说话。邱同道:"邱同个人并不相信那些传言,不然今天我就不会对乔东家讲这些推心置腹的话。山西民政长金甬邀请乔东家参与重建山西官银号,也许有他自己的打算,但乔东家代表乔家入股并成为官银号最大股东,肯定有你的打算。这两种打算并不一致。我说得对吗?"映霁不置可否道:"少东家说下去!"邱同道:"虽然你们两个人合作重建官银号的初衷不一致,但有一条是一致的,都想让山西官银号成功!"映霁点头。邱同道:"山西官银号成功的标志只有一个,就是晋钞的流通!"映霁又点头。邱同道:"金民政长的人一定会反对乔东家将纸张、油墨和印刷机拉到包头,支持你在这里新建一家银行,但他绝对不会阻止你将在山西境内发行不顺的晋钞拉到包头作为新晋商银行的票据使用!"映霁心中訇然炸响起一声惊雷,回看王宗禹,大叫:"王经理!"王宗禹已经激动起来,叫:"东家!"

映霁一把抓住邱同的手,激动道:"少东家,你太厉害了!这么好的主意,我怎么就没想出来!"又看王宗禹:"还有你,也没想出来,可少东家却想到了!我们真笨!"邱同笑道:"乔东家不要夸我。不是有句古话,叫做当局者迷,旁观者清嘛!"映霁松开邱同,再次拱手:"少东家请放心走,乔映霁知道该怎么做了!"邱同再次含笑拱手还礼,上马驰走。映霁看王宗禹,兴奋之情溢于言表,一叠声道:"还愣着干什么?回去商量,今天你就带映雯回山西!"王宗禹道:"我?"映霁道:"你是银行经理,当然是你!"王宗禹道:"好,我回就我回!"

一边下了几天雨,好不容易遇上一个晴天。太原府赌场外,几名壮汉将映震从里面扔出来。映震爬起大叫道:"不,我还要翻本哩!"一壮汉道:"不是东家可怜你,身上这条裤子也给你扯下来,你还有什么物件儿能进去翻本?"映震道:"我有!我有乔家大院!我真是乔家的人!我们乔家富可敌国!"他推开众人又往里闯。壮汉们再次抓住他。领头的道:"哥儿几个使点劲儿,来个远的!"众人用力,将映震远远扔出去。映震重重落地,半天没有爬起来。众壮汉回到赌场门前去,不再理他。

这时就见一个人走到映震跟前,用脚踢踢他。映震不动,此人蹲下去看他,道:"不会死了吧?"映震半天才睁开眼睛。望百站起,冷笑道:"原来没死!映震少爷,认识我吗?"映震将嘴里一颗牙带血吐出,只用一眼睛看他道:"不认识。"望百道:"可我认识你。"映震道:"我是乔家的少爷,我——"望百道:"你是被乔映霁从乔家赶出来的,少爷嘛已经不是了。"映震道:"你什么人?"望百道:"崔望百。听说过吗?"映震想了想:"没有。"望百重新蹲了下去,道:"那你听说过山西民政长,就是省长,他手下有一个善于出谋划策、号称当今诸葛孔明的人吗?就是我。"映震看他,摇头。望百生气,站起,大声道:"有一个人,曾经到过你们乔家,要出一谋划一策,帮乔家成为中国最大的资本大鳄,中国的摩根、洛克菲勒、罗斯柴尔德,却被乔映霁赶出了大门……这你总听说过吧!"映震道:"这个听说过。你就是他?"望百又蹲下来了,道:"映震少爷,我告诉你一件事。自从乔映霁不接受我做他的军师,乔家就完了。这个时候被赶出来是你的福气。"映震不说话,只用一只眼看他。望百道:"你要问我乔家怎么就完了?我告诉你。因为它有银子,而且太多了,改朝换代后所有人都盯上了这笔银子。就这么简单。"映震道:"那……乔家还有救吗?"望百道:"没有了。像你这样的乔家少爷,眼下虽然离开了乔家大院,但仍然吃着乔映霁太太资助的银子,不至于饿死,但等乔家完了,你是不是要饿死,难说。"映震道:"我怎么才能不被饿死呢?"望百道:"马上起来,跟我走,去分一杯羹。啊,你本来就是乔家的少爷,理当分得多些。还有,你去不去分,乔家都是要被分掉的。"映震还是不起,道:"你要带我去哪儿?"望百道:"先甭问,跟我走就行了。你我同病相怜,都是被乔映霁赶出来的人。总之我会给你一个又体面又风光薪水又高的差事,明天就能和乔映霁平起平坐,后天或许就能参加分乔家的银子!"映震一骨碌爬起来,猛地向望百扑去,将他扑倒在地,大怒,对他拳打脚踢,骂道:"你是个什么东西,敢这么戏弄本少爷!再怎么说老子也是乔家后人,你不能这样作践我!"望百用力止住他,道:"万一是真的呢?"映震被他震住,看了他良久,才道:"行,我就跟你走一遭!"

很快望百就将映震带进了金甬官署。金甬看映震一眼,又看望百,不满意道:"就是他?"望百道:"对。乔映震,赶快行礼,他就是金大人!"映震想了想,拱手道:"草民乔映震,见过民政长!"金甬有些失望,又有些佩服,道:"到底是乔家的人,别的人见我第一面就跪下了,还当我是当年的山西巡抚呢。不跪下磕头很好。告诉本官,你对现代银行的事情懂得多少?"映震道:"一点儿不懂。"金甬生气地看望百一眼,挥手道:"带出去!"金保看映震一眼,带他走出,自己马上又走回来。金甬道:"这就是你给我找来的人?他什么都不懂!"望百道:"大人,是不是比什么都懂更好?"金甬一惊。望百道:"什么都懂反而坏了,什么都不懂,就会一天到晚瞪大眼睛盯着姓潘的,对潘为严做的任何事情起疑,马上报告给大人!"

金甬听了,半晌不语,忽然回看曾有志道:"你认为本官用这个人替下你做副经理,潘为严会接受吗?"曾有志:"啊,这个……不知道。也许会。"金甬不满,又看望百:"你说!"望百道:"也许会,也许不会。"金甬怒道:"你们这是什么话!"望百道:"我希望他不会,但凭直觉认为他会!"金甬道:"为什么?你就不担心他会因为我派去了这个人天天盯着他提出辞职?"望百道:"他辞职更好,大人就可以名正言顺地和乔映霁讨价还价,提名自己的人做官银号经理!"金甬哼一声道:"我提名谁?是曾知县还是你?"曾有志急忙道:"我不行,我对办现代银行一无所知,现在做这个副董事长,已经是尸位素餐了。"金甬又看他道:"我让这个人替你去做潘为严的副经理,你不会有想法吧?"曾有志倒是坦荡,道:"不会的,大人。本来按照官银号章程,我就不该兼任副经理。"金甬又回看望百道:"就是潘为严辞职,我也不会提名由你出任官银号的经理。懂这个道理吗?"望百勉力笑一笑道:"为什么?"金甬道:"虽然直到今天官银号还没有做成一笔生意,但本官仍对它抱有希望,因为有一个人是不会看着官银号失败的!"望百马上反应过来:"乔映霁?"金甬道:"你很有能力,但不适合代替潘为严做经理,不但乔映霁不会答应,本官对山西官银号也不能再寄予任何希望,因为你在山西人中间的信誉太坏!"望百勃然变色,拂袖欲去,又站住道:"大人,崔望百不需要等潘为严辞职,现在先就从大人这里辞职,请大人允准!"金甬深深望他,良久才讥讽道:"我劝你不要这样。现在全山西的人都知道是你替我出了上中下三策,尤其是中策和下策,还没实行,已经臭了大街。离开本官,我担心你根本找不到下一个敢用你的人!还是留下吧!"

出乎望百的意外,第二天一大早他带映震去山西官银号就职时,潘为严仅仅表示了一点惊讶,并没有以辞职相威胁拒绝接受。倒是映震下车时抬头看到山西官银号的招牌,对他提出了自己的疑问:"金大人为什么让我来做山西官银号的副经理?"望百道:"因为将来乔家的银子都会拉到这里。你我想分一杯羹,都必须到这里插上一腿。"走进经理室,望百看潘为严道:"潘经理,这就是金民政长派来接替山西官银号副经理的人,乔映震。你们恐怕早就认识!"这一刻他注意到潘为严面无表情地盯着映震。映震也不说话,神情和体姿却表现得异常强悍。过了一会儿,潘为严才道:"我可以不接受吗?"映震忽然开口道:"恐怕不可以。"他走过去,径直坐在经理座位上,跷起二郎腿,用挑衅的目光看着潘为严。望百幸灾乐祸地看着潘为严,又道:"潘大掌柜,如果不接受这个人,你可以辞职。"潘为严猛将目光移向他,答道:"不,我接受。"他又看映震道:"乔副经理,你来了很好,但是副经理室在旁边,这里是经理室。来人,带乔副经理去那边见曾副经理,让他们完成交接!"留根马上出现在门前,看映震,吃一惊,但马上明白了,道:"映震少爷请!"映震看望百,发现对方没有表示,自己站起来往外走。潘为严坐回到自己的座位上,看望百道:"崔先生还有别的事?"望百遽然感到了巨大失落和羞辱:"啊,没事了。"他转身走出,脚步越来越快,心中仇恨的火焰也越燃越高。

潘为严方才正在看一封包头来的电报,这会儿又拿起来读。二掌柜激动道:"大掌柜,这下晋钞有出路了!不能在山西境内流通,就让它在山西境外流通。用了不多久它就会流回山西,那时就谁也挡不住晋钞的发行和流通了!"潘为严却不激动,回头道:"你去安排,保护王宗禹,不要让他突然失踪!"二掌柜大惊:"失踪?"潘为严道:"请新来的乔副经理过来!"映震很快就出现在他的门前,道:"潘经理喊我?"潘为严道:"请进。"映震走进来,依然用一半戒备一半挑衅的目光望着对方。潘为严道:"这里有一封包头的电报,你也看一下。你是副经理,以后生意上的事,你都要知道。"映震暗暗吃一惊,接过电报看一遍,不明白:"这……这什么意思?"潘为严道:"乔东家在包头成立了一家银行,要用晋钞做银行票据流通。是不是同意,你这个副经理也是有发言权的。"映震想了想道:"经理是什么意思?"潘为严道:"山西官银号印制发行晋钞,将近半年,没有一宗生意。现在有人愿意兑换晋钞发行流通,当然是好事。"映震道:"经理是愿意做这笔生意的,我可以这么理解吗?"潘为严点头道:"可以。"映震道:"那我要做什么?"潘为严道:"你如果没有反对意见,就可以离开了。按照官银号章程,本号实行经理负责制。你有权提出建议,但做决定的是我,将来承担责任的也是我。"映震悄悄松了一口气道:"那我走了!"潘为严看着他离开。

当晚映震就把这件事报告给了金甬。金甬警觉道:"有这样的事……潘经理什么意思?"映震道:"潘经理说这是好事。"金甬嘬牙花子,看曾有志道:"你在山西官银号也浸润了不少日子,算是内行了,你觉得这是不是好事?"曾有志道:"大人,这个……"金甬不耐烦道:"你这个人跟了我这么久,怎么还这样谨小慎微?我说过多次,我们是在一起做大事,要有魄力,敢讲话。你是不是也认为是好事?"曾有志道:"下官认为不但是好事,还是大好事,是天上掉下来的馅饼!这事要是办成了,晋钞之围可解,山西官银号之围可解,大人之围,乔东家之围,都可解!"金甬脸上现出不明白的表情。曾有志解释道:"大人和乔东家联合重建山西官银号,有那么一些不明真相的人,一直认为你们两位要一起用晋钞做幌子,圈尽山西晋商的银子,所以他们才会拒绝晋钞。一旦让晋钞在境外流通,很快会在山西甚至全国流通,那时山西商人接受也要接受,不接受也要接受!"金甬仍不放心道:"那你认为我该支持这件事？"曾有志道："其实不用大人表态，既然只是一桩生意，潘经理会自行决定做不做的。"金甬道："你认为他会做吗？"曾有志道："我认为他会。"金甬长长吐出一口气，看映震道："你可以走了。"映震道："大人还没有说自己的意思呢！"金甬看他一眼，生气道："你也是个不通的，潘经理让你知道这件事，你回去什么都不说，他也明白我知道了，并不反对，下面的事情他会处理的。"映震轻松下来道："明白了。小人去了。"金甬不放他走，道："你不明白。虽然你们乔家是山西官银号的大股东，这批晋钞也是用你们家的银子作准备金印出来的，但乔映霁想从山西官银号里拉出晋钞，也必须再拿银子来兑换。这件事你要盯着！"映震一惊道："啊，明白了！"金甬道："告诉守银库的王一刀，乔家银行入库时，还是要一车车查，一块块查！"映震道："是！"金甬这才挥手让他离去，好久还在看映震的背影，忽然回头道："有时候，我会觉得这个人不太像乔家的人。"曾有志笑道："大人，人不可貌相。"金甬道："啊，你也去吧，我累了。"

曾有志告辞，转身欲走，又猛回头道："下官有句不该说的话——"金甬道："你这个人又来了。有话直说！"曾有志道："会不会有人反对晋钞出境？"金甬吃惊道："谁？"曾有志不说话。金甬忽然明白了，道："你还真提醒了我！去吧！"曾有志离去。金甬原地站着，渐渐怒不可遏，喊金保进来，看他一身的警察制服，道："你换了这一身皮，好神气！金保高兴道："还不是跟着爷，要不金保做梦也想不到会这么风光！"金甬道："自从上次跟我去过一趟，小彩红那里这会儿成了你常去的地方，是吧？"金保急忙趴下道："爷饶了金保，金保该死！"金甬道："起来！没出息！"金保爬起来，害怕地看着他。金甬道："你马上再去一趟小彩红家，给那老婊子一块银子，让她给我盯住一个人！"金保的眼睛一下就瞪了，笑："爷，知道了！"

望百一天都在小彩红家里喝闷酒，天擦黑时让人把望实找来，道："没被人盯上吧？"望实道："没有。"望百让他走过去，对他耳语一番。望实惊道："不让晋钞出境？为什么！"望百道："别吵！我问你，我们弟兄每天在这里干些什么？给谁干？"望实道："当然是给姓金的干，还能给谁干？"望百道："真这么想就错了！再想想！"望实道："大哥，不让这批晋钞出境，真的就能让山西官银号垮台？山西官银号垮了台，对我们什么好处？"望百道："山西官银号垮台，姓金的就得不到他想圈到的银子，就会迁怒于乔映霁，真要用银子的时候，就会直接对乔家下手！"望实道："不对，上回你说，山西官银号垮了台，姓金的就会在山西行你的中策和下策！"望百道："中策和下策他当然会行,但他绝对不会放过乔家!总之一旦撕破脸皮,乔家在劫难逃!"

望实犹豫道:"大哥,我们刚刚过了几天又安稳又风光的日子,姓金的可是个过河拆桥的主儿!"望百恨道:"什么安稳、风光,真正风光的还是乔映霁!为了让乔家万劫不复,我宁愿跟乔映霁一起下地狱!行了,这件事不用你干,我自己去干!"望实要走又不放心,道:"大哥即使不让我去干,也得说明你打算让谁干,怎么干,不然万一会和我的太原警备队撞上——"望百急打断他道:"到时候会告诉你的。走吧!"

初更时分,山西官银号地下银库里,刘小七一人坐着喝酒吃肉。望百黑衣蒙头,突然推开门走进来,随手又把门关严。刘小七道:"谁?"望百取掉头罩道:"王大侠,过得好安逸呀!"刘小七站起:"恩人驾到,请坐!"望百道:"乔家的人不在?"刘小七道:"伤风感冒,找地方发汗去了!"望百道:"好!"两人坐下,刘小七道:"恩人有什么事情要吩咐王一刀?"望百取出一张十万两银子的银票推过去道:"乔家大德通的银票,十万两,不是很多,却是我追随金民政长以来得到的全部好处。"他以为对方不会收,但刘小七只犹豫了一瞬,就把银票收起来了,看他道:"请讲!"望百道:"耳朵上来!"

果然,不几天后王宗禹、映雯就回到了太原府。潘为严带映震和二掌柜将他们引进山西官银号会议室,自己在长桌一侧立定,一指长桌另一侧,道:"王经理请坐。"王宗禹吃惊道:"师傅!"潘为严正色道:"这里没有师傅,我现在是山西官银号的经理,你是包头新晋商银行的经理,今天我们是两位银行经理谈生意。"王宗禹机灵,已经什么都明白了,两人当理分宾主对面坐下,映震、二掌柜分坐潘为严两侧。潘为严道:"上茶。"留根送上茶来。潘为严道:"王经理,乔东家的电报我看到了,这里有本号拟定的一份兑换晋钞一百万元的合同书初稿,你看一下,有不妥的地方我们再商量。"王宗禹已经知道了映震的事,装成不认识,只看合同,猛抬头道:"师傅,不是这样的,上次东家电报上说的是包头新晋商银行向山西官银号借晋钞一百万元使用,不是拿银子兑换一百万元晋钞使用!"

潘为严道:"乔东家虽是本号董事长,但既然聘了我做经理,一切经营活动均由本经理说了算。你这是本号开张以来的第一宗生意,我不能因为我们曾是师徒就违反本号章程。"王宗禹道:"对不起潘经理,此事我必须打电报向敝行董事会请示。"潘为严道:"请便。"王宗禹站起,看映雯道:"我们走吧。"映雯却坐着不动,道:"师傅等等。潘经理,我们可以在这里借用贵号的电报机给包头发电报吗?"王宗禹一惊。

潘为严看王宗禹道："当然可以,不过王经理——"映雯回看王宗禹道："包头天天都在等我们拉晋钞回去使用。这件事不能拖!"潘为严不觉赞赏地看了一眼映雯。王宗禹心里忽然明白了什么,看潘为严道："师傅,可以吗?"潘为严坦然道："请!"电报毕竟是快,当天映雳就在包头看到了这封电报,想了一下对二掌柜道："马上回电报给王经理!让他回乔家堡取银子!"二掌柜有点儿犹豫道："东家,什么新晋商银行,包了归齐,还是我们乔家一家出银子!"映雳道："但还是不一样。电报里要写明,这次王经理是作为包头新晋商银行的经理去乔家借银子,要打借据的!"二掌柜答应,坐下来匆匆草拟了一封电报,交映雳看过后发出去。于是当天下午,潘为严、王宗禹就在太原府山西官银号会议室内正式签署了合同。看着映雳和二掌柜分别将两份合同收起来,众人站起。

潘为严道："王经理,祝贺我们两家银行都做成了第一笔生意。祝贺包头新晋商银行!"王宗禹道："谢师傅。按照合同,明天一大早,我方就会从乔家拉银子到贵号入库。"潘为严道："一百万元晋钞同时出库,交付王经理。祝你和映雯少爷一路平安回到包头!天不早了,今天就到这里吧!"一直没说话的映震道："等等!"众人回头看他。映震道："王经理,明天乔家现银入库,我是要参加查验的!"王宗禹看潘为严。潘为严道："啊,乔映震先生现任敝号副经理,生意归我谈,但他也不能什么事都不做,我把以后查验每一笔入库银子真伪的责任都交给了他!"王宗禹点头道："明白了,师傅。"映震不再说话,众人走出去。映雯看映震,发现映震并不理他。映雯也不理他,随王宗禹离开,连夜赶回祁县乔家堡。依依已经接到了映雳的电报,早知道了此事。第二天早上,已将一切都准备停当,挺着大肚子由喜凤扶着走到乔家大院门外,看阎承业带众镖师押银车出门,对王宗禹道："一路小心!到了包头告诉东家——"映雯抢上去道："大嫂,我知道了,让我大哥快点儿回来!"依依笑道："还有些日子呢,不要急。捎去的衣裳,让他记着添,包头那地方太冷!"望着银车走远,喜凤忽然回头道："哎呀,小姐,姑爷是个粗心的人,你得提醒他早点儿回来呢!"依依道："你知道什么!那边的事大,家里的事小,要是只能顾一头,那就顾那一头吧!"

在路上直走到午后,乔家银车才进了太原府山西官银号银库停下。映震带二掌柜及一队警察轰隆隆走进来,银箱打开,王宗禹、映雯、小栓、刘小七退后,映震上前抓起一块银锭子,看众人道："甭以为我什么也不懂!二掌柜,把你从潘经理那里带出来的银锭子请出来,再把戥子摆在这里,我第一要比大小,第二要称分量,如果是假的,这些人今天就走不了了!"小栓听不下去,转身就往外走,刘小七也悄悄跟出来。二人在银库后对视,小栓大声道:"你怎么出来了?里面正验银子呢,还不替金民政长好好看着去,万一哪一块是假的,你可要吃不了兜着走!快走,我讨厌看你这张脸!"刘小七道:"该进去看着的是你!你是乔家的人,万一查出假银子你就不好了!你不喜欢看我这张脸,我偏偏喜欢看你这张脸!我不能让你跑了!哈哈哈!"小栓听了生气,转身又走回去。

映震正在查最后一块银子。映雯忍无可忍,大声道:"太阳都落山了!乔家诚信经商,天下知名,真要这样吗?"映震根本不理,将最后一块银子验过放回银箱,"啪"一声关上箱盖。每个人都筋疲力尽,长长地舒了一口气。王宗禹道:"乔副经理,可以入库了吗?"映震不回答他,只大声对刘小七、小栓道:"开库门,银子入库!"刘小七、小栓掏钥匙开启银库大门。刘小七大声喊:"银子一百万两,入库——"小栓也不示弱,大喊:"银子七十万两,入库——"映震想到什么,从一只银箱里取出一块银锭,就要往兜里装。二掌柜急上前道:"哎,等等!你干什么?"一把将银锭子从映震手里夺回,放回银箱里去。映震同他撕扯起来:"还给我!"

二掌柜白了脸道:"乔映震,你怎么什么都不懂,这是要入库的银子,一两一钱都不能短少!"映震又把银子夺回,一只手高高举起:"我借出去一晚上,明天就还,不行吗?"二掌柜道:"不行!"映震蛮横道:"我是副经理!"二掌柜道:"别说副经理,经理都不行!"映雯道:"你知道我要拿银子给谁看?给山西民政长看!他昨天对我说,想看山西官银号做成第一笔生意后入库银子的成色!"二掌柜道:"那……也不行!"映震看出了他的动摇,道:"不难为你,你去见潘经理,问他成不成!"二掌柜道:"那好吧,我这就去!你们谁也不能离开这里!"他匆匆跑去见潘为严。潘为严道:"让他打借条,签字画押,拿走那块银子!"二掌柜道:"可是——"潘为严道:"晋钞今天就出库,交付王经理,让门外的警察一直护送进乔家大德通票号。告诉乔映震,让他以山西官银号副经理的身份请求金民政长下令山西警察,一直将这批晋钞护送出山西境!还有,你去安排,明天拉晋钞出城前,防止有人故意让王经理和运钞车一起失踪!"二掌柜深深看他一眼,忽然心动,大声道:"明白!"这天下午,潘为严一直站在经理室,透过窗户居高临下望着一队警察在望实亲自率领下护送运钞车走出官银号大门,才悄悄松了一口气。

黄昏时分,这批晋钞在众警察护送下终于进了乔家大德通票号大门,看着票号大门轰隆隆关上，望实对众警察下令道："奉金民政长令，今晚上包围这里，所有进出票号的人全部搜查！一张晋钞也不能带出去！"一老警察担心道："队长，是不是明天还是我们这些人去护送运钞车，一直送出杀虎口？"望实不耐烦道："运钞车另有人送，你们守好这一夜就成！"众警察还不放心，道："队长也不走？"望实道："我跟你们一起守一夜！"票号密室内，何大掌柜、王宗禹、映雯的脑袋已经凑到了一起。何大掌柜道："今晚是关键，大家都听我的号令。"众人道："是！"何大掌柜道："时不我待，马上动弹着！"众人答应。

天黑下来了，山西官银号银库内，刘小七从自己住的小屋里提一坛酒出来，看小栓道："哎，兄弟！"小栓戒备道："你要干什么？"刘小七道："你这小子是不是真怕我呀！离我这么远干什么？"小栓不觉又后退两步道："我不怕你！可你也甭靠我太近！我是带着家伙的！"说着就从身后拔出一把刀。刘小七哂笑道："不怕就过来跟我喝酒，怕就滚远一点儿！"小栓道："我还就不怕跟你喝酒了！过去跟着我们东家，我不敢多喝，怕误事，今儿个我怕你干啥？"刘小七道："真长了胆子就过来！"小栓道："不，你把酒放那儿，我取过来喝！"刘小七道："行，我把这坛酒放这儿，你自个儿过来拿，我回头再取一坛！"他把手中酒坛放地下，转回小屋。小栓走过来将那坛酒拿起，尝了一口，又尝一口，不觉大饮起来，等刘小七结扎了一身黑衣走出，小栓已醉倒在地。刘小七踢了小栓一脚，笑道："早知你们嫩成这样，我当初就要了乔映雯的人头！"说着便走了出去。

初夜的太原府乔家大德通分号后门外，几名警察持枪站立。望实走过来问："有什么情况？"一警察忽然捂住鼻子道："好臭！"票号后门忽然大开，一辆粪车摇摇晃晃往外走。望实大叫："站住！"车夫急忙停车，看他道："长官！"望实道："干什么的？"车夫道："出粪的。长官闻不见味儿吗？"望实道："放肆！回去！"车夫道："那可回不去，这一回去，票号里的人都要被熏死了！长官，要不我把盖子打开，你让老总们上去查查！"他边说边爬上车辕，要掀粪车盖。众警察大叫起来："不要！"望实也被熏得受不了，捂住鼻子招手道："走，快走！"车夫赶车又走，一路颠簸，撒下不少粪汤。望实和众警察捂紧了鼻子嘴，看它走远，再回头发现票号后门已经关闭。那粪车走了不远就进了一个院子。伪装成车夫的映雯一把扯下脸上的膏药，对赶过来的伙计道："快！"众人上车，将藏在粪车里的晋钞成捆地搬下来，装进一个个货郎挑子。映雯道："趁城门还没关，我们走！"

晋钞出了城的消息天黑后就传回了票号。王宗禹放心了,就要睡下。一黑衣人破窗而入,一把捂住他的嘴,王宗禹昏过去。黑衣人扛他上身,越窗而走。何大掌柜正好进门,一眼看见,大喊:"不好了!刺客劫走了王大掌柜!快追!"院子里乱起来,一片锣响,哪里还找得到人。望实在外面听到,急忙砸门进来,问发生了什么,何大掌柜道:"快,有人劫走了王大掌柜!"望实不敢怠慢,一边下令全城警察出动,搜寻刺客,一边打发人向金甬禀报。金甬此刻正在官署里把玩映震带去的那块银子,又将它放在案上望着,喜之不尽道:"重建山西官银号,闹了快一年,我终于见到了第一块主动入毂的银子!这是个纪念品,我要把它留下来做个日后的念想!"映震道:"大人,这恐怕不行。银子是我打借条借出来给大人看一眼的,完了还要拿回去入库!"金甬道:"一块银子,我说要留下,你们还不给我面子?"金保已经冲进来:"爷,不好了,有人劫走了今天去官银号兑换晋钞的人!"金甬马上做出了反应,道:"是有人不想让这笔生意做成,不想让山西官银号成功!他是谁!老曾,你有话为什么不说?"曾有志道:"大人息怒,下官以为,当务之急还不是查拿这个幕后的指使者!刺客劫走一个大活人,行动不便,这会儿一定还没出城,快让警备队把城门全关上,不放一个人出城,然后——"金甬看金保:"下令关城门!今晚你们都不要睡了,就是在全太原城挖地三尺,也要把人给我找回来,这笔生意老子一定要做成!"金保大叫:"是!"他要走,金甬忽然拍一下脑袋,又道:"快去告诉乔家的人,不要再等那个王宗禹了,另派妥当的人,由太原警备队连夜护送,神不知鬼不觉,赶紧地把晋钞送出杀虎口!"曾有志道:"大人圣明!这样那个想用劫人的办法阻止晋钞出境的人就失算了!"金甬急看金保:"愣着干什么!还有,护送晋钞出境的事,不要让崔望百兄弟知道,你自己带人去!"金保答应,转身跑出。金甬回头盯着曾有志,要说什么,忽然又住了口。

第二天金保果然亲率一队警察护送着乔家的运钞车出了太原城,一路晓行夜宿,处处小心,但还是在晋北雁门关外的山路上遇上了麻烦。一队蒙面人忽然从林间杀出,鸣枪大喊:"杀——"金保惊慌大叫:"遇上土匪了,顶住!"他就地趴下还击,再回头身边已经没人了,急叫:"你们这些狗日的,怎么跑了?"那些蒙面人已经呐喊着冲过来。金保"哎呀"叫了一声,抱头逃走。领头的蒙面人冲过来喊:"打开运钞车,把里面的晋钞全部烧掉!"众蒙面人上前打开运钞车,发现里面并没有晋钞。领头的蒙面人大惊,跳上车看了一遍,大叫:"怎么都是废纸?有人上当了!"一匪道:"二当家的,怎么办?"领头的蒙面人道:"别说出去,我们还没拿到酬金呢!点火!"金保气喘吁吁逃上远处山头,居高临下回望下面山道燃烧的运钞车,叫苦道:"坏了!他们把一百万元晋钞给烧了……崔望百,你是个混蛋,你招安来这些土匪做警察,平日里欺压百姓,调戏女人,到处都有他们,一到较劲的时候,就没他们了!我要回去禀告爷,一个一个全毙了你们!"他边骂边一瘸一拐地跑走。他哪里知道映雯此时已带着那批晋钞到了雁门关外的戈壁滩上,映霁亲自带人纵马来接住,大叫道:"映雯,好兄弟,你们办成了大事!晋钞在哪里?"映雯道:"都在背上包袱里呢!"又看众人:"快,把包袱卸下来!"映霁将一个个包袱打开,拿出里面的晋钞,大喜道:"晋钞印得漂亮!包头城有救了!王大掌柜呢?"映雯哭道:"我们离开太原城时我师傅就给人劫走了!"映霁的笑容顿时落下,目光转向南方。三天后他们将晋钞护送回到包头,映霁毅然对映雯和二掌柜道:"不行,我要自个儿回去找王大掌柜!"二掌柜忽然冲进来,大叫:"东家,王大掌柜回来了!"映霁回头,王宗禹已经冲进来,叫道:"东家!"映霁大喜,二人紧紧拥抱,一时间眼里都溢出泪花。映霁急问:"你是怎么脱险的?"王宗禹却一把推开映霁,变色大叫:"晋钞怎么样了?"映霁道:"晋钞已经到了,包头的生意也开始恢复了!快说说你自己是怎么回事儿?"王宗禹坐下来道:"这事说起来真是蹊跷!晋钞出了官银号的当天夜里,这个人劫走了我,三天前又放了我,还在外面留给了我一匹马,马上有干粮和水。为什么他开始要劫走我,后来为什么又把我放了,我都不知道。但知道不知道都不要紧,重要的是晋钞平安到了包头!"映霁沉思起来。王宗禹又笑道:"东家,别想了,不管他是谁,都一定是个知情者,他用这个办法,撒了一把土迷住别人的眼,帮了自个儿也帮了我们!东家,这是致庸老东家在天上保佑着我们呢!晋钞来了,包头有救了,我受一点儿苦,算不上什么!"

这时太原府金甬官署里,金保正伏地抽泣,不敢仰视。金甬怒不可遏,骂道:"你这个奴才,还有脸哭!我不敢相信别人,只相信你,可你连这样的事也给我办砸!你带那么多人枪,居然被一帮山匪劫走了运钞车,你坏了我的大事,该当何罪?"金保道:"爷饶命,不是金保无能,是这帮被收编的土匪,一听枪响就撒丫子跑了个精光!爷要追究,就该拿收编这帮土匪的崔望百治罪!"曾有志忽然跑起来,激动道:"大人,有好消息!"金甬怒道:"现在还有什么好消息?"曾有志递过一张报纸道:"大人快看,天津的报纸,这上面讲,包头城恢复了生意,新晋商银行大量发行山西官银号的晋钞,有些包头的商人,已经带着这些晋钞去了北京和天津,用它做生意了!"金甬一把夺过报纸,看了一遍,转怒为喜道:"乔映霁不可小觑,他不但骗过了本官,更骗过了那个一心阻止晋钞出境的人!晋钞出境了,晋商中的那些大户,再也抵制不了它了!"一名衙役这时跑进来口称:"大人,崔望百求见大人!"金甬面色迅速冷下来道:"他来得好,不来我还要打发人找他呢,让他进来!没用的东西,还不滚出去!"

金保急忙爬起,跑出去。金甬看一眼曾有志:"你也回避,让他看见你在我这里,对你不利。"曾有志点头:"谢大人!"他刚刚从另一道门离开,望百就走了进来。金甬道:"你怎么来了?"望百道:"听说运往包头的晋钞出了事,我急着赶过来……大人,我以为这件事不是乔映霁主使的,就是潘为严一手策划的!"金甬道:"乔映霁和潘为严有什么理由要这样做?"望百道:"这非常好解释。现在全山西都在传说,大人和他一起联手重建官银号,是为了用纸印的钞票圈走山西的银子。官银号开张转眼就是半年,第一宗生意还是乔映霁拉自己家的银子和它做成的。乔映霁眼看着做这桩生意无利可图,又被全山西的相与唾弃,就和他原先的大掌柜潘为严想了一个金蝉脱壳的法子,先让大人绝了靠官银号得到山西银子的心。大人的心冷了,就会弃它于不顾,官银号即使还会维持,也名存实亡了。那时乔映霁了结官银号的目的就达到了!"金甬道:"崔望百,你一向是个'三年早知道',就没有想到自个儿也有失手的时候?"望百徒然变色:"大人什么意思?"金甬将那张报纸交给他:"看看这个吧。"望百一目十行地看报纸,勃然变色:"这怎么可能!"金甬道:"来人!"几名侍卫冲进来。望百大叫:"大人要干什么?"金甬道:"把他给我捆起来,押进太原府大牢,听候处置!"众侍卫上前抓住望百。望百大喊:"大人,我不明白!冤枉!"众侍卫将望百拉出去。金甬又道:"来人!把他弟弟也抓起来,关进大牢,听候处置!"又喊,"金保!"金保跑回来。金甬道:"没用的东西,马上知会官银号经理潘为严,开动印钞机多印晋钞!再过三天,就是半年准备期截止的日子,山西境内的大小商人只要还不来兑换晋钞,有一个算一个,派出警察摘他的招牌,封他的门,以违法罪全抓进大牢!他们不想让本官消停,本官也不会让他们消停!"金保哆嗦一下道:"爷,这样天下会不会大乱?"金甬恨道:"爷我已经看透了这些山西人,天下不大乱,他们哪会乖乖地把银子拿出来!"

从早上起天就阴得极重,大家意料中的大雨却没有落下来。山西官银号经理室里,潘为严正襟危坐,形同槁木。二掌柜、映震、留根长久地望着他。二掌柜忍不住,道:"师傅,明天就是最后一天了,怎么办?"潘为严忽然睁眼:"你马上去大德通,告诉何大掌柜见晋商各大家,传我的话,不要把山西官银号当成山西官府的银号,就当它是乔家的又一处票号,新晋钞就是乔家发行的新银票。潘为严以人格担保,他们明天用银子兑走晋钞,后天就可以把晋钞拉回来兑走银子!"二掌柜怀疑道:"可人家会信吗?"潘为严道:"只要他们信任乔家,信任我潘为严,就该信,也不能不信!"二掌柜还是不走。潘为严又道:"三年两载不做生意,他们扛得住,可千千万万的中小商家扛得住吗?乔家入股官银号是为了给天下人造福,不是为了让千千万万中小相与家破人亡!作为大商家,他们每一家都和乔家一样对山西人的生死存亡担着责呢!"二掌柜一句话堵在喉咙里又吞回去,片刻才说:"这么大的事是不是也该让东家知道!"潘为严道:"我是山西官银号经理,经营的事我一人负责,和东家没有相干。就这么办去!"二掌柜转身离开。映震再看潘为严,发现他又重新闭上了眼睛。

金甬官署里,一卫兵正在帮金甬试裁缝刚送来的新衣。金保一头跑进来叫道:"爷快出去看,见了鬼了!"金甬骂道:"什么见了鬼了,净说不吉利的!"金保道:"昨天官银号还鬼都不上门,可今天……大门外头排起了长队,都是拉银子来兑换晋钞的!"金甬大惊喜道:"真的?"金保道:"不信爷快去看看!"金甬道:"本官还真想去看看!"他马上便装坐马车赶往山西官银号,透过车窗看去,只见赶来兑换晋钞的银车真的挤满了人街,排起了长龙,后面还有更多的银车赶过来。

马车内,金保看金甬道:"爷,怎么样?我没有瞎说吧!"金甬一时神情肃然。金保道:"爷怎么又不高兴了?"金甬道:"回去!"金保道:"回去?"马车已经调头快跑起来。回到官署,金甬有点喘不过气来,喊:"茶!"一老妈子端茶过来,金甬饮一口,大叫:"烫!老曾在哪里?"曾有志匆匆跑来。金甬回头,像是第一次见他一样,大声道:"老曾,快去官银号,每过一个时辰给我打一个电话,告诉本官有多少银子入库!"曾有志已经明白发生了什么事,转身欲走。金甬又道:"告诉乔映震,验银子时给我仔细点儿,不要让这些山西人用假银子换走了我的真晋钞!"曾有志点头道:"知道!"金甬还要说什么,忽然道:"算了,去吧!快一点儿!"曾有志匆匆跑走。金甬回头,发现金保用吃惊的目光盯着他,生气道:"怎么这样看着我!"金保道:"爷,金保觉得爷今儿个——"金甬道:"快让你的人换上便服,盯着那些来兑换晋钞的商家,看里面有没有祁、太、平三县的大商家!"金保答应,又道:"爷,这要紧吗?"金甬大声道:"当然要紧!要是他们还是不接受晋钞,山西的大银子就仍然入不了我的银库!"金保吃惊道:"爷的银库!"金甬大怒:"快去办差!"金保往外跑。金甬又喊:"出去了不要乱说!"

金保在门外喊："知道了！"

整整一天，金甬都在自己的官署里走来走去，形同疯狂。天黑下来了，金保陪曾有志快步走进来。金甬单刀直入道："快说，进了多少银子？"曾有志道："一千七百万两！"金甬大叫："当真?!"曾有志点头。金甬双手高举，叫道："我的天哪，一天进了一千七百万两，一天进了一千七百万两！"意识到自己失态，他终于放下了手，看金保道："晋中各大商家来了谁？"金保道："祁县的水家、元家、达盛昌邱家，平遥的赵家、王家、肖家，太谷的曹家、马家，都来了！"金甬道："榆次呢！"曾有志道："榆次的钱家、孙家、李家也都来了。"金甬大叫："何家呢？"曾有志道："何家还没有。也许明天会来。"金甬咬起手指甲来，转喜为怒道："何家怎么没来！怎么敢不来！本官听说，何家那个老当家人，乔致庸的老相好江雪瑛，就是这次晋商联合抵制晋钞的带头人！晋中祁、太、平三县的大商家都来了，她居然还敢抵制我！金保替爷想个主意，好好收拾她，爷要杀一儆百！"金保惶惑道："爷，想主意的事儿金保可不在行！"金甬道："我知道你不在行！老曾也不成！备马！"曾有志急忙道："大人，何家明天也许就来了。有些事情不能急，大人应当等他们三天！"金甬看他道："不，我只能再等一天！只要明天还不来，我就动手！"

这天深夜，榆次东胡村何家大门外，潘为严、二掌柜、留根下马。胡管家将潘为严引进客厅，不多一时就把江雪瑛请了进来。潘为严忙拱手道："潘为严深夜打扰，冒失了。"江雪瑛不客气道："你是冒失了。听说你这会儿靠上了山西民政长，抱上了粗腿，是天上的神仙了，怎么还记得我这草民之家？"潘为严看胡管家道："胡管家，潘为严有几句话想单独跟江老东家讲。"张妈、明珠、胡管家都看江雪瑛，江雪瑛没有反应，胡管家急对张妈、明珠瞅一眼，三人离去。潘为严走去把门关严，回头，和江雪瑛四目对视，忽然都现出了真情。两个人没让众人在外面久等，门很快就开了，潘为严走出，对二掌柜和留根道："我们走吧！"三人也不向胡管家等人告别，就出了大门，上马离去。

又一天过去了。天黑下来，金甬又在官署里焦急地等待到了金保和曾有志，迫不及待道："今天是第二天，又进了多少？"曾有志道："五百万两。"金甬诧异道："怎么才五百万两？"曾有志道："大人，五百万两也不少了。"金甬掐手指算账道："五百万两，加上昨天的一千七百万两，乔家的三百一十万两，现在我山西官银号银库里已经有两千五百一十万两银子了！是吗？"曾有志道："不，只有两千万两。"金甬大叫道："怎么会！你不会算账，昨天就已经有两千零一十万两了！"曾有志道："大人有所不知。今天进了五百万两，但也出去了五百万两！"金甬变色，道："银子进来了还会出去？它长了翅膀吗？怎么回事，快说！"曾有志道："大人，山西官银号关于晋钞发行的章程上本来就有这一条，晋钞和银子可以相互兑换——"他的话没完，金甬已经大吼起来："没有本官下令，银子兑进来了谁还敢把它再兑出去！我饶不了他！"曾有志看他，冷静道："大人，卑职有一句话。"金甬道："你有话快说！说完了和我一起去官银号，把潘为严抓起来！"曾有志道："大人，卑职说的就是这个。大人不能这么做。潘经理让银子和晋钞相互兑换，是照章办事，并没有错，相反，卑职还觉得他做得对，只有这样，官银号才能用晋钞换到更多银子！"金甬听得不顺耳，道："你这话怎么讲？"曾有志道："大人，昨天有人拉银子来兑换晋钞，今天就有人拉晋钞兑回银子，这是要试一试山西官银号有关银子晋钞自由兑换的章程是不是真的。今天潘经理没有让官银号食言，大胆兑出去五百万两银子，这件事做得漂亮！从今以后，没有人敢说官银号说话不算数！有了这个信誉，将来官银号银库里一定会进入更多的银子！"金甬冷静下来了，道："更多是多少？"曾有志道："就我对山西财富的估计，五千万两银子是可能的！"金甬又要大叫起来了："五千万两！有这么多？不要忘了，大清二百六十八年，好年份全国一年税收也就是四五千万两，差的时候只有八九百万两，我们弄一个小小的官银号，就能圈进来这么多？"曾有志道："卑职只是估计，能不能成，要看我们是不是能让山西商人相信，将银子放在官银号银库里比放在自家还放心！放在自家银库里，他照样要提防强盗上门抢劫！"金甬沉吟良久，忽然挥一下手道："好，你去吧。"看着曾有志出门，金甬回头看金保道："备马！"

第二十七章

　　太原府大牢，初夜，囚室门被打开时，望百兄弟正躺在地下假寐。金甬带金保走进来。望百睁眼大叫："大人——"金甬对典狱长和狱卒道："走，盯着点儿，不要让人进来！"二人离去。望百、望实已经坐起来。看着金甬，望百哈哈大笑。金甬道："崔先生笑什么？"望百道："大人终于来了！大人还是离不开崔望百！"金甬冷笑道："本官来是要告诉你一件事，你想阻止的事情本官办成了！"望百道："有人拉银子去官银号兑换晋钞了？山西官银号又做成了一宗生意？"金甬道："不是一宗生意！就这两天，官银号门庭若市，拉银子来兑换晋钞的银车挤满了大街。对于这个结果，崔先生有何感想？"望百故作镇静道："恭喜大人。不过小人想问一句，如今官银号银库里已进去多少银子？"金甬看他，良久方开口："本不想告诉你，只是两天时间，官银号银库里已经进去两千万两银子！这，大大出乎崔先生的意料吧？"看望百仍然一副哂笑的表情，又道，"看崔先生的嘴脸，就知道你心里不好受。今晚上我心情好，想到了你们兄弟，特来看看二位里面过得怎么样。这里的环境可不太好，出去时我会交代一声。"望百道："明白了，大人这么晚了来见望百，原来是想表达自己的得意。还有，大人这么一来，崔某人知道我们兄弟还得在这里再待上一阵子。"金甬道："崔先生真是聪明人。既然你都想到了，我就不多说了。二位不但要继续在这里待下去，恐怕为了让山西人更放心，我还要把消息传播出去，让所有人知道我已经惩办了你们，你帮我出的中策和下策好像也就寿终正寝了！"望百放声大笑道："大人果然聪明。小人佩服！以前总以为是我在利用大人实现自己的目的，现在看来，还是大人利用望百实现了自己的目的！"金甬道："不要这么夸我。我会飘飘然的。不过也不要担心会一直在这里待下去，需要请二位出去的时候，我还会来的！"

　　他转身要走。望实大叫道："大人等等！"金甬回头看他。望实叩头在地，道："大人快放了我们兄弟！我哥已经是个残废人，大人不再用他，就放了我们，让望实带他回老家,我保证一回去就把他关起来,不让他再出门祸害山西人!"望百大怒道:"你说什么,谁是祸害!"望实道:"就是你!你不但是山西人的祸害,你还是崔家的祸害!你要把崔家闹得断子绝孙!"望百道:"大人,这不是我的意思!我宁愿一直待在这里,也不愿回家做一具行尸走肉!"望实道:"你现在就是一具行尸走肉!"金甬大声道:"罢了!让我想想。望实兄弟,本官不是没有恻隐之心,但是不行啊兄弟。一头猛兽是不能随便放它回归山林的,你哥这个人,本官可以不用,但是别人,决不能用!"他转身欲去。望百忽然想起什么,大叫:"大人等等!大人不是为了刚才这几句话来的!"金甬回头看他。望百道:"大人有了两千万两银子,一定急着向袁大总统手下那个人报功。大人不要这么快!"金甬道:"为什么?"望百急躁道:"坏了,大人一定把这件事做下了!哈哈!从今天起,项大管家,不,也许是袁大总统本人,已经盯上了山西,盯上了大人,大人的命就和山西官银号,和这两千万两银子拴在一起了!万一有一天这两千万两银子不翼而飞,大人就是个死!"金甬心中大震,拔枪大叫道:"住口!你这个丧门星!你在诅咒本官!本官这会儿就毙了你!"望实急上前挡在望百面前,趴下叩头道:"大人饶了他!别把他当人,就当他是个疯子!望实求大人了!"金甬收枪,开门离去。望百仍在大叫:"大人不能这么走,崔望百还有话说!"狱卒走过来锁门。望实回头冲望百脸上就是一拳,望百轰然向后倒地。望实歇斯底里地扑上去,拼命打他,叫道:"都是你自以为聪明,害人反而害己,你是天底下最蠢的人!"望百任他发作,仍在瞪目大叫:"他一定会回来的!想在山西这个地方玩转乔映霁和这些晋商,没有崔望百就是不行!"

金甬回到官署,已是夜半,见他脸色不好,金保等人都十分小心。金甬道:"去,叫乔映震、王一刀来见我!"等了一个时辰两个人才被带进来。金甬背身站立,不回头。映震和刘小七对视一眼。金保再次提醒金甬道:"爷,他们来了!"金甬回头盯着二人,心情恶劣,道:"这么晚了,知道本官为什么还要见你们?"刘小七摇头道:"不知道。"映震忽然高声回答:"小人知道!大人这个时候把小人叫过来,是因为大人的话白天说不得!"金甬心中又是一震,道:"既然你连这个都想到了,那就一定能猜到我要说什么!说出来我听!"映震道:"没有什么比官银号的银子更在大人心里了,大人是说,你把它们交给我们俩了!"金甬道:"我这么说过吗?王一刀,你听明白了吗?"刘小七道:"小人是个粗人,只知道谁对我有恩,我就对谁肝脑涂地。大人让小人守好官银号银库,小人就一定守好,别的一概不懂!"金甬道:"乔映震留下,王一刀门外等着,我还有话和你讲!"等刘小七走出去。金甬看一眼映震道:"进了官银号这些天,你明白了什么?"映震道:"小人明白了一件事。乔家完了。小人的未来,只有山西官银号,只有大人!"金甬道:"错了,你的未来不在本官,也不在官银号,只在官银号银库里的银子!银子在,而且块块都是真的,没让别人调包,你就有未来,不然你和乔家所有人一样死路一条!你可以走了!"映震浑身一震,面色大变,鞠躬离去。

刘小七很快又被金保带进来。金甬看他道:"知道本官要跟你说什么?"刘小七想了想,笑道:"大人其实不想跟小人说什么,但是必须让刚才走出去的这位乔家少爷知道,大人对我交代过一些事情!"金甬道:"真是应了一句话,英雄多在风尘。以后你可以不经通报直接来见我!金保告诉卫兵,不得阻拦!"金保大声道:"知道了爷!"金甬又看刘小七道:"王大侠要本官为你做点儿什么吗?"刘小七道:"酒。人在山西,大人不把杏花村管够,小人觉得憋屈!"金甬看金保:"给王大侠备足杏花村!"金保道:"爷,让王一刀喝多了酒,不会误事吧?"刘小七哈哈大笑。金甬道:"你小看王大侠了!"

数月过后,包头复字号通四海店旧址上,一座全新的建筑门前披红挂彩,鞭炮齐鸣。映霁正在跟达盛昌钱大掌柜、宋掌柜等包头商家寒暄:"各位都来了,快请进去!"钱大掌柜拱手道:"恭喜乔东家,新晋商银行总行落成,这是包头的大喜事!"映霁道:"新晋商银行是包头所有相与的银行,大家都是股东,大家同喜,请请请!"众人议论着走进去。映雯忽然跑过来,对映霁道:"大哥,不好!"映霁道:"我今天高兴,别说不好的事儿!"映雯道:"不说不行!上次抢掠包头的那一帮马匪,听说你带着乔家回来了,又来了!"映霁脸色急变:"胡说!"映雯道:"一个相与在三十里外碰上的,他们不敢太近了扎营,要等到天黑后不声不响地杀过来呢!"映霁一时间喜气全无,大怒道:"好,让他们杀过来吧,这会儿包头城里除了人命,没有别的!去告诉大家,抄家伙,上城墙,我们跟这帮马匪拼了!"映雯道:"哪有城墙啊,城墙都破了!咱们还是赶紧告诉相与们跑吧!"映霁道:"住口,往哪儿跑,人有马跑得快吗?""那怎么办?"映霁急道:"动动脑子,人长脑子是出气儿的吗?"映雯看着他,不说话了。

映霁冷静下来,想了想,忽然低声道:"什么人也不要讲,就这会儿,悄悄把我的马拉出来,我要出去遛一圈儿!"映雯道:"大哥,你不会一个人去闯马匪的大营吧?"映霁道:"不是!"映雯道:"要不就是你想自己送上去当肉票!你是乔家的东家!"映霁道:"我是乔家的东家,可从这会儿起,把乔家暂时交给你了!我要是回不来,你以后就接掌乔家家事!"说着把身上的那块羊脂玉佩扯下来交给他,"我要是死了,拿它回去见你嫂子,她就明白了!"映雯一把推回去道:"大哥,我不要乔家,我跟你一起去单刀赴会!"映霁道:"不怕连你一块儿绑了肉票?"映雯道:"大哥都不怕,我怕什么?要绑让他们绑我,对了大哥,反正那帮土匪也不认识你,去了那里,我就是关公,大哥就是周仓!大哥一定是想说服他们不要再洗劫包头城,要是办不到,让他们把我当肉票留下,大哥回来帮他们送信要赎金,你正好可以金蝉脱壳。怎么样?"映霁笑道:"兄弟,没想到你还有这种心眼儿,行,可以试试!拉马去!对了,马匪的头目是谁?"映雯要走又回头道:"啥马匪呀,就是就地溃散的前清的绿营,回不去家,滞留在草原上打家劫舍,头儿是个满人,名叫保柱,是前清驻科布多的佐领!"映霁道:"这个人我知道,他爹当年做官坏了事,借了我们乔家的银子没法儿还,还欠着账呢。快走!"

夕阳西下,包头城西方的戈壁滩上,保柱正带着他的那一队马匪行进。一小匪忽然回马来报:"大帅,前面来了溜子!"保柱驻马道:"什么人,抓到了吗?"小匪道:"大帅想都想不到,他自己说是包头复字号的东家乔映霁,听说大帅又带弟兄们洗劫包头城,主动来见,要和大帅谈判!"保柱大笑道:"这倒是奇了,是谁走了风,抓住给我活劈了他!乔映霁活腻歪了,听说爷爷我要打包头城不赶紧跑,反倒迎上来!肉票自个儿送上门,好说,带过来!"小匪飞驰回去,转眼将映霁、映雯带了过来。保柱看二人道:"哪个是乔映霁,见了爷爷,怎么不跪?"映雯大声道:"我就是!你是保柱?"保柱吃一惊道:"连爷爷的名讳都知道,那就更好说话了!看你还是个孩子,真的就是乔家的东家?"映雯道:"人不可貌相,海水不可斗量!甘罗十二为上卿,比起我乔映雯已经老了!"保柱看映霁,道:"那一个是谁?"映霁道:"在下是我们东家的长随,名叫小栓!"保柱道:"你这个小栓长得不像个长随,倒像条好汉,好了,你们东家马上要死了,你别跟着他死,留下给我做个马弁吧!"映霁道:"不能!保柱,我好像记得,你们家老爷子还欠着乔家的银子没还呢。听说你又要带人洗劫包头城,我们东家想起这件事来,说既然保柱要来,包头城这会儿穷得一两现银也无,大家都没法做生意,正好向他讨回这笔银子。这不,我就带着东家来了!"他这番话让众马匪大笑起来。保柱又羞又怒,道:"去个人把这小子砍了!"

映霁道:"且慢!小栓刚才不过说个笑话,你怎么就恼了!虽然是笑话,但事情是真的,乔家致庸老东家知道你们家败了,心存怜悯,早把账一笔勾销了!哎,你上次做得可不仗义,带人把包头城洗劫了个精光,现如今什么生意都没有,你就是杀了我和东家,杀进城里,要命有几条,想再捞到金银财宝,没门儿!"保柱道:"住口!不是他来了吗?他是乔家东家,应当拉着银子来重建包头,敢说没有银子?"映霎道:"你说错了,这回我乔映霎还真没敢拉银子过来。知道为什么?"保柱道:"因为我!"映霎道:"说对了!因为你还在草原上,我不会拉一两银子来重建包头!包头已经死了!我知道各位都是散落草原没有盘缠回到关内的绿营,你们难道就想一直这么过下去,不打算回家乡了吗?你们都没有父母妻儿,这样当马匪,会有个好儿吗!"众马匪被说得心动起来,一时鸦雀无声。保柱大叫道:"杀了他!乔映霎,你别指望这些话就能动摇我的弟兄们!这些弟兄们要是能回关里去,谁还会留在草原上?可他们怎么回去?没有银子,回去了也是饿死,在这里最多也是饿死,可是抢到了银子,就能发大财,那时再回去还来得及!是不是弟兄们?"众匪稀稀拉拉地回应:"是。"

映霎做恍然大悟状,道:"原来你们是这样想的。乡亲们,既然大家还是要回头,我有一个办法,就怕你们不答应!"一马匪大声道:"什么办法,只要给银子,我们可以不去洗劫包头城!"保柱大怒,回头道:"是谁?你不去抢,哪里会有银子给你!来人,杀了乔映霎,杀到包头城去!"映霎道:"等等!大帅,虽然我只是个长随,但这回东家带没带银子来包头,我门儿清!我和东家的命不算啥,你杀了也就杀了,可是杀了我们,进了包头城,除了杀几个人,你还是得不到银子。怎么办?"这些话让众匪更加犹豫了,面面相觑。保柱大叫:"不!乔映霎,快说,你有银子!"映霎道:"没有,只有一车晋钞,还是刚拉来的!"保柱道:"再说没有,我就砍了你!"映霎道:"我的长随刚才说得对,砍不砍随便你,可是砍了我,也没银子!"保柱道:"快,砍了他!"映霎急道:"大帅别急,我有个主意。这样行不行?让我跟我们东家商量,只要大家想回关内,路费由我们发给大家,但不是银子,是晋钞!"

保柱哈哈大笑,又大怒,看映霎道:"乔映霎,你们骗鬼呢?你那晋钞听说在山西境内都没人搭理,那就是废纸!"映霎道:"错了!我是乔家的东家,我们乔家诚信第一,天下知名,我就是山西官银号的董事长,晋钞现如今就是乔家的银票。我向大家保证,你们拿到晋钞,无论家乡何处,只要那里有乔家票号,就能凭这些晋钞兑出银子。要是你们不信,非要杀我,乔映霎命有一条,可你就连晋钞也得不到了,再说一遍,包头城里根本就没有银子!"保柱还要说什么,几名马匪已经相互使眼色,突然动手,将他拉下马来拿住。保柱大叫:"反了你们!要干什么?"带头的马匪向映霁道:"乔东家,其实我一开始就认出了你!你刚才的话说到我们心里去了!我们都想回家,只是没有盘缠,也没有积蓄,回到家里也没法子过活,请你给我们大家想一条活路!"他率先跪下。众匪下马,在映霁面前跪成一片。保柱大叫:"你们这些王八蛋,快放了我!"带头马匪一刀将他杀死,回头道:"兄弟们,我们听乔东家的,乔家天下第一义商,一定不会让我们饿死,入不了雁门关!"众马匪于是齐声道:"乔东家,救救我们吧!"

映霁走上前来,将众人一一扶起,大声道:"乡亲们,快起来,你们跟我走,到包头城外,我给大家发放晋钞,每人三十元,三十元是多少呢?按一比一点五的比例,三十元你们带回家,可以到乔家票号兑出二十两银子。二十两银子在当今乡下,可以买到十亩薄田,你们的日子就有着落了!"带头的马匪回顾众人道:"大家快给乔东家磕头!"众人全都趴下磕头,大声地:"谢乔东家!"映霁急道:"这可当不起!各位快起身,我们走!"众人重新上马,随他和映雯来到包头城外扎营,映霁对映雯道:"快回去告诉王大掌柜,带晋钞来履现我们的承诺!"这件事一直做到第二天早上才做完,看着众马匪散去,映霁问王宗禹道:"总共发出去多少晋钞?"王宗禹道:"每人三十元,整整六十人,十八万元发出去了!这可是回不来的钱!"映霁高兴道:"知道这些发出去的晋钞会流向哪里去?"王宗禹猛醒道:"它会流向全中国!然后在全国流通!晋钞这下就成了在全国流通的货币!"两人正在激动,映雯跑了过来,道:"大哥,北京李大掌柜电报!武昌首义三杰之一的蒋翊武先生,在广西被暗杀!"映霁满脸的喜悦僵在那里,道:"有人追到广西暗杀了蒋翊武先生?"映雯点头。映霁道:"快去收拾!我们俩今天就离开包头!"边说边回头看王宗禹道:"我必须走,你不能,你得把包头新晋商银行的事情办好了才能离开!一定要把这晋商第一家银行办好!"王宗禹点头道:"东家放心!东家要是急,可以先到大同,坐一段火车,这比乘马更快!"映霁答应了。

这样他和映雯就比上次来时快了五天回到了深夜的北京城。李德龄自己提着灯笼将二人迎进大德通北京分号,边走边问:"包头的事怎么样了?"进了房间,映霁一把将他按在椅子上,回手关门,大声道:"有南方革命党的消息吗?快说!"李德龄想了想道:"没有。"映霁又急道:"二次革命的消息也没有?"李德龄道:"听说过一点儿,前一阵子传得很凶,说孙中山从日本回到国内,着手策划二次革命,这几天倒没

消息了！"映霁大急道："蒋大帅的消息有吗？"李德龄道："没有！"映霁忽然想起一个
人来，叫道："哎呀！把我大哥忘了！他近来怎么样？还住那儿吗？"李德龄叹气道："前
一阵子搬出了八大胡同，听说昨天又搬回去了，和一个过气儿的戏子双进双出，还
称那是他太太。"映霁又问："蒋翊武先生在广西被刺杀，北京城里都有什么议论？"
李德龄道："都在说袁大总统翦除革命党中坚分子的步伐加快了！前有张振武，后有
宋教仁，这会儿是蒋翊武，很多人都说孙文要是不跑，这会儿也被收拾了！"

映霁道："我要马上去见我大哥！"李德龄道："这个钟点？天亮再去吧，我让人给
东家做饭吃，大爷反正跑不了！"映霁心急如焚，道："不，见了我大哥再回来吃。啊，
给我和映雯买车票，今天我们就回山西！"李德龄也不问他为什么，喊："来人，陪东
家去见大爷！"

天还不亮，北京八大胡同内，映霁在第一次来过的那座楼的阁楼外大力打门。
那门轰隆一声倒下，屋内一盏电灯开亮。映雯从床上跳下来，大叫道："谁呀！还有没
有王法呀！"映霁已经带映雯走进来，看他道："我！"映雯回手将床上的女人盖好，背
身护着她，道："你你你们怎么能这个时候闯进来，我是有家眷的人！"映霁再看这个
房间，除了当初的一床一桌一椅和那块旧氍毹，又多了一个已经不年轻细看仍有风
韵的女子，后者躲在映雯背后，瞅他一眼又急忙藏进被子里去。映霁已经看见了她，
看映雯道："就是她？"映雯挑衅地回答："对，就是她！"一边回头对女人道："你起来，
天也亮了，咱们不怕他！——你胡瞅什么，眼过那边去！"映霁、映雯移目向着窗户。
床上的女人匆匆穿衣下床。映雯看她一眼道："行了，你也不是新嫁过来的媳妇，不
用害羞。我来介绍你们认识！"映霁回头，居然认出来了，这女人就是当初映雯跟包
的那个角儿。两人对视一眼，女人像受惊的小鹿一样猛地藏进映雯怀中。映雯马上
将她护住，安抚道："别怕别怕，乖，他又不是老虎！对，不用介绍，你见过她！他呢，就
是我给你说过的山西乔家的土财主！哎，映雯，你什么眼神！你知道她是谁？她红的
时候，哪有什么四大名旦？现在我们病了，登不了台了，被班主一脚踢出来！她娘家
姓吴，红的时候艺名白梅花，响遍京津。现在是我太太！梅花，抖什么！有我呢！"那
女子听了，果然胆壮了些，回头直着眼看映霁和映雯。映雯一时不知道该把眼睛往
哪儿看了。这时映雯又看那女子道："啊，梅花，他们来了就是客，外头买茶叶去，泡
一壶茶回来。"女子要走，又用为难的目光看他。映雯一下生起气来，道："哎，怎么这
样笨！去跟曹一元茶叶店的掌柜说，我，乔映雯，大学问家，会说四门外国话，还是大

编剧家、大翻译家,赊他二钱高碎,账明天付,再去卖开水的老鲁家赊他一壶开水,把高碎放进去,借两只干净碗一块儿拿回来。你过去就只会唱戏,连这个也不会?"女人被骂,反而高兴,笑一笑,要走又没走,还看映雩。映霁忽然明白了,掏一块银子给映雩,低声道:"快陪她出去,问她这里该添点儿什么,一总买回来。哎,你们别那么快回来,我和他且得说呢。"映雩接过银子,看女子道:"走……请吧,你带路,我们一起去买东西。"女子点头,高兴起来,往外走,映雩怒道:"站住!"映雩和女子回头。映雩道:"映雩,你都不能叫她一声嫂子吗?让她觉得你们是我的亲人,不,朋友,就那么难?!"映雩看映雩,映雩急对映雩眨眼。映雩无奈看女人道:"好吧,大哥叫我叫你嫂子,我就叫你一声。嫂子,咱们走吧!"映雩一把抓住女子道:"不去!这茶我不给他们预备了!那边歇着去!"女子手足无措地站着,讨好地看映雩,又看映雩。映雩又掏出一块银子,直接塞到女子手里,道:"和映雩去吧,我们也还没吃早饭,多买点儿吃的回来,还有家里要用的家伙什儿!"女子忽然感动了,落泪,又笑起来,点头往外走。映雩愤怒大叫:"哎,我说过不要他的银子!"但两人已经走了出去。

映霁动手将倒下的门重新安上。映雩不看他,道:"说吧,又来问什么事?"映霁道:"没事儿!""没事儿你是不会来的!"映霁道:"我真没事。听说你长能耐了,养上女人了,就是说,这一阵子不但没饿死,还有富余。"映雩走回书案,坐下写起什么来。映霁道:"哎,现在靠什么活呀?李卜克内西的《马克思主义原理》,不会吧,你真的还在翻译?"映雩道:"怎么着?小看你大哥?我刚才说我是大翻译家,你还不信!新生活书局约的,这里有他的总编辑给我的约稿信。看好了,不是假的!"他拿出一封印有出版社落款的信封,在映霁面前一晃,又收回去放进抽屉。映霁道:"不对吧,上次我给了你一块银子,让你帮我翻译这本书,你爽约了!"映雩翻脸不认账:"有这回事?我怎么不记得了?好了好了,说正题吧!"映霁单刀直入,道:"大哥,又有人杀了蒋翊武!"映雩不说话,继续写字。映霁将他手中笔夺下来,道:"我今天来,是要听你说话,不是看你写字!"映雩回手夺笔,大叫:"把它还给我!"映霁几步到了窗前,将那支笔扔到楼下去。映雩大叫:"你居然敢……我靠这个吃饭呢!"映霁道:"什么吃饭,翻译这样的书真有人会出版,我不相信?"映雩大怒道:"我是读书人,就是没人出版,我觉得好,饿着也是饿着,想把它翻译出来,你管得着吗!"映霁道:"刚才那封信也是假的,没什么书局请你这个大翻译家译书,你现在是全失业状态,还养了外面这个女人!我要是不来,你得饿死!"映雩大笑道:"哈哈!让你看出来了!那又怎么样?

知道什么是无产阶级！我现在这样儿就是无产阶级！不要以为我不喜欢,我就是喜欢我现在是无产阶级！你知道吗？这本书上有一句话说,只有新兴的无产阶级才有未来。至于你,连同你们乔家,没有！"

映霁道:"快回我的话,是谁、为什么,要接二连三、迫不及待地翦除辛亥革命元勋？如果背后的主使者真是袁世凯,他为了什么？我真的想不明白！他现在就是中华民国的大总统,这样接二连三地翦除革命元勋,会引爆革命党内一直在酝酿中的二次革命！"门响,映雯提着茶壶、茶碗和吃食进来,找不到放的地方,就放在地下。映霁说不下去了。映雯看映雯身后,惊慌道:"哎,怎么就你一个人回来了？她怎么没回来？"映雯道:"她不愿意进来。"映雯越发惊慌:"她怎么不进来？她不会走了吧？是你把她赶走的？"映雯生气道:"说什么！她在外头吃包子呢！已经吃了六个了！"映雯放心,高兴道:"太好了！兄弟,你给她买包子了？哥记着你的情！茶也买回来了,包子也买回来了,你们可以走了！"映雯看映雯。映雯又给自己倒茶,又吃包子,坐下斜眼看着映雯,道:"哎,走哇！"映霁一把将他扯起来,自己在室内那唯一一张椅子上坐下,生气道:"你白喝我的茶,你女人白吃我的包子,你却一句话也没回答我,我亏大了我,我不走！"映雯瞪眼看他:"你让我说什么？我能说的,你刚才全说完了！"映霁一惊,跳起来道:"我说什么了？"映雯趁机坐下,大口吃包子道:"你刚才说袁世凯接二连三地翦除革命元勋,会引爆革命党内一直在酝酿中的二次革命！"映霁又要拉他起来,大叫:"你没回答我的话！你一定要对我说实话,我需要你对我说实话,让我看清楚中国下一步会怎么样！"映雯道:"放开！我问你,如果你是袁世凯,而且真的在按部就班执行一个翦除革命党的计划,明知道这样做有可能引爆二次革命他还做,为什么？"

映霁心中大震,松开手,瞪眼看着他。映雯道:"走吧走吧,这才几天工夫,你就帮袁世凯在山西圈了两千万两银子,你太能耐了！将来袁世凯会用到这笔银子的,那时,乔家就为袁大总统一统江湖立大功了！"映霁色变道:"住口！"映雯道:"你不想承认就算我没说！"映霁道:"我不承认是你讲的不是事实！山西官银号的一切都跟你讲的袁世凯翦除革命党无关！"映雯冷冷看他一眼,道:"那就跟袁世凯将来做中国的拿破仑有关！为那一天做准备！"映霁心中的大震一波连着一波,道:"你到底在说啥？"映雯道:"你要有脑子,我说啥你一听就明白！眼下革命党四分五裂,在各地握有兵权的大帅、督军大都被袁世凯笼络了过去,有那么几个心存忌讳不愿被笼络的,云南的蔡锷、山西的阎锡山,他也都下了本钱,用上将军的虚名捆住他们的手脚,剩下一些在野的革命党中坚分子,什么武昌首义三杰、北方大帅蒋祚彬、国会中的反对派宋教仁、下野的孙文,都在被一一翦除之中。我倒要考考你,袁世凯这么干,他真怕革命党发动二次革命? 或者恰恰相反? ”映霁一时竟说不出话来了。

映雯又道:“你们革命党现在成不了一支队伍,他在这个时候把这颗定时炸弹引爆,正好有理由以叛国者的名义对你们实施讨伐,直至完全翦灭你们。你会问下面呢? 中国会走向何方? 那我问你好了,你试着想一下,一个没有孙文,没有了在野的革命党中坚分子,只有一个消灭了所有反对势力的袁大总统——列强一直认为中国进入民国后政局不稳,各国银行根本不借给袁政府钱,让他巩固自己的统治根基——这种时候,无论中外都会有人认为中国只能恢复帝制。袁世凯会阻止自己成为中国的拿破仑吗? ”映霁终于说出话来了:“你认为袁世凯还是要恢复帝制? ”映雯气得把包子也摔到桌子上了,道:“离开山西时我让你读《法国大革命史》,你读到哪去了! 我导师在书上写得明明白白,社会不是逻辑的产物,而是历史的产物。现在看来,中国一定会重复法国大革命的历史,这是不可避免的! ”映霁道:“为什么? ”映雯道:“孙中山和袁世凯都不是一个人,他们代表的都各是一种历史的力量。这两种历史的力量正在较劲,谁战胜了谁,中国的未来就是谁的。这么简单,你就那么笨吗,想不明白? ”

映霁不甘心道:“中国还有第三种力量,也是一种历史的力量! ”映雯道:“你在说你自个儿吧? 兄弟,不但你不行,就是天下商家都像你一样,一心一意想用以商救国的方法引领中国走向你说的什么光明之路,也不行! 你们都没有力量和上面的两种历史力量抗衡! ”映霁心中起了逆反,大声道:“在你看来,革命党也没机会了? ”映雯道:“那未必! 革命党有没有机会,就看他们怎么做了! 和袁世凯的力量相比较,革命党眼下也许弱小,但它到底是一种新生的历史力量,它的成败在于能不能在激烈的搏杀中不让自己被消灭,相反却一天天让自己强大。如果不是这样,那就会有另一种历史力量随着中国的现实日益黑暗而兴起,取代今天的革命党! ”映霁心中又是一震,道:“那是一种什么力量? ”映雯道:“我们。像我这样一种人的力量。无产阶级的力量! ”映霁深深地看着他。兄弟俩像狼一样对视着。映霁沉稳而悲伤,映雯眼里却闪着兴奋和快意的光。

远处突然枪声大作。屋内三人的目光不觉朝枪声响起的方向望去。映霁与映雯目光陡然相遇。映霁道："什么地方？"映雯兴奋道："西山！袁世凯圈禁革命党人的地方！已经打起来了，太好玩了！太好了！"映霁恨恨看他一眼道："原来你也唯恐天下不乱！映雯快走！"二人迅速下楼，上马驰出胡同口，忽然映霁勒马，目光投向一张缉捕告示，告示上画着莲花的画像。映雯回头道："大哥，是她！"西山方向的枪声仍在继续。映雯道："大哥，我们去哪里？"映霁道："西山！"说话间，一辆马车飞快地从前面空旷的大街上奔驰过来。一群士兵在后面追赶，呐喊："抓住她！抓住革命党！"映雯一眼盯住了马车上的女驭手，叫道："大哥！"映霁道："快！"弟兄二人双马并出，截住莲花的马车。莲花抬头看见映霁，大惊道："你——"映霁回望追兵，一把从马车上将莲花抱过来，纵马驰回胡同，回看映雯，大叫："快把追兵引走！"映雯想了想，跳上马车，沿原路狂奔向前。追兵呼啸着向马车追过去。胡同内，映霁驻马，和莲花在马上对视。莲花比映霁还要吃惊："怎么是你？这是八大胡同，你怎么在这里？"映霁比莲花还要激烈："我是问你怎么在北京？他们为什么要追你？"后面传来马蹄声，莲花侧耳听去，突然拔枪顶住映霁胸膛，道："下去！借马给我用！我要去接应蒋大帅！"映霁一怔，被莲花一把推下马去。映霁大叫："等一下！我有话问你——"莲花已经纵马驰远。映雯和伙计一起奔过来。映雯看见映霁，大叫："大哥！你没事儿吧？"映霁的目光久望莲花驰去的方向，突然道："走！回去！"映雯跟着他转身跑走，居然发现他不是离开八大胡同，相反却回头奔向映雯住的旧楼。阁楼里，女子已在床上睡熟。映雯却一直站在窗前听远处的枪声，门再次被推开，映霁带映雯又闯进来。女子听到门开，大声叫起来。映霁一把用被子蒙上她的头，叫道："不怕！——你们怎么回事！我这是大车店吗？不请自来！夜闯民宅！改行做强盗了？给我出去！"他奔过去往外推搡映霁、映雯。映霁站着不动，回头看映雯道："把门关上。"映雯关门。

映雯仍然大叫不止："哎，你怎么又回来了？还是刚才根本就没走？"映霁不说话，瞪眼看他。映雯回头护住仍在床上发抖的女子："梅花，别怕，这两个当年都是我兄弟，在那个家里我排行最大，你呢就是他们的长嫂，俗话说长嫂如母，嫂子和小叔子没大没小，他们进来了我也赶不走，就这样吧，就这样吧。"边说边用被子重新把女子盖严，回头看映霁，怒道："说吧，还有什么事？"映霁道："有些事你刚才没给我说清楚，譬如说……我该怎么办？"映雯大叫："你该怎么办那是你的事，怎么来问我！眼下你办的就不错，你用乔家的银子，连同天下人对乔家的信任，帮袁世凯在山西圈了那么一大笔钱，又用包头新晋商银行让晋钞在北方五省流通了起来，将来还会圈进更多的银子去。哪天袁世凯要称帝,会用到这笔银子的,原因我说过了——"映霁大叫:"你说过什么了?"映雩道:"除非在中国全部剿除革命党人的势力……那还不够,除非在全部剿除革命党人后恢复帝制,外国人才能对他和中国放心,也才会借款给他。在这之前,袁世凯需要大量银子武装他的军队,收买对手!"映霁还在大叫:"你怎么知道他一定会这样?"映雩扯过一张报纸:"原来你什么都不知道!看看这张报纸捅出来的消息,今年4月26日,袁政府要和英法德日俄五国银行团签订借款合约,但在最后时刻还是被拒绝了!"映霁扯过报纸看去,道:"为什么?"映雩道:"为什么?关税、盐税、厘金、铁路、矿山、森林,这些可以收税的地方全被前清抵押尽了,每年的田赋他根本收不上来,除了把国土割一块卖了,不然他拿什么借债!"映霁的目光已经停在一条新闻上:《袁世凯决定免除江西都督李烈钧广东都督胡汉民安徽都督柏文蔚职务,派北洋军第六师李纯部进入江西》,大惊道:"这也是真的?"映雩道:"知道他为什么要这样做?"映霁摇头。映雩道:"因为早先逃往日本的孙中山秘密回到了国内!"映霁转身就走。映雩道:"站住!"映霁回头看他一眼。映雩道:"前边刺杀了张振武、宋教仁、蒋翊武,现在要免除三位南方革命党都督的职务,派北洋军入江西,你不想想,下面会发生什么?"映霁大叫:"会发生什么?"映雩忽然又改了主意,道:"我干吗跟你说这些!关我什么事,跟你说得着吗!"映霁转身又走。映雩大声道:"兄弟,你这一阵子干得很好,山西官银号,包头新晋商银行,听说你还要在北京将大德通改制,这样乔家就会有三家银行,你就能用这三家银行帮袁世凯圈尽中国的银子,关键时候让他全拿去,革命党一定会被剿除,袁世凯就成了中国的拿破仑,而乔家——"映霁忍无可忍打断他道:"我要是不想这么做呢?"映雩道:"啊,想起来了,你自个儿就是革命党,开银行也不是为了袁世凯,你要用金融独立推动中国工业化,但今天的现实却会让你明白,那是幻想,你的光明之路是走不通的!当然走不通你也会走,但别人却不会这么想,你那些银行圈起来的银子,总有一天会让他们夺走用到别的地方去!"映霁转身又走。映雩大声道:"啊,你要是真不想这样,就赶紧想办法,毁掉山西官银号,解散包头新晋商银行,也别在北京清理广盛源,将大德通改制……这样还不行,因为乔家还有银子,他们还会找到乔家,将你的银子一两不剩地拿走。我说过它是一种历史力量,不受任何人的感情左右……要不你还是听我的,马上回山西把乔家的银子,包括现藏在山西官银号里的两千万两,全搬到大路口,让南来北往的人随便拿,不出三天,这批银子就会散落到民间,说不定你就能靠一个人的力量,做成一件大事!"映霁心中大震,回头慢慢道:"靠一个人的力量阻止袁世凯开历史的倒车?"映雩道:"其实我不想让你这么做。你这么做会让乔家家破人亡,让你自己死无葬身之地!还是眼下这样好,装作什么也不明白,继续让山西官银号、包头新晋商银行、大德通票号为袁世凯圈天下的银子!有了这些银子,袁世凯就铁定了能消灭革命党,让旧中国万劫不复,这时候我们就有了机会!"映霁回头深深盯住他看。映雩道:"袁世凯一旦消灭了孙文革命党,恢复帝制,中国必将更加暗无天日,人民必将更加困苦,流民会更多,无产阶级的队伍就会膨胀、膨胀,达到一个天文数字,那个时候无产阶级革命就会爆发!马克思说的共产主义革命就会在中国到来!"

映霁转身又往外走。映雩看他们走,愉快地吹起了口哨。门前,映霁再次站住,回头道:"你还没讲呢,袁世凯有什么理由认为他用刺杀的手段迫使革命党起事,一定能赢?"映雩走向窗前向下面一指道:"这里是八大胡同,有人说它是嫖客和妓女的天下,可我天天天站在这里,看到的却是中国!只要这些地方仍旧日日笙歌,夜夜弦索,老袁就明白他赢定了!没听懂是不是?今天朝朝暮暮在八大胡同出入的,有的还把这里当成了家,不是督军就是省长,不是国会议员就是政府部长。只要这里仍旧莺歌燕舞,一众前革命党都督都拜倒在小凤仙之流的石榴裙下,老袁就知道他的天下倒不了!一句话,老袁用尽软硬两手分化革命党已经成功了,孙中山的人马分崩离析,袁世凯比你我想的厉害!"映霁听了,一步出门,映雩也跟了上去。

深夜,火车在黑夜中飞驰,不时发出一声惊动人心的笛鸣。车厢里,映霁一直站在窗前,不回头。映雩看他:"大哥……"映霁道:"知道我在看什么?"映雩道:"不知道。"映霁道:"别人可以不知道,你不可以。"映雩蓦然心动。映霁道:"活到快三十岁,经历了无数个黑夜,却从没有好好看过它。"映雩劝他道:"路还长,睡一会吧。"映霁道:"原来我们生在一个暗无天日的长夜。它是这么黑,这么广大,无边无际,而且似乎……没完没了。"映雩道:"大哥,不管夜多么黑,都会过去的,明天早上太阳还会升起来。"映霁道:"那不一定。也许是雷鸣电闪,大雨倾盆。即使是六月天,说不定也会有铺天盖地的大雪!"映雩道:"六月雪是反常的,不会持续很久。"映雩回头,悲愤道:"你真这么想?反常的气候真的不会持久?"映雩道:"当然不会!"映霁道:"虽然不会持续,但反常的气候,比方是六月雪,仍会冻杀庄稼,戕害生灵,仍是大灾!无数的性命将会成为牺牲,连世界都会改变自己的模样!"映雩坚持道:"六月雪无论多大都会过去。因为它不合天道，不顺人情，最后还会化成水滋润田地。就像这黑夜，无论看上去多广大，都会过去，全新的一天会到来。"映霁道："知道大哥为什么让你跟着我？"映雯沉吟片刻道："以前不知道，这会儿有点儿懂了。"映霁道："那大哥就不说了。以后的日子，你还要跟着大哥，不管发生什么事，都要装着不懂，但要把一切看在眼里。"映雯久久看他，不再说话。

第二天早上，映霁已经和潘为严对坐在山西官银号内，映雯侍立。映霁道："这一阵子我不在家，前辈辛苦了。"潘为严道："吃的就是这碗饭，职责所系，算不上辛苦。"映霁道："山西官银号里现有多少银子？"潘为严道："东家怎么问起了这个？"映霁道："我是董事长。虽然不管官银号的经营，这样的大事还是要知道的。"潘为严道："两千万两。"映霁道："怎么还是两千万两？记得山西相与开始接受晋钞的第一天，本号银库里的银子就超过了两千万两。"潘为严道："只要做生意，就会有进有出。其次，官银号银库里一直保持着两千万两银子，反映了山西工商业活动的规模。两千万两已经是它的极限。还要报告东家，因为有了这两千万两存银，根据官银号相关章程，我已批准印制发行晋钞三千万元。这些晋钞除了在包头商圈流通，也开始扩散到京津、西北、中原和江南。下一步，要是东家愿意配合，我们可以用它取代乔家在全国各地票号的银票，让它一步就成为全国性货币！"映霁道："这是前辈的想法，还是有人让前辈这样做？"潘为严道："啊，这是潘为严的主意，当然也有人向我建议，眼下正是晋钞以迅雷不及掩耳之势进军全国的大好时机，等中央政府发现，晋钞已成为全国性货币，再想阻止也难。但潘为严认为此事体大，而且一定要借重乔家的商誉和在全国的票号为支撑。不等东家回来定夺，这事不能办，也办不到！"映霁换了一个话题："我所以比原来设想的更早赶回来，是想跟前辈谈另一件事。前辈先在乔家大德通，后来又到了官银号，前前后后为乔家和山西票号业辛劳多少年了？"潘为严心中虽大震，却仍旧不动声色，道："四十五年。东家这话什么意思？不是想辞退潘为严吧？"映霁道："恕映霁年轻，有些话就直说了。我想自己担任山西官银号经理。前辈不要误会，前辈到官银号担任经理后，我没有马上为大德通选聘定新的大掌柜，就是想到有一天或许还能请前辈回去执掌大德通，将来和映霁一起完成对它的现代银行改造！前辈愿意接受这种安排吗？"潘为严道："东家，潘为严就任官银号经理后，有什么事做错了吗？"映霁道："没有。所有的事情前辈做得都很好，可以说是出乎意料的好。但前辈一定明白，做得好是一回事，我想自己来做是另一回事。前辈千万不要误会。"潘为严迟疑片刻,道:"这件事太突然。我要想一想……啊不,这恐怕不成。按照董事会和潘为严签的合同,只要潘为严没有违反官银号章程,无论如何也要做满三年一个账期。现在潘为严就任不到一年,我不希望给外界一个印象,认为潘为严老了,落伍了,做得了票号大掌柜,却做不了一家新银行的经理。东家知道的,潘为严也有一家大小,全靠潘为严的薪水过日子呢。"映霁道:"前辈在大德通有银股,回去再任大掌柜还有身股,收入比在这里还多,我不觉得这样会影响前辈的收入。"潘为严道:"东家可能不知道潘为严的秉性。潘为严一生只在三家票号做过,每次都是在我做得最好的时候被东家迁任新职,其实就是提醒你可以另谋高就了。所以我年轻时就给自己立下一个规矩,终生不改。"映霁道:"前辈年轻时给自己立了什么规矩?"潘为严道:"只要从一家票号离开,决不再回去。大德通也一样。离开了山西官银号,我是不会再回大德通的!"映霁一句话堵上了喉咙眼,却不能说出。潘为严与他对视,毫不退让,又道:"还有,潘为严想提醒东家一句,虽然你是本号的董事长,但官银号毕竟是一家现代银行,按照章程你必须通过董事会解除对我的聘任;其次,即使董事会同意了你的提议,我的去留恐怕还要由山西民政长金甬批准!"映霁悄然变色:"前辈这是在拿别人威胁我!"潘为严道:"我只是在讲事实。金民政长虽不在董事会任职,但他仍是山西官银号真正的后台和东家之一,没有他允准,你想让潘为严离职,恐怕不能!"他站起来,抱怒拂袖而去。映雯看映霁,发现他随之站起,脸上却没有想象中的怒气。映霁道:"走,我们去见金民政长!"

马车驶上了太原府大街,映霁坐在马车里,凝神沉思。街边是一家客栈,莲花下马,将马缰交给小二,道:"牵到后面去,先饮水,多加精料!"小二答应,拉马进店,莲花忽然回头看见街上驰来的马车和车中的映霁,匆匆进入了客栈。马车中的映霁也在一回顾间看见了她,急叫车夫停车,跳下车直奔客栈而去。客栈内一间客房内,莲花听到脚步声,映霁已经冲进来大叫:"莲花!"莲花欲越窗走,映霁已经上前将她堵在墙角,激情叫道:"别走!是我,乔映霁!"映雯也追进来,看二人,吃了一惊。映霁回头:"出去!关门!"映雯退出,关门守在门外。客房内,莲花看映霁道:"你不是在北京吗,怎么这么快又回到了太原?"映霁道:"这话我该先问你!不,告诉我,蒋大帅怎么样了?你们把他救出来了?"莲花道:"你我现在道不同不相为谋,快闪开,让我走!"映霁逼近她道:"不,快告诉我你为什么又来到了太原?我一定要知道!必须知道!"

莲花又瞅了一眼窗户,突然变换了话题:"啊,你太太就要生了,你还待在这里干什么?"映霁大叫:"哎哟!该死!我竟把这件事忘了!不过这和我刚才问你的事无关!快回答我的话!"莲花不语。映霁深深看她,突然压低声音道:"相信乔映霁初衷未改!告诉我实话,二次革命真要爆发吗?中山先生真的已经回到国内?张大帅、宋教仁、蒋翊武遭刺杀,李烈钧、胡汉民、柏文蔚被撤换,北洋军进入江西,这一切都只说明袁世凯要动手了?还有,你是不是又来山西策动阎锡山起事……快把知道的都告诉我!"莲花忽然把手指放在嘴里,打了一个响亮的唿哨。一串马蹄声立即响起。趁映霁回头,莲花一把推开他,越窗而去。映霁随她跃窗出,大叫:"莲花——"莲花已经上马,道:"快回去照顾你太太,她要生了!"说完不等映霁回答,策马疾驰出客栈。映霁一眼瞥见冲进客房的映雯,急喊:"拦住她!"映雯哪里来得及做任何事情,莲花已经跃马飞驰出客栈,转眼不见。映雯大恨道:"就这么让她走了!我们追过去!我知道她去了哪里!"

八十华里外的乔家大院里,李妈、侯妈带一群老妈子和喜凤正围着待产的依依着急。依依倒还安静,看她们道:"你们真算过了,就是今儿?"李妈道:"算过了,我们都是过来人,就是今儿!"侯妈道:"也有过了日子口的,这也不算什么!俗话说瓜熟蒂落,女人生孩子相那一个道理!"依依忽然大叫一声:"啊——"喜凤急喊:"小姐怎么了?"依依紧张道:"我……我要生了!"众人立马大忙起来。李妈道:"快传出去,让接生婆进来!大伙房烧大锅热水!"众人七手八脚把依依抬到预备好的产床上。依依已经一声声大叫起来:"啊……啊……啊……"侯妈看喜凤道:"还不快去佛堂里上香,为大奶奶和要落草的少爷、小姐祈福!再去一个人到二门外给景清东家说一声,安排人去祠堂里给祖宗磕头,求祖宗保佑!还要他打电报给东家,说大奶奶要生了!"依依一时清醒过来道:"不要打扰他!"喜凤生气道:"大奶奶也不看是什么时候,不管姑爷在哪里,都要让他快回来!"依依见众人一时离开,忽然抓住喜凤的手,低声道:"凤儿……记住我安排你的事……万一……一定要照着我的话做……"喜凤"扑通"一声跪下,道:"小姐,你会好好的——"她没说完就哭了起来。侯妈赶回来看她道:"你这个丫头,这个时候哭啥,还不起来侍候大奶奶!"喜凤不敢哭了,爬起来去给依依拭汗。依依更大声地叫起来:"啊……啊……啊……"

又是黄昏,山西督军府门前,映雯赶车过来,回看映霁道:"哥,你可想好了,真要闯进去?"映霁激烈道:"对,她一定在里面!大哥是对的,二次革命必须停止,不能授人以柄,给袁世凯名正言顺屠杀革命党的机会!"映雯还要说什么,映霁已经跳下车奔向营门。卫兵上前持枪拦住,喊:"干什么的!站住!"映霁道:"快去通报阎大帅,我是乔映霁,要见他!"卫兵道:"乔映霁?没听说过!走开!"他用枪推搡映霁。映霁一把抓住他的枪,大吼道:"住手!你不知道乔映霁是谁,可你们大帅,还有你们的吴总参议知道!"卫兵被他的形容吓住了,走去岗楼里打电话,很快走回来,直着眼睛对映霁道:"吴总参议也不认识你,现在是非常时期,大帅和他都不想惹麻烦,让你快走!"他又用枪推搡映霁。映霁勃然大怒:"吴秉仁敢说不认识我!什么非常时期,我一定要见阎大帅!"一名卫兵头目走来:"什么人在这里吵闹,抓起来枪毙!"掏枪直指映霁胸口,并做出了开枪的动作。映雯一把拉起映霁就走。映霁气不打一处来,挣扎道:"不,莲花进去了,我一定也要进去!"映雯对他耳语道:"大哥,也许正因为莲花进去了,阎大帅才不让你进去!快走吧!"这句话让映霁猛醒,他虽不情愿,但仍然被映雯拖回去上了马车。映雯看映霁:"这会儿去哪儿?"映霁不愿再回山西官银号,道:"去票号!"二人进了大德通太原分号一分钟不到,何大掌柜就手拿一封电报跑过来道:"东家快回去,大奶奶要生了!"映霁不愿相信,道:"真的假的?"何大掌柜道:"这还有假的!生孩子是女人的鬼门关,东家快走!"映霁还在犹豫,映雯已经拉他出门上了马,道:"大哥快走!连我都看出来了,眼下你只是乔家的东家,不是革命党了,无论是莲花还是阎大帅,谁都不会见你的。你留下也见不到他们!"映霁怅然道:"可我担心莲花的安危,更想知道她此行和传说中的二次革命有没有干系!袁世凯如今分化了革命党,得不到各省督军、大帅支持,中山先生发动二次革命是不可能成功的!必须阻止他们上了袁世凯的圈套!"映雯想了想道:"这样吧,你写一封信给阎大帅,请何大掌柜想办法通过他的关系送进督军府。如果阎督军还是革命党,他一定会明白你的意思,并且想办法将你的担心转告莲花,回头告诉孙先生!"映霁摇头道:"可是谁又能告诉我今天的阎督军还是革命党?"映雯道:"万一他不是,你也没办法。映霁大哥说得对,袁世凯是一种历史力量,革命党也是一种历史力量,你一个人怎么挡得住这两股历史力量!是你告诉我孙先生说过,天下大势浩浩汤汤,顺之者昌,逆之者亡。万一革命党和袁世凯的这场大战就是天下大势呢?映霁无奈道:"好吧。我写信!"他走回去坐下写信,交给何大掌柜,道:"一定要送进督军府,这关系着许多人的生死存亡!"何大掌柜点头,映霁这才和映雯上马驰走。

夜深了,乔家内宅里,依依仍在产床上挣扎,汗流浃背,一声声叫痛:"啊……

啊……啊……我要死了……我活不了了……"众老妈子、接生婆、喜凤围着她,乱成一团。李妈道:"小姐可不要胡思乱想啊,是女人都过不了这一关……再用点力,开了四指裆了!"喜凤生气道:"你老都老了,还胡说,什么四指裆,小姐是生孩子,不是老母鸡下蛋!"李妈道:"你一个女孩子家懂得什么,你最好出去,这里头没你的事!你当女人生孩子和老母鸡下蛋不一样? 都一样,该开几指裆都得开!"依依的声音越来越无力,这时又道:"喜凤过来……"喜凤凑过去,依依对她耳语。喜凤哭道:"小姐,这什么时候,你不要胡思乱想!"依依几乎无声道:"我不怕的……就是担心没有我以后……谁来一生一世照顾他!"喜凤哪里忍得住,"哇"的一声哭起来。李妈又赶过来责备:"小姐正在受难,你怎么又哭起来了!"依依看喜凤,喜凤急忙收泪,跑出去。李妈道:"她还生气了,跑了!"依依又大痛起来:"啊……啊……啊……"

这边喜凤出了二门,恰遇小顺走进来。喜凤看四外无人,低声道:"大奶奶正要让喜凤问你呢,当初那封信寄了没有?"小顺想不起来:"信?"喜凤急道:"哎呀,你怎么都不记得了! 就是……大奶奶和我,还有你,到太原送东家,离开火车站的时候,太太交给你一封信,让你寄到武汉一个什么鹦鹉街去,到底寄了没寄?"小顺恍然,道:"一出火车站我就寄了,这都多少日子了,怎么大奶奶问起了这件事?"喜凤道:"这你不要管了,可那收信的人收到了吗?"小顺道:"这就不知道了。"喜凤一下又急了:"哎,你怎么这么说话! 寄去了要是收不到,不是白寄了! 你都没给信局的人说一说,这信一定得寄到,他们做的就是这一行生意,得讲诚信,人家信中说不定有要紧的事呢! 这可怎么办? 我得回去告诉大奶奶,就说信没寄到,她还得另打主意!"小顺一把抓住她的手,又赶紧放开,道:"你疯了! 什么要紧的信让你急成那样! 大奶奶赶上这个时候,你把事情说了,她心里一急,有个好歹怎么办?"喜凤害怕了,道:"那你说怎么办?"小顺道:"回去告诉大奶奶,就说信寄到了!"喜凤道:"我要是这么说了,大奶奶会问怎么到了这会儿还没回信!"小顺道:"哎呀,你们还难为住我了! 一定要见回信才相信信寄到了! 万一人家收了信,手头的事情忙,放下信干别的去了,根本就没回信——"喜凤脱口道:"不能! 那不是一封平常的信——"忽然意识到自己失言,她捂上嘴就走。小顺道:"哎,说什么呢你?"喜凤早已进二门,回头道:"我跟你说不着!"转身跑进去。小顺摇头道:"到底什么事儿呀!"

太原府通乔家堡的官道上,映霁、映雯正在纵马奔驰。映雯注意到映霁一路上都在激烈思索,提醒道:"大哥,别想了,反正也写了信了!"映霁忽然勒马。映雯猝不及防,超过去,又勒马回头。听映霁大声道:"我怎么这样笨!——回去!"映雯大惊:"大哥——"映霁已经拨转马头,往回奔去。映雯叫道:"哎!大哥,我嫂子正在家里生孩子呢!你不管她了——"映霁已经驰远。映雯拼命追上去拦住他大叫:"阎锡山还是革命党,你不回去他也会参加二次革命,他要不是了,你回去了也没用!"映霁叫道:"难道打仗不要银子吗?"映雯说不出话来了,跟他继续奔回太原府。

此夜此时,金甬也接到了南方一名革命党进入了督军府的消息,一开始还不大相信。金保信誓旦旦道:"我们在督军府的内线说,还是个女的。当初被革命党从武汉派到山西鼓动阎锡山在太原起事的就是她!"金甬吃惊道:"这个崔望百,他还真是能掐会算!"忽然电话响,金保听他手持话筒,毕恭毕敬回答:"是!项大管家!卑职明白!宁可错抓三千,不能漏网一个!还要盯紧了那个大帅!袁大总统万岁!"放下电话,金甬两眼放光。金保道:"爷,项大管家亲自打来的?"金甬道:"项大管家从不自己打电话!这么说,袁大总统是看好山西,看好本官了!都是官银号里边那两千万两银子的功劳!金保!"金保道:"爷,金保在!""马上带人去督军府外头守着,女革命党一出来,立马逮捕审问!""是!万一她打死都不说怎么办?"金甬生气,道:"你能不能长点儿脑子!她说不说,都要审出阎锡山和南方革命党勾连的口供,不然我,不,袁大总统怎么办?"金保道:"爷,您老人家的意思是不管他是不是要造反,他都是要反了!阎锡山完了!"金甬怒道:"快去办差!要是让这个女人跑了,我砍你的脑袋!"金保哆嗦一下道:"是!"

阎锡山督军府,这个夜晚也不平静。吴秉仁正关上门打电话:"禀报大帅,属下问了,她说一定要见到大帅……还有一封要紧的信函,面见大帅才肯交出……是,马上逮捕,搜出那封信!明白,不能承认她是袁政府通缉的革命党分子莲花!"放下电话,略一思索,他拔枪走出,带一群侍卫冲进会客室,对一直等待的莲花大声道:"你什么人,竟敢冒充革命党来山西栽赃大帅!革命早结束了,大帅眼下是山西督军,爵列上卿,袁大总统对他恩深义重,大帅对民国和大总统更是忠贞不贰。抓起来!"莲花欲拔枪,已被众人抓住。吴秉仁大喊:"带走!"莲花要说什么,几名侍卫已将她的嘴堵上推出去。转眼侍卫长走回来,看他道:"总参议,信搜出来了!"吴秉仁接信拆开迅速看一遍,扔在案上。侍卫道:"那女人说这是孙中山的手书!"吴秉仁轻蔑道:"假的!传令军法处严加审问,查清她受何人指使,为何要冒充南方革命党的代表来挑拨大帅和袁大总统的关系,欲置大帅于死地?查清后马上送太原府大牢关押,交省高等审判厅公开审判,将此事大白于天下,还大帅一个公道!"侍卫长道:"总参议,刚才审过了,她坚持说自己就是孙中山的信使!"吴秉仁道:"那她就是个疯子!对,可能真是个疯子!太好了,去查清她是个疯子,说的一切全是胡言乱语,就这么定案,先送太原府大牢,再报高等审判厅!"侍卫长道:"万一这女子不承认自己是疯子,别人也认为她不疯,事情就不好了!"吴秉仁想了想,看他一眼道:"你认为该如何处置?"侍卫长道:"快刀斩乱麻,一枪崩了算了!"吴秉仁摇头道:"一枪崩了容易,可现在谣诼不断,杀了她别人还以为大帅杀人灭口呢!照我的话去做,我们自己首先要上下统一口径,一个女子,因为婚姻不遂,发疯了,称自己是孙中山的信使,要见大帅,没见到就被我们抓起来了!啊,你们审这个女人时,就这样对她讲!"侍卫长道:"她不会承认的!"吴秉仁疯狂大叫:"疯子怎么会承认自己是疯子!越不承认,越证明她疯得厉害!"他匆匆收起那封信要走。侍卫长又拿出了另一封信,道:"刚才外面还传进来一封信,乔映霏写给大帅的!"吴秉仁皱眉,接信拆开看一遍道:"这个人真是奇怪!天下人都说他成了袁世凯的人,居然还写这样的信给大帅!"他一点点将信撕碎,大步离开。侍卫长站着想了一会儿,忽然想明白了一件事,打一个唿哨走出。

　　直到半夜子时,映霏才带映雯飞马赶回太原城山西督军府外。映雯一惊道:"大哥,快看!"映霏向前看去,只见督军府辕门大开,大批荷枪实弹的士兵保护着三辆轿车从辕门内冲出,驶上大街。映霏身边忽然窜出几个黑衣人,瞠目看这个场面。映雯机警,悄悄将映霏拉进暗影。就听有人开口道:"这深更半夜的,他要去哪里?"金保黑衣现身,开口道:"跟上!"众人跑步跟上去。映霏、映雯从暗影处现身。映雯道:"大哥,阎锡山深更半夜离开督军府,这是要去火车站!刚才那些是金民政长的人!"映霏想了想道:"我们也跟上去!"二人悄悄拉马跟上,赶到火车站,发现站里站外已经戒严。大批士兵守住车站出入口,堵住所有乘客。金保挤上前,对一军官亮明身份道:"本人是太原警备队队长,我要进站去!"军官掏枪顶住他的脑袋道:"我们大帅乘车去京城治病,这会儿车站戒严,你就是天王老子也不能进去!"金保怒道:"你好大胆,竟敢——"军官不容他说下去就开始一点点扣扳机,道:"火车马上就开,你是想等一会儿活着进去,还是想现在就死?"金保好汉不吃眼前亏,连连后退几步。映雯拉映霏离开,低声道:"大哥,阎督军原来是要去京城治病!"映霏突然松了一口气,道:"走!太原府没事了!阎锡山不会参加二次革命!"映雯道:"她呢?"映霏道:"莲花认识去乔家堡的路,想见我并不难。她不想见我,我想见她也难!"映雯拉马过来,二人驰走。

已经过了半夜子时,乔家内宅,依依仍在声嘶力竭地叫喊,挣扎,汗水打湿了全身。景清和几个年老男人聚集在厚德厅里团团乱转。侯妈又跑了进来,哭道:"各位东家,这可怎么办呢,大奶奶生到这个钟点了,还是生不下来,接生婆什么办法都用了,自己说她没法子了,你们快想办法吧!"景清道:"哎呀,这可怎么办!听说映雯已经回到太原,怎么还不见回家呀!他不惦记我们这些人就罢了,连他媳妇要生产了也不惦记吗,哪有比这更大的事呀!"转眼李妈又跑进来,进门就哭:"哎呀,各位东家,再迟了我们小姐和肚里的孩子就没命了!呜呜呜……"众人嚷嚷:"要不到县城请西医吧?""深更半夜的,就是请西医也要天亮才能到!"景清道:"好了好了,你们甭哭了!我一个大老爷们儿有什么办法!顺子!顺子也不见了!"小顺应声跑进来:"东家我来了!"景清一把抓住他道:"你快替我们想办法!映雯媳妇难产,要死了,真要是不行,你就早点替她准备后事……再给太原府打电报找映雯,不管他在哪里,都要快点回来,给他媳妇办丧事!"李妈听了"哇"一声大哭起来,喊:"东家你说什么!我们小姐还没死呢,你就要给她办丧事了,这是长辈应当说的话吗?你们乔家人不能这样待我们,要这样我也不活了,我跟你们拼了!"她从地下爬起,一头朝景清撞去。众人七手八脚地拉住她。景清大叫:"侯妈,还不把这个疯婆子拉走!这个家真是要败了,什么都不顺!生个孩子也这么难!"侯妈和小顺将大哭的李妈拖出去。

乔家内宅里,虚弱至极的依依睁开眼,身边已经无人,她虚弱地喊:"人呢……还有人吗?"困得倒在床下的喜凤一惊爬起大叫:"小姐,你醒了!喜凤在呢!"依依道:"他们都去哪儿了?"喜凤哭道:"她们见小姐生不下来,都走了!"依依道:"喜凤别哭……姑爷还是没有消息?"喜凤哭道:"小姐别说姑爷了!他也是个狠心的!都这个时候了,别说人,连个信儿也没有!喜凤这会儿知道家里大爷为什么死也不让小姐嫁到乔家来了……这个家里的人都没有心,他们心里全是冰!"依依道:"喜凤,我要是死了,床头下面有封信,帮我寄给她……"喜凤一惊,不哭了,道:"小姐,你不会的!小姐吉人天相,菩萨保佑,逢凶化吉,遇难呈祥!"依依道:"我们家的女孩子因为难产已经死掉三个,我就是这样死了也不稀奇……只是他……我死了就不能履行对阿莲的承诺了……我做不到了!"喜凤哭道:"小姐不要说死,喜凤害怕!"依依道:

"刚才我做了一个梦,梦见一处花园,百花盛开……我梦见了我过世的娘,她问我这里面好不好,我说好,她说你觉得好就来吧……忽然间我就剩自个儿了,就醒了,醒了我还在桃花园里,我知道,这是我娘来接我来了……最奇怪的是,我还看到了另外两个人……"喜凤大恐:"小姐还见到了谁?"依依道:"我见到了厚德厅正墙上挂的致庸爷爷,还有我的奶婆婆陆玉菡老人家,他们也在那里对我招手,说孩子来吧,我们一家人都在这里呢……"喜凤大叫道:"小姐别说了,我害怕!"

依依目视房顶,眼中有泪,却闪烁着欢乐的光:"我真的不怕……真喜欢那个地方……我这一辈子,真高兴嫁给了他……我不后悔……我好有福气……唯一让我难过的是不能陪他走到老……所以你一定要记住我的话,把信寄出去,里面还有那个信物,那个玉佩……告诉阿莲,我对不住她,这么年轻就走了,要求她回到他身边,把她的责任接回去,替我照顾他一辈子……我当初把映霁从她那里夺过来,现在只能把他还给她!"突然,阵痛又起,她又开始大叫:"啊……啊……啊……"李妈、侯妈及接生婆听见了,又跑进来,众人知道不好,都哭。

太原府通乔家堡的官道上,映霁和映雯的马在狂奔。映雯道:"大哥,慢点儿,这么跑马受不了的!"映霁让马慢下来,一匹马及马上人很快就从二人身旁疾驰而过,映霁一惊,大叫:"莲花——是不是莲花——"马上人继续纵马前驰。映霁大叫:"是她!追上去!"他奋力打马追赶,拦住了莲花的马头,叫:"莲花,我知道是你!我是乔映霁!"莲花走不脱,扯去脸上黑纱,道:"怎么又是你!闪开让我走!"映霁道:"阎锡山离开了山西,我知道你也会离开,果然想对了!我要问你,见到阎大帅了吗?你知不知道我多担心你的安危!"莲花道:"闪开!"映霁道:"这不是去风陵渡的路,这条路直通黄河东岸。你离了山西,不回江南,这是要去陕西?"莲花只道:"闪开!"映霁道:"你还要去陕西联络同志!这么说,二次革命真的为期不远了!"莲花道:"不,我去陕北找我的一个亲人!"映霁道:"你撒谎!"莲花怒道:"乔映霁,这会儿有没有二次革命和你以及阎锡山还有关系吗?闪开!"映霁一惊道:"阎锡山拒绝参加二次革命?"莲花意识到自己失言,拨马又走。映霁道:"快回答我的话!二次革命真的要开始了?"莲花又叫:"你早就不是革命党了,凭什么!闪开!"映霁大叫:"凭我对中国命运的担心!凭我是个爱国者!如果我没有猜错,二次革命真的已经箭在弦上,我请你马上回江南报告孙先生,眼下天下情势不是辛亥年,革命党早被袁世凯分化,此人接二连三地刺杀本党的中坚分子,是为了刺激南方的同志仓促发动二次革命,他好趁机以平定叛乱的名义将我们的人全消灭！我们不能上当！"莲花不愿跟他多说,只道:"好了,你的话我听到了,会向中山先生报告的！闪开！"她终于撞开映霁马头,疾驰而去。映雯催马过来,看映霁道:"大哥,她走远了！"映霁看着莲花远去,拨马回头,向乔家堡急驰。

乔家堡村头,小顺赶车驶出,正遇映霁、映雯纵马驰来。小顺停车大叫:"东家！你可回来了！"映霁勒马叫道:"你这是去哪里？"小顺道:"东家快回去吧,我去县城里请洋大夫！大奶奶难产,已经生了一夜了,剩下的话我都不敢说了！"映霁变色,疯一样打马,驰进村里去。

乔家内宅,产床上的依依已不再挣扎。李妈、侯妈、接生婆仍团团围在她身边。门"咣当"一声被踢开,映霁疯一样冲进来,将众人拨拉开,冲向依依床边。依依猛地睁开眼睛。映霁大叫:"我回来了！"依依眼里涌出泪花,颤巍巍伸出一只手道:"映霁……"映霁一把将她的手抓住。侯妈示意众人离开,并关上门。依依痴情地望着映霁,眼里涌现出全部和最后的依恋,道:"我不行了……"映霁猛地将她抱在怀里大叫:"不！你一定要挺住！小顺已经去县城请西医了……你一定能挺过来的！"依依仍旧痴情地望着他,道:"我要是挺不过去……你要好好的……"映霁大叫:"不会的！你一定不会死！"阵痛又开始了,依依在映霁怀中大叫:"啊……啊……啊……"映霁不明白,喊起来:"你怎么了？你怎么了？你怎么了？"李妈、侯妈又带众女人闯进来,叫:"大奶奶——"众人从映霁怀里接过依依。侯妈道:"东家出去吧,东家回来了,大奶奶恐怕要生了！"映霁后退。依依大叫一声:"啊——"一声婴啼响起:"啊……啊……啊……"众人热泪盈眶,叫道:"生下来了！生下来了！生下来了！"映霁回视,依依已经昏了过去,他奔过去抱住她,一叠声地叫:"依依！依依！你怎么了,快醒过来！快醒一醒啊！"依依一直没醒。有顷,李妈将包好的婴儿抱过来,交给映霁看,道:"是个小少爷。东家看一眼吧！"映霁怒道:"我不看他！依依怎么样了？"李妈扭过头去不说话,将婴儿抱走。映霁大叫:"还有人活着没有？快去外头看看,小顺怎么还不回来？"侯妈忽然跑进来道:"东家,洋大夫到了！"映霁大急道:"快请进来,这个时候没规矩了！"侯妈答应一声跑走,将洋大夫接进来。

这是一个中年的西医,在祁县开业时间已经不短了。他立在依依产床边,给昏迷不醒的依依听诊。过了一会儿,他完成了自己的工作,将听诊器具收拾起来,提起诊箱往外走。映霁急跟出来,叫道:"大夫,怎么样？"小顺等在二门外,将西医让进外客厅,要上茶,西医回头看映霁道:"乔东家,对不起,茶也不喝了,诊费我也不取,恕我的医道太浅,来得太晚,帮不了太太。我走了!"映霁大叫道:"什么?依依她没救了?"西医道:"失血太多了,太太能将孩子平安生下来,已经是个奇迹。准备后事吧!"看着大夫走出去,映霁"哇"的一声吐出一口血来。

白天很快又过去了,黑夜来临。内宅里,依依仍在昏迷,映霁守在产榻前。喜凤、李妈端饭进来,看他一眼,放下。李妈道:"姑爷一天都没吃饭了,这老不吃饭也不是个事情啊!"映霁一动不动,如同一座雕像。喜凤小声哭起来。李妈道:"傻丫头,别哭!"喜凤哭道:"小姐怎么一直不醒啊!姑爷这样坐着,一整天了!"李妈将她拉出去。

直到凌晨两点,房中的自鸣钟敲响,映霁仍以原来的姿态坐着。一直昏迷的依依悄然睁开了眼睛,映霁似乎睁着眼睡去了,居然没有反应。依依已经不能扭过头来看自己的丈夫了,只道:"映霁……你还在吗?"映霁还是不说话。依依伤心道:"你怎么不说话……我要走了,舍不下你,又回来了……"映霁盯着她,一点点站起,将她抱起。依依已经无力做出反应,只道:"映霁……你要做什么……你怎么了?"映霁盯着她的脸,突然开口道:"你是谁?我怎么不认识你?"依依忽然明白了,道:"映霁,你又……"映霁仿佛忽然清醒了,道:"想起来了,你是依依,不是阿莲……我知道是你做了我的妻……可是……你不是她……那年除夕,在临江渡口,我爷爷已经给我订了亲……那个人不是你。"依依一下什么都明白了,顺着他的话往前走:"可你还是娶了我……你娶错人了……那个人不该是我……所以,我要走了……把这个家、把你,还给她……"映霁滴下泪来道:"可是我也不想让你就这样走……我不知道那件事是真的……如果没有她,我这一生只会爱你一个人……可事情变成了这个样子……"依依的眼泪流出来,道:"这会儿我可以告诉你了……这件事我在婚前就知道了……我和她见过面,是她把你交到我手上的……我本可以拒绝,可是我自私,我爱你,我没有……不过现在好了,我要回去了……我只有一件事放心不下……"

映霁道:"你和爷爷一样,放心不下我将来会不会像娘一样,有一天不知道自己是谁,不知道乔家,更想不起自己作为乔家的东家肩负的天下责任……阿莲不会再回来了……我现在只有你……依依不要走……你走了我怎么办?你要把我、把我们的孩子交给谁?"他的泪水扑簌簌落下来。依依伸出手来替他拭泪,道:"不怕的……我都安排好了……那个早被爷爷安排来照顾你的人,会回来的……我只嘱咐你一句话……下次一定要留住她,告诉她我在我的枕头下面给她留了一封信……"映霁久久盯着她,忽然就醒了过来。依依的脸霎时变了色,映霁大叫道:"依依,刚才我在做什么?我怎么了?我说了什么?"依依慢慢闭上眼睛。映霁大叫:"不——"喜凤、李妈、侯妈带一干女人冲进来,叫:"东家,大奶奶怎么了——"映霁将依依抱在怀里,不愿放手,放声大哭,道:"依依,你不能走!我刚才到底和你说了什么?为什么我又不记得了!你走了我怎么办?孩子怎么办?乔家怎么办!中国怎么办?中国又要革命了!"喜凤和众人一时都在榻前跪下,哭声动地,可依依已经听不见了。

第二十八章

依依过五七这天,映霁早早来到墓前焚纸。映雯跟着,看他神情,欲言又止。没想到家里却出了事,映霁进了内室,只见喜凤一个人跪着,侯妈带两名老妈子守在她身边。映霁看她们一眼,也不理。侯妈急道:"报东家,这丫头好胆大,竟敢私藏大奶奶生前写好的信,也不跟东家讲,要偷偷寄出去,幸好被我查出来了。信在这儿,怎么发落她,等东家发话。"映霁看一眼信封上的地址,又看信,随手丢下,仍不说话。侯妈松一口气,看喜凤道:"东家没发话,就是说这不是什么要紧的信。起来吧,没有大奶奶了,你以后要好好地留在这个家里侍候,要是想像李妈一样回杨家,就说一声,我跟东家讲。"喜凤忽然将那封信抢回来道:"不!我不会走的!"她大哭起来,抱着信疯一样跑出去。侯妈在她身后追喊:"你这个疯丫头,去哪里?"喜凤已经跑得不见了。映霁往外走,侯妈一路跟上前去道:"东家,你看看小少爷吧……大奶奶的五七都过了,你还是一眼也不看小少爷……小少爷太可怜了……"她哭起来。映霁还是不说话,他一路走出二门,走过长长的院中甬道,走进乔致庸书房。潘为严、何大掌柜、王宗禹在书房里站着,映霁一惊,却还是不说话。潘为严先道:"东家,你怎么样?"映霁终于开口:"你们怎么来了?坐吧。"潘为严道:"东家让我们坐,我们就坐。"三人坐下。潘为严道:"我来,是想说一下官银号的事。"何大掌柜也道:"东家,大德通、临江茶山、福州茶庄也有几件大事,要跟你讲。"映霁不说话。王宗禹看他,突然想起了什么,道:"东家,二次革命开始了,也结束了!"映霁大惊,盯住他道:"什么时候,怎么开始的?怎么这么快就结束了!快说!"王宗禹道:"阳历七月十二日开始,被撤去江西都督一职的李烈钧从上海回江西湖口召集旧部,成立讨袁军总司令部,宣布江西独立,同时发表电告讨袁。十五日,黄兴抵达南京宣布江苏独立。十七日,安徽柏文蔚宣布安徽独立。十八日,上海都督陈其美宣布独立,同日陈炯明响应孙中山号召宣布广东独立。十九日,福建独立。二十日,浙江宣布中立。二十二日,江苏讨袁军在徐州一带与冯国璋北洋军大战失利，二十二日至二十八日上海讨袁军强攻江南制造局未克,指挥部被租界解散。二十八日黄兴见大局无望,离军出走。九月一日北洋军攻克南京,各地宣布独立取消,被政府宣布通缉的孙中山、黄兴、陈其美等人逃亡日本。二次革命到此失败,这就是大致上的经历。"映霁闷闷地坐了一会儿,终于回看他道:"就这么失败了? 孙先生逃亡去了日本,别人呢?"王宗禹道:"东家不是说阎锡山吧? 二次革命期间,阎锡山一直躺在北京治病,通电支持政府平叛,没有参加二次革命。"忽然他意识到自己想错了,"啊,东家,没有蒋大帅和莲花的消息。"映霁默然望着窗外,不再说话。潘为严道:"东家,我说说官银号的事情吧?"

映霁忽然回头道:"对了,袁世凯剿灭二次革命,有没有从山西官银号拿走银子?"潘为严道:"没有。""真的?"潘为严点头。映霁道:"你大老远赶来,不是为了说这个吧?"潘为严道:"前一阵子外界谣诼纷纷,说袁大总统和革命党开战,一定会从山西官银号里拿走银子。东家,这会儿没人这么说了。"映霁不语,停了片刻又看何大掌柜:"你刚才要说什么事?"何大掌柜道:"啊,有几件事情不大好。头一件临江茶山。高大掌柜病危,可能就这几天了!"映霁大惊。何大掌柜又道:"高大掌柜病倒已有些日子了,他怕惊动东家,一直不让他儿子小高掌柜告诉家里。这几天眼看是不行了,才打电报过来的!"映霁一时痛上心来,强忍道:"接着讲!""第二件事是福州茶庄。去年年底两批茶货出海,一批走海路出南海,过马六甲海峡、印度洋、苏伊士运河入地中海,在法国土伦港下货,一条北上海参崴,走西伯利亚大铁路去莫斯科和彼得堡——""不错。怎么了? 映霁不是还从海参崴打电报说,他带的那一船茶货早到了,已经上了走西伯利亚铁路去莫斯科的火车了吗?"何大掌柜道:"可是刚刚有一个不好的消息。俄罗斯这些年一直在闹革命,西伯利亚大铁路并不太平,现在外面都传说映霁少爷带我们的茶货上的那趟火车,在乌拉尔东部一个什么地方让马匪抢了!"映霁颜色大变:"映霁人在什么地方?"何大掌柜不说话。映霁急道:"快说话,映霁是不是下落不明?"潘为严道:"东家,自古我们走商路的人,不是每一个人都能活着回到故乡的!"

映霁激烈起来,看何大掌柜:"往下说,去欧洲的茶货是不是也没到? 这些事你们早就知道,只瞒住我一个人!"何大掌柜道:"去欧洲的茶船由小拉斯普汀自己监领,在海上一连走了四个月,平安到达了土伦港。前些日子他打来电报说茶货已经上岸,只是法国经济不景气,欧洲各国剑拔弩张要打仗,发卖不顺,要我禀告东家,回款要等一阵子。""他人怎么样？""人还好。"映霁长出一口气，看王宗禹道："你怎么回来了？包头那边也出事了？"王宗禹道："没有。蒙古马匪又杀回来袭扰了一回，多亏东家在包头时召集大家重修城墙，加固城门，这次大家众志成城，没让马匪进城。他们没办法，就在城外头抢了些商队，也没有银子，得到的全是晋钞，这伙人只当是纸，扔下不要，饿了几天自个儿就撤了！"映霁道："听了半天就这一个好消息。"

何大掌柜道："东家你看临江茶山的事怎么办？"映霁道："依依的五七过了，我今天收拾，明天去临江茶山！"他又看王宗禹："你还没回答我呢，你怎么回来了？包头复字号和新晋商银行交给谁了？"王宗禹看一眼潘为严，回头道："东家，小马掌柜回去了，新晋商银行运营得很好。包头商圈和复字号众人都非常尊敬小马掌柜，我觉得还是由他接替马大掌柜，在那里为乔家守住根基，对乔家最有利。这事儿我本想告你，可是我师傅和何大掌柜都说，东家这阵子心里不舒坦，他们做主就行了。"映霁道："我知道你的心还在天津，惦记着和洋人做生意呢。"王宗禹急道："东家，在天津和洋人做生意，还是我师傅在大德通做大掌柜时定的，回来见了您，我想尽快回去。"映霁生气道："眼下何大掌柜是大德通的代理大掌柜，只要他不反对，我不留你。"王宗禹看何大掌柜，不再说话。众人都不再说什么。潘为严想了想道："东家，我们走了。"映霁点头。

三人离开，映霁也没有出门送，独自站了一会儿，让人把小顺喊进来，道："关门。"小顺关门，回头看他。映霁道："家里银库还有多少银子？"小顺道："这个……上次我对东家说过。"映霁道："映震回来过？"小顺点头。"他打听过这件事？"小顺又点头。"你是怎么说的？"小顺道："照东家的交代说的。"这次是映霁点头了。小顺道："外头传得沸沸扬扬，说天下又要大乱了？"映霁道："胡说！明天我走以后，你要常去官银号看看小栓。那个地方银库里银子的增减出入，潘大掌柜和金民政长在做什么，随时想办法告诉我！去吧。"小顺要走又回头："东家这一走，什么时候回来？"映霁道："该回来时就会回来！"小顺走出，他又让人把喜凤找来，看她道："东西呢？"喜凤一惊："什么东西？"映霁道："那个玉佩。"喜凤变色："姑爷……东家连这个都知道。"她掏出玉佩放下。映霁道："回去吧。"喜凤答应了一声离开。

次日，映霁带映雯甫一出门，又发现那两名黑衣人跟了上来。两天后他们在风陵渡上渡船，那两名黑衣人居然没有跟来，只站在关楼上望着渡船向对岸驶去。一个道："乔映霁这是真去临江茶山。我们回去禀报吧！"另一个道："你真的打听清楚了？他不会再去江南联络革命党了？"另一个冷笑道："这次袁大总统在江南平叛，革命党溃不成军，连阎督军都躲进了北京的医院，他一个商家还能怎么样？"这边映霁和映雯已经上岸，夜以继日，提前三天到了临江镇大德通茶庄，这里的正室已成了灵堂。高瑞之子小高掌柜率众人趴在高瑞灵前放声大哭。大批茶农赶来吊丧，整个镇子哭声动地。一伙计匆匆跑进来道："东家到了！"小高掌柜还不相信，以为没有这么快，爬起出门迎接时，映霁已带映雯赶了进来。小高掌柜趴下磕头，大哭道："东家，你可来了！我爹他——"映霁两手去扶小高掌柜，眼泪已经下来了，道："映雯，燃香！"映雯燃香递给映霁。映霁急趋几步，来到高瑞灵前，插香入炉，跪倒在地，一言未出，一口血吐出来。小高掌柜爬过来大惊道："东家你怎么了？"映霁这时才哭出声来："高大掌柜，您怎么能这个时候走啊！啊啊啊——"众人全随他跪倒，哭成一片。

　　三天后，映霁、映雯在镇外桥头与一身重孝护送高瑞枢车回乡的小高掌柜拱手话别。小高掌柜道："东家，千里相送，终有一别。我们走了！"映霁道："沿途我都打过招呼了，不管有没有乔家的生意在，各地相与都会给你们方便。山西那边，丧事我交代给了何大掌柜，前面包头马大掌柜怎么办，高大掌柜就怎么办！高大掌柜为乔家、为天下人辛苦了一辈子，一定要办得风光，不然我不答应！"小高掌柜趴下磕头道："谢东家！父亲在九泉之下，也会感激的！"映霁将他扶起道："你离开的日子里，我留在这里代理大掌柜，等丧事办完过了五七，我就要夺情，你还要回来打理这里的事！"小高掌柜道："谢东家信任高祥，家父临终也有交代，高祥办完父亲的大事就回来！"枢车前行了一段路，小高掌柜忽然又快步奔回。映霁道："我没猜错，高大掌柜临终时一定有话留给映霁！"小高掌柜道："这些天光顾着难过，把大事忘了！"映霁让他快说！小高掌柜道："其实我没忘，是我一直在想这话什么意思，对东家讲还是不讲。"映霁看他，有顷道："还是说吧。"小高掌柜道："我父亲说，君子之泽，五世而斩。到了东家这一代，乔家恰恰是五代。天下没有不散的筵席，如果一定要散，怎么样散，却有讲究。"映霁心中再次隆隆滚过惊雷。小高掌柜拱手道："东家保重，我们父子走了！"映雯看他带枢车远行，道："大哥，高大掌柜的话什么意思？"映霁情绪激烈，转身离去。映雯忽有所悟，拍一下自己脑门，跟上去。

　　临江乔家茶庄里，二掌柜、三掌柜看映霁道："东家找我们有事？"映霁道："我有些事情要出远门，但不想让外头知道。你们就说我病倒了，找到一个地方静养，不想见人。映雯，我们今天夜里就走！"三掌柜道："东家要去哪里？"二掌柜拉他一下。映霁道："我不在的时候，你们萧规曹随，照高大掌柜在世时的规矩办，一时办不了，等我回来再说！"二掌柜忽然两眼是泪，道："东家可一定要回来！"映霁看他，笑了笑道："怎么了？好像我们要生死离别似的！"二掌柜匆匆拭泪，笑道："对不起……知道了！"待到夜深人静，映霁、映雯化装成渔民，辞别送行的两位掌柜，上了一条渔船，一个"走"字出口，渔船便划入烟雨迷蒙的汉江。

数日后，二人已经出现在武昌鹦鹉街百花巷内。映霁带映雯向梨花院走去。映雯道："这什么地方？"映霁不说话，目光向前方望去，突然站住了。原来今天的梨花院门前已是车水马龙。一辆豪华马车刚刚载着一名花枝招展的妓女离开，就有一辆轿车开来停下，众军警簇拥着一名大帅下车，被门外的妓女迎进去。时果然是西洋舞曲，莺声燕语；衣香鬓影，喧阗嘈杂。映霁转身离开，走了几步又站住，回头向一条巷子之隔的另一座花园洋楼望去。这一惊非同小可，原来埋伏在那里篱笆内的士兵已经盯上了他。映霁略一思忖，回头毅然走向梨花院。映雯急道："大哥，那是什么地方！"映霁哪里理他，已经大步入门。映雯跟进去看，一名老鸨模样的女人已经风摆杨柳地走过来，看二人道："两位先生怎么这样面生，不过一回生二回熟……姑娘们来客人了，快出来迎接！"楼上楼下顿时一片莺声："来了来了！"楼梯上脚步声雷鸣，多名妓女蜂拥而下，围住二人拉扯起来。映雯急看映霁，映霁道："各位，慢！这位妈妈，一点儿小意思，我们是来打听一个人的！"老鸨子看了一眼他塞在自己手中的银子，脸上现出一个不屑的表情，随手扔给身后一名妓女："赏给你吧！原来你们是来打听人的，我这里可不兴这个，算是我们的职业操守吧。对不起，门在那边，请！"映霁站着不动，道："妈妈想错了，我们不是打听在这里出入的客人，只想打听一位叫莲花的姑娘！"老鸨子听了陡然变色，回头对众妓女道："有什么好看的！快走！"待众妓女失望散去，老鸨子才回头严厉地盯着映霁，低声道："你们什么人？"

映霁道："莲花的朋友。"老鸨子想了想道："跟我来！"映霁、映雯互视一眼，随他匆匆穿过一楼，走出后门，走向江边一条大船。老鸨子带二人上船，打开舱门道："进去吧。"映雯大叫："大哥别进去！"老鸨子忽然打一声唿哨，几名大汉从舱里冲出，将映霁、映雯拿下，黑布袋套头。映霁大声挣扎道："你们要干什么！"老鸨子怒道："沉江！"映雯刚叫出一声："不！"嘴马上就被堵上了。船立马解了缆，向江心驶去。船至中流，映雯一下挣脱了捂在嘴上的手，叫道："大哥，快呀！"映霁忽然发力，大吼一声，抓住他的两名大汉轰的一声落水，随即他又大啸一声，扑向抓住映雯的两名大汉。

两大汉哪里见过这样身手的人,大恐,自己先丢了映霁,跳水逃走。映霁又扑向摇船的人,后者见了,忙扔下船橹,跳江逃去。那老鸨子已经吓得浑身哆嗦,要跳江,又惜命,扑通一声跪下,磕头道:"英雄饶命!老鸨子错了!我该死!"映霁回看映雯道:"会摇船吗?往江心里摇!"映雯抓住橹,将船摇向江心。老鸨子越发大恐,膝行上前抱住映霁道:"大爷要干什么?老鸨子不想死!我不会水!饶命啊!"映霁一把将她提起,扯到船舷边上道:"快说,为什么要害我们!"老鸨子道:"老鸨子再也不敢了……您老人家开口就问莲花的下落,谁都知道,她是革命党!"映霁道:"你果然知道莲花!她还活着?人在哪里?"老鸨子又趴下去磕头:"大爷饶了老鸨子吧。莲花是革命党,现在满大街贴的全是抓她的告示!她在哪里老鸨子真不知道!好多年前,有人确曾把她卖到过梨花院,可她不听话,老鸨子没办法,只能把她捆在房里,逼她接客,这个傻丫头,竟然挣脱了要上吊。也是她的命好,恰好那天来了个客人,女扮男妆,花大银子将她买走了!走了就走了呗,过了些年她又回来,还当上了革命党,硬是把老鸨子关起来,把梨花院占了去,做了革命党的联络机关!"映霁打断他道:"这些不要讲了,我只问你最近这些日子阿莲,不,莲花是不是回来过?"老鸨子脱口而出:"没有!旁边那幢房子里,一直有人埋伏,等着抓她,她怎么敢回来!"映霁又道:"前些日子江南到处打仗,有没有别的消息?"老鸨子道:"你是问有没有她被打死的消息?哎呀,我的爷,她这种女人怎么会死?她要是死了我还有这么大麻烦?你瞧瞧,天下刚太平,我刚刚回来接手做生意,又是当兵的,又是警察,三天两头来我梨花院里找她,说还会有革命党到这里找她接头!今天你们一来我就看出来了,你们和她一样,也是革命党!"映霁道:"看出了我们是革命党,就要把我们弄起来沉江?"老鸨子又磕头道:"老鸨子该死!老鸨子只是不想给自己惹麻烦……老鸨子有什么办法,一边是你们,一边是袁大总统,我……"映霁道:"最后问你一句,真不知道莲花在哪里?"老鸨子道:"爷,这个真不知道!我这个地方重新开张以来,天天不是军长,就是司令,还有警察,嫖了姑娘不给钱,却要倒赔上烟酒点心……莲花她哪里还敢回来!你们要是不信,就到我梨花院大门外看看去,那里就新贴着一张通缉她的告示!"

夜深了,映霁、映雯才来到大德通武昌分号。见他一脸焦灼,代理大掌柜的二掌柜道:"东家,前几天我去上海,倒是听人讲到莲花队长的一个消息,说她本来和孙文先生一起上了去日本的船,忽然警察来了,为保护孙先生,她故意跳船把警察引走!"映霁紧张起来。二掌柜又道:"东家别着急。幸好天不亮,她水性又好,不然警察乱枪齐发,她跑不了的!"映霁松一口气道:"那孙先生呢?"二掌柜道:"报纸上都说了,孙中山已经抵达日本!袁大总统正向日本国交涉,要引渡他呢!"映霁回头盯上映雯。映雯道:"怎么了大哥?"映霁道:"我怎么这么笨!我们不去上海了,我们回临江,今晚上就走!"二掌柜哪里留得住他,只好赶紧去安排船只。

这次他和映雯在襄阳府码头下了船,没有再回临江镇,直接就和来接他们的茶庄二掌柜奔高瑞生前重建的临江渡口而来。到了地方,映霁下马,先沿周遭看一遍,然后才推开院门进去,一间间推开房门查看。二掌柜看映雯,要问什么又没法开口。映雯却只是跟着走,不说话。映霁走到当年阿莲住的厢房,推一下门,门不动心动,回头问:"这里住着人?"二掌柜道:"没有吧。让我试试。"映霁道:"不用,这一间不看了。"他带二人继续朝前面走。看完所有房间,映霁回看二掌柜道:"你现在就和映雯一起回去,把我的行李送来。我想一个人住这儿静静心。"二掌柜不安道:"东家,这不成吧!这里荒山野岭的,要是碰上野物我们可担待不起!"映霁突然就生气了,道:"你是不是怕我跑了?放心吧,当年那位摆渡老汉和他的孙女在这里一住几十年,也没有碰上野物!"二掌柜道:"那也不行,万一——"映雯突然开了口:"啊,大哥要这样,我们听他的吧。大哥,我们回去取行李,把枪给你留下!我们走快一点儿,天黑前还能赶回来呢!"二掌柜无奈,跟他一起往外走。

莲花一直在方才那间厢房里透过窗子警惕地注视着三人的活动,看到映雯、二掌柜在院门外上马离去,映霁一个人走回来,她的心情早已激动起来,想马上从后窗离去,映霁已经几大步走回,用力将门推开。莲花这时反倒镇静下来,站在那里看他。映霁进门看她,还是微微一惊。二人隔着一段空间久久对视。映霁激动道:"莲花!我没猜错,你真在这里!"莲花已经猜出来了,也动情道:"你又去了武昌找我?真的还惦记我的死活?"映霁道:"我今天刚从武昌回来,鹦鹉街百花巷七十三号又成了青楼。"莲花回避着他的目光。映霁道:"我还看到了武昌那里新贴了通缉你的告示,那里的老鸨子交给了我一封信,给你的!"莲花吃了一惊,回头看她,映霁又问:"你真的在上海掩护了孙先生?"莲花道:"信在哪里?会往那里寄信的人只有一个——"映霁取出信递给她。莲花匆匆拆开读了一遍,抬头看他,神色已变。映霁又取出那个玉佩,道:"还有这个东西,依依留下的,让我还给你!"莲花痛声道:"杨依依她……不会的!"映霁落下泪来,并不自觉,道:"她生下了孩子,大出血,医生来迟了,她不在了!"边说边向前走一步,将玉佩放到莲花手心中。莲花转身,那眼泪就扑簌簌滚落下来。

　　根本没有离开的映雯这时已经带二掌柜摸回来,从后窗向屋里望,大惊道:"真是她!"二掌柜道:"她是谁?"映雯并不回答。厢房内,二人已稍显平静,莲花回头道:"在武昌看到了袁世凯政府全国通缉我的告示,就想到了我会藏到这里来?"映雯道:"开始没有,但是后来在告示上看到你居然成了被通缉的革命党要犯中的第一人,想到你已经无处可去,我才——"莲花道:"你错了!我到这里来,是因为这里是阿莲的家,她告诉过我,实在无处可去时,可以到这里来躲藏。这里山高皇帝远,除非是种茶人和乔家走茶路的,一般没有谁会走到这里来!"映雯道:"为什么到了这种时候,还要讲这种话!阿莲,我是找你来了,就是整个中国再没有你的安身之地,乔家堡也还有你的家!"莲花心中温暖,脸上却只能表现出一丝局外人的微笑:"什么,如果我是阿莲,你这个时候还敢把我带回山西保护起来?"映雯道:"不,我现在不会把你带回山西。你看这里山明水秀,远离尘嚣,没有阴谋、枪声、政治,也没有商道,没有责任,只有我们俩,我们就藏在这里,像依依临终时希望的那样,我把自己交给你一辈子,因为——"莲花的心越来越难以支撑,脱口道:"不要再说了——"映雯坚持:"我一定要说完,不然我就没有完成依依的托付。其实她想说的只有一句话:当初不该从你身边夺走我,今生今世你我才是夫妻!"莲花回头,坚决道:"乔映雯,这些话不要再说了!阿莲已经不在了,从刘小七血洗渡口的那个夜晚,不,是他让人贩子把阿莲卖到武昌接客的那个夜晚,阿莲就死了!那个夜晚之前你为什么不来?为什么来的是一个女扮男妆的人,是她让我睁开了眼睛,不再只看到临江、乔家、茶山和茶路,她让我看到了整个中国和世界……我不是阿莲,我只是革命党人莲花!"映雯取出身上另一只玉佩,再次打断她道:"这个东西我这里还有一只,爷爷最后一次下天山带回来的。我一直不明白我九岁那年除夕,他为什么会千里迢迢来到这里。过去我以为我都明白了,现在才知道,他早就在最后一次贩茶路过这里时见到过你!"莲花难以置信道:"那时他就看中了阿莲,要让她做你们乔家的长孙媳妇?"映雯道:"爷爷当时想什么我不能知道,但他接着就最后一次下了天山,请人雕出了这两块玉佩,它们只有在一起才可以被称为一块合璧。现在我终于知道了,他老人家当年真的希望我娶的媳妇是你!"他把莲花手中的玉佩拿过来,与自己的一只合在一起,果然是一只合璧,于是抬头道:"跟我回去吧,我只能用这样的办法怀念我的依依了……如果你不愿意,我们可以不回乔家堡,不回山西,也不留在这个

590

地方！因为这里是你的伤心之地。啊，对了，我们可以住到天津法租界里，我们家大德通天津分号的王大掌柜在那里新买了一座洋楼，是用乔家自己的银子买的……那里是外国租界，袁世凯的人是不能进去抓人的……依依给我留下了一个儿子，孩子不能没有妈，依依将我还给你的同时也将她的儿子托付给了你！"莲花一直背身听他的诉说，再回过头来时，两眼已满是泪水。

此时一直伏在后窗外偷听的映雯忽然回头道："二掌柜，什么声音！"二人回望后面的山林，发现一大群鹊鸟被惊飞起来。厢房内，映霁仍在诉说："我现在只剩下一个环节还连不上。为什么我们之间存有婚约这件事家里居然没人知道。爷爷是突然去世的，他有可能还没来得及讲出这个秘密。但这不是一件小事，爷爷就是因为不想过早提起这件事，在我们家那个大院里子引起轩然大波，但他一生做事缜密，不可能不将事情告诉给一个他认为值得托付后事的人！"一匹马忽然在不远处嘶鸣起来："咴咴——咴咴——"莲花回头朝外看去，只见一匹马挣脱了缰绳从山林边飞奔过来，神情急变。映霁又道："还有一件事。依依在最后写给你的遗书上说，她把我还给你，因为她不能再代替你履行她答应过的责任……我现在以为自己完全明白这句话的意思，我想知道你是不是早在我们的爷爷在那个除夕为我们订亲的夜晚就知道了这份责任！"莲花这时已经望见从周围山林里奔出的北洋士兵，道："乔映霁，快看你做了什么？你从武昌鹦鹉街百花巷七十三号，把他们引到了这里！"映霁这时也看到了从山林里奔出的士兵，勃然变色。莲花道："这里住不得，我走了！"说着一把将映霁推开，越窗而出。屋外马上响起了枪响和士兵的呐喊："抓住她！不要让她跑了——"映霁大叫道："莲花——"后窗外莲花已经纵身上马，向另一方山林驰去。

映雯在后窗外现身，他已经望见了从那边山林里也拥出了士兵，大叫："那边也有埋伏，从这边走！"映霁一跃出了窗户，再看莲花，发现她望见了前方山林中也拥出了士兵，勒转马头又欲奔向别处。映霁朝渡口前三面山林环望，发现每一个方向都拥出了大队军警，急叫："莲花，渡口被包围了，快回来！"莲花回马上了摆渡船。映霁随之解缆上船，莲花回头撑船欲行，忽然怔住。河对岸山林里，也有大批军警鸣枪拥过来。她回头看映霁，目光中第一次现出了无助。映霁上前将她紧紧抱在怀里。莲花用力推他离开："不！你早不是革命党了！不要管我！"映霁也平生第一次从她眼里看到了真情，坚决将她抱起，上岸，奔回渡口小院。莲花在挣扎："放开，不要管我！你自己安全要紧！"映霁大吼："什么话也不要说！我来应付他们！"他抱莲花进了厢房，走向大床，将莲花放下，一把扯过被子盖上，想了想又叫："脱衣服！"莲花大惊。映霁急道："快！"说着自己已将外衣脱去，上床抱住莲花。门忽然被推开，大批军警拥进来。映霁慢慢回头，怒目而视，道："什么人？想干什么！"一军官进门，对众军警道："抓起来！"映霁下床，回身张开双臂挡住众人："住手！不要动！"军官道："我知道你是谁？也知道她是谁！统统抓起来！"众军警上前用枪逼着映霁。一群人将枪口对准床上的莲花。莲花一把将被子掀开，从容下床，看军官道："我是莲花，你们要抓的革命党，和他没任何关系！带我走，把他放开！"军官道："乔映霁，我们要抓的是她，可是你窝藏革命党要犯，人赃俱获，还想抵赖吗？一块带走！"映霁哈哈大笑，看军官道："认出来了，你是驻守临江的八师十六团张团长，八师师长邝建勋邝将军是你的亲姐夫，对吧？"军官变色道："你住口！这些事和今天老子来抓革命党什么相干！别耍花招，带走！"众军警将映霁、莲花绑起来，用枪口逼着带出去。映雯、二掌柜藏在后窗外草丛里，看到了一切。二掌柜哭腔道："坏了，他们把东家和那个女人抓走了！"映雯道："快回去打电报给潘大掌柜，让他想办法救大哥的命！"两个人待军警离去，爬出草丛，匆匆奔回临江镇。

　　接到电报，潘为严当天就赶去见了金甬。看着潘为严走进来，金甬先开了口，单刀直入道："潘经理，本官刚刚看到湖北民政长的电报，原来乔东家在临江窝藏革命党，他们人赃俱获。这个你怎么解释？"潘为严道："潘为严也刚刚知道这件事，急着来见大人，就是想请教，万一事情是真的，大人想怎么处置？"这话居然让金甬听得有点儿心惊，道："老潘，你什么意思？乔映霁当年就是革命党，我在武汉就见过他，没想到时至如今，他仍然不识时务，还在跟革命党人一起混！这个人看来没救了！"潘为严不动声色道："如果这就是大人的意思，潘为严就不想多说了，告辞！"金甬急拦住他道："你来到本官衙门里，话还没说清楚，怎么就要走？"潘为严回头道："乔映霁是本号的董事长，犯了这么大案子，是不是一定会人头落地？"金甬道："若查实他确是革命党，还参加了孙中山的二次革命，就难说了！"潘为严道："今天山西官银号和由山西官银号印制发行的晋钞所以能在本省和周边各省流通，不久的将来非常可能成为第一种在全国流通的货币，靠的就是乔家几代人诚信经商留下的商誉！若是他因革命党的案子被杀，潘为严担心晋钞会在一天之内失去信用，成为一文不值的废纸！"金甬大惊："什么？你说晋钞——"潘为严道："当然大人也可以马上派兵前往官银号,拉走银库里所有银子,停止自由兑换,不过那样,也等于向全省全国宣布官银号信誉破产,发行出去的晋钞成了废纸!"金甬不觉大汗淋漓,道:"什么,杀了区区一个乔映霁,会出这样的乱子?本官不久去了京城,就连袁大总统的九姨太都在使用晋钞。绝对不能让晋钞成为废纸!"见潘为严不再说话,金甬忽然冷冷一笑,道:"潘经理,本官明白你的来意了,你是说,乔映霁即便真是革命党,本民政长也要救他!"潘为严道:"大人,他当初确实参加了革命党,还在武昌上过战场,但是民国以后,他一心在中国推行票号的银行改制,通过实现中国的金融独立和现代化推动中国工业化的什么光明之路,革命党来了几回邀他入伙他都不肯,哪里还是什么革命党!"金甬道:"可是被抓到的时候,却和袁大总统号令全国通缉的女革命党在一起。要是不能证明和他在一起的女人不是革命党,乔映霁这一劫就还是过不去!"潘为严道:"大人,有人能证明那女子不是袁大总统在全国通缉的革命党,她只是一个当年和乔映霁有过婚约的临江女子!"金甬又大大地吃了一惊,怒道:"潘大经理开什么玩笑!"潘为严道:"我不开玩笑!当年他们确实有过婚约,但是因为某种原因,这段姻缘半道中止,乔映霁对此也一无所知,后来知道了,就一次再次地下江南寻找,这次终于在这女子的老家临江渡口找到了。不但找到了,还要和这女子成婚。只是袁大总统的兵来得太快,未容乔映霁说服这女子和他相认,就不容分说把他们逮起来了!"金甬道:"老潘,这事倒是奇了……乔家的事总是这么离奇,当年一个江雪瑛,因为婚姻不遂,竟把乔致庸弄进了天牢,后来又出银子救他,今天轮到乔致庸的孙子……潘大经理,你这个离奇的故事说得动我,可是说得动袁大总统的人吗?"潘为严道:"袁大总统的人可以不相信,但他们也不在意山西官银号里的三千万两银子吗?"金甬心中大震,不觉大声道:"三千万两银子了?"潘为严道:"对,银库里已经进了三千万两银子,按照一比一点五的比例,我们已经发行了四千五百万元晋钞!"

金甬背身站立良久,回头道:"潘经理,既然你把不该想的事情都想到了,我只能相信,乔映霁也把不该他想的事情想到了!咱们今天就把这层窗户纸捅开。如果潘大经理,不,乔映霁要救自己和那个女人,咱们就说一个价。如果价码合适,金甬马上赴京面见总统府的项大管家,让他出面救下乔映霁一条命!"潘为严道:"大人救出乔映霁的同时,也请把那个可怜的女子也救出来,让有情人终成眷属。不过大人开的价乔家一定能扛得住。乔家扛不住,这价也没得谈!"金甬笑一下道:"你是乔家的老掌柜,从乔致庸年代开始,乔家就大把大把地赚银子,这都几十年了,外界关于乔家说得神乎其神,这个价你帮本官开吧!总之,有乔映霁的命,就没有乔家的金山银山,有乔家的金山银山,就不会有乔映霁和那女子的命。不对,没有乔映霁的命,乔家也不会再有金山银山!"潘为严伸出五个手指。金甬脱口而出:"我的天哪!真有五千万两!"潘为严道:"乔家自己并没有五千万两。乔家是仁义之家,信奉让银子飞快地流转,才能造福天下人,乔家银库里即使有一些银子也是为乔家票号留存的保证金。我说五千万两,是说只要保住了官银号和晋钞,到了大人想用这笔银子的一天,也许可以拿到五千万两!"金甬变色道:"老潘,你又不是乔映霁,怎么会知道他们没有背着你藏下金山银山!"潘为严道:"我从年轻时就在大德通做大掌柜,乔家年年挣多少银子,去掉开销剩下多少,外加包头复字号一年能挣多少,茶路上年年又要亏多少,被老东家和今天这位少东家历年大笔大笔赔出去多少,几十年到如今还有多少剩余,我当然比任何人都清楚!"金甬久久看他,不愿意相信又不能不信,气急败坏道:"那你说,有一天我要用这笔银子时,你怎么保证我能得到五千万两银子?"潘为严一字字道:"我以自个儿的身家性命担保,到了日子口能让大人从官银号拉走五千万两现银!"金甬道:"老潘,军中无戏言,我们要签文书,以免将来你你得了健忘症!"潘为严平静道:"我听大人的!"金甬叫起来:"来人,纸笔侍候!不,还有一件事,你也必须答应本官!当年乔致庸勾连太平军,被慈禧太后关进天牢,虽然江雪瑛拿出三百万两银子救他出狱,可离开天牢时乔致庸还是签字画押,年年拿出一百万两银子助军,直到太平军被剿灭,本人还要被圈禁在山西,不得离开。我们今天要签这份文书,本官也有同样的条件,你要替乔映霁担保,像他爷爷乔致庸当年一样将自己圈禁在山西。一旦他出境,就是毁约,本官将被迫带人抄没乔家,并将他们在各地的财产一律查抄入官!还有你,也会因为连带责任死无葬身之地!"潘为严久久看他:"大人,我答应你了!商民告辞!"金甬道:"还有那个女人,要她和乔映霁一同回山西,一同圈禁在乔家大院子里,不能再跑去当革命党!"潘为严沉吟片刻,道:"这个如果也是条件之一,我也答应!"金甬大声道:"走吧!"潘为严转身离开。

一个月后,在两名黑衣人远远的监督下,潘为严等人眼看着映霁、莲花从临江县大狱里被放出来,上了停在外面的马车。马车快速离开。车中,莲花与映霁并肩坐。莲花道:"我跟你说过了,我不能跟你一起回山西,我做不到。"映霁道:"二次革命已经失败,到处都是白色恐怖,你一离开我就会被人盯上。除了跟我走,哪里都没有你的藏身之处!"莲花道:"到了山西,是不是要逼我跟你成亲?我现在只是莲花,不是二十年前和你有过婚约的阿莲！"映霁道："你可以不跟我成亲,但必须随我回山西。就是走也是将来的事！"莲花望见黑衣人紧跟上来,明白了自己的处境,终于道："好吧,我可以暂时跟你走,可你说话也要算数。第一不能逼我成亲,第二到了该走的时候你不能拦我！"两个黑衣人一路上一步不停地跟随他们过了风陵渡,看着马车驶入镇街。镇街上,何春、胡管家、张妈、明珠正簇拥着江雪瑛走出何家店铺,来到自己的豪华西洋马车前。江雪瑛道："扶我上车,天冷了,趁着他们还没对我老婆子下手,我还是先逃去江南过冬！"忽然她看到顺镇街行来的乔家马车,又一把将何春扯开："你一边去,挡着我的眼！怎么回事,我看见那辆马车里坐的是映霁和他媳妇！"何春对胡管家使眼色。胡管家道："老东家,您眼神儿不好,看错了！"江雪瑛道："没有！不对！映霁的媳妇已经过世了,那车里的女子是谁？"何春道："娘,你管她是谁呢！你都跟乔家断亲了,还是上车吧！"江雪瑛道："我不走了！张妈快去问问,刚过去的车里坐的女子是谁？"张妈答应,却站着不动。江雪瑛发急道："怎么说着不动啊！乔家的人一定会进乔家的铺子打尖儿,一时半会儿不会走,快打听清楚了回我！"她转身走回铺子里去。何春叹气,看张妈道："快去打听！"

张妈快步沿大街走去,忽然就遇上了乔家的侯妈和喜凤。张妈叫;"哎呀,怎么是你们俩？"侯妈道："这不是张妈吗？"张妈道："先甭问我怎么到了这里,我先问问你们怎么到了这里？"侯妈将张妈扯到路边,低声道："我们东家的事你们都没听说？全山西都传遍了,可离奇了,说是二十年前我们致庸老东家大年除夕到了临江渡口,给我们这会儿的东家订了一门亲,后来不知怎么着这事儿老爷子就忘了,把人家闺女给耽误了。再后来我们东家不知道怎么又听说了,千辛万苦到底把这女子找回来了,为她还陪着蹲了一回大狱,差点儿把命也送了。这不,老早让我们来这里接呢。人刚到,潘大掌柜私下子交代,回去就要办喜事,说这里的绣工好,要我们赶紧去采买洞房里用的绣片子！"张妈心中吃惊,却看喜凤:"凤儿,你怎么也来了？"喜凤落泪。张妈道："怎么了你,你们姑爷马上要成亲了,你怎么不高兴？"喜凤哇一声哭出声来。侯妈道："张妈你就甭惹她的眼泪了。你想想,前头我们大奶奶刚过世,这还没过周年呢,东家又要娶新的,喜凤能不难受！"张妈上前替喜凤拭泪道："喜凤好孩子,甭哭了,乔家这就是好的了,有家规不让纳妾,这么高的门头,今天死了媳妇明天就娶,也不稀奇。我走了！"她边说边快步离开,赶回去报知江雪瑛。江雪瑛坐了一会儿,让人把儿子叫了进来,道："你马上去乔家铺子里去,告诉映霁,我要见他要娶的新媳妇！"何春提醒她道："娘,你忘了,这会儿你不是乔家的债主了！"江雪瑛道："怎么我就不是债主了？我要是想当,立马就还是！"何春大惊："娘,你说什么？咱不能不掺和乔家的事了,有件事我都没告你——"江雪瑛道："什么事不告我？你还长能耐了！"何春道："娘先甭骂我,刚才这里的大掌柜悄悄告我,这些天风陵渡来了很多不三不四的人,个个腰里都别着家伙,今天才明白他是为映霁和他要娶的媳妇来的,这媳妇据说是个女革命党！"江雪瑛道："胡扯！那我还更不能走了！套车,我去乔家铺子里见她！"说着已经站起,往外走出去。

风陵渡乔家铺子里,映霁正和潘为严在一起。潘为严道："东家,婚事回到乔家堡当天就得办！新奶奶那边你去说,剩下的事儿我来操办！"映霁犹豫道："可是我答应过莲花,不逼她和我成亲！"潘为严道："不行,一定要成亲！"小顺忽然跑进来道："不好了！江老太太闯进来了！"映霁和潘为严一惊,回头发现何春、张妈、明珠簇拥着江雪瑛已经闯了进来。映霁急忙上前行礼道："这怎么回事？姑奶奶您——"江雪瑛道："怎么不叫我江老东家了？什么话也甭问,把你要娶的新媳妇叫出来,我跟她有话说！你们都走！"映霁忽然心中大动,大叫道："我真笨！侯妈、喜凤,快领姑奶奶去见她！"

江雪瑛被引进莲花暂时歇息的客房时,莲花吃了一惊,恭敬站起。江雪瑛将众人撵走,回头关上门,开口就道："我叫江雪瑛,我的名气可是很大的,全中国人都知道我。你不会不知道吧？"莲花道："对不起老人家,莲花孤陋寡闻——"江雪瑛道："我要生气了！居然还有人不知道我江雪瑛的冤屈！不知道我,知不知道窦娥？"莲花忽然想起她是谁了,道："这个知道。"江雪瑛说："整整八十四年前,我那年才十六,喜欢上一个人,就是我表哥,那时我和他情投意合,海誓山盟,一个非我不娶,一个非他不嫁,可是……那年他们家出了事,我那个大表嫂就给他兄弟出了个特馊的主意,娶一个大商家的小姐,再向人家借银子,帮乔家渡过难关。我那表哥一脚就把我踹到万丈深渊里,死活不管——"莲花没让她再说下去,道："老人家,我知道您是谁了！您是乔老东家的初恋情人！"江雪瑛高兴道："这就好了,我说嘛,天下人都知道我！不过话又说回来,后来我也狠狠地踹了他一脚,给自个儿报了仇。我踹他的那一脚比他踹我那一脚还狠！这叫量小非君子,无毒不丈夫！可是踹过以后,我们女人心软,我又救了他——"莲花忍不住笑起来："您老人家的故事无人不知。您出银子救他出狱,又隐姓埋名,不让他知道救他的人是谁。"江雪瑛道："后来他自个儿猜出来了，这老东西！再后来都老了，乔家有事，他喜欢过来跟我念叨念叨。有时候还让我帮他拿主意呢。我也没饶他，有些乔家的事情，我就要做主。我手里握着当年买断乔家产业的文契呢。他没办法，只能在我面前低头服软，这时候我心里那个高兴，真解我的恨啊！"莲花笑道："我听说的可不是这样，您老人家到老都爱着他，您恨他一辈子，就爱他一辈子，直到今天，您仍在替他照看着乔家！"

江雪瑛忽然不想说下去了："好了，说正题。告诉我，你要和映霁子成亲？"莲花不说话，看她。江雪瑛道："我今天本来要过黄河下江南，所以不走了，就是要告诉你，你不能！"莲花起了逆反心理，脱口道："为什么？还是因为我是一个山里的野丫头，配不上他这个大富人家的少爷？"江雪瑛说："错了，是他配不上你！"莲花久久看她，难以置信道："老人家，乔家富可敌国，他现在是乔家的东家，阿莲不过是——"江雪瑛盯着她，严厉道："江雪瑛不敢想，你这么一个看样子念过洋书、举止新派的女子怎么也这么讲话？一个女子是不是配得上一个男人，仅仅看她家的门第？你家有一座金山，我家也要有一座金山？就连那戏词里，也有一句是这么唱的，有情人终成眷属，并不是有钱人终成眷属……我这一辈子最恨的就是这件事了！我这些话你听得明白吗？"莲花忽然就被她感动了，道："老人家，我在听，尽量明白。"江雪瑛又道："可我今天来阻止你们成亲，却不是因为这个，倒是因为他爷爷临终的托付！"莲花遽然变色："老人家，难道是致庸爷爷……乔家老东家自己悔了这门亲？为什么？"江雪瑛道："因为我！乔致庸到了要死的时候，认为他这一辈子，对得起天下人，对得起乔家人，对得起他死去的太太，唯一对不起的人就是我江雪瑛！"莲花惊讶地睁大眼睛，几乎要喊起来："可这和他悔了阿莲和映霁的婚什么相干？"

江雪瑛道："你这丫头，看上去挺灵透的，怎么不明白！乔致庸这个老东西，活了一辈子，已经害了一个女子了，他不想再因为他对他孙子的一点儿私心，害了另一个女子！"莲花叫道："这另一个女子，就是阿莲？"江雪瑛点头："乔致庸那年在临江渡口过了那个除夕，回到山西，就到了我家，他说，老了老了，又办了一件天大的错事，不过这件事还可以补救！"莲花道："天大的错事？"江雪瑛道："因为映霁的娘！因为她带进乔的病据说会遗传，有一天会在映霁身上发作。他担心孙子到时会病成他娘的样子，不会有任何一个女人一生一世守在他身边照顾他……不是说人，人有的是，是心，没有一个女子会拿出真心守在他身边，像疼自己的亲人，自己的男人一样疼他，照顾他，就是勉强守在他身边，也是为了守住乔家大奶奶的名分，乔家的荣华宝贵,让映霁自生自灭……于是那年除夕,他在酒醉的时候把心事说给了临江渡口你的爷爷听,老爷子为了报乔家待天下人的大恩,就把你许给了映霁!"莲花已经明白发生了什么,失声道:"老人家,也许阿莲以为即使这都是真的,致庸爷爷,不,乔老东家也没有做错事。两家既有了婚约,就是你情我愿,他并没有对阿莲和她爷爷隐瞒什么!"江雪瑛道:"虽是这样,可这老东西一回到山西,还是觉得自己错了!这时他才想起来,这桩婚事不但关系到他孙子的一生,更关系到阿莲的一生。万一阿莲不情愿,却被迫嫁到了乔家,映霁万一病得和他母亲一样厉害,对阿莲就太不公平了!他对我说的第一句话就是:要阻止这件事发生!"莲花眼中涌出泪花:"老人家,万一阿莲当时就知道,自个儿心甘情愿呢?"江雪瑛道:"你说什么呢!阿莲那年才七岁,这么大的孩子是不能替自己一生做主的。乔致庸说,他这一辈子,已经害了一个江雪瑛了,不能再害一个七岁的无辜的孩子了!"

　　莲花的心完全被这个故事吸引住了,泪水一串串落下来,脸上却还在笑,道:"老人家,我还有一个地方不明白。乔老东家要中止阿莲和他孙子的婚约,即使自己不能再去临江渡口,也可以让每年去贩茶的掌柜们告诉阿莲的爷爷,但他并没有这样做!"江雪瑛道:"别人可以这样做,乔致庸不可以。照实说吗?那不是理由,因为事情他早对摆渡老人和他的孙女说了,无论是摆渡老人还是幼小的阿莲都不会认为那是理由。他们就是为了这个答应阿莲长大后嫁过来的。不照实说他又不会。乔致庸怎么办?他总不能撒谎吧。他一辈子都不能撒谎,这是他的原则。他只能沉默。"莲花摇头道:"不会是这样的。因为临终前老人家并没有留下遗言不让映霁娶别人家的女孩子。他既然担心履行婚约会害了阿莲,就同样应当担心映霁娶别的女子会害了她们!"江雪瑛反驳她道:"那不一样。乔致庸去世前一直没给映霁订亲,去世时给我留下遗言,如果映霁要娶妻,第一,必须在他长大成人,明白自己将来可能成为一个病人之后;第二,对方家庭的姑娘也一定要成年,知道映霁将来会怎么样。如果对方仍愿意嫁过来和他终身厮守并且照顾他,一生不离不弃,那时映霁才能结婚,不是这样,他宁愿让自己的孙子独身!"莲花眼里再次涌出泪花,道:"原来这就是阿莲长大成人后,乔家一直没有派人去娶亲的原因!"江雪瑛说:"不错。乔致庸当初是这么想的。他说,阻止这件事的最好方式就是不再提起,同时坚决不让任何人包括映霁自己知道有过这桩婚约。至于临江渡口那边,他认为只要乔家不提,年复一年,摆渡老人自然就会明白乔家并没有把这桩婚约放在心上,等到阿莲长大成人,仍不见乔家人来娶,他们就会明白事情早过去了,隔着两千里的路途,人家的孩子不会一直等下去,她会在本乡本土挑个好女婿出嫁,平安度过一生。这样,他一时的错误就自然而然被阻止了!"莲花痛苦道:"他是阻止了这桩婚事,但他还是害了这个女子的一生!"江雪瑛吃惊道:"你在说什么?""我在说,阿莲和她的爷爷并没有忘记这桩婚约,直到爷爷死的那一天,仍然相信乔家会信守承诺!"江雪瑛深深看她道:"这么说,你真的就是阿莲?"莲花让自己平静下来,拭去泪水,道:"不,我不是!"江雪瑛急忙顺坡下驴,道:"原来你不是。太好了!告诉我实话,阿莲已经不在人世间了?"莲花道:"对,临江渡口后来遭到土匪洗劫,阿莲的爷爷被吊死,她自己被卖到武昌妓院的当天,人就死了!"江雪瑛叹气:"好可怜的孩子!乔致庸这个老东西,他在九泉之下一定不会想到,他不想害了人家的孩子,还是害了人家的孩子!他真该死!——你又叫什么?"莲花道:"我叫什么都不关紧,现在的名字叫莲花。老人家叫我莲花好了!"江雪瑛道:"莲花,照说你不是阿莲,这些话我跟你说不着……不,说得着!你不是她,为什么要冒充她,跟映霁来山西成亲!"莲花心中又是一动,不再说话。江雪瑛道:"乔家害了两个女人,现在你也知道映霁的事了,就这样你还愿意嫁给他?"莲花还是不说话。江雪瑛道:"我本以为你就是阿莲,停下来不走,是想阻止你们成亲,现在我觉得事情和我没干系了。你和他都是成人,你也知道他将来可能会成为他母亲那样的人,如果他没有告诉过你,你就别嫁他。但要是他把这些事告诉你了,你还要嫁他,就是你自己的事了!我不想管,不该管,也管不着!我说完了,走了!"

乔家铺子门外,映霁看着何家的马车隆隆离去,急急转身走回去。客户内,莲花背身而立,神情激烈。映霁在外面敲门。莲花说:"进来!"映霁走进来,回手关门。莲花回头看他,眼睛红红的。莲花道:"江老东家的话,你在外头都听见了?现在想说什么?"映霁道:"潘大掌柜让我跟你商量,即便是为了保护你,哪怕是假成亲,回到乔家堡第一天我们也要成亲!"莲花缓缓转身看他。映霁道:"你不答应?"莲花道:"不,我答应!为了爷爷当初待阿莲的一片心!"映霁道:"可是我不同意!听了江家老姑奶奶刚才讲的往事,我已经决定一生一世都不会让任何人遭遇爷爷担心的那种人生!我们可以成亲,但那是为了让你有个容身之地,我不会真让你做我的妻!"莲花道:"因为我不是杨依依?你一生爱的只有她?"映霁激烈起来:"你知道我不是这个意思!我爱依依,但她已经不在了,我还要继续自己的人生,今天已经决定了,我只要我想要的人生!"莲花道:"要是这样,过了新婚之夜我就要离开!"映霁大惊:"不行!我不会让你走的!我们可以作为一对名义上的夫妻在乔家生活,直到有一天我们的人卷土重来。那时你还是你,我还是我!"莲花道:"什么?我们?你现在又想回头做革命党了?"映霁说:"我从来就没有离开过!我不过想用自己的方式做革命党!"莲花道:"什么方式?"映霁道:"我最好不说。你也最好不要知道。这可以算作是我们的一个秘密约定。"莲花看他,不再说话。

数日之后,乔家内外再次花团锦簇,鼓乐喧天。又成了喜堂的厚德厅内,映霁和莲花并肩站立,看着侯妈和喜凤扶杨氏走来,在主位上坐下,又从两边悄悄扯住手不让她动弹。映霁悄悄对盖头下的莲花耳语:"这是我娘。"莲花心中起了一阵莫名的感动,急上前一步,伏在杨氏耳边低低叫一声:"伯母!"杨氏猛然苏醒,脱口大声道:"你是……阿莲!"映霁大惊道:"娘,你知道的?"杨氏用力挣脱侯妈和喜凤的手,站起抱住莲花,泪水奔涌,大声道:"阿莲,好孩子!娘等了你二十年,你到底回家来了!"映霁急忙上前,欲将她和莲花分开,一边叫道:"娘,娘,快放开她!"杨氏死命抱住莲花,悲喜交集:"不,我在这个家没有亲人,这才是我的亲人!别人都走,映霁、阿莲留下!"莲花泪下,突然叫一声:"娘!"众人被这一声叫惊住。映霁也吃惊地看着莲花。杨氏抬头看着莲花,高兴起来,大声对侯相:"谁是侯相,我的孩子进家了,怎么还不让他们拜天地!拜天地呀!"这一瞬间,所有人的都泪流满面。

侯相急忙高声念诵道:"恭维吉日良辰,天地开张。乔家君子,娶妻入堂。鸳鸯对鸳鸯,凤凰对凤凰。百年好合,五世其昌。吉时已到,新郎新娘拜堂!一拜天地!"这边杨氏坐下又站起道:"等等!"众人看她好人一样走过来,将映霁的手和莲花手扯在一起,满意地笑着回到主位上坐下。莲花看一眼映霁,反将他的手抓得紧紧的,眼里再次涌满泪光。侯相接着念诵:"吉时已到,新郎新娘拜堂!一拜天地!二拜高堂!夫妻对拜,送入洞房!"侯妈、喜凤过来扶莲花和映霁行礼如仪,又将一段红绸塞进二人手中,引二人走向洞房。小顺猛然回头,看到一个人影一闪又消逝,吃一惊对潘为严道:"大掌柜,他怎么回来了?"潘为严看他。小顺道:"我刚才一眼看见,像是映震少爷回来了,又走了!"

这天傍晚,太原府大牢一间空房内,金甬面对着一桌酒菜站立、等待。典狱长带望百走进来。望百忽然大笑道:"我算大人还要过几天才会来,没想到这么快就来了!"金甬看酒席道:"给你准备的,吃完了我们再说事!"望百也不道谢,走过去坐下,自斟自饮,放情大嚼。金甬等不下去,转身看他。望百没有停止大嚼,道:"大人不急,待崔望百啃完这根鸡翅!"金甬心情已变,道:"来人,撤下去!"几名狱卒进来,夺过望百手中的酒杯,连桌子一起抬走。望百大叫:"哎,哎,我还没喝够呢!大人的恩典,怎么抬走了?"一步上前将那壶酒夺过来,死抱在怀里,忍不住饮一口,看众人离去,道:"大人可以说了!"金甬道:"今天上午,乔映霁新娶一个女人,名叫莲花!"望百道:"莲花,好名字!出淤泥而不染,濯清涟而不妖,中通外直,不蔓不枝,香远益清,亭亭净植,可远观而不可亵玩焉。恭喜大人!"金甬道:"你背了一大篇周敦颐的《爱莲说》,想说什么?"望百道:"我想说,这下乔映霁死定了!"金甬回头看他道:"乔映霁将这个女人带回山西第一天就和他拜了天地,眼下全山西街谈巷议,人人都在说他找到了当年有过婚约的临江女子,名叫阿莲,有情人终成眷属,而且这个阿莲,不是袁大总统全国通缉的女革命党莲花!"望百道:"所以崔望百才要说,恭喜大人!"

金甬道:"我不明白你什么意思。连我也被他搞糊涂了,这个女人到底是莲花还是阿莲,是革命党还是小小年纪就和乔映霁订下婚约,后来因乔家不娶飘零四方的可怜女子!"望百大笑,只是不停地喝光了壶里的酒。金甬怒道:"你又笑什么?"望百道:"笑乔映霁太痴,这个名叫阿莲或者莲花的女子太痴,天下人太痴,更笨大人太痴!崔望百不用看到这女子,就知道此人既是莲花还是阿莲,既是乔映霁失散多年的未婚妻还是革命党!"金甬道:"现在风声鹤唳,到处都在抓革命党,乔映霁明知是革命党还要娶她,对乔家和他自己有何好处?"望百道:"一个本来就是革命党的人娶一个女革命党为妻,何况当年他们确实有过婚约,这难道真会让大人惊奇吗?"金甬仍然不服,道:"但中国毕竟变了,袁大总统要做什么本官先前还只能猜,眼下孙中山二次革命失败,国内追随他的人不是望风而逃就是归附袁大总统,天下接近于一统,如果你当时的猜测是对的,下一步袁大总统就会实现他的皇帝梦,乔映霁本可以挟创建山西官银号和包头新晋商银行之功,借重乔家的商誉和财力,主动拜在大总统门下,帮他一统中国金融的天下,让乔家自己轻而易举地成为中国的摩根、洛克菲勒和罗斯柴尔德。可在你眼里他不但不这样做,反而娶了一个会给自己带来杀身之祸、让乔家万劫不复的女革命党,简直是铁了心和袁大总统为敌,我怎么敢相信你这话不是发疯呢!"望百再次大笑。金甬复怒:"不要笑了!这有什么好笑!"

望百仍笑个不止,边笑边道:"太好笑了!大人好笑,乔映霁尤其好笑!有件事大人可能不知道,大人刚才为乔映霁想到的发达之路,不才当年主动投靠乔家时已经对他畅谈过了,如乔映霁有心让乔家成为中国的摩根、洛克菲勒和罗斯柴尔德,他早那样做了!就是今天他要做仍然不晚,可他没有!再晚几年,等袁世凯真的一统天下做了皇上,另一个一心自肥的人甘心为他搜刮天下银子,乔映霁和乔家对袁世凯这个乱世枭雄就没价值了!大人,归根结底,乔映霁不是你我这样的人,无论过去、今天和未来都不会像我那样行事。还有呢,他要真这么做了,大人和我就都没有机会了!"金甬仍没有听懂他的话,道:"你究竟想说什么?"望百道:"逮捕这个女人,把他攥在大人手心里,大人就能把乔映霁攥在手心里。大人不会等多久了。崔望百被关在死牢里也没有忘记审时度势!在不才看来,只要天下大势不发生突然的逆变,我说的是革命党不会突然拥有巨大的力量卷土重来,大人的好日子不出两年就会到了!"金甬急道:"两年?"望百道:"对,不出两年,袁世凯一定会用到大人在山西为他积聚的这笔大银子!大人为老袁立下如此大功,就是论功行赏,也不会只赏给一个山西;就是只赏给一个山西,也不会只让大人做一个民政长,民政长撑死了也就是前清的巡抚,再怎么着大人也该成为山西总督,兼管军政,阎锡山之流那时应该早就下野了!"金甬听了,迈步就走。望百大叫:"大人,放我出去!"典狱长带狱卒冲进来道:"抓起来带回死牢!"众狱卒抓住望百,任凭他大喊大叫,一把拖出去带走。

第二十九章

乔家堡乔家新房内，莲花像个真正的新娘子一样规规矩矩地坐在床边。侯妈、喜凤守在两厢，看映霁走进来，侯妈拿秤杆上前道："东家到底回来了，外面客人都散了吧？给新奶奶揭盖头吧。"盖头下的莲花心潮起伏，注视着映霁。映霁接过秤杆，看侯妈和喜凤道："啊，你们去吧，剩下的事情交给我了！"侯妈道："东家和新奶奶还要喝莲子汤，莲子莲子，早成贵子，还要连着生。"说完看喜凤一眼，二人一同离去。映霁关上门，回头盯住莲花看，迟了一会儿，走过来，放下秤杆。莲花一把抓住他的手。映霁感觉到了她的激动，回避道："你……"莲花道："你到底回来了，我坐在这里，浑身都麻了。"映霁王顾左右而言他："饿了一天，吃饭了吗？"莲花说："刚才侯妈给吃了块点心。"映霁沉吟："啊，自个儿把盖头揭了吧。"莲花抓住他的手不放："不，今天是你我的新婚之夜，你该照规矩为我揭去盖头。"映霁仍旧回避道："可你不是阿莲。"莲花道："我是不是阿莲都跟你拜了天地，入了洞房，认了我那受苦受难的婆婆做自己的娘！"这句话如同一把刀，一下捅进了映霁的心，让他陡然大痛起来，急道："别说娘。每个人心中都有一个泪点，娘是我的泪点……你还是揭了盖头，我们坐下说别的。"莲花坚持道："就今天，当我是死去的阿莲。"映霁终于回头看她道："真是阿莲，我就更不能做这件事了。"莲花道："为什么？"映霁道："爷爷当年已经后悔了，我现在也后悔了，当初就不该有那个婚约，我害死了她，后来又害死了依依！"莲花道："今天咱们不说阿莲，也不说杨依依，杨依依是生孩子大出血死的，跟你没有相干！今天只有我和你！"映霁趁机改变话题："你是不是打定了主意，今天嫁给我，明天就离开？我要告诉你，你就是有那个心，最近几天你也不能离开！刚才在村外发现了陌生人。"莲花道："他们是谁？"映霁道："不知道。但这些人提醒了我，你现在只要离开乔家，就会落入罗网。"两人沉默了一会儿，莲花重新看他道："那我就不走。看出来了，你今天一天想的其实都是杨依依。你娶了我反而更加想她。是我长得不如依依年轻，没有她好看？还是我这个摆渡人家的女子，终究不配做你乔家的当家少奶奶？"映霁道："没有人比你更有权利、更配做乔家的当家少奶奶，但并不是每一个像你一样的女子都适合做一个革命党。何况我已经害了依依，不想再害任何一个像她一样好的女子，这其实也是爷爷当年的主意，我——"他没有再说下去。莲花终于自己把盖头扯下来，不觉泪水盈眶，有顷道："我们今天晚上怎么过？这么好的房子，这么大的床，里外三新的被褥，这么多好看的衣服，好吃的东西，多少人在侍候我一个人，万一我认为这些本来都该属于我，舍不得走了，我一辈子还没过过这么好的日子呢……我要是这样想，你真的愿意留下我吗？"映霁回头看她道："真心的？"莲花道："如果是呢？"映霁道："是真心的你当然可以不走，你无论是不是阿莲都已经嫁进来了，理所当然是这个家的女主人。还有娘，一辈子受苦，你来了，她好像终于等到她一直在等的亲人，突然像没病了似的……没想到别人都不知道的事情她都知道……留下来吧，等时过境迁，我们的人卷土重来，你再走也不迟。我可以保证，只要你不出这个大院子，就是安全的！"不料莲花想了一会儿却道："不行！刚才我忽然想到，你居然敢在革命党一败涂地、袁世凯在全国大举捕杀我们的人的时候大张旗鼓地娶了我这样一个全国通缉的女革命党！你已经给自己和乔家引来了大祸！"看映霁不说话，莲花又道："只有我离开这里，你和乔家才安全，也只有离开了这里我自己才是安全的！"映霁道："不行，至少在我认为可以走的日子之前你还是不能走。"莲花心颤了一下，不想让他看到自己心软，道："为什么？"映霁道："啊，你不要多问，不为什么……首先是不知道该怎么对家里人解释。他们会问我刚娶的大奶奶怎么不见了？这个人到底是不是当年爷爷在临江渡口为我定亲的那个阿莲？""你恰好可以回答说你看走眼了，我骗了你，我不是阿莲，我真的是那个被袁世凯全国通缉的革命党。因为被你及时识破，只好连夜逃走！"映霁道："那也不行，你一出村就有可能落到他们手里。"莲花道："那也没什么。为了完成中山先生出走前交给我的最后一项使命，也为了保护你，让你能用你自己的方式回归革命，我一定得走，但不是现在！"映霁深深看她道："果真是这样，也要容我做出安排，至少能让你平安地从山西出境，这得一些时间。"

榆次何家内宅大房里，江雪瑛一直在闭目假寐，忽然睁眼大叫道："去叫春官，我有大事找他！"转身张妈就陪何春走进来。江雪瑛让张妈、明珠出去，看何春道："我问你，乔家今天娶媳妇，怎么没发帖子请我？"何春道："娘，您自己和乔家断了亲，人家怎么好意思来发帖子请您！"江雪瑛道："映霁这混账小子，还跟老太太较上劲了……外头都在传说他娶的这个女子是袁世凯全国通缉的女革命党，这事儿有准谱儿吗？"何春笑道："娘在风陵渡不但亲眼见了她，还跟人家扯了半天的闲篇儿，还问儿子？您老人家过的桥比儿子走的路都多，什么事能瞒过您老人家的眼？"江雪瑛道："她就不是女革命党，也是个了不起的女子。有点儿像年轻时的江雪瑛！"何春道："娘，您夸别人就夸别人，甭捎带着把自个儿也夸上了！"江雪瑛道："说什么呢你！听着！过了三天，让你媳妇套车到乔家去，把新媳妇给我接回来，就说新媳妇娘家没人，我这里是新媳妇的娘家，我做主接她到我家来回门！"何春又笑道："娘又扯得没边儿了。你是映霁的表姑奶奶，我还是他的表叔呢，他媳妇是你的表孙媳妇，我们家怎么成了她的娘家了，这个家里谁是她的娘，再说两家都断亲了，你让我媳妇去接，人家不给您老人家面子，这不是就现眼了嘛！"江雪瑛哪里肯听，道："你这小子混说什么？论辈分我不能做新媳妇的娘，你媳妇就不能？你把人给我接回来，我让她跪下给你媳妇磕头认个干娘，这里不就是她的娘家了？"何春看着她笑，半晌才道："您老人家说的，再不管乔家的事了，都管伤心了，怎么还——"江雪瑛举起拐杖道："我管他们家的破事儿了吗？我就是稀罕这个媳妇，怎么我老婆子跟他说了那么多吓人的话，她都不害怕，还真敢跟映霁入了洞房！乔致庸那个老东西要是听说了，一定会惊掉下巴颏子。怎么着，不愿意让你媳妇做她的干娘，那我就做她的干娘，反正也断了亲，以前的辈分就不论了！等我做了她的干娘，就把家产分一半给她做嫁妆，到时候你和你媳妇就哭吧！"何春接住她的拐杖笑道："这个儿子不怕，反正儿子是你跟我致庸表叔私生的，要对外头遮丑，才说是抱来的，你就是再认一个干女儿，也比不上我是亲的。行，等映霁和他新媳妇过了三天，我就打发媳妇去接她去，可是能不能接得回来，儿子不敢打保票！"江雪瑛道："你媳妇接不来就不要回来了！呸，你又气我！你要真是我和乔致庸亲生的，我这会儿还会天天想起来骂他吗？走！"何春笑着离开。

乔家新房内，自鸣钟当当的敲响了十一点。莲花回头看映霁，目光中渐渐现出真情，动手解开第一粒结扣。映霁急道："天不早了，我该走了。"莲花道："今晚是洞房之夜，你能去哪里？"映霁道："这里是乔家大院，我去哪里睡都不会有人说出去。"莲花道："今天不说明天不说，但总有一天会说出去的。"映霁道："可我不能睡在这里。"莲花道："这房子挺大，床也大，睡得下两个人。"映霁看她一眼。莲花笑道："要是我再说个秘密,你为了一个人说不定会留下来。"映霁一惊:"谁?""阿莲。阿莲七岁那年除夕就爱上了你,为了你一直苦等到十六岁,后来……就是她被卖到武昌青楼上那个夜晚,也是为了你才选择了死。后来,阿莲被恩人救出来,临死时告诉过我,如果天可怜见,我和你还有今天……就代她嫁到乔家来,做一回你的新娘!"映霁的心像被一把刀突然割裂了,血喷出来,他突然走到喜案前,打开一瓶酒喝了一口。莲花见了,也跟着走来,从他手里夺过酒瓶喝一了口。映霁又夺过酒瓶喝一口。莲花再夺过去喝一口。映霁整个人开始一点点变色,嘴里仍在坚持:"可你不是阿莲。我对不起阿莲,今生今世她是我唯一对不起的人,我不该让她离开临江渡口,不该让她被卖到武昌的青楼,不该让她死……走上这么一个应当由天下男人、英雄走的路上去!那个当天夜里闯进青楼里的恩人救了她,也害了她,让她再也回不到我身边来了!"他边说边离开莲花,继续喝酒。莲花跟着过来,慢慢从他手中夺下酒瓶道:"你看看我,我不是阿莲吗?我现在回来了呀,你把我娶回来了,乔家并没有失信,我现在是你的新娘子了……我是革命党,你也是革命党,不是我们要做革命党的,是这个国家让我们做了革命党,可就是做了革命党,我们也还是人,也还是夫妻——"映霁不等她说完,已经一把抓住她,用的力量极大,道:"就是被卖到青楼里,你也没有忘记映霁,就是在武昌重逢你要杀掉我时,也没有忘记映霁,在每一次有人要杀死映霁的时候,你都在保护映霁……那时你不是革命党,只是当年在临江渡口受了乔家的聘礼,认为是乔家人的那个小姑娘!"说着,他已经用力将莲花抱起,一步步走回婚床,将她放在床边,重新盖上盖头,拿起秤杆,"啪"一声将盖头揭开。莲花再也难以抑制激动的泪水,面对他一件件将嫁衣脱下来。映霁"扑"一声吹熄了床头的红烛。

凌晨三时,新房里一片寂静。莲花已经下床穿好了旧衣,深情回望沉睡中的映霁,又走去轻吻了一口,道:"映霁,我走了,只有这样,我才能保护你,也才能让你做成你想做的大事。"她要走又望见了案上的一本书。是那本德文的《马克思主义原理》。她将这本书塞进包袱,悄悄开门离去。

村外突然爆炸般响起的枪声让深睡中的映霁猛醒,看一眼身边,不见了莲花,心中大急,忙披衣下床冲出二门大叫:"来人哪!快去找新奶奶!活要见人,死要见尸!"众人冲出村去寻找,哪里还寻得着,枪声早已停息,一时万籁俱寂。映霁彻底清醒过来,痛苦地望着远方,他明白莲花为什么这样急着离开,眼泪流下来。

第二天中午，莲花已被一干人秘密带进太原府大狱，关进死牢。金保赶回去禀报："人抓到了，这下爷为袁大总统立了大功！"金甬道："封锁消息！告诉典狱长，这个女人一不能死，二不能让外人看到她被关在太原府大狱里，三不能让任何和她有关的消息透出去！不管是死了，被外人看到了，消息透出去了，他的脑袋别要了！你和你带的那些人也一样！敢透出半点风声，全部枪毙！"金保脸一下就白了，哆嗦道："是！我们不敢！"

映霁当天就到了太原府。潘为严出去半天，回来道："有下落了！这个地方非常安全。最好东家也不要知道！知道了也帮不了她，反而会害了她。"映霁道："这地方潘大经理是知道的了！"潘为严道："我也不清楚，就是清楚也不方便告诉东家！还有，根据我和金民政长的约定，东家不该到这里来，有要紧的事我会去乔家堡回你，你该回家待着，像当年的老东家被圈禁时一样，养花，看书，过清静日子。"映霁反而坐下来，道："前辈请坐，晚辈今天有话要说。"潘为严看他一眼，坐下道："东家有话请讲。"映霁道："刚才前辈告诉我，现在我应当回乔家堡像爷爷当年被圈禁一样待着，把生意全部交给前辈，自己不闻不问——"潘为严打断他道："东家，当初老东家能那么做是因为和潘为严有过口头之约！"映霁道："恐怕不是口头之约，是心头之约！"潘为严心中已经明白，道："东家想说什么就直说。就当我老头子还是当年的潘为严！"映霁站起，恭敬拱手道："既然前辈说到这里，晚辈就不客气了！等映霁把话说完，前辈能接受，映霁立马回乔家堡，以后不会再来；前辈不能接受，映霁就对不起了，只能请前辈辞去官银号经理一职！"潘为严想了想道："东家还是想自己来做山西官银号的经理？"映霁道："我虽然被圈禁在山西，但并不是说就不能接替你做官银号的经理。"潘为严道："不要说了，都明白了。和刚刚走进乔家大德通做大掌柜的那个人相比，今天潘为严确实老了。东家自从广州学成归来，投身武昌起义，直到今天的所作所为，潘为严一一看在眼里，开始不能理解，但也在慢慢理解。再后来也一直努力，尽可能追上东家的步子，但今天看来，人老了就是老了，逞不得强。东家将来要做的许多大事潘为严是赶不上了，但至少今天山西官银号经理的位置，我是不会让给你的！"映霁还要开口，却被潘为严用手势挡住，接着说下去："潘为严做了一辈子商人，没想到老了却赶上了大时代，成了山西第一家现代银行的经理，用纸印的票子大把圈进了相与们几千万白花花的银子！眼下我才明白银行真是个好东西，而且还是个和票号大不一样的好东西！办好了能行大善，积大德，救天下万民于水火,办不好它就能行大恶,积大怨,陷天下人于倒悬。东家一心办银行,原来是因为它比票号更能实现老东家未了的心愿!只是……中国的事情不是哪个人一天两天就能办得完的,山西官银号这件事,趁着潘为严人还在,心还没死,就让我做到底吧!求你了,不要和我争了!"他突然站起,向映霁深深一揖不起。映霁急上前扶起,眼里涌出泪花,道:"前辈就不担心……我才是山西官银号的董事长,要用它做什么是我的事,为什么一定要让老前辈吃挂落,死无葬身之地?"潘为严起身,眼里也湿润起来,道:"我想叫你一声孩子。不,还是应当称呼你为东家!这是规矩,晋商什么时候也不能坏了规矩!东家,老东家为天下人苦了一辈子,过世时内心一片悲凉,直到今天我想起来心里都难过!他老人家觉得自个儿忙活了一生什么事也没为天下人做到。但是他没经历到的事情我经历了,我亲眼看到他的孙子参加了后来发生的革命,看到了你一手创建的山西官银号和包头新晋商银行,看到了中国正在出现像东家你这样全新的一代晋商,你现在做的事情正是九泉下的老东家没有想到做并且为此抱恨终生的!"映霁还要拦住:"前辈——"潘为严再次打断了他:"你让我说完。人总是要死的,潘为严也是要死的,中国不变个样子,就不是潘为严一人一家死,是无数中国人都要死。万一因为潘为严的死,保住了东家不死,乔家能不死,晋商能不死,东家就可以接着做你这一代人应当做的天下大事。我看出来了,中国一定会变,黑暗一定会过去……还有,放心吧东家,到时候我会把家小都安排好,他们可以杀潘为严,但我不会让他伤及我的子孙,因为我也想让他们看到中国的明天!"映霁大叫:"前辈,这坚决不行,我不愿意!"潘为严道:"你不愿意也不行,你知道我现在和金民政长的关系,我有的是办法阻止你接任我做经理。什么也不要说了,快走,以后官银号的事情我一概不说,你也一概不知。我说的不知是真不知,不是假不知。东家请吧!"

门外骤然响起脚步声和喧哗,二人回头。二掌柜跑进来道:"东家,经理,不好了,榆次何家江老东家闯进来了,怕是来找东家麻烦的!"潘为严急看映霁一眼,道:"东家快走,我正要见江老东家。乔家和何家已经断亲,你不要再见她!"映霁忽然明白了他的意思,快走几步躲开。何春、胡掌柜已经簇拥着江雪瑛走进来,江雪瑛一叠声地喊:"这混账小子在哪里?这混账小子在哪里?乔映霁,给我滚出来!"潘为严正面站立,拦住她的去路,道:"江老东家来了,您可是稀客。来人,给江老东家看座!上茶!"江雪瑛道:"老潘,我不喝你的茶!我是来找乔映霁这混账小子的。我一定要见他！"潘为严山一样站立在她面前不动,道:"请问江老东家找我们董事长何事?"江雪瑛道:"我找他何事?事儿多着呢!我是他新娶的媳妇的娘,本来过门三天就要把我那闺女请回去回门!怎么三天不到人就不见了!我要问他把我那闺女藏哪儿去了!我生不见人,死不见尸!是不是他人狠心毒,把我那孩子给害了!在他们乔家的男人那里,我是吃过大亏的,当年乔致庸——"何春急忙打断她道:"娘娘娘,您又拐弯了,再说您老人家话也错了,映霁新娶的媳妇不是您的干闺女,是您要您儿媳妇认的干闺女,这都岔了辈了!"江雪瑛道:"滚一边儿去!我这会儿又改主意就不成?你们做得了她的干爹干娘吗?潘大掌柜,你怎么这个样子看着我,要不是我不欠你的银子,还当你要逼债呢!快说那混账小子哪去了,今天不找到他,我就不走!你得管饭!"潘为严道:"回江老东家话,因为潘为严和金民政长的一个约定,董事长今天又像我的老东家致庸老爷子一样被圈禁在家里了。您老人家要找他的麻烦,该到乔家堡去,怎么到这里来了!"江雪瑛刚坐下喝了一口茶,立马喷出来:"啥?我就是从乔家堡来的!我在那里找不到他才到了这儿!是他骗了我,躲在乔家堡不敢出来见我?"潘为严又道:"您老人家今天来了很好。潘为严正要跟你讨债。你欠山西官银号的那笔银子,什么时候可以还?"江雪瑛一惊,见他欲语又止,忽然回过味儿来,看何春和胡掌柜道:"哎呀,还真把这档子事儿给忘了,说逼债,逼债的人就上门了!你们出去,债当然是要还,不过怎么个还法我得和潘大经理合计合计!"待何春、胡掌柜带众人退出去。潘为严看江雪瑛道:"老东家,我们一直在等的那个日子,可能快了!有些人把我们商人看得一钱不值,认为只要把手里的枪朝我们一指,我们就得乖乖地跪下。要扒我们的皮,还要我们自己动刀子捧着送出去!"江雪瑛道:"羊不找狼的麻烦是因为它们是羊,但是狼来了,羊就是死,也要挺起犄角,跟他们拼个你死我活!"潘为严说:"晋商真要灭亡,也不能悄没声地死,我们有那么多银子,一定要他们听到银子叮当作响,知道银子是有重量的!"江雪瑛道:"说吧,要我老婆子做啥?"潘为严庄严道:"在那个日子到来前,动员晋中各大商家,给我的山西官银号塞满五千万两现银!然后帮我想个法子让这五千万两银子回到它们该回的地方!"江雪瑛道:"就这点子事儿?"潘为严点头。江雪瑛站起道:"我还以为天要塌下来呢。走了!"潘为严拱手道:"老东家保重。"江雪瑛看他一眼道:"你也老大不小了,也要保重。"潘为严亲自去开门,喊:"来人,送江老东家!"何春、胡掌柜等人急跑进来,簇拥着江雪瑛离去。

又是一年除夕将近,外面大雪纷飞,映霁在乔致庸书房写春联。小顺一边研墨一边念道:"'破釜沉舟,百二秦关终属楚;卧薪尝胆,三千越甲可吞吴。'东家,还是它?还写了这么多!"映霁说:"还是它有什么不好?我喜欢!瞧瞧,我的字是不是越发写得好了?"映雯、何大掌柜披雪走进来。映霁一惊道:"你们怎么来了?"二人对视一眼。映雯道:"大哥,有件事。"映霁不抬头,继续写春联:"自打我被圈禁在家里,不是说过,大德通的事你们自己做主,何大掌柜当家,你跟着何大掌柜学。我说过吧?"何大掌柜道:"可眼下这件事,东家恐怕还是要知道。这里有封信,东家还是先看看吧!"映霁接过信看一眼道:"天津!王宗禹这个东西,一年多了一封信也不写给我,这要过年了,想起我来了,是要拜年?"他边说边拆信,一目十行地看下去,勃然大怒。小顺被吓了一跳:"怎么了东家!"

映霁大叫道:"看乔家不行了,要辞职!早就在天津和外国银行勾搭上了!眉来眼去,想去给洋鬼子做买办挣大钱了!当年还说什么只要我们这些人活着,谁也不许给外国人做买办!现在怎么样!你们两个一个是大掌柜,一个是二掌柜,答应不答应是你们的事,但是你们来问我,我就得说:让他走!如今这种年月,离了谁天还不下雨了!"何大掌柜把信收起,看映雯道:"东家忙,我们还是走吧!"映雯道:"王大掌柜从大德通辞号,不是去外国银行当买卖,是要自立门户,开自己的银行!"映霁不回头,望窗外的大雪,道:"是吗?那我祝贺他!"何大掌柜又看映雯,道:"走了。"二人离去后,映霁一直不回头。小顺停止研墨,看他:"东家还写吗?"映霁回头道:"怎么不写!破釜沉舟,百二秦关终属楚;卧薪尝胆,三千越甲可吞吴。写!"他接着写下去,每一个字都写得气势磅礴。

夜晚,映霁已经上床,在灯下看报纸,不觉念出声来:"'十二月二十三日,袁世凯大总统在天坛举行祀天大礼。'……这是民国,不是前清,他是民国大总统,又不是皇上,搞什么祀天大礼!'二十八日,约法会议通过《修正大总统选举法》,总统任期改为十年并可连任,继任人由现任总统推荐。'……这样好,他这个大总统可以一直连任下去,死了还可以推荐他儿子接着干!干吗羞羞答答的,不干脆挑明了,废除民国,恢复大清,自个儿登基多好!"映雯突然敲门闯进来,一言未出,映霁急道:"关门关门,别让雪进来了。你原来没走?"映雯点头。映霁道:"你带来的这些报纸自己看过没有?"映雯道:"大哥,前几天我去京城,见到了映雪大哥。"映霁一惊:"他有没有告诉你,袁世凯今年就有可能称帝?"映雯说:"我没问,他也没说。"映霁生气道:"那你干什么去了！下次去问问他,回来马上告诉我！"映雯不说话。映霁急道:"你刚才说有事,怎么不说了？你们现在都成了潘大经理的好学生,什么都不让我知道！"映雯道:"大哥,北京大德通分号的李大掌柜离世后,那里一直没有大掌柜,白天何大掌柜离开跟我说,想让我去那里当大掌柜！"映霁回过味儿来了,但也没有表现出来,道:"我知道了,反正也没生意。"映雯刚坐下又站起,道:"那我走了。"映霁不答,映雯冒雪走出去。小顺走进来换一只炭火盆,道:"东家怎么还不睡？"映霁仍在望窗外的大雪:"明天就要过年了！"小顺道:"是的东家！又一年！东家吉祥如意！"映霁道:"你说守在山西出境各孔道的兵,是不是也要过年？"小顺吓一跳道:"东家要干什么？"映霁道:"这么大的雪,没有人还会盯住我。咱们去北京,不坐火车,还像过去,骑马,一路奔娘子关出山西,神不知鬼不觉！"小顺高兴起来:"说走就走？"映霁道:"现在就走！"当下二人就收拾了,神不知鬼不觉,出了乔家堡,冒雪直奔娘子关而去。天快亮时,一支商队正在过关,二人赶来,杂在商队里等待。几名守关士兵在吆喝:"大过年的还做生意,真是发财没个够啊！有没有违禁的东西出关呀？有没有现银和大烟土啊,要好好查！"商队掌柜将一卷晋钞递过去。士兵一说:"晋钞哇,晋钞也行吧,没有现银和大烟土？"掌柜又把一包烟土递过去。士兵道:"过去吧！"映霁、小顺低头和商队一起过关,小顺道:"这不挺容易的嘛！"

　　大年初一,已经是中午了,映雯一个人还在睡。屋里能卖的全卖完了,只剩下一床一桌一椅。门被大力拍响。映雯被惊醒,生气道:"拍什么！门没锁,想进来就进来,除了老鼠什么也没有,命有一条！不就是欠你几个窝窝头钱吗,犯得着打上门来！"门硬生生被推开。映霁、小顺披雪走进来。映雯一惊道:"哎哟,快关门！这屋里本来就没有一点儿暖气儿,你们这一进来,我就更睡不成了！"映霁脱去皮袄,小顺帮他拂去身上的雪。映雯赤脚跳下床,一把从小顺手中扯过映霁的皮袄裹上身,连打几个喷嚏,道:"这个好！这个暖和,快把门关上！"小顺关上门。映霁环顾屋内,道:"怪不得屋里冷,这么大的编剧家、翻译家,炭盆也生不起了？"映雯裹着皮袄跳回床上,用被子裹住双腿坐好,道:"我又不是你那样的财主,北京像我一样生不起炭盆的多了去了！你怎么又来了？"映霁又在屋里看了一遍道:"怎么人也没有了？"映雯道:"跑了。天太冷,好几天没吃上一顿饭,饿跑了。我们无产阶级就这样,因为处于赤贫的地位,性关系也是不稳定的。"映霁不觉放声大笑。映雯道:"你笑什么？这是马克思主义理论家之一恩格斯说的。你有什么好笑的！你们这些资本家就是看不起穷人！

看不起就甭来,怎么又来?不是说让官府给圈禁在山西了吗?明白了!趁着过年下大雪偷跑出来的。哎哟!哎哟!"映霁道:"怎么了这是?"映雪说:"饿的!快让顺子给我弄窝窝头去!这个年过的!吃了东西才有口气儿跟你说话!"映霁看小顺道:"快去!一并弄个炭盆回来!"映雪道:"还是先弄吃的,要热!最好是一盆烫嘴的热汤面!"小顺道:"一盆?"映雪大叫:"一盆,可不是一小碗!我都三天没吃饭了!"小顺答应一声跑走,很快就带回了一串人:有的用盆端着热汤面,有的端着炭盆,还有的带着新棉衣、棉被。映雪吃完那一大盆热汤面,一边打嗝一边试穿新棉衣棉裤,道:"顺子这小子办事还行,正合身儿,呃!这被子够厚实!好!呃!"小顺又将生了火的炭盆端进来。映雪急过去烤手,道:"好,暖和!还是有钱好,一下屋里就不冷了!"映霁一直没说话,这时道:"顺子外头找个地方暖和去。"映雪急道:"哎,外头冰天雪地的,干吗让他出去。你这资本家不顾下人死活的毛病什么时候能改一改!顺子别出去,我们无产阶级也有活下去的权利!"小顺笑一笑,开门出去。映雪喊:"哎,怎么出去了?还是没觉悟!看来无产阶级要登上历史舞台,且得等呢!——说吧,又有什么事情请教?我可告诉你,你那些麻烦事还是甭想让我掺和!"映霁道:"奇怪,我都一年多没来了,什么事要你掺和了?"映雪道:"你的事还少吗?孙中山民国二年搞了个二次革命,失败后你被人给圈禁起来。就这一年多,你那官银号银库里,陆陆续续收进去五千万两银子了!"映霁道:"噤声!"映雪深深看他道:"我可是要警告你,玩大了就把自个儿,把乔家,还有你们一伙儿的那些晋商大家全玩进去了!一着失手,满盘皆输!中国以后会怎么样,天下太平还是血流成河,完全不是你乔家一家一己的事,你,再加上一个潘为严,你们两个人管得了吗!"映霁道:"万一他正好就缺这一笔银子呢?"

映雪一怔,差一点儿大叫起来:"明白了!我犯了大错!那回你来我不该说出那句话,你当时就生了心!前一阵子我还纳闷儿,怎么映霁和潘大掌柜都疯了,山西的晋商也疯了,明知道拉进山西官银号的银子,肉包子打狗有去无回,为什么还……五千万两银子呀,就是皇上也不能不动心!""那你告诉我,有了五千万两银子,他是不是就敢于铤而走险了?"映雪道:"你还问住我了!我又不是神仙,怎么知道!不,他当然会,我知道他会……啊,不一定!"映霁道:"怎么又不一定了?"映雪道:"你还不知道他近来办了两件事,一件是幌子,骗人的,另一件是暗的,据说已经和日本人草签了!"映霁道:"快说,哪两件事?"映雪道:"一件是在全国开铸袁大头,作为统一的法币流通。国会通过法案,分配给各省的铸币厂去办,让别人以为中国政局稳定,经济稳定,有的是银子!"映霁道:"这件事我也听说了,但奇怪的是,他没有动山西官银号的银子!"映雩道:"你是傻子吗?照着国会公布的法案,光铸造袁大头这一项用银就得花三万万两,要是有这么大一笔银子,袁世凯还要暗中和日本人草签了一个《二十一条》!"映霁变色:"什么《二十一条》?"映雩从床底下抽出一张传单:"你看,这是学生散发的传单,又被称为《中日密约》,全部都在上头!一定是真的,那就是说,老袁利令智昏,铁了心要走那一步了,后果是什么也顾不得了,可他没钱,只得用这么大的代价向日本人借款!"映霁接过传单迅速看完,猛抬头,满面怒火。映雩道:"你怎么这个样子!"映霁三下两下将传单扯得粉碎,道:"我现在倒是替你感到奇怪,看到这个东西,你怎么还能如此平静!"

映雩笑道:"我干吗不平静?我不平静又能怎么的!"映霁道:"袁世凯要是和日本人正式签下这个密约,他就是有史以来最大的汉奸、卖国贼!他出卖的不是部分领土,是全中国!"映雩道:"暴跳如雷有什么用!你倒是应当想想,老袁为什么要和日本人谈这份密约?"映霁道:"你是高人,该你告诉我!"映雩道:"他需要钱,还不止是钱,还有日本人政治上和军事上的支持,譬如帮他清除滞留在日本本土的孙文革命党势力。眼下欧洲正分为协约国和同盟国,打得不可开交,暂时没有力量参与瓜分中国。日本人的机会到了,也看透了老袁一心要做中华的新皇帝。一旦签了这份密约,老袁相信自己就打破了西方银行团对他的封锁,让他能有足够的军费完全消灭国内的反对派,最终黄袍加身!"映霁道:"可中国人是不会答应的!这个东西既然已经泄露了出去,袁世凯政府一定会遭到全国人民的反对,除非他不顾一切铁了心要卖国,不然这份密约不可能被签署!"映雩道:"好,往下想!如果密约不能被签署,下面会发生什么?"映霁心中一动:"老袁就在国际上失去了最后一个金主!他要实现野心,就只能——"映雩道:"啥也不用说了,你可以走了!"映霁道:"我不!告诉我,在何种情形下,老袁就会动手!"映雩道:"《二十一条》签约失败,老袁意识到他仍有靠得住的银子!他会先造舆论,一定会有人劝进,好像黄袍加身是袁大总统不情愿的,被逼的,然后,要是没有力量挡得住他,黄袍加身这出戏就不可避免了!"映霁又道:"这个时候,什么力量能阻止他利令智昏!?"映雩道:"这些天我也一直在想,脑瓜仁都想疼了,忽然就想出来了!我好聪明!"映霁叫起来:"快说!"映雩道:"为实现他的野心,老袁当国后一直在做两件事,一是用一切力量剪除孙中山的革命党中坚,另一件就是动用所有资源,对各地的大小军阀行拉拢劝降之事。眼下我们无产阶级还不成其为一支队伍,孙中山的力量已被严重削弱,而且他也不在国内,闹不出大动静,剩下就是被袁世凯拉拢腐蚀的大小军阀,这些人手里有枪,地方有粮,说是服从中央,其实割据一方!这些人里头一定还会有忠于民国和孙中山的,我觉得只能靠他们关键时刻反戈一击,才能阻止袁世凯野心得逞!"映霁深深看他。映雪道:"不要这么看我,我是百无一用的书生,也就是随便这么一想,随便这么一说。袁世凯其实最怕后面这支队伍,所以扑灭孙中山二次革命后,就将全力对付地方军阀,恩威并施。到了最后关头,迫不得已,他一定会像剪除革命党一样,一个个对他们下手!不过这些人都相当聪明,迫于压力在老袁面前表现得很乖。有些自知受袁世凯怀疑的干脆常年住在京城,住在八大胡同,摆出一副不问国事、只恋风月的样子——知道眼下京城最火爆的新闻是什么?"映霁道:"什么?"映雪道:"云南督军蔡锷将军,恋上了八大胡同的小凤仙,日日笙歌,夜夜艳舞。各地军阀竞相效仿,将个八大胡同闹成了兵窝!就连阎锡山也借口治病,留在京城不回山西。这些都是做给袁世凯看的!"映霁道:"等等。这些事情连大哥都看出来了,难道老袁就看不出来?"映雪道:"他看出来又怎么样?蔡锷和阎锡山敢于住在北京不走,是他们身后都有一支桀骜不驯的军队。袁世凯就是有一百个不放心,也不敢贸然动手,坏了大局!"映霁道:"可是到了大哥说的那个关键时刻,事情就一定不一样!"映雪道:"知道我为什么饿死也不离开这地方吗?有人请我去天津,给一个名角儿做专职编剧家,我都没去!"映霁笑:"那为什么?"映雪道:"我想留在这里,亲眼看到中国历史上的重大事件发生!"映霁心中警觉起来:"什么重大事件?"映雪得意说:"万一有一天某个人物突然离开八大胡同,那就是说,反对袁世凯的战争开始了!老袁的末日恐怕就到了!"映霁久久看他,转身要走,又回头道:"大哥!我这趟北京,来对了!"映雪一怔,笑容顿落,大恐惧道:"不好!你快走!我这会儿就后悔了,刚才这些话我可没说,再说下去就害了你!"他坚决地将映霁推出,"砰"一声关上了门。

大年初三的深夜映霁才带小顺回到乔家,马上让人把映雯喊过来,对他如此如此交代了一番。大年初五送他去北京上了任,又请何大掌柜来了一趟,交代他道:"我这里有一张单子,上面列了一些人名。给江南各分号发密电,如果遇到下述几种情况,可以应要求大力放款!"何大掌柜看名单道:"我的天,孙中山、黄兴,他们不都在国外吗?还有,这些地方大员里头,蔡锷是云南督军……东家,不会是又要革命了吧?"映霁道:"什么事你都不要管,照我说的去办!"何大掌柜道:"东家,这就不是做生意了,这些银子出去了回不来的!"映霁道:"即便乔家因此倾家荡产,也在所不惜!"何大掌柜点头道:"我听东家的!"

一九一五年五月,全中国人民反对袁世凯政府签订《二十一条》的运动进入了高潮。北京天安门外天天人潮如涌,群情激愤,"打倒卖国贼!"的口号响彻云霄。一直在北京密切关注局势的映雯急急赶回乔家堡,向映霁密报事件的进展:一月十八日,日本向袁世凯递交《二十一条》的正式文本,迫于全国人民的反对和西方列强的反对,袁政府代表被迫于四月十日正式拒绝其中对中国最坏的第五条,五月一日,日本政府被迫同意。六天后,日本政府向袁政府发出最后通牒,限九日下午六点前答复,并且将大批日本军舰开到中国渤海游弋,在山东、奉天增兵,关东戒严,让侨民大批回国,摆出不惜与中国一战的姿态。五月九日袁政府宣布接受《二十一条》中第一至第四条的部分要求。二十五日,两国政府在北京签字,除第五条外,基本接受了《二十一条》。映霁道:"还有什么消息?"映雯道:"八月三日,袁世凯的宪法顾问、美国政客古德诺发表了《共和与君主论》,鼓吹帝制,各省被收买的社会名流随后组成了筹安会、请愿团,要求实行帝制。""还有什么?"映雯低声道:"有人传说,孙中山已在海外起兵讨袁。""八大胡同有什么消息?""没有。大哥让我盯住的人还在小凤仙那里,乐不思蜀。不过近来有一个人经常在那里出没,和蔡锷将军密会。""谁?""一个大哥非常熟悉、一直在寻找的人,也是袁世凯一直要刺杀的人。""蒋祚彬?"映雯道:"是他!"映霁大喜道:"果真是他,中国有救!快回去,如果有可能,秘密接近他,问他需要什么……不,不要!我们之前有过约定,如果有需要,他会自己找到大德通北京分号去的!"映雯道:"如果他找来,映雯怎么做?"映霁道:"做他希望的一切事情!"映雯点头道:"明白了大哥! 我走了!"

暑去寒来,转眼又是冬日。一天拂晓,北京八大胡同那间旧阁楼上,映雯还在写作。一伙计在他身后熟睡。映雯写乏了,站起走到窗前活动身子,习惯地朝下面八大胡同望了一眼,大惊,回头一把将伙计揪起来,道:"你这小子,光顾得睡觉,快起来,出大事了!"他把醒过来的伙计一直提溜到窗前,激动道:"快,要你盯住的那个人,走了!"伙计朝下面望,果然看到八大胡同一家行院门前,马车载着一名将军和一名妓女出门驰走。伙计回头看映雯道:"大爷,这是蔡锷将军又带小凤仙出去吃法国大菜,还会回来的!"他打一个哈欠又要去睡,映雯一把又将他揪回来道:"小子,三十六计有一计叫瞒天过海,你知道吗?事不过三!快回去告诉映雯!"伙计变色,急忙出门跑下楼去。映雯回到座位上写字,又放下笔道:"我的天,真让我看见了,中国要出大事了!袁世凯的好日子到头了!"

一辆马车过不多久悄悄停在大德通北京分号门外。穿便衣的蒋祚彬四顾无人,下车敲门。映雯亲自赶来开门,刚要出声,被蒋祚彬一把捂住嘴推进去,回头向车上招手。一军人匆匆下车进入票号。大门迅速关上,马车急急离开。蒋祚彬道:"快想办法送蔡锷将军出城!"映雯道:"报纸上不是说蔡锷将军去了天津吗?"蒋祚彬道:"和小凤仙一起去天津的是另一个人,有办法吗?"映雯道:"有!"当天映霁就接到了密电,看从太原府赶来见他的何大掌柜道:"终于等到了这一天,我马上跟你一起去太原见潘大掌柜!"何大掌柜道:"东家就不要出门了,潘大掌柜已经知道了。他的意思还是东家什么也不要做!"映霁道:"前辈的好意我懂,可他不知道,即使他想让我逃过这一劫,我也是逃不过的!乔家树大招风,在劫难逃,几年前映雯大哥就说过了!"小顺忽然匆匆走了进来:"东家,映震大爷回来了,要见你!"映霁一惊:"映震?要见我?"何大掌柜看他道:"东家,我还是回避吧!"映霁道:"好,等会儿还有大事和你商量。小顺,让映震进来!"何大掌柜躲开,映震走进来。二人互视一眼。映霁道:"顺子出去。"等小顺离开,映霁道:"你怎么回来了?"映震道:"大哥一定想不到我会回来,还一定要见你。有人开始打那笔银子的主意了!"映霁心中一惊,看他一眼,又迅速将目光移开,道:"什么银子?你在说什么?"映震道:"从北京来了一个大人物,昨天半夜金民政长带着,亲眼看了山西官银号银库里确实存有五千万两银子!"

映霁冷冷看他一眼道:"我被他们圈禁在家里快两年了,山西官银号的事情,我管不了,也不想管,你说的这些事与我何干!"映震道:"大哥不想知道从北京来的是谁吗?"映霁不回头道:"谁?"映震道:"前两年金甬一直想请这个人到山西来看这笔银子,但一直请不来,可这一次他自己来了!"映霁道:"袁世凯总统府的大管家?"映震惊道:"大哥果然听说过这个人。我是不久前才知道的,原来金甬当年能巴结上袁世凯,就是走了这个姓项的大管家的路子!大哥,姓项的看得非常仔细,还带来了懂行的人,一块块验银子的成色,直验了大半夜!"

映霁道:"映震,金民政长对你有再生之恩,你今天回来,把这种事告诉我,为什么?"映震道:"因为这不是他们的银子,是乔家的银子,是山西各大商家的银子!"映霁道:"那又怎么样?这些银子进了山西官银号,我们就很难再做它们的主人!"映震道："我不想这样。"映霁道："山西官银号一直由太原警备队严密监护,银库里还有一个土匪出身的王一刀,恶鬼一样守着门,别说我已经不想管,就是想管,又能怎么样？"映震道："大哥,当初映震多混！不走出这个大院子,我根本不懂你当初做的每一件事。我居然认为乔家的每一块银子都是自己的,以为只要接替你掌管了家事,或者干脆闹一个分家,就能得到大堆的银子,供我一辈子快活。后来你把我赶出了大院子,金甬又让我进了山西官银号,我才明白原来你说得对,乔家的银子真不是我们自己的！每一个有权位的人都认为这些银子是他的！"映霁终于回头道："如果今天是金民政长打发你回来试探我,想知道我的态度,你回去告诉他。乔映霁自从死了第一任太太,新娶的太太又下落不明,人又被圈禁在家里,我就明白了,天下事其实是我不该管的。乔映霁今天心灰意冷,无论是山西官银号,还是官银号里的银子,我都不上心了。你说得对,那些银子本来就不是乔家的,我要是认真就傻了！"映震道："大哥,这些话不是我想象中你会对我讲的。说实话,要是知道你还是这么不信任我,我就不回来了。"映霁道："乔映霁过去几年得到了太多的教训。我现在什么都失去了,乔家没有银子,我自己也失去了心爱的人,只剩下一个不到三岁的儿子。要是我继续执迷不悟,恐怕还会遭遇大难。映震,你就让我这么被圈禁着活下去吧,不为别的,为了乔介能够平安长大！"映震深深看他一眼,转身就走。映霁看他出门,又开口道："常回来看看你媳妇和你儿子,乔家传到我们的儿子这一代是第六代！我希望乔家能一代代传下去,还有七代,八代,直到永远！如果我们做不到,就是乔家的不肖子孙！"映震心中大震,稍停一下,大步离去。

何大掌柜转身就从屏风后走回来,道："东家刚才说还有大事商量？"映霁道："王宗禹离开乔家另起门户,你和各地分号的大掌柜就没有这个想法？"何大掌柜大惊道："东家怎么说这样的话！"映霁拿出了一份文书,道："这里有一份文书。我已经签过字。我决定收缩乔家在各地的业务。乔家的生意有三块,一块是票号,不管是大德通还是大德恒,我决定撤回各地分号,要是大家不愿意回山西,就地自行另起门户,东家不得干涉,各分号的本钱和流水银子以及房产作为东家欠各分号的债务自行抵销。你不欠我的,我也不欠你们的！"何大掌柜大叫道："东家——"映霁道："你等我说完,就照着去办,而且要快。还有一处是包头复字号,文书上也有交代,从签字日起,包头复字号交由小马掌柜负责善后,东家和复字号的关系,也和票号一样,乔家和复字号的掌柜、伙计们清账,谁也不欠谁的,以后复字号不再是乔家的,是他们大家的,无论是顶出去大家分银子,还是合伙顶着老招牌自行经营,都与乔家无涉!"何大掌柜心中已经明白,等他说完。映霁又道:"还有一处是临江茶山,也照此办理。交给小高掌柜善后。你可以走了!"何大掌柜道:"还有大德通、大德恒两个总号,怎么处置?"映霁道:"两个总号还有些银子,你负责清盘,发给大家做安家费。"何大掌柜点头道:"知道了东家。我只有一个担心。你现在这么做会打草惊蛇。"映霁不再说话。何大掌柜明白再说无益,转身离去。

景清跟着就匆匆忙忙走进来,看映霁道:"你找我?"映霁道:"二十七叔,我找你来想说一件大事。"景清变色道:"你甭吓我。你的脸色不好,不是又出什么大事吧?"映霁道:"辛亥那年,我在武昌投身革命党,上战场打仗,家里有人提出过分家,对吗?"景清道:"哎呀,你不说我都忘了,都是映震他们几个瞎闹,被我压下去了!"映霁道:"今天请你老人家来,就是想合计一下分家的事。我对不起祖宗,把生意做垮了!"景清登时大急:"什么?你真的假的!做垮了,前些天不是还好好的?怎么垮了,垮到什么样了,快说呀你!"映霁道:"简单一点说,除了投入山西官银号里的那部分本金,其余所有生意,我都和他们清账了!"景清道:"所有的生意?包头复字号?临江茶山?大德通、大德恒总号和各地的分号?"映霁道:"对!"景清大叫起来:"你你你怎么做的生意!人说乔家富可敌国,你这才学生意回来几年,就把个乔家做成这个样子!这一大家子人怎么活!"映霁道:"还有一个不好的消息。山西官银号的银子拿不回来了,至于为什么拿不回来,不久你就会明白的。现在幸好银库里还有些银子,大家分一分,再把这个老宅子分了,各人过各人的日子,各家谋各家的出路。我能做的,就是这些了!"景清道:"银库里还剩下多少银子?""一家还能分到一千两。"景清叫道:"一千两!连我在大德通里本金的十分之一也不到!"映霁道:"二十七叔,生意做赔了,映霁无颜再见家里人,我会以死向先人、向全族的人谢罪!"他掏出一把钥匙:"这是银库的钥匙,我没脸再见大家,这最后一件分家的事,请您老人家替我办吧!办完了,大伙房也要停,各家自己开伙过吧!我困了,要睡了!"景清看他躺到床上闭目睡下,道:"你你你不能就这样撒手不管了!这么多人口,大伙房停了,一时半会儿有人恐怕连饭也吃不成!天哪,这就是乔家的下场!真是人说的世上没有不散的筵席,乔家这一桌筵席也要散了!行,我替你擦屁股,替你分家!"他跺脚离去。

映霁最后又把小顺叫了进来。小顺害怕道:"东家,真的要分家?"映霁道:"啊,你去一趟太原,把小栓叫回来,他和喜凤的事,也该有个结果了!"小顺站着不动,落泪。映霁道："别哭。你的事情我也安排了，将来我那一份分家银子，和你们大家平分，你大概能拿到一百两，回家自谋生路吧。"小顺道："可是……东家……我……"映霁道："去吧。我真的好困，要睡一会儿了。"

第二天中午，映霁正在乔致庸书房看书。小栓猛地跑进来，扑地大哭，道："东家……"映霁道："你回来了。怎么了你？"小栓哭道："东家这是怎么了，你不要我们了？"映霁道："站起来，哭什么，让你回来，是你的好日子到了。顺子，把喜凤叫进来！"小顺在外面答应一声，引喜凤进来。映霁拿过一包银子，道："小栓，喜凤，你们两个的事，是大奶奶临终前交代过的，三年了，喜凤要为大奶奶守孝，就耽搁下来了。这儿有一包银子，是大奶奶和我留给你们的，我要亲眼看见你们热热闹闹地成了亲，拜了天地，才放你们走！顺子，还是你来操持！"小顺道："好的，东家！"小栓看一眼喜凤。喜凤生气地看他一眼道："还傻站着！不过去给东家磕头！"说着一把抓住小栓，二人趴下就要给映霁磕头。映霁急忙拦住道："不不不，都民国了，不兴这个了。顺子快张罗去吧。人都在家里，喜凤的嫁衣大奶奶在世时都准备了，我看不行就今天吧！"小顺看小栓："你们俩呢，愿不愿意？"小栓看喜凤一眼，喜凤不满道："怎么到了时候你就没个男人样了？今天就今天，我愿意！你愿不愿意，说话！"小栓急忙道："我怎么不愿意？找巴不得呢！"当下小顺就安排，一切都是现成的，到了晚上，一对唢呐，两串宫灯，小栓和喜凤拜堂成亲，入了洞房。小栓帮喜凤揭去盖头，喜凤忽然抓住了他的手。小栓一惊道："你干什么？"喜凤道："不干什么，你要记住东家和大奶奶的大恩！不然就一辈子娶不上媳妇！"两个人一时间都落了泪。

次日一大早，小顺引着小栓、喜凤来到乔致庸书房，喜凤怀里抱着三岁的乔介。小顺道："小栓两口子给东家磕头谢恩来了！"映霁道："什么磕头谢恩，那都是过去了！"喜凤含泪道："东家，喜凤和小栓要走了，喜凤也是侍候大奶奶一场，临走想求东家一个恩典。"映霁道："你说！"喜凤道："让喜凤把小少爷带走吧。大奶奶过世时，小少爷一直是喜凤在养，喜凤就这么走了，小少爷就太可怜了。"映霁想了想道："喜凤，我立下文书，正式把乔介过继给你们俩怎么样！"小栓叫道："东家，不能！"喜凤扯了他一把道："什么不能，快答应！"小栓忽然明白了，和喜凤一起跪下，道："东家放心，就是……东家真有个三长两短，小少爷也会没事！"喜凤道："呸，说什么呢，东家吉人天相，老天爷保佑着好人呢！"映霁从身后取过一份文书，道："其实我已经写了，还签了字。小顺套车，送小栓、喜凤和介儿走！"

　　小栓很快安置了喜凤和乔介,回到了山西官银号。刚刚坐下,映震就走进了银库。小栓警觉地站起,道:"怎么是你!"映震远远停下道:"小栓,这里有别人吗?"小栓道:"没有。王一刀被金民政长喊去了!你要做什么!"映震道:"乔家败了,好像只有你一个人得了便宜。你娶了媳妇,你们东家还给你银子别处置了房子,安了家,你倒过得好了!"小栓道:"这里是银库重地,闲人不能进来!有事快说,说了快走!"映震道:"这银库里堆放的是乔家的银子,我要你帮我,不,是帮映霁,拿走我们家的银子!"小栓道:"说什么呢!银库现由王一刀和小栓共同看守,外面还有太原警备队。别说银子,就是一只鸟,也从银库里飞不出去!"映震道:"你想办法制服王一刀,外面的警备队我来想办法!只要一天工夫,我就能把这里的乔家银子全部拿走!别人家的我不要,但乔家的银子我一定要拿走!"小栓道:"映震少爷,你是真的?"映震道:"当然!"小栓道:"事情办不好,你我的脑袋都要搬家!"映震道:"我知道!"小栓道:"你做这件事,东家知道吗?东家答应了吗?"映震道:"我干吗让他知道!他已经被吓破了胆,认了怂,还当过革命党呢,为了自己的儿子平安,什么事也不敢做了。他以为自己明白,其实还是不明白,就是不要这些银子了,他也会死无葬身之地!"小栓又道:"潘经理知道这件事吗?"映震道:"他怎么会知道!自从跟上了金甬,他就和乔家离心离德了,现在做的所有事情都是为虎作伥。我不会让他知道的!"小栓道:"你不怕我把你卖了吗?"映震道:"你要是这会儿出卖我,我不承认,别人不会相信你。但我知道你不会。事到如今,我能指望的人只有你一个了!知道为什么?""为什么?""因为你仗义!现在为了乔家,死都不怕的人,就是你和我两个!""事情办成了,有我什么好处?"映震道:"小栓,你不是这样的人。事情办成了,你就是要银子,也是要交还给映霁,让他重整旗鼓!"小栓道:"即使这样你也答应?"映震道:"我不但答应,而且也会这样做,只要映霁不死。他可能没有你我的胆量,但是复兴乔家,做天下那么大的生意,我不如他!"小栓道:"君子一言——"映震道:"驷马难追!"说着就从身后拿出一包东西,交给小栓,道:"夜长梦多,事不宜迟,说干就干!明天怎么样?"小栓点头道:"那就明天!明天天一亮,王一刀的习惯,要喝醒时酒!"

　　中午时分,金保秘密将望百带进了山西民政长官署,望百一见金甬即大叫:"大人,为什么?"金甬道:"你说什么!"望百道:"为什么昨天突然把望实和我分开,又给我脚上加了八斤重的手铐铁镣!"金甬不说话。望百道:"大人担心我突然逃出了太原府大牢,是吗?"金甬道:"手铐脚镣给他去了!"金保动手为望百卸去手铐铁镣。望百道："大人,给口茶喝!"金甬道："上茶!"卫兵上茶,离去。望百狂饮,大叫："好茶!"金甬又示意金保离开。望百道："这些天发生的事崔某都知道了,大人有什么解不开的,开口吧!"金甬道："告诉我,乔映霁为什么那么做,有人说这叫打草惊蛇,想试我的心!"望百道："大人快告诉我,袁大总统哪一天宣布登基!"金甬道："如果不出我之所料,也就在这几天了!"望百大叫："大人快派人接管官银号,尤其是银库! 逮捕潘为严和乔映霁,还有,把山西晋商领头的几大商家全抓起来!"金甬惊道："为什么!"望百道："撕破脸的时候到了! 日本人没有从袁世凯那里得到《二十一条》第五条,袁世凯也没能从日本人那里得到大把银子,他敢宣布称帝,非常可能就是因为山西官银号里的这两千万两银子!"望百道："大人是不是也这么告诉了袁大总统的项大管家?还带他去官银号银库亲眼查验了这些银子?"金甬道："对!"望百道："坏了,大人危险了! 崔某相信山西官银号银库里不会有五千万两银子,最多还是原来的两千万两! 两千万两银子,我相信就连袁大总统的项大管家也没亲眼见过! 没有谁能一眼分辨出两千万两银子和五千万两银子! 大人上当了!"金甬变色："胡说! 潘为严的命在我手上,他敢骗我,不想要命了! 再说他答应给我准备五千万银子,也是为了保乔映霁的命,没有五千万两银子他们俩都得死!"望百冷笑道："大人读书万卷,难道忘了老子的一句话:'民不畏死,奈何以死惧之!'大人忘了乔映霁写在门上的对联了:'破釜沉舟,百二秦关终属楚;卧薪尝胆,三千越甲可吞吴。'大人,乔映霁这几天做的事,就是表明他要破釜沉舟,铁了心和大人以死相拼了,大人这会儿还敢相信山西官银号银库里有五千万两银子吗! 不只是山西官银号银库里没有五千万两银子,就是原来已经入库的两千万两银子,大人也要小心变成假的!"金甬大叫道："不可能! 我在那里加了双保险。我用来守在银库门外的人对我忠心耿耿,外面还有太原警备队日夜监护,怎么可能变成假的!"望百道："即使这部分银子不会变假,袁世凯也不可能因为两千万两银子铤而走险,他一定是听信项大管家的报告,说大人这里存有五千万两银子,才敢这么做!"金甬方寸大乱,道："那我该怎么办?"望百道："大人有两条路可走。第一条,马上向北京打电报,让项大管家立刻奏明袁大总统,你这里并没有五千万两银子,阻止袁世凯冒险登基,大人则以自杀向袁大总统和项大管家谢罪!"金甬变色："你让我……自杀?!"望百道："第一条路大人不愿走,就走第二条路,封锁消息,让项大管家,不,袁世凯相信山西存有他随时可以动用的五千万两银子,继续铤而走险,按设定好的日程登基,最终因为没有这笔银子抚平天下各路军阀一败涂地！"金甬道："这两条路我都不会走！你这是让我坐以待毙！还有时间，快帮我出个主意，我要在这几天内从山西人手里弄到全部五千万两银子！"望百道："那就照崔望百说的办法做！"金甬道："你还有什么办法！"望百道："第一件事，放崔望百兄弟出狱，逮捕乔映霁和潘为严，由本人取代潘为严做山西官银号的经理，宣布清理官银号，为大人死死护住银库里的两千万两银子！"金甬点头。"第二件事，事情已经急了，办不好不但大人命在旦夕，连袁大总统的皇帝梦也要成为泡影，顾不了那么多，羊毛一定要出在羊身上，马上逮捕山西最大的几家晋商，抄他们的家，竭泽而渔，从他们铺子里、家里、所有生意上拿走所有的银子！一分一厘也不给他们剩下！"金甬道："这一件事我愿意做，可担心晚了！为了利用山西官银号正大光明地剪山西人的羊毛，我没有早一点儿下手，给了晋商将银子秘密出境的机会！我真恨当时上了乔映霁和潘为严的当！现在我才明白，乔映霁当初一门心思要和我合办官银号，目的之一就是要用这个东西回头捆住我的手脚，帮助晋商保住自己的银子，而且他做到了！但我现在后悔还有用吗？没用了！"望百道："大人忘了一句话，跑了和尚跑不了寺！就今天这件事来说，可以叫做跑了银子跑不了东家！大人不要迟疑，今晚上就动手，以迅雷不及掩耳之势将人全抓起来，要每家尽一切所能拿银子换他们的命，如果不答应，故意拖延，大人就一天枪毙一个，理由总是可以找到的，譬如说违犯政府法令，走私烟土！"金甬道："这个恐怕不能服众。谁都知道，民国以来，政府为了税收睁一只眼闭一只眼，山西眼下已成了全国种大烟最多的省份之一！"望百绝望道："大人做官到今天，居然还是一书生！什么叫翻手为云，覆手为雨？什么叫欲加之罪，何患无辞？什么叫做无所不用其极？大人要是没有为了最后一两银子杀尽山西人之心，现在就可以自杀向袁大总统谢罪了！我相信大人一死，袁大总统就知道怎么一回事了，一定不会再按照预定的日子登基！"金甬道："我也不能这样做，我不是为了这个到山西来的！……就是抓人，以人命换银子，也要有目标，譬如潘为严和乔映霁，现在就是要了他们的命，估计也弄不出银子来了！"望百道："那就抓那些能让他们吐出银子来的人。对了，有一个人，大人要是将她抓进来，不但这个人的儿子和掌柜会拿银子救他，就连乔映霁也不会白白地看着她死！"金甬道："谁？"望百道："江雪瑛！她对乔家有再造之恩，此人落难，乔映霁不会见死不救！"金甬道："江雪瑛年近百岁，怕是受不了这一番折腾！"望百大叫道："受不受得了是她的事，弄不弄得到银子却事关大人的性命！是一个早就该死的老婆子的命要紧，还是大人的命要紧?!"金甬回头大喊:"来人!"金保跑进来:"爷!"金甬又回头看望百:"不能今天夜里动手!"望百道:"为什么?"金甬道:"无论是乔映雾还是潘为严、江雪瑛,晋中的这些晋商大家,在全国商界,尤其是金融界都有巨大影响,一旦他们被抓,消息就会传到项大管家,不,传到袁大总统耳朵里去!他们都是何等机敏的人,一下子就会明白发生了什么!"望百一怔,立即明白此人也不是平常之辈:"大人的意思是——"金甬道:"事情要做,但又不能马上做。现在要做的是控制局面,时间一到,立即动手!"望百试探道:"大人说的时间是……"金甬道:"袁大总统宣布登基的那一天,我们才好动手!那时就是消息传到了他老人家耳朵里,他要收回成命,也难了!——你明白了吗?"金保道:"爷要金保明白什么?"金甬恨铁不成钢道:"我要你秘密调动全省警察,向晋中各县聚集,悄悄包围祁、太、平三县和榆次所有上了名册的晋商大家,监视他们的行踪,日子一到,立即抓进太原府大牢!"金保道:"知道了!"他转身跑走。

金甬回看望百:"知道我为什么一直在太原府大牢里把你关到今天?"望百道:"崔望百自以为聪明盖世,天下事没有想不明白的,唯有这件事实在想不明白!"金甬道:"上次告诉你是为了保住你的命,更是为了这笔银子!是你为本官出了那上中下三策,如果我不挑个错儿把你们兄弟关进大牢,山西人怎么会放心大胆地往山西官银号里拉银子换晋钞?那些对你恨之入骨的人早晚会打你的黑枪。那样你就活不到今天了!今天我还要告诉你,就是为了今天晚上这一场谈话,你要是连这件事也想不明白,我就错看了你了!"望百心头大震,道:"崔某惭愧,辜负了大人的一番苦心!"金甬又道:"袁大总统宣布登基之日,就是你们兄弟出狱之时。那时我就是山西官银号的董事长,你就是经理!我们马上就在山西行你的中策和下策!不但如此,我们还要发行各种公债,发行不了就强行摊派,摊派不了就抓人!只要能得到袁大总统,不,中华帝国新皇帝的欢心,我不惜用一切手段,刮净五百年晋商积攒下来的最后一两银子!"望百匍匐在地,大叫:"大人圣明!崔望百今日才对大人心服口服。没有大人,崔望百什么也不是,有了大人,崔望百仍旧什么也不是!"他向金甬连磕三个响头。金甬冷冷道:"起来吧!带走!"

望百刚刚离去,侍卫长又走进来报:"王一刀外面等候多时了!"金甬道:"准备好,看我的眼色,一起上!"侍卫长点头走出。刘小七转瞬随他进门,对金甬拱手道:"大人!"金甬回头对侍卫长一个眼色。侍卫长一声断喝:"麻利点儿!"数名侍卫从隐蔽处现身,四面枪口顶住刘小七。刘小七微微变色,看金甬,冷冷一笑道:"大人这是何意！"金甬道："你不是王一刀，你是当初谎称我的亲戚，混进太原府大牢从广盛源大掌柜侯垣身上抢走二百万两银票的盗贼！"刘小七道："原来大人早就认出来了？"金甬道："你以为你在雁门关外土匪山寨中弄坏了面皮，本官就认不出来你！错了，从第一次在这里看到你，本官就认出你了！"刘小七道："大人好眼力，既如此，大人当初为何不把小人一刀杀了，反而恩信有加，委以看守山西官银号银库的重任！"金甬道："你还没有告诉我你是谁，为何要到山西搅这一滩浑水？"刘小七笑道："小人今天就要死，是谁不要紧了！"金甬道："不，非常要紧！"刘小七纵声大笑。金甬气急败坏道："笑什么！"刘小七道："既然今天又到了小人的死期，小人就不需要隐姓埋名了！小人姓刘名小七，祖籍山西，父亲名叫刘黑七，当年曾在老鸦山落草……大人听说过他的故事吗！"金甬震惊道："你是当年被慈禧太后在北京菜市口砍了脑袋的太平军大帅刘黑七之子？"刘小七道："惭愧！辱没了先人！都是活一世，同样是砍头，却没我爹名气大！"金甬点头道："有点儿明白了。你们刘家和乔家当年有千丝万缕的勾连，你刘小七当初曾在乔家临江茶山占山为王，那时你不过是个毛贼，后来听说被乔映霁设计驱赶，以后人间蒸发，没想到却进了山西，欺骗本官，抢走侯垣的银票……然后我就不明白了，有了两百万两银子，你为何不远走高飞，名山大川，或者通都大邑，找一处地方，花你抢到的银子，过神仙般的日子，反倒冒充死去的王一刀回到了太原府！你这是什么心思，本官不明白！你反正要死，能解释一二吗？"刘小七道："大人先解释一下，为何第一次见面就认出了我，却不对我动手！"金甬道："我这个人有点儿好奇。我还佩服英雄。想知道你到底想干什么！何况那时我身边没有人用，你有这样的胆量，当然是个英雄，于是就留下了你，让你替我看守山西官银号银库。你果然干得不错，至少直到今天，我十分满意！"刘小七咧嘴笑道："大人既有当初，何必又有今日？"金甬恼道："你问多了！现在轮到你回答我的问题！"刘小七一笑道："大人果然是个读书人，什么事都要打破砂锅纹（问）到底。既然死到临头刘小七也就不再隐瞒了！刘小七当年在临江落草为寇，打家劫舍，也算得上无恶不作。本以为可以这样了却残生，没想到去了一个人，刘小七就是想做一辈子山大王也不能了！"金甬道："你说的是乔映霁，他去了临江茶山，生生地赶走了你！"刘小七道："不错。乔映霁用他的银子重开临江茶山，让十几万无家可归的茶民重归旧业，让我的队伍一哄而散，逼我远走天涯，这还不是我最恨的！我最恨的是他的一句话！"金甬道："什么话？"刘小七道："乔映霁一个商人，居然要我给他机会和时间，让他用商人的办法救中国！"金甬微微变色："什么！"刘小七道："刘小七小时被父亲寄养在一个乡绅家里，也读过一点儿书。听了他的话我就奇怪了，就连大清的皇上，后来的民国大总统孙中山、袁世凯都救不了中国，你一个商人居然口吐狂言，要救中国！这不但可笑，更是可恼！要是我信了他的话，我这样的活着就成了人渣儿！大人，乔映霁用这么一句话羞辱了刘小七和刘小七的父亲，羞辱了古往今来多少靠杀富济贫、行侠仗义救中国的人！老子咽不下这口气，所以——"金甬道："所以你就潜入了山西——"刘小七哂笑道："不是我要骗大人，是大人身边的人太蠢，让我轻易就得了手，当然还有机缘，这就不说了，我就这样回到了大人身边。大人一定要知道我为什么这么做，刘小七只能这样说，我想更近一点儿地靠近大人和乔映霁，看他怎么用商人的办法救中国！"金甬道："你认为他在做梦？"刘小七道："一场春秋大梦！小人如今正以看一场玩笑的心肠在看山西官银号和乔映霁的下场！乔映霁的娘有病，一旦犯了病就不知道自个儿是谁，乔映霁也一样，他不是一时半会儿犯病，他一辈子都在犯，最大的病就是不知道自己是谁！居然敢用那样的话羞辱天下英雄！大人，话说完了，快拉出去毙了刘小七！"说着自己转身，放声大笑道，"走了走了，虽然我还没看到乔映霁的结局，但也不会遗憾了。大人一定要照自个儿的路数干下去，让乔映霁和世上所有的商人死无葬身之地！刘小七即使抛尸荒野，也不后悔，因为我赢了！"

金甬大叫："慢！你赢了什么？"刘小七回头："我赢了乔映霁！他一辈子做的事没能羞辱得了天下像刘小七父子这样的英雄豪杰，倒羞辱了他和他乔家的几代先人！大人可以送刘小七走了！"众侍卫看金甬。金甬沉吟，猛回头道："刘小七，如果本官愿意满足你的愿望，让你亲眼看到乔映霁的下场，你愿意继续为本官守住山西官银号的银子，直到最后听本官之令将它护送到要你送到的地方吗？"刘小七咧嘴笑一下道："我现在才明白，这个世上只有大人这种人最厉害，你才是当今山西最大的英雄，什么乔映霁、阎锡山，我全看不上！虽然知道为大人办完这件事后仍会被爆头，但那是刘小七应得的下场，大人不爆刘小七的头也会有别的和大人一样的真英雄来爆老子的头。大人，刘小七答应您了！"金甬看众侍卫道："放开刘大侠！刘大侠，你可以回山西官银号了！"众侍卫从刘小七身边散开。刘小七回头对金甬拱手道："山野贼寇，得遇大人，如见青天。今生能为大人去死，刘小七之幸！告辞！"金甬看着他扬长而去，对侍卫长道："盯紧了他！"

榆次何家大门外,映震下马,看左右无人,打门入内。进了外客厅,对江雪瑛趴下就磕头,江雪瑛厉声道:"映震,你干什么来了!不要给我磕头,我受不起!"映震站起,也不客气,道:"胡管家请回避,有一句要紧的话跟姑奶奶说!"江雪瑛点头。胡管家出门等了不多一会儿,就见映震又走了出来。胡管家道:"表孙少爷这会儿就走?"映震也不回答,大步流星向大门外走去。胡管家走回去。江雪瑛道:"马上去乔家堡,要映霁来见我!告诉他说,我有大事!——不,还是去见潘大掌柜,说我马上要见他!"

夜静更深,映霁在洗漱,准备睡下,小顺引潘为严匆匆走进来。映霁一惊。潘为严道:"顺子出去!"小顺看映霁一眼,离开。潘为严掩门道:"东家,我刚从榆次何家来。江老东家只让潘为严告诉东家一句话:这些天不要离开乔家堡一步。无论外面出了什么大事,东家都不要参与,更不要打听!"映霁道:"是不是那个日子到了?"潘为严道:"还是江老东家的话,无论出什么大事,东家都要足不出户,不参与,不打听!我走了!"映霁道:"等等!"二人对视,潘为严不再说话。映霁忽然什么都明白了,道:"您老人家走吧,我什么也不问了。"他看着潘为严走出去,一时热泪盈眶。

第三十章

次日拂晓，山西官银号银库内小栓、刘小七居住的小屋内。刘小七看小栓走回来，大声道："哎，让你打酒去，老子要喝醒时酒了！"小栓道："已经打回来了！"他把手里提的酒坛放在案上，钻回被窝里睡觉。刘小七一手将他扯出来："老子一个人喝酒不痛快，你陪老子一块儿喝！"小栓道："我不喝酒！"刘小七道："不喝就把这一坛酒全灌你肚里去！"小栓不得已，下床道："喝就喝，谁怕谁呀！"两人对坐，摆开两只酒碗。刘小七抱过酒坛，打开塞子嗅一鼻子，看小栓道："好小子，居然敢在这坛酒里给我下蒙汗药，不想活了你！"小栓并不畏惧，道："天天都说我在你的酒里下蒙汗药，天天还让我去打酒！自个儿喝吧，我不陪了！"他又要回去睡觉，再被刘小七揪住，按回去坐下，道："真没有蒙汗药？"小栓憎恨道："有！"刘小七斟一碗酒放在小栓面前："把它喝了！"小栓道："我酒量小，喝了就醉了！"刘小七道："醉了就醉了，还怕银库里的银子飞了不成？"小栓一狠心，端起碗一饮而尽，欲站起，摇晃一下，大口吐出来。刘小七笑道："哈哈！这我就放心了！"他端起酒坛，将剩下的酒大口大口饮尽。小栓吐了一阵子，回头看他。刘小七向后醉倒，不省人事。小栓挣扎着挪到门前，低声喊："映震……少爷，我不成了……"只听"咕咚"一声，已经趴在地下。映震带二掌柜等人匆匆赶来，从刘小七身上掏出钥匙，道："大绳子把他捆起来！"众人用大绳子将刘小七捆好，映霁又从小栓身上掏出另一把钥匙，道："快！"众人离开小屋，刘小七忽然睁开一只眼又闭上。这边映震已经用两把钥匙打开银库铁门，众人一拥而进，只见整个银库，整齐地码放着上百只银箱。映震用另外的钥匙打开其中一只，现出白花花的银子。他"砰"一声合上箱盖，重新上锁。这时官银号大门外，三星镖局阎承业带众徒弟化妆成车夫，也赶了一溜银车走过来。众军警上前拦住。阎承山道："印币厂的，来送刚出厂的晋钞！"他并示意徒弟打开银车，现出里面一捆捆崭新的晋钞。一军警挥手道："进去吧！"银车要走，又一军警道："等等！不对！"阎承业道："这位爷，哪里不对？"这军警道："晋钞眼下在山西、包头和京津各地就是银子。这么多新印好的晋钞从印币厂运到这里，怎么没有警备队押送！"前面的军警大惊："对！一定是假的，差点儿蒙混过去！把这些人抓起来！"众军警欲动手。潘为严突然从大门处走出，道："住手！"众军警回头看他。潘为严道："不用太原警备队护送，是怕引起路人注意，给这批晋钞招贼。你们看，这么多晋钞不是平安无事来到山西官银号了吗？"众军警听了相视，道："也对！"后一军警道："潘大经理，你敢为这些人和这些晋钞担保？"潘为严道："当然。是我让他们这样做的！"众军警放了心，对银车挥手。阎承业松口气，带大批银车进入官银号大门，直接进入银库。映震对潘为严点头。潘为严道："各位英雄，快把晋钞抬下去，把库里银箱装车，然后听我招呼，一起往外走，争取闯出去！"众人开始卸下车上装晋钞银箱，换上库内装银子的银箱。阎承业频频催促众徒弟。

银库一旁小屋内，小栓仍然不省人事。刘小七睁眼，用力，身上的绳子崩裂。他悄悄坐下，平静地从床下找出一只酒坛，将剩酒倒到碗里，一小口一小口品尝，眼睛却没有忘记透过小窗口观看银库内外发生的事情。银库内，装晋钞和装银子的银箱已经调换完毕，阎承业回看潘为严道："全部齐活！"潘为严道："我亲自把你们送出去！"映震道："万一被他们看出破绽怎么办？"潘为严看阎承业道："你觉得对付得了门外那些警察吗？"阎承业道："差不多。"潘为严道："事到如今，即使鱼死网破，也要闯出去！走吧！"阎承业带银车驶出银库，忽然朝前面看去，神情大变。原来刘小七在出口处现身，哈哈大笑，声若雷鸣，道："潘大经理，各位，你们未免太不把本大侠看在眼里了！还有你，乔家的映震少爷，你以为仅靠你从市面上买回来的那一包蒙汗药，真能麻翻本大侠？再说本大侠早有防备，提前吃了解药！"潘为严道："王一刀，你要干什么？"刘小七道："本大侠被金民政长派来看守官银号银库，你们这些人用这么简单的法子把所有银子拉出去，不觉得玩笑开大了吗？有一件事潘经理一定不知道，金民政长刚刚给本大侠和门外的警备队下了密令，没有本大侠交代，任何人都不能从官银号拉走一两银子！有人胆敢这样做，格杀勿论！"潘为严道："我是官银号经理，这里银子的进出，由我说了算！"刘小七道："错了，自从山西官银号开张，这里银子的出入都只由金民政长和本大侠两个人说了算。过去银子可以自由出入，是金民政长要你帮他圈进更多的银子，眼下不同了！"潘为严看阎承业道："阎师傅，是时候了！"阎承业拔刀出鞘。众徒弟也将随身兵刃拔出。刘小七道："不要动手！各位都是武林中人,本大侠看出来了。可是即便各位练出了金钟罩、铁布衫的功夫,也敌不上我手中这支枪!再说了本大侠行遍江湖,真要动手,你们就是一起上也不一定能占到便宜!"众人一时都畏惧起来,潘为严一不做二不休,迎着刘小七的枪口走过去,道:"今天的事情全是我一人的主意,和别人无关。银车留下,我跟你走,让这些人离开!"刘小七笑道:"潘大经理,他们走了这些银车怎么办?"潘为严心中一动,站住了,看他道:"王大侠打算怎么办?"刘小七道:"本大侠说过了,只有金民政长和我两个人中的一人发话,门外警察才会放银车出去!"映震难以置信道:"你——"刘小七道:"山西人要从山西官银号里拉走自己的银子,我觉得天经地义。大家把家伙藏好,跟我走!"众人大惊,回看潘为严。潘为严道:"各位乡亲,我们已经没有选择了,大家跟王大侠走!"映震道:"万一他是带我们出去——"潘为严厉声打断了他的话:"即使那样,我也认了!再说一遍,今天的事情全由我一人安排,和别人无干!就是到了刑场上,大家也要这样讲!"映震又道:"等等!王一刀告诉我,你为什么要这样?"刘小七道:"映震少爷,我到底要哪样?"映震道:"你到底是要帮我们,还是要害我们?你为什么要这样?"刘小七道:"前天金民政长也问过我这句话,我回答他说,因为一个人的一句话!"映震道:"什么话!"刘小七道:"什么话你也听不懂,我就不说了。潘大经理,你们到底跟不跟我走!"潘为严道:"大家听我的,跟王大侠走!"阎承业挥手,银车辘辘行走起来。

银车驶向官银号大门。众军警立马持枪围上来,道:"站住!"银车停下。潘为严、映震、阎承业都看刘小七。刘小七走过来对一军警耳语了几句。军警一惊道:"真的?"刘小七道:"当然!"军警挥手:"让开!"潘为严迅速给了阎承业一个眼色,银车重新走动,一辆辆从官银号驶上大街。刘小七看潘为严、二掌柜、映震道:"各位留步。由在下按金民政长的密令,亲自保护这些银子出城!"映震还要跟着走,被潘为严暗中拉住。潘为严对刘小七拱手道:"有劳王大侠!后会有期!"刘小七拱手道:"潘大经理,后会有期!"他快步跟上银车队离去。

街对面就是一座茶楼。金甬拨开窗帘,望着从官银号驶出的银车,勃然变色道:"果然不出所料!金保!"金保道:"爷,金保在!""照计划行事!在城外动手,得手后,马上回来逮捕潘为严,老子要找他讨山西官银号银库里丢失的银子!"金保道:"是!刘小七怎么办?"金甬道:"这个人还留着做什么!早点处决,为天下人除害!"

银车队出了城门,走了一片丘陵,官道两侧全是密林。刘小七大声喊停,道:"不应当这么轻易就被我们得了手!我们也许中计了!"阎承业急道:"那就更应当快走!"银车刚要继续前行。金保已对埋伏在林中的军警下令:"开火!"众军警枪声大作,官道上银车前后阎承业的徒弟们纷纷中弹。阎承业大喊:"走了水,抄家伙!"众人拔出兵刃,一时弹雨横飞,被压在地下无法起身。一名徒弟喊道:"师傅,他们手里是枪,我们对付不了!颠吧!"阎承业道:"乔东家把这么大事情交给我们来办,就是死也要保住这趟镖!起来冲上去,和他们短兵相接,拼个鱼死网破!"他率先挥刀跃起,众徒弟跟上去,大声喊杀,向林子里的军警冲去。一直伏在一辆银车后的刘小七大叫:"不要——"哪里拦得住?一时间就听林子里的金保大叫:"他们冲上来了,打!"众军警开枪,阎承业和众徒弟纷纷中弹倒地。金保越发来了精神,大叫:"银车!冲上去夺回银车!"众军警爬起来向官道上冲去。金保也跟着冲上来。刘小七忽然出现,手持双枪,叫道:"慢着!爷爷还在这里呢!"随手"啪啪"两枪,将前面两名警察射倒。金保一见,大惊道:"刘小七,是你!"刘小七随手给他一枪,金保下意识低头,帽子被打飞。他连滚带爬回林子里,回头对伏地的众军警道:"快开枪!打死这个山匪!"众警察对刘小七开枪。刘小七背靠银车,频频开枪,自己也不停地中弹,身上炸开一朵朵血花。他直到最后都没有倒下,只是顺着银车两条腿一先一后慢慢跪下,眼睛仍然大睁着,嘴里在念叨:"乔东家,我真的帮不了你了……刘小七也希望你的路能救中国……"就在这一刻他停住了呼吸。金保一脸血污冲上来,看他还睁着眼,再次抱头回窜,"扑通"一声趴在地下。意识到刘小七已死,他才又一次战战兢兢爬起,提枪走过来,对着刘小七连开数枪。刘小七终于扑倒下去。金保长吐出一口气,对众军警道:"快搜,他身上有一张两百万两银子的乔家银票!"两警察上前撕开刘小七衣领,什么也没有发现。金保怒道:"怎么会没有,再搜!"两警察又搜一遍,还是没有。官道旁的林子里,王宗禹带一队绿林慢慢摸上来。目视官道上银车前的军警,王宗禹道:"梁大侠,上!"被称作梁大侠的男人回头道:"弟兄们,活要干得漂亮,一个也不要放走了!"众人点头。金保等人都盯着死去的刘小七和银车,没有发现从背后扑上来的队伍。随着一声喊:"杀!"众绿林冲上来,一人从背后抱住一个军警,手中利刃上前,登时鲜血四溅。金保大叫一声,夺路就跑。剩余的警察四散逃走。众绿林开枪射击,奔跑中的警察一个个倒地。金保没命地跑进林子深处。梁大侠追来,对着他就是一枪。金保被击中胳膊,手中枪落地,没命地大叫一声,滚下一道断崖。王宗禹赶来看一眼道:"梁大侠,不要追了,快离开这里!"梁大侠回头道:"弟兄们,枪带走,赶银车离开！"众人回到官道上去，赶起银车匆匆离开。直到数十里外的一处山林里，银车才停下来。映霁带何春、邱同及晋商各大家从林中迎出。王宗禹上前道："东家，银车夺回来了！不出东家所料，金甬的确早有埋伏！不是东家多了个心眼儿，事情就坏了！"映霁道："什么也甭说了，快介绍我认识梁大侠！"梁大侠走出，对映霁拱手道："在下梁冲，见过乔东家！"映霁拱手道："梁大侠辛苦！没有梁大侠，这批银子就悬了！"王宗禹道："东家，梁大侠我们曾在保定见过！"梁大侠笑说："在下是当年蒋祚彬保定府清军军火库的兄弟，就是我负责将那批运往武昌的炮弹变成废弹的！"映霁道："原来是革命党的同志！"梁大侠说："不过现在却成了河北易县太行山中的寨主。乔东家，我和弟兄们一直在等待第三次革命！"映霁庄重拱手道："只要袁世凯宣布恢复帝制，第三次革命就会开始！到时候我们一起上战场！"梁冲道："一言为定！"

映霁回看何春、邱同及各大家掌柜："各位，银车到了，上面都留有记号，谁家的银子马上拉走深埋，等天下安定，晋商可以重整旗鼓为救国出力的时候，东山再起！"众人向他拱手。邱同道："今天我才琢磨出味道来，当年乔东家执意要和金甬联合重建山西官银号，鼓励大家将银子拉进官银号银库里去，就是为了保护晋商，阻止金甬得不到银子时悍然对我们下手！乔东家忠义双全，智勇兼备，邱同佩服！"何春道."映霁，我们家老人人如今也明白了。我们家这点儿银子，老太太说也不要了，就交你开银行了。当然了，要给她赚钱，不赚钱她可不干！"映霁对众人拱手道："各位，大家就此分手！山西官银号和各家的账，到此算是清了！"众人拱手，各自招呼人带银车分多路离开。映霁看王宗禹道："阎承业师傅和镖局众英雄怎么样？"王宗禹沉痛道："都牺牲了。"映霁落泪："他们都是为天下人死的！下一个就是我！"王宗禹还要说下去，被映霁拦住道："我送你们走，回头就去为阎师傅他们善后！"

山西民政长官署内，金甬一巴掌打在金保脸上，怒不可遏："没用的东西，你连是谁最后抢走了银车都不知道？"金保胳膊上缠着绷带，"扑通"一声跪下哭道："爷，小的真不知道他们是哪儿来的，不像是山西境内的响马！"金甬大叫："来人！"侍卫长进门。金甬道："封锁山西出境的所有通道，查拿劫走银车的强贼！一只老鼠也不能让他出去！"侍卫长答应，转身跑出去。金甬又道："曾知县！"曾有志跑进来："大人！"金甬道："快去太原府大牢，把崔望百兄弟放出来，马上带来见我，我有大事要和他们商量！"曾有志答应一声离开。金甬看金保，骂道："该死的奴才，成事不足，败事有余！还不给我滚出去！——外面侍候，不准离开！"金保道："是！"他跌了一趺跑出去。金甬又道："回来！"金保又跑回来。金甬说："马上逮捕潘为严和官银号里所有的人，一个不落，全部枪毙！"金保道："是！"这次他终于跑了出去。

太原府大牢，囚室门已经打开，曾有志看着望百、望实卸下手铐、脚镣走出来。望百变色道："老曾，出什么大事了！哎哟，那笔银子不翼而飞了！"曾有志不说话。望百大叫："是，一定是！老曾，天都塌下来了，你怎么还能这么平静！"曾有志道："虽然两千万两银子没了，可官银号里放进了三千万元晋钞！如果大人和你不要声张，严密封锁消息，这些晋钞就还能顶上那两千万两银子！"望百大叫："晋钞是纸，怎么会是银子！"曾有志："不声张就是银子！"望实看望百道："哥，曾大人说得对！一旦声张，金大人就完了！这个人心机险恶，你要提防他让我们为他陪葬！"望百道："不……我还没有败，手里还有筹码。快带我去见笨蛋金甬！眼下我们拼了命也要救他，救他才能救我们自己！"

山西民政长官署内，金甬背对曾有志带进来的望百站立。望百大叫："大人，崔望百来了！"金甬道："你一定什么都知道了，告诉我该怎么办？"望百道："大人一定下令逮捕潘为严了，马上停止！只要这个消息散播出去，全山西，不，全中国马上都会知道山西官银号出事了，晋钞会立马变得一文不值，全中国经营晋钞的票号、钱庄，全会遭到挤兑！"金甬也叫起来："官银号银库里银子都没有了，保住晋钞还有何用！"望百大叫："当然有用！只要保住晋钞，项大管家和袁大总统就相信山西官银号银库里还有五千万两银子！晋钞垮了，他们立马就会明白没这笔银子了！大人就完了！"金甬道："本官已经完了！一旦住在北京城总统府里的那个老东西宣布恢复帝制，找我要银子，我只能自杀！"望百道："不能！只要晋钞继续坚挺，你就是给他晋钞，他也会要的！"金甬道："胡说！袁世凯只会要白花花响当当的现银！可是我没有！"望百道："大人，袁大总统眼下还没称帝！即使他称了帝，只要晋钞坚挺，我们就能赢得时间，在山西挖地三尺，也要挖出五千万两银子！"金甬停了一瞬间，道："可我已经让人去逮捕潘为严了！"望百说："这个人当然要逮捕，防止他逃匿，但不能声张，而且，官银号还要照常经营！"金甬道："谁来经营，你吗？我本来就要接管山西官银号做董事长，放你出来做经理，可是这种时候，一棵草被风吹动都会引起惊天风暴！"望百道："我的主意是，潘为严要逮捕，不然如何向他讨要那两千万两银子？但可以不让他进大牢，山西官银号就是他的监牢。我现在秘密接任官银号经理，望实接任官银号守备队长，我们将山西官银号守得水泄不通，什么消息也不让它透出去,直到袁大总统登基称帝的那一天!"金甬道:"然后呢? 日子一到,项大管家必向我要银子,银子从哪里来?"望百道:"真到了那一天,袁世凯就是知道山西没有银子也拿大人无计可施了!他已经骑上虎背了! 这时我们就动手,逮捕山西所有晋商大家,要他们拿银子换命! 没有银子就一个个砍他们的头,抄他们的家! 封他们的铺子,我就不信,三天内刮不出五千万两银子!"金甬已经不愿相信他了:"袁大总统称帝后,三天内你真能从这些山西老抠儿家里刮出五千万两银子?"望百道:"最坏的结果也不过是同归于尽! 现在已经不是赢不赢,而是敢不敢下重手和他们鱼死网破了! 不是我们要走这步险棋,是事到如今除此之外,大人只剩下死路一条! 万一我们赢了,局面就翻过来了! 袁大总统仍然拿到了他想要的银子,中华帝国仍然成功取代中华民国,大人无论在山西杀多少人,仍有肇造袁家万世基业的不世之功!"金甬道:"我就最后听你一次! 不过是最后一次,万一失手,首先我会要你和我一起死!"

三天之后,在太行山深处的一处险峻山道上,映霁、王宗禹、小顺及护送银子的梁大侠站住。王宗禹回头看映霁道:"到这里就出了山西境,往前走就平安了。东家还是跟我们一起走吧!"映霁道:"不,你们走,我回去!潘大掌柜、江老姑奶奶,还有各位晋商相与,他们的戏演完了,下面该由我出场演最后一幕了。我走了戏就没法收场了!"王宗禹眼里溢出泪化,道:"可是东家回去就没命了! 即使没有把柄落在他们手里,金甬也不会放过你!"映霁道:"宗禹,这些银子都送给你做准备金在天津开银行。记住这不是乔家的银子,是天下人的! 中国银子不多,一定要珍惜,真正用到救中国的大事业上去!"王宗禹拭泪道:"东家放心! 王宗禹至死也不敢辜负东家的期望!"映霁对梁大侠及众绿林拱手:"各位英雄,同志,消除中国黑暗势力,迎接光明,是我们大家的事业,乔映霁却只能陪你们到这里! 希望将来能在描画复兴中华功臣的凌烟阁上看到大家的名姓! 看不到也没关系,只要能为中华民族走向光明之路尽一把力,历史会记住我们的!"梁冲及众人拱手:"乔东家保重! 后会有期!"映霁道:"各位,凌烟阁上见!"

一九一五年十二月十二日,袁世凯公然宣布登基称帝,并将中华民国改为中华帝国。金甬事先已经知道了消息,急将望百召来问计。望百道:"大人,可以动手了!"金甬道:"这些日子潘为严都说了什么?"望百道:"老不死的,经不起吊打,一鞭子下去就死过去,泼了冷水还不醒,后来我让人上铬铁,他倒是醒了,却说,他什么错事也没做,照山西官银号章程,银子和晋钞本来就可以自由兑换。官银号里没有银子有晋钞,他没有失职!"金甬将手中茶杯摔在地上,大叫:"这个老混蛋!袁大总统终于称帝了!再留下他也没用了,马上给我拖出去枪毙!"金保忽然跑进来道:"爷爷爷……"金甬道:"你哆嗦什么!什么事快说!"金保道:"乔映霁自首来了!"金甬大叫:"什么?不可能!"金保道:"是他!"金甬道:"抓起来!直接送进刑讯室,问他银子的下落!不回答,就和潘为严一起枪毙!"望百道:"慢,他既然敢自己上门,就是早想好了!这个人不怕死!"金甬道:"那你说怎么办?"望百道:"抓起来,捆绑吊打,灌辣椒水,上铬铁,一样也不能少!这些办法都制服不了他!有几件事大人可以动手做了!"金甬听明白了,对金保下令:"马上出动全部警察,抄乔映霁的家,逼他的家人说出乔家银子的下落!还有,逮捕所有上了名册的晋商大家,逼迫家人拿银子换命!马上去办!"望百道:"慢,这个世上有两个人能让乔映霁开口!一个是乔映霁的儿子,可听说他跟着乔家的丫头逃匿不见了!那就抓剩下那一个!"金甬道:"江雪瑛!"望百道:"江雪瑛今年九十九岁高龄,乔映霁不开口,就让她死!"金甬看金保道:"照老崔的话去办!"金保大声道:"是!"

天还没亮,金保就指挥大批军警涌进了乔家堡。全村大乱。金保带人砸开乔家大门,一拥而进。院子里被吵醒的男人女人大声惊叫,四散逃走。金保很快就将景清抓到,让他带自己先进了乔家的银库,看到所有银架上空空如也,他回头就给了景清一巴掌,道:"说,这里真是乔家的银库?"景清大怒道:"你这混账东西,你打我!对,这就是乔家的银库,如今已经没银子了!"金保将枪口顶住他的脑门:"快说,都到哪里去了!"景清并不畏惧,大叫:"银子哪里去了,我本来不知道,可你这么问,我说不知道你也不信,那我就告诉你!"金保道:"快说!"景清道:"乔家银库里从来不存太多银子。乔家从第一代经商的先人开始,就信奉一句话,银子只有在商场上流通才能给天下人谋利。当年人家讲乔家有金山银山,那是讹传!"金保大叫:"胡说!我不信!不说实话我这就毙了你!"景清道:"你毙了我吧,我求你了!我这么大岁数了,一辈子过惯了锦衣玉食的日子,乔家败了,你毙了我,省得我活下去饥寒交迫地受罪!"金保无计可施,又给他一巴掌:"带走!"景清怒极,冲上去与金保撕扯:"你这个王八蛋,你什么人,敢打你景清太爷的耳刮子!我造你的十八代祖宗!"金保将他摔倒在地,走出。

太原府大牢里,大批军警也将何家一干人押进来。女人们大哭失声。江雪瑛回头大声道:"谁在哭?中国都要完了,我们这些人生死又算得了什么!不准哭!"众人哭声停止,狱卒过来,打开一间囚室的门,对她道:"进去!"江雪瑛进去了,看一眼道:"我这一辈子让别人进过天牢,自个儿还没进来了,这下不遗憾了!哎,管窝窝头吗?"狱卒不答,已将囚室门关上。

当天夜里,典狱长打开死囚室的门,手脚被带上三十斤重镣铐、遍体鳞伤的映霁平静地看着望百走进来。望百道:"乔东家,我们又见面了!不久前被关在这间囚室的人还是我,今天却成了你!"映霁道:"祝贺你,终于可以实现自己的愿望。乔家一败涂地,乔映霁死无葬身之地!但你们高兴不了太久的!"望百变色,冷笑道:"乔映霁,我现在不能不承认你还是高明!但今晚上的事儿有点特别,我要带你去见个人,见了她也许你就不想隐瞒银子的去处了!带走!"几名狱卒进来,架起映霁走出去。映霁大叫:"崔望百,你要干什么?"望百哈哈大笑道:"到了地方你就知道了!"

映霁很快发现他被带进的地方是太原府大牢的刑讯室,几名打手正将江雪瑛绑上受刑台。映霁心魂俱裂,大叫:"姑奶奶——"江雪瑛睁眼,亦大惊:"映霁,是你!"映霁回头看跟进来的望百,大叫:"崔望百,快放开我姑奶奶!事情都是乔映霁一人做的,和她老人家没任何相干!"望百看打手道:"怎么还不动手!"映霁大叫:"不!"打手提着浸了水的大鞭子上前。望百道:"等一下!乔映霁,江老太太对乔家恩深义重,又是九十几岁高龄的老人家,明年就是百岁的人瑞,我们并不想让她死,可是你不开口,他这一鞭子下去,就没这个人了!"映霁大叫不止:"你们这群野兽!"望百道:"动手!"江雪瑛忽然开口道:"慢,我说!"众人吃惊看她。江雪瑛看映霁,笑道:"我明白了,抓我进来,就是说他们对你没辙了!好孩子,我虽然恨了你爷爷一辈子,可是我也佩服他一辈子有种,上至太后皇上,下至老鸭山的土匪,他谁都没怕过!今儿看你站在这里,我放心了,你爷爷和我没白疼你一场!和你爷爷一样有种!姓崔的,知道你们崔家为什么一代一代名声扫地,家破人亡,总也成不了气候吗?"望百陡然变色:"江老婆子,你住口!"江雪瑛道:"你怕什么?我一个被你们捆在这里,一鞭子下去就死的人,说句话就能吓住你吗!要是这样,我还不说了!"望百道:"你你你……你说!死到临头你要说啥?"江雪瑛道:"你们崔家一代代名声扫地,不成气候,是因为心里只有自己,没有天下!你跟映霁斗到今天,落到这个下场,是你至死都不明白这个道理!"望百大叫:"我落到……还不动手!"映霁大叫:"不要!"

江雪瑛大声道:"等等!让我把话说完!映霁,姑奶奶活到了今天,九十九了,恨你爷爷一辈子,今天该做个了断了!我这个人真没出息,要死了,可是我真想喊哪!

乔致庸,我一辈子都没恨过你!我喜欢了你一辈子!"只听"咔嚓"一声,老人咬断了自己的舌头,登时口中鲜血四溅。望百大惊道:"快拦住她!"江雪瑛已经说不出话来,大口吐血,但是望向映霁的目光却异常温柔,明亮。映霁扑通一声跪下,大恸道:"姑奶奶!您慢走一步,我马上就来陪您老人家!"

望百和金保急急回到山西民政长官署。金甬看二人,绝望地大叫起来:"江雪瑛死了?"金保亦不觉随着大叫:"江雪瑛为了不让自己成为乔映霁的累赘,自己绝舌而死!"金甬团团乱转,叫道:"怎么办?项大管家打电报来,明天就要先解一千万两现银去北京!"望百喊道:"大开杀戒!先杀潘为严,再杀乔映霁,将入了名册的晋商全拉上刑场,一个个问他们,要命还是要银子!"金甬大叫:"现在杀了他们也弄不到银子!他们和乔映霁一样,早就铁了心不让本官拿走一两银子!"望百火上烧油道:"拿不到银子大人就完了!拿不到银子就杀人!乔映霁把大人的一生都毁了,总不能还让他活下去吧!"金甬道:"金保,把全省警备队都派出去,在所有晋商大家家里深挖,把他们埋的银子挖出来!"金保道:"爷,这些人再傻,这会儿也不会把银子埋到自己家里!"金甬照他身上就是一脚:"你怎么知道!万一呢!"望百转身就走。金甬道:"崔望百给我站住!"望百回头:"大人在这样的时刻还对乔映霁心存妇人之仁,崔望百留下又有何用!"金甬道:"崔望百,本官在山西闹出这个局面,你就是罪魁祸首!现在天塌下来了,你想甩手就走?哪有这么容易!来人,将他们兄弟抓起来,关进死牢!"众侍卫冲进来,抓住望百。望百这次笑不出来了,绝望道:"金大人,快让人把崔望百毙了吧,完了你就可以向项大管家,向刚刚登基的洪宪皇帝袁世凯奏明是我和乔映霁合伙窃走了官银号的五千万两银子,要是他们也和你们一样是笨蛋,就会相信。这是我崔望百能给你出的最后一策,你或许能躲过这一劫,留下人头,但是官就当不成了,说不定还会被新皇上判罪,像前清的罪臣一样流放三千里,去黑龙江宁古塔守边。"他停了一下又道:"我知道自己完了,但我不服!"金甬气愤道:"你还有什么不服?"望百道:"我们加在一起,整个山西都是我们的,手里又有枪,居然没有打败一个手无寸的商人!"金甬道:"带走!"望百大哭复大笑,众侍卫将他拖走。

金保看金甬道:"爷,我们怎么办?"金甬道:"什么怎么办?崔望百已经告诉了我怎么办!去找曾知县,让他捉刀,把崔望百伙同乔映霁窃走山西官银号五千万两银子的案子做实,奏报项大管家,转呈袁大皇帝!"金保道:"真能保住爷的官位?"金甬道:"哪里还有官位?能保住人头就谢天谢地了!还有,每天挖出多少银子,马上来报！"金保答应，跑出去。

日子流水一般过去。这些天金甬已顾不上体面，终日披发跣足而坐，独自饮酒。又是一个晚上，金保跑进来道："爷！"金甬道："多少天了？"金保道："二十四天！""挖出了多少银子？""各处报上来的加在一起，已经有六十好几万两了！"金甬将手中酒一饮而尽："接着挖！"金保道："爷，没得挖了！都挖尽了！"金甬道："那就挖他们的邻居！他们的亲戚！七大姑八大姨，当年明成祖灭过方孝孺的十族，这次我们有样学样，到他们十族家里去挖！"金保看他，小心道："爷，有件事外头要奏报给您，可您一直在喝酒，不见他们——"金甬道："我现在除了喝酒，就是等你挖出银子，这两件事之外，我还有事要听、要做吗！"金保走近来悄声道："有几件事爷一定要知道！头一件，孙中山发表了《讨袁宣言》，号召全体中国人起来进行护法战争！这会儿街面上到处都贴有孙中山的文章！"金甬道："说第二件！"金保道："蔡锷从北京成功潜逃云南，联合云南都督唐继尧宣告独立，通电各省，组织护国军北伐讨袁，打进了四川，贵州都督刘显世宣布独立！"金甬听了，一下从榻上跳起，把杯子摔在地下，大声高兴道："太好了！"金保道："世面上人心惶惶，说南方各省都在酝酿独立，老袁恐怕要完！这会子他最缺的是军费，咱们没银子给他，他不会饶了咱，爷怎么说太好了！"金甬道："你懂得什么！套车，我要去见崔望百！"

金保急忙侍候他穿戴齐整，套车赶往太原府大牢。望百看着金甬走进囚室里来，冷笑："大人又用得着崔望百了？"金甬并不看他，道："最后只剩下一件事不明白，为什么乔映霁每一步都能走到我们前面，是什么人一直在为他指点迷津，这个人才是我们真正的对手！我饶不过他！"望百道："小人也是进到这死牢里前一天才查清楚的，他叫乔映雯，现住北京八大胡同。此人算无遗策，是当今乔映霁身边的孙茂才！"金甬转身就走。望百扑倒在地，大叫："大人，放我出去！我还是有用的！"囚室门已被狱卒重重关上。

这天上午，映雯从外面走进北京八大胡同自己住的旧阁楼，回头关门，自语道："这个映霁，该来的时候不来，不该来的时候天天来烦你，我都快饿死了，他为什么还不来！"他忽然抬头，看见屋里坐着两个黑衣人，怔了一下，拉开门就朝外跑。枪声响起，映雯倒下，两黑衣人快步离开。映雯在血泊中抬头，还能自语："不是映霁错了，是我错了……躲了一辈子，还是乔家的人，到底没躲得过去……"他闭目死去。

又是一个晚上，金甬再令套车前往太原府大牢，瞪着红红的醉眼看望百道："快说，我们还有什么路可走？"望百道："大人还有一张最好的牌，大人把一个人忘了！"金甬猛醒："那个叫莲花的革命党！"望百道："大人自己把她关起来的，秘不示人，不就是为了今日？"金甬道："你想怎么样？"望百道："大人，让我来对付他们！我和这个女人也是老朋友！"金甬对典狱长道："放她出去！"

　　当天晚上，太原府大牢刑场内，望百恢复了旧态，持枪站立。几名狱卒将映霁带过来。二人相望，望百也不说话，只故意给手枪上子弹，动作激烈。另一扇门打开，几名狱卒将莲花押过来，她怀里抱着不满一岁的小莲。映霁大叫："莲花——"莲花也看到了映霁，再看一眼望百，瞬间什么都明白了，下意识将小莲紧紧抱在胸前。映霁也明白了望百要做什么，回头大叫："崔望百，你要干什么？快放了她，我的事和她没有相干！"望百幽幽言道："乔东家，莲花队长，我们又见面了，可见的不是时候！奉金大人之命，今晚上我要亲自动手，处决你们三人中间的两个！莲花同志，对不起了！你和你怀里的孩子要是不想死，有一个人就能救你！"莲花更紧地抱住小莲，大声道："崔望百，你可以杀我，可她还是个不满周岁的孩子！"小莲大哭。映霁叫道："这孩子是谁？"望百道："她叫小莲，她的母亲叫阿莲，乔东家，你可以选择留下你的银子，但是这个女人和她怀中的孩子，今天就得死！"映霁道："崔望百，你——"莲花大叫："等等！我要说话！"一时间映霁和望百都望着她。莲花道："乔东家，真没想到，我们夫妻一场，却在这里见了面！崔望百，你要是以为我真是临江渡口和乔家有婚约的那个阿莲就错了！我和乔东家成亲，是要代阿莲圆一个梦，感谢乔东家，你让莲花替我死去的姐妹圆了她一生的梦。还有我怀里的这个孩子，是我一个难友生的，不要以为是我生的，她不是！崔望百想拿我和孩子讹诈你，不要上他的当！"映霁大声道："这个孩子真的不是——"莲花断然截住他的话道："乔东家，永别了！现在你应当明白，谁的路才是对的！我和孩子要走了，你要是能够，就继续活下去！最后我要重复一下阿莲留下的话：不是她辜负了爷爷死前的托付，是她做不到，有一个更大的托付来自她的恩人，要她承担！对不起了！"她边说边抱着小莲向行刑墙走去，稳稳站住道："崔望百，开枪吧！你们用江雪瑛老人家讹诈乔东家不能得逞，用莲花和小莲来讹诈他也做不到！开枪！"映霁的眼泪忽然就流了下去，不愿再看她们母女二人。

　　望百这时看着映霁，哈哈大笑道："乔东家，有些事情真的要了结了！你以为老子真想为金甬这个混蛋在山西弄到银子？老子想要的就是今天！我先毙了你的女人,再毙了这个孩子,然后再毙了你! 我一生的仇就报了! 我要让你亲眼看到这个女人和这个孩子的死,然后就送你上路! "他快步走向前去,枪口对准莲花和她怀中的小莲。小莲一直在大哭。望百又回头道:"乔映霁,我数到三,你要是还不喊停,你就是这个世上最残酷、最没有人性的男人和父亲! 一! "他根本没有料到金甬早就到了刑场,站在他身后的小屋里盯着刑场上发生的事情。这时侍卫长忽然跑进来道:"大人,不好了! "金甬道:"还有什么更不好的事,说! "侍卫长道:"阎锡山的晋军出动了! "金甬大惊道:"阎锡山回到了山西? ""是。大人,晋军全体出动,开始在全太原城缴我们警备队的械! "金甬大怒:"他怎么敢——"侍卫长说:"大人,不要再枪毙人了! "行场上,望百又大喊了一声:"二! "映霁泪水盈眶,突然开口:"阿莲,不,莲花,小莲,不是我们残酷,是这个时代残酷,我们一起去死,让中国得到光明! "金甬突然从小屋内大喊:"停止! "侍卫长跑出去大喊:"大人有令,停止行刑! "望百开枪。侍卫长扑上去,一把将他的枪口抬向天空,枪声响亮。金甬已经奔出来,对众侍卫道:"抓住崔望百,押回死牢! 还有这些人,统统带回去,继续关押! "众人抓住望百带走。望百大叫:"大人,一定要杀了乔映霁和这个女人——! "金甬已带金保匆匆离开,赶回官署去。刑场上,映霁和莲花互视,热泪盈眶,这一刻他们真情毕现,还没有来得及说什么,又被众狱卒带回了监牢。

这个夜晚,阎锡山的督军府里灯光通明。吴秉仁正在用电话报告:"照大帅之命,各部全部出动,进展顺利! 目前山西官银号已被控制,银库也查清了,里面确实只有新印的晋钞,一两银子也没有! "电话那一端马上命令道:"以我的名义打电报给袁大总统,说金甬骗了他,山西官银号里并没有银子! "吴秉仁"啪"的一个立正,道:"是! 大帅还有什么命令? "电话那一端又道:"今天夜里以迅雷不及掩耳之势接管山西全省。明天一大早通电袁大总统,山西民政长金甬在山西倒行逆施,天怒民怨,又欺骗大总统,祸及国本,本都督义不容辞,毅然决然,代大总统吊民伐罪,逮捕金甬,解送京城,明正典刑,同时接管山西,维持治安,防止孙中山革命党趁机祸乱山西! "吴秉仁道:"大帅,袁世凯已登基称帝,电文里还称他为大总统? "电话里道:"对,我们只认他是中华民国的大总统! 还有,明天立即通电全国,声称阎锡山拥护民国,继续拥护袁大总统! "吴秉仁道:"是! "电话里又道:"除了金甬,还有一个人一定要抓到,只有他能证明金甬在山西犯的所有罪行! "吴秉仁说:"那个给金甬出了上中下三策的崔望百? "电话里道:"对! "吴秉仁道:"是! 我亲自带人拿下太原府大牢,听说崔望百就在里面!"

金甬避开街上的乱兵,好不容易回到官署内,发现曾有志正在收拾包袱,准备离开。金甬变色道:"老曾,你这是要走?"曾有志开始有点惊慌,但很快就镇静下来,道:"大人,曾有志不但自己要走,还劝大人现在就跟在下一起走!"金甬道:"阎锡山这个老狐狸,潜伏爪牙忍受了这几年,今天终于现出原形!这才是螳螂捕蝉,黄雀在后呢!我金甬自认为怀才不遇,一旦得位,天下不足平也,原来是志大才疏,斗不过乔映霎,更不是阎锡山的对手!虽然如此,但本人到底是朝廷命官,守土有责,怎么可以弃万民于不顾,自己逃命!"曾有志道:"阎锡山已发大兵接管山西。大人手里又没有银子搪塞袁大皇帝,不但要走,而且要快走。大人不走,难道要留下来让阎锡山抓到,加给你许多罪名,押送京城给袁世凯处置吗?"见这些话说得金甬心中大动,又道,"大人再不走,我估计阎锡山捉拿大人的兵马就要到了!"金甬道:"我是想走,可现在我有家难奔,哪里是我金甬可以永久隐身的地方!"曾有志道:"这件事我替大人想过,既然大人不能回故乡,就暂时随曾有志回自己的家乡。袁世凯倒行逆施,不会久的。等袁世凯倒了台,大人愿意回乡,就可以回去,不然就变换姓名,在曾在志家乡终老天年!"金甬道:"惭愧得紧,共事这么久,我竟然不知贵县家乡何处!"曾有志道:"江苏无锡。我们一起到太湖山中归隐,没有人认得出大人!"金甬道:"可我还是恨……"曾有志知道他要说什么,劝道:"有件事为大人自己着想,我要劝大人一句,不要再杀人了!"又道:"已经死了一个江雪瑛,再杀了乔映霎,大人还想走得出山西吗?"金甬"扑通"一声跪下,两眼泪花,趴下去道:"谢曾先生!金甬今生今世——"曾有志将他扶起,急道:"大人快换衣服,已经听到有大兵进衙门了!"二人走入内室。金保听到外面的脚步声,自语道:"我也跑吧!"说着不再管金甬,转身跑掉。换了衣服的金甬和曾有志走出内室,寻金保不见。大批晋军冲进来,枪口指向二人,喊:"站住!举起手来!"金甬不觉举起双手。一军官道:"告诉我们,金甬在哪里?"曾有志不觉看金甬一眼。金甬随手朝外面一指:"刚刚跑出去的那个就是!"军官道:"快追!"众士兵放开金甬、曾有志,转身追出。曾有志道:"大人,我们走后门离开!"二人刚匆匆逃出去,吴秉仁就率一众军官走了进来,就地打电话给督军府道:"启禀大帅,金甬的官署已经拿下,但金甬不见了!"电话里命令:"封锁太原城,一定要拿住他!"吴秉仁道:"是!还有一件事要禀告,在太原府大牢里发现了崔望百兄弟,怎么处置!"电话里的人回答:"就地关押,不要放走了他们!"吴秉仁道:"是!属下还在太原府大牢里发现了一干晋商大家,第一个就是乔映霁,他们都是金甬为填补从山西官银号消失的银子抓进去的!如何处置?"电话里的人沉吟道:"其他人可以放,乔映霁、潘为严不能放,他们仍然是山西官银号丢失银子的主要嫌犯!"吴秉仁道:"是!"电话那边又道:"但是要优待,可以让他们放放风,伙食好一些,还可以让他们看报纸,了解天下大势!"吴秉仁道:"明白了!"

转眼已是民国五年六月。太原府大牢里,映霁仍旧躺着,看小栓道:"再查查,全国有多少地方宣布独立了?"小栓道:"一月二十七日,贵州独立。三月十五日,广西独立。四月,是广东和浙江,五月,四川和湖南,总共是八省独立,宣布讨袁。"映霁闭目假寐。小栓说:"东家,奇了怪了,这些地方都独立了,阎锡山也把山西接管了,为什么不宣布独立? 袁世凯三月就宣布把帝制取消,用你的话说就是老袁大势已去,那阎锡山为什么还要通电拥戴袁世凯,大骂讨袁军的各位将领? 他到底还是不是革命党? "映霁道:"他是在等。"小栓不明白,道:"等什么?"映霁不愿意和他谈这个话题,只道:"快去看看报纸怎么这个点儿了还没到!"小栓跑去摇晃囚室门,大叫:"报纸! 报纸到了没有? "一名老狱卒急急跑来,将一张报纸塞进来,道:"不就耽搁了一会儿吗? 就不能让人痛痛快快拉泡屎吗? "小栓接过报纸看一眼:"哎,怎么少了一块? 这什么味道,一定是从茅坑边上拿回来的! 东家,这报纸还没看呢,他就敢撕一块擦屁股!该死!"映霁接过这张有残缺的报纸看一眼,"噢"的一声跳起,大叫:"他等到了!"小栓道:"谁?"映霁道:"阎锡山,还有我们,全中国人民,都等到了!袁世凯死了!"小栓道:"在哪里在哪里?"映霁指报纸道:"这不是!头版通栏标题!袁世凯病死,黎元洪接任民国大总统。孙中山致电黎元洪,要求恢复约法。中华民国保住了!"他激动地走来走去,挥舞拳头,目光湿润:"我们赢了! 我们赢了!"小栓傻了一样看他,不明白他为什么会如此激动。映霁忽然看他一眼:"快点收拾,我们要离开了!"小栓大喜道:"阎锡山真的要放我们出去?"映霁道:"如果不会,就是出了意外! 来,我们一起大喊,放我们出去!"小栓道:"好!"两人就走到囚室门前摇晃那门,大喊:"放我们出去! 放我们出去!"他们的声音引起了所有囚室的共鸣,所有人都站到囚室前和他们一起呼喊:"放我们出去! 快放我们出去!"他们的喊声在大牢里震耳欲聋,引起了巨大回响。

山西督军府内,吴秉仁又在打电话了:"是!是!卑职也认为再关着也没用了!没有银子做准备金,多少晋钞都是废纸!大帅圣明!……潘为严也放……崔望百怎么办?交给乔映霁?明白了,让乔映霁报了仇,将来他就欠了大帅的一个人情!是!马上执行!"放下电话,他当即就带人赶往太原府大牢,和映霁在囚室内见面,拱手道:"乔东家受苦了。今天鄙人作为山西督军兼山西省长的代表,亲自来请乔东家出狱!阎督军兼省长说,不能让你早日出狱事出有因,但今天下大局已变,将来大帅还要多仰仗乔东家,合作建设我们的家乡山西!大帅让鄙人送一本他的《山西省十年建设纲要》给乔东家,乔东家一向热心推进山西的金融改制和工业化建设,这和大帅不谋而合,将来必大有可为!"映霁一只手接下那份《山西省十年建设纲要》,道:"乔映霁谢大帅!谢吴总参议!可是现在映霁最想要的是自由!"吴秉仁有些尴尬,道:"当然当然,乔东家已经恢复自由!不过离开这里之前,大帅让鄙人带一个人给你,任从乔东家发落!带进来!"说话之间,典狱长已将望百、望实脚镣手铐押进来。吴秉仁道:"崔望百罪大恶极,死有余辜,本应立即押赴刑场,处以极刑,但大帅以为此人不只是山西人的公敌,还是乔东家的私仇,将此人交给乔东家自己处置更为公平!"他将一支手枪放下,看众人道:"我们告辞!"映霁、望百望着他们离去,回头对视。望百放声大笑。映霁也跟着大笑。小栓大怒,一把抄起手枪,对准望百道:"崔望百,你这个坏蛋,心比蛇蝎还毒,没想到你也有今天!你还笑!东家,我不让你弄脏手,小栓崩了他,有事小栓扛着!"望百仍旧大笑不止,脸上却没有笑容,只剩下了眼泪。映霁急叫:"小栓住手!"小栓回头,泪流满面:"东家!你就让我崩了他,为江老东家,为被他祸害的人报了这个仇!"映霁道:"把枪放下!带望实兄弟出去。我和望百有话要说!"小栓不情愿地放下枪,看一眼望实:"走!"望实"扑通"一声跪在映霁面前,大声哀求道:"乔东家,你就开恩,不要杀他!"望百大叫:"不!快起来!不要跪着他!你知道什么!我倒想让他杀了我,可他不会!走!"映霁将望实扶起,看他一步三回头地跟小栓离开。映霁再次回头,和望百对视。望百第一次避开了他的目光。映霁忽然说什么的愿望都消失了,道:"啊,你也自由了,走!"望百回头说:"乔映霁,真的?"映霁一眼也不想再看他。望百道:"我真走了?"映霁继续不理会。望百走了两步又回头站住了。映霁忽然大声喊起来:"走哇!怎么不走!你就不怕我改了主意?"望百也在大叫:"你吼什么!我不会走的!你杀了我吧!你哪是让我走,你在羞辱我!你瞧不起我!你要让我活着受苦,让我承认这辈子一败涂地的是我而不是你!"映霁尽可能让自己平静下来,道:"我没有。你走!"望百仍在大叫:"不,你就是!从第一次见面我就知道你瞧不起我！你压根儿没把我当成过对手！我这辈子最恨的就是你乔映霁瞧不起我！"映霁回头，久久盯着他，情绪猛然激动起来，道："崔望百，知道这为什么吗？"望百仍在大叫："我当然知道！因为乔家财大气粗，因为你们总是赢，不管是大清朝，还是民国，不管是慈禧太后，还是袁世凯！输的总是我们！上天为什么这么不公，为什么这样厌恶崔家，我不明白，我不服！"映霁道："你住口！真正不明白的是我！我就是不懂，为什么你这一辈子会愿意做你现在做的这种人！你为什么从没有想过做一个真正的晋商，心怀天下，为民求命，铁肩担道义！人只能活一辈子，多么短暂，可你却让自己做了一个坏人！是你瞧不起自己，这你自己是知道的，你是个坏人！"望百傻了一样看映霁，有顷才颤声道："真没想到居然是你……我一辈子的敌人，一句话点醒了我！乔映霁，我不会再让你，不，再让自己瞧不起自个儿了！我不愿意！"映霁勃然变色，大叫："不——"望百已经捡起那支枪，枪口直杵到嘴里去，"砰"地开了一枪！

第二天上午，太原府大牢院子里草地上，阳光灿烂。一岁多的小莲在蹒跚学步，一边快乐地笑着。莲花站在她身后，看着她，长久坐牢后显得苍白的脸上现出母性的光辉。小顺赶一辆马车进来停下。映霁带喜凤下车，立即被这幅景象迷住了，道："不要急，让孩子多玩一会儿！"小莲扑向莲花，母女俩幸福的笑声和叫喊让映霁落泪了。

马车出了太原府，行进在回乔家堡的官道上。车中，小莲在喜凤怀里睡熟。映霁目不转睛地看着孩子。莲花看他道："我要走了。想把孩子托付给你。"映霁笑容顿落，道："又要回中山先生身边去？"莲花道："出国。到俄罗斯去。"映霁不以为然道："俄罗斯正闹革命，布尔什维克、孟什维克、社会革命党，打得一塌糊涂，怎么到那里去？"莲花道："还不是因为你。在你家里看到了一本《马克思主义原理》，德文的。"映霁叫了一声道："哎呀，想起来了，原来那本书被你带进了太原府大牢！"莲花道："我被关在牢里，反反复复读这本书，终于想明白了一件事，中国的问题一直得不到解决，可能需要走另外的道路。"映霁看她。莲花又道："如果中山先生的道路不能彻底改变中国，那也许就需要有人到俄国那样的地方去，投身他们的革命，为中国的未来寻找新的道路！"映霁听了伤心，半晌才道："就是为了这个，你要离开我？"莲花道："我不但自己要去，也想和你一起去，但不是作为丈夫，而是作为同志！"映霁道："我很难过，如果这就是你的决定。"莲花看他道："我明白你心里想什么。依依去世时已经把你还给了我，可我不能继续履行那个承诺了。请你让我解脱吧。毕竟和中国的命运比起来,我们个人的生死存亡,幸福与不幸都没有那么重要。"映霁不再说话,将目光投向远方,他不想让莲花看出他的感伤。

天黑时他们回到了乔家。内宅里仍然保持着当初新房的景象。映霁带莲花走进来。莲花一下就呆住了,目光湿润,道:"我走以后这里一直都没有动?"映霁道:"这是你的新房。"莲花道:"我的新房?"映霁又道:"也是你的家。"莲花点头。映霁强抑内心的悲伤,不再说话。莲花走过去紧紧抱住他。映霁道:"今晚上我不喝酒。"莲花道:"今天我还是你的妻,抱我上床。"

夜深了,映霁和莲花已经睡熟。乔家堡外,一匹快马飞驰而来,进了村子。一会儿新房的门被拍响,喜凤在外面喊:"东家,快起来!"映霁一惊跳起,莲花也被惊醒。二人匆匆穿衣出二门,进了外客厅。王宗禹正在等待,看映霁道:"东家!"映霁道:"你怎么这个时候回来了!"王宗禹道:"什么也甭说了,快走!"映霁道:"去哪儿?为什么?"王宗禹道:"东家快跟我离开山西!刚刚听到消息,阎锡山下达命令,禁止东家出山西境,接下来就要派人来和东家谈判重建官银号了!"映霁道:"又要重建官银号?可为什么会禁止我出境!"王宗禹道:"东家,天津的新银行我已经筹划好了,你一到就可以宣布乔家大德通银行开张!为实现你的理想,离开山西才是东家最好的选择!"映霁什么都明白了,回看莲花道:"快收拾一下,我们走!晚了就走不脱了!"

当下三人连夜离开乔家堡,奔向娘子关。清晨,映霁、莲花、王宗禹仍旧混在一支商队里,在守关士兵注视下走出了关门。映霁这时才松一口气,道:"快走!"三人重新上马,疾驰而去。王宗禹忽然勒马,道:"东家,出了山西境就不担心了!有两件天大的好事要禀告你!头一件,小拉斯普汀打电报回来,他把当初卖到欧洲的那一船茶卖到美国去了!还卖出了一个好价钱,马上回中国来和你清账!"映霁大喜道:"什么?小拉还活着,居然把茶路开辟到美国去了?"王宗禹点头,又道:"映霆少爷一直没消息,昨天也从一个你想不到的地方发回了电报!"映霁心中大震,眼泪都要下来了,道:"映霆还活着!他在哪里?"王宗禹道:"唐努乌梁海!"映霁叫道:"唐努乌梁海,那不是在外蒙古西北吗?他是在俄罗斯的西伯利亚和火车上的茶货一同失踪的,怎么会到了唐努乌梁海?"王宗禹道:"这是东家的功劳,你把映霆、映雯、映震三位少爷带出了乔家大院,现在三个人都出息了。尤其是映霆少爷,居然凭一己之力,把火车上没被俄罗斯马匪抢走的茶货运到了唐努乌梁海,还卖出了好价钱。东家,自从外蒙古闹独立,唐努乌梁海就与中国本土隔绝,牧民喝不到茶,现在那边的茶路又让映霁少爷打通了！"

两人正说得热闹，一旁的莲花忽然向关内回过头去，道："什么人？"说话间，吴秉仁已经率一队骑兵从关内冲出，迅速将三人围在垓心。莲花急看映霁，发现他居然十分平静。吴秉仁在马上对映霁拱手，道："见过乔东家！乔东家走得好快！"映霁略拱一下手还礼道："吴总参议，这样巧，在这里遇上了您！"吴秉仁道："乔东家一定是听信了传言，大帅让我连夜赶来，请您回山西，大帅的十年建设规划没有乔东家的鼎力相助是不成的！大帅让鄙人传话乔东家，大帅绝对不会是另一个金甬，一定会尊重晋商的资本和经营方式，有意助乔东家一臂之力，将山西官银号真正打造成中国第一家现代化的晋商银行，实现您金融报国的夙愿！"映霁笑道："原来吴总参议为这件事而来，误会了！乔映霁这次和内子以及王大掌柜离开山西，不过是想到天津了断一桩生意。事毕后大帅如果真心想为山西人造福，需要乔映霁相助，可以派人到天津和本人详谈。像今天这样拿枪逼乔映霁就范，金甬当年已经用过，这个办法恐怕不成！吴总参议以为呢？"吴秉仁怒视众骑兵道："怎么能这样对乔东家！把枪收起来！"见众骑兵收枪散开，莲花和王宗禹才悄悄松了一口气。

映霁再向吴秉仁拱手道："乔家将来会以天津大德通银行为根本之地，做天下那么大的生意。山西是我的故乡，大帅真心建设山西，乔映霁责无旁贷！但既然是做生意，一切要照做生意的路数来，不要动不动就拿枪胁迫商家就范！还有，不要欺骗！告辞！"说着已带莲花、王宗禹驰马离开。吴秉仁无奈地望着三人驰远。一侍卫说："追上去抓回来？"吴秉仁哭丧着脸道："罢了，他说得对，再像金甬那么干，对他没用，得想别的法子！"

几天过后，映霁就在天津火车站上送别了莲花。两人车门前四目相对，依依不舍。映霁道："莲花，我们还能再相见吗？"莲花一步步倒退着登上车门，停在那里，泪眼婆娑地望着映霁道："保重！我从七岁时就爱上的亲人！只要莲花还能从俄罗斯回中国，你我一定会相见的！照顾好我们的孩子！"映霁大惊，喊起来："什么？小莲是我们俩的孩子？"车门已经关闭，火车慢慢开动。莲花依旧趴在车窗门上，朝外面的映霁挥手，泪流满面。

一支歌在两人心里回响起来。这是莲花七岁时那个新年的早上对映霁唱过的歌——

有情哥哥请放心，锣鼓一锤已定音。

我如园中芭蕉树，年年换叶不换心。

从此日日想我郎，好比春蚕想嫩桑。

春蚕想桑日子短，我想情哥日子长。

　　映霁一直望着列车消失在远方，泪流满面，回看王宗禹说："她走了，我们也走吧！"王宗禹道："去哪里？"映霁道："中国的旧势力仍然没有，也不会随着袁世凯的倒台退出历史舞台，莲花去走自己的路，我们也要继续走我们的路！"王宗禹大声道："继续以商救国？"映霁望着远方，神情庄严："是啊！以商救国，复兴中华，这是我们的中国梦！只要还有一线机会，我都不会放弃！"

（第二部终）

朱秀海,当代作家、编剧。1954 年 8 月生于河南鹿邑。满族。1987 年毕业于武汉大学中文系。曾任海军政治部创作室主任。一级文学创作。中国作家协会第八、第九届全国委员会委员,军事文学委员会委员。中国笔会中心会员。1978 年开始发表作品。1983 年 7 月加入中国作家协会。两次参加边境作战。主要作品:长篇小说《痴情》《穿越死亡》《波涛汹涌》《音乐会》《乔家大院》《天地民心》《赤水河》《客家人》;长篇电视连续剧《乔家大院》《天地民心》《波涛汹涌》《军歌嘹亮》《百姓》(两部)《赤水河》《客家人》;长篇纪实文学《黑的土红的雪》《赤土狂飙》;报告文学《河那边升起一颗星》;中短篇小说集《在密密的森林中》《出征夜》;散文集《行色匆匆》《山在山的深处》;旧体诗集《升虚邑诗存》等。《在密密的森林中》《乔家大院》等被译成英、法、日、韩文介绍到国外或在国外出版,中文繁体字版《乔家大院》《天地民心》在海外出版。曾获全国优秀报告文学奖、中国人民解放军文艺奖(四次)、全国优秀长篇小说奖、全军长篇电视剧金星奖一等奖;中宣部五个一工程奖(两次)、中国电视剧金鹰奖优秀长篇电视剧奖(两次)、中国电视剧飞天奖优秀长篇电视剧奖(三次)、首届首尔国际电视艺术节最佳长篇电视剧奖、第三届电视剧风云盛典最佳编剧奖、中国电视艺术五十周年全国优秀电视剧编剧奖、冯牧文学奖等。长篇小说《音乐会》2015 年入选"百种抗战经典图书"。荣立二等功两次、三等功两次、海军通令嘉奖一次。

（京）新登字 083 号

图书在版编目（CIP）数据

乔家大院. 第二部 / 朱秀海著. —北京：中国青年出版社，2017.1
ISBN 978－7－5153－4309－9

Ⅰ.①乔… Ⅱ.①朱… Ⅲ.①长篇小说—中国—当代 Ⅳ.①I247.5

中国版本图书馆 CIP 数据核字（2017）第 033833 号

责任编辑 曾玉立
装帧设计 瞿中华

出版发行 **中国青年出版社**
社 址 北京东四十二条 21 号
邮政编码 100708
网 址 www.cyp.com.cn
编 辑 部 （010）57350402
门 市 部 （010）57350370
印 刷 鸿博昊天科技有限公司
经 销 新华书店
规 格 710×1000 1 / 16
印 张 42
字 数 670 千字
版 次 2017 年 5 月北京第 1 版
印 次 2018 年 5 月北京第 3 次印刷
印 数 46001—56000 册
定 价 70.00 元

本图书如有印装质量问题，请凭购书发票与质检部联系调换
联系电话：（010）57350337